Schachmatt

Das Buch

Ein mysteriöser Tod. Ein brisantes Vermächtnis. Und das Rätsel des doppelten Excelsior. Talcott Garland ist mehr als nur irritiert, als nach dem Tod seines Vaters, des bekannten Richters Oliver Garland, Gerüchte umgehen, er sei eines gewaltsamen Todes gestorben. Sein Vater war allerdings nicht unumstritten; vor Jahren hatte ihn ein Skandal gezwungen, seine Kandidatur für das Richteramt am Obersten Gerichtshof zurückzuziehen.
Doch jetzt überschlagen sich die Warnungen und Verdächtigungen: Talcotts Schwester ist überzeugt, der Vater sei ermordet worden. Und auch die engsten Freunde des Vaters scheinen ein Geheimnis hinter seinem Tod zu vermuten. Talcotts Leben wird auf den Kopf gestellt. Aber wie kann er die Fragen nach den »Vorkehrungen«, die sein Vater für den Fall seines Todes getroffen haben soll, beantworten, wenn er selbst nichts weiß? Als Talcott sich daran macht, das Rätsel zu lösen, wird er Schritt für Schritt hineingezogen in das dunkle Geheimnis seines Vaters.
Mit *Schachmatt* ist Stephen Carter ein fesselnder Spannungsroman um Recht und Gerechtigkeit, Ehrgeiz und Liebe, politische Macht und menschliche Ohnmacht und nicht zuletzt ein literarisches Tableau der modernen Gesellschaft gelungen.

Der Autor

Stephen L. Carter, geboren 1955, ist Juraprofessor an der Yale University. Der mit zahlreichen Ehrentiteln ausgezeichnete Jurist wurde als Verfasser von Sachbüchern bekannt und von der *New York Times* als einer der »führenden Intellektuellen der Nation« bezeichnet. Mit *Schachmatt* legte er seinen ersten Roman vor, der auch in Deutschland sofort zum Bestseller wurde. Stephen L. Carter lebt mit seiner Frau und zwei Kindern bei New Haven, Connecticut.

Stephen L. Carter

Schachmatt

Roman

Aus dem Englischen von
Jobst-Christian Rojahn und
Hans-Ulrich Möhring

List Taschenbuch

Besuchen Sie uns im Internet:
www.list-taschenbuch.de

Umwelthinweis:
Dieses Buch wurde auf chlor- und säurefreiem Papier gedruckt.

List Verlag
List ist ein Verlag des Verlagshauses Ullstein Heyne List GmbH & Co. KG.
1. Auflage Januar 2004

Titel der amerikanischen Originalausgabe: *The Emperor of Ocean Park* (Alfred A. Knopf, New York)
Übersetzung: Jobst-Christian Rojahn und Hans-Ulrich Möhring
Umschlagkonzept: HildenDesign, München – Stefan Hilden
Umschlaggestaltung: Hauptmann und Kampa Werbeagentur, München – Zürich
Titelabbildung: © by Rick Wessler
Gesetzt aus der Sabon
Druck und Bindearbeiten: Ebner & Spiegel, Ulm
Printed in Germany
ISBN 3-548-60398-X

Für Mom, die ein Faible für Kriminalgeschichten hatte,
und Dad, der in dieser nicht vorkommt –
ich liebe euch beide, immer.

Deux fous gagnent toujours, mais trois fous, non!
(Zwei Narren gewinnen immer, drei jedoch nie!)

Siegbert Tarrasch

(Anm.: Die Schachfigur, die im Deutschen Läufer heißt,
nennen die Franzosen le fou.)

Prolog

DAS VINEYARD-HAUS

Als mein Vater schließlich starb, hinterließ er die Karten zu den Spielen der Redskins meinem Bruder, das Haus in der Shepard Street meiner Schwester und das Haus auf Martha's Vineyard mir. Natürlich waren die Tickets der wertvollste Teil des Nachlasses, aber schließlich war Addison stets sein Liebling und der größte Football-Fan gewesen, der Einzige von uns Kindern, der die Leidenschaft meines Vaters in etwa teilte, und außerdem der Einzige von uns, mit dem mein Vater, als er sein Testament zum letzten Mal änderte, noch häufiger sprach. Addison ist ein Juwel, wenn man seine Frömmelei ertragen kann, während Mariah und ich uns, seit ich zum Feind übergelaufen bin, wie sie es formuliert, nicht mehr besonders nahe stehen, weshalb unser Vater uns ja auch Häuser vermacht hat, die über sechshundert Kilometer voneinander entfernt liegen.

Ich war froh, dass ich das Haus auf Martha's Vineyard bekam. Es ist ein nettes kleines, im viktorianischen Stil erbautes Haus mit viel verschnörkelter Zimmermannsgotik an der leicht durchhängenden Veranda und einem wunderschönen Morgenblick auf den weißen Musikpavillon in dem weiten Meer weichen, grünen Grases, das sich von dem noch weiteren Meer leuchtend blauen Wassers abhebt. Meine Eltern erzählten gerne, wie sie das in dem Städtchen Oak Bluffs am Ocean Park gelegene Haus in den sechziger Jahren für ein Butterbrot gekauft hatten, zu einer Zeit, als

Martha's Vineyard, ebenso wie das Häuflein schwarzer Sommergäste aus der Mittelschicht, Niveau und eine gewisse Exklusivität besaß. In jüngster Zeit war es nach der oft wiederholten Ansicht meines Vaters mit Martha's Vineyard bergab gegangen, denn es war voll und laut geworden, und außerdem ließ man jetzt Hinz und Kunz dorthin, wobei er mit »Hinz und Kunz« jene Schwarzen meinte, die weniger wohlhabend waren als wir. Es würden zu viele neue Häuser gebaut, pflegte er zu klagen, die zum Teil schon die Straßen und Wälder entlang der besten Strände verschandelten. Mittlerweile gab es vor allem bei Edgartown sogar Wohnanlagen, was er nicht begreifen konnte, weil der südliche Teil der Insel doch Kennedy-Land war. So nannte er das Gebiet, wo sich reiche weiße Urlauber und ihre schlecht erzogenen Gören versammeln. Ein Glaubensartikel meines – teils erbosten, teils eifersüchtigen – Vaters besagte nämlich, dass die Weißen den, wie er sich ausdrückte, Angehörigen der dunkelhäutigeren Nation zwar gestatteten, sich irgendwo gegenseitig die Ellbogen in die Rippen zu stoßen, die freien Räume aber für sich beanspruchten.

Und doch, ungeachtet aller Klagen, ist das Haus auf Martha's Vineyard ein kleines Wunder. Ich habe es schon als Kind geliebt und liebe es heute noch mehr. Jedes Zimmer, jede dunkle Treppenstufe, jedes Fenster erzählt raunend seine Geschichte. Als Kind brach ich mir bei einem Sturz vom Giebeldach über dem Fenster des großen Schlafzimmers den Fuß und das Handgelenk; heute, dreißig Jahre später, kann ich mich nicht mehr daran erinnern, warum ich dachte, es würde Spaß machen, dort herumzuklettern. Zwei Sommer darauf wanderte ich in nachmitternächtlicher Dunkelheit auf der Suche nach einem Glas Wasser durchs Haus, als mich ein seltsames Wimmern veranlasste, mich auf den Treppenabsatz zu kauern und durchs Geländer zu spähen, was mir, eine Woche vor meinem zehnten Geburtstag, zu einem ersten kurzen, aber anregenden Blick auf das Urwunder der Erwachsenenwelt verhalf. Mein Bruder Addison, der vier Jahre älter ist als ich, balgte sich mit unserer Cousine Sally, einer dunklen fünfzehnjährigen Schönheit, auf dem abgewetzten weinroten Sofa, das in einer schummerigen Ecke nahe der Treppe vor dem Fernseher stand. Beide hatten anscheinend nicht mehr sämtliche Kleider am Leib, auch wenn ich nicht auf Anhieb feststellen konnte, welche fehlten. Im ersten Moment wollte ich weglaufen, blieb dann aber hocken und beobachtete, von einer ausgesprochen anregenden Lethargie befallen, wie sich die beiden auf der Couch wälzten, Arme und Beine scheinbar willkürlich ineinander verschlungen – »rummachen« nannten wir das damals, in unkomplizierteren Tagen, ein herrlich vielsagender Ausdruck, mit dem wir uns vielleicht vor der Last allzu großer Deutlichkeit schützen wollten.

Meine eigenen Teenagerjahre verhalfen mir, wie die eintönigen überlangen Jahre des Erwachsenenlebens, leider nicht zu vergleichbaren Abenteuern, schon gar nicht auf Martha's Vineyard; der absolute Höhepunkt ereignete sich wohl, als ich dreizehn war, gegen Ende des letzten Sommers, den die Familie vollzählig in Oak Bluffs verbrachte. Mariah, damals eine recht mollige Fünfzehnjährige, war stinksauer auf mich, weil ich mich über ihr Gewicht lustig gemacht hatte. Sie lieh sich deshalb in der Küche eine Schachtel Streichhölzer, stibitzte mir dann ein heiß geliebtes Topps-Sammelbild des Baseballspielers Willie Mays und kletterte die gefährliche Ausziehleiter mit ihren dünnen, wackligen Sprossen hoch auf den Dachboden. Als ich sie eingeholt hatte, verbrannte sie das Bild vor meinen Augen, während ich in der elenden Nachmittagshitze des staubigen, niedrigen Speichers hilflos weinend auf die Knie sank – schon damals hatte sich die hartnäckige Feindseligkeit zwischen uns herausgebildet. Im selben Sommer schaffte es meine Schwester Abigail, die damals immer noch »Baby« gerufen wurde, obwohl sie nur ein gutes Jahr jünger war als ich, in die Lokalzeitung, die *Vineyard Gazette*, weil sie an einem schwülen Augustabend bei einem Volksfest mit Dart-Pfeilen auf Luftballons und mit Baseball-Bällen auf Milchflaschen geworfen und acht verschiedene Preise abgeräumt hatte, wodurch sie ihre Stellung als einzige potentielle Athletin der Familie festigte – wir anderen ließen von vornherein die Finger vom Sport, denn unsere Eltern predigten uns ständig, es sei wichtiger, Köpfchen zu haben als Muskeln.

Vier Sommer später war Abbys jungenhaftes Lachen weder am Ocean Park noch sonst irgendwo mehr zu hören, denn ihre Lebensfreude und unsere Freude an ihr fanden in einem einzigen chaotischen Augenblick ein Ende, als sie, ein unerfahrener Teenager, auf regennassem Asphalt den erfolglosen Versuch unternahm, einem außer Kontrolle geratenen Sportwagen auszuweichen, einem dieser schicken Dinger, das zwar etliche Zeugen gesehen hatten, das aber nie genau beschrieben und folglich auch nie ausfindig gemacht werden konnte; der Fahrer, der meine kleine Schwester in jenem ersten Frühling der kurzen Amtszeit von Jimmy Carter ein paar Blocks nördlich der Washingtoner Kathedrale tötete, hatte sich lange vor Eintreffen der Polizei aus dem Staub gemacht. Dass Abby noch keinen richtigen Führerschein, sondern nur eine vorläufige Fahrerlaubnis besaß, erfuhr die Öffentlichkeit nicht; genauso wenig wurde das Marihuana, das man in ihrem geliehenen Auto fand, erwähnt, schon gar nicht von der Polizei, aber selbst von der Presse nicht, denn mein Vater war schließlich der, der er war, und hatte die Beziehungen, die er hatte, und außerdem war es damals noch kein Volkssport, den Ruf der Großen dieser Welt zu zerstören. Deshalb konnte Abby so unschuldig sterben, wie wir vorgaben, dass sie gelebt hatte. Addison stand zu diesem Zeitpunkt kurz vor seinem College-Abschluss, und Mariah war in ihrem zweiten College-Jahr, was mich in die nervenaufreibende Rolle zwängte, das »einzige Kind« meiner Mutter zu spielen. So nannte sie mich jedenfalls. Und in diesem Sommer in Oak Bluffs, in dem mein Vater zwischen Martha's Vineyard und dem Gerichtsgebäude in Washington pendelte und meine Mutter im Erdgeschoss ziellos von Zimmer zu Zimmer wanderte, machte ich es mir zur Aufgabe, im ganzen Haus Dinge aufzuspüren, die an Abby erinnerten: unter einem Bücherstapel auf dem schwarzen, metallenen Rollwagen, auf dem der Fernseher stand, ihr Lieblingsspiel *Life*; ganz hinten in dem Glasschränkchen über der Spüle ein weißer Keramikbecher mit der schwarzen Aufschrift BLACK IS BEAUTIFUL, den sie gekauft hatte, um meinen Vater zu ärgern; und, versteckt in einem Winkel des stickigen Dachbodens, der Plüschpanda George (benannt nach dem militanten, zum Märtyrer gewordenen Schwarzen George Jackson), den sie bei dem besagten Volksfest gewonnen hatte und aus dessen Gelenken inzwischen eine eklige rosa Substanz quoll – Erinnerungen, die, wie ich, der ich die gefahrvollen mittleren Lebensjahre erreicht habe, gestehen muss, im Laufe der Zeit immer mehr verblasst sind.

Ach ja, das Vineyard-Haus! Addison hat zweimal dort Hochzeit gefeiert, einmal mehr oder weniger erfolgreich, und ich habe zweimal die bleigefassten Scheiben der Haustür eingeworfen, einmal mehr oder weniger absichtlich. In meiner Kindheit fuhren wir jedes Jahr hin, um den Sommer dort zu verbringen, denn genau dazu ist ein Sommerhaus schließlich da. Im Winter schimpfte mein Vater dann regelmäßig über die Kosten und drohte, das Haus zu verkaufen, denn genau das tut man schließlich, wenn Glück eine fragwürdige Investition ist. Und als dann der Krebs, der meine Mutter sechs Jahre lang verfolgt hatte, den Sieg davontrug, starb sie in diesem Haus, im kleinsten der Schlafzimmer, von dem aus man den schönsten Blick auf den Nantucket Sound hat, denn genau das tut man schließlich, wenn man sein Ende wählen kann.

Mein Vater starb an seinem Schreibtisch. Und anfänglich glaubten nur meine Schwester und ein paar bekiffte Anrufer bei spätabendlichen Radioshows, dass er ermordet worden sei.

Teil I

Die Nowotny-Verstellung

Nowotny-Verstellung
Bei der Komposition von Schachproblemen ein Thema,
bei dem sich zwei schwarze Figuren gegenseitig
daran hindern, wichtige Felder zu decken.

Kapitel 1

Neuigkeiten per Telefon

• I •

»Heute ist der glücklichste Tag meines Lebens«, sprudelt meine Frau heraus, mit der ich seit fast neun Jahren verheiratet bin, an dem Tag, der in Kürze einer der traurigsten meines Lebens werden soll.

»Aha«, antworte ich, und mein Tonfall verrät, dass ich verletzt bin.

»Ach, Misha, nun werd mal erwachsen! Ich vergleiche das doch nicht mit unserer Hochzeit.« Pause. »Oder mit Bentleys Geburt«, setzt sie dann gleichsam als Fußnote hinzu.

»Ich weiß, ist schon klar.«

Wieder eine Pause. Ich hasse Pausen am Telefon, aber ich hasse das Telefon sowieso – und noch vieles andere mehr. Im Hintergrund höre ich einen Mann lachen. Während es im Osten schon fast elf Uhr vormittags ist, geht es in San Francisco erst auf acht zu. Es besteht jedoch kein Anlass zu Argwohn – sie könnte von einem Restaurant, einem Einkaufszentrum oder einem Konferenzraum aus anrufen.

Oder auch nicht.

»Ich dachte, du freust dich für mich«, sagt Kimmer endlich.

»Ich freue mich ja auch für dich«, versichere ich ihr viel zu spät. »Es ist nur –«

»Ach, Misha, nun komm schon!« Sie wird langsam ungeduldig. »Ich bin nicht dein Vater, okay? Ich weiß, worauf ich mich einlasse. Was ihm passiert ist, wird mir nicht passieren. Was dir passiert ist, wird unserem Sohn nicht passieren. Okay, Schatz?«

Mir ist gar nichts passiert, bin ich versucht zu lügen, lasse es aber, zum Teil weil ich den seltenen, köstlichen Geschmack, den dieses »Schatz« hinterlässt, mag. Ich möchte Kimmer, die gerade so glücklich ist, nicht verärgern. Und ganz bestimmt möchte ich ihr nicht sagen, dass meine Freude über das von ihr Erreichte durch die Sorge beeinträchtigt wird, wie mein Vater darauf reagieren mag. Ich sage also sanft: »Ich mache mir bloß Sorgen um dich, das ist alles.«

»Ich kann durchaus auf mich selbst aufpassen«, versichert mir Kimmer, und das ist eine Aussage, die in schon erschreckendem Maße den Tatsachen entspricht. Ich staune über die Fähigkeit meiner Frau, mit guten Nachrichten hinter dem Berg zu halten, zumindest ihrem Mann gegenüber. Sie hat bereits gestern erfahren, dass sich ihre jahrelange subtile Einflussnahme und ihre sorgfältige politische Betätigung endlich ausgezahlt haben und sie für die Besetzung einer beim Bundesberufungsgericht frei gewordenen Stelle in die engere Wahl gekommen ist. Ich versuche mir nicht die Frage zu stellen, mit wie vielen Leuten sie ihre Freude schon geteilt hat, bevor sie es endlich geschafft hat, zu Hause anzurufen.

»Ich vermisse dich«, sage ich.

»Das ist lieb von dir, aber es sieht leider ganz so aus, als müsste ich doch noch bis morgen hier bleiben.«

»Ich dachte, du wolltest heute Abend kommen.«

»Wollte ich auch, aber ... tja, es geht halt nicht.«

»Verstehe.«

»Ach, Misha, ich bleibe doch nicht absichtlich weg. Es ist mein Job. Ich kann es nicht ändern.« Ein paar Sekunden lang denken wir beide darüber nach. »Ich komme so schnell nach Hause, wie ich kann, das weißt du doch.«

»Ja, ich weiß, Liebling, ich weiß.« Ich stehe hinter meinem Schreibtisch und blicke hinunter zu den Studenten, die lesend auf dem Rasen liegen oder Volleyball spielen und im Licht der untergehenden Oktobersonne versuchen, den neuenglischen Sommer in die Länge zu ziehen. Mein Büro ist geräumig und hell, und auch ein bisschen unordentlich, was wohl ganz allgemein auf mein Leben zutrifft. »Ich weiß«, sage ich ein drittes Mal, denn wir haben in unserer Ehe den Punkt erreicht, wo der Gesprächsstoff allmählich auszugehen scheint.

Nach einer angemessenen Zeit des Schweigens kehrt Kimmer zu praktischeren Fragen zurück. »Soll ich dir was sagen? Das FBI wird bald anfangen, sich mit meinen Freunden unterhalten zu wollen. Auch mit meinem Mann. Als Ruthie mir das verkündete, meinte ich zu ihr: ›Ich hoffe bloß, er erzählt ihnen nicht von *allen* meinen Sünden.‹« Ein kleines Lachen, argwöhnisch und selbstsicher zugleich. Meine Frau weiß, dass sie sich auf mich verlassen kann. Und dieses Wissen lässt sie plötzlich bescheiden werden. »Mir ist vollkommen klar, dass sie auch andere Kandidaten im Blick haben«, fährt sie nämlich fort, »von denen einige wahnsinnig gute Voraussetzungen mitbringen. Aber Ruthie meint, ich habe trotzdem sehr gute Chancen.« Ruthie ist Ruth Silverman, unsere ehemalige Kommilitonin von der Juristischen Fakultät und Kimmers damalige Freundin, die inzwischen zum Beraterstab des Weißen Hauses gehört.

»Die hast du bestimmt, wenn sie deine Verdienste berücksichtigen«, sage ich loyal.

»Das klingt nicht so, als würdest du meinen, dass ich den Posten kriege.«

»Ich meine, du müsstest ihn kriegen.« Und das entspricht der Wahrheit. Meine Frau ist der zweitklügste Anwalt, den ich kenne. Sie ist Teilhaberin der größten Anwaltskanzlei von Elm Harbor, einem Ort, den Kimmer für eine Kleinstadt hält, während ich finde, dass er schon fast Großstadtcharakter hat. Nur zwei andere Frauen haben es so weit gebracht, und keine, die nicht weiß ist.

»Ich schließe nicht aus, dass das Ergebnis schon feststeht«, räumt sie ein.

»Ich hoffe nicht. Ich möchte, dass du bekommst, was du haben willst. Und was du verdienst.« Ich zögere, dann presche ich vor. »Ich liebe dich, Kimmer. Ich werde dich immer lieben.«

Meine Frau, die es vorzieht, nicht auf dieses Thema einzugehen, schlägt eine andere Richtung ein. »Vier oder fünf Kandidaten sind in der Endauswahl. Ruthie sagt, einige davon sind Professoren. Sie meint, es sind zwei oder drei Kollegen von dir dabei.« Ich muss lächeln, aber nicht vor Vergnügen. Ruthie ist viel zu klug, um Namen zu nennen, doch Kimmer und ich wissen sehr gut, wer die *zwei oder drei Kollegen* sein sollen, nämlich nur ein einziger, und zwar Marc Hadley, den einige für den brillantesten Vertreter der Fakultät halten, obwohl er in den fünfundzwanzig Jahren seiner Lehrtätigkeit nur ein Buch geschrieben hat, und das ist fast zwanzig Jahre her. Marc und ich standen uns einmal recht nahe, und ich stehe nicht vielen Menschen nahe, vor allem nicht an der Uni, aber der unerwartete Tod von Richter Julius Kratz vor vier Monaten machte das bisschen Freundschaft, das uns verband, zunichte und löste jenen Wettstreit hinter den Kulissen aus, der uns dahin gebracht hat, wo wir jetzt sind.

»Ich glaube kaum, dass der Präsident wieder einen Juraprofessor ernennt«, mutmaße ich, nur um etwas zu sagen. Marc bemüht sich schon länger als meine Frau um ein Richteramt und hat Ruthie, die einmal zu seinen Lieblingsstudentinnen gehörte, zu ihrer augenblicklichen Position verholfen.

»Die besten Richter sind immer die, die wenigstens eine Zeit lang als Anwälte gearbeitet haben.« Meine Frau sagt das so, als zitierte sie eine offizielle Wettbewerbsregel.

»Ich glaube, da hast du Recht.«

»Hoffen wir, dass der Präsident das auch so sieht.«

»Genau.« Ich strecke einen Arm aus, und es knackt hörbar. Mein Körper schmerzt an genau den Stellen, die es mir unmöglich machen, still zu sitzen. Heute Morgen nach dem Frühstück habe ich Bentley bei seinem viel zu teuren Kindergarten abgesetzt und mich danach mit Rob Saltpeter, einem weiteren Kollegen, mit dem ich nicht richtig befreundet bin, zum Basketballspielen getroffen, und zwar nicht in der Sporthalle der Uni, wo wir uns vor Studenten hätten blamieren können, sondern beim YMCA, wo alle anderen mindestens genauso alt waren wie wir.

»Ruthie meint, die Entscheidung wird innerhalb der nächsten sechs bis acht Wochen fallen«, fährt meine Frau fort und bestärkt mich damit in dem Verdacht, dass sie sich viel zu früh freut. Kimmer spricht Ruthies Namen mit bemerkenswerter Zuneigung aus, jedenfalls wenn man bedenkt, dass sie ihre alte Freundin noch vor zwei Wochen mir gegenüber spöttisch als *unsere kleine Richter-Macherin* bezeichnet hat. »Gerade rechtzeitig zu Weihnachten.«

»Also, ich finde, das sind wirklich gute Nachrichten, Liebling. Vielleicht können wir, wenn du heimkommst –«

»Oh, Misha, Süßer, ich muss los. Jerry ruft mich. Tut mir Leid. Ich melde mich später wieder.«

»Okay. Ich liebe dich«, versuche ich es noch einmal, aber ich erkläre meine Liebe schon der leeren Luft.

• II •

Jerry ruft mich. Zu einer Besprechung? Ans Telefon? Zurück ins Bett? Ich peinige mich mit gewagten Spekulationen, bis es Zeit für mein Elf-Uhr-Seminar ist, sammle dann meine Bücher zusammen und eile zum Unterricht. Ich bin, wie Sie erraten haben werden, Juraprofessor. Ich gehe auf die vierzig zu und war in grauer Vorzeit einmal als Anwalt tätig. Heute verdiene ich meinen Lebensunterhalt damit, dass ich gelehrte Artikel schreibe, die viel zu obskur sind, um etwas zu bewirken, und an einigen Vormittagen der Woche versuche, Deliktsrecht (Herbstsemester) und Verwaltungsrecht (Frühjahrssemester) in die Köpfe meiner Studenten hineinzubekommen – Studenten, die zu intelligent sind, um sich mit mittelmäßigen Zensuren zufrieden zu geben, zugleich aber auch zu sehr mit sich selbst beschäftigt, um ihre wertvolle Energie an die langweiligen Details zu verschwenden, die man nun einmal kennen muss, wenn man sehr gute Noten bekommen will. Den meisten von ihnen liegt an dem Studienabschluss, den wir ermöglichen, nicht aber an dem Wissen, das wir vermitteln. Und da die Studenten uns in zunehmendem Maße nur noch als eine Art Berufsschule ansehen, klafft die Lücke zwischen dem Wunsch, einen Abschluss zu erreichen, und dem, das Rechtssystem zu durchschauen, immer weiter auseinander. Das sind vielleicht nicht gerade die fröhlichsten Gedanken, die ein Juraprofessor hegen kann, aber den meisten von uns kommen sie hin und wieder, und heute scheint mein Tag zu sein.

Ich presche durch mein Seminar über das Deliktsrecht (was lässt sich zum Thema der Vollkaskoversicherung schon viel Neues sagen?) und bringe ein paar nette Sprüche an, die zwar alle nicht von mir sind, aber meine dreiundfünfzig Studenten den größten Teil der anderthalb Stunden bei Laune halten. Um halb eins trotte ich mit zwei meiner Kollegen zum Essen – mit Ethan

Brinkley, der noch so jung ist, dass er sich freut, weil er einen Lehrstuhl erhalten hat, und Theo Mountain, der schon meinem Vater und dann mir das Verfassungsrecht nahe gebracht hat und der dank des gesetzlichen Schutzes, den ältere Arbeitnehmer inzwischen genießen, sowie einer unerschütterlichen Konstitution auch gut noch meine Enkelkinder unterweisen könnte. Wir setzen uns in eine ramponierte Nische im Post (nur die Uneingeweihten sprechen vom Post's), einem zwei Straßen von der Juristischen Fakultät entfernten, trostlosen Bistro, und ich höre zu, wie Ethan von irgendetwas wahnsinnig Komischem berichtet, das Tish Kirschbaum am vergangenen Wochenende auf einer Party von Peter Van Dyke gesagt hat, wobei mich – wie so oft – das Gefühl überkommt, dass es an der Fakultät ein weißes Gesellschaftskarussell gibt, das sich so schnell um mich dreht, dass ich immer nur flüchtig einen Blick darauf erhasche; bis eben hatte ich keine Ahnung, dass bei Peter Van Dyke am letzten Wochenende eine Party stattgefunden hat, und ganz bestimmt wurde mir keine Gelegenheit gegeben, die Teilnahme dankend abzulehnen. Peter wohnt zwar nur zwei Straßen von mir entfernt, steht jedoch in der Fakultätshierarchie weit über mir. Ethan rangiert, theoretisch, Meilen unter mir. Aber die Hautfarbe sorgt selbst an den liberalsten Unis für eine ganz eigene Hierarchie.

Ethan redet und redet. Theo, dessen weißer Bart mit Senf bekleckert ist, lacht vergnügt, und während ich versuche, mich am Gespräch zu beteiligen, erwäge ich, ihnen von Kimmer zu erzählen, nur um zu sehen, wie für einen wunderbaren Augenblick die Blasiertheit von ihren selbstzufriedenen weißen Gesichtern weicht. Ich möchte es einfach irgendwem erzählen. Andererseits, wenn ich jetzt die Nachricht verbreite und Marc am Ende Kimmer aus dem Feld schlägt – was er, wie ich vermute, tun wird, wenn auch unverdienterweise –, trifft mich die geballte Arroganz meiner Kollegen erneut und schlimmer denn je.

Außerdem weiß Marc wahrscheinlich sowieso schon Bescheid. Ruthie würde Kimmer niemals Marcs Namen nennen, aber ich wette, dass sie Marc Kimmers Namen genannt hat. Das rede ich mir jedenfalls ein, als ich allein durch die Town Street zum Gebäude der Juristen zurückgehe. Die Mittagszeit ist vorbei. Theo, der alt genug ist, um eine Enkelin unter den Studenten zu haben, während die meisten von uns gerade mal ihre Kinder in die Grundschule schicken, musste zu einer Besprechung, und Ethan, Experte auf dem Gebiet des Terrorismus und des Kriegsrechts, wollte in die Sporthalle. Er hält sich fit für den Fall, dass MSNBC oder CNN bei ihm anrufen. Ich habe nichts Besonderes vor und kehre deshalb in mein Büro zurück. Studenten eilen an mir vorbei, Studenten aller Hautfarben und mit ganz verschiedenem Kleidungsstil, aber alle mit diesem seltsam anmaßenden Gang, den die jungen Leute heutzutage bevorzugen – sie halten den Kopf gesenkt, ziehen die Schultern hoch, Arme eng am Körper und heben kaum die Füße, schaffen es aber trotzdem, den Eindruck zu erzeugen, dass tief in ihnen Energien schlummern, die nur darauf warten, freigesetzt zu werden.

Marc weiß wahrscheinlich längst Bescheid. Ich werde diesen Gedanken einfach nicht los. Ich passiere die granitene Pracht der um einen quadratischen Platz angeordneten Gebäude der Naturwissenschaftlichen Fakultät, in deren Ausstattung die Universität inzwischen alles Geld steckt. Ich komme an einer Gruppe von Bettlern vorbei, die allesamt der dunkelhäutigeren Nation angehören und denen ich jeweils einen Dollar gebe – *Schuldgeld zahlen*, wie Kimmer diese Angewohnheit von mir nennt. Ich frage mich kurz, wie viele von ihnen Betrüger sein mögen. Diese Art von Erwägungen bezeichnete mein Vater als unwürdig. *Solche Erwägungen sind eurer nicht würdig*, predigte er seinen Kindern mit seltener Empörung, gefolgt von der Ermahnung, unsere Gedanken im Zaum zu halten.

Marc weiß wahrscheinlich Bescheid, sage ich mir noch einmal, während ich die breiten Stufen zum Gebäude der Juristischen Fakultät hinaufsteige. Ruthie Silverman hat ihm, darauf möchte ich wetten, alles gesagt. Theo war zwar ebenfalls Ruthies Dozent, und sie hat mit meiner Frau und mir zusammen studiert, aber sie ist Marc Hadley, wie viele Studenten heute auch, eben doch am treuesten ergeben.

»Das ist das Problem mit Studenten«, murmele ich leise vor mich hin, als ich über die Schwelle trete, denn ich führe schon mein ganzes Leben lang Selbstgespräche – ein Zeichen von Geisteskrankheit, wie meine Frau mir versichert. »Sie sind einem ewig dankbar.«

Schließlich siegt die Vorsicht. Ich beschließe, Kimmers Neuigkeit für mich zu behalten. Ich behalte die meisten Dinge für mich. Meine Welt bereitet mir zwar gelegentlich Kummer, im Allgemeinen ist sie jedoch still, und so mag ich sie. Dass plötzlich Gewalt und Angst über sie hereinbrechen könnten, liegt an diesem sonnigen Herbstnachmittag außerhalb meines Vorstellungsvermögens.

• III •

In der hohen Eingangshalle treffe ich eine meiner Lieblingsstudentinnen, Crysta Smallwood, die ein heilloses Faible für Daten hat. Sie ist eine dunkle, stämmige junge Frau mit beträchtlichen Geistesgaben, die vor ihrem Jurastudium an der Pomona University Französisch studiert und sich nie genötigt gesehen hat, mit Zahlen herumzuspielen. Dann kam sie nach Elm Harbor und entdeckte die Statistik, was sie auf eine nette Weise verrückt werden ließ. Im vergangenen Herbst hat sie an meinem Seminar zum Deliktsrecht teilgenommen, und sich seitdem hauptsächlich zwei Dingen gewidmet: unserer Rechtsberatung für Bedürftige, wo sie sozialhilfebedürftigen Müttern dabei hilft, nicht aus der Wohnung zu fliegen, und ihrer Sammlung statistischer Daten, mit der sie eines Tages hofft beweisen zu können, dass die weiße Rasse ihrer eigenen Vernichtung entgegengeht, eine Aussicht, die sie fröhlich stimmt.

»Hallo, Professor Garland«, ruft sie mit ihrem ausgeprägten Westküstenakzent.

»Guten Tag, Ms. Smallwood«, antworte ich förmlich, denn die Erfahrung hat mich gelehrt, dass es klüger ist, mit Studenten nicht auf zu vertrautem Fuß zu stehen. Ich strebe auf die Treppe zu.

»Wissen Sie was?«, sagt Crysta schwärmerisch und schneidet mir den Fluchtweg ab, wobei sie die Möglichkeit vollkommen unberücksichtigt lässt, dass ich ja auch einen Termin wahrzunehmen haben könnte. Sie trägt einen ganz kurzen Afro-Schnitt, als eine der Letzten in der Fakultät. Ich bin alt genug, um mich noch an die Zeit erinnern zu können, als nur wenige schwarze Frauen in ihrem Alter die Haare anders trugen, aber wie sich dann zeigte, war der Nationalismus doch weit weniger eine Ideologie als eine Modeerscheinung. Crystas Augen stehen zu weit auseinander, was ihrem Blick etwas Schielendes, leicht Beunruhigendes gibt. Für eine Frau ihrer Körperfülle bewegt sie sich erstaunlich schnell, und es ist deshalb nicht einfach, ihr zu entkommen. »Ich habe mir die Zahlen noch einmal angesehen. Die zu den weißen Frauen.«

»Ach ja.« Ich sitze in der Falle, schaue zur stuckverzierten Decke hinauf: religiöse Symbole, Girlanden aus Eibenzweigen und Anspielungen auf die Gerechtigkeit, wobei das Ganze allerdings schon so oft überstrichen worden ist, dass die scharfen Konturen allmählich verloren gehen.

»Ja, und nun raten Sie mal. Ihre Fruchtbarkeitsrate, also die der weißen Frauen, ist inzwischen so niedrig, dass es ungefähr 2050 keine weißen Babys mehr geben wird.«

»Hm, sind Sie sich Ihrer Zahlen ganz sicher?« Denn Crysta ist, wenngleich brillant, auch ziemlich durchgeknallt. Wie ich als ihr akademischer Lehrer feststellen musste, ist sie in ihrer Begeisterung außerdem recht sorglos und zieht oft mit großer Selbstverständlichkeit Schlüsse aus ihren Daten, ohne sich vorher die Zeit genommen zu haben, sie genauer zu analysieren.

»Vielleicht auch erst 2075«, räumt sie ein, und ihr freundlicher Tonfall lässt erkennen, dass sie zu Verhandlungen bereit ist.

»Klingt alles ein bisschen wacklig, Ms. Smallwood.«

»Liegt an den Abtreibungen.« Ich setze mich wieder in Bewegung, aber Crysta hält Schritt. »Daran, dass sie ihre Babys umbringen. Das ist der Hauptgrund.«

»Ich finde wirklich, Sie sollten sich für Ihre Arbeit ein anderes Thema suchen«, halte ich dagegen und winde mich an ihr vorbei, um die geschwungene Marmortreppe zu erreichen, die hinauf zu den Büros der Professoren führt.

»Aber es sind nicht nur die Abtreibungen ...«, schallt mir ihre Stimme die Treppe hinauf nach, was einen meiner Kollegen, den nervösen kleinen Joe Janowsky, auf dem Weg nach unten dazu veranlasst, sich mit seinen dicken Brillengläsern über das Marmorgeländer zu beugen, um festzustellen, wer da so schreit. » ... es sind auch die gemischtrassigen Ehen, denn die weißen Frauen ...«

Dann bin ich durch die Flügeltür zum oberen Flur, und Crystas wahnwitzige Spekulationen sind glücklicherweise nicht mehr zu hören.

Beim Betreten meines Büros rufe ich mir in Erinnerung, dass ich auch einmal so war. Genauso bar jeden Zweifels bei Themen, von denen ich keinen blassen Schimmer hatte. Deshalb bin ich wahrscheinlich auch eingestellt worden – als ich geistig jünger war, war ich geistig auch noch kühner.

Deswegen und wegen des glücklichen Umstands, der Sohn meines Vaters zu sein, dessen Einfluss in der Universität selbst nach den traumatischen Anhörungen nur langsam schwand. Selbst heute noch, mehr als ein Jahrzehnt nach dem Sturz des Richters, nageln mich Studenten fest und wollen aus meinem Mund hören, dass mein Vater ebenjener ist, der er, wie sie gehört haben, sein soll. Oder Kollegen wollen von mir beschrieben haben, was das für ein Gefühl war, als ich Tag um Tag dasaß und stoisch zuhörte, während der Senat ihn systematisch demontierte.

»Wie wenn man jemandem zuschaut, der in Zugzwang ist«, sage ich dann immer, aber sie sind alle keine richtigen Schachspieler und verstehen das nicht. Obwohl sie, weil Professoren, so tun, als ob.

Auf der Suche nach Ablenkung sehe ich meinen Eingangskorb durch. Ein Schreiben des Rektors in Sachen Parkgebühren. Die Einladung zu einer in drei Monaten stattfindenden Konferenz über die Reform des Deliktsrechts in Kalifornien – unter der Bedingung, dass ich die Reisekosten selbst trage. Die Postkarte von jemandem irgendwo in Idaho, gegen den ich bei einem postalischen Schachturnier spiele und der den einen Zug entdeckt hat, von dem ich gehofft hatte, dass er ihn übersehen würde. Eine Erinnerung von Ben Montoya, dem stellvertretenden Dekan, daran, dass am Abend ein großer Rechtsgelehrter einen Vortrag hält. Ein gemäßigt drohendes Schreiben der Universitätsbibliothek wegen eines Buches, das ich offensichtlich verloren habe. Aus der Mitte des Stapels ziehe ich die *Harvard Law Review* hervor und überfliege das Inhaltsverzeichnis, lege die Zeitschrift aber schnell weg, als ich wieder einmal einen gelehrten Artikel entdecke, der erklärt, warum mein infamer Vater Verrat an seiner Rasse geübt hat. Das ist nämlich das Niveau, auf das sich die dunkelhäutigere Nation hat drücken lassen: Unfähig, im weißen Amerika auch nur auf ein einziges Ereignis wirkungsvoll Einfluss zu nehmen, verschwenden wir unsere kostbare Zeit und geistige Energie damit, uns gegenseitig schlecht zu machen, als dienten wir dem Fortschritt unserer Rasse dadurch am besten, dass wir uns gegenseitig vors Schienbein treten.

Gut, für heute habe ich genug getan.

Das Telefon klingelt.

Ich starre auf den Apparat und denke – nicht zum ersten Mal –, was für ein hässliches, aufdringliches, unzivilisiertes Ding das Telefon doch ist, so fordernd, irritierend, unterbrechend, jegliche Gedanken vernichtend. Ich weiß wirklich nicht, warum Graham Alexander Bell so verehrt wird. Seine Erfindung hat die Privatsphäre zerstört. Das Gerät hat keinerlei Gewissen. Es klingelt, wenn wir schlafen, duschen, beten, streiten, lesen, uns lieben. Oder wenn wir schlicht und einfach unsere Ruhe haben wollen. Ich erwäge, nicht dranzugehen. Ich habe genug gelitten. Und das nicht nur, weil meine blendend gelaunte, quirlige Frau so abrupt aufgelegt hat. Heute ist einer dieser seltsamen Donnerstage, an denen das Telefon mit seinem wütenden, Aufmerksamkeit heischenden Geschrei einfach nicht aufhören will: Der Mitarbeiter einer Fachzeitschrift hat den längst überfälligen Entwurf eines Artikels angefordert, ein unglücklicher Student um einen Termin gebeten, American Express für den vergangenen Monat Geld sehen wollen, und alle sind zum Zug gekommen. Die Dekanin der Fakultät, Lynda Wyatt – oder Dekanin Lynda, wie sie von allen gerne genannt werden möchte, von Professoren, Studenten und Ehemaligen gleichermaßen –, rief kurz vor der Mittagspause an, um mich wieder einmal in einen ihrer Ad-hoc-Ausschüsse zu berufen, die sie ständig einsetzt. »Ich bitte Sie nur, weil ich Sie so mag«, flötet sie auf ihre mütterliche Art. Und das sagt sie zu jedem, den sie nicht leiden kann.

Das Telefon klingelt noch immer. Ich warte darauf, dass sich die Voicemail einschaltet, aber wie der Großteil der Spartechnik der Fakultät funktioniert sie dann am besten, wenn man sie nicht braucht. Ich beschließe, das Telefon zu ignorieren, aber dann fällt mir ein, dass mein Gespräch mit Kimmer nicht sehr positiv geendet hat und sie jetzt vielleicht anruft, um das wieder gutzumachen.

Oder um ein wenig weiterzustreiten.

Für beides gerüstet, greife ich zum Hörer in der Hoffnung, die

Stimme meiner reuigen Frau zu vernehmen, aber es ist nur der große Anwalt Mallory Corcoran, Partner meines Vaters und sein letzter Freund, zugleich ein begnadeter Washingtoner Drahtzieher. Er ruft an, um mir zu sagen, dass der Richter von uns gegangen ist.

Kapitel 2

Ein Besuch an der Küste

• I •

Ich komme am Freitagnachmittag in Washington an, am Tag nach dem Tod meines Vaters, lasse mein Gepäck bei Miles und Vera Madison, den ebenso bescheidenen wie tüchtigen Eltern meiner Frau, und begebe mich dann zum Haus in der Shepard Street, wo ich Mariah antreffe, die in ihrer umsichtigen Art bereits das meiste von dem erledigt hat, was erledigt werden muss. (Wir sind uns ohne Worte darin einig, dass sich die Familie nicht auf Addison verlassen kann, der noch nicht einmal mitgeteilt hat, wann er zu kommen gedenkt.) Mariah war vor langer Zeit einmal ein dickes, unordentliches Kind und hatte ihrer jüngeren, hellhäutigen Schwester gegenüber fürchterliche Minderwertigkeitskomplexe, denn die Besessenheit, was die Pigmentierung angeht, ist bis heute der Fluch unserer Rasse geblieben, vor allem in Familien wie der meinen. Als Mariah dann älter wurde, entwickelte sie sich zu einer stattlichen, beinahe hoheitsvollen Schönheit, die allerdings trotzdem von den Männern der Goldküste (wie wir das schmale Segment der gesellschaftlich arrivierten Angehörigen der dunkelhäutigeren Nation zu nennen pflegen) ignoriert wurde. Inzwischen neigt sie wohl ein wenig zur Fülle, aber so etwas bleibt nach der Geburt von fünf Kindern nicht aus, folgt man dem Urteil Kimmers, ihres Zeichens Berufsjuristin und Amateur-Fitnessguru. (Kimmer hat genau ein Kind zur Welt gebracht, ein halb geplanter Unfall, den wir nach dem Mädchennamen seiner Großmutter mütterlicherseits Bentley genannt haben.) Die erwachsene Mariah ist außerdem fantastisch gut organisiert – sie ist das einzige der vier Kinder des Richters, das in dieser Beziehung nach ihm geraten ist –, und sie scheint das Wort Pause nicht zu kennen. Was sie nicht daran hindert, mir, kaum dass ich durch die Tür des verwinkelten, hässlichen Hauses in der Shepard Street getreten bin, in dem wir beide unsere Jugendjahre verbracht haben, den Rest der Arbeit aufzuhalsen. Ich glaube, sie tut dies nicht aus Kummer, Bosheit oder gar Erschöpfung, sondern aus dem gleichen Grund, aus dem sie ihre journalistische Tätigkeit aufgegeben hat, nämlich um ihre Kinder großzuziehen, will sagen aus einer seltsamen, ganz bewussten Unterwerfung unter die Männer. Ein Verhalten, das sie von unserer Mutter übernommen hat, die von ihren beiden Töchtern verlangte, dass sie nicht so sehr eine Rolle spielten, als vielmehr eine bestimmte Haltung verkörperten: Es gab Aufgaben, die zu übernehmen ihrem Geschlecht nicht angemessen war. Kimmer verabscheut diesen Wesenszug meiner Schwester und hat sie oft, einmal sogar ganz direkt, beschuldigt, ihre Geistesgaben zu vergeuden, die ihr als Studentin in Stanford immerhin Auszeichnungen und die Mitgliedschaft in der Studentinnenvereinigung Phi Beta Kappa eingetragen hatten. Kimmer hielt ihr das vor zwei Jahren bei der Weihnachtsfeier im Haus meines Vaters vor, an der wir törichterweise teilnahmen. Worauf Mariah ganz ruhig antwortete, die Kinder verdienten es, dass sie ihnen die besten Jahre ihres Lebens widme. Kimmer, die ihren beruflichen Aufstieg kaum unterbrochen hatte, als Bentley zur Welt gekommen war, fasste dies als persönlichen Angriff auf und sagte das auch, was meiner Schwester und mir einen weiteren Grund lieferte – soweit überhaupt einer erforderlich war –, nicht mehr miteinander zu sprechen.

Sie müssen wissen, dass ich meine Schwester in vielerlei Hinsicht liebe und achte. Als wir noch jünger waren, galt Mariah allgemein als das intellektuell begabteste der vier Kinder meiner Eltern, und sie war auch diejenige, die sich am ernsthaftesten und rührendsten der unmöglichen Aufgabe stellte, den elterlichen Beifall zu finden. Ihre Erfolge in der Oberschule und auf dem College wärmten das Herz meines Vaters. Um auch das meiner Mutter zu wärmen, verheiratete sie sich nur ein einziges Mal und das glücklich (nachdem sie schon einmal verlobt gewesen war, was jedoch zu einer Katastrophe geführt hätte, wenn der Erwählte nicht rechtzeitig mit ihrer besten Freundin durchgebrannt wäre) und produzierte mit einer Regelmäßigkeit und Begeisterung Enkelkinder, die meine Eltern entzückten. Ihr Mann ist weiß und ein Langweiler, ein Investmentbanker, der zehn Jahre älter ist als sie und den sie, wie sie der Familie erzählte, bei einer von Freunden arrangierten Verabredung kennen gelernt hatte, wohingegen meine süße Kimmer steif und fest behauptet, dahinter könne nur eine Heiratsanzeige stecken. Aber wenn ich die Wahrheit sagen soll, so hat die dunkle, hübsche Mariah immer weiße Männer bevorzugt, schon als Schülerin, als sie unter den Argusaugen unseres misstrauischen Vaters anfing, mit Jungs auszugehen.

In der Shepard Street begrüßt Mariah die Besucher, förmlich und ernst in dunkelblauem Kostüm und mit einreihiger Perlenkette, ganz die Dame des Hauses, wie meine Mutter bemerkt haben könnte. Durch das Haus weht Musik ganz nach dem fürchterlichen Geschmack meines Vaters – Puccini, in englischer Sprache gesungen. Die Diele ist klein, düster und voll gestopft mit nicht zueinander passenden, schweren Möbelstücken. Links liegt das Wohnzimmer, rechts das Esszimmer, und geradeaus ist ein Durchgang, der zum Familienzimmer und zur Küche führt. Über eine breite, schlichte Treppe neben der Tür zum Esszimmer gelangt man nach oben, wo ich als Junge auf der Galerie hinter dem Geländer zu hocken pflegte, um heimlich die abendlichen Gesellschaften oder Pokerspiele meiner Eltern zu beobachten, und wo ich mich auf Geheiß Addisons versteckte, als er mir erfolgreich bewies, dass es den Weihnachtsmann nicht gibt. Jenseits der Galerie befindet sich das höhlenartige Arbeitszimmer, in dem mein Vater gestorben ist. Zu meiner Überraschung sehe ich jetzt dort oben zwei oder drei Gäste, die am Geländer lehnen, als gehörte das alles ihnen. Überhaupt halten sich mehr Menschen im Haus auf, als ich erwartet habe. Das ganze Erdgeschoss quillt über von dunklen Anzügen – ein größerer Teil des wohl situierten afrikanischen Amerika ist versammelt, als es wahrscheinlich nach Ansicht der meisten weißen Amerikaner außerhalb der Welt des Sports und der Welt der Unterhaltung überhaupt gibt, und ich frage mich unwillkürlich, wie viele der Gäste wohl glücklicher über den Tod meines Vaters sind, als ihre Gesichter verraten.

Bei meiner Ankunft begrüßt mich meine Schwester nicht mit einer Umarmung, sondern mit einem distanzierten Küsschen links, Küsschen rechts und sagt dann leise: »Ich bin froh, dass du da bist, Tal«, so wie sie es auch zu einem der Partner oder Pokerkumpel meines Vaters sagen könnte. Dann fasst sie mich an beiden Schultern, was immerhin einer Umarmung nahe kommt, und blickt mit müden, dennoch boshaft blitzenden Augen an mir vorbei auf den Weg, der zum Haus führt. »Wo ist Kimberly?« (Mariah weigert sich, sie Kimmer zu nennen, weil es ihr, wie sie mir einmal anvertraut hat, zu sehr nach Möchtegern-Privatschule klingt. Dabei hat meine Frau die Miss Porter's School besucht, verfügt also durchaus über den entsprechenden Hintergrund.)

»Auf dem Rückweg von San Francisco«, sage ich. »Sie war ein paar Tage geschäftlich dort.« Bentley sei bei unseren Nachbarn, füge ich viel zu schnell hinzu. Ich hätte ihn gestern früher als sonst vom Kindergarten abgeholt und heute Morgen zu den Nachbarn gebracht, weil ich davon ausgegangen sei, dass ich an diesem Tag viel zu viel zu tun haben würde, um mich mit ihm zu beschäftigen. Kimmer würde ihn am Abend einsammeln und dann morgen mit ihm zusammen per Bahn herkommen. Während ich diese logistischen Einzelheiten darlege und weiß, dass ich zu viel rede, überkommt mich ein Gefühl großer Leere, was mein Gesicht, wie ich hoffe, nicht verrät, denn ich vermisse meine Frau auf eine Weise, die ich vor der Familie lieber nicht zeigen möchte.

Aber ich hätte mir die Mühe, meine Gefühle zu verbergen, sparen können, denn Mariah hat genügend eigene, mit denen sie fertig werden muss, und sie unternimmt keinerlei Anstrengung, mit ihrem Kummer und ihrer Hilflosigkeit hinter dem Berg zu halten. Sie hat schon wieder vergessen, dass sie überhaupt nach meiner Frau gefragt hat. »Ich verstehe es nicht«, sagt sie sanft, wobei sie den Kopf schüttelt und ihre Fingerspitzen in meine Oberarme gräbt. Dabei bin ich sicher, dass Mariah es sehr wohl versteht. Erst im vorigen Jahr hatte der Richter ins Krankenhaus gemusst, um die mangelhaften Ergebnisse einer zwei Jahre zuvor erfolgten Bypassoperation korrigieren zu lassen, eine Tatsache, die meiner Schwester so bekannt ist wie mir. Der Tod meines Vaters ist, auch wenn wir nicht gerade damit gerechnet haben, durchaus nicht unerwartet gekommen.

»Es hätte jederzeit passieren können«, murmele ich.

»Ich wünschte, es wäre nicht ausgerechnet jetzt passiert.«

Dazu lässt sich wenig sagen, außer man verwiese auf Gottes Willen, was jedoch in unserer Familie nie jemand tut. Ich nicke deshalb nur und tätschele ihre Hand, lasse es aber sofort wieder sein, denn es scheint sie zu kränken. Sie schließt die Augen, als müsse sie sich zusammenreißen, und als sie sie dann wieder öffnet, ist sie wieder ganz eine Garland. Sie seufzt und wirft den Kopf zurück, als hätte sie noch immer die lange Mähne, die sie als Teenager so mühsam gepäppelt hat, und sagt schließlich in keineswegs entschuldigendem Tonfall: »Tut mir Leid, dass für euch im Haus kein Platz ist, aber ich habe die Kinder im Keller untergebracht und die Hälfte der Vettern und Cousinen oben unterm Dach.« Mariah zuckt die Achseln, als könnte sie nichts daran ändern, aber ich ahne, was dieses Arrangement wirklich bezwecken soll: Sie behauptet in aller Ruhe ihre Machtstellung und fordert mich heraus, ihr zu trotzen.

Ich lasse mich nicht darauf ein.

»Ist gut«, sage ich und lächele unverdrossen weiter, was sie immer ein wenig aus der Fassung bringt.

Zu meiner Überraschung verrät Mariahs Gesicht keinerlei Triumph. Sie scheint sich vielmehr angesichts ihres Sieges elender zu fühlen als zuvor und ausnahmsweise einmal nicht genau zu wissen, was sie sagen soll. Ich kann mich nicht erinnern, Mariah je so wenig selbstsicher gesehen zu haben. Aber sie hat schließlich den Richter am meisten geliebt, auch wenn es durchaus Zeiten gab, wo sie ihn nicht ausstehen konnte.

»He, Schwesterherz«, sage ich sanft (als wir noch Teenager waren und mit dem Experiment befasst, uns zu mögen, nannten wir uns immer Schwesterherz und Bruderherz). »Na komm, es wird schon wieder werden.«

Mariah nickt unsicher, fühlt sich jedoch von keinem meiner Worte ermutigt. Da sie mir misstraut, kann das kaum überraschen. Sie nagt an der Unterlippe, was sie vor ihren Kindern nie und nimmer tun würde. Dann stellt sie sich auf die Zehenspitzen und sagt in einem hohen Flüsterton, wobei ihr Atem mein Ohr kitzelt: »Ich muss mit dir reden, Tal. Es ist wichtig. Irgendwas ... irgendwas stimmt nicht.« Ich senke verblüfft den Kopf, und sie sieht sich in der düsteren Diele um, als fürchte sie, es könne jemand mithören. Mein Blick folgt dem ihren und wandert über obskure entfernte Verwandte und Schönwetterfreunde, darunter etliche, die die Familie seit dem demütigenden Kampf meines Vaters um seine Berufung nicht mehr gesehen hat. Schließlich bleibt ihr Blick an Howard Denton, ihrem Mann, hängen, der wohlhabend und fit wirkt und trotz seines Weißseins am richtigen Platz. Howard ist ein fanatischer Bodybuilder; selbst jetzt noch, im Alter von über fünfzig Jahren, scheinen seine breiten Schultern über der schlanken Taille zu schweben. Er liebt Mariah über alles. Aber er liebt auch das Geld. Zwar schaut er gelegentlich ehrerbietig in Richtung meiner Schwester, hauptsächlich unterhält er sich jedoch angeregt mit einer Schar junger Männer und Frauen, die ich nicht näher kenne. Aus ihrer zielstrebigen Art, ihrem Brooks-Brothers-Outfit und der Tatsache, dass einer von ihnen Howard seine Visitenkarte in die Hand drückt, schließe ich, dass es um etwas Geschäftliches geht, selbst hier, selbst jetzt.

Dasselbe hat auch mein Vater immer wieder erlebt, sogar noch nach seinem Sturz: Er betrat einen Raum, und plötzlich wollten alle etwas von ihm. Er verbreitete diese Aura um sich, sandte unterschwellig die Botschaft aus, dass er jemand war, um den herum und durch den sich Dinge bewegten – jemand, den zu kennen nur von Nutzen sein konnte. Und da steht der schlanke, weiße Howard, ausgerechnet mein Schwager, mit seinem dünn werdenden braunen Haar, seinem maßgeschneiderten Anzug und seinem siebenstelligen Jahreseinkommen (vielleicht ist es inzwischen auch schon achtstellig) und besitzt dieselbe Macht über Menschen. Jetzt ist es also an mir, verletzt zu sein, nicht so sehr als Vertreter meiner Familie, sondern eher als Angehöriger meiner Rasse: Vor meinen Augen erscheinen plötzlich leuchtend rote Flecken, was mir des Öfteren passiert, und zwar immer dann, wenn meine Beziehung zur dunkelhäutigeren Nation und zu ihrer Unterdrückung aufs Tapet kommt. Der Raum um mich verschwimmt. Durch den roten Schleier nehme ich nur schwach diese ehrgeizigen jungen Schwarzen in ihren ehrgeizigen kleinen Anzügen wahr, die nicht viel älter sind als meine Studenten und hier um die Gunst meines Schwagers buhlen, bloß weil er Geschäftsführer bei Goldman Sachs ist. Und plötzlich begreife ich, warum viele schwarze Nationalisten in den sechziger Jahren leidenschaftlich gegen die Programme zur Bekämpfung der Rassendiskriminierung Stellung bezogen und davor warnten, dass ebendiese Programme der schwarzen Minderheit die besten ihrer potentiellen Führer wegnehmen würden, indem sie nämlich auf die angesehensten Colleges geschickt und zu ... nun ja, Konzern-Apparatschiks in Anzügen von Brooks Brothers gemacht würden, die sich verzweifelt um die Gunst mächtiger weißer Kapitalisten bemühten. Unsere Führungspersönlichkeiten würden, so das Argument, dazu verleitet werden, ein völlig neues Ziel zu verfolgen. An die Stelle der Gerechtigkeit für alle würden tolle Studienabschlüsse und noch tollere Geldsummen für einige wenige treten. Die Nationalisten hatten vollkommen Recht. Und ich gehöre zu den wenigen. Meine Frau gehört zu ihnen. Meine Schwester. Meine Studenten. Diese jungen Leute dort, die meinem Schwager ihre Karten aufdrängen.

Die Welt ist von einem hellen, zornigen Rot überzogen. Meine Beine sind aus Stein. Mein Gesicht ist aus Stein. Ich stehe ganz still, lasse mich von der Röte überfluten, genieße sie, wie man eine heiße Dusche genießt. Jede Pore nimmt die Röte in sich auf, ich fühle, wie alle Zellen meines Körpers davon erfüllt sind, und spüre, wie die Luft knistert, sehe ein Omen, das Zeichen eines heraufziehenden Sturms, und erlebe in diesem Moment der Erstarrung und des Zorns noch einmal, mich selbst verachtend, jede Schmeichelei gegenüber Weißen, die mir weiterhelfen konnte ...

»Lass gut sein, Bruderherz«, sagt mein Gewissen, nur dass es gar nicht mein Gewissen ist, sondern Mariah, die mir eine Hand auf den Arm gelegt hat und deren Stimme überraschend ruhig ist. »So ist er nun mal.« Ich blicke nach unten und bemerke, dass sich meine Hand zu einer Faust geballt hat. Ich weiß, es ist kaum Zeit vergangen – eine Sekunde, vielleicht auch zwei. Nie vergeht Zeit, wenn sich der rote Schleier vor meine Augen senkt, und mir ist oft so, als könnte ich diesen Augenblick kraft meines Willens einfrieren, so dass ich für immer zwischen dieser Sekunde und der nächsten eingeschlossen bliebe und in einer Welt aus glorreichem Rot weiterlebte. Dieses Gefühl habe ich auch jetzt. Dann schaue ich hoch und sehe durch die Röte hindurch den Schmerz – nein, die *Bedürftigkeit* – in den dunkelbraunen Augen meiner Schwester. Was mag es sein, das sie braucht und das Howard ihr schuldig bleibt? Nicht zum ersten Mal stellt sich mir die Frage, was sie in ihm sieht, das Geld einmal ausgenommen. Meine Frau meint, Mariah sei vor etwas davongelaufen, als sie ihren Partner wählte, aber alle Kinder meiner Eltern sind davongelaufen, so entschlossen und schnell wie möglich, davongelaufen vor demselben Etwas oder Jemand, nur dass weder Addison noch ich jemanden geheiratet haben, der so langweilig ist wie Howard.

Andererseits ist die Ehe meiner Schwester glücklich.

Mariah flüstert meinen Namen, berührt meinen Arm und ist einen Augenblick lang nicht meine Gegnerin, sondern meine Schwester. Das Rot ist fort, der Raum wieder klar. Ich drücke sie beinahe an mich, was ich, glaube ich, seit zehn Jahren nicht mehr getan habe, und meine gar, dass sie es zulassen würde, doch der Augenblick geht vorüber. »Wir können uns später unterhalten«, sagt sie und schiebt mich sanft, aber bestimmt beiseite. »Geh und sag Sally guten Tag«, fügt sie hinzu, schon dem nächsten Gast zugewandt. »Sie sitzt in der Küche und weint.«

Ich nicke stumm, immer noch ratlos, warum mich diese Stimmungen überkommen, und versuche mich daran zu erinnern, wann es mich das letzte Mal erwischt hat. Als ich mich auf den Weg zur Küche mache, sagt Mariah schon zu einem anderen Besucher, wie nett es sei, dass er gekommen ist, und lässt seinen beiden Wangen je einen Kuss zuteil werden. Ich begrüße Howard im Vorbeigehen, aber er ist zu sehr damit beschäftigt, Visitenkarten einzusammeln, als dass er mehr zustande bringen würde als eine Grimasse und ein flüchtiges Winken. Ganz kurz umspielt ein roter Schimmer seinen Kopf und verschwindet wieder. Ich gehe weiter. Die zahllosen Vettern und Cousinen, wie mein Vater sie zu nennen pflegte, scheinen jeden Quadratzentimeter des Erdgeschosses besetzt zu halten – zahllos deswegen, weil der Richter die Mühe scheute, sich einzuprägen, wer wer ist. Den Vorsitz über die Vettern und Cousinen führt wie immer die alterslose Alma, oder Tante Alma, wie wir sie nach dem Willen unserer Eltern nennen sollten, obwohl Alma selbst, uns in wahre Duftwolken hüllend, stets darauf bestand, »schlicht Alma« zu ihr zu sagen, was wir dann gelegentlich wörtlich nahmen, wenn auch nie in ihrer Gegenwart. »Mariah, ist Schlicht Alma schon da?« Oder: »Mama, Papa, Schlicht Alma ist am Apparat!« Schlicht Alma, die eine Cousine zweiten Grades oder eine Großtante oder so etwas meines Vaters ist, bekennt sich zu einem Alter von 81 Jahren, wobei sie wahrscheinlich schon viel länger auf Erden weilt, dürr wie ein Zweiglein, aber laut, lustig und unanständig und nie ganz still, in ihrem Verhalten irgendwie den jazzigen Rhythmen folgend, die die dunkelhäutigere Nation seit ihren erzwungenen Anfängen am Leben erhalten haben. Als Kind strebte ich bei jeder Familienzusammenkunft zu ihr, weil sie immer aus irgendwelchen Taschen Münzen hervorzauberte und uns aufdrängte; jetzt gehe ich zu ihr, weil sie seit dem Tod meiner Mutter das Gravitationszentrum der Familie ist und uns alle zu sich hinzieht.

»*Tal*cott!«, ruft Alma aus, als sie mich erblickt. Sie stützt sich auf ihren fein geschnitzten Stock und lächelt ihr betörendes Lächeln. »Komm mal her!«

Ich küsse sie sanft, und sie belohnt mich mit einer flinken Umarmung. Ich spüre ihre zerbrechlichen Knochen und staune, dass es den Stürmen des Alters noch nicht gelungen ist, sie fortzublasen. Ihr Atem riecht nach Zigaretten, nach den Kools, die sie seit einem legendären Akt des Protests vor sieben Jahrzehnten raucht, als sie noch die Oberschule in Philadelphia besuchte. Mehr als ein halbes Jahrhundert war sie mit einem Prediger verheiratet, der in Pennsylvania einigen politischen Einfluss hatte und den der Vizepräsident der Vereinigten Staaten in den höchsten Tönen lobte.

»Wie schön, dich zu sehen, Alma.«

»Genau das ist das Problem! Alle attraktiven Männer wollen mich immer nur *sehen*!« Sie gackert laut und gibt mir einen ziemlich festen Klaps auf die Schulter. Trotz ihrer Zerbrechlichkeit hat Alma sechs Kinder zur Welt gebracht, die alle noch leben. Fünf von ihnen haben studiert, vier sind noch in erster Ehe verheiratet, drei stehen in Diensten der Stadt Philadelphia, zwei sind Ärzte und einer ist schwul – es verbirgt sich anscheinend irgendein numerisches Prinzip dahinter. Almas Kinder sowie deren Kinder und Kindeskinder bilden die größte Untergruppe der zahllosen Vettern und Cousinen. Alma haust in einer engen Wohnung in einem der weniger reizvollen Viertel Philadelphias, verbringt jedoch so viel Zeit damit, ihre Nachkommen zu besuchen, dass sie öfter von zu Hause abwesend als dort anzutreffen ist.

»Du wärst wahrscheinlich eine Nummer zu groß für mich, Alma.«

Ich drücke sie noch einmal kurz und will dann weitergehen, aber sie packt meinen Arm und hält mich zurück. Ihre Augen sind trüb vom grauen Star, aber ihr Blick ist trotzdem scharf und wach. »Du weißt, dass dein Papa dich sehr geliebt hat, nicht wahr, Talcott?«

»Ja«, sage ich, obwohl man das beim Richter nie genau wissen konnte. Man konnte nur raten, ob er einen liebte oder nicht.

»Er hatte Großes mit dir vor, Talcott.«

»Wie bitte?«

»Mit Blick auf die Familie. Du bist jetzt das Oberhaupt der Familie, Talcott.«

»Ich würde meinen, dass Addison das ist.« Steif. Ich bin gekränkt und weiß nicht, warum.

Sie schüttelt ihren kleinen Kopf. »Nein, nein, nein. Nicht Addison. Du. So hat es dein Papa gewollt.«

Ich schürze die Lippen und überlege, ob sie das ernst meint. Ich fühle mich geschmeichelt und zugleich beunruhigt. Die Vorstellung, das Oberhaupt der Familie Garland zu sein – was immer das bedeuten mag –, hat einen eigentümlichen Reiz. Zweifellos der Ausdruck eines uralten, genetisch bedingten männlichen Machtstrebens.

»Okay, Alma.«

Sie drückt mich ein wenig fester an sich, will sich nicht abwimmeln lassen. »Talcott, er hatte viel mit dir vor! Er wollte, dass du derjenige wirst, der ...« Alma blinzelt und lässt mich los. »Schon gut, schon gut, er wird's dich wissen lassen.«

»Wer wird mich was wissen lassen, Alma?«

Sie zieht es vor, eine andere Frage zu beantworten. »Du hast die Möglichkeit, alles zu richten. Du kannst alles in Ordnung bringen.«

»Was in Ordnung bringen?«

»Die Familie.«

Ich schüttele den Kopf. »Ich habe keine Ahnung, wovon du sprichst, Alma.«

»Du weißt schon, was ich meine, Talcott. Denk mal an die schönen Zeiten, die wir in Oak Bluffs verlebt haben. Ihr Kinder, euer Papa und eure Mama, ich, Onkel Derek ... damals, als Abigail noch bei uns war«, endet Alma plötzlich und überrascht mich mit einem kleinen Schluchzer.

Ich nehme ihre Hand. »Ich glaube kaum, dass ein Mensch Dinge wie diese wieder in Ordnung bringen kann.«

»Wohl wahr. Aber dein Papa wird dich zur rechten Zeit wissen lassen, was du tun musst.«

»Mein Papa? Du meinst den Richter?«

»Hast du noch einen anderen Papa?«

Das ist auch etwas, was alle über Alma sagen, nämlich dass sie nicht mehr ganz richtig im Kopf ist.

Als ich mich schließlich von ihr losmache, fällt mir ein, dass ich ja nach Sally sehen sollte. Diese verrückten Garland-Frauen, denke ich: Liegt das an uns Garland-Männern, dass sie so neurotisch sind, oder ist da nur der Zufall am Werk? Ich kämpfe mich durch das Gedränge. Ich weiß nicht, warum all diese Leute jetzt hier sind, warum sie nicht bis zum Leichenschmaus warten können. Aber vielleicht hat Mariah ja gar keinen vorgesehen. Ein paar Fremde strecken mir ihre Hand entgegen. Jemand flüstert, der Richter habe nicht leiden müssen, wir sollten alle dankbar sein, und ich würde am liebsten herumfahren und fragen: *Waren Sie dabei?* Aber stattdessen nicke ich nur und gehe weiter, wie es mein Vater getan hätte. Jemand anders, noch ein weißes Gesicht, murmelt, dass die Fackel weitergereicht wurde und es nun Sache von uns Kindern sei, wobei er dieses *es* nicht genauer definiert. Direkt vor der Küchentür schüttelt mir zu meinem Missfallen ein Baptisten-Prediger die Hand, der im Führungsgremium einer der älteren Bürgerrechtsorganisationen sitzt – ein Mann, der, da bin ich ziemlich sicher, gegen die Aufnahme meines Vaters in den Obersten Gerichtshof ausgesagt hat. Und der jetzt die Stirn hat, so zu tun, als würde er mit uns trauern. Der Händedruck scheint kein Ende nehmen zu wollen. Seine alten Fingerspitzen bewegen sich unablässig über meine Haut, und endlich wird mir klar, dass er versucht, das heimliche Erkennungszeichen irgendeiner Bruderschaft zu übermitteln. Vielleicht weiß er nicht, dass die Ablehnung solcher bei diesen Gruppierungen üblichen Begrüßungsrituale einer der wenigen Akte der Rebellion gegen die Lebensweise meiner Eltern war – eine Lebensweise, aus der mich Kimmer, meine Mit-Rebellin, errettet hat. Aber mir liegt nichts daran, den Mann darüber aufzuklären. Ich möchte lediglich seinem falschen Pathos entkommen, und ich fühle, wie sich der rote Schleier wieder herabzusenken droht. Der Mann will jedoch nicht loslassen. Er redet davon, wie nahe mein Vater und er sich in der Vergangenheit gestanden hätten. Wie Leid es ihm tue, dass sich alles so entwickelt habe. Ich bin kurz davor, mit etwas einigermaßen Unchristlichem zu antworten, als ganz plötzlich eine geballte Ladung kleiner Wesen an uns vorbeistürmt und uns fast umreißt – die fünf Denton-Kinder im Alter zwischen vier und zwölf rasen führungslos und ungestüm in einen anderen Teil des Hauses, um dort Unheil anzurichten. Es sind Malcolm, Marshall, die Zwillinge Martin und Martina sowie der Jüngste, Marcus. Mariah sucht verzweifelt nach einem Namen für das sich unübersehbar ankündigende sechste Denton-Kind, das Ende Februar oder Anfang März kommen soll. Sie weiß diesmal nicht so recht, wie sie eine Lösung finden soll, die sowohl unserer Geschichte als auch ihrem Schema gerecht wird. Im Übrigen ist diese jüngste Schwangerschaft sowieso ein Skandal, jedenfalls innerhalb der vier Wände unseres Hauses. Vor einem Jahr hatte Mariah, zweiundvierzigjährig, meiner erstaunten Frau anvertraut, dass sie gern noch ein Kind hätte, was Kimmer mir gegenüber als unverzeihlichen Leichtsinn und als Zügellosigkeit brandmarkte, denn Kimmer schätzt, wie mein Vater, diejenigen am meisten, die sich am wenigsten von ihr selbst unterscheiden.

• II •

Unsere Familie ist eine alte Familie, was sich bei Menschen unserer Hautfarbe nicht so sehr auf den gesellschaftlichen, als vielmehr auf den rechtlichen Status bezieht. Als die meisten Angehörigen der dunkelhäutigeren Nation noch in Ketten lagen, waren Vorfahren von uns bereits frei und für ihr Einkommen selbst verantwortlich. Natürlich waren nicht alle unsere Vorfahren frei, aber immerhin doch einige, und mit den anderen hält sich die Familie nicht auf; wir haben diesen Teil der historischen Erinnerung so wirkungsvoll verdrängt wie das übrige Amerika das weitaus größere Verbrechen. Und wie alle guten Amerikaner verzeihen wir nicht nur das Verbrechen der Sklavenhaltung, sondern preisen auch die Verbrecher. Mein älterer Bruder verdankt seinen Namen einem ganz bestimmten Vorfahren, nämlich Waldo Addison, der als unser Stammvater gilt. Er war ein befreiter Sklave, der, kaum befreit, selbst Sklaven hielt, bis er sich in den dreißiger Jahren des 19. Jahrhunderts gezwungen sah, in den Norden zu fliehen, nachdem der Aufstand Nat Turners den Staat Virginia dazu veranlasst hatte, den Status der befreiten Neger, wie man damals sagte, zu überdenken. Er hielt sich kurz in Washington auf, wo er in dem mückenverpesteten, als George Town bekannten Slum hauste, dann – noch kürzer – in Pennsylvania und landete schließlich in Buffalo, wo er sich vom Farmer zum Flussschiffer wandelte. Darüber, was aus Waldos sechs Sklaven geworden ist, sagt die Familiengeschichte nichts. Über ihn dagegen wissen wir einiges. Großvater Waldo, wie mein Vater ihn gern nannte, schloss sich der Bewegung der Abolitionisten an. Er habe sogar Frederick Douglass gekannt, behauptete mein Vater immer, obwohl man sich nur schwer vorstellen kann, dass die beiden Freunde waren oder überhaupt etwas gemeinsam hatten, abgesehen von der Tatsache, dass sie beide einmal Sklaven waren. Mein Vater stellte gerne Spekulationen darüber an, ob Großvater Waldo sich an der Untergrundbewegung, die Sklaven zur Flucht verhalf, beteiligt hatte, was, wie er mit hoffnungsvoll leuchtenden Augen meinte, als durchaus wahrscheinlich angesehen werden könne, da Waldo ja auf Seen und Kanälen gearbeitet habe. Im Laufe der Jahre erhärteten sich diese Spekulationen zu Tatsachen. Wir saßen in der Abendkühle auf der Veranda des Vineyard-Hauses, tranken rosa Limonade und schlugen Mücken tot, während mein Vater von Waldos unwahrscheinlichen Heldentaten berichtete, als hätte er sie selbst miterlebt. Er erzählte von den Gefahren, in die sich Waldo begeben, von den Plänen, die er geschmiedet hatte, und sprach von der Anerkennung, die ihm gebührte. Beweise gab es allerdings keine. Die wenigen uns bekannten Tatsachen legen nahe, dass Großvater Waldo ein ziemlich übler Halunke war. Auch Waldos vier Söhne waren, soweit wir wissen, Halunken, und seine hübsche Tochter Abigail ehelichte einen ebensolchen, und ausgerechnet dieser Tunichtgut von Ehemann, ein Textilarbeiter in Connecticut, verhalf uns zu unserem Familiennamen. Abigails einziger Sohn wurde Prediger, dessen ältester Sohn Collegeprofessor, und dessen zweiter Sohn war wiederum mein Vater, der vieles gewesen ist, unter anderem – auf dem Höhepunkt seiner Karriere – Richter am Bundesberufungsgericht, enger Vertrauter zweier Präsidenten und (beinahe) Richter am Obersten Gerichtshof. Den Tiefpunkt hatte er erreicht, als er, offiziell zwar nicht angeklagt, aber öffentlich gedemütigt, zum Ziel (Mariah, die einen Sinn fürs Melodramatische hat, spricht lieber von *Opfer*) der Recherchen sämtlicher Zeitungen und Fernsehsender des Landes wurde, ganz zu schweigen von zwei Anklagekammern und drei Kongressausschüssen.

Und jetzt ist er tot. Der Tod ist für Familien, die so alt und, könnte man sagen, überheblich sind wie die unsere, ein wichtiger Prüfstein, denn unseren Schmerz zu unterdrücken ist uns so selbstverständlich wie das Fahren deutscher Autos, der Juristenberuf, der Urlaub in Oak Bluffs und das Geldscheffeln. Mein Vater hätte sich Tränen verbeten. Er predigte immer, man solle die Vergangenheit ruhen lassen und einen Schlussstrich ziehen. *Du ziehst einen Strich unter die Vergangenheit und schaust unbeirrt in die Zukunft.* Mein Vater hatte viele solcher kleinen Sinnsprüche auf Lager; wenn er in der richtigen Stimmung war, sagte er sie in seiner gewichtigen Art her, als erwarte er, dass wir uns Notizen machten. Meine Geschwister und ich lernten allmählich, mit unseren Problemen nicht zu ihm zu gehen, denn das trug uns nur Vorträge über das Leben, das Gesetz oder die Liebe ein, die er uns mit ernstem Gesicht und bedeutungsschwerer Stimme hielt – insbesondere Vorträge über die Liebe, denn er und unsere Mutter führten eine dieser großartigen Ehen, weshalb er sich auf dem Gebiet als Experte ansah. *Niemand kann der ständigen Versuchung widerstehen*, sagte der Richter einmal warnend zu mir, als er – irrtümlicherweise – annahm, ich hätte es auf eine Affäre mit der Schwester meiner zukünftigen Frau abgesehen. *Der Trick besteht darin, Talcott, ihr aus dem Weg zu gehen.* Das war natürlich keine besonders tiefsinnige oder originelle Erkenntnis, aber mein Vater konnte mit seiner strengen Richtermiene die banalsten und offensichtlichsten Dinge klingen lassen, als handelte es sich um tief schürfende Weisheiten.

Mein Taufname ist, wie ich vielleicht erläutern sollte, Talcott und nicht Misha. Meine Eltern haben ihn zum ehrenden Andenken an den Vater meiner Mutter gewählt, von dem sie erwarteten, dass er uns als Gegenleistung Geld hinterlassen würde, was er dann auch pflichtschuldigst tat. Ich verabscheue diesen Vornamen jedoch, seit ich alt genug bin, um von meinen Schulkameraden damit aufgezogen zu werden, und das ist eine sehr lange Zeit. Obwohl meine Eltern es untersagt hatten, verkürzten meine Freunde und Geschwister Talcott gnädigerweise zu Tal. Die mir am nächsten Stehenden nennen mich jedoch Misha, was, wie Sie erraten haben werden, die anglisierte Form eines russischen Namens ist, genauer der Diminutiv des entsprechenden Michail. Dabei bin ich weder Russe, noch spreche ich Russisch, und meine Eltern haben mir auch keinen russischen Namen gegeben, denn welche schwarzen Eltern tun das schon, sieht man einmal von ein paar überzeugten Kommunisten der dreißiger und vierziger Jahre ab. Aber ich habe meine Gründe, warum ich den Namen Misha vorziehe, obwohl er meinem Vater verhasst war.

Oder vielleicht gerade deshalb.

Denn mein Vater hatte, wie die meisten Väter, diese Wirkung auf meine Geschwister und mich: Erst durch unsere Rebellion gegen seine autokratische Herrschaft fanden wir zu uns selbst. Und wie die meisten Rebellen sehen wir oft nicht, wie ähnlich wir dem geworden sind, was zu verachten wir vorgeben.

• III •

Ich brauche eine Pause.

Um Mariah einen Gefallen zu tun, verbringe ich ein paar Minuten in der Küche bei der weinenden Sally, die vom einzigen Bruder meines Vaters großgezogen wurde, meinem verstorbenen Onkel Derek, den der Richter seiner politischen Ansichten wegen verabscheute. Sally ist keine blutsverwandte Cousine, sondern eine angeheiratete, die Tochter von Dereks zweiter Frau Thera und deren erstem Mann, gleichwohl spricht sie von Derek als ihrem Vater. Sie ist eine pummelige einsame Frau mit den unglücklich blickenden Augen einer Hirschkuh und wild frisierten Haaren.

Als ich sie jetzt tröste, kann ich nichts mehr von dem waghalsigen, aggressiven Teenager erkennen, der vor langer Zeit einmal Addisons heimliche Geliebte war. Heute ist Sally auf dem Kapitolshügel für irgendeinen Unterausschuss tätig, ein Job, den sie dank des zwar schwindenden, aber noch ausreichenden Einflusses meines Vaters bekam, nachdem sie alle anderen hingeschmissen hatte. Sally, die wohl das eine oder andere Problem gehabt hat, lenkt jede Unterhaltung binnen kürzester Zeit zu der Klage darüber, wie schlecht sie von allen Menschen behandelt wird. Sie trägt Kleider mit scheußlichen Blumenmustern, die immer zu eng sind, und auch wenn sie nicht mehr so viel trinkt wie früher, hat Kimmer doch beobachtet, wie sie händeweise Pillen aus der großen Leinentasche holt, die sie ständig mit sich herumträgt. Auch jetzt hat sie die Tasche dabei. Während ich Sallys breiten Rücken tätschele, versuche ich, von der Undeutlichkeit ihrer Aussprache auf die Menge dessen zu schließen, was sie heimlich schluckt. Ich rufe mir in Erinnerung, wie warmherzig, lebhaft und komisch sie früher war. Ich lasse zu, dass sie mir einen feuchten Kuss gibt, der ein bisschen zu dicht bei meinen Lippen landet, und kann endlich in die Diele entkommen. Dort höre ich Almas asthmatisches Gegacker, drehe mich aber nicht um. Wieder fällt mir Howard auf, der noch immer Geschäfte macht – der rote Schimmer um seinen Kopf ist noch da. Ich muss hier raus, aber Mariah wäre empört, wenn ich das Haus verließe, und ich bin noch nie gut darin gewesen, die Empörung von Frauen zu ertragen. Ich sehne mich nach dem einfachen, erfrischenden Vergnügen eines Schachspiels, übers Netz an meinem Laptop zum Beispiel, der drüben bei den Madisons steht.

Im Augenblick muss schlichtes Alleinsein genügen.

Ich schlüpfe in den kleinen Raum, der früher einmal das Arbeitszimmer meines Vaters war und dann zu einer Bibliothek umgestaltet wurde, mit niedrigen Bücherregalen aus Kirschholz an zwei Wänden und unter dem Fenster einem winzigen alten Schreibtisch, auf dem ein Telefon steht. Die Wandverkleidung ist ebenfalls aus Kirschholz gefertigt und nicht mit den üblichen prahlerischen Fotos geschmückt (die hängen oben), sondern mit ein paar geschmackvollen kleinformatigen Zeichnungen unbekannter Künstler und einem Originalaquarell von Larry Johnson – nicht sein bestes – sowie einer winzigen, sehr hübschen Skizze Mirós, die der Richter erst vor kurzem von einem konservativen Millionär geschenkt bekommen hat. Ich frage mich einen kurzen, habgierigen Augenblick lang, wer von uns Kindern wohl den Miró bekommen wird. Aber ich nehme an, dass er im Haus bleibt.

»Dieweil die Reichen immer reicher werden«, flüstere ich pietätlos.

Ich schließe die Tür und setze mich an den Schreibtisch. In dem Regal hinter dem mit rotem Leder bezogenen Drehstuhl stehen Dutzende von Fotoalben, ein paar ausgewählt schöne, ein paar billige, aber alle prall gefüllt mit Fotos, denn meine Mutter ist immer eine gewissenhafte Chronistin der familiären Entwicklungen gewesen. Ich ziehe eines heraus und finde eine Serie von Bildern, die Addison als Baby zeigen. Ein anderes Album ist Abby gewidmet. Auf der Seite, die sich automatisch aufschlägt, kleben Fotos, auf denen meine kleine Schwester, etwa zehnjährig, in der Baseball-Uniform der Little League abgelichtet ist. Sie hat die Kappe kess zurückgeschoben, und ein Schläger ruht auf ihrer Schulter; meine Eltern hatten, wie ich mich jetzt wieder erinnere, mit einer Klage drohen müssen, bevor man ihr zu spielen erlaubte. Die alten Zeiten. Mein Vater versäumte nie ein Spiel, egal womit er gerade beschäftigt war. Er pflegte immer liebevoll über diese Zeiten zu sprechen: *So wie es früher war*, sagte er in seltenen Anwandlungen von Nostalgie und meinte damit die Jahre vor Abbys Tod. Gleichwohl hatte er seinen Schlussstrich gezogen und die Vergangenheit ruhen lassen, um unbeirrt in die Zukunft zu schauen.

Ich blättere in anderen Alben. Eines enthält lauter Schul- und Studienabschlussbilder. Von mir, von Mariah, von Addison, alle Stationen unseres Bildungsweges, dazu Aufnahmen von Mariah und Addison, wie ihnen diverse Preise überreicht werden. Vor allem Addison. Keine Fotos von mir dabei, aber ich habe ja auch nie etwas gewonnen. Ich lächle gezwungen und blättere weiter. Der größte Teil dieses Albums ist leer. Vielleicht Platz für Aufnahmen von den Enkelkindern. Ich stelle es zurück. Das nächste hat den schönsten Einband von allen, weiches, altes, dunkelblaues Leder. Es ist voller Zeitungsausschnitte, und bei allen geht es um –

O nein.

Ich schlage schnell das Album zu, schließe die Augen. Ich sehe, wie mein Vater spät an einem Frühlingsabend aus dem Haus stürzt und meiner Mutter aufträgt, zu bleiben, wo sie ist. *Bleib da, Claire, wir haben noch drei andere Kinder, für die wir sorgen müssen, ich ruf dich aus dem Krankenhaus an!* Und dann, noch später, meine Mutter, die an das Telefon geht, das in der Küche an der Wand hängt. Ihre Hand zittert, dann stöhnt sie in mütterlichem Entsetzen auf und sinkt gegen die Anrichte, um gleich darauf wieder geschäftsmäßig und distanziert zu sein, etwas, das meine Eltern beide konnten, von einer Sekunde zur anderen. Ich war der einzige Zeuge dieses Auftritts. Mariah und Addison waren auf dem College, und Abby war unterwegs; mit fünfzehn Jahren ging sie ständig aus, weshalb sie dauernd mit den Eltern Krach hatte. Meine Mutter trug mir auf, mich anzuziehen, und brachte mich dann eilig zu den Nachbarn, obwohl ich mit meinen fast siebzehn Jahren durchaus in der Lage gewesen wäre, unbehütet zu Hause zu bleiben. Sie verabschiedete sich mit schnellen, verzweifelten Küssen von mir und fuhr mit unserem zweiten Auto weg, abberufen von nicht erklärten, aber offenkundig traurigen Ereignissen. Es war schon nach Mitternacht, als mein Vater mich wieder abholte, mich ins Wohnzimmer unseres Hauses in der Shepard Street brachte und mir mit bebender Stimme, die so ganz anders war als seine übliche Radioreporter-Stimme, mitteilte, dass Abby tot war.

Vom Tag ihrer Beerdigung bis zum Tag seines eigenen Todes hat mein Vater Abbys Namen kaum je wieder ausgesprochen.

Aber er hat ein Album angelegt. Ein ganz entschieden seltsames Album.

Ich öffne die Augen und blättere darin.

Und bemerke sofort, dass etwas nicht stimmt.

Nur die ersten vier Zeitungsausschnitte beziehen sich auf Abby. Die Nachricht von ihrem Tod. Die Todesanzeige. Eine Notiz eine Woche später, die die Leser wissen lässt, dass die Polizei noch im Dunkeln tappt. Ein weiterer kurzer Artikel zwei Monate später, der dieselbe freudlose Nachricht vermeldet.

Mein Vater war damals außer sich, wie mir jetzt wieder einfällt. Er war die ganze Zeit zornig. Und er fing an zu trinken. Wie es Alkoholiker nun einmal tun, allein für sich, eingeschlossen hier in diesem Raum. Vielleicht über diesem Album brütend.

Ich blättere um. Der nächste Artikel, ein paar Monate später, berichtet vom Tod eines kleinen Mädchens bei einem Unfall mit Fahrerflucht in Maryland. Mich schaudert. Auf der nächsten Seite ein weiterer Zeitungsausschnitt: ein junger Theologiestudent, ebenfalls Opfer eines Unfalls mit Fahrerflucht. Ich blättere und blättere. Der Inhalt des Albums erschüttert mich. Seite um Seite Zeitungsberichte über unschuldige Menschen, die von unfallflüchtigen Fahrern getötet wurden, quer durch die Vereinigten Staaten. Über zwei, fast drei Jahre hinweg. Eine ältere Frau, die in einer Kleinstadt aus dem Supermarkt kam. Ein Polizist, der in einer Großstadt den Verkehr regelte. Eine reiche, politisch engagierte Studentin, deren Cabrio von einem Sattelschlepper zerdrückt wurde. Ein Reporter, der von einem Kombi erfasst wurde, als er auf einem verkehrsreichen Highway einen Reifen wechselte. Der Football-Trainer eines Gymnasiums, der von einem Taxi übel zugerichtet wurde. Die verarmte Mutter von sechs Kindern, ein berühmter Autor, ein Herzchirurg, ein gesuchter Einbrecher, ein junges Mädchen auf dem Weg zum Babysitten und so weiter und so fort, ein Potpourri amerikanischer Tragödien. Einige der Artikel tragen die tintigen Stempel der verschiedenen Zeitungsausschnittsdienste, die einem zu Themen, die man ihnen angegeben hatte, Artikel aus dem ganzen Land zuschickten, früher, als es noch keine Internetrecherche gab. Bei vielen handelt es sich nur um winzige, einen Absatz umfassende Notizen aus der *Post* oder dem alten Star, und wenige, ganz wenige, sind mit verblichenen blauen Sternchen versehen und einem an den Rand gekritzelten Datum, das für gewöhnlich sehr viel später liegt als das Erscheinungsdatum des Artikels. Als ich mich von späteren Zeitungsausschnitten in dem Album zurückarbeite, wird mir bald klar, dass die Fälle markiert sind, bei denen der unfallflüchtige Fahrer ausfindig gemacht werden konnte. Und ein paar dieser Berichte über Festnahmen sind mit kurzen, empörten Randnotizen in der krakeligen Handschrift meines Vaters versehen. *Ich hoffe, der Scheißkerl kommt auf den elektrischen Stuhl!* Oder: *Du besorgst dir besser einen guten Anwalt, Freundchen!* Oder: *Wenigstens diesen Eltern ist Gerechtigkeit widerfahren.*

Ich blättere schnell zum Ende des Albums. Die Sammlung geht bis 1982, und ungefähr zu der Zeit hörte der Richter mit dem Trinken wieder auf. Das leuchtet ein. Sonst aber nichts.

Dies ist nicht das nostalgische Album eines Vaters, der ein Kind vermisst: Es ist das Werk eines Besessenen. Es erscheint mir als teuflisch im traditionellen christlichen Sinn, als ein Werk des Teufels. Das Album ist sozusagen umgeben von einer Aura der mentalen Verderbtheit, als wäre es heimgesucht von dem Geist des Verrückten, der es zusammengestellt hat ... oder von dem Geist, der in ihn gefahren ist, um ihn dazu zu zwingen. Ich stelle das Album schnell an seinen Platz zurück, weil ich fürchte, es könnte mich irgendwie mit seinem schreienden Wahn infizieren. Schon eigenartig, dass es so hier steht, mitten unter glücklicheren Erinnerungen. Die wenigsten Kinder erfahren gern von Zeiten geistiger Umnachtung ihrer Eltern, auch wenn sie wieder vorübergingen ... und die wenigsten Eltern möchten, dass ihre Kinder davon wissen. Die Garlands haben viele kleine Geheimnisse, von denen eines lautet: Als Abby starb, wurde mein Vater ein bisschen verrückt, und dann wurde er wieder normal.

Ich schließe erneut die Augen und sinke tiefer in den Stuhl. Er wurde wieder normal. Das ist das Entscheidende. Er wurde wieder normal. Der Mann, den wir nächste Woche zu Grabe tragen werden, ist nicht der Mann, der hier in diesem hässlichen kleinen Raum saß, sich Nacht für Nacht bis zur Bewusstlosigkeit betrank, in diesem kranken Album blätterte und seine Familie zwar nicht mit Zornesausbrüchen oder Gewalt terrorisierte, aber mit der schrecklichen Wortlosigkeit emotionaler Not.

Er wurde wieder normal.

Und doch hat mein so fanatisch auf die Wahrung seiner Privatsphäre bedachter Vater dieses Album, dieses Zeugnis einer kurzzeitigen geistigen Erkrankung, aufgehoben, noch dazu an einem Ort, wo es jedem Besucher des Hauses zufällig hätte in die Hände fallen können. Ich kann mir ohne Schwierigkeiten vorstellen, dass der Richter das Album in der Zeit seines Wahns angelegt hat, aber es erscheint mir in höchstem Maße sorglos und überhaupt nicht zu ihm passend, dass er es all die Jahre hindurch aufgehoben hat. Alle anderen Beweise wurden doch schon vor so langer Zeit beseitigt. Zum Beispiel gibt es im ganzen Haus keine

Schnapsflaschen mehr. Aber dieses Album hat überdauert, dort im Regal. Zum Glück ist niemand darauf gestoßen, als der Justizausschuss des Senats die Anhörung wegen seiner –

Mit einem Ruck öffnet sich die Tür zu dem kleinen Raum. Im Türrahmen steht Sally in ihrem übertrieben engen, grauen Kleid. Ihr beachtlicher Busen wogt, und durch ihre Tränen schimmert ein verzücktes, wenn auch irgendwie hilfloses Lächeln. Sie schaut ein wenig verwirrt drein, so als sei sie überrascht, mich so schnell gefunden zu haben. Addison habe angerufen, sagt sie schließlich. Ihre Augen leuchten ekstatisch, teilen ihre Freude mit. Er sei auf dem Weg, setzt Sally glücklich hinzu, unbeeindruckt von der Möglichkeit, dass andere das vielleicht nicht so wunderbar finden könnten wie sie. Er werde spätestens morgen da sein. Ich blinzele, bemühe mich, wieder scharf zu sehen. Sie hört sich an wie jemand in einem Stück von Beckett. Ich stehe schnell auf und stelle mich vor das Bücherregal, weil ich absurderweise fürchte, sie könnte das verrückte Album des Richters entdecken. Addison kommt, wiederholt sie. Von dieser Nachricht wie verwandelt, hat sie plötzlich etwas Bezauberndes an sich. Er wird bald da sein, versichert sie mir. Sehr bald.

So krankhaft verzückt, wie sie spricht, könnte sie auch die bevorstehende Ankunft des Messias verkünden. Allerdings würden wahrscheinlich die meisten der vielen Frauen meines Bruders, dazu befragt, ihn eher als das genaue Gegenteil bezeichnen.

Kapitel 3
Die weisse Küche

• 1 •

Die Nachricht vom Tod des Richters hat uns in den Jahren vor seinem tatsächlichen Ableben schon etliche Male erreicht. Nicht etwa, weil er krank gewesen wäre; in der Regel wirkte er derart dynamisch, dass man seine instabile Gesundheit leicht vergaß. Deshalb fiel es anfangs auch so schwer, an den Herzinfarkt zu glauben, der ihn schließlich niederstreckte. Es war einfach so, dass er eine Art von Leben führte, die der Gerüchtebildung Vorschub leistet. Die Leute mochten meinen Vater nicht, und er erwiderte diese Abneigung. Sie verbreiteten Geschichten über seinen Tod und hofften inständig, dass sie der Wahrheit entsprachen. Für seine Feinde – sie waren Legion, eine Tatsache, auf die er sich etwas zugute hielt – war mein Vater eine Pest, und Gerüchte über ein Heilmittel gegen eine solche Seuche wecken immer die Hoffnungen derer, die an ihr leiden oder die daran Leidende lieben. Und im Falle meines Vaters waren einige der Heimgesuchten keine Menschen, sondern Anliegen, die ja im Gegensatz zu einzelnen Menschen, die Tag für Tag ungeliebt sterben, in Amerika immer eine riesige Anhängerschar haben. Es gab nicht einen Gegner meines Vaters, der ihn nicht aufrichtig hasste, und keinen, der nicht solche Geschichten verbreitet hätte. Als selbst ernannte Freunde riefen sie bei uns an und drückten ihr tiefstes Mitgefühl aus. Sie hätten, sagten sie etwa, vom Herzinfarkt meines Vaters erfahren, dem er erlegen sei, als er gerade in Boston sein neuestes Buch habe vorstellen wollen. Oder von dem Schlaganfall, der ihn in Cincinnati ereilt habe, wo er zur Aufzeichnung eines Fernsehinterviews gewesen sei. Nur dass nichts dergleichen passiert war und der Richter gesund und munter in San Antonio weilte, um vor irgendeinem konservativen Aktionskomitee einen Vortrag zu halten – vor den Rechtslobbyisten, wie Kimmer sie nennt. Ach, all diese schadenfrohen Geschichten von seinem Tod! Meine Mutter hasste sie, nicht wegen des Kummers, sondern wegen der Demütigung – es gab schließlich Grenzen des Anstandes. Nicht jedoch in der Gerüchteküche. Als ich einmal kurz vor Bentleys Geburt in der Schlange vor der Kasse eines Supermarkts stand, las ich zu meinem Erstaunen auf der Titelseite einer der besonders einfallsreichen Boulevardzeitungen unmittelbar unter der wöchentlichen Whitney-Houston-Story (SPRICHT OFFEN ÜBER IHREN HERZENSKUMMER) und über einem Artikel, der erklärte, dass man durchaus auch ohne Diät und sportliche Betätigung so viel Gewicht verlieren könne, wie man wolle (EIN WUNDER, DAS DIE ÄRZTE VERSCHWEIGEN), die beglückende Nachricht, dass die Mafia meinem Vater wegen seiner Zusammenarbeit mit den Strafverfolgern des Bundes nach dem Leben trachte. Allerdings fiel mir, als ich auf Kimmers Geheiß in den Supermarkt zurückging und das Blatt kaufte, in der ausführlichen Meldung ein entschiedener Mangel an Einzelheiten bezüglich der Frage auf, was mein Vater eigentlich mit den Strafverfolgungsbehörden zu kooperieren gehabt oder was er derart Gefährliches über die Mafia erfahren haben könnte. Ich rief Mrs. Rose an, seine ihn schon viele Jahre erduldende Sekretärin, und erwischte ihn schließlich unterwegs in Seattle. Er nutzte die Gelegenheit, mich wieder einmal auf die Hinterhältigkeit seiner Widersacher aufmerksam zu machen.

»Sie tun alles, Talcott, aber auch *alles*, um mich zu vernichten«, verkündete er in dem orakelhaften Ton, den er gern anschlug, wenn er über die Leute sprach, die ihn nicht mochten. Er wiederholte das Wort ein drittes Mal, für den Fall, dass ich es nicht mitbekommen hatte: »Alles!«

Wozu, wie ich feststellte, als ich eine Ausgabe der *Nation* von vor ein paar Jahren durchblätterte, auch gehörte, dass man ihm vorwarf, an Paranoia zu leiden. Oder war es Größenwahn? Wie auch immer, mein Vater war felsenfest davon überzeugt, dass sie es auf ihn abgesehen hatten, und meine Schwester glaubte, sie würden ihn kleinkriegen. Als der Richter vor drei Jahren nicht zu Bentleys Taufe erschien, weil er fürchtete, die Presse könnte dort sein, verteidigte Mariah ihn mit dem Hinweis, er sei auch bei der Hälfte der Taufen ihrer Kinder nicht dabei gewesen – was nicht viel heißen will bei der Zahl ihrer Kinder –, aber damals sprachen sie und ich sowieso kaum miteinander.

Einmal gelangte die Nachricht vom Ableben meines Vaters sogar in eine richtige Zeitung, das heißt nicht in die Boulevardblätter, sondern in die *Washington Post*, die ihn an einem Wintermorgen beim Absturz eines Zubringerflugzeugs in Virginia als eines von einem Dutzend Opfern sterben ließ. ABSTURZ: TOD DES UMSTRITTENEN EXRICHTERS BEFÜRCHTET, lautete die Überschrift. Die Ironie konnte auch dem nur oberflächlich am Zeitgeschehen interessierten Leser kaum entgehen, denn was die Menschen befürchteten, war nicht, dass er ums Leben gekommen, sondern dass er am Leben geblieben sein könnte. Zudem lag eine gewisse Ironie darin, dass seine Karriere eine unglückliche Entwicklung genommen hatte und, wie mein Vater gern behauptete, die *Post* »und ihresgleichen« die Schuld daran trugen. »Linke Dreckschleudern« nannte mein Vater sie in seinen gut entlohnten Reden vor den Rechtslobbyisten, die es gern hörten, wenn dieser zornige, redegewandte schwarze Anwalt die Medien für seinen Rücktritt als Richter am Bundesberufungsgericht verantwortlich machte, der kurz nach seiner zwar erwarteten, dann aber geplatzten Berufung an den Obersten Gerichtshof erfolgt war, vor dem er – wie seine konservativen Anhänger den liberalen Kritikern gern ins Gedächtnis riefen – in den sechziger Jahren zwei entscheidende Prozesse auf dem Weg zur Aufhebung der Rassentrennung gewonnen hatte. Ach, er konnte einen schon verwirren! Deshalb war Mariah auch sicher, dass man entlang der gesamten Achse Cambridge – Washington (wo sie diese abgedroschene Wendung herhatte, werde ich nie erfahren, aber ich vermute von Addison, der seine Schwester immer leiden konnte) erleichtert gelächelt hatte, als die frühen Ausgaben der *Post* die Geschichte von dem Absturz brachten und ein paar der unvorsichtigeren Radiosender sie aufgriffen. Einen glorreichen Augenblick lang schien die Pest besiegt. Dabei war mein gerissener Vater gar nicht an Bord gewesen. Obwohl sein Name auf der Passagierliste stand und er eingecheckt hatte, hatte er klugerweise die Gelegenheit genutzt, sich per Ferngespräch mit meiner Mutter (die zu diesem Zeitpunkt ganz damit beschäftigt war, im Vineyard-Haus zu sterben) wegen der Kosten einer Dachrinnenreparatur zu streiten, und diese Diskussion hatte so lange gedauert, dass er den Flug verpasste. Die Fluggesellschaft hatte also eine fehlerhafte Passagierliste vorliegen, was natürlich zur damaligen Zeit noch relativ leicht vorkommen konnte. »So sehr hat sie mich geliebt«, sagte der angetrunkene Richter am Abend nach der Beerdigung von Claire Garland zu uns. Er weinte sogar, was wir alle noch nie erlebt hatten – allerdings behauptete Addison, ihn erstmals seit der schlimmen Zeit nach Abbys Tod wieder etwas trinken gesehen zu haben –, und Mariah klebte mir eine, als ich sie am nächsten Tag darauf aufmerksam machte, dass unser Vater in den sechs Jahren, in denen unsere Mutter krank gewesen war, genauso viel Zeit auf Reisen verbracht hatte wie an ihrem Bett. »Na und?«, verlangte meine Schwester zu wissen, während ich verzweifelt nach einer passenden Antwort auf ihre Ohrfeige suchte – aber es war eine Frage, auf die zu antworten ich genau genommen schlecht vorbereitet war.

Und vielleicht verdiente ich den Rüffel ja auch, denn der Richter war trotz der Kälte, die er der Welt gegenüber (und dazu gehörten für gewöhnlich auch seine Kinder) an den Tag legte, zu unserer Mutter immer nur zärtlich und liebevoll gewesen. Selbst als er noch ein mächtiger New Yorker Anwalt war, also in der Zeit vor unserem Umzug nach Washington und seinem Eintritt in den Dienst der Regierung, verließ er laufend Besprechungen mit Mandanten, um Anrufe von Claire entgegenzunehmen. Auch später noch, als er in der Börsenaufsichtsbehörde saß, und dann auf dem Richterstuhl, kam es vor, dass er die streitenden Parteien sich selbst überließ und mit seiner Frau plauderte, die das als ihr gutes Recht anzusehen schien. Ihretwegen lächelte er beglückt und tat der Welt auf diese Weise kund, wie dankbar er war, dass ihm Claire Morrow das Jawort gegeben hatte. Zumindest bis Abby starb, denn danach lächelte er eine Zeit lang nicht mehr sehr viel. Später, als so etwas wie eine familiäre Stabilität wiederhergestellt war, pflegten meine Eltern Abendspaziergänge durch die Shepard Street zu machen, Hand in Hand.

Natürlich war mein Vater ständig unterwegs. In der Zeit vor seinem Tod bezeichnete er sich selbst gern als ganz gewöhnlichen Washingtoner Anwalt, was bedeutete, dass er, wenn er mich erreichen wollte, Mrs. Rose bat, die Verbindung herzustellen, weil seine eigene Zeit dafür viel zu kostbar war. Wenn er mich dann an der Strippe hatte, stellte er unweigerlich auf Lautsprecher um, da er wohl die Hände für andere Arbeiten frei haben wollte. Mrs. Rose meinte einmal zu mir, ich solle mir das nicht zu Herzen nehmen, er mache das bei allen Anrufern, als wäre diese Lautsprechertaste gerade erst erfunden worden.

Eigentlich war alles, was er tat, für ihn ganz neu. Offiziell war er beratend für die Anwaltskanzlei Corcoran & Klein tätig, wobei *beratend* ein Kunstwort ist, das eine Fülle von schwierigen Beziehungen bezeichnen kann – von dem pensionierten Partner, der nicht mehr als Anwalt arbeitet, über den arbeitslosen Juristen, der versucht, Mandanten für die Kanzlei zu gewinnen, um sich auf diese Weise die Partnerschaft zu verdienen, bis hin zum arrivierten Berater, der nach einem seriösen Ort sucht, wo er sein Firmenschild aufhängen kann. Meinem Vater bot die Kanzlei den Anstrich der Vornehmheit und eine Adresse, über die er erreichbar war, aber sonst nicht viel mehr. Er traf sich mit wenigen Mandanten, war nicht als »praktizierender« Anwalt tätig. Er schrieb vielmehr Bücher, ging auf Vortragsreisen und trat, wenn er mal eine Verschnaufpause brauchte, bei *Nightline, Crossfire* oder *Imus* auf, um wider die üblen Heerscharen der Linken zu streiten. Ja, er war der ideale Talkshow-Gast, denn er war bereit, so gut wie alles über so gut wie jeden zu sagen, und er bedachte alle, die seine Meinung nicht teilten, mit höchst gelehrt klingenden Charakterisierungen. (Er brachte die Überwacher der jeweiligen Sendungen in arge Verlegenheit, wenn er Wörter wie *Hahnrei* oder *Rabulist* benutzte, und einmal musste bei einer Gesprächsrunde sogar ein Piepton eingespielt werden, als er den *Rechtsrutsch* eines republikanischen Präsidentschaftskandidaten bei den Vorwahlen als *Akt der Häutung* bezeichnete.) O ja, die Leute hassten ihn, und er genoss ihre Feindschaft.

Mariah sah in all dem natürlich sehr viel mehr als ich. Ich bin schon immer der Ansicht gewesen, dass die extreme Linke und die extreme Rechte einander unbedingt brauchen, denn wenn die eine verschwände, würde der anderen die Existenzgrundlage entzogen – eine Überzeugung, in der ich Jahr für Jahr nachhaltiger bestärkt worden bin, suchen doch beide Seiten immer hitziger nach jemandem, den sie verdammen können. Gelegentlich fragte ich mich sogar laut und in Gegenwart Kimmers – einem anderen Menschen gegenüber würde ich mich so nie äußern –, ob mein Vater nicht vielleicht die Hälfte seiner politischen Ansichten vor allem deshalb vertrat, damit sein Gesicht nicht vom Bildschirm verschwand, ihm seine Feinde auf den Fersen und seine Honorare im Bereich der halben Million pro Jahr blieben. Aber Mariah, die früher einmal Philosophiestudentin und investigative Journalistin gewesen ist, sieht Gegensätze als real gegeben an; der Richter und seine Feinde, so meinte sie immer, brächten die großen ideologischen Debatten der Zeit auf die Bühne. Es sei der Kulturkampf gewesen, der ihn zu Fall gebracht habe. Ich hielt diesen Gedanken für ziemlich albern und gelangte nach Jahren der Beschäftigung damit sogar zu der Auffassung, dass die Klatschmäuler, die meinen Vater aus dem Richteramt vertrieben hatten, vielleicht gar nicht so im Unrecht gewesen waren – ich beging allerdings den Fehler, dies auch Mariah gegenüber am Telefon auszusprechen, und zwar nicht lange, nachdem Bob Woodwards Bestseller über den Fall erschienen war. Das Buch sei, so sagte ich zu ihr, recht überzeugend: Der Richter sei kein Opfer, sondern habe einen Meineid geschworen.

Entsetzt über diesen unerwarteten Bruch der familiären Geschlossenheit, wenn auch nur im privaten Gespräch, stieß Mariah einen Fluch aus, etwas, das ich mit ziemlicher Sicherheit aus ihrem Munde noch nie gehört hatte. Ich fragte sie, ob sie das Buch gelesen habe, worauf sie mir antwortete, für solchen Schund fehle ihr die Zeit, wobei *Schund* nicht ganz das Wort war, das sie wählte. Sie hatte mich angerufen, müssen Sie wissen, weil sie wollte, dass die gesamte Familie – will sagen wir drei Geschwister – einen gemeinsamen Brief an die *New York Times* schrieb und gegen deren positive Aufnahme des Woodward-Buches protestierte. Sie habe, sagte sie, dort noch Freunde, die schon für die Veröffentlichung unseres Briefes sorgen würden. Ich lehnte ab und nannte ihr meine Gründe. Daraufhin meinte sie, ich müsse mitmachen, es sei meine Pflicht. Ich murmelte etwas wie, man solle schlafende Hunde nicht wecken. Sie sagte, ich hätte noch nie eine Bitte von ihr erfüllt, und grub eine alte Geschichte aus, die ich längst vergessen hatte, von einer einsamen Freundin, mit der auszugehen sie mich gebeten hatte, als ich noch studierte. Mariah sagte, ich solle wenigstens ein einziges Mal etwas für sie tun. Sie habe die Behandlung, die ich ihr angedeihen lasse, durch nichts verdient. Ich dachte an das Sammelbild von Willie Mays, beschloss jedoch, es nicht zur Sprache zu bringen. Stattdessen bezeichnete ich sie, ein bisschen gereizt, wie ich fürchte, als unreif – nein, um die Wahrheit zu sagen, die Wendung, die ich benutzte, war *verzogenes Gör*. Mariah reagierte darauf erst nach einer bedeutungsvollen Pause mit einem meines Erachtens grundlosen Angriff auf meine Frau Kimmer, der mit den Worten begann: »Wo wir gerade von verzogenen Kötern sprechen, wie geht's deinem Frauchen?« Meine Schwester beherrscht das typisch schwarze Spiel der Verwandtenbeleidigung meisterhaft, und ganz bestimmt besser als ich, hat sie ihre Fähigkeiten doch während ihrer langen und leidenschaftlichen Mitgliedschaft in einer recht exklusiven und als boshaft berüchtigten Studentinnenverbindung entwickeln können. Als ich verärgert meinte, es stehe ihr nicht zu, so über Kimmer zu sprechen – na schön, ich formulierte es etwas drastischer –, fragte sie erbost, ob ich die Äußerungen meiner Frau über sie, Mariah, auch mit solcher Vehemenz zurückweisen würde. Während ich noch nach einer Antwort darauf suchte, setzte sie hinzu, Blut sei dicker als Wasser und es gehe um etwas, das ich der Familie schuldig sei. Als ich daraufhin versuchte, mich auf mein hohes Professorenross zu setzen, und meinte, ich fühlte mich in erster Linie der Wahrheit verpflichtet, fragte sie, warum ich dann nicht eine ganzseitige Anzeige in die Zeitung setzte, mit dem Wortlaut: MEIN VATER IST SCHULDIG UND MEINE FRAU UNTREU. Aber schön, so schlecht kommen wir eben miteinander aus. Als Mariah mich in der finsteren, mit Familie überfüllten Diele des Hauses in der Shepard Street beiseite nimmt und mir zuflüstert, sie müsse später mal mit mir reden, gehe ich daher davon aus, dass sie nur die letzten, die Beerdigung betreffenden Einzelheiten mit mir besprechen will, denn worüber sollten wir beiden lebenslangen Gegner uns sonst unterhalten? Das ist jedoch ein Irrtum: Was meine Schwester mir mitteilen möchte, ist der Name des Mannes, der unseren Vater ermordet hat.

• II •

Als Mariah es mir sagt, muss ich lachen. Das gestehe ich offen, wenn auch schuldbewusst ein. Es ist schlimm von mir, aber ich tue es. Vielleicht vor Erschöpfung. Wir finden erst nach Mitternacht Zeit füreinander, setzen uns an den Küchentisch und trinken einen heißen Kakao, ich noch im Schlips, meine Schwester frisch geduscht und in einem flauschigen blauen Morgenrock. Howard, die Kinder und ein Teil der zahllosen Vettern und Cousinen schlafen schon, in verschiedenen Winkeln des grandiosen alten Hauses zusammengepfercht. Die Küche, die mein Vater erst vor kurzem neu hat herrichten lassen, ist in strahlendem Weiß gehalten, die Küchenmöbel, die Geräte, die Vorhänge, der Tisch, alles im gleichen glänzenden Weiß. Wenn wie jetzt die Lampen brennen, tut einem das hell reflektierte Licht in den Augen weh und verleiht der sowieso schon surrealen Atmosphäre einen ungesunden Beigeschmack.

»Worüber genau lachst du eigentlich?«, will Mariah wissen und lehnt sich auf ihrem Stuhl zurück. »Was ist los mit dir?«

»Du glaubst, Jack Ziegler hat unseren Vater umgebracht?«, stammele ich, noch immer nicht in der Lage, den Gedanken zu fassen. »Onkel Jack? Weshalb?«

»Du weißt schon, weshalb. Und nenn ihn nicht Onkel Jack!«

Ich schüttele den Kopf, versuche freundlich zu sein und hoffe nun doch, dass Addison bald kommt, denn er hat sehr viel mehr Geduld mit Mariah, als ich je haben werde. Noch vor wenigen Augenblicken, bevor sie den Namen aussprach, war sie nervös, vielleicht sogar verängstigt. Jetzt ist sie wütend. Man könnte also sagen, dass ich ihre Stimmung gehoben habe.

»Nein, du irrst dich. Ich weiß es nicht. Ich weiß nicht einmal, wie du auf die Idee kommst, jemand könnte ihn umgebracht haben. Er hatte einen Herzinfarkt, falls du dich erinnerst.«

»Warum sollte er so plötzlich einen Herzinfarkt haben?«

»So sind die. Die kommen plötzlich.« Meine Ungeduld macht mich grausam, und ich versuche bewusst, mich zu mäßigen. Meine Schwester ist nicht dumm, sie sieht häufig Dinge, die anderen entgehen. Ihr war einmal ein kleiner Beitrag gewidmet, der Mitte der achtziger Jahre in *Ebony* erschien, als sie, damals sechsundzwanzigjährig und Reporterin der *New York Times*, für eine Artikelserie über das Leben von Kindern, die in Armenküchen verpflegt werden, für einen Pulitzerpreis nominiert wurde. Wenig später gab sie jedoch ihren Job ganz plötzlich auf, nämlich als ihr Blatt daranging, unseren Vater ernsthaft unter die Lupe zu nehmen. Sie sagte, sie tue das aus Protest, aber in Wirklichkeit schied sie endgültig aus dem Arbeitsleben aus, um mit ihrem brandneuen Ehegatten in Darien ein hübsches, im Kolonialstil erbautes Haus – das erste von dreien, eins größer als das andere – zu beziehen und zu geloben, ihre Zeit von nun an ausschließlich ihren Kindern zu widmen. Darien ist zwar nicht allzu weit von Elm Harbor entfernt, aber heutzutage sehen Mariah und ich uns zweimal im Jahr – wenn wir Pech haben. Ich glaube, das liegt nicht so sehr daran, dass wir uns nicht lieb hätten, sondern eher daran, dass wir uns nicht besonders gut leiden können. Ich beschließe, vielleicht zum hundertsten Mal, meine Schwester besser zu behandeln. »Außerdem«, setze ich sanft hinzu, »war er auch nicht mehr der Jüngste.«

»Siebzig ist doch heute kein Alter mehr.«

»Trotzdem, er hatte einen Herzinfarkt. Laut Auskunft des Krankenhauses.«

»O Tal«, seufzt sie und macht eine abwehrende Handbewegung, »es gibt so viele Mittel, die einen Herzinfarkt auslösen können. Ich hab mal als Polizeireporterin gearbeitet, wie du dich vielleicht erinnerst. Ich kenne mich da aus. Und solches Zeug bei einer Autopsie festzustellen ist ziemlich schwer. Du bist aber auch wirklich naiv.«

Ich beschließe, nicht darauf einzugehen, zumal Kimmer mir das auch dauernd vorhält, allerdings aus anderen Gründen. Ich bekunde Versöhnungsbereitschaft. »Okay, okay. Warum also hätte Onkel Jack ihn umbringen sollen?«

»Um ihn zum Schweigen zu bringen«, sagt sie bedeutungsvoll, spricht dann aber nicht weiter, sondern atmet plötzlich so heftig ein, dass ich mich kurz umdrehe, um zu sehen, ob vielleicht Jack Ziegler, das Schreckgespenst der Familie, zum Fenster hereinschaut. Ich sehe aber nur die Sammlung kristallener Briefbeschwerer, die meine Mutter von ihren Reisen mitbrachte, wie glänzende Eier mit durchsichtiger Schale auf der Fensterbank aufgereiht, und in der Scheibe mein eigenes, mich verspottendes Spiegelbild: ein müder, gebeugter Talcott Garland, der mit seiner altmodischen Hornbrille und dem schief sitzenden Schlips nicht wie ein Juraprofessor wirkt, sondern eher wie ein Kind, das sich wünscht, es wäre endlich alles vorbei. Ich wende mich wieder meiner Schwester zu. Wie Mallory Corcoran, unser Onkel Mal, ist auch der Mann, den wir Onkel Jack nennen, weder direkt noch indirekt mit uns verwandt. Die Familie verlieh diesen beiden weißen Freunden meines Vaters ihre Ehrentitel, als sie Paten wurden, Onkel Mal von Mariah, Onkel Jack von Abby. Aber anders als Onkel Mal war Jack Ziegler sehr viel mehr an der Vernichtung meines Vaters beteiligt als an seiner Rettung.

»Ihn wegen was zum Schweigen bringen?«, frage ich leise, denn Mariah hat schon immer die Ansicht vertreten, mein Vater habe von den eher fragwürdigen Aktivitäten Onkel Jacks keine Ahnung gehabt und der Hinweis auf eine wie auch immer geartete geschäftliche Beziehung zwischen den beiden sei nicht mehr als ein Akt der Verschwörung weißer Liberaler gegen einen brillanten und deshalb gefährlichen schwarzen Konservativen. Vielleicht ist Mariah deshalb verstummt: Sie hat die Sackgasse bemerkt, in die ihre eigene Argumentation führt.

»Ich weiß nicht«, sagt sie schließlich kleinlaut, senkt den Blick und umklammert ihren Becher mit der entschlossenen Fürsorglichkeit einer Mutter.

Vermutlich wäre dies der passende Moment, nicht weiter auf die paranoiden Phantasien meiner Schwester einzugehen, aber da ich sie mir schon so weit angehört habe, halte ich es für meine Pflicht, Mariah zu helfen, dass sie selbst erkennt, wie verrückt ihre Vermutung ist. »Wie kommst du denn auf die Idee, Onkel Jack habe etwas damit zu tun?«

»Seit den Anhörungen hat er nur auf den richtigen Augenblick gewartet. Das weißt du genau, Tal. Erzähl mir nicht, du hättest das nicht bemerkt!«

Ich stelle eine Anwaltsfrage. »Und warum soll dies der richtige Augenblick gewesen sein?«

»Ich weiß es nicht, Tal. Aber ich weiß, dass ich Recht habe.«

Noch einmal: »Haben wir irgendwelche konkreten Beweise?«

Sie schüttelt den Kopf. »Noch nicht. Aber du könntest mir helfen, Tal. Du bist Anwalt, ich bin ... ich war mal Journalistin. Wir könnten der Sache gemeinsam nachgehen, weißt du. Nach Beweisen suchen.«

Ich runzele leicht die Stirn. Mariah ist schon immer ebenso spontan wie verbohrt gewesen, und es wird nicht leicht sein, ihr diesen Einfall auszureden. »Nun ja, zunächst brauchen wir einen Grund.«

»Jack Ziegler ist ein Mörder. Wie wäre es damit?«

»Selbst wenn wir einmal von dieser Annahme ausgingen –«

»Das ist keine *Annahme*!« Ihre Augen blitzen vor Empörung. »Wie kannst du so einen Menschen verteidigen?«

»Ich verteidige niemanden.« Um einen Streit zu vermeiden, beantworte ich ihre Provokation mit einer Provokation meinerseits. »Hast du einen Plan? Möchtest du Onkel Mal anrufen?«

Mariah sitzt in der Falle, und sie weiß es. Sie will nicht wirklich eine Untersuchung der Angelegenheit und weiß so gut wie ich, dass sich nichts ändern würde, der Herzinfarkt würde ein Herzinfarkt bleiben, und sie würde sich zum Narren machen. Sie kann nicht einen der mächtigsten Anwälte der Stadt anrufen und allein auf Grund einer vagen Vermutung von ihm verlangen, Himmel und Hölle für sie in Bewegung zu setzen. Sie vermeidet es, mich anzusehen, schmollt stattdessen in Richtung des blendend weißen Sub-Zero-Kühlschranks, der dank einer wundersamen häuslichen Alchemie bereits mit den unvermeidlichen Bildern von Hunden, Bäumen und Schiffen verziert ist, die ihre jüngeren Kinder unbeholfen mit Buntstiften gemalt haben – genau die Art sentimentaler Kinkerlitzchen, die der Richter nie und nimmer geduldet hätte.

»Ich weiß nicht«, murmelt Mariah. Auf ihrem störrischen Gesicht zeichnet sich jetzt unübersehbar Erschöpfung ab.

»Nun, wenn –«

»Ich weiß nicht, was ich machen soll.« Sie schüttelt langsam den Kopf, den Blick auf die weiße Tischplatte zwischen uns gerichtet. Und dieser winzige Riss in Mariahs emotionaler Rüstung gewährt mir einen traurigen Einblick in ihren Alltag, das Leben, das sie führt, während Howard in ferne Provinzen davonreitet, um für die Klienten – und den Profit – von Goldman Sachs Finanzdrachen zur Strecke zu bringen. Die Bilder auf dem Eisschrank sind die Früchte der gestrigen verzweifelten Anstrengungen meiner Schwester, ihre Kinder beschäftigt zu halten, während sie praktisch ganz allein dem zermürbenden Geschäft nachging, die Beerdigung des Vaters vorzubereiten, dem zu gefallen sie sich vier Jahrzehnte lang vergeblich bemüht hat.

»Ich bin so müde«, erklärt Mariah, ein seltenes Eingeständnis von Schwäche. Ich sehe einen Augenblick lang weg, denn ich will nicht, dass sie merkt, wie sehr mich diese vier einfachen Wörter berühren, will nicht zugeben, dass uns das verbindet. Denn Tatsache ist, dass Mariah, Addison und ich ständig müde zu sein scheinen, dass der Skandal, der die Karriere unseres Vaters beendet hat, ihm irgendwie zu der Energie verhalf, eine neue aufzubauen, während seine Familie entkräftet zurückblieb. Tatsache ist, dass wir Kinder uns nie wieder so ganz davon erholt haben.

»Du hast reichlich viel um die Ohren gehabt.«

»Werd nicht gönnerhaft, Tal.« Ihr Ton ist sachlich, aber ihre Augen funkeln, und ich weiß, dass eine Nuance sie gekränkt haben muss, die gar nicht da war. »Du nimmst mich nicht ernst.«

»Doch, aber –«

»Nimm mich gefälligst ernst!«

Meine Schwester setzt ihr eindrucksvollstes Zornesfunkeln ein. Die Müdigkeit ist weg. Die Verwirrung auch. Ich erinnere mich daran, einmal gelesen zu haben, dass die Sozialpsychologen der Meinung sind, Wut sei durchaus funktionell, sie steigere das Selbstvertrauen und sogar die Kreativität. Nun ja, zum kreativen Teil kann ich nichts sagen, aber was das andere angeht, wirkt Mariah, die wie üblich wütend auf mich ist, plötzlich wieder so selbstsicher wie eh und je.

»Okay.« Ich lenke ein. »Okay, es tut mir Leid.«

Meine Schwester wartet ab, schweigt. Sie will, dass ich einen Schritt auf sie zu mache und ihr zu verstehen gebe, dass ich ihre verrückte Idee ernst nehme. Deshalb stelle ich eine ernst gemeinte Frage: »Wie kann ich also behilflich sein?« Wobei ich bewusst offen lasse, inwieweit genau ich zu helfen bereit wäre.

Mariah schüttelt den Kopf, will etwas antworten, zuckt dann die Achseln. Zu meiner Überraschung laufen ihr plötzlich Tränen über die Wangen.

»He«, sage ich. Fast hätte ich die Hand ausgestreckt, um die Tränen wegzuwischen, aber dann bleibe ich doch lieber still sitzen. »He, Schwesterherz, ist ja schon gut, na komm.«

»Nein, gar nichts ist gut«, schluchzt Mariah, ballt ihre zarte Hand zur Faust und schlägt mit beträchtlicher Kraft auf den Tisch. »Ich glaube nicht ... ich glaube nicht, dass es jemals wieder gut wird.«

»Mir fehlt er doch auch«, sage ich, was höchstwahrscheinlich gelogen ist, zugleich aber, wie ich hoffe, eine passende Bemerkung.

Mariah weint jetzt richtig, bedeckt ihr Gesicht mit den Händen und schüttelt immer wieder den Kopf.

Ich wage nicht, sie zu berühren. »Ist schon gut«, sage ich noch einmal.

Meine Schwester hebt den Kopf. Kummer und Verzweiflung haben ihr eine wirklich betörende Schönheit verliehen, so als habe der Schmerz sie von allen irdischen Sorgen befreit. »Jack Ziegler ist ein Ungeheuer«, sagt sie knapp.

Nun ja, wenigstens das stimmt, selbst wenn nur ein Bruchteil der fiesen Sachen, die die Presse ihm angehängt hat, tatsächlich auf sein Konto geht. Denn es stimmt auch, dass er mindestens dreimal angeklagt und freigesprochen worden ist, darunter einmal wegen Mordes, und dass er, soviel ich weiß, nach wie vor in Aspen, Colorado, lebt, in sagenhaftem Reichtum und so sicher vor den Strafverfolgungsbehörden, wie es die Verfassung der Vereinigten Staaten nur erlaubt.

»Mariah«, sage ich, noch immer sanft, »ich glaube, von unserer Familie hat ihn seit mindestens zehn Jahren niemand mehr zu Gesicht bekommen. Nicht mehr seit ... na ja, du weißt schon.«

»Das stimmt nicht«, sagt sie tonlos. »Papa hat sich noch vergangene Woche mit ihm getroffen. Sie haben zusammen gegessen.«

Einen Augenblick lang verschlägt es mir die Sprache. Ich ertappe mich dabei, dass ich mir die Frage stelle, woher sie wissen will, mit wem sich der Richter wann getroffen hat. Beinahe bringe ich mich selbst in eine peinliche Lage, indem ich diese Frage auch Mariah stelle, aber sie rettet mich.

»Papa hat es mir erzählt. Ich habe mit ihm gesprochen. Mit Papa. Er rief mich zwei Tage ... zwei Tage vor, o Gott ...«

Sie spricht nicht weiter und wendet sich ab, denn bei uns in der Familie war es noch nie üblich, seine Tränen offen zu zeigen. Sie bedeckt die Augen. Ich überlege, ob ich um den Tisch herumgehen, mich neben meine Schwester kauern und die Arme um sie legen, ihr so viel Trost spenden soll, wie es mir möglich ist, ihr vielleicht sogar beichten soll, dass der Richter auch mich angerufen hat, ich aber in typischer Garland-Manier zu beschäftigt war, um zurückzurufen. Ich stelle mir die Szene vor, ihre Reaktion, ihre Freude, neue Tränen. *Tal, Tal, ach, es ist so gut, sich wieder zu versöhnen.* Aber das sieht mir nicht ähnlich, und noch weniger Mariah, und so bleibe ich ruhig sitzen, mache weiter mein Pokerface und frage mich, ob wohl Reporter von der Sache Wind bekommen haben, was einer neuen Katastrophe gleichkäme. Ich sehe schon die Schlagzeile vor mir: TRAF UMSTRITTENER RICHTER TAGE VOR SEINEM TOD DES MORDES VERDÄCHTIGEN? Mich schaudert fast. Die Verschwörungstheoretiker, für die der Tod eines Prominenten nie eine natürliche Ursache hat, haben sich bereits ans Werk gemacht und Redezeit bei diversen Radio-Talkshows genutzt, um zu erklären, warum der Herzinfarkt, der meinen Vater dahingerafft hat, notwendigerweise eine Erfindung sein muss. Ich habe ihre Possen bisher kaum zur Kenntnis genommen, aber bei der Vorstellung, was einige der Anrufer sagen würden, wenn sie vom Treffen des Richters mit Onkel Jack erführen, fange ich an, die seltsamen Wendungen der schwesterlichen Paranoia zu verstehen. Doch Mariah macht die Sache noch schlimmer.

»Das ist nicht alles«, fährt sie in unverändert nüchternem Tonfall fort, den Blick in die Ferne gerichtet. »Ich habe gestern Abend mit ihm gesprochen. Mit Onkel Jack.«

»Gestern Abend? Hat er angerufen? Hier?« Ich sollte stolz auf mich sein, gelingt es mir doch, drei dumme Fragen zu stellen, wo die meisten anderen Menschen nur eine einzige losgeworden wären.

»Ja. Und es war richtig unheimlich.«

Jetzt ist es an mir, ratlos zu sein. Vollkommen ratlos. Wieder einmal weiß ich nicht, was ich sagen soll, und entscheide mich endlich für das Naheliegendste. »Okay, also was wollte er?«

»Sein Beileid aussprechen. Aber vor allem wollte er über dich reden.«

»Über mich? Wieso über mich?«

Mariah zögert, scheint mit sich zu ringen. »Er sagte, du seist der Einzige, dem Papa vertraut hat«, erklärt sie schließlich. »Der Einzige, der von den Vorkehrungen wisse, die Papa für den Fall seines Todes getroffen habe. Das wiederholte er immer wieder. Und dass er über diese Vorkehrungen informiert werden müsse.« Die Tränen fließen wieder. »Ich habe ihm gesagt, dass die Beerdigung am Dienstag ist, ich habe ihm gesagt, wo, aber er ... er betonte, das seien nicht die Vorkehrungen, die er meine. Er müsse unbedingt über die *anderen* Vorkehrungen informiert werden. Und er meinte, du wüsstest wahrscheinlich Bescheid. Das wiederholte er immer wieder. Was hat er damit gemeint, Tal?«

»Ich habe keine Ahnung«, gestehe ich. »Wenn er mit mir sprechen wollte, warum hat er dann nicht mich angerufen?«

»Ich weiß es nicht.«

»Das ist wirklich eigenartig.« Mir fällt Schlicht Alma wieder ein. *Er hatte Großes mit dir vor, Talcott. So hat es dein Papa gewollt.* Hat Alma von derselben Sache gesprochen? »Höchst eigenartig.«

Etwas an meinem Tonfall regt meine Schwester auf, wie so oft. »Bist du ganz sicher, dass du es nicht weißt, Tal? Was Jack Ziegler gewollt haben könnte?«

»Woher soll ich das wissen?«

»Ich weiß nicht, woher du das wissen sollst. Genau das beschäftigt mich ja.« Während Mariah mich misstrauisch anfunkelt, spüre ich, wie sich der Schatten unserer lebenslangen Fehde zwischen uns schiebt – Mariahs Gefühl, dass ich nie für sie da bin, und meines, dass sie viel zu viel verlangt. Aber sie wird doch nicht im Ernst glauben, ich hätte irgendwas mit ... mit jemandem wie Jack Ziegler zu tun.

»Wenn ich es dir sage, Mariah, ich habe nicht die geringste Ahnung, was das alles soll. Ich weiß nicht einmal mehr, wann ich zum letzten Mal von Jack Ziegler gehört habe.«

Sie wischt meine Bemerkung mit einer Handbewegung beiseite, erwidert jedoch nichts. Sie sagt nicht, dass sie mir traut, signalisiert aber die Bereitschaft zum Waffenstillstand. »Er hat sich also nur nach ... den Vorkehrungen erkundigt?«

»So in etwa. Ach ja, und er sagte noch, wahrscheinlich würden wir uns bei der Beerdigung sehen.«

»O Mann«, murmele ich in einem Anfall von Sarkasmus, »darauf können wir uns aber alle freuen.« Gleichzeitig frage ich mich, ob es eine Möglichkeit gibt, ihn fern zu halten.

»Er macht mir Angst«, sagt Mariah. Ihre früheren, Onkel Jack betreffenden Überlegungen sind im Augenblick offenkundig vom Tisch, obwohl ganz sicher nicht vergessen. Dann drückt sie meine Hand. Ich blicke überrascht nach unten: Wir haben unsere Hände ineinander geschoben, aber ich kann mich nicht erinnern, wann das geschehen ist.

»Mir auch«, sage ich. Und das ist mit ziemlicher Sicherheit der ehrlichste Satz, den ich an diesem Tag von mir gegeben habe.

Kapitel 4
Der Charmeur

• 1 •

Der Richter hegte gelegentlich die Hoffnung, vor Richard Nixon zu sterben, denn dann wäre dieser – so die Überlegung meines Vaters – verpflichtet gewesen, an seinem Begräbnis teilzunehmen und vielleicht sogar ein paar Worte zu sprechen. Man könnte sagen, Präsident Nixon hat dazu beigetragen, meinen Vater zu dem zu machen, was er war, indem er den damals unbekannten Richter mit der gemäßigt konservativen Tendenz entdeckte, ihn häufig ins Weiße Haus einlud und ihn schließlich ans Bundesberufungsgericht holte, wo ihn etwas über ein Jahr später Ronald Reagan erneut entdeckte und beinahe das geschafft hätte, was die Presse damals als »Minderheitencoup beim Obersten Gerichtshof« bezeichnete: Reagan, der gegen das mühsam erworbene Image eines Anwalts der männlichen weißen Bevölkerung ankämpfte, wollte durch die Ernennung meines Vaters mit einem Streich die Zahl der schwarzen Richter verdoppeln und zugleich der erste Präsident werden, der zwei Richter ernannt hätte, die nicht zur männlichen weißen Bevölkerung gehörten. Doch aus Reagans Bemühen um geschichtliche Bedeutung wurde nichts, und mein Vater, der wie viele erfolgreiche Menschen Ehrgeiz und Prinzipien nie ganz auseinander zu halten vermochte, weigerte sich, ihm die Sünde zu vergeben, dass er von der Nominierung Abstand genommen hatte.

Die Einstellung meines Vaters Richard Nixon gegenüber war jedoch eine ganz andere. Er zeigte sich für Nixons Gunst erkenntlich und beharrte noch ein Vierteljahrhundert nach dem einzigen Rücktritt eines Präsidenten in der Geschichte unseres Landes darauf, dass den Mann eine Kabale rachsüchtiger Liberaler und keineswegs die eigene Korruptheit aus dem Amt vertrieben hätte. Der Richter sah im Sturz Nixons auffällige Parallelen zu seinem eigenen und machte die beflissenen Zuhörer seiner Vorträge immer wieder gern darauf aufmerksam: Die Karriere zweier aufgeklärter, besonnener Konservativer – der eine weiß, der andere schwarz, beide im Begriff, Geschichte zu schreiben – war durch die ruchlosen Machenschaften der Linken zerstört worden. So in der Art. Ich habe diese spezielle Wahlkampfrede nur zweimal gehört, und beide Male drehte sich mir der Magen um – nicht aus ideologischen Gründen oder wegen der offenkundigen Geschichtsklitterung, sondern wegen seines grauenvollen, so gar nicht garlandmäßigen Schwelgens in Selbstmitleid.

Leider konnte mein Vater seinen Traum nicht verwirklichen. Am Ende war er es, der an Nixons Beerdigung teilnahm, und nicht umgekehrt. Der Richter flog nach Kalifornien, beseelt von der Hoffnung (worauf diese sich gründete, ist mir schleierhaft), zu einem Lobpreis seines Mentors aufgefordert zu werden. Wenn Sie die Beerdigung im Fernsehen verfolgt haben, wissen Sie, dass dies nicht geschah. Nicht einmal das Gesicht meines Vaters war zu sehen. Er wurde ungefähr in die fünfzehnte Reihe gezwängt und saß verloren inmitten einer Schar umsichtiger Ex-Ministerialbeamter, unter ihnen ein paar verurteilte Verbrecher. Verärgert ob dieser neuerlichen Enttäuschung, eilte mein Vater nach Hause und stellte sich ohne Zweifel die Frage, wer von einiger Bedeutung nun wohl an seiner Beerdigung teilnehmen werde.

Ja, wer? Ich hänge dieser morbiden Frage meines Vaters nach, während ich, die Hand meiner hübschen Frau umklammernd, dem Sarg durch den Mittelgang der Kirche Trinity and St. Michael folge, einer zugigen, granitenen Monstrosität in unmittelbarer Nähe unterhalb des Chevy Chase Circle, in der Kimmer und ich im Dezember vor neun Jahren zum allgemeinen Erstaunen von Familie und Freunden getraut wurden. Die meisten sind allerdings weitaus erstaunter darüber, dass wir nach wie vor verheiratet sind, war doch unsere tumultreiche Verbindung von vornherein durch allerlei falsche Ansätze gekennzeichnet.

Ja, wer? Wir Kinder folgen dem Sarg. Addison, dessen schleppende, vor wenigen Minuten beendete Gedenkrede von jener süßlichen Religiosität war, die auch seine Radio-Talkshows kennzeichnet, wird entgegen aller Etikette von seiner derzeitigen Lebensgefährtin begleitet. Vor mir geht Mariah, den sie anhimmelnden Gatten Howard an ihrer Seite und eine Unterabteilung ihrer Kinder im Schlepptau, der Rest ist entweder unter der Obhut eines Aupairmädchens in der Shepard Street geblieben oder turnt irgendwo in der Kirche herum, wo er nichts zu suchen hat. Dann erinnere ich mich daran, dass Mariah und ihre Sprösslinge Teil der Familie sind, und dirigiere meine grüblerischen Gedanken weg von dem unerwartet gehässigen Pfad, den sie eingeschlagen haben; wie ich wohl schon erwähnt habe, hat der Richter seinen Kindern beständig nahe gelegt, unwürdige Gedanken zu meiden.

Ja, wer? Das frage ich mich erneut und unterdrücke ein Husten, zu dem die erstickende Weihrauchwolke reizt, die auch heute noch zum Ritus der Episkopalkirche gehört, auch wenn die meisten Menschen vergessen haben, warum. Ja, wer? Die Antwort auf diese Frage hätte für meinen Vater vermutlich nur eine weitere herbe Enttäuschung bedeutet. Denn niemand ist gekommen – jedenfalls niemand, an dem ihm gelegen gewesen wäre. Keiner der großen Liberalen, die den Richter in seinen jungen Jahren schätzten, und keiner der Konservativen, deren Zuneigung ihm in seinen alten Tagen gehörte. Nur verstreute Familienangehörige, ein paar alte Freunde, einige seiner Anwaltskollegen und eine Hand voll nervöser Journalisten, von denen die meisten noch viel zu jung sind, um zu wissen, warum der Name meines Vaters einmal so bekannt war, aber auch einige wenige, die sich noch daran erinnern und gekommen sind, um sich persönlich davon zu überzeugen, dass das Ungeheuer wirklich tot ist.

Natürlich ist Mallory Corcoran da, er führt eine kleine Phalanx von Anwälten der Kanzlei an, und auch die stille Sekretärin des Richters ist erschienen, Mrs. Rose, die seit der Zeit, als er das Richteramt übernahm, für ihn gearbeitet hat. Selbstverständlich hat auch die Goldküste eine Abordnung entsandt, zumeist hellhäutige, teuer gekleidete Schwarze der Generation meines Vaters, die dauernd ängstlich auf ihre Rolex schauen, wahrscheinlich um zu prüfen, ob die Beerdigung rechtzeitig vor ihrem Nachmittagstee zu Ende ist. Eine Hand voll Kollegen meines Vaters ist da, unter ihnen zu meinem Erstaunen auch ein Richter, der in den Obersten Gerichtshof berufen wurde. Er hat sich allerdings ziemlich weit nach hinten gesetzt, als befürchte er, gesehen zu werden. Etwa ein Dutzend ehemaliger Assistenten meines Vaters ist über die Kirche verteilt; die meisten von ihnen blicken eher peinlich berührt als traurig drein, gleichwohl bin ich ihnen für ihre Loyalität dankbar. Ich entdecke meine Freunde Dana Worth und Eddie Dozier, die einmal miteinander verheiratet waren, damals, als Dana noch glaubte, sich vielleicht doch für Männer zu interessieren, und die jetzt drei Reihen voneinander entfernt sitzen, wie es sich für im Zorn Geschiedene ziemt. Auf Eddies reglosem Gesicht zeigen sich harte, trotzige Falten, während die normalerweise durchaus robuste Dana den Tränen nahe scheint. Seit dem Scheitern ihrer Ehe haben sich unser dreier Wege getrennt. Die beiden hatten sich kennen gelernt, als sie zu Beginn der achtziger Jahre bei meinem Vater als Assistenten arbeiteten, und sie waren das erste – und, wie ich annehme, auch das letzte – Ehepaar, das an der Juristischen Fakultät lehrte und lehrt. Die zierliche weiße Dana und der kräftige schwarze Eddie waren von Anfang an ein eigentümliches Gespann, mit ihren unzeitgemäß aufsässigen Ansichten über Minderheitenpolitik, und beide beherrschten nur unvollkommen die hohe Kunst der Akademiker, den Leuten nicht das zu erzählen, was sie wirklich denken.

Ganz hinten in der letzten Reihe bemerke ich zu meiner Überraschung den Assistenten, von dem ich sicher war, dass er fehlen würde: Greg Haramoto, der ernste und zurückhaltende junge Mann, dessen widerstrebende Aussage vor zehn Jahren fast mehr als alle Interessengruppen dazu beitrug, die Berufung meines Vaters an den Obersten Gerichtshof zu verhindern. Greg war ein Überraschungszeuge – zumindest für meinen Vater – und betonte während seiner fesselnden vier Stunden vor den Fernsehkameras immer wieder, dass er überall lieber wäre als dort. Gleichwohl fügte er dem Richter schweren Schaden zu. Mit offenkundigem Unbehagen saß er im Anhörungsraum, blinzelte nervös hinter seiner dicken Brille und berichtete den Senatoren, Jack Ziegler habe meinen Vater so oft nach Dienstschluss im Gericht angerufen, dass er Ziegler allmählich an der Stimme habe erkennen können.

Er sagte aus, Jack Ziegler und mein Vater hätten sich zum Mittagessen getroffen. Er sagte, Jack Ziegler sei wenigstens einmal spät am Abend noch beim Gericht vorbeigekommen. Er sagte, der Richter habe ihn, Greg, zur Verschwiegenheit verpflichtet. Er sagte sehr, sehr viel, und mein Vater stritt einiges davon nicht sehr überzeugend ab und erinnerte sich nur widerwillig an anderes. Die Dienstbücher der Wachleute des Gerichts, in denen aus Sicherheitsgründen jeder festgehalten wird, der das Gebäude betritt oder verlässt, trugen ein Übriges dazu bei, die Erinnerung meines Vaters aufzufrischen.

Nach den Anhörungen wurde aus Greg ein Nomade des Juristenstammes. Er gab seine Stelle in der Rechtsabteilung der *Federal Communications Commission* auf. Trotz seines hervorragenden Studienabschlusses an der Universität von Berkeley wollte ihn jedoch keine Anwaltskanzlei haben. Zu groß waren die Bedenken, ob ein Mann, der bereit gewesen war, den eigenen Chef vor laufenden Fernsehkameras ans Messer zu liefern, in der Lage sein würde, die Geheimnisse zwielichtiger Mandanten für sich zu behalten. Firmen stellten ihn nicht ein, weil die meisten Entscheidungsträger auf der Seite meines Vaters standen. Und Universitäten konnten ihn nicht halten, weil er viel zu angeschlagen war, um als seriöser Vertreter von Lehre und Forschung zu gelten. Greg versuchte sich als Pflichtverteidiger, wollte sein eigenes Leid unter dem erheblich größeren Leid jener begraben, denen das Leben in den tiefsten Tiefen der Gesellschaft den letzten Rest von Moral abgepresst hatte. Aber er war nie mit ganzem Herzen bei der Sache, was seinen Mandanten schadete, so dass ihm sein Arbeitgeber schließlich empfahl, sich nach etwas anderem umzusehen. Greg Haramoto, der einst ganz nach oben gewollt hatte, musste plötzlich mit der Schwierigkeit leben, überhaupt einen Job zu finden. Das Letzte, was ich gehört habe, ist, dass er im Im- und Exportgeschäft seiner Familie in Los Angeles arbeitet – ein Abstieg, den er sich, so Mariah, selbst zuzuschreiben hat. Trotzdem sitzt Greg jetzt auf der Kirchenbank, die ernsten Augen tränenfeucht, und trauert mit uns, nimmt Abschied von dem Mann, zu dessen Ruin er beigetragen hat. In seiner Aussage betonte er immer wieder, seine Bewunderung für meinen Vater habe nie nachgelassen. Aber es ist ja oft erstaunlich leicht, das zu zerstören, was wir lieben.

Ich lasse meinen Blick weiterwandern und entdecke noch einen Fakultätskollegen, den anspruchsvollen, auf Barbados geborenen Lemaster Carlyle. Er gehört der Fakultät nur zwei Jahre länger an als ich, steht im Ansehen jedoch sehr viel höher. Lem ist ein zähes kleines Energiebündel, dessen perfekt geschnittene Anzüge seinen durchtrainierten Körper so gut verhüllen wie die blumige und idiomatische Sprechweise seinen durchtrainierten Verstand. Wir sind nicht gerade eng befreundet, und den Richter hat er gar nicht gekannt, weshalb ich annehme, dass er aus Solidarität erschienen ist, zumal für ihn die Rassenzugehörigkeit etwas durch und durch Mystisches und zugleich Verbindendes ist. Während der Schlacht um die Berufung meines Vaters stellte sich Lem trotz seiner unbeirrbar liberalen Ansichten recht offen auf die Seite des Richters. »Zwei Schwarze am Obersten Gerichtshof sind besser als einer«, lautete sein zweifelhafter Wahlspruch. Obwohl Lem nicht unbedingt ein liebenswerter Mensch ist, mochte ich ihn dieser Überzeugung wegen schon lange, bevor ich ihn persönlich kennen lernte.

Dana, Lemaster und ich sind also die einzigen Vertreter der Juristischen Fakultät, die meinem Vater so viel bedeutete (Eddie verschwand nach der Scheidung ins ferne Texas). Dekanin Lynda war immerhin so aufmerksam, einen riesigen Kranz zu schicken, und zu meinem Erstaunen haben sogar die Studenten Blumen geschickt, zwei säuberlich getrennte Gebinde, eins von den schwarzen, eins von den weißen Studenten. Blumen sind jedoch keine Menschen, und selbst wenn man Pokerkumpel, Journalisten, eine Reihe sensationslüsterner Zuschauer, vereinzelte Familienangehörige Kimmers und die zahllosen Vettern und Cousinen mitrechnet, sind, glaube ich, keine zweihundert Menschen in der Kirche, die für die dreifache Menge gebaut wurde. Und Jack Ziegler, was auch immer seine Fragen nach irgendwelchen *Vorkehrungen* zu bedeuten haben, ist nicht darunter.

• II •

Unsere Familie spricht nicht gerne über Jack Ziegler. Nicht mehr. Er war auf dem College der Zimmergenosse meines Vaters und dann auch Abbys Patenonkel, aber der Richter duldete es während des letzten Jahrzehnts seines Lebens nicht mehr, dass der Name seines alten Freundes genannt wurde. Es ist inzwischen tatsächlich so etwas wie ein konservativer Glaubensartikel, dass mein Vater mit seiner Bewerbung um das höchste Richteramt letztlich scheiterte, weil er es vorzog, an der lebenslangen Bekanntschaft mit Jack Ziegler festzuhalten – oder, genauer gesagt, weil er mit Jack Ziegler zu Mittag aß. Zweimal. Das war die Quintessenz der Aussage von Greg Haramoto: Mein Vater hatte sich mit einem alten Freund zum Mittagessen getroffen, und dieser Freund hatte spät danach einen Rundgang durchs Gerichtsgebäude machen dürfen. Sie hatten ein paarmal miteinander telefoniert, was an sich nichts Verwerfliches ist. So sehen jedenfalls die Gefolgsleute des Richters den Fall, allen stets voran Mariah, denn seine Nominierung für den Obersten Gerichtshof erfolgte schon 1986, also zu einer Zeit, als die Liberaldemokraten im Senat von seiner Hautfarbe und seinen Qualifikationen viel zu eingeschüchtert waren, um ernsthaft Einwände zu erheben – bis dann die Sache mit den Mittagessen ruchbar wurde. Und die Vorgeschichte seines Freundes. Die Presse blies sofort zum Angriff. Jack Ziegler, ein in Ungnade gefallener ehemaliger Mitarbeiter der *Central Intelligence Agency*, hatte es irgendwie geschafft, in die meisten politischen Skandale der zweiten Hälfte des 20. Jahrhunderts verwickelt zu werden – oder so wollte es zumindest scheinen. Er hatte vor Sam Ervins Watergate-Ausschuss zu einem peripheren, gleichwohl recht peinlichen Vorgang ausgesagt, sein Name war in nicht gerade schmeichelhafter Weise in einem Anhang zum Church-Report über die Missetaten der CIA aufgetaucht, und ein oder zwei Bücher hatten eine Verwicklung in den Iran-Contra-Skandal angedeutet, obwohl er der CIA damals schon lange nicht mehr angehörte. Angeblich war er sogar hinter verschlossenen Türen von der Warren-Kommission befragt worden, weil er während seiner aktiven CIA-Zeit aus Mexico City einen Bericht über die eigentümlichen Aktivitäten des Lee Harvey Oswald geliefert hatte. Aber Ziegler blieb zumeist im Schatten, bis ihn die Katastrophe um die Nominierung meines Vaters für den Obersten Gerichtshof ins Scheinwerferlicht rückte. Trotzdem gelang es selbst den Aasgeiern unter den Journalisten, die die Beziehung zwischen Ziegler und dem Richter unter die Lupe nahmen und die ein oder zwei böse Anschuldigungen erheben konnten, nicht, irgendetwas zu beweisen, zumindest was meinen Vater anging: So weit die Ansicht meiner Schwester. Ferner der Rechtslobbyisten sowie des Leitartiklers des *Wall Street Journal*. Und, zumindest zeitweise, auch die meine. (Addison, der keine Möglichkeit finden konnte, aus der Sache finanziellen Gewinn zu ziehen, hielt sich immer bedeckt.)

Die Last täglich neu erhobener Vorwürfe erwies sich jedoch als zu schwer. Wenige Tage nach Haramotos Auftritt tauchten die Dienstbücher auf, und die glühendsten Verehrer meines Vaters im Senat gingen in Deckung. Ein paar Freunde drängten den Richter, sich zur Wehr zu setzen, aber er, der bis zuletzt ein Teamspieler blieb, bat das Weiße Haus mutig, seine Nominierung rückgängig zu machen. Zu seiner Bestürzung unternahm Präsident Reagan keinen Versuch, ihn umzustimmen. Und so ging der Sitz am Obersten Gerichtshof, um den mein Vater sich ein halbes Leben lang bemüht hatte, an einen kaum bekannten Bundesrichter und früheren Juraprofessor namens Antonin Scalia, der einstimmig gewählt wurde. »Und Nino Scalia leistet verdammt gute Arbeit«, pflegte der Richter in seinen Vorträgen vor den Rechtslobbyisten frohgemut zu verkünden, eine Bemerkung, bei der ich, wie bei vielen anderen Bemerkungen meines Vaters, immer zusammenzuckte, weil ich mir dann die bissigen Kommentare meiner liberalen Kollegen anhören musste, allen voran von Theo Mountain, der, da er an meinen Vater nicht herankam, beschlossen hatte, den Sohn zu piesacken.

Das alles geschah natürlich erst später. Zunächst schien der Sturz meines Vaters ein Ding der Unmöglichkeit zu sein, so weit nach oben hatten ihn seine messerscharfe Intelligenz und seine pragmatischen politischen Überzeugungen gebracht. »Er hat nichts getan!«, rief Mariah immer wieder verzweifelt bei unseren abendlichen Telefonaten, bei denen wir in unserer Dauerfehde der akuten Krise zuliebe vorübergehend die Waffen ruhen ließen.

»Es geht nicht um das, was er getan hat«, erwiderte ich dann geduldig und versuchte der befangenen Laiin klar zu machen, dass ein Richter dazu verpflichtet ist, auch nur den Anschein von Unlauterkeit zu vermeiden, obwohl ich angesichts mancher Typen, die sich erfolgreich auf ihren Stühlen in den Bundesgerichten, einschließlich des Obersten Gerichtshofs, zu halten vermochten, selbst nur halb daran glaubte. »Es geht darum, dass er es verschweigen wollte.«

»Das ist doch lächerlich!«, schoss sie barsch zurück, damals noch unfähig, die raueren Formen der Zurückweisung in den Mund zu nehmen, die so kennzeichnend für den immer vulgäreren Diskurs in unserem Land geworden sind. »Sie wollten ihn von vornherein zur Strecke bringen, und das weißt du genau!« Als könnte der Umstand, echte Feinde zu haben, vor dem Vorwurf des Fehlverhaltens schützen. Oder als wäre die Tatsache, dass sich Jack Ziegler zur Zeit der von der Presse so genannten heimlichen Essen für eine Vielzahl von Delikten verantworten musste, eine Bagatelle. Oder als täte der Umstand nichts zur Sache, dass mein Vater und sein alter Zimmergenosse offensichtlich noch in Verbindung standen, als Jack Ziegler schon vor dem Gesetz auf der Flucht war. Im Endeffekt wurde Onkel Jack allerdings in so gut wie allen Anklagepunkten freigesprochen – und wenn er wirklich auf der Flucht gewesen sei, dann vor dem Urteil der Liberalen, die ihn wegen seines vielleicht etwas übereifrigen Handelns im Kalten Krieg gehasst hätten: so der Leitartikel des *Journal*.

Und wenn innerhalb der Juristenzunft Gerüchte über beeinflusste Geschworene, über bestochene oder eingeschüchterte Zeugen oder über das glückliche Verschwinden wichtigen Beweismaterials auftauchten – nun ja, solche Gerüchte hat es schon immer gegeben.

• III •

Kimmer, die den Nachtflug von San Francisco genommen, dann unseren Sohn abgeholt hat und mit der Bahn hergekommen ist, hat den Kopf an meine Schulter gelegt und döst, während wir in einer Limousine zum Friedhof im Nordosten Washingtons, ein paar Straßen nördlich der Catholic University, gefahren werden. Bentley ist unruhig und schmiegt sich von der anderen Seite an sie; seine kleine Gestalt steckt in einem viel zu großen grauen Anzug, weil die sparsame Kimmer Kinderkleidung immer »auf Zuwachs« kauft. Ich betrachte meine Frau. In ihrem schlichten schwarzen Kleid, mit den feinen goldenen Ohrringen und der einreihigen Perlenkette ist sie eine eindrucksvolle Erscheinung. Kimmer ist groß und äußerst gut aussehend, sie hat ein nachdenkliches Gesicht, ein kühnes, angriffslustiges Kinn, schöne braune Augen, eine markante und sehr küssenswerte Nase und weiche, volle Lippen, die ich über alles liebe. Selbst ihre Brille kommt mir sexy vor: Wenn sie telefoniert, nimmt sie sie andauernd ab und setzt sie wieder auf, knabbert an den Bügelenden oder wirbelt sie herum, was ich ganz bezaubernd finde. Seit dem Tag unserer ersten Begegnung genieße ich es, sie anzuschauen. Sie ist, laut eigener Beschreibung, grobknochig und hat breite Schultern und Hüften; Letztere haben nach Jahren manchmal extremer Schwankungen eine Rundheit angenommen, die Kimmer als angenehm empfindet. Ihre Haut ist ein bisschen heller als meine, was auf ihre Herkunft aus der jamaikanischen Oberschicht hinweist. Sie trägt ihr dunkelbraunes Haar in einem trotzig kurzen Afroschnitt, so als wolle sie sich den strengen Erwartungen ihres Clans (für den bändigende Dauerwellen und oft auch gefärbtes Haar ein Muss sind) widersetzen. Kimmer hat etwas Weiches, zugleich aber auch Unerschütterliches an sich. Sie strahlt eine sinnliche Würde aus, die einen zu ihr hinzieht, einem aber auch deutliche Grenzen setzt. Sie bringt die Welt aus dem Gleichgewicht und ist geschlagen mit einem rasenden Verlangen nach Gerechtigkeit. Ihr Verstand arbeitet schnell, und sie weiß unglaublich viel. Ergäbe sich die Gelegenheit, würde sie eine hervorragende Richterin abgeben. Niemand möchte sich wirklich mit ihr anlegen: weder die gegnerischen Anwälte, mit denen sie beruflich zu tun hat, noch die Freunde, die sie mit verwirrender Leichtigkeit gewinnt, und ganz bestimmt nicht ich.

Zum Beispiel habe ich meine Frau in jüngster Zeit nie über ihre häufigen Reisen nach San Francisco befragt, wo sie offenbar die finanzielle Lage einer Softwarefirma überprüft, die der wichtigste Klient ihrer Anwaltssozietät, nämlich EHP, vormals Elm Harbor Partners, übernehmen möchte. Sie würde mich erdolchen, wenn ich je darauf zu sprechen käme: Kimmer geht hin, wo EHP sie braucht, und wenn EHP will, dass sie nach Kalifornien reist, bitte sehr, schon ist sie dort. Es ist die enge Beziehung zu EHP, die ihr die schnelle Partnerschaft bei Newhall & Vann eingebracht hat (an der ihr angeblich nichts liegt), hatte doch EHP kaum, dass sie in der Kanzlei tätig geworden war, immer namentlich nach ihr gefragt. Obwohl EHP formell der Mandant von Gerald Nathanson ist, einem der einflussreichsten Partner der Sozietät, ein eigentlich verheirateter Mann, mit dem meine eigentlich verheiratete Frau eine Affäre hat, oder auch nicht.

Vielleicht sind ja die heimlichen Telefonate und ihre langen, nicht weiter begründeten Abwesenheiten vom Büro reiner Zufall. Und vielleicht springt ja mein Vater gleich aus dem Sarg und tanzt den Funky Chicken!

Jetzt, wo meine Eifersucht wieder einmal aufflammt, verschränkt Kimmer plötzlich ihre Finger mit meinen, etwas, das sie in jüngster Zeit nur höchst selten getan hat. Ich sehe sie überrascht an und bemerke auf ihrem Gesicht den Anflug eines Lächelns, wobei sie meinen Blick aber nicht erwidert. Bentley ist inzwischen eingeschlafen, und Kimmer streicht mit ihrer freien Hand geistesabwesend über sein schwarzes Haar. Bentley seufzt. Zwischen ihnen gibt es eine besondere Verbindung, irgendeine genetisch angelegte, mysteriöse Mutter-Kind-Verbindung, von der ich ausgeschlossen bin und immer sein werde. In dieser seltsamen, kaputten Welt lieben Männer ihre Kinder oft genauso sehr oder genauso wenig wie ihre Frauen, aber bei den Frauen scheint die Natur jede freie Wahl von vornherein auszuschließen: Sie mögen ihre Ehemänner noch so lieben, ihre Kinder stehen immer an erster Stelle. Wäre das nicht so, hätte die menschliche Rasse wohl nicht überlebt. Vermutlich ist die Gewissheit, dass sie im Falle einer Trennung Bentley mitnehmen würde, ein Grund dafür, dass ich trotz allem, was sie getan haben mag, bei Kimmer geblieben bin. Obwohl ich weitaus mehr Zeit mit unserem Sohn verbringe als sie, wäre der Gedanke für sie unerträglich, ihn zurückzulassen. Ich werfe Kimmer erneut einen verstohlenen Blick zu und lasse ihn dann zu Addison hinüberschweifen, der auf dem Sitz gegenüber schamlos mit seiner weißen Freundin schmust.

Mein Bruder ist vielleicht zwei Zentimeter kleiner als ich und breiter in den Schultern, aber das sind keine Fettpolster, sondern Muskeln. Obwohl er nicht übermäßig sportlich ist, hat er sich immer gut in Form gehalten. Sein Gesicht ist nicht nur freundlicher, er sieht auch insgesamt besser aus als ich, seine Brauen sind weniger buschig, seine Augen ebenmäßiger, sein Verhalten ist ruhiger und offener. Addison verfügt über Esprit, Stil und Anmut, alles Dinge, die mir abgehen. Als wir noch Kinder waren, war Addison immer charmant und lustig, ich dagegen bloß ein Streber, und ich hatte, ob bei Partys, in den Ferien oder in der Kirche, immer das Gefühl, dass meinen Eltern mehr daran gelegen war, ihren Freunden meinen Bruder vorzustellen als mich. Während der Schulzeit erreichte ich jede Klasse vier Jahre nach ihm und erzielte die besseren Noten, aber die Lehrer waren überzeugt, dass er der klügere Kopf sei. Wenn ich mit einer Eins nach Hause kam, nickte mein Vater nur, kam aber Addison mit einer Drei an, so wurde ihm für seine große Leistung auf die Schulter geklopft. Als Kind las ich wieder und wieder die Geschichte vom verlorenen Sohn, und sie erboste mich jedes Mal aufs Neue. Ich diskutierte ausführlich mit den Lehrern der Sonntagsschule darüber. Und als wir das Gleichnis vom verirrten Schaf besprachen, äußerte ich die Ansicht, die meisten Leute würden sich wohl mit den ihnen verbliebenen neunundneunzig Schafen begnügen und nicht losziehen, um das verirrte zu suchen. Ich erntete jedoch nur ein wütendes Funkeln. Als ich erwachsen war, änderte sich an alldem nichts. Dass ich mit ein und derselben schwierigen Frau verheiratet blieb, nahm mein Vater als eine Selbstverständlichkeit hin, wohingegen der Richter immer, wenn Addison ihm eine neue und stets gefügigere Lebensgefährtin vorstellte, lächelte, ihm die Hand auf die Schulter legte und meinte: »Na, mein Sohn, endlich bereit, dich häuslich niederzulassen?« Egal, was mein Bruder darauf erwiderte, der Richter war zufrieden. Mein Vater schien stets weit mehr von Addisons unheimlicher Fähigkeit beeindruckt, auf Gold zu stoßen, egal wo er gräbt, als von der Tatsache, dass ich an eine der besten Juristischen Fakultäten des Landes berufen worden bin.

Heute verkörpert mein älterer Bruder einen Typ, der innerhalb der dunkleren Nation weit verbreitet ist: Gescheit, ehrgeizig, gebildet, voll und ganz der Romantik der längst zerschlagenen Bürgerrechtsbewegung ergeben, bewegt er sich am Rande dessen, was von ihr übrig geblieben ist. Die rassische Einheit ist längst dahin, ebenso wie das Engagement des anderen, größeren Teils der Bevölkerung für die Grundsätze der Bewegung – wenn es denn jemals existiert hat. Heute nehmen Dutzende von Organisationen Roy Wilkins, Martin Luther King und Fannie Lou Hamer für sich in Anspruch, desgleichen ein Heer von Akademikern, Fernsehkommentatoren sowie allerlei Gruppierungen frisch gesalbter Unterdrückungsopfer, die es nicht lassen können, auf die Parallelen zwischen den eigenen Bemühungen und jenen der schwarzen Freiheitskämpfer hinzuweisen. Was Addison angeht, so fühlt er sich auf jedem Rasen zu Hause, ganz wie ein Tennisprofi. Nach dem Besuch der University of Pennsylvania folgte ein Posten bei einer Gesellschaft für Kommunalentwicklung in Philadelphia, dann eine Stelle auf mittlerer Ebene bei einem Kongressabgeordneten des Bundesstaates, zwei Jahre in Baltimore beim Büro der *National Association for the Advancement of Coloured People* (NAACP), eine gehobene Position beim *Democratic National Committee*, eine Tätigkeit bei der *Ford Foundation*, wichtige Beraterposten bei drei Wahlkampagnen, ein Semester als Gastprofessor in Amherst, eine kurze Tätigkeit für *American Civil Liberties Union* (ACLU), dann unter Clinton zwei Jahre im Erziehungsministerium, wieder bei der *Ford Foundation*, ein Semester in Berkeley, ein Jahr in Italien, sechs Monate in Südafrika und ein Jahr in Atlanta, alle drei Aufenthalte finanziert von der *Guggenheim Foundation*, weil er an einem noch nicht veröffentlichten großen Buch über die Bürgerrechtsbewegung arbeitet. In unbewachten Augenblicken raunt mein Bruder hoffnungsvoll etwas vom McArthur-Preis, den er nie bekommen wird, und da er deshalb gezwungen ist, seinen Lebensunterhalt selbst zu verdienen, hat er sich zu einem Mann des neuen Jahrhunderts gewandelt und moderiert an fünf Abenden der Woche in Chicago eine Radio-Talkshow mit Hörerbeteiligung, bei der er seine Gäste genüsslich einschüchtert, indem er der Welt – oder wenigstens seiner Zuhörerschaft – seine orthodox-liberalen Ansichten zu allem und jedem verkündet, von der Todesstrafe bis zum Thema Schwule in der Armee, und mindestens zweimal pro Abend darauf beharrt, dass George W. Bush nie wirklich zum Präsidenten gewählt worden ist. Er würzt seine Kommentare mit jeder Menge Bibelzitate, von denen manche sogar stimmen, und angeblichen Aussprüchen Mahaviras, Zhuangzis oder anderer weiser Männer, die seinen Zuhörern kaum bekannt sein dürften. Ich nehme an, dass man seine Art der Religiosität heute als New Age bezeichnen würde, weil er das aufnimmt, was ihm nützlich erscheint, und verwirft, was ihm nicht gefällt. Er wohnt in einem kleinen, älteren, aber trotzdem eleganten Stadthaus in Lincoln Park, manchmal allein und manchmal mit einer seiner zahlreichen, meist weißen Freundinnen, und wartet darauf, dass sich bald wieder etwas Großes ereignet, das seinen Lebenslauf bereichern könnte. Wenn man ihn bedrängt, gesteht er, dass er ein- oder zweimal verheiratet war, fügt aber unweigerlich hinzu, er hege inzwischen Zweifel an dieser Institution und sei deshalb froh, dass keine seiner Ehen Bestand gehabt hätte.

Ach, die gute Ehe! Meine Eltern bezeichneten sie stets als das Fundament, auf dem die Zivilisation ruhe. Meine Schwester und ich haben, ungeachtet all unserer Schwächen, versucht, uns so zu verhalten, als teilten wir diesen Glauben. Addison jedoch verhält sich, trotz des zur Schau gestellten religiösen Eifers, vollkommen anders. Seine erste Frau hieß Patsy und war Lehrerin in Philadelphia, eine liebe, stille Frau und Angehörige der dunkelhäutigeren Nation. Patsy und mein Bruder zerstritten sich sofort über der Frage, wann sie eine Familie gründen sollten. Mein Bruder, der wie so manch anderer Mann noch nicht bereit war, sich auf die Ehe festzulegen, die er schon eingegangen war, gab immer dieselbe, einfache Antwort: *Später*. Patsy verließ ihn im dritten Jahr. Daraufhin gab es eine Weile scheinbar jede Woche eine neue Frau, darunter Schauspielerinnen, Models, Sängerinnen und kleine, hirnlose Betthäschen, aber nicht nur. Für eine Weile richtete er sich in Brooklyn mit einer ziemlich verrückten, vorbestraften Bombenlegerin namens Selina Sandoval häuslich ein, die gegen alles und jedes protestierte, nur nicht gegen Abtreibung. Selina hatte überall in der Wohnung Pistolen rumliegen und sah in Addison einen Faschisten, allerdings einen umerziehbaren, was in etwa dem Bild entspricht, das Addison von mir hat. Mein Bruder seinerseits begründete sein Interesse an Selina damit, dass er »Recherchen für einen Roman« betreibe – ein Vorhaben, das wie so viele seiner Ideen noch der Ausführung harrt. Als Selina schließlich allzu verrückt wurde und wieder im Gefängnis landete, folgte ihr erst eine Stewardess, dann eine Börsenmaklerin, dann eine einigermaßen berühmte Tennisspielerin, dann eine Bedienung aus seinem Lieblingsbistro, dann einer der Stars des *Dance Theater of Harlem* und schließlich eine Polizistin, was mein Bruder wohl für einen guten Witz hielt. Am Ende entschied er sich für seine zweite Frau, Virginia Shelby, eine Anthropologiestudentin an der Chicagoer Universität, eine Frau mit einem freundlichen Lächeln und einem einschüchternden Verstand. Es war eine Verbindung, die Addison, wie wir alle hofften, zur Ruhe kommen lassen würde. Alle liebten Ginnie, alle außer Addison, den sie mit ihrem ständigen Gebohre bezüglich – tja – der zu gründenden Familie schnell nervte. Vor anderthalb Jahren verließ er sie wegen einer 24-jährigen Produktionsassistentin seiner Radiosendung. Obwohl immer nur von einer Trennung auf Probe die Rede ist, glaubt niemand, dass Addison und Ginnie ihr Eheleben wieder aufnehmen werden, weshalb es auch niemanden überrascht, dass er jetzt bei der Beerdigung mit einer neuen Freundin auftaucht, einer mageren, sich schamlos an ihn klammernden Weißen namens Beth Olin, die angeblich Dichterin oder vielleicht auch Stückeschreiberin ist – bei diesem kurzen Besuch bleibt keine Zeit, mehr über sie herauszufinden, aber wir werden sie sowieso nie wiedersehen.

Kapitel 5
Begegnung am Grab

• I •

Kimmer hält meine Hand fest in der ihren, als wir fröstelnd am Grab stehen und Father Bishop den Verstorbenen der Erde übergibt. Freeman Bishop, der seit Urzeiten Pfarrer an Trinity and St. Michael ist, steht in der episkopalen Tradition gelehrter Geistlicher und verfügt auf den Gebieten der Theologie und der Kirchengeschichte über das große Wissen, das man früher einmal von allen Pfarrern der anglikanischen Glaubensgemeinschaft erwartete. Mein Vater jedoch ließ nie ein gutes Haar an dem Mann, und schuld daran war die Politik. Die Episkopalkirche ist in jüngster Zeit von schweren Konflikten erschüttert worden, die Themen gehen von der Ordination von Schwulen und Lesbierinnen bis hin zur Autorität der Bibel. Father Bishop kämpfte nach Ansicht meines Vaters bei sämtlichen Gefechten auf der falschen Seite. *Die begreifen nicht*, pflegte der Richter mit Bezug auf all jene, deren Meinung er nicht teilte, zu klagen, *dass die Kirche Verwalterin und Bewahrerin des moralischen Wissens ist, nicht seine Urheberin! Sie denken, es stünde ihnen frei, alles so zu verändern, dass es der Mode des Augenblicks entspricht!* Ob er nun Recht hatte oder nicht, der Richter vertrat immer lautstark seine Meinung und stets schien er lieber der Welt nachzutrauern, die vergangen war, als für jene zu planen, die auf ihn wartete.

Was Freeman Bishop angeht, so ist er ungeachtet seiner komplizierten politischen Anschauungen ein tiefgläubiger Mann und dazu noch ein beachtlicher Prediger. Er zieht eine ordentliche Schau ab, wie der Richter sich auszudrücken pflegte, und das entspricht durchaus der Wahrheit: Mit seiner schönen braunen Glatze, seinen dicken Brillengläsern und der sonoren, rollenden Stimme, die wie ein Wirbelsturm von irgendwo im Süden an der Atlantikküste dahergedonnert kommt – obwohl er aus Englewood in New Jersey stammt –, könnte Father Bishop leicht als einer der großen Prediger der afroamerikanischen Tradition durchgehen, allerdings nur, solange man nicht allzu genau auf den Inhalt seiner Rede achtet. Aber trotz aller Geringschätzung des Richters gingen die beiden doch recht freundlich miteinander um, wenn sie auch nicht gerade gute Freunde waren. Erst vor kurzem gewährte der immer kleiner werdende Kreis der engsten Goldküsten-Freunde meines Vaters Freeman Bishop Zutritt zum Allerheiligsten, nämlich zur freitagabendlichen Pokerrunde. Deshalb stand auch nie zur Debatte, wer den Trauergottesdienst halten würde, obwohl etliche bekannte konservative Gottesmänner ihre Dienste angeboten hatten.

Ich habe Friedhöfe schon immer gemocht, vor allem alte: ihr Gesättigtsein mit der Vergangenheit und die spürbare Verbindung zwischen Vergangenheit und Gegenwart, die fast übernatürliche Stille, die unübersehbare Bestätigung, dass sich das Rad der Geschichte doch dreht. Für die meisten von uns haben Friedhöfe eine mystische Ausstrahlung, was nicht nur erklärt, warum Vampirgeschichten unsere Phantasie so sehr anzuregen vermögen, sondern auch, warum über die Schändung von Grabsteinen in den Lokalnachrichten immer als Erstes berichtet wird. Aber am liebsten sind mir Friedhöfe als Stätten der Entdeckung. Besuche ich eine Stadt zum ersten Mal, begebe ich mich oft zu ihrem ältesten Friedhof und bleibe dort, bis ich durch das Studium familiärer Beziehungen etwas über die Geschichte des Ortes erfahren habe. Manchmal schlendere ich stundenlang umher und gehe nicht, bevor ich das Grab einer großen Gestalt der Vergangenheit gefunden habe. Ein Jahr vor Bentleys Geburt mussten Kimmer und ich beide beruflich nach Europa reisen. Ich nahm in Den Haag an einer Konferenz teil, bei der es darum ging, wie das Deliktsrecht der Europäischen Gemeinschaft erlittene Schmerzen und Leiden kompensieren helfen soll, während Kimmer nach

London musste, um Gott weiß was für EHP zu erledigen. Wir stahlen uns anderthalb Tage für einen Besuch in Paris, wo wir beide noch nie gewesen waren. Kimmer wollte natürlich den Louvre sehen, das linke Seine-Ufer und Notre-Dame, aber ich bestand darauf, dass wir uns erst einmal ein Taxi nahmen und zu dem düsteren Friedhof Montparnasse fuhren, um uns, ungeachtet eines fürchterlichen Gewitters, das Grab von Alexander Aljechin anzuschauen, dieses verrückten Antisemiten und Alkoholikers, der in den dreißiger Jahren Schachweltmeister war, vielleicht sogar der brillanteste Schachspieler aller Zeiten.

Wenn meine Frau eines weiteren Beweises bedurft hätte, dass auch ich ein bisschen verrückt bin, dann wäre dies einer gewesen.

Und jetzt dieser Friedhof. Die kurze Zeremonie am Grab nehme ich nur verschwommen wahr. Ich kann mich nicht konzentrieren, weil ich dauernd nach dem Bagger Ausschau halte, der das Grab zuschaufeln wird, wenn der letzte Trauergast gegangen ist, aber das Gerät ist gut versteckt. Ich blicke flüchtig zu dem glänzenden Marmorstein, in den schon der Name meiner Mutter eingemeißelt ist, und zu der kleinen Gedenktafel für Abby daneben. Das Familiengrab, das mein Vater bereits vor Jahren gekauft hat, liegt auf einer kleinen Anhöhe; er behauptete immer, er habe es allein wegen der schönen Aussicht erworben. Von hier oben hat man tatsächlich einen erstaunlichen Rundblick. Der Friedhof ist bewaldet und weitläufig, und die Grabsteine ziehen sich in unglaublich sauberen Reihen über sanfte Hügel in die Ferne hin. Trotz der grellen Herbstsonne sind überall Schatten. In einiger Entfernung scheinen sich welche zu bewegen, vielleicht sind das Reporter. Eine optische Täuschung? Meine blühende Phantasie? Wenn ich mich nicht vorsehe, erliege ich noch der Paranoia meiner Schwester. Ich richte meine Aufmerksamkeit wieder auf das Grab. Dies ist meine dritte Beerdigung auf diesem stillen kleinen Hügel, und jedes Mal ist die Familie kleiner geworden. Zuerst haben wir Abby hier zu Grabe getragen, dann unsere Mutter. Und jetzt den Richter.

Ermordet, rufe ich mir in Erinnerung und schaue zu meiner Schwester hinüber, die während des ganzen Gottesdienstes geweint hat. Eine frische Brise lässt weitere Blätter zu Boden fallen: Die Bäume scheinen sie jedes Jahr ein klein wenig früher abzuwerfen; aber gut, ich sehe das mit den Augen des Alters. Mariah sagt, der Richter sei ermordet worden. Wir begraben den Richter neben Abby, und Mariah meint, Abbys Patenonkel sei der Mörder.

Möglich. Unmöglich. Wahr. Unwahr.

Nicht genug Einzelheiten bekannt, befinde ich, unruhig vor Sorge.

Kimmer drückt meine Hand. Mariah schluchzt immer noch. Howard, aufrecht und stark, hat den Arm um seine Frau gelegt, als fürchtete er, sie könnte entschweben. Die beiden haben wohl tatsächlich nur einen Teil ihrer Brut mitgebracht, aber mir fehlt die Energie, noch mal nachzuzählen. Direkt vor den Denton-Kindern steht Addison und macht einen gelangweilten Eindruck. Vielleicht wünscht er sich, auch hier ein paar Worte sagen zu können. Seine Freundin ist davongeschlendert und offensichtlich ins Studium anderer Grabsteine vertieft. Neben Addison steht ein blasser Mallory Corcoran und schaut auf die Uhr, wobei er sich keinerlei Mühe gibt, seine Ungeduld zu verbergen. Aber Father Bishop kommt ohnehin gerade zum Schluss. Auf seinem kahlen braunen Schädel spiegelt sich die Sonne, er rückt seine Brille zurecht und spricht die letzten Worte des letzten Gebets. »O Herr Jesus Christ, Sohn des lebendigen Gottes, wir bitten Dich, Du mögest Dein Leiden, Dein Kreuz und Deinen Tod zwischen Dein Gericht und unsere Seelen setzen, jetzt und in der Stunde unseres Todes. Schenke Gnade und Barmherzigkeit den Lebenden, Vergebung und Ruhe den Toten, Frieden und Einmütigkeit Deiner heiligen Kirche und ewiges Leben und die himmlische Herrlichkeit uns Sündern, Du, der Du mit dem Vater und dem Heiligen Geist lebst und regierst als einiger Gott von nun an bis in Ewigkeit.«

Wir sprechen alle gemeinsam das Amen. Die Trauerzeremonie ist zu Ende, aber ich bleibe noch eine Weile ganz still stehen, eingeschüchtert von der Macht dieses Gebets: *zwischen Dein Gericht und unsere Seelen.* Wenn das, was ich zu glauben versucht habe, wahr ist, dann kennt die Seele meines Vaters jetzt den Richterspruch des Allmächtigen. Ich frage mich, wie dieses Gericht Gottes aussehen könnte, wie das ist, seine sterbliche Hülle zu verlassen und zu wissen, es wird keine zweite Chance geben, oder am Ende vielleicht sogar Vergebung zu finden. Für den Atheisten ist der Friedhof eine Stätte der Toten, gewöhnlich und absurd, zutiefst sinnlos, für den Gläubigen jedoch ist er ein Ort furchtsamer Fragen und bestürzender Antworten. Ich schaue auf den Sarg, der, umgeben von Plastikgras, auf einem Rollwagen ruht und darauf wartet, in die Erde hinabgesenkt zu werden, sobald wir uns zerstreut haben.

Schenke Vergebung und Ruhe den Toten.

Kimmer drückt erneut meine Hand, um mich in die profane Welt der nach einer Bestattung fälligen Beileidsbekundungen zurückzuholen. Das Abschiednehmen beginnt. Freunde, Vettern und Cousinen sowie Anwaltskollegen treten näher. Ein Schwarzer, der aussieht, als wäre er hundert Jahre alt, schlingt seine mageren Arme um mich und flüstert mir zu, er sei der Onkel von jemandem, dessen Name mir jedoch nichts sagt. An seine Stelle tritt eine hochgewachsene, eindrucksvolle Frau mit Schleier, ebenfalls Angehörige der dunkelhäutigeren Nation, die mir erklärt, sie sei die Schwester einer Tante, von der ich noch nie etwas gehört habe. Ich wünschte, mir wären alle Mitglieder meiner so großen Familie bekannt, aber dazu wird es wohl nie kommen. Während ich weiter mir unbekannte Verwandte drücke, entdecke ich Dana Worth, die mir traurig zuwinkt und dann verschwindet. Ich erdulde eine ungestüme Umarmung des gerührten Eddie Dozier, Danas Exmann, der sich dann Kimmer zuwendet, um auch sie in die Arme zu schließen; sie schreckt zwar zurück, lässt es dann aber doch geschehen. Ich verabschiede mich mit einem Dank von Onkel Mal und seiner Frau Edie, von den Madisons, die wie immer das Richtige sagen, von Cousine Sally und ihrem langjährigen Freund Bud, einem ehemaligen, nicht sehr erfolgreichen Boxer, dessen Fäuste bisweilen jeden Mann, der Sally allzu lange anschaut, für einen Gegner im Ring halten. Ich verliere die Übersicht über die Menschen, deren Hände ich schüttle, und fange an, ihre Namen zu verwechseln, etwas, das meinem Vater niemals passiert wäre. *Oberhaupt der Familie*, geht es mir wieder durch den Kopf.

Kimmer legt unerwarteterweise einen Arm um meine Taille, drückt mich an sich und lächelt sogar. Mir wird klar, dass sie versucht, mich zu trösten, allerdings nicht aus einem ehefraulichen Instinkt heraus, sondern aus pragmatischen Gründen. Ihre andere

Hand hält die winzige Hand von Bentley umfasst. Unser Sohn sieht klein und verloren aus in seinem langen schwarzen Mantel, erst gestern bei Nordstrom's gekauft. Und er fängt an zu gähnen.

»Zeit zu gehen, Baby«, sagt Kimmer, aber nicht zu mir.

Wir begeben uns langsam zu den Autos zurück, Gruppen von Leuten, die nun nicht mehr geeint sind im Gedenken an ein erloschenes Leben; wir sind wieder Individuen mit jeweils eigenen Jobs, Familien, Freunden und Kümmernissen, und mein Vater gehört für die meisten der Trauergäste schon der Vergangenheit an. Mariah ist die Einzige, die immer noch weint. Irgendwo surrt ein Mobiltelefon, und zahllose Hände, die meiner Frau eingeschlossen, fahren in Taschen und Handtaschen. Der glückliche Gewinner ist Howard, der kurz zuhört und dann einen leisen Disput über die richtige Bewertung von Wandelanleihen beginnt. Er brabbelt noch glücklich vor sich hin, als er sich in den Wagen zwängt.

Ein paar weitere Hände sind zu schütteln, noch ein paar Umarmungen und Küsschen fällig, aber dann sind wir unter uns. Addison ist, wie ich bemerke, noch beim Grab. Er steht gebeugt, die Hände tief in den Taschen, und starrt versunken in die Ferne. Worüber denkt er nach? Über Beth? Über Ginnie? Über das ungeschriebene Buch zum Thema Bürgerrechtsbewegung? Über die Gästeliste für die Sendungen der nächsten Woche? Ich sage Kimmer, dass ich gleich zurückkomme, lasse widerstrebend ihre Hand los und gehe zu meinem Bruder. Ich würde gern behaupten, der Anblick des einsamen Addison habe eine Quelle des Mitgefühls oder gar der Liebe in mir zum Sprudeln gebracht, aber das wäre gelogen. Wahrscheinlicher ist, dass ich befürchte, mein Bruder könnte eine Erscheinung haben, mit höheren Mächten kommunizieren und ihm eine mystische Wahrheit offenbart werden, die mir entgeht. So wie er damals schon wusste, dass der Weihnachtsmann ein Schwindel ist, und ich noch nicht. Es mag zwar übertrieben erscheinen, aber es ist die uralte Eifersucht, dieses *Warum Addison?*, die mich zurück an seine Seite treibt.

»He, Misha«, sagt er leise, als ich oben auf dem Hügel angekommen bin – er benutzt meinen Spitznamen so beharrlich, wie Mariah ihn vermeidet. Ohne mir das Gesicht zuzuwenden, schafft er es, die Hand auszustrecken und sie mir auf die Schulter zu legen. Mir kommt in den Sinn, dass ich ihn beim Beten gestört haben könnte. Und dass er Gott in seiner Gedenkrede nicht ein einziges Mal erwähnt hat.

»Alles in Ordnung?«, frage ich und versuche herauszubekommen, was er da anstarrt. Ich sehe nur Bäume und Grabsteine.

»Ich denke schon. Ich weiß nicht. Ich hab nur nachgedacht.«

»Worüber?«

»Ach, du weißt schon. Was der Guru Arjam über die Qualen des Todes gesagt hat.«

Klar, worüber sonst?

Einen Moment lang schweigen wir beide. Ich habe meinen großen Bruder lange Zeit bewundert und beneidet, und wir haben im Lauf der Jahre viel Spaß miteinander gehabt, aber in diesem Augenblick haben wir einander nur wenig zu sagen.

»Schön ist es hier oben«, meint Addison schließlich. »Eines Tages werde ich wohl auch hierher kommen. Und du genauso.«

Ich brauche ein paar Sekunden, bis ich begreife, dass er vom Tod spricht. Nein, nicht davon spricht, sondern sich davor fürchtet. Mein großer Bruder, der nie vor etwas Angst gehabt hat und dessen Charme und Anmut ihn mühelos durchs Leben getragen haben, fürchtet sich plötzlich vor dem Sterben. War er wirklich so sehr auf meinen Vater angewiesen? Das frage ich mich. Aber vielleicht bin ja auch ich der Unnormale, weil ich zusehe, wie der Sarg meines Vaters in die Erde gesenkt wird, ohne an meine eigene Sterblichkeit zu denken. Wie dem auch sei, mein Bruder braucht Trost. Offenkundig ist Beth Olin nicht der Typ, der Trost spendet. Aber ich bin es auch nicht.

»Komm«, sage ich leise und fasse ihn am Ellbogen. »Lass uns gehen.«

Er schüttelt meine Hand ab und zeigt auf Abbys Grab. »Weißt du, Misha, jedes Mal wenn ich hier stehe, hoffe ich, dass wir sie doch noch finden.«

»Wen finden?«

»Die Leute in dem Auto, das sie umgebracht hat.«

In der Stimme meines älteren Bruders liegt die ganze Bitterkeit und Wut meines Vaters. Ich starre ihn einen Augenblick lang verwirrt an. »Addison –«

»Schon gut«, sagt er, »geh schon mal vor, ich komme gleich nach. Na los.«

Ich warte noch ein paar Sekunden, aber Addison rührt sich nicht, also drehe ich mich um und mache mich auf den Weg zurück zu den Autos. Im Näherkommen sehe ich, dass Kimmer sich inzwischen an ihr Mobiltelefon gehängt hat und sich abmüht, etwas auf einem Zettel zu notieren, den sie flach auf das Wagendach gedrückt hält. Howard und Mariah sind schon weg, aber ein paar Getreue warten noch, unter ihnen Onkel Mal, der eigentlich längst wieder in seinem Büro sein müsste. Seine Zuneigung zu uns wärmt mir das Herz, bis ich bemerke, dass auch er telefoniert. Ich schüttele den Kopf über die Welt der freien Wirtschaft. Vielleicht sprechen ja er und Kimmer miteinander.

»Talcott!«

Ich fahre herum, als ich meinen Namen höre, denke zunächst, es sei Addison, aber der bewegt sich erst allmählich in unsere Richtung. Auch er hat den Ruf gehört und schaut zu einem nahe gelegenen Hügel hinüber.

»Talcott! Talcott, warte!« Diesmal leiser, mehr ein Echo als eine Stimme.

Ich drehe mich zum hinteren Teil des Friedhofs um, wo blattlose Bäume im Sonnenlicht des späten Nachmittags lange Schatten werfen. Über dem Erdboden hat sich Nebel gebildet, weshalb die Szenerie etwas von ihrer Klarheit und Schärfe eingebüßt hat. Zuerst kann ich dort, von wo der Ruf gekommen ist, nichts erkennen, alles liegt im Schatten. Dann lösen sich zwei Schemen von dem dunklen Hintergrund und nehmen auf beinah gespenstische Weise menschliche Gestalt an; es sind zwei Männer, beide weiß, die nun in meine Richtung kommen.

Ich erkenne einen von ihnen, und der Herbsthimmel färbt sich grau. Es ist Jack Ziegler: »Hallo Talcott, danke, dass du auf mich gewartet hast.«

• II •

Als Erstes fällt mir an Onkel Jack auf, dass er krank aussieht. Obwohl er nicht besonders groß ist, hatte er immer etwas Bedrohliches an sich. Ich weiß nicht, wie viele Menschen er auf dem Gewissen hat, aber ich fürchte, es sind mehr als von der Presse immer vermutet. Seit über einem Jahrzehnt habe ich ihn nicht gesehen, und ich habe ihn auch nicht vermisst. Wie sich der Mann verändert hat! Er wirkt gebrechlich, der graue Anzug hängt schlaff um seinen abgemagerten Körper. Das eckige, kräftige Gesicht, an das ich mich aus meiner Kindheit erinnere, als er uns, bewaffnet mit teuren Geschenken, wunderbaren Denksportaufgaben und schrecklichen Witzen auf Martha's Vineyard zu besuchen pflegte, ist ganz eingefallen. Er kommt in Begleitung eines größeren, kräftigeren und sehr viel jüngeren Mannes, der neben ihm hergeht und ihn stützt, wenn er stolpert. Ein Freund, denke ich, nur dass die Jack Zieglers dieser Welt keine Freunde haben. Dann ein Leibwächter. Oder angesichts des körperlichen Zustandes von Onkel Jack vielleicht auch ein Krankenpfleger.

»Nun sieh mal, wer da kommt«, schäumt Addison.

»Lass mich das machen«, erkläre ich, blöd, wie ich bin. Ich verbiete mir, über die Vermutung zu spekulieren, die Mariah am Freitagabend in der Küche geäußert hat.

»Mit dem größten Vergnügen.«

Während sich Jack Ziegler langsam nähert, bitte ich Kimmer, mit Bentley beim Auto zu bleiben, und ausnahmsweise kommt sie meiner Bitte ohne lange Diskussion nach, denn eine potentielle Richterin sollte tunlichst nicht dabei gesehen werden, wie sie mit einem solchen Menschen auch nur plaudert. Onkel Mal tritt vor, als wolle er mir beispringen wie einem Mandanten, aber ich halte ihn mit einer Geste zurück und sage, dass ich keine Hilfe brauche. Dann drehe ich mich um und eile die kleine Anhöhe hinauf.

Mariah ist zum Glück schon fort, denn diese Erscheinung hätte ihr womöglich den Rest gegeben. Nur Addison bleibt in der Nähe, weit genug entfernt, um der Höflichkeit Genüge zu tun, aber nah genug, um zu Hilfe eilen zu können, falls ... ja, falls was?

»Hallo, Onkel Jack«, sage ich, als Abbys Pate und ich gleichzeitig am Grab ankommen, und warte ab. Er streckt mir nicht die Hand entgegen, und auch ich reiche ihm meine nicht. Sein Leibwächter, oder was immer er ist, steht ein Stück hinter ihm und schaut voller Unbehagen zu meinem Bruder hinüber. (Ich bin offensichtlich nicht bedrohlich genug, um seiner Aufmerksamkeit würdig zu sein.)

»Ich möchte dir mein Beileid aussprechen, Talcott«, sagt Jack Ziegler mit seinem eigentümlichen Akzent – ein bisschen Osteuropa, ein bisschen Brooklyn, ein bisschen Harvard –, der, wie mein Vater immer meinte, künstlich ist, so unecht wie Eddie Doziers schleppendes Osttexanisch. Während Onkel Jack spricht, blickt er hinunter auf das Grab. »Der Tod deines Vaters geht mir sehr nahe.«

»Danke. Wir haben dich in der Kirche vermisst –«

»Ich verabscheue Beerdigungen.« Er sagt das beiläufig, als unterhielten wir uns übers Wetter, über Sport oder die Flucht aus einem Bundesstaat in den anderen, um einer Strafverfolgung zu entgehen. »Die Feier des Todes interessiert mich nicht. Ich habe zu viele gute Männer sterben sehen.«

Einige von deiner Hand, denke ich und frage mich, ob auch das andere, bisweilen auftauchende Gerücht stimmt, ob ich also mit einem Mann spreche, der seine eigene Frau umgebracht hat. Wieder einmal überfallen mich Mariahs Ängste. Die Chronologie meiner Schwester besitzt eine gewisse verrückte Logik, mit Betonung auf dem Adjektiv: Mein Vater hat sich mit Jack Ziegler getroffen, mein Vater hat Mariah angerufen, mein Vater ist ein paar Tage später gestorben, dann hat Jack Ziegler Mariah angerufen, und jetzt ist Jack Ziegler hier. Gestern Abend im Bett habe ich Kimmer von Mariahs Verdacht berichtet. Sie lachte nur, den Kopf an meiner Schulter, und meinte, das alles klinge für sie mehr nach zwei alten Freunden, die sich häufig sehen. Da ich noch keinen Anhaltspunkt für eine Entscheidung habe, sage ich nur: »Danke, dass du gekommen bist. Wenn du mich jetzt entschuldigen würdest –«

»Warte«, sagt Jack Ziegler und schaut mir zum ersten Mal in die Augen. Ich weiche einen Schritt zurück, denn aus der Nähe sieht sein Gesicht erschreckend aus. Die blasse, papierene Haut ist von einer namenlosen Krankheit gezeichnet, und mir will scheinen, dass diese Krankheit – was immer es ist – eine angemessene Bestrafung darstellt für das Leben, das zu führen er gewählt hat. Aber es sind vor allem seine Augen, die meine Aufmerksamkeit auf sich ziehen. Zwei glühende Kohlen, heiß und lebendig, in denen ein düsterer Wahn glimmt, wie er alle Mörder irgendwann vor ihrem eigenen Tod heimsuchen sollte.

»Onkel Jack, es tu... tut mir Leid«, bringe ich heraus. Stottere ich etwa? »Ich muss ... ich muss los –«

»Ich bin Tausende von Meilen gereist, um dich zu sehen, Talcott. Du wirst mir doch wohl fünf Minuten deiner wertvollen Zeit opfern können.«

Er spricht mit einem fürchterlichen Pfeifen, und mir kommt in den Sinn, dass ich vielleicht das einatme, was ihn zu dem hat werden lassen, was er ist. Aber ich weiche nicht zurück. »Wenn ich richtig verstanden habe, hast du mich gesucht«, sage ich schließlich.

»Ja.« Er ist jetzt voll kindlichen Eifers und lächelt fast, besinnt sich dann aber eines Besseren. »Jawohl, ich habe dich gesucht.«

»Du wusstest doch, wo du mich hättest finden können.« Ich bin zwar zur Höflichkeit erzogen worden, verspüre jetzt jedoch, als ich Onkel Jack nach all den Jahren so vor mir sehe, den unwiderstehlichen Drang, grob zu werden. »Du hättest mich zu Hause anrufen können.«

»Das wäre nicht ... Es ging nicht. Sie wissen Bescheid, verstehst du, sie würden es berücksichtigen, und ich dachte ... ich dachte, vielleicht ...« Seine Stimme verliert sich, die dunklen Augen blicken plötzlich verwirrt, und mir wird klar, dass sich Onkel Jack vor etwas fürchtet. Ich hoffe, ihm macht die drohende Gefängnisstrafe Angst oder sein offenkundig nahender Tod, denn Dinge, die Jack Ziegler Furcht einflößen ... nun ja, das sind Dinge, mit denen ich keine Bekanntschaft machen möchte.

»Okay, okay, du hast mich also gefunden.« Vielleicht ist das dreist, aber ich empfinde im Moment keinen übermäßigen Respekt vor ihm, andererseits finde ich seine Gesellschaft auch nicht gerade erbaulich. Ich möchte dieser kränklichen Vogelscheuche entkommen und mich in den Schoß meiner Familie flüchten, sei sie, wie sie sei.

»Dein Vater war ein sehr feiner Mensch«, sagt Onkel Jack, »und ein sehr guter Freund. Wir haben viel zusammen unternommen. Nicht geschäftlich, wir haben uns hauptsächlich zusammen vergnügt.«

»Verstehe.«

»Die Zeitungen, weißt du, die haben immer über unsere geschäftlichen Beziehungen geschrieben, aber es gab gar keine geschäftlichen Beziehungen. Das war Unsinn. Aus der Luft gegriffener Unsinn.«

»Ich weiß«, lüge ich Onkel Jack zuliebe, aber meine Meinung ist ihm wohl überhaupt nicht wichtig.

»Dieser damalige Assistent von ihm, der hat doch einen Meineid geschworen.« Er tut so, als wolle er ausspucken. »Abschaum.« Er schüttelt in gespielter Ungläubigkeit den Kopf. »Den Zeitungen kam das natürlich gerade recht. Diesem linken Pack! Weil sie deinen Vater gehasst haben.«

Da ich mit Jack Ziegler seit den Anhörungen meines Vaters kein Wort mehr gewechselt habe, habe ich auch nie erfahren, wie er über die damaligen Ereignisse denkt. Angesichts des Tenors seiner Äußerungen bezweifle ich, dass ihn interessiert, wie ich die Sache sehe. Also sage ich nichts.

»Soweit ich informiert bin, hat der Narr beruflich nie mehr Fuß fassen können«, fährt Onkel Jack gehässig fort, und ich weiß, wer da zumindest ein paar Fäden gezogen hat. »Mich überrascht das nicht.«

»Er hat getan, was er für richtig hielt.«

»Er hat gelogen, weil er einen großen Mann vernichten wollte, und er hat das Schicksal, das er verdient.«

Ich kann mir das nicht länger anhören. Während Onkel Jack weiter vor sich hin geifert, erscheinen mir Mariahs verrückte Ideen vom Freitagabend ... gar nicht mehr so verrückt. »Onkel Jack –«

»Er war wirklich ein großer Mann, dein Vater«, unterbricht Jack Ziegler mich. »Ein sehr großer Mann, ein sehr guter Freund. Aber jetzt, wo er tot ist, nun ja ...« Seine Stimme verliert sich erneut. Er hebt eine Hand, die Handfläche nach oben, und dreht sie hin und her. »Jetzt würde ich sehr gern *dir* behilflich sein.«

»Mir?«

»Richtig, Talcott. Und natürlich deiner Familie«, setzt er leise hinzu, wobei er sich die Schläfen reibt. Die Haut an seinem Kopf sitzt so lose, dass sie sich unter seinen Fingern hin und her bewegt. Ich stelle mir vor, wie sie weggerissen wird und nur ein unglückseliger Schädel übrig bleibt.

Ich blicke zu den Autos hinüber. Kimmer wirkt ungeduldig. Onkel Mal ebenfalls. Dann wende ich mich wieder dem Patenonkel meiner kleinen Schwester zu. Seine Hilfe ist das Letzte, was ich will. »Also, vielen Dank, aber ich denke, wir haben alles im Griff.«

»Aber du rufst mich an, nicht wahr? Wenn du etwas brauchst, rufst du mich an? Vor allem, wenn ... eine Notlage eintreten sollte?«

Ich zucke mit den Achseln. »Okay.«

»Bei deiner Frau zum Beispiel«, fährt er fort. »Wie ich höre, wird sie Richterin. Ich finde das wunderbar. Wie ich höre, hat sie das immer angestrebt.«

»Steht alles noch nicht fest«, erwidere ich automatisch, überrascht darüber, dass das Geheimnis schon bis in die Rocky Mountains vorgedrungen ist. Außerdem möchte ich nicht, dass sich Jack Ziegler in diese Sache einmischt. Er hat schon eine Juristenkarriere zu viel kaputtgemacht. »Sie ist nicht die einzige Kandidatin.«

»Das weiß ich.« Seine Augen blicken wieder hämisch. »Wie ich höre, meint einer deiner Kollegen, der Job gehöre ihm schon. Manche bezeichnen ihn als den Favoriten.«

Wieder einmal bin ich vom Umfang seiner Kenntnisse überrascht, beschließe aber, mich nicht zu fragen, woher er weiß, was er weiß. Ich bin nur froh, dass Kimmer nicht in Hörweite ist. »Das kann ich mir vorstellen. Aber schau, ich muss –«

»Hör zu, Talcott. Hörst du mir zu?« Er ist ganz nah an mich herangetreten. »Ich glaube nicht, dass er das Stehvermögen hat, dieser Kollege von dir. Soviel ich weiß, hat er eine Leiche im Keller. Eine ziemlich große. Und wir alle wissen doch, was das bedeutet, oder?« Er hustet heftig. »Früher oder später kommt sie zum Vorschein.«

»Was für eine Leiche denn?«, frage ich. Plötzlich ist mein Interesse größer als meine Vorsicht.

»Wenn ich du wäre, würde ich mich mit solchen Dingen nicht befassen. Ich würde darüber auch nicht mit deiner liebreizenden Frau sprechen. Ich würde geduldig warten, dass das Schicksal seinen Lauf nimmt.«

Ich bin verwirrt, aber nicht unbedingt unglücklich. Wenn es tatsächlich Informationen gibt, die Marc Hadleys Chancen zunichte machen können, dann können sie nicht schnell genug ans

Licht kommen. Obwohl Marc und ich früher befreundet waren, kann ich mich einer leisen Freude kaum erwehren. Die amerikanische Obsession, nominierte Kandidaten für das höchste Richteramt durch die Verbreitung skandalöser Informationen zu disqualifizieren, mag ja absurd sein, aber immerhin geht es hier um meine Frau. Doch was könnte das sein, das außer Jack Ziegler niemand über Marc Hadley weiß? »Danke, Onkel Jack«, sage ich unsicher.

»Es ist mir immer ein Vergnügen, den Kindern von Oliver behilflich zu sein.«

Seine Stimme hat einen eigentümlich formellen Ton angenommen. Mich fröstelt. Hat er die erwähnte Leiche im Keller selbst dorthin geschafft? Hat etwa ein Krimineller die Hand im Spiel, um meiner Frau zu dem ersehnten Richteramt zu verhelfen? Ich weiß nicht so recht, was ich sagen soll.

»Onkel Jack, ich ... ich bin dir dankbar dafür, dass du helfen willst, aber ...«

Seine schütteren Brauen heben sich langsam, sonst ändert sich an seinem Gesichtsausdruck nichts. Er weiß, was ich sagen will, hat jedoch nicht die Absicht, mir die Sache zu erleichtern.

»Na ja, ich denke nur, Kimmer ... Kimberly ... möchte, dass das Auswahlverfahren in geordneten Bahnen verläuft und am Ende der bessere Kandidat gewinnt. Auf Grund eigener Verdienste. Sie würde nicht wollen, dass sich jemand ... einschaltet.« Und plötzlich, während ich noch diese schwierigen Worte ausspreche, bin ich mir sicher, dass sie stimmen. Meine kluge, ehrgeizige Frau will von niemandem abhängig sein, um keinen Preis. Als wir noch Studenten waren, machte sie sich an der Uni mit ihren unverhohlenen Ansichten zum Antidiskriminierungsprogramm einen Namen, in dem sie lediglich eine weitere Methode der liberalen Weißen sah, sich die Schwarzen zu verpflichten.

Vielleicht hatte sie Recht.

Onkel Jack hat derweil seine Antwort parat. »Ach Talcott, Talcott, mach dir deshalb keine Sorgen. Ich will mich gar nicht ... einschalten.« Er gluckst, dann hustet er wieder. »Ich sage lediglich voraus, was geschehen wird. Ich verfüge über Informationen, aber ich werde sie nicht verwenden. Und du brauchst das auch nicht. Dein Kollege, dieser Rivale deiner Frau, hat viele, viele

Feinde. Einer von denen wird ganz bestimmt die Kellertür aufmachen und den Weg zur Leiche zeigen. Der Dienst, den ich dir erweise, besteht lediglich darin, dass ich dir Bescheid sage. Mehr nicht.«

Ich nicke. Jack Ziegler standzuhalten hat mich ganz kraftlos gemacht.

»Und jetzt bist du dran«, fährt er fort. »Ich glaube, du, Talcott, könntest deinerseits mir behilflich sein.«

Ich schließe kurz die Augen. Was habe ich denn erwartet? Er hat nicht eine so weite Reise gemacht, nur um mir zu sagen, dass Marc Hadleys Kandidatur scheitern wird, oder um meinem Vater die letzte Ehre zu erweisen. Er ist gekommen, weil er etwas will.

»Du musst mir zuhören, Talcott. Sehr genau zuhören. Ich muss dir eine Frage stellen.«

»Nur zu.« Plötzlich möchte ich ihn los sein. Ich möchte seine seltsame Nachricht an Kimmer weitergeben, auch wenn er mir gerade geraten hat, das nicht zu tun. Ich möchte, dass sie mich vor Freude küsst, überglücklich, dass sie unmittelbar vor dem Erreichen ihres Ziels steht.

»Andere werden dir diese Frage auch stellen, manche aus edlen Motiven, andere aus unedlen«, erklärt er. »Nicht alle werden sein, was sie zu sein vorgeben, und nicht alle sind dir wohlgesinnt.«

Ich hatte vergessen, wie sehr Onkel Jack von der unergründlichen Gewissheit erfüllt ist, dass alle Welt Ränke schmiedet; offenbar hat er sich kaum verändert seit damals, als er uns mit Geschenken aus fremder Herren Länder und mit bitteren Klagen über die Machenschaften der Kennedys, deren Unentschlossenheit uns Kuba gekostet habe, wie er stets behauptete, im Haus auf Martha's Vineyard besuchte. Wir Kinder wussten damals alle nicht, wovon er sprach, waren aber fasziniert von der Leidenschaft, mit der er erzählte.

»Okay«, sage ich.

»Und deshalb muss ich dich fragen, was sie fragen werden«, fährt er fort, und seine irren Augen funkeln.

»Dann schieß mal los«, seufze ich. Kimmer steht hinter der Limousine, schaut auf die Uhr und gibt mir gestikulierend zu verstehen, dass ich mich beeilen soll. Vielleicht hat sie gleich noch einen Telefontermin. Vielleicht hat sie auch Angst vor Jack Ziegler, den sie nie richtig kennen gelernt hat. Vielleicht sollte ich mich hier besser schnell verabschieden. »Aber ich habe wirklich nur noch ein paar Minuten Zeit, um –«

»Die Vorkehrungen, Talcott«, unterbricht er mich in diesem pfeifenden Flüsterton. »Ich muss alles über die Vorkehrungen wissen.«

»Die Vorkehrungen«, wiederhole ich töricht. Mir wird bewusst, dass meine Schwester wohl doch nicht so verrückt ist, wie ich gehofft hatte, und ich bemerke, wie mein Bruder, der anscheinend spürt, dass da etwas im Gange ist, aber nicht weiß, was, einen Schritt näher kommt – wie ein Beschützer oder ein argwöhnischer Vater, was oft ja dasselbe ist.

»Ja, die Vorkehrungen.« Der düstere Wahn in seinem Blick starrt mir entgegen. »Welche Vorkehrungen hat dein Vater für den Fall seines Ablebens getroffen?«

»Ich bin mir nicht sicher, was du –«

»Ich glaube, du weißt sehr wohl, was ich meine.« Die Andeutung stählerner Härte: Da steht jetzt zum ersten Mal jener Jack Ziegler, der damals, 1986, überall Schlagzeilen machte.

»Nein, das weiß ich nicht. Mariah hat mir erzählt, du hättest sie angerufen und ihr dieselbe Frage gestellt. Ich kann dir nur sagen, was ich ihr schon gesagt habe. Nämlich dass ich nicht die leiseste Ahnung habe, wovon du sprichst.«

Onkel Jack schüttelt voller Ungeduld das kränkliche Haupt. »Komm schon, Talcott, wir sind keine Kinder mehr, du und ich. Ich kenne dich seit deiner Geburt. Ich bin der Patenonkel deiner Schwester, möge sie in Frieden ruhen.« Eine Geste in Richtung Grab. »Ich war mit deinem Vater befreundet. Du weißt, wonach ich frage, und ich glaube, du weißt auch, was es bedeutet und warum ich diese Frage stelle. Ich muss die Vorkehrungen unbedingt kennen.«

»Ich weiß immer noch nicht, was du meinst. Tut mir Leid.«

»Die Vorkehrungen deines Vaters, Talcott.« Er ist jetzt wütend. »Na, los. Die Vorkehrungen, die er mit dir zusammen für den Fall seines ... äh ... unerwarteten Todes getroffen hat.«

Ich begehe nicht Mariahs Fehler: Mir ist klar, dass er nicht die Vorkehrungen für die Beerdigung meint, und zwar nicht nur, weil die Beerdigung gerade zu Ende gegangen ist. Und dann fällt mir plötzlich ein, worauf ich am Freitagabend, als Mariah mich zu fassen gekriegt hatte, nicht gekommen bin. Er denkt an das Testament. An die Verfügungen meines Vaters bezüglich seines Nachlasses. Was insofern seltsam ist, als mein Vater zwar nicht gerade arm war, Jack Ziegler aber ausgesprochen reich ist, wenn man der Presse glauben darf.

»Du meinst die finanziellen Vorkehrungen«, sage ich leise und mit der Zuversicht des Anwalts, der alles geklärt hat. »Also, bisher ist die offizielle Eröffnung des –«

»Das meine ich ganz und gar nicht, und das weißt du genau«, zischt er, wobei er mich mit seiner Altmännerspucke besprüht. »Führ mich nicht an der Nase herum!«

»Nichts liegt mir ferner,« erwidere ich gereizt.

»Soweit ich weiß, hat dein Vater dich zur Verschwiegenheit verpflichtet. Das war auch vernünftig. Aber du musst doch sehen, dass diese Verpflichtung mir gegenüber nicht besteht.«

Ich breite die Arme aus. »Hör zu, Onkel Jack, es tut mir furchtbar Leid, aber ich fürchte, ich kann dir wirklich nicht helfen. Es gibt einfach keine Vorkehrungen, die –«

Mit einer blitzschnellen Bewegung schießt seine knochige Hand vor und packt mich am Handgelenk. Ich verstumme. Ich kann die Glut der Krankheit spüren, die unter seiner papierenen Haut pulsiert, trotzdem ist seine Kraft erstaunlich. Seine Fingernägel graben sich in meinen Arm. »*Welche Vorkehrungen?*«, faucht er.

Während ich mit offenem Mund dastehe, mein Handgelenk noch zwischen den knochigen Fingern von Onkel Jack eingeklemmt, kommt Addison besorgt einen Schritt näher, desgleichen der Leibwächter, und ich fühle mehr als ich es sehe, wie sich die beiden gegenseitig taxieren. Plötzlich liegt etwas Ursprüngliches, Männliches in der Luft, ein Wittern, als wären sie Tiere, die sich auf den Kampf vorbereiten, und schon merke ich, wie ein erster Anflug von Rot das zertrampelte grüne Gras überzieht.

»Bitte lass mich los«, sage ich ruhig, aber die Hand ist schon weg, und Onkel Jack schaut auf sie hinunter, als hätte sie ihn betrogen.

»Es tut mir Leid, Talcott«, murmelt er, wobei er, wie mir scheinen will, mehr zu seiner Hand spricht als zu mir, und das weniger reumütig als warnend. »Ich stelle dir diese Frage, weil ich sie dir stellen muss. Es geschieht um deinetwillen, bitte, glaub mir das. Für mich gibt es da nichts zu gewinnen, ich will dich nur beschützen, euch alle, so wie ich es eurem Vater immer versprochen habe. Er hat mich gebeten, mich um seine Kinder zu kümmern, falls ihm etwas zustößt. Ich habe ihm das zugesagt. Und« – dies beinahe traurig – »ich bin ein Mann, der sein Wort hält.« Er schiebt die anstößige Hand in die Tasche, dann hebt er langsam den Blick und sieht mich mit seinen verrückten, hämischen Augen an. Ein Stück von uns entfernt entspannt sich Addison. Der argwöhnische Leibwächter entspannt sich nicht.

»Onkel Jack, ich ... ich weiß das zu schätzen, aber, äh, wir sind inzwischen erwachsen –«

»Selbst Erwachsene brauchen gelegentlich jemanden, der sie beschützt.« Er hustet leise, bedeckt den Mund mit der zur Faust geballten Hand. »Es bleibt nicht mehr viel Zeit, Talcott. Ich liebe dich, deinen Bruder und deine Schwester, als wärt ihr meine eigenen Kinder. Deshalb bitte ich dich jetzt um Hilfe. Um der Familie willen, die uns beiden am Herzen liegt, Talcott: Sag mir, welche Vorkehrungen getroffen wurden.«

Ich denke einen Augenblick nach. Ich bin mir darüber im Klaren, dass ich jetzt keinen Fehler machen darf. »Hör zu, Onkel Jack. Ich weiß zu schätzen, dass du hergekommen bist. Ich bin sicher, die ganze Familie weiß das zu schätzen. Und ich weiß, dass es meinem Vater viel bedeutet hätte. Bitte glaub mir, dass ich dir helfen würde, wenn ich es könnte. Aber ich ... ich weiß einfach nicht, wovon du sprichst.« Ich spüre, wie ich es verpfusche. »Wenn du mir doch sagen könntest, was für Vorkehrungen du meinst.«

»Du weißt, welche Vorkehrungen ich meine.«

Er sagt das mit lauter Stimme und mit einem Anflug des Furors, den ich vor einer Minute gesehen habe – gerade genug davon, um mich daran zu erinnern, dass ich es mit einem gefährlichen Menschen zu tun habe. Das Tageslicht schwindet, und in meinem Kopf beginnt es zu hämmern.

»Du weißt zu schätzen, dass ich gekommen bin? Hervorragend. Jetzt würde ich es zu schätzen wissen, wenn ich die erbetene Auskunft erhalten würde.«

»Ich kann dir keine geben!« Allmählich verliere ich die Geduld, denn nichts ruft einen so deutlichen roten Schleier hervor wie Herablassung. »Wie gesagt, ich habe keine Ahnung, wovon du sprichst!« Ich rede so laut, dass Trauernde, die den Friedhof noch nicht verlassen haben, sich zu uns umdrehen, und der Leibwächter sieht aus, als wolle er sich Onkel Jack jeden Moment schnappen und mit ihm verschwinden. Aus dem Augenwinkel beobachte ich, wie Kimmer, die lange genug ausgeharrt hat, mit entschlossenen Schritten auf uns zukommt. Es wäre wohl besser, diese Unterhaltung zu beenden, bevor Kimmer uns erreicht. »Tut mir Leid, dass ich laut geworden bin«, sage ich zu Onkel Jack. »Aber ich kann dir wirklich nicht helfen.«

Langes Schweigen. Jack Zieglers gespenstisch funkelnde Augen blicken forschend in meine. Dann schüttelt er den Kopf und schürzt die schmalen Lippen. »Ich habe meine Frage gestellt«, flüstert er vielleicht sich selbst zu. »Ich habe meine Warnung ausgesprochen, habe erledigt, weshalb ich hergekommen bin.«

»Onkel Jack –«

»Ich muss gehen, Talcott.« Sein zorniger Blick richtet sich kurz auf Addison, der zehn Schritte entfernt steht und nun die Stirn runzelt. Jack Ziegler kommt mir ganz nahe, vielleicht weil er fürchtet, es könne jemand mithören. Dann fährt die knochige Hand noch einmal vor, wieder verblüffend schnell, und ich weiche wieder zurück. Aber die Hand hält mir nur eine kleine weiße Karte hin. »Hüte dich vor den anderen, von denen ich dir erzählt habe. Und falls du dich entschließt, doch über die ... die Vorkehrungen sprechen zu wollen ... dann rufst du mich an. Ich komme an jeden Ort, den du mir nennst, zu jeder Zeit. Und ich werde dir auf jede erdenkliche Weise helfen, soweit es in meiner Macht steht.« Er schweigt und sieht mich erwartungsvoll an. »Solche Zusagen gebe ich normalerweise nicht, Talcott.«

Jetzt fällt der Groschen. Er erwartet von mir, dass ich mich bedanke. Wie ich das hasse. »Verstehe«, ist alles, wozu ich mich durchringen kann. Ich ziehe ihm die Karte aus den Fingern.

»Das hoffe ich«, erwidert er traurig, »denn ich möchte nicht erleben, dass dir etwas zustößt.« Plötzlich lächelt er, neigt den Kopf in Richtung meiner näher kommenden Frau. »Dir oder deiner Familie.«

Ich traue meinen Ohren nicht, und das Rot ist plötzlich leuchtend und grell. Meine Stimme überschlägt sich beinahe. »Willst du ... Soll das eine Drohung sein?«

»Natürlich nicht, Talcott, natürlich nicht.« Er lächelt immer noch, nur dass es eher wie eine hässliche Grimasse aussieht als wie ein Zeichen der Freude. »Ich warne dich vor dem, was die anderen im Sinn haben. Für mich ist ein Versprechen ein Versprechen. Ich habe versprochen, dich zu beschützen, und das werde ich tun.«

»Onkel Jack, ich weiß wirklich nicht –«

»Genug«, unterbricht er mich scharf. »Du musst tun, was zu tun ist. Lass dich von niemandem davon abbringen.« Einen endlosen Moment lang blitzen mich seine dunklen, wahnsinnigen Augen an und machen mich ganz beklommen, als würde ein Teil seiner Verrücktheit auf mich überspringen und sich durch meine Sehnerven in mein Gehirn eingraben. Und dann dreht mir Jack Ziegler ganz plötzlich den Rücken zu. »Mr. Henderson, wir gehen«, sagt er barsch zu dem Leibwächter, der uns mit einem letzten misstrauischen Blick bedenkt, bevor er sich ebenfalls abwendet. Mr. Henderson stützt seinen Herrn. Sie gehen den schattigen Weg zwischen den endlosen Grabsteinen davon, biegen um eine Ecke und sind bald darauf verschwunden wie Geister, deren Zeit in der Welt der Lebenden abgelaufen ist und die deshalb in ihr Reich zurückkehren müssen.

Ich stehe noch immer fassungslos da, als ich Addisons beruhigende Hand auf meiner Schulter spüre. »Das hast du großartig gemacht«, murmelt er, vielleicht ahnend, dass ich das bezweifle. »So ein Spinner.«

»Allerdings.« Ich tippe mir mit der Visitenkarte gegen die Zähne. »Allerdings.«

»Alles in Ordnung?«

»Ja.«

Mein Bruder blickt mich an, dann zuckt er mit den Achseln. »Wir sehen uns im Haus«, verspricht er und eilt davon, um nach seiner kleinen Dichterin, oder was immer sie ist, zu suchen. Ich trete näher an das Grab heran, unfähig zu glauben, dass mein Vater, Sarg hin oder her, während der ganzen Auseinandersetzung mit Onkel Jack einfach still daliegen konnte. Sein Schweigen ist vielleicht der beste Beweis dafür, dass er tatsächlich tot ist.

»Worum ging es denn?«, fragt Kimmer, die jetzt neben mir steht.

»Wenn ich das nur wüsste«, antworte ich und überlege kurz, ob ich ihr anvertrauen soll, was Jack Ziegler über Marc Hadley gesagt hat, beschließe aber, damit noch zu warten; sie soll lieber eine erfreuliche Überraschung erleben als eine herbe Enttäuschung.

Kimmer runzelt die Stirn, küsst mich auf die Backe, nimmt wieder meine Hand und führt mich den Hügel hinunter. Aber während ich, die kalte Hand meiner Frau umklammernd, in der Limousine sitze und zurück in die Shepard Street fahre, gehen mir Jack Zieglers Worte wie ein Mantra durch den Kopf: *Die anderen. Hüte dich vor den anderen ... Ich warne dich vor dem, was die anderen im Sinn haben. Für mich ist ein Versprechen ein Versprechen.* Und was er noch gesagt hat: *Ich möchte nicht erleben, dass dir etwas zustößt. Dir oder deiner Familie.*

Kapitel 6

Der Problemist

· I ·

Obwohl wir nicht mehr dort wohnen, ist Washington entschieden Kimmers Stadt. Mit dem Kongress, dem Weißen Haus, einem ganzen Haufen ausführender Organe, unzähligen Richtern und mehr Anwälten pro Kopf der Bevölkerung als irgendwo sonst auf dieser Erde, ist es ein Eldorado für alle, die gerne etwas bewegen, und genau das ist die große Stärke meiner Frau. Kaum in der Stadt angekommen, richtete sie sich als Erstes im Gästezimmer ihrer Eltern ein Basislager ein, komplett mit Laptop und tragbarem Faxgerät. Kimmers Eltern wohnen in der Sixteenth Street, ganz in der Nähe des Carter Barron Theatre, etwa eine halbe Meile nördlich der Shepard Street. Den ganzen Montag, den Tag vor der Beerdigung, verbrachte sie damit, Termine für Mittwoch, den Tag danach, zu machen: eine Besprechung im Auftrag eines Klienten bei der *Federal Trade Commission* und einige weitere, die ihrer Bewerbung um das Amt einer Richterin am Bundesberufungsgericht förderlich sind. Und so verlässt sie das Haus ihrer Eltern schon früh an diesem Morgen, um mit einer ihrer zahlreichen Freundinnen zu frühstücken – »das neue Frauennetzwerk«, schwärmt sie, obwohl auch einige Männer dazugehören. Diese spezielle Freundin ist politische Korrespondentin bei der *Post*, eine Frau mit dem sinnigen Namen Battle, die Kimmer von Mount Holyoke her kennt und die über gute Beziehungen verfügen soll.

Kimmer hat ihre Kontakte zur Presse von jeher gepflegt und wird häufig von unserer Lokalzeitung, dem *Clarion*, sowie gelegentlich auch von der *Times* zitiert. Ich habe zu Journalisten eine ganz andere Einstellung, was ich in den zurückliegenden Tagen mehrfach unter Beweis stellen konnte. Wenn mich Reporter anrufen, gebe ich keinen Kommentar, egal zu welchem Thema. Wenn sie mich bedrängen, lege ich einfach auf. Ich spreche nie mit Zeitungsleuten, jedenfalls nicht mehr, seit die Presse meinem Vater während der Anhörungen so übel mitgespielt hat. Nie. Einer meiner Studenten namens Lionel Eldridge war früher ein berühmter Basketballprofi, hat sich dann aber das Knie ruiniert und hofft jetzt, Anwalt werden zu können. Kimmer und ich kennen ihn und seine Frau ein wenig näher, seit er im vergangenen Sommer für ihre Kanzlei gearbeitet hat; ein Job, zu dem ich ihm verholfen habe, weil alle anderen ihn – irritiert von seinen Noten, aber auch um zu beweisen, dass sie sich von seiner Berühmtheit nicht beeindrucken ließen – regelmäßig abgewiesen hatten. Viele Journalisten schreiben nach wie vor Storys über den »jungen Mr. Eldridge«, wie Theo Mountain ihn gerne nennt – im Scherz, wie ich annehme, denn Lionel mag ja ein halbes Jahrhundert jünger sein als Theo, er ist aber trotzdem fast ein Jahrzehnt älter als der Rest der Studenten im zweiten Jahr. Wie auch immer, die Medien berichten nach wie vor voller Bewunderung über den jungen Mr. Eldridge und halten ihre Leser gerne auf dem Laufenden über das, was er so treibt. Einmal war eine Reporterin töricht genug, mich anzurufen. Sie schreibe einen Artikel über Sweet Nellie, wie er in seiner Zeit als aktiver Spieler genannt wurde, und wolle, wie sie sagte, insbesondere den Eifer rüberbringen, mit dem er sich jetzt der neuen Herausforderung des Studiums stelle. Bei einem Gespräch mit ihr habe Lionel mich als seinen Lieblingsprofessor bezeichnet. Ich fühlte mich zwar geschmeichelt, obwohl ich nicht vornehmlich deshalb in meinem Beruf tätig bin, damit man mich liebt, aber ich wollte mich trotzdem nicht äußern. Die Reporterin fragte, warum nicht, und da sie mich in einem schwachen Augenblick erwischt hatte, erklärte ich es ihr. »Aber das ist doch ein *netter* Artikel, an dem ich da schreibe«, jammerte sie daraufhin. »Du lieber Himmel, ich schreibe über *Sport* und nicht über Politik!« Als ob mich diese Unterscheidung beruhigen könnte. »Ich hasse Sport«, sagte ich, was gelogen war, »außerdem bin ich nun mal kein netter Mensch«, was der Wahrheit entsprach.

Auch wenn meine Frau immer das Gegenteil behauptet.

Kimmer jedoch glaubt, ihre Zeitungsfreunde könnten ihr helfen, und vielleicht stimmt das ja auch, denn sie hat zweifellos ein Gespür dafür, welche Leute sie ihrem Ziel näher bringen könnten. Nach dem Frühstück will sie sich mit dem demokratischen Senator unseres Bundesstaates treffen, der an unserer Fakultät Jura studiert hat, und versuchen, ihn aus Marc Hadleys Ecke herauszubekommen oder zumindest an den Spielfeldrand zu locken; um dieses Treffen zu arrangieren, bin ich extra mit dem Hut in der Hand zu Theo Mountain gestiefelt, dem Lieblingsdozenten des Senators. Ihren Lunch nimmt sie mit Ruthie Silverman ein, die ihr zwar zu verstehen gegeben hat, das gesamte Verfahren unterliege größter Vertraulichkeit, die gleichwohl aber bereit war, sich mit Kimmer zu treffen; alle Leute, die meine Frau kennen lernen, entwickeln die Angewohnheit, das zu tun, was sie möchte. Nach dem Mittagessen wird sich meine Frau mit dem Cheflobbyisten der NAACP unterhalten, ein Termin, zu dem ihr Vater, der Colonel, ihr verholfen hat, der ebenfalls über gute Beziehungen verfügt. Am späten Nachmittag dann wollen Kimmer und ich uns zusammentun. Der große Mallory Corcoran hat uns nämlich um vier Uhr in seinen Terminplan hineingezwängt. Kimmer und ich besuchen Onkel Mal in der Hoffnung, dass er einen Teil seines nicht unbeträchtlichen Einflusses zu ihren Gunsten einsetzt.

Wie gesagt, Washington ist Kimmers Stadt. Meine ist es ganz und gar nicht und wird es auch nie sein; es geschieht mir viel zu leicht, dass ich die Augen schließe und mich an die langen, düsteren Stunden der Anhörungen erinnere, an die Stunden, in denen mein Vater vor dem Justizausschuss des Senats Rede und Antwort stand, anfangs noch zuversichtlich, später ungläubig, dann wütend und am Ende verbiestert und geschlagen. Ich erinnere mich an die Tage, an denen meine Mutter hinter ihm saß, und an die Tage, an denen ich ihren Platz einnahm. Ich erinnere mich daran, dass Mariah, als der Skandal ruchbar wurde, viel zu fassungslos war, um an den Sitzungen teilnehmen zu können, und dass Addison, obwohl er oft darum gebeten wurde, sich zum Kummer meines Vaters nie blicken ließ. Und wie mich dieser

Kummer des Richters irritierte, weil ich schließlich loyal war, aber ignoriert wurde, während Addison unzuverlässig war wie immer und trotzdem geliebt wurde – ganz der verlorene Sohn. Ich erinnere mich an die Scheinwerfer der Fernsehleute, nachdem die Anhörungen in einen größeren Saal verlegt worden waren, und daran, wie alle schwitzten. Ich hatte keine Ahnung gehabt, dass diese Scheinwerfer so heiß werden können. Senatsmitarbeiter tupften den Senatsmitgliedern die Stirn, mein Vater musste das selbst tun. Ich erinnere mich, wie grimmig er jede Unterstützung ablehnte, sei es die Onkel Mals oder die des Weißen Hauses – überhaupt aller, die ihre Hilfe anboten. Ich erinnere mich, wie ich zu den Senatoren aufschaute und dachte, wie weit weg und erhaben und mächtig sie doch waren, wobei ich gleichzeitig auch bemerkte, dass sie die meisten ihrer langen, hochtrabenden Fragen von Spickzetteln ablasen und ein paar von ihnen durcheinander gerieten, wenn sich das Gespräch zu weit von ihren Vorgaben entfernte. Ich erinnere mich an den Friesüberzug der Tische: Erst als ich den Stoff einmal berührte, wurde mir klar, dass er nur aufs Holz geheftet war – eine Art Spezialeffekt für die Kameras. In Wirklichkeit handelte es sich um ganz einfache Holztische. Ich erinnere mich an die Horden von Reportern in den Korridoren und Eingängen, die wie Kindergartenkinder herumbrüllten, um die Aufmerksamkeit auf sich zu lenken. Aber vor allem erinnere ich mich, wie alle anderen auch, an die eintönigen, immer wieder gestellten und letztlich ausschlaggebenden Fragen: *Wann haben Sie Jack Ziegler zum letzten Mal gesehen? Haben Sie sich im März des vergangenen Jahres mit Jack Ziegler getroffen? Worüber haben Sie mit ihm gesprochen? War Ihnen zu diesem Zeitpunkt bekannt, dass da ein Verfahren anhängig war?* Und so weiter und so fort. Und die eintönigen Antworten meines Vaters, die mit jeder Wiederholung weniger überzeugend klangen: *Ich weiß es nicht, Senator. Nein, das habe ich nicht, Senator. Ich kann mich nicht daran erinnern, Senator. Nein, ich hatte keine Ahnung, Senator.* Und schließlich dann der Anfang vom Ende, der immer damit beginnt, dass Freunde sich distanzieren und mit dem Signal an den nun in Ungnade gefallenen Kandidaten, üblicherweise aus dem Munde des Ausschussvorsitzenden: »Richter, ich kenne Sie als rechtschaffenen Menschen und habe großen Respekt vor Ihren

Leistungen, und ich möchte wirklich gerne glauben, dass Sie diesem Ausschuss gegenüber aufrichtig sind, aber offen gestanden ...«

Rücknahme der Nominierung auf Bitten des Nominierten.

Demütigung des Nominierten und seiner Familie.

Einberufung einer Anklagekammer.

Schwarzblende.

Oder wie ich während meiner nationalistischeren College-Tage gesagt hätte: Weißblende.

Selbst heute noch schaudert mich bei diesen Erinnerungen. Aber es gibt kein Entrinnen, zumindest hier in Washington nicht. Gestern Abend haben Kimmer und ich noch mit ihren Eltern zusammengesessen, um die 23-Uhr-Nachrichten zu sehen. Als die Aussage zu dem Bericht über die Beerdigung von Oliver Garland kam, es war die dritte Meldung, wurden nicht nur Bilder vom Tag gezeigt, sondern auch Archivaufnahmen von der Demütigung meines Vaters: Er sitzt vor dem Justizausschuss und bewegt tonlos seine Lippen, während gleichzeitig der Reporter weiter berichtet. Schnitt. Jack Ziegler in Handschellen nach einer seiner vielen Festnahmen – ein netter, wenngleich tendenziöser Hinweis. Schnitt. Der Richter, wie er vor den Rechtslobbyisten eine flammende Rede hält, während der Reporter über seine späteren Tätigkeiten spricht. Schnitt. Das reumütige Gesicht von Greg Haramoto, der unmittelbar nach dem Trauergottesdienst vor der Kirche interviewt wurde und sein Bedauern über das Ableben dieses »großen Mannes« sowie der Familie sein Beileid bekundet – wobei er keinen Versuch unternommen hat, uns persönlich oder telefonisch oder wenigstens schriftlich zu kondolieren. Greg erweist sich als einziger Trauergast, dessen Äußerungen es bis in die Nachrichten geschafft haben, aber vielleicht war er ja auch der Einzige, den zu interviewen die Journalisten für wert befunden haben. So wie er 1986 der einzige Zeuge war, der wirklich zählte.

Selbst nach all diesen Jahren und obwohl ich weiß, dass der Ausschuss möglicherweise Recht hatte, ist der Schmerz über die Schande meines Vaters noch immer da. Fremde sprechen mich bei Konferenzen an: *Sind Sie nicht der Sohn von Oliver Garland?* Ich murmele durch dicke Schleier von Rot hindurch irgendetwas Banales und ergreife so schnell wie möglich die Flucht. Deshalb ist es wohl auch ganz gut, wenn ich Kimmer auf ihrer Runde durch Washington nicht begleite; mein Schmerz würde sie nur behindern und ihr am Ende vielleicht sogar schaden. Außerdem haben Bentley und ich schon andere Pläne für den Tag. In Kürze werden wir zur Shepard Street fahren und von dort mit Mariah und ihrer Mannschaft in eine Vororthalle zum Rollerskaten. Miles Madison, dessen berufliche Tätigkeit inzwischen aus gelegentlichen Gesprächen mit den Verwaltern seiner diversen Besitztümer besteht, ist trotz des Regenwetters zum Golfplatz gefahren. »Wenn sie nicht Golf spielen können«, seufzt Vera Madison, »dann spielen sie den ganzen Tag Karten und trinken.« Meine Schwiegermutter, die mich immer wieder bittet, sie beim Vornamen zu nennen, ist genauso groß und schön wie Kimmer, nur erheblich schmaler – der breite Körperbau meiner Frau stammt vom Colonel, dessen Herz seit seiner Pensionierung weich geworden ist. Er gestattet mir an guten Tagen, ihn mit Mr. Madison statt mit Sir anzureden. Vera hat für den Fall, dass ich mit meiner Schwester sprechen muss, angeboten, auf Bentley aufzupassen, aber ich habe dankend abgelehnt. Ich behalte meinen Sohn lieber möglichst dicht bei mir, bis ich herausgefunden habe, was Onkel Jack mit seiner Bemerkung gemeint hat. Wahrscheinlich gar nichts, aber dennoch. Ich habe Kimmer noch nichts davon gesagt, weil ich nicht sicher bin, wie sie es aufnehmen wird, aber als ich sie heute Morgen bei ihrem Aufbruch bat, vorsichtig zu sein, sah sie mich durchdringend an – Kimmer entgeht selten etwas –, küsste mich flüchtig auf den Mund und meinte: »Das bin ich, Misha, ganz bestimmt.« Als sie dann in den kalten morgendlichen Nieselregen hinaustrat, lächelte ich ihr zu. Sie lächelte ebenfalls – wahrscheinlich aus Vorfreude auf den Tag.

Kimmer ist mit dem mitternachtsblauen Cadillac ihrer Mutter in die Stadt gefahren, deshalb nehmen Bentley und ich für die fünfminütige Fahrt die Sixteenth Street hinunter zur Shepard Street unseren Leihwagen, einen prosaischen weißen Taurus. Unser Weg führt uns durch das Herz der Goldküste, eine hübsche Ecke im Nordwesten von Washington, wo um die Mitte des 20. Jahrhunderts unzählige Anwälte, Ärzte, Geschäftsleute und Professoren der dunkelhäutigeren Nation inmitten der Rassentrennung ein idyllisches, geschütztes Wohnviertel für ihre Familien geschaffen haben. Die Grundstücke sind groß, die Rasenflächen sorgfältig gepflegt, die Häuser geräumig und hübsch eingerichtet. In den weißen Vororten wären sie das Zwei- oder Dreifache wert. Andererseits könnte diese piekfeine schwarze Enklave auch einen integrierenden Effekt haben: So bewohnt inzwischen zum Beispiel Jay Rockefeller ein weitläufiges Anwesen, das sich fast von der Shepard Street bis zum Rock Creek Park erstreckt. Vielleicht integrieren sich aus Gründen des ästhetischen Gleichgewichts viele schwarze Aufsteiger, die früher hier Häuser gekauft hätten, nun eifrig in die Vorstädte.

An einer Ampel muss ich kurz halten und werfe einen Blick in den Rückspiegel, auf meinen Sohn. Bentley ist ein hübscher kleiner Kerl. Von mir hat er das dichte schwarze Haar, das spitze Kinn und die dunkelbraune Haut, von seiner Mutter die riesengroßen braunen Augen, die auffälligen Brauen und die vollen Lippen. Er ist ein stilles und sehr ernstes Kind, anderen gegenüber eher schüchtern und in sich gekehrt, wenn er allein ist. Unser Sohn hat erst sehr spät angefangen zu sprechen, so spät, dass wir deswegen schon Kinderärzte aufgesucht haben, ja sogar einen pädiatrischen Neurologen – den Freund einer Cousine von Kimmer. Alle versicherten uns, es sei weder etwas Ungewöhnliches noch ein Zeichen drohender geistiger Behinderung, wenn ein Kind später mit dem Sprechen beginne, und das, obwohl die meisten Kinder schon mit anderthalb Jahren ein paar Worte sprechen, manche auch sehr viel früher. Sie rieten uns, einfach abzuwarten. Und Bentley ließ uns warten. Erst jetzt, ein halbes Jahr nach seinem dritten Geburtstag, hat er damit begonnen, in dieser eigentümlichen Mischung aus richtigem Englisch und einem mysteriösen vorsprachlichen Code zu plappern, die so viele Kleinkinder schon kurz nach dem ersten Geburtstag für sich entdecken. Gerade hält er seinem neuen Hund einen Vortrag – einem leuchtend orangefarbenen Stofftier, ein Geschenk von Addison, der keine Chance auslässt, sich beliebt zu machen. »Nein Wauwau nein sagt weil Mamma rot du au wei böse Wauwau böse geh. Hause geh nein nein los Wauwau Mamma nein nein sagt los komm nein nein komm los Wauwau böse los du …«

Ich unterbreche sein hinreißendes Kauderwelsch: »Alles in Ordnung, Kumpel?«

Mein Sohn hört auf zu brabbeln und sieht mich misstrauisch an. Seine Patschhändchen halten den noch namenlosen Stoffhund umklammert, als fürchte er, das Tier könne plötzlich verschwinden.

»Los Wauwau«, flüstert er.

»Genau.«

»Los du!«, platzt er fröhlich heraus, denn fast täglich kommt er mit neuen Wörtern und Ausdrücken an. Aus welcher Fernsehsendung er diesen wohl hat? »Nein los!«

»Okay, Kumpel. Ich hab dich lieb.«

»Dich lieb. Los du.«

»Du auch«, antworte ich, aber das verwirrt ihn nur, und sein Lachen weicht einem unbehaglichen Schweigen.

Ich schüttele den Kopf. Manchmal fühlen auch wir uns wegen Bentley unbehaglich – vor allem Kimmer. Sie verwöhnt ihn hoffnungslos, denn sie kann nicht ertragen, wenn er unglücklich ist, hat sie sich doch von Anfang an die Schuld an allem gegeben, was bei unserem Jungen nicht stimmt, falls denn etwas nicht stimmt. Schon am Morgen, an dem er aus dem Mutterleib kam, war die freudige Erwartung schnell in panische Angst umgeschlagen. Meine Frau lag in der Uniklinik in einem der hell gestrichenen Kreißsäle der gynäkologischen Abteilung und presste, wenn sie dazu aufgefordert wurde, hielt ein, wenn man sie darum bat, konzentrierte sich auf ihre Atmung und machte in ihrer typischen Art überhaupt alles haargenau richtig. Plötzlich fing sie jedoch sehr heftig an zu bluten, obwohl das Köpfchen des Kindes noch kaum sichtbar war. Entsetzt beobachtete ich, wie die weißen Betttücher und Kimmers grünes Krankenhaushemd ein helles, böses Rot annahmen. Der fröhlichen, aufmunternden Hebamme, die den Geburtsvorgang begleitete, verging augenblicklich alle Fröhlichkeit und sie stellte ihre Anfeuerungen abrupt ein. Ich auf meinem Holzhocker erkundigte mich besorgt, ob alles in Ordnung sei. Die Hebamme zögerte, lächelte mich dann unsicher an und sagte, eine Gebärende könne einen hohen Blutverlust durchaus verkraften, weil sich in der Schwangerschaft die Blutmenge erhöhe. Dann tuschelte sie jedoch mit einer Krankenschwester, die daraufhin den Raum verließ. Die Blutung hörte nicht auf, und es bildete sich ein kupferroter See, als die Hebamme versuchte, den Kopf des Kindes zu fassen zu bekommen. Ihre Hände rutschten ab, und sie fluchte. Kimmer spürte, dass etwas verkehrt lief, sah an sich hinunter, entdeckte das viele Blut und fing vor Angst furchtbar an zu schreien, was ich bei ihr noch nie erlebt hatte. Auch ich hatte nie zuvor so viel Blut gesehen. Der Kopf unseres kleinen Babys schwamm darin. Der Monitor, der seine Herztöne überwachte, spielte verrückt. Eine mir völlig unbekannte Ärztin tauchte plötzlich auf und nahm den Platz der Hebamme ein. Sie warf einen schnellen Blick auf die Gebärende und bellte dann ein paar kurze Anweisungen. Während eine Phalanx blauer Kittel zum Bett vorrückte, wurde ich von zwei Schwestern aus dem Kreißsaal gedrängt und in der modernen, seelenlosen Wartezone allein gelassen, so dass ich in aller Ruhe darüber nachsinnen konnte, dass ich an diesem Tag, der der glücklichste meines Lebens hätte werden sollen, womöglich sowohl meine Frau als auch meinen Sohn verlor.

Wie ich später erfuhr, war es bei Kimmer zu einer vorzeitigen Plazentaablösung gekommen, was im Grunde so etwas Ähnliches wie eine Menstruation ist, nicht selten jedoch zum Tode führt, vor allem bei Spätgebärenden. Genauer gesagt war es, wie man uns noch später erklärte, zu einem Muskelriss in der Gebärmutterwand gekommen, woran meine Frau leicht hätte verbluten und das Kind ersticken können. Bis heute glaubt meine Frau, dass dies alles nur deshalb passiert ist, weil sie während der Schwangerschaft nicht aufgehört hat, Alkohol zu trinken, weil sie überhaupt alle Warnungen verächtlich in den Wind schlug, ihre persönlichen Lebensgewohnheiten könnten dem Baby (oder Fötus, wie sie das in ihr heranwachsende Kind nannte) schaden. Sollten diese Befürchtungen zutreffen, dann trage ich eine Mitschuld – nicht etwa, weil ich ein Trinker wäre, das bin ich wahrlich nicht, sondern weil ich mich Kimmer gegenüber nie durchgesetzt habe. Nachdem sie meine ängstlichen Bitten dreimal ärgerlich überhört hatte, gab ich den Versuch auf, sie umzustimmen. Die ersten Stunden im Leben unseres Sohnes waren quälend: Es bestand die Gefahr, wie uns die Ärzte mit steinerner Miene erklärten, dass wir ihn verlieren würden. Und Kimmer musste wegen ihres Blutverlusts behandelt werden. Ein oder zwei Tage später, als sich erwiesen hatte, dass doch alle am Leben bleiben würden, knieten meine

Frau und ich nieder, um zu beten – das war das letzte Mal, dass wir außerhalb einer Kirche gemeinsam beteten – und einem Gott zu danken, den wir bis dahin meist ignoriert hatten.

Ich glaube, Bentley war Gottes Antwort darauf.

Gleichwohl markiert die Geburt unseres Sohnes auch den Punkt, von dem an es mit unserer Ehe bergab ging. Heute leben meine Frau und ich unter nicht unbedingt ersprießlichen Bedingungen zusammen. Es gibt Dinge, die sie nicht wissen will, und Dinge, von denen sie nicht will, dass ich sie erfahre. Wenn sie beispielsweise auf Reisen ist, dann ruft sie mich an, nicht umgekehrt. Nur in Notfällen wage ich es, gegen diese Regel zu verstoßen. Als mir Mallory Corcoran am Donnerstag telefonisch mitteilte, dass mein Vater gestorben war, hörte ich per Fernabfrage unseren Anrufbeantworter ab, um festzustellen, ob sich meine Frau gemeldet hatte. Das war nicht der Fall. Deshalb versuchte ich anschließend sofort, sie in ihrem Hotel in San Francisco zu erreichen. Sie war nicht da. Ich rief ihr Handy an. Es war abgeschaltet. Ich holte Bentley aus dem Kindergarten ab und erklärte ihm, was mit seinem Großvater geschehen war, fuhr dann mit ihm nach Hause und versuchte es erneut. Kimmer war immer noch nicht zu erreichen. Ich versuchte es stundenlang, bis es an der Westküste Mitternacht war – in Elm Harbor drei Uhr nachmittags –, aber Kimmer blieb unerreichbar. Schließlich rief ich verzweifelt erneut im Hotel an und fragte nach Gerald Nathanson. Jerry war auf seinem Zimmer. Er wirkte nervös. Er sei noch bei der Arbeit, meinte er. Er wisse nicht, wo sich meine Frau befinde, aber er zweifle nicht daran, dass sie wohlauf sei. Er versprach, ihr auszurichten, sie solle mich anrufen, sobald er sie sehe. Zehn Minuten später rief sie mich an. Ich habe nicht gefragt, von wo aus.

• II •

In der Shepard Street öffnet uns Cousine Sally, die heute Vormittag die Arbeit schwänzt, um meine Schwester in der Küche mit dubiosen Geschichten aus unseren gemeinsamen Kindertagen zu peinigen. Sally erdrückt mich fast mit ihrer kräftigen Umarmung, mit der sie so gut wie alle Menschen begrüßt, insbesondere aber

Addison. Im Haus ist sanfter Jazz zu hören, Grover Washington, glaube ich.

Bentley kreischt beim Anblick von Martin und Martina auf, die sich wie üblich an den Händen halten. Wenig später hat er sich der Schar der jüngeren Kinder meiner Schwester angeschlossen, und sie spielen ein kompliziertes Spiel, bei dem alle, angeführt von Marcus, dem Jüngsten, im Gänsemarsch durch das Haus ziehen und in jedem Zimmer genau ein Möbelstück berühren, bevor sie ins nächste weiterwandern. Ich finde Mariah und Schlicht Alma in den beiden Korb-Schaukelstühlen auf der hinteren Veranda. Alma, im Mundwinkel kess eine Kool, grinst mich an, was ich als Wiedersehensfreude interpretiere, und Mariah gestattet mir, sie auf die Wange zu küssen. Alma scheint gerade am Ende einer ihrer unanständigen Geschichten angelangt zu sein – und am Ende ihrer Kräfte –, denn sie meint, sie müsse jetzt gehen. Eine ihrer Enkelinnen werde jeden Augenblick da sein, um sie nach Philadelphia zurückzufahren, erklärt sie mir. Als sie aufsteht, zeigt sie uns einen ihrer berühmten Tricks: Sie drückt die Spitze ihrer Zigarette zusammen, um sie auszumachen, und steckt sie dann ganz schnell in die Tasche ihrer Strickjacke.

Ich nicke in Richtung des leeren Schaukelstuhls, und Sally, die meinen Wink verstanden hat, nimmt Schlicht Almas Platz ein. Dann begleite ich Alma ins Haus. In der Diele, wo sie nach ihrem Mantel sucht, frage ich sie beiläufig, was sie gemeint habe, als sie kürzlich sagte, mein Vater würde mich wissen lassen, was er mit mir vorhabe.

Almas weise alte Augen sind unruhig in ihrem dunklen Gesicht, aber sie sieht mich nicht direkt an. »Mit der ganzen Sache hab ich nichts zu tun«, murmelt sie nach einer Weile.

Ich habe keine Ahnung, was sie meint, und sage ihr das.

»Kümmere dich einfach um deine Familie«, erwidert Schlicht Alma, während ich ihr in den Mantel helfe. »Nur um dich und deine Familie.«

»Alma –«

Ein Hupen signalisiert die Ankunft der Enkeltochter, die wie so viele der zahllosen Vettern und Cousinen noch zu jung ist, um in Betracht zu ziehen, was der Anstand gebietet, selbst wenn die eigentliche Beerdigung schon wieder einen Tag zurückliegt.

»Ich muss los«, drängt Alma.

»Warte noch einen Augenblick. Warte.«

Sie dreht mir den Rücken zu und geht zur Haustür, spricht dabei aber weiter. »Wenn dein Vater Pläne hat, wird er's dich früh genug wissen lassen.«

»Wie soll er das denn ...«

Wir stehen jetzt in der geöffneten Tür. Almas riesiger Koffer ist noch in der Diele. Auf der Zufahrt hat ein brauner Dodge Durango gehalten, hinter dessen Windschutzscheibe die anstandslose Enkelin nur schattenhaft zu erkennen ist. Alma nimmt meine Hand, und diesmal sieht sie mich an.

»Dein Vater war schlauer als all die anderen, Talcott. Deshalb hatten sie Angst vor ihm.« Wieder so ein kostbarer Bestandteil des Familienmythos: dass dem Richter der Sitz im Obersten Gerichtshof von Dummköpfen verweigert worden sei, die eifersüchtig und rassistisch zugleich waren. »Du wirst schon sehen.«

»Was denn?«

»Welche Angst die vor deinem Vater hatten. Falls sie kommen. Aber mach dir keine Sorgen deswegen.«

»Falls wer kommt?«

»Sie kommen ja vielleicht gar nicht. Dein Vater dachte zwar schon. Aber vielleicht haben sie auch zu viel Angst.«

»Ich kann dir nicht folgen –«

»Wie Jack Ziegler. Der hatte auch Angst vor deinem Vater.«

Ich brauche einen Augenblick, um das zu verarbeiten. Von irgendwo aus den Tiefen des Hauses dringt das Gekreisch ausgelassener Kinder. »Alma, ich –«

»Ich muss weg, Talcott.« Sie hat ihre Kool-Kippe aus der Tasche gezogen und macht Anstalten, sie sich wieder anzustecken. »Ich hab gerade meine Blase geleert und möchte gern in Philly sein, bevor ich wieder muss.«

»Warte, Alma. Bitte. Noch einen Moment.«

»Was ist denn, Talcott?« Es ist der leicht gereizte, zugleich erschöpfte Tonfall einer nachsichtigen Mutter.

»Jack Ziegler ... Was hast du da gerade über ihn gesagt?«

»Das ist bloß ein alter Mann, Talcott, dieser Jack Ziegler. Lass dir von dem nicht Bange machen. Dein Vater hatte keine Angst vor ihm, und du brauchst auch keine zu haben.«

Ich schlage einen Spaziergang vor, aber meine Schwester hat keine Lust. Mariah wirkt einsam, müde und gereizt, was nur allzu verständlich ist, wenn man bedenkt, dass die einzige Gesellschaft, die sie an diesem Vormittag außer ihren Kindern gehabt hat, aus der skurrilen, ichbezogenen Alma und einer ausnahmsweise mal vernünftigen Sally bestand. Ich überrede Mariah, von der Veranda ins Haus zu kommen. Wir setzen uns in die Küche. Mariahs Make-up mangelt es an der sonst üblichen Perfektion, sie hat Lockenwickler im Haar, und das Haus, das sie erben wird, sobald das Testament eröffnet und vollstreckt ist, sieht bereits arg mitgenommen aus und weist überall Spuren jugendlicher Bewohner auf – von winzigen Schuhen bis hin zu Playmobil-Matrosen. Howard ist mit dem ersten Shuttle nach New York geflogen, um irgendeinen gefährdeten Deal zu retten, und so sitzen Sally und ich hier in dieser unglaublich weißen Küche und hören zu, wie Mariah über Addison schimpft, weil er in seiner Ansprache bei der Beerdigung den Richter nicht entschieden genug verteidigt hat. Zugegebenermaßen fand auch ich die kurze Bezugnahme meines Bruders auf die Anhörungen einigermaßen verwirrend, vielleicht weil er versucht hat, es zu vielen Leuten recht zu machen: *So mancher Angriff gegen meinen Vater war nicht fair. Manch einer war ziemlich gemein. Aber manch einer war auch überlegt, manch einer respektvoll. Es gab Fragen, bei denen vernünftige Menschen durchaus unterschiedlicher Ansicht sein können. Das dürfen wir bei aller Liebe zu meinem Vater nie vergessen. Und der Christ in mir will ganz bestimmt jene nicht verurteilen, die sich auf die andere Seite gestellt haben, denn auch sie taten nur das, was sie für richtig hielten.*

»Er kann ein echter Scheißkerl sein«, eröffnet uns meine Schwester und stößt mit dem Finger in die Luft. »Addison denkt einfach nur an sich selbst.« Sie sagt das, als wäre uns das neu. Sallys Schmollmund verzieht sich zu einem missglückten Lächeln: Sie betet meinen großen Bruder an, weiß jedoch auch, dass Mariah mit ihrem Schimpfwort Recht hat. Sallys Mutter Thera geht den Familienangehörigen von der Seite meines Vaters aus dem Weg und ist noch nicht einmal zur Beerdigung gekommen. Ich vermute, einer der Gründe dafür ist das, was einmal zwischen Addison und ihrer Tochter war. Addison wiederum ist kurz nach der Beerdigung mit Beth Olin, der großen weißen Dichterin, nach Fort Lauderdale aufgebrochen, wo er einen Vortrag halten musste. »Gleich und gleich gesellt sich gern«, schnaubte Kimmer, als sie erfuhr, dass Beth ihn begleiten würde. »Die wären wir los«, schnaubt jetzt Mariah, die meiner Frau ähnlicher ist, als sie je zugeben würde.

Aber Addison hat auch eine andere Seite, eine, die ich bewundere. Gestern Nachmittag nahm mich mein Bruder vor seiner Abreise beiseite und ging mit mir in die Bibliothek, in den Raum also, in dem ich das teuflische Album gefunden hatte. Einer meiner Onkel raunte herablassend, jetzt setzten sich die Brüder wohl zusammen, um die Zukunft der Familie zu planen. Als wir die Tür hinter uns zugemacht hatten, stellte ich mich unauffällig wieder vor das Bücherregal, weil ich nicht wollte, dass Addison das beunruhigende Machwerk zu sehen bekam. Er schaute aber gar nicht hin, sondern überraschte mich mit einer brüderlichen Umarmung, ließ mich dann los und schenkte mir ein gewinnendes Lächeln. Er sagte, er habe Bruchstücke meiner Unterredung mit Jack Ziegler mitbekommen und finde, ich hätte mich hervorragend geschlagen – ein Lieblingsausdruck des Richters. Wir mussten beide lachen. Dann fragte er mich, was ich wegen des von Onkel Jack Gesuchten, was immer das sei, zu tun gedenke, und setzte, bevor ich etwas sagen konnte, hinzu, er sei bereit, mir in jeder erdenklichen Weise zu helfen. Ich bräuchte nur anzurufen. Die geschwisterliche Zuneigung ließ mein Herz höher schlagen. Einen großen Teil meiner Jugend, ja noch meines frühen Erwachsenenlebens war mir Addison Beschützer, Helfer und Vorbild gewesen. Er hatte applaudiert, wenn ich Erfolg gehabt hatte, und mich getröstet, wenn ich gescheitert war. Der starke Addison, der kluge und beliebte Addison, dessen Rat in kritischen Augenblicken meines Lebens hilfreicher gewesen war als der des Richters. Addison war sowohl für Nebensächliches da gewesen – als ich zum Beispiel bei der Wahl zum Chefredakteur der *Law Review* scheiterte – als auch für Wichtiges – etwa als mich meine Arbeit von einem Besuch bei meiner leidenden Mutter abhielt und sie starb, während ich eifrig an einem Artikel über die Problematik der Massenklagen schrieb. Und er hatte mich bestärkt, Kimmer auch gegen den Wunsch der Familie zu heiraten – eine Entscheidung, die ich wohl trotz aller gelegentlichen Schwierigkeiten nie bereuen werde.

Als ich ihm jedoch gestern in die ernsten, fürsorglich blickenden Augen sah, da war mir nichts eingefallen, wobei ich Hilfe hätte brauchen können. Ich sagte ihm also die Wahrheit: Mir sei völlig schleierhaft, was Onkel Jack wolle, und deshalb hätte ich auch nicht vor, irgendetwas zu unternehmen. Addison schwenkte sofort um, wie das jeder gute Politiker können sollte, und meinte, das sei wahrscheinlich auch das Beste, denn Jack Ziegler sei vollkommen verrückt.

• IV •

Nach drei Tassen Kaffee verkündet Mariah schließlich, wir würden besser aufbrechen, was allerdings, wie so oft, leichter gesagt ist als getan. Dabei ist die Großfamilie meiner Schwester am Vorabend noch durch das derzeitige Aupairmädchen verstärkt worden, eine matronenhafte, reizende junge Frau irgendwo vom Balkan, deren Namen ich nie richtig hinbekomme. Selbst mit ihrer und Sallys Hilfe dauert es noch eine ganze Weile, bis die Kinder angezogen sind und wir alle zur Skaterhalle aufbrechen können. Mariah muss sich außerdem noch selbst fertig machen. Während ich warte, wandere ich mit Bentley im Haus umher, und er sieht sich mit großen Augen im Arbeitszimmer meines Vaters um. Mir geht durch den Kopf, dass mein Sohn schon ein Jahr lang nicht mehr in diesem Zimmer gewesen ist. Mein Vater achtete sehr auf seine Privatsphäre, und dies war sein privatester Raum. Ich nehme Bentley auf den Arm und zeige ihm die signierten Fotos, auf denen mein Vater mit den Großen des Landes zu sehen ist und die an der Wand gegenüber den Fenstern hängen. Dabei spreche ich für meinen Sohn die Namen sehr deutlich aus, obwohl er sie sich sowieso nicht merken wird: John F. Kennedy, Lyndon B. Johnson, Ray Wilkins, Martin Luther King, A. Philip Randolph. Dann kommt die Tür zum Flur und auf der anderen Seite ein abrupter Wechsel der politischen Richtung – Richard Nixon, Ronald Reagan, George Bush senior und junior, Dan Quayle, Bob Dole, John

McCain, Pat Robertson. Bentley kichert, runzelt die Stirn, kichert wieder, zeigt auf ein paar der Bilder und übergeht andere, ohne dass sich in seiner Reaktion irgendein ideologisches Muster erkennen ließe.

Zur Zeit seines Todes stand meinem Vater ein förmliches, angemessen eindrucksvolles Eckbüro unweit dem von Onkel Mal zur Verfügung, das heißt im zehnten Stock eines Gebäudes mit Glasfassade an der Ecke Seventeenth Street und Eye Street, nur ein paar Schritte vom Weißen Haus entfernt, wo er trotz allem, was sich ereignet hatte, noch immer gelegentlich zu Gast war, zumindest solange die Republikaner das Sagen hatten. In Washington sind die Bürogebäude in der City sehr viel niedriger als in anderen Großstädten. Die zehnte Etage gilt schon als ziemlich schick, und das entsprach während seiner letzten, schmerzlichen Jahre ganz dem Stil meines Vaters. Er schien entschlossen, mit einem Schlag all das Geld zu verdienen, das ihm während der zwei Jahrzehnte auf dem Richterstuhl vorenthalten worden war. Obwohl er dabei so bescheiden lebte, dass man nur Vermutungen anstellen kann, wofür er es ausgegeben hat.

Der Richter benutzte aber nur selten das Büro in der Stadt. Er zog es vor, zu Hause zu arbeiten, allein in seinem höhlenartigen Arbeitszimmer zu sitzen, das er sich nach dem Tod meiner Mutter eingerichtet hatte. Dazu hatte er einfach die Wände zwischen den drei Schlafzimmern im ersten Stock durchbrechen lassen, was bedeutete, dass wir Kinder, wenn wir zu Besuch waren und über Nacht blieben, auf einem Ausziehsofa in dem muffigen Spielzimmer im Keller oder in dem heruntergekommenen und wahrscheinlich illegalen Mädchenzimmer schlafen mussten, das ein früherer Besitzer des Hauses auf dem Dachboden hatte einrichten lassen. Deswegen haben Kimmer, Bentley und ich uns auch angewöhnt, immer bei Kimmers Eltern zu wohnen, wenn wir nach Washington kommen. Dem Richter schien das nichts auszumachen. Er gehörte nicht zu den Großvätern, die in ihre Enkel vernarrt sind. Er hasste es vielmehr, wenn ihm der Zugang zu einem Teil des Hauses verwehrt war, und sei es auch nur vorübergehend. Kamen wir am Morgen erst spät aus dem Mädchenzimmer herunter, war er höchst verärgert und lief nach oben, um es zu inspizieren. Lachte Bentley zu laut, machte er »Pst!« Ich weiß nicht, wie er mit Mariah und ihrer riesigen Schar fertig wurde, wo er doch nach dem Tod meiner Mutter die Sicherheit der selbst gewählten Stille so sehr schätzen gelernt hatte. Einfacher gesagt: Mein Vater liebte es, ungestört zu sein. Anders als den meisten Menschen, hätte es ihm wahrscheinlich nicht viel ausgemacht, allein zu sterben, was er dann ja auch getan hat.

Ich sehe durch den langen Raum zum schäbigen Schreibtisch meines Vaters hinüber – er hätte das Möbelstück wahrscheinlich als antik bezeichnet –, einen Doppelschreibtisch mit vielen Schubfächern auf beiden Seiten. Das dunkle Holz ist verkratzt und bedürfte dringend der Politur, aber vermutlich hat mein so fanatisch zurückgezogen lebender Vater nie einen Besucher mit nach oben genommen, für den der Schreibtisch hätte poliert werden müssen. Außerdem ist die Schreibfläche noch völlig in Ordnung, sind Schreibgeräte, Löschpapierroller, Telefon und Fotos – nur von Claire, keine von den Kindern – mit einer Präzision arrangiert, die darauf hindeutet, dass dieses Büro von einem Menschen mit ungewöhnlicher Selbstdisziplin benutzt wird, und genau dafür hielt sich mein Vater. Wie bei allen positiven Charakterzügen macht es auch in diesem Fall kaum einen Unterschied, ob man nur so tut, als wäre man diszipliniert, oder ob man es tatsächlich ist.

Hier ist mein Vater gestorben, am Schreibtisch. Gefunden wurde er etwa eine Stunde später von der Haushälterin (einer Frau, der wir zum Abschied ein hübsches Sümmchen zahlen werden, um sie von den begehrlichen Boulevardblättern fern zu halten, wobei Mallory Corcorans Lakaien einen wasserdichten Vertrag aufsetzen und Howard Denton das Geld geben wird). Die Hand meines Vaters umklammerte keinen Zettel, es gibt keinerlei Anhaltspunkte, geschweige denn Beweise, dass da etwas nicht mit rechten Dingen zugegangen sein könnte. Ich frage mich, was ihm bei seinem Ende durch den Kopf gegangen sein mag, welche Furcht vor Verdammnis oder dem Vergessenwerden, welche Verbitterung angesichts eines Lebenswerks, das nicht vollendet worden ist. Mariah sieht einen Mörder über ihn gebeugt, eine Injektionsspritze in der Hand, aber die Polizei hat keine Spuren eines Kampfes finden können. Mariahs Entschlossenheit zu beweisen, dass der Richter umgebracht worden ist, erscheint mir im Augenblick als ein Mechanismus, um unliebsame Schmerzen abzuwehren. Oder bin ich unfähig, zu einer tieferen Wirklichkeit vorzudringen, einer Wirklichkeit, die bislang nur meine Schwester wahrnimmt? Ich blicke wieder zu dem Schreibtisch hinüber und sehe meinen Vater, diesen schweren Mann, wie er sich an die Brust fasst, die Augen ungläubig geweitet – ein zorniger alter Mann mit einem kranken Herzen, der stirbt, ohne dass jemand von der Familie bei ihm ist oder auch nur vorgewarnt wäre. Die Haushälterin wählte dann die Notrufnummer und rief in der Kanzlei an, wie es ihr der Richter für den Fall, dass ihm etwas zustoßen sollte, aufgetragen hatte. Und obwohl Mariah den Teppich hat reinigen lassen, erkenne ich noch hier und da schwache Umrisse, wo die Sanitäter ihre schmutzigen Fußabdrücke hinterlassen haben.

Auf der anderen Seite des Raumes, vor einem der drei Fenster, die nach hinten hinausgehen, steht der niedrige, von Drueke gefertigte Holztisch, an dem sich mein Vater mit der Komposition seiner Schachprobleme zu befassen pflegte. Auf dem Tisch liegt ein marmornes Schachbrett, dessen graue und schwarze Felder eine Seitenlänge von jeweils fast sieben Zentimetern haben. Ich schlendere zu den Fenstern hinüber und streiche mit den Fingern über die kunstvoll geschnitzte indische Holzkiste, in der die vom Richter so geliebten Figuren liegen. Der Deckel ist geschlossen, und die Kiste vermittelt ein Gefühl von Verlassenheit, ja schmerzlichem Verlust. Meinetwegen mag man es für Anthropomorphismus oder Romantik halten, aber ich sehe vor mir, wie die Schachfiguren um ihren Herrn trauern, der sie nie wieder in die Hand nehmen wird. Ganz früher einmal habe ich ernsthaft Schach gespielt; die Züge hatte ich von meinem Vater gelernt, der dieses Spiel zwar liebte, aber nur selten gegen einen echten Gegner antrat, denn er gehörte einer anderen, weitaus exklusiveren Bruderschaft an: den Schachproblemisten. Diese Komponisten von Schachproblemen versuchen, neue und ungewöhnliche Wege zu finden, wie man unter Einsatz so weniger Figuren wie möglich zur Lösung eines Problems gelangen kann, also beispielsweise, wie Weiß ziehen muss, um Schwarz in zwei Zügen matt zu setzen, und so weiter. Solche Schachprobleme waren nie nach meinem Geschmack. Ich habe immer richtige Spiele gegen richtige Spieler aus Fleisch und Blut vorgezogen, wohingegen der Richter stets die

Ansicht vertrat, der einzig wahre Schachkünstler sei der Komponist von Schachproblemen. Ein paar seiner Aufgaben wurden hier und da in kleineren Zeitschriften veröffentlicht, eine sogar – das war in den frühen Reagan-Jahren – in der *Chess Life and Review*, der damals führenden Fachzeitschrift des Landes; die Seite hängt heute noch gerahmt im oberen Flur des Hauses in Oak Bluffs.

Ich öffne die Kiste und bewundere die etwa sieben Zentimeter großen, hübschen Figuren, die in filzverkleideten Fächern liegen. Sie sind aus Ebenholz oder Buchsbaum geschnitzt, in ihrer Gestaltung durchaus traditionell, aber doch mit genügend Schnörkeln und Windungen versehen, um sie zu Einzelstücken zu machen. Ich muss lächeln, als ich mich daran erinnere, wie wir ihn über den Tisch gebeugt vorfanden, wenn wir das frühere Arbeitszimmer unseres Vaters im Erdgeschoss betraten, einen Notizblock neben sich und tief in die Ausarbeitung eines Schachproblems versunken. Das diene seiner Entspannung, sagte er immer. Obwohl es zeitweise schon an eine Obsession grenzte, war es immerhin besser als seine Trinkerei.

Nachdenklich runzle ich die Stirn. Auf einmal habe ich das Gefühl, dass da etwas nicht stimmt, obwohl die Figuren ordentlich in der Kiste liegen. Ich komme jedoch nicht dahinter, was es ist.

Ich drehe mich zu Bentley um, der sich einen Band C. S. Lewis aus dem Regal meines Vaters geangelt und sich in dessen Ruhesessel gesetzt hat. Der Richter pflegte Lewis pausenlos zu zitieren. Sein Enkel hat sich eine beliebige Seite ausgesucht und fährt mit dem Finger die Buchstabenreihen entlang, wobei er auch die Lippen bewegt, als könne er die Wörter lesen. Na ja, vielleicht kann er das ja schon ein wenig, vielleicht wird er uns alle, wie schon so oft, verblüffen.

Ich mache die Kiste wieder zu und stelle sie auf den Tisch, gehe zum Schreibtisch und lasse mich in dem drehbaren Chefsessel nieder, dessen ochsenblutfarbenes Leder alt und brüchig ist. Ich weiß nicht so recht, was ich eigentlich will, warum ich überhaupt in diesem Zimmer bin, und noch weniger, warum ich am Schreibtisch des Richters sitze. Auf der Kredenz hinter dem Schreibtisch steht ein Computer, komplett mit Drucker, Scanner und Fax, alles nur vom Besten, das heißt vom Teuersten für den »Honorable Oliver C. Garland«, wie zur Zeit seines Todes noch die meisten

Briefe an ihn adressiert waren. Der Computer ist wie üblich mit einer passgenauen grünen Staubhülle – einer Staubhülle! – abgedeckt, weil mein Vater die Geräte kaum je benutzte, was den Computerfan Addison nicht davon abhielt, ihm immer die neueste Technik zu besorgen. Der Richter zog es vor, seine Korrespondenz, seine Reden, Aufsätze, wütenden Leserbriefe und sogar Bücher zunächst auf gelben Notizblöcken handschriftlich zu entwerfen, um dann alles von Mrs. Rose, seiner Sekretärin, ins Reine schreiben zu lassen. Zwei dieser Blöcke liegen noch auf dem Schreibtisch, bei einem fehlen die ersten Blätter, und beide sind völlig leer.

Auch hier keinerlei Hinweis.

Ich ziehe wahllos ein Fach aus der Aktenablage und finde ein paar Entwürfe hierzu und dazu, ferner einige verstreute Kontoauszüge. Als ich das nächste Schubfach untersuche, das vor allem Briefe zu enthalten scheint, schreckt mich ein Geräusch hinter mir auf. Bentley ist auf der anderen Seite unter den Schreibtisch gekrochen, klopft an das Holz und kichert. Er erwartet sicher, dass ich darauf reagiere, als hätte er an eine Tür geklopft.

»Wer ist da?«, frage ich sehr laut und halte dabei den beiderseits schmeichelnden Briefwechsel zwischen dem Richter und einem freiberuflich tätigen Kolumnisten in der Hand, der so weit rechts steht, dass ihn die *Heritage Foundation* mit großer Wahrscheinlichkeit nicht auf dem Kieker hat.

»Bumbum«, sagt mein Sohn lachend.

»Wer ist da?«, wiederhole ich.

»Bemmy. Bemmy da.« Er schießt mit der bemerkenswerten Geschwindigkeit, die Dreijährige beiderlei Geschlechts aus dem Stand entwickeln können, unter dem Schreibtisch hervor, macht auf dem großen Perserteppich einen Purzelbaum und kommt dann auf die Füße wie ein Fallschirmspringer nach einer perfekten Landung. »Bemmy da. Los du!«

Ich trete schnell hinter dem Schreibtisch hervor, um meinen Sohn in die Arme zu nehmen, aber er reißt sich gleich wieder los und rennt fröhlich zu der kleinen Sitzgruppe, die mein Vater vor das größte der Fenster an der Längsseite des Zimmers gestellt hat. Von seinen Eltern, jedenfalls von seinem Vater, hat Bentley eine gewisse Ungeschicklichkeit geerbt. Es überrascht mich deshalb nicht, dass er, als er sich nach mir umdreht, um zu sehen, ob ich noch mitspiele, in den Schachtisch des Richters rauscht. Das marmorne Brett hebt sich und kracht dann auf die Glasplatte des Tisches zurück. Nichts geht kaputt, nur die elegante Kiste kippt zur Seite, so dass die handgeschnitzten Figuren wie Regentropfen an Wand und Fenster klopfen, bevor sie zu Boden fallen. Bentley taumelt rückwärts und landet mit einem verdutzten Ächzer auf seinem gut gepolsterten Allerwertesten.

»Bemmy aua«, verkündet er voller Verwunderung. Er weint aber nicht, vielleicht weil er schon mit seinen drei Jahren seine Gefühle nur so sparsam zeigt wie ein typischer Garland.

»Ist nicht schlimm«, versichere ich ihm und hocke mich neben ihn, um ihn zu umarmen, was er aber anscheinend nicht will. »Alles okay, mein Schatz.«

»Bemmy aua«, ruft er mir in Erinnerung. »Bemmy nich schlimm. Bemmy okay.«

»Stimmt, du bist okay.«

Er rappelt sich hoch und stapft auf wackligen Beinen Richtung Schreibtisch. Ich bücke mich, um die Schachfiguren aufzusammeln, lege sie aber nicht in die Kiste zurück, sondern baue sie wie zu einem Spiel auf dem Brett auf. Irritiert stelle ich fest, dass zwei Bauern fehlen, ein weißer und ein schwarzer. Ich suche noch einmal den Teppich ab, finde aber nichts. Figuren dieser Größe sind nur schwer zu übersehen. Ich schaue unter den beiden Holzstühlen am Schachtisch nach, aber auch da sind sie nicht.

Draußen im Flur höre ich das Geplapper von zwei oder drei Kindern meiner Schwester, die frisch aus der Dusche kommen und irgendetwas im Schilde zu führen scheinen. Als Bentley zu ihnen hinausläuft, packt mich blinde Wut. Warum sind da nur vierzehn Bauern und nicht sechzehn? Die Antwort liegt auf der Hand. Die fehlenden Schachfiguren beweisen, dass Mariahs Kinder hier drin herumgetollt haben. Wie üblich setzt meine Schwester der Bewegungsfreiheit ihrer verwöhnten Brut keine Grenzen. Natürlich gehört das Haus bald ihr, aber sie hätte trotzdem länger als eine Woche warten können, bis sie zulässt, dass ihre Gören das Zimmer, in dem der Richter gestorben ist, in einen Laufstall verwandeln – oder einen Schweinestall.

Da ich jedoch selbst ein übermütiges Kind habe, verstehe ich andererseits, dass dieser höhlenartige Raum zu Unfug geradezu einlädt. Nur ist leider ein Sammlerstück wie das Schachspiel, an dem mein Vater seine Schachprobleme komponiert hat, weitaus weniger wert, wenn Figuren fehlen. Ich gehe davon aus, dass die verschwundenen wieder auftauchen werden, und ertappe mich bei der Frage, ob sich Mariah, die ja das Haus und alles, was darin ist, erbt, wohl bereit erklären könnte, mir das Schachspiel zu überlassen. Ich würde es vielleicht sogar in das Vineyard-Haus zurückbringen, wo mein Vater in der guten alten Zeit an seinen Kompositionen gearbeitet hat, des Abends allein auf der Veranda, eine Limonade neben sich, tief über das Brett gebeugt –

Es klingelt unten an der Haustür, und mir schaudert, denn plötzlich habe ich das sichere Gefühl, dass jemand gekommen ist, um uns weitere schlechte Nachrichten zu überbringen. Ich bin schon halb aus dem Zimmer, als mir Sallys kräftige Stimme aus der Diele entgegenschallt: »Tal, zwei Herren möchten dich sprechen.« Eine Pause. »Sie sind vom FBI.«

Kapitel 7
Die Skaterin

• I •

»Sie sind aber schnell«, sage ich zu den beiden FBI-Agenten, als wir uns im Wohnzimmer niederlassen. Ich habe ihnen etwas zu trinken angeboten, aber sie haben dankend abgelehnt. Ich bin nervöser, als mir lieb ist, was daran liegt, dass ich noch nicht richtig auf das Gespräch vorbereitet bin. Ich weiß einfach nicht recht, wie ich mit manchen Fragen über meine Frau umgehen soll, die sie mir ganz sicher stellen werden. Mariah, die eine dunkle Hose und knallrote Socken anhat, steht in der Tür zur Diele und beobachtet uns aufmerksam, während Sally, die wieder einmal ein reichlich enges Kleid trägt, mit großen Augen aufgeregt um die Ecke schaut.

»Wir tun nur unsere Arbeit«, antwortete der Größere, ein Schwarzer namens Foreman. Ich frage mich, ob er mich absichtlich missverstanden hat.

»Was ich sagen will, ist, dass wir gestern meinen Vater beerdigt haben«, erläutere ich. »Meine Frau hat mir zwar gesagt, dass Sie bald vorbeikommen würden, aber die Sache hätte doch durchaus noch etwas warten können.«

Die beiden Männer wechseln einen Blick. Der kleinere, McDermott, ist weiß, hat ein missmutiges Gesicht, sandfarbenes Haar und auf dem einen Handrücken ein großes, hässliches Muttermal. Er scheint mir für diese Art Arbeit schon recht alt zu sein, vielleicht sechzig, aber ich hüte mich vor Stereotypen. Der größere wirkt gelassen und trägt eine Brille. Seine Hände sind ständig in Bewegung, die Hände eines Zauberers. Die Agenten scheinen sich auf dem cremefarbenen Sofa unbehaglich zu fühlen, so als hätten sie Angst, es schmutzig zu machen. Beide tragen Anzüge, die sehr viel billiger sind als alles, was die Trauergäste, die sich am vergangenen Freitag hier in der Diele versammelt haben, je kaufen würden. Ich sitze ihnen gegenüber in dem knarrenden Schaukelstuhl. Von irgendwoher im Haus tönt vergnügtes Kreischen herüber, und ich weiß, dass fünf Dentons und ein Garland neuerlich zu einem verheerenden Streifzug unterwegs sind.

»Dieser Ansicht sind wir nicht«, erwidert McDermott und starrt mich an, bis ich seinem Blick ausweiche.

»Ich halte es trotzdem für unpassend. Natürlich bin ich gern bereit, Ihnen auf jede erdenkliche Weise zu helfen. Aber das muss gewiss nicht heute sein.«

Es tritt eine merkwürdige Stille ein. Ich habe das beunruhigende Gefühl, dass die beiden irgendwelche Geheimnisse kennen und jetzt darüber nachdenken, ob sie sie mir offenbaren sollen. Aber dann rufe ich mir in Erinnerung, dass wir uns in Amerika befinden.

»Was genau hat Ihnen Ihre Frau denn gesagt?«, fragt McDermott schließlich.

»Nichts Vertrauliches«, versichere ich ihnen. »Sie sagte nur, Sie würden vorbeikommen, um mit mir zu sprechen. Im Zusammenhang mit ... nun ja, ihrer möglichen Nominierung.«

»*Wir* würden vorbeikommen?« Foreman klingt amüsiert.

»Na ja, jemand vom FBI –«

»Was ist das mit ihrer Nominierung?«, unterbricht mich McDermott rüde.

Bevor ich die Frage beantworten kann, kommt Sally überraschend herein und stellt ihrerseits eine Frage. »Sind wir uns nicht schon mal begegnet, Mr. McDermott?«

Er lässt sich Zeit mit seiner Antwort, als ginge er die visuellen Erinnerungen an sämtliche Background-Checks seiner langen und ruhmreichen Karriere durch. »Nicht dass ich mich entsinne, Mrs. Stillman«, sagt er dann. Mit einem Anflug von Bestürzung registriere ich, wie gut er informiert ist: Er weiß, wer in der Familie welchen Nachnamen trägt. Wenn schon ein gewöhnlicher Agent wie McDermott derart gründlich ist, dann wird es Kimmer wahrscheinlich nicht gelingen, all das zu verbergen, was sie verbergen möchte. Meine Frau sehnt sich gewiss nach den alten Zeiten zurück, als Ehebruch in Washington noch kein Thema war.

Doch die sind längst vorbei.

Ich versuche, mich zu entspannen. Immerhin haben wir nie illegal Ausländer beschäftigt, meine Frau hat sich keiner sexuellen Belästigung schuldig gemacht, und wir haben nicht mehr Probleme mit der Steuer als andere Doppelverdiener.

»Sind Sie sicher?«, beharrt Sally.

»Ja, Ma'am«, sagt er kurz angebunden und sieht schnell Foreman an, der nickt, sich erhebt und auf Sally zugeht. Eine erschrockene Mariah zieht diese jedoch bereits am Arm. Die drei flüstern miteinander, aber es ist offenkundig, dass Foreman ihnen erklärt, sie würden gerne mit mir allein sprechen.

»Danke«, ruft Foreman Sally nach, die in die Diele zurückmarschiert, mit einer widerstrebenden Mariah an der Seite. Er erhält keine Antwort.

»Nun denn«, sagt McDermott und blickt in sein kleines Notizbuch. Er hat meine Cousine bereits aus seinen Gedanken verbannt. Ich überlege einen Moment, was sie wohl von ihm gewollt hat.

»Gut«, sage ich ohne jeden Grund. Ich lehne mich zurück, bin ein bisschen durcheinander. Ein diffuser Gedanke geistert in meinem Kopf herum, er hat mit Sallys Verhalten zu tun, aber ich kriege ihn nicht zu fassen. »Gut«, wiederhole ich und habe nun vollends den Faden verloren.

»Sie sprachen von der Nominierung Ihrer Frau«, souffliert Foreman und sieht dabei seinen ebenfalls verwirrten Partner an.

»O ja, richtig!« Ich reiße mich zusammen. »Ich weiß, dass sie noch nicht offiziell nominiert ist. Aber der Background-Check muss ja vorher durchgeführt werden, oder?«

»Der Background-Check?«

»Wegen der Nominierung«, erkläre ich und sehe schnell zur Diele hin, wobei ich mich frage, ob ich hier der Idiot bin oder die beiden FBI-Agenten. »Ihrer, äh, möglichen Nominierung.«

Sie sehen sich wieder an. Jetzt ist Foreman an der Reihe.

»Mr. Garland, wir sind nicht wegen Ihrer Frau hier.«

»Wie bitte?«

»Wir hätten Ihnen das gleich erklären sollen.« Er schlägt die langen Beine übereinander. »Wir wissen natürlich von dem Ihre Frau betreffenden Vorgang, aber das ist leider nicht der Grund unseres Besuchs. Glauben Sie mir, wir würden keinen Background-Check durchführen, wenn jemand gerade einen lieben Menschen verloren hat.«

»Na schön, aber warum sind Sie dann hier?« Schon während ich das sage, weiß ich, was kommt, und mein Puls scheint sich zu verlangsamen.

Wieder McDermott: »Gestern Nachmittag auf dem Friedhof, da haben Sie doch mit einem gewissen Jack Ziegler gesprochen, richtig?«

Wie sich das anhört: *einem gewissen Jack Ziegler*. Eine Verdächtigung andeuten, ohne viel zu sagen!

»Hm, ja.«

»Wir müssen wissen, worüber Sie gesprochen haben. Deshalb sind wir hier.« Einfach so. Er hat gesagt, was er wollte, und fertig.

»Wozu?«

»Das können wir Ihnen nicht sagen«, antwortet McDermott ebenso schnell wie ungehobelt.

»Wir würden ja, wenn wir könnten«, setzt Foreman eilig hinzu, was ihm einen finsteren Blick seines Partners einträgt. »Ich kann nur sagen, dass das alles im Zusammenhang mit einer laufenden Ermittlung steht. Aber seien Sie versichert, dass weder Sie in irgendeiner Weise Gegenstand dieser Ermittlungen sind noch ein Angehöriger Ihrer Familie.«

Einen kurzen Augenblick lang bin ich versucht, ihm haarklein zu berichten, was Onkel Jack zu mir gesagt hat, aber am Ende trägt die Disziplin den Sieg davon; eine unangenehme Seite des Anwaltsberufs ist, dass einem Wachsamkeit zur zweiten Natur wird.

Außerdem misstraue ich den beiden bereits.

»Woher wissen Sie eigentlich, dass ich gestern mit Jack Ziegler gesprochen habe?«, frage ich.

»Das können wir Ihnen nicht sagen«, kommt es wieder blitzschnell von McDermott.

»Ich würde gerne glauben, dass meine Regierung nicht bei Beerdigungen herumspioniert.«

»Wir tun, was wir tun müssen«, gibt McDermott schnippisch zurück.

»Wir spionieren überhaupt nicht herum.« Foreman bläst sich auf wie ein Jugendlicher, der auf einem Schulball große Reden schwingt. »Bei einer Ermittlung gibt es, wie Sie als Anwalt wissen werden, bestimmte Erfordernisse. Die Vorgehensweise ist oft sehr komplex, aber ich versichere Ihnen, dass wir uns immer im Rahmen der einschlägigen Bestimmungen bewegen.« Er sagt genau dasselbe wie McDermott, nur mit sehr viel mehr Worten. Wahrscheinlich ist er auch Anwalt.

Mir gehen die Ideen aus. Ich frage: »Ermitteln Sie gegen Jack Ziegler? Nein, ist schon gut«, setze ich schnell hinzu, bevor McDermott sein Sprüchlein wiederholen kann.

»Wir brauchen Ihre Hilfe«, sagt Foreman. »Wir brauchen sie dringend.«

Ich setze eines der wirkungsvollsten Mittel ein, deren sich mein Vater gern bei seinen Vorträgen bediente: Ich lasse sie warten. Ich denke an meine Begegnung mit Onkel Jack und versuche dahinter zu kommen, welches Geheimnis ich da eigentlich hüte. Vielleicht sollte ich einfach Wort für Wort berichten, was sich zugetragen hat. Beinahe tue ich es auch. Aber dann macht McDermott mit seiner Ungeduld alles kaputt.

»Wir können Sie dazu bringen, es uns zu sagen, das wissen Sie doch.«

Foreman stöhnt fast auf. Mit einem Ruck wende ich mich ihm zu. Ich bin in den vergangenen Tagen mal mehr und mal weniger wütend gewesen, und gestern habe ich Angst gehabt. Jetzt reicht es mir. »Wie bitte?«

»Sie *müssen* uns sagen, was Sie wissen. Dazu sind Sie von Rechts wegen verpflichtet.«

»Machen Sie sich doch nicht lächerlich«, schnaube ich und funkele McDermott durch einen roten Schleier an. »Das entspricht absolut nicht den gesetzlichen Bestimmungen, wie Sie mit Sicherheit wissen. Sie können niemanden dazu zwingen, bei Ermittlungen mit Ihnen zusammenzuarbeiten. Sie können mich *vielleicht* drankriegen, wenn ich Ihnen etwas erzähle, das nicht stimmt, aber Sie können mich nicht zwingen, Ihnen zu sagen, was Sie wissen wollen, egal, wie dringend Sie es wissen müssen, es sei denn, Sie beriefen eine Anklagejury ein und lüden mich unter Strafandrohung vor. Ist es das, was Sie wollen?«

»Wir könnten es tun«, antwortet McDermott. Ich verstehe seinen Zorn nicht, genauso wenig wie seine Taktik. »Wir wollen nicht, könnten aber.«

Ich bin noch nicht fertig. »Anklagejurys werden von der Bundesstaatsanwaltschaft einberufen, nicht von Agenten des FBI. Und wenn ich mich recht entsinne, gibt es eine ganz spezielle Vorschrift, die Ihnen untersagt, Drohungen auszusprechen.«

»Wir drohen doch nicht«, versucht es Foreman, aber McDermott will einfach nicht aufhören.

»Wir haben keine Zeit für Spielchen«, faucht er, plötzlich mit einem leichten Akzent, Südstaatler vermutlich. »Jack Ziegler ist ein übler Bursche. Ein Mörder. Er handelt mit Waffen, Drogen, ich weiß nicht, mit was allem. Ich weiß nur, dass es noch niemandem gelungen ist, ihn zu überführen. Nun, diesmal werden wir's schaffen. Wir sind so dicht dran, Professor!« Er hält Daumen und Zeigefinger keinen Zentimeter voneinander entfernt hoch. Dann beugt er sich zu mir vor. »Ihre Frau bewirbt sich also um ein Richteramt. Großartig, ich hoffe, sie kriegt es. Aber es sähe gar nicht gut aus, wenn sich herausstellte, dass ihr Mann seine Mitarbeit bei den Ermittlungen gegen einen Drecksack wie den guten alten Onkel Jack Ziegler verweigert hat. Also, wollen Sie uns jetzt helfen oder nicht?«

Ungläubig schaue ich zu Foreman hinüber, aber sein Gesicht ist ausdruckslos, wie es sich für einen Agenten gehört. Voller Entrüstung will ich ihm eine Antwort entgegenschleudern – der Himmel weiß, was ich sagen werde –, als aus der Diele Sallys kräftige Stimme hereinschallt.

»Ich gehe jetzt, Tal. Die Arbeit ruft. Dann muss ich wohl später mit dir sprechen.« Nach dem Tonfall zu urteilen, ist sie immer noch beleidigt, weil sie ausgeschlossen wurde. Und eigentlich will sie mich sofort sprechen.

Ich springe also auf und entschuldige mich für einen Augenblick, vor allem auch, um Zeit zum Nachdenken zu gewinnen. Und mich, wenn möglich, wieder zu beruhigen. Ich bringe Sally zur Tür. Auf der Außentreppe bleibt sie stehen, dreht sich zu mir um und fragt, ob ich zufällig gehört hätte, wie der Agent McDermott mit Vornamen heiße. Ich sage ihr, soweit ich mich erinnern könne, habe er den nicht genannt, und erkundige mich dann, warum sie das interessiere.

»Mir ist nur so, als wäre ich ihm schon mal begegnet«, antwortet Cousine Sally mit bedeutungsvollem Blick. Vom Thema Addison einmal abgesehen, zeichnet sie sich nicht gerade durch übergroße Phantasie aus, deshalb muss ich es ernst nehmen, wenn sie meint, McDermott schon einmal getroffen zu haben.

»Und wo?«

»Ich weiß nicht, Tal, aber ... hast du seine Hand gesehen?«

»Das Muttermal? Ja.«

»Und seine Lippe.« Ich denke kurz nach und nicke dann. Auf McDermotts Oberlippe ist ein kleiner heller Fleck, wahrscheinlich eine Art Narbe, die besonders hervortritt, wenn er wütend ist. »Dieses Muttermal und die Narbe habe ich schon irgendwo gesehen«, sagt meine Cousine, die von einer unglücklich verlaufenen Ehe selbst ein paar Narben zurückbehalten hat.

»Aber wo?«

»Ich ... ich bin mir nicht sicher.«

»Im Kapitol? Im Zusammenhang mit deiner Arbeit?«

Sally schüttelt den Kopf. »Es ist schon lange her.«

Aber bevor ich weiter darauf eingehen kann, zuckt sie mit den Achseln, lächelt und meint, ich solle es vergessen, höchstwahrscheinlich habe sie sich geirrt.

Ich warte einen Augenblick, dann frage ich sie, ob alles in Ordnung sei. »Ja«, antwortet sie, doch ihre Augen blicken auf einmal traurig und nachdenklich drein. Sally drückt meine Hand, und als sie sie loslässt, bin ich meine Wut los, einfach so, als hätte sie sie aus mir herausgezogen.

»Danke für deine Hilfe«, sage ich lächelnd.

Sie lächelt zurück, dreht sich um und geht zu ihrem Auto, in der Hand eine dieser übergroßen Einkaufstaschen, bei deren Anblick meine Frau immer an Stadtstreicherinnen denken muss.

Ich kehre, jetzt sehr viel ruhiger als noch vor wenigen Minuten, ins Wohnzimmer zurück. McDermott und Foreman sind beide aufgestanden, wirken wachsam und ungeduldig, aber auch selbstsicher. Nun ja, warum sollten sie nicht selbstsicher sein? Sie haben ihre jeweilige Rolle als guter beziehungsweise böser Polizist hervorragend gespielt, und beide wissen, dass ich geschlagen bin. Ich weiß es ebenfalls. Ich habe keine Ahnung, ob Sally McDermott wirklich schon einmal begegnet ist, aber in den vergangenen Jahren habe ich gelernt, mich nicht an etwas festzubeißen, was ohnehin aussichtslos ist. Nicht umsonst hat der Richter uns immer dieses alte Liedchen singen lassen, in dem es heißt, man müsse weiterleben, um am nächsten Tag den Kampf fortsetzen zu können. Ich sehe die beiden Agenten gelassen an und sage: »Es tut mir Leid, falls ich den Eindruck erweckt haben sollte, nicht zur Zusammenarbeit bereit zu sein. Das war nicht meine Absicht. Also, was genau möchten Sie von mir wissen?«

• II •

Meine Schwester und ich kommen später los als geplant, aber schließlich erreichen wir doch die überfüllte Skaterhalle, die in der Nähe eines der unzähligen Einkaufszentren außerhalb Washingtons liegt. Marcus ist erkältet und bleibt mit dem Aupairmädchen in der Shepard Street, weshalb wir nur zu siebt sind und alle in Mariahs erst kürzlich erstandenen Lincoln Navigator passen, ein luxuriöses Ungetüm, das für einen Geländewagen gehalten werden möchte. Alle laufen Rollschuh, besser gesagt Inlineskates, nur ich nicht. Mariahs Kinder, die das wahrscheinlich dauernd tun, können es schon recht gut, während Bentley, der noch keinerlei Erfahrung damit hat, begierig ist, es zu lernen. Mariah nimmt ihn in ihre Obhut und verspricht, nicht von seiner Seite zu weichen. Meine Schwester nimmt Versprechen ernster als jeder andere Mensch, den ich kenne, deshalb zweifle ich keinen Augenblick, dass Bentley bei ihr in guten Händen ist. Der Junge sieht das offenbar etwas anders, denn unmittelbar bevor er – ausgerüstet mit Helm und Unmengen von Schonern, so dass man ihn kaum noch erkennen kann – auf die Bahn stapft, dreht er sich zu mir um und flüstert: »Los du?« Ich schüttle lächelnd den Kopf und versichere ihm, Tante Mariah werde gut auf ihn aufpassen. Bentley lächelt zaghaft zurück und geht dann, sich mit beiden

Händen an meine Schwester klammernd, auf die Bahn hinaus. Die Denton-Kinder sind längst davongesaust, zu irgendeinem Song von Celine Dion, Mariah Carey oder sonst einer Soundtrack-Diva.

Ich stütze die Arme auf die schwere Holzumrandung der Bahn und sehe dem Treiben zu. Ich laufe nicht mit, weil ich mich nicht lächerlich machen, aber auch, weil ich nachdenken will. Ich will nachdenken, weil ich sichergehen will, dass ich nicht in Schwierigkeiten bin. Ich will sichergehen, dass ich nicht in Schwierigkeiten bin, weil ich Foreman und McDermott nicht alles erzählt habe, was geschehen ist. Ich habe sie nicht angelogen, aber ich habe auch nicht das ganze Gespräch mit Onkel Jack wiedergegeben. Ich habe ihnen berichtet, dass er mir sein Beileid ausgesprochen hat. Dass er mir krank vorgekommen ist. Dass er mich wiederholt aufgefordert hat, ihn über die *Vorkehrungen* zu unterrichten. Dass er die Befürchtung geäußert hat, andere, die uns übel wollten, könnten mir dieselben Fragen stellen. Nicht erwähnt habe ich sein Versprechen, mich und meine Familie zu beschützen – aus Angst, sie könnten das falsch verstehen. Ich habe ihnen auch vorenthalten, was mir Onkel Jack über Marc Hadley gesagt hat.

Das Eigenartige an der Sache war, dass die FBI-Leute nach meinem Vortrag (den sie nur gelegentlich durch kleine Zwischenfragen unterbrochen hatten) lediglich eine Frage stellten, die Foreman betont höflich vortrug: »Und, Mr. Garland, welche Vorkehrungen *hat* Ihr Vater getroffen?« Als ich wiederholte, was ich schon zu Onkel Jack gesagt hatte, nämlich dass ich nicht die geringste Ahnung hätte, ging Foreman, penibel wie ein Anwalt, eine Reihe von Möglichkeiten durch. Gab es besondere finanzielle Regelungen? Vorkehrungen für das Begräbnis? Hatte mein Vater spezielle Anweisungen hinterlassen, was bei seinem Tod zu geschehen habe? Zum Beispiel die Anweisung, ein Tresorfach in der Bank zu öffnen? Oder einen Umschlag, der bis zu seinem Tod hatte versiegelt bleiben müssen? Erinnerte ich mich an Gespräche oder schriftliche Mitteilungen meines Vaters während des vergangenen Jahres, in denen er das Wort *Vorkehrungen* verwendet hatte? Bei der letzten Frage hätte ich laut aufgelacht, wären ihre Gesichter und McDermotts Drohung Kimmer betreffend nicht so ernst gewesen.

Ich beantwortete jede Frage mit einer dieser abgedroschenen Washingtoner Floskeln: *Ich weiß nicht. Nicht dass ich wüsste. Ich kann mich nicht erinnern.* Ich hörte mich fast schon an wie mein Vater vor dem Justizausschuss und musste daran denken, wie verhasst mir diese Stadt ist. Als ihnen klar wurde, dass sie keine andere Auskunft bekommen würden, verlor McDermott wieder einmal fast die Geduld, aber ausnahmsweise war Foreman schneller. Er sagte, ich hätte ihnen geholfen. Sie wüssten, wie schwer das alles für mich sei, und wollten mir für meine Mitwirkung danken. Er persönlich werde dafür sorgen, dass unsere Unterredung nicht die geringsten negativen Auswirkungen auf die Nominierungschancen meiner Frau haben werde – noch so eine nette, bedeutungslose Anwaltsfloskel. Und am Ende meinte er, sie fänden allein hinaus, wogegen ich nichts einzuwenden hatte.

Wenige Minuten, nachdem die Agenten gegangen waren, bereute ich schon, ihnen nicht alles gesagt zu haben, was ich wusste – und da erst fiel mir auf, dass sie keine Visitenkarten hinterlassen und mir auch nicht gesagt hatten, wie ich sie erreichen könnte, sollte mir noch etwas Relevantes einfallen. Das erschien mir höchst merkwürdig, denn die Leute vom FBI, mit denen ich regelmäßig zu tun habe, weil sie Background-Checks ehemaliger Studenten von mir durchführen, die sich um ein Regierungsamt bewerben, hinterlassen mir immer ihre Visitenkarten. Dieses Versäumnis beunruhigte mich, und ich überlegte, warum sie so überzeugt waren, alles erfahren zu haben, was sie wissen wollten, oder ob ich ihnen unbewusst den entscheidenden Hinweis gegeben hatte. Dann vergaß ich diese Fragen aber wieder, denn draußen in der Diele klopfte Mariah ungeduldig mit dem Fuß auf den Boden und rief, wir müssten los, weil sonst vor meiner Verabredung mit Mallory Corcoran nicht genug Zeit zum Skaten bliebe.

Auf der Fahrt zur Skaterhalle schwieg sie zunächst, dann fragte sie irgendwann, ob ich glaubte, dass Sally diesem McDermott wirklich schon einmal begegnet sei. Ich antwortete, dass ich das nicht wissen könne. Mariah meinte, Sally sei nicht der Typ, der Geschichten erfinde. Dieser Meinung bin ich zwar auch, aber ich nickte nur, um meine besorgte Schwester nicht noch mehr zu beunruhigen. Dann ging mir durch den Kopf, dass sie als Nächstes wahrscheinlich behaupten würde, das FBI habe den Richter umgebracht. Oder eine Gruppe verschwörerischer Liberaler mit erdbeerfarbenen Muttermalen an den Händen. Oder Männer mit Narben auf der Oberlippe. Aber Mariah sagte nichts, brütete den Rest der Fahrt nur vor sich hin, und ich entschuldigte mich auf telepathischem Wege für meine unwürdigen Gedanken.

Jetzt, wo ich zuschaue, wie mein Sohn unter Anleitung meiner Schwester allmählich immer mutiger wird, bin ich beeindruckt von ihrer Geduld, ihrer mütterlichen Fürsorge. Sie hat Bentley langsam, aber sicher so weit gebracht, dass er bereit ist, ihre Hand loszulassen. Ich lächle. Mariah versteht es zu bemuttern, widmet den Kindern eine Menge Zeit und macht sich viele Gedanken. Ich wünschte, ich wüsste auch so viel darüber, wie man ein guter Vater ist. Plötzlich überkommt mich eine heftige Zuneigung zu meiner Schwester, und ich versuche, ihre wilden Theorien aus meinem Kopf zu verbannen, um über eine viel dringlichere Frage nachdenken zu können, nämlich wie ich mit der Arbeit nachkommen soll, für die ich bezahlt werde. Ich muss die Vorlesungen und Seminare nachholen, die in dieser Woche ausfallen, und noch die Zeit finden, endlich den Zeitschriftenartikel über Massenklagen zu überarbeiten, was ich eigentlich am vergangenen Wochenende machen wollte. Wenn ich vielleicht –

Plötzlich kracht vor mir eine bemerkenswert gut gebaute Angehörige unserer Nation gegen die Holzplanken der Bande, greift mit ihren behandschuhten Händen nach dem oberen Rand und bedenkt mich mit einem strahlenden Lächeln. Sie trägt einen schwarzen Spandex-Anzug, hat rote Inlineskates an den Füßen und bewegt sich mit der ungezwungenen Anmut der geborenen Athletin. »He, schöner Mann, warum sind Sie denn nicht auf der Bahn?«, ruft sie mir zu, als wären wir uralte Bekannte. Ihre Haut hat eine wundervolle braune Farbe, ihr Gesicht ist auf eine angenehme Weise rund, ihr Mund voll blendend weißer Zähne, und auf dem Kopf hat sie unglücklicherweise eine Mähne hässlich entkrauster Locken. Je zwei goldene Ringe, der eine groß, der andere klein, baumeln an ihren gepiercten Ohrläppchen. Sie dürfte fast einen Meter achtzig groß und etwas älter sein, als ich auf den ersten Blick dachte, vielleicht Mitte dreißig.

»Ist da jemand?«, fragt sie, noch immer lächelnd, als ich erst nichts sage. »Hallo?«

Überrascht stelle ich fest, dass sie mit mir flirtet, etwas, das ich in letzter Zeit nicht gerade oft getan habe. Ihre Augen funkeln verschmitzt, und ihr breites Grinsen wirkt ansteckend.

Ich ertappe mich dabei, dass ich zurücklächle, aber meine Kehle ist trocken, und es kostet mich einige Anstrengung zu sagen: »Ich komme mit Inlineskates leider nicht besonders gut zurecht.«

»Na und?«, lacht sie und stemmt ihre Fäuste in die starken Hüften. »Ich bring's Ihnen bei, wenn Sie wollen.« Sie streckt mir eine Hand entgegen, die Handfläche nach oben, die Finger gespreizt. Dabei neigt sie den Kopf zur Seite, wie um den Hals zu strecken. »Na los, schöner Mann, Sie brauchen dringend ein bisschen Spaß, das sehe ich doch!«

Von ihrer direkten Art seltsam berührt und, wie ich zugeben muss, bereits auf dem besten Weg, mich zu amüsieren, will ich gerade auf ihren Flirt eingehen, als ihr geschulter Blick auf meine Hand fällt, sie den Ehering bemerkt, ihr Lächeln verschwindet und sie mit einem »Hoppla, oje, tut mir Leid« ihre langen Arme ausbreitet und rückwärts davonrollt. Mit einem letzten kessen Winken wirbelt sie herum, und schon ist sie in der Menge der Skater verschwunden. Zu meiner Überraschung durchzuckt mich ein Gefühl des Verlusts für einen Augenblick so stark, dass ich auf Bentley zu achten vergesse, der natürlich just diesen Augenblick wählt, um mit einem anderen Läufer zusammenzustoßen. Er verlässt die Bahn weinend und mit aufgesprungener, blutender Lippe. Mariah, die sich unablässig entschuldigt, ist ebenfalls den Tränen nahe. Zwei ihrer verzogenen Gören lachen über Bentleys Ungeschicklichkeit, die andern beiden weinen aus Solidarität mit. Ich nehme meinen Sohn in den Arm und lege ihm ein Eispäckchen auf die Lippe, das uns freundlicherweise jemand gebracht hat, aber er schüttelt nur den Kopf und schreit nach seiner Mutter. Ich war überhaupt nicht in seiner Nähe, als das Unglück geschah, und hätte auch gar nichts tun können, um es zu verhindern, aber Bentley scheint trotzdem der Ansicht zu sein, dass ich an dem Vorfall schuld bin.

Höchstwahrscheinlich hat er Recht, denn diese Skaterin geistert noch wochenlang durch meine Träume.

Kapitel 8

Weitere Neuigkeiten per Telefon

• I •

Um zwanzig vor vier steige ich vor dem Gebäude, in welchem mein Vater noch vor einer Woche sein Büro hatte, aus dem Taxi. Ich habe die Jeans gegen den schwarzen Anzug getauscht, den ich bei der Beerdigung anhatte – den einzigen Anzug, den ich nach Washington mitgebracht habe, und einer von insgesamt zweien, die ich besitze. Ich bin zu früh dran, deshalb sehe ich mir noch ein paar Schaufenster an. In der Eingangshalle gibt es einen Juwelier und an der Ecke Eye Street ein Antiquariat für seltene Bücher. Ich betrete beide und genieße es, in einer Stadt zu sein, die ein so entspanntes Verhältnis zu ihrer schwarzen Mittelschicht hat, dass man mich in beiden Läden nicht mit Argwohn betrachtet. Beim Juwelier widerstehe ich der Versuchung, ein kleines, aber unseren Etat sprengendes Geschenk für Kimmer zu kaufen – sie hat eine Schwäche für Diamanten, und ich entdecke Ohrringe, die ihr sicher sehr gefallen würden. Mit dem Antiquar unterhalte ich mich über ein Buch, das ich schon lange suche, nämlich Bobby Fischers im Selbstverlag herausgebrachten Bericht über seine irrtümliche Festnahme als Bankräuber, der den melodramatischen Titel trägt *I Was Tortured In The Pasadena Jailhouse*. Ich gebe dem Ladenbesitzer meine Karte, und er verspricht, sich für mich umzuhören. Als ich in die Eingangshalle zurückkomme, ist Kimmer schon da, deutet auf ihre Uhr und funkelt mich an. Es ist zwar erst drei Minuten vor vier, aber man riskiert es besser nicht, Mallory Corcoran warten zu lassen. Der große Mallory Corcoran wartet nämlich nicht.

Bei Kimmer und mir macht er allerdings eine Ausnahme. Er hat nicht nur gewartet, sondern begrüßt uns außerdem noch mit dem umwerfenden Charme, den er manchmal entfalten kann. Er kommt selbst zum Empfang, trägt kein Jackett, sondern ein blaues Hemd mit gelber Krawatte und über dem beachtlichen Bauch ein paar gelbe Hosenträger. Er küsst Kimmer auf die Wange, schüttelt mir förmlich die Hand und führt uns dann in sein riesiges Büro, das – wie die meisten Büros der Stadt – im Wesentlichen nur den Ausblick auf die gegenüberliegenden Gebäude bietet; wenn man aber genau im richtigen Winkel hinausschaut, kann man immerhin auch die Spitze des Washington Monument erspähen. Auf seinem Schreibtisch türmen sich Schriftsätze und Vertragsurkunden. Dies ist einer der ganz wenigen Kanzlei-Schreibtische der Stadt, auf denen kein Computer zu sehen ist. Onkel Mal führt uns zu einem Ledersofa, dem zwei echte Eames-Stühle gegenüberstehen. Einen davon wählt er für sich, und ich staune, dass der Stuhl ihn trägt, aber Mallory Corcoran scheint wie so viele erfolgreiche Anwälte den Trick zu kennen, das eigene Gewicht der jeweiligen Situation anzupassen. Eine seiner drei Sekretärinnen nimmt die Getränkebestellungen auf: Tee für Onkel Mal und Kimmer, Ginger Ale für mich. Ein Tablett mit Sandwiches taucht wie aus dem Nichts auf. Wir plaudern über die Beerdigung, das Wetter, die Presse und den neuesten Skandal auf dem Kapitolshügel. Er erklärt uns, Mitarbeiter der Kanzlei hätten die persönlichen Besitztümer meines Vaters zusammengepackt, und die Kanzlei werde sie nun dorthin bringen lassen, wo wir sie haben wollten. Er fragt mich, ob ich noch einen letzten Blick in Olivers Büro werfen möchte, aber ich lehne ab, nicht zuletzt deshalb, weil meine Frau kurz davor ist, aus der Haut zu fahren.

Wir kommen also zum Geschäftlichen.

Onkel Mal beginnt damit, dass er eine ältere Kollegin dazubittet, eine nervöse Frau, die er uns als Cassie Meadows vorstellt und die bei dem Gespräch Protokoll führen soll. Kimmer erfüllt es mit Unbehagen, im Beisein einer Fremden sprechen zu sollen, aber Onkel Mal sagt, wir sollten einfach so tun, als wäre Meadows (wie er sie nennt) ein Möbelstück. Das ist nicht gerade nett, und Meadows, eine spindeldürre Angehörige der hellhäutigeren Nation, errötet vor Empörung, aber ich kann Onkel Mal verstehen: So viele Leute werden heutzutage in Washington wegen so vieler Dinge angeklagt, und so viele Anklagen stützen sich nur auf vage Widersprüche in ungenau erinnerten Unterhaltungen, da möchte der große Mallory Corcoran, dass eine ihm wohlgesinnte Zeugin zugegen ist.

»Meadows ist eine hervorragende Anwältin«, unterrichtet er uns, als wollten wir vor Gericht klagen, »und sie kennt im Kapitol alle, die es wert sind, gekannt zu werden.«

»Ich habe mal für Senator Hatch gearbeitet«, fügt sie erläuternd hinzu.

»Außerdem war sie Assistentin eines Richters am Obersten Gerichtshof und Jahrgangsbeste an der Columbia University«, schwärmt er weiter. Wenn sie so gut ist, will er wohl sagen, dann habt ihr keine Veranlassung, an ihrer Vertrauenswürdigkeit zu zweifeln. Schließlich nennt er den eigentlichen Grund für ihre Anwesenheit. »Und sie wird in dieser Sache eng mit mir zusammenarbeiten, Kimberly. Alles, was ich weiß, wird sie ebenfalls wissen.« Was bedeutet, dass Mallory Corcoran, von diesem einen Gespräch abgesehen, viel zu viel zu tun hat, um meiner Frau persönlich weiterzuhelfen, weshalb sie an eine Kollegin abgeschoben wird.

Kimmer gibt ihren Widerstand auf.

Onkel Mal gehört nicht zu der Sorte von Männern, die sich leicht festnageln lassen, dennoch verläuft die Unterredung gut. Er weiß, warum wir gekommen sind, und bestreitet selbst den größten Teil des Gesprächs. Er fragt Kimmer nach ihren anderen Treffen, hört jedoch bei ihren Antworten kaum zu. Kimmer hatte noch keine Zeit gehabt, mir ausführlich davon zu berichten, aber ich entnehme ihren Äußerungen, dass sie bisher noch nicht die Antworten bekommen hat, die sie gern hören möchte. Der Senator, der ganze fünfzehn Minuten für sie erübrigte (mit zwei Beratern im Raum, die ihm soufflierten), gehört zu Marc Hadleys Lager und versicherte ihr ein ums andere Mal, es ergäben sich schon noch andere Chancen für sie. Ruthie Silverman war distanziert und ausweichend. Der NAACP-Lobbyist versprach, es zu versuchen, wies sie aber darauf hin, dass die Regierung wahrscheinlich nicht auf ihn hören würde.

Mallory Corcoran wischt das alles beiseite. Was zähle, sei allein, wer wen kenne. Er befinde sich stets am Puls der Zeit, sagt er, denn er liebt Klischees, lässt sie vollmundig von der Zunge perlen und seine Zuhörer so wissen, dass er weiß, dass sie wissen, dass das alles nur Theater ist. Ich frage mich, ob er uns von der Leiche im Keller berichten wird, die uns Jack Ziegler versprochen hat. Stattdessen sagt Onkel Mal, Marc Hadley treibe sämtliche Schulden ein, setze ganz auf die liebe Fachpresse, ziehe alle Register – die Redensarten prallen in volltönender Washingtoner Manier aufeinander –, und viele meiner Kollegen von der Juristischen Fakultät seien ihm dabei behilflich. »Wahrscheinlich, um ihn loszuwerden«, murmelt Kimmer, was durchaus zutreffen könnte, aber es ist nicht zu übersehen, dass sie sich ärgert.

Das bemerkt auch Onkel Mal. Er lächelt breit und schüttelt den Kopf. Sie brauche sich keine Sorgen zu machen, beruhigt er Kimmer, Meadows werde mit Leuten im Kapitol reden. Und seine magersüchtige Mitstreiterin nickt ergeben. Um den Rest, sagt Onkel Mal, werde er sich selbst kümmern. Marc und seine Freunde hätten zwar ein paar Beziehungen, aber, wirft er sich in die Brust: »Mallory Corcoran kennt wahrscheinlich ein paar Leute mehr als Marc Hadley.« Das ist genau das, was Kimmer hören möchte. Er werde ein paar Anrufe tätigen, versichert uns Onkel Mal, was bedeutet, dass er mit dem Präsidenten und, noch wichtiger, mit dem Rechtsberater des Weißen Hauses sprechen will, also mit Ruthies Chef, von dem die abschließende Empfehlung kommt und der zufällig früher mal Partner dieser Kanzlei war. Onkel Mal verspricht nicht, Kimmers Kandidatur offiziell zu unterstützen, aber er sagt, er werde sich umhören, um herauszufinden, was sich so tue, und das laufe oft auf dasselbe hinaus; worauf es zuweilen bei der Spiegelfechterei eines Berufungsprozesses am meisten ankomme, sei nämlich, dass die richtige Person die richtigen Fragen stelle. Das alles, sagt er, sei sein Geschenk an uns, weil er meinen Vater so hoch geachtet habe – was natürlich die Erwartung beinhaltet, dass wir uns ohne zu zögern revanchieren, sollte er uns einmal darum bitten.

Kimmer strahlt inzwischen – sie ist keine Pokerspielerin, meine großartige Frau –, ich jedoch weiß, dass Onkel Mal es uns nicht gar so leicht machen wird. Jetzt, wo er uns so weit hat, dass wir von seiner Großzügigkeit hinreichend beeindruckt sind, zupft er die Manschetten seines Hemds zurecht, faltet dann die Hände, wobei er auf mysteriöse Weise uns beiden gleichzeitig in die Augen sieht, und stellt die Frage, die im heutigen Washington alles entscheiden kann: »Gibt es irgendetwas in deiner Vergangenheit, Kimberly, oder in deiner, Talcott, das, wenn es an die Öffentlichkeit gelangen würde, den Präsidenten in Verlegenheit bringen könnte? Oder euch beide?« *Oder mich?*, ist der unausgesprochene, aber fraglos implizierte dritte Posten in seiner Aufzählung: *Bringt mich in Verlegenheit, und ihr werdet niemals wieder mit meiner Firma rechnen können.*

»Nein, nichts«, sagt Kimmer so schnell, dass Onkel Mal und ich sie erstaunt ansehen.

»Bist du absolut sicher?«, hakt der große Mallory Corcoran nach.

»Absolut.«

Sie nimmt die Brille ab und schenkt ihm ihr bezauberndstes Lächeln, das die meisten Männer augenblicklich in willenlose Gestalten verwandelt und auch mich stets überwältigt, wenn sie es, was selten genug geschieht, bei mir damit versucht. Aber diesmal ist es verschwendet. Onkel Mal erweist sich als unempfänglich. Er sieht meine Frau an, hebt eine Braue und schaut dann zu mir. Kimmer greift nach meiner Hand und wirft mir einen schnellen Blick zu. Das kommt mir nicht sehr klug vor; glaubt sie etwa, das entgeht ihm?

»Talcott?«, fragt er.

»Tja«, fange ich an. Kimmer drückt verzweifelt meine Hand. Ich werde doch wohl nicht vor Onkel Mal und dieser gänzlich fremden Person erwähnen wollen ...

»Misha!«, zischt Kimmer, wobei sie Meadows anschaut, die, offenkundig gelangweilt, ins Leere starrt. Sie hat sich bisher vielleicht zwei Sätze notiert.

Aber meine Frau braucht sich keine Sorgen zu machen, denn es geht mir gar nicht um ihre Untreue. »Also, es gibt da eine Sache, die mir zu schaffen macht«, gebe ich zu und berichte von dem morgendlichen Besuch der FBI-Agenten. Während ich die Einzelheiten schildere, spüre ich, wie Kimmer zunehmend abweisender wird, ärgerlich ... und besorgt. Sie lässt meine Hand los.

Onkel Mal unterbricht mich. »Haben sie wirklich gesagt, es würde die Aussichten deiner Frau schmälern, wenn du nicht mit ihnen über Jack Ziegler sprichst?«

»Ja.«

»Diese Dreckskerle«, sagt er, aber ganz sanft, lehnt sich zurück und schüttelt den Kopf. Dann nimmt er den Hörer eines der vier im Raum verteilten Telefone ab und drückt mit einem seiner Wurstfinger auf eine Taste. »Grace, verbinden Sie mich mit dem Justizminister. Wenn er nicht zu sprechen ist, mit seinem Stellvertreter. Es ist dringend.« Er legt wieder auf. »Der Sache werden wir auf den Grund gehen, das könnt ihr mir glauben.« Er wendet sich Meadows zu. »Beschaffen Sie mir mal die FBI-Vorschriften für Gespräche mit Zeugen.«

»Sie meinen jetzt gleich?«, fragt sie, aus einer privaten Träumerei aufgeschreckt.

»Nein, nächste Woche. Natürlich jetzt gleich. Nun machen Sie schon.«

Sie huscht hinaus, den Notizblock in der Hand. Mir ist sofort klar – und ich nehme an, Meadows ebenfalls –, dass Onkel Mal sie bei dem, was nun folgt, nicht dabeihaben will. Was ich nicht verstehe, ist, warum. Und Mallory Corcoran scheint nicht gewillt, uns darüber aufzuklären. Stattdessen macht er einen kleinen Abstecher. »Ach übrigens, Tal, neulich Abend habe ich den Fernseher eingeschaltet, und was glaubst du, wen ich gesehen habe? Deinen Bruder.« Und dann schildert er Addisons Auftritt in der Nachrichtensendung *The News Hour*, bei dem dieser gegen eine Gesetzesinitiative der Republikaner zu Felde gezogen ist. Kimmer krümmt sich, fürchtet anscheinend, die politischen Ansichten meines Bruders könnten ihr schaden, und Onkel Mal, der ihre Besorgnis bemerkt, schwenkt um zu einer Geschichte über meinen Vater, als er noch Richter war, eine sehr komische Geschichte über einen verrückten Kläger, der ich aber kaum folge. Nicht nur, weil ich sie schon viele Male gehört habe, sondern auch, weil mir die Visitenkarten wieder eingefallen sind, die mir die FBI-Agenten vorenthalten haben. Plötzlich weiß ich, warum Onkel Mal Meadows hinausgeschickt hat. Ihm ist klar geworden, dass das, was er aus dem Justizministerium erfahren wird, nur etwas äußerst Unangenehmes sein kann, etwas, das nichts mit Kimmer und ihren richterlichen Ambitionen zu tun hat. Nach Mariahs deprimierender Spekulation macht mir das schon im Voraus Angst.

Das Telefon klingelt. Onkel Mal bricht mitten im Satz ab und greift nach dem Hörer. »Ja? Wer? Okay.« Er legt kurz die Hand über die Sprechmuschel. »Es ist der stellvertretende Minister.« Dann ist er für uns wieder verloren. »Mort, altes Haus, wie geht's dir denn? ... Ich hab gehört, Frank geht nächstes Jahr nach Harvard. Das ist wirklich großartig ... Wann fängst du endlich an, dir dein Brot mit ehrlicher Arbeit zu verdienen? ... Also, hier ist immer ein Platz für dich frei ... Was? Los *Angeles*? ... Ach, komm schon, unser Smog hier ist weitaus besser als ... Aha ... Ach, ich weiß, ich weiß ... Also, hör mal, warum ich dich anrufe: Ich sitze hier in meiner Kanzlei mit zwei sehr empörten Bürgern dieser schönen Republik zusammen, von denen einer sich des Namens Talcott Garland rühmen darf, während man die andere als Kimberly Madison kennt ... ja, *die* Kimberly Madison ... Nein, ich weiß, dass du mit der Auswahl der Richter nichts zu tun hast, aber deshalb rufe ich auch gar nicht an ... Ah, ja.« Er legt wieder die Hand über die Sprechmuschel und sagt: »Gibt es in dieser Stadt denn überhaupt keine Geheimnisse mehr?« Dann wieder ins Telefon: »Also, hör zu. Wie es aussieht, haben zwei nicht gerade sehr höfliche FBI-Leute heute Morgen Mr. Garland aufgesucht ... Nein, nicht deswegen. Eine Ermittlung. Es geht da wohl um einen gewissen Jack Ziegler, dessen Name dir, wie ich annehme, nicht unbekannt ist ... Was? ... Nein, nein, ich vertrete Mr. Ziegler nicht mehr, du kennst doch Brendon Sullivan bei Williams & Connolly, der macht das jetzt ... Nein, Morton, nein, das auch nicht ... Nein, nein, mein Mann ist Talcott Garland ... Hm, ja ... Morton, hör zu. Es geht um Folgendes. Zunächst einmal hat mein Mandant, wie du wahrscheinlich weißt, gestern seinen Vater beerdigt. Deshalb finde ich das Timing ein bisschen daneben. Zweitens hat einer von den FBI-Burschen Mr. Garland gedroht.« Ich schüttele heftig den Kopf, aber Onkel Mal ist, wenn er erst einmal losgelegt hat, nicht zu stoppen. »Ja, das ist richtig ... Nein, nicht mit Gewalt. Er sagte, wenn Mr. Garland ihm nicht genau das mitteile, was er wissen wolle, und zwar auf der Stelle, dann könne das die Aussichten von Kimberly Madison auf eine Nominierung zunichte machen ... Ja, ich weiß, dass sie das nicht dürfen, deshalb rufe ich ja an ... Ja ... Nein, habe ich nicht ... Ja, mach ich. Und eine Entschuldigung von deinem Boss wäre noch besser ... Ja ... Ja, gut ... Aber genau eine Stunde ... Okay.«

Er legt auf, ohne sich zu verabschieden, was in unseren unzivilisierten Zeiten zum Statussymbol geworden ist: Je weniger Gedanken man daran verschwendet, ob man andere beleidigt, desto mächtiger muss man sein.

»Onkel Mal«, fange ich an, aber er lässt mich nicht zu Wort kommen.

»Gut. Das hätten wir. Diese Kerle vom FBI scheinen gegen eine ganze Reihe von Regeln verstoßen zu haben. Morton Pearlman wird mit seinem Chef sprechen, und dann sehen wir weiter.«

»Das wäre doch nicht nötig gewesen«, sagt Kimmer nervös.

»Meine liebe Kimberly, mach dir darüber mal keine Gedanken.« Er tätschelt sogar ihre Hand. »Das wird nicht auf dich zurückfallen, ich versprech's dir. So sind die Spielregeln nun mal in dieser Stadt. Glaub einem alten Hasen. Man muss sie einfach wissen lassen, dass sie einen nicht verar– oh, dass sie nicht alles mit einem machen können. Und man muss es ihnen rechtzeitig zu verstehen geben. Ich schlage jetzt Folgendes vor.« Er ist aufgestanden, und wir tun es ihm nach. Draußen herrscht ein silbriges Dämmerlicht. »Warum geht ihr zwei Turteltäubchen nicht einen Happen essen? Und dann ruft ihr an, etwa in einer Stunde. Ich sage Grace, dass sie euch durchstellen soll. Bis dahin habe ich eine Antwort oder ich bin im Justizministerium und mache dort jemandem die Hölle heiß.«

Während dieser großartigen kleinen Rede hat er uns unauffällig zur Tür bugsiert. Ich sehe Meadows im Flur näher kommen, ein farbenfrohes Exemplar des *Code of Federal Regulations* in der Hand.

»Vielen Dank, Mr. Corcoran«, sagt Kimmer.

»Mal täte es auch«, fordert er sie ungefähr zum zehnten Mal auf.

»Vielen Dank, Onkel Mal«, füge ich hinzu.

Diesmal kriege ich die Umarmung. Und ein verstohlenes Flüstern ins Ohr. »Das riecht, Tal. Es stinkt zum Himmel.« Ich drehe mich überrascht um, weil ich aus irgendeinem Grund meine, er spreche über mich und nicht zu mir. Aber seine klugen, erfahrenen Insider-Augen sehen mich nur warnend an. »Sei sehr, sehr vorsichtig«, sagt er. »Da stimmt etwas nicht.«

• II •

Meine Schwester und das Aupairmädchen passen auf Bentley auf. Mariah hat gesagt, er könne so lange bei ihr bleiben, wie wir zu tun hätten, und deshalb wandern die beunruhigte Kimmer und ich, Turteltäubchen hin oder her, die K Street hinauf zu einem der vielen Steakhäuser Washingtons.

Die Hauptstadt unseres Landes ist nicht gerade wegen der Qualität ihrer Restaurants berühmt, aber von Steaks scheinen die Köche hier etwas zu verstehen. Es ist gerade erst fünf durch, so dass wir einen ruhigen Tisch in einer Nische bekommen, ohne warten zu müssen. Kimmer, die den ganzen Weg über geschwiegen hat, lässt sich auf einen Stuhl fallen, bestellt einen Brandy Alexander, bevor der Kellner ein Wort herausbekommen hat, und bedenkt mich mit einem missbilligenden Blick. Ich greife nach ihrer Hand, aber sie zieht sie ruckartig weg.

»Was ist los?«, frage ich frustriert.

»Nichts«, antwortet sie schroff. Sie schaut sich im Restaurant um und sieht dann wieder mich an. »Ich habe bloß gedacht, du wärst auf meiner Seite. Ich habe gedacht, du liebst mich. Und dann dieser ganze Scheiß mit dem FBI. Ich meine, warum, zum Teufel, musstest du das zur Sprache bringen?«

Kimmer weiß, dass ich vulgäre Sprache nicht leiden kann, und deshalb benutzt sie immer, wenn sie wütend ist, diese Ausdrücke. Ich glaube nicht, dass sie mit sonst irgendjemand so spricht.

»Ich dachte, Onkel Mal könnte helfen«, antworte ich. »Und das tut er ja auch.«

»Helfen! Na, danke! Er greift zum Telefon, quatscht mit so einem Idioten, der für den Justizminister arbeitet, und behauptet dann, ich hätte ihn dazu veranlasst. Und das soll *helfen*?« Sie sackt auf ihrem Stuhl zusammen, reißt sich die Brille herunter und schließt kurz die Augen. Ich blicke mich nervös um, aber keiner der anderen Gäste scheint ihren Ausbruch mitbekommen zu haben.

Kimmer richtet sich wieder auf. »Ich dachte, er ist wirklich einflussreich. Hat er denn nicht ein bisschen mehr Verstand?«

Um die Wahrheit zu sagen, hat die Reaktion Onkel Mals auch mich beunruhigt. Genauso wie seine Entscheidung, Meadows rauszuschicken. Aber ich weiß nicht, wie ich das meiner Frau klar machen soll. Herrgott noch mal, in meiner Familie sagt ja nie einer was direkt.

»Meinst du nicht auch, Kimmer, dass es das Beste wäre, mal ganz offen über alles zu sprechen –«

»Über *was* ganz offen zu sprechen?«

»Über das, was vor sich geht, was auch immer es ist.«

»Nichts geht vor sich.«

»Wie kannst du das sagen, nachdem Jack Ziegler –«

»Dein verdammter Vater kann uns einfach nicht in Ruhe lassen, stimmt's?«

»Was soll denn das heißen?«

Sie scheint kurz davor zu sein, in Tränen auszubrechen. »Deine Eltern waren von Anfang an dagegen, dass du mich heiratest. Das hast du mir selber gesagt.«

Ich bin sprachlos. Meine Frau hat diese Geschichte schon ewig nicht mehr erwähnt, aber vergessen hat sie sie offensichtlich nicht. Nun ja, dass die Schwiegereltern mit der Heirat nicht einverstanden waren, kann man wohl auch nicht so leicht vergessen. »Ach, Liebling, das ist Jahre her, und so richtig *dagegen* waren sie doch gar nicht ...«

»Sie fanden es skandalös. Hast du mir gesagt.«

Und Recht hatten sie. Es war skandalös. Aber das ist kaum der richtige Augenblick, meine Frau daran zu erinnern, wie wir beide damals das schwarze Washington genüsslich schockiert haben. »Ja, stimmt, aber du musst auch verstehen, wie sie es damals gemeint haben ...«

»Dein Vater ist unter der Erde und macht immer noch Ärger.«

»Kimmer!«

Sie seufzt und hebt entschuldigend die Hände. »Okay, okay, es tut mir Leid. Ich hab's nicht so gemeint. Das war nicht fair.« Sie beugt sich vor und nimmt einen Schluck von ihrem Drink, schließt dann erneut kurz die Augen und greift schließlich nach meiner Hand. Obwohl ich mittlerweile selbst verärgert bin, lasse ich es zu. Ihre Berührungen wirken beruhigend auf mich, das war schon immer so, selbst damals, als der Grund für meine Unruhe die Tatsache war, dass sie noch mit einem anderen verheiratet war. »Aber sieh es doch mal von meinem Standpunkt aus, Misha. Du hast alles, was du haben wolltest. Du wolltest heiraten, ein Kind und eine Professur an einer guten Universität. Und siehe da! Alles drei hast du bekommen.« Kimmer fängt an, meine Finger zu massieren, einen nach dem anderen, denn sie weiß, dass ich das mag. »Aber was ist mit mir? Ich bin ehrgeizig, okay. Das ist meine Sünde. Gut. Seit wir zusammen an der Uni waren, weißt du, dass ich Richterin werden will, oder nicht? Ja, und jetzt bietet sich mir die Chance. Ich hab immer gedacht ... Okay, was damals mit deinem Vater passiert ist, hat es unmöglich gemacht. Und vielleicht ist das ... vielleicht ist das ein Grund dafür, dass ich dir keine so gute Frau bin, wie ich es sein sollte.«

Sie senkt kurz den Blick; es ist eine so untypisch scheue Geste, dass ich überzeugt bin, sie ist gespielt. Als Kimmer und ich schließlich heirateten, war mein Vater schon gar nicht mehr Richter. Sie spürt, dass ich ihr die Erklärung nicht abkaufe, und versucht nun, sich daran vorbeizudrücken. »Und das tut mir Leid. Wirklich. Ich möchte mich bessern, Misha. Das kannst du mir glauben. Ich versuche es.« Sie streichelt jetzt meine Hand, als existiere Jerry Nathanson, wahrscheinlich der berühmteste Anwalt von ganz Elm Harbor, gar nicht. »Aber dann, Misha ... dann *stirbt* er. Und ich weiß, dass dich das schmerzt, und es tut mir Leid. Ehrlich. Aber jetzt sind die Zeitungen wieder voll von ihm, Misha. Alle reden wieder über deinen Vater. Und ich denke: Okay, vielleicht kann ich es ja trotzdem schaffen. Also gehe ich wie ein braves kleines Mädchen zum Senator, und der sitzt bloß da mit diesem ... diesem überheblichen Grinsen, und ich frage mich, warum ich mir überhaupt die Mühe gemacht habe, ihn aufzusuchen. Denn alles sieht so aus, als wäre die Sache längst entschieden. Dahin gehend entschieden, dass Marc gewinnt, meine ich. Und dann will Ruthie nicht sagen, was Sache ist. Und dann Jack Ziegler auf dem Friedhof und diese FBI-Geschichte. Was wollten die Kerle? Ich meine, es ist doch wie bei der Sache mit deinem Vater ... Es wird mir alles kaputtmachen.«

Jetzt laufen Kimmer Tränen über die Wangen. Es ist Jahre her, dass sie mir gegenüber so offen gewesen ist; wie sie sich anderen gegenüber verhalten hat, möchte ich lieber nicht wissen. Ihr Schmerz ist echt, und mein Ärger schwindet dahin. Obwohl wir an der Uni im selben Jahrgang studiert haben, ist meine Frau drei Jahre jünger als ich: Sie hat irgendwann eine Klasse übersprungen, und ich habe zwei Jahre mit Philosophie und Semiotik vergeudet, ehe ich mit dem Jurastudium begann. Es gibt Augenblicke, da kommen mir diese drei Jahre wie dreißig vor.

»Kimmer, Liebling, ich hatte ja keine Ahnung«, flüstere ich. Und das stimmt. Meine Frau hat Tiefen, die ich allzu oft nicht auszuloten wage, und meine Ängste haben ebenso wie ihr Verhalten dazu beigetragen, dass uns die schönsten Seiten unserer Ehe abhanden gekommen sind. Ich drücke ihre Hände. Sie erwidert den Druck. Ihre Tränen schimmern im Kerzenlicht, was ihr Gesicht noch schöner aussehen lässt. »Aber es muss gar nichts kaputtmachen. Der Richter war mein Vater, nicht deiner. Und es gibt keine ... Ich meine, du bist doch in keinerlei Skandale verwickelt. Deinen Schwiegervater können sie dir unmöglich vorhalten.«

Kimmer ist unglücklich. »Das können sie wohl«, sagt sie, plötzlich wie ein kleines Kind. »Sie können es, und sie werden's auch tun.« Ein Schniefen. »Sie tun's ja schon.«

»Sie werden es nicht tun«, beharre ich, obwohl ich fürchte, dass sie Recht hat. »Und du weißt, dass ich auf deiner Seite stehe.«

»Ja, *du*«, sagt sie niedergeschlagen, als ob niemand sonst so töricht sein könnte.

»Und Onkel Mal –«

»Ach, Misha, bleib auf dem Teppich. Mal wird gar nichts machen können, solange das nicht aus dem Weg ist. Verstehst du, was ich meine? Es muss weg.«

»Was denn?«

»Diese Sache mit deinem Vater. Was immer es ist, Misha. Das FBI, Jack Ziegler, alles. Es muss weg, und zwar schnell, sonst sagen die Leute: ›Nein, die nicht, die ist doch mit dem Sohn von Sie-wissen-schon-wem verheiratet.‹ Wir können es uns nicht erlauben, die Sache am Leben zu erhalten, Misha. Ich nicht, du nicht, Onkel Mal nicht, niemand. Wir müssen sie begraben, sonst habe ich keine Chance.« Ihre geheimnisvollen braunen Augen fixieren mich mit einem gequälten Blick. »Wir müssen sie einfach begraben. »

»Ich verstehe.« Ihr leidenschaftliches Temperament ist – wie immer – stärker als meine Vorsicht. Kimmer hat von jeher die Gabe, Versprechen aus mir herauszulocken, bevor ich noch weiß, wie mir geschieht.

»*Du* musst sie begraben.«

»Ich höre dir zu.«

»Aber versprichst du es auch?«

Sie scheint zu glauben, ich hätte eine Wahl. Aber da bin ich mir nicht so sicher. Aus Liebe tun wir schließlich alles Mögliche, was wir besser bleiben ließen.

»Ich verspreche es dir, Liebling.«

Sie lässt sich zurücksinken, als wäre sie von all dem Flehen völlig erschöpft. »Danke, Schatz, ich danke dir.«

»Gern geschehen.« Ich lächle. »Ich liebe dich.«

»Ach, Misha«, flüstert sie und schüttelt den Kopf.

Der Kellner bringt eine Flasche Wein, dabei kann ich mich gar nicht erinnern, dass Kimmer sie bestellt hat. Ich trinke keinen Alkohol, wegen der Geschichte mit meinem Vater, aber die Madisons sehen den mäßigen Genuss hochpreisiger Alkoholika als Teil der Verfeinerung des Gaumens an. Kimmer trinkt ein paar kleine Schlucke und lächelt mich an, dann lehnt sie sich wieder zurück und sieht sich im Restaurant um. Plötzlich springt sie auf. Der Vorgang ist mir vertraut. Sie hat jemanden entdeckt, den sie kennt. Kimmer liebt die Kontaktpflege, deshalb war sie ja in Mount Holyoke Sprecherin ihres Jahrgangs, deshalb ist sie die Vorsitzende unseres örtlichen Juristen-Verbandes, und deshalb wird sie vielleicht bald Richterin. Ich sehe zu, wie sie durch das Restaurant eilt, um ein asiatisch-amerikanisches Paar zu begrüßen, das am anderen Ende des Raumes beim Essen sitzt. Sie schütteln sich die Hände, lachen über irgendetwas, und schon ist Kimmer wieder bei mir. Der Mann schreibe Leitartikel für die *Post*, erklärt sie mir. Sie habe ihn heute Morgen kennen gelernt, als sie mit ihrer College-Freundin verabredet gewesen sei. Seine Frau, fährt Kimmer fort, produziere eine der Talkshows, die samstags morgens ausgestrahlt werden. »Man kann ja nie wissen.« Sie zuckt mit den Achseln. Dann nimmt sie wieder meine Hand und spielt im Kerzenschein mit meinen Fingern, bis das Hauptgericht serviert wird. Normalerweise wäre ich bereit, Kimmer die ganze Nacht lang mit meinen Fingern spielen zu lassen, aber mein Gehirn verweigert die Mitwirkung. Als ich in mein übertrieben teures Steak schneide, kommt mir ein Gedanke, der von Kimmers Kontaktpflegeaktion ausgelöst worden sein muss.

»Liebling?«

»Hmmm?«

»Erinnerst du dich noch an das letzte Mal, als wir meinen Vater getroffen haben? Ich meine, wir beide zusammen?«

Sie nickt. »Das war letztes Jahr. Er war wegen des Verbandes der Ehemaligen oder so was Ähnlichem in Elm Harbor.« Sie will nicht zugestehen, dass er vielleicht Bentley sehen wollte oder mich oder womöglich sie. Sie rutscht auf dem Stuhl herum. »Etwa um diese Zeit.«

»Und du hast gesagt, er würde ... besorgt aussehen.«

»Ja, ich erinnere mich. Wir waren zum Essen im Fakultätsclub oder so, und du hast ihm eine Frage gestellt, aber er antwortete nicht, starrte nur ins Leere. Du hast die Frage wiederholt, und da meinte er: ›Du brauchst nicht so zu schreien.‹« Sie sieht mich sanft an. »O Misha, es tut mir so Leid. Das ist keine sehr glückliche Erinnerung.«

Darauf gehe ich nicht weiter ein. »Ich habe ihn danach noch mal getroffen. Ein einziges Mal.« Wir sind zusammen essen gegangen, als ich beruflich in Washington zu tun hatte. Auch da war er zerstreut. »Mir ist gerade der Gedanke gekommen ... hattest du den Eindruck ... als du gesagt hast, er hätte ›besorgt‹ gewirkt, hast du damit gemeint –«

»Einfach angespannt, Misha. Gestresst.« Sie nimmt wieder meine Hand. »Das ist alles.«

Ich schüttele den Kopf und frage mich, warum das Bild des letzten Besuches, den der Richter in unserer Stadt gemacht hat, so plötzlich vor meinem inneren Auge aufgetaucht ist. Vielleicht fängt ja Mariahs verrückter Gedanke, er sei keines natürlichen Todes gestorben, langsam an, sich in meinem Kopf einzunisten.

Unser Gespräch wendet sich anderen Dingen zu: Fakultätsklatsch, diesem und jenem aus ihrer Kanzlei, gemeinsamen Urlaubsplänen. Sie erzählt mir, was ihre Schwester Lindy gerade treibt, und ich krame alte Geschichten über Addison hervor. Ich erzähle Kimmer von Bentleys ersten Erfahrungen auf Inlineskates, aber nicht von der Frau, die mit mir flirten wollte, schon gar nicht von der Versuchung zurückzuflirten. Kimmer, die vielleicht etwas in meinem Blick entdeckt hat, ehe ich ihn schuldbewusst abwenden kann, zieht mich damit auf, dass mal alle dachten, ich sei in Lindy verliebt – die solidere, verlässlichere der Madison-Schwestern, von der meine Eltern so inständig gehofft hatten, dass ich sie heiraten würde. Wir frotzeln weiter, so wie früher, in den Zeiten unserer Verliebtheit. Und dann, als das Dessert kommt, sagt Kimmer, die die Uhr im Auge behalten hat, jetzt sei eine Stunde rum. Sofort ist sie wieder vollkommen geschäftsmäßig. Ich seufze, rufe jedoch pflichtbewusst den Kellner und frage ihn, wo die Telefone zu finden seien. Mit großer Geste holt er eines herbei und stöpselt es in eine Dose unter der Tischplatte ein. Ich zwinkere meiner Frau zu.

»Du hättest ruhig mein Handy benutzen können«, sagt sie düster.

»Ich weiß, Liebling, aber ich hab das schon immer mal so machen wollen. Wie im Film.« Ihr Lächeln, mit dem sie meins erwidert, ist angespannt; ich merke, wie erschöpft sie ist. Ich streichle ihre Hand und wähle die Nummer. Grace meldet sich und stellt mich wie versprochen gleich durch.

»Talcott«, dröhnt der große Mallory Corcoran, »ich bin so froh, dass du anrufst. Ich wollte gerade einen umfassenden Bericht rausschicken. Also, wir haben ein ernstes Problem. Zunächst mal ermittelt das Justizministerium derzeit nicht gegen Jack Ziegler. Sie wünschten, sie hätten was gegen ihn in der Hand, weil ... na ja, du weißt schon, es ist halt der Traum eines jeden Strafverfolgers, mal einen mächtigen Weißen hinter Gitter zu bringen« – er bellt diese Worte ohne eine Spur von Ironie –, »aber im Augenblick haben sie nichts. Deshalb sind sie eifrig damit beschäftigt, sich andere vorzuknöpfen.«

»Verstehe«, sage ich, obwohl das nicht der Fall ist. Kimmer liest in meinem Gesicht und blickt mich ängstlich an.

»Das ist aber nicht das Problem. Das Problem ist Folgendes: Morton Pearlman hat mit dem Justizminister gesprochen und der mit dem Chef des FBI und der mit seinen Leuten. Herausgekommen ist, und das habe ich vom Justizminister persönlich, dass das FBI von deinem Gespräch mit Jack Ziegler gestern auf dem Friedhof gar nichts wusste, Talcott. Es gab keine Überwachung. Und heute ist niemand vom FBI bei dir gewesen, Talcott. Wozu auch? Niemand vom FBI hat dir Fragen zu Jack Ziegler gestellt. Und mit Kimberlys Background-Check ist noch gar nicht richtig begonnen worden.«

»Du machst Witze.«

»Leider nein. Bist du wirklich ganz sicher, dass sie gesagt haben, sie seien vom FBI?«

»Ganz sicher.«

»Hast du dir ihre Ausweise zeigen lassen?«

»Natürlich habe ich mir die zeigen lassen.« Aber dann fällt mir ein, dass ich nur einen flüchtigen Blick auf ihre Brieftaschen geworfen habe – wer sieht sich die Fotos, die Daten und so weiter schon genau an?

»Das dachte ich mir.« Er zögert, als wüsste er nicht so recht, wie er mir eine unangenehme Wahrheit beibringen soll. »Hör zu, Talcott, die Sache liegt wohl so: Da ist jemand zu dir gekommen und hat die Zugehörigkeit zum FBI vorgetäuscht. Das ist ein schweres Vergehen, was bedeutet, dass sie den Vorfall untersuchen müssen. Aus Rücksichtnahme verschieben sie es auf morgen. Aber morgen Vormittag wollen ein paar FBI-Leute, diesmal echte, mit dir reden. Hier in der Kanzlei, um elf Uhr. Ich kann leider nicht dabei sein, weil Edie und ich für ein paar Tage nach Hawaii fliegen, aber Meadows und vielleicht ein paar meiner anderen Leute werden da sein. Kein Honorar«, fügt er hinzu, was eine große Erleichterung, aber auch so etwas wie eine Beleidigung ist. Er spürt mein Unbehagen. »Tut mir Leid, dass ich das alles auf dich abladen muss, Talcott. Wirklich. Aber wenn das geklärt ist, hänge ich mich wegen Kimberly ans Telefon. Versprochen.«

Wenn das geklärt ist, denke ich, während ich auflege. Das heißt, dass er für Kimmer keinen Finger krumm machen wird, bevor er weiß, woher der Wind weht.

»Was ist los, Schatz?«, fragt meine Frau und greift nach meiner Hand, als könnte die sie vor dem Ertrinken retten. »Was ist, Misha?«

Ich sehe meine Frau an, meine schöne, kluge, treulose, verzweifelt ehrgeizige Frau, die Mutter unseres Kindes, die einzige Frau, die ich je lieben werde. Ich möchte es ihr so gern recht machen. Aber ich kann nicht.

»Es lässt sich nicht so einfach begraben«, sage ich.

Kapitel 9

Eine lehrreiche Auseinandersetzung

• 1 •

Am folgenden Dienstag, also zwölf Tage nach dem Tod meines Vaters, kehre ich in meinen öden Seminarraum zurück, der, wie es mir oft scheinen will, von zwar ungebildeten, aber umso engagierteren Ideologen bevölkert ist – von Linken, die an den Klassenkampf glauben, aber nie *Das Kapital* aufgeschlagen und sich ganz bestimmt nie in Werner Sombart vertieft haben, von hartgesottenen Kapitalisten, die von der Unfehlbarkeit der unsichtbaren Hand ausgehen, aber nie Adam Smith studiert haben, von Feministinnen der dritten Generation, die wissen, dass die weibliche Geschlechterrolle eine Falle ist, aber nie Betty Friedan gelesen haben, von Sozialdarwinisten, die meinen, man solle die Armen sich selbst überlassen, die aber noch nie von Herbert Spencer oder William Sumner gehört haben, und von schwarzen Separatisten, die düster von institutionellem Rassismus schwadronieren, aber von den Arbeiten Carmichaels und Hamiltons, den Vätern dieses Begriffs, keine Ahnung haben. Sie alle sind unsere Studenten, sie alle sind hoffnungslos jung und hoffnungslos gescheit und deshalb hoffnungslos sicher, im Recht zu sein, und fast alle – egal welcher Couleur – werden schon bald mit riesigen, auf Gesellschaftsrecht spezialisierten Kanzleien verbandelt sein, mit gewaltigen Profitfabriken, wo sie ihren Mandanten zweitausend Arbeitsstunden pro Jahr zu astronomischen Sätzen in Rechnung stellen, in Nullkommanichts doppelt so viel verdienen wie die besten ihrer Lehrer (und das, obwohl sie erst halb so alt sind) und alles andere auf dem Altar der Karriere opfern. Unaufhaltsam werden sie aufsteigen, während um sie herum die Ideologien und das Familienleben gleichermaßen zu Bruch gehen, um am Ende dann, ein bis zwei Jahrzehnte später, zynisch und bitter geworden, ihre hoch gesteckten Karriereziele zu erreichen (also Kanzleipartnerschaften, Lehrstühle, Richterämter oder wovon sonst sie geträumt haben), sich umzusehen und zu erkennen, dass sie mit nichts, mit absolut gar nichts am Ziel angelangt sind, und sich zu fragen, was sie nun mit dem Rest ihres elenden Lebens anfangen sollen.

Vielleicht messe ich auch nur ihre Aussichten an meinen eigenen.

Ich bin mit meiner Familie am vergangenen Donnerstag nach Elm Harbor zurückgekehrt – nach einem kurzen Gespräch bei Corcoran & Klein mit echten FBI-Agenten diesmal, bei dem mir Cassie Meadows überraschend reif und kompetent Beistand leistete. Kimmer hat sich nach unserer Rückkehr sofort wieder an die Arbeit gemacht, hat augenblicklich ihr wahnwitziges Tempo und ihre irrsinnigen Arbeitszeiten wieder aufgenommen und zur Mehrung des Wohlstands und des Ruhmes von EHP bereits eine weitere Reise nach San Francisco hinter sich gebracht. Das echte FBI konnte im Übrigen die beiden Männer, die mich in der Shepard Street aufgesucht hatten, bislang nicht aufspüren, aber meine Frau hat sich inzwischen eingeredet, es seien nur Reporter gewesen, die nach Dreck an bestimmten Stecken gesucht hätten. Ob sie das auch mir erfolgreich eingeredet hat, ist ihr egal.

Mariah hat derweil eine neue Theorie entwickelt. Es war nun nicht mehr Jack Ziegler, der den Richter umgebracht hat, sondern irgendein Kläger, der meinem Vater gram war, weil dieser seinen Revisionsantrag abgelehnt hatte – und dabei lässt sie sich nicht im Mindesten von der Tatsache beirren, dass der Richter sein Amt schon seit gut einem Jahrzehnt nicht mehr ausgeübt hat. »Wahrscheinlich ein großer Konzern«, meinte sie gestern Abend am Telefon (ihr dritter Anruf in fünf Tagen). »Du machst dir ja keine Vorstellung, wie unmoralisch die sind. Oder wie lange sie auf die Begleichung alter Rechnungen warten können!« Ich hätte gern gewusst, was wohl Howard dazu sagen würde, biss mir aber klugerweise auf die Zunge. Mariah setzte noch hinzu, dass eine Freundin mal im Internet nach möglichen Auftragskillern suchen wolle. Als ich leise protestiere, warf sie mir wieder einmal vor, ich würde ihr nie beistehen, wenn es wirklich ernst werde.

»So sind Schwestern«, meinte Rob Saltpeter, der spindeldürre Verfassungsfuturist, der gelegentlich mein Basketballpartner ist, als ich ihm gestern Vormittag die Geschichte teilweise erzählte, während wir im Umkleideraum des YMCA saßen, nachdem uns zwei Polizisten während ihrer Freischicht in der Halle regelrecht auseinander genommen hatten. Robs Augen blitzten wie immer vergnügt. »Eigentlich will sie dir nur klar machen, dass sie dir beistehen würde, wenn es mal wirklich drauf ankommt.«

»Wie kommst du denn darauf?«

Er lächelte. Mit einer Körpergröße von etwa eins neunzig ist er gut zehn Zentimeter größer als ich, dafür bringe ich wahrscheinlich fünfzig Pfund mehr auf die Waage. Ich bin zwar noch nicht schwabbelig, habe aber doch deutlich Übergewicht – er dagegen ist geradezu erschreckend mager. Im Umkleideraum und in Boxershorts bieten wir beide keinen sonderlich eindrucksvollen Anblick.

»Nur so ein Gefühl.«

»Aber du bist ihr doch noch nie begegnet.«

»Ich habe selber zwei Schwestern«, erwiderte Rob, dessen grundlegende Warmherzigkeit von der eifernden Gewissheit gemindert wird, alle Familien seien so wie seine eigene oder sollten zumindest so sein.

»Mariah ist aber anders.«

»Es geht nicht darum, wie Mariah ist. Deine Pflicht, für sie da zu sein, hat damit nichts zu tun. Diese Pflicht ergibt sich nicht aus ihrem Verhalten. Auch nicht aus dem, was du über sie denkst. Sie ergibt sich allein aus der Tatsache, dass du ihr Bruder bist.«

»Ich dachte immer, wir hätten die auf Status basierenden Beziehungen bereits vor einem Jahrhundert abgeschafft«, hänselte ich ihn mit einem typischen Insiderscherz unter Anwälten. Bei einer auf dem Status basierenden Beziehung werden die Verpflichtungen der beteiligten Parteien nicht durch Übereinkunft bestimmt, sondern durch die Rolle, die sie in der jeweiligen Beziehung einnehmen (Ehemann – Ehefrau, Eltern – Kind, Herr – Diener und so weiter).

»Der Mensch hat sie zwar abgeschafft, Gott aber nicht.«

Dazu ließ sich nicht viel sagen, zumal ich eigentlich seiner Meinung war. Rob ist nach eigenem Bekunden praktizierender Jude, und er spricht über seinen Glauben mehr als jeder andere Professor, den ich kenne – übrigens zum Verdruss seiner Studenten sogar im Seminar. Vielleicht ist es diese orakelnde Seite von Rob Saltpeter, die eine engere Freundschaft zwischen uns verhindert. Oder die Tatsache, dass ich schlicht kein freundlicher Mensch bin. Um den schmerzhaften Stich zu vertuschen, den mir der Gedanke versetzte, bat ich ihn um seinen Rat.

»Am besten macht man immer einfach irgendwie weiter«, sagte er achselzuckend. Das war seine Antwort auf so gut wie alles.

Na schön, ich mache weiter. Mehr schlecht als recht.

Und so kommt es, dass ich mich an diesem Tag, an dem ich erstmals wieder unterrichte, dabei ertappe, wie ich einen unglücklichen jungen Mann in die Zange nehme, der die Sünde begangen hat, uns zu erklären, sämtliche Fälle, die ich meinen Studenten vorlege, seien irrelevant, weil die Reichen doch immer den Sieg davontrügen. Natürlich gelangt in jedem Herbst mindestens ein armer Narr zu dieser Schlussfolgerung, und natürlich haben sich diverse Professoren die Berufung an hochkarätige Fakultäten dadurch verdient, dass sie verfeinerte, von Fachjargon strotzende Versionen genau dieser dürftigen Theorie vertreten, aber ich bin augenblicklich nicht in der Stimmung für solches Gewäsch. Deshalb funkele ich den überheblichen Studenten an und sehe in ihm einen schrecklichen Augenblick lang die Zukunft oder vielleicht auch nur den Feind: jung, weiß, selbstsicher, töricht, schmächtig, beleidigt, vielfach gepierct, mit Schmuck behängt, schlecht gekleidet, blondseidiges Haar zum Pferdeschwanz gebunden, ein durch und durch zynischer Konformist, der sich selbst für einen Bilderstürmer hält. Vor ein paar Generationen wäre das der Bursche gewesen, der den ihm für seine guten Leistungen verliehenen Sweater auf links getragen hätte, um allen zu beweisen, wie wenig er ihm bedeutet. Zu meiner Collegezeit wäre er als Erster auf die Barrikaden geklettert und hätte dafür gesorgt, dass alle ihn dort sehen. Und jetzt kann er ebenfalls sicher sein, dass alle zu ihm hinschauen. Ein Ellbogen ruht auf der Stuhllehne, mit dem anderen stützt er sich auf den Tisch, die Faust hat er unters Kinn geschoben, eine Körperhaltung, die Selbstgefälligkeit und Angriffslust ausdrückt, vielleicht sogar den wenig subtilen Rassismus des vorgeblich liberalen weißen Studenten, der nie so ganz glauben kann, dass sein schwarzer Professor mehr wissen könnte als er. Ein leuchtendes, frostiges Rot umgibt seinen Kopf wie ein Glorienschein, und ich erwische mich bei dem Gedanken: *Den könnte ich fertig machen.* Doch ich ermahne mich, freundlich zu bleiben.

»Sehr interessant, Mr. Knowland«, sage ich liebenswürdig und gehe ein paar Schritte in den Gang hinein auf seine Sitzreihe zu. »Aber was hat nun Ihre sehr interessante These mit dem uns vorliegenden Fall zu tun?«

Immer noch zurückgelehnt, zuckt er mit den Achseln, sieht mich kaum an. Meine Frage sei unerheblich, erklärt er der Zimmerdecke, denn es seien nicht die gesetzlichen Bestimmungen, die zählten, sondern die Tatsache, dass die Arbeiter von den kapitalistischen Gerichten keine Gerechtigkeit erwarten könnten. Die Struktur der Gesellschaft, nicht der Inhalt der Rechtsgrundsätze führe zur Unterdrückung. Er mag ja nicht ganz Unrecht haben, aber all das ist nicht im Entferntesten relevant, und seine Terminologie wirkt so veraltet wie eine gepuderte Perücke. Ich bediene mich eines beliebten Pädagogentricks und baue mich vor ihm auf, um ihm die Sicht auf alles andere zu verstellen und ihn so zu zwingen, sich daran zu erinnern, wer von uns beiden hier die Autorität hat. Ich frage ihn, ob ihm gegenwärtig sei, dass es bei dem vorliegenden Fall gar nicht um einen Arbeitnehmer gehe, der gegen seinen Arbeitgeber klage, sondern um die Auseinandersetzung zwischen zwei Autofahrern. Mr. Knowland, der nach wie vor auf seinem Stuhl lümmelt, antwortet ruhig, derartige Details führten nur vom Thema ab und seien reine Zeitverschwendung. Er ist immer noch nicht gewillt, mich anzusehen. Seine Körperhaltung ist eine einzige schreiende Respektlosigkeit, das ist für alle offensichtlich. Es wird ganz still im Raum, selbst die üblichen Geräusche wie das Umblättern von Seiten, das Geklapper von Laptop-Tastaturen oder das Scharren von Stuhlbeinen verstummen. Das Rot vertieft sich. Mir fällt wieder ein, dass ich Mr.

Knowland vor drei Wochen hatte tadeln müssen, weil er während der Stunde mit seinem Palm herumgespielt hatte. Ich war da sehr umsichtig gewesen und hatte ihn erst nach der Sitzung zu mir gebeten. Trotzdem war er eingeschnappt, weil er der Generation angehört, für die es keine Spielregeln gibt außer denen, die jeder für sich selber aufstellt. Durch den tiefroten Dunstschleier betrachtet, ähnelt mein Student allmählich dem Agenten McDermott, wie er mir auf dem Wohnzimmersofa in der Shepard Street seine Lügen auftischte ... und plötzlich ist es zu spät, um aufhören zu können. So überheblich lächelnd wie Mr. Knowland, frage ich ihn, ob er sich sämtliche Deliktsfälle angeschaut und sie nach der relativen Wohlhabenheit der Parteien sortiert habe, um herauszufinden, ob seine Theorie zutreffe oder nicht. Funkelnden Blicks gibt er zu, dies nicht getan zu haben. Ich frage ihn, ob ihm irgendeine anderweitige Untersuchung zu diesem Thema bekannt sei. Er zuckt mit den Achseln. »Ich verstehe das als ein Nein«, sage ich und spieße ihn jetzt regelrecht auf. Direkt vor seinem Tisch stehend eröffne ich ihm, dass es durchaus eine umfangreiche Literatur zur Frage der Auswirkungen des materiellen Besitzes auf das Resultat von Rechtsstreitigkeiten gebe. Ob er davon etwas gelesen habe? Die antiquierten Neonröhren summen und zischen unsicher, während wir alle auf Mr. Knowlands Antwort warten. Er sieht sich um, sieht die mitleidigen Gesichter seiner Kommilitonen, schaut auf zu den Porträts prominenter weißer, männlicher Absolventen der Fakultät, die an der Wand hängen, und schließlich wieder zu mir hin.

»Nein«, antwortet er, jetzt viel leiser.

Ich nicke, als wollte ich sagen, das hätte ich von Anfang an gewusst. Dann reitet mich der Teufel. Wie jeder halbwegs kompetente Juraprofessor weiß, müsste ich genau an diesem Punkt elegant zur Erörterung des behandelten Falles zurückkehren und könnte Mr. Knowland höchstens noch ein bisschen schmoren lassen, indem ich einen anderen Studenten bitte, als sein Berater zu fungieren und ihm aus dem Schlamassel herauszuhelfen, in das er sich so töricht hineingeredet hat. Stattdessen kehre ich ihm den Rücken zu, gehe zwei Schritte von ihm fort und fahre dann blitzschnell herum, zeige mit dem Finger auf ihn und stelle ihm die Frage, ob er oft Ansichten vertrete, die nicht durch Fakten abgesichert seien. Seine Augen weiten sich vor Schreck und kindlicher Gekränktheit. Er sagt nichts, öffnet den Mund und schließt ihn dann wieder, weil er in der Falle sitzt – keine Antwort, die er mir gibt, kann ihm jetzt noch helfen. Er schaut wieder weg, während seine Kommilitonen zu entscheiden versuchen, ob sie lachen sollen. (Einige tun es, andere nicht.) In meinem Kopf tobt es rötlich, und ich frage: »Haben Sie das auf dem College gelernt ... es war doch Princeton, oder?« Diesmal sind die Studenten zu schockiert, um zu lachen. Sie mögen den arroganten Mr. Knowland zwar nicht besonders, aber jetzt mögen sie den arroganten Professor Talcott Garland noch weitaus weniger. In die abrupt eintretende, angespannte Stille hinein, die den hohen Raum füllt, wird mir – viel zu spät – bewusst, dass ich, Inhaber eines Lehrstuhls an einer der besten Juristischen Fakultäten des Landes, drauf und dran bin, einen Zweiundzwanzigjährigen zu demütigen. Es ist belanglos, ob Avery Knowland arrogant ist oder unwissend oder gar rassistisch – mein Job besteht darin, ihn zu unterrichten, und nicht, ihn zu blamieren. Ich werde meiner Aufgabe nicht gerecht!

Meine entfesselten bösen Geister haben mich bis in den Seminarraum verfolgt.

Ich entspanne mich wieder und bemühe mich um Schadensbegrenzung. Natürlich, fahre ich fort, während ich vor der Gruppe auf und ab schreite, seien Anwälte gelegentlich aufgerufen zu vertreten, was sie nicht beweisen könnten. Aber – hier drehe ich mich erneut abrupt um und stoße meinen Zeigefinger in Mr. Knowlands Richtung –, aber wenn sie solche ungestützten und nicht zu stützenden Argumente vortrügen, dann müssten sie es mit Verve tun. Und sie müssten genug Selbstvertrauen haben, die Frage nach dem faktischen Fundament ihrer Behauptungen mit dem Tanz der Gerichtssaalpolka zu beantworten, die ich ihnen sodann vorführe, wobei ich laut die einfachen Anweisungen dazu gebe. Seitschritt, Seitschritt, Seitschritt, immer auf Zack bleiben und sich auf gar keinen Fall den Schneid abkaufen lassen!

Erleichtertes, nervöses Lachen der Studenten.

Nur Avery Knowland ist es vergangen.

Ich kann die Stunde zu Ende bringen, sogar ein bisschen Würde retten, aber punkt zwölf fliehe ich in mein Büro, fassungslos, weil ich mich dazu habe hinreißen lassen, einen Studenten coram publico bloßzustellen. Der Vorfall wird meinen Ruf in der Fakultät festigen (»Kein netter Mensch«, sind sich die Studenten einig, was mir Dana Worth, unsere intimste Studentenklatschkennerin, fröhlich weitersagt), und vielleicht entspricht das ja der Realität.

• II •

Mein Büro befindet sich in der ersten Etage des Hauptgebäudes der Fakultät, das von sämtlichen Studenten und Dozenten Oldie genannt wird. Nicht etwa wegen seines Alters (obwohl man es durchaus als alt bezeichnen kann), sondern weil es mit gestiftetem Geld der Familie Oldham gebaut wurde und nach ihr benannt worden ist. Merritt Oldham, der schon gut betucht aufwuchs (sein Großvater hatte im Bürgerkrieg irgendein Geschoss erfunden und war der Legende nach gestorben, als ein fehlerhafter Prototyp der verbesserten Version in der Kanone explodierte), hatte sein Studium an der Fakultät zu Beginn des 20. Jahrhunderts abgeschlossen und war als Gründer der Anwaltssozietät Grace, Grand, Oldham & Fair zu Wall-Street-Ruhm gelangt. Zu meiner Studentenzeit war diese Kanzlei die erfolgreichste von ganz New York, in den achtziger Jahren ist sie jedoch im Zusammenhang mit dem Barnham-Drexel-Skandal böse abgestürzt. Zwei der Partner landeten im Gefängnis, drei wurden zum Ausscheiden gezwungen, und der Rest zerstritt sich. Am Ende wurde aufgeteilt, was noch übrig war. Die eine Hälfte ging innerhalb weniger Jahre unter, die andere, die den Namen Oldham beibehielt, hält sich zwar über Wasser, aber nur knapp, und unsere Studenten, die das Prestige-Ranking sämtlicher Anwaltskanzleien von Manhattan im Kopf haben, bevor sie mit den Grundzügen des Deliktsrechts auch nur ansatzweise vertraut sind, würden lieber verhungern als für diese Firma zu arbeiten.

Die Kanzlei mag ja eingegangen sein, aber unser Gebäude heißt nach wie vor Oldie, beziehungsweise offiziell *Veronica Oldham Law Center*. Merritt hatte seine selige Mutter tief verehrt, nie geheiratet, keine Kinder in die Welt gesetzt und wird von unseren schwulen Studenten als einer der ihren angesehen – wahrscheinlich nicht ganz zu Unrecht, falls auch nur ein Bruchteil der Geschichten stimmt, die Theo Mountain zu erzählen weiß. Die Juristische Fakultät thront auf einem grasbewachsenen Hügel am Ende der Town Street über der Stadt. Sie besteht aus zwei rechteckigen Gebäudekomplexen nördlich und südlich der Eastern Avenue, die durch eine Fußgängerbrücke verbunden sind. Das südliche Gebäude, von dem man auch einen Blick auf den eigentlichen Campus hat, ist das Oldie, ein neogotisch angehauchter Bau mit drei Stockwerken voller Büros auf der Ostseite und einer sechs Stockwerke einnehmenden Bibliothek auf der Westseite, verbunden durch eine Reihe von Seminarräumen im Süden und eine hohe Mauer im Norden. In der Mitte liegt der freundliche, gepflasterte Innenhof, der wahrscheinlich den größten ästhetischen Reiz des Ganzen ausmacht. Der nördliche Komplex, den man vor zwanzig Jahren an der Stelle einer alten katholischen Kirche errichtet hat, die einem Feuer zum Opfer gefallen und von einem schlauen Dekan aufgekauft worden war, besteht aus einem großen, ziemlich spartanischen Wohnheim, in dem fast die Hälfte unserer Studenten haust, sowie einem niedrigen, hässlichen Backsteingebäude (früher die Gemeindeschule), das voll gestopft ist mit den Büros aller unserer studentischen Organisationen – außer der angesehensten, der Zeitschrift unserer Fakultät. Diese Lösung bringt einige Eifersüchteleien mit sich, aber wir haben keine andere Wahl, denn unsere Ehemaligen sehen – wie Ehemalige überall auf der Welt – jede Veränderung als den Feind des Erinnerns an und würden uns nie gestatten, die Zeitschrift aus den verschachtelten Räumen im Erdgeschoss des Dozentenflügels zu vertreiben.

Um in mein Büro zu gelangen, geht man die marmorne Haupttreppe hoch und wendet sich im ersten Stock nach links, trabt bis ans Ende eines trübseligen Ganges mit sich ablösendem Linoleumbelag, wendet sich wieder nach links und zählt auf der linken Seite vier Türen ab. Unmittelbar vor meinem Zimmer befindet sich ein großer Raum, in dem vier Fakultätssekretärinnen sitzen, zu denen allerdings meine eigene nicht gehört, weil sie auf Grund eines Paradestücks administrativer Logik im zweiten Stock eines anderen Gebäudeteils untergebracht wurde. Hinter meinem Zimmer liegt das von Amy Hefferman, der alterslosen Fürstin des Verfahrensrechts, die von den Studenten sehr geliebt wird und alljährlich von ihrem Rückzug ins Privatleben spricht, davon jedoch wieder Abstand nimmt, sobald die graduierten Studenten sie zur Hauptrednerin der Abschlussfeier wählen. Meinem Zimmer direkt gegenüber befindet sich das des jungen Ethan Brinkley. Er hat die Angewohnheit, ohne jede Vorwarnung bei einem hereinzuschneien und lange Geschichten über seine dreijährige Zugehörigkeit zum Geheimdienstausschuss des Senats zu erzählen. Neben ihm haust in einem Raum, der kaum größer ist als Kimmers begehbarer Kleiderschrank, Matthew Goffe, ein noch jüngerer Kollege, der Kurse über Aktiengesellschaften, gesicherte Transaktionen und radikale Alternativen zur Rechtsstaatlichkeit anbietet. Matt ist einer der wenigen unserer nicht fest angestellten Fakultätsmitglieder und wird, sofern er seine irritierende Angewohnheit nicht aufgibt, jede Petition der Studenten zu unterschreiben und sich sämtlichen Boykotts anzuschließen, aller Wahrscheinlichkeit nach in dieser Kategorie bleiben. Als Nächstes folgt in der Nordwestecke das riesengroße Büro von Stuart Land, dem ehemaligen Dekan und weithin geachtetsten Kopf der Fakultät, der ein bisschen was von allem lehrt, die Dienste zweier Sekretärinnen in Anspruch nehmen darf und den Ruf der Fakultät zu seinem ganz persönlichen Anliegen gemacht hat. Stuart hat sich, glaubt man dem Flurgeflüster, nie ganz von der Palastrevolution erholt, die zu seiner Entmachtung und zur Einsetzung von Dekanin Lynda geführt hat – eine Revolte, bei der es mehr um Fakultätspolitik als um Qualifikationen ging, hatte doch Stuarts eiserner Konservatismus zu einem Dauerkonflikt mit Theo Mountain, Marc Hadley, Tish Kirschbaum und diversen anderen einflussreichen Köpfen der Fakultät geführt.

So jedenfalls munkelt man.

Aber so ist das nun mal – auf unseren vielen verwinkelten Fluren hört man allerlei Geschichten. Manche sind heroisch und manche böse, manche wahr und manche falsch, manche komisch und manche tragisch, und alle zusammen machen das mystische, undefinierbare Gebilde aus, das wir »die Fakultät« nennen. Die Fakultät, das sind nicht allein die Gebäude, die Professoren, die Studenten und die Ehemaligen, sondern viel mehr als das, aber auch weniger – ein Paradoxon, ein Wunder, ein Monster, eine wahre Freude.

Die Korridore des Oldie sind warm und vertraut. Ich bin gerne hier.

Meistens jedenfalls.

Heute jedoch treffe ich, nach meinem verunglückten Seminar um die letzte Ecke des Flures biegend, auf eine erregte Dana Worth, die wie wild an die Tür meines Büros hämmert, als sei sie wütend, dass ich nicht da bin. Sie rüttelt an der Türklinke, dann späht sie, eine Hand über die Augen gewölbt, durch die Milchglasscheibe, obwohl die Dunkelheit drinnen unübersehbar ist.

Ich beobachte sie, erst amüsiert, dann beunruhigt. Derart fassungslos habe ich Dana seit dem Tag nicht mehr gesehen, an dem sie mir eröffnete, dass sie meinen Freund Eddie Dozier verlassen werde ... und dann auch noch, warum.

Dana, die Vertrags- und Urheberrecht unterrichtet, ist einer unserer Stars, obwohl ihre zierliche Gestalt so manchen unglückseligen Studienanfänger zu der Ansicht verleitet hat, man könnte mit ihr Schlitten fahren. Dana entstammt einer alten Familie aus Virginia, die früher jede Menge Geld besaß (sprich: Sklaven), aber »bei der damaligen Unstimmigkeit« (sprich: im Sezessionskrieg) alles verlor. Sie lebt auf charmante Weise in einer Welt, die sich um sie selbst dreht. (»Deine Schwester ist bei einem Autounfall ums Leben gekommen? Also damals, an der Universität, da war ich mal mit einem Mann zusammen, der dann bei einem Autounfall starb. Er war ein McMichael von den Rappahannock-McMichaels.« Daran erinnert, dass mein Vater den alten Mc Michael, den Senator, persönlich gekannt hat und sogar ganz gut, fährt Dana unbeeindruckt fort: »Aber nicht so, wie ich den Sohn gekannt hab, wetten?«)

Dana, die drei Jahre älter ist als ich, hat den kleinen Skandal um die Umstände, unter denen ihre Ehe in die Brüche ging, überlebt, ja sogar überwunden. Eddie, der sein bisheriges universitäres Leben weitgehend im Schatten seiner Frau verbracht hatte, verließ uns im vergangenen Jahr, um in seine Heimat Texas zurückzukehren, wo ihm, wie er versichert, nie und nimmer passiert wäre, was ihm in Elm Harbor widerfahren ist. (Wer das dort verhindert hätte, sagt er nicht.) Durch seinen Weggang verringerte sich der Anteil schwarzer Fakultätsmitglieder um fünfundzwanzig Prozent. Dana hatte ihm wegen einer Frau namens Alison Fry den Laufpass gegeben – einer nervösen, korpulenten New Yorkerin mit feuerrotem Haar und einer ungeheuren Wut auf die Welt. Alison ist eine durchschnittlich begabte Romanautorin und unterhält eine Website voll verstiegener, aber gebildet klingender Gesellschaftskommentare, die meisten mit einem *New-Economy*-Dreh. Sie machte ihr Werben um Dana zu einem mehr oder weniger öffentlichen Event. Vor drei Jahren, als die Affäre noch geheim war, stellte Alison ein dichterisches Werk mit dem Titel »Liebste Dana Worth« ins Netz, eine Art Liebesbrief, der dann heruntergeladen und per E-Mail weltweit, vor allem aber campusweit verschickt wurde. Dana pflegte zu sagen, Alison habe sie in die Affäre hineinmanövriert. Viele von uns haben die Anrede als Spitznamen übernommen, wohingegen ihr Mann begreiflicherweise in dieser Sache keinen Spaß verstand. Als Dana und Eddie verheiratet waren, trafen Kimmer und ich uns oft mit ihnen, denn Eddie und ich kannten uns schon von früher. Eddies Eltern sind alte Freunde meiner Familie, und er könnte sogar ein entfernter Cousin mütterlicherseits sein, was wir aber nie so richtig geklärt haben.

Das Ende der ehelichen Gemeinschaft Dozier-Worth vor zwei Jahren hat meine freundschaftliche Beziehung zu beiden getrübt. Eddie ist mir fremd geworden und politisch noch weiter nach rechts abgedriftet. Was Dana angeht, so mag ich sie wirklich, obwohl wir bei zahlreichen Themen verschiedener Ansicht sind. Dazu gehört nicht zuletzt die Behandlung, die sie Eddie hat angedeihen lassen. »Misha, bitte, versuch doch auch mal, die Sache von meinem Standpunkt aus zu sehen«, flehte sie mich bei unserer letzten heftigen Auseinandersetzung vor der Trennung an. »Kommt überhaupt nicht in Frage!«, gab ich wütend zurück. Vielleicht fürchtete ich, das Scheitern ihrer Ehe könnte so etwas wie ein Vorbote sein, der die Auflösung meiner eigenen Ehe ankündigt. Inzwischen versuchen Dana und ich, Freunde zu sein, aber, um Casey Stengel zu zitieren, manchmal funktioniert das eben nicht immer.

Wenn ich die Liebste Dana jetzt beobachte, fällt mir ein, wie sie bei der Beerdigung meines Vaters geweint hat. Sie hat den Richter, ihren ehemaligen Chef, bewundert, vielleicht sogar richtig gemocht, obwohl er nie wirklich Frieden mit der Schwulenbewegung schließen konnte. Aber das kann Dana schließlich auch nicht, besteht sie doch in ihrer pedantischen Art gern darauf, dass sie sehr viel mehr an ihrer Freiheit interessiert sei als an ihren Rechten. Dana lehnt all diese Regeln ab, die Immobilienbesitzern vorschreiben, an wen sie vermieten, oder Firmen, wen sie einstellen dürfen, denn sie ist eine radikale Verfechterin des Prinzips der Willensfreiheit, ist es bis in ihre immer frisch lackierten Zehennägel hinein. Ausgenommen ist allerdings die Abtreibung. Nach dem Trauergottesdienst folgte sie dem Zug zum Friedhof in ihrem schicken goldfarbenen Lexus mit dem doppeldeutigen Aufkleber NOCH EINE LESBE FÜRS LEBEN am Heck, der viele Menschen stutzig macht.

Dana macht andere Menschen gern stutzig.

»Dana«, sage ich schließlich sanft, als sie immer weiter gegen die Tür hämmert. »Dana!«

Sie wendet sich um, mit einer Hand an der Kehle – dieser vertrauten Geste von Generationen verletzter Südstaaten-Ladys. Ihr kurzes schwarzes Haar glänzt im schummrigen Licht des Flurs. Aber ihr Gesicht erschreckt mich. Die Liebste Dana Worth ist zwar immer blass, aber heute ist ihre Blässe ungewöhnlich ... nun ja, eben ungewöhnlich blass.

»O Misha«, klagt sie kopfschüttelnd, »o Misha, es tut mir ja so Leid.«

»Ich wette, es gibt schon wieder schlechte Nachrichten«, sage ich langsam. Mein Sprechvermögen ist durch den Eisklumpen beeinträchtigt, der sich um mein Herz herum gebildet hat.

»Du weißt es noch nicht?«, fragt Dana überrascht und mit einem Anflug von Panik in der Stimme. Einen Augenblick lang wirkt sie völlig hilflos, was ihr eigentlich nie passiert. Die Liebste Dana Worth hat nämlich hinreichend Mumm, um die meisten Sonntagvormittage in einer kleinen, konservativen Methodistenkirche zu verbringen, die dreißig Straßenkilometer und tausend Kulturkilometer vom Campus entfernt liegt. »Ich muss da einfach hin«, erklärt sie den wenigen Kollegen, die sich trauen, sie darauf anzusprechen.

»Was weiß ich nicht?« Allmählich gerate ich selbst ein wenig in Panik.

»O Misha«, flüstert Dana erneut. Dann sammelt sie sich. Während ich die Tür aufschließe, ergreift sie meinen Arm, und wir betreten zusammen das Zimmer. Sie zeigt auf den edlen kleinen CD-Player, der auf dem Bord über meinem Computer steht. Kimmer hat ihn mir von einer ihrer Reisen mitgebracht. Meine Frau gibt nur ungern Geld aus, so dass ich, wenn sie mir ein teures Geschenk macht, darin notgedrungen eine Art Trostprämie sehe, eine Entschädigungszahlung à la Kimmer Madison. »Hat das Ding auch ein Radio?«

»Ja, schon, ich benutze es nur nicht oft.«

»Stell das Radio an.«

»Was?«

»Stell die Nachrichten an.«

»Warum sagst du mir nicht einfach ...«

Danas graue Augen blicken verstört und traurig. Eine ihrer großen Schwächen ist von jeher die Unfähigkeit, mit dem Leid anderer umgehen zu können. Was bedeutet, dass schmerzlich sein wird, was immer ich da erfahren soll. »Bitte, stell das Ding an.«

Ich verkneife mir die Bemerkung, dass ich solche Spielchen nicht mag, weil ich sehe, dass sie außer sich ist, und stelle den Nachrichtensender ein, den man in Elm Harbor genauso klar empfängt wie in New York. Der Sprecher schwafelt auf traurig selbstgerechte Weise über den jüngsten Akt rassistischer Gewalt, den Mord an einem schwarzen Priester. Ich krümme mich innerlich – solche Geschichten sind immer wie ein Tritt in das empfindlichste Körperteil. Ich möchte mir dann am liebsten ein paar Pistolen kaufen, meine Familie schnappen und in die Berge verschwinden. Und diesmal ein Priester! Ich lausche den eingeblendeten Äußerungen nationaler Entrüstung – Jesse Jackson, Kweisi Mfume, der Präsident der Vereinigten Staaten. Zwei Kinder haben die Leiche am Vormittag im hohen Gras hinter den Schaukeln auf einem Spielplatz gefunden.

Ich wende mich Dana zu. »War es das, was ich hören sollte?«

Sie nickt, setzt sich auf die Kante meines Schreibtisches und sagt so leise, dass ich es kaum verstehe: »Das ist noch nicht alles.«

Ich runzle die Stirn. Begreife nicht. Aber ich höre weiter zu. Der Mann habe Brandwunden an Armen und Beinen, wahrscheinlich von Zigaretten, die auf seiner Haut ausgedrückt worden seien. Etliche Fingernägel fehlten. Er sei massiv gefoltert worden, erklärt der Sprecher. Der Tod selbst sei, wie es aussehe, nach einem gezielten Kopfschuss eingetreten und wahrscheinlich ein Segen gewesen. Ich schließe die Augen. Eine furchtbare Geschichte, ja, aber warum glaubt Dana –

Moment mal!

Die Leiche des Opfers wurde in einer kleinen Stadt in der Nähe von Washington gefunden.

Ich stelle das Radio lauter.

Eine schreckliche Mattigkeit erfasst meine Zehen und wandert langsam aufwärts, bis mir schwindelt und ich zu schwanken beginne. Die Luft ist auf einmal schwer und drückend, mein Magen krampft sich zusammen, und alle Möbelstücke nehmen ein grässliches, lähmendes Rot an.

Hüte dich vor dem, was die anderen ... Ich möchte nicht erleben, dass dir etwas zustößt.

Der Name des ermordeten Priesters ist Freeman Bishop.

Kapitel 10

EIN TRAGISCHER ZUFALL

• 1 •

»Das hier hat nichts mit Ihrem Vater zu tun«, sagt Sergeant B. T. Ames und pocht mit einem Aktenordner auf den Metalltisch.

»Ich verstehe nicht, wie Sie da so sicher sein können«, antwortet Mariah, die neben mir in dem kleinen Raum hinter der Einsatzzentrale auf einem der harten Holzstühle sitzt. Ein einziges Fenster ungefähr in Schulterhöhe lässt so wenig Licht herein, dass der Tag scheußlich grau aussieht – ich habe Mühe, mich an das strahlende Herbstwetter zu erinnern, das ich beim Betreten des Gebäudes vor zwanzig Minuten hinter mir lassen musste. Es ist Donnerstagvormittag, eine Woche und zwei Tage nach der Beerdigung des Richters, und wir haben beide Angst ... obwohl unsere jeweiligen Ehepartner meinen, wir seien albern. Womöglich haben sie sogar Recht, aber Mariah hat mich so inständig gebeten, sie zu begleiten, dass ich nicht nein sagen konnte. Vor ein paar Stunden haben wir uns auf dem Flughafen La Guardia getroffen und sind dann mit dem Shuttle hier heruntergeflogen. Mariah, die solche Kosten leichter tragen kann, hat ein Auto gemietet, und wir sind zu dieser Besprechung in die Washingtoner Vorstädte hinausgefahren.

»Es ist mein Job, sicher zu sein«, sagt die Beamtin mit ausdruckslosem Gesicht.

»Jemand hat den einen umgebracht«, sagt Mariah zu einer stirnrunzelnden Sergeant Ames, »und dann hat jemand den anderen umgebracht.«

Sergeant Ames lächelt, aber man sieht ihr die Erschöpfung an. Dass wir dieses Gespräch mit einer sehr beschäftigten Polizeibeamtin von Montgomery County überhaupt gewährt bekommen haben, verdanken wir mehreren Anrufen Mallory Corcorans aus Hawaii, dem Cassie Meadows zugesetzt hatte, nachdem wiederum ich ihr auf die Zehen getreten hatte. Sergeant Ames lehnt an dem harten Metallschreibtisch und gibt unmissverständlich zu verstehen, dass eine Menge brandheißer polizeilicher Aufgaben auf sie wartet, sie also nicht viel Zeit erübrigen kann.

Wir werden uns nehmen, was wir kriegen können.

»Ich habe mir sämtliche Berichte über Ihren Vater angesehen«, sagt Sergeant Ames und wedelt mit einem Bündel Faxe. »Er ist einem Herzinfarkt erlegen.« Sie hebt eine Hand, um meinem Einwand zuvorzukommen. »Ich weiß, dass Sie das bezweifeln, und das ist Ihr gutes Recht. Ich für meinen Teil halte die Berichte für zutreffend, wobei der Fall gar nicht in meinen Zuständigkeitsbereich gehört. Reverend Freeman Bishop hingegen schon. Und der wurde ermordet. Vielleicht hat man ihn hier umgebracht, vielleicht auch irgendwo anders und dann hier abgeladen. Wie dem auch sei, Freeman Bishop ist mein Fall, Oliver Garland nicht. Und ich kann Ihnen nur sagen, dass die beiden Fälle nichts miteinander zu tun haben.«

Ich schaue zu meiner Schwester, aber die blickt zu Boden. Sie trägt einen schwarzen Designer-Hosenanzug, schwarze Schuhe und ein schwarzes Halstuch, eine Wahl, die mir etwas melodramatisch vorkommt. Gut, das ist nun mal Mariahs Art. Wenigstens macht sie einen entspannten Eindruck. Ich dagegen fühle mich in dem am wenigsten abgetragenen meiner drei Tweedjacketts, einem bräunlichen, steif und unbehaglich.

Jetzt scheine ich an der Reihe zu sein. Ich setze ein Lächeln auf, von dem ich hoffe, dass es sympathisch wirkt. »Ich habe vollstes Verständnis für Ihren Standpunkt, Sergeant Ames, aber Sie müssen auch uns verstehen. Father Bishop war ein alter Freund der Familie. Erst vor einer Woche hat er unseren Vater beerdigt. Deshalb werden Sie nachvollziehen können, dass wir ein bisschen ... mitgenommen sind.«

Sergeant Ames schnaubt kräftig. Dann steht sie auf, geht um den hölzernen Verhörtisch herum und schaut aus dem winzigen

Fenster, wodurch sie das bisschen Sonnenlicht, das hereinfällt, auch noch aussperrt. Sie gehört der hellhäutigeren Nation an, ist eine stämmige, aber durchaus anmutige Frau mit einem markanten Kinn und lockigen braunen Haaren. Ihre Statur beruht eher auf Muskeln als auf Fett. Der dunkle Blazer und die cremefarbene Hose sind so zerknittert, wie es sich für eine Polizistin gehört. An ihrer Brusttasche baumelt eine Dienstmarke. Ihr rotes Gesicht zeigt Spuren von jahrelang ertragenem schlechtem Wetter oder schlechter Ernährung oder wahrscheinlich von beidem. Sie könnte dreißig sein, genauso gut aber auch fünfzig.

»Wir sind alle mitgenommen, Mr. Garland. Es war ein überaus brutales Verbrechen.« Sie steht immer noch am Fenster und hält mit dem Rücken zu uns ihren Vortrag. »Einen Mann so grausam zu ermorden und dann in einer öffentlichen Anlage abzuladen!« Sie schüttelt den Kopf, was an den Tatsachen allerdings nichts ändert. »Ich will solche Geschichten in meiner Stadt nicht haben. Ich bin hier aufgewachsen. Meine Familie lebt hier. Ich wohne gerne hier. Und ein Grund dafür ist, dass wir in unserem Ort solche Probleme nicht kennen.« *Rassenprobleme* meint sie. Oder vielleicht einfach nur Schwarze – der Ort ist schließlich fast vollständig weiß.

»Ich verstehe ja, dass –«, setze ich an, aber Sergeant B. T. Ames (wir kennen ihren Vornamen nicht, nur die Initialen) hebt erneut die Hand. Erst denke ich, sie will etwas sagen, aber dann wird mir klar, dass sie ein Klopfen gehört hat, das mir entgangen ist, denn sie geht zur Tür und öffnet sie. Ein Beamter in Uniform, ebenfalls weiß, wirft uns einen misstrauischen Blick zu, flüstert dann mit seiner Kollegin und übergibt ihr ein weiteres Fax für ihre Sammlung.

Als die Tür wieder zu ist, kehrt Sergeant Ames zum Fenster zurück. »Sie haben seinen Wagen gefunden«, sagt sie.

»Wo?«, fragt Mariah, noch bevor ich den Mund aufmachen kann.

»Im Südwesten von Washington. Unweit von der Marinewerft.«

»Was hat er denn dort gewollt?« Mariah bleibt am Ball. Wir sind beide frustriert. Bisher hat uns Sergeant Ames nicht mehr mitgeteilt, als schon in den Zeitungen zu lesen war. Father Bishop hatte am Abend seines Todes um sieben Uhr eine Kirchenvorstandssitzung, rief aber vorher an und sagte, er werde etwas später kommen, weil er noch zu einem Gemeindemitglied müsse, dem es nicht gut gehe. Er fuhr gegen halb sieben von zu Hause weg, und seine Nachbarn beteuern, er sei allein gewesen. Er kam nie in der Kirche an.

Die Beamtin dreht sich zu uns um, lehnt sich an die Wand und verschränkt die Arme. »Ich muss leider zurück an die Arbeit«, sagt sie. »Es sei denn, Sie hätten noch irgendwelche Informationen, die uns Ihrer Meinung nach helfen könnten, Father Bishops Mörder zu finden.«

Ich bin als Kind dauernd mundtot gemacht worden, für gewöhnlich vom Richter, und folglich als Erwachsener nie in der Lage gewesen, das gelassen hinzunehmen. Deshalb erhebe ich jetzt Protest – wie so oft, ohne vorher nachgedacht zu haben. »Wie wir Ihnen schon gesagt haben, glauben wir, dass es eine Verbindung –«

Sergeant Ames macht einen Schritt auf mich zu, und ihr Gesicht sieht nicht gerade freundlich aus. Sie scheint immer größer zu werden, oder vielleicht bin ich inzwischen geschrumpft. Ich werde plötzlich daran erinnert, dass sie Polizistin ist. Sie ist nicht an unseren Theorien interessiert und will auch nicht, dass wir uns einmischen.

»Mr. Garland, haben Sie irgendeinen Beweis dafür, dass es eine Verbindung zwischen der Ermordung von Freeman Bishop und dem Tod Ihres Vaters gibt?«

»Nun, das hängt ganz davon ab, was Sie unter Beweis –«

»Hat jemand Ihnen gegenüber geäußert, das Verbrechen stehe mit dem Tod Ihres Vaters in Verbindung?«

»Nein, aber ich –«

»Wissen Sie aus eigener Kenntnis, wer Bishop Freeman umgebracht hat?«

»Natürlich nicht!« Ich bin gekränkt, habe aber auf Grund der zwiespältigen Erfahrungen männlicher Schwarzer mit den Polizeirevieren der Nation auch ein bisschen Angst. Ich denke daran, dass dieser winzige Raum der Vernehmung Tatverdächtiger dient. Das Mobiliar nimmt einen leicht rötlichen Schimmer an. Mariah legt mir die Hand auf den Arm, damit ich mich wieder beruhige. Und ich verstehe. Wir haben es immerhin hierher geschafft, und Sergeant Ames hat einen Job zu erledigen.

»Hat jemand Ihnen gesagt, wer Freeman Bishop umgebracht hat?«, fährt Sergeant Ames fort.

»Nein.« Ich erinnere mich – viel zu spät – an das, was wir unseren Mandanten zu sagen pflegten, wenn sie unter Eid aussagen mussten: Alles möglichst einfach halten, ja oder nein sagen, und auf gar keinen Fall unaufgefordert etwas von sich geben, egal, wie gerne man Dinge erklären möchte.

Und die Ruhe bewahren.

»Hat jemand Ihnen gesagt, er oder sie wisse, wer Freeman Bishop umgebracht hat?«

»Nein.«

»Hat jemand Ihnen gesagt, jemand anderes wisse, wer Freeman Bishop umgebracht hat?«

»Nein.«

»Dann haben Sie also keine verwertbare Information für mich.«

»Nun, ich –«

»Moment.« Leise gesprochen. Die Beamtin hat bemerkenswert mühelos das Kommando übernommen. Meine eingeschüchterten Studenten würden mich nicht wiedererkennen – und Avery Knowland hätte zweifellos einen Heidenspaß, wenn er mich jetzt sehen könnte.

Mariah und ich warten, wie uns aufgetragen worden ist. Sergeant Ames öffnet jetzt zu meinem Missbehagen ihren dicken Aktenordner, zieht ein gelbes, liniertes Blatt Papier heraus und liest konzentriert ein paar handgeschriebene Notizen durch. Sie nimmt einen Kugelschreiber vom Tisch und hakt auf dem Rand des Zettels ein paar Punkte ab. Erst jetzt wird mir klar, dass meine Befragung nicht nur Schau ist. Mariah bemerkt es ebenfalls, und der Druck ihrer Hand auf meinem Arm verstärkt sich. Sergeant Ames weiß etwas oder glaubt etwas zu wissen, das sie veranlasst, diese Fragen zu stellen.

Und sie fragt nur mich, nicht meine Schwester.

Als Sergeant Ames wieder spricht, schaut sie noch immer auf ihre Notizen. »Wissen Sie von irgendwelchen Drohungen, die Freeman Bishop erhalten hat?«

»Nein.«

»Kennen Sie jemanden, der Freeman Bishop gegenüber eine starke Abneigung hegte?«

»Nein.« Schon wieder fühle ich mich bemüßigt, näher darauf einzugehen. »Er gehörte nicht zu den Menschen, die, nun ja, starke Gefühle wecken.«

»Keine Feinde, von denen Sie wissen?«

»Nein.«

»Haben Sie irgendwann in jüngster Zeit einmal mit Freeman Bishop gesprochen?«

»Nicht seit der Beerdigung. Nein.«

»Vor dem Mord, aber nach der Beerdigung, haben Sie in dieser Zeit mit jemandem über Freeman Bishop gesprochen?«

Ich zögere. Worauf will sie hinaus? Was glaubt sie, was geschehen ist? Aber Zögern bei einem Verhör, das ist wie das rote Tuch für einen Stier. Sergeant Ames hebt ihren durchdringenden Blick von dem Aktenordner und richtet ihn auf mich. Sie wiederholt ihre Frage nicht, sondern wartet mit geradezu unheimlicher Geduld ab. Als erwarte sie ein Geständnis von mir. Dass ein Gespräch stattgefunden hat? Oder noch mehr? Glaubt sie etwa, dass ich ... Sie glaubt doch wohl nicht ...

Jetzt werd nicht albern.

»Nicht dass ich wüsste«, antworte ich schließlich.

Sie betrachtet mich noch eine Weile, gibt mir so zu verstehen, dass sie das Ausweichmanöver bemerkt hat, und sieht dann wieder auf ihren Zettel. »Ist Ihnen in jüngster Zeit an Freeman Bishop ein merkwürdiges Verhalten aufgefallen?«

»So gut habe ich ihn nicht gekannt.«

Sie blickt wieder auf. »Ich dachte, Sie hätten ihn vergangene Woche bei der Beerdigung Ihres Vaters gesehen.«

»Das stimmt.«

»Und haben Sie da irgendein seltsames Verhalten bemerkt?«

»Nein. Nein, das habe ich nicht.«

»Er wirkte ganz so wie immer?«

»Ich denke doch.« Ihre Fragen schüchtern mich jetzt nicht mehr ein, sondern verwirren mich.

»Hat in letzter Zeit jemand anders Ihnen gegenüber ein seltsames Verhalten Freeman Bishops erwähnt?«

»Nein.«

»Hat Ihnen jemand etwas gesagt, das für seine Ermordung bedeutsam sein könnte?«

»Ich –«

»Lassen Sie sich Zeit. Denken Sie genau nach. Gehen Sie ein paar Wochen zurück, wenn es sein muss. Oder Monate.«

»Die Antwort bleibt nein, Sergeant Ames. Nein.«

»Sie sagten, Ihrer Meinung nach gäbe es eine Beziehung zwischen dem Tod Ihres Vaters und dem Mord an Freeman Bishop.«

»Ich ... wir haben an diese Möglichkeit gedacht, ja.«

»Hat Ihr Vater je über Freeman Bishop gesprochen?«

Die Frage verwirrt mich wieder. »Ich denke doch. Sicher, sehr häufig sogar.«

»Vor kurzem?« Plötzlich wird ihre Stimme ganz sanft. »Gehen Sie mal zurück, sagen wir sechs Monate vor den Tod des Vaters.«

»Nein. Nicht dass ich mich erinnern könnte.«

»Ein Jahr. Gehen Sie ein Jahr zurück.«

»Möglicherweise. Ich erinnere mich nicht.«

»War es der Wunsch Ihres Vaters, dass Freeman Bishop ihn beerdigt?«

Mariah und ich wechseln einen Blick. Irgendwas ist da im Busch. »Ich glaube, er hat nie über seine Beerdigung gesprochen«, sage ich, sobald klar ist, dass Mariah sich nicht äußern will. »Mit mir jedenfalls nicht.«

Sergeant Ames wendet ihre Aufmerksamkeit erneut dem Aktenordner zu. Ich wüsste gerne, was es darin zu lesen gibt. Was sie unternommen hat, als sie erfuhr, dass wir sie aufsuchen wollten. Wo sie Informationen eingeholt hat. Welche sie bekommen hat. Ich wüsste zu gerne, was ihre Fragen zu bedeuten haben. Und ich bin sehr versucht, sie gegen alle Grundregeln, an die sich ein Anwalt tunlichst halten sollte, einfach danach zu fragen.

Stattdessen frage ich etwas anderes. »Haben Sie schon irgendwelche Anhaltspunkte?«

»Mr. Garland, Sie kennen doch das Procedere. Üblicherweise ist es die Polizei, die die Fragen stellt.«

Das sitzt. Nichts bringt mich so in Rage wie Herablassung. »Hören Sie mal, Sergeant Ames, es geht hier um den Mann, der gerade erst meinen Vater beerdigt und mich vor neun Jahren getraut hat. Vielleicht können Sie verstehen, dass ich da ein bisschen erregt bin.«

»Das verstehe ich durchaus«, sagt sie streng und macht sich kaum die Mühe, von ihren Notizen aufzublicken. »Aber ich muss einen Mord aufklären, und da Sie Ihre Beziehungen haben spielen lassen und an einem sehr arbeitsreichen Tag hier hereingeplatzt sind, erwarte ich von Ihnen, dass Sie versuchen, so gut wie möglich mitzuhelfen. Gerade weil er Ihren Vater beerdigt und Sie getraut hat.«

Mariah versucht, alles wieder ins Lot zu bringen. »Wie können wir Ihnen behilflich sein, Sergeant Ames?«

»Haben Sie die Fragen gehört, die ich Ihrem Bruder gestellt habe?«

»Ja, Ma'am.«

Im Gesicht der Polizistin geht etwas vor. Warum habe ich bloß nicht daran gedacht, sie mit »Ma'am« anzureden? Weil sie weiß ist und ich schwarz bin? Ist die Unhöflichkeit das Erbe der Unterdrückung? Da geht es mit der Zivilisation immer weiter bergab, und wir Amerikaner sind zu nichts anderem fähig, als uns darüber zu streiten, wer die Schuld daran trägt.

»Würden Sie sie anders beantworten?«

»Nein, Ma'am.«

»Sind Sie sicher?«

»Ja, Ma'am.« Meine Schwester hat sich in ihrem ganzen Leben noch nicht so zerknirscht angehört. Und ihre Taktik scheint Wirkung zu zeigen.

»Ich möchte, dass Sie sich die hier mal anschauen«, sagt die Beamtin jetzt in sanfterem Ton. Sie zieht zwei glänzende Schwarzweißaufnahmen aus ihrem Aktenordner. »Es sind die ... nun ja ... die am wenigsten erschreckenden.«

Mariah wirft einen Blick auf die Bilder und wendet ihn dann schnell ab, ich dagegen möchte vor der großmächtigen B. T. Ames nicht das Gesicht verlieren und zwinge mich hinzuschauen, zwinge meinen widerstrebenden Verstand, in sich aufzunehmen, was da zu sehen ist.

Beim Anblick dieser Fotos wird einem sofort klar, dass wer immer Father Bishop gefoltert hat, es aus Spaß getan hat. Da ist die Nahaufnahme einer Hand. Vor lauter Blut kann man nicht auf den ersten Blick erkennen, dass drei Fingernägel fehlen. Das zweite Bild zeigt offenbar einen Teil von Freeman Bishops Oberschenkel. Helle, runde Flecken sind in die Haut gebrannt. Sie sehen aus wie Mondkrater. Ich zähle sie – fünf, nein sechs – und das nur auf einem kleinen Stück des Körpers. Ich versuche mir vorzustellen, was für ein Mensch das ist, der einem anderen so etwas antun kann. Immer wieder antun kann, denn was da geschehen ist, hat eine Weile gedauert. Ferner frage ich mich, welchen Ort der Täter gewählt haben könnte, wo niemand die Schreie hörte. Ich bezweifle, dass ein Knebel gereicht hätte.

»Es ist anders, wenn man es mit eigenen Augen sieht, nicht wahr?«, sagt Sergeant Ames.

»Haben Sie ... hatten Sie ...«, stottere ich. Das kann doch nicht das sein, wovon Jack Ziegler gesprochen hat. Unmöglich. Ich fange meinen Satz noch einmal an. »Haben Sie eine Idee, warum jemand so etwas getan haben könnte?«

Sergeant Ames beantwortet die Frage mit einer Gegenfrage. »Sie?« Ihr Blick ruht jetzt auf mir, sie beobachtet mich, wie ich mir die Fotos anschaue. Bei Mariah neben mir spüre ich eine Regung des Unbehagens, weiß aber nicht so recht, was das zu bedeuten hat.

»Was, ich?«

»Haben Sie eine Idee, warum jemand so etwas getan haben könnte?«

»Natürlich nicht!«

Mein Protest interessiert Sergeant Ames nicht. »Haben Sie Grund zu der Annahme, dass Father Bishop etwas wusste, was jemand anders gerne erfahren hätte?«

»Ich verstehe nicht ganz –«

»Nun, er ist gefoltert worden.« Die Beamtin deutet mit einer ärgerlichen Handbewegung auf die Fotos. »Was normalerweise bedeutet, dass jemand unbedingt an eine Information herankommen will.«

»Es sei denn, die Folterung sollte nur Eindruck machen«, wirft Mariah ruhig ein.

Sergeant Ames wendet sich ihr aufmerksam zu, im Blick eine vorsichtige Neubewertung – nicht des Falles, sondern Mariahs.

»Oder das Werk eines Psychopathen«, schlage ich töricht vor, aber schließlich möchte ich nicht übergangen werden, falls Sergeant Ames jetzt bereit ist, freizügig Anerkennung zu verteilen.

»Richtig«, sagt sie und setzt in monotonem Tonfall, der das Gesagte nur umso verletzender macht, hinzu: »Sollte sich ergeben, dass ihm jemand die Leber rausgeschnitten und sie zu Favabohnen verzehrt hat, werde ich Sie anrufen.«

Ich schäume vor Wut über diese abschätzige Bemerkung, aber bevor mir eine passende Erwiderung einfällt, setzt die Beamtin zu einer kleinen Rede an. »Sie möchten gerne wissen, warum ich Ihnen all diese Fragen stelle. Lassen Sie mich versuchen, Ihnen zu erklären, was Sache ist. Sie haben vermutlich gelesen, was in den Zeitungen stand. Sie wissen also, dass Father Bishop, möge er in Frieden ruhen, an einem Schuss in den Kopf gestorben ist. Nun, der Einschuss befand sich an der Schädelbasis schräg nach oben weisend. Kein Amateur schießt so. Der Amateur orientiert sich an Filmen und schießt sein Opfer in die Schläfe oder vielleicht in die Kehle. Wenn man jedoch ganz sichergehen will, dann wählt man den Genickschuss. Sie wissen ferner, dass Father Bishop mit Zigaretten an beiden Armen, an einem Bein und seitlich am Hals Brandwunden zugefügt worden sind. Sie wissen außerdem, dass ihm drei Fingernägel fehlen, und Sie wissen, dass er mit auf den Rücken gebundenen Händen gefunden wurde. Man hat ihm noch anderes angetan, aber Sie müssen nicht unbedingt alle Details kennen. Fest steht, dass dieser Mann gefoltert worden ist. Auf entsetzlich brutale Weise. So, wie es beispielsweise Drogenhändler tun, wenn sie etwas haben wollen.«

Angesichts dieser dramatischen Darstellung, noch dazu aus dem Mund einer Polizistin, zieht sich in mir alles zusammen, weil ich unweigerlich an meine Familie denken muss. Sergeant Ames hat jedoch ihre Worte mit Bedacht gewählt. Mariah nimmt den kleinen, darin enthaltenen Hinweis auf, bevor ich es tue, aber schließlich sind diese Phi-Beta-Kappa-Leute ja meistens sehr fix. »Ich dachte, es wäre eine rassistisch motivierte Tat.«

»Ich weiß schon, warum Sie das denken. Die Zeitungen schreiben, es sei ein rassistisches Verbrechen gewesen, das Fernsehen und die NAACP sagen das, der Gouverneur dieses schönen Bundesstaates sagt das, und selbst der Präsident unserer wunderbaren

Vereinigten Staaten soll gemutmaßt haben, es könne sich um ein rassistisches Verbrechen handeln. Und das Gleiche werden die zwei Busladungen Demonstranten sagen, die an diesem Wochenende herkommen, um uns alle daran zu erinnern, wie schlecht die Bewohner dieser Stadt Schwarze behandeln – ungeachtet der Tatsache, dass es nicht den geringsten Grund gibt, davon auszugehen, dass das Verbrechen hier verübt worden ist. Aber wissen Sie was? Rassistische Verbrechen, selbst wenn es Morde sind, werden fast immer von Amateuren begangen. Hier war ein Profi am Werk.« Sie beobachtet wieder unsere Gesichter. »Sie haben weder mich noch einen anderen Polizisten behaupten hören, das Verbrechen sei aus rassistischen Motiven begangen worden, habe ich Recht?«

Mariah, die ehemalige Journalistin, bleibt dran: »War es nun ein rassistisch motiviertes Verbrechen oder nicht?«

Sergeant Ames funkelt meine Schwester böse an, als habe sie zu spät bemerkt, welche Spezies sie da in ihr Allerheiligstes vorgelassen hat. Ihre Augen sind glanzlos, tiefschwarz, und ihr Blick warnt einen davor, sie anzulügen. Sie mag es ganz offensichtlich nicht, selbst verhört zu werden, aber als sie antwortet, tut sie es fast mechanisch. »Wir wissen noch nicht genau, um welche Art von Verbrechen es sich handelt, Mrs. Denton, außer, dass es ein besonders scheußliches war. Und dass der Täter noch frei herumläuft. Wir werden ihn finden und dann auch wissen, um welche Art von Verbrechen es sich handelt.«

»Gab es da nicht einen Brief?«, frage ich.

»Offensichtlich lesen wir die gleichen Zeitungen, Mr. Garland. In einer stand, an Father Bishops Hemd habe ein Zettel gesteckt, und eine andere hat sogar behauptet, der Brief stamme von einer weißen rassistischen Gruppierung, die die Verantwortung übernehme.«

»In den Zeitungen«, murmelt Mariah, und die Andeutung eines Lächelns umspielt ihre Lippen. Sie scheint die Bemerkung der Polizistin nicht als so verächtlich interpretiert zu haben wie ich.

»Ich bestätige das nicht«, sagt Sergeant Ames und erwidert das Lächeln. Jetzt, wo die beiden wissen, was sie voneinander zu halten haben, kommen sie gut miteinander aus. Sollte es noch eines Beweises dafür bedurft haben, dass es besser für die Welt wäre, wenn die Frauen das Ruder in die Hand nähmen, so hätten wir ihn hier.

»Sie bestätigen es nicht«, erklärt Mariah wahrscheinlich meinetwegen, »weil Sie, wenn es einen Brief gibt und Sie niemandem verraten, was drin steht, ihn dazu verwenden können, die Spinner, die sich nach derartigen Verbrechen immer melden, von den Leuten zu unterscheiden, die vielleicht wirklich etwas zur Aufklärung des Falles beitragen können.«

»Das ist einer der Gründe, ja.«

Ich blicke von einer zur anderen. Die beiden haben inzwischen eine Ebene des Verstehens erreicht, von der ich vollständig ausgeschlossen bin. Es ist, als schaute man dem Schachspiel zweier Großmeister zu, all diesen subtilen Manövern, die für den ungeschulten Verstand keinerlei Sinn ergeben, die aber trotzdem dazu führen, dass einer der beiden urplötzlich geschlagen ist.

»Der andere Grund«, meint Mariah in unverändert ruhigem Ton, »könnte sein, dass der Brief eine Fälschung ist.«

»Das habe ich nicht gesagt«, hält Sergeant Ames sofort dagegen. Ihr Lächeln verschwindet, als wäre ihr eingefallen, dass in diesem tristen kleinen Raum jedes Lächeln verboten ist. Ich spüre, wie die Spannung wächst, und dann sehe ich mit einem Mal, worauf die beiden hinauswollen.

»Sergeant Ames«, sagt meine Schwester förmlich, »wir sind hier, weil wir uns Sorgen um unsere Familien machen.« Sie legt eine Hand auf ihren runden Bauch, um das Gesagte zu unterstreichen. »Wenn Sie uns glaubhaft versichern können, dass es keine Verbindung gibt zwischen dem, was Father Bishop, und dem, was unserem Vater widerfahren ist ... was ihm widerfahren sein könnte ... dann gehen wir und behelligen Sie nie wieder. Das verspreche ich Ihnen. Wir werden nichts an die Presse weitergeben. Ich war früher als Journalistin tätig und konnte meinen Mund immer sehr gut halten. Ich habe nie eine Quelle preisgegeben. Und mein Bruder ist, wie Sie wissen, Jurist, kann Vertrauliches also ebenfalls für sich behalten. Ich weiß wohl, dass Sie meinen, wir hätten unsere Beziehungen spielen lassen. Das tut mir Leid. Aber wir haben es nur unseren Familien zuliebe getan. Nichts von dem, was Sie uns sagen, wird irgendwo durchsickern. Auch das verspreche ich Ihnen. Und falls wir je etwas für Sie tun können ...«

Den Rest lässt sie ungesagt. Meine Schwester ist ja richtig gut! Was muss sie mal für eine tolle Journalistin gewesen sein! Ohne ein Wort zu sagen, das gegen sie verwendet werden könnte, ist es Mariah gelungen anzudeuten, dass sie verdammt unangenehm werden kann, wenn sie nicht kriegt, was sie will. Außerdem, wichtiger noch, hat sie unsere angeblichen Beziehungen wieder ins Spiel gebracht – die sich eigentlich allein auf Mallory Corcoran reduzieren lassen.

Sergeant Ames hat verstanden. Und sie ist viel zu erfahren, um ungehalten zu reagieren. Stattdessen knabbert sie ein bisschen am Köder. »Father Bishops Verwandte«, sagt sie, »haben sich nicht sonderlich kooperativ gezeigt. Sie scheinen zu glauben ... nun ja, die rassische Seite macht ihnen zu schaffen.«

»Ich werde mit ihnen sprechen«, sagt Mariah sofort, als wäre sie die Herrscherin der Goldküste – was meine Mutter früher tatsächlich für sie angestrebt hat. »Ich kenne Warner Bishop schon sehr lange, wir waren zusammen in einer Jugendgruppe bei *Jack and Jill.*«

Sergeant Ames nickt, als kennte sie sich bestens aus mit den verschiedenen Familienorganisationen der afroamerikanischen Mittelschicht. »Warner Bishop scheint zu glauben, dass wir hier in Montgomery County alle reaktionär sind«, sagt sie.

»Ich rede mal mit ihm«, verspricht Mariah.

Sergeant Ames wirft mir einen kurzen Blick zu, wendet sich dann jedoch wieder an meine Schwester. »Den Brief zeige ich Ihnen nicht«, sagt sie. »Das geht nicht, tut mir Leid. Aber ich kann Ihnen versichern, und das bleibt bitte unter uns, dass es absolut keinen Grund gibt, sich Sorgen um die Sicherheit Ihrer Familien zu machen. Es besteht wirklich keine Verbindung zwischen diesem Verbrechen und Ihrem Vater. Mit der anderen Sache haben Sie allerdings Recht. Es gibt so einen Brief, und wir sind tatsächlich der Ansicht, dass er gefälscht ist. Das heißt, wir glauben eben nicht, dass weiße Rassisten dahinter stecken.«

Sie macht eine Pause, damit wir wieder die Initiative ergreifen. Ich will gerade eine Frage stellen, aber Mariah ist schneller: »Es ging also doch um Drogen, stimmt's, Sergeant?«

Sergeant Ames sieht Mariah an, dann mich, dann wieder meine Schwester. Jetzt ist da echter Respekt zu spüren.

»Ja«, sagt sie schließlich, »ja, wir glauben, dass es um Drogen ging. Aber das bleibt ebenfalls unter uns. Sie dürfen es nicht einmal Father Bishops Familie verraten, zumindest noch nicht.« Eine Pause, damit das Gesagte seine Wirkung tun kann. Auch Kriminalbeamte können drohen. »Wir sind jedoch ziemlich sicher, dass Sie, Ihr Vater und Ihre Familien nichts damit zu tun haben. Wir müssen noch ein, zwei Tage warten, bis die Toxikologen Gewissheit haben, aber auf Grund der Beweislage weiß ich bereits, was sie uns mitteilen werden, nämlich dass Father Bishop regelmäßig Drogen genommen hat.«

Die Beamtin hält inne. Mir fällt nicht gerade die Kinnlade herunter, aber ich bin einigermaßen sicher, dass die Zeit stillsteht, mein Herz ein paar Schläge aussetzt und gleichzeitig noch viele andere Klischees Wirklichkeit werden. Es war also nicht aus schlichter Inkompetenz, dass die Predigten von Freeman Bishop immer ins Sinnlose davondrifteten! Ich staune, dass ich darüber so erleichtert bin. Und schäme mich ein wenig.

Mariah bleibt beim Thema. »Aber wie erklären Sie sich, was mit ihm passiert ist?«

Sergeant Ames seufzt. Sie hatte gehofft, mit weniger davonzukommen, wird uns nun aber wohl auch den Rest anvertrauen müssen. Ich dagegen hätte immer noch zu gern gewusst, zu welchem Zweck sie mich zuvor verhört hat. Sollte mich das Ganze nur einschüchtern?

»Wir gehen damit nicht an die Öffentlichkeit«, sagt sie, »weil wir fürchten, es könnte Trittbrettfahrer animieren. Aber in Washington inklusive der Vorstädte haben wir jährlich etwa ein Dutzend solcher Fälle. Über die meisten berichten die Medien nicht, weil die Opfer weniger prominent sind. Die Art von Folter, die Father Bishop hat durchleiden müssen ... nun ja, die ist fürchterlich, kommt aber häufiger vor, als Sie vielleicht denken. Sie wird vor allem von Dealern angewandt, um Kunden, die mit ihren Zahlungen im Rückstand sind, dazu zu bringen, dass sie ihnen verraten, wo ihr Geld versteckt ist. Sie foltern die Information aus ihnen heraus und töten ihr Opfer dann durch Genickschuss. Manchmal tun sie es auch völlig grundlos, foltern nur wegen des Kicks. Und wir sind ziemlich sicher, dass das hier der Fall war. Selbst ein wirklich hartgesottener Bursche hätte höchstens einem

Bruchteil dessen standgehalten, was sie ihm angetan haben, und nach all meinen Informationen war der verstorbene Freeman Bishop nicht gerade hart im Nehmen. Wenn die was von ihm wissen wollten, dann haben sie das wohl recht schnell aus ihm herausgeholt. Alles andere haben sie dann nur noch wegen des Kitzels getan.« Die Temperatur im Raum sinkt um einige Grad ab. »Wie dem auch sei, die Tatsache bleibt bestehen, dass Freeman Bishop mit allergrößter Wahrscheinlichkeit umgebracht wurde, weil er Drogen nahm und sie nicht bezahlen konnte.«

»Mit allergrößter Wahrscheinlichkeit?«, frage ich, nur um etwas zu sagen.

Die Polizistin funkelt mich an. *Mir wäre lieber, du würdest die Klappe halten*, sagen mir ihre Augen, *dann könnte ich nämlich so tun, als ob du gar nicht da wärst.* Mariah ist diejenige, der sie vertraut. Ich bin für Sergeant Ames nichts weiter als ein Möbelstück.

Buchstäblich einen Augenblick später erkenne ich meinen Fehler, aber meine Schwester war mal wieder schneller. Sie hat sich schon erhoben, zieht mich ebenfalls hoch, dankt Sergeant Ames, dass sie uns ihre Zeit geopfert hat, und reicht ihr die Hand wie zum Abschluss eines Handels. Sergeant Ames geht um uns herum und öffnet die Tür, damit alle nebenan mithören können, wie sie uns entlässt.

»Wissen Sie, Mr. Garland, Mrs. Denton, die Sache mit Ihrem Vater tut mir von Herzen Leid. Wirklich. Aber ich habe einen Mord am Hals und wahnsinnig viel zu tun. Wenn Sie mich also entschuldigen würden, ich muss wieder an die Arbeit.«

• II •

Wir fahren zusammen zur Shepard Street, wo Mariah über Nacht bleiben will. Ich werde später am Abend mit dem Shuttle zurückfliegen, aber schon nächste Woche zur Beerdigung des Mannes wieder herkommen, der erst kürzlich den Richter beerdigt hat. Nach all dem Trubel in der vergangenen Woche wirkt das Haus unheimlich still, wie das Haus eines Toten, was es ja auch ist. Unsere Schritte auf dem Parkett in der Diele hallen wie Pistolenschüsse. Mariah verzieht das Gesicht und gesteht, dass sie alle

Läufer und Teppiche gleich nach der Beerdigung in die Reinigung gegeben hat. Sie zuckt bedauernd die Achseln und stellt dann den CD-Player an, aber diesmal mit ihrer Musik, nicht mit der meines Vaters: *Reasons* in der Langversion von Earth, Wind and Fire, nach dem Urteil meiner Schwester eine der größten Pop-Einspielungen aller Zeiten. Der Richter wäre entsetzt gewesen. Ich erinnere mich daran, dass das Haus ja jetzt meiner Schwester gehört und ich nur Gast bin, dass sie also tun und lassen kann, was sie will.

Nachdem Mariah sich frisch gemacht hat, finden wir uns wieder einmal in der gleißend hellen Küche zusammen, sitzen am Tisch, schlürfen in geselligem Schweigen heiße Schokolade und sind fast wieder Freunde – fast. Ich lockere meine Krawatte, Mariah streift die Schuhe ab.

»Mir wäre wohler, wenn du nicht allein hier bleiben würdest«, sage ich schließlich.

»Aber Tal«, erwidert sie lachend, »so fürsorglich kenne ich dich gar nicht.«

Die meisten Geschwister würden sofort die Chance ergreifen, an dieser Stelle ein »Du weißt doch, wie sehr ich dich mag«, anzubringen – aber die meisten Geschwister sind eben nicht in meiner Familie groß geworden.

»Ich mache mir einfach Sorgen um dich.«

Mariah neigt den Kopf zur Seite und zieht die Nase kraus. »Das brauchst du nicht, Tal, ich bin doch schon groß. Ich glaube kaum, dass heute Nacht jemand ins Haus einbricht und seine Zigaretten an mir ausdrückt.« Da ich genau das befürchte, sage ich nichts. Und sie ergänzt: »Außerdem werde ich ja gar nicht allein sein.«

»Nicht?« Ich bin überrascht.

»Nein. Szusza bringt morgen die Kinder her.« Ich gehe davon aus, dass dieser unaussprechliche Name dem neuen Aupairmädchen gehört. »Na ja, zumindest ein paar der Kinder«, korrigiert sich Mariah. Offenbar hat sie selber Schwierigkeiten, die Übersicht zu behalten. »Und heute übernachtet Sally hier bei mir, mach dir also keine Sorgen.«

»Sally?« Ich wusste gar nicht, dass sich meine Schwester und unsere Cousine so nahe stehen.

»Sie war bisher ganz großartig, Tal. Wirklich. Sie kommt sofort nach der Arbeit her. Wir wollen anfangen, Papas Unterlagen durchzusehen.« Mariah blickt mich scharf an, um möglichen Einwänden meinerseits zuvorzukommen. »Schau, Tal, irgendwer muss das doch tun. Wir müssen einen Überblick bekommen, aus verschiedenen Gründen. Es gibt eine Menge Aufzeichnungen und Dinge, die wir vermutlich brauchen. Wegen der Häuser zum Beispiel. Und wer weiß, vielleicht ... vielleicht finden wir ja auch einen Hinweis.«

»Einen Hinweis worauf?«

Mariahs rostbrauner Blick wird steinhart. »Ach komm, Tal, du weißt genau, wovon ich rede. Du bist doch derjenige, den Jack Ziegler letzte Woche auf dem Friedhof angeblafft hat. Er glaubt anscheinend, dass da irgendwo irgendwas ist, eine Art von ... ach, ich weiß auch nicht, was.« Sie schließt die Augen, öffnet sie nach einer Weile wieder. »Ich möchte finden, wonach er sucht, und zwar vor ihm.«

Ich denke darüber nach. Die *Vorkehrungen*. Tja, sie könnte Recht haben. Der Richter könnte ein Stück Papier, ein Tagebuch, irgendetwas hinterlassen haben, das uns dabei hilft herauszufinden, was Onkel Jack so beunruhigt. Und was offensichtlich die falschen FBI-Leute in die Finger kriegen wollten. Vielleicht auch Sergeant B.T. Ames. Die *Vorkehrungen*. Vielleicht taucht wirklich ein Hinweis auf. Ich bezweifle es zwar, aber Mariah, die Ex-Journalistin, könnte Recht behalten.

»Na, dann viel Glück«, ist alles, was mir dazu einfällt.

»Danke. Ich habe so ein Gefühl, dass wir was finden.« Sie trinkt einen Schluck und verzieht das Gesicht: Ihre heiße Schokolade ist kalt geworden.

»Vielleicht macht es euch sogar Spaß.«

Mariah zuckt mit den Achseln. »Ich tue das nicht zum Vergnügen«, sagt sie in ihren Kakao hinein und streicht dabei unbewusst über ihren gewölbten Bauch.

Ich ertappe mich bei der Frage, was meine Frau wohl in diesem Augenblick treibt. »Hast du seit der Beerdigung mal von Addison gehört?« Ich mache Konversation.

»Nichts, kein Wort.« Sie gluckst spöttisch. »Der gute Addison, immer dasselbe.«

»So schlimm ist er auch wieder nicht.«

»Oh, er ist ganz großartig. Weißt du noch, was er über Papa gesagt hat? Ausgerechnet in der Grabrede? Dass es vielleicht Grund zu der Annahme geben könnte, Papa hätte etwas falsch gemacht?«

»So hat er das nicht gesagt«, murmelt Misha, der Friedensstifter – eine Rolle, in die ich hineingeraten bin, als ich in meiner Teenagerzeit versuchte, in unserem turbulenten Haushalt zu überleben, und aus der ich leider nie wieder herausgefunden habe.

»So hab ich's aber verstanden. Und ich wette, für die meisten anderen Gäste klang es genauso.«

»Na ja, vielleicht hat er sich ein bisschen missverständlich ausgedrückt.«

»Das war eine Beerdigung, Tal! Bei einer Beerdigung tut man so etwas nicht.«

»Ich verstehe, was du meinst, Schwesterherz.«

Das ist nicht ganz dasselbe wie eine Zustimmung, eine Nuance, die meiner Schwester nicht entgeht. »Du willst nie Partei ergreifen, stimmt's? Du hältst dich am liebsten aus allem raus.«

»Lass gut sein, Mariah«, sage ich gereizt, gehe aber nicht auf ihren Vorwurf ein – nicht zuletzt deshalb, weil mir keine Erwiderung einfällt.

Wir hüllen uns beide eine Weile in Schweigen, jeder mit den eigenen Gedanken beschäftigt. Ich rechne die Arbeitsstunden zusammen, die zu Hause auf mich warten, insgeheim verärgert, dass ich mich von Mariah zu dieser Reise habe verleiten lassen. Was Sergeant Ames gesagt hat, war alles nachvollziehbar, wohingegen keine der Theorien meiner Schwester auch nur im Entferntesten plausibel ist. Ich schaue verstohlen auf die Uhr und führe meinen Becher zum Mund, nur um ihn ganz schnell wieder hinzustellen. Meine heiße Schokolade schmeckt inzwischen ebenfalls scheußlich.

»Glaubst du ihr?«, fragt Mariah, als könnte sie in meinen Kopf gucken. »Sergeant Ames, meine ich. Was sie über Father Bishop gesagt hat.«

»Du meinst, ob ich glaube, dass sie uns angelogen hat?«

»Ich meine, ob du glaubst, dass sie Recht hat. Lass doch bitte die Wortklaubereien, Tal, ich bin nicht deine Studentin.«

Ich muss versuchen, die Frage vorsichtig zu beantworten, denn ich möchte mir meine Schwester nicht wieder zur Feindin machen. »Ich weiß, was du gemeint hast«, sage ich langsam. »Und ich glaube Folgendes: Wenn sie nicht Recht hat, ist die Alternative, dass er gefoltert wurde, weil ... weil es da etwas gibt, das mit dem Richter zu tun hat. Das leuchtet mir allerdings überhaupt nicht ein.«

»Warum nicht?« Ihr Ton ist scharf, und mir ist klar, dass ich mich bemühen muss, die richtigen Worte zu finden.

»Na ja, nehmen wir mal an, es gibt da eine Information, die der Richter mit ins Grab genommen hat. Eine Information, an der jemand interessiert ist. Nicht, dass ich das glaube, aber nehmen wir es jetzt einfach mal an.«

Mariah nickt kaum merklich, sie wirkt angespannt.

Ich taste mich blind weiter. »Selbst wenn es so wäre, selbst wenn es tatsächlich eine solche Information gäbe ... also, ich bezweifle, dass der Richter Freeman Bishop je etwas Wichtiges anvertraut hätte. Ich möchte nicht schlecht über Tote reden, aber ich bitte dich!«

»Niemand, der Papa gekannt hat, würde glauben, dass er ausgerechnet Father Bishop etwas anvertraut hätte.«

»Niemand, der Freeman Bishop gekannt hat, würde glauben, dass der Richter ausgerechnet ihm etwas anvertraut hätte.«

Meine Schwester streicht sich wieder über den Bauch, schützt ihr Baby. »Er ist also nicht wegen einer Information über Papa gefoltert worden, oder?«

»Nein, ich glaube nicht. Sonst würde ich mir meine Familie schnappen und mich schleunigst aus dem Staub machen.«

»Falls deine Familie mitkäme.« Mariah kann es nicht lassen, sich boshaft zu äußern, sobald es um Kimmer geht. Ich beschließe, ihre Bemerkung zu ignorieren.

»Ich glaube, Schwesterherz, Sergeant Ames hat Recht. Ich kann mir beim besten Willen nichts im Zusammenhang mit Papa vorstellen, was Anlass zu so einer Tat gegeben haben könnte.« *Ich habe versprochen, dich zu beschützen, und das werde ich tun.* Ich kann mir dieses Mantra zwar immer wieder vorsagen, aber deswegen wirkt es noch längst nicht überzeugend. Jedenfalls nicht ganz. Überzeugend wirkt vielmehr, dass da tatsächlich irgendwo jemand ist (Onkel Jacks ominöse *andere*), der sehr geduldig ein Spiel spielt und darauf wartet, dass ich, tja, das tue, was alle von mir erwarten. (Was immer das sein mag.) Ich fühle mich zwar nicht bedroht, aber auch nicht wirklich sicher.

Mariah nickt. »Ich verstehe es auch nicht.« Sie fährt sich mit der Hand über die Augen. »Das war vielleicht eine, diese Sergeant Ames. Eine ganz schön taffe Lady!«

»Na, du hast sie immerhin dazu gebracht zuzugeben, dass dieser Brief höchstwahrscheinlich gefälscht ist –«

»Ach Tal, jetzt mach mal halblang.« Mariahs Tonfall ist plötzlich ganz barsch. Ich bin auf ihr Terrain geraten. »Ich habe sie zu gar nichts gebracht. Polizisten geben nie etwas zu, was sie nicht zugeben wollen. Sie hat uns gesagt, was wir ihrer Meinung nach wissen sollten, und damit basta.«

»Eben.« Jetzt komme ich in Fahrt. »Sie wollte, dass wir diese Drogengeschichte erfahren. Und warum? Doch sicher nur, weil sie davon überzeugt ist, dass wir das nicht für uns behalten werden. Sie möchte, dass wir die Sache in Umlauf bringen.«

»Ich wusste gar nicht, was für ein Zyniker du bist.« Mariah schüttelt den Kopf, als wäre ihr jeder Zynismus fremd. Sie stößt mit dem Zeigefinger in meine Richtung. »Ich fand Sergeant Ames richtig gut.«

»Hast du ihr denn auch die Geschichte mit den Dealern abgenommen?«

»Immerhin haben sie sein Auto bei der Marinewerft gefunden.«

»Ich wette, dass da unten 150000 Menschen leben, die keine Drogen nehmen oder verkaufen«, gebe ich zu bedenken.

»Jetzt halt mal die Luft an«, sagt Mariah. »Jeder weiß, dass Father Bishop kokst. Oder besser, gekokst hat. Das ist doch schon seit Jahren bekannt.«

»Was ist seit Jahren bekannt?«

»Du bist so was von naiv, Tal! Warum bist du immer der Letzte, der was erfährt?« Sie lacht. Wenigstens scheinen wir wieder auf relativ gutem Fuß zu stehen. »Du hast das wirklich nicht gewusst?«

Ich schüttele den Kopf.

»Also, das ist eine uralte Geschichte. Laurel St. Jacques hat ihn vor drei oder vier Jahren beim Schnupfen erwischt. In der Sakristei! Du erinnerst dich doch noch an Laurel? Die André Conway geheiratet hat? An André wirst du dich ja wohl erinnern.« Ein teuflisches Lächeln, damit ich ja nicht vergesse, dass ich Kimberly Madisons zweiter Ehemann bin. André war ihr erster.

»Ich erinnere mich an André, ja«, sage ich ruhig. Ich erinnere mich nur zu gut an meine wahnsinnige Wut auf André, nachdem er die erste Runde in unserem Kampf um Kimmer Madison gewonnen hatte – einschließlich eines Augenblicks in seiner Wohnung, wo wir uns fast geprügelt hätten. Damals produzierte er noch eine lokale Nachrichtensendung und hieß Artis. Seinen neuen Namen legte er sich zu, als er beschloss, Dokumentarfilmer zu werden. »Ich erinnere mich sogar daran, dass er Laurel geheiratet hat.«

»Erinnerst du dich auch, dass sie geschieden sind?«

»Da klingelt was.« Hoffentlich macht sie jetzt keine Andeutungen von wegen André und meine Frau. Ungebetenerweise stürzen meine Gedanken mich in meine übliche, geradezu obsessive Angst – André lebt inzwischen in Los Angeles, und Kimmer hält sich häufig in San Francisco auf, er könnte also leicht hinfliegen, um sich dort mit ihr zu treffen ...

Jetzt reicht's aber!

»Wie mir zu Ohren gekommen ist, war da eine andere Frau im Spiel«, sagt Mariah, deren alte Neigung zur Grausamkeit plötzlich wieder zum Vorschein kommt.

»Das ist meistens der Fall.«

Mariah sieht mich an, versucht vielleicht zu ergründen, ob ich sie mit dem abfertige, was sie verächtlich meine Ivy-League-Cleverness nennt – als ob sie nicht genauso darüber verfügte. Ich mache weiter mein Pokerface. »Wie auch immer«, fährt sie schließlich fort, »Laurel hat Father Bishop vor ein paar Jahren dabei erwischt. Und weil Laurel eben Laurel ist, erzählte sie es natürlich weiter. Es ist ein Wunder, dass sie ihn nicht auf der Stelle rausgeschmissen haben. Ich glaube, Papa war da schon nicht mehr im Kirchenvorstand, sonst hätte Father Bishop gleich seine Sachen packen können. Sie beschlossen damals, ihn im Amt zu lassen. Vermutlich hat er ihnen Leid getan.« Eine kleine Pause. »Du kennst uns Episkopalier, Tal. Wir haben einfach gerne Mitleid mit Menschen. Wir sind erst glücklich, wenn wir als Beweis unserer großen Toleranz die Sünden eines anderen unter den Tisch kehren können«, setzt meine Schwester hinzu, die zum Katholizismus konvertiert ist, um Howard zu heiraten, und sich seitdem, wie Kimmer gern sagt, ganz und gar der päpstlichen Maxime zur Geburtenkontrolle verschrieben hat.

»Das wusste ich nicht.«

»Tja, das war ein schöner kleiner Skandal, Tal.« Sie wedelt mit den Händen, um das Gesagte zu unterstreichen, wirft den Kopf zurück wie zu der Zeit, als sie die Haare noch glatt und lang trug, und erzählt sprudelnd weiter, glücklich über die Möglichkeit, Klatschgeschichten zu verbreiten, die mir offenbar entgangen sind. »Damals ist eine ganze Reihe von Leuten deswegen sogar aus der Kirche ausgetreten. Die Cliftons etwa. Was waren die wütend! Und Bruce und Harriet Yearwood ebenfalls. Dann Mary Raboteau. Nein, warte mal, die ging in den Ruhestand und zog nach Florida oder so. Ich habe sie mit Mrs. Lavelle verwechselt – die ist auch ausgetreten. Und man hätte meinen sollen, Gigi Walker wäre raus, wo sie doch immer so sittenstreng war, aber gut, sie wird ihre Gründe gehabt haben, warum sie drin geblieben ist.« Ein komisches kleines Auflachen. Meine Schwester zieht liebend gern über andere her, selbst wenn niemand der gerade Anwesenden eine Ahnung hat, worum es geht. »Ich kann einfach nicht glauben, dass du nichts davon gehört hast, Tal.«

»Nein, das habe ich verpasst.«

»Papa dachte, Father Bishop würde sein Amt freiwillig niederlegen, weißt du, um allen Beteiligten Schwierigkeiten zu ersparen. Aber dann trat er vor die Gemeinde und hielt eine dieser Predigten nach dem Motto ›Gott ist noch nicht mit mir fertig‹, womit die Sache so gut wie erledigt war. Ach, apropos.« Meine Schwester steht auf. »Ich habe doch Sergeant Ames versprochen, Warner Bishop anzurufen. Der arme Kerl hat jetzt niemanden mehr.« Mariah verschwindet in der Diele. Einen Augenblick später höre ich sie auf der Treppe – sie geht hinauf, um das Adressbüchlein des Richters zu suchen. Ich dachte ja, meine Schwester würde nur so daherreden, als sie meinte, sie wolle Father Bishops Familie anrufen, um ihr Mut zu machen, aber dabei hatte ich völlig vergessen, wie ernst sie ihre Versprechen nimmt. Als wir noch Kinder waren, lief sie immer zu unseren Eltern und beklagte sich, wenn ich (oder häufiger Addison) ein Versprechen nicht gehalten hatte. Im Hause Garland war der Bruch eines Versprechens fast schon ein Fall fürs Kriegsgericht. Unsere Mutter bedachte uns zur Strafe mit mehrstündigem Stubenarrest, aber unser Vater strafte weitaus schlimmer. Er rief uns in sein damaliges kleines Büro im Erdgeschoss und hielt uns einen seiner gefürchteten Vorträge, ließ die ganze Wucht seiner kühlen, leidenschaftslosen Missbilligung auf uns niederprasseln, während wir wie versteinert vor seinem Schreibtisch standen. *Versprechen sind die Ziegelsteine des Lebens, Talcott, und das Vertrauen ist der Mörtel. Wir bauen im Leben nichts auf, wenn wir keine Versprechen machen, und wir reißen nur ein, was andere gebaut haben, wenn wir Versprechen geben und dann brechen.* So in der Art. Er hatte sich bemüht, auch dem Justizausschuss des Senats in dieser Weise seine Beziehung zu Jack Ziegler zu erklären. *Freundschaft ist die Zusage zukünftiger Loyalität, was immer kommen mag. Versprechen sind die Ziegelsteine des Lebens ... Ich werde einen Freund niemals im Stich lassen, und ich erwarte von meinen Freunden, dass sie auch mir die Treue halten.*

Das ist eine sehr noble Gesinnung, Richter Garland, aber Tatsache bleibt, dass dieser spezielle Freund von Ihnen angeklagt war wegen ...

Mit Verlaub, Senator, das ist keine Frage des Edelmuts. Es geht um die Art von Welt, die man aufbauen möchte. Darum, ob man überhaupt aufbauen will oder nur einreißen.

Natürlich verließen ihn damals sehr wohl eine Menge Freunde, sobald sie sich ausgerechnet hatten, dass der Richter eher im Gefängnis als am Obersten Gerichtshof landen würde.

Ich gehe zur Spüle und wasche unsere Becher ab. Als das Wasser nicht mehr läuft, höre ich Mariahs Stimme auf der Treppe. Mariah, die so warmherzig und lebhaft sein kann, wenn sie möchte, ist Freeman Bishops Sohn Warner, der als Werbemanager in New York lebt, bestimmt ein großer Trost. Der unscheinbare, vierschrötige, unbeholfene Warner Bishop, der als Teenager so gerne mit Mariah gegangen wäre, es jedoch nie geschafft hat, sie für sich zu interessieren. Laut Addison verehrt er sie seitdem aus der Ferne. Ach, unsere abgeschlossene kleine Welt!

»Drogenhändler«, sage ich vor mich hin. Vielleicht, vielleicht auch nicht. Wer immer es war, ich muss nicht einmal die Augen schließen, um die Fotos zu sehen und das, was sie Father Bishop angetan haben. Seiner Hand, seinem Oberschenkel und vermutlich noch anderen Körperteilen, die Sergeant Ames wohl aus Barmherzigkeit unerwähnt gelassen hat.

Freeman Bishop, der Drogensüchtige, hat das Ende eines Drogensüchtigen gefunden. Wie kommt es, dass anscheinend nur ich nichts davon gewusst habe?

Vielleicht hat Mariah Recht. Vielleicht ist sie aber auch verrückt. Oder ich bin verrückt.

Vielleicht sollte ich ihr ein Friedensangebot machen.

Während ich mir die Hände an dem hässlichen rotschwarz gemusterten Küchenhandtuch abtrockne, überlege ich, ob dies nicht der richtige Zeitpunkt wäre, Gebrauch von der Visitenkarte zu machen, die mir Jack Ziegler gegeben hat. Aber nach einem Mord sollte man nicht auch noch ein Ungeheuer wecken. Und plötzlich weiß ich genau, was ich Mariah geben möchte. Die Erinnerung an die Vorträge meines Vaters hat mich darauf gebracht. Mariahs Suche nach einem Hinweis wird meiner Ansicht nach zwar zu nichts führen, aber ich möchte nicht, dass sie mich für ihren Feind hält. Was ich ihr geben will, ist nicht so sehr ein Hinweis, sondern ein Andenken an den Mann, der unser Vater gewesen ist – ein Memento, das meine Schwester vielleicht sogar dazu bringt, ihre Suche aufzugeben. Ich gehe durch den Flur hinauf in die dunkle Bibliothek mit den Kirschholzregalen. Nach einem schnellen, begehrlichen Blick auf den Miró setze ich mich an den Schreibtisch und rolle mit dem Stuhl an das Regal heran, in dem mein Vater seine Alben aufbewahrt hat. Ich suche ein paar Minuten darin herum und gebe dann verstört auf.

Mariah hat es wohl an sich genommen, denke ich. Oder jemand anderes aus der endlosen Schar, die nach der Beerdigung durchs Haus gepilgert ist: Mariahs Kinder, Howard Denton, Schlicht Alma, das unaussprechliche Aupairmädchen, Mrs. Rose, Sally, Addison, seine kleine weiße Freundin, Onkel Mal, Dana Worth, Eddie Dozier, die Haushälterin, einer der zahllosen Cousins und Cousinen oder sonst jemand, der da war.

Das blaue Album mit den Zeitungsausschnitten über Unfälle mit Fahrerflucht ist verschwunden.

Kapitel 11

Ein bescheidener Vorschlag

»Ihre Frau und Marc Hadley bewerben sich um dieselbe Richterstelle«, informiert mich Stuart Land, sobald ich in seinem geräumigen Büro Platz genommen habe.

»Ich glaube, das weiß ich schon«, kontere ich, ohne es an Ehrerbietung fehlen zu lassen.

»In Europa wäre eine solche Situation natürlich undenkbar.«

»Was für eine Situation?«

»Dort haben sie Berufsrichter. Man steigt stufenweise auf. Das amerikanische System halten die Europäer für ungehörig, weil es die Möglichkeit eröffnet, dass ... Amateure ... zu Richtern an einem Berufungsgericht ernannt werden können.«

»Tja, aber wir müssen nun mal mit unserem System klarkommen.« Obwohl ich ziemlich sicher bin, dass meine Frau soeben beleidigt worden ist, zwinge ich mich zu einem Lächeln, denn ich möchte mich nicht mit Stuart Land, dem großen Anglophilen, anlegen. Ich habe hier im Haus schon genug Feinde. »Es hat aber bislang auch recht gut funktioniert. Höchstens ein Skandal pro Jahrzehnt.«

Stuart hebt angesichts meiner Frivolität eine Braue. Dann zuckt er mit den Achseln, als wollte er sagen, es sei unter seiner Würde, auf solchen Unsinn zu antworten. »Haben Sie etwas dazu gehört? Wer auf der Innenbahn laufen könnte?« Das impliziert, dass meine Quellen besser sind als seine, was unwahrscheinlich ist. Säßen die Republikaner im Weißen Haus, hätte sich Stuart in Washington jeden Posten aussuchen können, den er haben wollte. Stuart Land, Lynda Wyatts Vorgänger im Amt des Dekans und der Mann, der mich dazu überredet hat, als Lehrer an meine alte Alma Mater zurückzukehren, gehört zu den konservativsten Mitgliedern unserer Fakultät. In den vier Jahren nach dem Verlust seiner Macht hat Stuart weder gegenüber Lynda noch gegenüber Marc Hadley, Ben Montoya, Tish Kirschbaum oder einem der anderen Professoren, die ihn mit vereinten Kräften seines Amtes enthoben hatten, Verbitterung erkennen lassen. Er fährt weiterhin kreuz und quer durchs Land, um für die Fakultät Geld aufzutreiben, und alle Ehemaligen, vor allem die älteren, wohlhabenderen, öffnen nach wie vor bereitwillig ihre Brieftaschen und Scheckhefte, sobald er an sie herantritt. Tatsächlich bezeichnen ihn viele immer noch als den »Dekan«, vielleicht weil es einmal so ausgesehen hat, als würde er den Posten bis zu seinem Tod innehaben. Sollte Lynda ihn um diese allgemeine Zuneigung beneiden, so weiß sie es gut zu verbergen.

Es ist unmöglich, mit Stuart richtig warm zu werden, obwohl die konservativeren Professoren sich gern bei ihm sehen lassen und Lemaster Carlyle, der mit jedem gut zurechtkommt, sich sogar mit ihm angefreundet hat. Allerdings muss ich gestehen, dass ich Stuart nie so recht gemocht habe. Ich habe ihn jedoch stets bewundert, nicht zuletzt deshalb, weil er seinerzeit das einzige Mitglied der Fakultät war, das sich öffentlich zugunsten einer Berufung meines Vaters an den Obersten Gerichtshof aussprach. Zudem ist seine Integrität über jeden Zweifel erhaben, weshalb ich überrascht und ein wenig perplex war, als er mich ein paar Tage nach meiner Rückkehr aus Washington anrief und meinte, ich solle doch mal auf ein Schwätzchen bei ihm vorbeischauen.

Da ich um neun Uhr morgens nichts Besseres zu tun hatte, als in meinem Büro zu sitzen und mir Leid zu tun, willigte ich ein.

Stuart Land ist ein agiler kleiner Mann, dessen dreiteilige Nadelstreifenanzüge mit den breiten Aufschlägen ihn als Gangster ausweisen würden, wenn er nicht weiß wäre, einen Igelschnitt hätte und irgendwo jenseits der sechzig angekommen wäre. Er hat ein rundes, völlig ausdrucksloses Gesicht, seine Augen sind blassgrün und funkeln vor Intelligenz, und die Halbbrille auf seiner Nase verleiht ihm eher das Aussehen eines Kritikers denn eines Professors. Sein spröder Mund ist immer bereit, seiner Missbilligung scharf, aber geistreich Ausdruck zu verleihen. Niemand fühlt sich bei der ersten oder auch zweiten Begegnung zu ihm hingezogen, doch allmählich kommt dann irgendwann ein gewisses Charisma zum Vorschein, und nur wenige unserer Studenten, die linken eingeschlossen, schaffen es, ihr Studium zu beenden, ohne jene glimmende Wärme zu verspüren, die ihm allgemein entgegengebracht wird.

An diesem Vormittag jedoch ist Stuart weder glimmend noch warm. Er entfaltet kein Charisma. Er hat mich angerufen, weil er etwas klarstellen möchte, und das tut er mittels einer Reihe sanfter, indirekter und doch sehr gezielter Attacken – es ist derselbe Stil, der auch seinen Unterricht auszeichnet und mit dem er mich mehr als einmal aufs Korn genommen hat, als ich noch Vertragsrecht bei ihm studierte.

»Nein, Stuart«, berichte ich gehorsam. In Gedanken bin ich noch halb in Washington, wo Mariah Warren Bishop nicht erreichen konnte und ihm deshalb eine Nachricht hinterließ. Ich habe ihr gegenüber das fehlende Album nicht erwähnt. »Wir haben nichts Neues gehört.«

»Marc genauso wenig. Ich glaube, er ist wegen der ganzen Geschichte ziemlich durcheinander.«

»Das tut mir Leid.« Was irgendwie auch zutrifft.

»Marc ist kein schlechter Kerl, Talcott. Man muss ihn nur ein wenig näher kennen lernen.«

»Ich habe überhaupt nichts gegen Marc. Ich mag ihn sogar.«

Stuart runzelt die Stirn, als argwöhne er eine Unwahrheit. Er trommelt mit den Fingern auf den Tisch. »Er ist zwar nicht der Gelehrte, den wir uns erhofft haben, mit seiner Schreibblockade. Aber er ist ein guter Kollege, Talcott. Ein wunderbarer Lehrer. Ein brillanter Kopf. Und als wir Sie geholt haben, war Marc einer Ihrer eifrigsten Unterstützer, das wissen Sie ja vermutlich.«

»Davon hatte ich keine Ahnung«, sage ich wahrheitsgemäß. Anders als andere Juristische Fakultäten macht unsere aus der Vertraulichkeit einen Fetisch, und mit Kollegen darüber zu sprechen, wer für oder gegen sie gestimmt hat, wird als unmoralisch, wenn nicht sogar als absolut unerhört angesehen. Trotzdem habe ich irgendwann erfahren, dass Theo Mountain mein größter Fürsprecher war, und während meiner ersten Jahre standen er und ich uns einigermaßen nahe. Er war zwar nie wirklich mein Mentor – ich habe eigentlich nie einen gehabt –, aber bevor mein Vater sich so entschieden nach rechts wandte und damit Theos Kritik auf sich zog, verbrachten wir immer viel Zeit zusammen. Stuart Land, damals noch Dekan, war derjenige, der mich dazu überredete, meine Anwaltstätigkeit aufzugeben und es in Elm Harbor mit der Lehre zu versuchen. Er erwischte einen guten Augenblick: Kimmer und ich waren gerade mal wieder dabei, uns auseinander zu leben. Dass sie mir neun Monate später in diese Stadt folgte und mich dann auch noch heiratete, überraschte mich fast so sehr wie unsere Freunde und Verwandten. Und ich hätte zu gerne gewusst, ob Stuart auch dafür irgendwie verantwortlich gewesen sein könnte, dass meine Frau damals zu dem Schluss gelangte, eine Tätigkeit als Anwältin in Elm Harbor sei nicht ganz so hinterwäldlerisch, wie sie sich das immer vorgestellt hatte.

»Marc ist ein guter Mann«, wiederholt Stuart. »Und Ihre Gemahlin eine gute Frau.«

»Stimmt«, murmele ich, erhebe im Stillen Einspruch gegen den Vergleich und harre geduldig der Dinge, die da kommen mögen. Stuart hat mich nicht ohne Grund hergebeten, und sicher verrät er mir gleich, was er auf dem Herzen hat. Ich habe jedoch im Augenblick nicht genug Energie, mir um das seelische Gleichgewicht von Marc Hadley Sorgen zu machen, selbst wenn er meine Berufung unterstützt hat. Die Ermordung von Father Bishop so kurz nach dem Tod meines Vaters hat den Quell meines Mitgefühls weitgehend versiegen lassen. Zwei nächtliche Debatten mit Kimmer, die nach wie vor glaubt, es gebe keinen Grund zur Beunruhigung, haben den Rest meines Gefühlshaushalts erschöpft. Aber meine zentrale Aussage gegenüber Stuart bleibt zutreffend – in gewisser Weise mag ich Marc Hadley, der von den anderen Fakultätskollegen nicht so sehr geschätzt wird. Marc, der nun schon seit achtzehn Jahren an dieser Fakultät Jurisprudenz lehrt, ist nämlich im Grunde ein netter Mensch. Sein Sohn Miguel ist einer von Bentleys engsten Kindergartenfreunden, weshalb wir mit Marc und seiner zweiten Frau Dahlia auf die Art verkehren, wie das Eltern so tun: Wir treffen uns vor dem Kindergarten, bei Kindergeburtstagen, beim Besuch der nächsten Feuerwache. Marc und ich sind zwar nicht gerade die engsten Vertrauten, kommen aber von jeher gut miteinander aus. Und obwohl die Liebste Dana Marc für »überberühmt« hält (eine der berüchtigten Worth'schen Wortschöpfungen), ist er meiner Ansicht nach genauso brillant, wie es die Legende will. Man braucht nur ein paar Minuten mit ihm zusammen zu sein, und schon spürt man, wie dieser phantastische Verstand eine große Idee nach der anderen hervorbringt. Genauso legendär wie sein Verstand ist aber auch seine Unfähigkeit, wissenschaftliche Werke zu verfassen. Sein akademisches Ansehen beruht auf dem einen Buch, das er zu Anfang seiner Laufbahn veröffentlichte. Seitdem hat er so gut wie nichts mehr geschrieben. Er scheint alle jemals veröffentlichten Bücher gelesen zu haben und hat immer ein Zitat parat, leidet selbst aber unter einer ganz gewaltigen Schreibblockade, so dass allerorten Zeitschriften auf Aufsätze warten, die er schon vor einem Jahrzehnt zugesagt hat. Einen befremdlichen Augenblick lang habe ich schließlich doch Mitleid mit Marc, der wahrscheinlich meint, er müsse dieses Richteramt unbedingt haben, um zu beweisen, dass nicht alles umsonst gewesen ist. Aber ich schüttele den Gedanken schnell wieder ab und bin bereit, weiter für meine Frau zu kämpfen. »Zwei gute Leute also«, wiederhole ich, nur um zu zeigen, dass ich den Faden nicht verloren habe.

Stuart nickt, lehnt sich zurück, legt seine Fingerspitzen aneinander und deutet auf diese Weise an, dass er gleich eine kleine Predigt halten wird. Ich bewundere Stuart zwar, aber seine Predigten kann ich nicht ausstehen.

»Ich sehe es nicht gern, wenn Mitglieder der Fakultät gegeneinander antreten«, sagt er traurig und in gewichtigem Tonfall. »Es ist nicht gut für das kollegiale Verhältnis. Es ist für die Universität nicht gut.« Er zeigt auf die Fensterreihe in seinem Büro, durch die man Kirchturmspitzen, Türme und den riesigen Bibliotheksklotz, das neogotische Prachtstück des Campus, sehen kann. »Wir sind zuallererst Forscher und Lehrer. Das ist das Wesentliche an der Zugehörigkeit zu einer Universität. Wir sind Forscher, und wer von uns einen Lehrstuhl hat, sollte auf seinem Fachgebiet führend sein. Wir sind keine Politiker, Talcott, sondern Forscher und Lehrer. Jedem von uns ist die gleiche Verantwortung auferlegt, nämlich sich in eine selbst gewählte Disziplin gründlich einzuarbeiten und den Studenten dann weiterzugeben, was wir entdeckt haben. Alles, was von dieser Aufgabe ablenkt, ist unseren gemeinsamen Bemühungen abträglich. Das sehen Sie doch auch so, oder nicht?«

Ich bin verblüfft und entrüstet zugleich. Stuart wird doch nicht ausgerechnet für den Mann Partei ergreifen, der seinen Sturz inszeniert hat. Ich habe keineswegs angenommen, dass Kimmer in der Fakultät von vielen unterstützt werden würde, Stuart Land aber immer zu den wenigen gezählt.

»Sehen Sie das auch so?«, fragt er noch einmal, hebt aber, ohne meine Antwort abzuwarten, mahnend den Zeigefinger und fährt in seiner Ansprache fort: »Wissen Sie, Talcott, ich bin während der vielen Jahre meiner Zugehörigkeit zur Fakultät von dieser oder jener Regierung angesprochen worden, die sich nach meinem Interesse für eine präsidiale Berufung erkundigt hat. Ein Richteramt. Berater des Justizministers. Irgendein Posten in irgendeiner Behörde.« Ein leises Lächeln begleitet diese Erinnerung. »Nach einem der Skandale haben die Reagan-Leute bei mir angefragt, ob ich bereit wäre, nach Washington zu kommen und in einem ihrer Ministerien aufzuräumen. Aber ich habe alle Angebote abgelehnt, Talcott. Alle. Sehen Sie, es ist meine Erfahrung, meine immer wieder gemachte Beobachtung, dass ein Professor, der vom politischen Fieber befallen wird, aufhört, als Wissenschaftler effektiv zu arbeiten. Er studiert nicht mehr die Welt und gibt weiter, was er herausgefunden hat. Nein, er bewirbt sich um ein Amt, und das hat Auswirkungen auf alles andere, von den Themen, über die er schreibt, bis hin zu den Ansichten, von denen er seine Studenten zu überzeugen versucht. Er macht sich Sorgen, ob er vielleicht irgendwelche verräterischen schriftlichen Spuren hinterlassen hat, und wenn da welche sind, verbringt er seine Zeit damit, sie zu beseitigen. Wenn das politische Fieber aber gleich zwei Mitglieder der Fakultät erfasst und sich beide um dieselbe frei werdende Richterstelle bewerben, potenzieren sich die schädlichen Auswirkungen, wie Sie sich vorstellen können. Sie vervierfachen sich!«

Ich kann das nicht so weiterlaufen lassen. »Also, Stuart, ich verstehe durchaus, was Sie sagen wollen, aber meine Frau ist kein Fakultätsmitglied.«

»Nun ja, Talcott, da haben Sie Recht, das ist sie nicht.« Er nickt, als hätte er das schon immer gewusst, und ich, der langsamere Denker, wäre eben erst darauf gekommen. »Nicht formell.«

»Nicht einmal informell.«

»Nun, Ihre Frau mag nicht Mitglied der Fakultät sein, aber sie ist gleichwohl Familienangehörige. Und damit Teil der Fakultätsfamilie.«

Fast muss ich lachen. In Kimmers idealer Welt müsste sie die Fakultät nicht einmal wahrnehmen, geschweige denn sich als ihr zugehörig betrachten. »Aber Stuart! Unabhängig davon, was sie ist, die Tatsache, dass sie ins Rennen geht, kann doch wohl keine Auswirkungen darauf haben, wie sie ihre Arbeit für die Fakultät erledigt, wenn da gar keine Arbeit zu erledigen ist.«

Der Blick seiner stahlgrauen Augen bohrt sich in meine. »Richtig, Talcott, aber das ist noch nicht alles. Denn dass Ihre Frau ins Rennen geht, wie Sie es ausdrücken, könnte sich ja auch auf Sie auswirken.«

»Auf mich?«

»Natürlich, Talcott, durchaus. Ist das so schwer zu verstehen? Ihre Frau möchte Richterin werden. Sie möchten ihr die Chancen nicht verbauen. Könnte eine solche Situation nicht zu einer übergroßen Vorsicht Ihrerseits führen?«

»Übergroße Vor –«

»Sind Sie in jüngster Zeit Sie selbst gewesen?« Er gluckst, um den Schlag abzumildern. »Der Talcott Garland, den wir kennen und schätzen? Ich glaube nicht.«

Es reicht. »Wirklich, Stuart! Mein Vater ist vor kurzem gestorben. Und dann ist der Priester, der ihn beerdigt hat –«

»Ermordet worden. Ja, ich weiß. Das tut mir schrecklich Leid.« Er beugt sich vor und faltet seine Hände auf der Schreibtischplatte. »Aber hören Sie mir zu, Talcott. Sie sind in letzter Zeit zerstreut gewesen. Ein bisschen desorganisiert.« Dann plötzlich ein Achselzucken. »Aber darum geht es überhaupt nicht –«

»Darum geht es nicht? Sie haben gerade gesagt, dass sich die Konkurrenzsituation auf meine Arbeit auswirkt!«

»Vielleicht habe ich ja aus dem Nähkästchen geplaudert. Vielleicht geht mich das alles überhaupt nichts an. Vielleicht habe ich nur laut gedacht. Ehrlich gesagt, beschäftigt mich gar nicht so sehr die Frage, wie Sie Ihre Arbeit machen. Es ging mir um Marc.«

»Was ist mit Marc?«, verlange ich zu wissen. Meine Wut lodert zwar noch heftig, aber vor allem bin ich zutiefst verunsichert. Vor zwei Minuten meinte Stuart noch, ich sei zerstreut und desorganisiert, und jetzt soll ihn das alles plötzlich gar nichts mehr angehen.

»Marc leistet keine gute Arbeit. Ich glaube, der Wettbewerb könnte zu viel für ihn sein.«

»Aber warum unterhalten Sie sich dann mit mir und nicht mit ihm?« Stuart sagt nichts, starrt nur unverwandt vor sich hin. Ich fühle mich ein bisschen benebelt, habe ein seltsames Déjà-vu-Erlebnis, obwohl ich nicht sagen kann, welche Erfahrung sich da wiederholt. Ich versuche es noch einmal. »Hat Marc Sie darauf angesetzt? Hat er Sie gebeten, mit mir zu reden? Denn wenn er –«

»Niemand hat mich auf irgendetwas angesetzt, Talcott. Meine Sorge gilt allein dieser Fakultät.« Man könnte meinen, er sei immer noch Dekan. »Und ich weiß, dass auch Sie nur das Beste für unser Haus im Blick haben.«

»Sie wollen doch nicht etwa andeuten ... Sie meinen doch nicht ...« Ich halte inne, schlucke den aufsteigenden roten Zorn hinunter. »Ich meine, wenn Sie anregen wollen, dass ich meine Frau dazu bewege, sich zum Wohl der Fakultät oder zum Wohl Marc Hadleys aus dem Bewerbungsverfahren zu verabschieden und auf ihre Chance, Bundesrichterin zu werden, zu verzichten ... nun, Stuart, daraus wird nichts, so Leid es mir tut.«

»Es wäre immerhin möglich, Talcott, dass das Wohl der Fakultät und das Wohl von Marc Hadley im vorliegenden Fall identisch sind.«

»Was wollen Sie damit ... ach so!« Habe ich schon erwähnt, dass Stuart Land verschlagen ist? Das hätte mir auch früher einfallen können. Natürlich möchte er Marc helfen, die begehrte Richterstelle zu bekommen. Wahrscheinlich wäre Marc ohne seine Hilfe nie bis in die Endrunde gekommen, denn Stuart ist vermutlich das einzige Fakultätsmitglied, dem die Regierung so weit vertraut, dass sie ihm Glauben schenkt, wenn er sich dafür verbürgt, dass Marcs Versicherung, politisch ein Liberaler, hinsichtlich der Rechtsprechung aber ein Reaktionär zu sein, zutrifft.

Warum jedoch sollte er dem Mann unter die Arme greifen, der die Hauptschuld an seinem Sturz trägt? Weil er ihn los wäre, wenn Marc den Richterposten bekäme. Und Dekanin Lynda, seine Rivalin, würde die Säule verlieren, auf der ihre Hausmacht im Wesentlichen ruht.

Jetzt streut Stuart eine denkwürdige Bemerkung ein. »Vielleicht würde Marc Hadleys Wechsel von der Fakultät ins Richteramt die Qualität beider Institutionen verbessern.«

Wieder wähle ich meine Worte sehr sorgfältig. »Ich kann Ihren Standpunkt verstehen, Stuart. Wirklich. Aber Kimmer hat dieses Amt eher verdient als Marc. Ich werde ihr ganz bestimmt nicht raten, ihre Kandidatur zurückzuziehen.«

Stuart nickt bedächtig. Er zaubert sogar ein Lächeln auf sein Gesicht. »Na schön, ich musste es probieren. Ich war mir ziemlich sicher, dass Ihre Antwort so ausfallen würde. Und ich spreche Ihnen dafür meine Hochachtung aus. Aber wissen Sie, Talcott, es wird im Haus auch einige geben, die das nicht so sehen.«

»Wie bitte?«

»Sie haben in der Fakultät viele Freunde, Talcott, aber Sie haben auch ... nun ja, es gibt auch einige, die Sie nicht mögen. Das überrascht Sie sicher nicht.«

Jetzt fällt vor meinen Augen doch der rote Vorhang. »Was wollen Sie damit sagen, Stuart? Spucken Sie's aus!«

»Es würde mich nicht überraschen, Talcott, wenn dahingehend ... nun ja, Druck auf Sie ausgeübt würde, Ihre Frau dazu zu bewegen, dass sie auf die Kandidatur verzichtet und den Posten Marc Hadley überlässt. Das ist bedauerlich, lässt sich aber wohl nicht ändern. Mir wäre es lieber, wenn sich die Fakultät anders verhielte, wenn die Kollegialität keinen Schaden nähme, aber wenn bei einem von uns nun mal das Politfieber ausbricht, benehmen wir uns leider nicht wie weise Alte, sondern wie alberne Schulkinder.« Er wartet darauf, dass ich über seinen kleinen Scherz lächle, aber das tue ich nicht. »Ich fürchte also, Talcott, dass ein paar der Schulkinder versuchen werden ... Sie umzustimmen.«

»Ich kann das einfach nicht glauben! Ich fasse es nicht!«

»Ich werde mich natürlich nicht daran beteiligen, sondern gerne versuchen, Sie zu schützen. Aber Sie müssen sich klar darüber sein, Talcott, dass auch ich Feinde an der Fakultät habe. Es könnte also sein, dass mein Einfluss nicht so groß ist, wie ich es mir wünsche.« Mit einem Seufzer deutet er an, dass es viel besser um die Fakultät bestellt wäre, wenn er noch das Sagen hätte. Vielleicht hat er nicht einmal Unrecht. Man kann über Stuart Land sagen, was man will, aber all sein Denken und Handeln hat immer der Fakultät gegolten.

»Ich verstehe.«

Stuart zögert, und mir wird klar, dass er mit seiner Predigt noch nicht ganz fertig ist.

»Wenn Sie allerdings entschlossen sind, den eingeschlagenen Weg weiterzugehen, Talcott, dann könnte ich Ihnen in Washington durchaus behilflich sein.«

»Ach ja?«

»Ich glaube, ich habe dort ein wenig Einfluss, und wenn dem so wäre, würde ich ihn mit Freuden geltend machen, um Ihrer Frau weiterzuhelfen.«

Was uns, wie ich begreife, zu Sinn und Zweck der ganzen Unterredung bringt. Der subtilen Lavierererei von Stuart müde, versuche ich es mit Direktheit. »Und was erwarten Sie als Gegenleistung für Ihre Hilfe von mir?«

Stuart runzelt die Stirn und legt die Fingerspitzen wieder aneinander. Ich mache mich auf eine weitere Predigt gefasst, aber er erhebt sich. »Es muss nicht immer für alles eine Gegenleistung geben, Talcott. Seien Sie nicht so zynisch. Als Sie noch jung und ohne feste Anstellung, will sagen Lehrstuhl, waren, da hatten Sie eine viel positivere Einstellung. Ich glaube, wenn dieser muntere, optimistische Talcott wieder in Erscheinung träte, wäre das gut, sowohl für Sie selbst als auch für die Fakultät.« Er greift nach einem Band der gesammelten Schriften von Holmes, in dem er vor unserem Gespräch gelesen hat – das Zeichen meiner Entlassung. Aber bevor ich mich verabschieden kann, revidiert er seinen Standpunkt wieder. »Natürlich wäre es durchaus möglich, Talcott, dass sich zu einem späteren Zeitpunkt die Gelegenheit ergibt, Ihrerseits der Fakultät einen Gefallen zu tun. Sollte es dazu kommen, werden Sie diese Gelegenheit, wie ich annehme, gerne ergreifen.«

»Ich verstehe nicht ganz, was Sie damit sagen wollen, Stuart.«

»Sie werden es verstehen, wenn es so weit ist.«

Draußen auf dem Flur fröstelt mich plötzlich. Jetzt ist mir klar, an wen mich Stuart während seiner Ansprache erinnert hat: an Jack Ziegler auf dem Friedhof, als er versprach, meine Familie zu beschützen, und im Gegenzug von mir alles wissen wollte, was ich über die *Vorkehrungen* in Erfahrung bringen würde.

Ich frage mich voller Unbehagen, ob Stuart wohl dasselbe von mir will.

Kapitel 12

Eine Sonderzustellung

• I •

Elm Harbor wurde 1682 gegründet und entstand um eine an der Mündung des State River gelegene Handelsstation herum. Die Siedlung hieß ursprünglich Harbor-on-the-Hill, weil der flache Streifen Land am Fluss äußerst schmal ist und vom Hafen aus sehr schnell ansteigt, und außerdem wegen der Wirkung, die John Winthrop mit seiner ein halbes Jahrhundert zuvor gehaltenen Predigt über die leuchtende Stadt auf dem Berg erzielt hatte. Die Stadtväter waren strenge Kongregationalisten, die auf der Suche nach religiöser Freiheit die Küste entlang nach Süden gezogen waren und sich, kaum dass sie einen geeigneten Ort für die Ansiedlung gefunden hatten, sofort daranmachten, gesetzliche Maßnahmen zu ergreifen, um allen anderen ebendiese Freiheit vorzuenthalten. Sie verboten unter anderem die Blasphemie, den Papismus, die öffentliche Entblößung der Knöchel, die Götzenanbetung, den Wucher, jeden Ungehorsam gegenüber dem Vater und alle geschäftlichen Aktivitäten am Sonntag. Obwohl der Gedanke sie entsetzt hätte, sie könnten vielleicht ein Götzenbild anbeten, legten sie ihre Stadt in Form eines Kreuzes an, und zwar entlang zweier Straßen, nämlich einer von Osten nach Westen führenden, die damals The East-West Road hieß (heute Eastern Avenue), und einer von Norden nach Süden verlaufenden namens North Road (später wurde daraus The King's Road, und heute ist es die King Avenue).

Die Universität öffnete ihre Pforten dreißig Jahre später. Zunächst handelte es sich eher um eine Art weiterführende Schule für junge Kongregationalisten (ausschließlich männlichen Geschlechts), die neben der Bibel auch noch Rhetorik, Griechisch und Latein, Mathematik und Astronomie studieren wollten. Die Lehranstalt bestand anfangs aus zwei Holzhäusern in dem lang gestreckten Oval, wo die King Avenue in weitem Bogen dem Lauf des State River folgt – diese teuren Immobilien gehören heute der Medizinischen Fakultät. In den folgenden drei Jahrhunderten breitete sich die Universität wie ein bösartiges Krebsgeschwür im Gebiet westlich der King Avenue aus, befiel hier einen Häuserblock, metastasierte dort über den nächsten und vernichtete alles, was ihr im Weg war, oder verleibte es sich ein. Holzhütten wurden abgerissen, desgleichen Fabriken, Schulen, Kaufläden, Gasthäuser, Kirchen, Herrenhäuser, Lagerschuppen, Bordelle, Schenken, Gerbereien und jede Menge Wohnhäuser. An ihrer Stelle wurden Bibliotheken, Laboratorien, Gebäude mit Seminarräumen und Büros, Wohnheime und Verwaltungsgebäude errichtet – und außerdem Freiflächen geschaffen. Viele, viele Freiflächen. Die Universität bezeichnet sich gern als die Nummer eins unter den Parkgründern von Elm Harbor, wenngleich es kein normaler Bewohner der Stadt je wagen würde, eine ihrer wunderschönen Grünanlagen zu betreten. Ferner hat die Universität Museen gebaut, ein Aquarium und die in der Region führende Bühne für Musik und Theater. Die Uniklinik gehört zu den besten der Welt. Die Universität investiert in die Kommune, stellt Kapital für neue Wohnungen und die Gründung kleiner Firmen zur Verfügung. Keine andere Einrichtung und kein Unternehmen in und um Elm Harbor hat so viele Beschäftigte.

Jedenfalls steht das in unseren Pressemitteilungen zu lesen.

Auch heute noch kauft die Universität ganze Straßenzüge auf, sperrt sie für den Verkehr, errichtet Parkhäuser (die aber nur für die Studenten und das Universitätspersonal gedacht sind) und schafft mit ihren privaten Sicherheitsorganen eine Insel relativer Ruhe, die von einer fast schon sichtbaren Mauer umgeben ist, mit der den gewöhnlichen Stadtbewohnern der Zutritt verwehrt wird.

Elm Harbor selbst weist, demographisch betrachtet, eine große Vielfalt auf. Ungefähr dreißig Prozent der Bewohner sind Schwarze, zwanzig Prozent Lateinamerikaner und der Rest Weiße – Letztere jedoch höchst unterschiedlicher Herkunft. Es gibt Amerikaner griechischen, aber auch italienischen, irischen, deutschen und russischen Ursprungs. Die Einwohner, die in der Statistik unspezifisch als Lateinamerikaner bezeichnet werden, sind größtenteils puertoricanischer Herkunft, es gibt aber auch viele, die ursprünglich aus Mittelamerika stammen. Ähnliches gilt für unsere schwarzen Mitbürger, die sich aufteilen lassen in solche mit karibischen Wurzeln und solche, die – soweit sich das überhaupt zurückverfolgen lässt – aus den Südstaaten stammen. Die Stadt ist also hoffnungslos zersplittert, wie wir alle drei Jahre wieder anlässlich der Kommunalwahlen erfahren. Der Stadtrat ist ein sich endlos streitender, bunter Haufen, und mindestens fünf bis sechs ethnische Gruppen schicken bei den demokratischen Vorwahlen Bürgermeisterkandidaten ins Rennen (die örtliche republikanische Partei ist ein schlechter Scherz). Nur zwei Dinge einen die ihrer Herkunft nach so unterschiedlichen Einwohner Elm Harbors, nämlich der Hass auf die Universität und der Traum, dass auch ihre Kinder eines Tages dort studieren werden.

Kimmer lebt nicht gerne hier, und einer der Gründe dafür ist die Uni, obwohl sie diese gelegentlich als Anwältin vertritt.

Und wie stehe ich dazu? Ich bin von keiner Stadt wirklich begeistert, Elm Harbor mit seinen vielen Problemen scheint mir aber auch nicht schlimmer zu sein als andere Orte. Was ich im Laufe der Jahre von meinen Kollegen gelernt habe (vor allem von dem großen Konservativen Stuart Land und dem großen Liberalen Theo Mountain), ist, dass wir, die wir der Universitätsgemeinschaft angehören, auf besondere Weise dafür verantwortlich sind, das zu fördern, was Theo gern die »Metropole« nennt. Der Begriff der Verantwortung ist natürlich heute passé, insbesondere die Idee einer Verpflichtung denen gegenüber, die, wie Eleanor Roosevelt zu sagen pflegte, weniger gut dran sind als wir, aber der Richter hat seine Kinder noch in diesem Geiste erzogen, und keines von ihnen kann sich so ganz davon frei machen. Dem Richter war klar, dass sein sozialer Konservatismus den Dienst am anderen erfordert – wenn der Staat nur eine kleine Rolle spielen soll, dann muss das freiwillige soziale Engagement eine umso größere spielen. Deshalb veranstaltet Mariah Feste für obdachlose Kinder, nimmt Addison unterprivilegierte Highschool-Schüler unter seine Fittiche, und ich teile Essen aus.

• II •

Die Suppenküche, in der ich gelegentlich ehrenamtlich tätig bin, gibt an Wochentagen mittags um halb eins im Keller einer Kongregationalistenkirche, die einen Häuserblock östlich des Campus liegt, warme Mahlzeiten an Frauen und Kinder aus. Für mich ist das der geeignetste Ort, alle Rätsel und den Tod zu vergessen, denn die Schwierigkeiten, mit denen die Menschen zu kämpfen haben, die sich dort einfinden, sind weitaus größer als meine. Als ich nach der verstörenden Unterhaltung mit Stuart Land in meinem Büro saß, um mein Deliktsrechts-Seminar vorzubereiten, spürte ich ganz deutlich den Ruf der Suppenküche. Und während ich dann versuchte, den Studenten die Feinheiten des Problems der Fahrlässigkeit nahe zu bringen, war mir schon klar, dass ich heute nur pfuschte, und ich spürte, wie mich Avery Knowlands Blicke durchbohrten, sobald ich ihm den Rücken zukehrte. Deshalb brachte ich nach dem Ende des Seminars schnell die Bücher in mein Büro zurück und machte mich sofort wieder auf den Weg.

Man muss dienen, rufe ich mir ins Gedächtnis, als ich die Stufen in den Keller der Kirche hinuntersteige. Wir sind alle dazu aufgefordert. Nicht nur Geld spenden, predigt Theo Mountain gern, und auch nicht nur darum kämpfen, dass Gesetze geändert werden (Theo betrachtet das Rechtssystem als hoffnungslosen Fall), sondern lebendigen Menschen dienen, die leiden, weinen und auf uns angewiesen sind.

Die Leiterin der Suppenküche, eine teutonische Witwe in den Siebzigern, die von allen Dee Dee genannt werden will, begrüßt mich mit finsterem Blick, als ich wenige Minuten nach dem offiziellen Arbeitsbeginn durch die Tür stürme. Sie folgt mir mit ihrem Stock in die Küche, wo die anderen Helfer schon dabei sind, gespendete Pizzas vom Vortag zu zerteilen. »Wir fangen um punkt zwölf an«, schimpft Dee Dee mit ihrer angenehmen Stimme, während ich mir Einmalhandschuhe überziehe. »Wir erwarten, dass alle spätestens um Viertel nach zwölf zur Stelle sind.«

»Ich hatte ein Seminar, Dee Dee. Tut mir Leid.«

»Ein Seminar!«

»Genau.« Ich versuche mir vorzustellen, wie mein charmanter Bruder Dee Dee behandeln würde. Nicht gut, wette ich.

Dee Dee, deren richtigen Namen ich mir nicht merken kann, ist eine kleine Frau mit weißblondem, sorgfältig frisiertem Haar und breiten Schultern. Sie trägt geblümte Hemdblusen, Kniestrümpfe und vernünftige, flache Schuhe. Ihr wächsernes Gesicht wirkt wie aus hellem Stein gemeißelt, und ihre erstaunlich blauen Augen verführen Uneingeweihte leicht zu der Annahme, sie könne sehen. Aber Dee Dee ist so gut wie blind. Sie besteht darauf, dass unsere Gäste, wie sie sie nennt, mit Respekt behandelt werden. Wir haben bunte Tischtücher, die Dee Dee zweimal in der Woche wäscht, und Vasen mit Blumen auf den Tischen, und es gilt die unerschütterliche Regel, dass alle Mahlzeiten auf Platten und in Schüsseln serviert werden müssen, also nicht direkt in Töpfen und Pfannen. Dee Dee besteht darauf, dass unsere Gäste »Bitte« und »Danke« sagen, und wir müssen mit »Gern geschehen« oder Ähnlichem antworten. Ehrenamtliche, die sich unhöflich verhalten, werden verwarnt und dürfen im Wiederholungsfall nicht mehr in der Suppenküche arbeiten. Die Möglichkeit, Gäste, die sich nicht anständig benehmen, auszusperren, hat Dee Dee nicht, aber der starre Blick ihrer toten Augen, der beunruhigend direkt ist, hält alle – außer die ganz Durchgeknallten – in Schach. Sie führt, wie sie selbst fröhlich zugibt, ein strenges Regiment. Ihre Blindheit hindert sie nicht daran, sofort wie durch ein telepathisches Wunder mitzubekommen, wenn einer ihrer Helfer bei der Verteilung von Lasagne-Portionen zu achtlos ist oder einer der Gäste versucht, ein paar Äpfel zusätzlich unter dem Pullover verschwinden zu lassen.

Oder wenn jemand zu spät zum Dienst erscheint.

Dee Dee stemmt ihr kleinen Fäuste in die Hüften, beugt sich zurück und presst die schmalen Lippen aufeinander. Dann gibt sie es mir. »Wollen Sie etwa sagen, dass Ihr Seminar wichtiger ist als die Speisung dieser unglücklichen Frauen?« Kaum hat sie die Frage ausgesprochen, grinst sie auch schon und schlägt mir mit erstaunlicher Zielgenauigkeit auf die Schulter, damit klar ist, dass sie eigentlich nur scherzt.

Eigentlich.

Heute ist mir ihr Humor ganz besonders willkommen.

Ich beziehe hinter dem Tresen Stellung, diesmal beim Salat. Ein paar der anderen Helfer begrüßen mich. Sie reden mich mit »Professor« an, eine Art Insider-Scherz, obwohl ich auch schon auf der Oberschule diesen Spitznamen hatte. Ich arbeite aus unendlich vielen Gründen in der Suppenküche. Einer davon ist wie gesagt der Dienst am Nächsten, die einfache Christenpflicht, etwas für andere zu tun. Ein anderer ist die Notwendigkeit, sich immer wieder an die Verschiedenartigkeit der menschlichen Rasse im Allgemeinen und der dunkelhäutigeren Nation im Besonderen erinnern zu lassen, denn das Spektrum der afroamerikanischen Studenten und Dozenten an der Universität reicht meist nur von Oak Bluffs bis Sag Harbor. Vielleicht bin ich heute ja hergekommen, um Buße dafür zu tun, dass ich den armen Avery Knowland, dessen anmaßendes Gehabe nicht nur seine eigene Schuld ist, so mies behandelt habe. Aber das genügt als Erklärung noch nicht. Es könnte auch schlicht einer der Dienstage sein, an denen ich die Gesellschaft dieser bunten Schar hier der meiner Kollegen vorziehe – was nicht etwa meinen Kollegen anzulasten ist, sondern weil mir etwas fehlt. Es gibt Tage, da gleicht die in der Uni verbrachte Zeit jener, die ich mit meinem Vater verbracht habe, wobei die Tatsache, dass er jetzt tot ist, keine Rolle spielt. Ich bin dort im Oldie umgeben von Leuten, die sich noch liebevoll an meinen Vater aus seinen Studententagen erinnern – Amy Hefferman war seine Kommilitonin und Theo Mountain sein Lehrer, dann sind da noch Stuart Land, der zwei Jahre nach ihm anfing, und noch ein paar andere. Trotz des Skandals, der seiner Karriere ein Ende machte, hängt das Porträt meines Vaters (wie das aller Studienabgänger, die später Richter wurden) im großen Lesesaal unserer Fakultätsbibliothek, weshalb ich mich dort nicht oft aufhalte. Manchmal fühle ich mich regelrecht erdrückt von der Rolle, die ich spielen muss: *War Oliver Garland wirklich Ihr Vater? Wie war das denn so?* Als wenn ich nur an der Fakultät wäre, um als Ausstellungsstück zu dienen. Ich hätte mich vom Richter nie dazu überreden lassen dürfen, dort Jura zu studieren, wo auch er Jura studiert hatte. Und mir ist heute noch schleierhaft, wie ich zu dem irrwitzigen Schluss kam, hier sei auch der richtige Ort für mich, um als Professor zu wirken.

Vielleicht lag es daran, dass ich keine anderen attraktiven Angebote hatte.

Oder dass mein Vater mir sagte, ich solle es so machen.

Ich war in fast jeder Hinsicht ein gehorsamer Sohn. Mein einziger Akt der Auflehnung bestand darin, dass ich Kimberly Madison heiratete, mit der zusammen ich studiert hatte, während meiner Familie ihre Schwester Lindy weitaus lieber gewesen wäre, mit der ich zusammen das College besucht hatte. Kimmer weiß natürlich, wie meine Eltern die Sache sahen – woran sie mich ja auch vor zwei Wochen im Steakhaus an der K Street erinnert hat. Es gibt Augenblicke, in denen dieses Wissen sie wütend macht, und andere, in denen sie mir sagt, sie wünschte, ich hätte damals den Erwartungen meiner Eltern entsprochen. Das Problem war nur, dass ich Lindy überhaupt nicht liebte, egal was die Goldküste glaubte. Und Lindy ihrerseits war nie auch nur im Geringsten an mir interessiert. Wenn sie es gewesen wäre, hätte ich meinen Eltern vielleicht ihren Wunsch erfüllt und Lindy geheiratet, wodurch mein Leben anders verlaufen wäre – nicht unbedingt besser, sondern nur anders. Ich hätte natürlich Bentley nicht, was ein unendlicher Verlust wäre. Andererseits wären einige Dinge genauso, wie sie sind, das heißt, der Richter wäre auch dann einem Herzinfarkt erlegen, alle würden von mir wissen wollen, was für Vorkehrungen er getroffen hat, Freeman Bishop wäre ermordet worden und Mariah würde sich in ihre verrückten Theorien hineinsteigern.

Und ich würde unverändert an emotionaler Erschöpfung leiden.

Kimmer und ich haben uns gestern Vormittag gestritten – nicht über das, was sie mit Jerry treibt oder nicht treibt, sondern über das liebe Geld. Diese Auseinandersetzung wiederholt sich in jedem Herbst, denn da wird uns klar, dass unsere penible Haushaltsplanung vom Januar inzwischen mehr als überholt ist – in dieser Hinsicht agieren wir so erfolgreich oder erfolglos wie unsere Regierung. In der Tür zu dem begehbaren Schrank stehend, in dem Kimmer, nur mit BH und Unterrock bekleidet, gerade ihre Rüstung für den bevorstehenden Tag auswählte, regte ich Einschränkungen an. Wo denn, fragte sie, ohne sich umzudrehen. Ich verwies behutsam auf ihre Ausgaben für Kleidung und Schmuck.

Aufgebracht erklärte sie, dass sie als Anwältin mit großen Firmen zu tun habe und sich entsprechend kleiden müsse. Daraufhin erwähnte ich die happigen Leasingraten für ihren alpinweißen BMW M5, in dem sie durch die Stadt flitzt, während ich mit meinem langweiligen, zuverlässigen Camry rumschleiche. Das Auto ist, wie sich herausstellte, mehr oder weniger ebenfalls ein Erfordernis ihres Jobs. Ich schlug vor, wir könnten vielleicht mal über den Umzug in ein kleineres Haus nachdenken. Kimmer zwängte sich in ihr Kleid und erklärte mir, auch unser Haus sei ein Teil ihrer beruflichen Persona. Als ich zum Eingeständnis meiner Niederlage den Kopf schüttelte, blickte sie mich über die Schulter hinweg an und lächelte so, wie ich es am liebsten mag. Dann legte sie nach, indem sie mich mit einer gewissen Schärfe daran erinnerte, dass uns jetzt das Haus in Oak Bluffs uneingeschränkt gehöre – wir könnten es verkaufen und so all unsere finanziellen Probleme mit einem Schlag lösen. Ich erwiderte im gleichen Ton, dass das Haus auf Martha's Vineyard für *meine* Persona notwendig sei und ein Verkauf der Ausschlagung meines Erbes gleichkomme. Der Streit endete wie in jedem Jahr, ohne dass wir eine Entscheidung getroffen hätten.

Rob Saltpeter schimpfte gestern mit mir, als wir, das heißt er, Theo Mountain und ich, in einem Restaurant namens Cadaver's zu Mittag aßen (ein umgebautes Bestattungsinstitut zwei Querstraßen von der Uni entfernt, das ein bisschen sehr teuer ist und dessen Ober dafür bezahlt werden, sich wie Irre aufzuführen). Rob meinte, ich sei vielleicht doch etwas zu früh zurückgekommen, ich bräuchte noch Zeit, um den Verlust zu verarbeiten. Er schlug vor, ich solle mal einen Blick in das Buch Hiob werfen. Theo Mountain, der nie ein Blatt vor den Mund nimmt, sagte darauf, ich sei nicht einfach nur erschöpft und bräuchte auch »keinen Packen Bibelverse zu lesen«. Er meinte, ich litte möglicherweise an einer Depression.

Theo hat wahrscheinlich Recht. Ich bin depressiv. Und beinahe genieße ich es. Depressionen sind verführerisch – sie kränken, necken und erschrecken einen und ziehen einen in sich hinein, sie locken einen mit der Verheißung süßen Vergessens, überwältigen einen dann mit einer fast sexuellen Kraft, sie winden sich an allen Verteidigungsstellungen vorbei, schwächen die Willenskraft, besetzen den müden Geist so vollständig, dass es einem schwer fällt, sich daran zu erinnern, wie das war, als man ohne sie gelebt hat – oder sich vorzustellen, wieder ohne sie leben zu sollen. Mit aller satanischen Arglist machen einem Depressionen weis, man habe sie eingeladen, sich breit zu machen, man habe sie die ganze Zeit gewollt. Sie umnebeln den Teil des Gehirns, der vernünftig urteilt, der richtig und falsch zu unterscheiden vermag. Sie umgarnen einen mit ihren schuldbeladenen, hassenswerten Freuden und werden einem – das ist das Schlimmste – vertraut. Ganz plötzlich ist man ein Sklave seiner eigenen Ängste. Alles entgleitet einem, die Arbeit, die Freundschaften, der Ehepartner, aber man bemerkt es kaum – Depressionen zu haben bedeutet, schon halb in die Katastrophe verliebt zu sein.

»Also nichts wie raus da«, erkläre ich entschlossen und erschrecke damit eine Helferin, die neben mir Gebäck von letzter Woche verteilt. Ich lächle sie entschuldigend an und wende mich wieder meiner Arbeit zu. *Möglicherweise leiden Sie an einer Depression*, hat Theo Mountain gesagt, der Gerüchten zufolge in den fünfzig Jahren seiner Fakultätszugehörigkeit nicht einen einzigen Unterrichtstag versäumt hat. Dank der eigentümlichen Vermischung der alteingesessenen Familien von Elm Harbor sind Theo und Dee Dee entfernt miteinander verwandt, und Theo war es auch, der mir damals, als ich in meiner Ehe an einen besonders schwierigen Punkt gelangt war, zur Hebung meiner Laune die ehrenamtliche Tätigkeit in der Suppenküche vorgeschlagen hatte. »Bei mir hat es funktioniert«, behauptete Theo, dessen Frau bereits gestorben war, als ich noch studierte. Ich verteile den Salat auf kleine Pappteller, stehe jetzt aufrechter da, und für eine Weile gelingt es mir, über dem Dienst alles andere zu vergessen.

• III •

Dee Dee spricht ein kurzes Gebet, und dann öffnen wir. Sie stellt Musik an; wir haben einen tragbaren CD-Player und große, uralte Lautsprecher. Eine ganze Weile hat sie versucht, bei den Gästen klassische Musik durchzusetzen (auch wenn ihr Geschmack nicht über die drei »großen Bs« hinausreicht), sich dann aber dem

Druck von Zeit und Ort gebeugt. Jetzt spielt sie sanften Jazz, ab und zu auch etwas Härteres. Wir bedienen ja schließlich eine hartgesottene Schar. Fast alle Frauen sind schwarz. Nur wenige geben sich mit ihrem Äußeren noch Mühe. Die meisten haben zerzaustes Haar oder ungepflegte Dreadlocks und kommen in ungewaschenen Pullovern und schmuddeligen Jeans her. Unter den eingerissenen, schlecht lackierten Nägeln sitzt Schmutz. Ein paar verfügen noch über weiße Zähne, aber bei den meisten ist aus Gelb schon Braun geworden. Etliche haben Drogenprobleme. Ein paar sind eindeutig HIV-positiv. Die Frauen schleppen sich am Tresen entlang wie Geister, die Richtung Unterwelt schlurfen. Sie sind weder enthusiastisch noch dankbar, weder schicksalsergeben noch rebellisch. Die meisten sind einfach abgestumpft. Im College gingen wir Möchtegern-Revoluzzer immer davon aus, dass die Unterdrückten eines Tages aufstehen, das System aus den Angeln heben und eine gerechte Gesellschaft aufbauen würden. Nun denn, hier sind ein paar der am schlimmsten unterdrückten Menschen Amerikas, die um ihr Essen Schlange stehen – und die nur noch Elan aufbringen für den kurzen, aber hitzigen Streit darüber, wer die größere Portion bekommen hat. Die Hälfte von ihnen lebt vielleicht schon in zwei Jahren nicht mehr. Und wäre da nicht die hoffnungsvolle, unschuldige Schönheit ihrer Kinder, die ein Lächeln noch mit einem Lächeln vergelten, dann würde ich es wahrscheinlich nicht über mich bringen, hierher zu kommen.

Nur wenige der Frauen wollen Salat, dafür macht mich eine ganz unverhohlen an (»Kein Salat, aber an dir würde ich schon gern mal knabbern, Baby!«). Ich könnte heulen.

Das haben die Konservativen mit der Kürzung der Sozialausgaben und ihrer Gleichgültigkeit gegenüber dem Elend derer angerichtet, die nicht so sind wie sie, sagen meine liberalen Universitätskollegen. Das haben die Liberalen mit ihrer Unterstützung der Opfermentalität und der Gleichgültigkeit gegenüber traditionellen Werten wie harter Arbeit und Familie erreicht, erzählte mein Vater seinem applaudierenden Publikum. In Momenten der Verdrossenheit scheint es mir, als wären beide Seiten interessierter daran, sich mit ihrer Ansicht durchzusetzen, als das Leiden dieser Frauen zu lindern. *Dienst am Nächsten.* Theo Mountain hat Recht. Es gibt keine andere Antwort.

»Talcott?«

Ich drehe mich um, das abgenutzte hölzerne Salatbesteck noch in den Händen. »Ja, Dee Dee?«

»Da ist jemand an der Tür, der dich sprechen will, Talcott.«

»Kann er nicht reinkommen?«

»Sie will nicht.« Ein schelmisches Lächeln umspielt Dee Dees Mundwinkel.

»Einen Augenblick.«

Ich gehe in die Küche, um jemanden zu suchen, der mal kurz meinen nicht sehr beliebten Platz einnimmt. Ich lege die Schürze ab und werfe die Handschuhe in den Mülleimer. Dann nehme ich mein Jackett vom Haken und folge Dee Dee, die mit ihrem Blindenstock die Betonstufen hinauf zum Eingang tappt, wo Romeo (außer mir der einzige männliche Helfer) die Tür bewacht. Romeos Haut ist so schwarz wie ein Baumstamm in mondloser Nacht. Sein Alter lässt sich schwer schätzen, und seine Erscheinung ist in jeder Hinsicht massig. Ein Teil seines Gewichts rührt vielleicht vom Fett her, der Großteil aber nicht. Romeos fleischige Hände sind ständig in Bewegung, was zwar einem Nervenleiden zuzuschreiben ist, aber dennoch bedrohlich wirkt. Er ist oft ein bisschen langsam, doch wenigstens ist sein Südstaatendialekt nicht schwer zu verstehen. Ich habe keine Ahnung, wo Romeo herkommt, kenne auch seinen richtigen Namen nicht. Er war früher auf der Straße, wie er es formuliert, das heißt, er war Dealer, hat es dann jedoch geschafft, ohne die vorherige Unannehmlichkeit eines Gefängnisaufenthalts zu Jesus zu finden. Sein rundes, glatt rasiertes Gesicht sieht lädiert aus. Er ist sehr viel sanftmütiger, als es den Anschein hat, aber unsere Kirche baut auf sein Äußeres, um all jene abzuschrecken, die meinen, sich über die Regel »Nur Frauen und Kinder!« hinwegsetzen zu können.

»Sie ist wieder weg, Miss Dee Dee«, murmelt er und knetet dabei wütend seine riesigen Hände. »Meinte, sie kann nicht warten.«

»Wie hat sie ausgesehen?«, frage ich.

»Ein weißes Mädchen«, sagt Romeo. Dee Dee hört uns aufmerksam zu. »Hübsch«, setzt er hinzu, was bedeutet: *Nicht wie die Frauen da drin!*

»Eine weiße *Frau*«, korrigiere ich Romeo aus einem Reflex heraus, der sich einstellt, wenn man die meiste Zeit auf einem stets auf politische Korrektheit bedachten Campus verbringt. Ich überlege, wer das gewesen sein könnte.

»Nee, nee«, sagt Romeo, »ein weißes Mädchen.« Seine Betonung des Wortes Mädchen hat jedoch keinerlei Informationswert – nach Romeos Vorstellung muss man schon Dee Dees Alter erreicht haben, um zur Frau zu avancieren. Er kneift die Augen zusammen. »Süß«, fügt er schließlich erklärend hinzu.

Damit meint er wohl attraktiv. Ich überlege, ob es sich um eine meiner Studentinnen gehandelt haben könnte, aber mir ist schleierhaft, wie sie mich hier hätte aufspüren können – oder warum sie, nachdem sie mich gefunden hat, nicht warten konnte, bis ich oben war.

»Hast du sie schon mal gesehen, Romeo?« Dee Dee stellt die Frage, die mir hätte einfallen sollen.

»Nee, Miss Dee Dee. Halt!« Seine Augen leuchten plötzlich auf. Eine seiner Pranken schwingt nach oben und hält uns einen weißen Briefumschlag hin. »Sie hat gesagt, jemand hat ihr was gezahlt, damit sie das dem Professor gibt.«

»Was ist das?«, will Dee Dee wissen.

»Ich weiß es nicht«, gestehe ich. »Anscheinend ein Umschlag.« Ich nehme ihn Romeo ab, untersuche die Vorderseite. Mein voller Name und Titel stehen ebenso säuberlich mit Schreibmaschine getippt darauf wie meine korrekte Universitätsadresse. Keine Briefmarke. Kein Absender. Ich wiege ihn in der Hand, drücke ihn dann versuchsweise zusammen. Etwas Kleines, Hartes ist darin. Wie eine Lippenstifthülle. Ich runzle die Stirn. Sämtliche Universitäten im Land warnen ihre Mitarbeiter davor, Briefe von unbekannten Absendern zu öffnen, aber ich bin schon immer neugierig gewesen.

Außerdem muss man ja an irgendwas sterben.

»Hat sie gesagt, wer sie bezahlt hat?«, frage ich, vor allem, um Zeit zu schinden.

»Nee.«

Meine Stirnfalten vertiefen sich. Irgendwer hat irgendwen dafür bezahlt, dass er mir einen Briefumschlag zustellt – in der Suppenküche! Aber wie konnte irgendwer wissen, dass ich in der

Suppenküche sein würde? Ich habe das bis vor einer Stunde ja selber noch nicht gewusst. Oder habe ich es vielleicht irgendwem gegenüber erwähnt? Ich glaube nicht. Ich bin auch niemandem begegnet, als ich das Gebäude verließ, abgesehen vielleicht von ein paar Studenten. Ist mir jemand gefolgt? Ich schüttele den Kopf. Wenn Romeo nicht weiß, wer den Umschlag gebracht hat, werde ich nie herausfinden, wer ihn mir geschickt hat. Falls die Person, die ihn abgegeben hat, eine Studentin war ... davon gibt es auf dem Campus ja nur dreitausend – und noch einmal fünftausend bei der staatlichen Universität ein paar Kilometer weiter.

»Hm«, gebe ich ratlos von mir.

Dee Dee zuckt mit den Achseln und geht wieder nach unten, sie muss schließlich die Verteilung des Mittagessens überwachen. Deshalb ist nur noch Romeo zugegen, als ich den Umschlag aufreiße (nicht an der Verschlussklappe, sondern an der Seite, man will ja kein unnötiges Risiko eingehen) und den Inhalt in meine Hand schüttele. Ein Papierzylinder kommt zum Vorschein, vielleicht fünf, sechs Zentimeter lang. Kein Brief, nichts Geschriebenes, nur dieses kleine Bündel. Umwickelt ist er mit Tesafilm – jemand hat sich viel Mühe gegeben, den Inhalt der Papierhülle zu schützen, was immer das sein mag.

»Aufmachen, Professor«, sagt Romeo wie ein kleines Kind am Weihnachtsabend.

Ich ziehe so würdevoll wie möglich das Klebeband ab, falte das Papier vorsichtig auseinander und finde darin den verschwundenen weißen Bauern, der zu dem handgeschnitzten Schachspiel meines Vaters gehört.

Kapitel 13

Ein bekanntes Gesicht

• 1 •

Das Verrückte ist, dass es niemanden gibt, dem ich es erzählen kann. Während ich zu Fuß zur Universität zurückkehre und der frühe Novembernachmittag langsam grau und frisch wird, geht mir durch den Sinn, wie ... ja, wie *freundlos* das Dasein ist, das ich mir geschaffen habe. Ich wandere vorbei an den Coffeeshops, Kopierläden und modischen kleinen Boutiquen, die einen amerikanischen Campus unweigerlich flankieren. Ich komme an Scharen von Studienanfängern vorbei, die sich trotz ihrer stolz proklamierten Unterschiedlichkeit immer weniger voneinander unterscheiden. Und die auch zunehmend dasselbe denken, denn die Spannbreite akzeptierter Campusansichten zu so gut wie allen Themen wird mit jedem Jahr auf deprimierende Weise kleiner. Ich komme an den randvollen Außenparkplätzen vorbei, die die passiv-aggressive Antwort der Universität auf die Verkehrsprobleme im Innern darstellen. Man mache das Parken zu einem möglichst so lästigen Unterfangen, hat irgendein anonymer Bürokrat verfügt, dass die meisten Studenten und Mitarbeiter ihre Autos fortan zu Hause stehen lassen. Die Riesenzahl der in der Town Street und der Eastern Avenue an den längst abgelaufenen Parkuhren abgestellten Autos widerlegt diesen Gedanken zwar, aber so eine Universitätsverwaltung ist wie ein Ozeanriese: Der wendet weder schnell noch leicht, selbst dann nicht, wenn ein Eisberg vor ihm auftaucht.

Ehrlich gesagt, ich auch nicht.

Zweimal hole ich die Schachfigur aus meiner Tasche und betrachte sie genau, als ob der Bauer sich jederzeit in etwas anderes verwandeln könnte. Vermutlich sollte ich das FBI oder Cassie Meadows anrufen und den Vorgang offiziell melden, aber komischerweise zögere ich. Ich fühle mich überhaupt nicht bedroht. Der Bauer ist keine Warnung, sondern eine Botschaft, und ich hätte gern ein bisschen Zeit, um ihren Sinn zu verstehen.

Wem könnte ich mich anvertrauen? Addison bestimmt nicht. Der ist abgetaucht, unerreichbar. Mariah auch nicht, die wird, was den Tod des Richters angeht, immer verrückter und würde, wenn ich sie anriefe, den Bauern sofort zum Symbol einer Revolverkugel oder eines Giftfläschchens machen.

»Es gibt niemanden«, murmele ich vor mich hin.

Ich überquere das frostige Unigelände, den Kopf gesenkt, die Hände in den Taschen meines abgetragenen Burberry-Regenmantels vergraben. Während ich auf den Platz zugehe, an dem die ältesten noch vorhandenen Gebäude der Universität stehen, lasse ich weiter meine dürftigen Optionen Revue passieren. Ich könnte vielleicht mit Kimmer sprechen, sollte sie aus San Francisco zurück sein, wo sie wieder einmal zusammen mit Gerald Nathanson irgendwelche Firmengutachten erstellt, aber andererseits will sie ja, dass ich die ganze Sache auf sich beruhen lasse. Vielleicht könnte ich mich auch an die Liebste Dana wenden – aber die würde sich nur darüber lustig machen. Oder an Rob Saltpeter, aber der –

Jemand verfolgt mich.

Zuerst bin ich nicht sicher. Der Mann mit der grünen Windjacke taucht gerade in dem Augenblick auf, in dem ich unter einem der vier Bögen hindurchgehe, die auf den alten Platz führen. Ich bleibe stehen, um einer Politikwissenschaftlerin guten Tag zu sagen, deren Tochter zusammen mit Bentley in den Kindergarten geht. Sie sagt irgendetwas über den Bau des neuen Kunstmuseums an der Ecke, deshalb schauen wir beide in diese Richtung – und da steht er, etwa fünfzig Meter entfernt am Rand einer größeren Gruppe von Studenten. Er macht sich nicht die Mühe, sich zu verstecken, sondern erwidert meinen forschenden Blick ungeniert.

Selbst auf diese Entfernung erkenne ich, dass es sich um keinen Unbekannten handelt: Es ist McDermott, der Vornamenlose, jener Mann, der vor zwei Wochen im Wohnzimmer meines Elternhauses in der Shepard Street vorgegeben hat, FBI-Agent zu sein.

Zunächst versuche ich jedoch, mir einzureden, ich hätte mich geirrt, denn kaum dass ich ihn meiner Bekannten zeigen will, ist er schon wieder weg, so schnell und spurlos verschwunden wie mein monatliches Gehalt. Die Nerven, sage ich mir, nachdem die Politikwissenschaftlerin weitergegangen ist, aber dann sehe ich ihn wieder, als ich den leeren, zubetonierten Innenhof des naturwissenschaftlichen Gebäudekomplexes erreiche. Diesmal habe ich ihn vor mir – er sitzt gelassen auf den Stufen des Gebäudes, in dem die Biologen untergebracht sind, hat die Windjacke auf die Knie gelegt und liest in der Unizeitung. Als er eine Seite umschlägt, leuchtet auf seiner Hand das erdbeerfarbene Muttermal. Na schön, er hat mich überlistet. Ein netter Trick, zugegeben, aber ich kenne den Campus und er nicht. Noch unsicher, welches Gefühl mich leitet, aber mit dem Gedanken an Freeman Bishop, beschließe ich, ihm auszuweichen. Ich werde eine Abkürzung nehmen und dann von meinem Büro aus Cassie Meadows anrufen oder mich vielleicht direkt mit dem FBI in Verbindung setzen. Ein schmaler Fußweg zwischen dem Biologiegebäude und dem Rechenzentrum verbindet die Naturwissenschaften mit den Gebäuden der Universitätsverwaltung, und ich biege in ihn ein, schiebe mich zwischen zwei Studenten durch und verschwinde im Nebeneingang des Rechenzentrums. Ich wedele mit meinem Uniausweis vor den Augen eines pickligen Wachmanns herum, aber der hebt kaum den Blick von seiner Illustrierten. Zu meiner Studentenzeit war die Informatik noch in einem baufälligen Lagerhaus an der ungemütlichen Grenze zwischen der Universität und den Armenvierteln der Stadt untergebracht, bis schließlich eine etwas aufgeklärtere, sprich unternehmerischer denkende Universitätsleitung ein paar Millionen Dollar für diese neue Einrichtung auftrieb. Ich blicke mich um – kein McDermott. Aber er hat mich schon einmal an der Nase herumgeführt. Ich eile einen Korridor entlang, der von lauter schulterhohen Trennwänden gebildet wird, hinter denen eine Unmenge Computerterminals untergebracht sind. Am Ende angelangt, laufe ich die Feuertreppe nach oben, bis ich außer Atem in der zweiten Etage bei den Büros herauskomme. Die Professoren, an denen ich vorbeihaste, sind alle männlich, weiß und glatzköpfig, wenn sie nicht schulterlange Mähnen haben – dazwischen scheint es nichts zu geben. Sie werfen mir skeptische Blicke zu. Die Informatik ist frei von Angehörigen der dunkelhäutigeren Nation (so frei wie allenfalls noch das Institut für Slawische Literatur), und keiner dieser Wissenschaftler glaubt auch nur eine Sekunde, ich könnte zu ihnen gehören. Ich biege um eine Ecke und erreiche den Verbindungsgang aus Stahl und Glas, der zwei Stockwerke über der Lowe Street (die Studenten nennen sie Low Road) zur Physik hinüberführt, wo ich mit dem Lift ins Erdgeschoss fahre und durch das Portal hinaustrete.

Wie erwartet, ist McDermott nicht mehr da.

Ich zupfe meinen Mantel zurecht, ziehe die Hose hoch und strecke mich einen Augenblick, um dankbar die frische Herbstluft einzusaugen. Die Muskeln um meinen Brustkorb beklagen sich bitter. Meine Oberschenkel sind ebenfalls nicht glücklich. Es ist kaum zu glauben, dass ich als Jugendlicher mal die 800 Meter gelaufen bin – zwar schlecht, aber ich bin sie gelaufen, absurderweise angetrieben von dem Willen, mit meiner sportlichen jüngeren Schwester mitzuhalten. Kimmer hat Recht: Ich muss wieder in Form kommen, und dazu reichen monatlich ein- oder zweimal Basketball mit Rob Saltpeter einfach nicht aus. Obwohl ich mir immer noch nicht vorstellen kann, was McDermott hier auf dem Campus will, freue ich mich, während ich die Stufen hinuntertrotte, über den kleinen, soeben errungenen Sieg.

In Wirklichkeit habe ich gar nichts errungen, denn als ich den Gebäudekomplex der Naturwissenschaften verlasse und die Eastern Avenue in Richtung Juristischer Fakultät eile, um zunächst einmal die Universitätspolizei zu verständigen, passt sich McDermott neben mir meinem Schritt an.

Das bilde ich mir keineswegs nur ein,

»Wie ich höre, haben Sie mich gesucht«, sagt er, und man merkt ihm den Stolz des Sechzigjährigen an, der seiner Jagdbeute leicht hat folgen können, obwohl diese zwanzig Jahre jünger ist.

»Nein, eigentlich nicht«, murmele ich und nutze meine längeren Beine dazu, ihm voraus zu bleiben. »Aber das FBI, ich meine das echte, sucht Sie. Um Sie ins Gefängnis zu stecken.«

»Ja, ich weiß. Ich werde diesbezüglich wohl etwas unternehmen müssen.«

Ich bleibe abrupt stehen, denn sein ernster Ton, der andeutet, dass er glaubt, tatsächlich etwas unternehmen zu können, macht mir Angst.

Ich wende mich ihm zu. »Hören Sie, Mr. McDermott oder wie immer Sie heißen, ich möchte nicht mit Ihnen sprechen. Und damit Sie es wissen, sobald ich in meinem Büro bin, werde ich die Universitätspolizei anrufen und den Leuten sagen, dass Sie gefährlich sind. Dann rufe ich das FBI an und sage dort Bescheid, dass Sie mich verfolgt haben.«

Er nickt ernst. »Gut«, meint er, als müsste er mir die Erlaubnis dazu erteilen. »Tun Sie das. Aber eigentlich verfolge ich Sie gar nicht. Ich bin vielmehr hergekommen, um eine Botschaft zu überbringen.«

»Ich bin nicht interessiert.« Ich will mich von ihm fortdrehen, aber er legt mir die Hand auf den Arm. Ich schüttele sie ab. Trotzdem hat er jetzt wieder meine Aufmerksamkeit.

»Professor Garland, hören Sie –«

»Nein, jetzt hören *Sie* mal!« Ich mache einen Schritt auf ihn zu. Dass ich fast zehn Zentimeter größer bin, scheint ihn kein bisschen einzuschüchtern. »Sie haben mir diese Schachfigur geschickt, stimmt's? Sie haben den Bauern im Haus meines Vaters an sich genommen und mir geschickt. Ich möchte wissen, warum.«

»Was für einen Bauern?«

»Sie haben mir den Bauern geschickt und verfolgen mich jetzt, um zu sehen, was ich damit mache.« Noch während ich das sage, erscheint mir der Gedanke alles andere als einleuchtend. Warum sollte er annehmen, ich würde einen Bauern vom Schachspiel meines Vaters haben wollen? Oder warum sollte er interessiert daran sein, was ich damit anfange? Ich bin fast umgestimmt. Wenn er tatsächlich die Schachfigur gestohlen und zur Suppenküche geschickt hätte, warum hätte er dann jetzt auf sich aufmerksam machen sollen, indem er sich zeigt? Das klingt alles nach Wahnvorstellungen im Stile Mariahs – nur dass der Bauer tatsächlich in meiner Tasche steckt und McDermott wirklich da ist, leibhaftig.

»Ich weiß nicht, wovon Sie reden.« Er scheint zu meinen, was er sagt – aber das schien auch so, als er mir weismachte, er sei ein Mitarbeiter des FBI. »Ich kann Ihr Vertrauen natürlich nicht erzwingen, aber Sie sollen wissen, dass ich nicht Ihr Feind bin.«

»Na klar! Wer am Tag nach der Beerdigung meines Vaters zu mir kommt und mich nach Strich und Faden belügt, ist fortan mein bester Freund, was?«

Er schließt kurz die Augen, atmet hörbar aus und betrachtet mich wieder mit diesem schaurig leeren Blick. »Professor Garland, ich gebe offen zu, dass ich nicht so schlau bin wie Sie, und Sie können bestimmt den ganzen Tag hier stehen und mich lächerlich machen. Aber zu Ihrer Feindseligkeit besteht kein Anlass. Eigentlich verbindet uns ein gemeinsames Interesse.«

Ich werde erneut ungehalten. Ich mag es nicht, wenn mich jemand als schlau bezeichnet, vor allem dann nicht, wenn Angehörige der hellhäutigeren Nation das tun. Denn das bedeutet nie wirklich *intelligent* oder gar *gescheit*, sondern meint eher eine niedrige, animalische Listigkeit. Vielleicht ist es ja eine Überreaktion des Semiotikers in mir, wenn ich in solchen Formulierungen einen rassistischen Beigeschmack wittere, aber meistens haben sie ihn auch.

»Ich bin Ihnen keineswegs feindlich gesinnt«, erwidere ich schnippisch, »ich mag Sie einfach nicht.«

McDermott zuckt mit den Achseln, als wollte er mir zu verstehen geben, dass er schon die Abneigung größerer Männer überlebt hätte. »Ich habe die weite Reise nicht gemacht, um mich mit Ihnen zu streiten«, eröffnet er mir. Er spricht jetzt flüssiger als in der Shepard Street, aber sein Akzent ist immer noch schwer einzuordnen. Südstaaten wahrscheinlich, überlagert von etwas Undefinierbarem. »Sondern um Ihnen zu sagen, wie Leid es mir tut, dass Sie in all das hineingezogen werden mussten. Ich habe Ihren Vater nie kennen gelernt, ihn aber sehr bewundert. Deshalb tut es mir besonders Leid, dass mein Kollege und ich so schnell nach seiner Beerdigung mit unserem Märchen bei Ihnen aufgetaucht sind. Aber es war unbedingt notwendig.«

Wir blockieren den schadhaften Bürgersteig. Studenten strömen rechts und links an uns vorbei, wobei sich die Grüppchen teilen und nach Umgehung des Hindernisses wieder zusammenschließen.

»Notwendig wozu?«

McDermott bläst die Backen auf und lässt die Luft dann langsam entweichen. Er hat die Hände in den Taschen seiner Windjacke und wirkt jetzt schwächer als noch vor ein paar Minuten – vielleicht ist er ja auch älter, als ich dachte, schießt mir durch den Kopf. Was es nur noch peinlicher machen würde, dass er mich so leicht einholen konnte.

»Ich bin Privatdetektiv«, sagt er schließlich. »Ich beschaffe Leuten ihre Sachen wieder. Damit verdiene ich mir meine Brötchen. Leute verlieren etwas und heuern mich an, damit ich es wiederfinde.«

»Was für Sachen sind das?«, frage ich töricht.

»Sachen wie ... alles Mögliche eben.« Er macht eine ausladende Geste, wie um die Breite des Spektrums anzudeuten. »Schmuck zum Beispiel. Oder verschwundene Menschen oder Dokumente. Deswegen war ich auch bei Ihnen.« Er nickt, hat sich allmählich warm geredet. »Ich habe nach Dokumenten gesucht.«

»Nach Dokumenten.«

McDermott schaut die Straße hinunter in Richtung Juristischer Fakultät und richtet dann den Blick wieder auf mich. »Genau. Wissen Sie, Professor Garland, Ihr Vater ist doch ... war doch ... Rechtsanwalt. Nun, einer seiner Mandanten hat ihm Dokumente anvertraut. Hochsensible Papiere. Ihr Vater hat diesem Mandanten versichert, sie wären bei ihm gut aufgehoben und er würde dafür sorgen, dass sie an den Mandanten zurückgegeben werden, falls ihm, dem Richter, etwas zustößt. Genau so hat er das gesagt: Er hätte Vorkehrungen für eine Rückgabe getroffen. Dann ist er gestorben. Das tut mir Leid. Aber er ist gestorben, und die besagten Dokumente sind nicht zurückgekommen. Deshalb hat sein Mandant mich beauftragt, sie zu suchen. Das ist alles.«

»Warum konnte dieser Mandant nicht einfach die Kanzlei anrufen und sich erkundigen?«

»Ich habe keine Ahnung.«

Ich warte, aber das scheint schon die ganze Erklärung zu sein. Ihn stellt die Antwort, die er gegeben hat, offensichtlich zufrieden.

»Ist Ihrem Auftraggeber klar, dass Sie beim Versuch, die Dokumente zu finden, gegen geltendes Recht verstoßen haben?«

»Meine Auftraggeber interessieren sich nicht für meine Methoden. Und ich gebe auch nicht zu, dass ich gegen irgendwelche Gesetze verstoßen habe.«

»Sind die Dokumente wertvoll?«

»Nur für den Auftraggeber.«

»Was für Dokumente sind es denn? Was steht drin?«

»Ich bin nicht berechtigt, Ihnen das zu sagen.«

»Sie arbeiten doch für Jack Ziegler, oder?«

Endlich ist da eine Andeutung von Gefühl in seiner Stimme. »Nicht alles, was ich in Washington zu Ihnen gesagt habe, war falsch. Jack Ziegler ist wirklich ein Dreckskerl, und für Dreckskerle arbeite ich nicht.« Komischerweise höre ich, als er das sagt, wie eine telepathische Botschaft den schwachen Nachhall des Zusatzes »nicht mehr«.

»Na schön, aber warum kommen Sie zu mir? Sie suchen nach Dokumenten, die ein Mandant meinem Vater gegeben hat. Warum sprechen Sie nicht meinen Bruder oder meine Schwester darauf an? Warum mich?«

»Das hat mein Auftraggeber vorgeschlagen«, antwortet er ruhig.

»Ihr Auftraggeber hat Ihnen gesagt, Sie sollen mich fragen? Wie kommt er darauf, ich könnte etwas wissen?«

»Ich habe keine Ahnung, Professor Garland. Aber einen Versuch war es wert.«

Ich schüttele den Kopf. »Und warum all die Lügen? Warum sind Sie nicht einfach gekommen und haben mir gesagt, was Sie brauchen und warum?«

»Das war vielleicht ein Fehler«, gesteht der Mann ein, der ganz bestimmt nicht McDermott heißt. Er scheint sich nicht im Geringsten unwohl in seiner Haut zu fühlen. Er grinst jetzt sogar ein bisschen schief, zum ersten Mal, und mir fällt wieder die rosa Narbe in seinem Mundwinkel auf, die gut von einer Messerstecherei stammen könnte. »Noch einmal, es tut mir Leid, dass wir Sie zu einer so unpassenden Zeit behelligt haben. Aber ich verspreche Ihnen eines: Sie und Ihre Familie sind vollkommen sicher. Und Sie werden mich nie wiedersehen.«

Etwas an seinem Tonfall kommt mir merkwürdig vor. Eine Unstimmigkeit, als schwinge etwas Unausgesprochenes darin mit. Und warum beruhigt er mich, wo ich doch gar keine Befürchtung geäußert habe?

»Wovor sind wir sicher?«

Wieder denkt er länger nach; wahrscheinlich fragt er sich, was er mir mitteilen kann und was nicht. Er rettet sich ins Nebulöse. »Vor was immer kommen mag.«

Das gefällt mir ganz und gar nicht. »Und was genau ist das?«

»Alles Mögliche.« Seine blassen, müden Augen blicken in die Ferne. Dann sieht er mich wieder an. »Ich will Ihnen was sagen, Professor. Sie wollten doch über Schachfiguren reden? Sie und ich, wir sind nur kleine Bauern. Die mächtigen Männer spielen gegeneinander, und wir sind ihre Bauern. Ob es uns passt oder nicht. Ich stehe unter ihrem Einfluss und Sie ebenfalls.«

»Sie machen mich nervös«, gebe ich zu.

»Ich versuche genau das Gegenteil. Ich versuche, Sie zu beruhigen. Ich sollte mich wohl noch einmal entschuldigen.« Wieder grinst er mich schief an. »Es tut mir alles aufrichtig Leid. Ich bin nicht Ihr Feind. Wir haben eher ein gemeinsames Interesse, Sie und ich –«

»Nein, das haben wir nicht!« Der Zorn hat mich endlich aus meiner Verzagtheit befreit. Ich weiß jetzt meinen Text wieder. »Wir haben nichts gemein. Ich habe keine Veranlassung, Ihnen zu trauen. Es gibt nicht einmal einen Grund, mit Ihnen zu sprechen. Wenn Sie mich also entschuldigen –«

»Schon gut, schon gut.« Er hebt beschwichtigend die Hände. »Aber ich habe trotz allem einen Job zu erledigen. Nach wie vor muss ich diese Dokumente finden.«

»Es sei denn, ich finde sie vor Ihnen«, sage ich schroff.

Nicht-McDermotts Augen weiten sich befriedigt. »Ich hoffe sehr, dass Sie sie finden, Professor. Wirklich!« Ein kurzes Nicken. »Aber wenn ich darf, würde ich Sie gern noch etwas fragen.« Und ich weiß sofort (was er auch beabsichtigt), dass dieser ganze Besuch allein dem Zweck dient, die jetzt angekündigte Frage zu stellen, wie immer sie lautet.

»Mich interessieren Ihre Fragen nicht.«

»Es geht um Ihre Freundin Angela.«

Verblüfft gehe ich die ziemlich kurze Liste meiner Bekannten durch. »So auf Anhieb will mir keine Freundin einfallen, die Angela heißt.« Ich warte immer noch auf die Frage, halte seine Bemerkung bloß für die Einleitung dazu. Dann wird mir plötzlich klar, dass ebendiese Bemerkung schon die Frage war.

»Danke«, sagt Nicht-McDermott. »Ich muss jetzt gehen. Ich werde Sie nicht noch einmal belästigen.«

»Moment mal ... warten Sie!« Jetzt lege ich ihm die Hand auf den Arm und bemerke die plötzliche Unruhe in seinem Blick. Er mag es genauso wenig wie Dana Worth, wenn man ihn berührt.

»Ja?« Er spielt den Geduldigen, doch die Augen verraten seinen Ärger. Nachdem er erledigt hat, was er erledigen wollte, hat es der falsche FBI-Agent eilig, von mir fortzukommen.

Aber ich ärgere mich ebenfalls. Er lügt mich im Haus meines Vaters an, er erscheint in der Universität, um mich nach irgendeiner Angela zu fragen, und ich weiß immer noch nichts über ihn, absolut gar nichts.

»Hören Sie, ich habe Ihre Frage beantwortet. Wenn Ihnen das alles wirklich so Leid tut, dann sind Sie jetzt vielleicht so nett, mir auch eine Frage zu beantworten.«

»Und die wäre?«

»Wie ist Ihr richtiger Name?«

Der Mann in der grünen Windjacke, der Mann, dessen Job es ist, Verschwundenes wiederzufinden, der Mann, dessen Alter ihn nicht hindert, mit mir Schritt zu halten, dieser Mann hebt überrascht die Augenbrauen. »Um die Wahrheit zu sagen«, antwortet er nach einer weiteren Unterbrechung für die Werbung, »ich glaube, ich habe gar keinen.«

Er wedelt noch einmal mit dem Zeigefinger, dreht sich um, taucht in eine Gruppe von Studenten ein und ist verschwunden.

• II •

Ich zittere, als ich mein Büro betrete.

Ich bin nicht gerade ein Macho, bekomme aber auch nicht so leicht Angst – die Garland-Männer sind bekannt für ihre Coolness, manchmal vielleicht deswegen auch verhasst.

Aber McDermott hat mir Angst eingejagt.

Das liegt weniger an dem Geheimnis, das ihn umgibt, oder an seiner Fähigkeit aufzutauchen, wenn man ihn am wenigsten erwartet, sondern an dem, was mit Freeman Bishop passiert ist. Sergeant Ames ist zwar sicher, dass es keinerlei Verbindung zwischen dem Mord und meiner Familie gibt, aber ...

Aber McDermott ist hier.

Die Angst, die mich durchströmt, während ich an meinem Schreibtisch sitze, die Handflächen fest zusammendrücke und zu entscheiden versuche, welchen Anruf ich als ersten machen soll, gilt nicht mir. Nein, ich mache mir Sorgen um meine Frau und meinen Sohn. Die Tatsache, dass McDermott so sehr daran gelegen war, mir zu versichern, dass meine Familie nicht in Gefahr ist, hat mich nur besorgter gemacht. Die rätselhafte Schachfigur habe ich für den Augenblick aus meinen Gedanken verbannt. Schließlich muss ich meine Familie beschützen!

Ich beschließe, Bentley vorzeitig aus dem Kindergarten abzuholen, und rufe dort an, um die Betreuerinnen zu bitten, ihn schon startklar zu machen. Sie dürfen ihn, füge ich noch hinzu, unter keinen Umständen jemand anderem als meiner Frau oder mir mitgeben. Die Erzieherin am Telefon reagiert beleidigt, weil ich sie an ihre eigenen Regeln erinnere – sie schenkt ihrem Ego mehr Beachtung als einem besorgten Vater.

Gut, ein Anruf ist erledigt.

Als Nächstes kommen die FBI-Leute dran, die mich am Tag nach McDermotts Besuch in der Shepard Street befragt und mir aufgetragen haben, mich zu melden, sobald ich etwas Neues erfahre. Einer der beiden ist ein dicklicher, aber forscher Mann namens Nunzio. Ich erreiche nur seine Voicemail, hinterlasse eine Nachricht und versuche die Nummern seines Piepsers und seines Mobiltelefons, die er mir auf seine Visitenkarte geschrieben hat. Das Mobiltelefon bleibt stumm, und ich hinterlasse meine Nummer auf dem Piepser.

Denk nach!

Ich erwäge und verwerfe einen Anruf bei der Universitätspolizei – was könnte ich denen schon sagen?

Die vernünftigste aller verbleibenden Optionen ist ein Anruf bei Onkel Mal, aber ich zögere. In der vergangenen Woche habe ich zweimal mit ihm gesprochen, um mich über die Ermittlungen im Fall Bishop auf den neuesten Stand bringen zu lassen, und dabei den Eindruck gewonnen, dass er angefangen hat, mich zu erdulden, statt mir zuzuhören. Er hat natürlich auch Arbeit zu erledigen, für die er bezahlt wird, und sich ständig die wenig plausiblen Befürchtungen des Sohns seines verstorbenen Partners anhören zu müssen, überschreitet wahrscheinlich langsam die Grenzen seines Wohlwollens. Als ich das zweite Mal anrief, meinte er knapp, ich solle mich doch bitte bei solchen »Routineangelegenheiten« mit Meadows in Verbindung setzen. Er habe im Augenblick nur wenig Zeit und werde sich deshalb ausschließlich mit Fragen befassen, die im Zusammenhang mit einer möglichen Nominierung meiner Frau stünden. Vielleicht ist das ja auch gut so. Ich bin es leid, ihn ständig um einen Gefallen zu bitten. Mein Vater hat uns immer wieder eingetrichtert, wir sollten nicht den Fehler so vieler Angehöriger der dunkelhäutigeren Nation begehen, die ihr Leben damit zubrächten, mit dem Hut in der Hand Weiße um ihre Hilfe zu bitten.

Aber mir bleibt nichts anderes übrig.

Gerade habe ich den Hörer aufgenommen, um bei Corcoran & Klein anzurufen, da meldet sich Dorothy Dubcek, meine mütterliche Sekretärin, und sagt mir, Agent Nunzio sei in der Leitung.

»Hab grade mit einer Freundin von Ihnen gesprochen«, sagt er unvermittelt und fragt gar nicht erst, weshalb ich ihn angerufen habe. »Bonnie Ames.«

Der Groschen fällt nicht gleich. Ich bin, was Namen angeht, nicht besonders gut. Kimmer meint, ich sei lediglich unfreundlich, die Liebste Dana hält es für genetisch bedingt, spricht von meiner »sozialen Orientierung«, und Rob Saltpeter sagt, es sei nicht so wichtig, sich Namen zu merken, wenn wir nur Gott in allen Menschen ehrten, die uns begegneten.

Robs Antwort finde ich am schönsten, aber Kimmer kennt mich am besten.

»Bonnie Ames?«, wiederhole ich begriffsstutzig.

»Klar doch, Sergeant Ames. Sie haben sie kennen gelernt.«

»Ach so. Natürlich.« Eine Pause entsteht, weil wir beide darauf warten, dass der andere etwas sagt. Ich blinzele als Erster. »Und worüber haben Sie mit ihr gesprochen?«

»Sie hat mir mitgeteilt, dass sie einen Tatverdächtigen festgenommen haben.«

»Wie bitte?«

»Im Mordfall Freeman Bishop.«

»Aha. Und wen?«

»Einen Dealer.«

»Sie machen Scherze.« Eine Welle der Erleichterung durchströmt mich, als mir klar wird, dass der Täter nicht McDermott ist, doch schon einen Augenblick später tritt Scham an die Stelle der Erleichterung. Trotzdem, es war nicht McDermott!

»Das FBI scherzt nicht.«

»Sehr lustig!«

»Sie sollten sich bei Sergeant Ames melden. Sie will Ihnen die Einzelheiten selbst mitteilen.« Er rattert ihre Nummer herunter, aber die habe ich schon. »Und weshalb haben Sie mich angepiepst?«

Der abrupte Themenwechsel verschlägt mir erst einmal die Sprache. Das Gefühl der Dringlichkeit, aus dem heraus ich ihn angerufen hatte, ist verflogen – nicht jedoch für Agent Nunzio. Nachdem ich ihm von McDermotts Auftritt berichtet habe, spult er eine Reihe von Fragen ab, die von der Farbe der Schuhe des falschen Agenten bis zu der Richtung, in der er sich entfernt hat, reichen. Er ist mit meinen Antworten nicht zufrieden. Ob ich wirklich glauben würde, McDermott sei nur nach Elm Harbor gereist, um sich nach einer Freundin von mir zu erkundigen, die Angela heißt? Es sehe ganz so aus, sage ich. Ob ich mir denken könne, warum McDermott glaube, ich hätte eine Freundin namens Angela? Ich hätte keine Ahnung, gestehe ich. Ob ich denn tatsächlich eine Freundin namens Angela hätte? Ich könne mich an keine erinnern, erkläre ich. Er bittet mich, ihn anzurufen, sollte mir dazu doch noch etwas einfallen, und ich verspreche es ihm.

»Es könnte wichtig sein«, sagt Nunzio mahnend.

»Das habe ich mir auch schon gedacht.«

»Machen Sie sich bitte keine Sorgen, Professor Garland«, setzt er, plötzlich mitteilsam, hinzu. »Wenn McDermott wirklich so etwas wie ein Privatdetektiv ist, dann finden wir ihn bestimmt. Und auch seinen Auftraggeber. Diese Burschen sind eine ziemliche Plage, aber ich glaube, der ist harmlos.«

»Woher wollen Sie das wissen?«, frage ich mit einer gewissen Schärfe. Es beruhigt mich überhaupt nicht, dass McDermott in etwa dasselbe gesagt hat: *Sie und Ihre Familie sind vollkommen sicher ... was immer kommen mag.* Ich habe das Gefühl, dass alle über eine wichtige Information verfügen, die allein mir vorenthalten wird. Trotzdem fühle ich mich etwas sicherer, weil der Mörder von Freeman Bishop geschnappt worden ist ... sicherer im Hinblick auf meine Familie. Jedenfalls ein kleines bisschen. »Wie können Sie wissen, dass er harmlos ist, wenn Sie ihn noch gar nicht gefunden haben?«

»Weil uns dauernd solche Typen über den Weg laufen. Sie lügen, um an Informationen ranzukommen, sie folgen Leuten, sie machen sich wichtig.« Ein Zögern. »Es sei denn, Sie hätten etwas in der Hand, das dem widerspricht. In Bezug auf McDermott, meine ich.«

»Nein, habe ich nicht.«

»Sie haben mir alles gesagt?«

»Ja.« Wie schon bei unserem Treffen mit Sergeant Ames kommt es mir langsam so vor, als würde ich verhört, ohne zu ahnen, wieso und weshalb.

»Gut, dann gilt, was ich Ihnen gesagt habe.« Er kommt zum Schluss. »Sie haben nichts zu befürchten. Machen Sie einfach weiter ... na ja, mit dem, was Sie eben so machen.«

»Agent Nunzio –«

»Nennen Sie mich doch Fred.«

»Also Fred. Hören Sie, Sie sind da unten in Washington, aber ich bin hier oben und McDermott auch. Ich müsste lügen, wenn ich nicht zugeben würde, dass ich –«

»Dass Sie beunruhigt sind.«

»Ja.«

»Das verstehe ich. Aber meine Mittel sind beschränkt. Und dieser McDermott hat Sie ja in keiner Weise bedroht –«

»Nein, er hat nur vorbeigeschaut und den FBI-Mann gemimt.« Es rattert fast hörbar in seinem Gehirn – wahrscheinlich überlegt er, ob er nicht doch etwas für mich tun kann und wer ihm noch einen Gefallen schuldet.

»Hören Sie. Ich glaube wirklich, dass Sie sich keine Sorgen zu machen brauchen. Das möchte ich betonen. Aber wenn es Sie beruhigt, werde ich ein bisschen herumtelefonieren. Wir haben bei Ihnen zwar kein richtiges Büro, aber ich werde sehen, was sich da machen lässt. Vielleicht kann die Polizeistreife öfter mal an Ihrem Haus vorbeifahren, bis wir McDermott gefunden haben.«

Ich weiß, dass er versucht, mich zu beschwichtigen, und dass nicht viel Anlass zu Besorgnis besteht, aber ich bin trotzdem dankbar. »Das wäre schön«, sage ich.

»Machen wir doch gerne, Professor Garland.« Eine Pause. »Ach ja, und ich hoffe, das mit Ihrer Frau klappt.«

Erst als ich aufgelegt habe, fällt mir ein, dass ich den Bauern gar nicht erwähnt habe. Aber vielleicht hatte ich das ja auch nie ernsthaft vor.

• III •

Bleibt noch Bonnie Ames.

Jetzt, wo sie einen Vornamen hat, kommt mir Sergeant Ames weit weniger einschüchternd vor. Als ich sie allerdings endlich erwische, ist sie derart kurz angebunden, dass ich mich frage, warum sie mich eigentlich um einen Anruf hat bitten lassen. Entweder spürt sie noch Onkel Mals Druck, oder sie freut sich diebisch darüber, dass wir mit unserem Verdacht derart schief gelegen haben. Die Festnahmen im Fall des »Foltermordes« (wie die Zeitungen es nennen) an Freeman Bishop seien früh am Morgen des heutigen Tages erfolgt, sagt sie. Keine Leute vom Ku-Klux-Klan, keine Skinheads, keine Neonazis und auch keine falschen FBI-Agenten, sondern ein Crack-Dealer aus Landover, Maryland, ein kleiner Ganove (ein Nobody, wie Sergeant Ames sagt) im Alter von zweiundzwanzig Jahren: Sharik Deveaux, genannt Conan, Bandenmitglied. Während ich ihrem Bericht lausche, überfliege ich gleichzeitig die Story auf der Website von *USA Today*. Sergeant Ames lässt mich genüsslich wissen, dass Conan schwarz ist, was ich mir schon gedacht habe. »Deshalb scheiden rassistische Motive aus« – als hätte nicht die Presse diese Möglichkeit ins Spiel gebracht, sondern ich. Mr. Deveaux habe zugegeben, so fährt Bonnie Ames fort, die kostbaren kleinen Brocken regelmäßig an Father Bishop verkauft zu haben. Natürlich streite er den

Mord ab. Aber das andere Bandenwürstchen (O-Ton Sergeant Ames) habe ausgesagt, Conan nach der Greueltat geholfen zu haben, die Leiche wegzuschaffen, und es gebe einen Zeugen, der gehört habe, wie Conan sich mit der Tat brüstete. »Außerdem hat er eine einschlägige Vorgeschichte«, fügt sie hinzu, ohne näher darauf einzugehen.

Für den Bruchteil einer Sekunde sehe ich es vor mir. Freeman Bishop, gefesselt, geknebelt oder sonst irgendwie festgehalten, wie sein hilfloser Körper von den beiden Kerlen mit Zigaretten und Messern misshandelt wird – seine entsetzliche Qual der eigentliche Zweck der Übung, sein Glaube auf dem Prüfstand: *Zwischen Dein Gericht und unsere Seelen.* Im Angesicht des nahenden Endes entdecken wir alle, ob Gläubige oder Agnostiker, ob Sünder oder Heilige, was uns wirklich etwas bedeutet, was wir wirklich sind. Was würde wohl aus mir werden in so einem Augenblick, mit meinem schwankenden und phasenweise gänzlich abhanden kommenden Glauben? Den Gedanken unterbinde ich mal lieber.

»Wird das einer gerichtlichen Überprüfung standhalten?«, frage ich ängstlich.

Sergeant Ames ist eher belustigt als verärgert. Die Beweise seien hieb- und stichfest, versichert sie mir, aber so weit werde es gar nicht erst kommen. Früher oder später werde sich Deveaux von seinem Anwalt überreden lassen, auf schuldig zu plädieren, um der Todesstrafe zu entgehen.

»Werden in Maryland Todesurteile vollstreckt?«

»Nicht oft. Aber Mr. Deveaux war so dumm, Father Bishop in Virginia umzubringen. Hierher ist er bloß gekommen, um die Leiche zu entsorgen.«

»Warum eigentlich?«

»Das müssten Sie ihn schon selber fragen.«

»Wie könnte das Urteil ausfallen? Ich meine, wenn er sich schuldig bekennt?«

»Lebenslänglich ohne Aussicht auf Begnadigung ist das Beste, auf das er hoffen kann. Und wenn er sich in Virginia den Prozess machen lässt? Bei so was? Da kriegt er wahrscheinlich die Nadel.«

Ihre beiläufige Zuversicht lässt mich frösteln. »Und Sie sind sicher, dass er es war? Wirklich sicher?«

»Nein, hier bei uns werden die Leute immer ganz willkürlich verhaftet. Vor allem bei Mord. Wir machen uns erst später Gedanken darüber, wie wir die Beweise auftreiben. Das erzählt man euch doch auf euren Ivy-League-Unis, oder?«

»Ich wollte nicht respektlos sein –«

»Er war es, Mr. Garland. Ganz bestimmt.«

»Vielen Dank, dass Sie –«

»Ich muss los. Grüßen Sie Ihre Schwester von mir.«

Ich rufe Mariah an, um meine Erleichterung mit ihr zu teilen, dass der Mord an Freeman Bishop nichts mit dem Richter zu tun hat, aber die Haushälterin (nicht zu verwechseln mit dem Aupairmädchen oder der Köchin) sagt mir, meine Schwester sei schon wieder in Washington. Also rufe ich sie auf ihrem Handy an und hinterlasse eine Nachricht auf der Mailbox. Ich versuche es in der Shepard Street, aber niemand hebt ab. Vielleicht ist es ja auch gut, dass ich sie nicht erreichen kann, sie würde mir wahrscheinlich nur weismachen, die Festnahme sei ein abgekartetes Spiel und Teil der Verschwörung. Als Nächstes versuche ich es bei Addison in Chicago und erwische ihn zu meiner Überraschung tatsächlich in seinem Haus in Lincoln Park. Über die Neuigkeit ist er eher betrübt als erfreut. Er murmelt etwas vom Hindu-Gott Varuna, das ich nicht ganz verstehe, und schiebt ein Zitat von Eusebius ein, gefolgt von der Mahnung, mich nicht am Leid anderer zu ergötzen, selbst dann nicht, wenn es sich um Sünder handelte. Als ich schließlich auch mal zu Wort komme, versichere ich ihm, dass ich mich an all dem durchaus nicht ergötze, aber da verkündet Addison bereits, er habe jetzt leider keine Zeit mehr, sich mit mir zu unterhalten, weil er einen Flieger kriegen müsse, was höchstwahrscheinlich gelogen ist. Vermutlich – das sagt mir jedenfalls meine Erfahrung – liegt eine Frau in seinem Bett. Vielleicht Beth Olin, obwohl zwei Wochen mit derselben Freundin für meinen Bruder schon fast ein Rekord wäre.

»Wir sollten uns bald mal sehen«, murmelt er so gewichtig, dass ich fast glaube, er meine es ernst. »Ruf mich an, wenn du das nächste Mal in der Gegend bist.«

»Du rufst ja nie zurück.« Die wehleidige Klage des jüngeren Bruders.

»Meine Leute schaffen es, die Nachrichten zu verschlampen.

Tut mir Leid, Misha.« *Meine Leute!* Wenn Kimmer das hören könnte!

»Es gibt wirklich ein paar Dinge, über die ich gerne mal mit dir sprechen würde.« Ich bleibe beharrlich.

»Gut, gut. Hör zu, Bruderherz, ich hab's eilig. Ich ruf dich später an.«

Dann ist Addison weg – vielleicht sind seine Leute gekommen, um ihn zum Flughafen zu bringen. Ich habe keine Gelegenheit mehr, hinzuzufügen, dass er die meisten meiner Nachrichten auf seinem häuslichen Anrufbeantworter finden könnte.

Kapitel 14

Freie Meinungsäusserung

· I ·

Am Dienstag treffe ich mich nach dem Mittagessen mit den Teilnehmern meines Seminars über die gesetzliche Regelung institutioneller Strukturen. Dieses Seminar deckt alles ab: von allgemeinen Sicherheitsbestimmungen über das Kirchenrecht bis hin zu Studentenparlamentswahlen, wobei wir immer die Semiotiker spielen, also nicht herauszuarbeiten versuchen, was in den einzelnen Bestimmungen drinsteht, sondern was sie bedeuten und in welchem Zusammenhang dies mit dem Zweck der jeweiligen Institution steht. Das Seminar zieht einige der intelligentesten Studenten der Fakultät an und macht mir mehr Spaß als alle anderen Kurse. Heute Nachmittag kommt es zu einem wunderbaren, durchaus gutmütigen Streit zwischen meinen beiden Lieblingsstudenten, der brillanten, wenn auch ein wenig konfusen Crysta Smallwood, die nach wie vor zu berechnen versucht, wann die weiße Rasse endlich ausstirbt, und dem gleichermaßen talentierten Victor Mendez, dessen Vater, ein Exilkubaner, bei den Republikanern eine prominente Rolle spielt und damit wahrscheinlich noch ein ganzes Stück weiter links steht als sein Sohn. Ich spiele den Schiedsrichter. Crysta und Victor diskutieren die Frage, ob sexuelle Belästigung auf ein Versagen von Institutionen oder von Individuen zurückzuführen ist. Da das Seminar um vier endet, schlage ich schließlich den Gong und lasse die Runde nach Punkten an Crysta gehen. Sie grinst. Die anderen Studenten klopfen ihr lachend auf die Schulter. Ich erinnere alle daran, dass das Seminar in der nächsten Woche ausfällt, weil ich zu einer Konferenz nach Washington muss, und ermahne sie, den ersten Entwurf ihrer Semesterreferate vor meiner Rückkehr bei meiner Sekretärin abzugeben. Bei Studenten dieses Kalibers erhebt sich kein Wehgeschrei.

Ach, es gibt Tage, da unterrichte ich wirklich gerne!

Glücklich springe ich die Treppe hinauf zu Dorothy Dubceks Büro, wo ich Nachrichten und Faxe einsammele, und trabe dann wieder hinunter und zurück in meinen Winkel des Gebäudes. Vor meinem Büro posaune ich der guten Amy Hefferman, meiner Oldie-Nachbarin, ein fröhliches »Hallo!« zu. Sie blinzelt mich mit müden Augen an und sagt, Dekanin Lynda suche mich. Ich nicke, als wäre ich beeindruckt. Kaum habe ich die Bürotür hinter mir zugezogen, werfe ich meinen ganzen Ballast auf den Schreibtisch und höre die Voicemail ab. Nichts Wichtiges. Ein Reporter, der, o Wunder, mal keine Fragen zum Richter hat, sondern zum Deliktsrecht. Dann American Express: Ich bin wieder einmal im Verzug. Und eine von Lynda Wyatts Assistentinnen – die Dekanin möchte mich tatsächlich sprechen. Vermutlich geht es um das Wettrennen zwischen Kimmer und Marc Hadley. Nein danke. Stattdessen rufe ich im Kindergarten an, um zu erfahren, ob es Bentley gut geht, und die Gereiztheit der Leiterin dringt durch das Telefon zu mir durch. Ich freue mich über ihren Ärger, denn solange sie sich ärgert, ist mit meinem Sohn alles in Ordnung.

Meine gute Laune verblüfft mich. Eigentlich müsste ich eher niedergeschlagen sein. Mein Treffen mit Nicht-McDermott liegt eine Woche zurück, die Ablieferung der Schachfigur in der Suppenküche und die Festnahme von Sharik Deveaux ebenfalls. Vor fünf Tagen ist Kimmer aus San Francisco zurückgekommen und hat mich liebevoll besänftigt. Ich machte Jagd auf Gespenster, meinte sie und küsste mich sanft. Ich müsse die Dinge rational sehen, sagte sie und kochte mir ein feines Essen. Wenn der Bauer wirklich eine Botschaft und kein geschmackloser Scherz sei, dann werde mir der, der ihn geschickt habe, früher oder später schon mitteilen, wie die Botschaft laute, flüsterte sie, den Kopf an meine Schulter geschmiegt, als wir uns im Fernsehen noch einen alten Film ansahen. Wovor wir denn Angst haben sollten, fragte sie leise, als wir überraschend behaglich im dunklen Schlafzimmer lagen. Der Mörder sitze im Gefängnis, und McDermott, der gekommen und wieder verschwunden sei, werde vom FBI als harmlos eingestuft. Kimmer hat diese Argumente Tag für Tag wiederholt, hat mich getröstet und zu überzeugen versucht. Von meiner Angst blieb zunächst Sorge und schließlich nur noch eine leise Unruhe übrig. Am liebsten würde ich es bis zur Gelassenheit schaffen. Und am allerliebsten würde ich nicht argwöhnen, dass meine Frau vor allem deshalb auf meinen Seelenfrieden so bedacht ist, weil sie ihre Aussichten auf das Richteramt nicht beeinträchtigt sehen möchte.

Nichts kann mir wirklich etwas anhaben. Das Wetter ist schön geworden: Bei milden Temperaturen sind wir mitten in einem neuenglischen Herbst angelangt. Und meine Stimmung ist mit den Temperaturen gestiegen. Zum ersten Mal seit dem Tod des Richters fühle ich mich heute wieder wie ein Juraprofessor. Der Unterricht macht mir Spaß und meinen Studenten offenkundig auch. (Die Ausnahme ist Avery Knowland, der anfangs nur noch unregelmäßig im Deliktsrechtseminar erschien und am Ende gar nicht mehr – da muss ich etwas unternehmen!) Dafür, dass ich hier eher einem Beruf als einer Berufung nachgehe, bin ich doch verhältnismäßig erfolgreich.

Ich summe tatsächlich ein bisschen Ellington vor mich hin, als ich mich den Notizzetteln aus dem Sekretariat zuwende und entdecke, dass mich jemand zu erreichen versucht hat, den ich ungeheuer gern mag, nämlich John Brown. John, mit dem ich auf dem College war und der heute an der Ohio State University Maschinenbau lehrt, ist der verlässlichste Mensch, den ich kenne. Ich rufe ihn sofort zurück, um mehr über seinen geplanten Besuch mit Frau und Kindern in Elm Harbor zu erfahren. Wir tauschen ein paar Freundlichkeiten aus, er sagt mir, wie sehr sich alle schon auf uns freuen, und kommt dann auf den Grund seines Anrufs zu sprechen. Gestern sei ein FBI-Agent bei ihm aufgetaucht, der einen Background-Check im Zusammenhang mit einer möglichen Berufung meiner Frau auf einen »ranghohen Bundesposten« durchgeführt habe. Worum es da eigentlich gehe, fragt er, und warum er und seine Frau Janice die Letzten sein müssten, die davon erführen.

Das Problem ist nur, dass mir Mallory Corcoran versichert hat, mit den Background-Checks sei noch gar nicht begonnen worden. Der Tag, der so friedlich und hell ist, fängt an, wieder trübe zu werden.

»Hör zu, John, das ist sehr wichtig. Bitte sag mir, dass dieser Agent nicht McDermott hieß.«

Mein alter Freund lacht. »Keine Bange, Misha, das war kein McIrgendwas. Ich bin ziemlich sicher, dass er Foreman hieß.«

Ich versuche, ihn nicht zu beunruhigen. Gegen ein dumpfes Unbehagen ankämpfend, kitzle ich noch ein paar Einzelheiten aus ihm heraus. Aber ich kann John nicht anlügen. Ich sage ihm, dass dieser Foreman nicht wirklich dem FBI angehört, sondern dass es sich um eine Art Privatdetektiv handelt, der sich unrechtmäßig als jemand anderes ausgibt. Ich sage ihm, dass sich das echte FBI wahrscheinlich bei ihm melden wird, weil sie auf der Suche nach diesem Foreman sind. Ich erwarte eine leicht frostige Antwort, aber stattdessen erkundigt sich John, ob ich in irgendwelchen Schwierigkeiten stecke. Ich verneine das und verspreche, ihm alles so genau wie möglich zu erklären, wenn er und seine Frau in zwei Wochen zu uns kämen. Nachdem wir schließlich aufgelegt haben, vergrabe ich den Kopf in den Händen und spüre, wie mich die Depression wieder in die Zange nimmt. Kopfschüttelnd sitze ich da und frage mich, wie ich so töricht sein konnte anzunehmen, die Sache sei ausgestanden.

Und in dieser Stimmung, hier an meinem Schreibtisch, erwischt mich Mariah, um mir die aufregende Neuigkeit mitzuteilen, auf welche Art der Richter ermordet wurde.

• II •

»Geschosssplitter«, wiederhole ich, um sicherzugehen, dass ich meine Schwester richtig verstanden habe.

»Genau, Tal.«

»Im Schädel des Richters.«

»Jawohl.«

»Splitter, die bei der Autopsie übersehen worden sind.« Ich klicke wie wild mit meiner Maus herum, um die Website zu finden, die mir Mariah voller Begeisterung beschreibt. Das hat mir gerade noch gefehlt. Ich müsste in diesem Augenblick eigentlich tausend andere Sachen erledigen – aber wie Rob Saltpeter sagt: Verpflichtungen gegenüber der Familie haben absoluten Vorrang.

»Und zwar mit Absicht, Tal.« Mariah wird sofort ungeduldig. »Nicht aus Versehen. Man wollte, dass wir es nicht erfahren. Man wollte, dass niemand es erfährt.«

»Man bedeutet in diesem Fall –«

»Das weiß ich nicht. Deshalb glaube ich, wir brauchen Hilfe.«

»Aber warum waren nirgends im Haus Blutspuren zu finden?« Ich bin stolz auf mich, weil ich eine einigermaßen vernünftige Frage gestellt habe. Der Streit mit Mariah hat mich wenigstens von der Grübelei darüber abgelenkt, dass McDermott und Foreman womöglich immer noch frei herumlaufen.

»Man hat sie weggewischt.«

Natürlich.

»Oder er wurde woanders ermordet«, schlage ich im Spaß vor, aber Mariah nimmt es ernst.

»Genau! Es gibt viele Möglichkeiten.«

Die Universität investiert vor allem in die Naturwissenschaften, was für uns Juristen bedeutet, dass zur Spartechnik auch Uraltcomputer gehören. Deshalb dauert das Herunterladen der angeblichen Aufnahmen von der Autopsie meines Vaters eine Ewigkeit. Dabei habe ich es eilig, denn es ist fast schon Zeit, Bentley abzuholen. Ich habe das Mariah gegenüber erwähnt, worauf sie meinte, ihre Neuigkeit erfordere nur ein paar Minuten. Während ich auf den Computer warte, stehe ich auf und recke mich. In den letzten zwei Wochen habe ich mir immer wieder die zunehmend gewagten Theorien meiner großen Schwester darüber angehört, was wirklich passiert ist. Trotz eines eindeutigen Autopsiebefundes bleibt Mariah dabei, dass eine Reihe von mächtigen Leuten den Richter aus dem Weg räumen wollte und ein paar von ihnen sich zusammengetan haben, um ihn zur Strecke zu bringen. Sie hat sich über Mittel informiert, die Herzinfarkte auslösen können. Erst war es eine Vergiftung mit Kaliumchlorid – der untersuchende Arzt habe nur nicht ordentlich nach Nadeleinstichen gesucht. Dann war es Blausäure – man habe nur keinen Sauerstoff-Sättigungstest durchgeführt. Jedes Mal, wenn sich herausstellt, dass meine Schwester falsch liegt, kommt sie mit etwas Neuem daher. Und wenn man nachbohrt, gibt sie so gut wie immer zu, dass ihre Quelle das Internet ist. Mir fällt ein, was Addison, Inhaber etlicher Sites, gern über das World Wide Web sagt: *Ein Drittel Kommerz, ein Drittel Pornos und ein Drittel Lügen – der blitzschnelle Zugriff auf all unsere niederen Instinkte.*

»Welche Art von Hilfe schwebt dir denn vor?«

»Es gibt eine Menge Menschen, die gerne helfen würden«, verkündet Mariah kryptisch, aber recht munter. »Wirklich eine ganze Menge.«

Ich schneide eine Grimasse. Was ihr wohl so durch den Kopf geht, wenn sie in Darien den lieben langen Tag mit all den Kindern in ihrem Palast hockt (O-Ton Kimmer)? Mariah hat wahrscheinlich dieselben bizarren Anrufe bekommen wie ich – von den verschiedensten ultrarechten Organisationen, die grundsätzlich eine Verschwörung wittern, wenn sie mal wieder eine Niederlage einstecken mussten, umso mehr natürlich, als eine ihrer wertvollsten Stützen auf recht prosaische Weise dahingerafft wurde. Echte Männer werden ermordet – Herzinfarkte sind was für Nieten.

»Und was genau wollen sie unternehmen, Schwesterherz?«

»Zum Beispiel Zeitungsinserate schalten, die eine Untersuchung fordern.«

»Na prima. Und wann soll diese brillante Idee verwirklicht werden?« Hoffentlich kann ich Onkel Mal oder einen der klügeren Washingtoner Bekannten meines Vaters dazu bewegen, diese Aktion zu verhindern.

»Spar dir die Ironie, Tal! Warte, bis du die Bilder gesehen hast.« Kurze Pause. »Hast du sie dir jetzt endlich angeschaut?«

»Gleich.« Ich kehre zu meinem Stuhl zurück. »Wann soll die erste Anzeige erscheinen?«

»Bald«, murmelt sie, nicht mehr sicher, ob ich noch zu ihren Verbündeten zähle.

»Weißt du, Mariah – okay, Augenblick mal.« Die Bilder sind endlich komplett, vier grausige Fotos, die mir keinen Anlass zu der Gewissheit geben, dass auch nur eines davon authentisch ist. Drei zeigen das Gesicht des Leichnams nicht, und die Figur entspricht nicht der des Richters, ebenso wenig wie die Hautfarbe, die zu dunkel ist. Das Foto, das eindeutig meinen Vater zeigt, ist so grobkörnig, dass nicht klar wird, warum es überhaupt dabei ist und für welche Verschwörungstheorie es als Beweis dienen soll. Ich runzele die Stirn und beuge mich noch weiter vor, rücke meine Brille zurecht. Auf einem der gesichtslosen Bilder sind tatsächlich die dunklen Flecken zu sehen, wegen denen Mariah mich angerufen hat. Es könnten Geschosssplitter sein, wenn ich bloß wüsste, wie Geschosssplitter auf solchen Fotos aussehen. Aber Moment mal –

»Mariah?«

»Hm?«

»Sag mal, könnten das nicht einfach Schmutzpartikel auf der Linse sein?«

»Siehst du? Genau das hat die Gerichtsmedizinerin auch gesagt.«

Ich rufe mir in Erinnerung, dass Mariah meine große Schwester ist und ich sie liebe. »Schwesterherz, sag mir bitte, dass du die Gerichtsmedizinerin nicht zu den Flecken befragt hast.«

»Nein, Tal, natürlich nicht.«

»Gut.«

»Das brauchte ich auch gar nicht erst. Ihre Stellungnahme steht heute in der Zeitung.«

Na, das ist ja großartig. In der Zeitung. Der Richter muss im Grab rotieren. Ob Kimmer es schon weiß? »Also, wenn die obduzierende Ärztin sagt, es sind Schmutzpartikel –«

»Der kann man doch nicht glauben!«

»Warum denn nicht?«

»Zum Beispiel weil sie Demokratin ist.«

Das Schlimme daran ist, dass Mariah es ernst meint.

Deshalb sage ich mit einem Blick auf die Uhr, was sie natürlich von mir hören möchte: »Ich rufe Onkel Mal an und bitte ihn, dem mal nachzugehen.« Dabei verschweige ich ihr, dass der große Mallory Corcoran meine Anrufe kaum noch selbst entgegennimmt, so dass ich vermutlich die Hierarchieleiter wieder mal ein paar Sprossen hinuntergeschraubt werde und bei Cassie Meadows lande. Die von mir höchstwahrscheinlich auch schon die Nase voll hat und der ganzen Sache nicht mehr als ein Telefonat widmen wird.

Ich hoffe inständig, dass die ganze Geschichte wenigstens eines wert ist.

• III •

Zu meiner Überraschung ist Meadows nicht nur frei für ein Gespräch mit mir, sondern hat auch eine gute Nachricht. Das FBI ist dem mysteriösen McDermott auf die Spur gekommen! Er ist tatsächlich Privatdetektiv und hat ein Büro in South Carolina. Er hat alle möglichen Leute belästigt, die meinen Vater kannten, vor allem in und um Washington, um sie nach einer Frau namens Angela zu fragen. Seinem heimischen Sheriff ist er gut bekannt – er hält ihn für hartnäckig und vielleicht ein bisschen hinterhältig, aber alles andere als gefährlich. Der Mann hat sogar einen richtigen Namen, aber den wollte das FBI Meadows nicht preisgeben.

»Warum eigentlich nicht?«

Sie zögert, weil sie in Sachen Washington gerne eine Rolle wie Mallory Corcoran spielen und deshalb nicht zugeben möchte, dass ihr bestimmte Kenntnisse vorenthalten bleiben. »Sie meinten, das bräuchten wir nicht zu wissen«, gesteht sie schließlich.

»Haben sie gesagt, warum nicht?«

Wieder eine Pause. »Ich habe nicht danach gefragt, um die Wahrheit zu sagen. Vielleicht hätte ich insistieren –«

»Kein Problem.« Ich informiere sie kurz über das Telefonat mit John Brown. »Hat das FBI irgendwas zu Foreman gesagt?«

»Foreman arbeitet für McDermott. Auch er ist ein Privatdetektiv und ... ja, Mr. Garland, auch er wird als harmlos angesehen.«

Endlich erlaube ich mir eine Anwandlung von Erleichterung. »Sonst noch etwas?«

»Ja. Die beiden haben sich der amerikanischen Gerichtsbarkeit entzogen und die Vereinigten Staaten verlassen. Sie haben wahrscheinlich spitzgekriegt, dass das FBI sie sucht, und sich nach Kanada abgesetzt.«

»Kanada? Was kann das FBI von ihnen wollen, dass sie nach Kanada abhauen?«

»Mehr hat man mir nicht verraten.«

Ich bin verwirrt, aber auch erleichtert. Mir fällt wieder ein, weswegen ich vor allem angerufen habe, und erzähle Meadows von Mariah und ihren Geschosssplittern. Meadows lacht.

»Was ist daran so komisch?« Ich schaue auf die Uhr, denn mein Sohn wartet allmählich.

»Ich werde es in die Akte aufnehmen.«

»In welcher Akte?«

»Mr. Corcoran meinte, ich solle für Vorgänge dieser Art eine eigene Akte anlegen. Wir haben sämtliche absurden Briefe, Internetnachrichten, rechten Broschüren und wüsten Talkmaster-Theorien über Ihren Vater gesammelt. Der Ordner ist bereits sehr dick, Mr. Garland.« Wieder ein Glucksen. »Wir haben auch schon ziemlich viele Autopsieaufnahmen.«

»Und was ist daran so komisch?«

»Na ja, ich habe eine ganze Unterakte voller E-Mails von Ihrer Schwester.« Meadows senkt die Stimme. »Damit habe ich nicht einmal Mr. Corcoran behelligt.«

»Sie sind ... von Mariah kontaktiert worden?«

»Höchstens zweimal pro Woche.« Wieder ein Lachen, diesmal allerdings kein vergnügtes. »Sie denkt wahrscheinlich, weil sie Mr. Corcorans Patentochter ist ...« Meadows spricht den Satz nicht zu Ende, sondern setzt nach einer Weile in ernsterem Ton hinzu: »Da sollte mal jemand was tun, Mr. Garland. Meine Freunde auf dem Kapitolshügel meinen, sie müsse unbedingt mit diesem Quatsch aufhören, sonst ... na ja, sonst habe Ihre Frau keine Chance.«

Kapitel 15
Zwei Begegnungen

• 1 •

Bentley! Hause! Zwei meiner Lieblingswörter.

Wegen des Telefongesprächs mit meiner Schwester bin ich zwanzig Minuten zu spät im Kindergarten, um Bentley abzuholen, und erdulde die kühlen Blicke der Betreuerinnen (allesamt weiß), deren grimmiges Schweigen mir zu verstehen gibt, dass sie kurz davor sind, die Fürsorge zu verständigen, dass das Garland-Madison-Team allzu häufig zu spät kommt und folglich für die Elternrolle ungeeignet erscheint. Ich tröste mich damit, dass Miguel Hadley auch noch da ist, seine Eltern also genauso ungeeignet sind wie Bentleys. Miguel ist ein pummeliger kleiner Junge und bemerkenswert helle, aber alles andere als überschwänglich. Heute scheint er besonders ernst zu sein. Er umarmt Bentley zum Abschied. Der Kindergarten ermuntert die Kinder im Sinne eines nicht genauer bezeichneten Erziehungszieles zu solchen Umarmungen – vielleicht um zu erreichen, dass die Jungen nicht zu jener Sorte Mann reifen, die Bomben auf unschuldige Zivilisten wirft. Ich weiß wirklich nicht so recht, warum sich die Erzieherinnen die Mühe machen, wo doch die Professorenkinder mit weit größerer Wahrscheinlichkeit zu jener Sorte Mann heranwachsen, die im Weißen Haus sitzt und anderen befiehlt, die Bomben zu werfen – so mal eben zwischen den Umarmungen ihrer Wähler.

Während ich brav dastehe und darauf warte, dass die beiden mit ihrer Umarmerei fertig werden (der Kindergarten predigt uns, die wir ja bloß die Eltern sind, dass wir die Jungen nie gewaltsam trennen sollen), blicke ich durchs Fenster auf den Parkplatz hinaus, um auf diese Weise der Notwendigkeit enthoben zu sein, mit den Erzieherinnen Smalltalk zu machen. Sie sind alle hoffnungslos wohlmeinend, typische weiße Mittelschichtliberale. Weil sie aber glauben, den Rassismus überwunden zu haben (der nur Konservative befällt), bleibt ihnen verborgen, wie ihr geringschätziges Elitedenken bei den wenigen schwarzen Eltern, die sich diesen Kindergarten leisten können, ankommt. Es brächte jedoch nichts, sie darauf hinzuweisen, denn ihre treuherzigen Entschuldigungen würden alles nur noch schlimmer machen.

Die weißen Liberalen glauben natürlich von sich, aus anderem Holz geschnitzt zu sein. Deshalb befürworten sie so oft Regelungen, die verbale Ausrutscher von Weißen gegenüber Schwarzen abstrafen, während sie entsprechende Bemerkungen Schwarzer über Weiße bereitwillig verzeihen.

Ich schüttele den Kopf, um gegen mein Sinnieren anzukämpfen, das einen gefährlich roten Kurs genommen hat. Bin ich von dem, was ich da unterstelle, wirklich überzeugt? Ich kratze an dem Rest eines Blumenaufklebers in der Ecke der Fensterscheibe herum und frage mich, warum diese Erzieherinnen mit ihrem rituellen, jedes schwarze Gesicht willkommen heißenden breiten Lächeln unweigerlich meine schlechtesten Eigenschaften auf den Plan rufen. Und warum ich immer nur die Liberalen verurteile. Die rassische Einstellung der Konservativen ist um nichts besser, oft sogar schlimmer. Immerhin schmieren diese Erzieherinnen hier nicht mit billiger Farbe Hetzparolen auf die Spinde schwarzer Highschool-Schüler oder schicken Geld an die Interessenverbände zur Stärkung der Rechte der Weißen. Woran liegt es also, dass ich mich so ereifere? Könnte es sein, dass ich mich lediglich, wenn auch schwach, an einen giftigen Artikel oder eine flammende Rede des Richters erinnere? Seltsam, wie schwer ich unsere Gedanken auseinander halten kann, als würde der tote Vater mein Denken sehr viel nachhaltiger bestimmen, als er es zu seinen Lebzeiten getan hat.

Ob ich ihm je entkommen werde?

Während ich brütend am Fenster stehe und darauf warte, dass die Erzieherinnen zu dem Schluss kommen, Bentley habe für heute seine Anti-Kriegs-, Anti-Macho- und Pro-Umarmungs-Lektion gelernt, bemerke ich einen trapezförmigen schwarzen Mercedes-Minivan, der über die Schlaglöcher des Parkplatzes holpert. Dahlia Hadley, Miguels Mutter, fährt wie üblich in blinder Eile vor. Sie kommt hereingewuselt, ein zierliches, strahlendes Energiebündel, und die von meiner Anwesenheit entnervten Erzieherinnen werden wieder munter, denn alle lieben Dahlia.

»Talcott«, stößt sie außer Atem hervor, sobald sie ihrem Sohn zugewinkt hat, »ich bin so froh, dass ich Sie treffe. Ich wollte Sie schon lange mal anrufen. Haben Sie kurz Zeit?«

»Natürlich«, sage ich, überzeugt, dass mir etwas Unangenehmes bevorsteht.

Dahlia nimmt meine Hand und zieht mich in eine andere Ecke des länglichen Raumes, wo in wüstem Durcheinander Holzklötze herumliegen, denn Schlampigkeit geht hier als kindliche Kreativität durch.

»Es geht um unser gemeinsames Interesse«, sagt sie und sieht sich um. Ihre indigoblaue Jeans und der dazu passende Sweater wirken etwas protzig, aber so ist Dahlia nun mal. »Sie wissen, wovon ich spreche, Talcott?«

Natürlich weiß ich das, aber noch könnte ich so tun, als wüsste ich es nicht, denn der *Elm Harbor Clarion* – nicht eben spezialisiert auf Geschichten, die nichts mit Fällen von Korruption in der Stadtverwaltung zu tun haben (und davon gibt es viele) – muss den obligatorischen Artikel über die Finalisten im Rennen um die Richterstelle am Bundesberufungsgericht erst noch bringen. Aber ich beschließe, auf solche Spielchen zu verzichten, und sage: »Ich denke schon.«

Sie zögert, sieht mich an und strahlt wieder. Dahlia Hadley ist Anfang dreißig und eine handfeste hennagefärbte Bolivianerin, die selbst Kimmer gegen ihren Willen einfach gern haben muss. Marc und Dahlia haben sich, wie Dahlia jedem versichert, der ihr zuhört, erst kennen gelernt, *nachdem* seine erste Ehe in die Brüche gegangen war. (Aber *bevor* er seine Frau verlassen hatte, wie Kimmer böse hinzusetzt.) Dahlia hat zwar an der Uni keine volle Stelle (was sie innerhalb der Universität zur Bürgerin zweiter Klasse macht), aber am Massachusetts Institute of Technology in Biochemie promoviert und arbeitet, unterstützt von verschiedenen Firmen, in einem finsteren Winkel der Naturwissenschaftlichen Fakultät, wo sie abwegige Heilmittel für unbekannte Krankheiten testet und voller Leidenschaft Hunderte von Laborratten ums Leben bringt. Die größte Bedrohung für die Armen dieser Welt ist, laut Dahlia, die einmal zu ihnen gehört hat, nicht politischer, militärischer oder wirtschaftlicher Natur, sondern biologischer: Der wissenschaftliche Fortschritt entlasse ebenso wie die Natur ständig neue Mikroben in unser Ökosystem, und die brächten für gewöhnlich zuallererst die Armen um. Dahlia glaubt, man werde die Gerechtigkeit irgendwann auf dem Grund eines Reagenzglases finden. Einmal besetzten Tierschützer ihr Labor, zerschlugen die Gläser, befreiten die infektiösen Nager aus ihren Käfigen und verbreiteten auf diese Weise gefährliche Krankheitserreger. Die meisten Mitarbeiter des Instituts ergriffen die Flucht, aber Dahlia trat den Demonstranten entgegen und beschimpfte sie als Rassisten, was die guten Leute verwirrte. Der Anführer der Gruppe machte alles noch schlimmer, indem er in peinlichster Weise die Lage der Ratten und die der Menschen in den Barrios zueinander in Beziehung setzte. Offensichtlich ging er davon aus, dass Dahlia, deren Haut die rötlich braune Farbe von Wüstenlehm hat, Amerikanerin mexikanischen Ursprungs sei. Sie korrigierte ihn wütend in zwei Sprachen. Die Universitätspolizei traf ein, als der Anführer noch bemüht war, seine Solidarität mit dem bolivianischen Volk zu bekunden, wobei Bolivien ja dummerweise eine Demokratie ist, Pech für ihn.

Dahlia sagte später bei dem Prozess aus. Sie sprach über die Experimente, die zerstört wurden, und über die Menschen, die nun sterben könnten – im Normalfall keine zulässige Zeugenaussage, aber der Staatsanwalt tat so, als hätte Dahlia bloß den angerichteten Schaden beschrieben, und der Richter spielte mit. Dahlia erhielt jede Menge Droh- und Schmähbriefe von Leuten, die Tiere mehr lieben als Menschen, aber dafür erhöhte einer der pharmazeutischen Konzerne, die ihre Forschungsarbeit unterstützen, seine Fördermittel beträchtlich.

Dahlia ist eine kluge Frau.

»Das ist keine leichte Zeit für uns«, sagt sie jetzt, und ich ertappe mich dabei, wie ich mich kurz frage, ob sie mich vielleicht beiseite gezogen hat, um mit mir über ein ganz anderes Thema zu sprechen. Ob Ruthie vielleicht vertraulich behandelt hat, was tatsächlich vertraulich ist, Marc also nicht erzählt hat, dass meine Frau seine Hauptrivalin im Kampf um den begehrten Posten ist. Oder ob Marc, falls Ruthie es ihm gesagt hat, seiner Frau gegenüber geschwiegen haben könnte. Dahlia beantwortet all diese unausgesprochenen Fragen, indem sie beiläufig bemerkt: »Wissen Sie, Tal, das FBI hat angefangen, alle unsere Freunde zu behelligen. Ich nehme an, das ist bei Ihnen auch so.«

»Das stimmt«, murmele ich überrumpelt. Aber warum haben uns eigentlich keine Freunde angerufen, um uns davon zu erzählen, abgesehen von John Browns Anruf wegen Foreman, der ja nicht zählt? Vielleicht hat das FBI gar keine Besuche gemacht. Ganz bestimmt sind bei uns bisher keine echten Agenten vorbeigekommen, um mit Kimmer zu sprechen. Ob sie Marc schon interviewt haben? Wenn ja, dann ist der Kampf wahrscheinlich schon vorbei – und damit möglicherweise auch meine Ehe.

»Marc ist im Augenblick sehr angespannt«, flüstert Dahlia. »Und wie hält sich Kimmer?«

»Hm? Oh, gut, sehr gut.«

Miguel ruft seiner Mutter etwas auf Spanisch zu. Dahlia dreht sich halb zu ihm um und ruft zurück: »*En un minuto, querido!*«, lässt aber meine Hand nicht los. Sie schaut zu den Erzieherinnen hinüber, die uns beobachtet haben und jetzt ostentativ wegsehen. Dahlia zieht mich noch weiter in die Ecke hinein. Sie scheint nicht zu wollen, dass jemand mithört. Die Erzieherinnen fragen sich wahrscheinlich, was das eigentlich für ein Tête-à-tête ist, dessen Zeugen sie da sind. Die meisten Menschen halten Dahlia für eine recht attraktive Frau, aber ich finde ihre Gesichtszüge zu weich und unbestimmt. Außerdem ist sie für wahre Schönheit allzu offenkundig allzu ehrgeizig.

»Es ist so schwer, etwas Neues herauszubekommen«, schmollt sie. »Haben Sie irgendwas gehört?«

Das ist es also – ich bin sprachlos. Marc weiß nicht mehr als wir! Diese ganze unbeholfene Fischerei im Trüben ist nichts als ein Angelausflug im Namen ihres Mannes. Nichts ist gelaufen, noch gar nichts! Meine Erleichterung ist so groß, dass ich am liebsten laut lachen würde. Aber ich beherrsche meine spontanen Regungen und, wie üblich, meine Gesichtszüge.

»Nichts, gar nichts, Dahlia.« Ich habe Marc in den zurückliegenden Wochen nicht häufig gesehen – da war kaum mehr als ein knappes »Hallo«, wenn wir uns auf dem Korridor trafen. Ich beschließe, jetzt selbst ein bisschen zu ermitteln. »Wahrscheinlich müssen wir alle einfach abwarten.«

Dahlia hat das offenbar überhört. Sie blickt mich wieder an, diesmal ohne zu strahlen. »Kennen Sie Ruth Silverman?« Sie sagt nicht Ruthie, stelle ich fest.

»Ja.«

Dahlia schließt kurz die Augen. Das hat etwas mädchenhaft Unschuldiges. Draußen auf dem Parkplatz sind ein paar Väter in eine lautstarke Auseinandersetzung über die relativen Vorzüge der Jets und der Giants verwickelt. Wie gern wäre ich in deren Welt und nicht in Dahlias.

»Sie war mal Marcs Studentin. Und Marc hat ihr ihren Job verschafft. Aber sie ist ja so undankbar. Sie will uns einfach nichts sagen.« Dahlia schüttelt den Kopf. Die unruhigen Erzieherinnen am anderen Ende des Raumes werfen verstohlene Blicke in unsere Richtung und sehen ungeduldig auf die Uhr. Wahrscheinlich brennen sie darauf, nach Hause zu kommen, um mit ihren Ehemännern, Liebhabern oder Freunden über unsere vertraute Unterredung zu tratschen, denn schließlich ist und bleibt Elm Harbor bei all seiner feingeistigen Attitüde doch eine Kleinstadt. *Rate mal, wen ich heute im Kindergarten zusammenstehen gesehen habe!* Mir ist bewusst, dass ich in solchen Dingen überempfindlich bin, aber das ist nun mal die leidvolle Erfahrung, die ich Kimmers und meiner Geschichte verdanke. »Marc sagt, sie sei eben zur Verschwiegenheit verpflichtet, aber ich bin in dem Glauben groß geworden, dass man eine Gefälligkeit mit einer Gefälligkeit vergilt.« Sie hat meine Hand losgelassen, knirscht mit den Zähnen und ballt die Fäuste. Ihre Nägel sind so weit abgekaut, dass die rote Haut darunter zum Vorschein kommt.

»Marc hat Recht, Dahlia. Ruthie ... Ruth muss ihre Arbeit vertraulich behandeln.«

»Es kommt nur alles so plötzlich«, erwidert Dahlia. Ich entnehme dem, dass Ruthie früher Vertrauliches an Marc weitergegeben hat, es jetzt aber aus irgendeinem Grund nicht mehr tut. Dahlias nächste Äußerung bestätigt meine Vermutung. »Noch vor drei Wochen hat Marc als Kandidat vorne gelegen. Das hat Ruth Silverman ihm gesagt. Dann sagte sie, der Präsident sehe sich aber auch noch andere Bewerber an, im Interesse der *Vielfalt.*« Sie betont das letzte Wort auf eine Weise, die ihre Überzeugung kundtut, dass dergleichen nur wenig zählen sollte, wenn es um wirklich Wichtiges geht. Im vergangenen Jahr habe ich die Studenten in meinem Seminar »Das Recht und die sozialen Reformbewegungen« sehr verstört, als ich ihnen die folgende These vorlegte: *Jeder Weiße, der wirklich für die positive Diskriminierung ist, soll sich dazu verpflichten, dass er, sobald sein Sohn oder seine Tochter die Zulassung zum Studium in Harvard oder Princeton erhalten hat, an die Universtät schreibt: Mein Sohn/meine Tochter nimmt den Studienplatz nicht an. Bitte vergeben sie ihn an den Angehörigen/die Angehörige einer Minderheit.* Die Bestürzung der Studenten bestätigte mich in dem Glauben, dass nur wenige Weiße, und seien sie noch so liberal, die positive Diskriminierung auch noch unterstützen, wenn sie das etwas kostet. Sie befürworten sie ja gerade deshalb, weil sie sich dabei vormachen können, sie unterstützten die Rassengleichheit, ohne dass sie dafür einen Preis zahlen müssten. Aber das ist nicht ihre Schuld – wer propagiert denn heutzutage noch Opferbereitschaft?

Vielfalt, denke ich jetzt. Gemeinhin ein derart inhaltsloses Wort, dass es jeder unterschreiben kann, ohne seine Zustimmung zu irgendetwas zu geben – aber in diesem Fall zweifellos ein Codewort für Kimberly Madison. Was Marc klar geworden sein muss und Dahlia offensichtlich auch. Die Chancen meiner Frau stehen besser, als ich gedacht, oder besser, als Kimmer gehofft hat, wenn es uns bloß gelingt, alles andere unter Verschluss zu halten. Jerry Nathanson spukt mir plötzlich im Kopf herum, und ich unterdrücke einen Anfall heftiger Wut auf meine Frau, nicht wegen des Ehebruchs, sondern weil sie angesichts dessen, was auf dem Spiel steht, ein so großes Risiko eingeht.

»Ich bin sicher, dass der Präsident die Person auswählen wird, die er für das Richteramt am geeignetsten hält«, sage ich, obwohl noch kein Präsident die Richter nach diesem Kriterium ausgewählt hat.

»Ich weiß nicht«, entgegnet Dahlia, aber natürlich denkt sie, dass Marc der beste Richter wäre. Ungeachtet der Tatsache, dass er keinen einzigen Tag seines Lebens in der juristischen Praxis tätig gewesen ist. »Um die Wahrheit zu sagen, Tal ... Marc ist schon die ganze Zeit über nicht mehr der Alte.«

»Das tut mir Leid, Dahlia.«

»Es sieht ihm gar nicht ähnlich, dass er nicht zur Geburtstagsparty seines Sohnes erscheint«, fährt sie fort. Irgendwann zwischendrin hat sie sich vom Verhör aufs Geständnis verlegt, ohne dass ich das genau sagen könnte, wann. »Sie erinnern sich doch an vergangenen Sonntag? Miguels Geburtstag?«

Ich erinnere mich, ja. Ich habe Bentley hingebracht, weil Kimmer, die unserem Sohn versprochen hatte mitzukommen, am Sonntagmorgen plötzlich nach San Francisco fliegen musste. Wir stritten uns deswegen, wie wir uns über so viele Dinge streiten. Und ich erinnere mich auch, dass Marc durch Abwesenheit geglänzt und Dahlia ihn entschuldigt hat: Er müsse an einer Konferenz in Miami teilnehmen. Irgendwas über Cardozo. Schon da war mir aufgefallen, dass sie darüber nicht besonders glücklich schien.

»Tut mir Leid.« Nur um etwas zu sagen.

Dahlia blickt auf den ramponierten braunen Teppichboden hinunter. In ihren dunklen Augen schimmern Tränen. »Marc ist sonst immer so liebevoll zu mir und Miguelito. Aber diese ständige Anspannung ...« Sie schüttelt wieder den Kopf. »Er ist jetzt immer gleich so aufbrausend. Will nicht mit mir reden.«

Ich weiß nicht, was Dahlia dazu veranlasst, mir diesen Einblick ins Privatleben der Familie Hadley zu gewähren, aber ich möchte mich damit ganz gewiss nicht belasten. Unschönerweise rette ich mich weiter in Allgemeinplätze. »Es ist für alle eine harte Zeit«, verrate ich ihr.

Sie hört kaum zu. »Ihr seid gut dran, Tal. Kimberly ist noch jung. Wenn es bei ihr diesmal nicht klappt, dann eben das nächste Mal. Aber in Marcs Leben ist so vieles anders gelaufen, als er es sich erhofft hat. All die Sachen, die ... er einfach nicht zu Ende schreiben konnte. Ich mache mir Sorgen, was aus ihm wird, wenn dieser Posten mit jemand anderem besetzt wird. Ich habe Angst um ihn.«

Das ist es also! *Marc wird sich was antun, wenn er das Amt nicht kriegt, aber für Kimmer wird es eine neue Chance geben, könntest du also bitte, bitte, Kimmer zum Rückzug bewegen?* Ein Hilferuf, Ausdruck ihrer Verzweiflung. Ich muss an Stuart Lands Klage denken, Marc erledige seine Arbeit nicht mehr ordentlich, sei aus dem Gleichgewicht geraten. Und an seine Bemerkung, er könne Kimmer in Washington helfen. Vielleicht hat er das schon getan?

»Es ist für uns alle nicht leicht. Aber ich bin sicher, es wird ausgehen, wie es ausgehen soll.« Nicht gerade sehr mitfühlend, denke ich, aber wie kann Dahlia Hadley von mir erwarten, dass ausgerechnet ich ihr den Rücken stärke?

Dahlia lässt nicht locker. »Sie verstehen mich nicht, Talcott. Das ist nicht bloß Aufregung. Marc quält sich. Ja, das ist das Wort. Er quält sich. Er will mir nicht sagen, was in ihm vorgeht. Wir haben uns immer alles anvertraut, seit wir zusammen sind, und jetzt verschweigt er mir etwas. Und es ... frisst ihn auf.« Sie schüttelt wieder den Kopf und winkt mit unbestimmter Geste ihrem Sohn zu, der zusammen mit Bentley ein Bild malt. »Es macht unsere Familie kaputt, Talcott.«

Ich weiß nicht, wie ich reagieren soll, aber ich möchte unbedingt das Richtige sagen, denn die plötzliche Enthüllung ihres Kummers vertreibt mit einem Mal das Gefühl, dass es nicht an mir sein kann, sie zu trösten. Vielleicht ist das nicht alles nur Show. Vielleicht macht sie sich wirklich Sorgen um ihren Mann. Und vielleicht besteht ein echter Anlass zu Besorgnis.

»Das tut mir so Leid, Dahlia«, sage ich schließlich und klopfe ihr sanft auf die Schulter. »Wirklich.«

Sie krallt sich in meinen Ärmel, und einen flüchtigen Augenblick lang sieht es so aus, als wollte sie den Kopf an meine Brust legen. Dann richtet sie sich verlegen wieder auf – sie hat sich gehen lassen und macht sich nachträglich Gedanken, was wohl die gaffenden Erzieherinnen davon halten.

»Ach, Talcott, mir tut es auch Leid.« Sie putzt sich die Nase. Ihr Gesicht ist tränennass, ohne dass ich bemerkt hätte, dass sie angefangen hat zu weinen. »Es ist nicht recht, Sie mit all dem zu belasten. Holen Sie Ihren Jungen, bringen Sie ihn nach Hause und nehmen Sie ihn in den Arm. Dann wird alles wieder besser.«

»Tun Sie das auch, Dahlia. Und machen Sie sich keine Sorgen.«

»Sie auch nicht. Ich danke Ihnen.« Noch schniefend. »Sie sind ein lieber Mensch.« Das klingt, als begegneten ihr nicht allzu viele von der Sorte.

Ich gehe gedämpfter Stimmung durch den Raum, um Bentley zu holen. Die Erzieherinnen treten beiseite und bilden eine Gasse – meine Geheimverhandlung mit Dahlia hat mich zum Prominenten gemacht.

Während ich einen schläfrigen Bentley im Kindersitz anschnalle, für den er wahrscheinlich schon wieder zu groß geworden ist, schaue ich zum Kindergarten zurück, der mir allmählich zuwider wird. Miguel und seine Mutter stehen Hand in Hand in der Tür. Dahlia, die sich anscheinend mittlerweile beruhigt hat, plaudert mit einer der Erzieherinnen und bringt sie zum Lachen. Miguel winkt mir hochnäsig zu, ganz der Sohn seines Vaters. Ich kurve um die Schlaglöcher auf dem Parkplatz herum, so dass mein Camry höchstens drei- oder viermal mit dem Unterboden aufschlägt, und staune über die Wechselfälle des Schicksals. Sollte McDermott tatsächlich nach Kanada geflohen sein und Conan Deveaux tatsächlich Freeman Bishop umgebracht haben, dann hat Kimmer Recht: Es ist an der Zeit, dass ich aufhöre, mir ständig Sorgen zu machen. Ich muss nur noch meine Schwester so weit bringen, dass sie endlich diesen ganzen Verschwörungsschwachsinn sein lässt. Mit Addisons Hilfe schaffe ich das vielleicht.

Die Leiche im Keller, rufe ich mir frohlockend in Erinnerung, als Jack Zieglers kränkliches Gesicht vor meinem inneren Auge erscheint. Marc ist wegen der Leiche im Keller beunruhigt!

• II •

Fünf Minuten später biege ich in die Zufahrt zu unserem Zwölf-Zimmer-Haus ein, das im Herzen des Fakultätsghettos liegt. Wir sind, wie mir Kimmer stets vor Augen führt, auf allen Seiten von Juristen umgeben. Die Liebste Dana Worth wohnt zwei Querstraßen weiter, um die Ecke haben wir Tish Kirschbaum, unsere Alibi-Feministin, und schräg gegenüber Peter Van Dyke, unseren Alibi-Faschisten (die Charakterisierungen stammen von Kimmer, nicht von mir). Theo Mountains Garten grenzt an den von Peter. Vier weitere Fakultätsangehörige leben im Umkreis von ein paar hundert Metern. Die Häuser auf dem Hobby Hill waren früher sündhaft teuer, so dass sie nur für die altgedientesten Professoren, die außerdem noch wohlhabenden Familien entstammten, erschwinglich waren. Aber schon seit fünfzehn Jahren stagniert der Immobilienmarkt von Elm Harbor, und so können sich inzwischen auch jüngere Professoren der finanziell besser gestellten Fakultäten – Jura, Medizin und Naturwissenschaften – die riesigen Villen leisten, die einst den Experten für Mencius, Shakespeare und die Krümmung des Weltraums vorbehalten waren.

Trotzdem – zu Hause! Hobby Road Nr. 41 ist eine Ende des 19. Jahrhunderts gebaute stattliche Villa mit großen Räumen, hohen Decken und anmutiger Täfelung. Ein Haus, um Gäste darin zu bewirten, obwohl wir das nie tun. Ein Haus für eine große Kinderschar, obwohl wir nie mehr als einen Sohn haben werden. Der Fußboden gibt überall ein bisschen nach, die Täfelung bekommt Risse, und die Rohrleitungen stöhnen, aber es sind unsere Fußböden, unsere Täfelungen und unsere Rohre. Wir sind erst die dritte schwarze Familie, die in diesem eleganten Viertel namens Hobby Hill wohnt. Die anderen beiden sind allerdings lange vor unserem Zuzug fahnenflüchtig geworden. Ich weiß nicht, wie viele Vorbesitzer unser Haus schon gehabt hat, aber es hat sie alle überlebt und ist dabei sogar gediehen. Einer hat den Keller in ein Spielzimmer verwandelt, ein anderer hat die Küche renoviert, wieder ein anderer eine Garage angebaut (in der Kimmer ihren BMW grundsätzlich nicht parkt, weil sie fürchtet, an der schmalen Einfahrt den weißen Lack zu zerkratzen), und einer hat die vier Bäder und die zwei WCs modernisiert, einschließlich des für das Hausmädchen bestimmten Bades im Dachgeschoss (Wenn wir doch ein Hausmädchen hätten und uns die Beheizung des Dachbodens leisten könnten!). Trotzdem stelle ich mir lieber vor, das Haus habe sich seit seiner Erbauung kaum verändert. Acht Jahre nach unserem Einzug freue ich mich immer noch diebisch, wenn ich durch die Haustür trete, denn ich weiß, dass der ursprüngliche Besitzer ein langjähriger Rektor der Universität war: der pedantische Altphilologe Phineas Nimm, der um den Ersten Weltkrieg herum starb. Rektor Nimm beteiligte sich an einer von

W. E. B. Du Bois, einem damals noch unbekannten Professor der University of Atlanta, vor gut einhundert Jahren durchgeführten Erhebung und schrieb in schöner Unerschütterlichkeit, dass ein Farbiger, und sei er noch so gebildet, der hiesigen Universität als Student nicht willkommen sei. Ich war selbst noch Student, als ich diesen Brief im Universitätsarchiv entdeckte und beinahe gestohlen hätte. Obwohl das alles so lange Zeit her ist, empfinde ich angesichts der Ironie, dass heute ich der Besitzer des Nimm'schen Hauses bin, nach wie vor eine gewisse Befriedigung.

Im schwindenden Tageslicht spielen Bentley und ich noch eine Weile Kickball, unter den wohlwollenden Blicken von Don und Nina Felsenfeld, unseren betagten Nachbarn, die wie üblich um diese Tageszeit in ihrem Wintergarten sitzen. Don war einmal einer der führenden Experten des Landes auf dem Gebiet der Elementarteilchenphysik, und Nina war und ist Expertin für die Begrüßung Fremder, für die jüdische Tradition des *Chessed*: Vor acht Jahren stand sie kaum eine Stunde nach Ankunft des Möbelwagens mit einem Tablett voller Frischkäsesandwiches vor unserer Tür. Sie hat uns im Laufe der Jahre viele weitere Tabletts gebracht, das Letzte vor drei Wochen nach dem Tod meines Vaters, denn sie ist in einer Familie aufgewachsen, in der man den Nachbarn etwas zu essen brachte, wenn sie einen Toten zu beklagen hatten. Don und Nina meinen, es gebe nichts Wichtigeres als die Familie, und Don, der mich schon beim Schach in Grund und Boden gespielt hat, betont gerne, dass noch niemand auf seinem Sterbebett gelegen und sich gewünscht habe, er hätte lieber ein paar Stunden mehr gearbeitet und ein paar weniger mit seinen Kindern gespielt.

Kimmer findet, die beiden stecken überall ihre Nase rein.

Jetzt sind sie offensichtlich dabei, sich erneut einzumischen, denn sobald ich zu dem Schluss gelangt bin, dass mein Sohn zu müde ist, um weiterzuspielen, mich also umdrehe und dem Haus zustrebe, steht Don auf und öffnet die Wintergartentür. Über die hohe, dichte Hecke zwischen unseren Grundstücken gibt er mir ein Zeichen, zu ihm herüberzukommen. Ich nicke, nehme Bentley an der Hand und gehe zur Vorderseite des Hauses, denn nur so kommt man um die stachlige Hecke herum. Wir treffen auf dem Rasenstück vor seinem Haus mit Don zusammen, und ein paar Sekunden lang spielt er nur mit seiner Pfeife.

»Wie geht's unserem kleinen Burschen?«, fragt er schließlich.

»Bentley macht sich prächtig«, antworte ich.

»Pächig! Bemmy pächig!«, zwitschert mein wunderbarer Kleiner und grapscht mit seiner freien Hand nach der von Don. »Los du!«

»Jawohl«, sagt Don todernst. Die hingestreckten kleinen Fingerchen verschwinden in seiner Hand. »Jawohl, du bist wirklich ein prächtiger kleiner Bursche.«

Bentley gluckst und umschlingt Dons Bein.

Don Felsenfeld ist ein großer, hagerer, reservierter Mann, Sohn eines jüdischen Farmers aus Vermont. In seiner Blütezeit hat er angeblich mehr über Elementarteilchen gewusst als irgendjemand sonst auf der Welt, und es ist ein beliebter Campusspruch, dass er den Nobelpreis doppelt verdient hätte. Als Teilzeit-Sozialist und Vollzeit-Atheist hat Don einmal ein sehr erfolgreiches Buch geschrieben, dessen Titel Einsteins ebenso berühmten wie schwierigen Ausspruch verulkt: *Die Wissenschaft vom Unglauben – Wie das Universum mit Gott würfelt.* Jetzt ist er fast achtzig, trägt nur noch Khakihosen und immer dieselbe blaue Strickjacke und verbringt die meiste Zeit damit, zu gärtnern oder Pfeife zu rauchen oder beides zugleich zu tun.

»Sind anstrengende Wochen für Sie gewesen«, sagt er. Kein Lächeln, knappe Worte. Don Felsenfeld mag Jude sein, aber er ist auch durch und durch Neuengländer.

»Das kann man wohl sagen.«

»Nina kocht Ihnen was.«

»Das ist lieb von ihr.«

»Ja, so ist sie.« Einen Augenblick würdigen wir schweigend seine Frau. Dann fängt Don wieder an, mit seiner Pfeife zu spielen, wie er es auch immer tut, wenn er auf dem Schachbrett einen seiner vernichtenden Angriffe führt, und daran erkenne ich, dass wir endlich beim Kern der Sache angelangt sind. »Hören Sie, Talcott. Haben Sie irgendwelche Probleme?«

»Nicht dass ich wüsste. Nein, ich glaube nicht.« Ich schlucke. Hat McDermott sich hier rumgedrückt und Fragen gestellt? Oder Foreman? Oder das echte FBI? »Wie kommen Sie darauf?«

Don sieht mich nicht an, sondern scheint sich sehr für eine Weißkehlammer zu interessieren, die auf dem Bürgersteig herumhüpft und wahrscheinlich den Anschluss verpasst hat, als die anderen in Scharen nach Süden aufgebrochen sind.

»Wir haben einen schönen Herbst gehabt, nicht wahr?«, sagt Don langsam. Ich nicke verwirrt. »Das Wetter war gut. Nicht zu kalt. Angenehm.«

»Ja, ein schöner Herbst.«

»Einer der wärmsten übrigens, seit Sie hergezogen sind.«

»Das könnte schon sein.«

»So ein Herbstwetter, bei dem die Leute nachts die Fenster offen lassen. Schöne, frische Luft.«

»Hm, ja.« Im Laufe der Jahre haben Don und ich über alles Mögliche diskutiert: über die Haltung der Universität gegenüber Patentrechten der Fakultäten ebenso wie über die Bücher von John Updike und John Irving, über die Beziehung zwischen Kapitalertragssteuer und Kapitalbildung, darüber, wie sich Bobby Fischer gegen die derzeitigen Schachchampions geschlagen hätte, oder darüber, ob das Buch Jesaja, von dem die Christen glauben, es deute auf die Geburt und das Wirken Jesu hin, die Ankunft eines oder zweier Kinder voraussagt. Aber noch nie haben wir uns ausführlich über das Wetter unterhalten ... was darauf hindeutet, dass noch etwas Wichtigeres im Anzug ist.

»Wissen Sie, Talcott, vollkommene Ehen gibt es nicht.«

»Davon bin ich immer ausgegangen.«

»Ihre Fenster stehen bei diesem Wetter offen. Unsere auch.«

Plötzlich dämmert es mir. Ich sehe ihn scharf an, aber sein Blick ist in eine unbestimmte Ferne gerichtet. Ich weiß, was kommt, und ich weiß auch, dass Nina ihn auf mich angesetzt hat, denn Don würde, wie der Richter, nie freiwillig über Gefühle sprechen oder auch nur zugeben, welche zu haben.

»Wissen Sie, Don –«

Auf seine freundliche, zielstrebige Art überfährt mich der alte Physiker, wie er es beim Schach auch tut: »War nicht zu vermeiden, Talcott, wir mussten neulich abends zuhören. Ihnen und Ihrer Frau, meine ich. Sie hatten ganz schön Krach miteinander.«

Ich erinnere mich: vor drei Tagen, am Samstag. Der einzige Missklang in einer ansonsten liebevollen Woche. Kimmer hatte mir eröffnet, dass sie am nächsten Morgen nach San Francisco fliegen müsse, und ich hatte sie törichterweise an ihr Versprechen erinnert, mit Bentley zu Miguel Hadleys Geburtstagsfeier zu gehen, damit ich nach der Kirche zur Uni fahren könne, um noch das Ende von Rob Saltpeters Konferenz über die Auswirkungen der künstlichen Intelligenz auf das Verfassungsrecht mitzubekommen. Kimmer erklärte mir, sie habe keine andere Wahl, das gehöre nun einmal zu ihrer Arbeit. Ich erwiderte, dasselbe gelte für mein Vorhaben. Sie sagte, das sei nicht dasselbe, sie habe schließlich Verpflichtungen. Ich fragte, wem gegenüber. Sie erkundigte sich, was diese Frage zu bedeuten habe. Ich sagte, das wisse sie genau. Sie fragte, was denn das nun wieder solle. Ich sagte, darüber wolle ich nicht sprechen. Sie erwiderte, ich hätte doch damit angefangen. Kein Wunder, dass Don und Nina die Auseinandersetzung mitbekommen haben: Wir sind zweifellos laut geworden. Auf jeden Fall Kimmer.

»Es tut mir Leid, wenn wir Sie gestört haben.«

»Machen Sie sich darüber keine Gedanken, Talcott.« Er legt mir die Hand auf die Schulter, so wie mein Vater früher. Bentley, der den Ernst der Unterredung gespürt hat, ist davongeschlendert. Er kauert im Garten der Felsenfelds und untersucht Dons sorgfältig gepflegte Blumenbeete, von denen die meisten wegen der bevorstehenden Kälte schon abgedeckt sind. Ich habe versucht, meinem Sohn abzugewöhnen, andauernd die Knospen abzuzupfen, aber Don und Nina sind da tolerant. »Ich wollte Ihnen nur sagen, dass ich zur Verfügung stehe, falls Sie mal jemanden zum Reden brauchen. Manchmal ist der wichtigste Schritt, sich einfach auszusprechen. Nina und ich haben in all den Jahren auch das eine oder andere Problem gehabt. Aber wir haben sie immer gelöst. Und Sie werden Ihre ebenso lösen, wenn Sie die Hilfe Ihrer Freunde annehmen.«

Im ersten Moment verschlägt es mir vor Scham die Sprache. Es gibt schließlich Verhaltensregeln, pflegte meine Mutter zu predigen, und man sollte nie den Eindruck erwecken, dass man sich nicht an sie hält. Was das Sich-Aussprechen angeht, so hat sich mein Vater immer über Psychotherapie und dergleichen mokiert, denn er war der Meinung, damit hätschele man nur seine Willensschwäche. *Du ziehst einen Strich unter die Vergangenheit und schaust unbeirrt in die Zukunft. Man muss einfach Entscheidungen treffen, Talcott.* In meiner Familie wurden Schwierigkeiten immer verheimlicht, weshalb wir alle völlig ungeübt im Umgang mit Außenstehenden sind, die entdecken, dass wir welche haben.

Trotzdem gelingt es mir, einigermaßen unbeschwert zu antworten: »Vielen Dank, Don, aber das am Samstagabend, das war noch gar nichts. Sie sollten Kimmer mal hören, wenn sie richtig loslegt!« Am liebsten würde ich ihm zuzwinkern, aber diese Kunst habe ich leider nie erlernt.

Don lächelt müde und wirft mir einen Blick zu wie früher der Richter, wenn ich über akademische Grade, Lehrstühle, Politik oder anderes witzelte, was mein Vater für wichtig erachtete, worüber ich aber nicht diskutieren mochte. In Dons hellen, intelligenten Augen steht das gnadenlose Urteil eines Menschen, der im Laufe seiner fast achtzig Lebensjahre auf alle Fragen eine Antwort gefunden hat. Ich bin ein großer Fan von Nina, aber nicht von Don – wahrscheinlich weil er mich zu sehr an den Richter erinnert. Die Tatsache, dass mein Vater ein Tory war (mir fällt kein anderes Wort ein) und Don genau das Gegenteil davon ist, ändert nichts an der grundsätzlichen Wesensverwandschaft der beiden, vor allem nicht an dieser gewichtigen Selbstzufriedenheit, mit der sie alle zum Teufel schicken, die dumm genug sind, die falschen politischen Ansichten zu vertreten.

»Falls Sie Ihre Meinung ändern: Ich bin für Sie da«, erklärt Don. Auch das hat mein Vater immer gesagt. Nur dass ich meine Meinung nie änderte und er nie für mich da war.

Kapitel 16

Die drei Narren

• I •

Mitte der Woche nach Thanksgiving nehmen wir das Haus auf Martha's Vineyard offiziell in Besitz. Wir fahren mit Kimmers schnittigem BMW hinauf nach Massachusetts, dann auf Cape Cod bis Woods Hole, und setzen von dort mit der Autofähre über. Diese Fähre verkörpert, wie mein Vater zu sagen pflegte, zwei Segnungen der Insel. Zum einen sei die Fahrt mit ihr über das Wasser so angenehm und erholsam, dass man schon entspannt auf Martha's Vineyard ankomme, zum anderen habe die Steamship Authority gottlob das Monopol und setze nur eine begrenzte Zahl von Fährschiffen ein, was bedeute, dass auch nur eine begrenzte Zahl von Autos – ergo Menschen – auf die Insel gelangen könne, und das sei vor allem in der Hochsaison, also im Juli und August, nur zu begrüßen. Wenn eins der Kinder, meistens Addison, munkelte, diese Freude rieche doch sehr nach elitärem Denken, antwortete der Richter frohgemut mit einem seiner heiß geliebten Bonmots, das wahrscheinlich sogar von ihm stammte: *Zur Elite zu gehören ist der Lohn für harte Arbeit und ein rechtschaffenes Leben.* (Was natürlich impliziert, dass man, wenn man nicht zur Elite gehört, entweder nicht hart arbeitet oder nicht rechtschaffen lebt.)

Ich habe diese Überfahrt schon immer gemocht, und auch heute genieße ich sie. Je weiter Cape Cod hinter uns zurückbleibt, desto deutlicher spüre ich, wie alle meine verworrenen Ängste kleiner werden und an Bedeutung verlieren, während Martha's Vineyard vorn an Steuerbord immer größer wird. Zunächst ist es nur ein ferner, graugrüner Schimmer, dann eine Vision von Bäumen und Stränden, wie einem Traum entsprungen, und jetzt ist sie schon so nahe, dass man einzelne Häuser erkennen kann, alle graubraun, verwittert und schön. Ich sauge das Bild auf wie ein Alkoholiker die letzten Tropfen aus der Flasche, während die Fähre gleichmäßig dahinstampft und auf dem Fahrzeugdeck eine Hand voll Autos ungeduldig auf die Ankunft wartet. (In der Saison wären es hundert und mehr.) Bentley und ich stehen an der Reling, mein Sohn ruft den Möwen etwas zu, die über uns in der salzigen Herbstluft schweben, erfüllt von der Hoffnung, mit ein paar Abfällen von uns Verschwendern belohnt zu werden. Eine frostige ferne Sonne schickt gleichmütig ihre Strahlen übers Wasser. Mein Sohn beugt sich vor und streckt die Arme über die Reling. Ich will ihm den Spaß nicht verderben und schiebe vorsorglich einen Finger hinter seinen Gürtel. Dabei versuche ich mir klar zu machen, dass er schon dreieinhalb ist, also kein Baby mehr. Aber er ist auch das erste und gleichzeitig letzte Kind, dem ich ein Vater sein werde. Denn Kimmer hat genug vom Kinderkriegen, wie sie eindeutig klargestellt hat. Zum Teil weigert sie sich nach dem fast misslungenen Versuch mit Bentley sicher aus Angst, aber das ist keineswegs schon die ganze Erklärung. Nein, ein weiteres Kind wäre eine neuerliche Festlegung auf eine Ehe, über die sich Kimmer nach wie vor nicht schlüssig ist. Meinen Wunsch nach einer großen Familie beantwortet sie mit dem zweifellos zutreffenden Hinweis, dass nicht ich die Kinder austragen müsse, sondern sie – allerdings sagt sie nicht Kinder, sondern Föten, und sie legt größten Wert darauf, dass andere diese Bezeichnung ebenfalls benutzen. Meine Frau, die sich nie politisch äußert, außer wenn sie es doch tut, riecht ein Anti-Abtreibungs-Komplott, bevor es überhaupt ausgeheckt ist. Im vergangenen März hat die Liebste Dana Worth, die Kinder mag, aber nie welche bekommen wird, Bentley zum dritten Geburtstag *Horton Hears a Who* von Dr. Seuss geschenkt – das sei nämlich als Kind eines ihrer Lieblingsbücher gewesen. Kimmer bedankte sich bei Dana, blätterte das Buch durch und ließ es entsetzt auf dem Dachboden verschwinden, ohne es unserem Sohn vorgelesen zu haben. Sie verbot auch mir, es ihm vorzulesen. »Ein Pamphlet gegen die freie Willensentscheidung«, fauchte sie, und als ich fragte, was sie denn meine, zitierte sie mit einem verächtlichen Lächeln die wiederkehrende Pointe des Buches: »Ein Mensch ist ein Mensch und sei er noch so winzig.«

»Wovon sollte es auch sonst handeln, wenn es von Dana kommt«, sagte sie empört.

Aber jetzt bin erst einmal ich mit Lächeln dran. Egal, was mir an anderen Orten widerfährt, meine Aufenthalte auf der Insel beleben und erfrischen mich. Und ich bin fest entschlossen, mich auch diesmal zu erholen. In der vergangenen Woche hatte ich eine Auseinandersetzung mit Mariah, unsere bislang heftigste. Auf Drängen von Meadows fuhr ich die ganze Strecke bis nach Darien und führte meine Schwester zum Mittagessen aus. Ich versuchte, sie so freundlich wie möglich dazu zu bringen, das Erfinden immer neuer Verschwörungen in Zukunft ein wenig einzuschränken. Ich berichtete ihr von dem potentiellen Richteramt und gab zu bedenken, dass ihr Verhalten Kimmers Chancen mindere, ohne jedoch meine Quelle zu nennen. Sie schoss zurück, meine Frau für das Richteramt in Betracht zu ziehen und dann zu drohen, alles rückgängig zu machen, falls sie, Mariah, weiterhin kein Blatt vor den Mund nehme, dies alles sei an sich schon eine Verschwörung mit dem Ziel, uns mundtot zu machen. Ich erwiderte, das erscheine mir ein bisschen weit hergeholt, ein Wort gab das andere, und plötzlich war alles wieder wie in der schlimmen Zeit nach dem Erscheinen des Buches von Woodward. Nur diesmal noch schlimmer, weil der Richter nicht mehr da ist, um uns wieder zusammenzubringen.

Und deshalb leide ich nur noch vor mich hin. Unfähig, mich auf den Unterricht zu konzentrieren, habe ich die Fakultät um zwei Wochen Urlaub gebeten, und Dekanin Lynda hat ihn mir mit Freuden gewährt – weil sie mich nicht mag und weil sie weiß, dass ich dann in ihrer Schuld stehe. Stuart Land hat sich bereit erklärt, bis zu meiner Rückkehr meine Deliktsrechtveranstaltung zu übernehmen, und er hat schon dreimal angerufen, betrübt über die mangelhafte Gliederung meines Unterrichtsplans und das Chaos in meinem Büro, wobei er sich erbot, in beides Ordnung zu bringen. Ich habe höflich abgelehnt, denn ich möchte nicht, dass jemand in den hintersten Winkeln meines Daseins herumstöbert.

Kurze Zeit vorher war ich bei der Beerdigung von Freeman Bishop, meiner zweiten in Trinity and St. Michael innerhalb von zwei Wochen. Ein Gastpriester, Angehöriger der hellhäutigeren Nation, hielt den Trauergottesdienst, an dem nur wenige Trauergäste teilnahmen. Ein paar Gesichter kamen mir noch von der Beerdigung des Richters bekannt vor, ohne dass ich ihnen in meinem aufgewühlten Zustand Namen hätte zuordnen können. Mariah schwänzte die Veranstaltung. Sergeant Ames dagegen nahm teil – vielleicht, weil sie dachte, es würden weitere böse Buben in Erscheinung treten. Ich sprach kurz mit ihr, bevor sie durch einen Nebeneingang wieder hinausschlüpfte, erfuhr aber nur, dass Conan noch über das Strafmaß im Falle eines Schuldbekenntnisses verhandelt, was ich schon von der Website der *Washington Post* wusste.

Dann hatten wir in der vergangenen Woche unser übliches angespanntes Thanksgiving-Essen mit Kimmers Eltern, die immer noch darauf warten, dass ich ihre widerspenstige Tochter zähme, ohne wahrhaben zu wollen, dass Kimmer einfach nicht zu zähmen ist. Vera und der Colonel funkelten mich über die Tafel hinweg an, während Kimmer und ihre Schwester Lindy miteinander tratschten und Bentley eine ziemliche Schweinerei anrichtete. Ich habe den Verdacht, dass meine Schwiegereltern die Schuld mir geben werden, falls meine Frau nicht Richterin wird.

Trotz allem habe ich mich zunehmend auf die heutige Reise gefreut.

Während sich das Schiff gegen die Wellen stemmt und mich der Insel näher bringt, die ich so liebe, halte ich mein Gesicht in den Seewind und kann auch über Kimmers Macken lächeln, sogar über Kimmer selbst, die in der Snackbar hockt und per Handy ein lebenswichtiges Gespräch führt. Vielleicht geht es um ihre Arbeit, vielleicht um ihre Nominierung, vielleicht um etwas Intimeres – ausnahmsweise ist mir das völlig egal. Seit ich ihr von den Ängsten im Hause Hadley erzählt habe, gibt sie sich liebevoll und warmherzig, als wollte sie andere Verhaltensweisen wettmachen – eine tief greifende Verwandlung, die ich schon häufiger erlebt habe, und die, anders als bei Gregor Samsa, innerhalb von Sekunden wieder ins Gegenteil umschlagen kann. Ich bin jedoch entschlossen, mich an dem Zustand zu erfreuen, solange er anhält.

Kimmer hat von dem Zeitbudget, das sie eigentlich für die Förderung der Interessen ihres Klienten (oder ihrer eigenen) eingeplant hatte, achtundvierzig Stunden stibitzt, um mit mir über die Schwelle des Hauses zu treten, das jetzt uns gehört, und ich bin ihr für diesen kleinen Diebstahl dankbar. Sie hätte mich durchaus zwingen können, nur mit Bentley oder sogar allein zu fahren. Die Tatsache, dass sie das nicht getan hat, verstehe ich als Signal einer anhaltenden Waffenruhe, und in diesem Moment auf der Fähre ertappe ich mich dabei, dass ich gegen alle objektiven Anzeichen an die Möglichkeit des Glücks glaube. Selbst an das Glück mit meiner Frau. Treue in einer unglücklichen Ehe kann wohl als ein Akt des Glaubens bezeichnet werden – des Glaubens an die unendlichen Möglichkeiten des Lebens, was nur (und da würde mir Rob Saltpeter sicher zustimmen) eine andere Bezeichnung für die Güte Gottes ist. Und so stehe ich dort an der Reling, einen Finger in den Gürtel meines Sohnes gehakt, der sich in die Gischt hinauslehnt und glückstrahlend die Möwen ruft, und lächle. Ich wende mich nach meinen Mitpassagieren an Deck um und bin sicher, dass sie ihrem Aufenthalt auf der Insel genauso freudig entgegensehen wie ich. Mir will plötzlich das Herz vor Liebe zerspringen: vor Liebe zu meinem Kind, zu meiner Frau, zu –

Und plötzlich steht sie da.

Groß und sportlich, in Jeans und Bomberjacke, keine zwanzig Schritte von mir entfernt – die Frau aus der Skaterhalle! Das ist doch nicht möglich, ein völlig unglaublicher Zufall, ich muss mich irren, meine dumpfe Libido hält mich zum Narren ... und doch weiß ich, dass sie es ist. Die Skaterin. Die Frau, die vor einem Monat mit mir geflirtet hat, bis sie meinen Ehering entdeckte. Die Frau, die mir danach noch wochenlang im Traum erschienen ist. Sie steht weiter vorne am Bug, etwas abgesondert und mit dem Gesicht im Wind, weshalb ich nur einen Teil ihres dunkelbraunen Profils sehe, aber die weiche Kinnpartie, und die Fülle dieser unmöglich entkrausten Locken können niemand anderem gehören. Sie hat eine leuchtend rote Reisetasche über der Schulter hängen und in der Hand ein dickes gebundenes Buch, das aus der Ferne irgendwie französisch wirkt. Vielleicht Molière. Studentin oder Dozentin, überlege ich, vermute aber weder noch, denn das Ganze sieht eigentlich eher nach Requisite aus. Ihr Anblick elektrisiert und erschreckt mich. Ich stehe an der Reling und schaue verblüfft zu dieser unglaublichen Erscheinung hin, viel zu schüchtern, um –

»Für so eine Figur würde ich glatt jemanden umbringen«, sagt Kimmer. Ich war so abgelenkt, ich habe gar nicht bemerkt, dass meine Frau neben mich getreten ist, und ihr bösartig-belustigter Tonfall kränkt mich wie eh und je. Andererseits bin ich im Sinne der Anklage schuldig. »Sie sieht umwerfend aus, was?«

»Wer?«, frage ich ausweichend und achte darauf, mich meiner Frau nicht allzu abrupt zuzuwenden, damit sie nicht folgert, ich hätte tatsächlich in die bewusste Richtung gestarrt. Ich habe Bentleys Gürtel immer noch fest im Griff, und er hängt nach wie vor über der Stange der Reling, vollkommen hypnotisiert vom Kielwasser. Die Skaterin könnte auch aus Stein gemeißelt sein.

»Die riesige *nzinga* da vorne«, antwortet meine gelehrte Kimmer, die ihre Gesprächsbeiträge gern mit afrozentrischen Einsprengseln würzt. Sie zeigt mit der einen Hand und fasst mich mit der anderen am Arm. Das Handy ist nirgends zu sehen. »Die, von der du die Augen nicht lassen kannst.« Kimmer lacht und bellt dann leise wie ein Hund. »Sitz, Bursche!«, sagt sie nicht gerade freundlich. Also doch keine Waffenruhe.

»Kimmer, ich –«

»He, sie schaut in unsere Richtung! Misha, sie guckt dich an. Dreh dich um und wink ihr zu!« Sie fasst mich an den Schultern und will mich mit Gewalt umdrehen, aber ich wehre mich.

»Hör auf, Kimmer!«

»Schnell, mein Schatz, du verpasst deine Chance.« Sie sagt es neckend, aber gleichzeitig schwingt dabei ihr uraltes Argument mit, dass ich meinerseits Affären habe sollte, um die ihren wettzumachen, dass ich mich in eine andere verlieben und sie, Kimmer, verlassen sollte, damit ihr erspart bliebe, mich länger verletzen zu müssen, und dass meine Unerschütterlichkeit angesichts ihrer Liebeleien keine christliche Tugend darstellt, sondern schlicht und einfach irdische Feigheit ist. Wir haben diese Auseinandersetzung schon so oft geführt, dass Kimmer nur eine kleine Andeutung machen muss, damit die ganze Qual wieder mein Herz erfüllt.

»Hör auf damit!«, zische ich ziemlich scharf.

»Na los, mach schon, Misha!«, beharrt meine Frau ungerührt.

»Geh und sag ihr guten Tag, schnell!« Aber dann nimmt sie die Hände von meinen Schultern. »Zu spät«, meint sie mit gespielter Traurigkeit. »Sie ist weg.«

Jetzt kann ich mich nicht mehr zurückhalten. Ich drehe mich um. Die Skaterin ist tatsächlich weg. An ihre Stelle sind zwei pummelige weiße Mädchen getreten, die sich Bonbons in den Mund stopfen und das Papier ins Wasser werfen. Die Möwen schweben über ihnen, als wollten sie gegen die Umweltverschmutzung protestieren oder als erhofften sie sich selbst einen Bissen. Die Skaterin ist so unauffällig verschwunden, wie sie aufgetaucht ist; hätte Kimmer den Augenschein nicht bestätigt, käme ich vielleicht zu dem Schluss, sie sei überhaupt nicht da gewesen.

»Ich dachte nur, ich würde sie irgendwoher kennen«, sage ich und merke im selben Moment, wie lahm das klingen muss.

»Oder, dass du sie gerne kennen lernen würdest«, erwidert meine Frau. Mir kommt der widersinnige Gedanke, Kimmer könnte womöglich eifersüchtig sein.

»Ich will doch nur eine Frau«, rufe ich ihr, bewusst unbeschwert, in Erinnerung.

»Fragt sich nur, welche?«

Sie provoziert mich gerne zu solchen Disputen, und obwohl ich immer versuche, ihnen auszuweichen, ist sie oft erfolgreich. Wie auch jetzt. »Ich habe dir schon zigmal gesagt, Kimmer, dass ich solche Scherze über meine eheliche Treue nicht mag.«

»Ich mache doch nur Spaß, Schatz.« Ein verspielter Kuss auf meine Nase. »Obwohl ich nichts dagegen hätte, wenn du eine andere ...«

»Ich will aber keine andere ...«

»Das sah vor ein paar Minuten nicht so aus.«

»Kimmer, ich liebe dich. Und nur dich.«

Meine Frau schüttelt mit einem traurigen Lächeln den Kopf. »Dann bist du entweder verrückt oder bescheuert –«

»Das ist eine höchst unpassende Bemerkung«, näsele ich im erbärmlichsten Garland-Ton.

»– oder vielleicht ein kleiner Masochist, dem es Spaß macht, sich von seiner Frau behandeln zu lassen wie ...«

In diesem Stil würde es ewig weitergehen, wenn Bentley nicht wäre. Nachdem er gut zwanzig Minuten einfach beobachtet hat, wie das Wasser unten vorbeirauscht, fasst er uns jetzt beide an der Hand und dreht sich um, bis er mit dem Rücken zur Reling steht. Als er sicher ist, dass er unsere ungeteilte Aufmerksamkeit hat, strahlt er uns an und verkündet: »Bemmy auf Schiff!«

Die Kabbelei ist vergessen, und für einen Augenblick sind wir vereint in der unerschütterlichen Liebe zu unserem Sohn.

Aber dann ist dieser Augenblick wieder vorbei, und wir sind erneut Rivalen. Wie üblich macht Kimmer das Rennen. »Ja, du bist auf einem Schiff, mein Wonneproppen, genau«, sagt sie liebevoll und nimmt Bentley auf den Arm. »Ja, du bist auf einem Schiff, mein Liebling, sehr gut. Jetzt lass uns wieder reingehen und uns aufwärmen. Mama kauft dir eine Cola.«

»Schoko, Mami, Schoko.«

»Heiße Schokolade! Großartige Idee, Baby, ganz großartig!«

Ohne ein weiteres Wort für ihren Mann trägt meine Frau, die potentielle Richterin, unseren Sohn in Richtung Cafeteria. Ich sehe ihr nach, und wie so oft in diesen Augenblicken ehelicher Frustration, ballt sich in mir etwas Primitives, Hässliches zusammen, steigt mir eine rote Hitze in den Kopf. Wie immer hilft ein flotter Spaziergang, die bösen Geister niederzuringen. Ich umrunde zweimal das Deck, dann einmal das Zwischendeck, und bin endlich wieder ruhig genug, um mich zu meiner Familie zu gesellen. Auf meinem Gang über die Decks habe ich die Skaterin nirgends entdecken können. Und das macht mir zu schaffen, nicht nur, weil ich sie richtiggehend vermisse, sondern auch, weil ich überzeugt bin, dass ihre Anwesenheit an Bord kein Zufall ist. Sie ist aus dem gleichen Grund hier, aus dem sie in der Skaterhalle war, nämlich weil sie geschickt wurde – und das wohl nicht vom lieben Gott.

• II •

Ocean Park ist ein unregelmäßiger, breiter Grasstreifen entlang der verkehrsreichen Seaview Avenue. Überquert man diese Straße, gelangt man zu den wackligen Holztreppen, die zu jenem Strand hinunterführen, der inoffiziell das Inkwell, also das Tintenfass, heißt, weil sich schon seit Generationen die dunkelhäutigere Nation dort tummelt. Das Haus, in dem ich die Sommer meiner Jugend verbracht habe, befindet sich jenseits des Parks inmitten properer viktorianischer Häuser, die zwar recht klein, aber überteuert sind. Wenn man auf unserer vorderen Veranda steht und Richtung Meer schaut, beherrschen rechter Hand eine Reihe schöner alter Häuser die Aussicht, die alle viel größer sind als unseres und über bunte Türmchen und Wetterfahnen verfügen. Auf der linken Seite und außerhalb unseres Blickfeldes befinden sich das Dock und ein Pier, an dem im Sommer manche der Fähren ihre Fracht abladen; außerhalb der Saison laufen alle den ein paar Meilen entfernten Vineyard Haven an. Ein Stück weiter vorn erhebt sich eine hübsche, wettergegerbte Kirche, deren Türen im Sommer zum Meer hin offen stehen und jeden sonntäglichen Sturm hereinlassen, und ganz in der Nähe das Polizeirevier der Stadt, das an einem kleinen Platz liegt, auf dem ein Bronzedenkmal nach undurchschaubarer Yankee-Logik an die Kriegstoten der Konföderation erinnert. Das Denkmal bewacht das obere Ende der Lake Avenue, eine enge, sehr belebte Straße, die zum Flying Horses hinunterführt, einem Karussell, das Bentley über alles liebt.

Wie viele Häuser in Oak Bluffs hat auch das Sommerhaus meiner Familie einen Namen, der auf einem verblichenen Holzschild an einer der Säulen der vorderen Veranda prangt. Unser Haus trägt den Namen »Vinerd Howse«. Als meine Schwester Abby noch nicht richtig schreiben konnte, malte sie an einem verregneten Nachmittag mit Wachsstiften unser Haus und schrieb die zwei erklärenden Wörter dazu. Und eine Woche später überraschte uns mein sonst so nüchterner Vater mit dem Holzschild. Nach Abbys Tod brachte es niemand übers Herz, den Namen zu ändern. Als wir jedoch an diesem freundlichen Herbsttag aus dem weißen BMW steigen, sagt meine geliebte Kimmer als Erstes, es sei wohl an der Zeit, uns davon zu trennen. Während sie den schlafenden Bentley aus seinem Kindersitz befreit, frage ich sie, ob sie das Holzschild oder den Namen meint. »Beides«, antwortet meine Frau, ohne sich umzudrehen.

Mein Vater schlug einmal vor, den Namen in »Die drei Narren« umzuändern (eines seiner vielen undurchsichtigen Schachwortspiele), aber meine Mutter war strikt dagegen, und soweit ich mich erinnere, hat mein Vater sich in all den Jahren nicht ein einziges Mal ihren Wünschen widersetzt. Addison behauptet steif und fest, Claire Garland habe damals auch entschieden, dass der Kampf um die Benennung endlich aufgegeben werden müsse, während der Richter, wäre es nach ihm gegangen, bis zum bitteren Ende weitergemacht hätte. Mariah meint, Claire habe ihn außerdem nach den demütigenden Anhörungen dazu bewegt, ganz vom Richteramt zurückzutreten. Und wir alle wissen, dass die Reden meines Vaters erst nach Claires Tod so wüst und hässlich wurden, wie die meisten Menschen sie zweifellos noch in Erinnerung haben. Kein Wunder also, dass mein Vater nach dem Tod meiner Mutter ihr Andenken – und das von Abby – auch dadurch ehrte, dass er den Hausnamen »Vinerd Howse« beibehielt.

Ich stehe lange in dem schmalen Vorgarten, den Schlüssel in der Hand, und denke an die herrlichen Sommer meiner Kindheit zurück, als Freunde und Verwandte beständig durch die Haustür mit ihren kleinen bunten, bleigefassten Scheiben strömten. Ich denke auch zurück an die vielen traurigen und einsamen Besuche während der endlosen Monate, in denen meine Mutter im Sterben lag und oft allein in ihrem Sessel im vorderen Schlafzimmer vor sich hin dämmerte. Und ich denke daran, wie leicht es mir fiel, nicht mehr herzukommen, nachdem der Richter sich allmählich immer mehr in seinen Größenwahn hineingesteigert hatte. Während Kimmer sich um Bentley kümmert und ich auf das Sommerhaus meiner Jugend blicke, verstehe ich gar nicht mehr genau, warum ich mich so sehr gefreut habe, als ich erfuhr, dass der Richter mir dieses enge, belastete Gemäuer hinterlassen hat. Jetzt, da meine Eltern tot sind, müsste eigentlich auch das Haus tot sein. Stattdessen kommt es mir fast vor wie ein lebendiges Wesen, das teuflisch empfindsam und voller Bosheit über die familiäre Unbill nachsinnt, während es auf seine neuen Besitzer wartet. Ganz plötzlich lähmt mich eine Gewissheit, die noch viel ursprünglicher ist als Angst. Die unheimliche Gewissheit, dass alles in meinem Leben schief zu gehen droht. Ich fürchte, dass meine Beine mich nicht bis zur Veranda tragen werden, meine Hände den Schlüssel nicht im Schloss umdrehen können oder dass der Schlüssel im Schloss abbricht. Ein paar grässliche Sekunden lang möchte ich die Annahme dieses unheimlichen Erbes und all seiner

Geister verweigern, meine Familie packen und schleunigst aufs Festland zurückkehren.

Wie so oft ist es die der Welt zugewandte Kimmer, die mich wieder zur Vernunft bringt. »Könntest du bitte mal die Tür aufmachen?«, fragt sie einschmeichelnd. »Tut mir Leid, aber ich muss dringend pissen.«

»Deswegen brauchst du nicht gleich vulgär zu werden!«

»Doch, wenn du sonst nicht in die Gänge kommst.«

In gewisser Weise hat sie Recht, und ich lächle ihr zu. Sie lächelt beinahe zurück, kann sich aber gerade noch beherrschen. Ich nehme mit der linken Hand den schweren Koffer auf und umfasse mit der rechten fest den Schlüssel. Dann steige ich kühn die Stufen zur Haustür hinauf, ohne den bösen Geistern Beachtung zu schenken, die in den dunklen Winkeln der Erinnerung herumtollen. Mit einem tiefen Atemzug verbanne ich sie wie ein altgedienter Exorzist und stecke energisch den Schlüssel ins Schloss. Erst als ich ihn umdrehe, bemerke ich, dass eine der kleinen Buntglasscheiben fehlt, so dass ich durch das mit grauem Blei eingefasste Loch in die Dunkelheit des Hauses spähen kann. Stirnrunzelnd stoße ich die Tür auf und muss im selben Moment feststellen, dass sich die Geister keineswegs alle zurückgezogen haben. Wie gelähmt stehe ich da, und sehe durch einen langsam fallenden Vorhang aus tiefstem Zornrot, wie sich meine Frau mit einem geflüsterten »Tut mir Leid, ich muss rein!«, an mir vorbeidrängt, nachdem sie Bentleys Hand an meine übergeben hat.

Kimmer hat schon ein paar Schritte ins Haus gemacht, als sie abrupt stehen bleibt. »O nein!«, sagt sie leise. »O Misha, o nein!«

Das Haus ist eine einzige Katastrophe. Möbel sind umgekippt, Bücher auf dem Boden verstreut, Schranktüren aufgestemmt, Teppiche zerschnitten. Überall sind Unterlagen meines Vaters verstreut, und der durch die offene Haustür hereindringende Wind stöbert darin herum. Ich werfe einen Blick in die Küche. Ein paar Scherben liegen auf dem Boden, aber hier ist das Chaos nicht ganz so groß, und das Geschirr steht zum Großteil in Stapeln auf der Anrichte. Während Kimmer und Bentley im Wohnzimmer warten, zwinge ich mich, nach oben zu gehen. Die vier Räume dort sind völlig unberührt. Als wäre es nicht erforderlich gewesen, sich diese Mühe auch noch zu machen, denke ich, als ich im

Elternschlafzimmer am Telefon stehe und mit der Polizei spreche. Während ich schildere, was geschehen ist, blicke ich auf den BMW hinunter, der im Parkverbot steht. Die Wagentüren sind offen, das Gepäck ist noch nicht ausgeladen. Irgendetwas stimmt hier nicht. Sie haben das Obergeschoss nicht verwüstet. Dieser Gedanke lässt mir keine Ruhe. Sie haben es nicht einmal angetastet. Als hätte es ausgereicht, das Erdgeschoss zu durchstöbern. Als hätte ... als hätte ...

Als hätten sie gefunden, was sie suchten!

Jetzt eher verwirrt als verängstigt, gehe ich wieder nach unten, zurück zu Frau und Sohn, die sich fassungslos im Wohnzimmer umarmt halten. Die Polizei, die schon wenige Minuten später eintrifft, erklärt schnell, es handele sich um das Werk von Vandalen, einheimischen Teenagern, die leider einen Großteil des Winters damit zubrächten, die Häuser der Sommergäste zu verwüsten. Nicht alle Jugendlichen auf Martha's Vineyard seien Vandalen, im Grunde genommen gar nicht viele, aber die paar seien wirklich lästig. Die sehr freundlichen Beamten entschuldigen sich im Namen der Insel und versichern uns, sie würden ihr Bestes tun, warnen uns zugleich jedoch vor allzu großen Hoffnungen: Vandalismus aufzuklären sei so gut wie unmöglich.

Vandalen. Kimmer akzeptiert diese Erklärung sofort, die Versicherung wird das höchstwahrscheinlich auch tun, und, noch wichtiger, das Weiße Haus ebenso. Kimmer verspricht, der Alarmanlagenfirma die Hölle heiß zu machen, und da hält sie sicher Wort. Das waren Vandalen, sind wir uns einig, als wir ein paar Stunden später (nachdem der Mann, der sich außerhalb der Saison um das Haus kümmert, vorbeigekommen ist, um sich den Schaden anzusehen) bei Pizza und Limonade in einem Restaurant sitzen.

»Ich werd mal ein bisschen rumtelefonieren«, hat uns der Hausbehüter nach Beendigung seines Rundgangs durch Vinerd Howse erklärt.

Vandalen. Natürlich waren das Vandalen. Vandalen, die eine Etage kurz und klein schlagen und die andere ignorieren. Vandalen, die weder Fernseher noch Stereoanlage mitnehmen. Vandalen, die wissen, wie man die von meinem paranoiden Vater installierte, hoch sensible Alarmanlage außer Gefecht setzt. Und

Vandalen, die in direktem Kontakt mit den Geistern der Verstorbenen stehen. Ich habe nämlich weder meiner Frau noch den freundlichen Polizeibeamten etwas von dem Brief erzählt, den ich auf der Kommode im Elternschlafzimmer entdeckt habe, in einem einfachen weißen Umschlag, auf dem mit Schreibmaschine mein Name samt vollständigem Titel steht, wohingegen die verwirrende Botschaft, die sich darin befand, in der krakeligen, steilen Handschrift verfasst ist, an die ich mich noch aus meiner Kindheit erinnere, als wir dem Richter stolz unsere Schulaufsätze auf den Schreibtisch legten und dann gespannt auf die Rückgabe warteten, die ein oder zwei Tage später erfolgte, nachdem er seine Kommentare mit roter Tinte auf dem Rand notiert und nachgewiesen hatte, was für Idioten unsere Lehrer doch waren, wenn sie uns mit Einsern bedachten.

Der Brief, der auf der Kommode lag, stammt von meinem Vater.

Kapitel 17

Der Messingring

• I •

Als ich vor vielen Jahren als Kind zum ersten Mal nach Oak Bluffs kam, war ich auf der Stelle fasziniert von dem großen alten Holzgebäude am Anfang der Circuit Avenue, in dem das Flying Horses untergebracht ist. So heißt das laut Eigenwerbung älteste Karussell Amerikas, das seit 1876 ununterbrochen in Betrieb ist. Seine Besonderheit war, dass Karussellfahren dort zu einem Spiel mit dem Glück wurde. Man saß auf seinem Pferd und beugte sich jede Runde einmal zur Seite, um einen kleinen Ring zu erwischen, der von der Spitze eines hölzernen Kragarms baumelte. Erwischte man den Ring, sprang sofort ein neuer an seine Stelle. Die Ringe waren aus Stahl, nur der letzte bestand aus Messing. Hatte nun ein Reiter Glück und ergatterte den Messingring, wurde er mit einer Gratisfahrt belohnt. Ich blieb in jenem glückseligen ersten Sommer stundenlang auf dem Karussell sitzen, zahlte Vierteldollar um Vierteldollar und verzichtete sogar auf den Strand, nur um mir die Tricks der älteren Kinder anzueignen – einer davon war, mit meinen dicken braunen Fingerchen gleich zwei oder drei Ringe auf einmal zu erwischen. Ich bezahlte für eine Fahrt nach der anderen und versuchte (fast immer vergeblich), den Messingring zu ergattern und mir so eine kostenlose Runde zu verdienen.

Als Kind glaubte ich, das Flying Horses sei das einzige Karussell der Welt, dessen Besitzer dem wunderbaren Prinzip folgten, den glücklichen Eroberer des Messingrings mit einer Gratisfahrt zu belohnen. Mit der Zeit wurde mir aber klar, dass das nicht stimmte, denn die Idee, für den erfolgreichen Griff nach einem Messingring einen Preis zu verleihen, war in Wirklichkeit längst verbreitet, fast etwas Alltägliches. Vom Verstand her habe ich mich damit zwar schon lange abgefunden, aber mein Gefühl sagt mir nach wie vor, dass der Messingring des Flying Horses von Oak Bluffs der einzige ist, der wirklich zählt. Vielleicht liegt das daran, dass unser Ferienhaus am Ocean Park nur ein paar Hüpfer vom Karussell entfernt steht. Zwei Ecken weiter drehte sich das Flying Horses, und wann immer ich wollte, durfte ich als Kind dorthin. Meine Lektion habe ich damals gelernt, und seither recke ich mich unaufhörlich nach diesem Messingring. Natürlich ist das Flying Horses von heute nicht mehr das meiner Jugend. Die Drehorgel erklingt inzwischen von einer CD, und die Menschen schubsen und drängen sich derart, dass man gar nicht mehr auf die Idee kommt, man könnte den ganzen Tag lang damit fahren. Ein paar der Holzgäule haben auch schon ihre Schweife aus echtem Pferdehaar verloren. Aber schließlich wirkt vieles auf Martha's Vineyard so, als hätte es einen neuen Anstrich nötig oder müsste einmal gründlich überholt werden. Die Insel ist bei weitem nicht mehr so sauber und freundlich wie früher. Und dauernd verändert sich alles. Kaum macht man kurz die Augen zu, schon ist die staubige Straße, auf der man eben noch Fangen gespielt hat, asphaltiert und voller Autos. Beim zweiten Blinzeln steht dort, wo man früher Ball gespielt hat, ein riesiges neues Haus. Mit dem nächsten Blinzeln haben die weiten, verträumten Strände aus Kindertagen die Hälfte oder sogar mehr von ihrem Sand an die See verloren. Und nach dem vierten Blinzeln hat sich die Apotheke, aus der unsere Mutter Medikamente holte, wenn wir krank waren, in eine Boutique verwandelt. Der Richter gab die Schuld an solchen Veränderungen der demographischen Entwicklung – das heißt den »neuen Leuten«, wie er all jene nannte, die die Insel nach uns entdeckten. Ich persönlich hüte mich so gut es geht vor solchen Verallgemeinerungen – schon um nicht allzu sehr wie mein Vater zu klingen. Wenn ich mich umschaue, versuche ich mir einzureden, dass sich eigentlich nur wenig verändert hat. Und werden ein paar mehr Bonbonpapiere durch die Straßen geweht als früher, denke ich gerne, dass die neuen Leute noch nicht wissen, wie man eine Insel richtig liebt – und nicht, dass ihnen so etwas schlicht egal ist.

Normalerweise würde ich am dritten Nachmittag auf Martha's Vineyard mit meinem Sohn zum Flying Horses gehen. Aber normalerweise sind wir immer im Sommer da. Jetzt ist es Herbst und das Karussell über den Winter geschlossen. Zum Glück bietet die Insel noch andere Zerstreuungen. Während sich gestern eine eilig zusammengestellte Mannschaft bemühte, Vinerd Howse wieder einigermaßen in Ordnung zu bringen, machten wir drei einen Ausflug zum westlichen Zipfel der Insel und gingen den ganzen Nachmittag lang in der kühlen Novemberluft an den atemberaubenden Klippen von Gay Head spazieren. Eingemummelt in unsere Daunenjacken, saßen wir zum Picknick auf dem wunderschönen Kieselstrand des Fischerdorfs Menemsha, fuhren wir die waldgesäumten Nebensträßchen bei Chilmark entlang (wo der weitläufige Besitz liegt, der einmal Jacqueline Onassis gehörte) und taten so, als hielten wir auf gar keinen Fall Ausschau nach den Reichen und Berühmten. In einem schicken Restaurant an der Uferpromenade von Edgartown aßen wir zu Abend, und Bentley entzückte die Kellnerinnen mit seinem Geplapper. Ich bin mir nicht sicher, wie viele böse Geister wir austrieben, aber ich entdeckte nirgendwo eine Spur der Skaterin. Vielleicht war sie wirklich nur ein Phantom. Kimmer erwähnte ihre Kandidatur mit keinem Wort und telefonierte auch nur zweimal auf ihrem Handy. Und sie küsste mich heute Morgen recht intensiv, als Bentley und ich sie am Flughafen absetzten, von wo sie mit einer der kleinen Turboprop-Maschinen, die die Insel anfliegen, aufs Festland zurückkehrte. Bentley und ich bleiben noch, weil ... tja, weil wir es nötig haben. Kimmer muss arbeiten, aber ich habe noch eine gute Woche Urlaub, und Bentley braucht etwas Ruhe und Erholung. Und es gibt noch einen weiteren Grund. Anders als in Elm Harbor komme ich in Oak Bluffs niemals in Versuchung, meinen heiß geliebten Sohn aus den Augen zu lassen. Im Moment machen wir uns gerade für den Gang zum Spielplatz bereit – das heißt, Bentley ist schon fertig und wartet auf mich.

Ich bin noch nicht so weit.

Ich sitze in einer frisch gesäuberten Küche, die voll gestellt ist mit Plastikgeschirr aus einem der beiden A&P-Läden der Insel.

Vor mir auf dem Tisch liegt der Brief meines Vaters, den ich beschwörend ansehe, auf dass sich mir seine Geheimnisse von selbst offenbaren. Nebenan guckt Bentley irgendwas auf dem Disney-Kanal. Er kommt immer wieder mal zur Küchentür und sagt: »Paapaa, Pielpatz gehen! Du Pielpatz sagt!« Er hat dabei diesen klagend selbstgerechten Ton, der beschäftigte Eltern vor lauter Schuldgefühlen erschaudern lässt. Ich antworte mit dem altbekannten Spruch, den alle beschäftigten Eltern mit schlechtem Gewissen hersagen: »Ja, mein Liebling, gleich!«

Als meine Lieben letzte Nacht in unruhigem Schlaf lagen (Kimmer schützend um unseren Sohn gekrümmt), streifte ich durch Vinerd Howse von der Diele bis hinauf zum niedrigen Dachboden und suchte nach etwas, ohne zu wissen, wonach. Ich muss herausfinden, was los ist. Ich brauche einen Anhaltspunkt.

Leider erschließt sich mir der deutlichste Anhaltspunkt, nämlich der Brief meines Vaters, nicht einmal in Ansätzen:

Mein Sohn,
es gibt so vieles, was ich dir gerne mitteilen würde, aber leider geht das im Augenblick nicht. Ich habe einen guten Freund gebeten, diesen Brief zuzustellen, sollte mir etwas zustoßen. Wenn du meine Zeilen liest, musst du davon ausgehen, dass dieser Fall eingetreten ist. Bitte entschuldige die Umständlichkeit dieser Kontaktaufnahme, aber es gibt noch andere, die gerne erfahren würden, was allein für dich bestimmt ist. Du sollst dies wissen: Angelas Geliebter ist trotz seines immer schlechteren Zustands im Besitz dessen, wovon du nach meinem Willen Kenntnis haben sollst. Du selbst bist nicht in Gefahr, Deine Familie ist es auch nicht, aber du hast wenig Zeit. Wahrscheinlich bist du nicht der Einzige, der etwas über die Vorkehrungen in Erfahrung bringen möchte, über die allein Angelas Geliebter Auskunft geben kann. Und du bist vielleicht nicht der Einzige, der weiß, wer Angelas Geliebter ist.
Excelsior, mein Sohn! Excelsior! Es fängt an!

Es grüßt dich dein Vater

Die Handschrift ist zweifellos die des Richters, und auch der blumige, gekünstelte, wichtigtuerische Stil und die Förmlichkeit des Grußes am Ende passen zu meinem Vater. Mit einem Mal steigt eine unbändige Wut in mir auf. *Wenn du mir etwas sagen willst, dann tu's auch!* Mein zermartertes Hirn wütet gegen ihn – in einem Ton, den ich mir im wirklichen Leben nie erlaubt hätte. *Hör mir bloß auf mit diesen Spielchen!* Jack Ziegler wollte auf dem Friedhof etwas über die *Vorkehrungen* aus mir herausquetschen. Jetzt weiß ich wenigstens, dass mein Vater tatsächlich welche getroffen hat. Aber ich weiß nicht, wie sie aussehen, und dieser Anhaltspunkt, dieser Hinweis, dieser nachgelassene Brief meines paranoiden Vaters, oder was das hier auch immer sein soll, hilft mir nicht weiter.

Excelsior? Angelas Geliebter? Trotz seines immer schlechteren Zustands? Was soll das alles? Nicht-McDermotts Mission in Elm Harbor war keineswegs, sich zu entschuldigen oder mich zu beruhigen, sondern er sollte, wie ich schon vermutet hatte, herausfinden, ob ich eine Angela kenne – was bedeutet, dass er und wahrscheinlich auch Foreman zumindest teilweise mit dem Inhalt des Briefs vertraut sind. Ich frage mich, ob der Brief Anlass für die Verwüstungen im Erdgeschoss war, verstehe aber nicht, warum diese Leute eingebrochen sind und den Brief zwar gefunden, dann aber liegen gelassen haben.

Ich verstehe auch nicht, wie der Brief überhaupt dorthin gelangt ist. McDermott hätte ihn wohl kaum abgegeben, falls er denn wirklich hier war.

Der Richter schreibt, er habe einen guten Freund gebeten, den Brief zuzustellen, sollte ihm selbst etwas zustoßen. Aber welcher gute Freund würde ins Vinerd Howse einbrechen, um den Brief zu hinterlegen? Warum kam der Brief nicht per Post zu mir nach Hause oder an die Uni? Warum kam er nicht ...

... in die Suppenküche?

Kann die Schachfigur etwas mit dem Brief zu tun haben? Hat mein Vater auch diese Zustellung veranlasst? Ich versuche, mich zu erinnern, ob ich meinem Vater je erzählt habe, dass ich als Freiwilliger in der Suppenküche Dienst tue, aber mein Kopf bietet mir sämtliche Antworten, die ich mir vorstellen kann: Ja, ich habe es ihm erzählt. Nein, ich habe es ihm nicht erzählt. Doch, ich habe eine Andeutung gemacht. Nein, ich habe es für mich behalten. Ich schüttle in tiefroter Wut den Kopf. Hätte er gewollt, dass ich die Schachfigur bekomme, hätte er dann nicht Figur und Brief gemeinsam zustellen lassen?

Nicht, dass das irgendwas geändert hätte. Denn der Brief meines Vaters ist mir überhaupt keine Hilfe. Ich habe ein schreckliches Namensgedächtnis, aber es ist gut genug, um sicher zu sein, dass ich keine Angela kenne. Und wer ihr Geliebter sein könnte, ist mir vollends schleierhaft.

• II •

»Pielpatz, jetz jetz jetz!«, ruft Bentley. »Los du!«

»Gleich!«, rufe ich zurück und rätsle weiter über den Brief. Wie soll ich Angelas Geliebten mit seinem immer schlechteren Zustand ausfindig machen? Heißt das, der Mann, mit dem ich sprechen soll, ist krank? Liegt vielleicht im Sterben? Habe ich deshalb so wenig Zeit? Ich weiß, wer die anderen sind, die gerne erfahren würden, was allein für mich bestimmt ist, habe ich doch zwei von ihnen kennen gelernt, aber ich verstehe nicht, warum der Richter ausdrücklich betont, dass meine Familie nicht in Gefahr ist. Es ist das vierte Mal in den letzten vier Wochen, dass man mir dies versichert: erst Jack Ziegler, dann McDermott, später Agent Nunzio und jetzt mein verstorbener Vater.

Ich schüttle den Kopf.

Ich bemühe mich, mir berühmte Angelas einfallen zu lassen. Lansbury? Bassett? Ich weiß zu wenig über sie, um sagen zu können, ob sie überhaupt einen Mann, geschweige denn einen Geliebten haben – und außerdem stand mein Vater mit dem Hollywood-Volk nicht gerade auf vertrautem Fuß. Meine Sekretärin musste für mich auch schon das Studentenverzeichnis der Fakultät durchsehen: Darin gibt es drei Angelas, eine schwarze und zwei weiße, dic aber alle nicht bei mir im Seminar waren und von denen wohl auch keine Verbindung zu meinem Vater bestand. Vielleicht ließe sich ja eine Liste aller Angelas erstellen, die mein Vater gekannt haben könnte, aber dazu müsste ich eine offizielle Instanz bemühen (etwa Onkel Mal) oder jemanden, der viele

Freunde des Richters kennt (etwa Mariah). Allerdings widerstrebt es mir, den beiden von meinem Brief zu berichten.

Jedenfalls im Moment.

Wenig Zeit.

Ich lächle fast. Diese zwei Wörter verraten nichts über Angelas Geliebten, dafür umso mehr über den Richter. Er benutzte diese Phrase häufig in seinen Reden, wenn er seinen Freunden, den Rechtslobbyisten, zu erklären versuchte, warum sie so etwas brauchten wie ... tja, so etwas wie rassische Vielfalt. Der durchschnittliche Amerikaner, erklärte der Richter seiner beflissenen Zuhörerschaft gern, sei in gesellschaftspolitischer Hinsicht konservativ. Und der durchschnittliche schwarze Amerikaner, fügte er jeweils hinzu, sei sogar noch konservativer. »Sehen Sie sich doch die Ergebnisse aller Befragungen an«, polterte er. »Schulgebet? Es sind mehr schwarze Amerikaner dafür als weiße. Abtreibung? Mehr schwarze als weiße Amerikaner sprechen sich dagegen aus. Schulstipendien? Schwarze Amerikaner sind eher dafür als weiße. Homosexuellen-Rechte? Schwarze Amerikaner sind da skeptischer als weiße.« Spätestens hier brandete unter seinen – vornehmlich weißen – Zuhörern Beifall auf, doch dann überraschte er sie mit seiner Schlussfolgerung: »Die Konservativen sind die Letzten, die es sich leisten können, rassistisch zu sein. Denn die Zukunft des Konservatismus ist das schwarze Amerika!« Hier gerieten die Zuhörer unweigerlich aus dem Häuschen. Ich habe es nie selbst miterlebt, aber oft im Fernsehen verfolgt. Und welche Rechtslobbyisten auch immer diese Rede hörten, zogen garantiert los, um schwarze Mitglieder anzuwerben, blieb doch, wie der Richter immer betonte, nur noch *wenig Zeit*. Diese Bemühungen scheiterten allerdings so gut wie immer – und das kläglichst. Denn es gab da ein paar Kleinigkeiten, die der Richter jeweils zu erwähnen vergaß. Etwa die Tatsache, dass es die Konservativen waren, die mit schöner Regelmäßigkeit gegen alle Gesetzesvorlagen zur Erweiterung staatsbürgerlicher Rechte Sturm liefen. Oder den Umstand, dass viele der wohlhabenden Leute, die den Richter für seine Reden teuer bezahlten, ihn nicht in ihren Clubs zu sehen wünschten. Oder die Tatsache, dass Ronald Reagan, der große Held der Konservativen, seinen Wahlkampf in Philadelphia, Mississippi, begonnen hatte. Ausgerechnet an diesem Ort, dessen Name für die dunkelhäutigere Nation einen schlimmen Widerhall hat, sprach er über die Rechte der Bundesstaaten, und als Präsident unterstützte er Steuerbefreiungen für die zahlreichen Bildungsinstitute des Südens, die Rassentrennung propagieren. Der Richter war zu Recht davon überzeugt, dass die schwarzen Amerikaner aufhören sollen, den weißen Liberalen zu vertrauen, erzählen die uns doch viel lieber, was wir brauchen, als dass sie uns fragen, was wir wollen. Aber der Richter präsentierte nie einen einleuchtenden Grund dafür, warum wir stattdessen den weißen Konservativen vertrauen sollten.

Mein Vater jedoch vertraute ihnen, und deshalb vertrauten sie ihm. Ich schlendere ins Esszimmer. An dem langen Holztisch finden vierzehn Personen und mehr Platz, was in meiner Kindheit auch des Öfteren vorkam. An der Längsseite des Raums befindet sich ein zerbröckelnder Kamin, der, solange ich denken kann, schon nicht mehr benutzbar ist. Darüber hängt eine vergrößerte Kopie des für meinen Vater so wichtigen Titelblatts, mit dem *Newsweek* in der Woche nach seiner Nominierung erschien. DIE STUNDE DER KONSERVATIVEN lautet die Überschrift, darunter in kleinerer Type: *Verschieben sich die Gewichte beim Obersten Gerichtshof?* Diese Frage könnte man tatsächlich bejahen, denn der Oberste Gerichtshof schlug wirklich eine neue Richtung ein, nur war es meinem Vater nicht mehr bestimmt, diesem erlauchten Kreis beizutreten. Ich schaue mir das Foto an. Der Richter sieht kühn darauf aus, attraktiv, klug und zu allem bereit. Er sieht lebendig aus. Die Presse hatte damals aus irgendwelchen Gründen beschlossen, ihn zu mögen. Aber man sollte sich nie in Artikel über einen selbst verlieben, denn es liegt in der Natur der Bestie namens Presse, dass einen dieselben Journalisten, die einen von Montag bis Freitag hochgejubelt haben, als kleinen Gag zum Wochenende wieder vom Sockel stoßen. Plötzlich ist man seinen guten Ruf los und stattdessen verrufen. An die Stelle des Lebens im Dienst der Öffentlichkeit tritt ein Leben in privater Verbitterung. Das eigene Haus wird zu einem Museum dessen, was hätte sein können. Ich erinnere mich wieder einmal an die nostalgische Formel meines Vaters: *So wie es früher war*. Die Eigenart meiner Familie, in der Vergangenheit zu leben, erscheint mir pathologisch, ja sogar gefährlich. Wenn alle Größe in der Vergangenheit liegt, welchen Sinn hat dann noch die Zukunft? Es gibt kein Zurück, und gerade dem Richter hätte etwas Besseres einfallen müssen, als sein Ferienhaus, seinen Erholungsort, sein Refugium in einen Schrein für seine gescheiterten Träume zu verwandeln. Ich weiß, dass Kimmer nur auf einen geeigneten Moment wartet, um mir zu sagen, dass es an der Zeit wäre, die vielen Erinnerungsstücke, die überall im Vinerd Howse an die Großartigkeit des Richters gemahnen, einzusammeln und gemeinsam mit meinem alten Baseball-Sammelalbum und Abbys Plüschtieren auf dem Dachboden zu begraben.

»Pielpatz jetz!«, fordert Bentley, der in der Küchentür steht und mit dem Fuß aufstampft. Ich wende mich ihm zu, will ärgerlich werden, aber dann muss ich lachen. Er hat seinen dunkelblauen Parka an und (verkehrt herum) auch seine Turnschuhe; außerdem zieht er meine Windjacke hinter sich her. Ach, wie ich dieses Kind liebe!

»Okay, mein Liebling.« Ich falte den Brief meines Vaters zusammen, schiebe ihn zurück in den Umschlag und stecke diesen in die Tasche. »Pielpatz jetz«, sage ich.

Bentley hüpft begeistert herum. »Pielpatz! Los du! Dich lieb!«

»Ich hab dich auch lieb.« Ich umarme ihn und knie mich auf den Boden, um ihm die Schuhe richtig herum anzuziehen, aber natürlich klingelt in dem Moment das Telefon.

Nicht drangehen, sagen mir Bentleys ernste, skeptisch blickende braune Augen. *Bitte, Papa, geh nicht dran!* Ich überlege, ob ich das Klingeln einfach ignorieren soll. Schließlich ruft höchstwahrscheinlich Cassie Meadows aus Washington an. Oder Mariah meldet sich aus Darien. Oder Nicht-McDermott aus Kanada. Andererseits könnte es auch Kimmer sein: Kimmer mit guten Nachrichten oder Kimmer mit schlechten Nachrichten, Kimmer, die mir sagen will, dass sie mich liebt. Oder Kimmer, die mir sagen will, dass sie mich nicht liebt.

Es könnte Kimmer sein!

»Nur ganz kurz noch«, sage ich zu meinem Sohn, aus dessen Blick unendliche Enttäuschung spricht, die zweifellos später einmal ein Psychiater aus den Tiefen seiner Seele zutage fördern wird. »Wahrscheinlich ist es Mama.«

Aber es ist nicht Mama.

»Talcott? Hallo, hier Lynda Wyatt.«

Die Dekanin. Na prima.

»Hallo, Lynda, wie geht's?« Ich verliere rasch allen Schwung und weiß, dass man mir meine Enttäuschung anhört.

»*Mir* geht's gut, Talcott. Aber wie steht's bei *Ihnen*?«

»Alles bestens, Lynda, danke.«

»Ich hoffe, Sie haben jede Menge Spaß auf der Insel. Ich bin selber wahnsinnig gern im Herbst dort, aber weiß der Himmel, wann Norm und ich es mal wieder schaffen, in unser Haus zu fahren.« Damit will sie mich nur daran erinnern, dass sie und ihr Mann ein riesiges, modernes Haus am See besitzen, und zwar in West Tisbury, der Stadt im Inselinneren, in der viele Maler und Schriftsteller den Sommer verbringen. Eigentlich weiß ich von diesem Haus nur aus den Erzählungen meiner Fakultätskollegen, denn in all den Jahren, die Lynda und ich gleichzeitig auf der Insel Urlaub machen, hat sie uns genau null Mal eingeladen. (Ich habe die Einladung ebenso oft erwidert, weshalb die Schuld vielleicht bei mir liegt.)

»Wir haben unseren Spaß, doch«, gebe ich zu, während ich meinen Sohn verzweifelt angrinse. Bentley funkelt mich an, zieht sich in die Küche zurück und setzt sich auf den Fußboden.

»Das ist aber schön, wirklich schön. Ich hoffe, Sie können sich auch ein bisschen ausruhen.«

»Doch, ja«, sage ich. »Aber worum geht's denn?« Ich dränge sie, bin wahrscheinlich unhöflich, aber ich glaube, ich habe genügend Entschuldigungen dafür.

»Nun, Talcott, genau genommen rufe ich aus zwei Gründen an. Zunächst einmal, und das würde ich als nicht so wichtig ansehen« – womit natürlich gesagt ist, dass sie es für überaus wichtig hält –, »habe ich einen sehr merkwürdigen Anruf von einem unserer Ehemaligen erhalten, der im Stiftungsrat der Universität sitzt. Cameron Knowland. Sie kennen doch Cameron?«

»Nein.«

»Nun, er ist ein Freund unserer Fakultät, Talcott, ein wirklich großer Freund. Cameron und seine Frau haben unserer neuen Bibliothek gerade drei Millionen zugesagt. Aber egal. Er meinte, sein Sohn hätte in Ihrem Seminar irgendwie einen schweren Stand gehabt. Sie hätten sich über ihn lustig gemacht oder so etwas.«

Ich bin schon auf hundertachtzig. »Ich nehme an, Sie haben Cameron gesagt, er solle sich da raushalten.«

Lynda Wyatts Stimme ist liebenswürdig. »Ich habe ihm gesagt, Tal, dass das wahrscheinlich übertrieben war und dass alle unsere Studienanfänger was zu klagen finden. Außerdem habe ich ihm gesagt, dass Sie nicht der Typ sind, der Studenten im Unterricht zur Schnecke macht.«

»Verstehe.« Ich umklammere den Hörer und wippe auf den Füßen. Mich entsetzt, wie schwach die Verteidigung des Professors durch seine Dekanin ausgefallen ist. Mir wird immer heißer, die Küche wird immer röter. Bentley beobachtet mich genau, eine Hand am Ohr, als hielte er selbst einen Telefonhörer. Manchmal formt er mit den Lippen Wörter.

»Ich meine, es wäre hilfreich«, fährt Dekanin Lynda in ernstem Ton fort, »wenn Sie Cameron mal anriefen. Nur um ihn zu beruhigen.«

»Wie beruhigen?«

»Ach, Talcott, Sie wissen doch, wie diese Ehemaligen sind.« Sie zeigt sich von ihrer charmanten Seite. »Die möchten ständig gebauchpinselt werden. Ich will mich keineswegs in Ihren Unterrichtsstil einmischen« – was heißt, dass sie genau das versucht –, »ich wollte Ihnen nur sagen, dass Cameron Knowland besorgt ist. Als Vater. Denken Sie mal daran, wie Sie sich fühlen würden, wenn ein Lehrer Ihren Bentley fertig gemacht hätte.«

Rot, rot, rot.

»Ich habe Avery Knowland nicht fertig gemacht!«

»Dann sagen Sie das seinem Vater, Tal. Mehr ist gar nicht nötig. Beruhigen Sie ihn. Von Vater zu Vater. Tun Sie's der Fakultät zuliebe.«

Den drei Millionen zuliebe, meint sie. Dekanin Lynda scheint anzunehmen, dass mir daran etwas liegt. In meinem aktuellen Zustand hätte ich jedoch nichts dagegen, wenn die Bibliothek im Orkus versinken würde. Gerald Nathanson ist häufig in der Bibliothek – er findet, es sei dort ruhiger als in seinem Büro, er könne dort besser arbeiten. Noch ein Grund, warum ich nicht oft hingehe – ich möchte ihm nicht begegnen.

»Ich überlege es mir«, sage ich leise und bin mir dabei gar nicht sicher, was ich tun werde, wenn mir das unverschämte Gesicht dieses Avery Knowland das nächste Mal unter die Augen kommt.

»Danke, Tal«, sagt meine Dekanin, die sofort erkennt, dass sie bei mir nicht mehr erreichen wird. »Die Fakultät weiß zu schätzen, was Sie für uns tun.« Für uns – als ob ich ein Außenseiter wäre. Was ich ja wohl auch bin. »Und Cameron ist ein netter Kerl, Tal. Man weiß nie, wann man mal einen Freund braucht.«

»Ich habe Ihnen gesagt, dass ich es mir überlege.« Ich gebe meiner Stimme eine eisige Note. Mir fällt ein, was Stuart Land über den Druck gesagt hat, dem man immer wieder ausgesetzt ist, und ich frage mich, ob dieser Anruf dazugehört. »Sie sagten vorhin, es gehe um zwei Dinge.«

»Ja.« Pause. »Nun.« Noch eine. Ich stelle mir vor, dass sie gern etwas zur Rivalität zwischen Marc und Kimmer sagen möchte – ungefähr auf der Ebene, auf der es auch Stuart versucht hat. Nur dass Lynda wahrscheinlich nicht klein beigeben würde.

Ich habe Recht ... allerdings ist Lynda spitzfindiger als ich.

»Tal, es gab da noch einen Anruf von einem unserer Ehemaligen. Von Morton Pearlman. Kennen Sie Mort?«

»Ich habe den Namen schon mal gehört.«

»Er hat fünf oder sechs Jahre vor Ihnen hier studiert. Jedenfalls arbeitet er momentan im Justizministerium. Er rief an, um zu hören ... weil er wissen wollte ... ob es Ihnen auch gut geht.«

»Ob es mir auch gut geht? Was soll das denn heißen?«

Wieder zögert Dekanin Lynda, und mir kommt der Gedanke, dass sie versucht, freundlich zu sein – wie ein Arzt, der nach den richtigen Worten sucht, um ein schlimmes Untersuchungsergebnis mitzuteilen. »Er meinte, Sie hätten ... na ja ... das FBI und andere Stellen hätten in jüngster Zeit Ihretwegen eine Menge Anrufe bekommen. Und die meisten davon wohl auf Ihre Veranlassung. Anrufe zu ... ach, zu Dingen, die mit Ihrem Vater zu tun haben. Fragen zur Autopsie, zu dem Geistlichen, den dieser Drogenhändler umgebracht hat, zu allem Möglichen.«

In der darauf folgenden Pause wäre ich fast damit herausgeplatzt, dass diese Anrufe nicht auf mich zurückgingen, sondern auf meine Schwester, und manchmal sogar von ihr selbst kamen.

Aber ich bin noch Anwalt genug, um erst einmal den Rest abzuwarten. Deshalb sage ich nur: »Ich verstehe.«

»Wirklich? Ich kann mir nämlich keinen Reim darauf machen.« Ihr Ton wird härter. »Wir kennen uns doch schon lange, Tal, und ich bin sicher, dass Sie für fast alles, was Sie tun, gute Gründe haben.«

Voller Missbehagen registriere ich dieses »fast«.

»Ich habe aber das Gefühl, dass Mort auf freundliche Weise herausfinden wollte, ob Sie vielleicht eine Pause brauchen.«

»Moment mal! Stopp! Der stellvertretende Justizminister der Vereinigten Staaten glaubt, ich sei verrückt? Ist es das, was Sie mir sagen wollen?«

»Jetzt beruhigen Sie sich mal, Tal, okay? Ich bin hier nur die Überbringerin. Ich weiß nicht, was Sie vorhaben, und ich will es auch gar nicht wissen. Ich habe nur wiedergegeben, was Mort mich gefragt hat. Und wahrscheinlich dürfte ich das gar nicht, denn er meinte, das Ganze sei vertraulich.«

Ich öffne meine zur Faust geballte Hand und bemühe mich, langsam und deutlich zu sprechen. Im Augenblick mache ich mir keine Sorgen um Kimmer und ihr Richteramt. Dafür habe ich später noch Zeit. Mich treibt allein die Frage an, ob das FBI vorhat, meine Befürchtungen nicht mehr ernst zu nehmen. »Lynda. Das ist jetzt wichtig: Was haben Sie ihm genau gesagt?«

»Wie bitte?«

»Was haben Sie Morton Pearlman gesagt? Als er andeutete, ich könnte vielleicht eine Pause nötig haben?«

»Ich habe ihm gesagt, ich sei sicher, dass es Ihnen gut gehe, ich wüsste wohl, dass Sie ein wenig unruhig seien, und Sie hätten zwei Wochen Urlaub von der Fakultät genommen.«

»Das haben Sie ihm nicht erzählt.«

»Doch. Was erwarten Sie von mir? Ich wollte Ihnen nirgends dazwischenfunken, aber ... na ja, Tal, ich mache mir Sorgen um Sie.«

»Sorgen um mich? Warum das denn?«

»Ich dachte, vielleicht ... Hören Sie, Tal. Wenn Sie noch ein paar Wochen länger ausspannen möchten, dann wäre das sicher kein Problem.«

Im ersten Augenblick verschlägt es mir die Sprache, und mir

schießt durch den Kopf, was das für Auswirkungen haben könnte. Einfach ausgedrückt, hat Kimberly Madison keine Chance, den Sitz im Bundesberufungsgericht zu bekommen, wenn es gelingt, Morton Pearlman weiszumachen, Kimberlys Mann sei verrückt. Lynda ist offensichtlich darauf aus, mir dieses Etikett anzuhängen, womit sie Marc helfen würde, sein lebenslang angestrebtes Ziel zu erreichen. Und obwohl ich beeindruckt bin von der Eleganz, mit der sie ihr Blatt ausspielt, erbost es mich doch, dass sie die mit dem Tod meines Vaters verbundenen Komplikationen auf diese Weise ausnützt. Und mich ärgert, dass sie so wenig von mir hält. Oder warum meint sie, sie könnte damit durchkommen? Nun ja, Stuart hat versucht, mich zu warnen.

»Danke, Lynda, das ist nicht nötig. Ich komme wie geplant nächste Woche zurück.«

»Es hat wirklich keine Eile, Tal. Sie sollten sich so viel Ruhe gönnen, wie Sie brauchen.«

Ich wünschte, ich könnte taktischer agieren. Mit ähnlichem diplomatischem Geschick wie Kimmer. Dann würde ich vielleicht die richtigen Worte finden, um die Situation zu entschärfen. Aber ich bin weder ein Taktiker noch ein Diplomat. Ich bin bloß wütend und gehöre zu den seltsamen Menschen, die im Zorn manchmal die Wahrheit herauslassen.

»Hören Sie, Lynda, ich weiß Ihren Anruf zu schätzen. Und ich verstehe, warum Sie wollen, dass ich noch ein bisschen wegbleibe. Aber ich komme nächste Woche zurück.«

Ihr Ton wird sofort frostig. »Ihre Freundschaft bedeutet mir etwas, Tal, aber mir gefällt weder Ihr Ton noch das, was Sie da anklingen lassen. Ich versuche, Ihnen in einer schwierigen Situation beizustehen –«

»Lynda!« Ich möchte sagen, dass wir weder Freunde sind noch je Freunde waren, aber ich zügle mich, reibe mir die Schläfen und schließe die Augen, denn die Welt ist jetzt leuchtend rot, und wahrscheinlich brülle ich, und mein Sohn, der aufgeschreckt in der Tür steht, weicht zurück. Ich schenke ihm ein bemühtes Lächeln, werfe ihm eine Kusshand zu und spreche schließlich in einem, wie ich hoffe, vernünftigeren Ton weiter. »Lynda, ich danke Ihnen. Wirklich. Ich weiß Ihre Sorge zu schätzen. Aber es wird einfach Zeit, dass ich wieder nach Elm Harbor komme –«

»Ihre Studenten gehen gerne zu Stuart Land«, unterbricht sie mich auf grausame Art und Weise.

Ich zwinge mich zu einer charmanten Antwort: »Ein Grund mehr für mich zurückzukehren. Sonst vergessen die mich noch.«

»Und das will ja nun wirklich keiner.« Sie ist wütend. Dabei hätte doch eigentlich ich allen Grund, aufgebracht zu sein. Ich schweige. Selbst nach den vielen Jahren des Zusammenlebens mit der impulsiven Kimberly Madison – oder vielleicht gerade deswegen – fehlt mir das Selbstvertrauen, um mit dem Zorn tougher Frauen umzugehen. »Na schön«, führt die Dekanin das Gespräch zu einem Ende. »Wir freuen uns alle, Sie bald wieder bei uns zu haben.«

»Danke«, lüge ich.

• IV •

»Es tut mir Leid, mein Schatz«, sage ich zu Bentley, als wir im Restaurant sitzen und auf unsere Cheeseburger warten.

»Pielpatz!«, stöhnt mein Sohn. »Pielpatz gehn.«

»Es ist zu spät dafür, mein Kleiner«, sage ich leise und verstrubble seine Haare. Er fällt in sich zusammen. »Siehst du? Es ist schon dunkel draußen.«

»Du sag Pielpatz. Los du!«

»Ich weiß, ich weiß. Es tut mir wirklich Leid. Aber Papa hatte zu tun.«

»Papa sag Pielpatz.«

Sein Ton ist verständlicherweise vorwurfsvoll, denn ich habe eine der Elternsünden begangen, die für Kinder in ihrer jugendlichen Unschuld schlicht unverzeihlich sind: Ich habe mein Versprechen gebrochen. Denn statt mir nach dem Wortgefecht mit Dekanin Lynda meinen Sohn zu schnappen und aus dem Haus zu verschwinden (und sei es nur, um mich selbst daran zu erinnern, was wirklich wichtig ist), beging ich den Fehler, erst noch den Anrufbeantworter im Büro abzuhören. Darauf befanden sich zwei hektische Nachrichten einer Anwältin aus der New Yorker Kanzlei, die mich kürzlich als Berater angeheuert hatte. Ich sollte irgendeinem geldgierigen Konzern helfen, eine verfassungsrechtliche Argumentation aufzubauen, mit der man gegen neue Bestimmungen zur Entsorgung von Giftmüll ins Feld ziehen konnte. Nicht gerade ein Kampf auf der Seite des Guten, aber Juraprofessoren, die ihr karges Gehalt ein bisschen aufbessern müssen, nehmen nun mal jeden Auftrag an, den sie bekommen können. Ich hatte letzte Woche einen entsprechenden Entwurf hingeschickt, und laut Nachricht hatte einer der Partner der Kanzlei noch ein paar Fragen dazu. Ich beschloss, die Anwältin kurz zurückzurufen, wobei ich vergaß, dass Anwälte (besonders solche, die für Kanzleien arbeiten) nichts lieber tun, als zu telefonieren. Die Anwältin hatte eine Unmenge Fragen, darunter ein paar echt verzwickte. Das kostete mich die nächsten neunzig Minuten (was für die Anwältin wie für mich eine abrechenbare Arbeitszeit von zwei Stunden bedeutete – zwar sind ihre Honorarsätze höher als meine, aber dafür habe ich ja auch keine Gemeinkosten). In diesen neunzig Minuten stopfte ich meinen Sohn mit Keksen und Obst voll, um ihn einigermaßen ruhig zu halten, sah dabei zu, wie das Licht aus dem Novemberhimmel schwand, und sagte mir alle fünf Minuten, ich würde nach den nächsten fünf fertig sein.

Natürlich machte ich mir was vor.

Als ich Bentley eröffnete, dass es für den Spielplatz schon zu spät war, glitt er in Tränen aufgelöst zu Boden. Kein Theater. Keine Erpressung! Er legte einfach eine Hand vors Gesicht und sank hin wie die personifizierte sterbende Hoffnung.

Meine Versuche, ihn zu trösten, blieben erfolglos.

Deshalb griff ich zu einem weiteren Trick moderner Eltern, zur Bestechung. Wir schlüpften in unsere Jacken und gingen die zwei Blocks vom Vinerd Howse bis zur Circuit Avenue, dem kommerziellen Herzen von Oak Bluffs. Auf ein paar hundert Metern sind dort all die Restaurants, Boutiquen und Läden voller Schnickschnack versammelt, die man in jedem Urlaubsort findet. Im Sommer wären wir in Mad Martha's Eisdiele gegangen, um Vanillemilch und Erdbeereis zu bestellen, aber die ist den Winter über geschlossen. Deshalb gingen wir zu Murdicks Süßwarenladen (nach dem unvergleichlichen Flying Horses Bentleys zweitliebster Ort auf der Insel) und erstanden etwas Preiselbeeren-Fondant, eine Spezialität des Hauses. Danach schlenderten wir die Straße zurück. Im Eckladen kaufte ich noch die *Vineyard Gazet-*

te, bevor wir bei Linda Jean's einkehrten, einem beliebten Restaurant mit einfacher Ausstattung und bemerkenswert moderaten Preisen, das früher sogar das Lieblingslokal meines Vaters gewesen war. Im Sommer ging er fast täglich hin, um ein warmes Hummerbrötchen zu verspeisen, allerdings nur außerhalb der normalen Essenszeiten und nie, wenn im Linda Jean's Hochbetrieb herrschte, denn nach seinem Sturz lebte der Richter in ständiger Angst, erkannt zu werden.

Vor ein paar Jahren brachte das *Time Magazine* anlässlich des zehnten Jahrestags der Erniedrigung meines Vaters einen Bericht über sein Leben nach der Niederlegung des Richteramts. Die zweiseitige Story befasste sich wieder einmal mit seinen zornigen Schriften, zitierte aus einigen seiner Wahlreden und gab – im Interesse der Ausgewogenheit – ein paar von seinen alten Feinden Gelegenheit, ihn erneut aufs Korn zu nehmen. Jack Zieglers Name tauchte dreimal auf, der von Addison zweimal, meiner einmal, der von Mariah gar nicht, wohl aber der ihres Mannes, was ihr gar nicht passte. In einem Kasten gab man dazu einen kurzen Überblick über das Leben von Greg Haramoto nach der Anhörung. Wie mein Vater hatte er sich nicht zu einem Interview bereit erklärt. Hauptthema der Story war aber, dass mein Vater trotz seiner hektischen Betriebsamkeit einsamer war, als selbst viele seiner Freunde ahnten. Dei Zeitschrift berichtete, dass er immer mehr Zeit »in seinem Sommerhaus in Oak Bluffs« verbrachte, fast immer allein, und obwohl *Time* das Haus großartiger darstellte, als es ist (»ein Sommerhaus mit fünf Schlafzimmern direkt am Meer«), und auch den Namen falsch zitierte (»für die Freunde und die Familie schlicht das ›*Vineyard House*‹«), traf der Bericht den Grundtenor seines Lebens doch sehr genau. Die deprimierend ironische Überschrift lautete: DER KAISER VON OCEAN PARK. Ich war entsetzt, Mariah wütend. Addison war wie üblich nicht zu erreichen. Mein Vater tat die Sache mit einem Achselzucken ab – oder gab sich zumindest den Anschein, nicht betroffen zu sein. »Die Medien«, meinte er in der Shepard Street zu mir, »sind alle in der Hand von Liberalen. Von weißen Liberalen. Und natürlich wollen die mich vernichten, denn ich habe sie durchschaut. Weißt du, Talcott, weiße Liberale lehnen alle Schwarzen ab, die sich ihrer Kontrolle entziehen. Allein meine Exixtenz ist für sie ein Affront.« Und damit wandte er sich wieder den beruhigenden Seiten der *National Review* zu.

Die Angst meines Vaters, erkannt zu werden, war, wie ich gestehen muss, durchaus begründet. Nach seiner gescheiterten Nominierung sprachen ihn auf Flughäfen, in Hotelhallen oder sogar auf der Straße immer wieder Fremde an. Manche ließen ihn wissen, dass sie uneingeschränkt hinter ihm standen, andere erklärten genau das Gegenteil – und ich glaube, er verabscheute die einen so sehr wie die anderen. Denn obwohl er sein Einkommen in den letzten Jahren vor allem seinen öffentlichen Auftritten verdankte, führte er im Grunde ein zurückgezogenes Leben. Und er lud niemanden ein, daran teilzuhaben. Als uns der Richter übers Wochenende in Elm Harbor besuchte, fiel er einem jungen Mann auf, der dann zwei Tage lang fast ununterbrochen mit einem Pappschild vor unserem Haus patrouillierte, auf dem er der Welt und uns kundtat: RICHTER GARLEN GEHÖRT INS GEFÄNGNIS! Ich versuchte, den Mann zu beschwatzen, uns doch in Ruhe zu lassen. Ich versuchte sogar, ihn zu bestechen. Aber er weigerte sich abzuziehen. Die Polizei konnte nichts tun, solange er nicht auf unser Grundstück kam oder den Zugang blockierte. Also stand mein Vater in meinem Arbeitszimmer am Fenster, starrte hasserfüllt hinaus und murmelte vor sich hin, dass man den Demonstranten schon längst festgenommen hätte, wäre unser Haus eine Abtreibungsklinik gewesen – keine ganz zutreffende Wiedergabe der rechtlichen Lage, aber ganz gewiss eine zutreffende Wiedergabe seines Wunschs, in Ruhe gelassen zu werden. Das erklärt vielleicht, warum er in Oak Bluffs nur dann zum Essen ausging, wenn wenig Publikum unterwegs war.

Das Linda Jean's ist schon seit langem ein beliebter Anlaufpunkt für Prominenten-Gucker, und das vor allem im Sommer: Spike Lee schaut oft zum Frühstück vorbei, Bill Clinton kam sonntags nach der Kirche zum Brunch, und früher bestand immer die Möglichkeit, dass Jackie O. Eis schleckend am Fenster vorbeispazierte. Einmal entdeckte meine Frau Ellen Holly, die schwarze Schauspielerin, die viele Jahre lang in der Seifenoper *One Life to Live* spielte. In bester Kimmer-Madison-Manier sprang meine Frau zu ihr an den Tisch, um sich vorzustellen und ein kleines Schwätzchen zu halten.

Das Beste am Linda Jean's ist aber, dass es ganzjährig geöffnet hat, was bei vielen schickeren Restaurants auf der Insel nicht der Fall ist.

»Na, mein Freund«, sage ich jetzt zu meinem wunderbaren Sohn. Er betrachtet mich verlegen, knabbert an seinem Preiselbeeren-Fondant und wirkt ganz zufrieden, wenn auch noch nicht bereit, mir zu verzeihen. Der Stoffhund, den ihm mein Bruder geschenkt hat, sitzt neben ihm, und zwar mit fein säuberlich unters Halsband geklemmter Papierserviette. Habe ich meinen Sohn schon immer so geliebt und mich zugleich so heftig, so bohrend unglücklich gefühlt?

»Du sag«, flüstert Bentley. Seine großen braunen Augen blicken schläfrig. Ich habe nicht nur mein Versprechen gebrochen, sondern auch seinen Mittagsschlaf vergessen, und ich gebe ihm viel zu spät zu essen. Ich bin überzeugt, dass es auf dieser Welt gute Väter gibt. Wenn ich nur einen kennen lernen würde, der mir zeigen könnte, wie man alles richtig macht.

»Es tut mir Leid«, sage ich erneut und staune darüber, wie kleinlaut Eltern in unserem seltsamen neuen Jahrhundert geworden sind. Ich kann mich nicht erinnern, dass sich meine Eltern je bei mir entschuldigten, wenn sie mit mir nicht das unternahmen, worauf ich mich gefreut hatte. Kimmer und ich entschuldigen uns hingegen dauernd. Die meisten unserer Freunde auch. »Tut mir Leid, Schatz.«

»Los Mama«, antwortet er. Vielleicht eine Hoffnung, vielleicht eine Alternative, vielleicht eine Drohung. »Mama Kuss. Los du!«

Mein Herz krampft sich zusammen, und mein Gesicht brennt, denn er hat gelernt, seine von Schuldgefühlen geplagten Eltern mit den wenigen Wörtern zu quälen, die er kennt. Aber das Eintreffen unserer Cheeseburger und Limonaden rettet mich davor, auf den Ausbruch meines Sohnes reagieren zu müssen. Bentley macht sich sofort über seinen Teller her, hat schon fast vergessen, was er zu sagen versuchte, und ich beiße vor lauter Erleichterung ein zu großes Stück von meinem Cheeseburger ab, worauf ich einen Hustenanfall bekomme. Bentley freut sich. Als ich in sein strahlendes, ketchupbeschmiertes Gesicht blicke, wünsche ich mir, Kimmer wäre da und könnte ihren Sohn so sehen, würde mit uns lachen, die alte Kimmer, die liebevolle, die sanfte Kimmer, die witzige Kimmer, die lustige Kimmer, die Kimmer, die noch gelegentlich durchschimmert. Sollte die Berufung meiner Frau zur Richterin Madison es ihr leichter machen, sich von dieser Seite zu zeigen, ist es meine Pflicht, alles in meiner Macht Stehende zu tun, damit sie ihr Ziel erreicht. Ein Grund mehr, Marc und Lynda nicht den Sieg davontragen zu lassen.

Pflicht. Was für ein altmodisches Wort. Und doch weiß ich, dass ich meine Pflicht erfüllen muss, nicht nur meiner Frau, sondern auch meinem Sohn gegenüber. Und auch gegenüber dieser immer geheimnisvoller erscheinenden Idee der Familie.

Ich liebe meine Familie.

Liebe ist eine Handlung, kein Gefühl – hat das nicht einer der großen Theologen gesagt? Aber vielleicht war es auch der Richter, der unaufhörlich betonte, dass die Pflicht und nicht die freie Wahl das Fundament einer zivilisierten Moral ist. Ich weiß nicht mehr, von wem der Ausspruch stammt, aber ich verstehe langsam, was er bedeutet. Wahre Liebe ist nicht das hilflose Verlangen, das geliebte Objekt leidenschaftlicher Zuneigung zu besitzen. Wahre Liebe ist vielmehr die disziplinierte Großzügigkeit, die wir uns für jemand anders abverlangen, obwohl wir lieber selbstsüchtig wären. Zumindest habe ich mir beigebracht, meine Frau auf diese Art zu lieben.

Ich zwinkere Bentley zu, der zurückgrinst, während er gedankenverloren auf einem Pommesfrite herumkaut. Ich klappe die *Vineyard Gazette* auf – und verschlucke mich fast schon wieder: PRIVATDETEKTIV ERTRINKT VOR MENEMSHA BEACH brüllt mir die Schlagzeile entgegen. »Polizei hält Tod für ›verdächtig‹«, erfährt der Leser aus dem Untertitel. Von rechts springt mir das verschwommene Foto eines Mannes ins Auge, der laut Zeitung Colin Scott heißt. Mir ist er jedoch besser bekannt als Agent McDermott.

TEIL II

DIE TURTON-LINIENRÄUMUNG

Turton-Linienräumung

Bei der Komposition von Schachproblemen geht es hier darum, dass sich eine weiße Figur zurückzieht und dadurch einer anderen weißen Figur erlaubt, vor sie zu rücken, damit beide anschließend auf einer Linie den schwarzen König angreifen können.

Kapitel 18
Weitere Nachrichten per Telefon

• I •

»Tja, er stammte tatsächlich aus South Carolina«, sagt Cassie Meadows, »und er hieß auch wirklich Scott.«

»Ach, dann ist man jetzt also bereit, uns seinen Namen zu nennen? Wie nett.«

»Ich weiß auch nicht, warum sie uns den bisher vorenthalten haben.«

»Nun, jetzt, wo der Mann tot ist, bleibt ihnen ja keine andere Wahl, oder? Ich meine, sein Name stand in allen Zeitungen.« Es ist Montag. Vor vier Tagen habe ich die *Gazette* aufgeschlagen und das Bild von Colin Scott erblickt. Vor drei Tagen habe ich morgens die erste Fähre genommen und bin zu einer aufgewühlten Kimmer nach Hause geeilt. Wir drei hielten uns in der Einfahrt so lange umarmt, dass ich schon meinte, meine Frau wolle eine ausführlichere Erklärung von mir. Aber da irrte ich mich. Sie sagte, sie sei einfach glücklich, ihre Familie wieder bei sich zu haben. Für alles andere sei später noch Zeit. »Ich kann kaum fassen, wie intensiv uns das FBI in dieser Sache unterstützt«, sage ich voller Bitterkeit zu Meadows.

»Mr. Corcoran ist der Ansicht, das FBI tue alles in seiner Macht Stehende.«

»Klar«, sage ich leise, obwohl ich diese Ansicht ganz und gar nicht teile. Ich stehe im Arbeitszimmer und schaue aus dem Fenster, wie ich es so oft tue, und ich wünsche mir, dass der Spätnovemberhimmel aufklart und noch etwas Sonnenschein in die Hobby Road lenkt. Ich hole tief Luft, atme wieder aus und konzentriere mich darauf, keine Schuldzuweisungen zu machen. Und doch. »Wenn das FBI schon so hilfsbereit ist, hat es dann auch erklärt, was Scott dort draußen in dem Boot gewollt hat?«

»Ach, er hat Sie im Auge behalten, keine Frage. Wie es aussieht, ist er Ihnen schon seit Wochen gefolgt.«

»Na, prima.«

Meadows lacht, recht zurückhaltend allerdings. »Ich glaube, Sie brauchen sich seinetwegen keine Sorgen mehr zu machen, Mr. Garland. Wenn Sie verstehen, was ich meine.«

Ich pflichte ihr mit einem leisen »Mhm« bei.

»Das FBI ist der Auffassung, dass seine Freunde nichts damit zu tun hatten«, fährt sie im Plauderton fort. Die Geschichte scheint ihr Spaß zu machen. »Das waren bloß Angelfreunde aus Charleston. Einer von ihnen ... lassen Sie mich kurz nachsehen ... genau, einer hat eine Tankstelle. Mr. Scott hat ihnen wohl irgendeine Geschichte über Neuengland und das Fischen außerhalb der Saison erzählt und dass er wisse, wie man an ein Boot kommen könne ... Jedenfalls sind sie mit ihm auf die Insel gefahren. Der Polizei haben sie erzählt, Scott habe getrunken, und als er über Bord ging und sie ihn nicht finden konnten, sind sie in Panik geraten. Sie haben einfach das Boot zurückgebracht und sind abgehauen.«

»Aber sie sind doch zurückgekommen.«

»Später, ja, als sie wieder nüchtern waren. Ich glaube, das war aber erst, als sie den Bericht in der Zeitung sahen.«

»Passt eigentlich auf einen von ihnen die Beschreibung von ... von Agent Foreman?«

»Leider nein.« Jetzt lacht sie doch tatsächlich laut. »Die Freunde aus dem Boot sind beide weiß.«

»Hm.« Ich rufe mir eine kluge Erkenntnis aus meiner eigenen Anwaltszeit in Erinnerung: Manchmal ist das, was sich allzu gut anhört, um wahr zu sein, nichts als die Wahrheit.

Meadows spuckt weiter Fakten aus. »Das FBI hat Scotts Büro in Charleston auf den Kopf gestellt. Und jetzt raten Sie mal! Man hat doch tatsächlich Terminkalender und ein paar Akten gefunden, die darauf schließen lassen, dass er Ihnen die Wahrheit gesagt hat. Jemand hat ihn beauftragt, Unterlagen wiederzubeschaffen, die sich beim Tod Ihres Vaters in dessen Besitz befunden haben sollen. Leider war im aktuellen Kalender nicht vermerkt, wer der Auftraggeber ist und was für Unterlagen das sind.«

»Wie praktisch«, murmele ich vor mich hin. Ich fühle mich plötzlich sehr einsam. Bentley ist wieder im Kindergarten, Kimmer ist wieder mit Jerry Nathanson in San Francisco, und mir steht die Rückkehr in den Lehrbetrieb bevor. Der möglichen Richterstelle meiner Frau zuliebe wäre ich allerdings gar nicht abgeneigt, am Ende doch noch auf Dekanin Lyndas ach so wohlmeinendes Angebot einzugehen und erst in ein paar Wochen wieder anzufangen. Aber natürlich hätte ich dieses Angebot nie bekommen, wenn Kimmer nicht Kandidatin wäre.

»Hm?«

»Wenn er den Namen seines Klienten nicht mal dem Papier anvertrauen wollte –«

»Ach so, ich verstehe.« Sie ist begeistert. »Sie denken an Jack Ziegler, oder?«

»Ganz recht.«

»Also, Mr. Garland, wegen Jack Ziegler sollten Sie sich wirklich keine Gedanken machen. Mr. Corcoran meinte schon, Sie würden wohl denken, Mr. Ziegler habe etwas zu tun mit ... mit dem Auftrag an Mr. Scott. Mr. Corcoran hat mich gebeten, Ihnen auszurichten, dass er mit Mr. Ziegler gesprochen hat. Mr. Ziegler hat bestritten, der Auftraggeber von Mr. Scott zu sein, und Mr. Corcoran sagte mir, er sei geneigt, Mr. Ziegler zu glauben.« Ich muss fast grinsen, weil sich Meadows so damit abplagt, die Konvention der Mr.-Nennung zu erfüllen, aber Onkel Mal steht nun mal einer recht altmodischen Kanzlei vor. Ich frage mich, wie lange er mit seinem Beharren auf solchen kleinen Förmlichkeiten noch durchkommen wird, ob sich auch die neue Anwaltsgeneration (die jüngeren Leute, die den Schlips weglassen, weil es ihre dot.com-Kundschaft auch tut) noch dem Stil von Corcoran & Klein anpassen wird. »Ich soll Ihnen weiterhin ausrichten, dass er Mr. Ziegler 1983 bei einem Meineidprozess verteidigt hat und zumeist merkt, ob der Mann lügt oder nicht.«

»Und woran will er das merken?«

»Bitte?«

»Ach, nichts. Könnte ich wohl mal Mr. Corcoran sprechen?«

»Er ist in Brüssel. Aber alles, was Sie brauchen, können Sie von mir bekommen.«

Ob Onkel Mal mich wohl absichtlich meidet und an Meadows abschiebt? Will er mich los sein? Oder meldet sich mal wieder meine alte Überempfindlichkeit?

»Augenblick, ich habe da noch eine recht gute Nachricht für Sie«, meint Meadows plötzlich vergnügt.

»Die kann ich gebrauchen.«

»Mr. Corcoran sagte, dass der Background-Check für Ihre Frau begonnen hat. Das FBI schickt in den nächsten Tagen ein paar Agenten zu einem Gespräch mit ihr vorbei. Die werden sich dann auch mit Ihnen unterhalten wollen.«

»Meine Frau ist aber nicht da.« Ich bin streitlustig, aus purem Trotz. Eigentlich sollte ich mich für Kimmer freuen.

»Ach, das FBI wird sie schon ausfindig machen.« Meadows scheint darauf zu warten, dass ich etwas sage, mich vielleicht bedanke, aber ich bin in leuchtend roter Stimmung und verzichte auf gute Manieren. »Jedenfalls wollte Mr. Corcoran, dass Sie das wissen«, sagt sie schließlich etwas geknickt.

Gegen meinen Willen setzt sich am Ende die Garland'sche Wohlerzogenheit durch. »Das ist eine tolle Nachricht, Ms. Meadows. Danke.« Aber vielleicht bin ich auch nur höflich, weil mir bewusst geworden ist, dass ich auch weiterhin auf sie angewiesen bin.

»Ich habe sie nur übermittelt. Und nennen Sie mich doch bitte Cassie.«

»Okay, Cassie.«

»Sie sind wirklich ein interessanter Mandant«, fügt sie hinzu, was mir zeigt, dass sie auf ein schnelles Gesprächsende aus ist, um sich wieder etwas Ernsthaftem widmen zu können. »Die Arbeit mit Ihnen ist richtig spannend.«

»Warten Sie!«

»Was denn?«

Ich lasse mir Zeit für die richtige Wortwahl. »Wissen Sie, Cassie, es gibt da noch etwas, das mich beschäftigt.«

»Wieso überrascht mich das nicht?« Sie versucht zwar, freundlich zu bleiben, aber ihr Sarkasmus trifft mich tief. Es ärgert mich, wenn ich vor jemandem dastehe wie ein Bettler.

»Weil Sie gute Arbeit leisten«, sage ich einschmeichelnd.

Ein Fehler. »Was wollen Sie denn nun wissen, Misha?« Sehr geschäftsmäßig. Sie hat keinen Grund, mich allzu ernst zu nehmen, denn ich halte noch mit vielem hinter dem Berg. Eigentlich habe ich noch niemandem alles erzählt. Weder Kimmer noch Meadows, noch Onkel Mal. Meadows weiß zum Beispiel nichts von Angelas Geliebtem und schon gar nichts von der eigenartigen Wiederholung des Worts Excelsior. Das Problem ist nur, dass ich jemanden zum Reden brauche.

»Colin Scott sagte doch, er suche Unterlagen, die jemand beim ... bei meinem Vater hinterlegt habe?«

»Genau.« Ich habe den Eindruck, dass Cassie Meadows mit den Gedanken woanders ist. Zweifellos bei einem zahlenden Mandanten.

»Und Sie haben mir gesagt, das FBI würde diese Behauptung für zutreffend halten?«

»Mmm. Hm.«

»Haben Sie denn je herausgefunden, wer das war?«

»Bitte?«

»Haben Sie herausgefunden, wer der Auftraggeber von Colin Scott war?«

»Ach so. Na ja.« Offenbar habe ich da eine heikle Sache angesprochen. »Also Misha, ich kann Ihnen versichern, dass die Kanzlei alle vorhandenen Unterlagen sorgfältig durchsieht.« Ich frage mich, ob sie diejenige ist, die den Auftrag hat, die Unterlagen durchzusehen. Eine sicherlich langweilige und undankbare Aufgabe für eine Karriereanwältin, was ihre Gereiztheit erklären würde. »Die Durchsicht ist so gut wie abgeschlossen. Wir haben bisher keinerlei Hinweis darauf gefunden, dass jemand Ihrem Vater irgendwelche Dokumente übergeben hat. Aber Sie müssen verstehen, dass Ihr Vater ein äußerst beschäftigter Mann war, der im Allgemeinen nicht die Art von Beziehung zu den Mandanten der Kanzlei hatte, dass sie ihm, und nur ihm, sensible Unterlagen anvertrauten.« Ihre Beklommenheit ist selbst durch die Telefonleitung spürbar. Ich entnehme ihren Worten, was ich ohnehin halb erwartet hatte: Soweit Corcoran & Klein bekannt war, hatte der Richter überhaupt keine Mandanten. Aus heiterem Himmel und plötzlich ganz traurig, muss ich an den Augenblick bei der

Beerdigung denken, als die Reihe an Mallory Corcoran war, ein paar Worte zu sagen. Mit brüchiger, tränenerstickter Stimme stand er vor der dürftigen Trauergemeinde und sprach ständig von der Bedeutung des Richters; er wiederholte dieses Wort so oft, dass ich mich instinktiv fragte, ob er damit sagen wollte, dass es mit dieser Bedeutung nicht mehr weit her war. Vielleicht, weil die zunehmend verstiegenen politischen Ansichten meines Vaters die Grenzen des Erträglichen überschritten hatten. Schließlich war die Kanzlei ursprünglich davon ausgegangen, dass sein Name ihrem Briefkopf noch mehr Glanz verleihen würde, auf dem ohnehin eine Reihe ehemaliger Senatoren und Kabinettsmitglieder vertreten waren.

Keine Mandanten also. Der Richter hatte keine Mandanten. Ich halte das fest, mache einen Knoten in mein Gedächtnis-Taschentuch und treffe dann eine weitere Entscheidung.

»Hat die Kanzlei zufällig Mandanten mit ›Excelsior‹ im Namen?«

»Wieso fragen Sie?«

»Nennen Sie es eine Eingebung.«

»Augenblick«, sagt sie. Ich höre das Klacken einer Tastatur, das Klicken einer Maus und gleich darauf das unverwechselbare »Plonk«, das bei Windows immer dann ertönt, wenn nicht zu finden war, was man sucht – es sei denn, man weiß, wie man den Ton verändern kann. »Nichts.« Sie klickt erneut, tippt und wartet. Ein weiteres »Plonk«. »Auch nicht in den vertraulichen Unterlagen.«

»Es war ja auch nur eine Eingebung.«

»Klar, das Wort ist Ihnen einfach so in den Sinn gekommen.«

»Nein, nein, es war ... jemand hat es mal im Zusammenhang mit meinem Vater erwähnt.« Ich kann nicht gut lügen und schon gar nicht spontan.

»Okay, wenn Sie es sagen.«

Na, großartig. Wo ich doch auf keinen Fall Gereiztheit erzeugen wollte, schlägt mir jetzt Skepsis, wenn nicht sogar Misstrauen entgegen. Aber wie sagte der Richter doch so gerne: Nur nicht beirren lassen! »Ich muss Sie noch um einen letzten Gefallen bitten.«

»Das habe ich schon mal gehört.«

»Diesmal stimmt es aber.«

»Okay, Misha, okay.« Meadows hat einfach angefangen, meinen Spitznamen zu benutzen, obwohl ich ihr das nie erlaubt habe. *Professor Garland* mag ja ein bisschen zu förmlich sein, aber selbst Mallory Corcoran, der mich von Kindesbeinen an kennt, nennt mich *Talcott*. Ich habe sie nicht korrigiert, weil einem heutzutage die Konversationsregeln kein Mittel an die Hand geben, jemandem zu sagen, dass man gerne etwas förmlicher angesprochen werden würde. »Einen allerletzten Gefallen.«

Sie lacht schrill. »Wem soll ich diesmal Informationen abluchsen? Dem Lagezentrum im Weißen Haus? Der CIA?«

»Es geht nicht um Informationen. Ich muss nächste Woche wegen einer Tagung zur Reform des Deliktsrechts nach Washington. Ich würde gern in die Kanzlei kommen und mir das Büro meines Vaters noch mal ansehen.«

»Das hat wenig Sinn, Misha. Ich weiß ja nicht, was Sie suchen, aber der Raum ist völlig leer. Selbst die Möbel sind weg. Ich glaube, einer unserer Partner zieht demnächst dort ein.«

»Ich brauche nur zwei Minuten. Aber wenn Sie das für ein Problem halten, kann ich auch Onkel Mal anrufen.« Ich benutze diese persönliche Anrede, um sie daran zu erinnern, dass ich einen gewissen Einfluss auf ihren Chef habe.

»Nein«, sagt sie sofort, »das ist sicher kein Problem. Rufen Sie mich dann einfach morgens kurz an.«

Ich verspreche, dass ich das tun werde. Weil ich ihre zunehmende Unruhe spüre, versichere ich ihr, dass ich sie zukünftig nicht mehr um Gefälligkeiten bitten werde. Wahrscheinlich ist das gelogen, und das weiß Meadows auch. Wenn die ständig auftauchenden Leichen nicht so artig und reibungslos wegerklärt würden, fiele es mir leichter, sie tatsächlich in Ruhe zu lassen. Oder doch nicht? Schließlich gilt es noch, den kryptischen Brief des Richters zu entschlüsseln, und dazu muss ich Meadows oder Onkel Mal einweihen. »Ich werde bestimmt ganz brav sein«, verspreche ich ihr.

Meadows lacht.

Nach dem Auflegen sitze ich eine Weile unschlüssig da und frage mich, wie viel ich wirklich wissen will. Doch nach dem, was auf Martha's Vineyard geschehen ist, kann die einzig vernünftige

Antwort nur lauten: So viel wie möglich! Also rufe ich meinen Basketball-Partner Rob Saltpeter an und bitte ihn, mir für Ende nächster Woche, wenn ich sowieso dort bin, einen Termin in Washington zu verschaffen. In diesem Fall hat er die besseren Kontakte.

»Klar, Misha«, sagt Rob. »Wenn ich dir helfen kann.« Allerdings entdecke ich in seiner Stimme – wie in letzter Zeit bei fast allen meinen Freunden – einen Unterton, der neu ist.

Einen zweifelnden Unterton.

• II •

Herbstlich graue Dämmerung senkt sich herab, als ich am Küchenfenster stehe und meinem Sohn beim Spielen zuschaue. Vor kurzem kam mir endlich die Idee, mit Schlicht Alma in Philadelphia Kontakt aufzunehmen, hatte sie mir doch in ihrer wirren Art vorhergesagt, dass man mir nachstellen würde. Nur scheint niemand zu wissen, wie ich sie erreichen kann. Selbst Mariah, die immer mit allen Verbindung hält, hat nur eine Postanschrift, aber keine Telefonnummer. Hat unsere verrückte Tante vielleicht gar kein Telefon? Schließlich versuche ich es bei einem ihrer Kinder, einem Sozialarbeiter, der mir sagt, seine Mutter sei von Dezember bis März immer in der Karibik. Er lehnt ziemlich rüde ab, mir ihre Telefonnummer zu geben, erklärt sich aber bereit, ihr auszurichten, dass ich sie gerne sprechen würde. Dazu muss sie sich aber erst bei ihm melden, was, wie er mir hämisch versichert, nicht garantiert sei.

Ich schüttle den Kopf angesichts der schlechten Manieren in dieser Welt, obwohl ich schon unter Beweis gestellt habe, dass auch ich manchmal meine Kinderstube vergesse. Wenn ich früher Kimmers aufgeschlagenes Adressbuch auf dem Tischchen in der Diele fand, habe ich darin geblättert, ohne groß ihre Erlaubnis einzuholen. Bei diesem oder jenem unterstrichenen Namen habe ich innegehalten und mich gefragt, ob es da eine berufliche Verbindung gab ... oder etwas anderes. Ab und zu habe ich mir sogar ein paar Namen notiert. Allerdings hat sich Kimmer kürzlich »digitalisiert«. Sie hat ihr Adressbuch durch einen Visor Edge ersetzt und es dadurch dem forschenden Blick ihres Gatten entzogen, der hoffnungslos analog ist. (Meine Frau hält mir manchmal vor, ich hätte eine »analoge Moral«.)

Ob Kimmer nun dazu steht oder nicht, jedenfalls ist sie in ihrer Kanzlei und in der Juristenszene von Elm Harbor ein ziemlicher Star. Sie arbeitet sehr viel mehr als ich, bringt dafür aber auch zwei Drittel unseres Einkommens nach Hause, was sie nahezu unangreifbar macht, wenn ich wieder mal darauf hinweise, dass ihre hohen Ausgaben – vor allem für Kleidung, Schmuck und das Auto, aber auch für extravagante Geschenke an Verwandte in Jamaica – ein Loch in unsere ohnehin strapazierte Kasse reißen. Für ihre Begriffe soll ich lieber still sein und mich nicht beklagen, solange immer wieder Geld hereinkommt. Kimmer liebt ihren Beruf als Juristin, aber unsere Gespräche über ihre Arbeit gehen kaum noch über »Ich muss heute Abend länger im Büro bleiben« oder »Da ist noch eine Einreichung fällig« hinaus. Es tut mir weh, dass ich so wenig von ihrer Arbeit mitbekomme und dass sich ihre Begeisterung für ihren Beruf als zusätzliche Barriere zwischen uns geschoben hat. Vielleicht ist das einer der Gründe dafür, dass ich Jerry Nathanson gegenüber so misstrauisch bin. Er ist einer der führenden Anwälte unserer Stadt und hat einen untadeligen Ruf, doch wenn meine Frau über ihre Zusammenarbeit mit ihm spricht, funkeln ihre Augen, und sie atmet schneller. Ob sie genauso viele Emotionen zeigt, wenn sie im Büro von mir redet?

Bentley läuft einer Taube hinterher und stolpert über einen Ast. Ich rühre mich nicht, bekämpfe den Impuls, hinauszustürzen und ihn zu trösten – und natürlich steht er lachend wieder auf. Ich freue mich. Im September hatte ich ihm gegen Kimmers energischen Widerstand erlaubt, sich allein in den Garten hinter dem Haus vorzuwagen. Bentley war glücklich. Seine Mutter, die noch nicht darüber hinweg ist, dass sie ihn bei der Geburt fast verloren hätte, erklärt mir immer, dass er stürzen und sich verletzen könnte, aber ich fand es von jeher richtig, Kinder eigene Erfahrungen machen zu lassen. Auch das war eine der harten, vom Richter gelernten Lektionen, denn mein Vater predigte immer, Knochenbrüche und blaue Flecken seien schließlich ein geringer Preis für das Erleben von Unabhängigkeit. Einer der liebsten und am meisten beklatschten Sprüche meines Vaters lautete, dass es nicht Sinn und Zweck des Staates sei, eine risikofreie Gesellschaft zu schaffen. Seinen Zuhörern aus der Wirtschaft gefiel dieser Gedanke, implizierte er doch geringere Auflagen für ihre Produkte. Seinen religiösen Zuhörern gefiel die Aussage, weil sie die Verletzlichkeit unseres irdischen Daseins betonte. Und seine jugendlichen Zuhörer fanden den Satz toll, weil er für ein hohes Maß an Gestaltungsfreiheit im persönlichen Leben stand. Ich vermute, dass keiner seiner Zuhörer auch nur ahnte, welch wichtige kathartische Wirkung für meinen Vater darin lag, dass er an das glaubte, was er ihnen erzählte. Denn wie sein ausgeprägter Konservatismus waren auch diese Ansichten auf den Tod seiner Tochter Abby zurückzuführen.

Schon vor Abbys Tod war mein Vater ein Liebling der Konservativen, aber das auch nur, weil er, wie jemand zu seiner größten Empörung einmal sagte, ein »vernünftiger Neger« war, das heißt zu jener Sorte von Schwarzen gehörte, mit denen zu verhandeln denkbar erschien. In den sechziger Jahren war der Richter noch nicht der eigensinnige, zerstreute und irgendwie deprimierende Mann, als den man ihn von den bedauerlichen Anhörungen her in Erinnerung hat. Vielleicht hätte sein Berufsleben nach Abbys Tod keine so bizarre Wendung genommen, wäre ihm die emotionale Befriedigung vergönnt gewesen, ihren Mörder gefasst und bestraft zu sehen. (Denn der Richter bezeichnete den unfallflüchtigen Fahrer stets als Mörder, was aus seiner Sicht mehr als gerechtfertigt war.) Doch die Polizei konnte nie einen Tatverdächtigen ermitteln. Dank der Stellung meines Vaters hielt ein leitender Kriminalbeamter meine Eltern ständig auf dem Laufenden – er berichtete ihnen Monat für Monat über eingehende Hinweise, aber es gab nie etwas Konkretes. Wie für viele Bürgerrechtsanwälte der fünfziger und sechziger Jahre war das Gesetz der Glaubensanker meines Vaters, weshalb ihn die Unfähigkeit des riesigen amerikanischen Justizapparats, den Sportwagen zu finden, mit dem ein junges Mädchen getötet worden war, zunächst irritierte und später erboste. Er setzte Journalisten zu, schmähte die Polizei und heuerte auf Empfehlung von Freunden einen Privatdetektiv an, einen teuren aus Potomac, dessen angeblich heiße Spuren die Polizei zur Empörung meines Vaters schnöde beiseite wischte. Der Richter wandte sich an Freunde im Weißen Haus, auf dem Kapitolshügel, ja sogar im Distriktsgebäude, diesem schäbigen braunen Bau, in dem damals alles untergebracht war, was es an städtischer Verwaltung gab, doch er handelte sich überall nur Bedauern und Beileidsbekundungen ein. Er setzte immer höhere Belohnungen aus, aber es riefen nur Spinner an. Laut Addison konsultierte der Richter sogar ein paar medial begabte Menschen – »aber nicht die richtigen«, wie mein Bruder immer sagt, der König der Radio-Talkshows, der bestimmt bessere Namen hätte nennen können.

Als die Phantasie meines Vaters erschöpft war und sein Zorn sich zunehmend steigerte, schloss er sich immer häufiger in sein Arbeitszimmer in der Shepard Street ein, das damals noch im Erdgeschoss lag. Ich lauschte oft verstört vor der geschlossenen Tür, manchmal zusammen mit Mariah (wenn sie in den Sommerferien aus Stanford nach Hause kam), und beide wussten wir nicht so recht, ob wir etwas unternehmen sollten. Wir hörten, wie er leise mit sich selbst sprach, wahrscheinlich weinte, ganz sicher aber trank. Er führte lange nächtliche Telefonate mit den wenigen ihm noch verbliebenen Freunden, deren Anrufe aber merklich seltener wurden. Er aß wenig. Er vernachlässigte seine Arbeit. Er hörte auf, mit seinen Kumpeln Poker zu spielen. Wie es in ihren Kreisen üblich war, ließ sich meine Mutter nichts anmerken, gab ihre Gesellschaften (oft allein) und repräsentierte die Familie bei den verschiedensten Anlässen (immer allein). Wir Kinder aber hatten Angst.

Als wieder einmal unser jährlicher Treck nach Oak Bluffs bevorstand, kam Mariah, die einen Ferienjob in Washington angetreten hatte, nicht mit und setzte mich allein dem aus, was ich damals ehrlich für den Wahnsinn meines Vaters hielt. Ich fürchtete, dieser Wahn könnte ansteckend oder erblich sein. Meine Mutter tröstete mich mit tränenreichen Umarmungen, bot aber keine Erklärungen an. Der September kam. Mariah kehrte nach Stanford zurück, und mein letztes Jahr an der Highschool begann. Das Haus in der Shepard Street verwandelte sich in einen Ort unendlicher Stille. Die Familie trudelte abwärts, und niemand verlor ein Wort darüber. Ich hörte auf, Schulkameraden nach Hause einzuladen, weil ich mich zu sehr schämte. An manchen Abenden blieb ich fort. Zu meinem Kummer bemerkten meine Eltern das kaum.

Das Jahr verging und noch ein halbes, dann entkam ich aufs College. Meine Eltern konnten sich nur noch gegenseitig trösten, und wie mir mein Bruder später versicherte, hatte ihre Ehe noch nie so knapp vor dem Scheitern gestanden wie damals. Meine Ferien verbrachte ich meist nicht in Washington. Ich hatte nicht den Eindruck, dass ich dort vermisst wurde. Doch dann trocknete das Meer der Melancholie, in dem der Richter zu ertrinken drohte, urplötzlich aus. Ich habe bis heute nicht verstanden, warum. Ich registrierte nur, wie sich bei ihm der Wille mit Nachdruck zurückmeldete, den er uns in Kindertagen immer gepredigt hatte. Addison erklärte uns später, dass er damals wohl einen Schlussstrich unter Abby und ihren unaufgeklärten Tod zog und beschloss, die Vergangenheit ruhen zu lassen. Wie ein aus dem Käfig befreites Tier stürzte er aus seinem Arbeitszimmer, wandte sich dem Leben und seinen vielfältigen Möglichkeiten zu, fing wieder an zu lachen und zu scherzen. Er verfolgte erneut sein altes Ziel, der schnellste Jurist am Bundesberufungsgericht zu sein. Er legte seine beängstigende neue Gewohnheit, das Trinken, ab und ließ seine langweilige alte wieder aufleben, sich in das Leben seiner Kinder einzumischen. Er schien wieder ganz der Alte zu sein und hätte nie zugegeben, dass er eine Schwächephase hinter sich hatte. Als sein langjähriger Freund Oz McMichael, der knurrige Gemäßigte aus Virginia, der schon seit ewigen Zeiten im Senat saß, seinen Sohn bei einem Unfall mit Fahrerflucht verlor, wagte er es, meinem Vater vorzuschlagen, einer Selbsthilfegruppe für Eltern beizutreten, die ihre Kinder auf diese Art verloren hatten. Der Richter lehnte barsch ab und sprach – immer noch Addison zufolge – fortan kein Wort mehr mit dem Mann.

Eine Selbsthilfegruppe, denke ich, während ich meinen nachdenklichen und inzwischen müde gewordenen kleinen Jungen betrachte. Vielleicht sollte ich jetzt, wo Scott tot ist, die traditionellen Vorurteile meiner Familie gegenüber allem, was mit Psychologie zu tun hat, überwinden und mich um Hilfe bemühen. Schon letzten Sommer habe ich einen solchen Anlauf unternommen und einem Pfarrer mein eheliches Leid geklagt – natürlich nicht meinem eigenen, denn das wäre zu riskant gewesen, sondern einem freundlichen Mann namens Morris Young, den ich durch meine Arbeit für die Gemeinde kennen gelernt hatte.

Und Morris Young konnte mir damals helfen. Ein wenig jedenfalls.

Vielleicht könnten Kimmer und ich eine Paartherapie machen und unsere Ehe dadurch retten, dass ich verspreche, den diversen Rätseln, die mein Vater hinterlassen hat, nicht weiter nachzuspüren. Das ließe sich natürlich leichter realisieren, wenn der Präsident Kimmer ins Bundesberufungsgericht entsenden würde, aber niedergeschlagen gestehe ich mir ein, dass diese Aussicht mit jedem Online-Spinner weiter schwindet, dessen Theorie verrückt genug ist, um die Geschichte am Köcheln zu halten.

• III •

Mariah ruft an, als Bentley in der Badewanne sitzt. Ich mache unseren Sohn fürs Schlafengehen fertig, weil Kimmer, die normalerweise viel Kraft daraus zieht, wenn sie sich um ihn kümmern kann, auf Geschäftsreise ist. Nicht, dass ich diese Zeit nicht gerne mit Bentley verbringe. Im Gegenteil! Seit unserer Rückkehr von Martha's Vineyard kann ich es kaum ertragen, wenn Bentley einmal nicht in meiner Nähe ist – doch Alltag und Arbeit zwingen mich dazu. Seinem »Los du!« könnte ich stundenlang zuhören, auch wenn es mir schwer auf der Seele lastet, dass sich meine Sehnsucht nicht erfüllt hat, ihm eine ganz normale Kindheit zu ermöglichen – was immer heutzutage als normal gelten kann. Ein Elternpaar, das sich wirklich liebt, wäre zum Beispiel ein ebenso interessanter wie radikaler Ansatz, aber schon die Andeutung, ein traditioneller Haushalt könnte sich für Kinder als positiv erweisen, verstößt gegen die Interessen so vieler Wählergruppen, dass kaum noch jemand bereit ist, das Thema überhaupt zur Sprache zu bringen. Was, wie George Orwell wusste, wohl darauf hinausläuft, dass dieses Thema in den nächsten ein oder zwei Generationen keinem mehr in den Sinn kommen wird. Bestand hat nur, was wir weitergeben können. Das brachliegende Wissen um das, was moralisch richtig ist, geht am Ende verloren.

Wodurch es allerdings nicht weniger richtig ist.

Als das Telefon klingelt, führt Bentley gerade ein schwieriges Experiment durch. Er belädt sein leuchtend rotes Plastikschiff mit so vielen Playmobilfiguren wie möglich und wartet dann, ob es untergeht. Das tut es manchmal, aber manchmal auch nicht. Es kommt vor, dass er fünfzehn Soldaten unterbringt und das Schiffchen bequem weiterschwimmt, dann wieder sinkt es schon mit zwölf Mann an Bord. Bentley runzelt die Stirn, weil er nicht hinter das System kommt. Ich kann auch keines erkennen, und das gefällt mir: Egal, wie viel die Naturwissenschaften vom Universum auch erklären können, manche Phänomene bleiben chaotisch und unberechenbar. In vielen Bereichen unseres Lebens herrscht Chaos. So ist die Geschichte der Menschheit nichts als eine unendliche Suche nach einer höheren Ordnung: Von der Sprache über die Religion und die Gesetzgebung bis hin zur Wissenschaft dient alles dem Ziel, unserem chaotischen Dasein einen Rahmen zu geben. Die Existentialisten, über die es fälschlicherweise immer wieder heißt, sie glaubten nicht an eine allem zugrunde liegende Ordnung, hatten einfach einen klaren Blick für die Risiken und Torheiten, die mit einem obsessiven Ordnungswillen einhergehen. Hitler steht für diese Risiken ebenso wie eine Vielzahl von populistischen Tyrannen vor ihm. Ich lehre meine Studenten, dass auch Gesetzgebung zum Risiko werden kann, wenn wir versuchen, ein Phänomen zu regulieren, das sich unserem Verständnis entzieht: das menschliche Verhalten. Während sie in einer Mischung aus Empörung und Verwirrung mitschreiben, füge ich immer hinzu, dass ich nicht gegen die Gesetzgebung an sich bin, sondern nur Argumente gegen die alles beschönigende Annahme anführe, wir könnten je eine wirklich gelungene Rechtsordnung erreichen. Die Dunkelheit, in der wir leben, lässt uns hier unweigerlich scheitern.

Das ist der Grund, warum ich lieber mein Leben hinterfrage und meinen Sohn bade, als einen der sinnlosen Artikel zu Ende zu bringen, die sich unten in meinem kleinen Arbeitszimmer stapeln. Auf meinem Schreibtisch liegt die redigierte Fassung des längst fälligen Aufsatzes über die Problematik der Massenklage, den ich in der versnobten Fachzeitschrift der Fakultät veröffentlichen will. Manchmal wünsche ich mir den Mut meiner Kollegen Lem Carlyle und Rob Saltpeter, zwei unserer unumstrittenen Stars, die vor drei Jahren in einem gemeinsamen Brief an den *American Lawyer* verkündeten, sie würden nicht mehr für juristische Zeitschriften schreiben, die von Studenten herausgegeben werden. Sie hätten es satt, dass Kinder, die gerade erst dem College entsprungen seien, so täten, als beherrschten sie die Juristerei besser als ihre Professoren – ganz abgesehen von der Kunst des Schreibens. Nur werden fast alle juristischen Fachzeitschriften des Landes von Studenten herausgegeben. Wollen Lem und Rob als Wissenschaftler weiter ernst genommen werden, sind sie praktisch gezwungen, Bücher zu schreiben, was beiden aber wohl nicht die geringste Mühe bereitet. Der Großteil von uns ackert weiter in der Tretmühle und füllt die Seiten der Fachzeitschriften mit den eigenen Ideen. Um aufzugreifen, was jemand über François-André Philidor, den großen französischen Schachtheoretiker des 18. Jahrhunderts, geschrieben hat: Die Ideen bewegen sich in schwindelerregendem Tempo fort von jenem Punkt, an dem sie ihrer Zeit viel zu weit voraus sind, um ernst genommen zu werden, zu jenem anderen, an dem sie bereits überholt und deshalb nicht mehr von Belang sind.

Ja, es gibt Zeiten, da bin ich gern Juraprofessor. Aber es gibt auch Zeiten, da bin ich es furchtbar ungern.

• IV •

Bentleys Kopf fährt beim Klingeln des Telefons wütend hoch, weiß er doch, dass so etwas meist elterliche Vernachlässigung zur Folge hat. Wenn er in der Badewanne sitzt, nehme ich immer den schnurlosen Apparat mit, eine Angewohnheit, die ich von Kimmer übernommen habe. Da sie keinen Anruf eines Mandanten verpassen, zugleich aber ihren mütterlichen Pflichten nachkommen will, trocknet sie Bentley ab und macht ihn fürs Bett fertig, während sie mit zwischen Ohr und Schulter eingeklemmtem Hörer munter drauflosredet und dafür leicht ein, zwei Stunden Honorar in Rechnung stellt.

Ich versuche es mit einem Kompromiss, ergreife mit der einen Hand den Hörer und häufe mit der anderen Playmobilmänner und -frauen auf das rote Schiff.

»Habe ich dich geweckt?«, ist das Erste, was Mariah sagt, denn sie hält das seit der Frühzeit meiner Ehe mit Kimmer für einen gelungenen Scherz. Damals war ein Anruf nach dem Abendessen auch wirklich riskant, denn die Chancen standen gut, dass wir schon im Bett lagen, ohne allerdings zu schlafen.

»Nein, nein, ich bin hier bei Bentley. Er sitzt in der Wanne.«

»Grüß ihn von mir.«

»Tante Mariah sagt, ich soll dich grüßen.«

Mein Sohn ignoriert mich, schiebt das Playmobilschiff beiseite, steckt den Kopf unter Wasser und sprudelt Luftblasen.

»Von ihm auch schöne Grüße.«

»Und wie geht's dir und deinem Kind?«

»Prima, uns geht's richtig gut«, schwärme ich, obwohl mir klar ist, dass Mariah nicht zum Plaudern angerufen hat. Nach unserem letzten Streit vor ein paar Wochen haben wir Frieden geschlossen, aber ich zahle Tribut, indem ich ihr zuhöre, so oft sie anruft. Ich gehe mit dem Telefon zum Waschbecken und fülle einen Pappbecher mit Wasser. Das Gespräch kann länger werden.

»Tja, ich bin hier in Washington und habe etwas gefunden, das dich interessieren könnte.«

»Warum überrascht mich das nicht?«

Wir lachen beide. Es ist ein verhaltenes, angespanntes Lachen, einem gezwungenen Lächeln nicht unähnlich, das Leid übertünchen soll. Obwohl sie im siebten Monat schwanger ist, hat meine Schwester in den fünf Wochen seit der Beerdigung des Richters die Tour von Darien nach Washington schon dreimal auf sich genommen. Nach jahrelangem verdrossenem Schweigen ruft Mariah jetzt alle drei, vier Tage an. Wahrscheinlich mag sich niemand sonst ihre Theorien anhören, die sie häufig mitten im Satz revidiert. Ihr Mann hat zu viel zu tun, unser großer Bruder ist kaum zu erreichen, und ihre Freundinnen ... nun, ich glaube, ihre Freundinnen gehen einfach nicht mehr ans Telefon. Ich selbst habe nichts gegen Mariahs Anrufe, solange es mir gelingt, ihre Spekulationen in vernünftigen Grenzen zu halten und zu verhindern, dass sie sie ausposaunt. Damit erweise ich sowohl Kimmer als auch meiner großen Schwester einen Dienst.

Außerdem könnte Mariah ja wirklich etwas herausgefunden haben. Colin Scott ist schließlich nicht nach Kanada entfleucht, sondern meiner Familie und mir nach Martha's Vineyard gefolgt und dort ums Leben gekommen. Aber vielleicht begleite ich meine Schwester ja auch nur bei ihrem stürmischen Vordringen in entlegene Winkel der Phantasie.

Der Anruf heute Abend ist typisch. Mariah ist wieder in der Shepard Street und hat wahrscheinlich die halbe Nacht lang in den Papieren auf dem Dachboden gekramt. Seit jenem Abend nach unserem Treffen mit Sergeant Ames, als sie gemeinsam mit Sally die Suche begonnen hatte, ist das ihre große Obsession. Unermüdlich sitzt Mariah stundenlang da, um sich herum haufenweise Verträge, Briefe, Kontrollabschnitte von Schecks, Entwürfe für Aufsätze und Reden, Speisekarten, zusammengefaltete Zeitungsausschnitte, die an den Knickstellen reißen, Skizzen von Schachpositionen, Notizen für Bücher des Richters, Rezepte, ungerahmte Auszeichnungen und Belobigungen, Rechnungen von dem Mann, der die Fenster des Hauses auf Martha's Vineyard jedes Jahr mit Brettern winterfest macht, Kondolenzkarten, Programmhefte uralter Broadway-Shows, Urkunden, Entwürfe zu längst vergessenen Einlassungen aus seiner Zeit als Richter, die Anleitung zu einem heute nicht mehr bekannten Spiel namens »Totopoly«, unbenutzte Notizblöcke, Fotos unserer Mutter, gebundene Ausgaben von Anthony Trollopes Werken, Zettelbotschaften verschiedener Assistenten, längst überholte Landkarten von Martha's Vineyard, Kreditkarten-Quittungen, Notizbüchlein und massenhaft Zeitungen und Zeitschriften: alte Ausgaben der *Washington Post*, des *Wall Street Journal* und der *National Review*, eine Hand voll angegilbter Titelseiten der *Vineyard Gazette* und erstaunlicherweise auch zwei oder drei zerfledderte Exemplare von *Soldier of Fortune*. Und mittendrin sitzt als grimmige Hüterin eines Haufens Abfall meine große Schwester. Geduldig nimmt sie Stück um Stück in Augenschein. Sucht nach einem erkennbaren Muster. Nach einem Hinweis. Nach einer Antwort. Hofft, etwas zu finden, das der Polizei entgangen ist. Und den Abgesandten Mallory Corcorans, die drei Tage nach der Beerdigung einen ganzen Nachmittag im Haus verbrachten und nach vertraulichen Unterlagen aus dem Besitz der Kanzlei forschten. Mariah glaubt, sie mit ihrer Suche übertrumpfen zu können. Richtiger investigativer Journalismus funktioniert wohl so – man sichtet jedes Detail, um noch mehr Details zu finden, die ein großes Durcheinander ergeben, in dem man später Konturen erkennt, die man am Ende für seine Leser nachvollziehbar aufbereitet.

Ich habe mir den niedrigen Boden des Hauses in der Shepard Street erst vor kurzem angesehen, diese trübe, staubige Schattenwelt, in die nur durch ein einziges Dachfenster Licht dringt. Ich ging kurz hoch, als Kimmer, Bentley und ich zu unserer kläglichen Thanksgiving-Feier in Washington waren. Man muss eine enge Stiege hinter dem Bad benutzen, will man hinaufgelangen in das, was der Richter eine Mansarde nannte. Aber Mariah klettert regelmäßig hinauf, so dass es dort oben kaum noch einen Winkel gibt, in den sie bei ihrer Suche nicht schon vorgedrungen wäre. Ich habe gebückt dagestanden und meinen Blick über die Stöße, Stapel und verstreuten Häufchen von Papier wandern lassen. Auf einigen lagen Briefbeschwerer aus der Sammlung unserer Mutter, manche waren gegen das Giebelfenster geschoben, wieder andere mit Heftklammern und bunten Fäden zusammengehalten – Rot für dies und Grün für das. Es wäre verkehrt, Mariahs Werk als heilloses Durcheinander zu bezeichnen. Im Lauf unserer spätabendlichen Telefonate hat sie mir das System erklärt (oder es zumindest versucht) und mir die kleine schwarze Kladde beschrieben, in der sie ihre Theorien samt den von ihr hergestellten Verbindungen notiert. *Mein Hauptbuch* nannte sie es bei einem unserer Telefonate. *Neben meiner Familie das Wertvollste, was ich habe.* Angesichts des Chaos, das Mariah für geordnet hält, mache ich mir Sorgen. Sicher hat die Wohnung so manches Mörders so ausgesehen wie jetzt dieser Dachboden, etwa die von Arthur Bremer. Und die von John Hinckley. Oder die von Squeaky Fromme. Ich habe mich ein paar Mal mit meinem Schwager Howard unterhalten, der sich langsam Sorgen um seine Frau macht, weil sie fast jedes Wochenende in Washington ist. Oft nimmt sie die Kinder mit, pfercht alle fünf und noch das derzeitige Aupairmädchen (sie feuert sie in rascher Folge) in den Navigator, und dann brettert sie den New Jersey Turnpike hinunter. Marshall und Malcolm sind schon alt genug, um ein wenig beim Sortieren zu helfen, aber die Zwillinge spielen nur herum, und Marcus, der auf seine Rolle als Nesthäkchen bald verzichten muss, schläft im ehemaligen Zimmer meiner Schwester im ersten Stock, bewacht vom Aupair, das kaum Englisch spricht – jedenfalls nicht mit mir.

Ruft mich Mariah nach ein paar auf dem Dachboden verbrachten Tagen an, streiten wir uns meistens. Unsere Gespräche fangen immer gleich an. Mariah erzählt mir leise und voller Enttäuschung von ihren Entdeckungen. Es sind alles Dinge, über die ich lieber nichts wissen möchte: ein alter Liebesbrief an den Richter von einer Frau, deren Name uns beiden nichts sagt, eine Urkunde seiner Studentenverbindung über den Sieg bei einem Wetttrinken, eine Notiz in seinem Terminkalender über das Treffen mit einem Senator, dessen Politik sie verabscheut. Meine Schwester schwört jedoch auf solche Detailinformationen. Sie glaubt, dass sie unseren Vater damit quasi rekonstruiert; dass sie auf diesem Weg auf eine tiefere Wahrheit stößt, die er vor uns verborgen gehalten hat, dass ein Schatten seiner selbst in all dem Treibgut seines schriftlich fixierten Daseins weiterlebt und irgendwann zu ihr sprechen wird. Ich versuche ihr klar zu machen, dass es sich um wertlose Papierschnipsel handelt, die wir auf den Müll werfen sollten, aber ich spreche zu einer Frau, deren Fünf-Millionen-Dollar-Haus von oben bis unten mit Fotos ihrer nicht besonders wohl geratenen Kinder geschmückt ist und deren Sentimentalität – wie Kimmer einmal meinte – so weit geht, dass sie auch noch die schmutzigen Windeln ihrer Lieblinge aufheben würde, wenn sie nur wüsste, wie sich das auf erträgliche Art bewerkstelligen ließe. Ich bemühe mich, meiner störrischen Schwester beizubringen, dass wir unseren Vater schon zu Lebzeiten nicht verstanden haben. Und dass wir ihn jetzt, wo er tot ist, kaum besser verstehen werden. Aber Mariah ist die Einzige der Kinder von Claire und Oliver Garland, die nie zugeben konnte, dass sich manche Dinge ihrem Verständnis entziehen, weshalb sie wohl auch als Einzige von uns auf dem College immer Bestnoten bekam. Ich kann ihr noch so oft sagen, dass wir den Richter bestimmt nicht durch seine schriftlichen Unterlagen kennen lernen werden, Mariah bleibt im Grunde ihres Herzens die Journalistin, die ihren Magister in Geschichte gemacht hat, und meine Worte stacheln sie nur noch mehr an. Wenn ich nicht mehr in der Lage bin, mir auch nur einen weiteren Brief anzuhören, etwa den Antrag auf Erteilung einer Sondergenehmigung zur Installation eines eigenen Abwasserentsorgungssystems im Vinerd Howse, beende ich das Gespräch regelmäßig mit der Bemerkung, dass ich selbst genug Probleme habe. Sie gibt dann schroff zurück, Blut sei nun mal dicker als Wasser – ein Lieblingsspruch unserer Mutter, den Mariah oft verwendet, auch wenn sie als Jugendliche immer behauptet hat, er sei ihr zutiefst zuwider. Meine Schwester und ich sprechen zwar häufiger miteinander als früher, aber wir kommen, Waffenruhe hin, Waffenruhe her, so schlecht miteinander aus wie eh und je.

Wenn sie mit einer neuen Entdeckung aufwartet, über die wir reden müssen, mache ich mich inzwischen also auf das Schlimmste gefasst, das heißt auf völlig Unbrauchbares, Langweiliges und Banales. Oder auf das Makaberste – etwa auf neues Gefasel über Geschosssplitter, die sie allerdings schon lange nicht mehr erwähnt hat. Oder auf das Allerwahrscheinlichste: Sie hat von McDermotts/Scotts Tod crfahren und will mir erklären, wie der sich in ihre Verschwörungstheorie fügt.

Deshalb überrascht mich, was ich nun tatsächlich zu hören bekomme. »Wusstest du, Tal, dass Papa eine Pistole hatte?«

»Eine Pistole?«

»Jawohl, eine Pistole. Einen Revolver. Ich habe ihn gestern Abend im Schlafzimmer gefunden, ganz hinten in einer Kommodenschublade. Ich war auf der Suche nach weiteren Unterlagen und habe stattdessen eine Pistole gefunden. Sie lag in einer Schachtel mit ... na ja, mit ein paar Kugeln. Aber deshalb rufe ich nicht an.« Sie macht eine Pause, wohl um die dramatische Wirkung zu steigern, aber das ist völlig unnötig. Sie hat schon längst meine volle Aufmerksamkeit. »Tal, ich habe sie heute Nachmittag prüfen lassen. Von einem Fachmann. Mit der Pistole ist geschossen worden. Und zwar erst kürzlich.«

Kapitel 19

Zwei Geschichten werden erzählt

• I •

»Der District of Columbia hat wahrscheinlich die strengsten Waffengesetze des Landes«, versichert mir Lemaster Carlyle. »Es ist nahezu unmöglich, dort einen Waffenschein zu bekommen.« Pause. »Andererseits liegt gleich daneben Virginia, und das ist eine der zivilisierten Weltgegenden, wo man sehr leicht legal an Waffen kommt. Die Leute kaufen sich dort eine und nehmen sie dann wer weiß wohin mit.«

Ein nachdenkliches »Hm« ist alles, was ich zu dem Gespräch beitrage.

»Wenn also ein Verwandter von mir, der in Washington gewohnt hat, gestorben wäre und eine Pistole hinterlassen hätte« – spielt er mir in seinem Barbados-Singsang meine durchsichtige Hypothese zurück –, »würde ich annehmen, dass er sie in Virginia gekauft und die Gesetze des District of Columbia schlicht ignoriert hat. Das tun viele Leute.«

Ich nicke bedächtig. Mein halb aufgegessenes Grillhähnchen-Sandwich, die Spezialität des Hauses im Post, ist mittlerweile kalt und zäh. Lemaster war früher Staatsanwalt und kennt sich in diesen Dingen aus. Seine Auskunft passt zu meiner Vermutung. Mein Vater scheint sich erneut am Rande des Gesetzes bewegt zu haben. Mir wäre es lieber, wenn ich nicht so viele dieser beunruhigenden Informationshäppchen aufstöbern würde, aber anscheinend kann ich nicht aufhören, nach ihnen zu suchen.

»Sie müssen die Pistole natürlich abgeben.«

»Wie?«

»Die Pistole. Sie ist weder registriert noch genehmigt. Es kann sie also niemand legal in seinem Besitz haben. Sie muss abgegeben werden.«

»Ach so.« Lemaster Carlyle ist ein so integrer Mensch, dass er diesen Rat wohl auch dann erteilt hätte, wenn er vor seinem Eintritt in die akademische Welt nicht drei Jahre lang als Staatsanwalt tätig gewesen wäre. Ich sehe zu, wie er in seinem Krabbensalat herumstochert. Er scheint nie besonders viel zu essen, nie auch nur ein Gramm zuzunehmen. Seine Anzüge sitzen immer perfekt. Er ist ein kleiner Mann von großem Verstand, ein paar Jahre älter als ich und Harvard-Absolvent. Bevor er zur Juristerei fand, studierte er Theologie. Sein glattes, schmales Gesicht mit dem ebenso schelmischen wie klugen Ausdruck ist von einem tiefen karibischen Blauschwarz. Seine wunderbare Frau Julia ist genauso klein, dunkel und intelligent wie er. Die beiden wohnen mit ihren vier wunderbaren Kindern in einem der eleganteren Vororte. Lemaster steht in der ungeschriebenen Hierarchie unserer Fakultät meilenweit über mir und wird von allen im Haus und auch von den meisten Ehemaligen hoch verehrt, denn er ist dazu noch ein wunderbarer Politiker. Obwohl er sich als progressiv bezeichnet, hat Lem bei den letzten paar Wahlen stets für die Republikaner gestimmt – unter Hinweis darauf, dass die Demokraten gegen Schulstipendien sind, die er als einzige Hoffnung für die Kinder in den verelendenden Innenstädten ansieht. Er war Mitbegründer und vermutlich einziges Mitglied einer vergessenen Organisation, die sich »Liberale für Bush« nannte. Seine prägnanten, wohl durchdachten Leitartikel schmücken die Seiten der *New York Times* und der *Washington Post*. Außerdem ist er oft im Fernsehen zu sehen. Und er gilt als ruheloser Geist. Viele Kollegen beknien ihn, doch geduldig abzuwarten, bis er die Nachfolge von Lynda Wyatt antreten kann, womit er unser erster schwarzer Dekan würde. Aber die Gerüchteküche vermeldet, dass ihn die Universität inzwischen genauso langweilt wie das meiste, was er in seinem Leben sonst schon erreicht hat, weshalb er uns bald verlassen wird, um einen Posten bei einem der großen Fernsehsender zu übernehmen. Auch als er zur Beerdigung des Richters erschien, stand er sofort im Mittelpunkt. Ich wünsche mir oft, ich könnte Lemaster mehr mögen als beneiden.

»Und wenn nun die Person, die die Pistole gefunden hat, sie nicht abgibt?«, hake ich nach.

Er nimmt einen Schluck Wasser (niemand kann behaupten, er hätte ihn je etwas anderes trinken sehen) und schüttelt den Kopf. Über einem dünnen Schnurrbart lächelt er mich aus kleinen Augen an. »Das Auffinden ist kein Vergehen, der Besitz aber schon.«

Ich werde also meiner Schwester raten, die Waffe abzugeben. Der Fall ist abgeschlossen.

Aber nicht für Lemaster Carlyle. »Dieser Verwandte von Ihnen, Talcott ... wissen Sie, warum er meinte, eine Waffe zu brauchen?«

»Nein.«

»Die meisten Menschen kaufen eine Waffe zum Selbstschutz, sogar die, die sie illegal erwerben. Aber natürlich wird manch eine Waffe auch angeschafft, um damit ein Verbrechen zu begehen.«

»Natürlich.«

Er betupft sich die Lippen mit seiner Papierserviette und faltet sie dann sorgfältig zusammen, ehe er sie neben den Teller legt. Er hat kaum mehr als ein paar Bissen zu sich genommen. »Wäre das ein Verwandter von mir, dann wäre es mir egal, woher er sie hat oder was mir als ihrem aktuellen Besitzer droht. Interessieren würde mich in erster Linie, warum er sich die Waffe besorgt hat.«

• II •

Zurück im Oldie, rede ich mir, während ich der Haupttreppe zustrebe, ein paar alberne Sekunden lang ein, wie gerne ich das alles hinter mir lassen würde. Dabei jage ich der Wahrheit schon gar nicht mehr hinterher. Inzwischen jagt die Wahrheit eher hinter mir her. Wozu brauchte mein Vater eine Pistole? Um sich zu schützen oder um ein Verbrechen zu begehen, wie Lemaster unterstellt hat. Weder die eine noch die andere Variante ist erfreulich. In was war mein Vater nun verwickelt? Ich denke an Jack Ziegler auf dem Friedhof. Ich denke an McDermott/Scott, der vom örtlichen Sheriff als harmlos eingestuft wurde, der aber trotzdem unter verdächtigen Umständen ums Leben kam. Meine Schultern sacken nach unten. Kimmers Richteramt scheint meilenweit entfernt. Plötzlich überkommt mich der Drang, nach oben zu laufen und bei Theo Mountain vorbeizuschauen, denn ich könnte etwas Aufmunterung gut gebrauchen. Andererseits muss ich aufpassen, dass ich Psychowrack meinen ehemaligen Mentor nicht zu meiner aktuellen Dauerkrücke mache.

Ich komme an einer Gruppe Studentinnen vorbei. Crysta Smallwood debattiert hitzig mit einigen anderen »farbigen Frauen«, wie sie sich heutzutage selbst gern nennen. Ein paar Begriffe dringen aus ihrer Runde nach draußen: *dialektische Zwischenräume, Außenseiterposition, rekonstruiertes Anderes*. Ich sehne mich nach der Zeit zurück, als die Studenten noch über die zivilrechtliche Verfahrensordnung oder die Verjährungsbestimmungen stritten und es die führenden juristischen Fakultäten des Landes noch für ihre Aufgabe hielten, das Recht zu lehren.

Auf dem Weg zu meinem Büro bemerke ich Arnold Rosen, einen der großen liberalen Hardliner unserer Fakultät, der in seinem batteriebetriebenen Rollstuhl kaum hörbar auf mich zukommt. Er hat sein dünnes, überlegenes Lächeln aufgesetzt, das ich nur zögernd erwidere, da wir uns nicht sehr nahe stehen. Ich bewundere Arnies Verstand und seine Entschlossenheit, an den eigenen Grundsätzen festzuhalten, bin mir aber nicht sicher, ob auch er an mir etwas bewundert – gerade weil ich der Sohn des großen Helden der Konservativen bin. Arnie kam im Zuge eines meisterlichen Rekrutierungscoups von Stuart Land vor gut zehn Jahren aus Harvard zu uns, und es heißt, er sei Lem Carlyles einziger Konkurrent um die Nachfolge von Lynda Wyatt, so sie einmal von ihrem Amt zurücktritt.

Durch das leichte Antippen eines Kontrollhebels verlangsamt der Rollstuhl seine Fahrt. Arnies Blick wirkt distanziert und skeptisch, als er zu mir aufsieht. »Guten Tag, Talcott.«

»Hallo, Arnie.« Ich halte den Schlüssel schon in der Hand, was hoffentlich deutlich macht, dass mir im Moment nicht sonderlich nach Reden zumute ist.

»Ich glaube, ich hatte noch keine Gelegenheit, Ihnen zu sagen, wie Leid mir das mit Ihrem Vater tut.«

»Danke«, sage ich leise. Ich bin zu müde, um mich über seine Heuchelei zu ärgern. Arnies Gebiete sind das Standes- und Berufsrecht der Anwälte und das Handelsrecht. Er ist ein großer Wissenschaftler, hebt sich seine eigentliche Begeisterung jedoch für die drei zentralen Anliegen der zeitgenössischen Linken auf: Abtreibung, Homosexuellenrechte und eine sehr strikte Trennung von Kirche und Staat. Vor ein paar Monaten hielt meine ehemalige Studentin Shirley Branch (die erste Schwarze, die wir je eingestellt haben) beim jeden Mittwoch stattfindenden Fakultätslunch ein Referat. Sie vertrat darin die These, dass die Trennung von Kirche und Staat, die wir Intellektuellen heute als selbstverständlich betrachten, zu strikt sei und dass die Anwendung dieses Grundsatzes in früheren Jahren zum Beispiel der Bürgerrechtsbewegung geschadet habe. Arnie widersprach Shirley mit dem Einwand, ihre Ansicht würde uns in jene Zeiten zurückführen, in denen sich Amerika als christliche Nation verstand. Die beiden debattierten reichlich heftig, bis Rob Saltpeter als Moderator für Entspannung sorgte, indem er trocken anmerkte: *Problematisch an Amerika ist doch nicht, dass es eine christliche Nation ist, sondern dass es das allzu oft nicht ist.*

Nicht nur Lem hat Stil.

»Hören Sie, Talcott«, sagt Arnie leise und mit einem Lächeln um den Mund, »kürzlich war einer unserer Kollegen bei mir, um sich mit mir über Sie zu unterhalten.«

»Über mich? Und was wollte er?«

»Tja, es war schon seltsam. Er meinte, Sie hätten gegen einen ethischen Grundsatz verstoßen. Ich habe das aber richtig gestellt, keine Sorge.«

Ich wippe auf den Füßen. »Was für ein Grundsatz? Wovon sprechen Sie?«

»Sie beraten doch ein Unternehmen. Und es geht dabei um Giftmüll, richtig?«

»Ähm ... ja. Stimmt. Und?«

»Nun, unser Kollege wollte von mir wissen, ob es vertretbar ist, wenn Sie weiter zu diesem Thema veröffentlichen, wo Sie doch gleichzeitig Geld dafür bekommen, dass Sie eine ganz bestimmte Ansicht vertreten.«

»Was?«

»Sicherlich wissen Sie um das Problem. Von einem Rechtsgelehrten wird Objektivität erwartet. Das ist unser Mythos, und wir halten daran fest. Das müssen wir aber auch, denn sonst sind wir im falschen Metier. Und deshalb sieht es die Fakultät nicht gern, wenn die Professoren allzu viel als Berater tätig sind.«

»Das verstehe ich, aber –«

Arnie setzt seinen Rollstuhl ein kleines Stück zurück und wedelt abweisend mit der Hand. »Keine Bange, Talcott. Eine solche Situation wird leicht falsch eingeschätzt. Es existiert keine Regel, die so etwas verbietet ... es gibt eigentlich gar keine ethischen Regeln für Rechtsgelehrte ... und außerdem –«

»Und außerdem würde ich in meiner Forschungsarbeit niemals wegen eines Honorars tendenziös werden.«

»Genau das habe ich auch gesagt.« Er nickt. »Doch unser Kollege schien sich seiner Sache ziemlich sicher zu sein. Mir ist ganz so, als wäre hier das letzte Wort noch nicht gesprochen.«

Mir entschlüpft ein undefinierbarer Laut – der Ungläubigkeit oder vielleicht einfach der Entrüstung? Ist das mehr Druck von der Sorte, die Stuart mir angekündigt hat?

»Hören Sie, Arnie, wer war das, der zu Ihnen gekommen ist? Wer hat dieses Thema aufs Tapet gebracht?«

Er wedelt wieder mit der Hand. »Ach, Talcott, ich würde es Ihnen ja gern sagen. Aber ich kann nicht.«

»Sie können nicht? Warum nicht?«

»Durch das Schweigerecht geschütztes Vertrauensverhältnis zwischen Anwalt und Mandant.« Lächelnd rollt er den Flur entlang.

Kapitel 20

IM TEMPEL DER GERECHTIGKEIT

• I •

»Misha, wie schön, Sie zu sehen!« Eine Umarmung, kurz wie unter Männern üblich. Die Herren Richter trauen sich heutzutage nicht mehr, ihre weiblichen Mitarbeiter in den Arm zu nehmen – pflegte jedenfalls mein Vater häufig zu sagen. Aber manche seiner vermeintlichen Beobachtungen entbehrten jeder Grundlage. »Kommen Sie herein, kommen Sie herein!«

Wallace Warrenton Wainwright tritt beiseite und bedeutet mir, mit ihm in sein Amtszimmer zu kommen. Der rundliche schwarze Bürobote, der mich vom Sekretariat herbegleitet hat, ist bereits verschwunden. Als die Tür zum Vorzimmer ins Schloss fällt, sind Wallace Wainwright und ich allein. Wallace ist ein hochgewachsener Mann mit breiten, wenn auch nicht sehr muskulösen Schultern und schon etwas ausgedünntem, braun meliertem Haar. Sein blasses, freundliches Gesicht strahlt etwas gewollt Asketisches aus. Er wirkt entschieden zu glücklich für einen Mann seiner Intelligenz. Außerdem sieht er weniger wie ein Richter aus als wie ein Mönch – unbedingt Franziskaner –, und wenn man im Flugzeug zufällig neben ihm säße, würde man Wallace Wainwright nie und nimmer für einen Richter am Obersten Gerichtshof der Vereinigten Staaten halten. Doch genau als solcher wird er einmal in den Geschichtsbüchern stehen. Außerhalb des geräumigen Amtszimmers summen und piepen Computer, zischen Drucker, eilen Assistenten umher und klingeln gedämpft Telefone – die Begleitmusik zur praktizierten Gerechtigkeit, wie Justice Wainwright das Getümmel zweifellos beschreiben würde. Es mag ja sein, dass diese Institution von Zeit zu Zeit tatsächlich der Gerechtigkeit gedient hat, aber sicher weit seltener, als die meisten Menschen glauben, denn das Gericht hat im Lauf seiner Geschichte zumeist keine Veränderungen bewirkt, sondern nur nachvollzogen. Wir Rechtsgelehrten zeichnen in Reden und Aufsätzen gern ein freundlicheres Bild, tun so, als hätte die Vergangenheit anders ausgesehen, als hätten die Obersten Richter ihre traditionelle Rolle als Beschützer der Schwachen erst in jüngster Zeit aufgegeben.

Wir reden und schreiben Unsinn.

Wie jede andere gesellschaftliche Institution steht der Oberste Gerichtshof von jeher vor allem auf Seiten der Insider. Diese Behauptung kann kaum überraschen, denn schließlich werden nur Insider Präsident und nominieren dann wiederum die Obersten Richter, oder sie werden Senator und bestätigen diese Richter im Amt. Aber vor allem gehören die Insider auch selbst zum Kreis derer, die für eine Nominierung in Frage kommen. Liberale verweisen gern auf die Bürgerrechtsverfahren *Brown gegen das Erziehungsministerium* und *Roe gegen Wade*, als hätten sie damit die dem Obersten Gericht zukommende Position im staatlichen Machtgefüge ausreichend beschrieben. Was sie in Wirklichkeit beschrieben haben, ist jedoch nichts als eine merkwürdige Epoche der Geschichte, in der die Richter stärker darauf bedacht waren, Amerika zu verändern und nicht nur zu bewahren. Das Ganze blieb aber lediglich eine Episode, und der Oberste Gerichtshof verlor seine Funktion als Motor der gesellschaftlichen Entwicklung rasch wieder, worüber die Verfassungsväter wahrscheinlich sehr glücklich gewesen wären: Madison und Hamilton waren schließlich auch Insider.

Justice Wainwright – oder Mr. Justice Wainwright, wie es in der guten alten sexistischen Zeit geheißen hätte – ist in hohem Maß Insider, denn er kennt einfach alle. Das heißt alle, die in Washington etwas zu sagen haben. Kein Wunder, dass er als einziger Oberster Richter zum Begräbnis meines Vaters kam. Er nimmt an jeder Hochzeit in der Stadt teil, warum also nicht auch an jeder Beerdigung? Als ich mich umsehe und meinen Blick über den kostbaren blauen Teppich und den noch viel eindrucksvolleren Holzschreibtisch schweifen lasse, entdecke ich seine Selbstbeweihräucherungswand, auf der eine Unmenge Fotos versammelt sind, die Justice Wainwright mit den Großen dieser Welt zeigen, von Michail Gorbatschow über Bob Dylan bis hin zum Papst. Eins der Fotos zeigt aber auch einen entschlossenen Wainwright in der Paradeuniform der Marines, und in einem weiteren Rahmen sind seine Orden und Ehrenzeichen ausgestellt. Dazu gibt es noch das Bild eines lächelnden Wainwright mit etlichen kleinen Kindern auf dem Schoß, vermutlich seine Enkel. Entlang der übrigen Wände stehen solide Holzregale mit den unzähligen cremefarbenen Bänden der *United States Records*. In diesem offiziellen Werk sind sämtliche Entscheidungen des Obersten Gerichtshofs festgehalten, aber natürlich nimmt im digitalen Zeitalter kein Jurist unter dreißig diese Bände noch zur Hand, denn ihr gesamter Inhalt ist auch im Internet verfügbar (jedenfalls glauben die jungen Juristen das unglücklicherweise). Ich schüttle den Kopf. Es gelingt mir nicht, mir vorzustellen, dass mein Vater in so ein prächtiges Amtszimmer gezogen wäre, wenn die Dinge einen anderen Verlauf genommen hätten. Ich fühle, wie mich fatalistische Gedanken übermannen und dazu der Eindruck, dass nichts und niemand an dem unausweichlichen Ergebnis etwas hätte ändern können.

Nichts. Niemand.

Wallace Wainwright, der ein feinfühliger Beobachter ist, bemerkt mein Unbehagen, fasst mich am Ellbogen und führt mich zu einem eleganten blauen Sofa. Er selbst nimmt auf einem harten Holzstuhl Platz, der neben dem Sofa steht. Über seine Schulter hinweg ist durch das hohe Fenster das Kapitol zu sehen, dessen massive Kuppel in dem zauseligen Nieselregen, der unverzichtbar zum Washingtoner Dezember gehört, ein stumpfes Grau trägt. Trotz des Wetters genieße ich die köstliche Freiheit eines Schulschwänzers. Ich habe mich an diesem nassen Nachmittag von der Konferenz zur Reform des Deliktsrechts (deren Veranstalter meine Reisekosten tragen) davongestohlen. Um vermisst zu werden, bin ich ohnehin nicht bedeutend genug. Und trotzdem weiß ich jetzt, da ich in den Wainwright'schen Amtsräumen sitze (zu dem Termin hat mir Rob Saltpeter verholfen, der vor etlichen Jahren Wainwrights Assistent war), nicht so recht, wie ich anfangen soll.

Ich zapple herum wie ein nervöser Erstsemestler, den man aufgefordert hat, einen Fall vorzutragen.

Wallace Wainwright wartet. Und wartet. Er kann es sich leisten, zu warten oder auch nicht zu warten, ganz nach Belieben. Er weiß, wer er ist. Er steht ganz oben in der Welt der Rechtsprechung und braucht niemanden mehr zu beeindrucken. Sein Anzug ist unscheinbar, braun und ohne Fasson, und entspricht eher dem, was man in den Secondhandläden von Southeast Washington findet, als dem, was man an einem Richter des Obersten Gerichtshofs zu sehen erwartet. Die schmale alte Krawatte sitzt schief. Das blaue Hemd ist schlecht gebügelt und unordentlich in den Hosenbund gestopft. Trotz seines eindrucksvollen Namens verfügt Wallacc Wainwright über keinen nennenswerten »Background«, wie der Richter zu seinen Lebzeiten immer wieder mit Erstaunen feststellte. Die Familie Wainwright war (ebenfalls meinem Vater zufolge) Wohnwagengesindel aus Tennessee. Wallace, der mittlere von fünf Brüdern, log, schmeichelte und schnorrte sich durch die University of Tennessee, bevor er ein Stipendium an der Juristischen Fakultät der Vanderbilt University bekam. In den ersten Jahren als Anwalt schickte er die Hälfte seines Gehalts nach Hause, manchmal auch mehr, so jemand aus seiner weit verzweigten Familie operiert werden musste oder eine Anzahlung für ein Auto leisten wollte. Inzwischen lebt er allerdings in einem teuren, wenn auch kleinen Reihenhaus in Georgetown und am Wochenende auf einem zehn Hektar großen Landsitz mitsamt Pferden für seine Töchter, und zwar in der Nähe des Städtchens Washington (das manchmal auch Little Washington genannt wird), mitten im Jagdland von Virginia. Mein Vater schüttelte häufig den Kopf vor Verwunderung darüber, dass sein ehemaliger Kollege eine so gute Partie gemacht hatte.

Justice Wallace Warrenton Wainwright, der intellektuelle Gigant.

Der Mann des Volkes.

Der Liebling der Juristenschaft.

Der letzte bedeutende liberale Richter.

Und für meinen Vater jemand, der einem Freund am nächsten kam, als die beiden zur selben Zeit Richter am Bundesberufungsgericht waren, zuständig für den District of Columbia. Das ist auch der wahre Grund für meinen Besuch. Allen ideologischen Unterschieden zum Trotz waren sich die beiden Männer damals in der Überzeugung einig, ihren Richterkollegen intellektuell überlegen zu sein, und diese herablassende Haltung schlug sich nicht selten in ihren abweichenden Voten nieder. In einem Gericht geht es wohl manchmal nicht viel anders zu als an einer juristischen Fakultät – jedenfalls nicht anders als an meiner. Hier wie dort gibt es eine Rangabstufung, zumindest in der Vorstellung derer, die sich selbst ganz oben einordnen. Die Richter Wainwright und Garland wähnten sich damals auf einer eigenen Stufe, was bei ihren Kollegen erhebliches Missfallen hervorrief, wie ich von Eddie Dozier weiß. Obwohl mein Vater ungefähr zehn Jahre älter war als Wainwright, unternahmen die beiden auch außerhalb des Gerichts viel zusammen, spielten Golf und Poker oder gingen manchmal angeln. Das geschah alles noch vor dem Skandal, der die Karriere meines Vaters beendete. Zwar versuchte Wainwright auch danach noch, Kontakt zu halten, aber irgendwann ertrug mein Vater (wie mir Addison erzählte) die Belastung nicht länger. Der Richter kam nicht mehr vom Fleck, rutschte sogar ab, während sein alter Freund auf der Karriereleiter immer höher kletterte. Als die Demokraten das Weiße Haus zurückeroberten, war allen klar, dass die erste Stelle, die am Obersten Gerichtshof frei würde, für Wainwright bestimmt war.

Und sie behielten Recht.

Wir sitzen weiter schweigend da, während ich versuche, mich auf mein Anliegen zu konzentrieren. Die Depressionen der letzten Monate haben mich jedoch auch jetzt fest im Griff, verlangsamen mein Denken, verstärken meine Zweifel und Ängste. Am Vormittag war ich heute kurz bei Corcoran & Klein, wo Meadows mich wie versprochen einen Blick in das leere Eckbüro meines Vaters werfen ließ, das ganz in der Nähe von Onkel Mals Büro liegt. Mrs. Rose, die seit ewigen Zeiten die Sekretärin des Richters gewesen war, ist längst im Ruhestand und nach Phoenix gezogen. Das Büro war tatsächlich leer. Teppich, Anstrich und Vorhänge waren neu und hatten den Geist des Richters vollständig vertrieben. Aber diese Besichtigung war ohnehin nur ein Vorwand. Im Grunde ging es mir darum, Cassie Meadows zu einem Becher Kaffee einzuladen, mich so ihrer ungeteilten Aufmerksamkeit zu versichern und ihre spontane Reaktion auf die Frage zu beobachten, ob mein Vater vielleicht eine dieser »Für den Fall, dass mir etwas zustößt«-Anweisungen hinterlassen hatte.

Meadows zuckte nicht mit der Wimper. Sie dachte nach, tippte sich dabei mit dem Finger an die kaum auszumachenden Lippen. »Falls dem so ist, bin ich jedenfalls nicht eingeweiht. Außerdem liegt so etwas auch eher in Mr. Corcorans Zuständigkeit als in meiner.«

Die erwartete Reaktion. Auch die Antwort auf meine nächste Frage kannte ich schon, bevor ich sie gestellt hatte: Nein, Mr. Corcoran ist nicht da. Er ist für ein paar Wochen nach Europa gereist.

• II •

»Wie nett, dass Sie mich empfangen«, sage ich endlich. Ich fühle mich unwohl und wie ein kleines Kind gegenüber dieser Personifizierung all dessen, was mein ehrgeiziger Vater anstrebte, aber nie erreichte.

»Unsinn!«, schnaubt Wallace Wainwright und blickt dabei verstohlen auf seine Uhr – als Mann des Volkes trägt er eine Timex. Dann setzt er sich auf seinem unbequemen Stuhl zurecht, schlägt die knochigen Beine übereinander und legt die großen Hände auf das Knie, mit dem er gleich darauf zu wippen anfängt. »Es tut mir nur Leid, dass wir so lange keine Gelegenheit hatten, uns zusammenzusetzen.«

»Ja, es ist lange her«, stimme ich zu.

»Wie geht es Ihrer reizenden Frau?«, fragt er, dabei bin ich mir ziemlich sicher, dass er Kimmer noch nie zu Gesicht bekommen hat. Er ist bekannt für sein schiefes, aber freundliches Lächeln, das er auch jetzt aufsetzt. Es gibt sogar gelehrte Abhandlungen über die Bedeutung dieses Lächelns. »Soviel ich weiß, haben Sie zwei Kinder. Oder ist es nur das eine?«

»Nur Bentley. Er ist drei.«

»Ein wunderbares Alter«, sagt er. Ich kann nicht einschätzen, ob er mir die Befangenheit nehmen oder mich nur abspeisen will. »Ich weiß es noch wie heute, als meine eigenen drei waren. Das heißt, natürlich nicht alle zur selben Zeit«, setzt er mit einer gewissen Pedanterie hinzu. »Ich erinnere mich an jedes für sich.«

»Erinnere ich mich richtig, dass Sie drei Kinder haben?«

»Vier«, korrigiert er mich sanft und bereitet damit meinen Bemühungen, mich als soziales Wesen zu beweisen, ein Ende. »Alles Mädchen«, sagt er nachdenklich. »Und in jedem Alter faszinierend.«

Er wartet noch immer.

Nur nicht beirren lassen.

»Mr. Justice, wenn Sie nichts dagegen haben, möchte ich mit Ihnen über meinen Vater sprechen.«

Mit wohlwollend fragendem Blick hebt er die Augenbrauen.

»Über seine letzten Jahre als Richter. Vor ... na ja, vor dem, was passiert ist.«

»Natürlich, Misha, natürlich!« Charmant wie immer. Um seine Verbundenheit mit meinem Vater zu honorieren, bot ich Wainwright schon vor Jahren an, mich bei meinem Spitznamen zu nennen, was er seither stets getan hat. »Das waren schwierige Jahre. Ich kann mir kaum vorstellen, wie das für Sie gewesen sein muss, und es tut mir alles schrecklich Leid.«

»Danke, Mr. Justice. Ich weiß, was dem ... meinem Vater Ihre Freundschaft bedeutet hat.«

Justice Wainwright lächelt wieder. »Wissen Sie, er war ein ganz besonderer Mensch. Und er hat mir viel bedeutet. Ein Gigant, fraglos ein Gigant. Für mich war es eine große Ehre, diesen exzellenten Vertreter der Juristerei zu kennen. Ich denke, man kann sagen, dass er als Richter mein Mentor war. Ja. Die Geschehnisse ... nun, die ändern nichts an meiner Bewunderung für ihn.« Nach dieser kleinen Ansprache legt er eine Pause ein. »Ja. Also, was möchten Sie wissen?«

Los jetzt! »Meine Fragen ... betreffen weniger die Zeit nach den Geschehnissen, sondern die davor. Besonders die Tage rund um seine Nominierung. Was ist da abgelaufen? Zum Beispiel mit Jack Ziegler, falls mit ihm überhaupt etwas war.«

»Wissen Sie, das ist interessant. Interessant.« Seine affektierten Wiederholungen und Pausen verschaffen ihm Zeit zum Nachdenken. »Kein Mensch hat mich das bisher gefragt, auch damals nicht, als der Kongress diese umfangreichen Ermittlungen durchführte. Nur ein paar Reporter, soweit ich mich erinnere, die sich irgendwie meine Privatnummer verschafft hatten. Reporter. Mit denen habe ich natürlich nicht gesprochen.« Wie die meisten Richter hat Wallace Wainwright Journalisten gegenüber eine ähnliche Einstellung, wie sie wohl der menschliche Körper Kolibakterien gegenüber haben muss – man weiß, dass man ein paar davon braucht, damit alles richtig funktioniert, aber trotzdem hofft man, dass einen irgendwann jemand ein für alle Mal davon befreit. »Um Ihren Vater herrscht großes Schweigen, Misha. Schweigen. Ja. Ich meine um das, was sich damals im Gericht zugetragen hat. Aber vielleicht ist das auch besser so.«

Ich zögere. Will er mich etwa warnen? Oder zieht er mich mit hinein? Ich weiß es nicht. Ich kann die Zeichen nicht deuten. Deshalb mache ich einfach weiter im Text. »Ich glaube, dass ich gerade das gern wüsste. Was sich im Gericht zugetragen hat. Wie mein Vater damals war.«

»Was sich zugetragen hat.« Bei der Wiederholung meiner – und auch seiner – Formulierung schlägt er die Beine neu übereinander und lehnt sich zurück. Er blickt jetzt nicht mehr zu mir, sondern an die Decke, wo er möglicherweise in den Strömen seiner Erinnerung zu lesen versucht. »Nun. Ja. Sie müssen bedenken, dass Ihr Vater zu der Zeit, als sich das alles ereignet hat, für den Obersten Gerichtshof nominiert war.«

»Das weiß ich.«

Er bemerkt meine Ungeduld und erteilt mir einen wohlwollenden Verweis. »Sie wissen es, und Sie wissen es auch nicht. Man muss schon ein Gefühl dafür haben, was da in einem Gericht abläuft, wenn einer der Richter auf dem Weg ins höchste Amt ist ... oder zumindest alle glauben, dass dem so ist. Ich habe das mehrere Male mitgemacht. Mehrere Male. Ich war wegen Bob Bork dort. Wegen Oliver Garland. Wegen Doug Ginsburg.« Ein gequältes Lächeln. »Wenn ich diese Namen so aufzähle, könnte man auf die Idee kommen, dass die Leute aus dem District of Columbia keine besonders guten Aussichten haben.«

Ich lächle nun auch.

»Trotzdem, selbst wenn keiner der Nominierten ... sich durchgesetzt hat ... so war die Atmosphäre im Gericht zur Zeit ihrer Nominierung doch jedes Mal, nun ja, anders.«

»Wie anders?«

»Nun ja«, sagt Justice Wainwright erneut. »Also, Sie meinen am Anfang, als Reagan die Nominierung Ihres Vaters bekannt gab? Niemand war so richtig überrascht, aber gleichwohl konnte man im ganzen Haus ... diese Erregung spüren. Ihr Vater, nun ja, er war immer eine eindrucksvolle Figur, doch nach der Bekanntgabe war er irgendwie ... wenn er über den Flur schritt oder den Gerichtssaal betrat oder ... das war ... atemberaubend, würde ich sagen. Atemberaubend. Ich meine das im Wortsinn. Es war, als würde er glühen, als würde er der Luft allen Sauerstoff entziehen. Wie ließe sich das Ganze beschreiben? Als etwas Magisches vielleicht. Nicht, dass die Leute um ihn herumscharwenzelten. Nein. Wenn ich es recht bedenke, passierte eher das Gegenteil. Alle wichen ein klein wenig vor ihm zurück, wurden ... hm, sagen wir mal, eingeschüchtert, als wäre er auf eine höhere Daseinsebene gelangt und als wären wir anderen, wir Sterblichen, keine passende Gesellschaft mehr für ihn. Nicht mehr passend. Kein König, aber ... ein Kronprinz. Das ist die Analogie! Da war dieses ... dieses Leuchten. Als glühte er«, wiederholt Justice Wainwright.

Ich nicke und hoffe, dass er bald zur Sache kommt. Wainwrights richterliche Einlassungen sind stets von derselben konfusen Art, wimmeln nur so von wenig treffenden Anspielungen und nicht ganz passenden Metaphern. Juraprofessoren belohnen diesen Sprachwirrwarr, indem sie seinen Schreibstil als elegant bezeichnen. Aber vielleicht bin ich auch nur neidisch, weil ich selbst zu einem eher langweiligen Stil tendiere.

»Nun. Ihr Vater verhielt sich vorbildlich. *Wir* waren vielleicht schüchtern, wir anderen Richter, und besonders die Assistenten, aber Ihr Vater war freundlich wie eh und je.« Ein weiteres Lächeln, sanft, der Erinnerung geschuldet, und ich überlege, ob er mich verulken will, denn der Richter hatte viele Eigenschaften, von denen manche auch Bewunderung verdienten, aber Freundlichkeit gehörte ganz bestimmt nicht dazu. »Wissen Sie, wenn ich jetzt darüber nachdenke, meine ich doch, dass Ihr Vater viel Zeit hatte, sich vorzubereiten und zu überlegen, wie er sich verhalten sollte in dem Fall, dass der Blitz bei ihm einschlug. Sie erinnern sich vielleicht, dass die Nominierung nicht gerade überraschend kam. Dass Ihr Vater in die engere Wahl gezogen wurde, stand in allen Zeitungen. Die Leute sprachen ja sogar schon in den achtziger Jahren von Ihrem Vater, unmittelbar nach der Wahl. Ja. Unmittelbar nach der Wahl. Da fällt mir ein, sobald Reagan gewählt war, wurde irgend so ein Rechter ... entschuldigen Sie, ich will Ihren Vater keinesfalls beleidigen ... also jemand aus einem dieser schrecklich konservativen Think Tanks, mit der Bemerkung in der Zeitung zitiert, Ihr Vater sei der potentielle Nachfolger von Justice Marshall. Er schloss auch noch eine beleidigende Bemerkung an: ›Ich hoffe, Thurgood hält Oliver den Sitz warm‹, oder etwas in der Art.«

Ich habe die Atmosphäre jener Zeit längst vergessen, aber Justice Wainwrights Bericht lässt sie schlagartig wieder lebendig werden. Zum ersten Mal seit Jahren erinnere ich mich an den Ausspruch, den er eben zitiert hat. Ich war damals ebenso empört wie fast alle Leute, die ich kannte, mein Vater eingeschlossen. Unsere Empörung entzündete sich an der Annahme, dass dem Obersten Gerichtshof immer nur *ein* schwarzer Richter angehören könne. Aber auch an der Dreistigkeit, mit der der Mann so tat, als wäre er sowohl mit meinem Vater als auch dem großen Thurgood Marshall auf Du und Du. Und dann natürlich an der (es lässt sich nicht anders ausdrücken) rassistischen Note seines Verhaltens, einfach die beiden schwarzen Juristen öffentlich beim Vornamen zu nennen. Ich kann mich nicht erinnern, je etwas Ähnliches gehört zu haben, etwa: »Ich hoffe, Lewis hält Bob den Sitz warm.« Jedenfalls nicht dann, wenn der Richter und der potentielle Nominierte beide weiß waren. In einer ungewohnten Mischung aus Edelmut und Opfersinn erwog mein Vater im ersten Augenblick, aus Respekt vor Justice Marshall allen Spekulationen, er könnte einmal dem Obersten Gerichtshof angehören, Einhalt zu gebieten, doch dann trug sein glühender Ehrgeiz den Sieg davon.

»Ich erinnere mich«, ist alles, was ich sage.

»Es war eine schreckliche Bemerkung, Misha, eine ganz schreckliche, und Ihr Vater war außer sich. Aber, nun ja, dieses Gericht ... Um die Nominierungen wird schon seit Jahrzehnten ein Zirkus gemacht. Ach, länger. Das geht mindestens bis zu Brandeis zurück. Vielleicht sogar bis zu Salomon Chase oder Roger Taney. Sie wissen natürlich, welche Aufregung diese Nominierungen seinerzeit ausgelöst haben! Aber das führt jetzt sehr weit weg, und ich nehme an, dass ich Sie langweile. Sie wollten nicht wissen, wie damals die Stimmung im Gericht war. Damit sind Sie vertraut. Sie wollten wissen ... nun ja, wie es damals um Ihren Vater bestellt war, nicht?«

»Ja. Soweit Sie darüber sprechen können.«

»Hm.« Wainwrights Gestik zeugt mit einem Mal von Nervosität. Mit der einen Hand zupft er an seinen dünner werdenden Haaren, und mit den Fingern der anderen trommelt er auf der Lehne seines Stuhls herum. Dass ihm beides zur selben Zeit gelingt, demonstriert recht eindrucksvoll seine Koordinationsfähigkeit, erinnert an einen Jongleur, der gleichzeitig auf einem Ball balanciert. »Ich sage Ihnen, Misha, Ihr Vater ... ich habe es schon erwähnt ... er glühte. Aber nicht immer. Selbst vor dem Skandal gab es Momente, da wirkte Oliver ... ja, angespannt ist wohl das richtige Wort ... wenn ich ihn in einem unbeobachteten Moment erwischte. Er wirkte beunruhigt. Ja. Wenn wir uns im Richteraufzug begegneten und er nervös wirkte, erkundigte ich mich immer, was denn los sei. Ich erinnerte ihn dann, dass er doch wie auf Wolken schweben müsse. Nun, er zuckte mit den Schultern und murmelte, dass bei den Anhörungen alles ans Licht kommen könnte. ›Schau dir doch Fortas an‹, sagte er eines Abends, als wir gemeinsam in die Tiefgarage fuhren. ›Der Mann nimmt von einer Stiftung völlig sauberes Geld an und wird dafür abgeschossen!‹« Wainwright verzieht in gespieltem Ekel den Mund. »Das Problem bei Fortas war aber gar kein juristisches. Das Geld, das er annahm, kam einfach von ... nun ja, von einem zwielichtigen Menschen.« Er setzt sich gerade hin. »Ich glaube, ich verstehe, was er meinte.«

Ich bin wie vor den Kopf geschlagen. »Sie wollen doch nicht sagen ... mein Vater hat doch kein –«

»Geld angenommen? O nein, nein, nichts dergleichen. Tut mir Leid, Misha, ich wollte keinesfalls diesen Eindruck erwecken.« Tatsächlich, Wainwright lacht! »Ihr Vater und Geld annehmen! Das ist wirklich ein guter Witz. Ich weiß, dass ein paar hässliche Gerüchte so etwas nahe legten, aber ich kannte Ihren Vater besser als jeder andere, denn im Lauf der Zeit habe ich gemeinsam mit ihm Hunderte von Fällen verhandelt. So etwas hätte ich gewusst.

So etwas hätten wir alle gewusst. Auf keinen Fall. Nein. Was für ein alberner Gedanke! Ich will nur darauf hinaus, dass Ihr Vater nervös war, weil er dachte, es könnte etwas zutage gefördert werden, etwas völlig Harmloses, das dann einfach uminterpretiert werden würde.«

»Hatten Sie damals eine Vorstellung davon, was dieses Etwas hätte sein können?«

»Nein, nein. Wie auch? Ihr Vater war ... wie lautet dieser antiquierte Begriff? ... Ach ja, er war ein durch und durch rechtschaffener Mann. Ein makelloser Lebenslauf, eine harmonische Ehe, wohl geratene Kinder. Eine Bilderbuchkarriere. Niemand hätte es für möglich gehalten, dass ein solcher Mann in einen Skandal verwickelt sein könnte. Was auch geschehen ist, Misha, Ihr Vater war ein großartiger Mann. Und daran sollten Sie immer denken.«

Obwohl er mich nur zu beruhigen versucht, stößt mich seine Großspurigkeit ab. Am Tag der Beerdigung sprach auch Mallory Corcoran davon, wie großartig mein Vater gewesen sei, und es war deutlich, dass er die Vergangenheit meinte. Ich frage mich, ob Wallace Wainwright dasselbe meint. Einen schwierigen Augenblick lang ärgert mich seine Selbstgefälligkeit.

Mir ist sehr wohl bewusst, dass sie mich ärgert, weil er weiß und unantastbar ist. War der Richter genauso selbstgefällig? Wäre er so selbstgefällig gewesen, wenn er berufen worden wäre? Ich glaube, er war es, und er wäre es wohl auch gewesen, nur dass er sich wahrscheinlich noch schlechter benommen hätte. Aber trotzdem wäre das etwas anderes gewesen. Und das nicht etwa, weil er mein Vater ist ... war. Nein, nach diesen qualvollen Jahrhunderten klafft immer noch eine Lücke, ein tiefer Spalt, ein gähnender Abgrund zwischen der Selbstgefälligkeit eines erfolgreichen Weißen und der eines erfolgreichen Schwarzen. Ich denke, die Weißen ertragen Ersteres ganz gut. Den Schwarzen geht es da anders. Jedenfalls mir.

Aber ich muss mich auf mein Anliegen konzentrieren. Ich bin nicht gekommen, um über Justice Wainwright zu richten. Ich bin hier, um Informationen zu erhalten. Ich bin wegen der *Vorkehrungen* hier und weil nur *wenig Zeit* bleibt. Weil ich es einfach wissen muss.

• III •

»Justice Wainwright, wenn es Ihnen Recht ist, würde ich Sie gern noch dazu befragen, was geschah ... nachdem es zum Skandal gekommen war.«

»Nur zu.« Er legt die Hände auf die Knie, ganz wie ein aufgeweckter Schüler. Aber seine Bereitwilligkeit wirkt gezwungen. Es ist, als würde ich an eine Wunde rühren, was ich ja vielleicht auch tue.

»Erinnern Sie sich von den Anhörungen noch an die Dienstbücher der Wachleute? Dass sämtliche Besuche Jack Zieglers darin festgehalten waren?«

Er nickt bedächtig. »Es wäre mir lieber, ich hätte sie vergessen. Was für ein trauriger Moment.«

Wenn Sie das schon traurig fanden, sage ich beinahe, *dann stellen Sie sich einmal vor, wie es für uns war.* Bis zum Auftauchen der Dienstbücher glaubte ich im Wesentlichen meinem Vater, der Jack Zieglers Besuche unter Eid abgestritten hatte. Und ich war damals drauf und dran zu glauben, dass Greg Haramoto einen Meineid geschworen hatte – ob nun auf Grund einer bizarren geistigen Verirrung oder weil er schlicht abartig war. Selbst nachdem die Demokraten mit den Dienstbüchern aufgewartet hatten und meine Mutter mit uns schon nicht mehr über die ganze Angelegenheit sprach, saßen Mariah und ich abends noch stundenlang zusammen und debattierten darüber, ob (wie meine Schwester meinte) die Dienstbücher vielleicht gefälscht waren.

Wallace Wainwright kann ich das kaum erzählen. »Das stimmt. Ein sehr trauriger Moment. Aber lassen Sie mich etwas fragen. Glauben Sie, dass mein Vater gelogen hat, als er aussagte, er habe sich nie mit Jack Ziegler im Gericht getroffen?«

Wainwright ist jetzt sichtlich nervös. Er würde sich am liebsten gar nicht auf diese Frage einlassen. Zu spät wird mir klar, wie sehr wir uns ähneln, denn auch ich überbringe schlechte Nachrichten höchst ungern persönlich. Während ich auf seine Antwort warte, fällt mir ein Foto auf, das ich zuvor übersehen habe: Wainwright und mein Vater stehen in einem Boot und präsentieren die von ihnen geangelten Fische. Dass er dieses Bild nicht von der

Wand genommen hat, und das sogar hier im Obersten Gerichtshof, berührt mich tief. Ein warmes Gefühl durchflutet mich, als ich begreife, dass seine Zuneigung zu meinem Vater nicht geheuchelt ist, dass Wallace Wainwright sich nicht von ihm losgesagt hat wie so viele andere Freunde, und dass er zur Beerdigung erschienen ist, weil wir einen Mann zu Grabe trugen, den er verehrte. Er wird niemals aus freien Stücken schlecht über meinen Vater sprechen. Deshalb weiß ich schon, was Justice Wainwright sagen wird, noch ehe er ein Wort von sich gegeben hat. »Misha, Sie müssen wissen, dass Ihr Vater in einer schwierigen Lage war. In einer schwierigen Lage. Ja. Offenbar maß er den Besuchen im Gericht nicht allzu viel Bedeutung bei. Verzeihen Sie. Es war damals das erste Mal, dass ich Oliver die Fassung verlieren sah. Er konnte nicht recht glauben, dass man so viel Aufhebens darum machte. Für ihn ... für Ihren Vater ... waren die Besuche nur ein Freundschaftsdienst, eine Möglichkeit, seinen Studienkameraden beizustehen, der in Schwierigkeiten steckte. Erinnern Sie sich, was Ihr Vater immer über die Freundschaft sagte? Irgendwas mit Ziegelsteinen ...«

Ich habe die Worte parat: *»Freundschaft ist die Zusage zukünftiger Loyalität, was immer kommen mag. Versprechen sind die Ziegelsteine des Lebens, und das Vertrauen ist der Mörtel.«*

»Ja, genau. Ziegelsteine und Mörtel.« Wieder das schiefe Lächeln. Es verleiht ihm jenes engelhafte Aussehen, das seine Anhänger so bewundern. »Sie verstehen, worum es geht. Ihr Vater empfand die Geschehnisse als schrecklich ungerecht. Auf dem Bildschirm, vor den Augen der Nation, in der Überprüfung durch die Medien erschienen diese Besuche als etwas Finsteres. Für Ihren Vater waren sie harmlose Freundschaftsgesten. Harmlos. Ja. Ich glaube, er kam einfach zu dem Schluss, dass es keine Möglichkeit gab, die Besuche mit der gebotenen Rücksichtnahme zu erklären – jedenfalls nicht im Rahmen der Anhörungen. Seine Konsequenz war, die Besuche abzustreiten. Sie sind doch Semiotiker. Sie verstehen, was ich zu erklären versuche. Ja. Ihr Vater wollte nicht sagen, dass es keine Besuche gegeben hatte. Er bestritt die Treffen nur in der Form, die seine Kritiker konstruiert hatten, nicht aber in der, in der er sie selbst verstanden hatte. Hätte die Frage damals gelautet: ›Haben Sie sich aus Loyalität und Freundschaft mit Jack Ziegler getroffen und ihm zugeredet, in dieser schweren Zeit den Mut nicht sinken zu lassen?‹ ... etwas in der Art ... nun, dann hätte Oliver wohl eine akzeptablere Antwort gegeben.« Er scheint etwas in meinem Gesicht zu lesen. »Tut mir Leid, Misha. Ich weiß, das ist nicht ganz die Antwort, die Sie hören wollten.«

»Ich will einfach nur verstehen. Sie sagen, dass mein Vater gelogen hat. Nichts anderes kommt doch dabei heraus, wenn man die Sache auf den Punkt bringt, oder? Dass er unter Eid gelogen hat.«

Wainwright seufzt. »Ja, Misha. Tut mir Leid. Ich glaube wirklich, dass Ihr Vater gelogen hat.«

»Jack Ziegler war also ... ich weiß nicht mehr, wie oft ... im Gericht.«

»Dreimal, glaube ich.« Greg Haramoto wusste damals nur von einem Besuch. Aus den Dienstbüchern erfuhr die Nation dann von den anderen.

»Ich denke, Sie haben Recht. Drei Treffen, alle nach Dienstschluss.«

»Ja. Nach Dienstschluss.«

Nun bin ich es, der in seinem Gesicht etwas liest. Er senkt kurz den Blick. Was könnte ihn wohl beunruhigt haben? Dann ist es mir plötzlich klar. »Sie haben es gewusst«, sage ich leise und mit einer gewissen Verwunderung.

»Ich muss doch bitten!«

»O ja, Sie haben es gewusst! Sie ... Sie haben die beiden gesehen, auf dem Flur oder sonstwo. Vielleicht haben Sie nach Dienstschluss im Büro meines Vaters vorbeigeschaut, und da saß dann Jack Ziegler. Jedenfalls ... jedenfalls wussten Sie Bescheid, nicht? Sie wussten, dass sich mein Vater mit Jack Ziegler traf.«

Er schaut zum Fenster hinüber, als könnte ihn ein Blick auf die Library of Congress aus dem Dilemma befreien, in das er sich selbst hineinmanövriert hat. »Unser Gespräch ist doch wohl vertraulich, oder? Und Sie schreiben auch nicht an einem Bericht, an einem Aufsatz für *The Atlantic* oder an etwas anderem in der Art?«

»Es ist strikt vertraulich«, sichere ich ihm zu. Ich würde ihm so gut wie alles zusichern, nur um zu erreichen, dass er weiterspricht.

»Sollten Sie mich zitieren, werde ich alles abstreiten.«

»Natürlich.«

Wallace Wainwright seufzt. »Ja, Misha, ich habe es gewusst«, sagt er in Richtung Wand. »Sie haben Recht damit, dass ich die beiden zusammen gesehen habe. Aber nicht auf dem Flur. Im Aufzug. Im Richteraufzug. Spätabends mal. Es muss so um zehn Uhr herum gewesen sein. Vielleicht auch später. Ich habe nicht auf die Uhrzeit geachtet, weil ich der Angelegenheit ... damals keine große Bedeutung beigemessen habe. Wie auch immer, Sie werden sich erinnern, dass mein Büro und das Ihres Vaters auf derselben Etage lagen. Ich wartete auf den Aufzug, und als er kam, stand Ihr Vater mit einem Mann vor mir, den ich nicht sofort erkannte. Beide schienen überrascht, mich zu sehen. Aus heutiger Sicht glaube ich, dass Ihr Vater damals dachte, die übrigen Richter hätten das Gebäude bereits verlassen, so dass die Fahrt mit dem Richteraufzug die beste Möglichkeit bot, Mr. Ziegler mehr oder minder unbemerkt in sein Büro zu schleusen. Aber das ist nur eine Vermutung. Wie schon gesagt, waren die beiden ziemlich überrascht. Ziemlich überrascht. Aber Oliver war nie lange aus dem Konzept zu bringen. Er machte uns miteinander bekannt. Ich glaube, er stellte mir seinen Begleiter als Zimmergenossen aus Unitagen vor, und der Name sagte mir zunächst auch nichts.«

»Zunächst?«

»Vielleicht habe ich an jenem Abend auch einfach nicht geschaltet. Erst Tage später ging mir dann ein Licht auf. Der Mann im Lift war nicht nur *ein* Jack Ziegler, er war *der* Jack Ziegler. Ein Mordverdächtiger, ein Erpresser und was sonst noch alles. Mitten im Gericht und in Begleitung eines Bundesrichters. Mir bereitete das, milde gesagt, Unbehagen. Und ich wusste nicht so recht, was ich tun sollte. Vielleicht hätte ich Ihren Vater darauf ansprechen sollen. Vielleicht hätte ich dem Gerichtspräsidenten davon berichten sollen. In der konkreten Situation habe ich mich aber wenig bewundernswert verhalten. Ich habe mit niemandem darüber gesprochen. Ich bin damals einfach davon ausgegangen, dass Ihr Vater seine Gründe hatte. Schließlich hatte ich Respekt vor ihm und hielt ihn für einen Mann von größter Integrität. Was ich auch heute noch tue.«

»Obwohl er unter Eid gelogen hat.«

»Das war ein schrecklicher, schrecklicher Fehler, Misha. Um ganz ehrlich zu sein, ich fand, dass er sich damit disqualifiziert hatte. Unter Eid zu lügen! Ich habe vorhin gesagt, dass ich sein Verhalten nachvollziehen kann, aber ich möchte nicht, dass Sie glauben, ich sei damit einverstanden gewesen. Ganz und gar nicht. Ihr Vater hat gut daran getan, sich zurückzuziehen. Ein ehrenvoller Schritt. Das heißt, es wäre ein solcher gewesen, wenn Ihr Vater nur ... ach, ein wenig Reue gezeigt hätte. Reue. Ja. Ihr Vater ... ich weiß, Misha, das ist alles nicht leicht für Sie. Aber es ist nun einmal so, dass er sich anscheinend nie zu der Einsicht durchringen konnte, falsch gehandelt zu haben. Und zwar sowohl indem er einen unter Mordanklage stehenden Mann ins Gericht mitnahm, als auch indem er unter Eid log. Wie so viele gescheiterte Nominierte stellte sich Ihr Vater leider nur noch eine Frage: Welche Motive hatten jene Leute, die die Wahrheit über Zieglers Besuche im Gericht ans Licht brachten? Ich muss mich schon wieder bei Ihnen entschuldigen. Sie sind zu mir gekommen, um beruhigende Gewissheit zu erlangen, und ich habe Ihnen einen Vortrag gehalten. Einen schmerzlichen noch dazu.«

»Kein Problem. Ich weiß, dass mein Vater gelogen hat.« Pause. »Aber eines verstehe ich nicht. Wenn Sie über die Sache mit Jack Ziegler längst Bescheid wussten, warum haben Sie dann mit niemandem darüber gesprochen, als dieser Punkt bei den Anhörungen thematisiert wurde?«

Seine rasche Antwort verrät mir, dass er diese Frage erwartet hat. »Niemand wollte etwas wissen. Das FBI machte keinerlei Anstalten, die anderen Richter zu befragen.«

»Sie hätten Ihr Wissen von sich aus preisgeben können. Sie hätten Greg Haramoto damit viel Kummer erspart.«

»Ich muss schon sagen, Misha! Ein Richter soll einen anderen Richter verpfeifen? Unvorstellbar! Das macht man einfach nicht. Und es entspricht auch nicht dem Geist der Verfassung. Die Legislative entscheidet über die Eignung der Nominierten für die Judikative. Es wäre für mich als Vertreter der Judikative nicht recht gewesen, hätte ich versucht, auf die Anhörungen im Rahmen des Bestätigungsverfahrens Einfluss zu nehmen, egal in welcher Hinsicht.«

Ich mag Wallace Wainwright (vielleicht, weil mein Vater ihn mochte), aber ich bin erstaunt über so viel Selbstgefälligkeit – und zwar sowohl in Hinsicht auf seine Person als auch auf seine Äußerungen, die häufig implizieren, dass ein Gesetz verfassungswidrig sein muss, wenn er selbst es nicht gut findet.

»Das sehe ich ein«, sage ich nach kurzem Schweigen, bin mir aber gar nicht sicher, ob das auch stimmt. Hat sich Wainwright vielleicht nur deshalb aus dem Schlamassel meines Vaters herausgehalten, um sich nicht eigene Chancen zu verbauen? Ich habe keine Ahnung, ob es für einen Richter wirklich unvorstellbar ist, dass er einen anderen verpfeift, aber im Fall der Fälle hätten sich damit wohl beide jede Aussicht auf einen Sitz im Obersten Gerichtshof verbaut. »Ich würde aber gern noch etwas anderes wissen.«

»Natürlich«, sagt Wainwright, der spürbar ungeduldig wird.

»Wenn mein Vater ... wenn er sich mit Jack Ziegler getroffen hat, dann erst am Abend?«

»Ja. Erst recht spät, wie ich schon sagte.«

»Und das war auch nicht ungewöhnlich, oder? Dass mein Vater noch so spät im Gericht war?«

»Ungewöhnlich?« Er lächelt. »Nein, Misha, wirklich nicht. Ich hatte zwar auch einen langen Arbeitstag, aber Oliver arbeitete noch mehr. Sie müssen bedenken, zu welcher Sorte Mensch Ihr Vater gehörte. Zu welcher Sorte Richter. Es gibt eine schöne Formulierung, die auf Ihren Vater passt: Er leuchtete alles, was er tat, bis in den letzten Winkel aus. Ich erinnere mich noch an einen Wortwechsel aus einem Revisionsverfahren. Der Anwalt des Verurteilten beging den Fehler, auf die Eitelkeit Ihres Vaters zu spekulieren, indem er ein abweichendes Votum zitierte, das Ihr Vater zu Beginn seiner Richterzeit verfasst hatte. Ihr Vater fragte ihn daraufhin: ›Herr Anwalt, können Sie uns sagen, wie oft das gleiche Problem schon vor diesem Gericht erörtert wurde, seit ich damals mein Votum verfasst habe?‹ Das konnte der arme Kerl nicht. Ihr Vater fuhr fort: ›Siebzehnmal. Und wissen Sie, wie oft sich dieses Gericht gegen die von Ihnen zitierte Betrachtungsweise ausgesprochen hat? Siebzehnmal. Was schätzen Sie, wie viele dieser Voten ich verfasst habe?‹ Ach, der arme Teufel von Anwalt! Jeder Jurastudent lernt schon im ersten Semester, dass er das auf keinen Fall tun darf, aber dieser Herr tat es trotzdem – er riet: ›Siebzehn, Euer Ehren?‹ Und stolperte direkt in die Falle. Als Ihr Vater daraufhin sagte: ›Kein Einziges. Ich halte nämlich an der von Ihnen zitierten Betrachtungsweise fest‹, brach der ganze Saal in Gelächter aus. Mit Ausnahme des Anwalts und Ihres Vaters. Der trieb nämlich keinen Spott, sondern erteilte eine Lektion. Und er konnte der Versuchung nicht widerstehen, noch einen zweiten Hieb auszuteilen. ›Meine Ansichten sind unerheblich, Herr Anwalt. Vor dem Bundesberufungsgericht sollten Sie die Rechtsauffassung des Gesamtgerichts zitieren und nicht die Ansichten einzelner Richter. Vielleicht ist Ihnen das ja vom Studium her noch erinnerlich.«

Einen Moment lang schließe ich die Augen. Ich kann mir gut vorstellen, dass der Richter seine geistigen Fähigkeiten auf so tückische Weise einsetzte.

Wainwright ist noch nicht fertig.

»Es passierte aber nicht häufig, Misha, dass Ihr Vater jemandem mit seiner Detailversessenheit so zusetzte. Ging es bei einem unserer Fälle etwa um eine Bestimmung der Umweltschutzbehörde, war es für ihn selbstverständlich, dass er sämtliche Unterlagen zur Entstehung dieser Bestimmung persönlich las und nicht seine Assistenten damit betraute, wie wir es großteils taten. Und ich meine hier Unterlagen, die mehr als zwanzigtausend Seiten umfassen konnten. Er sagte immer: ›Wenn ich Trollope lesen kann, kann ich auch das hier lesen.‹ Oder nehmen wir einen Fall, wo es sich bei der einen Partei offenkundig um eine Scheinfirma handelte, die vielleicht auf den Caymaninseln oder auf den Niederländischen Antillen registriert war. Ihr Vater verlangte in dieser Situation von der Firma eine Aufstellung aller tatsächlichen Eigentümer – natürlich als Verschlusssache – und nicht bloß der verschiedenen Tochterfirmen, hinter denen sich die Eigentümer versteckten. War in einem anderen Fall eine öffentliche Interessengruppe involviert, verlangte er eine Liste aller Spender.«

Ich kann mir nicht helfen, ich bin fasziniert. »So etwas konnte er durchsetzen?«

»Nun ja, nicht er allein. Es brauchte dazu eine Anordnung des Richtergremiums, das über den Fall befand. Da ein solches Gremium aus drei Richtern besteht, mussten der Forderung also wenigstens zwei zustimmen. Aber es herrschte immer Einstimmigkeit, zumindest bei den Fällen, an die ich mich erinnern kann. Wahrscheinlich ist das so eine Art Höflichkeitsbezeugung unter Richtern.«

»Und legten diese Firmen oder Institutionen die verlangten Unterlagen auch vor?«

»Was blieb ihnen anderes übrig? Hätten sie vor den Obersten Gerichtshof ziehen sollen? Denn wenn man davon ausgeht, dass sich die Richter mit einem Gesuch um Aussetzung überhaupt beschäftigt hätten (was sehr unwahrscheinlich ist), und weiter davon ausgeht, dass sie diesem Gesuch stattgegeben hätten (was noch viel unwahrscheinlicher ist), stellt sich immer noch die Frage, was die Firma mit ihrem Antrag erreicht hätte. Ich will es Ihnen sagen. Sie hätte erreicht, dass mindestens einer der Richter stocksauer gewesen wäre, wenn nicht sogar zwei oder alle drei. Auch wenn dem Gesuch entsprochen worden wäre, so dass die geforderten Unterlagen zunächst nicht beizubringen gewesen wären, so hätte die Firma doch zu ihrer nächsten Anhörung vor demselben Richtergremium erscheinen müssen. Und wer steht schon gern drei Richtern gegenüber, die er mit dem Einspruch gegen eine in den eigenen Augen eher harmlose Anweisung gegen sich aufgebracht hat?« Wainwright lacht leise in sich hinein. »Ach, Ihr Vater war als Richter ein Vergnügen! Und er war ein so guter Richter. Ein so guter Richter.«

Mir ist aber klar, was er wirklich denkt, denn ich denke dasselbe: *Was für eine Vergeudung! Was für eine unsägliche Vergeudung!* Beim Anblick von Wainwrights traurigem Gesicht bin ich kurz versucht, ihn zu fragen, ob er meinen Vater je das Wort *Excelsior* hat erwähnen hören oder eine Frau namens *Angela*, die unter Umständen einen *Geliebten* hatte. Ob Wainwright weiß, dass mein Vater eine Pistole besaß? Oder warum er sich eine anschaffte? Ich bringe es nicht über mich, diese Fragen zu stellen. Vielleicht, weil ich mir zu sehr vorkommen würde wie ... wie der namenlose Reporter in *Citizen Kane*, der hinter das Geheimnis von »Rosebud« kommt. Deshalb konzentriere ich mich auf die Frage, die mich hergeführt hat.

»Justice Wainwright« – ich muss daran denken, dass er mir trotz der langjährigen Freundschaft zwischen unseren Familien nie eine vertraulichere Anrede nahe gelegt hat –, »es ... es fällt mir nicht leicht.« Er macht eine großmütige Geste, und ich fahre fort: »Vorhin haben Sie eine Bemerkung gemacht, in der es ... um Geld –«

»Ich weiß schon, was Sie meinen, Misha. Sie beschäftigt die Frage, die von der Presse noch Jahre nach den Anhörungen gestellt wurde. Ob es nämlich zwischen Ihrem Vater und Jack Ziegler noch etwas anderes gab als nur eine Freundschaft, stimmt's? Das wollten ja auch die verschiedenen Ausschüsse des Kongresses in Erfahrung bringen. Und Sie würden nun gern wissen, ob ich glaube, dass Ihr Vater seinem alten Zimmergenossen in seiner Eigenschaft als Richter kleine Gefälligkeiten erwiesen hat. Sie fragen sich, ob er, und wir sprechen hier nicht von Geld, ein korrupter Richter war.«

Jetzt, wo die Worte ausgesprochen sind, wirken sie viel weniger bedrohlich. Ich kann ohne Mühe antworten. »Genau, Sir. Genau die Frage stelle ich mir.«

Justice Wainwright runzelt die Stirn und trommelt mit den Fingern auf die Stuhllehne. Er senkt nicht etwa den Blick, sondern schaut nach rechts auf die Wand, auf seine Selbstbeweihräucherungswand, wo mich das Foto, das ihn und den Richter bei einem Angelausflug zeigt, nach wie vor überrascht, sollte man doch meinen, dass ein Politprofi wie Wallace Wainwright es längst entfernt hätte. Dann fällt mir aber wieder ein, dass er meinem Vater damals, als die Anhörungen ihre qualvolle Wendung nahmen, nicht nur anbot, ihm ein Charakterzeugnis auszustellen, sondern ungeachtet des Schadens für seine eigenen Karriereaussichten zu einer persönlichen Ehrenerklärung bereit war. Mein Vater war ihm zwar dankbar, lehnte aber entschieden ab. Doch meine Zuneigung zu Wallace Wainwright lebt durch diese Erinnerung wieder richtig auf.

Justice Wainwright sinnt weiter nach. Ich reiße ihn lieber nicht aus seinen Gedanken. Endlich dreht er mir wieder das Gesicht zu. Seine Mundwinkel umspielt ein Lächeln. »Nein, Misha. Die Antwort lautet nein. Niemand konnte je etwas aufdecken – die vielen Ermittler nicht, die vielen Ausschüsse nicht, die vielen Journalisten nicht. Denken Sie immer daran – niemand konnte etwas aufdecken. Niemand. Weil es nichts aufzudecken gab. Ich habe es Ihnen schon gesagt, Misha, Ihr Vater war ein Mann von bemerkenswerter Integrität. Halten Sie sich das stets vor Augen, was immer er auch getan haben mag.« Mir ist klar, dass er damit auf die politischen Ansichten meines Vaters abzielt, auf seine spätere Karriere als Redner, nicht auf den Skandal. »Glauben Sie nicht eine Sekunde lang, Ihr Vater könnte etwas getan haben, was richterlicher Ethik widerspricht. Halten Sie ihn nicht für korrupt. Schlagen Sie sich so etwas aus dem Kopf. Ihr Vater hätte seine Stimme in einem Verfahren ebenso wenig verkauft, wie ... wie« – eine Pause, in der er nach dem richtigen Vergleich sucht, bis er mir mit einem schelmischen Grinsen zeigt, dass er fündig geworden ist –, »wie ich es tun würde«, beendet er den Satz mit einem entschuldigenden Lächeln. Vielleicht hat er ja bemerkt, dass er seinem Image als gemäßigter Egomane beispielhaft gerecht geworden ist.

Ich bin fast durch. Es gilt nur noch eine kleine Unstimmigkeit aufzuklären.

»Wenn mein Vater ein Mann von so bemerkenswerter Integrität und Klugheit war« – hier zögere ich kurz: Hat Wainwright wirklich irgendwann gesagt, mein Vater sei klug gewesen? Ich weiß es nicht mehr, obwohl diese Frage von großer Bedeutung ist, wenn weiße Intellektuelle über schwarze Intellektuelle sprechen –, »wenn er demnach so redlich und gescheit war, warum hat er Jack Ziegler dann ins Gericht mitgenommen? Er hätte sich doch woanders mit ihm treffen können. Zu Hause. In einem Golfclub. Auf einem Parkplatz. Wozu ein Risiko eingehen?«

Wainwrights Blick wirkt milde und entrückt, und das traurige kleine Lächeln meldet sich wieder. Als er schließlich spricht, bilde ich mir anfangs ein, er antworte gar nicht auf die eben gestellte Frage, sondern auf eine ganz andere, bis ich begreife, dass er zuerst die Präambel skizzieren muss.

»Wissen Sie, Misha, das Thema Jack Ziegler habe ich Ihrem Vater gegenüber nie angeschnitten. Er hat es von sich aus zur Sprache gebracht. Wir waren einmal zusammen essen, das muss sechs oder acht Monate nach seinem ... Rücktritt vom Richteramt gewesen sein. Ja. Er war damals noch nicht ... hm, der zornige Polemiker, der er bald werden sollte. Noch drückte ihn die Verzweiflung. Und er war verwirrt, glaube ich. Ja. Verwirrt. Er konnte noch immer nicht begreifen, wie sich das Blatt so rasch hatte wenden können. Und er fragte mich ... es war das einzige Mal, dass er meinen Rat suchte! ... er fragte mich, was ich an seiner Stelle getan hätte. In Bezug auf Jack Ziegler. Ich antwortete, dass ich nicht wüsste, wie ich mit den Fragen umgegangen wäre. Ich versuchte wohl, diplomatisch zu sein. Dann begriff ich aber, dass ich ihn missverstanden hatte. ›Nein, nein‹, sagte er. ›Ich meine nicht die Anhörungen. Davor. Wenn er dein Freund gewesen wäre. Hättest du ihn im Stich gelassen?‹ Da erst verstand ich, dass er die Besuche im Gericht meinte. Und ich stellte mir die gleiche Frage, die Sie sich gestellt haben. Meine Antwort lautete damals etwa folgendermaßen: Wenn ich überzeugt wäre, mich mit einem Freund treffen zu müssen, der in Schwierigkeiten steckt, und es in Bezug auf diesen Freund auch nur die Andeutung eines Skandals gäbe, würde ich dafür einen privaten Ort wählen. Ihr Vater nickte. Er wirkte sehr bekümmert. Aber darauf sagte er nur eins, Misha: ›Ich hatte keine andere Wahl.‹ So ungefähr. Ich fragte ihn, warum er geglaubt hatte, Jack Ziegler in sein Büro mitnehmen zu müssen, aber er schüttelte nur den Kopf und wechselte das Thema.« Noch eine Pause, bevor Wainwright mir den Rest der Wahrheit offenbart. »Er war an diesem Abend nicht er selbst, Misha. Wahrscheinlich wusste er gar nicht, was er redete.« Wainwright unterbricht sich. Ist er im Begriff, mir zu offenbaren, dass mein Vater wieder zu trinken angefangen hatte? Er legt beide Hände vor den Mund, lässt sie dann wieder sinken und lächelt traurig. »Denken Sie immer daran, was für ein großartiger Mensch er war, Misha. Ich versuche das auch.«

Aus heiterem Himmel überkommt mich rasende Wut. Wut auf den Richter mit seinem rätselhaften Brief, auf Onkel Mal, der meine Anrufe nicht durchstellen lässt, auf den toten Colin Scott, der mich belästigt hat, auf Lynda Wyatt und Marc Hadley und Cameron Knowland und all die anderen, die mich in meine jetzige Situation gebracht haben. Aber die größte Wut habe ich im Augenblick auf Wallace Warrenton Wainwright.

»Ich möchte meinen Vater so in Erinnerung behalten, wie er wirklich war«, sage ich ruhig. Und spare mir die Ergänzung: Nur muss ich erst noch herausfinden, wer er eigentlich war.

Zehn Minuten später verlasse ich das Gebäude durch das Hauptportal und steige die schmalen Marmorstufen hinunter, gehe vorbei an Grüppchen bibbernder Touristen, die darauf warten, einen Blick in den Tempel unseres nationalen Orakels werfen zu dürfen. Ja, Justice Wallace Wainwright ist ein Egomane, aber genau auf dieses Ego baue ich. Wenn Wainwright bereit ist, meinen Vater weiterhin auf derselben Stufe wie sich selbst einzuordnen, dann ist er von dem, was er sagt, zweifellos überzeugt.

Fazit: Der Richter hat seine Stimme nicht an Jack Ziegler und dessen Freunde verkauft.

Aber was hat er dann getan? Ich weiß, was Wainwright mir am Schluss zu verstehen geben wollte, auch wenn er es nicht so direkt formulieren konnte: Er vermutet, dass der Richter Onkel Jack in sein Büro mitgenommen hat, weil er wollte, dass jemand sie im Gericht zusammen sah. Kurz und knapp: Er wollte erwischt werden. Wenn zutrifft, was Wainwright vermutet, stellt sich natürlich die Frage: *Wobei* wollte der Richter erwischt werden?

Kapitel 21

EINE REISE UM DEN CIRCLE

Die Konferenz zur Reform des Deliktsrechts findet im Washingtoner Hilton Hotel and Towers statt, ein paar Blocks nördlich des Dupont Circle an der Connecticut Avenue. Nach meinem Treffen mit Justice Wainwright kehre ich nicht direkt ins Hotel zurück. Ich brauche dringend Ablenkung. Deshalb lasse ich mich von einem Taxifahrer an dem Buchladen in der Eye Street absetzen, in dem ich bei meinem letzten Aufenthalt in Washington rumgestöbert habe. Der Buchhändler erkennt mich nicht nur wieder, sondern versichert mir auch gleich, dass er der Fischer-Broschüre, nach der ich letztes Mal gefragt habe, auf der Spur sei. Nachdem wir noch ein Weilchen geplaudert haben, spaziere ich die paar Blocks bis zur L Street. Ich schaue kurz bei Brooks Brothers vorbei und suche dort vergeblich nach der perfekten Krawatte zu einem gelben Seidensakko, das mir Kimmer von ihrer letzten Reise nach San Francisco mitgebracht hat – ein weiterer Trostpreis, den ich meiner Sammlung hinzufügen kann. Ich kaufe zwei Paar Socken und winke dann einem Taxi, um ins Hotel zurückzufahren, denn ich möchte noch an den spätnachmittäglichen Diskussionsrunden teilnehmen.

Während der Taxifahrer um den Block biegt und dann auf der Twentieth Street nordwärts fährt, lehne ich mich zurück und versuche, zur Ruhe zu kommen. Trotz meiner verspannten Muskulatur gelingt es mir, ein bisschen zu dösen. Meine Tage sind momentan so voll gepackt, dass ich jede Chance für ein Nickerchen nutzen muss.

Als das Taxi rechts in die New Hampshire Avenue einbiegt, sagt der Fahrer plötzlich: »Geht mich nix an, Sir, aber Sie wissen, dass uns Auto folgt?«

Hellwach fahre ich auf meinem Sitz herum. »Welches?«

»Kleines grünes. Dort. Sehen Sie?«

Ich sehe es. Es ist zwei oder drei Wagen hinter uns, ein amerikanisches Nullachtfünfzehnmodell. »Woher wissen Sie, dass es uns folgt?«

»Wie ich Sie aufgesammelt hab, bin ich um den Block rum, damit Taxi in richtige Richtung fährt.« Damit der Fahrpreis höher ausfällt, meint er eigentlich. In Washington gibt es keine Taxameter, es zählt nur, wie viele Gebührenzonen das Taxi durchquert hat, weshalb die Fahrer ihre Route oft so wählen, dass sie durch möglichst viele Zonen kommen. »Grünes Auto ist auch um Block rum. Ich biege rechts ab, der auch. Ich wieder rechts, der noch mal genauso. In mein Land ich hab oft gesehen, wie Auto so fahren. Wagen von Geheimpolizei.«

Na prima.

Ich überlege rasch. Ich weiß nicht recht, wer mich noch beschatten könnte, wo Scott doch inzwischen tot ist, aber da ich gerade in Washington bin, kann ich die Bilder von dem, was man Freeman Bishop angetan hat, nicht ganz aus meinem Kopf verscheuchen. Conan hin, Verhaftung her, mich fröstelt.

Nachdenken!

In etwa dreißig Sekunden wird mein Taxi in den nervenaufreibenden Wirrwarr am Dupont Circle vorstoßen, in den sich nur die dümmsten ortsfremden und die erfahrensten Washingtoner Fahrer hineinwagen, weil man dort sehr schnell und effizient die Spur wechseln muss, will man unter den vielen einmündenden Straßen auch wirklich in die gewünschte abbiegen, und das Ganze muss passieren, während man gegen den Uhrzeigersinn im Kreis fährt. Gleichzeitig muss man aber auch noch unzähligen anderen Fahrern ausweichen, die ähnlich verwirrt sind wie man selbst, und erst recht den Fußgängern, die von einer hässlichen Betoninsel zur nächsten sprinten. Ich beobachte immer noch das grüne Auto. Der Fahrer ist ein grauer Fleck hinter der Windschutzscheibe. Es sieht ganz so aus, als gäbe es auch noch einen Beifahrer, aber das ist schwer zu sagen.

Wahrscheinlich irrt sich mein Taxifahrer.

Vielleicht aber auch nicht. Vielleicht möchte jemand wissen, wohin ich fahre. Das ist wenig wahrscheinlich, ich weiß, aber das grüne Auto ist nun mal da. Und egal, wer drinsitzt, mir gefällt die Sache nicht.

»Fahren Sie am Dupont Circle auf die Spur für die Massachusetts Avenue.«

»Welche Richtung?«

»Ähm, nach Süden ... oder Osten, Richtung Kapitol jedenfalls.«

»Sie wollten doch Washington Hilton. Connecticut Avenue.« An der letzten Ampel vor dem Dupont Circle müssen wir halten. Das grüne Auto ist zwei Wagen hinter uns. Jetzt ist völlig klar, dass ein Beifahrer mit drinsitzt.

»Wie viel kostet es bis zum Hilton?«

Er nennt eine Summe.

Ich blättere die Geldscheine in meiner dünnen Brieftasche durch, nehme einen Zwanzig-Dollar-Schein heraus und lasse ihn mit verzerrtem Gesicht auf den Sitz vor mir fallen. Der Fahrer begreift sofort, dass er das Wechselgeld behalten soll.

»Biegen Sie in die Massachusetts ein und dann gleich wieder rechts ab, dort, hinter dem grauen Gebäude. An der Ecke.« Ich zeige mit dem Finger darauf. Ich kenne das Gebäude gut, weil ich dort früher in einer Anwaltskanzlei gearbeitet habe, damals, als Kimmer und ich hinter dem Rücken ihres Mannes rummachten und geheim zu halten versuchten, was jeder längst wusste.

Der Fahrer sagt nichts. Er fragt sich garantiert, warum ich vor dem grünen Auto Reißaus nehme. Eigentlich frage ich mich das auch. Dennoch mache ich Pläne für den Fall, dass ich mich als geistig normal erweisen sollte. »Behalten Sie das Wechselgeld«, sage ich. Keine Antwort. »Wenn Sie auf der Massachusetts sind, fahren Sie so schnell Sie können«, rede ich weiter. »Dann biegen Sie auf die Eighteenth ab, auch wieder so schnell wie möglich.« Der Fahrer wirft einen misstrauischen Blick in den Rückspiegel. Ihm gefällt das alles nicht. Für ihn bedeuten Autos, die andere Autos verfolgen, immer Polizei. In seinem Land sind die Polizisten immer die Bösen. Aber hier in Amerika ...?

»Hören Sie«, sage ich und zupfe einen zweiten Zwanzig-Dollar-Schein aus meinem dahinschwindenden Barvermögen, »ich bin kein Verbrecher, und die Leute in dem Auto hinter uns sind keine Polizisten, okay?«

Der Fahrer zuckt mit den Schultern. Er wird sich auf nichts einlassen, was er später nicht abstreiten kann. Aber er macht auch keine Anstalten, mir mein Geld zurückzugeben.

Die Ampel springt um, und das Taxi rast so unvermittelt los, dass ich später am Abend wahrscheinlich noch in die Notaufnahme muss, um mein Schleudertrauma behandeln zu lassen. Ich ducke mich und schaue nach hinten. Das grüne Auto folgt uns bei allen Spurwechseln. Ich schaue wieder nach vorn. Wir sind nicht in der Spur zur Massachusetts Avenue! Mein Fahrer hat beschlossen, mir nicht zu helfen! Ich versuche, mir ein neues Argument auszudenken, das ihn überzeugen könnte, aber da schießt er ohne jede Vorwarnung vor einigen wild hupenden Fahrern über den Trennstreifen in die Spur zur Massachusetts Avenue hinüber. Eine Gruppe Fußgänger bringt sich hastig in Sicherheit. Das grüne Auto bleibt weit hinter uns zurück, und ich frage mich flüchtig, womit mein Fahrer wohl früher seinen Lebensunterhalt verdient hat. Denn anscheinend war er durch seine Tätigkeit zur Flucht nach Amerika gezwungen, und ihr verdankt er wohl auch seine detaillierte Kenntnis der polizeilichen Überwachungsmethoden in seinem Land.

Und das Wissen, wie man sich ihnen entzieht.

Wahrscheinlich ist es besser, wenn ich es nicht weiß.

Wir rauschen über die komplizierte Kreuzung und biegen scharf ab in die Massachusetts Avenue. Das grüne Auto ist vor einer Ampel hängen geblieben und steht noch dazu in der falschen Spur. In dem Augenblick, als wir an dem grauen Gebäude um die Ecke biegen, fliegt die Beifahrertür des grünen Autos auf.

»Fahren Sie mal kurz langsamer«, sage ich zu meinem Fahrer, sobald das grüne Auto nicht mehr zu sehen ist. Ich weiß, dass es uns bald wieder einholen wird. Der ausgestiegene Beifahrer, der zwischen den stehenden Autos hindurchschlüpfen kann, wird sogar noch schneller wieder an uns dran sein. Mir bleiben nur Sekunden. Ich schiebe dem Fahrer noch einen Geldschein zu, einen Zehner. Zwanziger habe ich nämlich keine mehr.

Er schüttelt den Kopf, drosselt aber das Tempo. Ich stoße die Wagentür auf und springe geduckt aus dem noch rollenden Taxi. »Fahren Sie!«, rufe ich und schlage die Tür zu.

Ich muss es ihm nicht zweimal sagen.

Als das Taxi mit quietschenden Reifen um die nächste Ecke braust, tauche ich bereits in die schmale Gasse zwischen dem Gebäude mit meinem früheren Büro und einem alten Stadthaus ein, in dem sich irgendein privates Institut befindet. Die Sackgasse endet am Lieferanteneingang des Bürogebäudes. Unzuverlässig arbeitende Kameras überwachen den Schauplatz. Ich hocke mich gerade hinter eine dunkelgrüne Mülltonne, als mein Verfolger vorbeiläuft. Ich reiße vor Schreck die Augen auf und ringe ein plötzliches Zittern meiner Gliedmaßen nieder. Ich warte, denn mein Instinkt sagt mir, dass das noch nicht alles war. Ich schaue auf die Uhr. Drei Minuten vergehen. Vier. In der Gasse stinkt es nach altem Abfall und frischem Urin. Erst jetzt fällt mir auf, dass ich nicht allein bin: In der Nähe der Laderampe des Bürohauses liegt ein Obdachloser inmitten von Plastiktüten mit seiner gesamten Habe und schläft tief und fest. Ich behalte die Straße im Auge. Nach einiger Zeit rollt das grüne Auto recht langsam vorbei. Wahrscheinlich sucht der unsichtbare Fahrer Hecken und Hauseingänge ab – und Gassen. Warum sind sie nicht hinter dem Taxi hergefahren? Sie müssen gesehen haben, dass ich ausgestiegen bin. Ich ducke mich noch tiefer ins Halbdunkel. Das grüne Auto ist vorbei. Ich warte weiter. Eine Bewegung auf der Mülltonne erregt meine Aufmerksamkeit, aber es ist nur eine räudige schwarze Katze, die an etwas Stinkendem herumnagt. Ich bin nicht abergläubisch. Zumindest glaube ich das. Ich warte. Der Obdachlose nuschelt vor sich hin und schnarcht – heftige, dem Alkohol anzulastende Geräusche, die ich aus jenen Zeiten kenne, in denen der Richter sich immer in seinem Arbeitszimmer einschloss. Zehn Minuten vergehen. Mehr. Wie erwartet kommt der Beifahrer aus dem grünen Auto erneut vorbei. Offenbar ist er einmal um den ganzen Block gelaufen. Das grüne Auto kommt ebenfalls wieder vorbei. Die Tür wird geöffnet. Die beiden scheinen zu streiten. Der Beifahrer zeigt auf die Gasse, ungefähr in Richtung meines Verstecks, zuckt dann aber mit den Schultern und steigt ein. Das Auto fährt davon. Ich warte trotzdem noch. Fast eine halbe Stunde bleibe ich in meinem Versteck hocken, erst dann komme ich hinter der Mülltonne hervor und fädele mich in den Strom der Passanten ein. Doch dann stehle ich mich noch einmal zurück und stopfe dem Obdachlosen meinen letzten Zehn-Dollar-Schein in die Tasche.

Eine weitere Ablasszahlung.

Danach überquere ich die Massachusetts Avenue und schlendere zum Dupont Circle zurück, wobei ich immer mal wieder an einem der steinernen Schachtische stehen bleibe und so tue, als schaute ich den Spielern zu, während ich in Wahrheit nach dem grünen Auto Ausschau halte. Ich bummle von einem Tisch zum nächsten und sehe mir die Positionen der Figuren auf den jeweiligen Brettern an. Die Spieler sind eine bunte Schar, eine zufällige Mischung verschiedenster Lebensalter, Rassen und Sprachen. Nur die wenigsten von ihnen scheinen besonders gut zu sein, aber andererseits schenke ich ihrem Spiel auch keine allzu große Aufmerksamkeit. Ein verrückter Alter schreit eine jüngere Frau an, die ihn gerade besiegt hat. Die Frau, die in etwa so gesund aussieht wie die Frauen in der Suppenküche, trägt ein Haarnetz sowie eine Brille, die an der Schläfe von Heftpflaster zusammengehalten wird. Sie zeigt mit zitterndem Finger auf ihren unterlegenen Gegenspieler. Der schlägt ihren Finger beiseite und entblößt braune Zähne. Die Kiebitze ergreifen Partei. Andere Spiele verlieren ihre Zuschauer. Der Ton um den Steintisch herum wird rauer. Anwälte mit Handys am Gürtel schubsen hagere Fahrradboten, und alle suchen einen Platz, von dem aus sie einen besseren Blick auf das erhoffte Gerangel haben. Ich tauche im Gewühl unter und versuche, in alle Richtungen gleichzeitig zu spähen. Ich kann mich nicht erinnern, wann meine Sinne das letzte Mal so geschärft waren. Ich habe nicht einmal Angst, fühle mich regelrecht erfrischt. Die Farben der Blätter an den Bäumen sind so frisch und klar, dass ich ihre Schattierungen fast atmen kann. Mir ist, als könnte ich die Gesichter all der ungezählten Fußgänger, die Minute um Minute durch den Park strömen, genauestens studieren. Wieder vergeht eine halbe Stunde. Von dem grünen Auto ist nichts zu sehen, auch nicht von dem Beifahrer. Fünfundvierzig Minuten. Schließlich reiße ich mich los und mache mich auf den Weg zum Hilton.

Dann überlege ich es mir anders. Ich will noch einmal Zwischenstation machen, denn es gibt eine neue Frage, und ich weiß, wo ich eine Antwort darauf bekommen kann. Ich sehe mich nach einer Bank um, entdecke einen Geldautomaten und hebe nochmals hundert Dollar von unserem leer gefegten Konto ab. Irgendwie werde ich es Kimmer schon erklären. Ich finde ein Telefon und tätige rasch einen Anruf. Dann halte ich ein Taxi an und instruiere den Fahrer.

Wir fahren am Hilton vorbei und dann die Columbia Road Richtung Osten, kommen durch das laute, bunte und ethnisch durchmischte Viertel Adams-Morgan, wo ich nach dem Studium einige Jahre lang mit meinen Büchern, meinem Schachspiel und einer dünnen Matratze in einer winzigen Bude auf dem Fußboden gehaust und mich fast ausschließlich von Apfelsaft und jamaikanischen Fleischpasteten aus einem Laden an der Ecke ernährt habe. Erst auf Kimmers Drängen bin ich damals in eine sehr viel teurere Wohnung in einem schrecklich modernen Gebäude weiter oben an der Connecticut Avenue umgezogen. Ich sitze auf der Rückbank des Taxis (es ist mein viertes an diesem Tag) und schüttle reumütig den Kopf, denn Kimmer war noch mit André Conway verheiratet, als sie bereits begann, meinen Lebensstil zu kritisieren. Das Taxi fährt an meiner früheren Wohnung vorbei, und mir wird vor lauter Sentimentalität ganz schwach. Wir kommen zur Sixteenth Street, biegen nach Norden ab und steuern auf das Zentrum der Goldküstenregion zu. Unterwegs halte ich weiterhin Ausschau nach dem grünen Auto und dem Beifahrer, der sich zu Fuß auf die Suche nach mir gemacht hat.

Dieser Beifahrer ist nämlich eine Frau, und ich kenne sie gut. Es ist die Beifahrerin meiner Träume.

Es ist die Skaterin.

Kapitel 22

Gespräch mit einem Colonel

• I •

Vera und der Colonel waren überrascht, von mir zu hören, nicht zuletzt weil ich trotz der seit zehn Jahren immer wieder erneuerten Einladung kaum je bei ihnen vorbeischaue, wenn ich in Washington zu tun habe. Ihr bescheidenes Haus in der Sixteenth Street liegt mitten in der Goldküstenregion, während das größere Haus des Richters, jetzt Mariahs, an der Grenze zu den Wohngebieten der hellhäutigeren Nation liegt – was auch seiner beruflichen Position entsprach.

Meine Schwiegereltern begrüßen mich überschwänglich und verbannen die Hunde in den Garten, weil sie wissen, dass ich unter einer Allergie leide – eine Tatsache, die für Kimmers Vater Ausdruck eines fundamentalen Mangels an Härte ist. Aus der Heftigkeit der Umarmungen könnte man fast schließen, dass sie sich wirklich freuen, mich zu sehen. Doch dann erinnere ich mich wieder an das unterkühlte Thanksgiving-Essen vor zwei Wochen und rufe mir ins Gedächtnis, dass die Madisons zu abrupten Stimmungswechseln neigen, die im Allgemeinen ohne Vorwarnung erfolgen. Sie führen mich in das kleine Familienzimmer im hinteren Teil des Hauses – genau genommen eine umgebaute Veranda –, das voll gestopft ist mit billigen Souvenirs aus aller Herren Länder sowie Fotos und Aussprüchen des Colonels aus seiner Zeit als »Anführer von Männern«, wie er es selbst gern beschreibt. Vera serviert Käse und Cracker und fragt, was wir trinken möchten. Der Colonel betrachtet missmutig die Käseplatte und schickt seine Frau in die Küche zurück, damit sie ihm eine Schale mit Nüssen holt.

Die Regale ziert eine ganze Reihe von Fotos, die die Entwicklung von Kimmer und ihrer Schwester Lindy, eigentlich Marilyn, vom Babyalter bis heute zeigen, und in der Art, wie die rundlichere Kimmer in die Kamera blickt, kann man schon früh etwas Herausforderndes erkennen, während die gertenschlanke Lindy sehr viel distanzierter wirkt. Die Madisons waren, wie viele andere auch, überrascht, dass ich Kimmer den Vorzug vor Lindy gab. Sie wissen zwar sicher noch, dass ich mit beiden ausgegangen bin (natürlich nicht gleichzeitig), aber was ihnen wohl kaum bekannt sein dürfte, ist die Tatsache, dass nur Kimmer auch mit mir ausgehen wollte.

Vera kommt mit den Nüssen und unseren Drinks wieder herein.

Wir sitzen inmitten von Nippes und Chintz nervös in unseren Sesseln, tun aber so, als sähen wir uns alle Tage und amüsierten uns prächtig. Der Colonel trinkt den Scotch pur. Seine Zigarre glimmt in einem Aschenbecher, den die Madisons auf einem Kreuzfahrtschiff haben mitgehen lassen; sie scheinen dauernd irgendwo herumzuschippern. Vera trinkt Weißwein, ich halte mich an das übliche Ginger Ale. Mir fällt es immer schwer, eine Unterhaltung mit meinen Schwiegereltern in Gang zu bringen, denn mit ihren skeptischen Blicken und ihrer häufig missmutigen Art geben sie mir insgeheim zu verstehen, dass sie mir vorwerfen, die Ehe von Kimmer und André Conway zerstört zu haben. Vielleicht glauben sie, dass ihre Tochter ihrem Mann treu geblieben wäre, hätte es da nicht diesen ruchlosen Talcott Garland gegeben, und dass sie jetzt statt eines in seinem Büro herumsitzenden Juraprofessors einen Filmemacher zum Schwiegersohn hätten, der dauernd im Fernsehen zu sehen ist. Sie erkundigen sich der Form halber kurz nach Kimmer, wir wenden uns schnell anderen, weniger heiklen Themen zu. Der Colonel will wissen, was in Elm Harbor in letzter Zeit so passiert, denn er hat gehört, Spekulanten seien dabei, verfallende Viertel aufzukaufen, und überlegt, ob er da einsteigen soll. Miles Madison besitzt nach eigenem Bekunden in der Hälfte aller Städte an der Ostküste leer stehende Häuser und wartet darauf, dass die Immobilienpreise steigen. An manchen Orten ist das bereits geschehen. Kimmer legt stets großen Wert darauf zu erklären, dass ihr Vater in den heruntergekommenen Häusern keine Mieter hat, also kein Ausbeuter und Immobilienhai ist.

Sobald der Immobilienmarkt von Elm Harbor als Thema erschöpft ist, erkundigt sich Vera als gute Gastgeberin höflich nach der Fakultät. Sie hat Lemaster Carlyle schon öfter im Fernsehen gesehen und will wissen, wie er so ist. Das ärgert mich ein bisschen, aber ich gebe brav Auskunft. Dann fragen meine Schwiegereltern mich über den entzückenden Bentley aus. Schließlich hat Lindy, die in ihrer Jugend der Liebling der Goldküste war, eine gescheiterte Ehe hinter sich und den Eltern noch keine Enkel geschenkt. Augenblicklich ist sie nur eine ganz gewöhnliche geschiedene schwarze Frau Anfang vierzig, die darauf wartet, dass noch mal der Blitz einschlägt. Was umso schwieriger sein wird, da der Vorrat an potentiellen Heiratskandidaten in der dunkelhäutigeren Nation durch Mischehen, Gewalt, Kriminalität, Drogen und Krankheiten stark dezimiert ist.

Dann ist es endlich an der Zeit, zum Geschäftlichen zu kommen. Vera erhebt sich, murmelt: »Ich lasse euch Männer jetzt mal allein«, und zieht sich zurück. Sie ordnet sich zwar bereitwillig ihrem Mann unter, ist andererseits aber genau wie ihre Tochter: beileibe kein Mauerblümchen und alles andere als zurückhaltend.

»Nun, Talcott«, sagt der Colonel und vollführt mit der kubanischen Zigarre in der Hand eine einladende Geste. Mir hat er auch eine angeboten, aber ich habe dankend abgelehnt. Im Unterschied zu André rauche, trinke und fluche ich nicht, bin folglich in den Augen des Colonels weniger männlich. Sein blanker, haarloser Schädel glänzt. »Worum geht's?«

Ich zögere einen Moment, denn auf einmal bin ich in Gedanken wieder bei meiner Flucht um den Dupont Circle vor einer Stunde, und ich stelle mir die alberne Frage, ob die Skaterin vielleicht vor dem Fenster im Gebüsch lauert, ein hoch empfindliches Richtmikrofon in der Hand, dem die Vibration der Fensterscheiben genügt, um unsere Stimmen zu erfassen. Ich zügele meine Phantasie, konzentriere mich wieder auf das Zimmer und erwidere den auffordernden Blick des Colonels.

»Mein Vater hatte eine Pistole«, sage ich knapp. Seine Augen weiten sich ein bisschen, und die Gesten mit der Zigarrenhand werden noch verschlungener, aber darüber hinaus zeigt er keine Reaktion. Deshalb fahre ich fort: »Ich habe das nachgeprüft ... wie ich höre, ist es leicht, sich in Virginia eine zu beschaffen.«

»Das stimmt. Ich habe dort selbst schon ein paar gekauft.«

»Aber das ist es ja gerade. Ich glaube nicht, dass er sie dort gekauft hat.«

»Nicht?«

»Ich kann mir einfach nicht vorstellen, dass mein Vater sich mitten in der Nacht mit einer illegalen Handfeuerwaffe im Kofferraum über die Memorial Bridge davongemacht hat. Das wäre ... einfach nicht seine Art.«

Ein schwaches Lächeln huscht über das rundliche Gesicht des Colonels. Er trinkt sein Glas aus, dreht sich suchend nach seiner Frau um, erinnert sich dann, dass sie hinausgegangen ist, und geht zur Hausbar, um sich seinen Drink selbst zu holen. Er winkt unbestimmt mit der Flasche Ginger Ale in meine Richtung, aber ich schüttele den Kopf. »Wahrscheinlich hast du Recht«, sagt er leise, während er zu seinem Sessel zurückkehrt.

»Nicht, dass er keine illegale Pistole hätte besitzen wollen, aber er wäre nie das Risiko eingegangen, dass man ihn damit erwischt.«

»Mmm.«

»Du hingegen hast unten im Keller eine recht ansehnliche Sammlung von Handfeuerwaffen.«

»Keine schlechte, nein«, pflichtet mir mein Gastgeber bei, der schon oft versucht hat, mich für sein Hobby zu interessieren.

»Nun, deshalb könnte ich mir vorstellen, dass mein Vater, wenn er eine Pistole hätte haben wollen, sie sich von dir ausgeliehen hätte.«

Das Lächeln wird breiter. »Ja, das könnte ich mir auch vorstellen.«

Schließlich spreche ich es aus. »Die Frage, die mich beschäftigt, ist ... also, ich wüsste gern, wann genau er um eine Pistole gebeten hat und ob er gesagt hat, wozu er sie braucht.«

Der Colonel zieht genüsslich an seiner Zigarre und bläst ein paar Ringe in die Luft. »Ich würde sagen, das war ... lass mich überlegen, so vor einem Jahr, vielleicht etwas früher, wir kamen gerade zurück aus ... aus ...« Er dreht den Kopf zur Seite und brüllt: »Vera, wo waren wir im letzten Oktober?«

»Saint Lucia!«, ruft sie aus dem angrenzenden Zimmer, den Fernseher übertönend. Veras jamaikanischer Akzent hat sich im Laufe der Jahre ziemlich verflüchtigt, und den des Colonels hört man so gut wie gar nicht mehr.

»Nein, nicht dieses Jahr, letztes Jahr!«

»Südpazifik!«

»Danke, Püppchen!« Er grinst schelmisch. »Die grauen Zellen sind auch nicht mehr das, was sie mal waren. Ja, wir kamen gerade aus dem Südpazifik zurück. Mir ist fast so, als hätten wir euch damals eingeladen, mit uns –«

»Nein.«

»Nicht? Vielleicht war's auch Marilyn. Aber ich hätte schwören können, dass wir Kimberly angerufen haben. Hattest du nicht gerade Semesterferien oder so was? Wir dachten jedenfalls, ihr hättet Zeit.« Bei ihm fällt der Groschen im selben Augenblick wie bei mir: Wahrscheinlich haben sie Kimmer eingeladen, und sie hat abgesagt, ohne sich die Mühe zu machen, mir davon zu erzählen. Vielleicht hat sie ihre Eltern sogar angelogen und behauptet, ich hätte nein gesagt. Zwei Wochen zusammen mit ihrem Vater, ihrer Mutter und ihrem Mann auf einem Schiff, das wäre für meine Frau die Hölle gewesen. Mein Schwiegervater spricht schnell weiter, um von seinem Fauxpas abzulenken. »Also, wir waren seit ein paar Tagen wieder hier, als Oliver anrief. Er kam noch am selben Abend vorbei, saß genau dort, wo du jetzt sitzt, und fragte, ob er mich unter vier Augen sprechen könne. Er gehörte ja nie zu den Leuten, die lange um den heißen Brei herumreden« – dabei wirft er mir einen vielsagenden Blick zu –, »also trug er mir ohne Umschweife sein Anliegen vor.«

»Was genau hat er gesagt?«

»Er sagte, er sei jetzt in dem Alter, wo man anfängt, sich Sorgen um die eigene Sicherheit zu machen, und ob ich ihm da helfen könne.«

»Sicherheit? Seine eigene?«

Der Colonel nickt, bläst wieder Ringe in die Luft. Ich bin nach guter alter Anwaltsart plötzlich barsch, denn das verlernt man ja so wenig wie das Fahrradfahren. Kimmers Vater scheint es jedoch nichts auszumachen, von mir verhört zu werden. Ihm macht die Sache eher Spaß. »So habe ich ihn jedenfalls verstanden. Er war irgendwie –« Plötzlich fährt er in seinem Sessel herum, so dass das Licht in einem anderen Winkel auf seinen kahlen Schädel fällt. »Vera! He, Vera!«

Sie ist sofort zur Stelle, die Hände vor dem Bauch gefaltet. Wahrscheinlich hat sie nebenan gelauscht. »Ja, mein Schatz?«

»Diese verdammte Zigarre taugt nichts. Sei ein Engel und hol mir eine andere aus meinem Schreibtisch im Keller.«

»Natürlich, Liebling.« Sie geht sofort hinaus, und ich fühle mich zum tausendsten Mal an all das erinnert, wogegen Kimmer einst rebelliert hat. Ich weiß aber auch, dass die Zigarre völlig in Ordnung ist, dass der Colonel seine Frau lediglich außer Hörweite haben will.

»Was für ein Engel«, murmelt er vor sich hin, während er ihr nachblickt. »Du bist ein Engel!«, ruft er laut, aber sie ist schon im Keller, und darauf hat er gewartet. Er beugt sich näher zu mir heran und kommt gleich zur Sache. »Hör zu, Talcott. Ich weiß nicht genau, was da vor sich gegangen ist. Ich habe deinen Vater vorher nie ängstlich erlebt, und ich kenne ihn ... Pardon, kannte ihn ... schon seit zwanzig Jahren. Aber als er hier in diesem Zimmer saß, wenn ich das mal so sagen darf, war er weiß wie die Wand. Er wollte mir nicht erklären, wieso er die Waffe brauchte, nur dass es sofort sein musste.«

»Du hast ihm also eine gegeben? Ohne Fragen zu stellen?«

»Ich habe viele Fragen gestellt, aber keine Antworten bekommen.« Schallendes Gelächter. Dann wieder ganz ernst. »Hör zu, Talcott, ich hatte ihn kurz vor unserer Kreuzfahrt getroffen, und da ging es ihm gut. Als ich ihn nach unserer Rückkehr wiedersah, da war er ... da hatte er eine Höllenangst, Talcott, verstehst du?«

Ich versuche, mir den Richter verängstigt vorzustellen. Unmöglich.

Miles Madison spricht derweil mit ernster Stimme weiter. »Was immer ihm also Angst gemacht hat, muss während unserer Abwesenheit geschehen sein. Das war im vergangenen Oktober, ungefähr ein Jahr vor seinem Tod, und irgendwas hat ihm einen Mordsschrecken eingejagt. Wenn du herausfindest, was da los war, dann weißt du auch, warum er eine Pistole haben wollte.«

Sein Kopf bewegt sich ruckartig zur Seite, denn er ist in höchstem Maße wachsam, wie er es in seiner Zeit bei der Infanterie auch gewesen sein muss. »Vera, danke für die Zigarre, mein Engel!«

»Die hier sieht eigentlich einwandfrei aus«, bemerkt sie und leert den Aschenbecher in einen Papierkorb, den eine Karte der Karibik ziert.

Er grinst sie verlegen an. »Verdammte Importware. Keine Qualitätskontrollen.« Dann wendet er sich mit einem Augenzwinkern wieder mir zu. »Talcott und ich haben gerade eine Wette auf ein Poolspiel abgeschlossen.«

Dabei kann niemand den Colonel beim Poolbillard besiegen. Er schummelt nämlich.

• II •

Vera und der Colonel laden mich ein, noch zum Abendessen zu bleiben. Ich würde ihnen gern entkommen, aber es wäre unhöflich abzulehnen. Als ich mich endlich wieder auf den Weg zurück ins Hilton mache, sind fast vier Stunden vergangen. Es ist kurz vor acht, und die Washingtoner Straßen haben sich in vorwinterliche Dunkelheit gehüllt. Ich habe den letzten Tag der Konferenz verpasst, bin aber sicher nicht vermisst worden.

In der Hotelhalle drängen sich Angehörige der dunkelhäutigeren Nation, die meisten in festlicher Abendgarderobe: die Herren in schwarzen Smokings mit leuchtenden, auffälligen Kummerbunden, die Damen in glitzernden Abendkleidern unterschiedlicher Länge. Sie gleiten auf der Rolltreppe hinauf und hinab, posieren für nicht vorhandene Kameras. Diese schönen Menschen! Niemand scheint auch nur ein Gramm Übergewicht zu haben. Alle Lackschuhe glänzen vorbildlich. Alle Frisuren sitzen tadellos. Alle Häupter sind hoch erhoben. Die Sorte Mensch, zu der auch meine Eltern gehört haben. Und die Madisons noch gehören.

An was für einer Veranstaltung sie wohl teilnehmen? In meinem einfachen grauen Anzug, der noch dazu verschwitzt ist von dem kurzen Lauf und dem langen Fußmarsch, fühle ich mich fehl am Platz, als existierte ich auf einer Daseinsebene, die weit unterhalb des Paradieses liegt, in dem diese strahlende Menge wohnt.

Den skeptischen Blicken, die die Leute mir zuwerfen, entnehme ich, dass sie ebenfalls der Meinung sind, dieser ungepflegte Mensch im grauen Anzug sei, wie meine Mutter früher zu sagen pflegte, nicht »unsere Art von Neger«. Obwohl nach dem absurden amerikanischen System der Rassenordnung alle diese prächtig gewandeten Menschen als schwarz gelten würden, sind die meisten von ihnen doch hellhäutig genug, um den Papiertütentest zu bestehen, den Mariah als Collegestudentin nicht bestanden und der sie mit Recht so empört hat (inzwischen gibt es ihn hoffentlich nicht mehr): *Wenn deine Haut dunkler als diese Papiertüte ist, dann darfst du unserer Vereinigung nicht beitreten.* Ach, was sind wir doch krank! Eine längst überwunden geglaubte Entrüstung steigt in mir empor, eine Welle des ohnmächtigen, blinden Hasses auf die Lebensweise meiner Eltern, auf ihren exklusiven kleinen Kreis und die grausamen Vorurteile über alle, die ihm nicht angehörten. Und auch Hass auf mich selbst, habe ich doch ihre abfälligen kleinen Fragen immer brav beantwortet: wo dieser Freund von mir zur Schule gegangen sei, wer die Eltern von jenem seien und manchmal sogar, welche Schule die Eltern besucht hätten. Addison fing irgendwann an, freche Antworten zu geben, was Mariah und ich niemals taten; vielleicht hat er sich ja deshalb eine innere Unabhängigkeit bewahren können, die meiner Schwester und mir abgeht. Die Eingangshalle nimmt einen rötlichen Schimmer an und beginnt sich zu drehen. Ich ertappe mich dabei, dass ich mir wie in meiner radikalen Phase auf dem College die Frage stelle, wer eigentlich der wahre Feind ist. Damals hockten jene von uns, die sich für die Speerspitze im Kampf um eine bessere Zukunft betrachteten, nächtelang zusammen und verwünschten die schwarze Bourgeoisie. E. Franklin Frazier hatte Recht: Mein Vater mit seinem Hochmut gegenüber »den anderen Negern« und meine Mutter mit ihren elitären Vereinigungen und standesgemäßen Zirkeln lebten in einem dunklen Abbild der weißen Gesellschaft, ahmten in ihrem verzweifelten Statusstreben sogar die rassistischen Attitüden der hellhäutigeren Nation nach. Ich bin von den wütenden Bildern in meinem Kopf so benommen, dass ich für kurze Zeit nur noch wie gelähmt zuschauen kann, während all die schönen Menschen um mich herumwirbeln.

Aber dann gewinnt der Teil von mir, der die Weisheiten des Richters verinnerlicht hat, die Oberhand. Solche Gedanken, ermahne ich mich, sind unwürdig, sie lenken nur ab und werden den Menschen nicht gerecht. Außerdem habe ich wichtigere Sorgen. Und so gelingt es mir, die Bilder zu verdrängen.

Für den Augenblick.

Ich ziehe den Bauch ein und schlängele mich durch die Hotelhalle in Richtung Fahrstühle, ertappe mich aber dabei, dass ich in der munteren Menge automatisch nach der Skaterin Ausschau halte. Und auch nach dem Partner des verstorbenen Colin Scott, dem verschwundenen Foreman. Warum verfolgt mich die Skaterin? Warum hat sie so intensiv nach mir gesucht, und warum habe ich sofort beschlossen, vor ihr davonzulaufen? Ich war ernsthaft versucht, aus meinem Versteck hervorzuspringen und ihr entgegenzutreten, denn eigentlich konnte ich mir nicht vorstellen und kann es immer noch nicht, dass sie mir etwas antun will. Vielleicht mache ich mir ja auch nur etwas vor. Ich habe ihr Gesicht noch immer vor Augen, nicht das ärgerliche von heute Nachmittag, sondern das lächelnde, flirtende von unserer ersten Begegnung. Ich schüttele den Kopf. Auf diese Fragen eine Antwort finden zu wollen ist so, als kaute man auf Watte.

Genau wie der Versuch, dahinter kommen zu wollen, wovor der Richter so große Angst hatte, dass er sich eine Pistole beschaffte.

Ein Stück von mir entfernt bemerke ich zwei Professoren, Angehörige der hellhäutigeren Nation, die am Symposion teilgenommen haben und inmitten dieser dunkelhäutigeren Schar ziemlich verloren dastehen. Sie winken mir zu, als seien sie erleichtert, ein bekanntes Gesicht zu entdecken, und ich lächle zurück, beschließe jedoch, mich ihnen nicht für die nach Konferenzschluss übliche Abendrunde zum Austausch akademischen Klatsches anzuschließen. Ich ziehe es vor, nach oben zu gehen, um auf meinem Laptop Schach zu spielen, bis mir die Augen zufallen. Ich habe die Fahrstühle fast erreicht, als sich eine füllige Gestalt, die in ein viel zu enges violettes Kleid gezwängt ist, aus einer Gruppe löst und zielstrebig auf mich zueilt.

»Tal! Ich hatte ja keine Ahnung, dass du in der Stadt bist!«

»Sally?« Verdutzt starre ich meine Cousine an. »Was machst du denn hier?«

»Was ich hier mache?« Sally gluckst, tätschelt meine Wange und ergreift meine Rechte mit beiden Händen. Ihre Handflächen sind feucht, ihr Blick ein bisschen unstet, wahrscheinlich dank der Substanz, die sie diese Woche im Übermaß konsumiert, was immer das auch sein mag. Sie trägt ihr Haar zu langen Zöpfen geflochten, von denen einige schwarz sind, andere hellbraun und die meisten falsch. »Ich gehe natürlich auf die Benefizveranstaltung. Aber was treibst du eigentlich hier, Süßer? Und wo, zum Teufel, ist dein Smoking?« Dabei tippt sie mit gespielter Missbilligung auf mein Wolljackett.

»Ich ... also ich bin nicht wegen der Benefizveranstaltung hier, sondern wegen der Konferenz über die Reform des Deliktsrechts«, plappere ich drauflos. »Da treffen sich eine Menge Juraprofessoren. Gestern habe ich einen Vortrag gehalten.« Ich deute unbestimmt in Richtung der Treppe, zum Konferenzraum.

Sally starrt mich mit feucht glänzenden Augen an. »Alles in Ordnung mit dir, Talcott? Du siehst nicht besonders gut aus.«

»Alles bestens. Hör mal, Sally, es war nett, dich hier zu treffen, doch jetzt muss ich leider weiter.«

Ich warte eine Ewigkeit, vielleicht sind es aber auch nur zwei Sekunden, dann rückt sie, meinen forschen Fluchtversuch ignorierend, mit ihrer Botschaft heraus. »Ich bin ja so froh, dass wir uns über den Weg gelaufen sind, Tal. Ich wollte dich schon anrufen.« Sie stellt sich auf die Zehenspitzen und flüstert mir ins Ohr: »Hör zu, Tal, ich muss unbedingt mit dir darüber reden, wo ich diesen Agenten, diesen McDermott, schon mal gesehen habe.«

Nach den Ereignissen der vergangenen Stunden dauert es eine Weile, bis mir einfällt, dass McDermott der Name war, den der verstorbene Colin Scott benutzt hat. Und dass Sally mir an dem Tag, als er mich in der Shepard Street aufsuchte, bereits gesagt hat, sie meine, ihn zu kennen.

Ganz plötzlich können mir die Theorien gestohlen bleiben. Mein Vater ist tot, hat mir aber einen Brief hinterlassen, meine Frau treibt Gott weiß was, und mich verfolgt eine mysteriöse Frau, die auch auf Martha's Vineyard war, als Scott/McDermott dort ertrank. Der menschliche Verstand kann, zumal unter Stress, nur eine begrenzte Menge an Informationen verarbeiten. Und bei mir ist die Aufnahmekapazität überschritten.

»Ich finde das durchaus interessant, Sally, aber dies ist weder der richtige Ort noch die richtige Zeit –«

Sie schneidet mir das Wort ab und bläst mir ihre Weinfahne ins Gesicht: »Ich habe ihn bei euch zu Hause gesehen, Tal! In der Shepard Street. Vor Jahren.« Eine Pause. Dann: »Er hat deinen Vater gekannt.«

Kapitel 23
Die doppeldeutige Gestalt

• I •

»Es war im Sommer«, beginnt Sally und nimmt einen Schluck von dem Bier aus der Minibar. Mir wäre lieber, sie würde Wasser oder vielleicht einen Kaffee trinken, aber taffen Frauen Paroli zu bieten war noch nie meine Stärke. »Ein oder zwei Jahre nach Abbys Tod. Mariah ging aufs College, du wahrscheinlich auch noch, das weiß ich nicht mehr so genau. Ich erinnere mich aber genau daran, wo ich ihn gesehen habe. Was das angeht, bin ich mir absolut sicher.«

Ich warte darauf, dass meine Cousine endlich ihre Geschichte erzählt. Sie lümmelt auf der einen Hälfte des Doppelbettes in meinem Hotelzimmer, während ich, den Stuhl zu ihr gedreht, an dem winzigen Schreibtisch sitze. Wir haben beim Zimmerservice etwas zu essen bestellt, weil Sally Hunger hat. Mir wäre es natürlich viel lieber gewesen, nicht ausgerechnet in meinem Hotelzimmer mit ihr zu sprechen – Sally hat schließlich einen gewissen Ruf –, aber ich habe auf den ersten Blick unten in der Hotelhalle gesehen, dass sie nicht gerade in einer vorzeigbaren Verfassung ist. Ich brachte zwar noch eine Reihe von Gründen vor, warum ich mich augenblicklich nicht mit ihr unterhalten könne, doch Sally wischte sie alle beiseite. Eine Menge Arbeit, die auf mich wartet? *Ach, es wird nicht allzu lange dauern.* Ihre Kinder? *Die sind für ein paar Tage bei meiner Mutter.* Und der eifersüchtige Bud? *Der lässt sich sowieso kaum noch blicken.* Also sind wir hier heraufgekommen, und meine mollige Cousine, deren leuchtend violettes Kleid nicht nur zu eng, sondern auch ein paar Zentimeter zu kurz ist, streifte sofort die Schuhe ab und verlangte etwas zu trinken.

Wenn ich die Geschichte je zu hören bekommen will, muss ich mich wohl auf ihre Bedingungen einlassen.

»Ich war bei euch in der Shepard Street zu Besuch«, beginnt sie. »Es war spät am Abend. Ich glaube, ich schlief schon halbwegs. Bis ... bis irgendwelche Stimmen mich weckten.«

»Wo war ich denn da?«

»Wahrscheinlich auf Martha's Vineyard mit deiner Mutter und wohl auch Mariah. Aber dein Vater war nicht mitgefahren. Und Addison auch nicht. Deshalb war ich ja bei euch. Ich war, äh, gewissermaßen bei Addison.« Trotz ihrer sehr dunklen Hautfarbe bemerke ich, wie sie errötet. Sie dreht sich weg, als falle es ihr leichter, die Geschichte zu erzählen, wenn sie mich nicht ansieht. Und gleich zu Beginn ihrer Ausflüchte wird mir klar, dass hier Misha der Bösewicht ist. »Ich weiß, dass das, was ich mit Addison gemacht habe, verkehrt war, Tal, das brauchst du mir nicht zu sagen. Es ist vorbei, okay? Es ist eine Ewigkeit her. Du hast es nie gutgeheißen, das weiß ich. Das hast du mir schließlich immer zu verstehen gegeben. O nein, du hast nie was gesagt, aber du bist in der Hinsicht genau wie dein Vater ... ihr stellt eure Regeln auf, und wenn sich jemand nicht dran hält, dann tobt ihr nicht, sondern kriegt nur diesen tadelnden Blick. Als wenn euch alle anderen moralisch unterlegen wären. Ich hasse diesen Blick! Alle hassen ihn, Tal. Dein Bruder, deine Schwester, alle.«

Ich setze schon zu einer Erwiderung an, rufe mir dann jedoch in Erinnerung, dass Sally wahrscheinlich irgendetwas schluckt, jedenfalls ist sie ganz sicher nicht sie selbst – was allerdings den Stich, den mir ihre Worte versetzen, kein bisschen mildert.

»Mein Vater hat ihn auch gehasst«, fährt sie fort. »Dein Onkel Derek, meine ich« – als wüsste ich nicht, wer ihr Vater ist beziehungsweise war. »Er konnte es nicht ausstehen, wenn Onkel Oliver ihm diesen vernichtenden Blick zuwarf, und das geschah ziemlich oft. Weil Onkel Oliver, wie du ja weißt, Papas politische Ansichten zuwider waren. Er hat Papa für einen Kommunisten gehalten.«

Ich sage vorsichtig: »Dein Vater *war* Kommunist, Sally.«

»Ich weiß, ich weiß, aber wie geht noch mal dieser alte Witz? Bei ihm klang es so unanständig.« Sie sagt das mit einem schrillen Lachen, obwohl das unmöglich schon der ganze Witz sein kann, dann bricht sie plötzlich in Tränen aus. Was immer sie da für ein Mittel nimmt, es scheint abrupte Stimmungswechsel auszulösen. Vielleicht nimmt sie aber auch gar nichts, sondern ist nur unglücklich. So oder so, ich beschließe, sie weinen zu lassen. Ich wüsste auch gar nicht, was ich sagen könnte, um sie zu trösten, und sie dort auf dem Bett in die Arme zu nehmen kommt nicht in Frage.

»Weißt du, Tal«, fährt sie nach ein paar Minuten fort, »du meinst, die Welt besteht aus einfachen Regeln, und es gibt nur zweierlei Menschen: solche, die sich an die Regeln halten, und solche, die dagegen verstoßen. Du glaubst, du wärst ganz anders als Onkel Oliver, dabei bist du genau wie er. Du blickst auf Menschen herab, denen du dich moralisch überlegen fühlst. Menschen wie dein Bruder. Oder wie ich.«

Jetzt weiß ich wieder, warum Kimmer und ich so gut wie keinen Kontakt mit ihr pflegen: Man muss immer erst ihre Beschimpfungen über sich ergehen lassen, bevor so etwas wie eine normale Unterhaltung möglich ist. Ich beiße die Zähne zusammen und schweige, denke daran, dass es ihr nicht gut geht.

Mal abgesehen davon, dass das, was sie über mich sagt, wahrscheinlich stimmt.

»Jedenfalls habe ich es dir deshalb nicht schon eher erzählt. Ich meine das mit McDermott. Ich habe so getan, als hätte ich es vergessen, aber das stimmte gar nicht. In dem Augenblick, in dem ich diesen McDermott zu Gesicht bekam, wusste ich, wer er war. Ich hätte wahrscheinlich was sagen sollen, aber ich dachte, dann müsste ich dir auch erklären, warum ich an dem Abend damals bei euch im Haus war, und ich wollte diesen tadelnden Blick nicht sehen.« Sie wendet sich mir zu und funkelt mich an. »Weißt du, Tal, deshalb mussten wir uns immer verstecken, weil Leute wie du und Onkel Oliver …«

Sie spricht nicht weiter. Ein Zittern überläuft sie. Weint sie wieder? Nein, es ist wohl die Erinnerung an etwas, was sie lieber für sich behalten möchte.

»Das ist alles lange her«, versuche ich sie abzulenken. Falls Sally auf Absolution aus sein sollte, hat sie Pech gehabt, denn ich kann nicht so tun, als fände ich in Ordnung, was sie und Addison getan haben.

Sally scheint meine Gedanken zu ahnen. »Noch nicht mal Mariah ist so schlimm wie du, Tal. Wenn sie in Washington ist, ruft sie mich immer an, und dann verbringen wir ein paar nette Stunden miteinander –«

»Sie hat mir erzählt, dass du ihr hilfst, die Unterlagen unseres Vaters durchzusehen.«

Sally kichert. »Das hat sie dir erzählt? Gut, ja, das stimmt, aber das meine ich nicht. Ich meine, dass wir es uns gut gehen lassen. Wir reden. Sie hört mir zu, Tal. Wir gehen in Clubs. Verstehst du? Deine Schwester lässt auch ganz gerne mal die Sau raus. Im Gegensatz zu dir. Und sie urteilt auch nicht dauernd über mich. Sie nimmt die Leute so, wie sie sind. Deshalb habe ich es dir nicht gesagt, Talcott, wegen deiner Art. Und weil es auch Addison betrifft, Addison und mich. Du bist wie dein Vater«, wiederholt sie. Ich versuche mitzukommen, frage mich, wie das ist, wenn meine Schwester in einem Club – der Art von Club, die Sally mag – »die Sau rauslässt«. Wenn man Mariah kennt, kann man sich das kaum vorstellen – einziges schwarzes Mitglied im Yachtclub, das ist eher ihr Stil. Meine Cousine dagegen ist für sich allein schon eine Party.

»Du hast das mit Addison nie verstanden«, fährt Sally fort. Ihre Stimme klingt jetzt wütend und enttäuscht zugleich. »Du hast nie verstanden, was zwischen uns war. Okay, wir hätten das vielleicht nicht tun dürfen. Aber es war etwas Besonderes!« Als ob ich ihr Vorhaltungen gemacht hätte. »Wir haben uns geliebt, Tal. Das war nicht bloß Sex, das war Liebe. Ist das jetzt deutlich genug für dich?«

Sie hat sich wieder auf einen Ellbogen gestützt, ihre Augen funkeln streitlustig.

»Ich urteile nicht über dich, Sally«, lüge ich, wobei ich versuche, so neutral wie möglich zu klingen. »Ich möchte lediglich wissen, an was du dich in Bezug auf McDermott erinnerst.«

»Du urteilst sehr wohl über mich!«

»Ich bin nur froh, dass es vorbei ist«, versichere ich ihr. Insgeheim frage ich mich jedoch, wie eine zivilisierte Welt es als Tugend ansehen kann, sich kein Urteil zu bilden. Wie sie das ihren Kindern beibringen und von den Kanzeln predigen kann.

»Weißt du was, Tal? Du bist ein Schwindler. Misha. *Michail.*« Ein raues Lachen. »Mein Vater hat dir diesen Spitznamen gegeben, falls du das vergessen haben solltest, und doch behandelst du seine Tochter wie den letzten Dreck.« Meine Cousine lässt sich aufs Bett zurückfallen, und ihre Zöpfe legen sich wie ein dunkler Heiligenschein um ihren Kopf. Die Tirade scheint beendet.

Klugerweise wählt der Zimmerkellner diesen Augenblick für seinen Auftritt. Als Sally keine Anstalten macht, sich vom Bett zu erheben, unterschreibe ich, dem Mann den Blick ins Zimmer versperrend, die Rechnung draußen im Flur und rolle den Servierwagen dann selbst herein.

Wir essen ein paar Minuten lang schweigend, ich Pilzsuppe und ein Sandwich – obwohl ich bei meinen Schwiegereltern erst vor einer Stunde eine vollständige Mahlzeit zu mir genommen habe –, Sally Krabbencocktail und Filet Mignon. Ich bin leider wie Mark Twain, der einmal gesagt hat, er äße bei manchen Gelegenheiten mehr als bei anderen, weniger jedoch nie. Wir sitzen uns auf den beiden Betten gegenüber, den Klapptisch zwischen uns. Sally isst schnell und offenbar, ohne die Speisen zu genießen; sie stillt schlicht ihren Hunger. Das Essen scheint sie immerhin neu zu beleben, oder vielleicht hat auch die Wirkung des Mittels, falls es denn eins gibt, nachgelassen, jedenfalls ist sie anschließend wieder ganz die kokette Sally, die ich kenne.

»Tut mir Leid, dass ich das teuerste Gericht auf der Karte bestellt habe, Tal, aber ich werde nicht mehr so oft von Männern zum Essen eingeladen, deshalb dachte ich, was soll's, das muss ich ausnutzen.

»Aber ich bitte dich!«

»Natürlich erwarten Männer manchmal auch eine Gegenleistung.«

»Ich erwarte bloß, mehr über McDermott zu erfahren,« erwidere ich mit unbewegter Miene.

»Bist du sicher?« Neckisch, als ob die Intimität eines heimlichen Abendessens auf dem Hotelzimmer sie dazu berechtigte, sich danebenzubenehmen. »Den meisten Männern wäre das nicht genug.«

»Ich bin nicht die meisten Männer.«

»Ach, Tal! Entspannst du dich nie und hast ein bisschen Spaß?«

»Nur dienstags und jeden zweiten Sonntag.«

Darüber muss sie lachen. »Okay, Tal«, sagt sie, »lass uns Freunde sein.«

»Okay.«

»Hör zu, es tut mir Leid, was ich vorhin gesagt habe.« Das klingt allerdings keineswegs nach großem Bedauern. »Anscheinend kann ich heute Abend nicht anders. Ich glaube, mein Fehler besteht darin, dass ich immer sage, was ich denke. Zumindest, wenn ich mit einem Mann zusammen bin.«

»Das ist nicht notwendigerweise ein Fehler.« Mir gefällt dieses *wenn ich mit einem Mann zusammen bin* ganz und gar nicht.

»Nun ja, es ist dann kein Fehler, wenn der Mann, mit dem ich zusammen bin, zufällig Gefallen findet an dem, was ich denke.« Eine Pause, in der sie nach einer Pointe sucht. »Und wenn er das nicht tut? Dann zum Teufel mit ihm!«

Sie lacht wieder, ein leichtes, beschwingtes Lachen. Sally hasst die Männer nicht, obwohl die sie nicht immer gut behandelt haben. Sie amüsieren sie. Wir amüsieren sie. Wahrscheinlich kann Sally sehr lustig sein, wenn sie nicht gerade melancholisch ist, und allmählich verstehe ich selber, warum Addison und viele andere Männer meine rundliche Cousine so attraktiv gefunden haben. Letztes Jahr war ich in einer Ausstellung dieser im frühen 20. Jahrhundert so beliebten Zeichnungen, wo man etwa auf einem Bild einen freundlichen Hund sieht, doch wenn man es umdreht, wird eine fauchende Katze daraus. Oder eine schöne Frau verwandelt sich in einen unglücklichen Sultan und so weiter. »Doppeldeutige Gestalten« hieß die Ausstellung. Sally ist wie eine dieser doppeldeutigen Gestalten. Auf den ersten Blick sieht man nur eine übergewichtige, verrückte, Pillen schluckende, mitleiderregende Frau, betrachtet man sie aber aus einem anderen Blickwinkel, dann wirkt sie mutig, intelligent, sexy und witzig. In diesem Augenblick sehe ich sie aus diesem zweiten Blickwinkel, was bedeutet, dass ich unsere Unterhaltung ganz schnell in etwas diszipliniertere Bahnen lenken muss.

»Wir wollten über McDermott –«

»Jawohl, *Sir*!«, sagt sie in militärisch-zackigem Ton. »Zu Befehl, *Sir*!«

Und dann erzählt sie mir die Geschichte.

• II •

Wir haben unser Dessert gegessen – ich einen Früchtebecher, Sally ein Tiramisu. Ich habe den Servierwagen in den Flur hinausgeschoben. Sally liegt wieder bäuchlings auf dem Bett, ein Zeh berührt den Teppich. Ich bin auf meinen Platz am Schreibtisch zurückgekehrt, habe die Hände im Schoß gefaltet und warte darauf, dass sie beginnt.

»Wie ich schon sagte, war ich bei euch in der Shepard Street. Meine Eltern und ich wohnten damals ein ganzes Stück von euch entfernt, im Südosten der Stadt. Mein Vater arbeitete in dieser kleinen Privatbibliothek. Du weißt schon.«

Und ob. *Richter Garland, wussten Sie, dass die Bibliothek, in der Ihr Bruder arbeitete, ein bekannter Kommunistentreff war?* Die unvermeidliche Antwort: *Nein, Senator, das wusste ich nicht. Mein Bruder und ich standen uns nicht sehr nah.* Dann das Umschalten auf eine persönlichere Note. *Das muss für Sie recht schmerzlich gewesen sein, Richter.* Mein Vater darauf in kühlstem, gleichwohl entwaffnendem Ton: *Ich habe meinen Bruder geliebt, Senator, aber wir hatten große Differenzen. Der Kommunismus ist eine schreckliche Sache, mindestens so schlimm wie der Rassismus. In mancher Hinsicht vielleicht noch schlimmer. Ich konnte an seiner Welt keinen Anteil nehmen. Und ihm ging es mit meiner genauso. Ich nehme an, dass ich nicht der allerbeste Bruder der Welt gewesen bin, und wenn ich meinen Bruder verletzt haben sollte, so tut mir das Leid. Wahrscheinlich haben wir uns gegenseitig sogar für gefährlich gehalten. Aber ich muss gestehen, dass ich darüber nicht sehr viel nachdenke.* Womit er den Fragestellern den Wind aus den Segeln genommen hat.

»Ich erinnere mich«, sage ich leise.

»Na ja, wie dem auch sei, ich fuhr damals immer mit dem Bus zu euch. Du weißt schon, um mich mit Addison zu treffen. Wenn Addison allein zu Hause war.« Ein kleines, verlegenes Lächeln. »Um die Wahrheit zu sagen, habe ich auch meinen Leuten immer verschwiegen, wohin ich fuhr. Papa war genauso schlimm wie Onkel Oliver ... mit diesem tadelnden Blick, meine ich.«

Ich überlege kurz, ob ich anmerken soll, dass wir nur deshalb unsere Missbilligung zum Ausdruck gebracht haben, weil es etwas zu missbilligen gab, denn eine sexuelle Beziehung zwischen Cousin und Cousine ersten Grades ist nun einmal Inzest. Aber Sally würde mich wahrscheinlich nur daran erinnern, dass sie und Addison gar nicht blutsverwandt sind. Oder mich vielleicht auf Roosevelt und seine Frau Eleanor hinweisen. Worauf ich antworten würde, dass die beiden entgegen landläufiger Meinung gar nicht direkt miteinander verwandt waren. Sally würde mir vorwerfen, ich sei ihr gegenüber gönnerhaft, und dann würde das Gespräch entgleisen.

Außerdem hat sie ja schon zugegeben, dass sie sich nicht einwandfrei verhalten hat. Also sage ich: »Wenn ich doch nur mal was über McDermott hören –«

»Du bist so verdammt zielstrebig!« Sie dreht sich lachend auf den Rücken. »Die Sache ist die, Tal, ich wäre nie und nimmer in eurem Haus gewesen, wenn ich gewusst hätte, dass dein Vater da ist. Ich wollte mich mit Addison treffen, und wir waren davon ausgegangen, dass wir allein sein würden. Dein Vater ... na ja, wir dachten eben, er wäre weg.« Sie runzelt die Stirn, schließt die Augen. »Allerdings nicht auf Martha's Vineyard. Ich glaube, er war angeblich zu irgendeiner Richterkonferenz gefahren.«

»Wahrscheinlich zur Versammlung der Bundesrichter«, murmele ich vor mich hin.

»Wie?«

»Zur Versammlung der Bundesrichter. Die findet immer im Sommer statt. Wahrscheinlich war er dort.«

Sie schüttelt den Kopf. »Dort hätte er vielleicht sein sollen und wahrscheinlich hatte er Tante Claire gesagt, er würde dorthin fahren. In Wirklichkeit war er aber in Washington.«

Ich beiße mir auf die Zunge. Wenn Sally die Wahrheit sagt, würde das bedeuten, dass der Richter meine Mutter belogen hat, was, wie ich bis zu diesem Augenblick geschworen hätte, nie vorgekommen ist.

»Wie auch immer, ich wusste nicht, dass dein Vater zu Hause war. Addison und ich hatten beide grade das College hinter uns und verbrachten den Sommer in Washington. Er wohnte zu Hause, ich ebenfalls. Und da rief er mich an und sagte, ihr wärt alle für ein paar Tage weg, deshalb könnten wir ... ein bisschen zusammen sein, wenn ich wollte. Tja, ich wollte.«

Während ich schweigend nicke, fällt mir auf, was das bedeutet: Addison war der Verführer. Er war zwar ein Jahr jünger als seine Cousine, ergriff aber die Initiative – und nicht umgekehrt, wie es die Familienlegende will.

»Meinen Eltern habe ich erzählt, ich würde mit ein paar Freundinnen ausgehen«, informiert mich Sally, »sie sollten meinetwegen nicht aufbleiben. Und dann machte ich mich auf den Weg. Erst bin ich mit dem 30er oder 32er Bus gefahren, dann weiter mit dem S4« – all dies soll mir wohl zeigen, welche Mühen sie damals auf sich genommen hat, um ihren Geliebten zu sehen –, »und, na ja, dann kam ich zur Shepard Street, und Addison war da ...«

Sie hält inne, scheint darauf zu warten, dass ich etwas sage. Als ich schweige, fährt sie fort: »Später bin ich dann eingeschlafen. Ich weiß nicht mehr, wie viel Uhr es war, aber auf jeden Fall war es dunkel, als die Stimmen mich weckten. Ich hörte sie nicht sehr laut, dennoch war mir sofort klar, dass es sich um einen Streit handelte. Da ich ja annahm, wir wären allein, erschrak ich und wollte Addison wecken, aber er war nicht da. Also dachte ich, es wäre Addison, der sich mit jemandem stritt, wahrscheinlich mit Onkel Oliver, was bedeutet hätte, dass wir erwischt worden waren und ganz schön in der Patsche saßen. Deshalb zog ich mich an. Ich wollte zur Hintertür raus. Wäre schließlich nicht das erste Mal gewesen, denkst du dir sicher, stimmt's?« Wieder ihr freudloses Gelächter. Es hat keinen Sinn, darauf einzugehen; die Frage ist eindeutig rhetorischer Natur, und wir kennen beide die Antwort.

»Addisons Zimmer war ja im zweiten Stock«, erklärt sie, dreht sich auf die Seite und wendet sich mir zu, allerdings mit geschlossenen Augen, »am Ende dieses langen Flurs. Früher mal das Dienstbotenzimmer, glaube ich. Du weißt schon, niedrige Decke, Giebel, so à la Nathaniel Hawthorne.« Ich weiß natürlich sehr genau, wie es in dem Haus aussieht, schließlich bin ich darin groß geworden, aber ich will sie jetzt, wo sie die Geschichte endlich erzählt, nicht unterbrechen. »Die Streitenden waren unten in der Diele, zwei Treppen tiefer, aber ich hörte sie trotzdem. Ich glaube, das hatte was mit den Heizungsschächten zu tun oder so.«

Jetzt ist es an mir zu lächeln. In unserem Haus in der Shepard Street gibt es diese altmodischen Heizungsgitter aus Metall an der Wand. Sie verdecken die Öffnungen der alten Schächte, die noch aus der Zeit stammen, als das Haus mit einem einzigen Ofen beheizt wurde. Wir hatten natürlich Heizkörper, die später eingebaut worden waren, aber die Heizungsschächte hat man nie zugemauert. Es war meinen Eltern völlig entgangen, dass Geräusche aus dem Erdgeschoss, vor allem aus der Diele, bis nach oben in die zweite Etage drangen, wo Addison und ich schliefen. Möglicherweise gab es da unten irgendwo ein zentrales Lüftungsloch, aber ich habe nie herausgefunden, wie die Schächte in den Wänden verliefen. Wie dem auch sei, mein Bruder und ich wussten immer, was unten im Erdgeschoss vor sich ging.

»Ich zog mich also an und ging die Treppe runter«, fährt Sally fort. »Ich wollte mich rausschleichen, vorher aber noch in Erfahrung bringen, worum es bei dem Spektakel eigentlich ging. Ich meine die hintere Treppe, die für Dienstboten.«

Wir lachen beide, obwohl daran überhaupt nichts komisch ist. Ich werfe einen Blick auf die Uhr, die auf dem Nachttisch steht. Es ist kurz vor zehn.

»Ich ging also runter in den ersten Stock auf die Galerie. Da ist doch diese Balustrade mit den Holzpfosten ... wie heißen die noch gleich? Egal, die Pfosten, an denen das Geländer befestigt ist. Die sind sehr breit. Fast breit genug, um sich dahinter zu verstecken.«

»Ganz sicher breit genug für ein Kind.« Ich muss wieder lächeln, denn ich erinnere mich daran, wie Addison, Mariah, Abby und ich als Kinder Verstecken spielten und ich mich immer oben auf der Galerie verkroch. Wenn unten in der Diele das Licht brannte, im Treppenhaus und im oberen Flur aber nicht, konnte man mich von unten in meinem Versteck auf der Galerie nicht sehen.

»Na ja«, sagt Sally stolz, »so richtig dünn war ich zwar nie, aber an dem Abend habe ich mich trotzdem dort oben versteckt.« Sie bewegt sich unruhig, vielleicht macht die Erinnerung ihr zu schaffen, oder ihr Gewissen ist plötzlich zum Leben erwacht. »Nur im Arbeitszimmer deines Vaters brannte Licht. Daran erinnere ich mich genau. Es war so finster in der Diele, dass man denken konnte, Onkel Oliver bräuchte die Dunkelheit, weil er, na ja, weil er etwas zu verbergen hätte. Ich weiß, es klingt verrückt, Tal, aber so wirkte es auf mich. Und die Stimmen, die ich hörte, kamen aus dem Büro. Ich konnte nicht verstehen, was dein Vater sagte, ich glaube, er versuchte, seine Stimme zu dämpfen, aber der andere Mann schrie: ›So läuft das Spiel nicht!‹ Irgendwas in der Art.«

»Sagte er wirklich ›das Spiel‹?«

»Ja, hab ich doch gesagt.« Sie macht einen Schmollmund, aber keinen so hübschen, wie sie wahrscheinlich meint, und fährt fort: »Wie auch immer, der andere Mann, der, der gebrüllt hat, kam dann raus in die Diele und zeigte auf deinen Vater, fuchtelte wütend mit dem Finger rum. Deshalb konnte ich das Muttermal auf seiner Hand genau sehen. Es war McDermott oder wie immer er im wirklichen Leben heißt. Besser gesagt hieß.«

Sally weiß also, dass er tot ist. Was bedeutet, dass Mariah es wahrscheinlich auch weiß. Was wiederum bedeutet, dass es alle wissen. Vielleicht hat Sally ja deswegen beschlossen, ihr Schweigen zu brechen. Ich sage: »Er hieß Colin Scott.«

»Aha, Colin Scott. Der Mann, der in der Woche nach dem Tod deines Vaters bei euch im Wohnzimmer saß, ist jedenfalls derselbe, den ich vor zwanzig Jahren unten in der Diele gesehen habe. Ich schwör's. Und er sagte damals so was Ähnliches wie: ›Für derlei Dinge gibt es Regeln.‹ Irgendwas in der Art. Und dann hörte ich Onkel Olivers Stimme, seine Vortragsstimme, du weißt schon. ›Wenn es um einen‹ – und dann folgte ein Wort, das ich nicht richtig verstehen konnte – ›geht, gibt es keine Regeln.‹ Er hatte bei dem Wort, das ich nicht mitbekam, irgendwie die Stimme gesenkt. Wohl nicht, weil er an Mithörer dachte, es war eher so eine Art Zischen. Aber ich habe doch etwas gehört, Tal, und ich glaube es klang wie Dollar. Also: Wenn es um einen Dollar geht, gibt es keine Regeln.«

»Sie stritten um Geld?«

»Ich weiß nicht. Vielleicht habe ich es auch falsch verstanden. Aber so hörte es sich an. Der andere Mann schüttelte den Kopf, und dann kam Onkel Oliver in die Diele. Sein Gesicht sah vor

Wut ganz verzerrt aus, richtig furchterregend. Wahrscheinlich hatte er getrunken.«

»Möglich wäre das.« Ich kann mir beim besten Willen nicht vorstellen, wieso sich McDermott/Scott und mein Vater über Geld gestritten haben sollten. »Er hat ja nach Abbys Tod viel getrunken.«

»Ich weiß, Tal. Tut mir Leid.«

»Schon gut. Das ist doch so lang her.« Wie sind wir plötzlich auf dieses Thema gekommen?

»Meine Familie hatte auch so ihre Probleme.«

Ich nicke nur. Die Garlands sprechen nicht über innerfamiliäre Schwierigkeiten. Sally redet jedoch unverzagt weiter.

»Niemand hat eine Kindheit, wie er sie sich wünscht, weißt du. Wir suchen uns unsere Eltern nicht aus. Und ihre Probleme auch nicht. Wenn du das erst mal begreifst, dann ist das schon die halbe Miete.« Eine Weisheit aus der New-Age-Psychokiste, der ich keinerlei Sinn abgewinnen kann.

»Ich möchte nur die Geschichte hören, Sally. Nur, was mit meinem Vater war ... und dem Mann, mit dem er sich gestritten hat.«

Sally wirft mir einen langen, herausfordernden Blick zu, der mir unangenehm ist. Ich will diese Frau nicht in meinem Kopf haben. Nicht einmal in meinem Zimmer. Aber ich will unbedingt auch noch den Rest erfahren.

»Na gut, sie standen also in der Diele und starrten sich an, als wollten sie gleich aufeinander losgehen. Und dann sagte Onkel Oliver ziemlich laut, er schrie es fast: ›Ich bin es leid, mich an die Regeln zu halten!‹ Der andere Mann schüttelte wieder den Kopf und meinte: ›So läuft das nicht.‹ Worauf dein Vater mit eiskalter Stimme sagte: ›Für Jack würden Sie es tun.‹«

»Womit Jack Ziegler gemeint war.«

»Wahrscheinlich. Sicher bin ich mir aber nicht.«

Ich fahre mir mit der Hand übers Gesicht. Noch vor wenigen Augenblicken war dieses Zimmer zu klein. Jetzt scheinen die Wände zurückzuweichen oder ich zu schrumpfen. Ich fühle mich verloren, und mir schwindelt. Das alles ist ein bisschen zu viel, geht ein bisschen zu schnell. Aber ich reiße mich zusammen und stelle eine Anwaltsfrage, um Zeit zu gewinnen. »Bist du ganz sicher, dass es derselbe Mann war wie der, den du am Tag nach der Beerdigung meines Vaters gesehen hast?«

Zu meiner Erleichterung löst meine Skepsis keinen Wutanfall aus. »Ja, ganz sicher.« Sally macht inzwischen einen ziemlich erschöpften Eindruck, dann nennt sie – wie eine gute Zeugin vor Gericht – ihre Gründe. »Ich erinnere mich an seine Stimme. Sie war so kalt und so zornig. Außerdem erinnere ich mich an das Muttermal auf seiner Hand und an die weiße Narbe auf seiner Oberlippe. Aber da war noch was. Als ich mich auf meinem Beobachtungsposten aus Versehen bewegte, knarrte ein Dielenbrett, und das hörte dieser andere Mann, dieser McDermott, und er guckte hoch, genau dahin, wo ich mich versteckt hatte. Seine Augen sahen aus wie ... ich weiß nicht ... wie von einem wilden Tier. Ich war sicher, dass er mich entdecken würde. Ich hatte solche Angst, Tal.« Sie schüttelt sich. »Es war derselbe Mann, Tal. Das würde ich auf einen ganzen Stapel von Bibeln schwören.«

Ich nehme ihre Worte langsam in mich auf, frage mich, ob es sich nicht doch um einen Irrtum, um Wunschdenken oder eine falsche Erinnerung handeln könnte. »›Keine Regeln, wenn es um einen Dollar geht.‹ Das hat er gesagt?«

»Das hat er gesagt«, bestätigt Sally. Ihr Vertrauen in ihr Erinnerungsvermögen wächst mit jeder Sekunde. Das erleben Anwälte bei Zeugen oft. Manchmal bedeutet es, dass sich jemand wirklich erinnert, manchmal heißt das auch nur, dass jemand mit seiner erfundenen Version der Dinge zunehmend vertraut wird.

Sally gähnt. Sie scheint hundemüde zu sein.

»Und, was ist dann passiert?«

»Hm? Was?«

»Nach dem Streit, den du mit angehört hast.«

»Ach so, das war eigentlich fast schon alles. McDermott oder Scott oder wie er hieß, hörte auf, zu mir hochzustarren, blickte wieder zu deinem Vater und drückte den Finger auf die Lippen. Sie flüsterten ein paar Minuten miteinander, dann gaben sie sich die Hand. Sie ... sie schienen überhaupt nicht mehr wütend zu sein. Onkel Oliver begleitete den Mann zur Haustür, und ich ging die hintere Treppe runter.« Sie gähnt wieder.

Ich sitze eine Weile schweigend da. Sally hat sich den Arm über die Augen gelegt. Ich habe keine Veranlassung zu glauben, dass sie die Geschichte erfunden hat. Sie ist keine Lügnerin, denn wie sie vorhin selbst bemerkte, sagt sie immer, was sie denkt. Scott hat also meinen Vater gekannt, schon vor mehr als zwanzig Jahren, und er war an einem Sommerabend, an dem der Richter angeblich an einer Konferenz teilnahm, in unserem Haus. Scott hat mit ihm in der Diele über Dollars und irgendwelche Regeln gestritten und darüber, was er, Scott, für Jack Ziegler tun würde oder nicht. Ich merke, wie ich mich immer mehr ärgere, nicht über meinen Vater, sondern über Sally, die das alles für sich behalten hat. Die es mir bloß deshalb nicht schon früher gesagt hat, weil sie meine Missbilligung fürchtete. Aber als ich sie ansehe, verfliegt meine Gereiztheit wieder. Sie hat es im Leben schwer, keine Frage, und doch schafft sie es irgendwie, den Humor nicht zu verlieren. Jetzt lächelt sie mit geschlossenen Augen, scheint sich meines prüfenden Blickes bewusst zu sein. Mir gefällt ganz und gar nicht, wie sich meine Gefühle ihr gegenüber entwickeln. Die Worte des Richters kommen mir wieder in den Sinn: *Niemand kann der ständigen Versuchung widerstehen. Der Trick besteht darin, ihr aus dem Weg zu gehen.*

Ihr aus dem Weg gehen. Gut. Ich muss mir etwas einfallen lassen, wie ich Sally schnell aus meinem Zimmer hinauskriege.

Doch dann wird mir bewusst, dass von der Geschichte noch ein Stück fehlt. »Wo war eigentlich Addison die ganze Zeit?«, frage ich. Keine Antwort. Lauter: »Sally?«

»Hm?«

»Addison, Sally. Wo war mein Bruder, als das alles passierte?«

»Addison?« Sie gluckst. »Siehst du, das ist es eben.« Sie dreht sich wieder auf die Seite, weg von mir. Schleppend. Das Mittel? Der Wein? Die Müdigkeit? Wahrscheinlich alles zusammen. »Das ist es eben«, sagt sie noch einmal mit schleppender Stimme. »Also, ich ging die Dienstbotentreppe runter, die in den kleinen Flur vor der Küche führt, und als ich unten ankam, war die Küche dunkel, aber ich traute mich nicht, Licht zu machen, weil ich nicht wollte, dass Onkel Oliver mich entdeckt. Ich musste durch die Küche zum Hinterausgang, machte also ein paar Schritte in der Dunkelheit und stieß mit dem Schienbein gegen einen Stuhl. Vielleicht war ich ein bisschen zu laut, denn plötzlich hält mir jemand den Mund zu. Ich bin zu Tode erschrocken und versuche zu schreien, zu beißen, zu treten, aber natürlich ist es dein verdammter Bruder.« Sie hält inne, schüttelt den Kopf. »Addison«, flüstert sie. »Addison, Addison, Addison.« Ihr Mantra. »Addison.« Dann nichts mehr.

»Sally? Was war mit Addison? Was geschah in der Küche?«

»Hm? Küche?«

»In der Shepard Street. Als Addison dir den Mund zuhielt.«

»Wie? Ach so. Er sagte, sei leise, und ich fragte ihn, ob er die ganze Zeit in der Küche war, und er fragte mich, welche ganze Zeit, und ich sagte, die ganze Zeit, in der sich dein Vater mit diesem Weißen gestritten hat, und er fragte, welcher Weiße, und ich sagte, dieser Kerl, der mit Onkel Oliver gesprochen hat, und er sagte, ich weiß nicht, wovon du redest, und dann versuchte ich, es ihm zu erklären, aber er meinte nur, wir müssen hier weg, und zwar schnell. Also sind wir durch die Küche und zur Hintertür raus, und ... na ja, das war's.«

»Sally, hör zu. Wach auf. Hast du ihm geglaubt? Hast du Addison geglaubt, dass er nichts gehört hat?«

Ein Kichern. »Ob ich Addison geglaubt habe? Willst du mich verarschen? Dieser Nigger hat in seinem ganzen Leben noch kein einziges Mal die Wahrheit gesagt.« Mit zunehmender Müdigkeit büßt Sallys Ausdrucksweise an Kultiviertheit ein. »Der würde einem jedes Märchen erzählen, nur um ... zu kriegen, was er haben will.« Neuerlich ein kleines Kichern.

»Sally! Hör mir zu, bitte! Es ist wichtig. Glaubst du, Addison hat den Streit gehört?«

»Klar hat er den gehört.« Bellendes Gegacker. Sally verfügt über ein bemerkenswertes Repertoire an Lachgeräuschen.

»Bist du sicher?«

»Sicher bin ich sicher.« Ein herzhaftes Gähnen. »Er hat's mir ja gesagt, als ich ihm am Telefon erzählt habe, was ... dass der Mann von damals am Tag nach der Beerdigung bei euch war.«

Unglaublich!

»Wann war das?«

»Keine Ahnung. Eine Woche später, vielleicht auch zwei.«

Natürlich.

Er hat es gehört. Und keinen Ton gesagt. Hat sich bedeckt gehalten, wie immer. Meine Familie! Das Einzige, was wir richtig gut können, ist, Geheimnisse für uns behalten. Addison hat vor zwanzig Jahren den Streit zwischen meinem Vater und Colin Scott in der Shepard Street mit angehört. Er wusste, dass derselbe Mann sich später als FBI-Agent McDermott ausgab, weil Sally, seine ehemalige Geliebte, es ihm kurze Zeit nach der Beerdigung erzählt hat. Und kein Sterbenswörtchen davon zu mir! Ich wette, auch zu Mariah nicht. Sie hätte die Information sicher in ihre Verschwörungstheorien eingebaut und mir sofort weitererzählt.

»Sally?«

Keine Reaktion. Sie ist eingeschlafen.

Seufzend lehne ich mich auf dem Stuhl zurück, döse sofort völlig erschöpft ein und habe einen schrecklichen Traum von ewiger Verdammnis.

Ich reiße die Augen auf. Ein Moment der Orientierungslosigkeit, aber dann fällt mir alles wieder ein. Ich kaue immer noch Watte, meine Cousine schläft immer noch auf dem Bett. Mittlerweile ist es elf vorbei.

»He, Sally, wach auf! Du musst gehen, Sally. Sally!«

Sie schnarcht. Ein schweres, alkoholisiertes Schnarchen. Das gleiche, das damals, in der schrecklichen Zeit nach Abbys Tod, nachts immer aus dem Büro des Richters drang. Vielleicht auch das gleiche, das Addison gehört hat, als er am Abend des Streits zwischen meinem Vater und Colin Scott Sally nach Hause – oder wenigstens zum Bus – gebracht hatte und in die Shepard Street zurückgekehrt war.

Mein Bruder, der King der nächtlichen Talkshows! Tja, Sally hat er mit seinen Sprüchen gründlich eingewickelt. Diese Frau ist ihm einfach verfallen.

»Sally? Sally, wach auf! Na los, komm schon!«

Ich stehe auf und gehe zum Bett. Wie sie so daliegt, durch den leicht geöffneten Mund atmet, die Fäuste unters Kinn geschoben, sieht Sally Stillman verletzlich aus, und es fällt mir nicht schwer, in ihr den niedlichen Teenager wiederzuerkennen, der sie mal war, damals, als ich sie und Addison im Vinerd Howse heimlich beobachtete. Ich berühre ihre nackte Schulter, meine Finger verweilen ein wenig länger dort, als gut für mich ist. Ihre Haut fühlt sich warm und gefährlich lebendig an.

»He, Sally, wach auf!«

Sie murmelt etwas und dreht sich von meiner Hand weg. Ich bezweifle, dass ich sie wecken kann, ohne sie kräftig zu schütteln, aber das habe ich nicht vor. Die Ereignisse der zurückliegenden Wochen haben mir schwer zugesetzt, und auf einmal spüre ich das dringende Bedürfnis, mich an Sallys üppigen Körper zu schmiegen, sie zu umarmen und mich in ihrer Wärme zu verlieren.

Ich bin so furchtbar müde. Von so vielen Dingen. Von den mysteriösen Verschwörungen, der Flucht vor Phantomen, den Streitereien mit meiner Frau. So müde. Und so einsam.

Ich beschließe, Sally nicht fortzuschicken. Selbst wenn es mir gelänge, sie zu wecken, könnte sie in dem Zustand kaum nach Hause gehen. Was bedeutet, dass sie in meinem Hotelzimmer bleiben und sich ausschlafen wird.

Versuchung. Der Trick besteht darin, ihr aus dem Weg zu gehen.

»Das ist nicht so einfach, Papa«, sage ich leise vor mich hin, während ich am Rand des zerwühlten Bettes sitze, in dem meine Cousine schläft, ohne etwas von meinem Dilemma zu ahnen. Ich rufe mir in Erinnerung, dass ich ein verheirateter Mann bin, aber das Zimmer kommt mir so schrecklich klein vor und das Bett so schrecklich groß! Meine Kehle ist trocken. Meine Hand bewegt sich, beinahe ohne mein Zutun, erneut auf Sallys runde, einladende Schulter zu.

Dann sinkt sie herab.

Geh ihr aus dem Weg!

Ich hole eine Decke aus dem Schrank und breite sie über Sallys schlafende Gestalt, dann nehme ich meine Krawatte ab, streife die Schuhe von den Füßen und kehre zu dem Stuhl am Schreibtisch zurück, um Wache zu halten.

Was für ein Schlamassel!

Kapitel 24

Die Diagnose

· I ·

Wenn man die Seventh Street in der Nähe der Howard University entlangfährt, gelangt man in ein bemerkenswert buntes Collegestädtchen, das zwar nur ein paar Straßenzüge umfasst, dafür aber mitten in Washington liegt. Man findet dort eher Fastfood-Restaurants als Bistros, eher eine Südstaatenküche als Pizzerias, aber auch die üblichen kleinen Bürogebäude, Apartmenthäuser und Kopierläden. Natürlich gehört zu diesem besonderen Collegestädtchen auch ein ungesund hoher Anteil an brettervernagelten Fenstern, leeren, vom Unkraut erstickten Grundstücken und Lagerhäusern, die mit Stacheldraht eingezäunt sind. Aber wenn man über den Rand der teuren Broschüren hinausblickt, die meine eigene Universität publiziert, dann sieht man, dass es selbst in Elm Harbor viele heruntergekommene Ecken gibt. Wenn es uns gelingt, sie besser zu verbergen, dann nur, weil wir so viel mehr Geld für die entsprechende Tarnung haben.

Am letzten Tag der Konferenz begebe ich mich zu diesem kleinen Streifen entlang der Seventh Avenue, um mit einer anderen Frau zu Mittag zu essen, wie Kimmer frotzelnd meinte, als ich ihr davon erzählte. Bei besagter Frau handelt es sich um die Gynäkologin Dr. Melanie Cross, uns Garland-Kindern besser bekannt unter dem Namen Lanie. Sie und ihr verstorbener Mann, Leander Cross, ein angesehener Chirurg, galten in meiner Kindheit als führende Gastgeber der Goldküsten-Partyrunde, zu der auch meine Eltern gehörten: festliches Diner am Freitagabend in dem einen Haus, ein Champagner-Brunch am Sonntagmorgen in einem anderen, samt Partyservice, Köchen, ja sogar Aushilfsbutlern, die bereitstanden für diese Farce, die die Creme des schwarzen Washington mit ihrer wahnwitzigen Nachahmung all der Narreteien der Weißen aufführte. Ganz so verrückt, wie es klingt, war das allerdings nicht. In den alten Zeiten gab es, wie meine Mutter zu sagen pflegte, in Amerika nur hundert Schwarze, die etwas zählten, und die kannten sich alle untereinander. Eine leicht snobistische, aber nicht uninteressante Behauptung. Dieses Parkett, das seinen Kritikern so verschwenderisch und prätentiös vorkam, erfrischte und stärkte alle, die darauf herumwirbelten, stärkte sie für einen neuen Tag, eine neue Woche, einen neuen Monat, ein neues Jahr, damit sie ihre beachtlichen Talente an eine Nation verschwenden konnten, die nicht darauf eingerichtet war, ihre Leistungen anzuerkennen.

Wenn meine Eltern am Abend zuvor Gäste gehabt hatten, ging ich als Kind am Samstagmorgen gern früh nach unten. Ich wanderte dann durch die noch nicht aufgeräumten Zimmer des Erdgeschosses, schnupperte an den Gläsern, befingerte die Tischkarten oder suchte nach frischen Kratzern auf dem polierten Rosenholztisch im Esszimmer. Manchmal setzten meine Geschwister und ich uns an den Tisch, während unsere Eltern noch schliefen, hoben die Gläser zu hochtrabenden Trinksprüchen, und versuchten mit Hilfe dieses kleinen Schauspiels herauszubekommen, was genau eigentlich die Erwachsenen bis spät in die Nacht machten, was sie so fröhlich und ausgelassen sein ließ. Seit der Zeit sind mehr als dreißig Jahre vergangen, aber ich frage mich immer noch, worin das Geheimnis bestand, denn im Zuge der Integration ist der Geist dieser langen, glücklichen Abende verschwunden. Gewiss, es gibt noch Geselligkeit und Partys, aber sie haben ihre Bedeutung für die Gemeinschaft eingebüßt, vielleicht weil die Gemeinschaft selbst in ihrer alten Form nicht mehr existiert. Kimmer und ich leben in einem fast vollständig weißen Viertel, und nur wenige der Freunde aus meiner Jugendzeit wohnen irgendwo in der Goldküstenregion, es sei denn, man rechnet die etwas schickeren Vororte Washingtons dazu.

Lanie Cross stellt eine Verbindung zu früher dar. In gewissem Sinne lebt sie zwischen den beiden Welten, dem Früher und dem

Jetzt, was vielleicht an ihrem Alter liegt. Ihr Mann gehörte der Generation meines Vaters an, während Lanie etwa fünfzehn Jahre jünger ist, heute also Ende fünfzig sein muss. Sie ist eine intelligente, gut aussehende und lebhafte Frau, in die viele von uns Heranwachsenden damals verknallt waren.

Als ich ihre Praxis betrete, bittet mich eine strenge, aber höfliche Empfangsdame, noch einen Moment zu warten. Ich setze mich auf eine lange Holzbank zwischen Patientinnen, die allesamt der dunkelhäutigeren Nation angehören, aber aus den verschiedensten sozialen Schichten zu stammen scheinen, bis hin zu Frauen, die mich an unsere Klientel in der Suppenküche erinnern. Lanie steht in dem Ruf, sie alle gleich zu behandeln, was ich, weil ich sie mag, gerne glaube.

Als ich sie vor einer Woche anrief, war sie überrascht, von mir zu hören, schließlich hatten wir uns seit fünf Jahren nicht mehr gesprochen, wenn man von der kurzen Umarmung bei der Beerdigung meines Vaters einmal absieht. Ich sagte, dass ich gern mit ihr über meinen Vater sprechen würde, worauf sie im ersten Moment etwas abweisend reagierte, aber dann erklärte sie sich doch bereit, sich mit mir zum Mittagessen zu treffen. Wahrscheinlich ist sie genauso neugierig zu erfahren, was ich von ihr will, wie ich neugierig auf das bin, was sie mir möglicherweise mitteilen kann. Ihr verstorbener Mann war nicht nur ein alter Golf- und Pokerkumpel meines Vaters, sondern in den schwierigen Jahren nach der öffentlichen Bloßstellung durch Greg Haramoto auch ein enger Vertrauter, wie Addison mir einmal erzählte.

• II •

Um zu Lanies Praxis zu gelangen, hatte ich ein Taxi genommen, deshalb fahren wir jetzt in ihrem eckigen, praktischen Volvo, den sie schon zur Zeit der Anhörungen meines Vaters hatte, zu einem kubanischen Restaurant in Adams-Morgan, einem Viertel, in dem ich nach dem Studium eine Weile gewohnt habe. Lanie ist wie immer elegant gekleidet. Sie trägt einen dunkelblauen Hosenanzug und einen knöchellangen Vikunjamantel, der bestimmt ein Monatsgehalt von mir gekostet haben muss.

Während der bedächtigen Fahrt durch die Stadt – ich hatte vergessen, dass Lanie so vorsichtig fährt, wie die Wahl ihres Autos vermuten lässt – plaudern wir über dieses und jenes. Gleichzeitig halte ich Ausschau nach einem grünen Wagen, der so gewöhnlich ist, dass er schon auffällt, aber es sind zu viele gewöhnliche Autos unterwegs. Lanie, die meine Wachsamkeit nicht zu bemerken scheint, erwähnt, dass sie bei einer Abendgesellschaft vor etwa einem Monat meinen Schwiegereltern begegnet sei, und die beiden hätten so gesund gewirkt, dass sie wahrscheinlich ewig leben würden. Dann beginnt sie, in aller Ausführlichkeit von ihren drei Kindern, an die ich mich von früher erinnere, und von ihren sieben Enkeln zu erzählen. Erst als wir fast mit unserer Vorspeise fertig sind, lenkt Lanie das Gespräch auf den eigentlichen Zweck unseres Treffens. »Also, du wolltest mit mir über deinen Vater sprechen.«

»Ja, über seine Beziehung zu deinem Mann.«

»Beziehung?« Lanie hält ihr Wasserglas in der Hand und amüsiert sich offenkundig über meine Wortwahl.

Ich erröte ein wenig. »Was ich sagen will, ist Folgendes: Ich wüsste gern alles, was dir dein Mann über meinen Vater gesagt hat, natürlich nur, soweit du es mir anvertrauen magst.«

»Was mir Leander über deinen Vater erzählt hat?«

»Ja.«

»Alles?« Sie zwinkert mit den Augen.

»Nicht alles, nein, nur im Hinblick auf die Zeit damals ... als mein Vater für den Obersten Gerichtshof nominiert war und dann diese Schwierigkeiten bekam. Er hat nicht viele Menschen um Rat gefragt, aber ich weiß, dass Leander zu den wenigen gehörte, denen er vertraute. Also alles, was dir dein Mann in diesem Zusammenhang mitgeteilt hat.«

Lanie streicht sich eine Strähne aus dem Gesicht und isst nachdenklich einen Bissen von ihrem *Bistec empanizado*. Ich lehne mich zurück und trinke einen Schluck Pepsi light, während ich darauf warte, dass sie zu einem Entschluss kommt. Ich weiß auch nicht, warum sich alle, mit denen ich mich in letzter Zeit unterhalte, als wenig entgegenkommend erweisen. Vielleicht bohre ich ja bei allen in derselben Wunde.

»Da gibt es nicht viel zu berichten«, beginnt sie schließlich mit einem nervösen Lächeln. »Leander hat mir, was deinen Vater betrifft, viel weniger anvertraut, als alle zu glauben scheinen. Sehr viel weniger.«

Ich nehme das seltsame Wort *alle* zu den Akten und nicke ermutigend. »Alles, woran du dich erinnern kannst.«

»Das war nicht gerade eine leichte Zeit«, bemerkt sie mit einem warnenden Unterton.

»Dessen bin ich mir bewusst, aber ... es gibt Dinge, die ich unbedingt erfahren muss.«

»Dinge, die du unbedingt erfahren musst?«

»Wie gesagt, es geht mir um das, worüber mein Vater mit deinem Mann gesprochen hat. Und in welcher seelischen, oder wie du wahrscheinlich sagen würdest, psychischen Verfassung er zu der Zeit war.«

Lanie weicht mir immer noch aus. Vielleicht hat Leander sie ja gebeten, Stillschweigen darüber zu bewahren. »Warum ist das so wichtig für dich, Talcott? Hat es etwas mit Kimmers Richterstelle zu tun?«

Autsch! Mir fällt Mallory Corcoran ein. *Gibt es denn in dieser Stadt überhaupt keine Geheimnisse mehr?* Tja, nicht wirklich, wie schon mein Vater hatte erfahren müssen. Ich wähle meine Worte mit Bedacht. »Nein, es ist wegen einiger anderer Dinge, die sich in letzter Zeit ereignet haben.«

»Meinst du diesen Privatdetektiv, der ertrunken ist?«

Wieder autsch! »Auch.«

»Der hat übrigens versucht, mich auszufragen, mich und auch ein paar andere alte Freunde deines Vaters. Ich glaube nicht, dass ihm jemand viel erzählt hat. Er suchte nach Unterlagen, aber die Einzelheiten kenne ich nicht, denn ich habe mich geweigert, mit ihm zu reden. Der hatte vielleicht Nerven!« Sie runzelt die Stirn, schüttelt den Kopf. »Nach allem, was ich gehört habe, war er schlimmer als ein Polizist. Behelligte die Leute zu Hause, schüchterte sie regelrecht ein. Grace Funderburke musste ihren Hund auf ihn hetzen, Carl Little drohte ihm mit seiner Flinte, dabei hat er mit dem Ding wahrscheinlich seit einem Vierteljahrhundert nicht mehr geschossen. Und der armen Gigi Walker hat er anscheinend so zugesetzt, dass sie in Tränen aufgelöst war, als er endlich wieder ging.«

»Weswegen denn?«, frage ich fasziniert.

Lanie reagiert leicht ungehalten. »Ich habe dir doch gesagt, Talcott, dass ich es nicht weiß. Das FBI machte anschließend die Runde und befragte alle zu dem Vorgang. Vermutlich hat er gegen irgendein Gesetz verstoßen. Ich kann dir nur sagen, dass es um Unterlagen ging, irgendwelche Unterlagen, die dein Vater bei seinem Tod hinterlassen hat. Mehr weiß ich nicht.« Sie zuckt die Achseln. »Ich habe ja nicht mit ihm gesprochen.«

Nachdenklich schiebe ich mir gabelweise Reis und Bohnen in den Mund. Wenn Lanie nicht mit Colin Scott gesprochen hat, wer sind dann diese *alle*, die glauben, ihr Mann hätte sich ihr anvertraut? Meint sie lediglich ihre Freunde aus der Sixteenth Street? Oder verschweigt sie mir etwas?

Eins weiß ich mittlerweile jedoch genau: Ich bin bei ihr an der richtigen Adresse.

»Lass uns jetzt bitte über meinen Vater sprechen, Lanie.«

»Wenn du willst.«

»Ich muss wissen, was Leander dir erzählt hat. Bitte, versuch dich zu erinnern.«

»Du hast mir immer noch nicht gesagt, warum du das wissen willst, Talcott.«

Ich gebe mir einen Ruck. »Ich glaube, mein Vater wollte, dass du es mir erzählst.«

Sie horcht auf, sieht mich mit ihren klugen Augen skeptisch an.

»Er hat mir einen Brief hinterlassen«, füge ich hinzu.

• III •

Lanie Cross fragt mich nicht, was in dem Brief steht, sondern nickt resigniert. »Weißt du, Tal, es wird nicht leicht für dich sein, dir das anzuhören.«

»Ich weiß, aber ich glaube, es muss sein.«

»Du willst wirklich wissen, Tal, was nach den Anhörungen geschah?«, fragt sie mit trauriger Stimme. »Gut, ich werde es dir sagen. Leander war der Ansicht, dein Vater hätte einen Zusammenbruch gehabt.«

»Einen Zusammenbruch? Was bedeutet das?«

»Komm schon, du weißt doch, was das bedeutet: ein Nervenzusammenbruch. Als all diese Geschichten über Jack Ziegler herauskamen, rief Oliver oft mitten in der Nacht völlig verzweifelt bei Leander an. Er weinte am Telefon und sagte immer wieder: ›Wie konnte er mir das nur antun?‹ Damit meinte er diesen Assistenten, der gegen ihn ausgesagt hatte. ›Ich habe alles getan, was von mir erwartet wird, ich habe meine Arbeit immer ordentlich gemacht, wie konnte er mich da in so eine Lage bringen? Gibt es denn heutzutage gar keine Loyalität mehr?‹ Etwa in der Art. Leander machte sich Sorgen um deinen Vater, wegen der Heftigkeit, mit der er gegen seinen Assistenten wetterte, und auch, weil er ... na ja, weil er sich wieder betrunken anhörte.«

»Betrunken? Aber damit hatte er doch aufgehört, damals ... vor vielen Jahren.«

Lanie schüttelt den Kopf und blickt mich – ganz die Kummer gewohnte Ärztin – mitfühlend an. »Er muss zu der Zeit wieder angefangen haben. Jedenfalls meinte Leander das. Und –«

»Moment mal. Ich hätte doch merken müssen, wenn er getrunken hätte ...«

Auf einmal fallen mir Wallace Wainwrights Andeutungen bei unserem gestrigen Treffen ein. *Er war nicht er selbst. Er wusste nicht, was er sagte.* Vielleicht war ich ja auch der Einzige, der nicht bemerkte, dass mein Vater vor Schmerz über seine Erniedrigung wieder zur Flasche griff. Meine Gedanken driften ab, und einen schrecklichen Augenblick lang durchlebe ich erneut seinen plötzlichen Absturz. Ich war damals, 1986, im dritten Jahr meines Jurastudiums und kam, nachdem wir von der Nominierung meines Vaters erfahren hatten, von Elm Harbor nach Washington, um an seinem Triumph teilzuhaben. Doch dann musste ich miterleben, wie Greg Haramotos Aussage bei den Anhörungen vor dem Senatsausschuss die Unschuldsbeteuerungen meines Vaters vom Tisch wischte und nicht nur seine Aussicht auf einen Sitz im Obersten Gerichtshof zunichte machte, sondern seine gesamte Karriere zerstörte. Diese Ereignisse fielen in eine Zeit, als Kimmer und ich, obwohl wir beide (zumindest theoretisch) mit jemand anderem liiert waren, gerade begonnen hatten, unsere frühere, ziemlich leidenschaftliche Beziehung wiederzubeleben. Wie die meisten jungen Erwachsenen waren wir durchdrungen von dem verhängnisvollen Gedanken, dass es nicht nur unser Recht, sondern geradezu unsere Pflicht sei, unseren Instinkten zu gehorchen. In gewisser Weise ist dies immer das Leitmotiv unseres Verhältnisses gewesen: Dreimal, wenn nicht öfter (es hängt davon ab, wie man zählt), sind wir einander in einem Augenblick in die Arme gesunken, in dem zumindest einer von uns beiden jemand anders gehörte.

»Talcott?« Lanie sieht mich fragend an.

»Entschuldigung. Wo waren wir? Ach ja, dass mein Vater wieder trank. Also wenn ich es mir recht überlege, konnte ich das gar nicht mitbekommen, ich wohnte ja nicht mehr zu Hause. Denkbar wäre es also schon.«

»Weißt du, Tal, beim ersten Mal, nach Abbys Tod, hatte Leander versucht, Oliver dazu zu bringen, dass er sich wegen der Trinkerei behandeln ließ, er wollte aber nicht. Na ja, er hat dann ja auch von sich aus wieder aufgehört.« Sie trommelt mit den Fingernägeln auf die Tischplatte. »Leander sagte, dein Vater sei regelrecht gekränkt gewesen, als er ihm vorschlug, Hilfe in Anspruch zu nehmen.«

»Das kann ich mir vorstellen.« Ich seufze. »Er hielt Therapien schließlich nur für den letzten Ausweg der Willensschwachen.«

»Alkoholismus ist eine Krankheit ...«, fängt die Ärztin an zu dozieren.

Ich hebe die Hände und ergebe mich lachend. »He, mich brauchst du nicht überzeugen. Ich weiß, dass es eine Krankheit ist, und ich weiß auch, dass es eine genetisch bedingte Veranlagung zum Alkoholismus gibt, deswegen rühre ich das Zeug ja nicht an.« Dann werde ich wieder ernst. »Ist das alles, was Leander dir erzählt hat? Die Sache mit dem Trinken und den nächtlichen Telefonaten?«

»Nein, nicht ganz, da war noch etwas.« Lanie schnalzt nachdenklich mit der Zunge. »Es hatte mit Schach zu tun.«

»Mit Schach? Inwiefern?«

Lanie streicht wieder ihr Haar zurück, isst ein wenig Salat, trinkt einen Schluck Wasser. Ich warte. »Leander schaute abends öfter bei deinem Vater vorbei, sowohl in der Zeit der Anhörungen ... als auch danach. Er rief nicht immer vorher an –«

»Weil er sehen wollte, ob mein Vater trank?«

»Das könnte eine Rolle gespielt haben, aber die beiden gehörten auch einer anderen Generation an, da kamen Freunde noch unangemeldet vorbei. Wie auch immer, wenn Leander deinen Vater besuchte, saß der für gewöhnlich in seinem Arbeitszimmer, vor sich das Schachbrett, auf das er so stolz war, und spielte gegen sich selber.« Sie runzelt die Stirn. »Genau genommen spielte er nicht, sondern er schuf, wie heißt das noch gleich, Schachrätsel?«

»Probleme.«

»Wie bitte?«

»Schachprobleme. Mein Vater komponierte Schachprobleme. Das war sein Hobby.«

»Stimmt.« Ihr Gesicht hellt sich auf. »Leander sagte mir damals, das sei eine großartige Therapie für Oliver, nur dass –«

»Nur was?«

»Leander meinte, es sei zu einer Obsession geworden. Dein Vater habe nur noch vor seinem Schachbrett gesessen, nicht mehr Golf gespielt, nicht mehr an den Pokerabenden teilgenommen. Und wenn Leander das Arbeitszimmer in der Shepard Street betrat, blieb Oliver einfach vor seinem Schachspiel sitzen. Manchmal blickte er nicht einmal auf. Und er redete dauernd davon, dass selbst beim Schach die Verhältnisse klar seien: Weiß ziehe immer zuerst, Weiß gewinne in der Regel, Schwarz könne nur auf das reagieren, was Weiß tue, und selbst wenn Schwarz alles richtig mache, müsse es doch auf einen Fehler von Weiß warten, um Chancen auf einen Sieg zu haben ... solche Sachen.« Lanie zieht wieder die Stirn kraus. »Und ich glaube mich zu erinnern, dass Leander sagte, Oliver komponiere so gerne Schachprobleme, weil es da ein ganz spezielles gebe, bei dem Schwarz zuerst ziehe –«

»Die heißen Hilfsmattprobleme«, unterbreche ich sie. Ich habe mich zwar nie besonders für das Hobby meines Vaters interessiert, aber daran erinnere ich mich aus irgendeinem Grund. »Dabei zieht in der Tat Schwarz zuerst, und Schwarz und Weiß kooperieren, um den schwarzen König matt zu setzen.«

Lanie hebt eine Braue. »Okay, mag ja sein. Aber es geht darum, Talcott, dass dein Vater immer wieder sagte, für ihn sei das eine Art Wiedergutmachung. Wenn er schon auf einem Gebiet verloren habe, wolle er wenigstens auf einem anderen gewinnen. Leander erzählte mir damals, Oliver arbeite an einem Schachproblem, das noch nie gelöst worden sei, und glaube, wenn er es lösen könne, würde das wettmachen, was bei seiner Kandidatur für den Obersten Gerichtshof schief gelaufen ist. Etwas mit einem Springer? Doppel irgendwas? Ich weiß nicht mehr, wie das hieß, mit Schach kenne ich mich zu wenig aus. Auf jeden Fall sagte Leander, dein Vater sei wie besessen davon gewesen, eine Lösung für dieses Schachproblem zu finden. Und zwar wolle er es so hinbekommen, dass Schwarz den Sieg davontrage. Er sei es leid, dass Weiß immer gewinne.« Sie schaut auf die Uhr, und ich ahne, dass unsere Zeit um ist. Ihre Patienten warten sicher schon.

Draußen auf der Columbia Road hat Lanie es auf einmal eilig, mich loszuwerden. Ich möchte sie noch fragen, ob sie weiß, was meinem Vater ein Jahr vor seinem Tod eine solche Angst eingejagt hat, dass er glaubte, eine Pistole zu brauchen, aber es gelingt mir nicht, die Frage so zu formulieren, dass sie nicht absurd klingt. Ich begleite Lanie zu ihrem Volvo. Da mein Hotel in zehn Minuten zu Fuß zu erreichen ist, fahre ich nicht mit ihr in Richtung Howard University zurück. Als ich ihr die Wagentür aufhalte, meint sie, es wäre doch nett, Bentley mal mit ihren Enkelkindern zusammenzubringen, und dass es eine Schande sei, wie selten wir uns sähen. Und plötzlich nimmt ein Gedanke, der die ganze Zeit versucht hat, sich bemerkbar zu machen, Gestalt an.

»Lanie?«

»Ja?« Sie sitzt schon halb in ihrem Wagen und sieht mich überrascht und ein wenig ungeduldig an.

»Nur noch eins, Lanie. Dieses Schachproblem, an dem mein Vater gearbeitet hat, das, von dessen Lösung er sich so viel erhoffte –«

»Was ist damit?«

»Kannst du nicht noch mal versuchen, dich zu erinnern, wie das hieß? Du sagtest ›Doppel irgendwas‹?«

»Ich verstehe zu wenig von Schach, Tal.« Sie kann ihre Ungeduld kaum noch zügeln. »Das habe ich dir doch schon gesagt.«

»Ich weiß, tut mir Leid. Aber kannst du dich nicht an irgendetwas erinnern, was dein Mann darüber gesagt hat? Bitte, versuch es! Ich weiß, du hast es eilig, aber es ist ungemein wichtig für mich.«

Sie zieht die Augenbrauen hoch und überlegt. Dann schüttelt sie den Kopf. »Wirklich, Tal, es ist zu lange her. Ich weiß es einfach nicht mehr. Ich erinnere mich zwar, dass Leander den Namen dieses Schachproblems genannt hat, aber wie der lautete, fällt mir beim besten Willen nicht ein. Oder doch, warte mal, doppelte Exzellenz? Doppelexistenz? Irgend so was. Aber jetzt muss ich wirklich los. Danke für die Einladung.«

Ich fühle mich plötzlich furchtbar niedergeschlagen. Jetzt ist alles wieder da: Wie mein Vater mir gelegentlich von einem ganz speziellen Schachproblem erzählt hat, und wie langweilig ich das fand. Ich wünschte, ich hätte den Einzelheiten damals viel mehr Aufmerksamkeit geschenkt. »Keine Ursache. Und danke, dass du mir deine wertvolle Zeit geopfert hast.«

»War mir ein Vergnügen.« Lanie schlägt die Fahrertür zu und kurbelt die Scheibe herunter. »Also, Tal, lass uns doch mal die Familien zusammenbringen. Vielleicht im Sommer auf Martha's Vineyard.«

»Ja, gute Idee«, sage ich abwesend.

Während ich dem Volvo nachblicke, denke ich an meinen Vater, der nach dem Scheitern seiner Nominierung außer sich war vor Verzweiflung und Wut, der Abend für Abend allein in seinem Arbeitszimmer saß, die Hilfe seines ältesten und besten Freundes ausschlug, sich betrank und versuchte, alles wieder gutzumachen, indem er ein ganz bestimmtes Schachproblem löste: den doppelten Excelsior.

Kapitel 25

Eine bescheidene Bitte

• I •

»Ich möchte Sie um einen Gefallen bitten«, sagt Reverend Dr. Morris Young leise.

»Natürlich«, antworte ich sanft, denn Dr. Youngs Friedfertigkeit ist geradezu ansteckend.

»Ich hoffe, ich bringe Sie dadurch nicht in Verlegenheit.«

»Das hängt davon ab, um was für einen Gefallen es geht.«

Morris Young lächelt. Wenn er zufrieden ist, strahlt sein pockennarbiges, bernsteinfarbenes Gesicht eine große Wärme aus, ist er jedoch aufgebracht, dann besteht es nur noch aus Ecken und Kanten und harten, wertenden Linien. Er hat dünnes graues Haar, er sieht trotz der dicken Brillengläser nicht besonders gut und seine Lippen sind von einer geradezu anmaßenden Wulstigkeit, dabei ist er ein so bescheidener Mensch. Ungeachtet seiner Körperfülle trägt er in der Öffentlichkeit stets nur dreiteilige dunkle Anzüge, weiße Hemden und dunkle Krawatten – wie frühere Priestergenerationen. Morris Young ist Anfang siebzig, aber nach wie vor voller Bekehrungsdrang. Als Pfarrer der Temple Baptist Church, also der wahrscheinlich mächtigsten Institution des lädierten Vorpostens der dunkelhäutigeren Nation in der geteilten Stadt Elm Harbor, ist er in vielerlei Hinsicht der einflussreichste Schwarze der Stadt.

Außerdem ist er, abgesehen vielleicht von meinem Kollegen Rob Saltpeter, der großartigste Mensch, den zu kennen ich die

Ehre habe. Deshalb hatte ich ihn auch im vergangenen Sommer, als mich der desolate Zustand meiner Ehe so bedrückte, als Gesprächspartner gewählt. Und jetzt habe ich beschlossen, ihn erneut aufzusuchen.

Als ich am vergangenen Wochenende aus Washington zurückkehrte, sah ich mich augenblicklich mit den schlimmsten Vorwürfen konfrontiert: *Es reicht wohl noch nicht, dass du auf meine Schwester scharf bist, jetzt musst du auch noch eine Nacht mit deiner Cousine, diesem feisten Flittchen, verbringen!* Offensichtlich hat mich im Hilton jemand mit Sally nach oben gehen sehen und es jemand anderem erzählt, der es wiederum weitererzählt hat, so dass die Geschichte nicht einmal einen halben Tag brauchte, um bis nach Elm Harbor zu gelangen. Und wie jeder andere verheiratete Mann in Amerika es in einer solchen Situation getan hätte, hob ich beschwichtigend die Hände und erklärte: *Es ist nichts passiert, Liebling, ehrlich!*, was in meinem Fall ja auch tatsächlich der Wahrheit entspricht. Kimmer blieb jedoch unerbittlich. *Na und? Alle denken, es ist was passiert, Misha, und das ist fast genauso schlimm!* Mich schmerzte die Erkenntnis, dass Kimmer weniger auszumachen schien, was ich möglicherweise getan hatte, als das, was die Leute glaubten. Und dass mich meine Frau, die mich vor langer Zeit aus dem Gefängnis der Erwartungen meiner Eltern befreite, inzwischen in das enge Verlies ihrer eigenen gesperrt hat.

Ich ersparte Kimmer die Einzelheiten des langweiligen Ausgangs meiner Nacht mit Sally und unterließ es auch, ihr zu berichten, wie ich die halbe Nacht schlaflos auf dem unbequemen Holzstuhl zugebracht und gegen die Versuchung angekämpft hatte, mich auf dem anderen Bett auszustrecken, nicht zuletzt aus Sorge, Sally könnte aufwachen und die Situation falsch deuten. Ich erzählte meiner Frau auch nicht, dass ich am Morgen in unveränderter Position abrupt erwacht war und mich gefühlt hatte, als wäre mein Körper im Laufe der Nacht auf eines dieser mittelalterlichen Folterinstrumente gespannt worden. Mein Kopf schmerzte, mein Mund war trocken und wattig, das unbestimmte Verlangen vom Vorabend eine ferne, kaum mehr nachvollziehbare Erinnerung.

Meine Cousine schlief noch, und im harten Licht des Tages

hatte ich wieder nur die schwermütige, übergewichtige Sally Stillman vor mir. Es bereitete mir keinerlei Schwierigkeiten, sie wachzurütteln. Sie war nicht mehr witzig, intelligent und kühn, sondern verschreckt, zerzaust und übernächtigt. Vor allem hatte sie Angst, zu spät zur Arbeit zu kommen und von Bud erwischt zu werden, der in ihrem Leben doch noch viel gegenwärtiger zu sein scheint, als sie zuzugeben bereit ist. Sie konnte meinem Zimmer gar nicht schnell genug entfliehen. Unglücklicherweise hing ihr Mantel unten in der Garderobe. Ich lieh ihr meinen abgetragenen Burberry, damit sie ihr zerknittertes Kleid verbergen konnte, und sie versprach, ihn mir mit Federal Express zurückzuschicken. Dann verschwand sie kurz im Bad, um ihr Gesicht in Ordnung zu bringen, wie sie sagte, und schon war sie weg. Es wird sich noch zeigen, ob sie meinen Ruf ruiniert hat.

Trotz allem, mein Leben geht weiter. Heute Vormittag hatte ich im Oldie ein kurzes, von gegenseitigem Respekt geprägtes Gespräch mit zwei gelassenen FBI-Ermittlern, diesmal im Zusammenhang mit dem Background-Check meiner Frau. Kimmer, die schon zwei Befragungen hinter sich hat und entsprechend aufgeregt ist, meint, es könne gut ausgehen, vorausgesetzt, wir seien uns einig. Beim Frühstück hat sie sorgfältig mit mir geprobt, was ich sagen soll und was nicht. Auf keinen Fall dürfe ich das Wort *Vorkehrungen* erwähnen. Ich war zu erschöpft, um mich mit ihr zu streiten, außerdem will ich ja auch wirklich, dass ihr Wunsch in Erfüllung geht. Deshalb hielt ich mich an ihre Vorgaben.

»Wir kennen uns nun schon so lange, Talcott«, sagt jetzt Dr. Young und beugt sich vor, um die Hände auf seinem erstaunlich aufgeräumten Schreibtisch zu falten. Sein Büro im Keller der Kirche ist voll gestopft und stickig, die Heizung dröhnt. Ich schwitze. Dr. Young nicht. Seine Krawatte sitzt tadellos und sein Hemd wirkt frisch gestärkt, obwohl es schon spät am Nachmittag ist. »Seit wie vielen Jahren genau?«

»Seit der Zeit, als Ihre Jungs einen Narren aus mir gemacht haben.«

Er gluckst. »Die haben keinen Narren aus Ihnen gemacht, Talcott. Ein Mann kann nur selber einen Narren aus sich machen. Die Jungs haben Sie lediglich so behandelt, wie sie jeden Außenstehenden behandeln. Und« – er hebt die Hand, damit ich ihn nicht unterbreche –,»und Sie können mir glauben, dass ich ihnen damals ganz schön den Marsch geblasen habe. Sie kennen ja die Maxime unserer Jugendarbeit. Jedes menschliche Wesen, dem wir begegnen, sei es nun schwarz oder weiß oder braun oder gelb, reich oder arm oder irgendwas dazwischen, Polizist oder Dealer, jemand, der uns hilft, oder jemand, der uns verletzt hat – jeder Mensch, dem wir begegnen, ist ein Ebenbild Gottes, und deshalb besteht unsere Aufgabe darin, in jedem Menschen dieses Bild zu suchen.«

»Ich glaube, das habe ich schon mal gehört, Dr. Young«, sage ich lächelnd.

»Ich weiß, ich bin ein bisschen wie eine Schallplatte mit einem Sprung. Aber Sie kennen ja unsere Jungs.«

»Allerdings«, sage ich und würde mich in diesem Augenblick am liebsten nur über die jungen Männer unterhalten, die an seinem Glaubens- und Überlebenstraining teilnehmen, aber irgendwann müssen wir auch mal über ... nun ja, über meine Ehe sprechen.

»Wir haben einen gewissen Fortschritt erzielt«, murmelt der Priester, und im ersten Moment weiß ich nicht, ob er mich oder die Jungs meint. Er beugt sich wieder vor, und seine braunen Augen funkeln. »Aber sehen Sie, Talcott, alles, was diese jungen Männer von ihrer Umwelt gelernt haben, ist Misstrauen. Wissen Sie, wie viele von denen Kontakt zu ihrem Vater haben? Einer von zehn. Wissen Sie, wie viele von denen mit Drogendealern verwandt oder eng befreundet sind? Neun von zehn. Die Hälfte von ihnen ist schon mal verhaftet worden, manche haben bereits im Gefängnis gesessen. Und nicht einer von ihnen hat sich länger als ein paar Monate in einem Job halten können. Die haben gar keine Vorstellung davon, was ein richtiger Job ist. Wenn der Chef ihnen sagt, was sie tun sollen, glauben sie, der quatsche sie blöd an. Kunden halten sie für eine Zumutung und Bildung für ein Fremdwort. Die Schulen haben bei ihnen versagt. Die Mütter leben von der Sozialhilfe, weil ihnen nichts anderes übrig bleibt. Und diese Jungs werden rebellisch. Sie hassen die Weißen und haben gleichzeitig Angst vor ihnen. Erfolgreiche Schwarze« – er zeigt mit dem Finger auf mich – »hassen sie auch, aber vor denen fürchten sie sich nicht. Sie hassen die ganze Welt, Talcott, weil die sie im Stich lässt, sie und ihre Mütter und deren Mütter. Wie sollen sie da in anderen Menschen Gott sehen? Sie sehen ihn ja nicht einmal in sich selbst.«

»Das verstehe ich.«

Morris Young nickt zufrieden. Sein Gesicht entspannt sich, nimmt wieder den üblichen Ausdruck stiller Gelassenheit an. Ich kenne ihn jetzt seit etwa sechs Jahren, das heißt seit er mich eingeladen hat, zu einigen der Teilnehmer seines Programms für gefährdete Jugendliche zu sprechen. Ich hatte damals einen halbstündigen Vortrag über Helden der Bürgerrechtsbewegung vorbereitet. Es wurde eine Katastrophe: Die Jüngsten dösten ein, die Vorpubertären flüsterten hinter vorgehaltener Hand miteinander, und die Älteren brachten ihre Ablehnung und Langeweile noch deutlicher zum Ausdruck. Keiner meiner Zuhörer schien sich auch nur im Geringsten für etwas zu interessieren, das über den Horizont seiner eigenen Erfahrung hinausging. Als die Zeit endlich um war, schüttelte Dr. Young den Kopf und sagte: *Willkommen in der Wirklichkeit!* Ein paar Monate später konnte ich meinen Kollegen Lemaster Carlyle, den Ex-Staatsanwalt, überreden, den Jungen das Strafrechtssystem zu erläutern. Ich stand hinten im Saal und beobachtete, wie er ihr Interesse für Einzelheiten weckte: Von der Art und Weise, wie die Geschworenen sie sehen *(Die sprechen euch in null Komma nichts schuldig, wenn ihr so in den Gerichtssaal reinkommt, wie ihr vorhin hier reingekommen seid!)*, bis hin zu der Frage, wie man vermeidet, von der Polizei erschossen zu werden (*Immer nur ›Ja, Sir‹ oder ›Nein, Sir‹ sagen und die Hände so halten, dass der Beamte sie sehen kann. Das trägt mehr dazu bei, euch das Leben zu erhalten, als wenn ihr dem Mann sagt, er soll sich zum Teufel scheren.*). Ich würde Lems Vortrag nicht unbedingt als fesselnd bezeichnen, dennoch erwärmten sich die jungen Leute für ihn weit mehr als für mich. Seitdem habe ich jedes Jahr mindestens zweimal zu den Jungs gesprochen, Lem Carlyle, Star der abendlichen Fernsehnachrichten, dagegen nur noch einmal. Und doch ist er derjenige, an den sie sich erinnern.

Okay, ich bin eifersüchtig.

Jetzt sitze ich im Keller der Kirche, plaudere mit Dr. Young und warte darauf, dass er zur Sache kommt. Er hat mir zum Tod meines Vaters kondoliert und ein paar tröstende Worte zur Ermordung von Freeman Bishop gefunden, der, wie er weiß, früher unser Pfarrer war – aber Dr. Young scheint sowieso alles über alle Afroamerikaner der Stadt zu wissen. Er hat sich nach meiner Frau und meinem Sohn erkundigt und ich mich nach seiner Frau und seinen drei Töchtern, von denen die älteste an der staatlichen Universität Jura studiert. Ich habe Dr. Young immer hoch angerechnet, dass er mich nie gebeten hat, seine Tochter in unserer Fakultät unterzubringen, und noch mehr bewundere ich die Art, wie er diese Hilfe höflich, aber bestimmt ablehnte, als ich sie von mir aus anbot. *Der Herr hat Patricia mit bestimmten Begabungen gesegnet, und sie wird so weit kommen, wie ihre Begabung und ihre Leistungen sie tragen*, war alles, was er dazu sagte.

Wir haben sie abgewiesen.

»Also«, meint der Reverend leise, »ich glaube, wir sollten jetzt mal auf den Konflikt mit Ihrer Frau zu sprechen kommen.«

»Bitte.«

»Sie würden mir doch sicher zustimmen, Talcott, dass das, was Sie getan haben, nicht besonders klug war?«

»Ja.«

»Eine Frau in Ihrem Hotelzimmer«, murmelt er.

»Jetzt ist mir klar, dass das ein Fehler war. In dem Moment habe ich es nicht wirklich bedacht.«

Er nickt. »Wissen Sie, Talcott, ich kenne da einen Mann, einen Pfarrer, mit dem ich seit langem befreundet bin. Dieser Mann ist grundsätzlich nie mit einer Frau allein, seine Ehefrau natürlich ausgenommen. Wenn er eine Reise macht, besteht er darauf, dass ein Mann ihn vom Flughafen abholt. Wenn er mit einer Frau aus seiner Gemeinde ein Gespräch führen muss, sorgt er dafür, dass seine Frau oder eine Gemeindehelferin dabei ist. Immer. Auf diese Weise gibt es nie auch nur die Andeutung eines Skandals.«

Ich versuche, ein Lächeln zu unterdrücken. »Ich glaube nicht, dass das in meinem Teil der Welt funktionieren würde. Da würde man es wohl als Diskriminierung des weiblichen Geschlechts bezeichnen.«

»Ein seltsamer Teil der Welt.« Erst hat es den Anschein, als wolle er mehr dazu sagen, aber dann beschließt er anscheinend, das Thema nicht weiter zu vertiefen. »Wie ich schon sagte, der

Zorn Ihrer Frau ist verständlich, oder? Sie haben sie verletzt, Talcott, Sie haben ihren Ruf beschädigt –«

Plötzlich kann ich mich nicht mehr beherrschen. »Ihren Ruf! Sie ist doch diejenige, die Affären hat, nicht ich! Sie hat kein Recht, wütend zu sein, bloß weil ... bloß weil die Leute glauben, ich hätte eine Affäre!«

»Talcott, Talcott, Wut ist kein Recht, sondern ein Gefühl. Sie entspringt unserer Angst oder unserem Schmerz, und von beidem besitzen wir zerrissenen Geschöpfe mehr als genug. Die Sünden Ihrer Frau, ihre Schwächen, geben Ihnen nicht das Recht, ihr noch mehr Schmerz zuzufügen. Sie sind ihr Ehemann, Talcott.« Er faltet wieder die Hände und beugt sich über seinen Schreibtisch. »Nun, ich habe im Namen unserer Jungs schon manche Gefälligkeit von Ihnen erbeten, und Sie sind immer mehr als großzügig gewesen.«

Ich verziehe das Gesicht. Eine dieser Gefälligkeiten bestand darin, die Gruppe zusammen mit drei oder vier weiteren Erwachsenen auf einer Fahrt zum Strand zu begleiten, wobei sich mein Verdacht bestätigte, dass ich nicht den geringsten Einfluss auf sie habe. Ein anderes Mal brachte ich meinen berühmten Studenten, den unter dem Namen Sweet Nellie bekannten ehemaligen Basketballstar Lionel Eldridge dazu, vor den Jungs zu sprechen. Dafür habe ich allerdings büßen müssen, denn Lionel scheint der Auffassung zu sein, dass er, weil er mir einen Gefallen getan hat, nun die Seminararbeit vom vergangenen Frühjahr nicht zu Ende schreiben muss.

»Danke, Dr. Young, aber das war das Mindeste, was ich tun konnte.«

»Sie legen sich einen Schatz im Himmel an, Talcott. Sie sind ein guter Mensch, und der Herr hat wichtige Aufgaben für Sie.«

Ich nicke schweigend. Obwohl jeder gläubige Christ davon ausgeht, dass Gott unsere Schritte lenkt, messen immer weniger Menschen dem irgendeine Bedeutung bei. Der Gedanke an einen Gott, der sich aktiv in den Lauf des Weltgeschehens einmischt, bereitet uns Unbehagen. Wir ziehen es vor, ihn uns fern und bis zu einem gewissen Grad flexibel vorzustellen, das heißt bereit, sich jedem unserer jeweiligen spirituellen Bedürfnisse anzupassen. Ein Gott, der über einen eigenen Willen verfügt, ist uns unheimlich geworden, er könnte ja der unmittelbaren Befriedigung unserer Wünsche im Wege stehen. So jedenfalls hat mein Vater es irgendwo geschrieben.

»Aber der Gefallen, um den ich Sie heute bitten möchte, ist einer, den Sie sich selbst tun sollen.« Dr. Young lehnt sich auf seinem quietschenden Stuhl zurück. »Sehen Sie, Talcott, als Sie mich das erste Mal um Rat fragten, dachten Sie, Ihre Frau habe ein Verhältnis. Ihnen wäre es lieber gewesen, sie hätte Sie hierher begleitet, aber sie weigerte sich, also kamen Sie schließlich allein zu mir. Erinnern Sie sich? Dennoch sind Sie und Ihre Frau gottlob noch zusammen, und Sie, Talcott, sind verpflichtet, bei ihr zu bleiben, *bis dass der Tod euch scheidet*, wie es die Schrift lehrt.«

»Ja.«

»Oder bis sie Sie verlässt.«

Ich schlucke. »Ja.«

»Sie beide sind ein Fleisch, Talcott, Sie und Ihre Frau. Das ist das Gesetz der christlichen Ehe.«

»Ich weiß.«

»Deshalb wäre es vielleicht an der Zeit, dass Sie sich bereit fänden, ihr zu verzeihen.«

»Ihr –«

»Ihr ihre Vergehen gegen Sie zu verzeihen, Talcott. Seien dies nun tatsächliche oder nur eingebildete.«

Ein unerwarteter Seitenhieb! Und er grinst, als er ihn mir verpasst. »Was meinen Sie ... also wenn Sie ›eingebildet‹ sagen, soll das bedeuten, dass ich ...«

Er faltet die Hände im Schoß und dreht sich auf seinem Stuhl hin und her. »Sie sind im Sommer zu mir gekommen, Talcott, und haben mir gesagt, Ihre Frau habe ein Verhältnis mit einem Kollegen. Aber Sie haben gar keine Beweise dafür.«

»Keine Beweise, die einer gerichtlichen Überprüfung standhalten würden, nein, aber ... nun ja ... ein Ehemann merkt so was einfach –«

»Talcott, Sie haben mir gesagt, Ihre Frau mache oft Überstunden. Und sie sei manchmal stundenlang nicht an ihrem Schreibtisch zu erreichen. Sie verreise häufig zusammen mit ihrem Chef und scheine auf diesen Reisen viele Besprechungen zu haben. Warum kann es denn nicht sein, Talcott, dass sie schlicht eine viel beschäftigte, engagierte Anwältin ist, deren Chef großes Vertrauen in sie setzt? Wenn ein Mann genauso viel arbeiten würde und dieselben Dinge zu tun hätte, würden Sie dann auch gleich davon ausgehen, dass er eine Affäre mit seiner Chefin hat?«

Ich hasse es, so in die Enge getrieben zu werden, aber darin ist Dr. Young Experte. »Sie vergessen die heimlichen Telefonate –«

»Nein, Talcott, die habe ich keineswegs vergessen. Sie haben mir erzählt, wenn Sie zusammen am Esstisch sitzen oder im Bett liegen und dann das Telefon klingelt, gehe Ihre Frau dran und sage: ›Tut mir Leid, Jerry, ich kann jetzt nicht sprechen.‹ Und wenn Sie sie fragen, worum es denn gegangen sei, dann antworte sie ›Ach, ich wollte einfach nicht, dass wir gestört werden.‹ Etwas in der Art.«

»Genau!«

»Eine mögliche Interpretation wäre natürlich, dass Ihre Frau und dieser Jerry ... oder wer immer da am anderen Ende war ... tatsächlich eine ehebrecherische Beziehung unterhalten. Es wäre aber auch genauso gut möglich, dass sie Ihnen schlicht die Wahrheit sagt. Vielleicht möchte sie während der kostbaren Zeit, die sie mit Ihnen und Ihrem Sohn verbringen kann, einfach keine längeren Telefonate führen.«

Ich schüttele den Kopf, überzeugt, dass es so einfach nicht sein kann, dennoch kommen mir plötzlich Zweifel. »Ich ... Sie müssten Kimmer kennen. Ihr Wesen. Sie geht vollkommen in ihrer Arbeit auf. Sie würde keinen Moment zögern, unsere gemeinsame Zeit zu unterbrechen, wenn jemand aus geschäftlichen Gründen anriefe.«

»Talcott, Talcott.« Dr. Young lächelt auf die ihm eigene onkelhafte Art. »Vielleicht spürt Ihre Frau die Belastungen dieser Ehe genauso wie Sie. Vielleicht sieht sie ja durchaus einen Teil der Schuld bei sich selbst, wo sie so viel arbeitet. Könnte es nicht sein, dass sie auf ihre Weise versucht, das wieder gutzumachen?«

»Ich weiß nicht –«

»Das ist genau der Punkt, Talcott!« Er stürzt sich auf mich wie ein erfahrener Anwalt. »Genau das meine ich! Sie wissen es nicht!« Erregt beugt er sich weit über den Schreibtisch vor – kein leichtes Unterfangen für einen Mann seiner Körperfülle. »Sie wissen nicht mit Sicherheit, dass Ihre Frau etwas mit ihrem Chef hat.

Sie wissen nicht mit Sicherheit, ob sie je ein außereheliches Verhältnis hatte. Außer des einen natürlich.«

»Welches denn?«

»Vor etwa zehn Jahren, Talcott. In Washington, als sie noch mit André verheiratet war. Ich meine ihre Affäre mit Ihnen.«

Ich blinzle. Das hat gesessen, und das sollte es wohl auch. Dr. Young hat angeblich in den fünfziger Jahren während seiner Zeit bei der Armee geboxt, und ich kann mir das durchaus vorstellen, denn er denkt wie ein Boxer, er besitzt die Fähigkeit, zu tänzeln und zu schlagen und zu schlagen und zu tänzeln, bis er schließlich eine gerade Rechte landen kann.

»Ich ... ich verstehe nicht, was das mit der anderen Sache zu tun hat.«

»Vielleicht nichts. Vielleicht alles. Vielleicht fürchten Sie nur, dass Ihre Frau Sie mit einem anderen betrügt, weil Sie beide ihrem ersten Mann das angetan haben.«

Ein weiterer Schlag, der sitzt! Ich hänge in den Seilen, Erinnerungen schießen in schwindelerregendem Tempo durch meinen Kopf. Kimmer und ich waren während unseres ersten Studienjahres an der Juristischen Fakultät zusammen, aber dann machte sie im Sommer Schluss mit mir, weil sie einen unserer Kommilitonen interessanter fand. Im dritten Jahr waren wir wieder zusammen, drei Monate vor Abschluss des Studiums beendete sie unsere Beziehung jedoch erneut wegen eines anderen Studenten (immerhin handelte es sich nicht um denselben wie beim ersten Mal). In Washington war sie zwei Jahre lang gleichzeitig mit mir und zwei anderen Männern liiert, reduzierte aber schließlich die Zahl auf zwei – ich gehörte nicht dazu. Ein Jahr später heiratete sie einen der beiden Finalisten, nämlich André Conway, vormals Artis, der Produktionsassistent eines Fernsehsenders war und davon träumte, ein großer Dokumentarfilmer zu werden. Inzwischen hatte auch ich mich verändert: Meine neue Freundin, Melody Merriman, war Journalistin, Angehörige der dunkelhäutigeren Nation und gewillt, mich zu heiraten. Ich gehe davon aus, dass auch ich sie heiraten wollte. Aber dann begann Kimmer nach etwa einjähriger Ehe eine heiße Affäre ... und zwar mit mir. Sie verließ Artis-André, ich verließ Melody, es gab einen Skandal, und als Stuart Land ein paar Monate später anrief und fragte, ob ich an einer

Lehrtätigkeit interessiert sei, beschloss ich, den Anwaltsberuf, den ich liebte, aufzugeben und die Stadt, die ich hasste, zu verlassen. Mein Vater zeigte sich hocherfreut, aber ich war mir nie sicher, ob ich wirklich Professor sein wollte: Wahrscheinlich war meine Flucht nach Elm Harbor genauso das Ergebnis des Wunschs, mich der Gerüchteküche der Goldküste zu entziehen, wie des Wunschs nach einer Unilaufbahn. Aber ich hoffte auch, dass Kimmer mir nach Elm Harbor folgen und durch diesen affirmativen Akt ihren Glauben an unsere gemeinsame Zukunft zum Ausdruck bringen würde.

Zu meinem Erstaunen kam sie tatsächlich. Und zu meinem Erstaunen heirateten wir auch. Die Gründung einer Familie allerdings verschob Kimmer so lange, bis sie befürchten musste, dass ihre biologische Uhr bald gänzlich zu ticken aufhören würde. Da schenkte Gott uns Bentley.

Und in diesen nun bald neun Jahren meiner Ehe habe ich kaum je einen Gedanken daran verschwendet, was Kimmer und ich getan haben, was wir – wie Dr. Young es ausdrückt – André Conway angetan haben. Oder was ich Melody Merriman angetan habe, worauf Dr. Young sicher gleich zu sprechen kommen wird.

Es fällt mir schwer, das Gespräch fortzusetzen. »Also ... Sie wollen also sagen, dass ich ... dass ich –«

Dr. Young hebt die Hand. »Hören Sie zu, Talcott. Hören Sie mir gut zu. Haben Sie den Herrn gebeten, Ihnen und Ihrer Frau das Unrecht zu vergeben, das Sie beide dem ersten Mann Ihrer Frau zugefügt haben?«

Ich nicke langsam. »Ja. Viele Male.« Ich schließe für Sekunden die Augen. Die Heizung gibt ein kurzes, wütendes Gejaule von sich. »Aber um ganz ehrlich zu sein, muss ich gestehen, dass ich nicht weiß, ob ich ... ob ich mir selbst vergeben habe.«

Morris Young ist ein zu alter Hase, um sich von einer therapeutischen Beichte ablenken zu lassen. »Daran können wir ganz sicher arbeiten, Talcott. Im Augenblick interessiert mich aber weit mehr, ob Sie Ihrer Frau verzeihen können.«

»Diese ... diese eingebildeten Vergehen?«

Er schüttelt den Kopf. Das Telefon auf seinem Schreibtisch fängt an zu klingeln, aber er ignoriert es. »Das, was sie ihrem ersten Mann angetan hat.«

Ich öffne den Mund, schließe ihn wieder und versuche es dann noch einmal. »Sie glauben, ich bin Kimmer böse wegen ... weil sie André mit mir betrogen hat?«

»Böse? Das weiß ich nicht, aber ich frage mich, ob Sie sie vielleicht ... ob Sie sie gewissermaßen in diesem Augenblick haben erstarren lassen. Oder, um es mal so zu sagen, ob die einzige Kimberly, die Sie wahrnehmen können, die Ehebrecherin ist.« Das Telefon verstummt. »In Ihren Augen ist sie auf ein bestimmtes Verhaltensmuster festgelegt. Aber das Leben des Christen zeichnet sich durch beständiges Wachstum aus. Vielleicht müssen Sie ihr mal die Möglichkeit geben zu beweisen, dass sie gewachsen ist.«

»Sie meinen, sie hat sich so sehr verändert?«

»Haben Sie Ihre Frau jemals betrogen?«

»Nein! Das wissen Sie doch.«

»Also haben Sie sich verändert, Talcott. Verstehen Sie? Und vielleicht ist Ihre Frau zu einem Wandel ebenso fähig wie Sie. Vielleicht schafft sie es nicht so schnell, ist aber grundsätzlich genauso dazu in der Lage wie Sie.«

Ich verstehe, was er sagen will. Spät, aber immerhin. »Sie meinen, ich ... schaue auf sie herab?«

»Ich meine, Talcott, dass Ihre eheliche Treue manchmal wie eine Mauer zwischen Ihnen steht. Vielleicht haben Sie ja Recht und sie ist Ihnen tatsächlich untreu. Gut, aber wie reagieren Sie darauf? Vielleicht nutzen Sie Ihre eigene Tugendhaftigkeit aus, um Ihre Frau in Schach zu halten. Denken Sie daran, Talcott, dass die Sünden Ihrer Frau nur andere sind als Ihre, nicht notwendigerweise schlimmere. Und dass Sie versprochen haben, sie in guten wie in schlechten Zeiten zu lieben.« Er macht eine Pause, damit ich das verarbeiten kann. »Verstehen Sie mich nicht falsch. Ich spreche Ihre Frau nicht frei. Sie könnte ja tatsächlich ein Verhältnis mit Mr. Nathanson haben. Oder mit einem anderen Mann. Aber im Augenblick, Talcott, kommt es allein auf Ihr eigenes Verhalten an. Wenn Ihre Frau wirklich fremdgeht, wird es irgendwann auch um ihr Verhalten gehen. Im Augenblick jedoch möchte ich Sie nur um einen Gefallen bitten, nämlich Kimmer bis zu unserem nächsten Treffen so zu behandeln, wie Sie behandelt werden möchten. Sie erinnern sich an die goldene Regel? Gut. Sie meinen, Ihre Frau solle im Zweifel zu Ihren Gunsten entscheiden.

Vielleicht sollten Sie ihr diesen Gefallen ebenfalls tun. Kimberly ist schließlich Ihre Frau, Talcott, und nicht irgendeine Tatverdächtige. Ihre Aufgabe besteht nicht darin, Kimberly beim Lügen zu ertappen oder den Beweis zu erbringen, dass Sie besser sind als sie. Ihre Aufgabe ist es, sie so gut zu lieben, wie Sie nur können. Die Heilige Schrift lehrt zwar, der Ehemann sei das Haupt seines Weibes, aber wir erfahren auch, dass damit etwas ganz Besonderes gemeint ist, nämlich ›gleichwie Christus das Haupt ist der Gemeinde‹. Und wie liebt Christus seine Gemeinde, Talcott? Bedingungslos. Vergebend. Und aufopferungsvoll. Das ist die Pflicht des Ehegatten, Talcott ... und zwar erst recht, wenn Sie gar nicht genau wissen, ob sich Ihre Frau Ihnen gegenüber eines Fehlverhaltens schuldig gemacht hat oder nicht. Sie beide haben Kimmers erstem Mann ein Unrecht zugefügt, und es könnte sein, dass jetzt Sie ihr mit Ihren Verdächtigungen Unrecht tun. Deshalb möchte ich Sie bitten, dass Sie bis zu unserer nächsten Begegnung so intensiv wie möglich versuchen, Ihre Frau auf die besagte Art zu lieben. Bedingungslos, vergebend, aufopferungsvoll. Würden Sie mir diese Worte wiederholen, Talcott?«

»Bedingungslos. Vergebend. Aufopferungsvoll«, sage ich widerstrebend, unglücklich und resigniert.

Dr. Young lächelt breiter denn je. »Keine Angst, Talcott, der Herr wird Ihnen die Kraft geben zu tun, was Sie tun müssen. Lassen Sie uns ein Gebet sprechen.«

• II •

Dekanin Lynda fängt mich ab, als ich die Stufen zum Oldie hinaufeilen will. Ich bin ihr seit meiner Rückkehr von Martha's Vineyard aus dem Weg gegangen, auch wenn ich dafür Fakultätssitzungen, Workshops und Vorlesungen schwänzen musste. Ich weiß nicht, ob mich Verlegenheit, Wut, Angst oder ein anderes Gefühl, dem ich selbst noch auf die Spur kommen muss, dazu getrieben hat. Aber was immer es war, es bietet mir keinen Schutz mehr.

»Talcott, das trifft sich gut! Ich hatte gehofft, Sie mal zu erwischen.«

Ich schaue zu ihr hoch, sie schaut zu mir herunter. Sie ist in Begleitung von Ben Montoya, ihrem unermüdlichen Faktotum: Ben ist sowohl für die Juristische Fakultät als auch für das Anthropologische Institut tätig und soll, wie es hinter vorgehaltener Hand heißt, das logistische Genie hinter der Revolte sein, die Stuart Land zu Fall gebracht hat; er scheint auch weiterhin Lyndas Werkzeug bei allen ruchlosen Aktionen des Dekanats zu sein. Wir drei begegnen uns also dort auf der Treppe, während die ersten Schneeflocken dieses Winters um uns herniederschweben. Ben sieht mich hinter dem hochgeschlagenen Kragen seines riesigen Bergsteigerparkas argwöhnisch an.

»Hallo, Lynda.« Ich verlangsame meine Schritte, bleibe aber nicht stehen. »Hallo, Ben.«

»Warten Sie mal, Talcott«, weist mich meine Dekanin an.

»Ich habe Sprechstunde.«

»Es dauert nicht lange. Gehen Sie schon vor, Ben, ich komme gleich nach.« Er funkelt mich ein letztes Mal an, leistet der Aufforderung aber Folge und geht, die Hände tief in den Taschen vergraben, die Treppe hinunter.

Dann sind wir nur noch zu zweit.

Dekanin Lynda, eine tatkräftige Frau, die ihr grau meliertes Haar unmodisch lang trägt, verschränkt die Arme, schnalzt mit der Zunge und schüttelt den Kopf. Sie hat eine leichte Jacke über eines ihrer antiquierten Omakleider gezogen. Auf ihrem Kopf sitzt in feschem Winkel eine Baskenmütze. Es macht ihr Spaß, ihrem Ruf als Exzentrikerin gerecht zu werden.

»Wir sind auf dem Weg zum Rektor, um über unseren Etat zu sprechen«, erklärt Lynda.

»Ah. Na dann, viel Glück.« Ich steige eine weitere Stufe zum Oldie hinauf, aber meine Dekanin hebt die Hand, und ich erstarre. Plötzlich bin ich sicher, dass sie mich fragen wird, ob ich einem Klienten zuliebe meine Forschungsergebnisse frisiert habe.

»Talcott, Talcott, Talcott«, sagt sie leise, während mich ihre blauen Augen intensiv durch die Gläser der Nickelbrille mustern. »Was soll ich bloß mit Ihnen machen?«

»Wie meinen Sie das?«

»Wie ich höre, haben Sie vergangene Woche erneut Ihr Seminar ausfallen lassen.«

»Ich war in Washington, Lynda. Zu einer Deliktsrechtskonferenz. Ich hatte die Studenten vor Wochen informiert.«

Dekanin Lynda schürzt missbilligend die Lippen, vielleicht wegen des Wetters, höchstwahrscheinlich aber wegen mir. »Wie viele Seminare sind damit in diesem Semester schon ausgefallen? Ben sagte mir, es seien etwa sieben oder acht.«

»Der gute alte Ben.«

»Er ist mein Stellvertreter, Talcott. Er macht lediglich seine Arbeit.« Sie wischt Schnee vom Revers ihrer Jacke. »Wenn ein Angehöriger meiner Fakultät seinen Verpflichtungen nicht nachkommt, dann muss ich das wissen.« *Mein* Stellvertreter, *meine* Fakultät. Mir ist noch nie zuvor aufgefallen, wie sehr sie mich an Mallory Corcoran erinnert.

»Lynda, Sie ... Sie waren es doch, die mir geraten hat, eine Auszeit zu nehmen.«

»Und das haben Sie auch ausgiebig getan, oder?« Sie schnalzt erneut mit der Zunge. »Ich muss Ihnen sagen, Talcott, ich fange langsam an, mir Ihretwegen Sorgen zu machen.«

»Sorgen ... meinetwegen?«

Sie nickt schweigend, wartet, bis eine Gruppe lachender Studenten an uns vorbei ist. Sie sind allesamt weiß, die Stars unserer *Law Review*, die Lieblinge der Fakultät, die später die begehrtesten Assistentenstellen bei Richtern ergattern und irgendwann das Angebot erhalten werden, als Dozenten an die Uni zurückzukehren. »Sie müssen zugeben, Talcott, dass Ihr Verhalten ein wenig unberechenbar geworden ist.«

Zu meiner Bestürzung wird mir klar, dass sie das Gespräch, das wir geführt haben, als ich auf Martha's Vineyard war, fortsetzt und noch immer Beweismaterial zugunsten von Marc Hadley sammelt. Es gelingt mir, mich zu beherrschen, aber nur, weil ich gerade von Dr. Young komme. »Das können Sie mir nicht antun, Lynda.«

Die blauen Augen, blass wie der frühe Morgen, beteuern ihre Unschuld ebenso wie die Hand auf ihrem Herzen. »Ich tue Ihnen nichts an, Talcott. Was mir Sorgen bereitet, ist das, was Sie sich selbst antun.« Sie tätschelt meinen Arm. »Sie gehören doch zur Familie, Talcott, das wissen Sie. Ich will nur Ihr Bestes.«

»Ah ja.«

»Warum sagen Sie das so sarkastisch?«

»Weil Sie nichts von dem, was ich hier vorbringe, gelten lassen wollen.«

Ihre Augen scheinen plötzlich diamanthart zu sein und schießen blaue Pfeile auf mich ab. Lynda Wyatt ist keine Frau, der man sich widersetzt, und ich habe es nun schon zweimal getan. »Das ist wirklich ungerechtfertigt, Talcott. Ich versuche lediglich zu helfen.«

Ich beiße mir auf die Zunge, aber dann ist die Versuchung doch zu groß. »Wirklich, Lynda? Und wem genau versuchen Sie zu helfen?«

Zum ersten Mal in all den Jahren, die ich Lynda kenne, ist sie sprachlos. Ihre Lippen formen ein kleines gekränktes O, und Zornesröte steigt ihr ins Gesicht. Ohne ihre Erwiderung abzuwarten, lächle ich sie an und gehe schnell an ihr vorbei ins Fakultätsgebäude.

Erschrocken über mein unverschämtes Benehmen und halb fürchtend, Lynda Wyatt könne hinter mir herkommen und mir mitteilen, dass ich die längste Zeit Professor an dieser Fakultät gewesen bin, eile ich durch die Eingangshalle. Auf einmal bemerke ich in einem Winkel bei der Treppe meinen Studenten Lionel Eldridge, den früheren Basketballspieler. Er lehnt dort an der Wand und blickt auf eine Angehörige der hellhäutigeren Nation hinab, die bewundernd zu ihm aufschaut. Bei seiner Verehrerin handelt es sich, wie ich überrascht feststelle, um Heather Hadley, Marcs Tochter aus erster Ehe, die normalerweise in der Gesellschaft ihres etwas lahmen Freundes Paul anzutreffen ist. Ich blinzele, um mich zu vergewissern, dass ich richtig gesehen habe. Mir ist nie so ganz begreiflich gewesen, was diesen Mann für Millionen von Menschen derart anziehend macht, obwohl ihn selbst Kimmer, deren Kanzlei ich im vergangenen Sommer fast anbetteln musste, damit sie ihn in den Ferien beschäftigte, großartig findet. Einem Gerücht oder besser gesagt der liebsten Dana zufolge hat der junge Mr. Eldridge eine sexuelle Schneise in die weibliche Studentenschaft geschlagen. Jetzt, wo Heather so offenkundig unter Lionels Bann steht, gestatte ich mir einen Augenblick der boshaften Spekulation darüber, wie wohl der liberale Marc eine Affäre seiner geliebten, hochintelligenten Heather mit dem verheirateten, akademisch eher unbedeutenden und sehr schwarzen Sweet Nellie aufnehmen würde.

Ich husche an den beiden vorbei auf die Treppe zu. Lionel sieht zu mir herüber und schenkt mir ein strahlendes Lächeln, dieses berühmte Lächeln, das trotz der Knieverletzung, die seine Spielerkarriere nach siebenmaliger Aufstellung im All-Star-Team des nationalen Basketballverbandes vorzeitig beendet hat, immer noch mehrere Millionen Dollar wert ist. Ich erwidere das Lächeln nicht. Ich winke ihm auch nicht zu. Sweet Nellie mag ja als Basketballer durchschnittlich neunzehn Punkte pro Spiel erzielt haben – das stand in seiner Bewerbung um einen Studienplatz ebenso wie in seinem Lebenslauf –, aber hier im Oldie ist er ein ganz gewöhnlicher Student, der mir eine Seminararbeit schuldet.

Auf der Treppe begegne ich Rob Saltpeter und Lemaster Carlyle, die mit Büchern unter dem Arm auf dem Weg zu ihren Lehrveranstaltungen sind. Rob, der bei seinen Vorlesungen Powerpoint einsetzt, hat auch seinen Laptop dabei. Er begrüßt mich wie üblich überschwänglich, während Lem nur kurz lächelt und sich so schnell an mir vorbeidrückt, wie ich mich an Lionel vorbeigedrückt habe. Dabei ist er sonst immer so freundlich. Ich bleibe stehen und schaue ihm nach, lasse zu, dass sich in meinem Kopf beunruhigende Gedanken ausbreiten, die ich dann aber schnell verdränge, um mich wieder ganz auf meine eben gemachte Beobachtung hinsichtlich Lionels und Heathers zu konzentrieren. Während ich mein Büro aufschließe, überlege ich, ob dies die Leiche im Keller sein könnte, von der Jack Ziegler gesprochen hat, ob dies das Problem ist, das Marc Hadley zu schaffen macht – und damit auch Dahlia. Gibt es Gerüchte über eine Liaison zwischen Heather und Lionel? Unmöglich ist das nicht, aber es scheint mir doch ein eher unwahrscheinlicher Auslöser für einen Skandal zu sein. Selbst in Washington, wo man sich während der Bestätigungsverfahren auf so gut wie alles stürzt, ist bislang noch niemand auf die Idee verfallen, auch das Liebesleben der Kandidatenkinder zu durchleuchten. Dennoch ...

Schluss damit!

Ich habe zu viel zu tun, um mich mit solchem Unsinn zu befassen, sage ich mir und lasse mich auf meinen Schreibtischstuhl fallen. Zum Beispiel müsste ich dringend etwas zu Ende schreiben.

Wenn ich intensiv nachdenken würde, könnte mir vielleicht sogar wieder einfallen, was. Ich bin noch dabei, mit mir selbst ins Gericht zu gehen, als Cassie Meadows anruft, um mich auf den neuesten Stand zu bringen.

»Mr. Corcoran schätzt, die Chancen Ihrer Frau stehen fifty-fifty«, sagt sie, was nicht sonderlich hilfreich ist. Dann fängt sie an herumzudrucksen. »Er meint, sie könnten besser werden, wenn ... nun ja, wenn Sie ... also wenn Sie diese Suche einstellen würden.« Sie macht eine Pause und platzt dann mit dem Rest heraus. »Ich bin schon so gut wie in Ungnade gefallen. Er war nämlich stocksauer, weil ich ... also, verstehen Sie mich nicht falsch ... er sagte, ich hätte Ihre Ideen zu ernst genommen. Er meinte ... wahrscheinlich dürfte ich Ihnen das gar nicht weitererzählen ... er meinte, das werfe ein schlechtes Licht auf die Kanzlei.«

Ich reagiere kühl. »Und warum hat mich Mr. Corcoran nicht selber angerufen?«

»Das weiß ich nicht. Vielleicht hatte er zu viel zu tun.« Aber ich weiß es. Wenn Onkel Mal seiner Mitarbeiterin die Aufgabe überträgt, mich zu rüffeln, kann er später bei Bedarf alles abstreiten. Zugleich verpasst er Cassie einen Dämpfer, indem er sie zur Überbringerin schlechter Nachrichten macht. »Wie auch immer, er sagte, Sie seien ins Gerede gekommen und ... na ja, für die Kandidatur Ihrer Frau sei das nicht gerade förderlich.«

»Aha.«

»Ich denke, er will von Ihnen die Zusage, dass Sie aufhören.«

»Das glaube ich gern.«

Sie stößt einen Seufzer aus, vielleicht vor Erleichterung: Schließlich hat sie dem Mandanten die unangenehme Botschaft übermittelt und ist mit dem Leben davongekommen. »Was werden Sie also tun?«

»Schach spielen«, antworte ich.

• III •

Nur ein paar Studenten kommen in meine Sprechstunde. Zwischendurch sitze ich am Schreibtisch und versuche, meine aufgewühlte Seele zu besänftigen. Als es schließlich Zeit ist zu gehen, klingelt erneut das Telefon, und ich sehe auf dem Display, dass es sich um eine Washingtoner Nummer handelt. Am liebsten würde ich nicht drangehen, weil ich fürchte, es ist Onkel Mal, aber dann beschließe ich, dass das nun auch nichts mehr ausmacht.

Es ist Nunzio, der FBI-Agent.

»Ich wollte Ihnen nur mitteilen, dass wir jetzt wissen, woher die Pistole stammt«, sagt er nach ein paar barsch geäußerten Nettigkeiten. Es war meine Idee, das FBI von Mariahs Fund zu verständigen, auch wenn ich meine Schwester erst zum Mitmachen überreden musste. Nach meinem Gespräch mit Kimmers Vater wollte ich die Sache mit Nunzio schon abblasen, aber da mir kein überzeugender Vorwand einfiel, gab ich mich einfach der Hoffnung hin, dass der Colonel so klug war, keine Spuren zu hinterlassen, als er dem Richter die Waffe gab. »Es ist eine Glock, Sonderanfertigung für die Polizei, Teil einer Ladung, die vor ungefähr vier Jahren in New Jersey von einem Lastwagen gefallen ist.«

»Von einem Lastwagen gefallen?«

Nunzio lacht. »Bedeutet im Polizeijargon geklaut, Professor. Drei oder vier dieser Glocks sind bei zwielichtigen Gestalten aufgetaucht. Ich nehme nicht an, dass Sie eine Ahnung haben, wie die Pistole ins Schlafzimmer Ihres Vaters gekommen sein könnte. Hab ich mir gedacht«, fährt er ohne Unterbrechung fort. Ich höre das Klicken einer Tastatur. »Drei verschiedene Fingerabdrücke. Von Ihrem Vater und von Ihrer Schwester, die die Waffe ja gefunden hat. Der dritte stammt vom Ausbilder eines Schützenvereins in Alexandria. Wie wir rausgefunden haben, ist Ihr Vater ungefähr ein Jahr vor seinem Tod in den Verein eingetreten, um Schießunterricht zu nehmen. Eine Weile hat er das anscheinend sehr ernsthaft betrieben, dann ist er jedoch längere Zeit weggeblieben und hat erst im September wieder angefangen. Nur wenige Tage vor seinem Tod war er zum letzten Mal dort. Das scheint auch das letzte Mal gewesen zu sein, dass mit der Pistole geschossen wurde.«

»Ich bin Ihnen sehr verbunden«, sage ich, obwohl Enttäuschung sich in mir breit macht. Ich weiß nicht, was ich mir erhofft hatte, aber das hier ist mir doch zu prosaisch.

»Übrigens hatte Ihr Vater keinen Waffenschein für Washington, der Besitz der Pistole war hier im Stadtbereich also illegal.

Aber das ist ja jetzt unerheblich.« Ich sage nichts. Nunzio füllt die Pause mit einer Frage. »Was haben Sie und Ihre Schwester nun eigentlich vor? Ist es Ihnen ernst mit dieser Sache?«

»Welcher Sache?«

»Dass Sie den Geschichten über Ihren Vater weiter nachgehen und so.«

Ich bin plötzlich auf der Hut, gleichzeitig aber auch neugierig, weil er Mariah und mich in einen Topf wirft. »Ich will lediglich die Wahrheit herausfinden«, erkläre ich kühn. »Die über meinen Vater, meine ich.«

»Tja, ich nehme an, wir wüssten alle gern mehr über unsere Väter, stimmt's?« Agent Nunzio lacht, nicht unfreundlich. »Ich wünsche mir jedenfalls, ich hätte meinen besser gekannt. Also dann viel Glück.«

Alle anderen bedrängen mich, die Sache auf sich beruhen zu lassen, aber das FBI scheint zu wollen, dass ich weitermache. Das ist auch gut so, denn ich habe nicht die Absicht, klein beizugeben

Kapitel 26
Sam Loyds Herausforderung

Der Schachclub von Elm Harbor trifft sich jeden Donnerstagabend in einem Antiquariat, das einem boshaften alten Mann namens Karl gehört. Er betreibt den Laden unter dem Firmennamen Webster & Sons, was insofern irreführend ist, als es nie einen Webster gegeben hat, er folglich auch keine Söhne haben kann; Karl war von Anfang an der Besitzer, meinte jedoch, dass die Neuengländer Bücher eher in einem Geschäft kaufen würden, das einen andeutungsweise angelsächsischen Hintergrund erkennen lässt. Das Antiquariat erstreckt sich über das gesamte erste Obergeschoss eines dreistöckigen Gebäudes mit Klinkerfassade, das am nördlichen Rand des Campus in der Nähe der Henley Street liegt, also an der weithin akzeptierten Grenze zwischen der überwiegend weißen Universitätsbevölkerung und der unbekannten, folglich gefährlichen schwarzen und braunen Welt nebenan. Im Erdgeschoss gibt es ein indisches Restaurant, das bei den Studenten hoch im Kurs steht, so dass einen beim Stöbern nach Büchern oder Schachspielen die Düfte billiger Currys umwabern. In der zweiten Etage befinden sich mehrere kleine Apartments, das von Karl eingeschlossen. Wahrscheinlich gehört ihm das gesamte Gebäude, aber das weiß niemand so genau. Man gelangt in den Laden, indem man unten die Klingel betätigt, dann die Glastür aufschiebt, wobei man wegen des diagonalen Sprungs in der Scheibe, der schon seit meinen Studententagen darin ist, vorsichtig sein muss, und eine enge Stiege erklimmt, die zweifellos gegen jede seit dem 19. Jahrhundert erlassene Sicherheitsvorschrift verstößt: kein Geländer, ausgetretene Treppenstufen, eine unmöglich enge Biegung auf halber Höhe und irgendwo an der Decke als einzige Beleuchtung eine nackte Glühbirne von vielleicht vierzig Watt.

Ich weiß nicht, woher Karl stammt, aber ich weiß, dass seine Bösartigkeit wie ein Krebsgeschwür dafür gesorgt hat, dass sein Körper stets mager blieb und ihm schon früh die Haare ausfielen. Eigentlich müsste er richtig dick sein, denn er isst alles, was ihm unter die Augen kommt. Sein Gesicht sieht aus wie ein seltsames Dreieck, das trotz des sonstigen Mangels an Körperfett unten recht breit ist. Seine Pupillen sind farblos und blass wie die eines Albinos. Die letzten paar Haare stehen zu beiden Seiten des Kopfes in kleinen weißen Büscheln ab. Als ich noch studierte, herrschte Karl wie ein Tyrann über den Club. Wenn man nur ein paar Tropfen Coca-Cola auf seinen schmierigen Holztischen verschüttete, riss er die lidlosen Augen auf und beschimpfte einen minutenlang mit schriller Stimme, ohne Rücksicht auf die Spieler, die sich zu konzentrieren versuchten. Wenn man etwa anmerkte, ein Erdnussbutter-Cookie schmecke muffig – er stellte immer Knabbereien bereit, von denen einem aber meistens übel wurde –, dann sagte er »Ach ja?«, und schlurfte mit einem Papierkorb durch die Räume, um alles Ess- und Trinkbare wieder einzusammeln, auch die Sachen, die man selber mitgebracht hatte. Seine Kommentare zu den noch in Gang befindlichen oder gerade beendeten Partien waren stets durchsetzt mit bewusst kränkenden Anzüglichkeiten, das heißt solchen Männerwitzen, für die galt: je ordinärer, desto besser. Karl ist ein Meister darin, Schachfiguren mit menschlichen Gliedmaßen zu vergleichen und Stellungen auf dem Brett mit diesen Körperteilen in Aktion. Frauen sollten Karl zufolge sowieso nicht Schach spielen. Wann immer eine Studentin den Fehler machte, seinen Schachclub aufzusuchen, war Karl zunächst die Höflichkeit in Person, ging dann jedoch dazu über, seinen lüsternen Blick endlos auf dem Mädchen ruhen zu lassen – allerdings nie auf ihrem Gesicht. Dieser gierige, unheimliche Blick Karls war wie ein lebendiges Wesen, wie eine alles verschlingende Naturgewalt. Von den wenigen Frauen, die während meiner Studentenjahre im Club auftauchten, kam fast keine ein zweites Mal her.

Eine tapfere junge Mathematikstudentin russischer Herkunft, deren Bruder heute zu den besseren Spielern Amerikas zählt, widerstand Karls grobem Glotzen acht Wochen lang, doch dann gelang es ihm, auch sie zu vertreiben.

Dennoch gab und gibt es in der ganzen Stadt keinen anderen Treffpunkt.

Als Studienanfänger konnte mich kaum etwas vom Schachclub fern halten, und auch später setzte ich alles daran, wenigstens einmal im Monat vorbeizuschauen. In den zehn Jahren jedoch, die ich jetzt an der Juristischen Fakultät lehre, bin ich kaum öfter als ein- oder zweimal im Jahr hingegangen. Und jedes Mal gelingt es Karl wieder, mich mit dieser boshaften Jovialität zu behandeln, die mir noch aus meinen Studententagen in so schmerzlicher Erinnerung ist, denn sein Rassismus hat es – obwohl nicht so tief verwurzelt wie sein Sexismus – geschafft, die Schlingerbewegung zu überleben, mit der die Universität vom Gedanken der Integration über das Postulat der kulturellen Vielfalt schließlich bis zur hemmungslosen Feier des Ichs gelangt ist, mit der sämtliche Universitäten des Landes anscheinend das neue Jahrhundert begrüßen wollen. Ich bin deshalb kaum überrascht, als Karl bei meiner Ankunft abrupt aufhört, Körbchen mit uralten Crackern zu verteilen, seine viel zu weite Hose hochzieht und losdröhnt: »Sieh an, wer da mal wieder meine Pforte verdunkelt! Nach so langer Zeit! Mitgekriegt, Doktor? Meine Pforte verdunkelt!«

Ich würde Karl ja anstarren, bis er den Blick senkt, aber auf derlei Spielchen lässt er sich nicht ein; er widmet sich schon wieder seiner Tätigkeit. Zwei Teenager spielen in einer Ecke Blitzpartien à fünf Minuten und begleiten ihre schnellen Züge mit Kommentaren, die dem Slang der Lower East Side von Manhattan aus der Zeit um 1950 entlehnt sind – so wie es sich unter Schachspielern in unserem Land eingebürgert hat. Aus den Mündern dieser frühreifen Ivy-League-Gören klingt der altmodische, mit jiddischen Einsprengseln versetzte Jargon reichlich komisch, und ich würde mich gerne an dem Geplänkel beteiligen, aber heute Abend bin ich wegen Karl hier. Deshalb sage ich ruhig: »Ja, Karl, ich hab's mitgekriegt.« Und er dreht sich zu mir um und hebt eine schneeweiße Augenbraue, als wollte er sagen, von mir hätte er eine schlauere Antwort erwartet.

»Ja? Haben Sie? Gut. Und was wollen Sie? Eine Partie? Ja? Liebman da hinten ist frei, besser gesagt, er wird gleich frei, wenn Aidoo damit fertig ist, ihm die Eier abzusäbeln. Hier, nehmen Sie einen Cracker, Doktor«, sagt er und hält mir ein Weidenkörbchen hin. Er nennt mich immer *Doktor*, wobei der Spott in seiner Stimme eine weitere nicht eben subtile Kränkung darstellt, die allerdings ins Leere läuft, weil ich weiß, dass sie dem blanken Neid entspringt.

»Danke, nein.«

»Sie trauen wohl meinen Crackern nicht? Sind sie Ihnen vielleicht zu alt?«

»Die sehen gut aus, Karl.«

»Dann nehmen Sie einen, Doktor.« Er hält mir wieder den Korb hin. »Na los.«

»Danke, aber ich möchte keinen.«

»Ich bestehe darauf.«

Ich schüttele den Kopf. Bei Karl artet immer alles in Kampf aus. Er ist ein zutiefst frustrierter Mensch. Es heißt, er habe irgendwo eine verärgerte Exfrau, widerspenstige Söhne und Töchter, ein oder zwei Enkelkinder, die er nie zu Gesicht bekomme, und einen Lehrstuhl für Volkswirtschaftslehre in Osteuropa, den er zurückgelassen habe, als er vor dreißig Jahren von dort floh. Allerdings verbreitet Karl Gerüchte wie die Sommersonne Hitze: Man muss sehr vorsichtig sein und sich mit Skepsis wappnen wie mit einer Schutzcreme, sonst bekommt man leicht einen Sonnenbrand.

»Danke«, sage ich, »aber ich habe keinen Hunger.« Er starrt mich lauernd an. Er weiß, dass ich etwas von ihm will, denn er kann die Hoffnungen anderer förmlich riechen, und sein einziges Ziel besteht darin, sie zu zerstören. Dennoch, mir bleibt nichts anderes übrig, als mir ein Herz zu fassen. »Eigentlich habe ich eher eine Frage, die Ihrer Fachkenntnisse bedarf.«

»Meiner Fachkenntnisse«, wiederholt er und reibt sich dabei mit knochigen Fingern das glatt rasierte Kinn. »Ich wusste gar nicht, dass ich Fachkenntnisse besitze, die einem Professor Ihrer Güte nützlich sein können.«

Er spottet unerbittlich, aber ich lasse mich nicht ablenken. Karl ist zwar kein herausragender Schachspieler, dafür aber ein brillanter Problemist, der für die Komposition und Lösung von Schachproblemen schon zahllose nationale und internationale Auszeichnungen bekommen hat. Und er ist der Einzige, der mit einiger Wahrscheinlichkeit die Frage beantworten kann, die mich beschäftigt.

Trotz allem wirkt die Atmosphäre im Schachclub beruhigend auf meine strapazierten Nerven: das hörbare Aufsetzen der Figuren auf dem Brett, das Ticken der Uhren, der Jubel der Sieger und die Ausreden der Verlierer – eine wohlklingende Symphonie des konzentrierten, zugleich aber auch ungeheuer entspannenden Ringens kluger Köpfe. Und Entspannung brauche ich, eine Zeit fern der ... nun ja, fern der Sorgen, die mich zu Karl geführt haben.

Ich frage ihn, ob wir uns setzen können, und er führt mich in einen Winkel, von dem aus er den Eingang im Blick hat. Über uns hängt die billige Vergrößerung eines Schutzumschlagfotos des preisgekrönten Emanuel Lasker mit einer schlampig gefälschten Widmung – »Für Karl« –, wo doch Karl noch ein Kleinkind gewesen sein muss, als der große Lasker starb. Vielleicht war das Bild ja für einen anderen Karl gedacht. Ob er wirklich glaubt, dass jemand darauf hereinfällt? Oder ob das ein Scherz sein soll?

»Also, was brauchen Sie?«, erkundigt sich Karl unwirsch, nachdem er zweimal aufgesprungen ist, um eintretenden Clubmitgliedern das Gefühl zu geben, hier nicht willkommen zu sein. Er macht eine auffordernde Geste. »Was für Fachkenntnisse?«

»Es geht um ein Schachproblem«, fange ich an.

»So, ein Problem! Dann stellen Sie es bitte mal für mich auf«, sagt er barsch und deutet auf ein Brett. Ich spüre, wie es ihn freut, dass ich Fragen zu einem Thema habe, von dem er mehr versteht als alle anderen.

»Nein, nein, es ist kein Problem, das mir Schwierigkeiten bereitet ... es geht eher um eine *Art* von Problemen.«

»Was denn für eine *Art* von Problemen?«, fragt er zuckersüß. Sein Talent, andere nachzuahmen, hat er wenigstens nicht verkommen lassen – es war ohnehin nie sehr groß.

»Ich muss etwas wissen über ... also, ich meine mich zu erinnern, dass Sie vor Jahren, als ich noch Student war, Vorträge über Schachprobleme gehalten haben –«

»Damals, als es noch Leute gab, die sich für Schachprobleme interessierten. Als Schach noch eine Kunst war und nicht diese computerisierte Wissenschaft, zu der es degeneriert ist. Früher, da lag uns mehr an der Schönheit als am Sieg! Diese Kinder da drüben« – er deutet mit einer ausladenden Handbewegung auf den sich füllenden Raum –, »die haben doch keine Ahnung. Das Einzige, was sie wollen, ist gewinnen. Das ist Ihre Kultur, Doktor. Amerika verdirbt das Schachspiel, wie es alles andere auch verdirbt. Kunst? Was für eine Kunst? Gewinnen, ihr Amerikaner könnt an nichts anderes denken als ans Gewinnen. Gewinnen und reich werden. Euer Land ist noch zu jung für so viel Macht. Zu unreif. Aber diese Macht sichert ihm die Aufmerksamkeit der anderen. Aller anderen. Ihr lehrt die Welt, dass nur eines zählt!«

Während ich mir diese Tirade anhöre, geht mir durch den Kopf, dass Karl und mein Vater wahrscheinlich gut miteinander ausgekommen wären. Aber ich muss ihn jetzt unterbrechen, denn sonst predigt er den ganzen Abend weiter.

»Ja, Karl, genau darum geht es.« Ich erhebe meine Stimme mit jedem Wort ein wenig mehr, damit er mir zuhört. »Ich möchte über das Schachspiel als Kunst sprechen.«

»Gut! Das ist gut! Endlich begegne ich mal einem kultivierten Menschen!« Seine Worte schallen durch den Raum, und ein paar Spieler blicken irritiert auf, aber niemand protestiert. Einem Gerücht zufolge hat Karl einmal einen Studenten, der sich beschwerte, am Kragen gepackt und die Treppe hinuntergeworfen.

»Danke«, sage ich leise, weil ich nicht weiß, ob er überhaupt eine Antwort erwartet.

»Also, wie kann ich Ihnen denn nun behilflich sein?«, erkundigt er sich und verzieht die Lippen zu einem unschönen Grinsen.

»Einer dieser Vorträge, die Sie damals gehalten haben ... da ging es um eine Art von Problemen, die Excelsior hießen. Erinnern Sie sich daran?«

»Der Excelsior«, sagt er barsch. »Ein Hilfsmattproblem. Alberne Idee. Stammt von Sam Loyd. Er hat ihn aus Jux erfunden, und jetzt beschäftigen wir uns alle ernsthaft damit. Weil wir kein Gedächtnis haben.« Er schüttelt den spärlich behaarten Kopf. »Also der Excelsior. Was ist damit?«

Ich zögere, versuche meine Frage so zu formulieren, dass sie eher sein Interesse als seine Spottlust weckt. Die Hilfsmattaufgabe gehört insofern zu einer ungewöhnlichen Art von Schachproblemen, als dabei nicht Weiß zuerst zieht, sondern Schwarz, und beide Seiten kooperieren, so dass nach einer festgelegten Zahl von Zügen Schwarz matt gesetzt wird. Sam Loyd, der Ende des 19. Jahrhunderts gelebt hat, war Journalist und Zauberer und ersann viele Spiele und Rätsel, die sich noch heute großer Beliebtheit erfreuen. Er war aber auch einer der berühmtesten Komponisten von Schachproblemen – und ein Vorbild meines Vaters. *Sam Loyd hat alles auf den Kopf gestellt*, pflegte der Richter zu sagen, der gelegentlich davon träumte, dies auch zu tun, nur nicht beim Schach, sondern in der Rechtsprechung. *Er zeigte, dass die Figuren klüger sind, als alle gedacht hatten.*

»Ich erinnere mich noch daran, dass der Excelsior von Sam Loyd erfunden wurde«, sage ich zu Karl. »Das ist von Ihrem faszinierenden Vortrag bei mir hängen geblieben.« Ich spare nicht mit Honig. »Aber offen gestanden ist mir völlig entfallen, was ... ähm ... was genau ein Excelsior ist. Und vor allem auch« – endlich lasse ich die Katze aus dem Sack –, »ob jemand an einem Problem gearbeitet hat, das ›Doppelter Excelsior mit dem Springer‹ heißt –«

Karl unterbricht mich. Er ist meine Stimme leid, wie er alle Stimmen leid ist, die nicht aus seinem Munde kommen. Er zieht seine eigenen Antworten den Fragen anderer Leute vor, weshalb es nicht schwer fällt zu glauben, dass er mal Professor war – drüben in der Fakultät würde er sich durchaus gut machen. Als er jetzt mit seinen Erklärungen anfängt, spricht er schnell und abgehackt, als würde ich ihm die Zeit stehlen.

»Ein doppelter Excelsior mit Springerumwandlungen ist eine berühmte Schachaufgabe, Doktor, und eine interessante obendrein. Das Problem ist nur, dass man sie unmöglich lösen kann.« Er beugt sich vor und zeigt mit einem knochigen Finger auf mich, als wollte er mich verhexen. »Also, das Excelsior-Thema folgt ein paar sehr klaren und sehr albernen Regeln: Ein weißer Bauer macht von seinem ursprünglichen Standort aus genau fünf Züge, zwei Felder beim ersten Zug, dann viermal eins, so dass er auf der achten Reihe landet. Und obwohl Sie zweifellos ein wenig eingerostet sind, Doktor, werden Sie wohl noch wissen, was passiert, wenn ein Bauer die achte Reihe erreicht, wie?«

»Er verwandelt sich«, murmele ich irritiert wie ein Kind in der ersten Schulstunde.

»Ganz genau, er verwandelt sich, im Allgemeinen in eine Dame, wie jeder weiß, aber er kann auch zu einer anderen Figur werden, je nach Wunsch des Spielers. Das Entscheidende beim Excelsior ist, dass der Bauer sich in jede andere Figur verwandeln kann. Er wird hier aber nicht zur Dame, sondern zu etwas anderem. Wir nennen das Unterverwandlung. Sie kennen den Begriff?«

»Ja.«

»Gut. Schauen Sie, Doktor, ein gewöhnlicher Excelsior ist ein Kinderspiel. Er ist so einfach, dass Sie, wenn Sie Schachprobleme lösen und die Worte ›Hilfsmatt in fünf Zügen‹ lesen, als Erstes nach einem Bauern suchen, mit dem Sie beginnen. Wenn die einzige Möglichkeit, ein Matt zu erzwingen, darin besteht, mit einem Bauern fünf Züge zu machen und dann unterzuverwandeln ... nun ja, dann haben Sie Ihren Excelsior.«

»Ich verstehe.« Aber seine didaktische Methode fängt an, mich zu überfordern, und ich frage mich, ob ich nicht doch vergeblich hergekommen bin.

»Gut. Aber ein doppelter Excelsior, Doktor ... der ist selbst für den erfahrenen Komponisten eine Herausforderung.«

»Warum?«

»Haben Sie vergessen, was ich vorhin gesagt habe? Dass bei einem Hilfsmatt Schwarz beginnt und beide Seiten kooperieren, um Schwarz matt zu setzen? Ein Excelsior erfordert fünf Züge, ein doppelter Excelsior ebenfalls. Beim doppelten Excelsior ziehen beide Seiten mit jeweils einem Bauern fünfmal und verwandeln sich beim fünften Zug ... erst der Schwarze, dann der Weiße ... in die gleiche Figur. Wenn wir also einen doppelten Excelsior mit einem Turm haben, fängt der schwarze Bauer an, macht fünf Züge und wird dann zu einem Turm. Der weiße Bauer zieht als Zweiter, macht fünf Züge und wird ebenfalls zu einem Turm. Nach dem fünften Zug von Weiß ist Schwarz matt ... und es darf keine andere Möglichkeit geben, Schwarz matt zu setzen, außer der, dass beide Seiten fünf Züge machen und sich beim fünften in die gleiche Figur verwandeln. Können Sie mir folgen, Doktor?«

»Doch, ja.«

»Ein doppelter Excelsior mit Springerumwandlungen bedeutet also, dass die einzige Möglichkeit für Weiß, Schwarz in fünf Zügen matt zu setzen, die ist, dass beide Spieler mit einem Bauern fünfmal ziehen und ihn in der achten Reihe in einen Springer verwandeln.«

»Aber Sie sagten doch, das sei unmöglich –«

»Stimmt.« Am Ende habe ich doch noch den Pädagogen in ihm geweckt, denn jetzt, wo sich ihm die Gelegenheit bietet, jemanden zu belehren, wird er fast geduldig. »Sie müssen wissen, dass alle anderen Varianten des doppelten Excelsior demonstriert worden sind. Beide Spieler wandeln in einen Turm um? Kein Problem. Beide wandeln in einen Läufer um? Ebenfalls möglich. Aber bisher hat niemand zeigen können, dass es auch mit dem Springer geht. Vor dreißig oder vierzig Jahren, so um den Dreh, setzte ein Schachautor eine ansehnliche Belohnung für denjenigen aus, dem es gelänge, einen doppelten Excelsior mit Springerumwandlungen erfolgreich vorzuführen. Die Aufgabe ist jedoch nie gelöst worden. Viele Komponisten haben sich daran versucht, aber bisher hat es keiner geschafft, nicht einmal mit Hilfe von Computern. Deshalb haben sich die meisten von uns zu der Ansicht durchgerungen, dass es unmöglich ist.«

Ich runzle die Stirn und versuche, all dies zu verarbeiten. Mein Vater hat sich also bemüht, ein Schachproblem zu lösen, von dem sämtliche Komponisten sagen, dass es unlösbar ist. Der Wunsch nach Unsterblichkeit? Ich glaube kaum: Das war nicht seine Art, es sei denn, Lanies Annahme, er habe infolge eines Nervenzusammenbruchs nicht mehr klar denken können, trifft zu. Aber das kann ich mir nicht vorstellen. Ich glaube, der Richter hätte mehr gewollt. O ja, er könnte sehr wohl den Ehrgeiz besessen haben, als Erster das Problem zu komponieren. Er könnte auch durchaus davon geträumt haben, derjenige zu sein, dem es gelingt. Aber warum er das Wort *Excelsior* in seinem Brief an mich erwähnt hat …

»Karl?«

»Ja, Doktor?« Da ist er wieder, der spöttische Tonfall. Karl hat seine Aufmerksamkeit wieder dem voll besetzten Raum und damit seiner eigentlichen Aufgabe zugewandt, nämlich anderen das

Leben schwer zu machen. »Gibt's noch Probleme? War meine Erläuterung zu kompliziert? Oder missfällt Ihnen vielleicht gar, dass am Ende nicht Weiß, sondern immer Schwarz matt gesetzt wird?«

Er bricht in gackerndes Gelächter aus und macht Anstalten aufzustehen.

»Augenblick noch«, sage ich schärfer als beabsichtigt. Als spräche ich zu einem Studenten.

Karls Augen weiten sich. Ihn kann nicht mehr viel überraschen, aber mein Ton tut es. Und ich lasse mir Zeit, jetzt, wo ich wieder seine volle Aufmerksamkeit habe. Etwas, das er gerade gesagt hat ... dass *immer Schwarz matt gesetzt wird* ... ist es das? In der Tat wird beim doppelten Excelsior Schwarz matt gesetzt, aber ... aber Lanie Cross sagte doch ... Augenblick mal ...

»Hören Sie, Karl. Beim doppelten Excelsior mit Springerumwandlungen ... ich meine, wenn Sie selbst einen komponieren würden ... welchen Bauern würden Sie dann nehmen?«

»Wie?«

»Der Bauer, der am Ende zum Springer wird. Der Springer, der Schach bietet. Der muss doch irgendwo anfangen, nicht wahr? Welcher Bauer ist es also ... ein Turmbauer, ein Läuferbauer, welcher?«

»Ah, ich verstehe. Es ist der weiße Damenspringerbauer.«

Gemeint ist der Bauer, der zu Beginn des Spiels auf dem Feld vor dem Springer steht, welcher wiederum zwei Felder links von der Dame seinen Platz hat.

»Und warum das?«

»Theoretisch sollte es eigentlich egal sein, welchen Bauern Sie nehmen, um das Thema zu demonstrieren. Aber als Sam Loyd die ursprüngliche Version entwickelte, benutzte er den Damenspringerbauern. Deshalb würde jeder ernsthafte Komponist eines doppelten Excelsior dem Original seinen Respekt erweisen, indem er den entsprechenden Bauern einsetzt.«

»Also den ... ähm, *weißen* Damenspringerbauern?«

»Natürlich den weißen.«

»Aber der weiße Damenspringerbauer ist doch erst als Zweiter am Zug. Schwarz beginnt.«

»Auch da haben Sie Recht, Doktor. Natürlich haben Komponisten früher Hilfsmattaufgaben entworfen, bei denen Weiß begann und am Ende auch matt gesetzt wurde.« Er drückt nachdenklich an seinen Kieferknochen herum. »Aber ein wahrer Künstler würde das nicht mehr machen. Ein Komponist hat sich an die Regeln zu halten. Und es ist nun mal so, dass Schwarz verlieren muss.«

»Trotzdem, wenn jemand das Problem so anlegen wollte, dass Schwarz gewinnt –«

»Das wäre töricht. Zeitverschwendung. Wider die Regeln.«

»Aber welcher Bauer würde dann beginnen?«

Gegen seinen Willen ist Karl interessiert. Er seufzt, um seine Neugier zu verbergen. »Natürlich ginge es mit jedem Bauern. Der wahre Künstler würde jedoch auch in dem Fall den weißen Damenspringerbauern benutzen. Nur dass der jetzt anfangen würde. Der Schwarze würde als Zweiter ziehen und Schach bieten.«

Karl ist überraschend beschwingt aufgestanden und geht jetzt zu einem schmalen Bücherregal in der Ecke. Niemand darf die Bücher, viele in deutscher oder russischer Sprache, anrühren. Er zieht einen Band heraus und drückt ihn mir zu meiner Verwunderung in die Hand. »Nehmen Sie das.« Er nickt begeistert. »In dem Buch finden sich viele Variationen des Excelsior-Themas. Behalten Sie's, solange Sie wollen.«

Dieser erstaunliche und gänzlich untypische Akt der Großzügigkeit lässt das Dutzend anwesender Clubmitglieder verstummen.

Ich weiß, dass mir das Buch nicht weiterhelfen wird, denn die Information, wegen der ich hergekommen bin, habe ich bereits.

»Danke, Karl, das ist ... wirklich nicht nötig.«

»Unsinn. Aber wir müssen das Buch natürlich schützen. Hier.« Er reicht mir einen alten, zerknitterten Umschlag. »Tun Sie es da rein.«

»Karl, ich –«

Er hebt den Finger warnend. »In all den Jahren, die ich jetzt in Ihrer schönen Stadt lebe, habe ich erst drei oder vier Bücher verliehen. Sie schulden mir Dank.«

»Danke«, sage ich, und es ist mir ernst damit.

Karl wird allerdings ganz verlegen, fragt sich vielleicht schon selbst, was ihn zu solcher Freundlichkeit bewegt hat. Wahrscheinlich war es schlicht die Freude darüber, in diesen, wie er sagen würde, unkultivierten Zeiten jemanden gefunden zu haben, der echtes Interesse an dem Gebiet zeigt, auf dem er sich bestens auskennt – und aus dem sich sonst kaum jemand etwas macht. Ich denke daran, was für ein trauriges Leben er führt, und lächle ihm noch zu, als sein Gesicht schon wieder den üblichen verbitterten Ausdruck angenommen hat. Ich weiß schon im Voraus, dass er mich mit einer neuerlichen Beleidigung verabschieden wird, und ich weiß auch, wie dringend er das braucht.

»Denken Sie nur daran, was ich Ihnen gesagt habe, Doktor!« Er lacht hämisch. »Ein Excelsior muss damit enden, dass der weiße Bauer sich verwandelt und Schach bietet. Nicht vergessen, beim Hilfsmatt zieht Schwarz zuerst, aber am Ende ist es trotzdem immer Weiß, das Schach bietet.« Er betrachtet mich argwöhnisch, so als sei er nicht mehr sicher, ob ich wirklich aus einem legitimen Grund in seinen Club gekommen bin. »Wir können den Lauf der Welt am Schachbrett nicht verändern, oder, Doktor?« Zufrieden, weil er das letzte Wort hatte, schlendert er davon, um sich ein neues Opfer zu suchen.

Ich bin froh, ihn los zu sein, und bleibe noch eine Weile im Club, schaue bei einigen Partien zu, spiele selbst ein paar und schlüpfe dann, den Umschlag mit Karls Buch in der Hand, hinaus in die bitterkalte Nacht.

Excelsior, hat mein Vater geschrieben und das Wort noch einmal wiederholt. *»Es fängt an!«* Weder der charmante Addison noch die gesellige Mariah interessierten sich als Kinder groß für Schach – nur der lesewütige Talcott. Was bedeutet, dass nach dem Willen des Richters ich, und nur ich, wissen soll, dass er den doppelten Excelsior meint. Leider ist mir aber immer noch nicht klar, warum er das wollte. Karl hat mir erklärt, was es mit dem Excelsior auf sich hat, und Lanie meinte, mein Vater habe gewollt, dass Schwarz gewinnt. Ich kaue jedoch nach wie vor Watte. Ich bin sicher, dass es da irgendetwas gibt, das mir ins Auge springen müsste, aber es springt nichts. Ich habe keine Ahnung, was das geheimnisvolle Schachproblem, das der Richter so verzweifelt als Erster komponieren wollte, mit *Angelas Geliebtem* oder den *Vorkehrungen* zu tun hat. Vielleicht ist ja der weiße Bauer, der mir in die Suppenküche gebracht wurde, ebenfalls Teil einer Komposition – einer Komposition, deren Figuren leben, atmen und Schmerz empfinden. Wenn dem so ist, dann muss mein Vater ihr Komponist sein. Zweifellos war er zuversichtlich, dass ich die Verbindung erkennen würde, und der entscheidende Hinweis liegt sicher in ebendieser Zuversicht verborgen. Was mich zu einer Frage führt, über die ich bislang noch nicht nachgedacht habe: Wenn der fehlende weiße Bauer in meinem Besitz ist, in wessen Besitz befindet sich dann der ebenfalls fehlende schwarze?

Ich denke noch angestrengt über diese Frage nach, da bemerke ich plötzlich, dass mich jemand verfolgt.

Kapitel 27

EINE SCHMERZLICHE BEGEGNUNG

• I •

Diesmal sind es zwei.

Ich weiß seit geraumer Zeit, dass ich Schatten habe. Nicht nur die Skaterin in dem grünen Auto in Washington, sondern auch andere Leute bei anderen Gelegenheiten.

Wie lange ich das schon weiß? Stunden. Tage. Wochen. Nie etwas Konkretes, immer nur Hinweise, Eindrücke, ein Gesicht, das ich zu oft zu sehen bekomme, ein und dasselbe Auto nachts über eine weite Strecke im Rückspiegel, Schritte, die sich zu schnell den meinen anpassen. Als ich das alles nicht mehr irgendwelchen Wahnvorstellungen zuschreiben konnte, tröstete ich mich mit der Zusicherung Jack Zieglers auf dem Friedhof und mit den gleich lautenden Worten des verstorbenen Colin Scott zwei Wochen später, dass meine Familie und ich sicher seien, was immer geschehen werde. Anders ausgedrückt, ich habe zugelassen, dass man mich beruhigt.

Jetzt frage ich mich, ob das ein Fehler gewesen sein könnte.

Es war fast zehn, als ich den Schachclub verließ, und ich stieg hastig die gefährliche Treppe hinunter, mit der Frage beschäftigt, was ich Kimmer sagen sollte.

Als ich das Campusgelände erreichte, waren die Männer hinter mir.

Mit Karls Umschlag unter dem Arm überquere ich den dunklen Platz zwischen den Gebäuden der Naturwissenschaften und strebe der Abkürzung zur Juristischen Fakultät zu – durch die Gasse zwischen dem Rechenzentrum und einem der Studentenwohnheime, dann über die Straße und schließlich durch die Gasse zwischen dem Verwaltungsgebäude und einem weiteren Wohnheim – und versuche zu ergründen, warum diese beiden Gestalten hinter mir bedrohlicher wirken als die anderen Beschatter der zurückliegenden Wochen, die wenig mehr waren als geisterhafte Erscheinungen im Hintergrund. Vielleicht ist es das selbstsichere, aggressive Auftreten der Neuankömmlinge, die Tatsache, dass sie sich keinerlei Mühe machen, Sinn und Zweck ihrer Anwesenheit auf dem Campus zu kaschieren. Entweder haben die beiden kein Talent, sich zu verbergen, oder sie wollen, dass ich sie bemerke.

Beide Möglichkeiten machen mir Angst.

Der Campus liegt um diese Zeit fast verlassen da. Ich begegne noch dem einen oder anderen Studenten, aus den geschlossenen Fenstern des Wohnheims dringt leise Musik. Ich beschleunige meine Schritte und eile auf die erste Gasse zu. Die beiden Männer hinter mir gehen ebenfalls schneller.

Das Rechenzentrum hat einen bewachten Eingang, was einem leidigen Vorfall vor drei Jahren zu verdanken ist, an dem eine übermütige Studentenverbindung und etliche Liter Orangensaft beteiligt waren. Ich überlege kurz, ob ich den Wachmann um Hilfe bitten soll – aber was sollte ich ihm sagen? Dass ich, Inhaber eines Lehrstuhls an der Juristischen Fakultät, glaube, verfolgt zu werden? Dass ich Angst habe? Kein Garland brächte so etwas fertig, schon gar nicht, wenn die Beweislage derart dürftig ist. Als ich am Rechenzentrum vorbei bin und den Fußgängerweg an der Montgomery Street erreiche, blicke ich über die Schulter zurück. Am anderen Ende der Gasse sehe ich, wenn überhaupt, nur noch einen einzigen Schatten, der sich in meine Richtung bewegt. Vielleicht leide ich am Ende doch unter einer allzu lebhaften Phantasie.

Ich überquere die Straße und gehe zur zweiten Gasse weiter, als mein Blick zufällig auf das Päckchen in meiner Hand fällt. Das Buch, das Karl mir mitgegeben hat. In dem zerknitterten alten Umschlag. Langsam begreife ich, worum es geht.

Das Schlüsselwort lautet *alt*.

Jemand hat die falschen Schlüsse gezogen.

Ich blicke mich um. Mein Verfolger ist auf der anderen Seite der Straße und schaut direkt zu mir herüber. Er steht unter einer Laterne, so dass ich ihn deutlich sehen kann. Anfangs habe ich eine Halluzination, die beruhigend und beängstigend zugleich ist: Der Mann sieht aus wie Avery Knowland. Allerdings haben die beiden in Wirklichkeit nicht mehr gemein als einen unordentlichen Pferdeschwanz, und dann erkenne ich auch, dass das Haar meines Verfolgers glatter und dunkler ist als das meines hochnäsigen Studenten. Außerdem ist der Mann, der mir über den halben Campus gefolgt ist, kleiner, muskulöser und dicker, und sein gerötetes Gesicht ist übersät mit graubraunen Härchen. Selbst aus der Entfernung wirkt sein Blick wild und als wäre er high. Er trägt eine Lederjacke, und ich kann ihn mir leicht in einer Motorradkneipe vorstellen.

Am Anfang der Gasse angelangt, zögere ich. Der Mann setzt sich in Bewegung, überquert die Straße, und kommt direkt auf mich zu. Vielleicht ist das alles nur ein Zufall. Vielleicht interessiert er sich überhaupt nicht für mich. Andererseits ist der Mann, der mich an Avery Knowland erinnert, nur noch knapp zwanzig Meter entfernt, und ich muss eine Entscheidung treffen.

Er kommt immer noch auf mich zu, und seine Absichten scheinen nicht eben redlicher Natur zu sein.

Mein Adrenalinspiegel steigt.

All meinen fiebrigen Phantasien zum Trotz könnte ich mich dennoch irren. Und sollte ich Recht behalten, könnte ich immer noch schnell durch die Gasse laufen und das Fakultätsgebäude erreichen, ehe mein Verfolger mich eingeholt hat – es sei denn, es handelt sich bei ihm um einen olympiareifen Sprinter.

Ich renne also in die Gasse zwischen dem verglasten Verwaltungsgebäude und zwei miteinander verbundenen Bauten, vorn die Universitätsbibliothek, dahinter eins der Studentenwohnheime. Die Bibliothek wird, wie üblich, gerade renoviert und ist auf der der Gasse zugewandten Seite bis oben eingerüstet. Ich verlangsame kurz meine Schritte und betrachte das Gerüst etwas genauer, um festzustellen, ob sich dort vielleicht noch ein Beobachter versteckt hält, aber es ist zu dunkel, und ich kann nichts erkennen.

Ich blicke wieder nach vorne und bleibe abrupt stehen.

Anfangs haben mich zwei Männer verfolgt, dann war es nur noch einer. Jetzt habe ich den zweiten wiedergefunden: am anderen Ende der Gasse, und auch er bewegt sich auf mich zu. Ich habe keine Ahnung, woher er wusste, dass ich durch diese Gasse gehen würde, aber schließlich habe ich ja auch keine Ahnung, woher sie wussten, dass ich im Schachclub sein würde. Es gibt da eine ganze Reihe offener Fragen, doch jetzt ist nicht die Zeit, darüber nachzudenken.

Ich werfe einen Blick zurück. Der Mann mit dem behaarten Gesicht kommt immer näher.

Erschrocken schaue ich mich um. Die Universität ist mittlerweile so auf Sicherheit bedacht, dass ihre Freiflächen vollkommen unsicher sind. Ich kann mich in keins der Studentenwohnheime retten, weil ich den elektronischen Schlüssel für die Türen nicht habe. Ich kann mich nicht in der Bibliothek verstecken, weil sich der einzige nachts geöffnete Eingang auf der anderen Seite des Gebäudes befindet. Ich kann nicht im Verwaltungsgebäude Schutz suchen, weil es bis zum Morgen zugesperrt ist. Wahrscheinlich hätte ich diese Abkürzung nicht nehmen dürfen, aber es gibt ja kaum Verbrechen auf dem Campus, wie man in allen Veröffentlichungen der Universität nachlesen kann.

Der Mann, der mir den Weg durch die Gasse versperrt, kommt noch näher, ein dunkler Fleck vor den Lichtern auf der Town Street hinter ihm. Die Schritte meines Verfolgers werden schneller. Ich sitze in der Falle.

Zwar rufe ich mir in Erinnerung, dass ich immun gegen alle Gefährdungen bin, aber mir geht auch durch den Kopf, dass Jack Ziegler vielleicht doch weniger Einfluss hat als gemeinhin angenommen. Oder dass möglicherweise zumindest eine der Parteien, die an den Dokumenten meines Vaters interessiert sind, nichts von seinem Edikt weiß – oder nicht gewillt ist, sich daran zu halten.

Ich habe keinerlei Fluchtmöglichkeiten. Ein Mann vor, einer hinter mir. Zu meiner Rechten die Bibliothek, von Baugerüsten eingerahmt. Zu meiner Linken das Verwaltungsgebäude. Und dann sehe ich ...

... ein blaues Licht!

Neben dem verschlossenen Hintereingang der Bibliothek, direkt neben dem Baugerüst, hängt ein Notrufkasten. Die Universität hat diese Dinger überall installieren lassen. Man muss nur die vordere Abdeckung anheben, und die Universitätspolizei meldet sich, ob man nun ins Mikrofon spricht oder nicht.

Ich sprinte in die Richtung.

Und höre etwas, das mir allergrößte Angst einjagt.

»Warten Sie, Professor!«, ruft der Mann hinter mir. »Professor Garland! Halt!«

Sie kennen meinen Namen.

Und damit nicht genug: »Lass ihn nicht entwischen!«

Beide Männer kommen plötzlich auf mich zugerannt.

Ich erreiche den Kasten und reiße die Klappe hoch. Im Innern sehe ich ein weiteres blaues Licht, einen kleinen Zahlenblock und das Mikrofon. Aus dem Lautsprecher dringt Geknister, wahrscheinlich die Stimme des diensthabenden Polizisten, der eine Frage stellt. Ich will gerade antworten, da werden mir die Beine unterm Leib weggetreten.

Ich schlage hart auf dem Pflaster auf und versuche, mich zur Seite wegzurollen, doch da kommt ein Fuß durchs Dunkel gesaust und trifft meine Rippen. Ich stöhne, kämpfe mich aber auf die Knie hoch und versuche, mich an das Karatetraining zu erinnern, an dem ich zu Collegezeiten teilgenommen habe. Eine Faust landet in meinem Gesicht. Ich kippe nach hinten, wobei mir der Umschlag mit dem Buch aus der Hand fällt. Die Faust schlägt erneut zu, trifft mich diesmal mit voller Wucht an der Schulter. Ich gehe wieder zu Boden. Einer der Männer kniet sich neben mich, reißt meinen Kopf an den Haaren hoch und zischt: »Was ist in dem Umschlag?« Dann kommt wieder die Faust und trifft mich am Ohr. Der Schmerz ist stärker als alles, was ich bisher für möglich gehalten hatte. »Was ist in dem Umschlag, Professor?«

»Ein Buch«, nuschele ich, stütze mich mühsam auf und versuche hochzukommen.

Wieder ein Hieb, direkt aufs Auge. Ein grüner Blitz, und mein Gesicht scheint zu bersten, wie eine kalte Klinge bohrt sich der Schmerz in meine Wange.

»Hol ihn mal auf die Füße«, verlangt die zischende Stimme, und der andere Mann zieht mich auf die Beine.

»Die Polizei ist unterwegs«, sage ich leise.

Die beiden schauen sich stumm an, dann saust die eiserne Faust wieder durch die Luft und trifft diesmal meine Brust, genau an derselben Stelle wie zuvor der Fuß, und mein ganzer Körper besteht nur noch aus Schmerz. Der nächste Schlag, jetzt in den Bauch. Ich krümme mich hilflos. Eine Hand packt meine Schulter. Reflexartig ducke ich mich und fahre sofort wieder hoch, schüttele so die Hand ab. Manches aus dem Karatekurs klappt noch. Dann drehe ich mich um und stolpere auf das Baugerüst zu. Die beiden Männer flüstern miteinander, vielleicht diskutieren sie, wer mich verfolgen soll. Ich schaue nicht zurück. Eine niedrig angebrachte Eisenstange versperrt mir den Weg. Daran hängt ein Schild, das mir das Betreten der Baustelle untersagt. Angesichts der drohenden Alternative sollte ich mich jedoch tunlichst über das Verbot hinwegsetzen. Hinter der Absperrung sehe ich eine Leiter, die genau bis ins nächste Stockwerk reicht. Das Baugerüst ist voll von solchen Leitern: Sie verbinden die Laufstege für die Arbeiter in Höhe der einzelnen Stockwerke miteinander. Ich halte mich an der Absperrstange fest, weil mir von den Schlägen schwindelig ist, und mein Magen revoltiert. Mühsam gegen die immer wieder aufwallende Panik ankämpfend, sehe ich mich um. Einer der beiden Männer folgt mir. Der andere ist verschwunden, was mir Sorgen bereiten würde, wenn ich Zeit hätte, mir Sorgen zu machen. Ich klettere schwerfällig über die Sperre und erreiche die Leiter in dem Augenblick, als mein Verfolger anfängt zu rennen. Meine Rippen schmerzen von den Tritten und Schlägen, und mein Gesicht fühlt sich matschig und doppelt so groß an wie normalerweise, aber ich schaffe es auf die zweite Ebene zu gelangen. In meinem Kopf hämmert es. Ich sacke gegen die Leiter, die zur dritten Ebene hinaufführt; meine Arme streiken plötzlich, schaffen es nicht, mich noch höher zu ziehen.

Von unten erscheint eine Hand und packt mich am linken Fußgelenk. Die Hand zieht so kräftig, dass ich wegrutsche und auf dem Gesäß lande.

Der Kopf des Mannes taucht auf, und ich sehe etwas in seiner Hand schimmern: einen Schlagring oder ein kleines Messer. All die Beschwichtigungen von wegen mir werde nichts geschehen – und jetzt das hier! Mit letzter Kraft ziehe ich mein rechtes Bein an, lehne mich gegen die Leiter und trete so kräftig zu, wie ich nur kann. Ich treffe ihn. Sein Gesicht? Seine Hand? Er schreit vor Schmerz auf, lässt meinen Knöchel los, und sein Kopf verschwindet. Ich zwinge mich dazu aufzustehen und setze, meine protestierende Schulter ignorierend, den Aufstieg fort. Mein Verfolger scheint nicht mehr hinter mir zu sein, aber ich habe mich in jüngster Zeit nicht gerade selten geirrt. Allein mein Wille hält meine Füße in Bewegung, ich nehme eine Sprosse nach der anderen und erreiche erst die dritte, dann die vierte Ebene. Ich mache eine Pause, schaue nach unten. Mir wird wieder schwindelig, und ich stütze mich auf das dunkle Metallgeländer. Von hier oben kann ich einen großen Teil des Campus überblicken, denn das Gebäude steht am Hang, aber den Mann, der mich gejagt hat, sehe ich nirgends, auch nicht direkt unter mir. Ich fühle mich ausgepumpt, möchte aber auch kein Risiko eingehen. Der Mann könnte ja, für mich unsichtbar, auf der Leiter unter mir sein. Ich zwinge mich also, noch bis zur fünften Ebene hinaufzuklettern und lehne mich dort schwer atmend ans Geländer. Dann höre ich wieder Stimmen, diesmal lauter, und sehe am Ende der Gasse das Licht von Taschenlampen. In der Dunkelheit kann ich keine Einzelheiten erkennen, denn die Lichtstrahlen, die sich langsam vorwärtsbewegen und dann nach oben aufs Baugerüst gerichtet werden, blenden mich.

Ich ducke mich hinter die Leiter, aber zu spät.

Die Lichtkegel haben mich erfasst.

Trotzdem versuche ich, mich in den Schatten zurückzuziehen, nur dass da gar kein Schatten mehr ist, denn das Licht strahlt sehr hell, fast wie ein Suchscheinwerfer.

Und dann ertönt von unten eine verstärkte Stimme: »Hier spricht die Universitätspolizei. Kommen Sie die Leiter runter, schön langsam und die Hände immer sichtbar.«

Gegen die Schmerzen ankämpfend, klettere ich vorsichtig die Leiter hinunter, wobei ich alle Mühe habe, meine zitternden Füße unter Kontrolle zu halten. Das Licht folgt mir, dann kommt noch ein zweites, viel helleres hinzu, woraus ich schließe, dass jetzt ein Streifenwagen in der Gasse eingetroffen ist. Oder – nach dem zu urteilen, was ich höre – mehr als nur einer. Ich kann mich nicht erinnern, wann ich mich je so sehr über den Anblick der Polizei gefreut habe.

Entschlossen, meinen Rettern gegenüber keine Schwäche zu zeigen, hüpfe ich das letzte Stück von der Leiter auf den Boden, schwanke ein wenig und wende mich dann dem grellen Licht zu. Ich blinzele heftig, beschirme die Augen. Erst jetzt wird mir bewusst, welchen Anblick ich bieten muss: ein ziemlich lädiert aussehender Schwarzer in einer dunklen Windjacke, der mitten in der Nacht auf das Baugerüst an der Universitätsbibliothek klettert und allem Anschein nach jedes nur erdenklichen Verbrechens schuldig ist.

»Gut so, Sir«, sagt eine tiefe Stimme hinter dem Licht. Die Art, wie der Polizist das Wort Sir betont, ist zwar nicht eindeutig beleidigend, aber die Richtung stimmt. »Halten wir nur die Hände schön ausgestreckt, ja?«

»Okay, aber die entkommen –«

»Bitte bleiben Sie stehen, Sir.«

Offenkundig weiß der Polizist nicht, dass ich Professor bin, und ich beschließe, ihn darüber aufzuklären. »Officer, ich sollte Ihnen wohl sagen, dass ich an dieser Universität unter –«

»Kein Wort, Sir. Bitte kommen Sie hier herüber, langsam, die Hände vorgestreckt, Handflächen zu mir.«

Ich deute zum Ende der Gasse. »Aber ich lehre an der –«

»Halten Sie die Hände still!«

»Aber ich bin nicht der, den –«

»Bitte bleiben Sie stehen. Hände nach vorn. Gut, so ist's recht.«

Ich tue, was man mir sagt, strecke zitternd meine unschuldigen Hände vor, damit die Polizisten sie sehen können. Ich wünschte, ich wäre in bester Garland-Manier vollkommen ruhig, aber ich bin es nicht. Ich habe Angst, ich schäume vor Wut, ich fühle mich gedemütigt. Die kühle Nacht von Elm Harbor brennt glutrot. Ich spüre eine seltsame Schwäche in der Leistengegend, doch trotz der starken Schmerzen auch einen erstaunlichen Zustrom von Kraft in den Gliedern: Mein Kampf-oder-Flucht-Reflex scheint voll aktiviert zu sein. Ich kann jetzt die Polizisten ausmachen, zwei Variationen zum Thema Weiß, die aus unterschiedlichen Richtungen in großem Bogen auf mich zukommen. Sie haben zwar ihre Pistolen nicht gezogen, aber eine Hand an der Hüfte und das Halfter geöffnet, und beide halten mit der anderen Hand eine dieser langen Polizeitaschenlampen hoch in die Luft, die sie auch wie Knüppel schwingen könnten, ohne erst irgendetwas entsichern zu müssen. Die Polizisten bewegen sich langsam, aber durchaus energisch. Ich kann den Blick nicht von den Taschenlampen wenden. Ich habe schon von derartigen Vorfällen gehört, so etwas aber noch nie am eigenen Leib erfahren. Einen Augenblick lang stelle ich mir vor, dass ich gleich noch einmal zusammengeschlagen werde, diesmal von der Universitätspolizei. Heiß steigt mir die Schamröte in die Wangen, als hätte man mich bei einem schrecklichen Verbrechen erwischt. Was immer sie mir vorwerfen, ich fühle mich wirklich und wahrhaftig schuldig. Wie angewurzelt stehe ich da und beobachte die beiden Polizisten dabei, wie sie mich beobachten. Wahrscheinlich wollen sie mich durch ihre Langsamkeit zu einer törichten Bewegung, einer schlauen Bemerkung oder einem nervösen Lachen verleiten, was ihnen dann als Vorwand dienen könnte, entsprechenden Gebrauch von ihren Lampen zu machen. Oder sie haben nur einen schwierigen, gefährlichen Job zu erledigen und ziehen es vor, auf Nummer Sicher zu gehen. So oder so, ich habe mich noch nie derart hilflos gefühlt, derart unfähig, mein Schicksal selbst in die Hand zu nehmen. Von meinem Vater habe ich gelernt, die Willenskraft zu schätzen. Der Richter war Menschen gegenüber immer recht unversöhnlich, denen es seiner Ansicht nach daran fehlte. Jetzt aber befinde ich mich in einer Situation, in der mein Wille nicht mehr von Belang ist. Noch nie habe ich die unbarmherzige Kluft zwischen den Rassen in unserem Land so intensiv empfunden. Und ich frage mich, wie sich der Richter wohl verhalten hätte.

Einer der Polizisten gibt mir ein Zeichen. »Machen Sie einen Schritt nach vorne. Gut. Jetzt legen Sie die Hände an die Wand, genau da, Füße auseinander, okay.«

Ich gehorche. Aus einigen Fenstern des Wohnheims am Ende der Gasse fällt Licht, und die Eingangstür wird geöffnet. Studenten kommen aufgeregt heraus, um der ethnischen Säuberung des Campus beifällig zuzuschauen.

»So ist es gut, Sir, genau richtig«, sagt der Polizist, der bislang fürs Reden zuständig war. »Jetzt wollen wir mal sehen, was wir hier haben.«

Meine Stimme ist eiskalt. »Sie haben hier einen Lehrstuhlinhaber dieser Universität. Ich war es, der den Alarm ausgelöst hat.« Ich halte inne, schwer atmend vor Wut, und wünschte, ich könnte ihre Gesichter hinter den blendenden Taschenlampen erkennen. Dann sage ich: »Ich bin überfallen worden.«

»Dürfen wir mal Ihren Ausweis sehen, Sir?«, fragt der Polizist, der die Rolle des Redeführers übernommen hat, und diesmal klingt das Sir so, als könnte er mir vielleicht doch Glauben schenken.

»Sie dürfen«, antworte ich betont gnädig.

In diesem Augenblick, in dem mir doch tatsächlich gestattet wird, meine Brieftasche herauszuziehen und zu beweisen, dass ich der bin, der zu sein ich behauptet habe, fällt mein Blick auf die Stelle, wo man mich attackiert hat. Sofort ist mir klar, dass ich in den Schachclub zurückkehren und noch einmal Karls Kränkungen über mich ergehen lassen muss, um ihm zu erklären, dass mich jemand mitten auf dem Universitätsgelände überfallen und mir sein altes Schachbuch gestohlen hat.

• II •

Es ist drei Minuten nach halb drei in der Nacht. Ich sitze in meinem Arbeitszimmer, das auf die Hobby Road hinausgeht, habe einen Baseballschläger in Reichweite liegen und versuche dahinter zu kommen, was eigentlich geschehen ist. Und warum. Nachdem die Polizisten ihren Irrtum erkannt hatten, fuhren sie mich zur Notaufnahme der Universitätsklinik, wo ein junger Assistenzarzt die Wunde in meinem Gesicht nähte und meinen lädierten Brustkorb verband, wobei er die ganze Zeit eine alte Broadway-Melodie vor sich hin summte. Eine Stunde später konnte ich die Klinik in Begleitung von Kimmer und Bentley wieder verlassen. Auf meine Frau, die vor Sorge schon ganz krank war, wirkte mein Anblick ernüchternd, um nicht zu sagen erschreckend. Gleichwohl bewahrte sie die Fassung, gab sich auf der Heimfahrt sanft und mitfühlend, küsste mein zerschundenes Gesicht und versicherte mir, alles werde gut werden, obwohl ich mich gar nicht beklagt hatte. Aber vielleicht müsste ja eher Kimmer beruhigt werden, denn wenn der eigene Mann vor der Universitätsbibliothek verprügelt und beinahe verhaftet wird, dann gehört das wohl nicht unbedingt zu den Dingen, die die Chancen auf ein Richteramt erhöhen. Ich habe meine Frau noch nicht mit den Einzelheiten des Überfalls vertraut gemacht, sondern ihr nur gesagt, dass mir die Angreifer Karls Buch über Schachprobleme gestohlen haben. Schließlich hat sie genug eigene Sorgen. Zu gegebener Zeit werde ich ihr alles ausführlich berichten.

Und Bentley, mein glücklicher, sonst so schadenfroher Sohn, hatte sich beim Anblick seines Vaters derart erschreckt, dass er sofort, als wir ihn in seinem Kindersitz anschnallten, einschlief. Was würde ich dafür geben, dass er eine unbeschwerte Kindheit hat; für ihn sind die zurückliegenden Wochen sicher noch schwieriger gewesen als für Kimmer und mich. Während ich jetzt erschöpft an meinem Schreibtisch sitze, mit einem halben Blick auf der Straße, und einem halben im Internet, durch das ich mehr schlurfe als surfe, wünsche ich mir einfach nur, endlich zu wissen, was mein Vater hinterlassen hat und wer genau sich dafür interessiert, denn dann könnte ich es – was immer es ist – an sie übergeben und auf diese Weise mich und meine Familie aus dem ganzen Schlamassel befreien.

Die *Vorkehrungen*: Was für welche? Ein Excelsior: Warum Schach?

Das verschwundene Album, der wieder aufgetauchte Bauer, die Übergabe in der Suppenküche, das sind einfach ein paar Rätsel zu viel für mich.

Und für meine Sicherheit. *Sie und Ihre Familie sind vollkommen sicher*. Aber klar doch! Kann das mal einer den Männern sagen, die mich heute Nacht verfolgt haben? Die sollen mir noch mal unter die Augen kommen. Aber zu meinen Bedingungen. Ich stehe auf, ergreife den Baseballschläger wie ein Schlagmann, hole in dem engen Zimmer mit dem Holz aus, und verfehle nur knapp meinen Computer. Ich habe seit einem unentschieden ausgegangenen Geplänkel auf dem Sportplatz nicht mehr aus Wut zugeschlagen. Da war ich in der achten Klasse, und der Schläger der Schule, der wegen irgendeiner witzigen Bemerkung sauer auf mich war, unternahm einen ernsthaften Versuch, mir den Garaus zu machen. Während ich jetzt das Schlagholz im Halbdunkel des Zimmers vorsichtiger schwinge, lasse ich den Erinnerungen freien

Lauf, Erinnerungen an eine glücklichere Zeit, an damals, als Abby noch lebte. Der Schläger, ein aggressiver weißer Junge, der, wenn ich mich recht entsinne, Alvin hieß, zielte auf meine Nase, traf aber daneben und haute mir stattdessen die Lippe blutig. Vor Angst und Schmerz wild um mich schlagend, erwischte ich ihn am Kinn, was ihn weniger schmerzte als in Erstaunen versetzte, doch dann landete ich eine gerade Rechte genau im Zentrum seines Erstaunens, so dass er stöhnend zu Boden ging. Ich wich zurück, und Alvin kam wieder hoch. Er stürzte sich auf mich, wir fielen beide hin und bearbeiteten uns mit den üblichen kurzen, sinnlosen Hieben einer Schulhofschlägerei, bis uns ein Lehrer trennte. Oh, aber dann nahm der Richter mich ins Gebet! Nicht wegen der Prügelei, sondern weil ich das einmal Begonnene nicht zu Ende geführt hatte. Er zitierte das alte Sprichwort, das da lautet: Wenn man den König angreift, muss man ihn auch töten. Einen Kampf unentschieden zu beenden, sagte er mahnend, sei nun einmal nicht genug. Nach dreitägigem Ausschluss vom Unterricht kehrte ich in die Schule zurück und war auf der Hut, denn vielleicht lag Alvin ja irgendwo auf der Lauer. Alvin. Richtig! Ich setze mich wieder an den Schreibtisch und lege den Baseballschläger auf den Boden. Darum könnte es bei unserer Prügelei gegangen sein, um seinen Namen, denn er wollte immer, dass wir Al zu ihm sagten, aber ich habe mir noch nie gerne den Willen eines anderen aufzwingen lassen – jedenfalls nicht, wenn es sich um einen Mann handelte. Es ergab sich dann allerdings, dass ich gar nicht mehr gegen Alvin antreten musste. Er kam nämlich nicht in die Schule zurück. Ich lächle und sehe aus dem Fenster. Die Straße ist ruhig und leer. Das war einer meiner heroischen Momente, denn in der Schule verbreitete sich das Gerücht, die Prügel, die Al von diesem schmächtigen Tal Garland bezogen hätte, habe ihn vertrieben. Der Schläger war jedenfalls weg, und ungefähr eine Woche lang erfreute ich mich einer gewissen Beliebtheit – für mich eine ungewohnte Erfahrung, die sich später auch nie wiederholen sollte. Natürlich hatte ich mich bei der Prügelei mit Alvin kaum behaupten können, und auch sonst sah die Wahrheit sehr viel prosaischer aus. Es stellte sich nämlich heraus, dass der arme Al während seiner Zwangsferien irgendeine ungeheuerliche Tat begangen hatte, bei der es auch um ein Auto gegangen war, das nicht seiner Familie gehörte. Deshalb wurde er auf eine »Sonderschule« geschickt, damals eine Umschreibung für Berufsschulen, von denen viele kaum mehr waren als Lagerhäuser für die Unerwünschten, die Ungewaschenen, die Unwilligen, die ... die –

Das Telefon klingelt.

Ich reiße die Augen auf und greife automatisch nach dem Baseballschläger. Ungläubig starre ich auf den Apparat, der mich aufgeschreckt hat, und dann auf die digitale Uhr, deren rote Zeitangabe von einem Bücherstapel auf meinem Schreibtisch fast gänzlich verdeckt wird. Zwei Uhr einundfünfzig. Nachts. Noch nie hat jemand um zwei Uhr einundfünfzig in der Nacht angerufen, um gute Nachrichten zu übermitteln. Das Display des Telefons verrät mir nur, dass die Nummer für die Weitergabe gesperrt ist.

Kein gutes Zeichen.

Trotzdem nehme ich beim zweiten Klingeln den Hörer ab. Ich will nicht, dass meine Frau geweckt wird. Mein Herz schlägt viel zu schnell, ich halte den Baseballschläger viel zu fest umklammert, und ich habe den Blick wieder auf die Straße gerichtet, als wäre das Klingeln das Signal für einen Angriff auf unser Haus.

»Ja?«, sage ich leise, aber bestimmt, denn es soll gar nicht erst der Eindruck entstehen, ich würde mich über einen Anruf mitten in der Nacht freuen. Außerdem steigt mein Adrenalinspiegel weiter, und ich verspüre Angst ... um meine Familie.

»Ist dort Professor Garland?«, fragt eine ruhige Männerstimme.

»Ja.«

»Man wird sich des Problems annehmen«, versichert mir die Stimme, die sinnlich, ja, fast hypnotisierend klingt. »Ich bedaure, was sich heute Abend ereignet hat, aber jetzt ist alles in Ordnung. Niemand wird Sie mehr behelligen. Die Zusage gilt: Sie und Ihre Familie sind sicher.«

»Wie bitte? Wer spricht dort?«

»Und natürlich sollten Sie niemandem von diesem Anruf erzählen.« Mir will ohnehin niemand einfallen, mit dem ich darüber reden könnte. Andererseits ...

»Angenommen, mein Telefon wird abgehört?«

»Wird es nicht. Gute Nacht, Professor. Schlafen Sie gut.«

Ich lege auf, im Kopf ein wildes Durcheinander aus Erleichterung, Verwirrung und einer neuen, noch größeren Angst.

Alles ist in Ordnung. Man wird sich des Problems annehmen. Niemand wird Sie mehr behelligen.

Vielleicht war es der Anruf eines Spinners, vielleicht ein schlechter Scherz oder vielleicht – nur ganz vielleicht – etwas weitaus Schlimmeres.

Vielleicht ist es die Wahrheit.

Mich schaudert, als ich die Treppe hinaufgehe und mich frage, ob ich unmittelbar vor dem Auflegen wirklich ein fernes Klicken gehört habe, ob meine Frau also tatsächlich leise den Hörer des Telefons im Schlafzimmer wieder aufgelegt hat.

Kapitel 28
NEUIGKEITEN

»Wie ich höre, hattest du ein bisschen Ärger«, sagt der große Mallory Corcoran, der schließlich doch wieder mit mir zu sprechen geruht. Noch dazu hat er diesmal mich angerufen, nicht umgekehrt.

»Kann man wohl sagen.« Während ich mit dem schnurlosen Telefon den Flur hinuntergehe, reibe ich mein lädiertes Gesicht und grinse wehleidig mein Bild in dem schmalen goldgerahmten Spiegel gegenüber der Esszimmertür an; ein scheußliches Stück, das Kimmer von einer entfernten Tante zu ihrer ersten Hochzeit geschenkt bekam. Es ist schon nach elf, aber Bentley ist immer noch oben in seinem Zimmer und schläft sich nach dem Schock der letzten Nacht gründlich aus. Einer der großen Vorteile des Akademikerlebens ist die Möglichkeit, sich mal einen Vormittag für kleine Dinge wie Akte der Elternliebe freizunehmen.

»Die Polizei faxt Meadows den Bericht zu. Möchtest du, dass ich was unternehme? Kann ich irgendwie behilflich sein?«

»Ich glaube nicht, Onkel Mal. Mir geht's so weit ganz gut. Ich bin bloß noch ein bisschen durch den Wind.«

»Bist du sicher?«

»Ja«, brumme ich, mittlerweile vor dem Küchenfenster angekommen, und schaue auf den prasselnden Regen hinaus, der unseren kleinen, aber familienfreundlichen Garten zu überschwemmen droht. Hecken begrenzen ihn an zwei Seiten, ein hoher Holzzaun an der dritten, den vierten Abschluss bildet das Haus selbst. Wir lassen Bentley dort draußen spielen, solange er will, häufig unbeaufsichtigt. »Ich denke, ich ... habe die Situation einigermaßen im Griff.«

»Hast du eine Ahnung, was sie wollten?«

Ich zögere. Der Polizei habe ich erzählt, dass die beiden Männer mir das Päckchen abgenommen haben, aber nicht, dass sie Informationen über die *Vorkehrungen* aus mir herausprügeln wollten. Von dem Anruf mitten in der Nacht habe ich noch keinem erzählt, und Kimmer, die Frau mit dem leichten Schlaf, hat nicht nachgefragt.

Aus irgendeinem Grund finde ich den Anruf glaubwürdig. Er kommt mir einfach, sagen wir, plausibel vor.

»Ich weiß es nicht, Onkel Mal«, seufze ich. Der Schmerz meldet sich zurück, macht meine Stimme matt, aber es ist noch nicht Zeit, das nächste Advil zu nehmen. »Ich weiß es wirklich nicht.«

»Du klingst nicht besonders gut.«

»Ach, das ist bloß mein Unterkiefer.«

»Ist er gebrochen?« Besorgt. Ungläubig. Aber auch leicht belustigt, der Ton eines Mannes, den nichts erschüttern kann.

»Nein, nein, kein Gedanke. Er tut bloß weh, weiter nichts.«

»Hm.« Mallory Corcoran bezweifelt offenbar, dass es mir gut geht. Das kann ich ihm nicht verdenken, aber die Schmerzen, die ich leide, sind weniger körperlicher Natur. Heute Morgen habe ich für Kimmer und mich Frühstück gemacht, trotz zerschlagener Knochen, und hätte dann gern gehabt, dass sie noch etwas sitzen bleibt und sich die ganze Geschichte anhört. Ich hatte mir vorgenommen, ihr alles zu erzählen, alles, was ich weiß, alles, was ich vermute, alles, was mich beunruhigt. Meine schöne Frau, fein gemacht fürs Büro mit einem marineblauen Nadelstreifenkostüm, schüttelte müde den Kopf. *Ich will's nicht hören, Misha, okay? Ich vertraue dir, ganz ehrlich, aber ich will's nicht hören.* Ich wollte Einwände vorbringen, doch sie schüttelte erneut den Kopf und legte mir sanft einen Finger an die Lippen. Ihre Augen, ernst und fragend und besorgt, hielten meinen Blick fest. *Ich möchte dir nur drei Fragen stellen,* sagte sie. *Erstens, ist unser Sohn in Gefahr?* Genau darüber hatte ich die halbe Nacht nachgegrübelt, auch noch nach dem Anruf, deshalb hatte ich die Antwort parat.

Ich sagte, das sei er bestimmt nicht. Sie nahm das zur Kenntnis und fragte dann: *Bin ich in Gefahr?* Wieder antwortete ich, nein, natürlich nicht. Den Blick weiter fest auf mich gerichtet fragte Kimmer, was sie eigentlich wissen wollte: *Bist du in Gefahr?* Ich überlegte und schüttelte dann den Kopf. *Ich glaube nicht.* Sie runzelte die Stirn. *Da bist du nicht so sicher.* Ich zuckte die Achseln und erklärte ihr, ich sei so sicher, wie ich nur sein könne. Und Kimmer nickte und schmiegte sich in meine Arme und küsste mich eine Weile, und dann legte sie den Kopf an meine Brust und beschwor mich, nicht zu vergessen, dass ich eine Familie habe, die mich braucht. *Tu, was du meinst, tun zu müssen, Misha, aber denk dran, was gestern Abend passiert ist, und vergiss deine übrigen Verpflichtungen nicht.*

Dann fuhr sie zur Arbeit, und mir stahl sich ein unverhofftes Lächeln ins Gesicht.

Später am Vormittag klingelten Don und Nina Felsenfeld von nebenan, um Töpfe mit ofenfertigen Gerichten und ihre freundliche Anteilnahme loszuwerden. Sie erdrückten mich fast mit ihrer tüttelnden Fürsorglichkeit, doch sie rührten mich auch. Wie sie von den Vorgängen des gestrigen Abends erfahren haben, ist mir schleierhaft, aber, wie meine Frau mir immer wieder erklärt, Elm Harbor ist eben eine sehr kleine Stadt.

»Na schön, wenn dir irgendwas einfällt, womit wir dir helfen können«, fährt Onkel Mal fort, »dann melde dich einfach.«

Melde dich bei Meadows, heißt das. Er hat schon wieder genug von mir. Ich merke es.

»Mach ich.« Pause. »Und danke für deinen Anruf«, bringe ich über die Lippen

Mallory Corcoran lacht tatsächlich. »Langsam, Talcott, langsam! Lass dir Zeit mit dem Auflegen. Wir sind noch gar nicht zum eigentlichen Grund meines Anrufs gekommen. Ich wollte dich ohnehin anrufen, schon bevor ich von dem Vorfall hörte.«

»Wieso? Ist irgendwas?«

Ein weiteres großmächtiges Lachen dröhnt durch die Leitung. »Nein, nein, alles bestens. Hör zu, Talcott, wegen dieser Nominierungssache. Deine Frau muss einen heimlichen Verehrer haben.«

»Einen heimlichen Verehrer?«

»Genau.«

»Und das heißt?«, frage ich unsicher. Sofort sind alle Gedanken an den Überfall gestern Abend von der Sorge verdrängt, das Weiße Haus könne etwas über die möglichen außerehelichen Betätigungen meiner Frau herausgefunden haben, die betreffend ich Dr. Young versprochen habe, *in dubio pro reo* zu entscheiden. Dann wird mir klar, Onkel Mal will andeuten, dass Kimmers Stern im Steigen, nicht im Sinken begriffen ist.

»Meinen Quellen zufolge kühlt die Leidenschaft für Professor Hadley im Umfeld des Präsidenten ein wenig ab. Er ist noch nicht aus dem Rennen, aber er wankt. Die Republikaner haben in ihm eine Art Felix Frankfurter gesehen, der ja politisch ein großer Liberaler, aber als Richter ein Konservativer war, denn den Eindruck macht Hadley nach dem wenigen, was er geschrieben hat. Diese Kombination gefiel ihnen, weil sie sich ausrechneten, sie könnten ihn den Demokraten schmackhaft machen und gleichzeitig ihren eigenen rechten Flügel für ihn erwärmen. Das war jedenfalls die Masche, die man ihnen verkauft hat.«

»Verstehe.«

»Gar nicht mal schlecht, die Idee. Der Präsident hat ein paar ziemlich holperige Bestätigungsverfahren hinter sich, und es wäre ihm vermutlich sehr lieb, wenn zur Abwechslung mal eines glatt laufen würde.«

»Bestimmt.« Ich bin mit dem Telefon in meinem Arbeitszimmer gelandet und massiere geistesabwesend meine geprellten Rippen. Das Fenster nach vorn zeigt denselben endlosen Regen wie das nach hinten. Wie üblich am Vormittag ist die Hobby Road weitgehend menschenleer, denn die Kinder sind in der Schule und die Eltern bei der Arbeit oder im Supermarkt oder beim Aerobic oder wo Eltern heutzutage sonst sind.

»So hatte man sich das jedenfalls ausgerechnet«, fährt er fort. »Aber wie ich höre, hat jemand dem Weißen Haus Mitschriften von diesen Tischreden zugespielt, die Professor Hadley hier und da hält, und jetzt denken sie, sie haben einen verkappten Liberalen an der Spitze ihrer Liste. Gut, er veröffentlicht dieses Zeug nicht, aber seine Theorien hören sich zum Teil recht kraus an.«

»Verstehe«, sage ich langsam.

»Während in Kimmers Fall ... na ja, Talcott, bei deinem Vater ... sagen wir einfach, dass der Präsident eine rechte Flanke hat, an die er denken muss, und die Schwiegertochter von Oliver Garland zu nominieren hätte einen gewissen ... Prestigewert. Hinzu kommt, dass sie schwarz ist. Und eine Frau. Drei Fliegen mit einer Klappe.«

»Klatsch.«

»Du klingst ungehalten, Talcott.«

»Nein, nein.« Aussichtslos, Onkel Mal erklären zu wollen, wie sehr seine letzte Bemerkung mich ärgert und wie viel mehr noch meine Frau sich darüber ärgern würde, sollte ich sie ihr mitteilen, was ich nicht tun werde. Eine Garland-Ehe ohne Geheimnisse wäre einfach zu glücklich, und das würde die Familie niemals dulden. »Nein, aber ... du sagst, jemand hat ihnen Mitschriften zukommen lassen?«

»Jemand aus Elm Harbor, wie ich höre.«

»Aus Elm Harbor?«

»Von der Universität.« Seine Stimme klingt jetzt härter.

»Oh. Oh, verstehe.« Ich wahre einen neutralen Ton. Offensichtlich ist Onkel Mal der Meinung, ich sei der Denunziant, und er lässt mich spüren, dass er es für hochgradig geschmacklos hält, wenn ein Mann seine Beziehungen in Washington spielen lässt, um die Kandidatur seiner Frau als Bundesrichterin zu unterstützen. Dabei müsste er eigentlich wissen, dass meine einzige Washingtoner Beziehung in diesem Moment mit mir telefoniert.

»Aber, Talcott, eins ist klar: Wenn man jemanden auf diese Art mit Dreck beschmeißt, kann es sein, dass der Dreck zurückgeflogen kommt. Wer auch immer dem Weißen Haus diese Mitschriften zuträgt, mag Professor Hadley ja so weit in Misskredit bringen, dass er den Sitz nicht bekommt. Aber damit ist natürlich noch lange nicht gesagt, dass ihn deshalb die Kandidatin des Zuträgers bekommt. So ein Schuss kann nach hinten losgehen. Wenn A Dreck auf B schleudert, dann werden manchmal beide Seiten so schmutzig, dass sie keine Chance mehr –«

»Ich hab schon begriffen.«

»Und selbst wenn es nicht nach hinten losgeht, selbst wenn es klappt, ist es immer noch, na ja, schlicht und einfach ungehörig.«

Ungehörig. Ein Wort, das mit hoher Wahrscheinlichkeit im neuen Jahrhundert aussterben wird. »Ganz meiner Meinung.«

»An deiner Stelle würde ich zusehen, dass ich dem ein Ende setze.«

»Onkel Mal, ich bin's nicht!«, platze ich heraus und fühle mich dabei genauso wie gestern Abend: der unschuldige Schwarze, der in den Augen der weißen Machthaber als Schuldiger dasteht.

»Davon war überhaupt nicht die Rede«, beteuert er scheinheilig.

»Wirst du es ihnen sagen?«

»Wem soll ich was sagen?«

»Den Leuten im Weißen Haus, dass ich es nicht bin.«

»Gott, wenn du unbedingt willst«, murmelt er halbherzig und hörbar skeptisch, ob sie ihm glauben würden oder das überhaupt sollten.

»Bitte.«

»Meinetwegen«, sagt er, aber er denkt natürlich nicht daran. »Na, jedenfalls, halt uns weiter auf dem Laufenden.«

»Natürlich.«

»Gut. Dafür sind wir schließlich da. Ach, und sag Bescheid, falls wir etwas für dich tun können.«

»Aber sicher«, verspreche ich.

Stuart, denke ich, als ich auflege. Dieser dämliche Wichtigtuer Stuart Land.

Kapitel 29
Ein unterhaltsamer Abend

• I •

»Alles in Ordnung, Tal?«, fragt Shirley Branch und haucht mir einen Begrüßungskuss auf die Wange, als ich über die Schwelle ihrer Wohnung trete. Sie blickt mitfühlend auf den noch gut sichtbaren Bluterguss unter meinem Auge. Draußen bläst der nasse neuenglische Winterwind zum alljährlichen Dezemberangriff auf alle, die es lieber warm haben. »Ich habe gehört, Sie wären beinahe verhaftet worden. Stimmt das? Darf ich Ihnen den Mantel abnehmen? Wo haben Sie Ihre Frau gelassen?« Eine Frage purzelt über die andere, weil Shirleys ebenso scharfer wie chaotischer Verstand derart schnell arbeitet, dass sie selbst kaum mitkommt.

Ich schüttele den Kopf und reiche ihr meinen Parka, wobei ich die zweite Frage ungefähr zum zehnten Mal in den letzten zwei Tagen beantworte und die vierte ungefähr zum hundertsten Mal in diesem Jahr. Nein, ich sei nicht beinahe verhaftet worden, kläre ich sie auf; ein kleines Missverständnis, weiter nichts. Und Kimmer habe der Einladung nicht folgen können, weil unser Babysitter plötzlich die Grippe bekommen hat, was sogar stimmt, obwohl Kimmer für den Fall, dass das Mädchen verfügbar gewesen wäre, sicher eine andere Ausrede gefunden hätte. Mit den Juraprofessoren zu Abend zu essen ist für meine Frau in etwa so, als würde man sie auf die Streckbank spannen, nur ohne den Nutzen der körperlichen Lockerung. Kimmer, die manchmal überraschend beschließt, dass sie mich gern um sich hätte, schlug mir vor, doch zu Hause zu bleiben, aber als ich meinte, das fände ich eine sehr gute Idee, schwenkte sie um und fuhr genau die Argumente auf, die uns ursprünglich dazu bewogen hatten, Shirleys Einladung zum Samstagabend anzunehmen: Shirley sei die erste schwarze Professorin der Fakultät, und selbst in dieser Zeit der allgemeinen Zersplitterung gebe es so etwas wie Solidarität. Shirley sei meine frühere Studentin und Forschungsassistentin, und selbst in dieser Zeit des allgemeinen Egoismus gebe es so etwas wie Loyalität.

Doch ich vermute, mit dem Wunsch, dass wenigstens einer von uns hingeht, verband Kimmer in Wirklichkeit die Absicht, Marc Hadley zu bespitzeln, der ebenfalls auf der Gästeliste steht. Kimmer und Marc sind nicht mehr zusammen in einem Raum gewesen, seit sie Konkurrenten um den freien Sitz am Berufungsgericht geworden sind, und meine und Marcs Wege in der Fakultät haben sich so gut wie nie mehr gekreuzt, nicht zuletzt deshalb, weil ich so selten da war. Wahrscheinlich war Kimmer, die sich von meinen Kollegen nicht halb so sehr verunsichern lässt, wie sie meint, zu dem Schluss gekommen, es sei an der Zeit, ihm auf den Zahn zu fühlen.

Bis sich herausstellte, dass wir keinen Babysitter hatten: Daraufhin schickte sie mich alleine los.

»Haben Sie Cinque gesehen?«, fragt Shirley hoffnungsvoll mit ihrem sanften Mississippi-Akzent. Cinque ist der recht außergewöhnliche Name des recht gewöhnlichen Terriers, den sie entgegen zahlreichen Universitätsvorschriften ab und zu in ihr kleines Büro mitnimmt. »Er ist irgendwie rausgewischt.«

»Leider nein«.

»Ist wirklich alles in Ordnung, Tal? Ich weiß nicht sicher, ob Sie alle Anwesenden kennen. Reverend Young kennen Sie, nicht wahr? Nein? Ach, doch? Er ist mein Pfarrer. Ihr Auge sieht schrecklich aus. Sind Sie sicher, dass Sie Cinque nicht doch draußen irgendwo gesehen haben? Er ist ganz und gar kein Winterhund.«

»Er taucht bestimmt wieder auf, Shirley«, murmele ich, und sie zuckt die Achseln und versucht zu lächeln.

Ich lächele zurück, so gut ich kann. Meine Rippen tun nicht mehr so weh, aber die Stiche in meiner Wange jucken grauenhaft.

Stuart Land ist offenbar ein paar Tage fort – in Washington, darunter tut er's nicht –, deshalb konnte ich ihn noch nicht wegen seiner Intrigen gegen Marc Hadley zur Rede stellen, sofern Stuart wirklich dahinter steckt. Der fremde Anrufer mit der sinnlichen Stimme hat sich nicht noch einmal mit neuen Zusicherungen gemeldet, aber ich habe nicht mehr das Gefühl, verfolgt zu werden. Andernfalls hätte ich die Einladung vermutlich ausgeschlagen.

Ich bin unter den Gästen, die als Letzte eintreffen. Marc und Dahlia Hadley sind schon da, ebenso Lynda Wyatt und ihr langweiliger Mann Norm, ein Architekt. Auch der listige alte Ben Montoya, Lyndas starke rechte Hand, dessen Frau genau wie meine für einen vergrippten Babysitter einspringen muss. Lem Carlyle nebst Frau werden etwas später erwartet, nach der Ballettaufführung ihrer Tochter. Vier der mächtigsten Mitglieder der Professorenschaft – und ich. Shirley hat vor zehn Jahren mein allererstes Seminar über Deliktsrecht besucht. Sie kann erst in drei Jahren auf einen Lehrstuhl hoffen, aber sie weiß jetzt schon, auf wessen Urteil es ankommt. Und sie hat genug Lebenserfahrung, um sich darüber im Klaren zu sein, dass die Bewertung ihrer wissenschaftlichen Qualifikationen, allen gegenteiligen Bemühungen zum Trotz, immer auch wenigstens ein bisschen davon beeinflusst sein wird, wie sehr die Bewerter sie als Mensch mögen.

Drei der Gäste haben keine direkte Verbindung zur Universität. Mein gelegentlicher Lebensberater Reverend Dr. Morris Young ist in Begleitung seiner stillen Frau Martha da, die fast so füllig ist wie er – und still eigentlich nur außerhalb der Kirche, denn ihre Stimme ist die lauteste, wenn auch vielleicht nicht die beste in ihrem Chor, der sogar überregional auftritt. Der dritte ist der spindeldürre Kwame Kennerly, ein schamlos berechnender Politiker mit frühzeitig schütter werdendem Haar und einem imposanten Spitzbart, ein Mann, der als großer Demagoge gilt und der in mehrere lokale Behördenskandale verwickelt war, ohne dass man ihm je etwas nachweisen konnte. Im Augenblick fungiert er, wie Kimmer zu sagen pflegt, als Assistent des Bürgermeisters mit dem besonderen Auftrag, die schwarze Minderheit bei der Stange zu halten, obwohl sein offizieller Titel »Vizestabschef« lautet. Außerdem ist er, wie mir klar wird, als er den Arm um ihre schlanke Taille legt, Shirleys fester Freund. Shirley leistet also nicht nur bei den tonangebenden Professoren an der Juristischen Fakultät fleißig Beziehungsarbeit, sondern auch bei zwei der einflussreichsten Persönlichkeiten in der schwarzen Community der Stadt.

Kurzum, sie macht sich prächtig: Ich als ihr früherer Lehrer strahle.

Kwame Kennerly, der mit einem Weinglas in der Hand dicht hinter Shirley steht, ist ziemlich kurz angebunden, als sie mich ihm vorstellt, vermutlich weil er mir übel nimmt, dass ich der Sohn meines Vaters bin, eine Haltung, die ich bei Linken häufig erlebe. (Die Rechten haben es immer furchtbar eilig, mir die Hand zu schütteln, und ebenso wenig Grund dazu.) Ich sehe Kwames Namen oft im *Clarion*, denn er ist einer von diesen aufstrebenden Politikern, die es fertig bringen, immer überall gleichzeitig zu sein, aber bisher bin ich ihm noch nie persönlich begegnet. Er ist ein hochgewachsener, sehniger Mann, dessen große, blinzelnde Augen einem widersprechen, bevor man den Mund aufgemacht hat. Zum heutigen Anlass, vielleicht weil Shirley am Wasser wohnt, hat er sich in einen marineblauen Blazer mit goldenen Knöpfen geworfen, obwohl die Bootssaison vorbei ist, einer der Fauxpas, über die sich meine Mutter immer empörte. Wie zum Ausgleich trägt er eine runde Mütze aus leuchtend orangefarbenem Kente-Stoff. Die Farbenorgie – die Mütze, der Blazer, die dunkle Haut, der tiefschwarze Bart – dürfte auf die anwesenden weißen Liberalen eine ziemlich einschüchternde Wirkung haben. Falls er sich fehl am Platz fühlt, scheint er entschlossen, sich das nicht anmerken zu lassen.

Shirley Branch lebt in einer ausgedehnten Eigentumswohnanlage direkt an Elm Harbors schmalem, unter Seetang erstickendem Strand. Ihre eingeschossige Wohneinheit ist nicht sehr groß: ein Schlafzimmer, das anscheinend auch als Arbeitszimmer benutzt wird, eine wandschrankgroße Küche, ein einziges Badezimmer und ein langer Bereich, der sowohl als Wohnzimmer wie auch als Esszimmer dient, wobei der Esstisch für zwölf Personen die Hälfte des Raumes einnimmt. Für dasselbe Geld hätte sie sich (wie sie mir diverse Male vorgerechnet hat) ein Drei-Schlafzimmer-Reihenhaus auf der anderen Seite der Wohnanlage kaufen können, doch dann hätte sie nicht diesen spektakulären Blick aufs

Wasser gehabt. »Ich brauche nicht viel Platz«, bemerkt sie gern, »es ist ja nur für mich und Cinque.« Cinque, sollte ich vielleicht hinzufügen, ist Shirleys dritter Hund dieses Namens – den ersten hatte sie bereits zu Collegezeiten: Sie legt Wert darauf, dass sie den Namen schon lange ausgesucht hatte, bevor er durch Steven Spielberg berühmt wurde.

Wenn man in Shirleys Wohnung sitzt und durch die Glastür über den Balkon auf den Strand und die glatte schwarze Wasserfläche keine fünfzig Meter weiter blickt, fühlt man sich beinahe nach Oak Bluffs versetzt.

Beinahe.

Shirley ist eine schlanke Frau mit einem schmalen, traurigen Gesicht und vorstehenden Zähnen – ein Pferdegesicht nannten wir so etwas als Kinder. Ihre Augen sind ein bisschen zu aufrichtig, ihre flotte Außenrolle ein bisschen zu steif, ihre Bewegungen ein bisschen zu hektisch: Schon als Studentin neigte sie zu Übertreibungen. Sie beschäftigt sich hauptsächlich mit der Rassenfrage und ist so resolut, so aggressiv links, dass man es förmlich riechen kann. Wenn man Shirley reden hört, hat kein Problem, mit dem Amerika oder die Welt geschlagen ist, eine andere Ursache als den Rassismus der Weißen. Ihr Verstand ist scharf und beweglich, sie schreibt gern und viel, aber als Wissenschaftlerin fehlt ihr eine gewisse Subtilität, die Fähigkeit zu differenzieren, die Bereitschaft, Alternativen zuzulassen – sie ist, mit einem Wort, borniert, was wahrscheinlich einer der Gründe ist, weshalb wir sie beinahe nicht eingestellt hätten. Marc Hadley war am entschiedensten dagegen.

Ob Shirley das wohl weiß?

Ich schlendere in den Wohn- und Essbereich – ein großes und ein kleines Sofa an einem Ende, ein langer Glastisch am anderen –, wo Marc bereits große Reden schwingt, denn er kann einem Publikum so wenig widerstehen wie die Presse einem Skandal. Shirley zuckt entschuldigend die Achseln, während sie meinen Mantel an die überfüllte Garderobe neben der Haustür hängt. Lynda Wyatt lächelt gut gelaunt, als ich eintrete, und prostet mir ironisch zu: Immerhin *versucht* sie, mich zu mögen, das muss ich ihr lassen. Marcs Gruß ist so flüchtig, dass es fast beleidigend wirkt, aber er ist bereits voll in Fahrt, und seine Tweedärmel fahren ungestüm auf und nieder, während er die Gäste mit seiner neuesten Theorie unterhält. Die kontaktfreudige Dahlia gibt sich alle Mühe, seine Unhöflichkeit wettzumachen, umarmt mich wie einen lang verschollenen Bruder und erkundigt sich nach meiner Familie. Der alte Ben Montoya, knochig und doch noch kräftig, legt mir seine Pranke auf die Schulter und flüstert, er habe gehört, ich sei verhaftet worden. Ich drehe mich um, doch mein ärgerlicher Blick gilt nicht Ben, sondern Shirley, die mich hilflos angrinst, als wollte sie sagen: *Ich kann nichts dafür. Ich setze keine Gerüchte in die Welt, ich verbreite sie nur.*

Mein Blick fällt schließlich auf Marc selbst, den Rivalen meiner Frau, einen Mann, dem ich mich früher einmal einigermaßen nahe gefühlt habe: Bruder Marc, wie die Liebste Dana ihn zu nennen beliebt, oder Jung-Marc, wie Theo Mountain gern spöttelt, denn Marc hat etwas an sich, das die Menschen animiert, sich über ihn zu mokieren. Er riecht wie immer nach dem recht angenehmen Himbeertabak, den er bevorzugt, denn eine abgenutzte alte Pfeife ist eines seiner vielen Markenzeichen. Er schenkt dem jüngst in unserem Bundesstaat erlassenen Gesetz keine Beachtung, das Rauchen in den allgemein zugänglichen Bereichen öffentlicher Gebäude untersagt, da er persönlich bereits zu dem Schluss gekommen ist, das Gesetz sei verfassungswidrig, und anscheinend stellt ihn niemand deswegen zur Rede, denn wo man ihn im Oldie auch antrifft, die Pfeife ist immer dabei, wobei mir allerdings auffällt, dass er sie hier bei Shirley nicht angezündet hat. Marc gilt zu Recht als einer der fähigsten Köpfe unter den Professoren, ein Ruf, der es anscheinend rechtfertigt, dass er seine graublonden Haare, die ihm über die Ohren fallen, nicht schneidet oder auch nur kämmt, dass er sich nicht öfter als ein-, zweimal die Woche rasiert, dass er keine Krawatten trägt und dass er seine Schuhe nicht putzt. Er unterrichtet Rechtsphilosophie und Strafrecht, außerdem hält er gelehrte Seminare über das Leben der großen Richter und den bevorstehenden Untergang des Rechtsstaates. Die Studenten beten ihn an. Die meisten seiner Kollegen bewundern ihn. Einige von uns mögen ihn. Trotz seines ausgeprägten Egos ist er ein guter Kerl, der stets bereit ist, Anfängern mit Rat und Tat zur Seite zu stehen, und der so etwas wie ein akademischer Star wäre, wenn er nicht die bereits erwähnte

Schwäche hätte: Er schreibt einfach nichts. Sein wissenschaftliches Renommee beruht auf seinem einzigen Buch – *The Constitutional Mind*, erschienen vor fast zwanzig Jahren – oder eigentlich nur auf einem einzigen fulminanten Kapitel des Buches, dem dritten Kapitel, das zu einem festen Begriff geworden ist und manchmal ohne weiteren Nachweis angeführt wird: Aber Hadleys drittes Kapitel hat dieses Argument bereits widerlegt, könnte beispielsweise ein ähnlich denkender Autor schreiben. In dem berühmten dritten Kapitel legte Marc nach allgemeinem Dafürhalten die beste Analyse überhaupt von Benjamin Cardozos Spruchpraxis vor und entwickelte daraus eine Kritik der Verfassungstheorie, die heute noch aktuell ist. Selbst Dana Worth, die Marc auf den Tod nicht ausstehen kann, räumt in besonnenen Momenten ein, dass sie aus den letzten fünfzig Jahren kein ähnlich einflussreiches Buch – kein ähnlich einflussreiches Kapitel – eines Rechtsgelehrten kennt. Das Buch war ein vernichtender Angriff auf die Spruchpraxis, die man heute als richterlichen Aktivismus zu bezeichnen pflegt, geschrieben von einem erklärten Liberalen, der sich jedoch als altmodisch geriert und dem, wie er selbst sagt, der demokratische Liberalismus von unten lieber ist als der bürokratische Liberalismus der Prozesse und Gesetze.

Ein hervorragender Kopf und erstklassiger Professor, mein früherer Freund Marc Hadley, und ich hoffe, dass er auch Professor bleibt.

Endlich gelingt es mir, mich auf Marcs Vortrag zu konzentrieren. Er redet wie üblich zu schnell, aber das Wesentliche bekomme ich mit. »Sehen Sie, wenn Griswold Recht hat, wenn Entscheidungen über Geburtenkontrolle von den Frauen und ihren Ärzten getroffen werden sollen, dann ist die Institution der Ehe obsolet. Ich meine, *verfassungsrechtlich* obsolet. Schauen Sie sich nur die Forschungsergebnisse der Geschichtswissenschaft und der Ethnologie an, und Sie werden feststellen, dass Freud von A bis Z Recht hatte. Die Verteidiger der traditionellen Ehe, vor allem diejenigen, die den Standpunkt vertreten, das eheliche Zusammenleben sei in irgendeiner Weise *natürlich*, weisen darauf hin, dass man die Ehe in der einen oder anderen Form in so ziemlich allen Kulturen antrifft, die wir bis dato entdeckt haben. Aber was beweist das? Nur dass alle Kulturen sich mit demselben Problem auseinander setzen mussten und müssen. Die Ehe entstand historisch als ein Versuch, den menschlichen Fortpflanzungstrieb zu bändigen, den stärksten Trieb, den die Menschen besitzen, abgesehen vielleicht von dem Trieb der geistig Schwachen, übernatürliche Wesen zu erfinden und anzubeten, weil sie solche Angst vor dem Sterben haben.« Ein Glucksen, um den Seitenhieb zu mildern. Dann fährt er fort. »Sehen Sie, historisch betrachtet geht es bei der Ehe um nichts anderes als um Reproduktion und Ökonomie, um Kinder und Geld. Ehegatten setzen Kinder in die Welt und erziehen sie. Das Ehepaar erwirbt und verzehrt und verwaltet Besitz. Mehr ist an der Sache nicht dran. Das ganze übrige Ehegesetz ist unerheblich. Heute jedoch hat sich die Fortpflanzung dank der Entwicklung der Technik und der Kultur gegenüber der Ehe verselbständigt. Unverheiratete Frauen bekommen Kinder, und es gibt keine sozialen Sanktionen. Verheiratete Frauen bekommen keine Kinder, und es gibt keine sozialen Sanktionen. Und nicht genug damit, dass es keine sozialen Sanktionen gibt, es gibt sogar ein verfassungsmäßig garantiertes Recht darauf. Demnach haben wir es, nicht wahr, mit einem rechtlichen Bereich zu tun, der vollständig auf einer gesellschaftlichen Übereinkunft basiert, die keine Gültigkeit mehr besitzt. Abgekoppelt von der Fortpflanzungsfunktion wird die Ehe irrational. Die gesetzliche Regelung der Ehe ist somit nicht nachvollziehbar mit einem legitimen staatlichen Anliegen verbunden, was die Grundvoraussetzung ist, die jedes Gesetz nach der Verfassung erfüllen muss. Und daran zeigt sich: Das Ehegesetz ist verfassungswidrig.«

Er hält inne und schaut sich beifallheischend in der Runde um.

Alles schweigt. Marc blickt zufrieden, wiegt sich vielleicht in dem Glauben, er habe uns dermaßen beeindruckt, dass es uns die Sprache verschlagen hat. Ich kann zwar nicht für die anderen sprechen, aber *ich* schweige, weil ich mir überlege, ob ich bei meinem Arzt einen Hörtest machen sollte: Ich kann diesen ganzen Blödsinn doch unmöglich richtig verstanden haben. Marc wird von alldem nie etwas zu Papier bringen, und darin erweist ihm seine Schreibblockade einen Bärendienst: Sie scheint ihn zum Leichtsinn zu verführen, denn die Tatsache, dass nichts, was er sagt, jemals in gedruckter Form erscheinen wird, macht es ihm bei Rückfragen möglich, seine Worte abzustreiten, zu erklären, er sei falsch interpretiert worden, oder zu behaupten, das alles seien nur Gedankenspiele gewesen. Die Ehe verfassungswidrig! Ich frage mich, ob diese irrsinnige Theorie bis zum Weißen Haus durchgedrungen ist, ob sie zu den Geschichten gehört, die Stuart erzählt hat – vorausgesetzt, dass es wirklich Stuart ist, der gegen ihn intrigiert, was sich erst noch erweisen muss. Was wohl die Presse daraus machen würde? (Ich würde zwar nie mit einem Reporter darüber reden, aber Marc hat Feinde. Zum Beispiel könnte ich Marcs Idee Dana Worth erzählen, und sie hätte bestimmt keine Skrupel, sämtliche Journalisten darüber zu informieren, die sie und Alison in ihren Organizern finden können.)

Marc hebt aufs Neue an.

»Das soll nicht heißen, private Institutionen wie etwa Religionsgemeinschaften dürften nicht, wenn es sie glücklich macht, weiterhin ihre wunderlichen Zeremonien abhalten und den Gläubigen verkünden, dieses oder jenes Paar, einerlei welcher Couleur, sei im Namen ihres jeweiligen Gottes getraut. Aber damit üben sie nur ihr Grundrecht der Religionsfreiheit aus, wie es vom Ersten Zusatzartikel zur Verfassung garantiert wird. Entscheidend ist, dass der Staat in keiner Weise involviert sein sollte, weder indem er diese so genannten Ehen sanktioniert, noch indem er den Ehepartnern irgendwelche staatlichen Vorteile gewährt, noch indem er sich anstelle dieser privaten Institutionen zu entscheiden anmaßt, wie und ob eine Ehe aufgehoben wird. *Griswold* erklärt uns, dass die Fortpflanzung nicht Sache des Staates ist. Darum ist auch die Ehe nicht Sache des Staates.«

Ben Montoya, der große Liberale, zwinkert mir mit einem versonnenen Schmunzeln zu. Er ist Marcs gelegentlicher Sparringspartner, denn sie vertreten zu bekannten Gerichtsurteilen wie »Roe gegen Wade« vehement entgegengesetzte Positionen. (Marc behauptet zum Beispiel, er persönlich befürworte Abtreibungen, findet aber, der Staat habe die Autorität, anderer Meinung zu sein.) Heute Abend jedoch unterlässt es Ben, Marc zu widersprechen. Lynda Wyatt desgleichen, obwohl sie direkt neben ihm steht. Lynda hat seinerzeit Familienrecht und Verfassungsrecht unterrichtet und wäre somit die Richtige, um ein paar von Marcs Irrtümern zu korrigieren, aber sie blickt nur auf den meergrünen Teppich zu ihren Füßen. Ich habe diese Wirkung, die Marc auf

Zuhörer hat, nie verstanden. Kwame Kennerly, der einen Großteil seiner nicht unerheblichen Energie darauf verwendet, das Heiraten unter den jungen afroamerikanischen Männern in den Slums populär zu machen, von denen die meisten anscheinend vergessen haben, wie das geht, wirkt empört. Andererseits ist er als relativer Neuling in Elm Harbor noch dabei, politisch Fuß zu fassen, und kann es sich nicht leisten, einen Repräsentanten der verhassten und beneideten Universität so weit herauszufordern, schon gar nicht einen, der so viel Geld für demokratische Kandidaten zusammenbringt. Dr. Young wirkt befremdet, aber nicht beeindruckt. Er schüttelt mehrmals den Kopf, und seine fleischigen Lippen sind missbilligend geschürzt, ohne dass er laut protestieren würde. Ich habe den Eindruck, er lässt sich wie ein Boxer in den Seilen hängen und wartet ab, bis Marc sich verausgabt hat und reif für den K.-o.-Schlag ist. Ich für meinen Teil denke nicht im Traum daran, den Mund aufzumachen, sondern begnüge mich damit, mir zu wünschen, Dana wäre hier, um Marc über den Mund zu fahren. Allein Norm Wyatt besitzt die Unverfrorenheit, ungläubig die Augen zu verdrehen, aber er hat auch über Juraprofessoren ungefähr die gleiche Meinung wie Kimmer.

»Wenn man jetzt meine Theorie auf gleichgeschlechtliche Ehen anwendet ...«, versteigt Marc sich weiter, aber genau in diesem Augenblick verkündet Shirley wohlweislich, das Essen sei fertig.

Marcs Publikum lässt ihn liebend gern stehen, anscheinend sehr zu seinem Erstaunen, denn seine Hände fuhrwerken immer noch in der Luft herum, obwohl die meisten Gäste sich schon dem Tisch zugewandt haben. Shirley weist die Plätze an. Bevor ich mich setze, werfe ich noch einen Blick durch die Glasschiebetür auf den Strand und die sanft auslaufenden Wellen und frage mich, ob auch Kimmer und ich gut daran getan hätten, für diese göttliche Nähe zum Wasser etwas Wohnraum zu opfern.

Mein Platz ist an einer der Längsseiten des Tisches in der Mitte, eingeklemmt zwischen Dr. Young zur Rechten und Dahlia Hadley zur Linken. Mir gegenüber sitzt Dekanin Lynda, flankiert von Kwame Kennerly auf der einen und einem leeren Stuhl für Lem Carlyle auf der anderen Seite.

»Hat Ihnen die Polizei das blaue Auge verpasst?«, erkundigt sich Kwame Kennerly ohne Umschweife und lehnt sich ein wenig zurück, wie um einen besseren Blick darauf zu haben. Ob diese Geschichte wohl je wieder in Vergessenheit geraten wird?

»Nein.«

»Wer dann?«

»Jemand anders«, knurre ich barsch. Der Sohn meines Vaters heute Abend.

Kwame ficht das nicht an. »*Nicht* die Polizei? Sind Sie sicher?«

»Bin ich, Kwame. Ich war dabei.«

Mit Ironie richte ich bei ihm nichts aus. »Ich habe gehört, Sie wurden verhaftet.«

»Da haben Sie falsch gehört.«

»Die haben Sie *nicht* mit der Waffe bedroht?« Heftig blinzelnd.

»Niemand hat irgendwen mit der Waffe bedroht.«

Kwame Kennerly streicht seinen kleinen Bart und plant den nächsten Zug. Ein paar pampige Antworten können ihn nicht irre machen. Ich mag der Sohn des verabscheuten Oliver Garland sein, aber ich bin auch ein Schwarzer, der möglicherweise von Polizisten zusammengeschlagen wurde; außerdem kann er sich eine so gut ausschlachtbare Geschichte nicht durch die Lappen gehen lassen. Dekanin Lynda hört mit mehr als nur einem halben Ohr zu.

»Aber Sie *hatten* Scherereien mit einigen Polizisten, stimmt's? Mit *weißen* Polizisten.«

»Das Ganze war ein Missverständnis«, seufze ich. »Ich wurde überfallen, ich rief die Polizei, und als sie kamen, dachten sie irrtümlich, ich wäre der Täter und nicht das Opfer. Aber dann habe ich ihnen meinen Universitätsausweis gezeigt, und sie haben sich entschuldigt und mich gehen lassen.«

»*Städtische* Polizisten?«

»Campuspolizisten.«

»Das ist ja wieder typisch.« Er wartet nicht auf meine Reaktion. »Ein Schwarzer auf dem Universitätsgelände, was? Zwei Ecken von der Juristischen Fakultät entfernt, wo Sie unterrichten! Wenn Sie weiß wären, hätte es bestimmt kein ›Missverständnis‹ gegeben.«

Ich versuche gar nicht erst herauszufinden, woher Kwame die Einzelheiten des Vorfalls kennt, denn Einzelheiten in Erfahrung zu bringen ist sein Job. Ich mache mir allerdings die Mühe, ihm zu widersprechen, obwohl seine Analyse völlig richtig ist. »Ich bin nicht einfach herumspaziert, ich ...« Ich zögere und schaue dabei kurz zu meiner Dekanin hinüber, aber es gibt kein Zurück mehr. »Ich war dabei, das Gerüst an der Bibliothek hochzuklettern. Jetzt verstehen Sie vielleicht, warum die Polizisten Verdacht schöpften.«

»Aber auf Ihrem eigenen Campus, oder?«, beharrt er und nickt wissend, als würde er das alle Tage erleben, was wahrscheinlich der Fall ist.

»Ja.«

»Und die Täter waren Weiße. Wenn die Polizei gekommen wäre, als diese Ganoven Sie gerade zusammenschlugen, dann hätten sie trotzdem gedacht, *Sie* wären der Verbrecher.«

»Kann schon sein.«

»Genau das habe ich gemeint!«, ruft er Lynda Wyatt zu, wohl in Anknüpfung an einen vorausgegangenen Wortwechsel.

»Ich weiß, ich weiß«, sagt meine Dekanin eilfertig.

»Es ist *sein* Campus, aber es ist ein *weißer* Campus! Sehen Sie, *dafür* ist die Polizei in einer Stadt wie dieser vor allen Dingen da – uns an der Kandare zu halten.«

»Mmmm«, sagt Dekanin Lynda, ihr Essen hastig schlingend.

»Schwarze Männer sind in diesem Land eine *gefährdete Spezies.*« Er deklamiert das wie ein Zitat aus einem Lexikon, dann zeigt er mit dem Finger auf mich, das Schaustück Nummer eins. »Ganz egal, wer ihre *Väter* sind.«

Der Kartoffelbrei kommt bei uns an, und Kwame muss kurz innehalten, um sich eine tüchtige Portion auf den Teller zu schaufeln. Er gibt etwas Soße aus einer kleinen Terrine dazu und ist dann sofort wieder bei seinem Thema.

»Unsere jungen Männer sind *Freiwild*!«

»So jung bin ich gar nicht mehr«, unterbreche ich ihn, um einen leichten Ton bemüht.

»Trotzdem können Sie von Glück sagen, dass Sie noch leben. Nein, im Ernst. Wir wissen alle, wozu die Polizei fähig ist.« Immer noch energisch nickend wendet er sich wieder Dekanin Lynda zu. »Verstehen Sie mich jetzt?«

»O ja. Und wir sind alle sehr froh, dass Ihnen nichts passiert ist, Talcott.« Sie gibt sich ganz den Anschein, als sorgte sie sich wirklich um mich. Mir geht auf, dass beide an einen Fall denken, der sich vor zwei Jahren in der rein weißen Nachbarstadt Canner's Point zugetragen hat, ziemlich genau zu der Zeit, als Kwame Kennerly nach Elm Harbor kam. Ein schwarzer Teenager wurde von zwei Polizisten erschossen, als er nach einer fünfzehnminütigen Hetzjagd, die im Schaufenster eines kleinen Eckladens endete, mit erhobenen Händen aus einem gestohlenen Auto stieg.

Das war doch etwas anderes, will ich mit der Stimme des Richters sagen, verkneife mir die Bemerkung aber gerade noch, weil der Richter sich in solchen Fällen allzu häufig täuschte.

»Es ist ja noch mal gut gegangen«, erkläre ich Kwame stattdessen und wünschte, er würde aufhören.

»Sie sollten mich die Sache in die Hand nehmen lassen.«

»Nein, danke.«

»Ich könnte den Polizeichef anrufen, wie wär's? Solche Schikanen sind derzeit ein wichtiges politisches Thema. Der Bürgermeister ist da sehr hellhörig.«

Das hätte mir gerade noch gefehlt: eine offizielle Untersuchung. Ich kann es mir nicht leisten, zum politischen Thema zu werden. Zum einen könnte dadurch die Waage wieder zu Marcs Gunsten ausschlagen statt zu Kimmers – *Na bitte, wir haben von Anfang an gesagt, dass Ihr Mann ein Unsicherheitsfaktor ist!* –, vor allem aber könnte vieles von dem ans Licht kommen, was ich gern noch verborgen halten möchte.

»Das ist nicht nötig.«

»Ich finde, der Polizeichef sollte sich damit befassen«, drängt Kwame hartnäckig.

»Nein, danke«, wiederhole ich, »und außerdem waren es, wie gesagt, Campuspolizisten, keine städtischen.«

»Das *weiß* ich. Aber nach dem Gesetz unterstehen beide dem Polizeichef.«

Richtig. Genau wie die Universität sich an die städtische Bauordnung halten muss, aber es dennoch nicht tut, wenn sie nicht will.

»Ich will die Sache einfach vergessen.« Damit wende ich mich demonstrativ von Kwame ab, um mich mit der bezaubernden Dahlia Hadley zu unterhalten. Eigentlich meint Kwame es gut mit seinem penetranten Antirassismus, und unangenehmerweise hat er nicht einmal Unrecht. Shirley am Ende des Tisches bemerkt die Anspannung und runzelt die Stirn, denn sie mag Streitgespräche bei ihren Abendessen nur so lange, wie sie nicht persönlich werden.

Dahlia wirkt gelassener als bei unserer letzten Begegnung, vielleicht weil sie und Marc sich ausrechnen, dass der kleine Vorfall vor der Bibliothek seinen Nominierungschancen nur förderlich sein kann. Marc kommt aus einer reichen, einer steinreichen Familie. Eine seiner Großtanten war angeblich mütterlicherseits eine Vanderbilt oder Rockefeller oder etwas in der Art – die Gerüchte stimmen da nicht überein –, und ein Naturpark ist nach seinem lange verblichenen Onkel Edmund benannt, einem Wohltäter der Menschheit. Marc ist es gewohnt zu bekommen, was er haben will.

»Ich bin froh, dass Sie nicht ernsthaft verletzt wurden«, zwitschert Dahlia mit ihrer zuckersüßen Stimme.

»Danke.«

»Sie müssen auf sich aufpassen, Talcott. Ihre Familie braucht Sie.«

»Ich weiß.«

»Sie müssen Ihren Bauern beschützen.«

Meine Augen weiten sich. In jeder paranoiden Phantasie gibt es einen Moment übernatürlicher Klarheit, in dem einem plötzlich strahlend weiß die Wahrheit aufgeht: Ja, die Welt hat sich verbündet, und ja, alle sind gegen dich.

»*Was haben Sie gesagt?*« Ich fauche sie geradezu an.

Dahlia duckt sich. »Ich ... ich sagte, Sie müssen sie auf Dauer beschützen.«

Ich merke, dass ich schwitze. Ich lege mir kurz die Hand auf die Augen. »Oh. Verstehe. Entschuldigung. Ich ... ich muss mich verhört haben.«

»Das müssen Sie wohl.«

»Tut mir sehr Leid, Dahlia.«

Dahlia weicht ein Stückchen zurück, als ob ich ihr ein unsittliches Angebot gemacht hätte. Ihr Gesicht ist immer noch schockiert, als sie tadelnd sagt: »Könnte es vielleicht sein, dass Sie mehr Ruhe brauchen, als Sie sich gönnen, Talcott?«

»Tut mir Leid. Ich wollte nicht ... laut werden.«

»Sie sehen müde aus. Sie sollten nicht so rasch aufbrausen«, fügt sie lebensklug hinzu und dreht sich dann nach links, um mit Norm Wyatt zu plaudern.

Als ich ans Ende des Tisches blicke, funkelt mein ehemaliger Freund Marc Hadley mich grimmig an.

• II •

Während des Essens scheinen fast alle interessantere Gesprächspartner zu finden als mich. Lynda Wyatt, die sich einiges darauf einbildet, mit ihrem Charme jeden um den Finger wickeln zu können, hat mit Kwame Kennerly offenbar alle Hände voll zu tun, und Dahlia Hadley, die, seit ich ihr über den Mund gefahren bin, kein Wort mehr zu mir gesagt hat, setzt sich mit Lyndas Mann Norm über Denkmalschutz auseinander. (Sie ist dafür, er dagegen.) Marc Hadley belehrt Shirley über die Feinheiten der Trennung von Kirche und Staat, worüber sie geschrieben hat und er nicht. Lemaster und Julia Carlyle sind endlich eingetroffen, nachdem bei der Aufführung ihrer Tochter alles gut gelaufen ist; sie sitzen sich am Tisch gegenüber und haben wie üblich hauptsächlich Augen füreinander. Ich habe versucht, ein Gespräch mit Lem anzufangen, mit dem man sich gewöhnlich glänzend unterhalten kann, aber er hat mich eigentlich nur angeknurrt, und ich frage mich abermals, ob ich mir sein verändertes Verhalten nur einbilde oder ob meine Aktien an der Fakultät wirklich so schnell so tief gefallen sind.

Dafür hat Dr. Young, der vor dem Essen ein völlig unökumenisches Tischgebet gesprochen hat, beschlossen, mir einen Vortrag über den Mord an Freeman Bishop zu halten, ein Thema, das zwischen uns noch kaum zur Sprache gekommen ist. Er erzählt eine ziemlich lange Geschichte aus den Lebenserinnerungen seines Großvaters über einen Lynchmord in Georgia um das Jahr 1906, bei dem ein schwarzer Prediger mit glühender Kohle an Armen und Beinen verbrannt wurde und dann einen Schuss in den Hinterkopf bekam, als er immer noch nichts über seine Bestrebungen verraten wollte, die Arbeiter in den Baumwollspinnereien zu organisieren.

»Der Satan ändert sich nie«, sagt Dr. Young und schwenkt damit in sein Fahrwasser ein. »Das ist seine große Schwäche. Darin ist der Gläubige ihm gegenüber im Vorteil, gottlob! Der Satan ist ein Gewohnheitstier. Er ist schlau, aber nicht intelligent. Der Satan ist immer gleich, und seine Untertanen, die Seelen, die ihm verfallen sind, verhalten sich auch immer gleich. So wie Hitler die Juden in die Vernichtungslager steckte, ließen schon vor Urzeiten andere gottlose Führer Unschuldige abschlachten, weil sie anders waren. Und heute sehen Sie, dass Führer auf der ganzen Welt es wieder genauso machen. Schwarze, Weiße, Gelbe, Braune, Menschen jeder Hautfarbe bringen Menschen jeder anderen Hautfarbe um. Weil der Satan immer gleich ist. Immer! Der Satan ist dumm. Schlau, jawohl, aber nicht intelligent, gottlob! Das ist Gottes Geschenk an uns, dass der Satan dumm bleiben muss. Warum ist der Satan dumm? Damit wir ihn, wenn wir nur wach bleiben, erkennen können. An seinen Zeichen werden wir ihn erkennen! Denn der Satan, der dumme Satan, greift uns immer auf die gleiche Art und Weise an. Wenn die alten Methoden versagen, kann er sich doch keine neuen ausdenken, gottlob! Er geht einfach zum Nächsten weiter und greift den an. Er greift uns mit sexueller Begierde und anderen Versuchungen des Körpers an. Er greift uns mit Alkohol und Drogen und anderen Versuchungen an, die das Gehirn benebeln. Er greift uns mit Rassenhass und Geldgier und anderen Versuchungen an, die die Seele verwunden.«

Dr. Young ist inzwischen lauter geworden, und der ganze Tisch lauscht ihm, selbst Marc, der es sonst nicht ertragen kann, wenn jemand anders als er die Aufmerksamkeit im Raum auf sich zieht.

»Somit ist klar, was der Satan tut. Er greift den Körper an. Er greift das Gehirn an. Er greift die Seele an. Körper, Geist und Seele – das sind die einzigen Teile eines Menschen, die der Satan anzugreifen versteht, gottlob! Wenn Sie die vor dem Satan hüten, sind Sie sicher. Wenn Sie Ihren Körper hüten, hüten Sie den *Tempel* des Herrn, denn Sie sind nach Gottes Bild geschaffen. Wenn Sie Ihren Verstand hüten, hüten Sie die *Werkzeugkammer* des Herrn, denn Gott wirkt seinen Willen hier auf Erden durch sterbliche Menschen. Und wenn Sie Ihre Seele hüten, hüten Sie die

Schatzkammer des Herrn, denn Gott erfüllt unsere Seelen mit seiner Kraft, weil er uns helfen will, sein Werk hienieden zu tun.«

Marc Hadley, der Verfasser des berühmten dritten Kapitels, hält es nicht länger aus. Er unterbricht ihn.

»Morris –«, beginnt er.

»Dr. Young, bitte schön«, sagt Dr. Young seelenruhig.

»Dr. Young.« Es wurmt Marc, einen Mann so anzureden, der bestimmt bloß den Doktor in Theologie hat, wahrscheinlich gemacht an irgendeinem unbedeutenden Priesterseminar. »Erstens einmal möchte ich bemerken, dass meine Frau und ich Freidenker sind. Wir lehnen es ab, uns religiös zu binden«, übersetzt er überflüssigerweise. Während die meisten Augen auf Marc gerichtet sind, sehe ich Dahlia an, deren kleiner Mund sich unwillig kräuselt, bevor sie sich abwendet und zum Fenster hinaus auf die Wellen blickt. Ob sie verärgert ist, weil ihr Mann überhaupt in die Kontroverse einsteigt, oder eher, weil er den Plural gebraucht und die Tatsache unerwähnt lässt, dass sie eine eifrige Katholikin ist, die jeden Sonntag mit ihrem Sohn die Messe besucht? »Wir sind keine Atheisten«, fährt Marc fort, »weil nicht bewiesen ist, dass Gott nicht existiert, aber wir stehen den Wahrheitsansprüchen aller Religionen skeptisch gegenüber, weil genauso wenig bewiesen ist, dass Gott existiert. Oder Satan. Zweitens –«

»Gut, fangen wir gleich mit dem ersten Punkt an.« Der Pfarrer lächelt. »Ein sehr bedeutender Denker namens Martin Buber schrieb einmal, dass es gar keine Atheisten gibt, weil der Atheist Tag für Tag mit Gott ringen muss. Vielleicht heißt es deshalb in der Heiligen Schrift: ›Die Toren sprechen in ihrem Herzen: Es ist kein Gott.‹«

»An die Stelle bei Buber kann ich mich nicht erinnern«, wirft Marc Hadley ein, der es nicht leiden kann, wenn er etwas gesagt bekommt, was er nicht sowieso schon weiß.

»Das steht in *Between Man and Man«,* schaltet sich zur Überraschung des ganzen Tisches Lemaster Carlyle, einstiger Theologiestudent, ein. »Ein wunderbares Buch. Leute, die *Ich und Du* gelesen haben und meinen, damit würden sie Buber kennen, haben noch nicht einmal an der Oberfläche gekratzt.« Ein Hieb gegen den armen Marc, eine Art Insidersport an der Juristischen Fakultät.

Dr. Young richtet einen Finger auf Lem. »Das ist richtig, Professor Carlyle, und es ist falsch. Die entscheidende Frage ist nicht, ob einer Buber gelesen hat oder nicht, und die entscheidende Frage ist auch nicht, welchen Buber einer gelesen hat. Die entscheidende Frage ist, ob einer weiß, worauf es ankommt. Als ich seinerzeit in Harvard meinen Doktor machte, hatte ich einen Philosophieprofessor, einen Atheisten, der uns daran zu erinnern pflegte, was das eigentliche Anliegen der Religion ist. ›Gott will nicht Ihren Verstand‹, sagte er immer, ›sondern Ihre Seele.‹ Weil Gott zwar dem Menschen den Verstand gegeben hat, aber in diesen Verstand nur auf dem Weg über das Herz einzieht. Mein Professor pflegte zu sagen: ›Gott will nicht, dass Sie die Bibel lesen und sagen: *Was für ein großartiges Buch!* Er will, dass Sie die Bibel lesen und sagen: *Halleluja, ich glaube!*‹«

Ich beobachte mit Vergnügen, wie Marc der Unterkiefer herunterklappt, was nicht oft vorkommt, aber sein Mund steht schon offen, seit der Reverend die Worte *Harvard* und *Doktor* miteinander verknüpfte. Morris Young hat Tiefen, die Marc Hadley in seinem distinguierten liberalen Rassismus niemals vermütet hätte.

Unterdessen verzieht sich das pockennarbige Gesicht des Predigers zu einem erinnerungsseligen Schmunzeln. »Das war natürlich noch in den Fünfzigern, als man von Philosophen, selbst von atheistischen Philosophen, erwarten konnte, dass sie ihre Bibel kennen. Schließlich ist die Bibel mit Abstand das einflussreichste Buch der abendländischen Geschichte – gottlob! –, wahrscheinlich der ganzen Weltgeschichte. Wie kann sich da jemand vermessen, diese Welt zu verstehen oder zu erklären, ohne das Buch zu verstehen, auf dem sie aufbaut? Aber wenn Sie die Bibel kennen lernen, lernen Sie Gott kennen. Darum ist der Atheist, der wahrhaft versucht, die Welt zu verstehen, Gott bereits näher als viele Christen, weil er Gottes Wort kennen lernt. Der Herr baut viele Wege zu seinem Haus, und er wird, wenn die Zeit erfüllt ist, auch viele von denen zu sich versammeln, die glauben, dass sie nicht glauben, denn in ihrem Ringen mit Gott haben sie schon den halben Weg zum Glauben zurückgelegt.«

»Amen, Reverend«, sagt Kwame Kennerly. Shirley strahlt ihn an.

Jetzt meldet sich Dahlia Hadley zu Wort. »Aber geht der Atheist nicht ein Risiko ein? Vielleicht kommt er zu Gott, vielleicht aber auch nicht.« Im Aufblicken kriege ich gerade noch mit, wie sie Marc lieb anlächelt, doch wenn man genau hinguckt, sieht man unter der Oberfläche ihres Mädchengesichtes gärenden Zorn.

Dr. Young bemerkt ihre innere Aufgewühltheit. Ihm entgeht nichts. Er neigt sein schweres Haupt. »Das ist wahr, meine Liebe, das ist wahr, das ist wahr.« Seine dröhnende Stimme hat einen singenden Tonfall bekommen. »Der Herr öffnet auch dem elendesten Sünder die Tür zum Himmel, doch der Sünder muss immer noch selbst eintreten. Und der menschliche Verstand, diese herrliche Schöpfung, neigt dazu, sich selbst Hindernisse in den Weg zu legen. O ja. Der Herr hält die Tür auf, und der Verstand sagt: ›Das ist nicht der Herr!‹ oder ›Das ist nicht die Tür!‹ oder ›Ich sammele lieber Schätze auf Erden!‹ Das sind die Ratschläge des Satans, der immer gleich ist, denken Sie daran, schlau, aber nicht intelligent, gottlob! So mancher möchte lieber auf die Ratschläge des Satans hören, möchte lieber erringen, was die sündige Welt nur widerwillig gibt, als annehmen, was Gott großzügig schenkt. Und wir alle wissen, was das Evangelium über solche Menschen sagt: ›Sie haben ihren Lohn dahin.‹«

Marc Hadley will ihn erneut unterbrechen, doch Shirley besitzt die Kühnheit, ihm die Hand auf den Arm zu legen, damit er schweigt.

Stattdessen ergreift Ben Montoya das Wort: »Manche Leute teilen womöglich Ihre religiösen Ansichten nicht, Reverend«, erklärt er rüde, aber durchaus zutreffend. »Haben Sie einmal an deren Rechte gedacht?«

Dr. Morris Young lächelt ihn über den Tisch hinweg an. »Ach, Professor Montoya, solche Dinge interessieren mich nicht. Rechte sind ein Werk der Menschen. Gott ist ein Gott der Liebe. Sie lieben Ihren Nächsten nicht dadurch, dass Sie ihm ein Recht geben. Sie geben dem Armen oder dem Schwarzen ein Recht, und Sie meinen, damit hätten Sie ihm gegenüber Ihre Pflicht getan. Vielleicht meinen Sie sogar, er wäre Ihnen jetzt zur Dankbarkeit verpflichtet. Aber wenn Sie ihn geliebt hätten, wäre das Thema der Rechte überhaupt nicht auf den Tisch gekommen.«

Lem Carlyle schaltet sich wieder ein und versucht dezent zu vermitteln, wie es sich für einen zukünftigen Dekan gehört. »Aber das Christentum lehrt, dass die Menschen gefallen sind. Dass wir von Natur aus Sünder sind. Damit rechtfertigt das Christentum den Staat als von Gott dazu bestimmt, unter diesen gefallenen Geschöpfen für Ordnung zu sorgen. Ist das nicht, christlich gedacht, der Grund dafür, dass wir Rechte haben – weil wir wissen, dass wir zu schwach sind, um in reiner Liebe miteinander zu leben, wie Gott das sicher lieber sehen würde?«

Dr. Young nickt wohlwollend, aber nicht zustimmend. »Das Problem mit Rechten«, sagt er, »liegt darin, dass man meint, wenn man welche hat, hätte man damit etwas Wertvolles. Aber alles wahrhaft Wertvolle kommt von Gott. Wenn man einem Menschen ein Recht gibt, vergisst man nur allzu leicht, ihn zu lieben.«

Lynda Wyatt erfasst den springenden Punkt. »Das heißt, Mitgefühl ist wichtiger als Rechte.«

»Rechte sind ein Werk des Menschen«, pflichtet Dr. Young ihr bei. »Nur indem wir unseren Nächsten lieben, mit Erbarmen und Demut füreinander da sind, können wir dem Herrn unsererseits ein Geschenk machen.«

Und da sehe ich sie. Die Chance, dem Netz zu entkommen, das mein schlauer Vater mit seinem Tod um mich und meine Familie gesponnen hat. Alle suchen sie die Schätze der Erde, genau wie Morris Young sagt. Die Schätze der Erde. Der *Erde*. Eine Erinnerung regt sich in mir – an einen unangenehmen Nachmittag mit dem Richter vor vielen Jahren, auf dem Campus. Der weiße Bauer. Ein Excelsior. Die Erde. Mit Glück, mit viel Glück kann ich es schaffen, das alles zusammenzufügen.

»Amen, Reverend«, sage ich, als mir in meinem gemarterten Hirn endlich ein Hoffnungsschimmer dämmert.

• III •

Ben Montoya und ich brechen gleichzeitig auf und stapfen durch den verharschten Schnee zum Parkplatz. Die zeitliche Übereinstimmung ist so perfekt, dass ich sicher bin, er will etwas mit mir bereden.

Ich täusche mich nicht.

Ben beginnt mit einer Finte. »Meinen Sie, er glaubt dieses ganze Zeug wirklich?«

»Wer? Welches Zeug?«

»Reverend Young. Das ganze Zeug über den Satan.«

Ich schaue ihn an. »Ich habe keinerlei Zweifel, dass Dr. Young jedes Wort davon glaubt. Ich übrigens auch.«

Ben schüttelt den Kopf, sagt aber nichts. Ein Schweigen senkt sich über uns, während wir durch den knirschenden Schnee stapfen, jeder mit seinen Gedanken allein: Ben zweifellos in seiner Meinung bestärkt, dass ich nicht voll zurechnungsfähig bin, ich erfüllt von der tiefen Wahrheit dessen, was ich gerade von mir gegeben habe. Aber die wahre Absicht, mit der Ben sich mir angeschlossen hat, hat nichts mit Theologie oder Metaphysik zu tun.

»Äh, Talcott«, brummelt er in halb offiziellem Ton nach etlichen Sekunden Stille, und mir ist klar, dass jetzt die Hauptsache kommt.

»Hmmm?« Ich blicke nicht in seine Richtung. Der Gehweg zum Besucherparkplatz führt zwischen zwei Reihen schablonenartiger Wohneinheiten hindurch. Hinter zugezogenen Gardinen und heruntergelassenen Jalousien flimmern bunte Fernsehbilder. Ich höre Gelächter, Streit, Musik. Doch meine Aufmerksamkeit ist hauptsächlich auf das Pflaster vor mir gerichtet, von dem der nachmittägliche Eisregen nicht entfernt wurde. Die Eigentümergemeinschaft riskiert eine Anzeige, falls jemand ausrutscht und stürzt.

»Talcott, kann ich einen Moment mit Ihnen reden?«

»Das tun wir doch schon, Ben.« Wahrscheinlich könnte ich Ben besser leiden, wenn er nicht so häufig Lyndas Handlanger bei den diversen unschönen Dingen wäre, die eine Dekanin tun muss, oder wenn ich mit zum inneren Kreis gehören würde oder wenn ich einfach ein besserer Mensch wäre.

Ben lacht kurz auf. Er ist vermutlich um die sechzig: Haare schütter und fast vollständig ergraut, Tränensäcke, die Augen hinter den dicken Brillengläsern wachsam und zugleich anklagend. Er hat den zackigen Gang eines Menschen, der große Eile und wenig Geduld hat. Er ist studierter Ethnologe und hat sich eingehend damit beschäftigt, wie bestimmte Gesellschaften von Pazifikinsulanern mit Verträgen und Eigentum umgehen, die den Brauch, sich gegenseitig Dinge zu versprechen, nicht kennen.

»Talcott, äh, tja, die Dekanin, nicht wahr, sie würde nie etwas sagen, aber ...«

»Aber?«

»Lynda ist im Moment nicht sehr gut auf Sie zu sprechen, Talcott. Das sollten Sie wissen.«

Wir sind an dem schlecht geräumten Besucherparkplatz angekommen. Mein klappriger Camry ist weiter hinten geparkt, aber wir sind stehen geblieben und haben uns einander zugewandt, vielleicht weil wir direkt neben Bens klassischem Jaguar XKE stehen oder wegen der Bemerkung, die er gerade gemacht hat.

»Nicht gut auf mich zu sprechen? Weswegen?«

Er blinzelt hinter seinen starken Gläsern. »Ach, na ja, Sie wissen schon. Wegen Ihres Verhaltens in letzter Zeit. Und dann ist da diese Sache zwischen Ihnen und Marc ...«

»Es gibt keine Sache zwischen mir und Marc.«

»Sie wissen, was ich meine.«

»Da bin ich mir nicht so sicher.« Ich mustere ihn von Kopf bis Fuß und sehe schon wieder rot. Ben tritt hastig einen Schritt zurück, als rechnete er mit einem Schlag. »Wenn Lynda mit mir reden will, weiß sie, wo sie mich findet.«

»Ich habe meine Zweifel, ob sie mit Ihnen reden will, Talcott.« Wieder dieser halb offizielle Ton. Ben ist ein Meister darin, auf andere herabzublicken, und das nicht allein wegen seiner Größe. »Die Dekanin ist zu höflich, um Sie direkt darauf anzusprechen, aber wie ich höre, sind Sie beim letzten Gespräch mit ihr ausfallend geworden.«

»Ausfallend? Wir ... wir waren lediglich unterschiedlicher Meinung, ich habe nicht –«

Er schneidet mir das Wort ab. »Dann war da diese Sache mit der Polizei neulich. Ich weiß, Sie sind nicht tatsächlich beinahe verhaftet worden, aber die Situation war doch, äh, ein wenig misslich. Wir müssen an das Ansehen der Juristischen Fakultät denken, Talcott. Wir können nicht zulassen, dass ein Professor Öl in die Flammen der Rassenkonflikte in dieser Stadt gießt –«

»Ben –«

»Nein, nein, ich sage nicht, dass Sie das absichtlich tun. Aber es ist damit zu rechnen, dass andere den Vorfall für ihre politischen Ziele ausschlachten« – er meint Kwame Kennerly –, »und, na ja, wir können nicht zulassen, dass jemand aus der Professorenschaft so etwas begünstigt, und sei es unabsichtlich. Und das ist noch nicht alles, Talcott. Lynda sagt außerdem, dass Sie die Fakultät um drei Millionen Dollar bringen –«

»Moment mal!« Es hat wieder angefangen zu schneien, und der Wind frischt auf. Die Straßenverhältnisse werden bald tückisch sein, wir sollten uns auf den Heimweg machen, aber ich will sichergehen, dass ich die Nachricht richtig verstehe, denn ich weiß, dass sie von Lynda kommt, nicht von Ben. »Soll das heißen, dass Cameron Knowland sein Geld zurückzieht? Weil sein verzogener Rotzbengel sich über einen Professor geärgert hat?«

Ben hebt kapitulierend die Hände. »Ich weiß nicht, was Cameron macht. Ich bin nicht in alles eingeweiht, was die Dekanin weiß. Ich wollte Sie nur darüber informieren, dass Sie nicht gut auf Sie zu sprechen ist, und ... nun ja, ich denke, es wäre nicht verkehrt, wenn Sie ... äh, sich von Ihrer besten Seite zeigen würden ...«

»Wollen Sie damit etwas Bestimmtes andeuten, Ben? Bin ich tatsächlich in Schwierigkeiten, oder fühlt sich nur jemand auf den Schlips getreten?«

Ben hat die Fahrertür seines Jaguars geöffnet. Er ist seine Botschaft losgeworden, und damit scheint sein Gesprächsbedarf gedeckt zu sein. »Ich denke nur, Sie sollten aufpassen, mehr nicht. Sie sollten an das Wohl der Fakultät denken.«

»Im Gegensatz wozu? Ich kapiere das nicht. Ben, warten Sie!« Er sitzt jetzt und würde gern die Tür schließen. »Was wollen Sie mir damit sagen? Betrifft das wirklich mich, oder hat es mit Kimmer und Marc zu tun?« Stuart Lands Warnung fällt mir ein, dass ich von verschiedenen Seiten mit Druck zu rechnen hätte. »Kommen Sie, Ben, raus damit!«

»Es gibt nichts weiter zu sagen, Talcott.« Seine grimmigen Augen blicken starr geradeaus, als grollte er mir wegen irgendeiner noch gar nicht erfolgten Kränkung.

»Halt! Ich verstehe nicht, was Sie da andeuten wollen.« Ich lege meine Hand auf die Tür, damit er sie nicht schließen kann. »Bin ich in Schwierigkeiten?«, frage ich noch einmal.

»Das weiß ich nicht, Talcott. Was meinen *Sie*?« Während ich nach einer schlagfertigen Antwort suche, deutet er mit dem Kinn auf die Tür. »Würden Sie bitte Ihre Hand von meinem Wagen nehmen.«

»Ben –«

»Gute Nacht, Talcott. Grüßen Sie Ihre Familie.«

Weg ist er.

Ich bin innerlich so aufgewühlt, dass ich beinahe zurückstürme, um Lynda Wyatt zur Rede zu stellen und sie zu fragen, was wirklich los ist. Aber das wäre sinnlos. Sie würde alles abstreiten. Dafür hat man ja einen Mann fürs Grobe: Sie kann sich von allem distanzieren, was er sagt. Trotzdem ist klar, woher der Wind weht.

Es gibt Tage, da hasse ich diese Stadt.

Ich eile durch den Schnee zu meinem Wagen und wünschte, ich könnte mir die ganze Sippschaft irgendwie vom Hals schaffen. Nicht nur Lynda Wyatt und Ben Montoya und die anderen in der Fakultät, sondern auch Onkel Mal und die Washingtoner Bagage. Ich wünschte, ich könnte meine Familie nehmen und in die Wälder fliehen – oder wenigstens nach Oak Bluffs. Schließlich leben ein paar tausend Leute das ganze Jahr über dort. Wir könnten es irgendwie schaffen. Wir könnten ein Bed-and-Breakfast aufmachen. Oder ein Schild an die Tür hängen und zusammen als Anwälte praktizieren. Wir könnten es schaffen.

Nicht, dass Kimmer je dort hinziehen würde.

Immer noch bebend vor Zorn über meine Konfrontation mit Ben ramme ich den Schlüssel ins Türschloss – mein zäher kleiner Camry ist zu alt für eine Zentralverriegelung –, und da merke ich, dass die Tür bereits aufgeschlossen ist.

Ich muss vergessen haben abzuschließen. Kein Mensch knackt erst ein Schloss und lässt dann das Auto stehen. Ohnehin würde kein Mensch ein zwölf Jahre altes Auto stehlen.

Doch als ich die Tür öffne und die Innenbeleuchtung angeht, mache ich die Erfahrung, dass es sehr wohl Leute gibt, die Autos aufbrechen und nichts mitnehmen, genau wie es Leute gibt, die Ferienhäuser aufbrechen und nichts mitnehmen.

Manche Leute knacken Schlösser, um etwas zu überbringen.

Auf dem Fahrersitz liegt unübersehbar das Schachbuch, das mir neulich von den beiden Schlägern gestohlen wurde.

Kapitel 30

Die üblichen Verdächtigen

• I •

»Wie ich höre, hattest du Streit mit Stuart Land«, sagt die Liebste Dana Worth, die meistens als Erste von den Dingen Wind bekommt, die im Oldie geschehen, sogar von manchen, die nie geschehen sind. Sie hockt auf der Kante ihres Schreibtischs, die Hände flach auf die Tischplatte gestützt, die Schuhsohlen an die Seite gedrückt, die zierliche Gestalt in eine Haltung gedreht, die so sehr ein Worth'sches Markenzeichen geworden ist, dass sie fast immer von einer Studentin in dem Kabarett nachgeäfft wird, das die Studienabgänger jedes Jahr kurz vor der Abschlussfeier aufführen. Ich sitze auf dem breiten, wuchtigen Sofa, das sie gebraucht beim Trödler gekauft und neu hat beziehen lassen.

»Keinen richtigen Streit. Eher ... einen offenen und ehrlichen Meinungsaustausch.«

»Worüber?«

»Ich habe ihm vorgeworfen, Marcs Kandidatur zu hintertreiben. Ich habe ihm gesagt, das könnte nach hinten losgehen und auch Kimmer schaden.« Ich reibe meine juckende Backe, und sein Gesichtsausdruck fällt mir wieder ein, die Verblüffung, von der ich beinahe schwören könnte, dass sie echt war. »Er meinte, damit habe er nichts zu tun.«

»Vielleicht stimmt's ja.«

»Er ist gerade aus Washington zurückgekehrt, Dana.«

»Sei nicht albern, Mishaschatz. Da ist er sicher nicht wegen deiner Frau hingefahren. Eher hat er dort mit seinen rechten Kumpanen irgendeine verfassungswidrige Schweinerei ausgeheckt. Wenn Stuart irgendwo hinfährt, dann bestimmt nur in eigener Sache.«

»Und in Sachen der Fakultät.«

»Und in Sachen der Fakultät«, pflichtet sie weniger entschieden bei. Sie hüpft vom Schreibtisch und beginnt, im Raum auf und ab zu gehen. Ihr großzügig geschnittenes Büro liegt im ersten Stock des Oldie, direkt neben dem von Theo Mountain, und es heißt, dass die beiden unentwegt miteinander tratschen. Alles an ihrem Büro ist genau, wie es sich gehört, der geradezu zwanghaft ordentliche Schreibtisch ebenso wie die Pflanzen auf dem Fensterbrett oder die Regale, in denen die Bücher nach Autoren alphabetisch geordnet stehen. Ich erhebe mich gleichfalls und trete ans Fenster, schaue auf die Eingangstreppe des Gebäudes und die Granitmauer auf der anderen Straßenseite hinunter. Ich kann den Durchgang sehen, wo ich vor einigen Tagen zusammengeschlagen wurde. Es ist Montag, neun Tage vor Weihnachten. Unterricht findet so gut wie keiner mehr statt, und die Lehrkräfte beginnen sich zu zerstreuen, aber die Studenten haben in den nächsten paar Tagen ihre Abschlussprüfungen und können deshalb die Stadt noch nicht verlassen. Ich für mein Teil bemühe mich, nicht weiter aufzufallen, und grüble, was ich als Nächstes tun soll. Ich habe das ungute Gefühl, dass mir die Zeit davonläuft.

»Na, wie dem auch sei, Dana, du hast angerufen ...«

»Stimmt.« Pause. »Ich wollte mich vergewissern, dass es dir gut geht.«

Ich nicke, ohne mich umzudrehen. Unsere Freundschaft ist in den Wochen seit Freeman Bishops Tod enger geworden. Ich habe zwar meine Zweifel, dass wir je wieder so gut befreundet sein werden, wie Kimmer und ich zusammen es früher mit Dana und Eddie waren, aber Dana wirkt entschlossen zu kitten, was sie kann. Ihr Bemühen rührt mich. Im Gegensatz zu anderen Kollegen, die mein Verhalten in jüngster Zeit ungefähr wie Dekanin Lynda zu beurteilen scheinen, ist Dana mir näher gekommen. Verfemte, hat sie mir vor wenigen Tagen erklärt, müssen zusammenhalten. Als ich zu bedenken gab, sie sei doch gar nicht verfemt, erinnerte Dana mich daran, dass sie die hiesige Ortsgruppe der Schwulen- und Lesbenallianz gegen die Abtreibung leitet. *Uns hassen alle, nur aus ganz unterschiedlichen Gründen,* ließ sie mich recht zufrieden wissen.

»Es geht mir gut«, versichere ich ihr.

»Schicke Narbe. Steht dir nicht schlecht.«

»Danke.«

»Ich mache mir so meine Gedanken über das, was dir passiert ist.«

»Was mir passiert ist?«

»Dass du beinahe verhaftet worden wärst –«

Endlich wende ich mich wieder ins Zimmer um. »Ich bin nicht beinahe verhaftet worden.«

»Ich weiß nicht, wie ich es sonst nennen soll.«

»Es war ein Missverständnis, weiter nichts.«

Die große Freiheitskämpferin grinst. »Aber natürlich, die Art von Missverständnis, wo sie einen um ein Haar totprügeln.«

»Niemand hat mich geprügelt«, sage ich scharf, plötzlich von Sorge erfüllt, was für Gerüchte meine alte Freundin wohl verbreiten mag, denn wie Dana selbst gern beteuert, kann man sich bei ihr hundertprozentig darauf verlassen, dass sie alles, was man ihr erzählt, nicht mehr Leuten weitererzählt, als man selber ins Vertrauen gezogen hat.

»Doch, die Männer, die dich verfolgt haben.«

»Na gut.«

»Siehst du, Misha, darüber wollte ich mit dir reden.« Nach wie vor geht sie auf und ab und schlenkert mit den Armen. Ob diese Frau wohl je längere Zeit irgendwo still sitzt? »Über die Männer, die dich verfolgt haben.«

»Was ist mit ihnen?«

»Na, sie haben dir das Schachbuch gestohlen, stimmt's?«

»Stimmt.« Ich habe ihr nicht gesagt, dass es wieder aufgetaucht ist. Dennoch habe ich ihr mehr von der Geschichte erzählt als sonst jemandem, vielleicht weil Dana mich im Unterschied zu meinen sonstigen Bekannten ständig darüber ausfragt.

»Und weißt du, warum?« Sie steht jetzt neben mir am Fenster und schaut auf den Campus hinaus, wo Studenten wie begossene

Pudel durch den kalten Regen stapfen, und lächelt zufrieden. Die Liebste Dana liebt ihren Beruf.

Ich kann mir die Antwort denken. »Nein, warum?«

»Weil sie dachten, es wäre das, wonach sie suchen, Mishaschatz.«

»Wie bitte?«

»Ach Gott, sind wir heute ein bisschen schwer von Begriff? Erstens sagst du, sie haben dich verfolgt. Zweitens sagst du, sie haben dich nach den Vorkehrungen gefragt, genau wie Jack Ziegler auf dem Friedhof.« Dana hat eine Vorliebe dafür, Listen herunterzubeten, die sie sich oft spontan aus den Fingern saugt. »Drittens haben sie dich gefragt, was in dem Päckchen ist. Und viertens haben sie dich zusammengeschlagen und sind mit dem Buch auf und davon.«

»Richtig.«

»Aber warum ausgerechnet an dem Abend? Warum haben sie sich von allen Abenden, an denen sie dir hätten nachstellen können, gerade diesen einen ausgesucht?«

»Was weiß ich.«

»Weil du irgendwas getan oder gesagt hast, das sie auf die Idee brachte, das wäre die Sache, hinter der sie her sind.« Sie wiegt den Kopf wie ein Boxer, zufrieden mit ihrer Beweisführung. »Du musst also nur noch herausbekommen, womit du sie darauf gebracht hast.«

Aber ich weiß bereits, womit. Ich war an dem Abend im Schachclub. Die Männer, die mich verfolgten, müssen für jemanden arbeiten, der genau wie der verstorbene Colin Scott wusste, was im Brief des Richters stand. Jemand, der dahinter kam, was Excelsior zu bedeuten hat, das heißt jemand, der wusste, dass mein Vater ein Schachproblemist war. Jemand, der gesagt haben könnte: *Falls er je irgendwohin geht, wo man Schach spielt, seid besonders wachsam. Falls er hinterher irgendetwas dabei hat, nehmt es ihm ab, egal wie.*

»Und was ist mit Jack Zieglers Versprechen, niemand würde mir was tun?«

»Tja, da ist irgendwer nicht auf dem Laufenden«, sagt sie.

Ich runzele die Stirn. Von dem Anruf um zwei Uhr einundfünfzig habe ich ihr noch nichts erzählt, und auch noch niemandem sonst. Früher oder später werde ich das tun müssen. Sobald mir klar ist, wer mich hier im Haus bespitzelt. Einen quälenden Moment lang bedrängt mich die Vorstellung, dass es die Liebste Dana selbst sein könnte.

»Was denkst du?«, raunt sie.

»Ich stelle eine Liste meiner Feinde zusammen«, antworte ich.

»Ach, Misha, sag doch nicht so was! Du hörst dich fast wie Nixon an.«

»Tatsächlich?« Ich zwinkere ihr zu. »Nixon war ein Vorbild meines Vaters.«

»Nobody is perfect. Außer Lemaster Carlyle.« Dana lacht glucksend. Den Spruch sagt sie nicht zum ersten Mal. Aber ich finde ihn nicht mehr so lustig wie früher.

»Apropos Lem«, höre ich mich fragen, »kommt er dir in letzter Zeit vielleicht ... ein bisschen *merkwürdig* vor?«

»Er ist immer merkwürdig.«

»Nein, ich meine ... Ich weiß nicht, ich finde ihn neuerdings irgendwie ... distanziert.«

»Er ist immer distanziert.«

»Ich will damit sagen, er ist weniger freundlich. Als wollte er mir aus dem Weg gehen.«

»Gott, ich wüsste nicht, warum. Er will bloß Dekan werden.«

Missmutig gebe ich auf. In ihrer unverblümten Art weist Dana mich darauf hin, dass ich im Moment bei niemandem im Haus besonders gut angesehen bin, höchstens bei ihr. Das tut weh, aber was Lem betrifft, könnte sie Recht haben. Dann kommt mir ein anderer Gedanke. Dana, das Klatschmaul, weiß da doch sicher Bescheid. »Ach, übrigens, es geht mich zwar nichts an, aber hast du irgendwelche Gerüchte gehört von einer, ähm, Beziehung oder so zwischen Lionel Eldridge und Heather Hadley?«

Die Liebste Dana ist verdattert. Dann stiehlt sich ein verschmitztes Grinsen in ihr Gesicht. »Nein, das scheint mir entgangen zu sein. Aber das wäre köstlich! Ich muss mich mal umhören.«

Es gibt verschiedene Arten, ein Gerücht in die Welt zu setzen, sage ich mir säuerlich.

Beim Verlassen von Danas Büro begegne ich Theophilus Mountain, der gerade seine Tür mit derselben schwerfälligen Bedächtigkeit aufschließt, mit der er Auto fährt, zu Fuß geht und unterrichtet, alles Sachen, die er nicht mehr besonders gut kann. Unter dem Arm hat er einen uralten Aktenordner und eine rotschwarze Urteilssammlung, er kommt also gerade aus einem Seminar. Ich begrüße ihn, als es ihm endlich gelingt, das Schnappschloss aufzusperren.

Theo dreht sich steif um wie eine Gliederpuppe und lächelt mild.

»Hallo, Talcott.«

»Hallo, Theo. Haben Sie einen Moment Zeit?«

Er runzelt die Stirn, als wäre das eine schwierige Frage. »Ich denke schon«, räumt er ein, die Hand immer noch auf dem Türknauf. Mit zweiundachtzig ist Theo nicht mehr derselbe wie zur Studentenzeit meines Vaters, nicht einmal mehr derselbe wie zu meiner. Vor ein paar Tagen hat er es endlich geschafft, mir sein Beileid zum Tod des Richters auszusprechen, merkwürdig spät, aber er hat sich noch nie um die Erwartungen anderer Leute geschert. Er ist der einzige noch Lebende von den berühmten Mountain-Brüdern, deren andere zwei Pericles, Professor an der UCLA, und Herodotus, Professor an der Columbia, waren. Sie galten einmal als die drei großen Verfassungsrechtler ihrer Generation. Perry starb vor gut zwanzig Jahren, Hero erst voriges Jahr. Alle drei zählten zu den angesehensten Liberalen des Jahrhunderts, und Theo hütet jetzt die Flamme. In seinem Seminar über Verfassungsrecht behandelt Theo nur wenige Urteile nach 1981, »als dieser Mistkerl von Reagan an die Macht kam und alles den Bach runterging«. Er bringt seinen verwirrten Studenten nicht das Recht bei, wie es derzeit ist, nicht einmal, wie es sein sollte, sondern wie er sich wünscht, dass es noch wäre. Vor ein paar Jahren beschuldigte er einen Richter am Obersten Gerichtshof, der einst bei ihm studiert hatte, in einem Schreiben der »schwachsinnigen Argumentation im Dienste Ihres unmoralischen reaktionären Wahlkampfs«. Er gab dann den Brief an die Presse, was ihm einen Auftritt in *Larry King Live* bescherte, bei dem er nicht mit rüden Beschimpfungen geizte. Theo hat noch nie davor zurückgescheut, allen möglichen Leuten alle möglichen Sachen ins Gesicht zu sagen. Genauso wenig jetzt: »Sie sehen schrecklich aus. War das die Polizei?«

»Natürlich nicht.«

»Ich habe gehört, Sie wurden beinahe verhaftet.«

Ich frage mich, ob mir diese Geschichte mein ganzes weiteres Berufsleben anhängen wird. »Nein, Theo, ich wurde nicht beinahe verhaftet. Es war bloß ein Missverständnis.«

»Ach so.« Zweifelnd.

»Theo, ich wollte Sie etwas zu meinem Vater fragen.«

»Zu Ihrem Vater? Nämlich?«

Ich zögere, weil zwei Studenten an uns vorbeikommen, die ein angeregtes Streitgespräch darüber führen, was Hegel zu irgendeiner neuen Bestimmung der Börsenaufsichtsbehörde gesagt hätte. Als sie außer Hörweite sind, fahre ich fort. »Sie kannten ihn doch schon als Studenten. Und später auch noch.«

Theo nickt. »Wir waren ziemlich gut befreundet, bis er seinen Rappel bekommen hat. Entschuldigen Sie.«

»Mit Rappel bekommen meinen Sie ...«

»Nach den Anhörungen.« Er macht eine vage Handbewegung. »Viele hier in diesem Haus haben Petitionen gegen seine Bestätigung unterzeichnet, Talcott. Na, das wissen Sie. Sie waren damals noch nicht hier, aber Sie werden sich erinnern.«

»Ich war schon Student, Theo, ich erinnere mich gut.«

»Na, dann denken Sie auch daran, dass ich nicht unterzeichnet habe.« Wobei er sich die Hand mit gespreizten Fingern auf die Brust legt. Sein Hemd sieht wie üblich nicht richtig sauber aus. »Ich war zwar nicht oft einer Meinung mit ihm, aber wir waren Freunde. Wie gesagt, bis er seinen Rappel bekommen hat.«

»Tja, was ich gern wüsste, ist ... nachdem Sie und er nicht mehr so gut miteinander standen ... ob es da jemand anders hier im Haus gab, mit dem mein Vater befreundet war. Jemand, dem er vertraut hätte.« Ich stocke. Es ist typisch für meine Familie, dass ich einen Außenstehenden fragen muss, wer die Freunde meines Vaters an der Fakultät waren, an derselben Fakultät, an der ich unterrichte. »Jemand, dem er sich *anvertraut* hätte.«

Ein Grinsen zerklüftet Theos struppigen Bart. »Tja, Stuart

Land ist mit Sicherheit einer, der Reagan in den Arsch gekrochen ist.«

Ist das wirklich so zusammenhanglos dahingesagt, wie es den Anschein macht? Vielleicht nicht. »Sie meinen also, dass er Stuart vertraute.«

»Ich weiß nicht mal, ob Ihr Vater Stuart überhaupt kannte, aber es würde mich nicht wundern. Diese ganzen Neokonservativen kungeln doch alle miteinander rum. Entschuldigen Sie.« Er legt kurz den Kopf in den Nacken und blickt stirnrunzelnd zur Decke. »Wer sonst? Ich vermute, er wird Lynda Wyatt gekannt haben, von seinem Engagement bei den Ehemaligen her. Und ich denke, er kannte Amy Hefferman recht gut. Amy war in seinem Jahrgang.«

Ich schüttele den Kopf. Die arme Amy, die viel geliebte Prinzessin des Prozessrechts. Ich hatte fast vergessen, dass sie und mein Vater zusammen studiert haben. In all den Jahren schienen meinem Vater die gemeinen Witze über sie beziehungsweise über ihre Geistesgaben niemals auszugehen. *Das zweitbeste drittklassige Hirn im ganzen Haus*, meinte er über sie als Studentin und schüttelte verwundert den Kopf darüber, dass man gerade sie auf einen Lehrstuhl berufen hatte. Sein Urteil über ihre Gremienarbeit war kaum besser und grenzte zeitweise an Sexismus. *Konfus* nannte er ihre wissenschaftlichen Publikationen oder *nicht ernst zu nehmen*. Wie so oft war der Richter erschreckend ungerecht; aber die Teufel, die ihn dazu trieben, über Amy Hefferman herzuziehen, hätten ihn sicher auch daran gehindert, ihr die vertrackten Geheimnisse anzuvertrauen, die ich jetzt aufdecken soll. »Doch nicht Amy«, sage ich trübsinnig.

Theo kneift die Augen zusammen. Er ist nicht mehr so schnell von Begriff, wie er mal war, aber er ist kein Dummkopf. »Amy was nicht? Haben Sie einen bestimmten Verdacht, Talcott?« Er hört sich nicht missbilligend an. Wenn ich einen bestimmen Verdacht habe, möchte er ihn wahrscheinlich gern erfahren. Er beugt sich vor und flüstert: »Irgendwas mit Stuart? Steckt er in Schwierigkeiten?«

»Nicht, dass ich wüsste.«

»Schade.« Theo macht zu guter Letzt die Tür auf und betritt sein Büro, das dermaßen überquillt von riesigen Bücher- und Papierbergen, dass man sich als Besucher wie ein Höhlenforscher vorkommt. Er bittet mich nicht herein. »Ich habe später nicht mehr so genau verfolgt, was aus Ihrem Vater wurde, Talcott. Nachdem er –«

»Nachdem er seinen Rappel bekommen hat«, beende ich den Satz für ihn.

»Ach, Ihnen ist das auch aufgefallen?« Theos Ton ist ernst und sachlich. »Er war ein guter Mann, Ihr Vater. Politisch nicht nach meinem Geschmack, aber ein guter Mann. Bis zum Tod Ihrer Schwester. Dann ging alles bergab.«

»Moment mal, Theo. Moment! Nach dem Tod meiner Schwester?«

»Richtig.«

»Aber vorhin sagten Sie, er hätte nach den Anhörungen seinen Rappel bekommen.«

Theo kneift die Augen zusammen. Hat er vergessen, was er gesagt hat? Ist er verwirrt oder verschlagen? »Ach, ich weiß nicht mehr genau, wann es losging, aber jedenfalls hat er irgendwann seinen Rappel bekommen.« Dann werden seine Augen wieder munter. »Wenn es nicht Stuart ist, den Sie suchen, dann müssen Sie sich wohl an Lynda halten.«

»Meinen Sie im Ernst, mein Vater hätte Lynda Wyatt vertraut?« Noch während ich das sage, geht mir auf, dass Lynda wusste, dass ich zu Shirleys Abendessen kommen würde. Hat sie vielleicht von ihrem Bürofenster aus gesehen, dass ich in den Wochen zuvor immer zur Suppenküche ging? Hat sie vielleicht gewusst, dass ich vorhatte, vorigen Donnerstag zum Schachclub zu gehen? Ich kann mir nicht erklären, woher, aber ich kann mir vieles nicht erklären, zum Beispiel, warum Kimmer mich geheiratet hat.

»Mehr als er mir vertraut hätte, das kann ich Ihnen sagen.« Ein Grinsen dringt durch seinen dichten weißen Bart nach außen, und als er mir die Tür vor der Nase zumacht, lacht er lauthals.

In meinem Büro lasse ich den Anruf einer Frau namens Valerie Bing über mich ergehen, die zwei Jahre nach Kimmer und mir hier im Haus Jura studiert hat und jetzt in einer Washingtoner Kanzlei als Anwältin praktiziert. Sie und Kimmer wohnten als Kinder wenige Straßen voneinander entfernt und sind Freundinnen geblieben, aber auch Kolleginnen geworden, die in bestimmten Angelegenheiten zusammenarbeiten. Valerie sagt, das FBI habe im Rahmen des Background-Checks ein Gespräch mit ihr geführt. Zweifellos hat sie den Ermittlern Stillschweigen schwören müssen, aber Valerie, die von Klatsch lebt, wiederholt für mich das ganze Gespräch Satz für Satz. Keine Fragen wegen der *Vorkehrungen*, dafür aber wollte man wissen, ob meine Frau Valerie gegenüber jemals Jack Ziegler erwähnt habe. Ich beschließe sofort, Kimmer nichts davon zu erzählen.

Kaum habe ich aufgelegt, klingelt das Telefon erneut, und ich muss mich eines Mannes von der Agentur erwehren, die seinerzeit die Vortragsreisen des Richters buchte. Wenn ich einige seiner Termine bei den Rechtslobbyisten übernähme, würde mir die Agentur die Hälfte des Honorars garantieren, das mein Vater bekommen hat. Einen Moment lang starre ich wütend aufs Telefon, dann teile ich dem Herrn mit, ich sei nicht interessiert. Er unterbricht mich mit dem Hinweis, mein Vater habe vierzigtausend Dollar pro Auftritt erhalten, manchmal mehr. Ich bin sprachlos. Wie so viele Karrieremenschen leben Kimmer und ich über unsere Verhältnisse: chronisch verschuldet, Kreditkarten maximal ausgereizt, mit den Abzahlungen in Verzug. Zwanzigtausend Dollar mag der Investmentbanker Howard Denton, Mariahs Mann, an einem Nachmittag verdienen, aber für mich ist das sehr viel Geld. Der Mann redet weiter. Er meint, es könne Fernsehauftritte geben, einen Buchvertrag. Und mehr.

Ich müsse lediglich die Sachen sagen, die mein Vater gesagt hätte.

Tut mir Leid, aber ich lege zurzeit keinen gesteigerten Wert darauf, mich zu prostituieren, möchte ich ihm antworten, doch dann lasse ich es bei einem schlichten »Nein, danke«, bewenden.

Er könne unter Umständen drei Viertel vom Honorar meines Vaters für mich herausholen, sagt er daraufhin.

Ich wiederhole meine Ablehnung.

Aber er lässt nicht locker. Ich müsse gar nicht unbedingt für meinen Vater sprechen. Ich könne reden, worüber ich wolle, die Ansichten vertreten, die ich wolle. Ein paar seiner Klienten, fügt er hinzu, seien sehr gespannt auf mich. Ihr einziger Wunsch sei ein Vortrag vor einem kleinen Kreis, ein Abendessen mit Leuten, die große Verehrer meines Vaters seien, ein paar Erinnerungen an den Richter, Einblicke in seine Gedanken. Nur zwei oder drei Termine, flötet er.

Zu je zwanzig- bis dreißigtausend Dollar.

Die Versuchung durchkriecht mich erregend und warm und macht mich schwach, während ich erneut an unsere Schulden denke. Da fällt mir ein, was Morris Young neulich über den Satan sagte, und ich setze dem Gespräch ziemlich schroff ein Ende. »Wenn ich *nein* sage, heißt das *nein*«, erkläre ich ihm.

Er sagt, er werde sich in ein, zwei Monaten noch mal bei mir melden.

Eine Stunde später ruft Schlicht Alma mich endlich zurück. Sie ist immer noch in der Karibik, wo genau, weiß ich nicht. Ich habe vergessen, warum ich sie überhaupt angerufen hatte, und so erkundige ich mich stattdessen, ob sie sich gut amüsiert. Sie beklagt sich, die Männer könnten nicht mit ihr mithalten. Das kann ich mir unschwer vorstellen.

Dann fällt es mir wieder ein, und ich sage: »Alma? Kannst du dich noch an neulich erinnern, als wir in der Shepard Street miteinander geredet haben? Gleich nach der Beerdigung?«

Durch die rauschende Leitung bejaht sie die Frage.

»Da hast du gesagt, irgendwelche Leute würden kommen. Weißt du noch?«

»Das hat dein Vater zu mir gesagt. Er hat gemeint, auf das Oberhaupt der Familie Garland hätten sie's immer abgesehen.«

»Hat er gesagt, wer?«

»Na klar, die Weißen«, erwidert sie prompt, und meine Theorie bricht zusammen. Ich dachte, der Richter hätte Schlicht Alma vielleicht teilweise in sein Geheimnis eingeweiht. Stattdessen erzählt sie mir bloß noch mehr Fieberphantasien seines kranken Hirns, das an allem, was ihm widerfuhr, jemand anders die Schuld gab.

»Aha.«

Alma ist noch nicht fertig. »So wie die Weißen es auf Derek abgesehen hatten.«

»Auf Derek? Seinen Bruder? Den Kommunisten?«

»Kennst du vielleicht noch'n anderen Derek? Ich will dir mal was sagen, Talcott. Dein Vater hat seinen Bruder nie leiden können, höchstens als er längst tot war. Schon als sie Kinder waren, hat er ihn nicht leiden können.«

»Ich weiß, Alma.« Ich würde das Gespräch gern beenden, aber Alma lässt mich nicht zu Wort kommen.

»Hauptsächlich deswegen, Talcott, weil dein Vater fand, Derek würde zu viel an den Weißen rummeckern. Tja, und dann haben die Weißen deinen Vater genauso in die Pfanne gehauen. Da ist er langsam drauf gekommen, dass Derek vielleicht doch nicht so falsch gelegen hat. Später hat er immer davon geredet, wie sehr er sich wünscht, Derek wär noch unter uns, dass er ihm sagen könnte, wie Leid's ihm tut.«

»Meinem Vater hat was Leid getan?« Ich versuche, mich an eine einzige Entschuldigung zu erinnern, die ich je aus dem Mund des Richters gehört hätte. Vergebens. »Was hat ihm denn Leid getan?«

»Dass sie sich zerstritten haben. Danach wäre alles nur noch bergab gegangen, hat er gemeint.«

»Was alles?«

»Liebe Güte, Talcott, woher soll *ich* das wissen? Er hat bloß gesagt, es würde ihm Leid tun. Wegen der Sachen, die ihm die Weißen angetan haben. Ich denk mal, vielleicht hat sein Bruder ihm einfach gefehlt.«

Eine Frage kommt mir in den Sinn. »Alma? Als mein Vater über den Bruch mit seinem Bruder geredet hat, hat er da an irgendwas Bestimmtes gedacht?«

»Ich denk mal, er hat dran gedacht, wie er damals beschloss, Richter zu werden und überhaupt. Da hat er irgendwie den ganzen Ballast abwerfen müssen.«

»Derek war Ballast?«

»Er hat deinem Vater gefehlt, Talcott, sonst weiß ich auch nichts.«

Das alles bringt mich nicht weiter. Ich muss Schluss machen. Alma zum Glück auch. Wir nehmen uns vor, uns im Laufe des Sommers mal zu sehen, aber bei der Absichtserklärung wird es wahrscheinlich bleiben.

• IV •

Nacht in der Hobby Road. Abermals halte ich einsam am Fenster zur Straße Wacht. Ich weiß nicht, wonach ich ausschaue. Gegen elf bilde ich mir ein, auf der anderen Straßenseite einen Mann zu sehen, der unser Haus beobachtet, einen sehr großen Mann, der schwarz sein könnte, obwohl man das im Dunkeln schwer erkennen kann: Foreman? Vielleicht eine Halluzination, denn als ich wieder hinschaue, ist er fort. Eine halbe Stunde später ruckelt ein Pick-up die Straße entlang, und ich male mir eine ausführliche Beschattungsgeschichte aus, wechselnde Fahrzeuge, Heerscharen von Beobachtern.

Blödsinn natürlich, aber Tatsache ist, dass ich vor ein paar Tagen zusammengeschlagen wurde, und Tatsache ist auch, dass jemand angerufen und mir gesagt hat, ich solle mir keine Sorgen machen, man werde sich des Problems annehmen.

Also hör auf, dir Sorgen zu machen!

Ich habe versucht, mit Kimmer über die Ereignisse zu reden, aber sie stellt sich weiterhin taub und will nichts anderes von mir hören als die Beteuerung, dass wir alle sicher sind. Wie es aussieht, kann ich die Mauer nicht überwinden, die zwischen uns entstanden ist. Es ist, als wäre ich, indem ich zum Opfer eines Überfalls wurde, zugleich ein schwer zu widerlegendes Indiz für das geworden, wovor meine Frau mit ihren Richterambitionen lieber die Augen verschließen würde: dass irgendetwas im Busch ist und dass die Möglichkeit, die Finger davon zu lassen, es stillschweigend zu begraben, nicht mehr besteht.

Ich schüttele den Kopf. Dann logge ich mich beim Internet Chess Club ein und mache vier schnelle Spiele mit jemandem aus Dänemark, von denen ich drei verliere. Und immer noch habe ich, wie schon seit Wochen, das Gefühl, dass meine Bemühungen, die Probleme mit logischem Denken zu lösen, so ähnlich sind, wie wenn man Watte kaut: Ich kaue und kaue und kaue, aber ich komme nicht voran.

Schlafen erscheint mir mit einem Mal sehr verlockend.

Ich begebe mich schleunig nach oben und werfe noch einen Blick in Bentleys Zimmer, das vornehmlich mit diversen Disney-Bildern von Herkules dekoriert ist, der allem Anschein nach ein lachender blonder Arier mit den größten Zähnen der Welt war. *Hörkes* sagt unser Sohn zu seinem Lieblingshelden. Ich ziehe im Licht der Straßenlaterne seine Hörkes-Decke zurecht, gucke nach seinem Hörkes-Nachtlicht, küsse seine warme Stirn und gehe dann den Flur hinunter, um mich im Elternschlafzimmer zu meiner schlummernden Frau zu betten. Ich ziehe mich im Bad aus und denke dabei wehmütig an die Zeit zurück, als Kimmer und ich uns noch gegenseitig kleine Zettel und manchmal eine Blume auf die Frisierkommode legten: WECK MICH!, lautete unsere amouröse Einladung. Ich weiß nicht mehr, wann wir damit aufhörten, aber ich weiß noch, dass Kimmer meine Zettel mehrere Wochen lang ignorierte, ehe ich merkte, dass sie mir ihrerseits keine mehr hinterließ. Ich frage mich, ob mein Vater in seinen letzten Jahren eine Frau hatte, die ihm zur Schlafenszeit eine Blume oder einen Zettel hinlegte, und mir wird klar, dass ich über sein Liebesleben rein gar nichts weiß, nicht einmal, ob er nach dem Tod meiner Mutter überhaupt noch eins hatte. Alma hat angedeutet, dass der Richter einsam war, und wenn ich zurückdenke, kommt mir das wahrscheinlich vor. Hin und wieder tauchte er zu einem wichtigen Empfang oder einer Theaterpremiere mit der einen oder anderen berühmten Konservativen auf, ausnahmslos Angehörige der hellhäutigeren Nation, doch es gelang ihm stets, den Eindruck zu erwecken, es handele sich um Zweckbündnisse im beiderseitigen Interesse, bei denen weder Liebe noch Sex im Spiel war. Ich weiß von keiner Geliebten: Falls er eine hatte, hielt er sie gut geheim.

Ich komme zu dem Schluss, dass ich es gar nicht wissen will.

Die Zettel: Heutzutage legt Kimmer mir nur aus Illustrierten herausgerissene Artikel aufs Kopfkissen, in denen es darum geht, wie man den Tod eines geliebten Menschen verarbeitet, denn sie glaubt, dass ich nicht ausreichend oder vielleicht nicht auf die richtige Art und Weise trauere. Es gibt keinen seriösen wissenschaftlichen Beweis für die These, dass man während der Trauer tatsächlich durch die berühmten fünf Phasen geht, aber eine ganze Beratungsindustrie verdient ein Vermögen mit der Behauptung, dem sei so.

»Geh zu Bett!«, ermahne ich mich.

Ich blicke aus dem Badfenster in den Garten. Alles sieht friedlich aus. Schließlich kehre ich ins Schlafzimmer zurück und schlüpfe unter die Decke. *Es tut mir furchtbar Leid*, flüstere ich meiner schlafenden Frau zu, aber nur im Geiste. *Ich wollte nicht, dass es so kommt.* Ich liege still, ich spreche mein Gebet, und dann schaue ich im Dunkeln zur Decke, meine neben mir liegende Frau mehr ahnend als spürend, und traue mich nicht, die Hand nach ihr auszustrecken, obwohl ich das für mein Leben gern tun würde. Meine Gedanken lassen sich einfach nicht abstellen, ich kann nicht aufhören, so viel Schuld auf mich zu laden wie möglich, was ziemlich viel ist. Ich drehe mich zu Kimmer um. *Wo bist du heute Nachmittag drei Stunden lang gewesen?*, frage ich sie stumm, denn sie war nicht in ihrem Büro und ist auch nicht an ihr Handy gegangen. Das ist schon früher vorgekommen. Es wird wieder vorkommen. *Was ist bloß aus uns geworden, Liebling?*

Ich drehe mich auf die andere Seite, aber der Schlaf will nicht kommen, und die Antworten, nach denen ich lechze, sind so unerreichbar wie eh und je. Ich vernachlässige meine Arbeit. Mein Ansehen schwindet rapide. Ich gelte zusehends als der verrückte Juraprofessor, der Seminare ausfallen lässt, irrsinnige Beschuldigungen erhebt und mitten auf dem Campus zusammengeschlagen wird.

Und ich habe keinen Menschen, ganz gewiss keine Ehefrau, als Tröster in meiner Not und Verzweiflung.

Ach, Kimmer, Kimmer! Warum tust du ... was du tust? Beklommen erinnere ich mich erneut an die Zeit, als unsere Beziehung noch jung war, als ich nichts anderes vom Leben verlangte, als allmorgendlich die Augen zu öffnen und Kimmers lächelndes Gesicht vor mir zu sehen. Ich höre das Rumpeln eines vorbeifahrenden Zuges, doch es ist nur das Blut, das in meinem Kopf pocht. Ich öffne die Augen, doch das Gesicht meiner Frau ist verdeckt. Das Bett ist auf einmal riesig, der Abstand zu Kimmer zu groß. Ich drehe mich auf die eine Seite, dann auf die andere, dann wieder zurück, derweil meine Frau sich herumwälzt und irgendetwas Unverständliches murmelt. Ich wünschte, ich könnte mir einbilden, sie hätte mir im Halbschlaf gesagt, dass sie mich liebt. Ich wünschte, ich traute mich, meine Hand nach ihr auszustrecken, mir zärtlichen Trost bei ihr zu holen. Ich wünschte, ich wüsste, warum ich das Gefühl habe, von Kräften, die stärker sind als ich, an der Nase herumgeführt zu werden.

Sie und Ihre Familie sind vollkommen sicher.

Na ja, von Demütigungen oder beruflichem Ruin war nicht die Rede.

In meiner Sehnsucht nach dem ungastlichen Körper meiner Frau begreife ich die Verzweiflung des staatenlosen Flüchtlings, der darum betet, wider alle Erwartungen doch noch eines Tages in seine vom Krieg zerrissene Heimat zurückkehren zu dürfen, ein kaltes, unfreundliches Land, aus dem er einst vertrieben wurde. Doch neben mir in der Dunkelheit spüre ich die abweisenden Barrikaden, die ich nicht sehen kann. Als einer meiner Füße sie berührt, regt sich Kimmer und zieht das Bein weg, noch im Schlaf voll Widerwillen gegen mich. Eine ganze Weile überlege ich, ob ich sie wecken und versuchen soll, mir mit Drängen oder vielleicht mit Bitten wieder Zutritt in meine Heimat zu verschaffen. Stattdessen kehre ich dem üppigen und wonnevollen Land, das mich einst willkommen hieß, den Rücken zu, schließe die Augen und hoffe, dass ich nicht träumen werde.

Kapitel 31

Brown-Woche

• I •

»Das ist eine interessante Geschichte«, sagt John Brown.

»Das ist keine *Geschichte.*«

»Interessant ist es trotzdem.« Er stellt sich mitten in der Einfahrt auf und wirft den Basketball – weit daneben. Ich schnappe mir den Rebound, dribbele an die Rasenkante, probiere einen Sprungwurf.

Treffer. Ich zeige mit dem Finger auf John. Er schlägt ihn lachend weg, dann klatscht er mir in die Hand.

Es ist Freitagnachmittag, drei Tage nach Weihnachten, andererseits noch mitten in den Feiertagen, da Kimmer manchmal darauf besteht, dass wir auch *Kwanzaa* feiern. Vorgestern Nacht hat es acht Zentimeter geschneit, doch dann ist es gleich wieder schön geworden, warm genug, dass wir draußen grillen können. Das letzte bisschen Schneematsch spritzt und glitscht unter unseren Füßen. Nicht ganz weiße Weihnachten, aber viel gefehlt hat nicht.

Weihnachten war in meiner Kindheit immer ein großes, turbulentes Fest. Meine Mutter hatte das Haus in der Shepard Street mit frischen Blumengirlanden, Weihnachtssternen und Misteln geschmückt, und ein Baum von geradezu beängstigender Höhe leuchtete in der offenen, bis ins Obergeschoss gehenden Diele, während sich im Parterre lärmende Verwandte und Freunde tummelten, deren Besuche wir in den Folgetagen erwiderten. Wir

Kinder durchwachten schläfrig die Mitternachtsmesse in der Kirche Trinity and St. Michael, und wenn wir am nächsten Morgen in aller Frühe aufstanden, war der riesige Baum wie durch Hexerei von lauter Geschenken umgeben. Obwohl wir wussten, dass unter der festlichen Verpackung in den meisten Fällen Kleidungsstücke und Bücher zum Vorschein kommen würden, stellten wir uns immer vor, dass sich wunderschöne Spielsachen in den Päckchen verbargen, und manchmal stimmte das auch. Und der Richter – in jenen Tagen einfach Vater – saß in Pantoffeln und Morgenmantel in seinem geliebten Lehnstuhl, die Pfeife, die er damals noch rauchte, zwischen den Zähnen, genoss unsere Liebe und Dankbarkeit und rubbelte uns den Rücken, wenn wir seine Beine umarmten.

Das wesentlich gedämpftere Weihnachtsfest in der Hobby Road 41 bestand bisher darin, dass Kimmer und ich symbolische Geschenke vor dem kleinen künstlichen Baum austauschten, auf dem meine praktische Frau besteht, da ein echter nur zeitraubend, arbeitsintensiv und riskant sei – *Wasser und Strom zusammen? Kommt gar nicht in Frage!* Da Bentley jetzt mit drei Jahren und neun Monaten alt genug ist, um sich für das Fest als solches zu interessieren (wobei es der Weihnachtsmann ist, der ihn interessiert, nicht Jesus), haben Kimmer und ich uns in diesem Jahr bemüht, es etwas fröhlicher und bunter zu gestalten. An Heiligabend die Geschenke für unseren Sohn gemeinsam einzupacken hat richtig Spaß gemacht, und als wir später im Bett noch wach lagen und dem Wind lauschten, küsste meine Frau mich auf die Wange und sagte, sie sei froh, dass wir noch zusammen sind. Ich erwiderte, ich sei auch froh, und das ist die Wahrheit. In den letzten zwei Wochen habe ich mir alle Mühe gegeben, mein Versprechen gegenüber Morris Young zu halten und meiner Frau Liebe statt Misstrauen entgegenzubringen, und sie hat es mir mit besserer Laune gedankt. Ich habe das unerwartete, aber erbauliche Gefühl, dass sie mit dem Mann, mit dem sie etwas hatte – wer es auch war –, Schluss gemacht hat, vielleicht als guter Vorsatz für das neue Jahr oder sogar als Weihnachtsgeschenk für ihren Ehegatten. Gleichzeitig denke ich im stillen Kämmerlein darüber nach, wie ich wieder aus dem Schlamassel herauskomme, den ich dem Richter zu verdanken habe.

John Brown ausführlicher von den Ereignissen zu erzählen, wie vorigen Monat versprochen, scheint mir ein sinnvoller Anfang zu sein.

»Und, was soll ich deiner Meinung nach tun?«, frage ich ihn, während ich zum nächsten Wurf ansetze. Der Ball prallt vom Ring ab und kracht auf seinen dunkelblauen Town & Country Minivan. John fängt den Ball ab, bevor der meinen versehrten, aber bewährten Grill umwerfen kann, in dem rötliche Flammen über der gerade angezündeten Holzkohle züngeln.

»Nichts. Überlass es dem FBI. Es gibt nichts zu tun. Interessanter Wurf.« Lakonisch wie immer. John hält nichts davon, zwei Worte zu sagen, wo eins genügt, und würde niemals drei Silben gebrauchen, wenn er mit zweien auskommt. Er macht keinen Hehl aus seiner Meinung, dass ich der Polizei alles erzählen sollte, aber ich kann mich nicht dazu durchringen. »Du brauchst einen Experten, Misha. Und die sind die Experten.«

Ich nicke nachdenklich. Ich bin nicht der Typ, der leicht Freundschaft mit Männern schließt, aber mit John bin ich schon erstaunlich lange befreundet. Ich kenne ihn und seine Frau Janice seit unseren ersten gemeinsamen Collegetagen; damals war Janice die begehrteste schwarze Frau des Jahrgangs und John mit Abstand der fleißigste schwarze Mann. Heute ist John Elektroingenieur, wie er es immer vorhatte, und Janice ist Vollzeitmutter, wie sie es immer wollte. Da er jetzt an der Ohio State unterrichtet, leben sie in Columbus, und wir sehen sie nur ein- oder zweimal im Jahr, meistens zu Anfang der Ferien. Sie sind wunderbare Menschen. Auch Kimmer mag sie gern: *Obwohl du sie mit in die Ehe gebracht hast*, stichelt sie gelegentlich.

»Ich weiß nicht so recht«, sage ich schließlich, der Hamlet der Hobby Road.

John zieht die Augenbrauen hoch. »Wie, traust du dem FBI nicht?« Nächster Wurf. Der Ball kullert um den Ring, dann fällt er durch, hüpft über das Pflaster und rollt in den nassen Schnee auf dem Rasen.

»Und wenn das FBI nun mit drinhängt?«, fragt Mariah unerwartet von hinten. »Wie können wir es dann dem FBI überlassen?«

Ich grinse beklommen. Ob meine Schwester uns wohl schon lange zuhört? Ich habe ihr weder von dem Bauern noch von dem

Brief erzählt, zwei Sachen, über die ich soeben John in Kenntnis gesetzt habe. Er nickt kaum merklich: Er wird schweigen.

Dann wendet er sich Mariah zu. »Irgendwem müsst ihr trauen«, sagt er, was wahrscheinlich ein Kürzel ist für: *Wenn ihr so weitermacht, könnt ihr auch gleich in eins von diesen rechtsradikalen Lagern in Montana ziehen.* John besitzt einen Respekt vor der Obrigkeit, den ich liebend gern auch noch hätte, aber die Ereignisse der letzten Wochen haben mein Vertrauen in viele Institutionen stark erschüttert.

Ich werfe meiner Schwester den Basketball zu: »Komm, Schwesterherz, wirf auch mal.«

Sie fängt ihn geschickt und wirft ihn so hart zurück, dass mir die Luft wegbleibt.

»Nein, danke.«

»Früher hast du gern gespielt.«

»Früher hab ich vieles gern gemacht.«

Ich werfe einen Blick auf John, der sich plötzlich brennend für den kleinen Aufkleber an der Haltestange des Rings interessiert, auf dem der Hersteller kleingedruckt vor missbräuchlicher Benutzung warnt, wohl in der vergeblichen Hoffnung, falls ein Kind das Ding umrempelt, damit eine Schadenersatzklage abwenden zu können. John hat seinerseits einmal eine drohende Schadenersatzklage abgewendet, nämlich gegen die Universitätsklinik: Als Kimmer und Bentley beinahe gestorben wären, setzten John und Janice sich auf der Stelle ins Flugzeug. Janice nahm mich in den Arm, damit ich mich ausweinen konnte, aber John rückte mir den Kopf zurecht. Als Wissenschaftler und als Christ bekehrte er mich zu der Ansicht, ich solle den Ärzten dankbar sein, dass sie meine Familie gerettet hatten, und ihnen nicht zürnen, dass sie es um ein Haar nicht getan hätten.

»Ach, Mariah«, sage ich leise und streiche ihr kurz über den Arm. »Sei nicht so bitter.«

»Sei nicht so bitter«, wiederholt sie. »Als ob es keinen Grund gäbe, bitter zu sein.«

Ich verkneife es mir aufzustöhnen. In ihrer momentanen Stimmung ist Mariah in der Lage, alles zu verderben.

John und Janice sind mit den Kindern zu Besuch in Elm Harbor, weil unsere Familien regelmäßig jedes Jahr ein paar Tage miteinander verbringen, immer in der stillen Woche vor Neujahr, manchmal bei ihnen in Ohio, meistens hier. Kimmer und ich haben gestern unseren neunten Hochzeitstag gefeiert, falls man das so nennen kann; John und Janice, die sieben Jahre länger verheiratet sind, werden ihren morgen feiern. Die nahe beieinander liegenden Hochzeitsdaten gaben vor fünf oder sechs Jahren den Anstoß zu diesem Brauch. Unser jährliches Zusammensein verläuft in der Regel lustig und ausgelassen, diesmal jedoch ist es eher ruhig und ernst, was sich nicht allein mit dem Tod meines Vaters erklären lässt, sondern auch aus der Stimmung im Haus, denn Kimmer stiehlt sich zwar nicht mehr davon, aber sie ist auch nicht gerade der Inbegriff der liebenden Gattin. Die Browns glauben, jede Ehe könne so perfekt sein wie ihre, und ihre Theorie widerlegt zu sehen ist ihnen oft ein wenig peinlich, doch als gute Freunde weigern sie sich, den Traum aufzugeben, auch unsere Ehe sei noch zu retten.

Meine Schwester hat sich erst in letzter Minute zur Brown-Woche, wie wir diese Zusammenkünfte nennen, angemeldet. Kimmer reagierte überraschend milde auf die Mitteilung, Mariah werde auch kommen, allerdings mit einer Milde, die man ansonsten Geisteskranken vorbehält. *Natürlich, Misha, sie ist schließlich deine Schwester*, murmelte sie und tätschelte mir die Hand. *Dafür habe ich volles Verständnis, wirklich* – wobei sie gerade durch die Betonung das Gegenteil zum Ausdruck brachte. Ich bin mir nicht sicher, ob ich dafür Verständnis habe. Um die Wahrheit zu sagen, hätte ich Mariah in der Brown-Woche lieber nicht hier, nicht einmal für den einen Tag. (Sie ist allein gekommen, ihre Blagen hat sie in Darien beim Aupair gelassen, und Howard ist, glaube ich, in Tokio.) Mit ihrem nervösen Getue wird sie mit Sicherheit die Harmonie zwischen unseren beiden Familien, den Browns und den Madison-Garlands, stören. Ich hätte Mariah lieber ein andermal getroffen, allein, aber sie lehnte es ab, über ihre Neuigkeiten am Telefon zu sprechen, vielleicht weil sie befürchtete, wir könnten abgehört werden, und heute war der früheste gemeinsame Termin, den wir finden konnten.

Janice und Kimmer sind in der Küche, wo sie kochen, tuscheln und vermutlich über Mariah herziehen. John und ich pendeln zwischen der Einfahrt und dem Garten hin und her, hantieren mal am Grill herum, auf dem wir in Kürze ein paar teure Steaks anbrennen lassen werden, und hören uns im Augenblick mit gespielter Gutgläubigkeit Mariahs Auslassungen an. Hinten an der hohen Hecke, die wie eine Mauer unser Grundstück von dem der Felsenfelds trennt, spielt Bentley selig mit Johns jüngerer Tochter Faith, die drei Jahre älter ist als er. Die beiden treiben irgendetwas Geheimnisvolles mit Faiths nigerianischer Barbie und ihrem knallpinken Barbie-Sportwagen, an dem ein Rad fehlt. Faiths Schwester Constance ist schon neun und daher über solche Kindereien erhaben; vorhin saß sie am Küchentisch und spielte lustlos Boggle am Laptop ihrer Mutter. Sie quengelt nach der neuen Version von Riven, die alle anderen in der Schule schon haben, doch ihre streng christlichen Eltern sind dagegen. Luke, der Älteste, ist fünfzehn und fläzt sich mit einem Agatha-Christie-Krimi vor der Nase irgendwo im Haus herum.

»Manchmal steht das FBI auf der falschen Seite«, beharrt Mariah. »Denkt nur mal dran, was sie mit Martin Luther King gemacht haben.«

John und ich wechseln einen Blick.

»Das ist eine der Sachen, über die ich mit dir reden wollte, Tal«, fährt meine Schwester fort, wobei sie zwischen uns tritt, damit wir so lange nicht weiterspielen können, bis sie uns alles erzählt hat. Sie ist heute nicht mit dem Navigator gekommen, sondern mit ihrem Mercedes – Howard hat seinen eigenen –, und sie trägt einen schicken braunen Tweed-Hosenanzug, der nach Anne Klein aussieht, wahrscheinlich die richtige Garderobe für eine herbstliche Cocktailparty in Darien, aber nicht gerade das, was wir in Elm Harbor anziehen, wenn wir im Dezember draußen grillen. Ich habe keinen Zweifel, dass Kimmer und Janice in der Küche genau darüber lästern. »Wir müssen entscheiden, was wir tun wollen.«

»In welcher Beziehung, Schwesterherz?«, frage ich sanft.

»In jeder.«

John wirft wieder und trifft daneben. Der Rebound fliegt mir im hohen Bogen in die Hände. Ich setze zum Wurf an, aber Mariah nimmt mir den Ball ab und klemmt ihn sich unter den Arm: eine Mutter, die ihr Kind zur Ordnung ruft. Kein Basketball mehr, soll das heißen, ehe wir ihr zugehört haben.

»Du weißt doch, dass Sally und ich Papas Papiere durchgegangen sind, oder? Pass auf, ich erzähl dir, was wir entdeckt haben, dann verstehst du, warum wir etwas tun müssen.«

Ich will sie gerade unterbrechen, als ich Johns Blick auffange. Er hält es offensichtlich für besser, sie ausreden zu lassen, und ich beschließe, seinem Beispiel zu folgen. Wie ein guter Anwalt weiß John, wann man auf Suggestivfragen lieber verzichtet und den Mandanten schwadronieren lässt.

»Okay, schieß los!«

Mariah wirft den Basketball auf den Rasen, geht zu ihrem funkelnden meergrünen Wagen, nimmt einen edlen braunen Aktenkoffer vom Beifahrersitz und legt ihn auf die Motorhaube. »Einen Moment«, sagt sie, stellt die Kombination ein und klappt den Deckel auf. Ein verschlossener Aktenkoffer, stelle ich amüsiert und beunruhigt zugleich fest. Ich werfe einen Blick auf den Grill, weil ich um die Kohlen fürchte. Mariah kommt mit mehreren Mappen zu uns. Während sie hastig die Akten durchblättert, fällt mir die Kladde mit dem schwarzen Einband wieder ein, in die sie die Beweise für ihre Verschwörungstheorie einzutragen pflegte. Spöttisch bemerke ich, ihre Entdeckungen auf dem Dachboden überstiegen anscheinend das Fassungsvermögen des Notizbuches.

»Nein, ich kann es nur nicht finden«, sagt sie.

»Vielleicht haben die Schurken es gestohlen.«

Mariah nimmt die Bemerkung ernst und deutet auf den Aktenkoffer. »Deshalb habe ich jetzt alles unter Verschluss.« Bevor ich das verdaut habe, hält sie mir eine der Mappen hin. »Sieh dir das an!«

Ich nehme die Mappe, und John und ich betrachten das ordentlich getippte, verblasste Etikett: DETEKTIVBERICHT – ABIGAIL steht darauf. Mit einem Mal bin ich gespannt. Nur leider ist die Mappe leer.

»Wo ist der Bericht?«, frage ich.

»Das versuche ich dir ja die ganze Zeit zu erklären, Tal. Er ist nicht da. Kommt dir das nicht ein bisschen merkwürdig vor?«

»Ein bisschen schon.« Aber im Stillen denke ich, dass es Dutzende von möglichen Gründen gibt, warum der Bericht nicht da ist, zum Beispiel dass Mariah ihn selbst herausgenommen hat oder dass sie einfach die leere Mappe dazu benutzt, ihrem Phantasiekonstrukt Glaubwürdigkeit zu verleihen.

Andererseits ist das Album des Richters tatsächlich verschwunden, und ein verhexter Bauer ist vom Zentrum der Goldküste bis in eine Suppenküche in Elm Harbor gewandert, und ein Buch, das mir von zwei Schlägern gestohlen wurde, lag plötzlich in meinem Auto. Es scheint also vieles möglich.

»Und dann ist es mir wieder eingefallen. Als Papa den Bericht von dem Detektiv bekam, hat er ihn an die Polizei weitergeleitet. Weißt du noch? Weil er hoffte, sie würden was unternehmen.«

Ich weiß das in der Tat noch, und es tut sofort wieder weh. Der Richter war so zufrieden mit sich: dass er einen Privatdetektiv beauftragt und neue Hinweise erhalten hatte. Er habe jemand Erstklassigen angeheuert, versicherte er uns, aus Potomac, schon damals ein exklusives Städtchen. Jemand, sagte der Richter, mit sehr guten Empfehlungen und einem sehr stattlichen Preis. Er schien stolz darauf zu sein, so viel zu bezahlen.

»Villard«, murmele ich. »So hieß er doch, nicht wahr? Soundso Villard.«

»Ganz genau.« Mariah lächelt. »Jonathan Villard.«

Ich schüttele den Kopf, denn insgeheim habe ich gehofft, sie würde mich korrigieren und mir sagen, der Privatdetektiv habe in Wirklichkeit Scott geheißen. Doch mein Gedächtnis hat keine Mühe, den Rest der Geschichte hervorzukramen. Als unser Vater den Bericht erhielt, kam er aus seiner Depression heraus und erklärte der Familie, er sei sicher, der Mörder werde jetzt bald seine gerechte Strafe bekommen. *Der Mörder*, so nannte er ihn immer. Und dann begann er zu warten. Und zu warten. Und zu warten. Bis ihn wieder die Verzweiflung packte.

»Die Polizei ist seinen Hinweisen niemals nachgegangen«, sage ich leise, mehr zu mir selbst als zu John oder meiner Schwester. Ich frage mich immer noch, was wirklich mit ihrer Kladde passiert ist. Erst verschwindet das Album, dann die Kladde. Eine kühle Brise rauscht durch die Hecken. »Und wenn doch, ist nichts dabei herausgekommen.«

»Richtig«, beglückwünscht mich Mariah wie einen begriffsstutzigen Schüler, bei dem endlich der Groschen gefallen ist. »Aber die Polizei hatte eine Kopie des Berichts. Also habe ich bei

Onkel Mal angerufen und diese Meadows gefragt, ob sie eine Kopie aus den Polizeiakten besorgen könnte. Sie meinte, das würde wohl eine Weile dauern, weil sie im Archiv suchen müssten. Dann rief sie mich vor ein paar Tagen zurück, und weißt du was? Bei der Polizei existiert der Bericht auch nicht.«

»Immer merkwürderlicher«, zitiere ich Lewis Carroll. Nach seinem Anteil am Gespräch könnte John eine Statue sein. Da kommt mir ein Gedanke. »Aber ich wette, dass man von Villard selbst eine Kopie bekommen kann. Den müsste man doch ausfindig machen können.«

Mariah wirkt beinahe vergnügt. »Ihr Juristen denkt alle gleich, was? Meadows hat das probiert, Tal, und weißt du was? Villard ist vor fünfzehn Jahren an Darmkrebs gestorben.«

»Bist du sicher?«, frage ich verdattert.

»Natürlich bin ich sicher, Tal, ich bin doch nicht doof. Meadows hat sogar eine Kopie seines Krankenblatts besorgt. Er war wirklich krank, und jetzt ist er wirklich tot.«

»Ach.« Das versetzt mir einen leichten Dämpfer: Bis eben hätte ich noch gewettet, Villard sei ein weiterer Deckname von Colin Scott gewesen. Dann schöpfe ich Hoffnung: »Aber selbst wenn er tot ist, müssen doch seine Ermittlungsakten irgendwo sein ...«

»Das sind sie bestimmt, aber kein Mensch weiß, wo. Genau davon rede ich. Jetzt sieh dir das an!«, fährt Mariah fort wie eine Anwältin, die ihr Beweismaterial ausspielt, oder wie eine Zauberkünstlerin, die ihr Publikum verblüfft. Aus einer anderen Mappe zieht sie zwei von einem Kollegblock abgerissene gelbe Blätter. Ich erkenne sofort die gedrängte Handschrift meines Vaters. Mariah fasst die Blätter vorsichtig an, als könnten sie sich von selbst entzünden. »Das ist alles, was ich über den Bericht finden kann«, erklärt sie.

Ich überfliege die Seiten, deren Knicke darauf hindeuten, dass sie mehrmals gefaltet wurden. Die Tinte ist alt und verschmiert; *V'S BERICHT* ist darüber gekritzelt, gefolgt von einer Spalte hastig hingeworfener Notizen: *Kennzeichen aus Virginia? ... Muss Frontalschaden sein, Werkstätten von V schon überprüft ... V sagt, Polizeiuntersuchung zu Farbe usw. schlampig ... Fahrer nicht identifiziert, Beifahrer nicht identifiziert* ... Ich stocke, lese die letzte Zeile noch mal.

»Beifahrer?«, frage ich.

Mariah nickt. »Es war noch jemand in dem Wagen, mit dem Abby zusammengestoßen ist. Interessant, nicht wahr?«

»Der Richter hat nie was davon erwähnt«, sage ich sinnierend. »Und Mama auch nicht.«

Mariah kommt jetzt in Fahrt. »Die Zettel steckten zusammengefaltet in einem seiner Schachbücher. Vermutlich wusste das derjenige nicht, der den Bericht verschwinden ließ.« Ich will fragen, in welchem Buch, aber Mariah spielt schon ihre nächste Karte aus. »Und sieh dir das an!« Ein brauner Briefumschlag wird dem Aktenkoffer entnommen und mir gereicht. Ich öffne ihn und hole einen Stapel Scheckbelege heraus. Ein kurzer Blick bestätigt, was ich schon vermutet habe: Sie stammen aus der Zeit, als der Privatdetektiv an dem Fall arbeitete. »Schau sie dir an!«, fordert sie mich auf.

»Und wonach genau soll ich schauen?«, frage ich, während John uns schweigend beobachtet.

»Nach dem Namen Villard! Papa sagte damals, er wäre teuer, stimmt's?«

»Stimmt.«

»Eben. Und jetzt schau dir die Liste der Schecks an.« Ich weiß immer noch nicht, worauf sie hinauswill. »Tal, das sind sämtliche Schecks, die Papa in den vier Jahren nach Abbys Tod ausgestellt hat. Kein einziger Scheck ist auf jemanden namens Villard ausgestellt, und kein einziger Scheck auf einen Namen, der sich nach einer Detektei anhört.«

»Dann war er eben mal nachlässig. Er hat den Scheck nicht eingetragen.«

»Ich habe sämtliche entwerteten Schecks, Tal. Und du weißt, wie Papa war. Alles ist vorbildlich geordnet. Nur um sicherzugehen, habe ich nachgerechnet. Es fehlt kein Einziger.«

Ich sehe das beklemmende Bild vor mir, wie Mariah auf dem Dachboden über einen Taschenrechner gebeugt dasitzt, Zahlen eingibt und manisch die Einträge des Richters überprüft, während ihre Kinder durchs ganze Haus rennen und Sally ... ach, was weiß ich, was Sally treibt, wenn die beiden zusammen sind.

»Dann hat er eben bar bezahlt.« Doch das kommt auch mir unwahrscheinlich vor.

»Nein«, sagt Mariah und zückt die nächste Mappe. Sie hat nichts von ihrer kriminalistischen Begabung eingebüßt. »Das ist eine Liste sämtlicher Barabhebungen, die Papa in den fraglichen Jahren von seinen Konten getätigt hat, und keine einzige, Tal, keine einzige ist groß genug, um mehr damit zu bezahlen als einen Einkauf im Supermarkt.«

»Seine Depotkonten –«

»Ach was, Tal. Zu der Zeit hatte er noch gar keine Aktiendepots. Dafür fehlte ihm das Geld. Das kam erst später.« Nach seiner Zeit als Richter, meint sie.

»Und was willst du damit sagen? Dass es überhaupt nie einen Detektiv gegeben hat?« Ich schüttele den Kopf, versuche den Druck der schmerzlichen Erinnerungen loszuwerden. John steht dabei wie ein Passant bei einem Autounfall, fasziniert von dem Blutbad, aber unfähig zu helfen. »Dass dieser Villard nur ein Hirngespinst des Richters war?«

»Nein, Tal. Natürlich hat es Villard gegeben. Der einzig logische Schluss ist, dass *jemand anders* den Detektiv bezahlt hat. Begreifst du nicht? Entweder Papa hat sich das Geld geborgt oder ... ich weiß nicht, was sonst. Aber das Geld kam von jemand anders. Und wenn wir rausfinden, wer dieser Jemand war, dann wissen wir, wer Papa umgebracht hat.«

Ich kann das alles nicht ganz glauben, aber ganz verwerfen kann ich es auch nicht. Emotional bin ich im Moment nicht in der Verfassung, ein vernünftiges Urteil abzugeben.

»Und du meinst, dieser Jemand war ...« Ich lasse den Rest in der Luft hängen, damit sie die unvermeidliche Ergänzung liefern kann.

»Es war Jack Ziegler, Tal – wer sonst? Es muss Onkel Jack gewesen sein. Ich hatte von Anfang an Recht, Tal. Papa hatte Angst vor Onkel Jack. Deshalb hat er sich die Waffe zugelegt. Aber sie hat ihm nichts genützt. Jack Ziegler hat ihn umgebracht und den Bericht gestohlen.«

An Mariahs Verschwörungstheorie hat sich also nichts geändert. Aber es könnte durchaus sein, dass meine Schwester der Lösung näher ist, als es ihr bewusst ist. Denn ihre Rekonstruktion enthält im Kern eine einfache Wahrheit, die mir Angst macht, weil ich ein paar Fakten kenne, die sie nicht kennt.

»Langsam, langsam. Ich verstehe immer noch nicht, was Jack Ziegler für einen Grund gehabt haben soll.« Dabei weiß ich das sehr wohl. Ich widerspreche wahrscheinlich nur aus Prinzip.

»Natürlich verstehst du das! Da war irgendwas in dem Bericht, das nicht an die Öffentlichkeit gelangen durfte, deshalb musste er sich das einzige Exemplar beschaffen. Wieso hätte er Papa sonst zu Hause umgebracht?«

»Warum hat er dann den leeren Aktendeckel liegen lassen?«, wende ich ein.

»Ich weiß eben nicht alles! Deshalb brauche ich ja deine Hilfe!«

Mir kommt ein Gedanke. »Diese öffentliche Forderung nach einer Untersuchung von Papas Tod, die du mal erwähnt hast ...«

»Irgendjemand hat den Leuten das ausgeredet, Tal. Irgendjemand hat sie bearbeitet, begreifst du das nicht? Und Addison ist nicht zu gebrauchen«, fügt sie rätselhafterweise hinzu, während ich noch innerlich darüber jubiliere, dass diese Anzeigenkampagne offenbar vom Tisch ist. »Du und ich, wir sind die Einzigen, die sich noch dafür interessieren. Deshalb müssen wir beide auch beweisen, was wirklich geschehen ist.«

»Wir haben aber nicht genug Informationen.«

»Genau! Deshalb müssen wir zusammenarbeiten! Ach, Tal, warum willst du das nicht einsehen?« Sie wendet sich an John Brown. »Du verstehst das, John. Das weiß ich. Erklär du's ihm!«

»Na ja«, beginnt John. »Vielleicht wäre es besser, wenn –«

Eine Unterbrechung. Die anderen beiden Frauen kommen mit den gewürzten und grillfertigen Steaks nach draußen. Es gibt Maiskolben in Folie und eine kleine Platte mit Gemüseschnitzeln, die ebenfalls kurz auf den Rost kommen. Und zwei Cola, weil weder John noch ich Alkohol trinken: John aus religiöser Überzeugung, ich schlicht aus Angst, abgeschreckt vom Schicksal meines Vaters. Wir rühmen pflichtschuldigst die Speisen, die in der Tat verdammt gut aussehen. Es findet ein rituelles Getrieze der Männer statt, die vor lauter Basketballspielen nicht dazu gekommen sind, ein anständiges Feuer in Gang zu bringen. Kimmer grollt mir unterschwellig immer noch wegen Mariahs Anwesenheit, aber da unsere Freunde da sind, will sie keine Spielverderberin sein. Gestern Abend habe ich ihr endlich von dem Anruf der

Agentur erzählt, die mich für die Vortragstermine meines Vaters verpflichten wollte; die Frechheit der Leute brachte sie auf die Palme, und ich liebte sie dafür nur noch mehr. *Du bist nicht dein Vater, und die haben nicht das Recht, so zu tun, als ob!* Ich erklärte ihr, dass ich bereits abgelehnt habe, und sie bestätigte mir, wie Recht ich damit hätte. Falls sie mich nochmals anrufen sollten, werde ich wieder ablehnen.

»Soll *ich* das Fleisch vielleicht auf den Grill legen?«, fragt Kimmer mit gespieltem Zorn, die Hände in die Hüften gestemmt.

»Nein, Liebling.«

»Dann auf, an die Arbeit, ihr zwei!« Sie gibt mir einen spielerischen Klaps auf den Hintern. Überrascht kitzele ich sie. Sie grinst und schiebt mich weg. »An die Arbeit!«, wiederholt sie.

»Mariah, wir könnten in der Küche Hilfe gebrauchen«, fügt Janice zum Erstaunen meiner Schwester hinzu, die sich als fünftes Rad am Wagen fühlt.

Mariah wirft mir einen düsteren Blick zu. »Denk drüber nach«, sagt sie. Kimmer und Janice gehen ins Haus zurück, Mariah schmollend hinterher.

»Deine Schwester ist ja 'ne Marke«, murmelt John auf dem Weg in den Garten.

»Hmmm? Ach so. Ja, tut mir Leid.« Es dauert ein paar Sekunden, bis ich wieder weiß, wo wir stehen geblieben waren, weil es mich ein bisschen verwirrt, von meiner Frau so eheweiblich behandelt zu werden, und sei es auch nur zur Schau. »Mariah ist ... na ja, der Tod unseres Vaters hat sie ziemlich mitgenommen. Ich finde es toll von dir und Janice, dass ihr so nett zu ihr seid. Danke.«

»Janice ist zu allen nett.« Als ob er das nicht wäre.

»Das stimmt.«

»Ich weiß auch nicht, wie sie das anstellt.« Er schüttelt den Kopf, aber mit Stolz in der Stimme: Er liebt seine Frau, und sie liebt ihn offensichtlich genauso. Ich versuche mich zu erinnern, was das eigentlich für ein Gefühl ist, und muss leider zu dem Schluss kommen, dass ich es gar nicht kenne. »Wobei Mariah Recht haben könnte«, fügt John nachdenklich hinzu.

»Na, erlaube mal! Du glaubst doch nicht, dass der Autopsiebefund gefälscht wurde.«

»Nein, nicht mit der Autopsie. Und auch nicht mit der Ermordung deines Vaters.« John zuckt die Achseln. »Aber mit dem Privatdetektiv könnte sie Recht haben. Damit, dass er von jemand anders bezahlt wurde.«

»Das meinst du nicht im Ernst.«

»Denkst du, er hätte umsonst gearbeitet?«

»Hm.« Meine übliche intelligente Erwiderung.

John steht dabei, während ich die Steaks prüfe und einzeln auf den Grill lege. Er trägt eine weite Blue Jeans und eine Windjacke des New York Athletic Club über einem weißen Hemd. Seine Schultern sind bemerkenswert breit für einen so kleinen Mann, aber der Ansatz eines Bäuchleins zeugt davon, dass er nicht mehr regelmäßig trainiert.

»Bring ihre Geschichte doch mal mit deiner zusammen, Misha.« John wippt auf den Fußballen, die Hände auf dem Rücken. »Die Verbindung könnte interessant sein.«

»Hm«, wiederhole ich. Ich will nicht, dass John Mariah ernst nimmt.

»Vielleicht waren diese falschen FBI-Agenten in Wirklichkeit hinter dem Bericht her.« Als ich nicht anbeiße, brummt John: »Du hast ihr nicht alles gesagt, stimmt's?«

»Nein.«

»Sie weiß nichts von dem Brief deines Vaters und dem Bauern, habe ich Recht?«

»Ja.«

»Sie ist deine Schwester, Misha. Du solltest sie einweihen.«

Ich sehe ihn skeptisch an. »So wie sie sich aufführt?«

John hört mir nicht zu. Sein Blick ist abgeschweift zu den Bäumen jenseits des Zauns, der die Grenze zwischen unserem Grundstück und der knapp einen Hektar großen Besitzung des Vorstandsvorsitzenden der First Bank of Elm Harbor markiert. Kann es sein, dass ich meinen Freund langweile? »John?«

»Oh, entschuldige. Was hast du gesagt?«

»Du musst das mit Mariah richtig verstehen. Es ist nicht bloß diese eine Sache. Sie ist schon immer ... leicht erregbar gewesen. Sie neigt dazu, vorschnelle Schlüsse zu ziehen. Zugegeben, sie ist intelligenter als ich, aber sie hat deswegen nicht immer mehr Verstand. Sie lässt sich leicht hinreißen, verstehst du?«

»Ja.« Geistesabwesend. Er blickt weiter in die Ferne.

»Ich habe da einen Freund, Eddie Dozier. Erinnerst du dich noch an Dana? Dana Worth? Von der habe ich dir doch erzählt, oder? Eddie ist ihr Exmann. Er ist schwarz, aber er steht ziemlich weit rechts. Glaubt dieses ganze Zeug von der Unterwanderung der Regierung und so. Na, jedenfalls hat Dana mir neulich erzählt, dass Eddie und Mariah in Kontakt stehen, dass er derjenige war, der ihr eingeredet hat, der Autopsiebefund sei gefälscht. Du weißt schon, diese Pünktchen auf dem Foto. Ich habe versucht, sie dazu zu bringen, dass sie nicht mehr mit ihm redet, aber sie will einfach –«

»Misha.« Leise.

»– nicht auf mich hören, egal was ich sage. Ich weiß nicht. Irgendwie muss ich sie dazu bringen, dass sie die Finger davon lässt, mit dem ganzen Quatsch aufhört, bevor es völlig außer –«

»Misha!«

»Was?« Ich bin verärgert, dass John, der einem sonst nie dazwischenredet, mich unterbricht.

»Misha, da drüben im Wald ist jemand. Auf dem Hügel. Dreh dich nicht um.«

Wie aus sehr großer Ferne höre ich meine Stimme ruhig das Evangelium nach Kimmer aufsagen: »Das ist bloß mein Nachbar. Ich hab dir doch erzählt, dass der Vorstandsvorsitzende der Bank da drüben wohnt –«

Johns Lachen ist kalt. »Dann müsste er aber sehr groß und sehr schwarz sein. Außerdem hat er ein Fernglas. Er beobachtet uns.« Pause. »Es könnte dieser Foreman sein.«

Jetzt drehe ich mich doch um. Ich kann nicht anders.

»Ich sehe niemanden«, flüstere ich.

»Er ist weg. Wir müssen ihn verscheucht haben.«

• II •

John Brown ist einer der besonnensten Menschen, die ich kenne. Er ist nicht anfällig für Halluzinationen. Wenn er sagt, dass da jemand war, dann war da jemand.

Wir teilen unseren verblüfften Frauen mit, wir müssten kurz was nachschauen. Dann lassen wir die Steaks Steaks sein und gehen zum Wald hoch. Vermutlich sollte ich beunruhigt sein – bei dem Beobachter, wenn es denn einer war, muss es sich um Foreman gehandelt haben –, aber wenn der ertrunkene Mr. Scott sich schon als harmlos erwiesen hat, wie gefährlich kann dann sein Kompagnon sein?

Außerdem verleiht es einem außerordentlich viel Mut, wenn man zu zweit ist.

»Da drüben«, raunt John und deutet auf eine Stelle zwischen zwei kahlen Bäumen. Doch da sind nur ein paar Spuren im schmelzenden Schnee, die sich im Dickicht verlieren. Wir sehen uns an. Mein alter Freund zuckt kopfschüttelnd die Achseln, und ich weiß, was das heißen soll. Wir befinden uns auf fremdem Grund und Boden und können hier nicht lange herumstöbern.

»Was meinst du?«, frage ich.

»Ich glaube, er ist uns durch die Lappen gegangen.«

»Glaube ich auch.«

»Aber wenn er so schnell Reißaus nimmt, Misha, dann kann er nicht besonders gefährlich sein.«

»Da hast du wahrscheinlich Recht. Trotzdem wüsste ich gern, wer es ist.« Ich will nicht länger hier oben bleiben. Jemand könnte uns, zwei schwarze Männer, durch den Wald schleichen sehen und die falschen Schlüsse ziehen.

»Du glaubst nicht, dass es dieser Foreman war?«

Ich wende mich John zu. »Du hast ihn gesehen. Nicht ich.«

Er runzelt die Stirn. »Ich glaube, du hast mir nicht alles erzählt, Misha.«

»Ich wüsste nicht, was ich dir verheimlicht haben sollte.«

Seine Stimme bleibt freundlicher als meine. »Du solltest deine Freunde nicht an der Nase herumführen.«

»Das tue ich nicht«, versetze ich scharf. John zuckt wieder die Achseln. Wir wollen uns gerade auf den Rückweg machen, da hören wir in der Straße, die parallel zur Hobby Road verläuft, einen Motor anspringen. Nach einem Sprint auf dem matschigen Boden kommen wir gerade noch rechtzeitig, um einen taubenblauen Porsche um eine Ecke verschwinden zu sehen. Doch wir befinden uns hier in einer wohlhabenden Gegend, und der Wagen könnte jedem gehören.

Abgesehen davon, dass der Fahrer ein Schwarzer zu sein schien und wir die einzige schwarze Familie auf dem Hobby Hill sind.

»Ich finde, du solltest das melden«, sagt John.

»Damit mache ich mich doch lächerlich«, seufze ich, weil mir Meadows' Warnung einfällt, ich könnte durch mein Verhalten die Nominierung meiner Frau gefährden. Aber ich weiß, dass ich die Sache am Montag trotzdem melden werde, einfach um sicherzugehen, auch wenn Cassie Meadows in Washington die Augen verdrehen und der Verschwörungsakte eine weitere Notiz hinzufügen wird.

Und ich weiß noch etwas, wovon ich meinem Freund nichts verrate, während wir den Hügel hinunterstapfen. In Mariahs ganzer Geschichte gab es ein winziges Körnchen handfester Information, eine neue und besorgniserregende Tatsache, über die sie allzu gedankenlos hinwegging, weil ihr Blick nur auf eine groß angelegte Verschwörung, die unserem Vater nach dem Leben trachtete, gerichtet war.

Ich weiß, wer den verschwundenen Bericht gelesen hat.

Kapitel 32
Überraschungen

• I •

Das klare, eisige Wasser schwappt an meine Turnschuhe. Ich sitze im Sand, die Knie mit beiden Armen umfangen, und blicke über die nebelige Menemsha-Bucht auf den Vineyard-Sund hinaus. Die tief am Himmel hängende Nachmittagssonne lässt vor mir in der Brandung goldene Dreiecke aufblitzen. Links von mir erstreckt sich eine lange Mole aus riesigen Felsblöcken, auf der sich im Sommer die Angler tummeln. Rechts ragt eine Landzunge weit ins Wasser hinein, und ganz vorn sieht man eine Hand voll Häuser, die aus dieser Entfernung etwas Beharrliches, Abgeschiedenes an sich haben. Ihre Schindeln sind zu dem für Neuengland typischen wunderbaren Graubraun verwittert. Etliche Fischerboote schaukeln am Horizont entlang; sie haben ihr Tagwerk getan und bringen den Fang ein. Und irgendwo da draußen ist Colin Scott, den ich als Agent McDermott kannte, über Bord gegangen.

Die Frage lautet, wer ihn gestoßen hat, denn ich glaube nicht mehr, dass es ein Unfall war.

Falls ich es je geglaubt habe.

Nachdem John und ich Foreman in den Wald nachgestiegen waren, entschloss ich mich zu handeln. Ich wartete, bis die Browns abgefahren waren, und dann, am ersten Arbeitstag des neuen Jahres, griff ich zum Telefon und kämpfte mich über Cassie Meadows und diverse Sekretärinnen bis zu Mallory Corcoran durch. Ich erzählte ihm von dem Schachbuch, das mir weggenommen und zurückgebracht worden war. Ich erzählte ihm von dem Bauern, den man mir in die Suppenküche gebracht hatte. Und ich fragte ihn rundheraus, ob er irgendetwas über diese Dinge wisse.

Er antwortete in bester Anwaltsmanier mit einer Gegenfrage: *Wieso »diese Dinge«? Willst du damit sagen, dass sie deiner Meinung nach irgendwie zusammenhängen?* Keine Antwort, nur eine Frage.

Da wusste ich, dass ich ihm nicht mehr trauen konnte. Grotesk. Ich traue einer unbekannten Stimme am Telefon um zwei Uhr einundfünfzig in der Nacht, die mir versichert, es bestehe keine Gefahr mehr, aber nicht dem Freund und Kollegen meines Vaters, der bei den Anhörungen zwei Tage lang hinter ihm saß, als es brenzlig wurde, und ihm dann, nachdem er den Richterberuf an den Nagel gehängt hatte, zu einer Neuanstellung und einem ordentlichen Einkommen verhalf.

Warum bin ich dann wieder hier? Meine Fahrten strapazieren unsere Finanzen, weiß Gott. Von neuerlichen Geldsorgen bedrängt, lehnte ich doch nicht ab, als der Mann von der Vermittlungsagentur meines Vaters viel früher anrief, als er angekündigt hatte. Ich sagte auch nicht zu, ließ mir aber von ihm erneut die verlockende Vorstellung in den Kopf setzen, mit drei Tagen Arbeit nahezu hunderttausend Dollar zu verdienen. Die Flüge natürlich Erster Klasse, fügte er hinzu.

Meine Antwort lautete, ich würde darüber nachdenken.

Ich rappele mich auf und gehe ans Wasser, um mir die erfrischend kalte Gischt ins Gesicht wehen zu lassen. Seit einer guten Stunde bin ich jetzt an diesem Kieselstrand, streife herum, sitze da, bete, sinniere, werfe Steine, aber hauptsächlich wälze ich die Fakten im Kopf hin und her. Ein paar Muschelsammler habe ich erspäht, Leute, die das ganze Jahr über hier wohnen, aber ich habe mich von ihnen fern gehalten. Ich muss nachdenken – und meinen Mut zusammennehmen.

Ehrlich gesagt weiß ich selbst nicht so genau, was ich schon wieder auf der Insel will. Ich weiß nur, dass ich am Donnerstag in aller Frühe mit dem festen Vorsatz erwachte, noch einmal hinzufahren, und sei es nur für einen Tag. Kimmer war schon auf und arbeitete am Küchentisch an einem Schriftsatz, bekleidet mit einem langen T-Shirt und sonst nichts. Ich stand in der Tür und beobachtete, wie sich ihr kräftiger Körper unter dem lockeren weißen Baumwollstoff abzeichnete. Zehn oder zwanzig Sekunden lang gab ich mich meinen Phantasien hin, dann schlich ich mich von hinten an und küsste sie auf den Hinterkopf. Kimmer schob lächelnd ihre Brille hoch, bot mir aber nicht die Lippen dar. Ich setzte mich neben sie, nahm ihre Hand und teilte ihr meinen Entschluss mit. Sie wirkte nicht traurig. Sie machte keine Szene. Sie erhob nicht einmal einen Einwand. Sie nickte nur ernst und fragte wann.

Heute, erwiderte ich. Heute Nachmittag.

»Da verpasst du ja das Große Lamento«, witzelte Kimmer trocken – unser Privatausdruck für den interreligiösen Gottesdienst am ersten Sonntag im Januar, bei dem alle Stadtgrößen von Elm Harbor sich versammeln und um allgemeine Versöhnung beten, über die Grenzen der Rassen und Geschlechter und Klassen und Religionen und sexuellen Orientierungen und Nationalitäten und zu Hause gesprochenen Sprachen und Behinderungen und Bildungsniveaus und Familienstände und Wohnviertel und aller sonstigen Charakteristika hinweg, die in dieser Woche gerade populär sind. Kürzlich haben die Organisatoren noch »Institutionelle Anbindungen« hinzugenommen, augenscheinlich mit Rücksicht auf die weit verbreitete Ansicht in unserer Stadt, dass Universitätstypen (wie ich) alle anderen von oben herab betrachten. Kimmer geht hin, weil jeder, der in der Stadt etwas gilt, hingeht, darunter ein großer Teil der Professoren und mehrere ihrer Partner bei Newhall & Vann; kurzum, sie geht hin, um gesehen zu werden. Ich gehe hin, weil Kimmer hingeht.

»Tja, stimmt –«

Ich verstummte, weil Kimmer aufstand und die Arme ausbreitete – um mich zu umarmen, wie ich zuerst freudig dachte. Dann aber schloss sie die Augen, streckte mir mit weit gespreizten Fingern die Hände entgegen, legte den Kopf in den Nacken und rezitierte feierlich: »Möge wer oder was auch immer für unsere Schöpfung verantwortlich sein mag …«, eine unheimlich treffende Imitation des alle und jeden einschließenden, aber zweifellos blasphemischen Bittgebets, das die neue Universitätsgeistliche im Jahr davor gesprochen hatte. Sie kommt von einem College an der Westküste, wo ihre geflissentliche Zurückhaltung in der Frage, ob Gott nun existiert oder nicht, anscheinend besser ankam als hier.

Dann verschwand der würdevolle Ausdruck vom Gesicht meiner Frau, und sie fing an zu kichern. Ich lachte mit, und in diesem kurzen Moment der Albernheit war es wie in alten Zeiten. Kimmer schmiegte sich in meine Arme und drückte mich sogar, ziemlich fest, und dann küsste sie mich auf den Mundwinkel und meinte, sie verstehe, was mich treibe, und wenn ich es tun müsse, dann müsse ich es eben tun. Normalerweise schmelze ich dahin, wenn meine Frau mich mit weich geöffneten Lippen küsst, aber diesmal stellten sich mir die Nackenhaare auf, denn Kimmer sprach in einem liebevoll begütigenden Ton zu mir, als hätte sie es mit einem Geisteskranken zu tun. Sie glaubt nur an meine Getriebenheit, nicht an meine Darstellung der Tatsachen.

Ich ging nach oben, um zu packen, während Kimmer unten in der Küche munter vor sich hin summte.

Bentley nickte ernst, als ich ihm mitteilte, sein Vater werde für ein oder zwei Tage wegfahren, und er gab mir zum Abschied nur einen einzigen Rat: »Los du«, flüsterte er, kurz bevor ich zur Tür hinaustrat.

Ich tu, was ich kann, mein Sohn.

• II •

Es wird Zeit, dass ich aufbreche. Ich gehe die sandige Straße entlang, die vom Strand in das stille Dörfchen Menemsha führt, und luge hinter sämtliche verrammelten Restaurants und Fischgeschäfte, bis ich Manny's Menemsha Marine entdecke, nicht mehr als eine ehemals weiße und jetzt völlig verwitterte winzige Bretterbude, ein paar Dutzend Schritte von der nächsten Anlegestelle entfernt. Der *Gazette* zufolge ist dies die Adresse, wo Colin Scott und seine beiden Freunde ihr Boot mieteten. Wieso gerade hier? Der Schuppen unterscheidet sich in nichts von den vielen anderen Bootsverleihen rund um den Hafen; und allesamt haben sie ein mühsam mit der Hand geschriebenes Schild gut sichtbar an der Tür hängen, auf dem steht: IM WINTER GESCHLOSSEN.

Vielleicht war es Zufall, aber ich kann mir nicht vorstellen, dass Colin Scott irgendetwas dem Zufall überlassen hätte.

Ich klopfe an die Tür. Die ganze Hütte wackelt. Ich ziehe an dem uralten Vorhängeschloss, dann gehe ich zweimal um den Schuppen herum, das erste Mal im Uhrzeigersinn, das zweite Mal dagegen, und spähe angestrengt durch die schmutzigen Fensterscheiben. Ich trete zurück, stemme die Hände in die Hüften und versuche mir darüber klar zu werden, ob ich eigentlich so etwas wie einen Plan habe. Was habe ich denn erwartet? Dass Manny persönlich hier ist und mich strahlend begrüßt? *Ich warte schon die ganze Zeit, dass mich endlich jemand nach diesem Muttermal fragt!* Tja, er ist nicht da – aber wenn der Bootsverleih über Winter geschlossen ist, wie haben Scott/McDermott und seine Freunde sich dann ein Boot beschaffen können? Ich drehe mich ratlos im Kreis und überlege, was ich machen soll, da bemerke ich auf dem Trampelpfad vom Schuppen zur Straße einen hageren Weißen zwischen zwanzig und dreißig, dringend rasurbedürftig und gegen die Januarkälte mit einer alten Khakihose und einem dicken Pullover bekleidet. Er trägt einen kleinen Rucksack auf dem Rücken und beobachtet mich. Ich habe keine Ahnung, wie lange er schon dort steht, und mich durchzuckt kurz die altbekannte Furcht vor einer unberechtigten Festnahme, die jeder männliche Schwarze in Amerika insgeheim hegt, vor allem wenn er einer solchen Festnahme gerade knapp entgangen ist. Ob er mich am Schloss zerren gesehen hat?

»Da is keiner«, klärt mich der Mann überflüssigerweise auf und bleckt seine extrem schlechten Zähne zu einem Grinsen.

»Wo ist Manny?«, frage ich.

»Weg.«

»Wann kommt er wieder.«

»So April, Mai.« Der Mann macht Anstalten wegzugehen.

»Warten Sie!«, rufe ich und eile hinter ihm her. »Einen Augenblick, bitte!«

Er dreht sich langsam zu mir um und mustert mich von oben bis unten, diesmal ohne zu lächeln. Sein dunkelgrüner Rollkragenpullover sieht aus wie aus der Kleidersammlung. Seine Turnschuhe sind an den Nähten geplatzt. Ich trage eine fleecegefütterte Jacke mit dem kleinen Polo-Logo drauf und Designerjeans. Auf einmal fühle ich mich zur falschen Zeit am falschen Ort, ein schwarzer Kapitalist, der bei der weißen Arbeiterklasse anklopft. Alles ist verkehrt, als ob die ganze unselige Rassengeschichte des Landes auf den Kopf gestellt worden wäre. Der junge Mann blickt mich verächtlich an. Seine ungewaschenen, farblosen Haare hat er zu einem schlampigen Zopf zusammengebunden. Der Schmutz unter seinen abgebrochenen Fingernägeln sieht alt aus, eine Proklamation an alle Welt, dass er sich mit seiner Hände Arbeit ernährt. Ich ärgere mich über seinen stummen Vorwurf. Schließlich habe ich ehrlich erworben, was ich besitze, ich habe kein Brot von seinem Tisch gestohlen, dieser Kerl hat kein Recht, mich zu verachten – und doch fällt mir nichts ein, was ich zu meiner Verteidigung vorbringen könnte.

»Was is?«, fragt er.

»Wie lange ist Manny schon weg?«

»Die Zeit im Jahr isser immer weg.« Nicht unbedingt eine Antwort auf meine Frage, und das ist Absicht.

»Hören Sie. Verzeihen Sie.« Ich weiß nicht, warum ich mich entschuldige, aber es kommt mir angebracht vor. »Äh, hat nicht dieser Mann, der im letzten November ertrunken ist, sein Boot bei Manny gemietet?«

Er lässt mich warten.

»Von der Presse?«

»Nein.«

»Polizei?«

»Nein.« Ich suche nach den richtigen Worten. Maulfaule Yankees haben mich schon immer auf die Palme gebracht, aber dieser Mann ist der Gipfel. »Ich wollte mit Manny reden, weil ... ich habe die Geschichte in der Zeitung gelesen, und ich glaube, ich kannte den Mann, der da ertrunken ist.«

»Können ihn ja anrufen.«

»Haben Sie seine Nummer?«, frage ich gespannt.

»Woher soll ich die Nummer von Ihrem Freund haben?«

Okay, ich bin der Dorfdepp. Ich dachte, er meint Manny. Ein Pick-up holpert vorbei, auf dessen Ladefläche irgendwelches Bootszubehör herumrutscht, und der junge Mann springt behände aus dem Weg. Allerdings bemerke ich den Anflug eines Grinsens in dem gebräunten Gesicht und begreife, dass er mich aufzieht.

»Verzeihen Sie bitte. Der Mann, der da ertrunken ist ... so gut kannte ich ihn auch wieder nicht. Wir hatten geschäftlich miteinander zu tun. Ich wüsste nur gern, ob er derselbe ist. Und deshalb würde ich Manny gern irgendwie erreichen.«

Er kratzt sich am Arm, dann fängt er wieder von vorne an: »Manny is weg.«

»Weg? Heißt das, nicht mehr auf der Insel?«

»Florida, glaub ich.«

»Wissen Sie, wo in Florida.«

»Nö.«

Ein paar Sekunden lang lauschen wir beide den schreienden Möwen.

»Meinen Sie, jemand anders hier weiß, wo er ist?«

»Da werden Sie rumfragen müssen, denk ich mal.«

»Haben Sie einen Tipp, wen ich am besten frage?«

»Nö.«

Wie Zähneziehen. Bei einem Pitbull. Ohne Betäubungsmittel.

Und dann zähle ich zwei und zwei zusammen, seine Zugeknöpftheit und seine Verachtung und dass er vermutlich glaubt, ich sei reich, und die Tatsache, dass er noch nicht weggegangen ist, und mir wird klar, worauf er wartet. Na schön, warum nicht? Ich verschenke mein Wissen ja auch nicht. Als ich meine Brieftasche aus der Jacke ziehe und den spärlichen Inhalt betrachte, steigt sein Interesse sichtlich. Ich habe nur knapp über hundert Dollar dabei. Ich ziehe drei Zwanziger heraus, und dabei schießt mir der Gedanke durch den Kopf, wie ich Kimmer das erklären soll, wenn sie diesen Monat die Abrechnung macht, denn sie ist neuerdings mit Geld ziemlich pingelig, weil sie genug auf die hohe Kante legen will, um ihren luxuriösen BMW M5 durch einen noch luxuriöseren Mercedes 600 SL zu ersetzen, der, wie sie sagt, ihrer Position eher entspricht.

»Hier.« Ich fächere die Scheine auf, damit er sie deutlich sehen kann. »Die Sache ist mir was wert.«

»Denk ich mir.« Er nimmt das Geld sofort, ist keineswegs beleidigt, wie ich befürchtet hatte. »Anwalt, stimmt's?«

»So was Ähnliches.«

»Hab ich mir gedacht.« Aber wenigstens ist er jetzt auf meiner Seite. Die Scheine sind verschwunden, ohne dass ich zu irgendeinem Zeitpunkt seine Hand in der Nähe der Hosentasche gesehen hätte.

»Wann ist Manny weggefahren?«, frage ich.

»Vor drei Wochen. Vielleicht vier. Sobald der ganze Spuk hier vorbei war.«

»Und Sie sind sicher, dass er nach Florida ist?«

»Hat er jedenfalls gesagt.«

Er wartet, lauert auf eine ganz bestimmte Frage; wahrscheinlich hat er das Geld deshalb so schnell genommen, weil er weiß, dass er etwas Wertvolles dafür zu bieten hat. Ich blicke hinüber zu Mannys Schuppen und zu den anderen am Wasser, alle geschlossen, die Boote an Land und mit Persennings abgedeckt. Ein paar Möwen picken im Sand.

»Fährt er um die Zeit immer nach Florida?«, frage ich, einfach um am Ball zu bleiben.

»Keine Ahnung. Glaub nich.«

Okay, das war nicht die richtige Frage.

»Haben Sie die Männer gesehen, die das Boot gemietet haben?«

»Nö.«

Okay, das war sie auch nicht. Ich lasse noch einmal den Blick über Mannys winzigen Schuppen schweifen. Vielleicht irre ich mich ja. Vielleicht hat er gar keine –

Moment.

... alle geschlossen ...

Ich hab's.

»Hören Sie«, sage ich, »hatte Manny vor fünf Wochen auch schon geschlossen? Als der Mann ertrunken ist?«

»Ja.«

»Das heißt, er hatte geschlossen, als der Mann, der, äh, umgekommen ist, und seine Freunde das Boot gemietet haben?«

»Ja.« Ich entdecke wieder das leise Lächeln. Endlich sind wir dort angekommen, wo mein neuer Freund von dem Moment an hinwollte, als er mich durch Mannys Fenster lugen sah.

»Und was dann? Hat er den Verleih extra für sie wieder aufgemacht?«

»Wie ich gehört hab, haben sie ihm viel Geld gegeben. Sind so, na, gegen Mittag, würde ich sagen, bei ihm zu Hause aufgekreuzt –

er wohnt ’n Stück weiter da hinten. Meinten, sie bräuchten eins von seinen Booten und würden ihm ’nen ordentlichen Batzen Geld zahlen, wenn er extra für sie aufmachen würde. Und da hat er’s gemacht.«

»Wieso sind sie zu ihm nach Hause gefahren?«

»Weil der Verleih zu war.«

O diese Inselbewohner!

»Nein, ich meine, woher wussten sie, wo er wohnt?«

»Ach so. Na ja, wie ich gehört hab, is einer von denen Stammkunde bei Manny. Kommt jeden Sommer.«

Das ist doch endlich einmal eine Neuigkeit.

»Wissen Sie, welcher?«

»Wie ich gehört hab, war’s der Lange. Sah ziemlich aus wie Sie.«

»Wie ich?«

»Klar, wie Sie.« Jetzt grinst er breit. »Auch ’n Schwarzer.«

• III •

Die Fahrt von Menemsha nach Oak Bluffs zieht sich ewig hin und ist selbst in der Hochsaison langweilig: Meilen um Meilen dichte Wälder sausen vorbei, hin und wieder durchbrochen von einer unbefestigten Zufahrt, meistens mit einem uralten Briefkasten und einem brandneuen Schild BETRETEN VERBOTEN. Im Spätherbst sind die Bäume schon wesentlich lichter, die Durchblicke auf die Landschaft eher braun als grün und die Fahrt noch einsamer und langweiliger als im Sommer. In der jetzigen Jahreszeit kann man viele der normalerweise im Wald versteckten Häuser sehen, doch sie sind verrammelt und leer, eine leichte Beute für Einbrecher oder Vandalen, wenn man mal von den hochmodernen Alarmanlagen absieht, die sofort die kleine, aber tüchtige Polizeitruppe der Insel mobilisieren.

Wobei unsere Alarmanlage den so tragisch umgekommenen Mr. Scott nicht daran hindern konnte, ins Vinerd Howse einzusteigen. Die Alarmanlage meines Vaters, korrigiere ich mich im Stillen – wenigstens zu dem Zeitpunkt noch, denn der Einbruch fand statt, bevor Kimmer und ich das Haus in Besitz nahmen.

Moment mal.

Die Alarmanlage meines *Vaters*!

Im Geiste mache ich den nächsten kleinen Knoten in mein Taschentuch, denn ich spüre, dass ich ganz nahe an einem wichtigen Hinweis bin, den ich niemals zu fassen bekommen werde, wenn ich danach greife, der mir aber irgendwann einfach in den Schoß fallen wird, wenn ich an etwas anderes denke.

Also wende ich meine Aufmerksamkeit der Landschaft zu, obwohl sie nicht besonders sehenswert ist. Der Himmel ist ein einziges trostloses Grau. Kahle Bäume flitzen vorbei wie ein Bataillon von Skeletten, das im Eiltempo marschiert. Meadows hat mich falsch informiert: Entweder hat sie gelogen oder sie wurde selbst belogen. Sie hat mir erzählt, Scotts Begleiter seien Weiße gewesen. Mein neuer Freund, der mit einer erfundenen Geschichte nichts zu gewinnen hat, sagt, einer von ihnen sei schwarz gewesen. Bewegte Bilder auf der Leinwand meiner Phantasie: ein Streit aus unbekanntem Anlass zwischen dem Mann, der nicht McDermott hieß, und dem anderen, der vermutlich auch nicht Foreman heißt, ein Kampf im Boot, der unbekannte dritte Mann ergreift für Foreman Partei, und Scott geht über Bord. Und was für eine Auseinandersetzung hätte zu einem Mord führen können?

Irgendetwas mit den *Vorkehrungen* natürlich.

Irgendetwas im Zusammenhang mit meinem Vater jagt jemandem so viel Angst ein, dass die betreffende Person – vielleicht sind es auch mehrere – sogar einen Mord begeht, um ...

Nein, nein, nein, das führt zu weit, jetzt fange ich schon an, wie Mariah zu denken. Außerdem hat mich ein Fremder mitten in der Nacht angerufen, um mir zu sagen, meine Familie und ich seien sicher.

Der arme Colin Scott hat vermutlich keine solche Garantie erhalten.

Andererseits war mein Vater offensichtlich wegen irgendetwas beunruhigt. Er besaß eine Waffe. Und er nahm Schießunterricht.

Ich schüttele den Kopf – die Einsamkeit der North Road im Winter schlägt mir aufs Gemüt. Ich überhole eine Hand voll wild entschlossener Radler in bunten Trikots, dann zwei robuste Frauen zu Pferde, begegne sogar ein paar Autos, aber im Wesentlichen habe ich die schmale Straße für mich allein.

Dann nicht mehr.

Mit hoher Geschwindigkeit kommt hinter mir ein Geländewagen angebraust, groß und drohend, dunkelblau, getönte Scheiben. Ein Chevy Suburban, wie ich feststelle, als er bis auf wenige Zentimeter auffährt. Kann sein, dass ich den Wagen schon in Menemsha gesehen habe. Kann auch nicht sein. Er hängt mir verteufelt dicht an der Stoßstange. Ich kann es nicht leiden, gedrängt zu werden, aber auf diesem Straßenstück ist Überholen unmöglich, ich bin ihm also ausgeliefert. Ich werde schneller, aber der Fahrer bleibt dran. Ich werde langsamer, und der Suburban hupt verärgert und blinkt mich an.

»Was soll ich denn machen, Mensch?«, knurre ich.

Irgendwann beschließe ich, rechts ranzufahren und den Idioten vorbeizulassen. Das Problem ist nur, dass es keinen Seitenstreifen gibt und ich deshalb auf eine Abzweigung warten muss. Ich drossele das Tempo, um die nächste Seitenstraße nicht zu verpassen.

Der Suburban blendet abermals auf und bleibt an meinem Heck kleben.

Aus mir nicht ganz erklärlichen Gründen geht mein Ärger in Furcht über, obwohl ich mich viel mehr fürchten würde, wenn das Auto, das mich jagt, eine grüne Limousine wäre. Vielleicht wirken die Prügel noch nach, die ich auf dem Campus bezogen habe, vielleicht bin ich deshalb überängstlich.

Ich bemerke ein paar große Teiche auf der rechten Seite, was bedeutet, dass ich mich jetzt in der Gemeinde West Tisbury befinde, im Sommer Schauplatz des Volksfestes, auf dem Abby vor so vielen Jahren, als alle noch am Leben waren, ihre Preise gewann. Der Gedanke an meine kleine Schwester beschwört in mir das Bild eines brennenden Autowracks herauf und den vielleicht irrationalen Wunsch, den Suburban hinter mir loszuwerden. Ich versuche, mir die Geographie der Insel zu vergegenwärtigen. Demnächst müsste eine Kreuzung kommen, an der es links nach Vineyard Haven und rechts auf die South Road geht, die am Flugplatz vorbei nach Edgartown führt, einem dichter bevölkerten Teil der Insel. Und je dichter bevölkert, desto lieber ist es mir auf einmal.

Schon sehe ich die Kreuzung vor mir. Ich beschleunige, blinke links, reiße dann aber im allerletzten Moment das Steuer herum und biege nach rechts in die South Road ein. Das Heck schlingert, die Vorderreifen quietschen, und dann habe ich den kleinen Camry wieder unter Kontrolle.

Hinter mir macht der wuchtige Suburban mein Manöver mit verächtlicher Leichtigkeit nach.

Einen Augenblick lang zucken mir Bilder von Freeman Bishops verstümmeltem Körper durch den Kopf. Und von Colin Scott, brutal aus einem Boot gestoßen. Dann sage ich mir, dass ich verdammt noch mal auf Martha's Vineyard bin, wo ich seit über dreißig Jahren den Sommer verbringe. Am Steuer des Schlachtschiffs hinter mir sitzt vermutlich nur ein Verkehrsrowdy und nicht gleich ein Meuchelmörder.

Zwei Minuten später rase ich durch das Häuflein Geschäfte und Häuser, die den Ortskern von West Tisbury bilden, den Suburban immer noch im Genick, doch es ist kein Mensch auf der Straße. Die Sonne geht unter, die Bäume werfen lange, traurige Schatten, und die verlassene Ortschaft sieht fast unwirklich aus.

Abermals rücken die Bäume auf beiden Straßenseiten dicht zusammen. Ganz plötzlich ist es dunkler geworden: Vielleicht zieht ein Gewitter auf. Der Suburban klebt immer noch an meiner Stoßstange. Ich weiß nicht genau, wie weit es noch bis zum Flugplatz ist. Drei Meilen, vielleicht vier. Der Flugplatz von Martha's Vineyard ist winzig, aber irgendwelche Menschen müssen da sein, und Menschen sind jetzt genau das, was ich brauche.

Also ist der Flugplatz mein neues Ziel.

Leider komme ich nie dort an.

Auf einer kleinen Anhöhe schiebt sich der Suburban bis auf einen Meter an das Heck des Camry heran.

Danach fällt die Straße in eine steile Senke ab, wir sind aus beiden Richtungen nicht zu sehen, und da begehe ich einen Fehler. Um zu beweisen, dass ich mich nicht einschüchtern lasse, drossele ich das Tempo, bis die Anzeige unter zwanzig absackt.

Der Suburban rammt mich. Der Stoß ist nicht hart, aber abrupt genug, dass mein Kopf nach hinten fliegt. Als er wieder nach vorn schnellt, beiße ich mir auf die Zunge.

Instinktiv trete ich auf die Bremse. Der Suburban rammt meinen Wagen erneut, diesmal ein wenig schräg, so dass das Heck ausbricht und die Vorderräder ins Rutschen kommen, fast als wollte das größere Auto mich von der Straße in den Wald befördern.

Zum Glück besinne ich mich darauf, in die Richtung zu steuern, in die ich rutsche, statt dagegen zu halten, und verhindere so, dass der Camry sich um die eigene Achse dreht, aber er schlittert trotzdem bis auf den Grund der Senke, bevor ich ihn wieder in der Gewalt habe.

Der Suburban kommt hinter mir den Hügel herunter. Wir halten beide mitten auf der Straße an.

Ich brauche einen Moment, um mich zu vergewissern, dass alle meine Körperteile noch funktionieren. Ich schmecke Blut. Mein Genick schmerzt. Und meine Furcht ist wie weggeblasen. Ich bin wütend, das Tageslicht versinkt im Rot, aber ich zwinge mich, die Wut zu beherrschen, und bewahre den Garland'schen kühlen Kopf, während ich das Handschuhfach durchwühle und dabei denke: *Auffahrunfall, immer die Schuld des von hinten kommenden Fahrers, zum Glück, denn ramponierte Stoßstangen sind teuer, erst recht bei ausländischen Fabrikaten, und wo zum Teufel ist die Versicherungskarte?*

Der andere Fahrer ist bereits ausgestiegen und begutachtet vornübergebeugt den Schaden an unseren Stoßstangen. Ich mache die Tür auf und gehe zu ihm – *Ruhe bewahren!,* schärfe ich mir ein –, da stelle ich fest, dass der Fahrer des Suburban eine Sie ist. Sie schaut nicht einmal auf, und mein Blick fällt auf den Rücken einer sehr großen Frau in einem gelben Kaschmirmantel. Jetzt erst merke ich, dass sie eine Angehörige der dunkelhäutigeren Nation ist, ein Umstand, der mich aufgrund irgendeines absurden rassenpsychologischen Tricks tatsächlich beruhigt. Der Semiotiker in mir meldet kurz Interesse an der Frage an, welche symbolische Bedeutung das haben mag, aber ich bringe ihn zum Schweigen.

»Verzeihung«, sage ich mit etwas weniger Nachdruck als geplant, denn es ist mir noch nie leicht gefallen, grob zu Frauen zu sein. »He«, füge ich hinzu, als keine Reaktion erfolgt. Und da bemerke ich die bekannte Mähne abscheulich entkrauster brauner Locken.

Die Fahrerin des Suburban richtet sich auf, dreht sich langsam zu mir um und grinst mich breit an, während ich vor Verblüffung den Mund nicht mehr zukriege.

»Hallo, schöner Mann«, sagt die Skaterin. »Wir müssen unsere Treffen irgendwie anders arrangieren.«

Kapitel 33

Eine nützliche Unterhaltung

• 1 •

Die Skaterin hat einen Vornamen, wie sich herausstellt, aber anscheinend keinen Nachnamen, denn mit mehr als Maxine mag sie sich nicht vorstellen. Überdies hat sie einen Tisch für zwei Personen in einem mir völlig unbekannten Gasthaus in einer der unübersichtlichen kleinen Seitenstraßen von Vineyard Haven reserviert. Mir will kein rechter Grund einfallen, warum ich ihre Einladung ablehnen sollte. Also fährt Maxine im Suburban voraus, an dem der Zusammenstoß nicht einmal einen Kratzer hinterlassen hat, und ich im Camry hinterher, dessen hintere Stoßstange arg lädiert ist.

Vineyard Haven ist der allgemein gebräuchliche, aber inoffizielle Name des Städtchens Tisbury, oder vielleicht ist es auch umgekehrt – nach über dreißig Sommern auf der Insel verwechsele ich das immer noch. Das Wort *malerisch* wird gern überstrapaziert, vor allem zur Beschreibung der Küstenstädtchen Neuenglands, doch die schmalen, charmant verwinkelten Gassen von Vineyard Haven, alle von niedlichen weißen Holzhäusern gesäumt, verdienen das Lob vollauf. Die Stadt sieht aus wie eine Filmkulisse, nur dass kein Regisseur sich trauen würde, eine so putzmuntere Stadt aufzubauen, mit prachtvollen Laubbäumen und großartigen Ausblicken aufs Wasser von fast jeder Stelle aus. Sonst stimmt mich eine Fahrt nach Tisbury immer heiter, weil der Ort so schamlos vollkommen ist. Aber heute, wo meine Stoßstange hinter mir herscheppert, bin ich zu sehr damit beschäftigt, mir einen Reim auf die Ereignisse zu machen.

Ich vermute, bald werde ich mehr wissen.

»Das mit dem Auto tut mir Leid«, sagt Maxine, kaum dass wir uns gesetzt haben. Der Speiseraum fasst vielleicht ein Dutzend Tische, alle mit Blick auf einen düsteren Kirchhof, die Dächer der tiefer am Hang gelegenen Häuser und das unvermeidliche blaue Wasser dahinter. Zehn Tische sind leer.

»Nicht so Leid, wie es mir tut.«

»Ach, kommen Sie, schöner Mann, Kopf hoch!«

Sie strahlt mich mit dem gleichen ansteckenden Grinsen an wie beim ersten Mal, als ich sie nach der Beisetzung des Richters in der Skaterhalle sah. Ihre Kleidung, ein brauner Overall und ein bunter Schal, ist genauso unkonventionell wie ihre Frisur. Ich stelle fest, dass sie mir jetzt, wo sie einen Namen hat, sehr viel besser gefällt, auch wenn ich damit rechnen muss, früher oder später zu entdecken, dass Maxine genau wie all die andern, denen ich seit dem Tod meines Vaters begegnet bin, so viele verschiedene Namen führt, wie sie für nötig befindet.

»Es wäre mir sehr lieb, wenn Sie aufhören würden, mich so zu nennen«, grummele ich, weil ich mich nicht von ihr einwickeln lassen will.

»Warum? Sie *sind* ein schöner Mann.« Was nicht stimmt.

»Weil ich verheiratet bin!«

Maxine bläst amüsiert die Lippen auf, hat aber die Gnade, das unkommentiert zu lassen. Ich gehe gewöhnlich sehr ungern mit fremden Frauen aus, weil ich eine Heidenangst davor habe, dass jemand uns zusammen sehen und die falschen Schlüsse ziehen könnte. Mein Ruf als treuer Ehemann bedeutet mir viel, und ich hänge der altmodischen Vorstellung an, dass Erwachsene die Bindungen, die sie eingegangen sind, auch ehren sollten – eine Überzeugung, die ich ebenso von meiner Mutter wie vom Richter habe. Doch in der Gesellschaft der geheimnisvollen Maxine will es mir nicht gelingen, mich darum zu sorgen, ob jemand uns vielleicht für ein Paar hält.

Und genau deshalb muss ich aufpassen wie ein Luchs.

»Na gut, wenn ich Sie nicht schöner Mann nennen darf«, seufzt sie, »wie soll ich Sie dann nennen?«

Ich will keinerlei Intimität mit dieser Frau. Oder vielmehr, es ist belanglos, was ich will, weil ich *wirklich* verheiratet bin. »Nun, in Anbetracht des Altersunterschiedes zwischen uns sollten Sie mich wohl Professor Garland nennen oder Mr. Garland.«

»Igitt!«

»Was?«

»Ich sagte igitt, Professor Garland.« Ein kurzes, künstliches Lächeln. »Und *so* viel älter als ich sind Sie gar nicht.« Ein echtes.

Ich bin versucht, zurückzulächeln. »Warum verfolgen Sie mich?«, frage ich, um möglichst bei der Sache zu bleiben.

»Für den Fall, dass Sie doch gern Nachhilfe im Skaten hätten.«

Sie lacht. Ich nicht.

»Lassen Sie das. Ich meine es ernst, Maxine. Ich muss wissen, was hier gespielt wird.«

»Früher oder später kommen Sie von selbst drauf.« Ihr breites, lebhaftes Gesicht ist über die Speisekarte gebeugt. »Angeblich sind die Krabbenküchlein hier die besten auf Martha's Vineyard«, fügt sie hinzu, als der Kellner sich nähert, aber das behauptet die Hälfte der Restaurants auf der Insel von sich.

Trotzdem bestellen wir beide die Krabbenküchlein, wir entscheiden uns beide für Reis, wir nehmen beide Salat mit dem Hausdressing, wir beschließen beide, beim Mineralwasser zu bleiben. Ich bin mir nicht sicher, wer hier wen nachahmt, aber ich wünschte, er oder sie würde damit aufhören.

»Maxine«, frage ich, sobald der Kellner wieder fort ist, »was machen wir hier?«

»Wir essen vorzeitig zu Abend.«

»Warum?«

»Weil wir miteinander reden müssen, schöner Mann. Verzeihung. Professor Garland, wollte ich sagen. Nein, Misha wollte ich sagen. Oder Talcott wäre auch möglich. Tal? Werden Sie nicht so genannt? Apropos, hat Ihnen schon mal jemand gesagt, dass Sie zu viele Namen haben?« Erneutes Lachen. Die Gesellschaft von Maxine, die vermutlich ihrerseits jede Menge Namen hat, ist mir beunruhigend angenehm.

Ich bleibe nüchtern und sachlich. »Sie dachten, Sie rammen einfach mal mein Auto, damit wir uns unterhalten können?«

Wieder dieses vergnügte Grinsen. »Na ja, ich bin Ihnen immerhin dadurch aufgefallen, stimmt's? Ach ja, bevor ich's vergesse.« Sie öffnet ihre große braune Handtasche, und wenn meine Augen mir keinen Streich spielen, dann ist das eine Pistole samt Halfter, was ich da sehe, bevor sie einen Umschlag herauszieht und die Tasche wieder zuknipst. Immer noch strahlend wirft sie den Umschlag vor mich auf den Tisch. Er ist dick wie ein Telefonbuch. »Hier.«

»Was ist das?« Ich verspüre keinen besonderen Drang, ihn anzufassen.

»Na, ich habe Ihre Stoßstange ruiniert, und ich kann Ihnen leider nicht meine Versicherungskarte geben.«

Kopfschüttelnd nehme ich den Umschlag und luge hinein. Ein Bündel Hundertdollarscheine. Viele. Und keineswegs neue, sondern ziemlich abgegriffene.

»Wie viel Geld ist das?«

»Hm, fünfundzwanzigtausend Dollar, glaube ich.« Nicht ganz der beiläufige Ton, den sie gern angeschlagen hätte. »Ungefähr jedenfalls. Hauptsächlich Hunderter.« Das bekannte schelmische Grinsen. »Reparaturen an ausländischen Wagen können ziemlich teuer werden.«

Ich lasse das Geld wieder auf den Tisch fallen. Das stinkt doch zum Himmel. »Fünfundzwanzigtausend?«

»Was ist, reicht es nicht?«

»Maxine, für ein Zehntel der Summe würde ich Ihnen meinen Wagen *verkaufen*.«

»Danke.« Sie pocht auf den Umschlag, mit kurzen, unlackierten Fingernägeln. »Aber ich habe schon einen Wagen. Nehmen Sie das Geld.«

Ich schüttele den Kopf. »Wofür ist das Geld wirklich?«

»Für den Schaden, schöner Mann. Nehmen Sie es!« Sie legt den Kopf schief. »Außerdem weiß man nie, wann man mal eine Reserve braucht.«

Irgendjemand ist offensichtlich über unsere Schulden im Bilde. Das ärgert mich.

»Maxine, wem gehört das Geld?«

»Ihnen, Sie Schnellmerker.« Oh, dieses strahlende Lächeln! Ich ringe um Fassung.

»Ich meine, wo haben Sie es her?«

»Aus meiner Handtasche.« Sie deutet darauf.

»Wie ist es in Ihre Handtasche gekommen?«

»Ich habe es reingesteckt. Denken Sie, ich würde jemand anders an meine Handtasche lassen?«

Ich halte inne und besinne mich darauf, was ich als Anwalt gelernt habe. Bei einer Zeugenvernehmung müssen die Fragen stets sehr sorgfältig formuliert werden. Die meisten sollten mit *ja* oder *nein* zu beantworten sein. Die Zeugen sollen durch ihre *Jas* dorthin gebracht werden, wo man sie haben will.

»Jemand hat Ihnen das Geld gegeben, stimmt's?«

»Stimmt.«

»Damit Sie es mir geben?«

»Kann sein.« Sie spielt mit mir Katz und Maus, was mich nicht wundern muss, denn ich kann ja von ihr keine Antworten erzwingen.

»Wer war die Person, die Ihnen das Geld gegeben hat?«

»Das möchte ich lieber nicht sagen.« Mit einem extrafreundlichen Lächeln versüßt.

»War es Jack Ziegler?«

»Nein. Bedaure.«

Nachdenklich beobachte ich, wie Maxine an ihrem Perrier nippt. »Hat die Person, von der Sie das Geld haben, Ihnen gesagt, wofür es wirklich ist?«

»Ja.«

»Und wofür ist es wirklich?«

»Für Ihr Auto.« Eine Kopfbewegung zum Fenster. »Falls irgendwas damit passiert.«

Okay, ich gebe zu, dass ich nie ein besonders guter Anwalt war. Vielleicht bin ich deswegen Juraprofessor geworden.

»Sie hatten von vornherein vor, meinen Wagen zu rammen?«

»Irgendwie schon. Sicher, ich weiß, ich hätte es ein bisschen sanfter machen können.« Sie zuckt die Achseln, eine markante Bewegung bei einer eins achtzig großen Frau. »Andererseits, heißt es nicht, Unfälle bringen die Menschen zusammen?« Wobei sie den Kopf jetzt zur andern Seite neigt und mit den Wimpern klimpert. Reines Theater, aber nicht ganz ohne Effekt.

»Klar, so lerne ich ständig Leute kennen. Erst fahre ich sie an, dann lade ich sie zum Essen ein.«

»Es hat doch geklappt, oder?«

So. Ich bin immer noch ein verheirateter Mann, das Ganze ist mir immer noch schleierhaft, und wir haben genug geflirtet. Ich beuge mich über den Tisch. »Maxine, das ist doch alles Schwachsinn. Also, ich will jetzt wissen, was hier gespielt wird. Ich will wissen, wer Sie sind. Und ich will wissen, *was* Sie sind.«

»Was ich bin?« Ihre Augen funkeln. »Was glauben Sie denn, was ich bin?«

»Sie sind eine Frau, die mir ständig über den Weg läuft. Als wüssten Sie, wo ich hinwill, bevor ich es selber weiß.« Ich schiebe mir ein Salatblatt in den Mund, kaue ein wenig, schlucke. »Zum Beispiel haben Sie mich in der Skaterhalle erwartet.«

»Ach ja?«

»Jedenfalls waren Sie als Erste da. Es würde mich sehr interessieren, woher Sie wussten, dass ich dort hinwollte.« Mir kommt ein furchtbarer Gedanke. »Haben Sie das Haus meines Vaters verwanzt?«

Maxine antwortet in aller Ruhe. »Vielleicht war ich gar nicht als Erste da. Vielleicht hatte ich nur als Erste die Inlineskates an.« Sie beißt von einer Knabberei ab. »Denken Sie doch mal nach. Wie lange waren Sie schon da, bevor Sie mich sahen? Zwanzig Minuten? Eine halbe Stunde? Reichlich Zeit für mich, Ihnen zu folgen, ein Paar Inlineskates auszuleihen und mich unter die Menge zu mischen.«

»Dann haben Sie mich doch dorthin verfolgt.«

Zu meinem Erstaunen gibt sie eine ehrlich klingende Antwort. »Klar. Sie sind ziemlich leicht zu verfolgen.«

Das wurmt mich. Aber nur kurz. »Sie müssen es ja wissen. Sie sind mir – meiner Familie und mir – im November nach Martha's Vineyard gefolgt. Und Sie sind mir in Washington gefolgt.«

»Allerdings nicht besonders geschickt.« Sie kichert, und diesmal zucken auch mir die Mundwinkel. »Am Dupont Circle habe ich Sie verloren. Das war ein cleverer Trick, die Sache mit dem Taxi. Wenn ich auf so was reinfalle, bin ich meinen Job bald los.«

Auf einmal klafft ein Loch in ihrer Deckung, durch das ein Laster passen würde. Und zweifellos als Einladung an mich gedacht, geradewegs hineinzufahren.

»Was genau ist Ihr Job?«

Alle Heiterkeit weicht aus Maxines Miene, obwohl ihre Augen glühen. »Sie zu überzeugen«, sagt sie.

»Wovon zu überzeugen?«

Sie schweigt einen Moment, und ich erkenne, dass das ganze Spiel nur den Zweck gehabt hat, exakt an diesen Punkt zu kommen. »Früher oder später werden Sie herausfinden, welche Vorkehrungen Ihr Vater getroffen hat. Und dann wird es mein Job sein, Sie davon zu überzeugen, dass Sie uns geben, was Sie gefunden haben.«

»Wer ist *uns*?«

»Wir sind so was wie die Guten. Das soll nicht heißen die *Tollen*, wir sind keine Heiligen oder so, aber wir sind besser als gewisse andere Leute, denen Sie es sonst geben könnten.«

»Na schön, aber wer sind Sie?«

»Sagen wir einfach: eine Gruppe von Interessenten.«

»Interessiert woran?«

Sie ignoriert meine Frage. »Geben Sie es jedenfalls nicht Ihrem Onkel Jack. In seinen Händen ist es eine Waffe. Es ist gefährlich. In unseren ... wird es verschwinden, und alle werden zufrieden sein.«

• II •

Maxine hat Recht behalten. Die Krabbenküchlein sind köstlich, denn der Koch hat es geschafft, dass sie locker geblieben sind und doch nicht mehr den fischigen Geschmack haben, den sie unweigerlich behalten, wenn sie zu kurz gebraten werden. Die Sauce ist pikant, aber unaufdringlich. Daneben liegen lange, gezackte Backkartoffelstücke, die dem Auge, nicht aber dem Gaumen weismachen, sie seien frittiert. Der Kellner ist zuvorkommend und stets zur Stelle, wenn man ihn braucht, ohne um uns herumzuscharwenzeln, und er verspürt offenbar auch nicht das Bedürfnis, uns seinen Namen mitzuteilen. Kurzum, es ist ein gutes Lokal, wovon es auf Martha's Vineyard viele gibt, manche, wie dieses hier, versteckt, weitab von Oak Bluffs und Edgartown, bekannt hauptsächlich bei gut betuchten Leuten mit einem zweiten Wohnsitz im Westen der Insel, aber unsichtbar für Touristen.

Maxine und ich unterhalten uns auf einmal über unsere Kindheit. Der Umschlag mit dem Geld ist wie durch Zauberei wieder in ihrer Handtasche verschwunden. Maxine hat es bis jetzt vermieden, ihre dürftige Begründung, warum sie mich verfolgt, mit näheren Angaben auszuschmücken, und meine sämtlichen dialektischen Attacken hat sie mit ihrem kumpelhaften Grinsen und ihrem ansteckenden Lachen pariert. Doch anders als bei meinem ähnlich aussichtslosen Versuch, dem mittlerweile verstorbenen Mr. Scott Informationen aus der Nase zu ziehen, wird diesmal in erster Linie der Spieltrieb in mir wach. Ich genieße das Zusammensein mit dieser geheimnisvollen Frau sehr viel mehr, als es einem verheirateten Mann von Rechts wegen anstünde, zumal wenn man in Betracht zieht, dass sie eben erst meinen Wagen gerammt hat, um mich auf sich aufmerksam zu machen, dass sie versucht hat, mich zu bestechen, dass sie eine Pistole in der Handtasche spazieren trägt und dass sie auf der Insel war, als Colin Scott, mein anderer Verfolger, ertrank.

»Schon in der Highschool war ich größer als die meisten Jungen«, teilt sie mir gerade mit, »und weil die meisten Jungen keine Mädchen mögen, die größer sind als sie, ein ziemliches Mauerblümchen.« Eine Aufforderung, ihr ein Kompliment zu machen, der ich tunlich nicht Folge leiste. Also redet sie weiter.

Maxines Eltern, stellt sich heraus, waren beide Professoren an alten schwarzen Colleges im Süden. An welchen, will sie nicht verraten.

»Deshalb war ich ganz froh darüber, im Außendienst auf einen Akademiker angesetzt zu werden.«

»Ich bin Außendienst?«

»Na, Liebesdienst sind Sie nicht, Misha.«

Wieder mein Spitzname. Dann verblüfft sie mich mit der Frage, wie ich zu ihm gekommen sei. Ich verblüffe mich selbst mit der Antwort, denn ich erzähle die Geschichte nicht oft. Aber jetzt erzähle ich, dass meine Eltern mir in ihrer grenzenlosen Weisheit nach dem Vater meiner Mutter den Namen Talcott gaben, und dass die Namensänderung mit Schach zu tun hatte. Mein Vater brachte mir das Spiel hier auf der Insel bei. Eigentlich sollten wir es alle lernen, denn er meinte, es werde unseren Verstand schärfen, aber die andern Kinder zeigten weniger Interesse, vielleicht weil sie teilweise bereits im rebellischen Alter waren. Schach gehörte zu den wenigen Dingen, die der Richter und ich gemeinsam hatten.

Ich erinnere mich nicht mehr, wie alt ich war, als ich die ersten Lektionen bekam, aber an die Begebenheit, die zu meiner Umbenennung führte, erinnere ich mich noch genau. Ich spielte gerade mit meinem großen Bruder auf der knarrenden Veranda des Vinerd Howse eine Partie, als mein Onkel Derek, der große Kommunist, den mein Vater während seiner Anhörungen mehr oder weniger verleugnete, betrunken aus dem Haus getorkelt kam und sich zum Schutz gegen die morgendliche Helligkeit die tabakgelben Finger vor die Augen hielt. Der Richter machte Derek immer Vorhaltungen wegen seiner Neigung zum Alkoholismus, nicht ahnend, dass dieselbe Schwäche, vielleicht eine erbliche Belastung, später in einem seelischen Tief auch ihn ereilen sollte. Jetzt also blickte mein Onkel schwankend auf das Schachbrett nieder. Trotz unseres Altersunterschieds war ich dabei, Addison nach Strich und Faden zu schlagen. Onkel Derek musterte uns mit zusammengekniffenen Augen, pustete uns seine Alkoholfahne ins Gesicht und knurrte grinsend: »Na, sieht aus, als wärst du jetzt eher *Michail* Tal« – was sich dadurch erklärt, dass der lettische Traumspieler Michail Tal kurzzeitig einmal Schachweltmeister war und Onkel Derek alles Sowjetische bewunderte. Aber Addison und ich wussten nichts über die Welt des Schachs und hatten noch nie etwas vom großen Tal gehört. Verwirrt sahen wir uns an. Wir fürchteten uns immer ein bisschen vor Onkel Derek, und mein Vater, der ihn für verrückt hielt, hätte am liebsten den Kontakt zu ihm abgebrochen, doch meine familienorientierte Mutter ließ das nicht zu. »Nein«, sagte mein Onkel jetzt und blinzelte gegen die Sonne. Unsere Köpfe fuhren zu ihm herum. »Nein, nicht *Michail* – einfach Misha. So heißt Tal bei den Russen. Außerdem bist du noch klein, also nennen wir dich Misha.« Er stieß ein unangenehmes, alkoholisiertes Lachen aus, dann schlurfte er an den Rand der Veranda, von Husten geschüttelt, der sich krank und schleimig und für meine Kinderohren ekelerregend anhörte, denn man braucht viele Jahre auf Gottes Erde, um zu begreifen, dass alles wahrhaft Menschliche niemals wahrhaft hässlich ist.

Ich hätte den Namen wieder vergessen, aber Addison, der Schach hasste, mochte seinen Klang und fing an, mich Misha zu nennen, vor allem als er merkte, wie sehr mich das fuchste; viele seiner Freunde folgten seinem Beispiel. Irgendwann machte ich mir den Spitznamen aus Selbstschutz zu Eigen. Als ich schließlich aufs College kam, gab ich selten einen anderen Namen an.

»Aber die meisten Leute nennen Sie immer noch Tal«, sagt die Skaterin, als ich fertig erzählt habe. »Der Name Misha ist ... hm, sehr guten Freunden vorbehalten.«

»Führt ihr ein Dossier über mich, oder was?«

»So ungefähr.«

»Obwohl ihr die Guten seid? Wenn auch nicht die Tollen?«

Sie nickt, und diesmal lache ich mit ihr, ganz entspannt, nicht weil einer von uns etwas Lustiges gesagt hätte, sondern weil die ganze Situation so absurd ist.

Der Kellner ist wieder da. Wir bestellen Nachtisch: Pêches Ninon für die Dame, schlichtes Vanilleeis für den Herrn. Er nickt zu Maxines Bestellung, runzelt zu meiner die Stirn. Maxine grinst verschwörerisch, als wollte sie sagen: *Ich weiß, dass du ein Banause bist, aber ich mag dich trotzdem.* Vielleicht hat ihr Grinsen gar nichts zu bedeuten, dennoch werde ich rot.

Wir reden weiter. Maxines Gesicht, das vorher ständig Grimassen geschnitten hat, ist jetzt ernst und mitfühlend. Sie hat mich irgendwie auf die Nacht gebracht, in der Abby starb, und ich durchlebe den grauenhaften Augenblick aufs Neue, als meine elegante Mutter in der Küche ans Telefon ging, das furchtbare Stöhnen ausstieß und an der Wand zusammensackte. Ich erzähle ihr, wie ich allein im Flur stand, meine Mutter in der Küche jammern und den Hörer auf den Tresen schlagen sah, aber viel zu viel Angst hatte, um sie zu trösten, denn wie ihr Mann war auch Claire Garland auf eine gewisse emotionale Distanz bedacht. Seit ich erwachsen bin, habe ich die Geschichte überhaupt nur Kimmer erzählt und weniger ausführlich Dana und Eddie vor Jahren, als die beiden noch verheiratet und Kimmer und ich noch glücklich zusammen waren. Ich habe sie lange Zeit verdrängt und bin nun überrascht und ein wenig ungehalten darüber, dass ich einen Kloß im Hals habe und mir Tränen über die Wangen laufen.

In der frischen Brise eines fast herbstlich wirkenden Abends auf Martha's Vineyard machen wir beide einen gemütlichen Spaziergang. Wie ein glückliches Paar schlendern wir über die Uferpromenade von Oak Bluffs, vorbei am Wesley Hotel, einem stilvoll verschnörkelten viktorianischen Riesenkasten, den man am Standort eines niedergebrannten Hotels desselben Namens errichtet hat. Das niedrige Januarwasser schwappt gemächlich an die Kaimauer. Ein paar Fußgänger gehen stadteinwärts an uns vorbei, doch der Hafen, wie überhaupt die ganze Insel außerhalb der Saison, hat etwas von einem unvollendeten Gemälde.

»Ich kann Ihnen nicht alles sagen, Misha«, erklärt Maxine, und dabei baumelt ihre Handtasche mitsamt Pistole und allem anderen fröhlich an ihrer Schulter. Sie hat sich bei mir untergehakt. Ich bin mir ziemlich sicher, dass ich ihre Hand halten dürfte, wenn ich wollte.

»Sagen Sie mir, was Sie können.«

»Es dürfte einfacher sein, wenn Sie mir erzählen, was Sie glauben. Dann kann ich eventuell sagen, ob es heiß oder kalt ist. Und auf die Sachen, die ich Ihnen nicht sagen kann, kommen Sie vielleicht selber.«

Ich denke im Gehen darüber nach. Nach dem Essen standen wir auf dem Parkplatz ein wenig zu dicht beieinander, spürten beide das eigentümliche Widerstreben, Abschied zu nehmen, das typisch ist für frisch Verliebte wie wohl auch für Leute, die andere von Berufs wegen verfolgen. Es war Maxine, die den Vorschlag machte, nach Oak Bluffs zu fahren, obwohl sie mir nicht sagen wollte, wo sie abgestiegen ist. Und so fuhren wir, ich abermals verfolgt vom Suburban, um den Hafen von Vineyard Haven herum, den Hügel hinauf, der die beiden Orte trennt, und wieder hinunter ins Stadtzentrum, wo wir beide gegenüber vom Wesley Hotel am Wasser parkten. Maxine weiß zweifellos genau, wo ich wohne, aber ich will sie nicht in der Nähe vom Vinerd Howse haben.

Nennen wir es übertriebene ehemännliche Vorsicht.

»Was ist, schöner Mann?«, hakt sie nach. »Wollen wir oder nicht?«

»Okay.« Ich atme tief ein. Mit Einbruch der Dunkelheit ist die Luft eisig geworden. »Zuerst einmal glaube ich, dass mein Vater in irgendwas verwickelt war, das nicht ganz koscher war.« Ich riskiere einen Seitenblick auf Maxine, aber sie schaut aufs Wasser. »Ich glaube, er hat das Ganze arrangiert, damit ich nach seinem Tod Informationen darüber bekomme. Oder jedenfalls meint das irgendjemand.«

»Einverstanden«, sagt sie leise, und zum ersten Mal während dieser verrückten Suche habe ich eine richtige Tatsache zu fassen bekommen.

»Ich glaube, dass Colin Scott hinter diesen Informationen her war. Ich glaube, er verfolgte mich, weil er hoffte, ich würde die ... Vorkehrungen meines Vaters finden.«

»Einverstanden.«

Wir bummeln weiter und bewegen uns dabei in Richtung East Chop, einer breiten Landzunge mit herrschaftlichen Holzschindelhäusern, eher im Cape-Cod-Stil als viktorianisch, viele auf hohen Steilfelsen mit Blick übers Wasser, die meisten wesentlich teurer als die stadtnäheren Häuser. Kimmer und ich hatten uns seinerzeit kurzfristig in ein umwerfendes Haus dort oben verliebt, drei große Schlafzimmer und ein Garten, von dem es direkt zum Strand hinunterging, aber wir besaßen nicht die nötigen zwei Millionen Dollar. In Anbetracht dessen, wie es uns in den Jahren seitdem ergangen ist, können wir wahrscheinlich von Glück sagen.

»Andere Leute interessieren sich ebenfalls für die Vorkehrungen«, spekuliere ich.

»Einverstanden«, murmelt Maxine, doch als ich wissen will, wer, mag sie nichts Genaueres sagen.

Ich blicke den East Chop Drive hinauf, der zum alten Leuchtturm führt und zu den Highlands, wie die Ecke früher hieß. Am Fuß der Felsen liegt ein privater Strandclub, in der Mitte des Chop ein privater Tennisclub. Mit all seiner frischen neuenglischen Schönheit wirkt East Chop irgendwie weißer als der Rest von Oak Bluffs. Nicht vielen der Sommergäste scheint bewusst zu sein, dass East Chop einst das Herz der schwarzen Kolonie auf der Insel war.

»Colin Scott kannte meinen Vater.«

»Einverstanden.«

»Er hat für meinen Vater gearbeitet. Mein Vater hat ... ihn bezahlt, damit er irgendwas für ihn tut.«

Schweigen.

Ich bin enttäuscht, denn das war mein letzter Versuch, bestätigt zu bekommen, dass Colin Scott und Jonathan Villard ein und dieselbe Person waren, was erklären würde, warum Scott sich in der Diele unseres Hauses in der Shepard Street mit meinem Vater herumstritt. Offensichtlich liege ich schief.

Ich zögere, dann probiere ich eine andere Schiene. »Wissen Sie, was mein Vater mir hinterlassen hat?«

»Nein.«

»Aber Sie wissen von ... den Hinweisen.«

»Ja. Aber wir sind uns nicht sicher, was sie zu bedeuten haben.«

Ich überlege, ob mir sonst noch eine halbwegs intelligente Frage einfällt. Wir gehen durch einen kleinen Park mit braunem Gras. Vor uns erhebt sich East Chop, rechter Hand liegt das eigentliche Oak Bluffs. Hin und wieder fährt ein Auto den East Chop Drive entlang, der den Park vom Hafen trennt.

»Die Insel ist wunderschön«, sagt Maxine unerwartet und fasst meinen Arm leicht mit beiden Händen, den Blick auf das in der Ferne schimmernde Wasser gerichtet.

»Ja, das stimmt.«

»Wie lange kommen Sie schon hierher? Dreißig Jahre? Traumhaft – für so was hatten wir einfach nicht das Geld, wissen Sie.«

»Wir waren auch immer nur im Sommer hier«, stelle ich klar, habe aber meine Zweifel, dass Maxine den Unterschied begreift. »Und früher war es noch nicht so teuer.«

»Aber Ihre Familie hatte Geld.«

»Wir gehörten bloß zur Mittelschicht. Sie doch auch. Zwei Professoren als Eltern.«

»Sie haben nicht besonders viel verdient. Außerdem war mein Vater ein, na, sagen wir, risikofreudiger Spieler. Leider kein besonders geschickter.«

»Tut mir Leid zu hören.«

»Ach was. Er hat uns geliebt. Wir wohnten in einem großen alten Haus auf dem Campus, zusammen mit mindestens fünf Hunden und zehn Katzen. Manchmal hatten wir auch Vögel. Unsere Eltern liebten Tiere. Und, wie gesagt, sie liebten uns.«

»Uns?«

Sie zieht die Nase kraus. »Vier Brüder, eine Schwester, Sie Schnüffelnase. Ich bin die Jüngste und die Längste.«

»Das Mauerblümchen.«

»Tja, ich hatte eben kein eigenes Auto, also konnte ich niemandem hintendrauf fahren, um ihn kennen zu lernen.« Nicht besonders witzig, aber wir lachen trotzdem.

Eine besinnliche Pause, in der wir zusammen aufs Wasser hinausschauen. Eine Yacht läuft gerade mit viel zu hoher Geschwindigkeit aus, aber so sind sie, diese Yachtkapitäne. Nur in wenigen Häusern brennt Licht. Die meisten sind über den Winter unbewohnt. Das angekündigte Gewitter ist ausgeblieben, und der Nachthimmel ist klar und kalt und herrlich.

Das Bedürfnis, Maxine in den Arm zu nehmen, rumort schon den ganzen Nachmittag in mir und wird auf einmal wirklich mächtig. Ich überspiele es mit einem Schwall belangloser Fragen.

»Für jemand aus den Südstaaten haben Sie keinen sehr ausgeprägten Akzent.«

»Oh.« Sie nickt, ohne sich mir zuzuwenden. »Ich habe unter anderem in Frankreich studiert, aber damit ist jetzt genug gesagt, wenn's recht ist.«

Womit ich aufgefordert bin, ein anderes Thema anzuschneiden. Ich komme mir vor wie ein unfähiger Gigolo auf einer Cocktailparty.

»Was hat Sie eigentlich in dieses Metier verschlagen?«

Maxine beäugt mich wieder kurz von der Seite. »Welches Metier?«

»Sie wissen schon. Leute verfolgen und so.«

Sie zuckt die Achseln und wirft mir einen unwirschen Blick zu. Vielleicht ist sie verschnupft, weil ich die Stimmung verdorben habe. Manchmal muss man als verheirateter Mann seine Ehe vor den eigenen niedrigen Instinkten schützen. »Bitte fassen Sie es weniger als *Verfolgen* auf, Misha. Eher als *Helfen.*«

»Helfen? Inwiefern helfen Sie mir?«

Maxine lässt mein Jackett los und dreht sich ganz zu mir um. »Nun, zum Beispiel kann ich Sie informieren, wenn andere Leute Sie verfolgen.«

»Andere Leute? Wie Colin Scott, meinen Sie?«

»Ganz genau.«

Ich lasse mir das durch den Kopf gehen und bringe dann den nahe liegenden Einwand vor. »Aber der ist tot.«

»Richtig«, pflichtet sie mir bei, doch was sie hinzufügt, lässt mir das Blut gefrieren: »Aber vergessen Sie nicht, er hatte einen Partner.« Abermals Schweigen. Wir haben inzwischen kehrtgemacht und steuern wieder auf das Wesley Hotel zu, im geheimen Einverständnis, dass wir weit genug gegangen sind, in mehr als einer Hinsicht. Da zieht Maxine die Schraube noch einmal an. »Und es könnte noch andere geben.«

»Andere?«

Sie deutet den Hügel hinauf, den wir gerade heruntergekommen sind. »Ein Mann ist zweimal auf dem Fahrrad an uns vorbeigefahren, als wir dort oben waren. Vielleicht ist er bloß den Hügel hinauf- und wieder hinuntergeradelt. Vielleicht hat er uns auch verfolgt. Schwer zu sagen.« Sie dreht sich um und zeigt in Richtung Vineyard Haven. »Eine Straße vom Restaurant entfernt war ein dunkelbrauner Chrysler Minivan geparkt. Genau so ein Wagen steht im Moment unten am Hafen. Er hat nicht dasselbe Kennzeichen, und der Wagen beim Restaurant hatte eine kleine Delle in der Stoßstange. Man kann die Nummernschilder austauschen, man kann zur Tarnung eine Delle schlagen, aber es ist echt schwer, sie so schnell wieder rauszukriegen. Es ist also nicht derselbe Wagen. Aber er hätte es ohne weiteres sein können. Verstehen Sie, was ich meine? Ihnen fallen solche Sachen nicht auf. Sie sind darin nicht geschult. Ich schon.«

Bei diesen boshaft dargelegten Details verschlägt es mir erst einmal die Sprache. Bildet Maxine sich etwa ein, dass sie mich mit so etwas beruhigt? Ich schaue aufs Wasser, wo die Yacht, die ich kurz zuvor bemerkt habe, gerade um die Spitze der Landzunge biegt. In der Winterzeit sieht man selten Boote im Hafen von Oak Bluffs, und ich frage mich, zu welcher Seite dieses gehört.

»Was wollen Sie damit sagen? Sollen wir uns vielleicht zusammentun?«

»Ich zeige Ihnen nur, wie ich Ihnen helfen kann.«

»Heißt das, Sie wollen mir Rückendeckung geben?« Der überlegene Ton, den ich anzuschlagen versuche, gelingt mir nicht ganz. »Mich vor den Schurken beschützen?«

Maxine gefällt das gar nicht. Sie dreht sich zu mir um und packt mich mit ihren kräftigen Händen an den Schultern. »Misha, hören Sie zu. Eine Menge Leute könnte sich dafür interessieren, was für Vorkehrungen Ihr Vater hinterlassen hat. Und nicht alle werden es dabei belassen, Ihren Wagen zu rammen und Sie zum Essen einzuladen. Sie können Ihnen nichts antun. Aber sie können Ihnen mit Sicherheit die Hölle heiß machen.«

Wir lassen das beide eine Weile wirken.

»Ist meine Familie in Gefahr?« *Jamaica*, denke ich, *ruf Kimmer an und sag ihr, sie soll mit Bentley zu ihren Verwandten in Jamaica fahren.*

»Nein, Misha, nein. Glauben Sie mir, niemand wird Ihnen etwas tun. Niemand wird Ihrer Familie etwas tun. Mr. Ziegler verbürgt sich dafür.«

»Und das reicht?«

»In meiner Welt, ja.«

Das wusste ich natürlich schon. Ich habe es bis dahin nur nicht recht geglaubt. Es ist eine Sache, über Onkel Jacks Macht in der Zeitung zu lesen, aber etwas ganz anderes, ihre Wirkung unmittelbar zu erleben, wie einen schützenden Kokon um mich und meine Familie.

»Worauf wollen Sie dann hinaus?«

»Gefährlich sind die *Informationen*, Misha.« Das Gespräch ist an den Ausgangspunkt zurückgekehrt. »Wenn die in die falschen Hände geraten – das ist die Gefahr.«

»Und deshalb sind Sie der Meinung, ich sollte sie Ihnen geben – wer auch immer Sie sind – statt Jack Ziegler.«

»Ja.«

»Arbeiten Sie für ... na ja, die Regierung?« Sie schüttelt lächelnd den Kopf. »Nein, richtig, Sie arbeiten für die Guten, die aber nicht die Tollen sind.«

»In einem Wettstreit zwischen uns und Jack Ziegler wird keine Seite in den Himmel kommen.«

»Nur dass Sie mich heimlich verfolgen, während Onkel Jack mich beschützt.«

»Vielleicht verfolgt er Sie auch. Vielleicht beschütze ich Sie auch.«

»Ich habe noch keinerlei Anzeichen dafür –«

»Wissen Sie noch, wie er sich auf dem Friedhof verhielt, Misha? Verhält sich so jemand, der keine eigenen Interessen verfolgt?«

»Auf dem Friedhof? Sie waren doch gar nicht auf dem Friedhof.«

»Doch.« Maxine schmunzelt und freut sich, dass sie wieder gegen mich punkten kann. »Ich war auch bei der Trauerfeier, in einer der hinteren Reihen zwischen lauter Verwandten von Ihnen. Alle dachten, ich wäre von irgendwem die Cousine.« Das Schmunzeln flaut ab, und jetzt kommt Müdigkeit durch: Sie hat genug davon, eine Rolle zu spielen, genug vom Flirten, genug von dem Job. »Sie haben mich sogar am Grab umarmt«, fügt sie leise hinzu. »Es war eine nette Umarmung.«

Ich bin ein wenig überrascht, genau wie von Maxine beabsichtigt. Aber ich bin auch stur.

»Sie haben mir immer noch keinen Grund genannt, weshalb ich Ihnen diese ominösen Informationen geben sollte. Falls ich sie je finde, heißt das.«

»Mein Wort reicht Ihnen nicht? He, ich hab Ihnen schließlich Krabbenküchlein spendiert.«

»*Und* meinen Wagen lädiert.«

»Bloß die Stoßstange. Und dafür wäre ich aufgekommen.«

Als ich schweige, bleibt Maxine stehen und fasst mich erneut am Arm. Wir stehen auf dem Parkplatz vor einem kleinen Laden, der so ziemlich alles verkauft, von Müsli über guten Wein bis hin zu den kleinen Aufklebern, mit denen man seinen Müll zum Abholen an den Straßenrand stellen darf.

»Herrje, Misha, ich bin nicht Ihr Feind. Ich gebe zu, dass die Leute, mit denen ich zusammenarbeite, keine Heiligen sind. Sie würden sie vielleicht nicht zu sich nach Hause einladen wollen. Aber eins müssen Sie mir glauben: Wenn diese Leute die Informationen, die Angelas Geliebter hat, in die Hände bekommen, was es auch sein mag, dann werden sie sie vernichten. Wenn Jack Ziegler sie in die Hände bekommt, wird er sie benutzen. So einfach ist das.« Ihre Augen scheinen im Dunkeln zu leuchten. »Sie müssen dranbleiben und sie finden, Misha. Die nötigen Hinweise sind da. Nur dass kein anderer sie entschlüsseln kann. Ihr Vater war der Meinung, dass Sie sofort wissen, wer Angelas Geliebter ist. Ihr Vater war ein intelligenter Mann. Ein umsichtiger Mann. Wenn er der Meinung war, dass Sie es wissen, dann wissen Sie es. Sie wissen nur nicht, was Sie wissen.«

Ich schüttele mutlos den Kopf. »Maxine, ich muss Ihnen sagen, dass ich keine Ahnung habe, was mein Vater gemeint hat. Ich glaube, er hat sich geirrt.«

»Sagen Sie das nicht! Sagen Sie das *nie wieder*!« Maxine schaut sich erschrocken um, als rechnete sie damit, dass uns jemand belauscht. »Sie haben sehr wohl eine Ahnung. Ihr Vater hat sich *nicht* geirrt.« Sie weist mich sehr laut zurecht.

Ich löse ihre Hand von meinem Unterarm. »Ich bin zu müde für diese ganze Geschichte. Ich glaube, ich werde ... Ich habe daran gedacht, die Suche aufzugeben.«

Ihre Augen werden größer, sie wirkt noch erschrockener. »Sie dürfen jetzt nicht aufgeben, Misha. Das dürfen Sie einfach nicht. Niemand außer Ihnen kann die Vorkehrungen finden. Sie *müssen* es tun! Bitte!«

Bitte?

»So so.« Ich wahre einen neutralen Ton. Sie soll nicht merken, dass die Tatsache, dass sie sich mit einem Mal aufs Bitten verlegt, mir mehr Angst macht als alles andere, was sie gesagt hat. Doch Maxine liest meine Gedanken, ich sehe es ihrem intelligenten Gesicht an. Und ich sehe ihr an, dass sie beschließt loszulassen.

»Ich glaube nicht, dass wir uns wiedersehen, Misha. Das heißt, *Sie* werden *mich* nicht sehen. Jedenfalls wenn ich meinen Job ordentlich mache. Ich werde Sie beobachten, aber Sie werden es nicht mitbekommen. Also verhalten Sie sich einfach natürlich, und gehen Sie davon aus, dass ich da bin, um Ihnen zu helfen.«

»Maxine, ich –«

»Das mit dem Geld tut mir Leid«, fährt sie hastig fort. »Das war plump. Und kränkend. Es war nicht für Ihre Stoßstange gedacht. Und ich hatte noch viel mehr in der Tasche, nur für den Fall, dass ... Ich habe es immer noch.« Ihr Ton ist melancholisch.

»Für welchen Fall?«

»Uns ist zu Ohren gekommen, dass noch jemand versucht hat, Ihnen die Vorkehrungen abzukaufen. Vielleicht unter dem Vorwand, Sie für irgendwelche Vorträge zu honorieren, so was in der Art.« Mir läuft es eiskalt den Rücken hinunter, doch ich sage kein

Wort. »Tja, wie auch immer, jedenfalls sollte ich Sie ... nun, ich sollte Sie bestechen, Misha. Tut mir Leid, aber so ist es. Wir wissen, dass Sie unter einem gewissen finanziellen Druck stehen. Auch, ähm, unter einem gewissen häuslichen Druck. Ich sollte Sie mit Geld bestechen oder ... nun ja, was sonst dafür nötig sein sollte.« Jetzt errötet sie und schlägt die Augen nieder, während in mir eine Wärme aufsteigt, die ich lieber unterdrücken würde.

»Wozu sollte ich bestochen werden?«, frage ich nach einer Weile. Wir sind wieder bei unseren Autos angekommen. Sie holt ihren Schlüssel aus der Tasche und drückt den Knopf. Die Lichter des Suburban blinken auf, die Alarmleuchte geht aus, und die Türen entriegeln sich. Ich fasse ihren Arm. »Maxine, wozu sollte ich bestochen werden?«

Sie erstarrt bei meiner Berührung. Auf einmal sieht sie unglücklich aus. Ich weiß nicht, ob es Zufall ist, dass jede Frau, der ich begegne, einen deprimierten Eindruck macht, oder ob das an mir liegt.

»Wozu sollte ich bestochen werden?«, frage ich zum dritten Mal und nehme die Hand weg. »Dass ich Ihnen und nicht Onkel Jack diese geheimnisvollen Informationen gebe?«

Maxine hat die Tür geöffnet und einen Fuß aufs Trittbrett gestellt. Sie antwortet, ohne sich zu mir umzudrehen.

»Ich weiß, Sie hatten es in letzter Zeit schwer, Misha. Ich weiß, Ihnen sind ein paar unheimliche Dinge zugestoßen. Viele Leute würden an diesem Punkt beschließen, die Suche aufzugeben. Wir haben gehört, dass auch Sie daran denken.« Sie zögert. »Ich drücke es wohl am besten so aus: Ich sollte alles tun, was nötig ist, um Sie von diesem Gedanken abzubringen. Um Sie zum Weitermachen zu bewegen. Aber ich glaube nicht, dass Sie bestochen werden müssen. Ich glaube, Sie sind der Typ, der nicht locker lässt. Sie werden weiter nach ihm suchen, weil Sie nicht anders können.«

»Suchen? Nach wem?«

»Nach Angelas Geliebtem.«

»Und was dann? Maxine, warten Sie! Was dann? Wenn ich ihn finde, und wenn er mir sagt, was mein Vater ihm aufgetragen hat, was soll ich dann tun? Angenommen, Sie hätten mich überzeugt, heißt das. Wie würde ich Ihnen die Information zukommen lassen?«

Maxine hat sich inzwischen auf den Fahrersitz geschwungen und will die Tür zumachen. Aber sie dreht sich noch einmal um und blickt mir in die Augen. Ich sehe eine Mischung aus Erschöpfung, Unmut und Traurigkeit. Der Tag ist nicht ganz so gelaufen, wie sie es geplant hatte.

»Erst einmal, schöner Mann, müssen Sie ihn finden.«

»Und dann?«

»Dann werde ich Sie finden. Das verspreche ich.«

»Aber warten Sie! Mir sind die Ideen ausgegangen. Ich weiß nicht mehr, wo ich suchen soll.«

Die Skaterin zuckt die Achseln und dreht den Zündschlüssel um. Der Motor springt donnernd an. »Sie könnten bei Freeman Bishop anfangen.«

»Bei Freeman Bishop?«

»Ich glaube, er war ein Irrtum.«

»Moment mal. Ein Irrtum? Was für ein Irrtum?«

»Einer von der üblen Sorte, schöner Mann. Von der ganz üblen.« Maxine schlägt die Tür zu und legt den Rückwärtsgang ein. Dann beschleunigt der Wagen bergan Richtung Vineyard Haven. Ich schaue ihr nach, bis die Rücklichter hinter der Biegung verschwinden.

Ich bin allein.

Kapitel 34

Etwas klärt sich auf

• I •

Am nächsten Morgen erwache ich früh. Ich bin allein im Vinerd Howse und schäme mich dafür, in der Nacht so lange wach gelegen und mich unruhig hin und her gewälzt zu haben, weil ich gern jemanden bei mir gehabt hätte, allerdings nicht meine Frau. Ich ziehe meinen Morgenmantel an und trete auf den kleinen Balkon des Elternschlafzimmers hinaus. Die Straßen sind leer, nur ein einsamer Jogger, früh auf den Beinen an der eisklaren Luft, winkt mir fröhlich zu.

Ich winke zurück.

Unten in der Küche toaste ich mir einen Muffin und schenke mir ein Glas Saft ein. Bei meiner Ankunft habe ich die Speisekammer nicht aufgefüllt, weil ich eigentlich nur ein oder zwei Tage bleiben wollte. Ich trage mein Frühstück in die kleine Fernsehnische an der Treppe, wo ich vor dreißig Jahren Addison und Sally beim Balgen zusah. Unkomplizierte Zeiten.

Sie könnten bei Freeman Bishop anfangen ... Ich glaube, er war ein Irrtum.

Ein Irrtum? Was für ein Irrtum? Wessen Irrtum? Meiner? Der meines Vaters? Fragen, die ich der Skaterin hinwerfe, obwohl sie gar nicht da ist, um sie zu beantworten.

Und wie soll mir ein Toter dabei helfen, Angelas Geliebten zu finden?

Ich kann nicht still sitzen und wandere durchs Haus. Ich stecke den Kopf ins Gästezimmer mit seiner roten Tapete und den roten Bett- und Sesselbezügen, das Zimmer, in dem meine Mutter starb, dann ins Bad mit dem billigen Linoleumfußboden, der schon alt war, als meine Eltern das Haus kauften, dann auf dem Rückweg in die kleine Küche, wo ich mir etwas Saft nachschenke, und schließlich ins Esszimmer, wo die vergrößerte Kopie des *Newsweek*-Titelblatts mit meinem Vater immer noch über dem defekten Kamin hängt. DIE STUNDE DER KONSERVATIVEN. *So wie es früher war*, würde der Richter sagen. Als das Leben noch golden zu sein schien. Mir fällt ein, wie die Nominierung meines Vaters die Einigkeit der Goldküste auf eine harte Probe stellte, wie lebenslange Freunde auf einmal gegnerischen Lagern angehörten und nicht mehr miteinander sprachen. Aber vielleicht gab es in unserer glücklichen kleinen Gemeinschaft solche Brüche häufiger, als ich ahnte. Hat Mariah mir nicht erzählt, dass ein Riss durch die Kirchengemeinde von Trinity and St. Michael ging, als Freeman Bishops Kokainkonsum ans Licht kam?

Moment.

Was hat Mariah noch mal gesagt? Von jemandem, der eigentlich hätte aus der Kirche austreten müssen, aber Gründe gehabt haben wird, drinzubleiben?

Ich stürze in die Küche und schnappe mir das Telefon. Ausnahmsweise erreiche ich Mariah beim ersten Versuch. Obwohl sie mich sofort mit den neuesten Verschwörungsmeldungen aus dem Internet überschütten will, gelingt es mir, meine Frage zu stellen.

»Hör mal, Schwesterherz, hast du mir nicht erzählt, eine Frau hätte wegen Father Bishops Drogengeschichte die Kirche verlassen, wenn nicht gewisse Gründe sie davon abgehalten hätten?«

»Ja. Gigi Walker. Du erinnerst dich doch noch an Gigi? Addison ist mal mit ihrer kleinen Schwester gegangen. Gut, Addison ist mit so ziemlich jeder mal gegangen, da ist das vielleicht keine große –«

»Mariah, hör zu! Was hast du mit den gewissen Gründen gemeint?«

»Ach, Tal, wieso erfährst du immer als Letzter von solchen Dingen? Gigi und Father Bishop waren *jahrelang* in aller Munde. Zu dem Zeitpunkt war seine Frau schon gestorben, und ihr

Mann hatte sie verlassen, deshalb war es nicht ganz so skandalös, wie es sonst gewesen wäre. Aber trotzdem meinte Papa zum Beispiel, seiner Meinung nach sollte ein Kirchenmann nicht –«

Wieder unterbreche ich sie. »Okay, okay. Pass auf. Gigi. Das ist ein Spitzname, stimmt's?«

»Stimmt.«

»Und ihr richtiger Name lautet ...«

Noch bevor meine Schwester antwortet, weiß ich, was sie sagen wird. »Angela. Angela Walker. Wieso willst du das wissen?«

Mariah plappert weiter, aber ich höre nicht mehr zu. Der Hörer zittert in meiner Hand.

Kein Wunder, dass Colin Scott, wie Lanie Cross erzählte, Gigi Walker derart zusetzte, dass sie in Tränen ausbrach. Er wusste, was ich jetzt weiß, doch er wusste es vor mir.

Ich habe Angelas Geliebten gefunden.

Aber jemand anders hat ihn vor mir gefunden, und deswegen ist er jetzt tot und kann mir nichts mehr sagen.

• II •

Ich versuche, Agent Nunzio zu erreichen. Vergeblich. Sergeant Ames will sich meine Theorien nicht anhören, und ich kann es ihr nicht einmal verübeln. Falls ich handfeste Beweise dafür hätte, dass der falsche Mann hinter Gittern sitzt, solle ich sie ihr mitteilen. Falls nicht, solle ich sie nicht weiter behelligen, sondern ihre Arbeit machen lassen. Das Problem ist, dass ich mich in einem gefährlichen Zwischenbereich befinde. Mit meinem Versuch, sie von der Küche im Vinerd Howse aus dazu zu bringen, dass sie mich ernst nimmt, renne ich gegen eine Wand. Ich glaube zu wissen, wer Freeman Bishop zu Tode gefoltert hat und warum, aber ich bin ganz gewiss nicht in der Lage, das zu beweisen. Bonnie Ames dagegen hat einen Zeugen, der bereit ist, unter Eid auszusagen, dass Conan mit seiner Tat geprahlt hat, obendrein hat sie eine ganze Latte von Gewaltverbrechen auf dem Konto ihres Verdächtigen und den Nachweis, dass Freeman Bishop mit den Drogenzahlungen, die er Conan schuldete, im Rückstand war.

Ich weiß nicht, wie Colin Scott diese ganzen Beweise fabriziert hat, aber ich habe keinerlei Zweifel daran, dass er es getan hat. Für den armen Freeman Bishop galt Jack Zieglers Befehl, der Familie dürfe nichts geschehen, leider nicht. Also folterte Scott ihn, um zu erfahren, was er mir ausrichten sollte, und wie Sergeant Ames Mariah und mir bei unserem Besuch klar machte, ist es unwahrscheinlich, dass der Priester irgendetwas für sich behielt. Und genau da liegt der Hund begraben, sinniere ich, als ich den Hörer auflege und meine Wanderung durchs Haus fortsetze. Wenn Father Bishop gegenüber Colin Scott ausgepackt hat, warum hat Scott es dann für nötig befunden, mich weiter zu verfolgen? Aus der Tatsache, dass er mir auf den Fersen blieb, schließe ich, dass er nicht erfahren hatte, wo mein Vater die fraglichen Informationen versteckt hat.

Was bedeutet, dass Freeman Bishop es ihm nicht erzählt hat.

Was bedeutet, dass Freeman Bishop es nicht wusste.

Ich glaube, er war ein Irrtum. Einer von der üblen Sorte.

Jetzt verstehe ich, was Maxine mir sagen wollte. Freeman Bishop wurde ermordet, weil Colin Scott ihn für Angelas Geliebten hielt. Und er war in der Tat Angelas Geliebter. Er war nur nicht der Geliebte, den mein Vater meinte.

Was nichts daran ändert, dass in meinen Augen der Richter die Schuld an seiner Ermordung trägt.

Kapitel 35
Die Leiche im Keller

• 1 •

»Du errätst nie, was passiert ist.« Mit diesem fröhlichen Gruß platzt Dana Worth in mein Büro.

»Stimmt«, erwidere ich unwirsch und schaue kaum von den Korrekturfahnen auf, die ich gerade mit einem abgebrochenen Rotstift bearbeite. Seit meiner Rückkehr von Martha's Vineyard fehlt mir der innere Antrieb zu arbeiten. Es ist das Ende der zweiten Januarwoche, und schmutziger Schnee verstopft die Straßen von Elm Harbor. Das Frühjahrssemester fängt offiziell am Montag an, aber das Interesse, das ich für den alltäglichen universitären Kleinkram aufbringen kann, ist begrenzt. Studenten kommen zu mir und tragen Entschuldigungen vor, warum sie ihre Seminararbeiten nicht rechtzeitig fertig stellen konnten. Ich schenke es mir, sie zu rügen. Die Bibliothek wartet immer noch auf das Buch, das ich verschlampt habe. Etwas früher am Tag hat Shirley Branch angerufen, die immer noch ihrem verschwundenen Hund nachtrauert. Ich habe mich bemüht, tröstende Worte zu finden, wie es sich für einen Mentor gehört, obwohl ich sehr versucht war, ihr zu sagen, dass ich mich nicht um mehrere verschwundene Sachen auf einmal kümmern kann. Auf Martha's Vineyard hat Maxine mich gebeten, die Suche nach den *Vorkehrungen* fortzusetzen, aber ich bin mir nicht sicher, ob ich dazu noch imstande bin. Zu viele Gespenster sitzen mir zurzeit im Nacken.

Gestern Nacht gegen halb zwölf weckte uns das Telefon, und

Kimmer, auf deren Seite vom Bett es steht, nahm ab, hörte etwa drei Sekunden lang zu und reichte dann den Hörer wortlos an mich weiter: Es war Mariah, die mir etwas mitteilen wollte, was sie bis dahin verschwiegen hatte. Während meine Frau sich die Decke über den Kopf zog, erzählte mir meine Schwester, was sie bei einem trauten Abendessen in New York aus dem armen Warner Bishop herausgequetscht hatte. Mit ihrem Bericht bestätigte Mariah meine Befürchtungen. Wie es aussieht, hatte Warner die Polizei belogen. Genau wie Sergeant Ames sagte, rief Freeman Bishop an dem Abend, als er starb, seinen Kirchenvorstand an und erklärte, er werde sich zur Sitzung leider etwas verspäten, weil er noch einem Gemeindemitglied seelsorgerischen Beistand leisten müsse. Doch seinem Sohn, der zufällig anrief, kurz bevor er losfuhr, erzählte er eine andere Geschichte. Als Grund für seine Verspätung gab Father Bishop ihm an, er müsse sich mit einem FBI-Agenten treffen, der ihn an dem Tag in der Kirche aufgesucht, um ein Gespräch unter vier Augen über ein ungenannt gebliebenes Gemeindemitglied gebeten und ihn zum Stillschweigen verpflichtet habe. Wieso Warner das vor der Polizei verschwieg? *Weil er Angst hatte*, antwortete Mariah. Vor wem? *Vor dem Mörder seines Vaters.* Sie wurde aufgeregter. *Ich wollte es dir eigentlich schon früher erzählen, Tal, als ich bei euch war. Aber du hast mich die ganze Zeit so herablassend behandelt, dass ich dir das nicht anvertrauen konnte. Erst jetzt geht das wieder.* Ich versuchte mich zu erinnern, ob ich wirklich so grausam gewesen war. Bevor ich mir darüber klar werden konnte, ob Mariah vielleicht eine Entschuldigung erwartete, sprach sie schon weiter. *Verstehst du jetzt, warum ich dem FBI nicht traue?* Dabei wusste sie so gut wie ich, dass das echte FBI mit dem, was Freeman Bishop widerfahren war, nichts zu tun hatte.

»Komm, Misha, spitz mal die Ohren!« Die Liebste Dana schiebt einen Stapel Papiere zur Seite und pflanzt sich auf die Ecke meines Schreibtischs. Da auch hier ihre Füße nicht bis zum Boden reichen, nimmt sie wieder ihre berühmte Pose ein, die Sohlen flach an die Tischseite gepresst. »Ich habe gute Neuigkeiten. *Wichtige* Neuigkeiten.«

Ich lehne mich auf meinem altersschwachen Stuhl zurück und höre das vertraute Knarren der defekten Mechanik. Nach meiner

Erfahrung kann allein Stellengemauschel bei meiner alten Freundin einen solchen Überschwang auslösen, und so wappne ich mich gegen eine endlose Geschichte über den Triumph oder die Tragödie von jemandem, der einen Lehrstuhl bekommt oder nicht, ein Thema, das mich im Grunde nicht mehr interessiert. Was ich allerdings Dana bislang noch nicht mitgeteilt habe.

»Ich höre«, erkläre ich ihr.

Danas schelmisches Grinsen blitzt auf, das sie normalerweise nur einsetzt, um alte Freunde zu foppen oder neue Studenten zu ködern. Sie trägt einen dunklen Pullover und eine beige Hose, die zu einer Zwölfjährigen passen würde, die sich aber, wie die scharfe Bügelfalte erkennen lässt, höchstens Zwölfjährige in Beverly Hills leisten könnten. »Eigentlich hat es mehr mit deiner Frau zu tun als mit dir.«

»Ich höre immer noch.« Ich kann mir nicht vorstellen, welchen Aspekt von Kimmers Leben Dana so faszinierend finden könnte, aber ich lerne immer gern dazu.

»Es ist was Gutes, Misha.«

»Bestimmt.«

»Du bist ziemlich ungenießbar, weißt du das?«

»Dana, erzählst du es mir jetzt oder nicht?«

Sie schmollt kurz, weil sie diesen neuen, humorlosen Misha Garland nicht kennt, beschließt aber dann, dass ihr Klatsch zu prickelnd ist, um unausgeplaudert zu bleiben.

»Du errätst nie, wer die letzten zwei Stunden im Büro der Dekanin gesessen hat.«

»Stimmt.« Ich wende mich wieder den Fahnen zu.

»Stimmt?«

»Stimmt, das errate ich nie. Also kannst du es mir auch gleich sagen.«

Dana zieht einen Flunsch und wartet, bis ich es merke, dann geht es weiter. »Ich gebe dir einen Tipp, Misha. Sie haben auf beiden Leitungen in ihrem Büro telefoniert – der Betreffende und Lynda, meine ich – und so ziemlich alle in Washington angerufen, um sie davon zu überzeugen, dass das weltberühmte dritte Kapitel seines einzigen Buches kein Plagiat ist.«

Mein Stuhl kippt mit einem Knirschen nach vorne. Einen wunderbaren Augenblick lang lösen sich sämtliche Sorgen um meinen

Vater und seine Vorkehrungen und Freeman Bishop und die Skaterin in Luft auf.

»Du meinst doch nicht etwa …«

»Doch. Bruder Hadley.«

»Du machst Witze!«

»Absolut nicht. Das dritte Kapitel, das er ständig zitiert, das alle ständig zitieren, hat er offensichtlich von einem unveröffentlichten Aufsatz abgekupfert, dessen Verfasser niemand anders war als Perry Mountain.«

»Marc hat Theos Bruder plagiiert? *Marc?* Das glaube ich nicht.«

Dana ist von meiner Skepsis enttäuscht; sie hat wohl erwartet, dass ich sofort hurra schreie. »Warum glaubst du das nicht? Meinst du, Marc wäre ein Musterknabe? Meinst du, er würde nicht tricksen und klauen wie alle andern?«

»Schon, aber ich kann einfach nicht glauben, dass Marc die Ideen von jemand anders gut genug findet, um sie als seine eigenen auszugeben.«

Dies trägt mir das heiß begehrte Beifallsgrinsen der liebsten Dana ein.

»Falls du es vergessen haben solltest: Bruder Hadley hat schließlich die hartnäckigste Schreibblockade in der Geschichte der westlichen Zivilisation. Vielleicht ist es ja besser, jemand anderem die Ideen zu klauen, als überhaupt nie etwas zu veröffentlichen, hm?«

Ich schüttele den Kopf. Das geht mir alles zu schnell. Kimmers Bahn ist plötzlich frei …

Es sei denn …

»Dana, was genau hat Marc angeblich getan?«

»Tja, das war so, mein Guter.« Sie hüpft von meinem Schreibtisch und fängt an, wie üblich durchs Zimmer zu tigern. »Dem Vernehmen nach hatte ein Student den Auftrag, das Archiv der UCLA durchzugehen, um alte Sachen auszumisten …«

»... und dabei stößt er auf ein paar Aufsätze von keinem Geringeren als Pericles Mountain«, erzähle ich Kimmer Minuten später am Telefon, nachdem ich sie von ihrer Sekretärin aus einer Sitzung habe rufen lassen. Dana hat mein Büro verlassen, um die Hiobsbotschaft weiter flurabwärts zu verbreiten. Während ich meiner Frau Bericht erstatte, spüre ich ihre wachsende Ungeduld. Ihre Ungeduld, aber auch ihre Erregung. »Er sitzt also in irgendeinem Kellergeschoss der Juristischen Fakultät an UCLA und schmökert in diesem Zeug, wie Studenten es machen, wenn sie keine große Lust haben zu arbeiten, und zufällig hat er kurz vorher in einem seiner Seminare Marcs Buch durchgenommen. Er bleibt also an diesem Text hängen, die Sprache ist sehr ähnlich, und irgendwann fragt er sich, ob das vielleicht eine frühe Fassung des Buchs ist. Vielleicht kann er ja nächste Woche im Seminar alle mit der Enthüllung überraschen, was der große Marc Hadley *ursprünglich* schreiben wollte, bevor er sich's anders überlegte.« Wir lachen beide. Kimmer freut sich so über diese Nachricht, dass wir beinahe zusammen glücklich sind. »Erst als er ein bisschen genauer hinguckt, stellt er fest, dass es gar kein Entwurf von *The Constitutional Mind* ist. Es ist bloß der Entwurf eines Aufsatzes aus der Hand von Perry Mountain. Er will ihn schon wegschmeißen, doch die sprachliche Ähnlichkeit lässt ihm keine Ruhe. Also rettet er ihn vor dem Reißwolf und nimmt ihn mit nach Hause, und ein paar Tage später vergleicht er ihn mit dem Buch, und siehe da, die beiden Texte stimmen fast Wort für Wort überein. Am nächsten Tag erzählt er das seinem Professor, und der erzählt es einem Kollegen, und irgendwann hat es sich bis zu uns rumgesprochen.«

»Ich glaub's nicht«, staunt meine Frau. »Weißt du, was das bedeutet, Misha? Ich fass es nicht.«

»Ich weiß, was das bedeutet, Liebling.«

»Er wird einen Rückzieher machen müssen, nicht wahr? Ihm wird gar nichts anderes übrig bleiben.«

Sie ist völlig aus dem Häuschen. Diese Kimmer kenne ich noch gar nicht.

»Ich glaube, du hast Recht. Er wird einen Rückzieher machen müssen. Herzlichen Glückwunsch, Euer Ehren.«

»O Schatz, das ist ja wunderbar.« Mir will plötzlich scheinen, dass Kimmer sich etwas zu sehr über das zugegebenermaßen selbst verschuldete Missgeschick ihres Rivalen freut, und sie scheint das auch zu spüren. »Das heißt, es tut mir natürlich Leid für Marc und überhaupt, und falls ich Richterin werde, wollte ich es nicht auf diese Weise werden. Das ist nicht gerade ...« Pause. Ich kann beinahe hören, wie ihre Stimmung umschwenkt. »Hast du schon mit Mallory gesprochen?«

»Mit niemand außer dir.«

»Ich würde liebend gern wissen, was die Leute in Washington dazu sagen.«

»Ich rufe ihn an, sobald wir aufgelegt haben«, verspreche ich.

»Ich denke, ich werde meinerseits auch ein paar Anrufe tätigen.« Ich weiß nicht so recht, warum mich das eher mit Unbehagen als mit Optimismus erfüllt.

»Das ist schon ein ziemliches Ding«, sage ich, einfach um das Gespräch nicht verebben zu lassen.

»Aber ich kapier's nicht.« Kimmer bringt einen Einwand vor, der zeigt, dass sie Menschen für vernunftbegabte Wesen hält. »Er kann doch nicht so dumm sein – Marc, meine ich.«

»Na ja, wir machen alle Fehler.«

»Das ist ein kapitaler Fehler.« Während sie darüber nachdenkt, verschlechtert sich ihre Stimmung zusehends, und Zweifelswolken ziehen auf. »Es ist einfach widersinnig, Misha. Wieso sollte Marc den Aufsatz abschreiben? Musste er nicht befürchten, irgendwann ertappt zu werden?«

»Tja, das Interessante daran ist, dass Perry Mountain erkrankte, kurz nachdem er den Artikel geschrieben hatte, so dass der niemals veröffentlicht wurde. *Der Geist der Verfassung* erschien drei Jahre nach Perry Mountains Tod.«

Kimmer ist nach wie vor skeptisch, ihre gute Laune ist definitiv dahin. »Und niemand hat was gemerkt? Perry hat niemandem eine Kopie geschickt? Theo zum Beispiel? Sollte man nicht meinen, dass Theo gleich am ersten Tag, als das Buch auf den Markt kam, lautstark protestiert hätte?«

Ich runzele die Stirn. Diese Möglichkeit habe ich noch gar nicht in Betracht gezogen. Ich sage ihr, dass ich Dana anrufen und sie danach fragen werde.

»*Dana* ist deine Quelle?«, braust Kimmer auf. Statt meine Frau mit der sehnlichst erhofften Nachricht zu erfreuen, habe ich es mal wieder geschafft, sie zu erzürnen. »Herrje, Misha, was soll denn das? Ich weiß, ihr seid dicke Freunde und so, aber du kannst nicht im Ernst behaupten, dass sie sich bei ihren Geschichten groß an die Tatsachen hält.«

»Kimmer –«

»Und sie kann Marc nicht leiden«, fügt meine Frau hinzu, als könnte sie ihn besser leiden. »Da dürfte sie wohl ein bisschen voreingenommen sein.«

»Andererseits ist sie immer über alles, was bei uns passiert, im Bilde.«

»Tut mir Leid, Misha. Ich habe schlicht und einfach das Gefühl, dass man mir eine Falle stellen will.«

Ich versuche, die Sache herunterzuspielen. »Das wäre aber ein Heidenaufwand bloß dafür, dir eine Falle zu stellen, Liebling.«

Kurzes Schweigen. Sie denkt darüber nach. »Wahrscheinlich hast du Recht«, grummelt sie. »Aber eins muss ich sagen, Schatz: Die Sache hört sich verdammt windig an.«

Erst als ich missmutig aufgelegt habe und wieder an meinen Fahnen sitze, geht mir auf, dass Kimmer doch Recht haben könnte.

Es sieht wirklich wie eine Falle aus.

Aber sie ist nicht für meine Frau bestimmt.

• III •

»Natürlich wusste ich davon«, verkündet Theophilus Mountain, und ein breites Grinsen reißt eine Kluft in seine weite Bartlandschaft. »Meinen Sie etwa, ich hätte etwas so Ungeheuerliches nicht gemerkt?«

Wie üblich nach Reibereien mit meiner Frau fühle ich mich konfus und leer. Was Theo da sagt, ist mir unbegreiflich.

»Sie wussten, dass Marc das dritte Kapitel von Ihrem Bruder abgeschrieben hat? Sie wussten das all die Jahre? Und Sie haben nichts unternommen?«

Theo lacht und lehnt sich mit seinem gewichtigen Körper auf dem hölzernen Schreibtischstuhl zurück. Er genießt es, die Demontage von Marc Hadley, einem seiner vielen Feinde, miterleben zu dürfen. Wenn Theo jemanden hasst, dann meistens wegen seiner politischen Einstellung, Stuart Land zum Beispiel. Doch der ehrgeizige Marc Hadley kultiviert bewusst das Image des Wissenschaftlers, der frei von politischen Motiven ist; ihn hasst Theo wegen seiner Arroganz. Von dem Tag an, als er vor einem Vierteljahrhundert nach Elm Harbor kam, um Verfassungsrecht zu lehren, hat Marc Hadley niemals vor Theophilus Mountain gekatzbuckelt, wie es die Neulinge auf seinem Gebiet früher machten und wie das heute niemand mehr macht. Heute katzbuckeln sie stattdessen vor Marc Hadley. Theo hat es Marc niemals verziehen, dass er die Spielregeln geändert hat.

»Ich sah keinen Sinn darin«, sagt Theo. Er fängt an, in seinem großen Büro auf und ab zu gehen, das ganz am Ende des ersten Stocks liegt und von dem aus man den Haupteingang des Oldie überblickt. Böse Zungen behaupten, Theo Mountain könne sehen, wie die neuen Lehrkräfte zur Tür hereinkommen und wie die alten hinausgetragen werden; aber er selbst scheint ohne Ende auszuharren. Ohne Ende ist auch das legendäre Büro, in dem er residiert; es herrscht ein unglaubliches Chaos, bestehend aus lauter hoch aufragenden Papierstapeln, die praktisch sämtliche freien Flächen bedecken. Sicher, mein Büro ist auch unordentlich, wie so viele in diesem Gebäude, aber das von Theo ist atemberaubend, ein Meisterwerk, ein Monument, von einem wahren Genie der Desorganisation für sich selbst errichtet. Hinsetzen kann man sich überhaupt nur, wenn man vorher irgendwelches Zeug beiseite räumt. Theo scheint gar nicht darauf zu achten, wo man etwas hinräumt oder welchen Stapel man bei dem Versuch umstößt, sich einen Stuhl frei zu machen; er wirft nie etwas weg, aber er schaut sich auch nie an, was er aufhebt. Es wird gemunkelt, er habe sämtliche Hausmitteilungen seit dem Anfang des zwanzigsten Jahrhunderts irgendwo rumliegen. Manchmal denke ich, das könnte stimmen.

»Ich sah keinen Sinn darin«, wiederholt er, wobei er an seinen Aktenschrank marschiert und scheinbar nach dem Zufallsprinzip Schubladen aufreißt. »Marc war damals jünger und ein noch größerer Idiot als heute, und genau wie ihr alle, wenn ihr hier ankommt, war er der festen Überzeugung, dass er im Grunde schon alles wusste, was es zu wissen gibt. Dann gingen wir eines Tages zusammen essen und unterhielten uns über Cardozo. Dabei stellte sich heraus, dass Cardozo für ihn ein ziemlich unbeschriebenes Blatt war.« Theo hat ganz hinten in einer der Hängeregistraturen etwas Faszinierendes gefunden. Er beugt sich vor und steckt den Kopf hinein, ähnlich wie eine Comicfigur, und in meiner Vorstellung sehe ich schon seinen Oberkörper darin verschwinden und die Füße hinterher.

»Brauchen Sie Hilfe?«

»Soll das ein Witz sein?« Er ist wieder unter den Lebenden, eine dicke braune Aktenmappe in den Händen. Ein Lachen zerzaust seinen Bart. »Wie dem auch sei«, fährt er mit seiner Geschichte fort, »jedenfalls erzählte ich ihm von dem Aufsatz meines Bruders und der darin vertretenen These, Cardozos Spruchpraxis sei im Grunde das Vorbild für nahezu alle wichtigen verfassungsrechtlichen Entscheidungen seit den vierziger Jahren gewesen.«

»Marcs Theorie«, murmele ich.

»Perrys Theorie«, korrigiert Theo mich gut gelaunt. »Marc fragte mich, ob er den Aufsatz mal sehen könne. Na ja, mein Bruder hat eigentlich nie jemanden seine Sachen lesen lassen, nur mich und Hero natürlich. Deshalb hätte es keinen Zweck gehabt, Perry zu fragen. Aber ich mochte Marc, ich hatte den Eindruck, dass aus ihm was werden konnte, und so lieh ich ihm mein Exemplar.« Er schiebt mir die Mappe über den Schreibtisch hinweg zu, und noch bevor ich sie aufschlage, weiß ich, dass ich den Beweis für Marc Hadleys Plagiat in den Händen halte: Pericles Mountains unveröffentlichtes Manuskript über Cardozo, die nicht nachgewiesene Quelle des dritten Kapitels von Marcs Buch, der einen großen Idee, für die er sämtliche Auszeichnungen erhielt, die die Juristenwelt zu vergeben hat.

Ich blättere die vergilbten Seiten durch. Hier und da stehen Randbemerkungen in Theos Handschrift, Streichungen, Fragezeichen, Zusätze, Kaffeeflecken. »Sind Sie sicher ...?«

»Dass Marc ihn abgeschrieben hat? Lesen Sie ihn und sehen Sie selbst.«

»Wussten Sie damals schon Bescheid? Als das Buch herauskam?«

»Selbstverständlich.«

Ich stelle Kimmers Frage: »Warum haben Sie dann nichts unternommen?«

»Was hätte ich denn tun sollen?«

»Na ... an die Öffentlichkeit gehen.«

Theo runzelt die Stirn, als wüsste er selbst nicht, warum. Aber natürlich weiß er das ganz genau. Er sieht mich intensiv an. Mir schaudert. »Nun, ich würde nicht sagen, dass ich *gar nichts* unternommen hätte.«

»Und was *würden* Sie sagen?«

»Ich würde sagen, dass ich *Marc* davon in Kenntnis gesetzt habe.«

»Wieso nur Marc und nicht auch alle andern ...«, setze ich an. Dann stocke ich. Aber ja doch! Oh, das ist so typisch Theo! Natürlich hat er Marc davon in Kenntnis gesetzt! Auf diese Weise konnte er seinem jungen, arroganten Kollegen die nächsten Jahrzehnte das Damoklesschwert der Enthüllung übers Haupt halten. Er hat niemand anders darüber informiert, weil er Marc von sich abhängig machen wollte. Und weil, wie mir jetzt klar wird, mein einstiger Mentor ein heimlicher Neider ist, der das Wissen über Marcs perfide Tat lieber für sich behielt, als es mit der Welt zu teilen. Wenn alle gewusst hätten, dass der große Marc Hadley ein Lügner und Betrüger ist, dann hätte das Theos Vergnügen nur geschmälert.

Und indem er das Geheimnis hütete, konnte er außerdem bis zu diesem supergünstigen Augenblick warten, um Marc Hadleys Kartenhaus umzustoßen. Falls er die Hände dabei im Spiel gehabt hat.

»Ich wollte Marc nicht in Schwierigkeiten bringen«, sagt Theo im scheinheiligen Ton eines Mannes, der in seinem ganzen Leben noch keinen Kollegen verachtet hat. Das Andenken seines Bruders scherte Theo keinen Deut; ihm ging es nur darum, Marc leiden zu lassen. »Aber er sollte wissen, dass man Ideen nicht so einfach umetikettieren kann. Er sollte wissen, dass ich Bescheid wusste. Ich wollte, dass er so was nicht noch mal macht. Und, tja, Sie wissen wahrscheinlich, was dann geschah. Alle wissen es.«

Erst begreife ich nicht. Aber dann. »Seine Schreibblockade.«

»Genau.« Theo gackert förmlich vor Häme. »Vermutlich habe ich ihm einen solchen Schreck eingejagt, dass er kein zweites Buch mehr schreiben konnte.«

Oder es ihm schlicht verboten, damit sein vorwitziger Kollege sich jahrelang anhören musste, wie alle Welt über sein vergeudetes Talent redete.

»Warum haben Sie das getan?« Die Frage entschlüpft mir unwillkürlich.

»Leute wie Marc Hadley haben es nicht besser verdient.«

»Und warum hat er sich eingebildet, er käme damit davon?«

»Marc hielt sich für schlau. Ein halbes Jahr nach Perrys Tod fragte er mich, ob ich mich noch an den Aufsatz meines Bruders über Cardozo erinnern könnte. Ich antwortete, ich könnte mich an nichts mehr erinnern, ja ich hätte ihn nicht einmal gelesen.« Theos schalkhafte Äuglein funkeln. »Das war gelogen.«

Ich will nichts wie weg. Theo widert mich an. Ich habe vermutet, dass er zu Hassgefühlen fähig ist, nicht aber zu einer derartigen Grausamkeit. Der arme Marc ist als Richterkandidat erledigt: Das ist das einzige Klümpchen Gold in diesem Strom schmutziger Erinnerungen. Danas Geschichte trifft genau ins Schwarze. Einen Plagiatsvorwurf kann in unserer heutigen Gesellschaft niemand überleben, selbst wenn er sich als unwahr herausstellt – und da ich Perry Mountains Manuskript nicht gelesen habe, kann ich das nicht sicher wissen. Die ganze Geschichte könnte sich als Erfindung erweisen. Oder als Missverständnis. Doch ich bezweifle es. Die Sorgenfalten in Dahlia Hadleys Gesicht an jenem Nachmittag im Kindergarten waren zu tief; als sie sagte, etwas drücke ihren Mann nieder, war das die schlichte Wahrheit. Marc quälte nicht der Gedanke, die Leute könnten entdecken, dass seine Tochter mit Lionel Eldridge schläft; was ihn quälte, war sein eigener, vor zwei Jahrzehnten begangener katastrophaler Fehler. Und ich spüre, wie ich hier zwischen Theo Mountains Papiertürmen auf einmal wie auf Wolken schwebe. Marc ist draußen. Kimmer ist drin. Der Präsident will Qualität und Vielfalt, so Ruthie Silverman, und meine Frau bringt beides: Falls ihr Backgroud-Check nicht etwas Nachteiliges zutage fördert, wird meine Frau Bundesrichterin werden.

Und vielleicht wird das auch, ungeachtet der Machenschaften meines toten Vaters, unsere Ehe retten.

Ich gebe Theo die Mappe zurück und danke ihm, dass er sich Zeit für mich genommen hat. Er reißt sie mir aus der Hand und vergräbt sie wieder in seinem Aktenschrank, allerdings nicht in der Hängeregistratur, aus der er sie vorher hervorgeholt hat.

An der Tür kommt mir noch ein Gedanke.

»Theo, finden Sie nicht, dass diese ganze Sache zu einem außerordentlich passenden Zeitpunkt ans Licht kommt, gerade rechtzeitig, um Marc aus dem Rennen zu werfen?«

»Doch, finde ich.« Ein erinnerungsseliges Lächeln. »Dabei fällt mir eine Bemerkung ein, die Mr. Justice Frankfurter gemacht haben soll, als er die Meldung von Mr. Chief Justice Vinsons Tod kurz vor der Neuverhandlung des Falles *Brown gegen die Schulbehörde von Topeka* vor dem Obersten Gerichtshof erhielt: ›Das ist das erste Mal, dass mir ein Indiz für die Existenz Gottes begegnet.‹«

Theo gluckst hemmungslos. Ich warte, bis er sich beruhigt hat, und stelle dann die andere Frage, die mir auf den Nägeln brennt: »Theo, Sie wissen nicht zufällig, wie die Sache herausgekommen ist, oder? Das mit dem angeblichen Plagiat.«

»Glauben Sie mir, Talcott, es ist ein echtes Plagiat.« Er muss über seine eigene Formulierung schmunzeln. »Meinen Sie, ich hätte die Katze aus dem Sack gelassen? Na, da irren Sie sich gewaltig. Wie gesagt, soweit ich weiß, war es ein Student an der UCLA.«

»Aber glauben Sie die Geschichte?«

Jetzt wird es Theo doch zu viel. »Nun machen Sie mal halblang, Tal. Manchmal beschenkt einen das Leben mit einer richtig guten Nachricht. Einen solchen Moment sollte man auskosten. So viele bekommt man davon nicht.«

»Wahrscheinlich«, murmele ich und gebe ihm beim Hinausgehen die Hand, weil Theo noch zu einer Generation gehört, die solche Förmlichkeiten schätzt. Aber mit den Gedanken bin ich nicht mehr in diesem Büro, nicht einmal in diesem Haus. Ich denke zurück an die Szene auf dem Friedhof nach der Beerdigung meines Vaters, als ein kranker alter Mann namens Jack Ziegler mir auftrug, Kimmer zu sagen, sie brauche sich um Marc Hadley keine Sorgen zu machen. *Ich glaube nicht, dass er das Stehvermögen hat.* Waren das nicht seine Worte? *Er hat eine ziemlich große Leiche im Keller liegen. Früher oder später kommt sie zum Vorschein.*

Weiß Gott.

Kapitel 36

EIN BRUDER ERZÄHLT

• I •

An dem ruhigen Sonntagnachmittag unmittelbar vor Semesterbeginn erreiche ich Addison endlich. Seit Mariahs Besuch habe ich immer wieder bei ihm angerufen, sogar an Silvester. Ich habe Nachrichten auf seinem Anrufbeantworter zu Hause und bei seinem Produzenten im Studio hinterlassen. Ich habe es über sein Handy versucht. Ich habe E-Mails geschickt. Keinerlei Reaktion von ihm. In einem Anfall von Spürsinn habe ich sogar Beth Olin ausfindig gemacht, die Dichterin, die in Jamestown, New York, wohnt, wie sich herausstellte, doch als sie hörte, wer ich bin und was ich wollte, legte sie kommentarlos auf, was die Frage beantwortet, ob die beiden noch zusammen sind. Ich dachte sogar daran, eine seiner Exfrauen anzurufen, doch meine Kühnheit hat Grenzen.

»Ich war weg«, teilt er mir nunmehr mit, während ich in meinem Arbeitszimmer ein Thunfischsandwich verzehre und ein neuerliches Schneegestöber auf der Straße beobachte. Noch einmal zehn bis fünfzehn Zentimeter sind angekündigt, aber Kimmer ist trotzdem ins Büro gefahren. Addison klingt erschöpft. »Tut mir Leid.«

»Irgendwo, wo dein Handy nicht funktioniert?«, frage ich pikiert.

»Argentinien.«

»Argentinien?«

»Hab ich dir nie davon erzählt? Ich hab mir Land angeschaut. In den letzten zwei Jahren bin ich bestimmt sieben- oder achtmal da gewesen. Ich überlege, mir da unten ein Haus zu bauen.« Wahrscheinlich um dort auszuharren, bis die Demokraten wieder ins Weiße Haus einziehen. »Und diesmal hat es mir so gut gefallen, dass ich dachte, ich bleibe noch ein paar Tage. Aus Tagen wurden Wochen und ... na ja, jetzt bin ich jedenfalls wieder hier.«

Aus Tagen wurden Wochen?

»Und, was hast du gemacht? Urlaub von der Sendung?«

»Die Sendung wird langsam ein bisschen alt, um die Wahrheit zu sagen. Ich denke, es wird Zeit, dass ich mit der Arbeit am Buch weitermache.« Addison schlägt alle paar Jahre solche Töne an, aber meistens heißt das nur, dass er den Job wechseln will. Niemand, den ich kenne, hat ihn je eine Zeile zu Papier bringen sehen.

»Das wäre großartig«, erkläre ich loyal. »Das Buch zu schreiben, meine ich.«

»Ja.«

»Das ist ein Stück Geschichte, das aufgeschrieben gehört.«

»Ja.« Der bedrückte Unterton in der Stimme meines Bruders lässt nicht nur auf Erschöpfung schließen. Etwas wie Resignation klingt durch. Ich frage mich, wovor er resigniert hat. »He, weißt du was, Alter? Das FBI war hier, um mit mir zu reden. Über *deine Frau.*« Ein leises Glucksen. »Weil ich ja so viel über sie weiß.«

»Das ist ihr Background-Check, Addison. Sie müssen mit allen reden.«

»Das weiß ich. Ich weiß nur nicht, warum es bei *ihrem* verdammten Background-Check so viele Fragen nach *meinem* verdammten Geld geben muss.« Sicher erinnert sich Addison genauso gut wie ich an die geradezu peinlich oberflächliche Überprüfung des Richters seinerzeit. Das Verfahren ist angeblich seit damals strenger geworden. »Na, egal, du hast mir einen Haufen Nachrichten hinterlassen. Muss was Wichtiges sein.«

Ich hatte reichlich Zeit, mich auf diesen Moment vorzubereiten. Ich taste mich zu meiner brisanten Frage vor, indem ich mit der harmlosen anfange.

Also erzähle ich meinem Bruder von Mariahs Besuch und dem fehlenden Bericht von Jonathan Villard. Ich erkläre, dass sich nirgends ein Exemplar findet, auch nicht in den Polizeiakten, die Meadows vergeblich danach durchforscht hat. Ich erzähle ihm von den zwei Seiten mit handschriftlichen Notizen des Richters. Den Notizen ist nicht mehr zu entnehmen, füge ich hinzu, als dass in dem Wagen, der Abby getötet hat, zwei Leute saßen.

»Hm«, lautet Addisons einziger Kommentar. Dann merkt er verwundert an: »Ihr seid ja ganz schön vorangekommen«, und in diesem Moment weiß ich, dass ich richtig liege. Mein Bruder schweigt abermals, doch ich warte ab. Schließlich stellt er die Frage, die ihm sicher am meisten auf der Seele liegt: »Und warum erzählst du mir das?«

»Das weißt du genau«, sage ich leise. Während ich auf seine Antwort warte, höre ich den Fernseher im Familienzimmer, wo Bentley ein garantiert kindgerechtes Video guckt, das ihm seine Paten John und Janice Brown zu Weihnachten geschenkt haben. Vorgestern Abend waren Kimmer und ich auf der Fete, die Lemaster Carlyles Studentenverbindung einmal im Jahr zum Ferienende veranstaltet, und haben zusammen mit ein paar hundert anderen gut situierten Angehörigen der dunkelhäutigeren Nation bis in die frühen Morgenstunden den Electric Slide, den Cha-Cha Slide und eine brandneue Erfindung namens Dotcom Slide getanzt. Vielleicht haben wir ja doch so etwas wie ein gemeinsames Privatleben.

»Nein, das weiß ich nicht«, versetzt mein großer Bruder, jetzt seinerseits pikiert.

»Weil du weißt, wo der Bericht ist.«

»*Was* weiß ich?«

»Du weißt, wo er ist. Oder du weißt, was drinsteht.«

»Wie kommst du denn auf die Idee?« Addison klingt eher erschrocken als verärgert. »Ich weiß überhaupt nichts davon.«

»Ich denke doch. Erinnerst du dich noch an die Beerdigung? Du hast am Grab gestanden, und ich bin zu dir gekommen, und wir haben geredet. Weißt du noch, was du gesagt hast? Du hast gesagt, du fragst dich, ob wir wohl jemals *die Leute* in dem Auto finden, das Abby getötet hat. Genau das hast du gesagt, *die Leute.*«

»Da musst du dich verhört haben«, sagt er nach einer Pause.

»Das glaube ich nicht. Es gibt kein Wort, das ich mit *Leute* verwechselt haben könnte. Kein Wort im Singular.« Schweigen. »All die Jahre, Addison, hat die ganze Familie von nichts anderem geredet, als den *Fahrer* des Wagens zu finden. Aber dort auf dem Friedhof wusstest du plötzlich, dass zwei Leute in dem Auto saßen. Ich denke, du wusstest das, weil du den Bericht gelesen hast.«

»Das ist ein bisschen dünn«, begehrt Addison auf, aber ich merke, dass er eigentlich gar keine Lust hat, sich herumzustreiten. »Vielleicht habe ich mich bloß versprochen. Vielleicht war es eine Vermutung. Du kannst da doch nichts draus schließen.«

»Hör auf, Addison, lass die Spielchen. Du weißt, dass ich Recht habe. Entweder der Richter hat dir ein Exemplar gegeben, oder du hast dir den Bericht einfach aus seinen Unterlagen genommen. Du hast ihn jedenfalls gelesen. Und ich möchte wissen, was drinsteht.«

Wieder eine Pause, länger diesmal. Ich höre etwas, das nach einer Stimme im Hintergrund klingt, dann Addisons geflüsterte Erwiderung. Er scheint jemanden zu bitten, sich noch einen Moment zu gedulden. Vielleicht eine, die er mit in Argentinien hatte. Vielleicht auch nicht.

Dann ist mein Bruder wieder da.

»Scheiße«, sagt er.

• II •

Addison ist genervt. Ich mache ihm das Leben schwer. Er würde lieber einen Vortrag vor Studenten halten oder sich Grundstücke in Südamerika ansehen oder sich mit seiner Talkshow beschäftigen – alles lieber, als emotional besetzte Themen mit einem Familienmitglied zu diskutieren. Wir drei Garland-Kinder sind unser ganzes Erwachsenenleben lang vor unserem Vater davongelaufen, Addison am weitesten, und vielleicht hat der Richter ihn gerade deswegen am meisten geliebt. Bis vor ein paar Monaten war ich voller Bewunderung für Addison, aber die Art, wie er sich mir in letzter Zeit entzogen hat, hat meine Bruderliebe auf eine harte Probe gestellt.

»Pass auf, Bruderherz, ich habe kein Exemplar des Berichts. Ich hatte auch nie eins. Ich habe ihn lediglich einmal gelesen.« Die nächste Pause, doch er findet kein Schlupfloch. »Papa hat ihn mir gezeigt.«

Ich hole tief Luft. Addison klingt so nervös, dass ich nicht weiß, ob ich ihm glauben soll. »Okay. Und was stand drin?«

»Du willst nicht mehr darüber wissen, Misha.« Addisons Stimme wird hart. »Wirklich nicht.«

»Ich fürchte, doch.«

»Du bist verrückt. Du bist genauso verrückt wie er.«

Mit dieser Einschätzung ist er nicht allein. Vor anderthalb Wochen hat Spezialagent Nunzio endlich zurückgerufen. Ohne Maxine zu erwähnen, erzählte ich ihm, meiner Meinung nach sei Father Bishop irrtümlich ermordet worden.

Er bedankte sich kühl für meinen Hinweis und sicherte mir lustlos zu, der Sache nachzugehen. Hätte schlimmer kommen können.

»Ich will ganz einfach die Wahrheit wissen«, erkläre ich meinem Bruder ruhig.

Addison seufzt. »Ich verstehe dich nicht, Tal. Du bist doch Christ, oder? Und ich glaube, irgendwo steht geschrieben, wir sollen im Leben Vergebung üben, nicht Rache.«

Ich tappe im Dunkeln. Ich hatte schon bei Maxine den Eindruck, nicht mehr durchzublicken, aber mit dieser delphischen Bemerkung dürfte mein Bruder den Rekord aufstellen.

»Ich bin nicht auf Rache aus.«

»Tja, das sagst du. Aber vielleicht erzählst du irgendeinen Scheiß.« Addison liebt vulgäre Redensarten, vermutlich weil er glaubt, seine ansonsten kultivierte Garland-Sprache bekomme dadurch etwas authentisch Schwarzes. In Wirklichkeit klingt es krampfig, wie wenn ein Kind mit neuen Ausdrücken spielt. »Du *glaubst* vielleicht, dass du keine Rache willst, aber du könntest dich irren. Im Grunde weißt du gar nicht, was in deinem Herzen der Auslöser für dein Verhalten ist. Du solltest Gott bitten, dein Herz zu heilen, Alter.«

Ich habe längst aufgehört zu essen. Es verdirbt mir den Appetit, mich durch die ganzen Sprechblasen zu kämpfen, die Addison durch die Leitung schickt, und mir darüber klar zu werden, warum er das tut.

Addison fährt nun Bibelzitate auf. »›Segnet, die euch verfolgen‹, ermahnt Paulus uns in Römer 12. ›Vergeltet niemand Böses mit Bösem.‹ Und wenn du die Geschichte von Simson liest ...«

Ich schneide ihm das Wort ab, was ich seit Kindertagen kaum jemals getan habe. »Ich will nicht Böses mit Bösem vergelten, Addison. Nun mach mal halblang. Ich will niemandem etwas tun. Ich will bloß Klarheit über das, was hier gespielt wird.«

»Ja, das *sagst* du. Aber es könnte doch sein, dass es da etwas gibt, was so beschissen ist, dass du dann *doch* jemandem ans Leder willst.«

»Addison, bitte. Ich will niemandem ans Leder.« Denn mir ist aufgegangen, dass die Rache, über die sich mein Bruder verbreitet, etwas mit ihm zu tun haben könnte. »Ich will einfach wissen, was in dem Bericht steht.«

»Nein, willst du nicht. Glaub mir. Du musst es nicht wissen, du willst es nicht wissen. Du willst die Vergangenheit ruhen lassen und in die Zukunft blicken. Du willst deine Frau und deinen Jungen lieben und dich um deine häuslichen Angelegenheiten kümmern. Du willst der Welt mit viel Vergebung im Herzen begegnen. Aber du willst ganz bestimmt nicht wissen, was in dem Bericht damals stand.«

»Warum nicht?«

»Versuchung. Willst du in Versuchung geführt werden? Dieser Bericht ist voller Versuchungen zur Sünde, glaub mir.«

Womit ich noch mehr im Dunkeln tappe. Aber ich bin schon ein gutes Stück vorangekommen. Ich lasse nicht locker.

»Bitte. Sag mir wenigstens, wann Papa ihn dir gezeigt hat.«

Erneute Pause, derweil sich in seinem raffinierten Hirn die Rädchen drehen. »Vor einem Jahr ungefähr. Etwas mehr. Ja. Vorletzten Herbst.«

Ich habe das Gefühl, dass er die Wahrheit retuschiert, sie so hinbiegt, wie es ihm passt, wie Zeugen das häufig tun. Ich beschließe, auf Zeit zu spielen, so dass er meine Ungeduld nicht bemerkt, während seine wächst. Immerhin habe ich zu meiner Zeit ein paarmal ein Verhör geführt, daher weiß ich, dass die Kunst darin besteht, sich ganz langsam an den springenden Punkt heranzutasten und dann, wenn man ihn erreicht hat, den Gelangweilten zu spielen.

»Weißt du, warum er ihn dir gezeigt hat?«

»Nicht so richtig.«

»Kannst du mir dann sagen, wie es dazu kam, dass er ihn dir zeigte?«

Wieder lässt mein Bruder mich warten. Ich verstehe nicht, was ihn so beunruhigt, aber *dass* er beunruhigt ist, spüre ich deutlich durchs Telefon.

»Wie schon gesagt«, fängt er an, »es ist vielleicht anderthalb Jahre her. Papa rief an. Er wollte nach Chicago kommen, um eine Rede zu halten, und fragte, ob wir zusammen essen gehen könnten oder so. Ich sagte, klar, wie du willst. Gut, was er politisch trieb, war nicht nach meinem Geschmack, aber er war schließlich mein Vater, oder? Also aßen wir zusammen, in seinem Hotel. Einem von diesen eleganten kleinen Privathotels in der Innenstadt. Nicht im Restaurant, sondern in seiner Suite. Selbstverständlich hatte er eine Suite. Riesig. Zwei Zimmer, als ob er die nötig gehabt hätte, was? Aber klar, diese rechten Spinner, vor denen er immer sprach, die haben ihn geliebt. Die haben keine Kosten gescheut. Mann, er hat doch diese Wahnsinnshonorare gekriegt, nicht? Dreißigtausend Dollar pro Auftritt. Vierzig. Manchmal mehr. Und wieso? Damit seine Zuhörer nach Hause fahren und ihren Golfbrüdern im Country Club erzählen konnten, dass sogar ein Schwarzer ihre rechten Spinnereien vertritt, was doch bedeutet, dass sie stimmen müssen, nicht wahr?« Ich habe noch nie eine solche Feindseligkeit in Addisons Stimme gehört. Vielleicht habe ich mir auch einfach nie klar gemacht, wie sehr er den Richter hasste.

»Na, jedenfalls essen wir zusammen in seiner Suite. Er meint, er will nicht, dass irgendwer mithört, worüber wir reden. Also blödele ich rum, sage: ›Na, und wenn deine Suite verwanzt ist?‹ Aber er lacht nicht. Er nimmt es ernst. Guckt mich an und sagt: ›Meinst du, das könnte sein?‹ Oder so ähnlich. Au weia, denk ich. Dann sag ich, es war bloß ein Witz, aber er meint, er hätte schon mal die Suite gewechselt, um ganz sicherzugehen. Und ich red ihm gut zu, klar, sag ich, das war echt klug von dir, aber in Wirklichkeit denk ich, dass er, na ja, dass er vielleicht ... na, du weißt schon. Dass es vielleicht ein Problem gibt. Bist du sicher, dass du das hören willst?«

»Ja.« Meine Stimme klingt gepresst.

»Okay. Wenn du unbedingt meinst. Wir setzen uns also zum Essen an den Tisch. Er holt ein paar Aktenmappen hervor, und ich denke, jetzt reden wir über die Familienfinanzen. So nach dem Motto: *Da ist das ganze Geld deponiert, für den Fall, dass mir was zustößt.* Und er guckt mich mit dieser bierernsten Miene an, so wie früher, wenn er uns einen seiner Vorträge hielt, du weißt schon, über richtig und falsch, dass man immer halten muss, was man versprochen hat, diesen ganzen Scheiß, den er uns dauernd erzählt hat. Und auf einmal ist er ganz aufgeregt und sagt: ›Junge, wir müssen uns über was Wichtiges unterhalten‹, und ich denke, o Mann, du hast richtig gelegen. Er sagt, könnte sein, dass es ein bisschen schwer zu verkraften ist, und ich setz mich grade hin und nicke, und er sagt, es gibt da etwas in seinem Leben, über das er mit der Familie nie geredet hat, und ich nicke, und er sagt, er kommt damit zu mir, weil ich der Älteste bin, und ich nicke wieder brav.«

Mir brennt das Gesicht – die altbekannte Eifersucht, weil Addison im Herzen des Richters an erster Stelle stand –, aber ausnahmsweise schaffe ich es, den Mund zu halten.

»Ich denke also, jetzt wird er mir von dem Geld erzählen, doch stattdessen klappt er die Mappe auf und zieht ein paar Blätter raus, fünf oder sechs Seiten, und sagt zu mir: ›Ich möchte, dass du das liest. Du sollst das wissen.‹ Ich frage ihn, was es ist. Ich denke mir, es ist wohl so was wie ein Investmentplan. Und er sagt: ›Das ist Villards Bericht.‹ Also frage ich ihn, wer Villard ist. Ohne Scheiß, ich konnte mich wirklich nicht mehr erinnern. Und er geht in die Luft und sagt: ›Junge, ich hab gesagt, du sollst das lesen, also lies es!‹ Du weißt ja, wie er sein konnte. ›Lies es einfach!‹ Also hab ich's gelesen.«

Addison verstummt. Den Schluss der Geschichte lässt er ungerührt weg. Ich habe ihn gefragt, wie es dazu kam, dass er den Bericht zu lesen kriegte, und genau das hat er mir erzählt.

»Hat er gesagt, warum er wollte, dass du es liest?«

»Er hat mir irgendeine Geschichte aufgetischt. Ich weiß nicht mehr. Irgendwas hatte ihm Angst eingejagt.«

»Angst?«

»Ich weiß es nicht mehr, okay? Herrje, ich hab wirklich nicht so genau hingehört. Es hat mich nicht interessiert.«

»Es hat dich nicht interessiert? Addison, er war unser Vater!«

»Na und? Hör zu, ich könnte dir Sachen über ... über unseren Vater erzählen, die würden dir gar nicht gefallen. Das Bestätigungsverfahren damals, das hat ihm fast das Genick gebrochen. Ihr habt das gar nicht mitgekriegt, du und Mariah, aber euch hat er auch nicht nachts betrunken angerufen – ja, er fing damals wieder zu trinken an. Das hast du nicht gewusst, was?«

Ich habe es sehr wohl gewusst, weil Lanie Cross es mir erzählt hat, aber jetzt, wo mein Bruder anscheinend endlich konkreter werden möchte, denke ich nicht daran, seinen Redefluss zu unterbrechen.

»Mitten in der Nacht hat er mich angerufen und wegen irgendwas rumgejammert. Weil ich der *Älteste* bin. ›Ich kann das nur dir erzählen, mein Junge.‹ So ist er immer angekommen. Als wäre es eine große Ehre, dass er mich um zwei Uhr nachts aufweckt und mir erzählt, er hätte es verdient, für seine Sünden zu sterben, und eines Tages würden die ihn umbringen, ohne ein Wort darüber, wer *die* eigentlich waren. Papa war paranoid, okay? Er dachte, die ganze Welt hätte sich gegen ihn verschworen. In Wahrheit war er vollkommen durchgeknallt. Wolltest du das hören, Alter? Ist dir das ehrlich genug? Ja, toll, dann hat er irgend so eine Geschichte erzählt, dass jemand bei ihm war, und jetzt säße er echt in der Patsche, und ich müsste mir diese Papiere angucken. Und die ganze Zeit hocke ich da in seinem Hotel und versuche mir vorzustellen, wie es ihm aus der Patsche helfen soll, dass ich diesen Bericht lese. Nicht, dass mir viel dran gelegen war. Ich hab ihn so satt gehabt, ihn und diesen ganzen Quatsch, den ich all die Jahre von ihm zu hören bekommen hab –«

Addison bricht ab. Garland-Männer können das, als ob sie einen Schalter umlegen. Zweifellos ist das einer der Gründe dafür, dass unsere Frauen uns früher oder später nicht mehr leiden können.

»Vielleicht war es unrecht von mir«, fährt er in einem milderen Ton fort. »Der Richter hat mich um Hilfe gebeten, und ich habe ihn abgewiesen. In jeder Religion, die ich kenne, wird das als unrecht angesehen. Und so über ihn zu reden, wie ich es gerade tue, ist auch unrecht.« Erneute Pause. Ich stelle ihn mir in seinem Haus in Chicago vor, die Augen geschlossen, denn er flüstert etwas, das sich wie ein Gebet anhört, vielleicht bittet er um Vergebung, vielleicht um innere Festigkeit, vielleicht will er mir imponieren.

»Addison.« Das Flüstern hört nicht auf. »Addison!«

»Du brauchst nicht zu schreien, Misha.« Da ist er wieder, der überlegene große Bruder. Der wutschnaubende Addison von vor zwei Minuten ist fort, ausgetrieben wie ein Dämon. »Es gibt da diese tolle neue Erfindung, das Telefon. Du kannst einfach in normaler Lautstärke hineinsprechen, und selbst wenn der Mensch am anderen Ende in Chicago oder sonstwo sitzt, kann er dich sehr gut verstehen.«

»Okay, okay, tut mir Leid. Aber was war das für eine Geschichte? Wer war bei ihm? Du hast gesagt, jemand hätte ihm Angst eingejagt ...«

»Weißt du, ich glaube wirklich, dass ich darüber besser nicht reden sollte. Das habe ich dem Richter gewissermaßen versprechen müssen.«

Ich überlege. Ich bin ganz nah dran, und Addison hat Geheimnisse noch nie gut für sich behalten können, außer wenn er die eine Freundin vor der anderen verheimlichen wollte. Es muss einen Weg geben, ihn anzuzapfen. Ich bin auf jeden Fall entschlossen, es zu versuchen.

Irgendwo tief in meinem Innern, an dem Ort, den Garland-Männer niemals offen legen, kocht Zorn hoch. Zorn auf meinen Bruder, weil er diese Spielchen mit mir treibt, aber vor allem Zorn auf meinen Vater, weil er sich seinem ersten Sohn anvertraut hat, diesem windigen Aktivisten, und nicht seinem zweiten Sohn, dem Juristen. *Wenn du dich unbedingt Addison anvertrauen musstest,* würde ich ihn am liebsten anschreien, *warum zum Donnerwetter habe ich dann den Bauern und den Brief gekriegt und nicht er?*

Nicht, dass ich den Richter je angeschrien hätte.

Mir fällt ein, dass Addison als Einziger von uns Kindern unserem Vater zu widersprechen wagte. Wenn der Richter uns am Abendbrottisch wieder einmal Vorträge darüber hielt, was man zu tun und zu lassen habe, saßen Mariah und ich immer da und antworteten gehorsam: *Ja, Papa. Nein, Papa. Du hast völlig Recht, Papa* – und Addison blickte ihm schon als Teenager direkt in die Augen und sagte: *Quatsch.* Er bekam natürlich eine Woche Hausarrest, doch wir konnten den Stolz in seinen schönen Augen sehen und sogar in denen des Richters. *Die Chuzpe von dem Jungen gefällt mir*, sagte er dann zu unserer Mutter, *auch wenn sie fehlgeleitet ist.*

Tja, mit seiner Chuzpe hat er es ziemlich weit gebracht. Mal sehen, wie weit er es damit noch bringt.

»Und was ist aus dem Bericht geworden?«

»Wie, geworden, was meinst du damit?« Aggressiv.

»Hast du ihn dort gelesen? Hat Papa ihn wieder mitgenommen?«

Addison spricht auf einmal ganz langsam. »Nein, ich habe ihn mitgenommen. Ich habe versprochen, ihn mir anzuschauen.« Ich höre an seinem rauen Atem, dass er seinen Ärger im Zaum zu halten versucht. »Und er ist weg, Misha. Du brauchst gar nicht erst zu fragen. Ich hab ihn beseitigt.«

»Wie? Heißt das, du hast ihn weggeworfen?«

»Er ist weg. Das muss reichen.«

Ich glaube ihm. Was auch immer in Villards Bericht stand, Addison wollte nicht, dass irgendjemand es zu Gesicht bekam. Und er denkt nicht daran, mir zu sagen, warum.

»Okay, Addison. Vergessen wir mal, was aus dem Bericht geworden ist. Vergessen wir, warum der Richter Angst hatte. Ich will dir den zweiten Grund nennen, warum ich versucht habe, dich zu erreichen.« Addison, wahrscheinlich erleichtert, dass ich das Thema wechsle, erhebt keinen Einwand. »Ich möchte dich noch etwas fragen. Und da kann der Richter nicht von dir verlangt haben, dass du Stillschweigen bewahrst, weil er nämlich gar nichts davon wusste.«

»Schieß los«, sagt er bereitwillig, wohl in der Annahme, dass mir die Munition ausgegangen ist.

Und so erzähle ich ihm von meinem Treffen mit Sally. Schildere ihm, was sie mir über die Nacht berichtet hat, in der die beiden in unserem Elternhaus miteinander schliefen und von dem lauten Streit des Richters mit Colin Scott gestört wurden.

»Ja«, sagt er, als ich geendet habe. »Ja, Sally hat mir erzählt, dass sie mit dir geredet und quasi die Katze aus dem Sack gelassen hat. Armes Ding.«

»Addison –«

»Du musst wissen, Misha, dass Sally ziemlich harte Zeiten

durchgemacht hat. Hast du eine Ahnung, wie oft sie schon auf Entzug war? Manchmal schmückt sie ihre Erzählungen ein bisschen aus, okay? Es war nicht unbedingt so, wie sie es darstellt.«

Er meint den Sex, nicht den Streit.

»Soll mir recht sein, Addison. Das mit dir und Sally interessiert mich nicht. Überhaupt nicht.« Eine Lüge, aber ich sehe keinen Grund, ihm Vorhaltungen zu machen, zumal er ohnehin schon mit dem Rücken zur Wand steht. »Mich interessiert vielmehr, worüber der Richter und Colin Scott geredet haben. Sally meinte, du hättest einen Teil des Gesprächs mitbekommen. Nur das will ich wissen. Was du gehört hast.«

Schweigen.

»Komm, Addison. Ich wette, du hast alles mit angehört. Oder das meiste.«

»Das meiste«, gibt er schließlich zu, »aber ich kann dir nichts darüber sagen, Misha. Wirklich. Es geht einfach nicht.«

»Es geht nicht? Was soll das heißen, es geht nicht? Addison, der Richter ist nicht dein Privatbesitz. Er war auch mein Vater.«

»Ja, aber nicht alles, was ein Vater ...« Er zögert, setzt noch einmal an. »Hör zu, Misha. Es gibt Sachen, die du wirklich nicht wissen willst, glaub mir. Über Papa. Du meinst jetzt natürlich, du willst es wissen, aber das stimmt nicht. Weil ... Pass auf, er hat ein paar üble Sachen gemacht, okay? Das machen wir alle, aber Papa ... Du würdest es mir sowieso nicht glauben, und ich werde es dir auch nicht erzählen. Niemals.« Wieder eine Pause. Vielleicht spürt er meinen Schmerz. Oder meine Bestürzung. Oder meine schlichte Not. Er knurrt. Addison kann es letztlich nicht ertragen, einen anderen Menschen leiden zu sehen, und dies ist ein Zug an ihm, den ich immer geliebt und um den ich ihn beneidet habe. Manchmal denke ich, es ist diese Eigenschaft und nicht bloße fleischliche Begierde, die meinen Bruder zu seiner zügellosen Promiskuität treibt. Er kann einfach nicht nein sagen. Vielleicht erklärt das, warum er sich der Familie oft monate- oder jahrelang entzieht, einfach verschwindet: Um sein seelisches Gleichgewicht zu bewahren, sucht er eine Möglichkeit, den Forderungen zu entgehen, die andere in ihrer Bedürftigkeit an ihn stellen.

Ich nutze diese Schwäche schamlos aus.

»Addison, komm, du musst mir irgendwas sagen. Ich drehe

durch, wenn ich nicht wenigstens ansatzweise begreife, was gespielt wird. Was in jener Nacht passiert ist.« Ich dämpfe die Stimme. »Hör zu, Addison, ich kann jetzt nicht in die Einzelheiten gehen, aber das Ganze ruiniert mein Leben.«

»Übertreib nicht, Alter.«

»Tu ich nicht. Weißt du noch, wie Onkel Jack auf dem Friedhof aufgetaucht ist? Seit dem Tag ... ach, du glaubst ja nicht, was seitdem alles passiert ist. Aber es macht meine Ehe kaputt, Addison, und es treibt mich zum Wahnsinn. Also sag mir bitte, was du kannst! Ich muss Bescheid wissen!«

Mein Bruder legt die nächste lange Denkpause ein. Eigentlich sollte ich noch einen Artikel fertig schreiben, versuchen, mir die Achtung meiner Kollegen zurückzuerobern, aber ich bin bereit, den ganzen Nachmittag auf diese eine Antwort zu warten. Und Addison, Gott segne ihn, scheint zu spüren, dass meine Not echt ist, und so bewirkt Mitleid, was Argumente nicht geschafft haben.

»Also, okay, Misha, okay. Da ist was dran. Gut. Hör zu. Ich kann dir vielleicht ein Detail erzählen, aber mehr nicht. Im Ernst. Und unter dem absoluten Siegel der Verschwiegenheit.«

»Natürlich, Addison, ich verstehe. Das bleibt unter uns.«

Das Schweigen meines Bruders verrät ein gewisses Misstrauen, und warum auch nicht? Ich lüge ihn schamlos an. Addison lässt mich weiter warten. Selbst jetzt, wo er tausend Meilen entfernt in seinem Chicagoer Haus mein seelisches Wohl und Wehe in seinen großen Händen hält, lässt er mich noch zappeln. Ich versuche, Geduld zu haben, versuche, kein falsches Wort zu sagen, versuche, überhaupt nichts zu sagen, weil ich mir im Klaren darüber bin, wie heikel dieser Augenblick ist. Hinter dem Schweigen meines Bruders spüre ich Verwirrung, sogar Wut. Eigentlich wollte er mir gar nichts verraten; er wollte mir meine Suche ausreden. Das ist ihm nicht gelungen, und darüber ist er wütend.

Ich spüre noch was – etwas, das ich am Anfang unseres Gesprächs ganz schwach wahrgenommen habe und jetzt bestätigt finde. Mein Bruder hat Angst. Wenn ich doch nur wüsste, wovor.

Schließlich geruht er zu sprechen. »Eine Sache, Misha, mehr nicht. Und bitte mich nicht, dir mehr zu erzählen, denn ich werd's nicht tun. Eine Sache, und dann beantworte ich keine weiteren

Fragen mehr.« Er hört sich an wie ein Politiker, der sich weigert, Auskünfte über sein Privatleben zu geben.

»Eine Sache. Einverstanden.«

»Okay. Pass auf. Als Colin Scott an dem Abend damals in der Shepard Street war, da ... ja, Sally hat Recht, da habe ich alles mitbekommen. Jedes Wort.« Mein Bruder stößt einen langen Seufzer aus. »Sally hat dir erzählt, sie hätte Papa sagen hören: ›Es gibt keine Regeln, wenn es um einen Dollar geht‹, stimmt's?«

»Stimmt.«

»Gut, ich habe es auch gehört. Und ich war viel näher dran.« Eine letzte Pause, vielleicht um sich doch noch irgendwie aus der Sache rauszuwinden, mit dem richtigen Satz, dem treffenden Argument, der Warnung, die mich bewegen wird, einen Rückzieher zu machen. Offenbar fällt ihm nichts ein. »Sally hat das falsch verstanden, Misha. Das Wort, das Papa gebrauchte, war nicht *Dollar*. Das Wort war *Tochter*.«

Klick. Besetztzeichen.

• III •

Morris Young nimmt sich am Abend etwas Zeit für mich, weil er merkt, dass ich verzweifelt bin. Wir treffen uns gegen acht in seiner Kirche, und er hört mir geduldig zu. Als ich geendet habe, gibt er mir keinen Rat. Stattdessen erzählt er mir eine Geschichte.

»Im Alten Testament, im Buch Genesis, steht die Geschichte von Noah.«

»Die Sintflut?«

Sein pockennarbiges Gesicht wird milde. »Nein, nein, natürlich nicht die Sintflut. Die Geschichte von Noah umfasst viel mehr als nur die Sintflut, Talcott.«

»Ich weiß.« Als ob ich das wüsste.

»Natürlich. Dann erinnern Sie sich bestimmt an die Schilderung im neunten Kapitel, die Begebenheit, wo Noah trunken war und nackt in seinem Zelt lag. Sein Sohn Ham ging nach ihm schauen und fand ihn nackt vor, und dann ging er hinaus und sagte es seinen Brüdern Sem und Japhet – erinnern Sie sich? Und Sem und Japhet gingen rückwärts in das Zelt, damit sie ihren Vater nicht nackt sahen, und deckten ihn zu. Als Noah erwachte, verfluchte er seinen Sohn Ham. Denn Ham achtete seinen Vater nicht. Er wollte seinen Vater nackt sehen, wollte, dass seine Brüder ihn auch so sahen. Was für ein Sohn ist das, Talcott? Verstehen Sie die Geschichte? Es kommt Söhnen nicht zu, ihre Väter nackt zu sehen. Es kommt einem Sohn nicht zu, alle Geheimnisse seines Vaters zu kennen ... oder alle Sünden seines Vaters. Und wenn er sie kennt, kommt es ihm nicht zu, sie zu verraten. Verstehen Sie das, Talcott?«

»Sie meinen, ich sollte aufhören? Ich sollte nicht versuchen herauszufinden, was meinen Vater tatsächlich umtrieb?«

»Ich kann Ihnen nicht sagen, was Sie tun sollen, Talcott. Ich kann Ihnen nur sagen, dass der Herr uns gebietet, unsere Väter zu ehren. Ich kann Ihnen sagen, dass Söhne, die nach den Sünden ihrer Väter suchen, sie irgendwann finden werden. Und ich kann Ihnen sagen, dass die Bibel uns lehrt, dass solche Söhne fast immer zu Schaden kommen.«

Kapitel 37
Geschichtsforschung

Über das größte Ego an der Fakultät verfügt weder Dana Worth noch Lemaster Carlyle, noch Arnie Rosen, auch nicht der neuerdings gedemütigte Marc Hadley, nein, Anspruch darauf hat einzig und allein mein Oldie-Nachbar Ethan Brinkley. Laut der liebsten Dana Worth, die von uns allen die spitzeste Zunge hat, bildet sich Klein-Ethan schon im Voraus allerhand auf seine zukünftigen Leistungen ein. Auf die Art, meint Dana, braucht er sich erst gar keine Gedanken darüber zu machen, ob er diese Leistungen tatsächlich jemals erbringen wird.

Im Laufe der Jahre hat Ethan jedem, der es hören will, und etlichen, die es lieber nicht hören wollten, von dem geheimen Material erzählt, das er in seinem Büro hortet: Hunderte von fotokopierten Akten und Berichten, die er nach seiner Zeit als Mitarbeiter im Geheimdienstausschuss leider zurückzugeben vergaß. Klein-Ethan, wie Theo Mountain ihn abschätzig nennt, streut gern unterhaltsame Indiskretionen aus den Akten ins Gespräch, die Namen von John F. Kennedys Geliebten zum Beispiel oder welchen Duft Fidel Castro gern benutzt. Zeitweise kommt man sich vor, als hätte man einen angehenden J. Edgar Hoover zum Kollegen. Stuart Land hat Ethan ins Gesicht gesagt, dass er ins Gefängnis gehört, und Lem Carlyle, der ehemalige Staatsanwalt, hat schon daran gedacht, ihn anzuzeigen, aber bis jetzt hat sich noch niemand dazu durchringen können, irgendwas zu tun, nicht einmal als Ethan während des Amtsenthebungsverfahrens gegen Clinton ein regelmäßiger Fernsehgast war und in bilderbuchreifer Doppelmoral leidenschaftliche Appelle an die Adresse der Regierung richtete, sich wieder auf Anstand und Sitte zu besinnen.

Ethan besitzt jede Menge Ehrgeiz, aber keinen Funken Ironie oder Schamgefühl. Und so kommt es, dass ich am ersten Nachmittag des Frühjahrssemesters, noch keine Woche nach dem Scheitern von Marcs Hoffnungen auf den Richterstuhl, der Kimmer nunmehr sicher zu sein scheint, und einen Tag nach meinem zermürbenden Gespräch mit Addison vor Ethans Tür stehe, die der meinen auf dem düsteren Gang direkt gegenüberliegt. Ich bin nervös, zum einen, weil Ethan und ich nicht im Entferntesten befreundet sind, aber vor allem, weil ich vorhabe, ihn um etwas zu bitten, das ein bisschen problematisch ist. Nein, um ehrlich zu sein: Worum ich ihn bitten will, verstößt höchstwahrscheinlich gegen das Gesetz.

Nicht, dass ein bloßer Gesetzesverstoß Ethan Brinkley etwas ausmacht.

»Misha!«, dröhnt er, als ich sein Büro betrete, springt hinter seinem Schreibtisch auf und schüttelt mir mit eingeübter Herzlichkeit die Hand. Ich habe Ethan nie angeboten, mich bei meinem Spitznamen zu nennen, der einer Hand voll Vertrauter vorbehalten ist, aber er hat gehört, wie Dana ihn gebraucht, und ihn sich gleich zu Eigen gemacht, weil er in der für Verkäufer und Politiker typischen Art davon ausgeht, dass es uns einander näher bringt, wenn er mich nennt, wie er will, statt wie ich will.

Tatsächlich empfinde ich es als Übergriff, aber wie so oft behalte ich das für mich und vertraue darauf, dass der Tag der Abrechnung kommen wird.

Nach ein paar Artigkeiten bietet Ethan mir einen spartanischen Holzstuhl an. Sein Büro ist so groß wie ein geräumiger Schrank, und die zwei kleinen Fenster blicken nur auf den nächsten Gebäudeflügel. Aber die Aussicht und die Quadratmeter werden mit der Zeit kommen, glaubt Ethan, dessen Ehrgeiz mit einer gewissen Geduld gepaart ist, so dass er langfristig zu denken versteht. *Der Tag wird kommen*, erklärte Ethan mir einmal lange vor seiner Festanstellung in einem unbedachten Moment, *da werde ich hier ganz oben sein.*

Die nötige Großkotzigkeit hat er schon, war Danas Kommentar, als ich ihr dieses Bonmot hinterbrachte.

Ethan merkt, was mit mir los ist, und lässt sich mit beherrschter und teilnahmsvoller Miene auf dem Stuhl neben mir nieder. Eine weitere Politikergeste: Er setzt sich nicht mir gegenüber an den Schreibtisch, vielleicht weil er meint, das würde zu viel Distanz schaffen. Alles, was Ethan tut, dient einem Zweck, nämlich dem, dass die Leute ihn mögen, und die meisten mögen ihn auch. Es gibt Gerüchte, er spekuliere bereits auf den Dekansposten und werde gegen Arnie Rosen und Lem Carlyle antreten, sobald Lynda Wyatt ihren Rücktritt erklärt. Daran erstaunt mich nur, dass die Leute meinen, seine Ziele seien so niedrig gesteckt.

Ethan ist ein sportlicher und gescheiter kleiner Mann mit wuscheligen braunen Haaren und unschuldigen braunen Augen. Er bevorzugt abgestoßene Schuhe und Tweed-Blazer, die gerade zerknautscht genug sind, um die Leute glauben zu machen, er sei einer von ihnen, nur dass seine zerknautschten Blazer tausend Dollar das Stück kosten. Sein Blick ist immer fest auf das Gesicht der Person gerichtet, mit der er redet oder der er zuhört, doch die Art, wie er seinen kleinen Mund verzieht und die Stirn runzelt, gibt einem das Gefühl, dass alles bloß Schau ist, dass er hinter den treuherzigen Augen Zug und Gegenzug plant wie ein Schachspieler, der sich eine Strategie zurechtlegt, während für den Gegner die Uhr tickt.

»Nun, Misha, was kann ich für Sie tun?«, fragt Ethan, und seine braunen Augen funkeln, als ob ich nicht fünf Dienstjahre mehr auf dem Buckel hätte als er.

»Ich brauche Informationen, von denen ich mir vorstellen könnte, dass Sie darüber verfügen.«

Er strahlt: Ethan ist dann am glücklichsten, wenn er anderen helfen kann, nicht wegen seiner übergroßen Nächstenliebe, sondern weil die Leute, denen er hilft, dann in seiner Schuld stehen. Klein-Ethan ist ständig damit beschäftigt, überall im Haus Duftmarken zu setzen: Er unterrichtet mehr Stunden, als er müsste, nimmt an jedem Workshop teil, schreibt freiwillig die Ausschussprotokolle, vor denen sich alle anderen Professoren drücken, geht sogar zu den endlosen Empfängen stellvertretender Justizminister aus brandneuen Ländern, von denen noch nie ein Mensch gehört hat.

»Misha, Sie kennen mich – für einen Freund tue ich alles.«

Ich nicke, dann nehme ich all meinen Mut zusammen für einen Sprung, über den ich seit meiner Rückkehr von Martha's Vineyard nachgrüble und in dem mich die Mitteilung meines Bruders noch bestärkt hat. Mit einem stillen Stoßgebet spreche ich den Namen aus: »Colin Scott.«

Ethan runzelt kurz die Stirn, nicht vor Abscheu, sondern weil er sich konzentriert. Er hat ein phänomenales Gedächtnis. Unsere Studenten staunen über seine Fähigkeit, lange Passagen aus Fällen zu zitieren, ohne in ein Buch oder in seine Notizen gucken zu müssen, eine Nummer, die die meisten Akademiker beherrschen, aber Ethan zieht sie mit einer gewissen schelmischen Bravour ab. Und er hat, um der Wahrheit die Ehre zu geben, dieses Kunststück viel früher in seiner Karriere gemeistert als die meisten von uns.

»Ja, kommt mir bekannt vor«, räumt Ethan ein. Der teilnahmsvolle Blick ist wieder da. »Was ist mit ihm?«

Ich deute vage auf die sorgfältig abgeschlossenen Schränke. »Ich würde gern alles erfahren, was Sie über ihn wissen.«

»Er ist tot.«

»Das weiß ich. Ich war auf Martha's Vineyard, als es passierte.«

»Tatsächlich? Tatsächlich? Na, so was!« Er steht auf und steuert auf einen Schrank zu, wobei er mir im Vorbeigehen auf den Rücken klopft, wie um zu sagen, dass wir alte Kriegskameraden sind, auch wenn von uns beiden nur ich im Gefecht war. Ich nehme ihm die Geste nicht einmal übel, denn sie signalisiert, was ich halb hoffe und halb befürchte: dass sich irgendwo tief in den Unterlagen des Geheimdienstsonderausschusses ein Hinweis auf Colin Scott findet. Was unter anderem erklärt, wieso das FBI seinen Namen Meadows erst nicht nennen wollte.

»Colin Scott«, murmelt er und dreht dabei am Kombinationsschloss eines der schwarzen Metallmonstren an der Wand gegenüber. »Colin Scott. Du musst hier irgendwo sein.« Er blättert betont langsam die Akten durch, obwohl er sicher genau weiß, wo sich die Angaben befinden, die er über Mr. Scott hat, sei es wegen seines guten Gedächtnisses oder weil er die Akte erst kürzlich hervorgeholt hat, um die Information über Scotts Tod nachzutragen.

»Was halten Sie von dieser Sache mit Marc?«, fragt Ethan über die Schulter, während er in der Schublade herumfingert. »Meinen Sie, da ist was dran?«

»Ich weiß nicht.« Ich wahre einen neutralen Ton. Nach meinem Gespräch mit Theo zweifle ich nicht daran, dass Marc genau das getan hat, was ihm zur Last gelegt wird, auch wenn er seine Kandidatur noch nicht in aller Form zurückgezogen hat. Doch mich interessiert, auf welche Seite sich der große Taktiker Ethan zu schlagen gedenkt. Ethan, der von der Kandidatur meiner Frau wahrscheinlich nichts weiß, scheut von Natur aus davor zurück, sich festzulegen. Seit er in unseren Zirkel aufgestiegen ist, hat er Kontroversen gemieden wie der Teufel das Weihwasser. Es gibt nur zwei Arten von Anträgen, zu denen er gern Stellung bezieht: solche, die einstimmig verabschiedet werden, und solche, die ohne Abstimmung zurückgezogen werden.

»Eine äußerst delikate Angelegenheit«, näselt Ethan, der wohl an irgendeinem Punkt seiner Laufbahn beschlossen hat, dass es etwas Staatsmännisches hat, wenn er hin und wieder einen britischen Ton anschlägt, und sei er noch so gekünstelt. »Ich denke, erst einmal müssen sämtliche Tatsachen auf den Tisch, hmmm?«

»Denke ich auch.«

»Nur keine voreiligen Schlüsse. Das wäre nicht die feine wissenschaftliche Art«, warnt er. »Hab ich dich«, setzt er hinzu und richtet sich mit einem dünnen braunen Aktendeckel in der Hand auf, und einen Moment lang fühle ich mich in Theos Büro zurückversetzt, als dieser gerade den Beweis für Marc Hadleys Sündenfall hervorholte.

»Colin Scott?«

Ethan nickt. Er kommt zu mir zurück, doch diesmal hockt er sich auf die Ecke des Schreibtischs, der wie das ganze Büro so ordentlich aufgeräumt ist, dass man einem zufälligen Besucher keinen Vorwurf machen könnte, wenn er den Eindruck hätte, hier werde nicht gearbeitet. Die obligatorischen Bilder von seiner Frau und seiner kleinen Tochter stehen so perfekt in Reih und Glied, dass er ein Lineal zu Hilfe genommen haben muss. Und die signierten Fotos prominenter Washingtoner Persönlichkeiten sind ein gutes Stück größer.

»Tja, Misha, wir haben da ein gewisses Problem«, beginnt er entschuldigend, und ich weiß, dass jetzt ein Vortrag über Vertraulichkeit kommt, denn auch wenn bei Ethan Brinkley von Moral nicht die Rede sein kann, besitzt er doch die Gabe des Politikers, sich den Anschein eines hochmoralischen Menschen zu geben. »Diese Information ist genau genommen Eigentum der Regierung. Wenn ich Ihnen dieses Blatt Papier zeigen würde, könnten wir beide dafür ins Gefängnis wandern.« Ethans glattes Gesicht glüht förmlich vor Stolz darüber, dass er ein derart brisantes Dokument in Händen hält, selbst wenn es gestohlen ist.

»Ich verstehe.«

»Aber ich könnte Ihnen den Inhalt erzählen.«

»Okay.« Ich kann keinen rechtlichen Unterschied zwischen den beiden Vorgehensweisen erkennen, und ich glaube kaum, dass Ethan es kann, obwohl er zweifellos vor einer Anklagekammer unter Eid beteuern würde, er sei der Meinung gewesen, sich im Rahmen des Gesetzes zu bewegen: *Wenn ich den genauen Wortlaut der Seite nicht vorlese, wenn ich sie nur zusammenfasse oder paraphrasiere, dann gebe ich streng genommen den Inhalt des Dokumentes nicht preis und verstoße somit auch nicht gegen das Gesetz.* Derartige juristische Haarspaltereien sind dazu angetan, die Öffentlichkeit zu verärgern, eignen sich aber gut, wenn man sich vor der Verantwortung drücken will. Politiker bedienen sich ihrer gern, verdammen sie aber, wenn ein Mitglied der gegnerischen Partei dazu greift. Wir Juraprofessoren bringen unseren Studenten diese Kunst bei, als wäre sie eine Tugend.

»Colin Scott, Colin Scott«, sinniert Ethan und tut dabei so, als läse er das alles zum ersten Mal. »Kein sehr netter Zeitgenosse, unser Colin.«

»Ach? In welcher Beziehung nicht nett?«

Ethan mag es nicht, wenn man ihn drängt. Er lässt nur ungern jemand anders den Ton angeben, und sei es für eine Sekunde, denn er probt ständig für den bevorstehenden großen Auftritt.

»Er war natürlich bei der CIA. Na ja, das wussten Sie schon.« Ich wusste es nicht, jedenfalls nicht sicher, und nicht einmal Onkel Mal, der alles weiß, hielt es für angebracht, mich darüber aufzuklären, aber wenn die Mitteilung mich vollkommen unvorbereitet träfe, wäre ich schwerlich hier. Dennoch, die Bestätigung ist ein zweiter Schlag gegen Mallory Corcoran. »Lange her«, fährt Ethan fort. »Mmmm. Auslandseinsätze ... Tja, ich glaube nicht, dass ich Ihnen das sagen kann. Er war in der alten Zeit dabei, als es noch die so genannte Abteilung für verdeckte Operationen gab. Wie ich sehe, haben Sie nie davon gehört. Heute sagen sie nur noch ›Operation‹ dazu. Gemeint sind die Leute, die im Ausland hinter den Kulissen tätig sind. Ja, ja.« Er studiert weiter die Seiten. »Das war in den Sechzigern, Misha. Große Lücken dazwischen, ziemlich große. Nicht ungewöhnlich für die verdeckt operierenden Herren. Über den vollen Umfang seiner Aktivitäten weiß ich nicht Bescheid. Aber er hatte Dreck am Stecken und die CIA hat ihn abserviert. Das muss damals ... ja, nach den Church-Anhörungen gewesen sein. Neue Besen und so weiter. Er gehörte noch zur alten Garde. Gefährlich, so einen Mann zu beschäftigen.«

»Wieso gefährlich?«

Doch der neckische Ethan zieht es vor, seine kostbaren kleinen Überraschungen eine nach der anderen aus dem Hut zu ziehen und jeweils auf eine Reaktion von mir zu warten. »Colin Scott ist nicht sein richtiger Name, wie Sie wohl wissen.«

»Das wusste ich nicht, wenn ich ehrlich sein soll, aber ich kann nicht behaupten, dass es mich sonderlich erstaunt.« Wenn ich mit Ethan zusammen bin, scheine ich in die gleiche geschraubte Sprechweise zu verfallen, die seine einzige Kommunikationsform darstellt.

»Natürlich ist das einer der von ihm geführten Namen«, schiebt Ethan nach. »Er hat mehrere. Sieh mal einer an. Mmmm, ja. Also, Scott war der Name, den er zusammen mit einer neuen Identität bekam, nachdem er aus der CIA geflogen war. Und zwar wurde er ... Moment, ja, er machte in South Carolina ein kleines Detektivbüro auf. Na, das wussten Sie. Aber South Carolina war nicht seine erste Adresse nach dem Rausschmiss, und Scott war sein zweiter neuer Name. Sieht so aus, als wären ein paar alte Freunde, und zwar nicht von der freundlichen Sorte, hinter seinen alten Namen gekommen. Seinen alten neuen, heißt das.«

»Sie meinen Feinde.«

»Hm, ja.« Ethan ist nicht begeistert, dass ich seinen Erzählfluss unterbreche. Es macht ihm Spaß, mich zappeln zu lassen.

»Wie war sein richtiger Name?«

»Ach, Misha, wenn es nach mir ginge, würde ich Ihnen das selbstverständlich sagen, aber Sie wissen ja, nationale Sicherheit und so weiter. Tut mir Leid, Vorschriften sind Vorschriften.« Was für eine aufgeblasene Entschuldigung. Urplötzlich wimmelt es in diesem Thriller von Leuten, die mir helfen könnten, besser durchzublicken, stattdessen jedoch irgendwelche Prinzipien hochhalten, um zu begründen, warum sie es nicht tun.

»Was hat er in der CIA gemacht?«, frage ich, aber eigentlich nur, um das Gespräch in Gang zu halten. Tatsächlich bin ich mit meinem Latein am Ende.

»Er war ein Springer.« Ethan schmunzelt über meinen verständnislosen Blick. Er liebt diesen Fachjargon. »Er war bei den Verdeckten, wie schon gesagt, aber er hat auch für Angleton gearbeitet, der Chef der Spionageabwehr war, bis er komplett durchdrehte. Später war er bei den paramilitärischen Aktionen in Laos beteiligt, hatte viele Kontakte im Schanhochland – na, ich will Sie nicht mit diesen ganzen Details langweilen. Unterm Strich kann man sagen, wenn es irgendwo nach Kommunismus roch, wenn ein Feuer zu löschen war, dann wurden Leute wie Mr. Scott eingesetzt. Wohl gemerkt, er war kein Fanatiker. Keiner von Birchers Sorte. Solche Leute gehen eher in die Politik, nicht zum Geheimdienst, und ehrlich gesagt will der Geheimdienst sie auch gar nicht haben. Nein, unser Mr. Scott war eher ein Technokrat. Besessen davon, seinen Job zu erledigen. Einer von denen, die Befehle befolgen, selbst wenn die Befehle, na, sagen wir mal, von der Art sind, die besser nie ans Licht kommen. Ein gefährlicher Mann, wie schon gesagt, aus genau dem Grund. Natürlich hoffnungslos seiner Zeit hinterher. Ein Dinosaurier. Relikt einer Ära, deren Ende wir nicht gerade beklagen.« Was heißen soll, dass wir seinen Tod auch nicht gerade beklagen, wer auch immer mit *wir* gemeint ist.

Ethans Ausführungen bekräftigen eine Befürchtung, die mich unterschwellig beinahe schon seit dem Abend verfolgt, als Onkel Mal mich darüber aufklärte, dass Agent McDermott ein Betrüger war, eine Befürchtung, die Sally mit ihrer Geschichte genährt hatte und die ganz an die Oberfläche kam, als Addison mir erklärte, das Wort *Dollar* habe in Wirklichkeit *Tochter* gelautet.

»Sie wollen sagen, dass er ... Menschen umgebracht hat.«

»Das kann ich natürlich nicht bestätigen«, ziert sich Ethan. »Sagen wir einfach, er ist, oder vielmehr war, ein gefährlicher Mensch.«

Ich lasse mir das alles durch den Kopf gehen. Ein gefährliches Relikt, ein Dinosaurier, aus der CIA geworfen, redet mitten in der Nacht mit meinem Vater in seinem Arbeitszimmer, und der Richter sagt zu ihm, dass es keine Regeln gibt, wenn es um eine Tochter geht. Eine Tochter, keinen Dollar. Dann taucht er ein Vierteljahrhundert später wieder auf, gibt sich als FBI-Mann aus, ist wie der Teufel hinter irgendetwas her, verwüstet möglicherweise Vinerd Howse und ertrinkt dann vor Menemsha Beach.

Ich übersehe da etwas, und ich habe den Verdacht, dass es etwas Offensichtliches ist.

Auf einmal habe ich es.

»Nur noch eine Frage, Ethan. Wann genau wurde Mr. Scott, oder wie auch immer er geheißen haben mag, von der CIA gefeuert?«

Ethan mimt wieder den Rechtschaffenen. »Tja, ich glaube kaum, dass es zulässig wäre, wenn ich Ihnen die exakten Daten mitteilen würde, Misha. Gesetz ist nun mal Gesetz, nicht wahr.«

»Aber es war nach den Church-Anhörungen, richtig? Und die waren wann? 74? 75?«

»Um den Dreh, ja.«

Das heißt, Colin Scott war schon nicht mehr bei der CIA, als Sally und Addison ihn mit dem Richter streiten hörten. Über Töchter, nicht Dollars.

Schon nicht mehr bei der CIA. Erst seit kurzer Zeit nicht mehr bei der CIA. Bitter? Verzweifelt? Bereit, sich von Jack Zieglers Einflüsterungen verführen zu lassen? Und von der Gelegenheit zu ...

»Ethan, eins noch.«

»Selbstverständlich, Misha. Sofern es nichts Illegales ist, heißt das.«

»Seine erste Privatdetektei, wo war die?«

»In Maryland. Potomac, Maryland. Direkt gegenüber von Langley, auf der anderen Flussseite.«

»Und welchen Namen hat er damals geführt?«

»Hm, tja, ich glaube kaum –«

»Schon gut.« Ich springe auf. Ich kann hier keine Sekunde mehr sitzen. »Vielen Dank, Ethan. Sie haben mir sehr geholfen. Falls ich Ihnen je irgendwie behilflich sein kann …«

»Gern geschehen, Misha, war mir ein Vergnügen«, beteuert er und sieht mich mit diesem teilnahmsvollen Blick an, während der geübte politische Händedruck erneut zum Einsatz kommt.

Ich überquere den Gang, die Knie weich, schließe mein Büro auf, knalle die Tür hinter mir zu und lasse mich auf einen der unbequemen Besucherstühle fallen. Ich habe nicht mehr die Kraft, bis zum Schreibtisch zu gehen, und so werde ich hier weinen müssen.

Denn jetzt weiß ich, was eigentlich nicht zu übersehen war, was ich die ganze Zeit schon hätte wissen müssen, was ich aber erst jetzt mit erschreckender Klarheit erkenne. Colin Scott, auch Spezialagent McDermott genannt, führte tatsächlich zu einem früheren Zeitpunkt den Namen Jonathan Villard. Als er verschwinden musste, erfand die CIA die Geschichte von Villards Krebstod.

Kein Wunder, dass die Polizei kein Exemplar von Villards Bericht hat. Vielleicht hat der Richter ihn nie weitergegeben. Vielleicht hatte er das auch nie vor. Vielleicht hat er die Familie angelogen, als er das Gegenteil behauptete.

Die Gegner meines Vaters hatten von Anfang an Recht. Er verdiente keinen Sitz im Obersten Gerichtshof. Aber nicht aus den Gründen, die sie anführten: nicht wegen irgendwelcher Mittagessen mit Jack Ziegler, auch nicht – ihr wahres Motiv – wegen seiner missliebigen politischen Ansichten.

Sie hatten deshalb Recht, weil der Richter Colin Scott kannte.

Sie hatten deshalb Recht, weil der Richter nach Abbys Tod und dem Versagen der Polizei nicht einfach einen Detektiv beauftragte.

Er beauftragte einen Killer.

Teil III

Ungedecktes Satzfluchtfeld

Ungedecktes Satzfluchtfeld
Terminus bei Zweizügeraufgaben im Problemschach,
der die Tatsache kennzeichnet, dass auf einen Zug
des schwarzen Königs kein Matt bereitliegt.
Das Augenmerk des Lösers wird natürlich darauf gerichtet sein,
eine Möglichkeit zu suchen, auf diesen Zug ein Matt zu finden.
Ein ungedecktes Satzfluchtfeld gilt als ein schwerwiegender,
wenn nicht gar unverzeihlicher Mangel in einer Komposition.

Kapitel 38
Häusliches Intermezzo

• 1 •

Dienstag ist Mülltag. Unter einem düster drohenden Himmel zerre ich die Tonnen an den Bordstein und jogge dann ein bisschen die Hobby Road auf und ab, denn mehr macht mein Körper nicht mit: drei Blocks nach Westen in Richtung Campus, drei Blocks zurück, dann drei Blocks in die andere Richtung bis zu dem italienischen Arbeiterviertel, das an den Hobby Hill grenzt, und zuletzt, gerade als der kalte Winterregen losgeht, drei Blocks zurück nach Hause. Zwölf Blocks insgesamt, wahrscheinlich noch keine Meile.

Ich habe die ganze Woche seit meinem Gespräch mit Ethan Brinkley schlecht geschlafen. Ich weiß, was als Nächstes getan werden muss, aber ich schrecke davor zurück. Und nicht nur weil meine Frau mich geradezu anfleht aufzuhören. In Wahrheit habe ich Angst, noch mehr über meinen Vater zu erfahren. Ich habe herausgefunden, dass der Richter jemanden dafür bezahlt hat, einen Mord zu begehen, und einen Killer anzuheuern ist in den meisten Staaten der USA ein Kapitalverbrechen. Der Rest kann eigentlich nicht mehr sein als Variationen desselben Themas.

Mehrere Sekunden lang gebe ich mir alle Mühe, meinen Vater zu hassen, aber ich bringe es nicht fertig.

Dafür laufe ich schneller. Da ich alles andere als in Form bin, fangen meine strapazierten Muskeln und Sehnen an zu brennen, doch ich will nicht schlappmachen. Immer schön locker, nicht überanstrengen, nur weiterlaufen, einfach weiterlaufen, du kannst meilenweit laufen, wenn du einfach nicht daran denkst, stehen zu bleiben. Ich bin wieder an meinem gemütlichen, warmen Haus angelangt, und die Versuchung ist riesengroß, doch ich beschließe weiterzumachen. Die Luft ist frisch, gutes Joggingwetter, und in jeder Brise spürt man einen Hauch des fernen Frühlings. Ich laufe und denke nach.

Eine Limousine – nicht grün wie die am Dupont Circle, kein Porsche wie der, den John Brown und ich hinterm Haus gesehen haben – zischt durch eine Pfütze und bespritzt mich mit schmutzigem Wasser. Ich registriere es kaum. Im Geiste gehe ich meine Kollegen durch, Gesicht für Gesicht, die Freundlichen und die Hochnäsigen, die Gescheiten und die trüben Tassen, die mich achten und die mich *ver*achten, und versuche, leider ohne Erfolg, mir vorzustellen, wer von ihnen mich verraten haben könnte – sofern man es Verrat nennen kann, wenn jemand keine andere Pflicht verletzt als die, sich menschlich zu verhalten. Denn irgendjemand in der Fakultät scheint ein wachsames Auge auf mich zu haben und merkt, wenn ich in die Suppenküche gehe oder den Schachclub aufsuche. Wer ist der unsichtbare Feind? Ein ehrgeiziger junger Karrierist wie Ethan Brinkley? Ein Mitglied der alten Garde wie Theo Mountain oder Arnie Rosen? Warum nicht Marc Hadley, der Rivale meiner Frau? Oder der große Stuart Land, der meint, dass er immer noch den Ton im Haus angibt? Der Himmel weiß, was für aberwitzige Berechnungen er hinter seinem künstlichen Lächeln anstellt. Muss der Spion ein Mann sein? Dekanin Lynda scheint eine starke Abneigung gegen mich entwickelt zu haben ... wobei ich sicher meinen Teil dazu beigetragen habe. Muss der Spion weiß sein? Der reservierte Lem Carlyle behält seine wahren Ansichten für sich, wie sie das auf Barbados gern machen, ... und er ist mir in letzter Zeit aus dem Weg gegangen. Aber mit haltlosen Verdächtigungen komme ich nicht weiter.

Meine Frau hat das ganze Wochenende in San Francisco verbracht: Das Übernahmeprojekt, sagt sie, tritt jetzt in die entscheidende Phase. Ich habe das ganze Wochenende meinem Sohn gewidmet. Ich habe nichts gemacht, was den Namen Arbeit verdient, sondern mich nur um meinen Jungen gekümmert. Als Kimmer gestern Nachmittag müde heimkam, setzte sie sich mit einem Glas Chardonnay zu mir in die Küche, doch als ich Anstalten machte, ihr von den Ereignissen der vergangenen Woche zu erzählen, unterbrach sie mich: *Bitte nicht jetzt, Misha. Ich habe Kopfweh.* Ein Lächeln, wohl wegen der Doppeldeutigkeit ihrer Bemerkung, sollte darüber hinwegtäuschen, dass sie es leid ist, noch mehr von mir zu diesem Thema zu hören. Statt mich reden zu lassen, kam Kimmer um den Küchentresen herum und verschloss mir mit einem ziemlich langen Kuss den Mund, dann durchstöberte sie ihre Tasche und überreichte mir mein jüngstes Trostpflaster, eine Quarzuhr mit Goldrand für den Schreibtisch, was bedeuten dürfte, dass ihr neuester Fehltritt gigantisch war. Ich bedankte mich traurig und eilte zur Tür hinaus, um rechtzeitig zu dem Abendvortrag einer früheren Kommilitonin zu kommen, die jetzt an der Emory unterrichtet und inzwischen die führende Expertin im Land für den Dritten Zusatzartikel zur Verfassung ist. Drei Stunden später kehrte ich nach Hause zurück; Kimmer war trotz ihrer Müdigkeit aufgeblieben und hatte auf mich gewartet, und wir fielen auf die hoffnungslose, leidenschaftliche Art heimlich Liebender, die sich vielleicht nie wieder sehen werden, übereinander her. Später, kurz vor dem Einschlafen, meinte meine Frau zu mir, es tue ihr Leid, aber was ihr Leid tat, sagte sie nicht.

• II •

Meine Lunge signalisiert, dass sie genug hat. In gemächlicherem Tempo laufe ich durch eine Seitenstraße vier Blocks von meinem Haus entfernt. Diese Strecke führt mich an dem ausgedehnten Gelände der Hilltop-Schule vorbei, der spießigsten von mehreren privaten Grundschulen der Stadt, und ich denke daran, dass wir in ungefähr einem Jahr hier einen Gesprächstermin für Bentley ausmachen werden. Zur Feststellung, ob er gut genug für die Hilltop-Vorschule ist. Einen Gesprächstermin! Für einen Vierjährigen! Ich jogge weiter und kann nicht recht glauben, dass wir unserem kleinen Jungen einen solchen Blödsinn zumuten wollen. Früher gingen alle Universitätskinder auf diese Schule, aber das war, bevor steigende Kosten und ihre ewigen Gebührenerhöhungen Hilltop zwangen, Jagd auf die Kinder der finanzstärkeren Eltern der Region zu machen. Im vorigen Jahr lehnte die Schule die jüngste der drei schüchternen Töchter meiner Kollegin Betsy Gucciardini ab, woraufhin Betsy ihre Verzweiflung einen ganzen Monat demonstrativ vor sich hertrug, als wäre die Nichtaufnahme ihres Kindes in Hilltop für sie gleichbedeutend mit dem Ende seines Arbeitslebens. Ich frage mich, und das nicht zum ersten Mal, was aus Amerika geworden ist, und dann fällt mir ein, dass mein alter Freund Eddie Dozier, Danas Ehemaliger, demnächst ein Buch veröffentlichen wird, in dem er für die Abschaffung der staatlichen Schulen eintritt sowie für die Rückzahlung sämtlicher Steuergelder, mit denen diese finanziert werden. Der Markt, versichert er uns, wird reichlich Ersatz im privaten Sektor schaffen. Damit jedes Kind in Amerika einen Gesprächstermin haben kann, bevor es in die Vorschule kommt. Klasse.

»Konzentrier dich auf wichtige Dinge«, keuche ich und verfalle zuletzt doch noch ins Schritttempo.

Als ich endlich wieder zu Hause bin, ist es kurz nach sieben. Kimmer hat Eier mit Speck gebraten – normalerweise mein Job –, und sie küsst mich sogar leicht auf die Lippen. Sie ist so lieb, dass man meinen könnte, es hätte die letzten paar Monate nie gegeben. Sie entschuldigt sich: nicht weil sie mir gestern Abend nicht zuhören wollte, sondern weil sie heute früh doch ins Büro muss. Sie habe gehofft, zu Hause arbeiten zu können, aber jetzt sei einfach zu viel los. Ich lächle und zucke die Achseln und bekunde mein Verständnis. Ich sage ihr nicht, dass ich verletzt bin. Ich sage ihr nicht, dass sie meiner Meinung nach vor allen Dingen deshalb fährt, weil ich ihr erzählt habe, dass ich heute auch zu Hause arbeiten könnte, damit wir den Tag zusammen haben.

Stattdessen lächle ich.

»Was macht dich so fröhlich?«, fragt Kimmer und legt mir den Arm um die Taille. Im Gegenzug küsse ich sie auf die Stirn. Es gibt keine harmlose Antwort auf ihre Frage, wenn auch viele ehrliche. Ich stelle fest, dass ich den Richter zu guter Letzt in einem Punkt übertroffen habe: Ich bin genauso gut wie er darin, meine Gefühle zu verbergen, aber ich kann mich besser gut gelaunt stellen, wenn es mir dreckig geht.

Beim Frühstück blättern wir unsere zwei Tageszeitungen durch, die *New York Times* und den *Elm Harbor Clarion*, und suchen beide, wenn auch aus verschiedenen Gründen, nach Artikeln über meinen Vater. Ich bin bis zum Sportteil des *Clarion* vorgedrungen, empört über die jüngsten Fouls an Spielern der glücklosen Basketballmannschaft unserer Universität, als mir klar wird, dass ich nicht mehr darum herumkomme, meiner Frau zu sagen, was ich tun muss. Ich rechne nicht mit ihrer Begeisterung.

Ich lege die Zeitung sorgfältig zusammen und betrachte ihr schönes Gesicht, die lebhaften braunen Augen hinter den Brillengläsern, die feinen Fältchen des reiferen Alters, die mit jedem Monat tiefer werden. Ihre Mundwinkel weisen leicht nach oben. Sie weiß, dass ich sie beobachte.

»Kimmer, Liebling«, beginne ich.

Sie richtet kurz den Blick auf mich, dann senkt sie ihn wieder auf die Kommentarseite der *Times*. »Willst du mal einen witzigen Kommentar zu den Steuerplänen des Präsidenten hören?«

»Nein, danke.«

»Aber er ist wirklich pfiffig.«

»Nein, Kimmer. Nicht jetzt, bitte. Wir müssen reden.«

Ein Augenrollen in meine Richtung und zurück zur Zeitung. »Ist es wichtig? Kann es warten?«

»Ja. Und nein, ich glaube nicht.«

Meine Frau, wie immer ein umwerfender Anblick im Morgenmantel, schaut auf und haucht mir einen Kuss zu. »Hast du sie gefunden? Deine Nzinga von der Fähre?«

Im ersten Moment bin ich perplex, weil ich denke, dass sie irgendwie von meinem Tête-à-tête mit Maxine auf Martha's Vineyard Wind bekommen hat, doch dann merke ich, dass sie nur scherzt – oder vielleicht sich Hoffnungen macht.

»So interessant ist es leider nicht.«

»Schade.«

»Nein, gar nicht schade. Ich liebe dich, Kimmer.«

»Klar, aber nur weil du ein Masochist bist.«

Lächelnd gesagt, in dem Bestreben, mich abzulenken, weil sie nicht hören will, was ich zu sagen habe. Aber ich muss damit heraus, und da ich es mit nichts versüßen kann, beschließe ich, es unumwunden auszusprechen.

»Kimmer, ich muss zu Jack Ziegler.«

Sie lässt die Zeitung sinken.

Ich habe ihre ungeteilte Aufmerksamkeit. Und die Stimme meiner Frau ist bedrohlich leise, als sie sagt. »O nein, das musst du nicht.«

»Doch.

»Nein.«

»Ich würde ihn einfach anrufen«, erkläre ich, als hätte sie dagegen nichts einzuwenden, »aber er ist am Telefon nicht sehr gesprächig.«

»Na klar, weil er Angst hat, abgehört zu werden.«

»Wahrscheinlich.«

Kimmers Blick bleibt starr auf mich gerichtet. »Misha, Schatz, ich liebe dich, und ich vertraue dir, aber falls du es vergessen haben solltest, ich bin im Gespräch für einen Sitz am Bundesberufungsgericht. Wenn mein Göttergatte auf die Idee kommt, bei einem Jack Ziegler vorbeizudackeln, wird das meinen Chancen nicht gerade förderlich sein.«

»Niemand muss davon erfahren«, sage ich, aber ohne innere Überzeugung.

»Ich denke, jede Menge Leute würden davon erfahren, und die meisten von ihnen arbeiten zufällig für das FBI.«

Das habe ich natürlich bedacht. »Ich würde es vorher mit Onkel Mal absprechen.«

»Na, prima! Dann kann er es gleich in Washington rumerzählen.«

»Kimmer, bitte. Du weißt, was los ist. Jedenfalls zum Teil. Soweit du es mich hast erzählen lassen.« Sie bekommt große Augen, aber ich bin jetzt nicht mehr zu bremsen. »Ich habe in den letzten Wochen eine Menge ... hässlicher Dinge über meinen Vater erfahren. Jetzt will ich wissen, ob sie wirklich so hässlich sind, wie ich vermute. Und ich denke, Jack Ziegler kann mir da Auskunft geben.«

»Wenn es um etwas Hässliches geht, kann Jack Ziegler das mit Sicherheit.«

»Eben. Und deswegen muss ich zu ihm. Das werden die Leute verstehen.«

»Das werden die Leute *nicht* verstehen.«

»Ich muss wissen, was los ist.« Insgeheim denke ich allerdings an Morris Young und die Geschichte von Noah und frage mich, ob ich mich irre.

»Ich glaube nicht, dass überhaupt etwas los ist, Misha. Jedenfalls nicht das, was du anscheinend vermutest.«

»Wahrscheinlich hast du Recht, Liebling, aber –«

»Wenn du mit ihm redest, wird es nur noch mehr Ärger geben. Das weißt du genau.« Sie sagt nicht, von wem, es könnte also als Drohung gemeint sein.

»Ach, Kimmer, komm.« Mein Ton ist sanft. Ich will nicht, dass sie zu schreien anfängt, wie sie es manchmal macht, und Bentley weckt. Oder die Nachbarn. »Komm«, sage ich noch einmal leise und hoffe, Kimmers Erwiderung wird genauso leise ausfallen.

»Du bist derjenige, der immer sagt, dass Jack Ziegler ein Monster ist.« Sie spricht tatsächlich leise, aber eher auf die scharfe als auf die versöhnliche Art.

»Ich weiß, aber –«

»Er ist ein Mörder, Misha.«

»Na ja, einen *Mord* hat man ihm nie nachweisen können.« Sie hat es geschafft, dass ich wie einer von Onkel Jacks zahllosen Anwälten rede, und das passt mir gar nicht. »Andere Verbrechen wohl, aber keinen Mord.«

»Mal abgesehen davon, dass er seine Frau umgebracht hat, nicht wahr?«

»Gut, es gab Gerüchte.« Ich versuche mich zu erinnern, wie der Richter vor dem Justizausschuss darauf geantwortet hat, denn es war genau diese Frage von Senator Biden – und die kurz angebundene Reaktion meines Vaters –, die ihm mehr als alles andere schadete. *Ich beurteile meine Freunde nicht auf der Grundlage von Gerüchten*, sagte mein Vater – etwas in der Art. Dann verschränkte er die Arme vor der Brust, dabei hätte ihm selbst der unfähigste PR-Berater sagen können, dass er eine solche Geste vor laufenden Fernsehkameras auf gar keinen Fall machen durfte. Trotz seines verständlichen Ärgers über die ihm unfair erscheinende Befragungstaktik galt mein Vater hinterher als arrogant und überheblich. Ein Kolumnist schrieb, Richter Garland wolle die Tatsache, dass ein Mann möglicherweise seine Frau ermordet hat, anscheinend als Bagatelle abtun – eine lachhafte Unterstellung, die mein Vater aber selbst verschuldete, indem er sich vor zehn Millionen Zuschauern die Blöße gab. In dieser furchtbaren Sendesekunde wusste ich, dass der Kampf verloren war, dass seine Gegner den Richter in die Ringecke gedrängt hatten, wo ihm alles Ducken und Tänzeln nichts mehr nutzte, dass jetzt jeden Moment die Faust auf ihn zugeschossen kommen konnte, die ihn k.o. schlagen würde. Und ich verspürte einen ohnmächtigen Zorn, nicht auf den Senat oder die Presse, sondern auf meinen Vater: Wie konnte er nur so dumm sein? Auf Bidens völlig berechtigte Frage hätte es ungefähr sechstausend mögliche Antworten gegeben, und der Richter suchte sich von allen die Schlechteste aus. Und trotzdem folge ich jetzt, wo Kimmer mich ins Verhör nimmt, genau dem Vorbild meines Vaters.

»Aber er wurde niemals öffentlich angeklagt, Liebling. Er wurde nicht einmal festgenommen. Soweit ich weiß, war die Sache mit seiner Frau ein Unfall.« Bestimmt fast wörtlich dasselbe, was der Richter zu Senator Biden sagte. Bis auf das *Liebling*.

»Nach zwanzig Jahren Reiterfahrung fiel sie einfach so vom Pferd und brach sich zufällig das Genick?«

»Es wäre keine sehr clevere Art, jemanden zu ermorden«, gebe ich zu bedenken. »Du kannst den Sturz mit ein paar Kratzern überstehen und hinterher aller Welt erzählen, wer dich gestoßen hat.«

Kimmer blickt mich grimmig an. »Das meinst du nicht im Ernst, oder?«

»Doch. Ich will damit sagen, wir wissen nicht genau, was Jack Zieglers Frau passiert ist, aber Mord erscheint mir nicht sehr wahrscheinlich. Soll ich ihn vielleicht auf irgendwelche Gerüchte hin verurteilen?«

Oh, ich hasse diese Seite an mir, so wie ich sie am Richter gehasst habe, aber irgendwie kann ich nicht damit aufhören.

»Gerüchte!«

»Nun, da er niemals angeklagt wurde –«

»Oh, Misha, hör dir nur mal selber zu! Das ist doch formaljuristisch bis zum Gehtnichtmehr!« *Du hörst dich genau an wie dein Vater*, will sie damit sagen. Was stimmt.

»Es ist nur ein Besuch, Kimmer. Eine Stunde, vielleicht eine halbe.«

»Er ist ein Irrer, Misha. Ein gefährlicher Irrer. Ich will nicht, dass wir irgendetwas mit ihm zu tun haben.« Ihre Stimme wird lauter, und ein hysterischer Ton schleicht sich ein.

»Kimmer, nun mach mal halblang. Sieh dir die Fakten an. Freeman Bishop ist tot –«

»Wegen Drogen, sagt die Polizei –«

»Und Colin Scott hat sich als FBI-Agent ausgegeben, um Informationen über den Richter zu bekommen, und jetzt ist er auch tot –«

»Es war ein Unfall!« Nichts mehr mit leise.

»Ein Unfall, während er mich verfolgt hat. *Uns.*«

»Na und, trotzdem war es ein Unfall. Er war blau, deshalb ist er ertrunken, und jetzt ist er tot, okay? Also kannst du ihn vergessen.«

»Und du meinst, wir sollten uns kein bisschen Sorgen machen?«

Die falsche Bemerkung. So falsch, wie es nur geht. Ich weiß es sofort. Ich komme mir vor wie ein Schachspieler, der gerade seinen Springer vorgezogen hat und eine Sekunde zu spät merkt, dass er seine Königin verlieren wird.

»Nein, Misha. Nein, ich mache mir keine Sorgen. Wieso sollte ich mir Sorgen machen? Weil ich mit einem Mann verheiratet bin, der Wahnvorstellungen entwickelt? Dessen Schwester irgendwelche wilden Verschwörungstheorien aufstellt? Mit einem Mann, der jetzt meint, dass er all seine Probleme lösen kann, wenn er nach Aspen zu einem Gangster fliegt, der die eigene Frau ermordet hat? Wenn er diesen Gangster in unser Leben holt? Nein, Misha, nein, ich mache mir ganz bestimmt keine Sorgen. Es gibt überhaupt keinen Grund, warum ich mir Sorgen machen sollte.«

Ich versuche, sie zu besänftigen. »Kimmer, bitte. Der Richter war mein Vater.«

»Und ich bin deine Frau! Schon vergessen?« Sie hält sich links und rechts am Türrahmen fest, als habe sie Angst, sie könnte von ihrem Zorn davongetragen werden.

»Ja, aber –«

»Ja, aber! Du bist es, der ständig von Treue redet. Na schön, dann sei du *mir* mal treu! Nicht in dem Sinne, dass du nie einer anderen Frau hinterherschaust, damit du dich über mich erhaben fühlen kannst. Nein, treu in dem Sinne, dass du auch mal was für mich tust. Etwas, das wirklich zählt.«

»Ich habe schon viel für dich getan«, erkläre ich ihr so ruhig, wie es mir im Augenblick möglich ist. Ich wiege mich gern in dem Glauben, dass ich gegen die Angriffe meiner Frau unempfindlich geworden bin, doch ihre Worte tun weh.

»Das sind alles Sachen, die *du* willst, nichts, was *ich* will.«

Ich versuche mich zu erinnern, wie nahe ich mich Kimmer letzte Nacht gefühlt habe, als ich sie in den Armen hielt, ihr den Rücken streichelte, ihrer Entschuldigung vor dem Einschlafen lauschte. Letzte Nacht. Letztes Jahr. Die letzten zehn Jahre. Alles gleich weit weg.

»Kimmer, wenn –«

»Und behaupte ja nicht, ich hätte nie was für dich getan!«

In den Augen meiner Frau lodert das Feuer, und ich staune über die Leidenschaft ihres Ausbruchs, der durch die Enge der Küche noch heftiger erscheint. Wie sie da mit ihrer wuscheligen Afrofrisur im Morgenmantel in der Tür steht, ist Kimmer nach wie vor die begehrenswerteste Frau, die mir je begegnet ist, und doch habe ich das ungute Gefühl, wenn ich jetzt etwas tue, das ihr nicht passt, schlägt sie mich nieder. Diese Wut ist seit meiner Rückkehr von Martha's Vineyard immer wieder kurz aufgeflammt. Trotz der Neuigkeiten über Marc Hadley scheint Kimmer zu meinen, dass ihre Ernennungschancen schwinden. Ich weiß nicht so recht, wie sie darauf kommt, ich weiß nur, dass sie mir die Schuld daran gibt. So wie sie mir an vielem die Schuld gibt. Ich habe die Litanei schon hundertmal gehört, hundert verschiedene Geschichten darüber, wie Talcott Garland ihr Leben ruiniert hat. Dass sie mich nur ihren Eltern zuliebe geheiratet hat, obwohl es viel aufregendere Männer gab, die an ihr interessiert waren. Dass sie ihre tolle Stelle bei einer der angesehensten Washingtoner Kanzleien aufgegeben hat, nur um mir in dieses sterbenslangweilige neuenglische Kaff zu folgen. Dass die meisten unserer Bekannten (wir haben kaum Freunde hier, wird Kimmer vorwurfsvoll hinzufügen) Unileute sind, die auf sie herabsehen, weil sie nicht dazugehört. Dass sie Hals über Kopf bei einer unbedeutenden Anwaltskanzlei eingestiegen ist, von der kein Mensch je gehört hat. Dass sie ein Kind bekommen hat, um ihren Mann glücklich zu machen, ohne wirklich zu bedenken, worauf sie sich da einlässt, und deswegen jetzt in einer verkorksten Ehe festhängt. Dass ihr Leben seitdem ein einziges zähes Wettrennen zwischen Langeweile und Irrsinn ist. Kimmer hat alle Entscheidungen getroffen. Aber mich trifft alle Schuld.

»Tut mir Leid«, sage ich und hebe beschwichtigend die Hände.

»Misha, bitte! Mir zuliebe. Unserer Ehe zuliebe. Unserem Sohn zuliebe. Versprich mir, dass du diesen Mann nicht in unser Leben holen wirst. Dass du ihn nicht besuchen wirst. Und auch nicht anrufen.«

Mir fällt noch etwas auf, ein ähnlich schriller Unterton wie in Jack Zieglers Stimme auf dem Friedhof, und genauso unerwartet wie damals: Kimmer hat Angst. Es ist nicht die nackte Angst der Seele um ihr leibliches Leben, nicht der verzweifelte Beschützerinstinkt einer Mutter. Nein, das hier ist Karriereangst. Sie steht kurz davor, etwas zu bekommen, was sie sich immer gewünscht hat, und will nicht, dass Onkel Jack ihr dazwischenfunkt. Kann ich ihr das vorwerfen?

Ich beschließe, dass es keinen vernünftigen Grund gibt, ihre Angst zu schüren. Nicht gerade jetzt.

»Okay, Liebling. Okay. Ich halte mich von Onkel Jack fern. Ich werde nichts Verfängliches tun. Aber ...«

»Du wirst nicht aufhören zu suchen. Stimmt's?«

»Das musst du verstehen, Liebling.«

»Ja, das verstehe ich, wirklich.« Ihr Lächeln ist wieder warm. Sie kommt um den Küchentresen herum und umfängt mich von hinten. Die Intimität von letzter Nacht ist wieder da, wie auf Knopfdruck. »Aber kein Jack Ziegler.«

»Kein Jack Ziegler.«

»Danke, Schatz.« Ein Kuss, ein Grinsen. Sie fängt an, hastig den Tisch abzuräumen. Ich sage, lass mich das machen. Sie erhebt keine Einwände. Mittlerweile verstehen wir uns recht gut darauf, so zu tun, als hätten wir keine Differenzen. Wir reden einfach von anderen Dingen. Wir einigen uns darauf, Bentley heute nicht in seinen Montessori-Kindergarten zu schleifen. Ausnahmsweise einmal werden wir ihn ausschlafen lassen, da ich ohnehin zu Hause bin. Kimmer erinnert mich daran, dass wir morgen Abend bei einem ihrer Partner zum Essen eingeladen sind, und bittet mich, den Babysitter noch mal anzurufen, ein japanisch-amerikanisches Mädchen aus unserer Straße, das Bentley mit seinem Flötenspiel verzaubert. Ich bitte Kimmer meinerseits, bei der Post vorbeizufahren und zwei Fernschachkarten einzuwerfen, die ich gestern Abend fertig gemacht habe und die beide heute abgestempelt werden müssen. (Jeder Spieler hat drei Tage pro Zug.) Als all die komplizierten Verhandlungen eines typischen Morgens in einer Doppelverdienerfamilie erledigt sind, geht Kimmer sich für die Arbeit anziehen. Zwanzig Minuten später erscheint sie im dunklen Nadelstreifenkostüm und einer blauen Seidenbluse, küsst mich erneut, diesmal auf die Backe, und verlässt wie immer pünktlich um acht Uhr fünfzehn das Haus.

Ich beobachte durch das Erkerfenster im Wohnzimmer, wie der weiße BMW die Hobby Road hinunterbraust und schon bald vom strömenden Regen verschluckt wird. Ich stütze beide Hände auf und lehne mich an die Scheibe. Er liebe den Regen, weil er die Erinnerungen wegwäscht, hat Woody Allen mal irgendwo geschrieben, doch ich erinnere mich immer noch an das Foto von Freeman Bishops blutiger Hand. Und ich erinnere mich an den harten Blick, mit dem Spezialagent McDermott mich von den Seiten der *Vineyard Gazette* anstarrte. Ich sehe ihn vor mir, wie er mit seinem Kompagnon Foreman auf dem Boot steht, wie sie in Streit geraten und wie McDermott/Scott über Bord geht. Ich sehe meinen Vater, wie er vor einem Vierteljahrhundert auf einen zögerlichen Colin Scott einredet und ihn dazu zu bringen versucht, den Mann zu töten, der seine Tochter getötet hat.

Doch im frischen Licht des Tages, selbst eines so verregneten Tages wie heute, sind diese Bilder bei weitem nicht mehr so beängstigend. Viel beängstigender finde ich etwa den Gedanken, dass meine Frau eines Tages die Hobby Road hinunterfahren und beschließen könnte, nicht mehr zurückzukehren.

Während ich auf die leere Straße blicke, fällt mir ein Satz von Tadeusz Różewicz ein, aus einem Collegeseminar vor langer Zeit, irgendwas in der Art, dass ein Dichter jemand ist, der fortgehen will und nicht fortgehen kann.

Das ist meine Frau: Kimmer, die Dichterin. Nur dass sie heutzutage ihre besten Verse für sich behält.

Oder jemand anders daran teilhaben lässt.

Kapitel 39
Unerwartete Besucher

• I •

Kurz nach zehn ruft Mallory Corcoran an, um mir mitzuteilen, dass Conan Deveaux sich entschieden hat, auf schuldig am Tod von Freeman Bishop zu plädieren, falls die Anklage auf Totschlag lautet. Er und sein Anwalt hätten sich die Beweise angeschaut und sie für erdrückend befunden. Durch das Schuldbekenntnis werde Conan der Nadel entgehen, aber den Rest seines Lebens im Gefängnis verbringen. »Er ist erst neunzehn«, fügt Onkel Mal barsch hinzu, »das heißt, es wird wahrscheinlich eine sehr lange Zeit werden.«

»Also war er's doch«, flüstere ich verwundert. Ich stehe am Küchentresen, wo ich Bentley eine heiße Schokolade gemacht und die Zeitschrift *Chess Life* durchgeblättert habe. Kann ich Maxines Hinweis so vollkommen missverstanden haben? *Ein Irrtum.* Hat sie womöglich etwas anderes gemeint?

»Wahrscheinlich.«

»Wahrscheinlich? Er hat sich gerade mit fünfzig Jahren Zuchthaus einverstanden erklärt!«

Onkel Mal bleibt ganz der pedantische erfahrene Rechtsanwalt: »Wenn du die Wahl hast zwischen lebenslänglich und Hinrichtung, nimmst du, was du kriegen kannst.« Dann ist er wieder der alte Freund: »Nein, im Ernst, Talcott, ich bin sicher, dass er es war. Da kannst du ganz beruhigt sein. Nach allem, was ich höre, war der Fall der Traum eines jeden Staatsanwalts. Sie hatten einen Zeugen, sie hatten eindeutige Spuren am Tatort, sie hatten ein paar Fingerabdrücke, und sie hatten die Tatsache, dass er hinterher damit geprahlt hat. Ich weiß, du dachtest, es könnte ein Komplott sein, eine von den Verschwörungen deiner Schwester oder so was, aber derart viele Beweise kann niemand fälschen.«

Immer noch konsterniert, verabschiede ich mich und trage zwei Becher Kakao ins Familienzimmer, wo Bentley am Computer sitzt und ein Rechenspiel macht, bei dem er mit kleinen Bildern von Süßigkeiten belohnt wird, wenn er die richtigen Zahlen abschießt, die die über den Bildschirm tanzenden Fragen beantworten. So bringen wir ihm auf einen Schlag die Tugenden der Völlerei, der Habgier und der Gewalt bei, und gleichzeitig bereiten wir ihn auf die mathematische Eignungsprüfung vor, die er in ungefähr zwölf Jahren für die Aufnahme in ein College ablegen muss.

Ich schaue ihm eine Weile zu, doch er ist so vertieft, dass er nicht einmal das Kommen seines Vaters bemerkt, dann lasse ich mich auf dem Sofa nieder und stelle die Becher auf den Couchtisch. In diesem Raum fühlen wir uns alle wohl. Eingerichtet ist er mit einer Ledergarnitur – bestehend aus einem großen und einem kleinen Sofa sowie einem Sessel – und einem imitierten Perserteppich, der in Wirklichkeit von Sears ist; Bücherregale aus weiß lackiertem, massivem Ahorn umrahmen einen Natursteinkamin; ein weiteres Regal schmiegt sich unter das auf den Garten hinausgehende Fenster. Es gibt politische Bücher und solche über Jazz und Reisebücher und Bücher über schwarze Geschichte und Werke der zeitgenössischen amerikanischen Literatur, die unseren eklektischen Geschmack widerspiegeln: Morrison, Updike, Doctorow, Smiley, Turow. Es gibt Kinderbücher. Es gibt eine Bibel, die langweilig korrekte *New Revised Standard Version*, und ein Gebetbuch, *The Book of Common Prayer*. Es gibt eine Menge von C. S. Lewis. Es gibt Schöner-Wohnen-Bücher und alte Nummern des *Architectural Digest*. Es gibt ein paar Schachbücher. Es gibt keine juristischen Bücher.

Das Telefon klingelt.

Bentley blickt auf. Ich deute auf die heiße Schokolade. »Geich, Papi, Bemmy tink geich.« Er trinkt gleich, soll das heißen.

Das Telefon klingelt nicht mehr. Ich merke, dass ich den Hörer zwar abgenommen habe, ihn aber wegen des Zwischenspiels mit meinem Sohn noch nicht ans Ohr halte. Das hole ich jetzt nach und höre sofort das Rauschen eines Handys mit schwachem Akku. Und eine Männerstimme:

»Kimmer? Kimmer? Hallo? Bist du da, Baby?«

»Sie ist im Moment nicht zu Hause«, sage ich so frostig wie möglich. »Soll ich ihr vielleicht etwas ausrichten?«

Eine lange Pause. Dann ein Klicken.

Ich schließe die Augen und stehe auf einmal sehr schwankend auf den Beinen, während mein geschickter Sohn immer schneller seine Zahlen abschießt. Die Jahre fallen von mir ab, meine Zuversicht desgleichen und fast meine ganze Hoffnung. Wie oft im Laufe unserer Ehe habe ich Anrufe wie diesen entgegengenommen – ein unbekannter Mann will meine Frau sprechen und legt sofort auf, wenn ich drangehe? Wahrscheinlich seltener, als es mir vorkommt, aber häufiger, als mir lieb ist. O Kimmer, wie kannst du mir das schon wieder antun?

Bist du da, Baby?

Ich unterdrücke die aufsteigende Verzweiflung, die mir den Verstand zu rauben droht. Konzentrier dich, sage ich mir. Zum einen hat mir der Tonfall der Stimme verraten, dass es ein Schwarzer sein muss – mit anderen Worten, nicht Gerald Nathanson. Eine neue Affäre? Zwei zur selben Zeit? Oder ein Irrtum meinerseits, wie Dr. Young meinte? Ich werde es erst wissen, wenn meine Frau und ich Tacheles reden, was früher oder später unvermeidlich sein wird. Ich gehe hinüber in mein Arbeitszimmer, um mich irgendwie abzulenken. Die Stimme kam mir andererseits bekannt vor. Ich weiß nicht, wo ich sie hintun soll, aber das ist eine Frage der Zeit.

Bist du da, Baby?

Eigenartig, wie alle Gedanken an Folter und Mord und mysteriöse Schachfiguren auf einmal wie weggeblasen sind, wenn man plötzlich um den Bestand seiner Ehe bangen muss. Ich lasse mich vor meinen Computer fallen. Wer wäre so arrogant, frage ich mich, und so dumm, das Wort *Baby* zu gebrauchen, wenn er eine verheiratete Frau zu Hause anruft und nicht einmal sicher weiß, ob sie da ist? Ich schüttele den Kopf. Die Mischung aus Wut und Angst und unerträglichem Schmerz verdrängt jeden vernünftigen

Gedanken. Ich möchte am liebsten schreien, eine Szene machen, Geschirr an die Wand werfen, aber ich bin ein Garland, also werde ich stattdessen etwas schreiben. Ich gehe meine Dateien durch und überlege, welchen unfertigen Aufsatz ich ausgraben soll, um noch überflüssige Detailverbesserungen vorzunehmen, als mein Blick auf ein Auto fällt, das auf der anderen Straßenseite steht.

Der blaue Porsche.

Der Fahrer, ein Schatten hinter der Windschutzscheibe, schaut unverkennbar zu unserem Haus herüber.

• II •

Ich spule innerlich die Liste der Möglichkeiten ab und entscheide mich dann für diejenige, die meiner derzeitigen Stimmung am ehesten entspricht. Ich greife mir den Baseballschläger, der immer, seit ich überfallen wurde, neben meinem Schreibtisch steht. Ich stecke kurz den Kopf ins Familienzimmer und sage meinem Sohn, er solle bleiben, wo er ist. Er nickt, lässt sich aber nicht darin beirren, wie wild auf der Maus herumzudrücken und mit der Lösung mathematischer Probleme riesige Mengen Süßigkeiten anzuhäufen. Er redet vielleicht nicht viel, aber addieren, subtrahieren, zielen und klicken kann er.

Ich nehme eine leichte Jacke aus dem Schrank, dann reiße ich mit erhobenem Schläger die Haustür auf und klatsche ihn mir in die Hand, so dass der unbekannte Porschefahrer es schwerlich übersehen kann. Ich kann nicht tun, was ich am liebsten tun würde, nämlich über die Straße rennen und seinen Porsche zertrümmern, weil ich niemals, nicht einmal für eine Sekunde, meinen Sohn allein lassen würde. Aber ich gebe ein deutliches Zeichen. Der Fahrer, wie vermutet ein Angehöriger der dunkelhäutigeren Nation, starrt mich durch die Scheibe an. Ich sehe verspiegelte Brillengläser in einem ebenholzfarbenen Gesicht und sonst eigentlich nichts. Dann legt er ruhig, ohne ein Anzeichen von Panik, den Gang ein und fährt gemächlich davon.

Ich schwenke triumphierend den Schläger, verkneife mir aber den Siegesschrei.

Stattdessen gehe ich ins Haus, schließe die Tür, stelle den

Schläger weg und frage mich, was in aller Welt ich mir dabei gedacht habe. Der rote Wutschleier macht manchmal merkwürdige Sachen mit mir, aber nur selten war ich so dicht davor, eine Gewalttat zu begehen. Die Gedanken überschlagen sich in meinem aufgewühlten Hirn. Der Fahrer des Wagens ist unschuldig, er wohnt oder arbeitet in der Nähe, und jetzt wird er allen Leuten erzählen, dass ich verrückt bin. Der Fahrer des Wagens ist der Mann, der Kimmer am Telefon sprechen wollte, und Kimmer hat eine Affäre mit ihm. Der Fahrer des Wagens ist der Mann, der sich als Agent Foreman ausgab. Der Fahrer des Wagens ist der Mann, der das gestohlene Schachbuch zurückbrachte. Alles zusammen. Nichts davon.

»Du bist ja krank, Misha«, knurre ich, während ich ratlos in meinem Arbeitszimmer stehe. Die Straße ist jetzt menschenleer bis auf eine Nachbarin, die ihre drei Monate alten Zwillinge im Kinderwagen spazieren fährt. »Du brauchst Hilfe. Und zwar dringend.«

Meine Frau wäre vermutlich derselben Meinung. Und der Mann im blauen Porsche auch.

Einen hasserfüllten Moment lang habe ich einen wahrlich grauenhaften Verdacht: *Der Mann im Porsche ist Lemaster Carlyle.* Der untadelige Lemaster Carlyle spioniert mir nach und betrügt seine Frau, er trifft sich hinter Julias Rücken heimlich mit Kimmer. Nennt Kimmer *Baby.* Hat mir das gestohlene Schachbuch auf den Sitz gelegt, als er verspätet zu Shirleys Abendessen kam. Das würde erklären, warum er in letzter Zeit so auf Distanz geht. Aber die Stimme am Telefon klang überhaupt nicht nach ihm: kein Barbados-Akzent zum Beispiel. Außerdem ist Lem klein, und der Mann, den John Brown im Wald gesehen hat, war groß. Es könnte sich natürlich um *zwei* unbekannte schwarze Männer handeln, aber Ockhams Rasiermesser, ein Prinzip, auf das der Richter sich gern berief, lehrt uns, dass die einfachste Erklärung für eine Sache die wahrscheinlichste ist.

Wie dem auch sei, das Ganze ist eine für Misha Garland typische, dumme Idee.

Ich bleibe am Fenster stehen und schimpfe mit mir, wie Manisch-Depressive es zu tun pflegen, bis mir einfällt, dass ich eigentlich mit meinem Sohn eine heiße Schokolade trinken wollte.

Ich eile ins Familienzimmer, wo er ohne einen Gedanken an den Kakao oder seinen Vater weiterhin damit beschäftigt ist, fröhlich kreischend auf die richtigen Antworten zu schießen und seine Beute zu vermehren. Auch in meiner Kindheit muss es solche strahlenden Glücksmomente gegeben haben, aber woran ich mich erinnere, sind größtenteils die Schattenseiten.

Es klingelt an der Tür.

Ich fahre erschrocken herum und überlege, ob ich den Schläger wieder hervorholen oder ob ich mich mit meinem Sohn zur Hintertür hinaus und durch die Hecke stehlen soll, um ihn bei den Felsenfelds in Sicherheit zu bringen, falls der Porschefahrer mit ein paar Freunden zurückgekehrt ist. Aber die Garland-Schule ist übermächtig, sie lässt keine Panik zu. Ich öffne einfach die Tür, wie ich es normalerweise auch tun würde.

Draußen stehen zwei Männer, von denen ich einen kenne. »Professor Garland, hätten Sie vielleicht einen Augenblick Zeit für uns?«, fragt Spezialagent Fred Nunzio vom FBI mit finsterem Blick.

Kapitel 40

Noch eine Eröffnung

Fred Nunzio stellt seinen Begleiter als Rick Chrebet von der Kriminalpolizei vor. Die beiden bilden ein seltsames Gespann. Nunzio ist ein kleiner, feister Mann, mit glatten, nach hinten gekämmten schwarzen Haaren, der einen forschen, selbstsicheren Eindruck macht. Chrebet ist dünn, hat spärlichen Haarwuchs und ist, was Gefühlsäußerungen angeht, ebenso sparsam: Er gibt sich so reserviert, dass ich versucht bin, irgendetwas zu gestehen, nur um kurzzeitig sein Interesse an mir zu wecken. Mit gemischten Gefühlen, weil mir die Situation so bekannt vorkommt, führe ich sie in das sonnige Wohnzimmer, in dem wir uns nur aufhalten, wenn wir Gäste haben. Im Zimmer gegenüber ballert Bentley vor sich hin, ohne sich um die plötzliche Notlage seines Vaters oder um die Besucher zu kümmern. Er interessiert sich nie für Besuch, vielleicht hat er von mir den Hang zur Introvertiertheit geerbt.

»Wir werden Ihre Zeit nicht lange in Anspruch nehmen«, verspricht Nunzio beinahe entschuldigend. »Wir würden Sie nicht stören, wenn es nicht wichtig wäre.«

Ich murmele etwas Angemessenes und warte auf die Schreckensmeldung. Ist Kimmer etwas zugestoßen? Was hätte dann das FBI hier zu suchen? Gibt es Neuigkeiten aus Washington? Was hätte dann die Kriminalpolizei hier zu suchen?

»Mein Kollege hier wollte sich mit Ihnen unterhalten«, fährt Nunzio fort, »und ich bin einfach mal mitgekommen.«

Detective Chrebet hat unterdessen seinen Aktenkoffer auf dem Couchtisch geöffnet und blättert in seinen Unterlagen. Er zieht ein Farbfoto heraus und schiebt es mir hin: Ein vierschrötiger Weißer mit üppigem braunem Wildwuchs im Gesicht starrt in die Kamera und hält sich ein Schild mit einer langen Zahlenreihe vor die Brust. Ein Verbrecherfoto. Mir läuft ein Schauder über den Rücken.

»Erkennen Sie die auf dem Foto abgebildete Person?«, fragt der Polizist mit ausdrucksloser Stimme und einer Diktion wie aus dem Lehrbuch.

»Ja.« Ich sehe Nunzio fest in die Augen, richte meine Antwort aber an Chrebet. »Wie Sie genau wissen.«

Augenblicklich schiebt er mir ein anderes Bild hin, schwarzweiß, und diesmal brauche ich kaum hinzuschauen, warte die Frage erst gar nicht ab. »Ja, den erkenne ich auch. Das sind die zwei Männer, die mich vor ein paar Wochen mitten auf dem Campus angegriffen haben.«

Nunzio schmunzelt, aber Chrebets Gesicht bleibt steinern. »Sind Sie vollkommen sicher?«

Ich betrachte die Bilder pflichtschuldig noch einmal, nur für den Fall, dass sie sich in den letzten paar Sekunden verändert haben sollten. »Ja, ich bin vollkommen sicher. Ich hatte reichlich Gelegenheit, mir die beiden anzuschauen.« Ich deute auf die Fotos. »Heißt das, Sie haben sie gefunden? Sind sie verhaftet?«

Der Detective beantwortet meine Frage mit einer Gegenfrage. »Hatten Sie diese Männer vor dem Überfall schon einmal gesehen?«

»Nein, ich habe sie nie zuvor gesehen. Das habe ich der Polizei bereits erzählt.«

Bevor Chrebet die nächste Frage stellen kann, schaltet sich Nunzio ein. »Professor Garland, gibt es etwas, das Sie mir mitteilen möchten?«

»Wie bitte?«

»Etwas, das ... nun, mit den Recherchen zu tun hat, die Sie anstellen?« Seine verharmlosende Ausdrucksweise fällt mir auf, und ich frage mich, ob er etwas vor Chrebet verheimlichen will oder ob er meint, dass ich das tue. »Etwas, das Sie lieber unter vier Augen besprechen würden?«

»Nein, gibt es nicht.«

»Sind Sie sicher?«

»Ich habe Sie bereits gefragt, ob die Möglichkeit besteht, dass Freeman Bishop –«

»Dem sind wir nachgegangen«, sagt er schnell, und wieder habe ich das Gefühl, dass der Detective nicht verstehen soll, worum es geht. »Ihre Quelle hat sich geirrt. Es gibt keinen Grund zur Besorgnis.« Mir ist schleierhaft, warum er meint, mich beschwichtigen zu müssen. Meine Verwirrung nimmt zu.

Nunzio verstummt. Chrebet ist wieder am Ball. Er setzt seine Befragung fort, als ob der FBI-Agent nie den Mund aufgemacht hätte. »Haben Sie einen der beiden Männer seit dem Überfall noch einmal gesehen?«

Mit meiner wachsenden Unruhe kehrt mein juristischer Verstand zurück: »Nicht, dass ich wüsste.«

»Wissen Sie, ob sonst jemand sie gesehen hat?«

»Nein.« Ich habe lange genug gewartet und stelle nun erneut die Frage, die mich interessiert. »Klären Sie mich jetzt bitte auf. Wissen Sie, wer die Kerle sind?«

»Kleine Fische«, fährt Nunzio wieder dazwischen. »Einfache Ganoven. Gekaufte Handlanger. Ohne jede Bedeutung.«

»Dann sind sie in Haft? Haben Sie sie gefunden? Ist das der Grund Ihres Besuchs?« Wenn ich erfahre, wer sie beauftragt hat, bin ich schon halb am Ziel. »Wissen Sie, für wen sie gearbeitet haben?«

Wieder der pedantische Chrebet: »Nein, Professor Garland, wir wissen nicht, für wen sie gearbeitet haben. Sie sind nicht in Haft. Und ja, wir haben sie gefunden. Oder vielmehr, sie wurden gefunden.«

»Was soll das heißen? Sind sie tot?«

Er spult sein Programm gnadenlos ab, wie eine Maschine. »Eine Gruppe Pfadfinder, die im Henley State Park wandern waren, haben sie am Wochenende gefunden. Sie lagen gefesselt und geknebelt im Gebüsch. Am Leben, aber nur knapp.«

»Sie reden nicht«, fügt Nunzio hinzu, als könnte er meine Gedanken lesen. »Genauer gesagt, sie sterben fast vor Angst. Würde ich auch an ihrer Stelle.« Ein flinkes, spöttisches Lächeln. »Irgendjemand hat ihnen sämtliche Finger abgeschnitten.«

Kapitel 41
Konfrontation

• I •

Ich erzähle Kimmer nichts davon. Noch nicht. Stattdessen schaue ich am Donnerstagnachmittag bei Dr. Young vorbei. Er hört mir geduldig und teilnahmsvoll zu, die Hände über seinem voluminösen Bauch gefaltet, schüttelt traurig sein Haupt und spricht dann von Daniel in der Löwengrube. Er sagt, der Herr werde mir beistehen. Er muss sich nicht erst bei mir erkundigen, wer dafür verantwortlich ist, dass meine Angreifer ihre Finger verloren haben. Chrebet hat mich in seinem Maschinengewehrstil gefragt, ob ich einen Verdacht hätte, was da passiert sein könnte, aber er rechnete nicht mit einer Antwort und bekam auch keine. Er wusste genau wie Nunzio, genau wie Dr. Young, genau wie ich, dass die starke Hand von Jack Ziegler in Elm Harbor zugeschlagen hat. Die Stimme am Telefon um zwei Uhr einundfünfzig nachts, eine Stimme, von der ich immer noch keiner Menschenseele erzählt habe, hat Wort gehalten.

Als ich das Büro des Pfarrers verlasse, gibt er mir die Ermahnung mit auf den Weg, mich nicht am Schaden anderer zu weiden. Ich versichere ihm, dass es mir gewiss keine Freude bereitet, was den Männern widerfahren ist, die mich überfallen haben. Doch die meine er nicht. Während ich noch an dieser Antwort knacke, rät er mir, alles in meiner Macht Stehende zu tun, um die Beziehungen zu den Menschen, denen ich mich entfremdet habe, wieder zu verbessern. Unsicher sage ich ja. Am selben Nachmittag treffe ich Dahlia Hadley im Kindergarten und beteuere, wie sehr ich den Skandal um Marc bedaure, doch sie reagiert eisig und will nicht mit mir reden. Dennoch wird das Bedürfnis, Abbitte zu leisten, zu einem inneren Zwang, vielleicht weil ich glaube, dass ich auf diese Weise meine Dämonen austreiben kann. Wenn man Jack Zieglers sengenden Atem im Nacken spürt, kommt man auf solch verrückte Ideen.

Am Freitagmorgen suche ich Stuart Land auf und entschuldige mich für die Unterstellung, er wolle Marcs Kandidatur hintertreiben, aber er behauptet, das habe ihn nicht bekümmert, da sein Gewissen rein sei. Er hat die Güte, mich wissen zu lassen, dass Marc seine Bewerbung noch nicht zurückgezogen hat. Als ich ihn nach dem Grund frage, mustert Stuart mich kalt und sagt: »Ich nehme an, er sieht eine gewisse Chance, dass Sie Ihrer Frau doch noch auf irgendeine Art die Aussichten vermiesen.« Verdattert schleiche ich aus seinem geräumigen Büro, mehr denn je entschlossen, mich nicht mehr danebenzubenehmen. Nach dem Mittagessen bemühe ich mich endlich, den hoch geschätzten Cameron Knowland zu erreichen, dessen Sohn nach unserem kleinen Scharmützel nie wieder ein Wort im Seminar von sich gegeben hat, doch als ich seine Investmentfirma in Los Angeles anrufe, ist Cameron für mich nicht zu sprechen, genauer gesagt, seine Chefsekretärin, zu der ich erst nach langem Drängen durchgestellt werde, teilt mir mit, Mr. Knowland habe noch nie von mir gehört.

Rob Saltpeter, dem ich das am Montagmorgen beim Basketball in der Sporthalle erzähle, meint, Cameron Knowland wolle mich zappeln lassen, aber darauf bin ich auch schon gekommen. Wir machen ein Match, und Rob schlägt mich zweimal hintereinander haushoch – sicher nur weil er größer und schneller ist als ich oder weil er die besseren Reflexe und die bessere Koordinationsfähigkeit hat.

Jetzt ist Freitag, und meine Stimmungsschwankungen hören nicht auf. Ich gebe mir weiter Mühe, mich nicht danebenzubenehmen, aber mit meiner Selbstbeherrschung ist es nicht weit her. Ein kleiner Stoß, und sie fällt in sich zusammen. Ich versuche zu beten, kann mich aber nicht konzentrieren. Ich sitze am Schreibtisch, außerstande zu arbeiten, wütend auf meinen Vater, und frage mich, was geschehen wäre, wenn ich mich an jenem Tag auf dem Friedhof geweigert hätte, mit Jack Ziegler zu reden. Wahrscheinlich hätte ich trotzdem irgendwann mit dem Brief meines Vaters dagesessen, würde trotzdem nachgrübeln, wer Angelas Geliebter sein mag, und die Toten wären trotzdem tot. Ich muss mir also gar nicht groß das Hirn zermartern ...

Die Toten wären trotzdem tot ...

Meine Stimmung hellt sich auf. Die Idee, die mir bei Shirley Branchs Abendessen kam, fällt mir wieder ein. Zunächst hatte ich sie verworfen, aber jetzt bin ich in die Enge getrieben. Und es könnte durchaus sein, dass sie mir und meiner Familie einen Ausweg aus dem Dilemma weist. Die Toten. Der Friedhof. Mit Glück, mit viel Glück. Ich weiß nicht, ob es klappen wird, aber es kann nicht schaden, ein paar Vorbereitungen zu treffen, für den Fall, dass ich es probieren möchte. Den Anfang mache ich damit, dass ich Karl in seinem Buchladen anrufe und ihm eine Frage zum doppelten Excelsior stelle. Er ist geduldig, wenn auch nicht eben freundlich, und er bedankt sich für die Rückgabe seines Buchs. Auf seine Antwort hin beschließe ich weiterzuplanen. Allerdings werde ich Hilfe brauchen. Später am Nachmittag, nach meinem Seminar in Verwaltungsrecht, haste ich zu Dana Worth in den ersten Stock, entnehme jedoch dem Zettel an ihrer Tür, dass sie im Leseraum für Lehrkräfte ist. Sie hinterlässt immer einen Zettel, damit man sie jederzeit erreichen kann: Mit Leuten zu reden scheint ihre Lieblingsbeschäftigung zu sein. Und so kommt es, dass ich einen riesengroßen Fehler mache. In meinem Eifer, Dana zu finden, begebe ich mich in die Bibliothek, die ich sonst meide, und das Unglück nimmt seinen Lauf.

• II •

Die meisten Professoren bleiben in ihren Büros sitzen und bestellen die Bücher, die sie haben wollen, einfach bei der zuständigen Bibliothekskraft oder überlassen die Bestellung sogar ihrer Sekretärin, aber ich mag es, hin und wieder selbst ein wenig Bücherluft schnuppern zu gehen, das heißt, ich mochte es, bevor die ersten Verdachtsmomente auftauchten, Kimmer könnte eine Affäre mit

Jerry Nathanson haben. Um zehn vor fünf schließe ich mit meinem Dienstschlüssel den Seiteneingang der Juristischen Bibliothek im zweiten Stock auf, fernab vom Tumult der Studenten. Auf diesem Weg komme ich von hinten in den Zeitschriftenraum mit seinen zwei Dutzend Reihen blaugrauer Metallregale voll penibel geordneter, zerlesener juristischer Periodika. Ich zögere weiterzugehen, suche nach einer Gelegenheit, Zeit zu schinden. Wenn ich die Sache weiterverfolgen will, brauche ich dringend Hilfe, und außer Dana fällt mir niemand ein, der verrückt genug sein könnte, mitzumachen. Rob Saltpeter ist zu rechtschaffen, Lem Carlyle zu sehr Politiker. Ich habe den Gedanken erwogen und verworfen, einen Studenten zu engagieren. Nur Dana kommt in Frage. Während ich unsicher durch den Zeitschriftenraum schleiche, höre ich ein paar Studenten kommen und beschließe, den wahren Grund meines Hierseins zu verbergen, denn obwohl ich nicht zögern würde, Dana allein in ihrem Büro aufzusuchen, ist mir die Vorstellung unangenehm, man könnte mich dabei beobachten, wie ich ihr in der Bibliothek nachlaufe. Doch meine Not ist groß genug: Ich muss ihre Antwort sofort haben, sonst verliere ich noch den Verstand. Wahllos ziehe ich einen gebundenen Band mit alten Ausgaben der *Columbia Law Review* heraus und blättere darin herum, als stöberte ich nach einer alten Schatzkarte. Mit dem schweren Buch als Tarnung gehe ich an den Reihen vorbei, bleibe vor dem ebenso lauten wie miserablen alten Kopierer stehen und wappne mich innerlich. Dann schlendere ich aus dem Zeitschriftenraum in den Hauptlesesaal, wobei ich es bewusst vermeide, zu der Wand aufzuschauen, wo immer noch das Porträt meines Vaters in seiner Richterrobe hängt. Wenn man sich das Gemälde genau ansieht, erkennt man die notdürftig restaurierten Stellen, wo gehässige Bemerkungen übermalt wurden, mit denen die Leinwand während seiner Anhörungen verunstaltet wurde: ONKEL TOM war noch die harmloseste, dazu diverse Äußerungen über die Abstammung des Richters von der Hand eines politischen Kommentators, der zu bescheiden war, um seinen Namen unter das Werk zu setzen.

Ich sehe es mir lieber nicht genau an.

Während ich den weitläufigen Saal durchquere, grüßen mich ein paar beherzte Studenten, doch die meisten sind viel zu gewieft. Sie können in den Gesichtern der Professoren lesen, sie wissen, wann sie stören dürfen und wann sie es lieber lassen. Ich komme an einer Gruppe schwarzer Studenten vorbei, einem schnatternden Häuflein weißer. Ich winke Shirley Branch zu, die neben einer Reihe von Computern steht und wild gestikulierend auf Matt Goffe einredet, wie sie Professor ohne Festanstellung und politisch links. Am anderen Ende des Saals erspähe ich Avery Knowland, mit rauchendem Kopf über eine Fallsammlung gebeugt, doch mein Weg führt zum Glück nicht in seine Richtung. Ich frage mich, wie verärgert sein Vater wohl wirklich ist. Vielleicht werden ja Cameron Knowland und seine fesche junge Gattin ihre drei Millionen Dollar zurückziehen, und wir dürfen unsere wunderbar antiquierte Bibliothek behalten. Nach dem Willen der Dekanin sollen wir ein Gebäude auf der Höhe des einundzwanzigsten Jahrhunderts bekommen, aber meiner Meinung nach sollten Bibliotheken fest dem neunzehnten Jahrhundert verhaftet bleiben, als noch die Stabilität des gedruckten Wortes und nicht die Rasanz des Glasfaserkabels die Form bestimmte, wie Informationen über große Entfernungen transportiert wurden. Ich liebe diesen Saal. Manche der langen Tische, an denen Studenten sitzen und büffeln, sind über ein halbes Jahrhundert alt. Die Decke ist fast drei Stockwerke hoch, doch die Messingkronleuchter hängen nur noch zur Zierde da: Heute sorgen abscheuliche Neonröhren für die Beleuchtung, ergänzt vom Sonnenlicht, das sich in den Fenstern des Lichtgadens hoch über den wunderschönen holzgeschnitzten Regalen mit juristischen Büchern bricht. Wer die Geduld hat, sie der Reihe nach zu betrachten, dem erzählen die Buntglasfenster dort oben eine Geschichte, die genau über dem Haupteingang der Bibliothek anfängt, um alle vier Wände herumläuft und wieder zum Ausgangspunkt zurückkehrt: ein Gewaltverbrechen, ein Zeuge winkt einem Polizisten, Festnahme eines Verdächtigen, eine Gerichtsverhandlung, Beratung der Geschworenen, Schuldspruch, Strafe, ein neuer Strafverteidiger, Berufungsverfahren, Freilassung und am Ende Rückkehr zum alten Verbrecherleben, ein pessimistischer ungebrochener Kreislauf, der mich als Student beinahe an der Welt verzweifeln ließ.

Ich lächele dem Dienst habenden Bibliothekar zu, während ich um seinen langen Schalter herumgehe. Er lächelt nicht zurück, weil er gerade telefoniert – wenn die Gerüchte stimmen, wahrscheinlich mit einem Wettbüro. Hinter dem Schalter befindet sich der Leseraum für Lehrkräfte, so die offizielle Bezeichnung. Gerade will ich den LFL mit meinem Dienstschlüssel aufschließen, als die beiden Flügel der Milchglastür vor mir aufgehen und Lemaster Carlyle und Dana Worth herauskommen, beide lachend, offenbar über eine Worth'sche Witzelei, denn Lem lacht lauter.

»Hallo, Tal«, sagt Lem beiläufig, ohne mich anzusehen und proper wie immer in einem mittelgrauen Sportsakko und einer roten Harvardkrawatte.

»Lem.«

»Mishaschatz«, gurrt die Liebste Dana, und ich nehme mir vor, sie zu bitten, mich in der Öffentlichkeit nicht so zu nennen. Auch sie kommt in einem dunklen Hosenanzug sehr elegant daher.

»Dana, hast du einen Moment Zeit?«

»Das hängt davon ab, wie du über Bonnie Ziffren abzustimmen gedenkst«, erwidert Dana grinsend. Die Besagte ist eine aus einem endlosen Strom von Lehrstuhlanwärtern, die vom Berufungsausschuss vorgeschlagen worden ist und die der liebsten Dana aus irgendeinem Grund nicht passt. »Marc hält sie zwar für die nächste Catherine McKinnon, aber meiner Meinung nach ist sie ein ungeschliffener Feldspat.«

»Sie sollten sich nicht öffentlich über eventuelle zukünftige Mitglieder des Lehrkörpers äußern«, ermahnt Lem sie, der meinem Blick schon wieder ausweicht. »Laut Vorschrift sind Personalfragen vertraulich zu behandeln.«

»Dann kommen Sie mit in meinen Salon.« Sie deutet auf den LFL.

»Nein, danke«, murmelt Lemaster. Überhaupt, da fällt ihm ein, dass er sich beeilen muss: ein Essen mit irgendeinem Potentaten vom American Law Institute. Man kann sich fest darauf verlassen, dass Berufungsstreitigkeiten Lemaster Carlyle in die Flucht schlagen. Er sehnt sich nach dem goldenen Zeitalter der Juristischen Fakultät zurück, als die Professoren alle gut miteinander auskamen, das er zwar nicht selbst erlebt hat, aber dennoch liebt – auch wenn diejenigen, die es erlebt haben, etwa Theo Mountain und Amy Hefferman, es ganz anders in Erinnerung haben. Grußlos stürzt er davon, ohne mir ein einziges Mal in die Augen gesehen zu haben.

Was ist los mit ihm? Ist er Kimmers Liebhaber? Der Absender des Bauern? Ich reibe mir die Stirn und bin schon wieder wütend, nicht auf Lem, sondern auf den Richter. Die Liebste Dana Worth bemerkt meinen plötzlichen Stimmungswandel und legt mir sacht die Hand auf den Arm. Sie wartet, bis Lemaster außer Hörweite ist, und fragt mich dann leise, was ich auf dem Herzen habe.

»Darüber sprechen wir lieber unter vier Augen«, entgegne ich. Innerlich beschäftigt mich immer noch, was Lemaster wohl haben mag, ob es irgendwie zusammenhängt mit ... na ja, mit der ganzen Sache.

»Komm mit in meinen Salon«, schäkert sie abermals. Ich zögere, weil ich eigentlich nicht dabei gesehen werden möchte, wie ich mich mit einer Kollegin, zumal einer weißen, in den LFL stehle, auch wenn sie an Männern nicht interessiert ist, und mein Zögern hat fatale Konsequenzen. Dana lächelt bereits über meine Schulter hinweg jemandem zu, als hinter mir scharf gesprochene Worte wie Schüsse knallen: »Ich denke, wir müssen reden, Tal.«

Verdutzt drehe ich mich um und blicke in das grimmige Gesicht von Gerald Nathanson.

• III •

»Hallo, Jerry«, sage ich gedämpft.

»Wir müssen reden«, wiederholt er.

Jerry Nathanson, wahrscheinlich der prominenteste Rechtsanwalt der Stadt, hat zusammen mit Kimmer und mir studiert und ist seit damals mit derselben langweiligen Frau verheiratet. Er ist ungefähr eins siebzig groß, wiegt eine Spur zu viel und hat ein feistes Kinn, was seinem jungenhaften Fünfzigerjahrecharme jedoch nicht allzu viel anhaben kann. Seine Gesichtszüge sind klar und regelmäßig und ein bisschen weich, das dunkle Haar ist gelockt, und in der Kopfmitte fängt er gerade an, kahl zu werden. In seinem hellgrauen Anzug mit der dunkelblauen Krawatte ist er eine imposante Erscheinung. Er hat die Arme über der Brust verschränkt, als erwartete er eine Entschuldigung.

»Ich glaube nicht, dass wir was zu besprechen haben«, erkläre ich ihm und vergesse dabei sämtliche Lektionen, die Morris Young mir mit auf den Weg gegeben hat. Wie ich hier blindlings meine Machonummer abziehe, könnte ich genauso gut einer der Jugendlichen sein, die er vor einer Karriere als Straßendealer zu bewahren versucht.

»Misha, bis bald«, sagt Dana, zwar weiterhin grinsend, aber nur noch schwach. Sie will mit dem, was da kommt, nichts zu tun haben. »Ruf mich an.«

»Dana, warte –«

»Lass sie gehen!«, kommandiert Jerry Nathanson. »Wir müssen allein reden.«

Ich mustere ihn von Kopf bis Fuß und nehme die *Columbia Law Review* in die linke Hand, vielleicht um die rechte frei zu haben. Dann zwinge ich mich, ruhig zu bleiben.

Ich schüttele den Kopf. »Nein, Jerry. Im Moment kann ich nicht. Ich habe zu tun.« Wobei ich ihm das Buch hinhalte. »Vielleicht ein andermal.«

Ich will um ihn herumgehen, da fasst er mich am Arm. »Untersteh dich, einfach wegzugehen!«

Ich bin kurz davor zu platzen. »Lass gefälligst meinen Arm los!«, zische ich, ohne mich umzudrehen. Ich bemerke, dass ein paar Studenten sich anrempeln und mit dem Finger auf uns zeigen.

»Ich will doch bloß reden«, murmelt Jerry, dem die Aufmerksamkeit, die wir erregen, ebenfalls nicht verborgen bleibt.

»Wie deutlich muss ich denn noch sagen, dass ich nicht mit dir reden will?«

»Mach keine Szene, Talcott.«

»*Du* sagst *mir*, ich soll keine Szene machen?« Ich funkle ihn an und überlege, ob ich ihn von Rechts wegen verprügeln müsste. Bestimmt gibt es irgendeinen Kodex dafür, wie sich ein betrogener Ehemann beim Zusammentreffen mit dem mutmaßlichen Gegenstand der Zuneigung seiner Frau zu verhalten hat.

»Beruhige dich, Talcott.«

»Ich lasse mir von dir nicht vorschreiben, wann ich mich zu beruhigen habe!« Mir liegt noch mehr auf der Zunge, doch ich kann mich bremsen, denn sein Fünfziger-Jahre-Filmstargesicht sieht nicht mehr grimmig aus. Eher ratlos, würde ich sagen.

»Ich muss gehen«, erkläre ich, mache einen Bogen um ihn und schreite auf den Ausgang zu. Ich höre ihn hinter mir hereilen und gehe schneller. Jetzt scheint die halbe Studentenschaft zuzuschauen, dazu noch der eine oder andere Kollege. Egal, bloß weg hier, über alles andere kann ich mir später Gedanken machen.

Jerry holt mich unmittelbar hinter der prunkvollen Flügeltür ein, die den Haupteingang zur Bibliothek bildet. »Was ist los mit dir, Talcott? Ich wollte doch nur mit dir reden.«

Ich habe es satt, mich zu beherrschen. Die ganze Welt ist knallrot, als ich wütend herumwirbele. »Na schön, Jerry. Was willst du von mir?«

»Hier? Du willst hier reden?«

»Was soll ich machen? Du verfolgst mich ja durchs ganze Haus.«

Er richtet sich auf. »Also gut, zunächst einmal wollte ich dir gratulieren, schon im Voraus. Wegen deiner Frau, meine ich. Sie hat mir erzählt ...« – er blickt sich um, aber hier, außerhalb der Bibliothek, tun die wenigen umstehenden Studenten so, als hörten sie nicht zu –, »sie hat mir das, äh, mit Professor Hadley erzählt.«

Im Bett? Auf deiner Bürocouch? Trotz des Versprechens, das ich Dr. Young gegeben habe, bin ich Auge in Auge mit Jerry Nathanson nicht in der Lage, meinen Zorn – oder vielleicht meine Gekränktheit – abzuschütteln. »Professor Hadley hat seine Bewerbung nicht zurückgezogen«, versetze ich scharf.

»Oh. Oh, das wusste ich nicht.«

Wir haben uns wieder in Bewegung gesetzt, gehen den schlecht beleuchteten Flur entlang auf mein Büro zu. Kein Student hat es gewagt, uns zu folgen, aber ein paar Bürotüren stehen offen, und so könnte es dennoch sein, dass jemand mithört.

»Es trifft aber zu«, knurre ich. »Professor Hadley ist offenbar der Meinung, dass er die Sache aus der Welt schaffen kann. Dass alles ein großes Missverständnis ist.«

»Ich verstehe.« Jerry spricht jetzt leise und zögernd. Er versucht zu lächeln. Wir sind vor meiner Tür angekommen. »Na, ich bin trotzdem sicher, dass deine Frau den Posten bekommen wird.«

Da bricht es aus mir heraus. »Meine Frau. Genau, *meine* Frau!«

Er neigt den Kopf zur Seite, die Augen zusammengekniffen. »Ja. Deine Frau.«

»Halt du dich bloß von ihr fern!«

»Ich soll mich von ihr fern halten? Wir arbeiten zusammen.«

»Du weißt genau, was ich meine, Jerry. Hör auf, mich für dumm zu verkaufen.«

»Ich weiß allerdings, was du meinst, Talcott, und es ist vollkommen absurd.« Jerrys Betroffenheit wirkt so echt, dass ich sicher bin, er macht mir etwas vor. »Ich weiß nicht, wie du darauf kommst. Lieber Himmel, ich und Kimberly? Was bringt dich bloß auf so einen Gedanken?«

»Vielleicht die Tatsache, dass es wahr ist.«

»Es ist nicht wahr. Lass dir das bitte gesagt sein.« Er streicht sich mit beiden Händen übers Gesicht. »Deine Frau ... Kimberly... nun, sie hat mir vor ein paar Monaten erzählt, du seist offenbar der Meinung, dass zwischen uns etwas ist. Ich dachte, sie macht Witze. Bitte, Talcott, glaub mir.« Er sieht mich mit ernsten Augen an und legt mir zum zweiten Mal ungebeten die Hand auf den Arm. »Ich bin ein glücklich verheirateter Mann, Talcott. Meine Beziehung zu deiner Frau ist rein beruflicher Natur. Sie ist nie etwas anderes gewesen und wird auch nie etwas anderes sein.« Eine Pause, um das sacken zu lassen. »Deine Frau ist die beste Anwältin der Kanzlei, die beste Anwältin der Stadt, die beste Anwältin in diesem Teil des Staates. Vielleicht nehme ich ... nehmen wir sie zu hart ran, vielleicht führt das dazu, dass sie zu wenig zu Hause ist, aber, Talcott, bitte glaub mir, wenn dem so ist, dann hat das keine anderen als berufliche Gründe.«

»Ich weiß nicht, warum ich dir glauben sollte«, fauche ich, doch ich bin unsicher geworden, und das merken wir beide. Ich habe meine Munition verschossen, und mein ganzes Pulver war nass. Vielleicht sollte ich meine Wut lieber an Jack Ziegler auslassen oder am Richter.

Jerry Nathanson tritt einen Schritt zurück. Seine Nervosität ist verflogen. Er ist ein erstklassiger Anwalt und weiß genau, wann er Oberwasser hat. Bei den nächsten Worten ist seine Stimme kalt. »Deine Frau hat mir auch erzählt, dass du dich gelegentlich, wie sie sich ausdrückte, irrational verhältst. Ich habe sie noch beruhigt, aber vermutlich hatte sie wie üblich Recht.«

»Sie hat dir *was* erzählt?«

»Dass dein Verhalten anfängt, sie zu ängstigen.«

Das ist zu viel. Ich trete dicht an ihn heran. Ich kann mich gerade noch so weit beherrschen, dass ich ihn nicht am Kragen seines maßgeschneiderten Hemdes packe. »Ich verbiete dir, dich mit meiner Frau über meine Person zu unterhalten.« Erst als es heraus ist, merke ich, wie absurd das klingt. »Ich verbiete dir, dich mit meiner Frau über *irgendwas* zu unterhalten.«

»Ich will dir mal was sagen, Talcott.« Jetzt kocht auch in Jerry die Wut wieder hoch. Er zeigt mit dem Finger auf mich. »Du brauchst dringend ärztliche Hilfe. Vielleicht einen Psychiater.«

Ach, Männer sind solche Idioten! Ich schlage seinen Finger weg und sage etwas genauso Sinniges: »Wenn du dich nicht von meiner Frau fern hältst, Jerry, wirst du selbst demnächst dringend ärztliche Hilfe brauchen.«

Er wird rot im Gesicht. »Das ist eine Drohung, Talcott. Weißt du, was du da gesagt hast? Das ist genau das, was Kimberly meinte.«

»Du nimmst dir ganz schön was raus, Jerry.«

»Ach, ja?« Er tippt mir provozierend vor die Brust. »Und was willst du dagegen unternehmen?«

»Treib es nicht zu weit!«, herrsche ich ihn an. Er lacht. Wären wir nicht zwei Intellektuelle in einer elitären Universitätsstadt, wir würden uns zweifellos jetzt prügeln. Unter den gegebenen Umständen schubsen wir uns ein bisschen. Wahrscheinlich schubse ich fester. Obwohl ich merke, dass wir wieder Zuschauer haben, kann ich einfach nicht aufhören, alles um mich herum ist rot. »Lass gefälligst die Finger von meiner Frau!«

»Du bist verrückt, Talcott.« Er ringt um Fassung und tritt schwer atmend den Rückzug an. »Du brauchst wirklich Hilfe.«

Als Jerry weg ist, sind die Blicke des ganzen Oldie auf mich gerichtet.

Kapitel 42
GNADENFRIST

»Wir sind alle ein bisschen besorgt um Sie«, sagt Lynda Wyatt ohne einleitendes Vorgeplänkel.

»Ich weiß.« Ich bin entschlossen, Reue zu zeigen. Am Dienstagnachmittag rief mich Dekanin Lynda an und bat mich – besser gesagt, sie forderte mich energisch auf –, am Mittwoch um drei zu ihr ins Büro zu kommen, und ihr Ton machte deutlich, dass ich ernsthaft in Schwierigkeiten bin.

»Wir sind eine große Familie, Talcott«, fährt sie mit steinernem Blick fort. »Wenn ein Mitglied der Familie Probleme hat, wollen wir ihm selbstverständlich helfen.«

Mit *wir* meint sie sich, Stuart Land und Arnie Rosen, die drei einflussreichsten Mitglieder der Professorenschaft, bei denen es sich zufälligerweise um die gegenwärtige Dekanin handelt, den vorigen Dekan und einen Mann mit guten Chancen, der nächste Dekan zu werden. Der Ernst der Lage wird durch die Abwesenheit von Ben Montoya unterstrichen, der normalerweise die Dreckarbeit für sie erledigt. Bei dieser Unterredung fährt Lynda selbst die schweren Geschütze auf.

Die Möbel in Lyndas Büro sind für das Gespräch eigens umgestellt worden. Ich sitze auf einem hölzernen Lehnstuhl, Lynda und Stuart auf dem Plüschsofa übereck, und Arnies Rollstuhl steht direkt neben mir. Das Pendant zu meinem Stuhl ist beiseite geschoben worden, um Platz zu schaffen. Normalerweise gibt es bei Lynda Kaffee und Donuts, aber heute ist der Beistelltisch leer.

Stuart fängt an. Er hält nichts von Ausflüchten, weshalb er als Dekan sehr schlecht war und als Mensch sehr in Ordnung ist. »Sehen wir den Tatsachen ins Auge, Talcott. Den Ursachen für unsere Besorgnis. Erstens, die immer wilderen Verschwörungstheorien, denen Sie hartnäckig nachgehen, obwohl einige von uns Ihnen dringend davon abgeraten haben. Zweitens, der bizarre Vorfall mit der Polizei, ausgesprochen misslich für uns angesichts der Rassenkonflikte in dieser Stadt. Das sind natürlich alte Probleme, also lassen wir die fürs Erste außer Acht. Drittens«, er zählt die Punkte an den Fingern ab, »sind Sie Ihren Lehrverpflichtungen nicht regelmäßig nachgekommen. Viertens –«

»Moment mal«, werfe ich ein, womit ich meinen Mangel an Diplomatie neuerlich unter Beweis stelle. Als Jurist sollte ich eigentlich wissen, dass man sich erst die Vorwürfe anhört, sich die Zeit nimmt, sie zu überdenken, und sie dann alle auf einmal entkräftet. Aber bekanntermaßen gibt es Leute, die dazu nicht fähig sind. »Sie wissen, dass ich einen guten Grund hatte, ein paar Stunden ausfallen zu lassen –«

»Mein Vater ist an einem Montagmorgen gestorben, und am selben Nachmittag und am Tag darauf und am übernächsten Tag habe ich unterrichtet«, sagt Stuart kalt. »Außerdem würden Ihre familiären Probleme nur die im Herbst ausgefallenen Seminare erklären. Nicht die in diesem Semester, das erst einen Monat alt ist.«

Arnie Rosen legt mir besänftigend eine Hand auf den Unterarm, bevor ich etwas Unbesonnenes erwidern kann. »Tal, bitte, hören Sie erst einmal zu. Niemand hier will Ihnen etwas Böses.«

Ich beschließe, den Mund zu halten.

»Viertens«, nimmt Stuart seinen Faden wieder auf, »Ihr kleines Gerangel mit Gerald Nathanson, wenn ich es einmal so nennen darf, einem Mann, der hier an der Fakultät studiert hat und hohes Ansehen in unserer Stadt genießt. Haben Sie eine Ahnung, wie viele Leute Ihren Streit mit angehört haben? Und fünftens –«

»Moment«, unterbreche ich ihn, Beschluss hin oder her. Nachdem ich mir bereits eine fuchsteufelswilde Kimmer zu dem Thema anhören durfte, habe ich keine Lust, noch so eine Tirade über mich ergehen zu lassen. »Einen Moment! Wenn Sie mir die Schuld an dieser Auseinandersetzung geben wollen, sollten Sie wissen –«

Stuart besitzt nicht die Gabe, sich zurückzunehmen: »Um Schuld geht es hierbei in keiner Weise. Wir reden davon, was mit Ihnen los ist, Talcott.« Er presst die Fingerspitzen aufeinander. »Schon vor Monaten habe ich Ihnen gesagt, dass wir den alten, munteren, optimistischen Talcott Garland wiederhaben wollen. Aber Sie haben diesen Rat ignoriert, wie Sie auch meine sonstigen Ratschläge ignoriert haben.« Er hält kurz inne. »Und dabei sind wir noch nicht einmal auf Ihre Bestrebungen zu sprechen gekommen, Marc Hadleys Ernennung zum Richter zu vereiteln.«

»Damit hatte ich nichts zu tun!«

»Fünftens«, fährt Stuart gnadenlos fort, »wird im Haus davon gesprochen, dass Sie in wissenschaftlichen Arbeiten zu einseitig Partei für einen zahlenden Klienten ergriffen haben –«

»Das ist ja lachhaft!«, platzt es aus mir heraus. Meine Unterredung mit Arnie vor ewigen Zeiten hatte ich ganz vergessen.

»Beruhigen Sie sich, Talcott«, sagt Lynda mit ihrer stählernen Stimme. Unwillkürlich drängt sich mir der Gedanke auf, was wäre, wenn meine Beziehung zu Theo Mountain noch so gut wäre wie früher oder wenn er ein paar Jahre jünger wäre. Dann säße er jetzt mit in diesem Zimmer und würde seine schützende Hand über mich halten. Als er hier im Haus noch Einfluss besaß, hätte er eine solche Treibjagd auf seinen Protegé niemals gutgeheißen. »Stuart will Ihnen lediglich begreiflich machen, wie sich die Sache vom Standpunkt der Fakultät aus darstellt.«

»Gerald Nathanson hat in Erwägung gezogen, eine offizielle Beschwerde einzureichen«, sagt Stuart, »aber ich konnte ihn davon abbringen.«

»Freut mich zu hören«, murmele ich. Mir schwirrt der Kopf.

»Es gibt eine einschlägige Universitätsvorschrift«, macht Stuart unverblümt weiter. »Mitglieder des Lehrkörpers dürfen sich keine derartigen Beschimpfungen angesehener Bürger erlauben.«

»Ich habe niemanden beschimpft«, protestiere ich verzweifelt. »Er hat angefangen.«

»Wie im Kindergarten.« Er schüttelt den Kopf, als wäre ich nicht mehr zu retten.

»Worauf wir hinauswollen«, sagt Arnie Rosen mit sichtlichem Widerwillen, »ist, dass die Institution mittlerweile darüber nachdenken muss, wie sie sich schützen kann.« Seine Augen hinter den kleinen, runden Brillengläsern blicken weich und mitfühlend. Er ist einer der Liberalen, die sich schwer damit tun, einen Schwarzen zu kritisieren.

»Heißt das ... heißt das, Sie wollen mich entlassen?«, entfährt es mir, während mein Blick von einem verschlossenen weißen Gesicht zum anderen springt.

»Nein«, entgegnet Stuart eisig. »Wir rufen Sie zur Ordnung.«

»Und was genau bedeutet das?«

Stuart setzt zu einer Antwort an, doch da hebt Dekanin Lynda die Hand. »Stuart, Arnie, würden Sie uns bitte einen Moment allein lassen?« Arnie setzt augenblicklich seinen Rollstuhl in Bewegung, und so eilfertig, wie Stuart aufspringt, bin ich sicher, dass das ganze Theater inszeniert ist, denn kein Dekan, nicht einmal die eiserne Lynda Wyatt, könnte Arnie Rosen und Stuart Land dazu bringen, so prompt zu parieren, wenn sie nicht einverstanden wären.

Sekunden später sind wir allein.

»Ich habe Sie immer gemocht«, beginnt Dekanin Lynda, was wahrscheinlich gelogen ist, andererseits bringt es ihr Amt mit sich, dass sich das, was sie sagt, nicht immer mit dem deckt, was andere darunter verstehen. Dekane müssen diese Eigenschaft haben, denn sie müssen in der Lage sein, einem Studentenführer voller Verständnis und mit der größten Aufrichtigkeit ins Gesicht zu sagen: *Ach, haben Sie meine Worte neulich als Versprechen aufgefasst, etwas zu unternehmen? Ich habe lediglich gesagt, ich würde dem nachgehen, aber als Dekanin sind mir die Hände weitgehend gebunden. Darüber kann nur der Rektor der Universität entscheiden.* Gute Dekane geben nicht nur beinahe jeden Tag solche Sachen von sich, sie besitzen zudem noch die Gabe, die Studenten und manchmal auch die Professoren glauben zu machen, dass sie die Wahrheit sagen.

»Danke, Lynda«, erwidere ich ruhig und warte darauf, dass sie zur Sache kommt.

»Sie werden nicht entlassen, Tal. Das könnten wir gar nicht, selbst wenn wir es wollten. Sie sind fest angestellt, deshalb kann nur das Kuratorium der Universität die Aufhebung Ihres Vertrages beschließen, und auch das nur mit einem triftigen Grund. Ich glaube nicht, dass es einen Grund gibt, Sie Ihres Lehrstuhls zu entheben. Diesmal noch nicht. Aber Sie müssen sich darüber im Klaren sein, dass es an dieser Universität und auch hier im Haus Leute gibt, die anderer Meinung sind. Ein paar Mitglieder der Professorenschaft haben mir geraten, Ihnen die Kündigung nahe zu legen.« Ich sitze ganz still. *Diesmal noch nicht*, hat sie gesagt. »Ich möchte nicht, dass Sie Ihren Kritikern noch mehr Gründe dafür liefern, ein Einschreiten zu fordern. Wenn Sie sich von jetzt an benehmen – schauen Sie mich nicht so an, Sie wissen genau, was ich meine –, wenn Sie sich benehmen, können wir Sie schützen. Aber wenn Sie weiter persönliche Streitigkeiten im Flur austragen und Seminare ohne zureichenden Grund absagen und alle Welt mit Ihren Verschwörungsphantasien verrückt machen und vor allem, wenn Sie auch nur in die Nähe eines weiteren Zusammenstoßes mit der Polizei kommen ... nun, dann weiß ich nicht, wie lange ich Ihnen die Hunde noch vom Hals halten kann. Ich weiß nicht mal, ob ich es in dem Fall überhaupt wollte. Ist Ihnen das deutlich genug?«

»Ja, aber –«

»Ich will kein Aber hören, Tal. Ich will nicht einmal hören, dass Sie darüber nachdenken werden. Das Einzige, was ich hören will, ist Ihr Versprechen, Ihr feierliches Ehrenwort, dass mit diesem ganzen Unfug Schluss ist. Ich will Ihr Wort darauf, dass Sie wieder der seriöse Wissenschaftler und engagierte Hochschullehrer werden, den wir alle schätzen oder jedenfalls bis letzten Oktober geschätzt haben. Ich will, dass Sie in den nächsten fünf Jahren nicht einmal einen Strafzettel wegen Falschparkens bekommen. Das ist es, was ich will.«

»Sonst hat das *welche* Konsequenzen?«

Lynda streicht sich die grauen Locken aus dem Gesicht und zuckt die Achseln.

»Das wagen Sie nicht«, flüstere ich.

»Was wage ich nicht? Mir einen Professor vom Hals zu schaffen, der haltlose Beschuldigungen erhebt, eine Flüsterkampagne gegen einen Kollegen führt, Leute auf dem Flur anschreit und Studenten im Seminar beleidigt?«

Ich weiß kaum, wo ich anfangen soll, daher wähle ich den dümmsten Vorwurf von allen. »Ich habe Avery Knowland nicht beleidigt.«

»Das hängt davon ab, wie man es sieht. Oder vielmehr, wie ich es sehe. Im Moment denken Sie wahrscheinlich, dass es halb so wild wäre, wenn wir Sie aufforderten zu gehen, dass Sie einen gewissen Ruf haben, dass Sie immer eine Stelle an einer anderen Universität bekommen können. Doch das hängt zum großen Teil davon ab, was ich dem Dekan einer Fakultät über Sie erzähle, die erwägt, Sie einzustellen ... Ich könnte Sie mit einem Wort abschießen, und das wissen Sie. Theo könnte Sie davor nicht beschützen. Und wenn Sie sich weiter so aufführen wie bisher, bezweifle ich, dass er es überhaupt versuchen würde.«

Ich denke noch einmal über meine isolierte Position nach. Plötzlich hat es den Anschein, als wären meine Freunde unter den Kollegen in der Tat sehr dünn gesät. Wer würde für mich eintreten? Lem Carlyle? Nicht, wenn es seinen makellosen Ruf beschädigen könnte. Arnie Rosen? Nicht so kurz vor seiner bevorstehenden Kandidatur für den Dekansposten. Die Liebste Dana Worth? Gewiss, aber kein Mensch hört auf sie. Rob Saltpeter vielleicht. Aber er gehört nicht zu denen, die im Haus den Ton angeben. Ich stelle mir vor, wie in diesem Moment in der obersten Etage die Messer gewetzt werden, dort, wo die Namhaften und Einflussreichen versammelt sind. Peter Van Dyke, Tish Kirschbaum und natürlich der hoch geschätzte Marc Hadley, vor nicht allzu langer Zeit noch mein Freund, sie alle würden sich über meinen Abgang freuen.

»Lynda«, sage ich schließlich, »Ich brauche Zeit.«

»Das hört sich für mich wie ein Aber an.«

»Nicht Zeit, um darüber nachzudenken, was Sie gesagt haben. Was Sie gesagt haben, leuchtet mir vollkommen ein.« Ich tue mich etwas schwer mit Unterwürfigkeit, aber ich muss es versuchen. »Ich will gern wieder dieser alte Talcott Garland werden, den alle schätzen, wie Sie sagen, ich will das wirklich. Ich brauche nur ein wenig Zeit, um mir darüber klar zu werden, was eigentlich Sache ist.«

»Das hört sich wieder nach einer Ihrer Verschwörungstheorien an.« Ihre Stimme ist hart. Wenn die Stimme einer Dekanin hart ist, dann sind die Zwänge immens. Wahrscheinlich gibt jemand anders Lynda Wyatt den Text vor, was bedeuten würde, dass sie zumindest zum Teil die Wahrheit sagt: Sie hat sich für mich eingesetzt. Es kann durchaus sein, dass die Universitätsverwaltung Druck auf sie ausübt, mich loszuwerden, und vielleicht hat sie die Damen und Herren überredet, mir noch eine letzte Chance zu geben. Dafür hat die Verwaltung ihrerseits Bedingungen gestellt, von denen Lynda nicht abzuweichen wagt. Dennoch, wenn ich Recht habe, wenn sie sich wirklich für mich eingesetzt hat, dann könnte ... vielleicht ...

»Ich sehe keine Verschwörung, Lynda. Ich bin nicht der Meinung, jemand hätte es auf mich abgesehen. Aber es ist eine Tatsache, kein Hirngespinst, dass der Mann, der mich nach meinem Vater ausgefragt hat, tot ist. Es ist eine Tatsache, kein Hirngespinst, dass jemand das Haus meines Vaters in Oak Bluffs verwüstet hat. Es ist eine Tatsache, kein Hirngespinst, dass ich mitten auf dem Campus von zwei Männern zusammengeschlagen wurde, die mir Fragen nach meinem Vater stellten. Es ist eine Tatsache –« Ich breche unvermittelt ab. Lynda beobachtet mich scharf. Ich wollte schon den Bauern erwähnen. Das hätte sie restlos überzeugt, dass ich nicht mehr alle Tassen im Schrank habe.

Lynda seufzt. »Na schön, Tal, dann hören Sie jetzt einmal mir zu. Es ist eine Tatsache, kein Hirngespinst, dass Sie beinahe festgenommen wurden. Nein, sagen Sie nichts. Es ist eine Tatsache, kein Hirngespinst, dass jemand aus unseren Reihen Marc denunziert hat, und viele Leute glauben, dass Sie das waren. Es ist eine Tatsache, kein Hirngespinst, dass Sie Jerry Nathanson vorgestern im Flur gepackt und angeschrien haben. Es ist eine Tatsache, kein Hirngespinst, dass viele Leute in dieser Universität zu der Auffassung neigen, Sie seien nicht mehr bei klarem Verstand. Es ist eine Tatsache, kein Hirngespinst, dass ich denke –«

»Zwei Wochen«, sage ich plötzlich.

»Wie bitte?«

»Geben Sie mir zwei Wochen. Zwei Wochen, um die ganze Geschichte abzuschließen. Wenn ich –«

»Ich kann nicht dulden, dass Sie noch mehr Seminare ausfallen lassen.«

»Ich werde meine Seminare halten. Das verspreche ich Ihnen. Aber ich brauche noch ein kleines bisschen Zeit.«

»Zeit wofür?«

Ich hole tief Luft, zwinge mich, ruhig zu bleiben. Was soll ich darauf sagen? Dass der rätselhafte Unbekannte da draußen, der mich ruinieren will, Hilfe von jemandem hier drinnen bekommt, jemandem hier im Haus? Jemandem, der fast eher als ich weiß, welchen Schritt ich als Nächstes tun werde – und der zudem in der Lage ist, mich als moralisch fragwürdig hinzustellen und vielleicht zu bewirken, dass mir so gut wie niemand mehr zuhört, egal, was für Entdeckungen ich mache?

Ich sage leise: »Einfach Zeit, Lynda. Mehr nicht. Ich werde keine Seminare ausfallen lassen, aber ich muss mir irgendwie Klarheit verschaffen.« Sie wartet. »Ich werde weder der Juristischen Fakultät noch der Universität schaden. Dieses Haus bedeutet mir viel. Im Augenblick ist es alles, was ich habe.« Ich zögere, würde gern mehr sagen, traue mich aber nicht, das schmerzhafte Thema meiner scheiternden Ehe anzuschneiden. »Seit Sie Dekanin sind, Lynda, habe ich Sie nur selten einmal um einen Gefallen gebeten. Es gibt Leute, die jede Woche bei Ihnen auftauchen, um sich über ihr Gehalt zu beklagen oder über zu viel Gremienarbeit oder zu viele Lehrverpflichtungen oder ein zu kleines Büro. Ich habe nie etwas dergleichen getan, stimmt's?«

»Nein, das haben Sie nicht. Das ist richtig.« Der Schatten eines Lächelns huscht über ihr Gesicht.

»Dann bitte ich Sie jetzt um diesen einen Gefallen. Halten Sie den Druck noch zwei Wochen von mir fern. Und nach den zwei Wochen, das verspreche ich, bin ich entweder ein braver Junge oder ... oder ich erspare Ihnen allen die Mühe und kündige freiwillig.«

Meine Dekanin schüttelt den Kopf. Ihr Blick ist bekümmert. »Ich bin wirklich nicht darauf aus, Sie loszuwerden, Tal. Ich achte Sie, und ich mag Sie. Ich weiß, Sie glauben das nicht, aber es stimmt. Was Stuart zum Beispiel über Ihre angebliche Parteinahme in wissenschaftlichen Arbeiten gesagt hat – von mir würden Sie so etwas nie zu hören bekommen. Ich weiß, dass Sie das nicht tun würden, und selbst wenn ich anderer Meinung wäre, ließe es sich nicht beweisen. Der Vorwurf ist lächerlich. Außerdem leben wir in einer Welt, in der Objektivität« – ein mattes, freudloses Grinsen – »ein sehr relativer Begriff ist. Wissenschaftlich arbeiten heißt Stellung beziehen, nicht wahr? Und Stellung beziehen heißt Partei ergreifen. Wenn wir den Vorwurf der mangelnden Neutralität ernst nehmen wollten, könnte man ihn gegen jeden von uns richten. Aber –«

»Aber Sie müssen an die Fakultät denken«, beende ich den Satz für sie.

»Sie werden sich bei Jerry Nathanson entschuldigen müssen. Da führt kein Weg dran vorbei. Und der gute Cameron Knowland wartet immer noch darauf, von Ihnen zu hören.«

Mehr Qualen. »Ich werde Jerry anrufen. Bei Cameron habe ich es bereits versucht, aber er wollte nicht mit mir reden.«

»Dann versuchen Sie es noch mal«, sagt sie streng. Professoren müssen sich normalerweise von der Dekanin nichts befehlen lassen, nicht an einer so renommierten Fakultät wie der unseren. Aber die Zeiten sind nicht normal.

»Einverstanden. Ich verspreche es.«

Lynda ringt sich ein kleines Lächeln ab. Sie steht auf. Ich auch. Wir geben uns die Hand. Wir wissen beide, dass alles gesagt, dass die Sache abgemacht ist. Wahrscheinlich bewegt sich unser Übereinkommen innerhalb der von der Universität gesetzten Grenzen. Doch um sicherzugehen, sagt sie, als sie mich zur Tür bringt, noch einmal: »Zwei Wochen, Talcott. Nicht mehr.«

»Zwei Wochen«, bestätige ich.

Ganz schwach vor Erleichterung eile ich in mein Büro zurück: Schließlich hätte man mich durchaus auffordern können, auf der Stelle zu kündigen. Doch als ich dann an meinem Schreibtisch sitze, spüre ich wieder die Bürde der Realität auf den Schultern. Ich weiß immer noch nicht, was es mit den *Vorkehrungen* auf sich hat. Oder was die kryptische Mitteilung meines Vaters bedeutet. Oder wer von meinen Kollegen daran arbeitet, mich beruflich zu ruinieren. Ich weiß nicht einmal, ob ich morgen oder übermorgen noch einen Job habe ... oder eine Frau.

Nur eins weiß ich sicher: Mir bleiben vierzehn Tage, um alles aufzuklären.

Kapitel 43

Eine Entscheidung fällt

»Wo bist du gewesen?«, fragt Kimmer in einem Ton, den ich mir zunächst nicht erklären kann. Ich bin vielleicht seit fünf Minuten zu Hause. Weil unten niemand war, bin ich nach oben gegangen, habe dem schlafenden Bentley einen Gutenachtkuss gegeben, und auf einmal geht ein Donnerwetter auf mich nieder.

»Ich hatte eine Besprechung mit Dekanin Lynda. Und dann, na ja, ich hab doch gesagt, es kann spät werden. Mein Aufsatz ist überfällig, erinnerst du dich?«

»Ich hab bei dir im Büro angerufen, Misha. Dreimal.«

»Vielleicht war ich in der Bibliothek.« Ich weiß nicht, warum ich so zugeknöpft bin.

»Du gehst nie in die Bibliothek.« Meine Frau sitzt mit ein paar Kissen im Kreuz aufrecht im Bett, irgendwelche Akten um sich herum verteilt, und zappt sich mit der Fernbedienung durch die Kanäle. Ihre Augen sehen verquollen aus, als ob sie geweint hätte, aber sie schaut mich nicht an. »Oder wenn doch, brichst du einen Streit vom Zaun«, fügt sie hinzu.

»Ehrlich gesagt ... ich habe einen Spaziergang gemacht.«

»Einen Spaziergang? Zwei Stunden lang?«

»Ich hatte über vieles nachzudenken.«

»Das glaube ich gern.« Doch ihre Stimme ist belegt. Was ist los mit ihr?

»Kimmer, ist alles in Ordnung?«

»Nein, überhaupt nicht!«, braust sie auf und wendet sich mir schließlich zu. »Mein Mann, der sich in letzter Zeit wie ein Irrer aufführt, ist volle zwei Stunden nicht auffindbar! Zwei Stunden, Misha! Ist dir jemals in den Sinn gekommen, dass ich mir Sorgen machen könnte?«

Ich setze mich neben sie aufs Bett, versuche ihre Hand zu nehmen. Sie reißt sie mir weg. »Nein, eigentlich nicht. Tut mir Leid.«

»Es tut dir *Leid*!«

»Was soll ich denn sonst sagen, Kimmer? Sag's mir, und ich sage es nach.«

»So weit kommt's noch, dass ich dir sage, was du sagen sollst.«

»Hör zu, Liebling, ich werde mich bei Jerry entschuldigen. Ich hab mich danebenbenommen, das weiß ich.«

»Es ist nichts zwischen mir und Jerry. Es ist auch nie etwas gewesen! Warum kannst du mir nicht einfach glauben, wenn ich dir so was sage?«

Weil es nicht das erste Mal wäre, dass du mich anlügst. Weil ein Mann hier angerufen und nach dir gefragt und dich Baby genannt hat, eine Tatsache, über die ich noch mit dir zu reden habe. Weil du damals André mit mir betrogen hast, so dass es gut sein kann, dass du jetzt mich mit einem anderen betrügst. Dr. Young hat Recht, er hat ja so Recht!

»Ich glaube dir«, flüstere ich.

»Ach, Misha.« Ihre Stimme bricht. Und ganz plötzlich fließen die Tränen. Ich bin sprachlos. Ich habe meine Frau nicht mehr weinen sehen seit der Nacht, in der Bentley geboren wurde. Zuerst weiß ich nicht, wie ich reagieren soll. Ich umarme sie. Sie entwindet sich mir. Ich versuche es noch mal, ziehe sie an mich, und schließlich sinkt ihr Kopf an meine Brust.

»Kimmer, was ist los? Was ist mit dir?«

»Warst du ... warst du mit einer anderen zusammen, Misha? Ich könnte es sogar verstehen. Ich bin so gemein zu dir.« Eifersucht? Kimmer eifersüchtig?

»Nein, Liebling, nein. Natürlich nicht. Ich sage doch, ich habe einen Spaziergang gemacht.« Was zwar die Wahrheit ist, aber nicht die ganze Wahrheit. Selbst jetzt habe ich nicht vor, ihr zu sagen, wohin ich spaziert bin. Ich will nicht, dass sie mich für verrückt hält.

»Misha, Misha«, flüstert sie, und dabei boxt sie mir leicht vor die Brust. »Misha, was ist aus uns geworden? Es war so gut mit uns. So gut.«

Ich schüttele den Kopf. Ich weiß keine Antwort. »Ich liebe dich«, hauche ich. Ich streichele ihren Nacken, so wie sie es früher gern mochte, und sie scheint sich ein wenig zu beruhigen. »Du weißt, dass es in meinem Leben niemanden gibt als dich und Bentley. Und bitte hör auf, dir Vorwürfe zu machen.«

»Warum? Ich bin gemein zu dir. Ich verhalte mich grässlich. Du solltest mich verlassen. Du würdest es tun, wenn du noch ein Fünkchen Verstand hättest.« Und dann neue Tränen. Ich denke an meinen Zusammenstoß mit Gerald Nathanson, und mir will scheinen, dass er schon vorher gereizter Stimmung war. Vielleicht haben er und Kimmer ihre Affäre beendet (falls sie je eine hatten), und sie ist unglücklich darüber. Doch im Augenblick kommt mir der Schmerz meiner Frau tiefer vor, und außerdem kann der kleine Macho in mir, den ich normalerweise zu verstecken suche, nicht hinnehmen, dass sie wegen Jerry weinen würde, wenn sie doch mich hat.

»Sag, Liebling, was ist los? Sag's mir.«

Kimmer schüttelt den Kopf. Ich streichele ihr weiter den Nacken. Sie flüstert etwas. Ich kann es nicht richtig verstehen. Sie sagt es noch einmal, lauter. Und im ersten Moment bin ich genauso niedergeschmettert wie sie.

»Ruthie hat angerufen. Sie ... sie sagt, der Präsident hat sich für jemand anders entschieden.«

»Oh, Kimmer. Oh, Schatz, es tut mir so Leid.«

»Ist schon gut.« Sie zieht die Nase hoch und trocknet sich das Gesicht mit dem Ärmel ihres langen Nachthemds ab. »Wahrscheinlich sollte es nicht sein.«

»Du hast immer noch mich und Bentley«, rede ich ihr gut zu. »Es ist nicht deine Schuld, dass der Präsident sich nicht die beste Kandidatin ausgesucht hat.«

»Genau.« Kimmer versucht zu lächeln. »Ich hätte ihn eben doch nicht wählen sollen.«

Ich reiße die Augen auf. »Du hast ihn gewählt?«

Sie bringt ein schiefes Grinsen zustande. »Ich hab dir doch gesagt, ich hab eine Münze geworfen.«

»Ich dachte, du machst einen Witz.«

»Tja, falsch gedacht.« Sie küsst mich unvermittelt, dann flüstert sie etwas Unverständliches an meinen Lippen. Sie sagt es noch einmal deutlicher: »Willst du nicht wissen, wen er genommen hat?«

»Äh, sicher. Klar.« In Wirklichkeit ist es mir gleichgültig, vor allem, wenn der unverwüstliche Marc Hadley doch noch einen Weg gefunden hat, seine Kandidatur durchzuboxen. Aber früher oder später werde ich es ohnehin erfahren, warum also nicht jetzt aus dem Mund meiner Frau?

»Lemaster Carlyle.«

»Was?«

»Lemaster Carlyle.« Sie lacht, rau diesmal, dann hustet sie, und durch den Panzer ihrer Selbstbeherrschung quellen doch noch ein paar Tränen. »Oh, dieser heimtückische Hund! Dieser heimtückische Hund! Ich weiß, du denkst, er ist irgendwie das Größte seit der Erfindung von Tütensuppen, aber ich finde, er ist nichts weiter als ein heimtückischer, hinterlistiger Hund!«

Trotz des Kummers meiner Frau muss ich darüber grinsen, wie wir anderen uns gegenseitig ausgetrickst haben. Als Ruthie zu Kimmer sagte, zwei oder drei meiner Kollegen seien mit im Rennen, da dachten wir nicht weiter als bis zu Marc Hadley. Als Ruthie zu Marc sagte, dem Präsidenten gehe es um Vielfalt, da dachten Dahlia und Marc nicht weiter als bis zu Kimmer. Und die ganze Zeit über gab es, gewissermaßen an der Schnittstelle, Lem Carlyle, auf den beide Kriterien zutrafen, Kollege und Vielfalt, und mit dem doch niemand rechnete. Der gute alte Lem. Die ganze Zeit über hat er am Spielfeldrand geduldig auf etwas gewartet, das die Pläne der anderen durchkreuzt – ein Plagiatsvorwurf, ein durchgedrehter Ehemann, irgendwas –, hat gelauert und gelauert wie ... na ja, wie ein heimtückischer Hund. Wenigstens weiß ich jetzt, warum er in letzter Zeit in meiner Gegenwart so nervös war.

»Ich fasse es nicht«, flüstere ich schließlich.

»Liberale für Bush«, erinnert mich Kimmer.

»Oh, stimmt.«

»Vielleicht ist es das Beste so«, meint meine Frau, aber uns beiden fällt kein Grund ein, warum das so sein sollte. Dafür machen wir etwas, das wir früher oft gemacht haben. Wir gehen eng umschlungen den Flur hinunter, stellen uns in die Tür von Bentleys Zimmer und sehen ihn staunend an. Wir sprechen ein kleines Dankgebet. Dann gehen wir in unser Zimmer zurück und schieben *Casablanca* in den Videorekorder, und irgendwann entspannt sich Kimmer ein wenig und fängt an, ihre Lieblingssätze mitzusprechen. Doch als Ingrid Bergman an die Bar geht, um Humphrey Bogart um die Transitvisa zu bitten, sind ihre Augen bereits geschlossen. Ich stelle den Videorekorder aus, und sofort schlägt Kimmer die Augen auf. »Gibt es ganz sicher keine andere Frau?«, fragt sie. »Weil ich dich jetzt brauche, Misha. Ich brauche dich wirklich.«

»Ganz sicher nicht.« Maxine huscht mir kurz durch den Kopf, doch ich schiebe sie weg. »Ich liebe nur meine Frau«, teile ich beiden Frauen wahrheitsgemäß mit. »Und meinen Sohn.«

»Und deinen Vater.«

»Wie bitte?«

Die müden Augenlider meiner Frau sind zwar wieder zugefallen, aber ihre vollen Lippen verziehen sich zu einem Lächeln. »Du liebst diesen alten Mann, Misha. Nur deswegen suchst du so hartnäckig.«

Lieben? Ich soll den Richter lieben? Auf die Idee bin ich tragischerweise noch nicht gekommen. Maxine meinte, sie wisse, dass ich nicht damit aufhören könne, hinter den Vorkehrungen herzujagen. Jetzt sagt Kimmer mir dasselbe. »Kann sein«, entgegne ich schließlich. »Tut mir Leid. Ich will doch nur wissen, was passiert ist.«

Das leuchtet meiner Frau offenbar ein. »Nein, nein, ist schon gut, Schatz. Ist schon gut.« Ihre Stimme wird schleppend. »Ich versteh dich, Misha. Wirklich. Aber versprich, dass du zu uns zurückkommst.«

»Zu euch zurückkommen? Von wo denn?«

»Von Aspen«, nuschelt Kimmer. Sie gähnt.

»Aspen?«

»Ach, komm, Misha. Ich werde nicht Richterin. Das ist aus und vorbei. Also kannst du auch zu deinem Onkel Jack fahren.« Sie klappt ein Auge auf, zwinkert, schließt es wieder. »Sag dem FBI schöne Grüße von mir, okay?«

»Hm, okay.«

»Drecksäcke«, murmelt sie und ist eingeschlafen. Ich bleibe noch eine Weile sitzen und streichele ihr den Rücken, von Zuversicht erfüllt, dass sie mich doch liebt, und geplagt von der Frage, wer angerufen und sie Baby genannt hat.

Zwei Wochen.

Kapitel 44

HART AM ABGRUND

• I •

Ich war bereits dreimal in dem atemberaubend reichen Städtchen Aspen in Colorado, das erste Mal noch vor Bentleys Geburt zum Skilaufen mit meinen alten Collegefreunden John und Janice Brown – ein auf der ganzen Linie gescheitertes Unternehmen, bei dem ich mir am allerersten Tag in der allerersten Stunde meines allerersten Skikurses den Knöchel verstauchte und die restlichen vier Tage allein in der winzigen Ferienwohnung verbrachte, während es draußen die dicksten Flocken der Welt schneite. Der Fernsehempfang war ständig gestört, der Kamin verrußt und unbenutzbar, und derweil sausten die alten Skihasen John und Janice die Hänge hinunter, und Kimmer, die in ihrer Collegezeit in Mount Holyoke Ski gefahren, aber mit mir Langweiler kaum noch dazu gekommen war, knüpfte an ihr früheres Können an. Bei diesem ersten Besuch verbrachte ich den unruhigen Landeanflug der Turboprop-Maschine in inbrünstigem Gebet und war hinterher der festen Überzeugung, die vierstündige Fahrt von Denver durch die Rockys sei trotz der steilen, kurvigen, ungesicherten Passstraßen bestimmt das kleinere Übel. Tatsächlich schwor ich mir damals, nie wieder nach Aspen zu fliegen. Bei meinen nächsten zwei Besuchen, in beiden Fällen zwecks Teilnahme an hervorragenden Seminaren des Aspen Institute – einmal mit Kimmer, einmal ohne –, mietete ich am Flughafen von Denver ein Auto und fuhr die Strecke.

Doch es gibt Dinge wie Blizzards, die Gebirgsstraßen unpassierbar machen, und wenn man sicher sein will, dass die Straßen frei sind, bleibt einem nichts anderes übrig, als außerhalb der Sommerzeit die Berge zu meiden. Seit dieser ersten Reise haben John und Janice uns noch etliche Male eingeladen, mit ihnen die Pisten hinunterzubrettern oder auch ohne sie ihre Timesharing-Ferienwohnung zu nutzen. Kimmer ist zweimal gefahren, einmal mit den Browns und das andere Mal, erst letztes Jahr, angeblich allein: »Ein bisschen Zeit getrennt voneinander, um nachzudenken, das wird uns beiden gut tun, Misha, Schatz.« Ich bin beide Male zu Hause geblieben, habe mich an meinen Schwur gehalten: Nie wieder Aspen im Winter! Doch Gott verfügt, wie wir alle wissen, über Mittel und Wege, hoffärtige Sterbliche zu beschämen, die leichtfertig Schwüre ablegen. Und so kommt es, dass ich, obwohl Februar ist, meinem eigenen Vorsatz zum Trotz mit dem Flugzeug im Schneesturm unterwegs nach Aspen bin, in einem kleinen Jet, den die böigen Rocky-Mountain-Winde so durchrütteln, dass die Skifahrer kräftig dem Alkohol zusprechen und wir Übrigen langsam grün im Gesicht werden.

Das Flugzeug landet sicher, und als es schließlich ausgerollt ist, beginnt der nachmittägliche Himmel sogar langsam aufzuklaren. Während ich über das Rollfeld zu dem kleinen, aber modernen Flughafengebäude gehe, will mir scheinen, dass die Leute, die das ganze Jahr über hier leben, gar nicht so verrückt sind, wie ich immer dachte. Die schneegefleckten Berge sind ein herrlicher Anblick in der Wintersonne, die jedes Detail mit kristallener Klarheit hervortreten lässt. Die gegen den Gipfel anrückenden Nadelbäume wirken im Februar eher noch imposanter als im August, wie Soldaten im Wintereinsatz, gekleidet in grünweiße Gebirgsjägeruniformen. Auch die meisten meiner Mitreisenden tragen Uniformen der modernen Art und sehen in der Tat sehr professionell aus in ihren bunten Skiklamotten.

Ich kann diesen Anblick nur bis zur Gepäckausgabe genießen, denn dort wartet schon der Leibwächter, an den ich mich von der Begegnung auf dem Friedhof erinnere und den ich nur unter dem Namen Mr. Henderson kenne. Trotz der zehn Grad minus trägt er lediglich eine leichte Windjacke. Zur Begrüßung setzt er ein strahlendes Lächeln auf und sagt sogar ein paar Worte: »Willkommen in Aspen, Professor«, gesprochen mit einer mir eigentümlich bekannt vorkommenden Stimme, die so samtig und wohltönend ist, dass wen immer er damit verführen will, bestimmt selig dahinschmilzt. Und doch hat Mr. Henderson nichts Lüsternes an sich. Er wirkt eher distanziert – wie es sich für einen guten Aufpasser gehört –, dazu wachsam, energisch, katzenhaft in seiner verhaltenen Geschmeidigkeit, irgendwie vollkommen.

»Danke, dass Sie mich abholen«, erwidere ich.

Mr. Henderson nickt höflich, bietet aber nicht an, mir die Tasche zu tragen.

Mit bemerkenswerter Leichtfüßigkeit führt er mich zum Wagen, bei dem es sich – es ist schließlich Winter und wir befinden und in Aspen – um einen silbernen Range Rover handelt. Mit seiner einschmeichelnden Stimme teilt er mit, Mr. Ziegler freue sich darauf, unsere Bekanntschaft zu erneuern, während er einen kleinen Metalldetektor zur Hand nimmt und mich, um Verständnis bittend, von Kopf bis Fuß damit abstreicht, womit der Schmach aber noch nicht genug ist, denn er wiederholt die Prozedur mit einem kleinen, rechteckigen Gerät mit einer digitalen LED-Anzeige, vielleicht um festzustellen, ob ich Funksignale sende. Ich halte meine Zunge im Zaum: Das Treffen war schließlich meine Idee. »Es wird ungefähr eine halbe Stunde dauern, bis wir da sind«, erklärt Mr. Henderson, als wir vom Parkplatz biegen. Ich nicke.

Wir verlassen den Flughafen und fahren auf die Route 82, die parallel zum Roaring Fork River nach Aspen hineinführt. Zuerst prägen große weiße Flächen mit verstreut stehenden Häusern das Landschaftsbild, hier und da eine Tankstelle oder ein kleiner Laden, und das alles vor dem Hintergrund eines der großartigsten Bergpanoramen Nordamerikas. Dann wird die Bebauung dichter und die Häuser auf den fernen Höhen deutlich größer. Noch vor der Einfahrt in den Ort sieht man an den Hängen des Red Mountain, der die Stadt wie ein kitschiges Denkmal überragt, die protzigen Villen, die an die riesige Kluft zwischen Geld und Geschmack erinnern. Gleich darauf sind wir im eigentlichen Aspen, das sich der wohl teuersten Grundstücke der ganzen Vereinigten Staaten rühmen darf. Ich lasse das Städtchen an mir vorbeiziehen, beinahe zu malerisch in seinem leuchtenden Rahmen aus Sonne und Schnee. Wie immer verrenke ich mir den Hals nach den kleinen viktorianischen Häusern im West End, die in allerlei freundlichen Erdfarben gestrichen sind, jedes einzelne wahrscheinlich zehnmal so teuer wie das gleiche Haus auf einem größeren Grundstück in Elm Harbor. Immobilienmakler bezeichnen den Wohnungsmarkt von Aspen als einen »Holzhammer für die Reichen« und erzählen schadenfroh Geschichten über wohlhabende Ehepaare, die in Tränen ausbrechen, wenn sie erfahren müssen, wie wenig sie für ihre vier oder fünf Millionen Dollar Erspartes bekommen. Es heißt, fast jeder zehnte Einheimische sei wenigstens zeitweise als Makler tätig, was kaum verwundert. Einmal sechs Prozent Provision, und man hat für ein Jahr ausgesorgt. Der mittlere Preis eines Hauses in Aspen beträgt über zwei Millionen Dollar, und das ist erst etwa ein Fünftel des Betrags, den ein mittelgroßes Anwesen auf dem Red Mountain bringt. Auf dem Berg sind Preise von zwanzig Millionen und mehr nicht ungewöhnlich.

Jack Ziegler lebt auf dem Red Mountain.

Der Range Rover rollt durch das Zentrum von Aspen, wo jeder Fußgänger Skier dabeizuhaben scheint. Die Polizisten tragen Jeans und fahren Geländewagen oder himmelblaue Saabs. Mr. Henderson steuert zügig durch den Schnee. Die einzigen amerikanischen Autofabrikate, die ich sehe, sind Jeeps, Explorers und Navigators. Wir kommen an zwei Tankstellen vorbei, dann an drei oder vier Blocks mit Restaurants, Ämtern und Geschäften. In der Stadtmitte biegen wir scharf links nach Norden ab. (Aus irgendeinem Grund stehen Stadtpläne von Aspen meistens auf dem Kopf, so dass der Red Mountain, der im Norden liegt, unten ist und der Aspen Mountain, der im Süden liegt, oben.) Wir passieren einen der beiden Supermärkte der Stadt, überqueren eine kleine Brücke, biegen abermals scharf links ab, und plötzlich sind wir auf der steilen Serpentinenstraße, die den Red Mountain hinaufführt.

»Ich nehme an, bei dem Treffen sind nur wir beide anwesend«, sage ich.

»Soweit ich weiß.« Seine stahlharten grauen Augen blicken konzentriert auf die Straße. Mir wird bewusst, dass Mr. Henderson mir nicht ganz die gewünschte Versicherung gegeben hat, vielleicht weil ich nicht ganz die richtige Frage gestellt habe.

»Sonst weiß niemand, dass ich komme?«

»Oh, ich würde vermuten, dass alle davon wissen.«

»Alle?«

»Mr. Ziegler ist ein sehr populärer Mann«, sagt er kryptisch, und ich muss einsehen, dass ich keine weiteren Informationen aus ihm herausbekommen werde, aber auch so liegen meine Nerven blank.

Der Range Rover folgt einer scharfen Rechtskurve, gleich darauf einer Linkskurve, steuert zwischen Extrembeispielen für den Irrsinn der Neureichen hindurch. Die Villen auf dem Red Mountain als groß zu bezeichnen wird dem Phänomen nicht gerecht. Es sind ungeheure Zeugnisse vergeudeten Reichtums, aufgemotzt mit so vielen mehrstufigen Springbrunnen, Tennisplätzen unter Allwetterkuppeln, Vierfachgaragen, Türmchen, überdachten Pools und terrorsicheren Toren, dass man mehrere Museen damit füllen könnte, wie das irgendwann möglicherweise auch geschehen wird – Museum der amerikanischen Verschwendungssucht könnten unsere Ururenkel so etwas dann nennen. Ein weiterer Beweis, würde meine Lieblingsstudentin Crysta Smallwood sagen, für die Entschlossenheit der weißen Rasse, sich selbst zu vernichten – in diesem Fall, indem sie sich zu Tode konsumiert.

Der Range Rover fährt abermals um eine scharfe Kurve, dann stehen wir plötzlich vor einem wuchtigen Tor, und Mr. Henderson wispert verführerisch in eine Sprechanlage am Straßenrand. Ein winziges Licht leuchtet grün auf, und das Tor öffnet sich. Eine breite Straße führt bergan. Zuerst denke ich, wir sind bereits auf Jack Zieglers Grundstück, das ich noch nie gesehen, mir aber immer riesengroß und von hohen Mauern umgeben vorgestellt habe. Dann wird mir klar, dass das ein Irrtum war. Wir befinden uns in einer Privatsiedlung, einem abgeteilten Areal für Leute, deren Reichtum sich im neunstelligen Bereich bewegt. Die Briefkästen stehen alle dicht beieinander in der Nähe der Einfahrt, und wenig später tauchen die einzelnen Zufahrtsstraßen auf. Die Häuser sind nicht kleiner als anderswo auf dem Berg, aber sie wirken dezenter, weniger pompös, als ob ihre Bewohner mehr Wert darauf legten, ungestört zu sein, als darauf, mit ihrem Wohlstand zu protzen. Hinter einer lang gezogenen Kurve kommen wir an einem Grand Cherokee mit dem Logo eines privaten Sicherheitsunternehmens vorbei, und die zwei versteinerten weißen Gesichter im Wagen erinnern eher an Green Berets als an gewöhnliche Wachmänner.

Wir biegen in eine Sackgasse ein. Die zweite Zufahrt zur Rechten ist die von Jack Ziegler.

Onkel Jack wohnt in einem Haus, das gewissermaßen auf dem Kopf steht, denn man betritt es im Obergeschoss. Von außen macht es einen eher unscheinbaren Eindruck; es ist flach und rechteckig, mit schlichten Stuckwänden und einer Garage für höchstens drei Autos. Doch das Geheimnis offenbart sich im Innern. Wir werden von einem zweiten dezenten Leibwächter eingelassen, einem Mann namens Harrison, geradezu ein Zwilling Hendersons, nicht dem Aussehen, aber dem Verhalten nach, denn im Auftreten sind sich die beiden so ähnlich, wie ihre Namen es sind. Die marmorgeflieste Eingangsdiele ist in Wirklichkeit eine Galerie, von der aus man in den Hauptteil des Hauses hinabblickt. Das Gebäude selbst ist in die Schräge des Red Mountain hineingebaut, und die Treppe ins untere Stockwerk, in das mich die beiden geleiten, führt direkt den Abhang hinunter. Die Fenster, die auf die weit unten liegende Stadt und den Aspen Mountain dahinter blicken, nehmen zwei Etagen ein. Die Aussicht ist im wahrsten Sinne des Wortes furchterregend schön.

Ich leide im Allgemeinen nicht unter Höhenangst, aber als ich jetzt langsam die Treppe hinuntergehe, habe ich plötzlich das Gefühl, ins Leere zu treten, und einer der zwei austauschbaren Leibwächter fasst mich am Oberarm, weil ich zu schwanken beginne.

»Das geht allen am Anfang so«, sagt Mr. Henderson freundlich.

»Fast allen«, korrigiert ihn sein Partner, der auch nicht so aussieht, als wäre ihm im Leben schon einmal schwindlig geworden. Harrison ist hager, im Football wäre er der Wide Receiver und Henderson der Linebacker. Ich würde Henderson für den Angstmacher halten und Harrison für den lautlosen Killer. Sie haben beide die gleichen toten Augen, den gleichen kalten, ausdruckslosen Blick. Aber meine Phantasie geht mit mir durch: Onkel Jack ist schließlich nicht mehr aktiv.

Als was auch immer.

»Lassen Sie sich nicht täuschen«, fügt Henderson wie ein Fremdenführer vor einer Gruppe von Touristen hinzu. »Unter uns ist reichlich massiver Fels, und das Gelände draußen ist weitgehend flach.« Er deutet zum Fenster hinüber, wahrscheinlich auf eine Rasenfläche dahinter, aber ich kann seinem Finger nicht folgen, ohne dass sich mir alles dreht.

»Mr. Ziegler kommt gleich«, grummelt Harrison, bevor er sich über einen der beiden Flure entfernt, die von dem weitläufigen offenen Erdgeschoss zu den Flügeln des Hauses abgehen.

»Vielleicht sollten Sie sich setzen«, schlägt Henderson vor und zeigt auf die diversen Sitzgarnituren in dem riesigen Raum: eine mit weißem Leder bezogen, eine zweite mit braunem Tweed, eine dritte bunt geblümt, alle grundverschieden und doch irgendwie zu einem harmonischen Ganzen gefügt.

»Nein, nicht nötig«, versichere ich ihm – mein erster Satz in diesem Haus und zu meiner Befriedigung nicht mit zittriger Stimme gesprochen.

»Darf ich Ihnen etwas zu trinken bringen?«

»Danke, nicht nötig«, wiederhole ich.

»In dieser Höhe ist es wichtig, dass man genug Flüssigkeit zu sich nimmt, vor allem in den ersten Tagen.«

Ich blicke zu ihm auf und frage mich, ob er nicht doch eher Krankenpfleger ist als Leibwächter, wie ich bei unserer ersten Begegnung am frischen Grab des Richters vermutete.

»Ich möchte nichts, danke.«

»Wie Sie wünschen«, sagt Henderson und entschwindet in einen anderen Flur als den, der Harrison verschluckt hat, und plötzlich bin ich allein in der Höhle des Löwen. Denn Jack Ziegler ist, wie ich inzwischen begriffen habe, nicht einfach jemand, der mir Auskunft geben kann über die Misere, in die meine Familie geraten ist, er ist in gewisser Hinsicht ihr Urheber.

An wen hätte sich mein Vater denn sonst gewandt, wenn er einen Killer brauchte? Es gab für ihn letztlich nur eine Adresse, und genau deswegen bin ich hier.

Ich gehe im Raum umher, bewundere die Kunstwerke, bleibe hier und da stehen, warte. Der Geruch eines scharfen Gewürzes liegt in der Luft – Paprika vielleicht –, und ich frage mich, ob Onkel Jack vorhat, mich zu Tisch zu bitten. Ich seufze. Ich möchte mich nicht allzu lange in diesem Haus aufhalten. Am liebsten würde ich mit Onkel Jack reden und sofort wieder abreisen, doch die deprimierende Zeitzonenmagie plus die profane Schwierigkeit, einen passenden Rückflug zu finden, haben das unmöglich gemacht. Onkel Jack hat mir glücklicherweise nicht angeboten, bei ihm zu übernachten, und für unseren überstrapazierten Familienetat wäre ein Hotelzimmer in Aspen mitten in der winterlichen Hochsaison völlig unerschwinglich, gesetzt den Fall, es wäre überhaupt eins zu bekommen gewesen. Deshalb habe ich John und Janice gebeten, in ihrer Timesharing-Wohnung übernachten zu dürfen; es ist zwar nicht ihre Woche, aber sie haben mit den Leuten, die eigentlich an der Reihe wären, den Termin getauscht.

Außer meiner Frau weiß niemand in Elm Harbor von dieser Reise. Ich hoffe, das bleibt so. Rein formal verstoße ich nicht gegen die von Dekanin Lynda gestellten Forderungen – es ist Freitag, ich lasse also keine Seminare ausfallen –, aber sie wäre mit Sicherheit nicht begeistert, wenn sie erführe, dass ich den Mann treffen werde, den ich jetzt treffen werde. Da ich ein zuvorkommender Mensch bin, möchte ich Lynda das Leben nicht unnötig schwer machen. Ich habe daher nicht vor, ihr von meiner Reise zu erzählen.

Ich blicke wieder zum Fenster, doch die Aussicht ist noch genauso beängstigend wie vorher, also wende ich mich hastig ab und setze meinen Rundgang fort. Ich bleibe vor dem Kamin stehen, über dem ein großes Ölgemälde von Onkel Jacks verstorbener Frau Camilla prangt, die er angeblich umgebracht hat oder hat umbringen lassen. Das Porträt ist deutlich über zwei Meter hoch. Camilla trägt ein fließendes weißes Abendkleid und hat ihre pechschwarzen Haare hochgesteckt; ihr blasses Gesicht ist von einem unnatürlichen Licht umgeben, das ihr wahrscheinlich ein engelhaftes Aussehen verleihen soll. Das Bild erinnert mich an die idealisierten Renaissance-Gemälde, bei denen die Künstler darauf achteten, die Frauen ihrer Auftraggeber möglichst strahlend darzustellen. Ich würde jede Wette eingehen, dass das Porträt nach Camillas gewaltsamem Tod entstand, denn der Maler hat anscheinend eine vergrößerte Fotografie als Vorlage benutzt, so dass das Ergebnis weniger ätherisch als gekünstelt wirkt.

»Nicht gerade eins seiner besten Werke, was?«, keucht Jack Ziegler hinter mir.

Ich erschrecke nicht leicht. Ich erschrecke auch jetzt nicht. Ich drehe mich nicht einmal um. Ich beuge mich vor, um den Namen des Künstlers zu entziffern, doch es ist ein unleserlicher Krakel.

»Es ist nicht schlecht«, murmele ich generös, während ich mich zu Abbys Paten umwende und dabei an die Antwort denke, mit der sich mein Vater jede Chance auf einen Sitz im Obersten Gerichtshof verscherzte. *Ich beurteile meine Freunde nicht auf der Grundlage von Gerüchten*, sagte er, als man ihn nach Camilla befragte; dann verschränkte er die Arme zum Zeichen seiner Geringschätzung der Öffentlichkeit.

Auch Jack Ziegler hat die Arme verschränkt.

»Er ist sowieso kein richtiger Künstler«, fährt er fort, wobei er das Bild mit einer knappen Geste seiner zitternden Hand abtut. »So berühmt, so geehrt, und doch malt er meine Frau für Geld.«

Ich nicke. Jetzt, wo ich Onkel Jack gegenüberstehe, weiß ich auf einmal nicht mehr, wie ich die Sache angehen soll. Er steht in Bademantel und Pantoffeln vor mir, das Gesicht dünner und grauer als beim letzten Mal, und ich frage mich, ob er wohl noch länger als ein paar Monate zu leben hat. Doch seine Augen sind nach wie vor scharf – verrückt und hämisch und wachsam.

Jack Ziegler hakt sich mit seinem knochigen Arm bei mir ein und führt mich langsam im Raum herum, offensichtlich in der Annahme, dass ich die Dinge, die er sich mit seinem unrechtmäßig erworbenen Reichtum angeschafft hat, in meiner Verlegenheit oder vielleicht sogar Angst faszinierend finde. Er deutet auf einen beleuchteten Schaukasten mit einer kleinen, aber eindrucksvollen Sammlung von Inkunabeln, von denen einige zweifellos auf Interpol-Suchlisten stehen. Er zeigt mir ein kleines Auslagekästchen mit prachtvollen Maya-Artefakten, von denen die Regierung in Belize bestimmt noch nicht weiß, dass sie das Land verlassen haben. Er dreht mich herum, so dass ich in Richtung Eingangsdiele blicke. Die freie Wandfläche unter dem Balkon ist mit einem riesigen Bildteppich bedeckt, einer farbenprächtigen Komposition vertikaler Linien, die das Auge fesselt und verwirrt. Es ist ein Muster darin verborgen, und die hartnäckige Entschlossenheit des Gehirns, es zu ergründen, hält den Blick fest. Der Wandbehang ist umwerfend schön. Onkel Jack erklärt mir voller Stolz, dass es ein echter Gunta Stölzl ist, und ich nicke bewundernd, obwohl ich nicht die geringste Ahnung habe, wer Gunta Stölzl ist oder war, nicht einmal, welchen Geschlechts.

»Nun, Talcott«, schnauft er, als die Führung durch sein kleines Museum abgeschlossen ist. Wir bleiben vor dem Fenster stehen, und keiner von uns will den Anfang machen. Während wir uns belauern, bellen aus versenkten Deckenlautsprechern die harten Klänge von Sibelius' *Finlandia*, das mir trotz seines energischen Gestus von jeher als eine der deprimierendsten Kompositionen des gesamten klassischen Repertoires erschienen ist. Aber zu diesem Moment passt es perfekt.

Als ich nichts sage, hustet Onkel Jack zweimal und kommt ohne Umschweife zur Sache: »Gut, du hast dir die Mühe gemacht herzufliegen, ich freue mich, dich zu sehen, aber die Zeit ist knapp. Was kann ich für dich tun? Du sagtest am Telefon, die Angelegenheit sei dringlich.«

Zuerst bringe ich nur ein nervöses »Ja« heraus. So dicht vor Jack Ziegler zu stehen, der mich mit nicht ganz irren, aber auch nicht ganz normalen Augen anfunkelt und ungeduldig darauf wartet, dass ich mich erkläre, während seine zwei Zwillings-Leibwächter im Hintergrund lauern, ist etwas ganz anderes, als im Flugzeug zu sitzen und mir den Dialog im Voraus zurechtzulegen.

»Du sagtest, du seist in Schwierigkeiten.«

»So könnte man es ausdrücken.«

»So *hast* du es ausgedrückt.«

Wieder zögere ich. Was ich fühle, ist weniger Furcht als ein Widerstreben, mich eindeutig zu äußern, denn sobald ich mich auf ein offenes Gespräch mit Onkel Jack einlasse, habe ich vermutlich keine Chance mehr, ihm zu entkommen.

»Wie du vielleicht weißt, habe ich angefangen, mich mit der Vergangenheit meines Vaters zu befassen. Was ich dabei gefunden habe ... beunruhigt mich. Und dazu kommen noch andere Dinge, Vorfälle in den letzten Monaten, die mich ebenfalls beunruhigen.«

Jack Ziegler starrt mich wortlos an. Er ist offenbar bereit, den ganzen Nachmittag und Abend zu warten. Er fühlt sich nicht bedroht. Er spürt keine Angst. Er scheint überhaupt nichts zu fühlen – und genau darin liegt ein Teil seiner Macht. Wieder einmal frage ich mich, ob er wirklich seine eigene Frau ermordet hat, und wenn, ob er dabei irgendetwas gefühlt hat.

»Ich werde verfolgt«, platze ich heraus, und als er immer noch nicht anbeißt, erzähle ich Onkel Jack, obwohl ich mir wie ein Idiot vorkomme, einfach alles, was seit unserer Begegnung auf dem Friedhof passiert ist: die falschen FBI-Agenten, der weiße Bauer, der Mord an Freeman Bishop, der Tod von Colin Scott vor Menemsha, das rätselhafterweise wieder aufgetauchte Buch. Ich übergehe Maxine, will wenigstens ein Geheimnis wahren, wohl weil ich weiß, dass das der einzige Sieg ist, der mir angesichts von Jack Zieglers forderndem Blick noch bleiben wird.

Als er sicher ist, dass ich ausgeredet habe, zuckt Onkel Jack die Schultern.

»Ich weiß nicht, warum du mir das alles erzählst«, sagt er düster. »Ich habe dir am Tag der Beisetzung deines Vaters versichert, dass du nicht in Gefahr bist. Ich werde dich beschützen, so wie ich es Oliver versprochen habe. Dich und deine Familie. Ich halte meine Versprechen. Niemand wird dir etwas tun. Niemand wird deiner Familie etwas tun. Das ist ausgeschlossen. Völlig ausgeschlossen. Dafür habe ich gesorgt.« Er verlagert sein Gewicht, offensichtlich hat er Schmerzen. »Schachfiguren? Ein verschwundenes Buch? Männer, die sich im Wald verstecken?« Er schüttelt den Kopf. »Das braucht dich wirklich nicht zu beunruhigen, Talcott. Ich hatte mir offen gesagt mehr von dir erhofft.«

»Aber die Männer, denen die Finger abgeschnitten wurden –«

»Ich beschütze *dich*«, betont er mit einer zackigen Handbewegung, und ich begreife sofort, dass ich mich keinen Millimeter weiter in diese Richtung bewegen darf. Eine Schrecksekunde lang habe ich wirklich Angst. »Dich und deine Familie. Solange ich lebe.«

»Ich verstehe.«

»Wenn diese Männer dich tatsächlich belästigt haben, dann dürftest du ihr Missgeschick wohl als Zeichen dafür werten, dass du wirklich sicher bist.« Jack Ziegler lässt mir Zeit, darüber nachzudenken. Dann fixiert er mich mit seinen trüben Augen. »Ich hatte gehofft, du hättest Neues über die Vorkehrungen zu berichten.«

Ich stocke. Hier tut sich eine Gelegenheit auf, ich kann es spüren, ich muss nur mein eingerostetes Hirn wieder in Gang bringen. »Nichts wirklich Neues. Aber es könnte sein, dass ich auf der richtigen Fährte bin.«

Abermals traue ich mich nicht weiterzureden. Wenn ich den Gedanken zu Ende bringe, gibt es kein Zurück mehr. Ich habe meine Entscheidung lange vor der Landung in Aspen getroffen, aber zwischen den Vorsatz und die Tat hat Gott den Willen gesetzt; und der Wille beugt sich leicht der Angst.

Abbys Pate wartet immer noch.

»Aber, na ja, wenn du mir ein paar Sachen erklären könntest ... also, das würde vieles einfacher machen.« Ich ärgere mich über mich selbst. Genau wie auf dem Friedhof bin ich in Onkel Jacks Gegenwart befangen. Vermutlich mit gutem Grund: Jack Ziegler ist ein mehrfacher Mörder, ein Mann, der in großem Stil Geschäfte mit so ziemlich jeder illegalen Substanz macht, die es gibt, ein Mittelsmann zur Unterwelt, dessen Verbindungen zum organisierten Verbrechen so komplex und so gut getarnt sind, dass es noch nie jemandem gelungen ist, sie ihm nachzuweisen.

Und doch weiß jeder, dass es sie gibt.

»Ein paar Sachen«, wiederholt er unverbindlich. Ich bemerke Schweißperlen auf seiner Stirn. Als er sie wegwischt, zittert seine Hand leicht, und sein Blick verliert einen Moment lang an Schärfe. Die Nerven? Seine Krankheit? »Ein paar Sachen«, sagt er noch einmal.

Ich nicke, schlucke, werfe einen flüchtigen Blick aus dem Fenster, diesmal ohne von der Furcht übermannt zu werden, dass ich gleich den Berg hinunterstürze – aber wieso das Haus oben bleibt, ist mir immer noch ein Rätsel.

Ich schaue wieder Jack Ziegler an, und die Tatsache, dass er so geduldig wartet, die Tatsache, dass er mich überhaupt empfangen hat, bestätigt mir, dass er mich genauso braucht wie ich ihn. Daher ist meine Stimme ruhiger und bestimmter, als ich sage: »Zunächst einmal würde ich gern wissen, ob du meinen Vater so vor, na, ungefähr anderthalb Jahren getroffen hast. Im Oktober vorletzten Jahres.«

Sein Blick trübt sich wieder, und ich habe den Eindruck, er versucht tatsächlich, sich zu erinnern. »Nein«, antwortet er schließlich. »Nein, ich glaube nicht. Um die Zeit muss ich noch in Mexiko gewesen sein, wegen meiner Behandlungen.« Es klingt unsicher, aber nicht wie eine Lüge. Dennoch, man kann nie wissen. »Warum?«

»Nur so eine Idee.« Ich merke, wie lächerlich sich das anhört, und drücke mich etwas deutlicher aus. »Das heißt, ich ... ich habe ein Gerücht gehört.«

»Und deswegen bist du den ganzen Weg hierher gekommen, Talcott? Um einem Gerücht nachzugehen?«

»Nein.« Jetzt muss ich es wagen. »Nein, Onkel Jack, ich bin hier, weil ich dich nach Colin Scott fragen wollte.«

»Und wer bitte ist Colin Scott?«

Ich zögere. Colin Scott hatte, wie ich von Ethan Brinkley weiß, mehrere Namen, und es gibt keinen Grund zu der Annahme, dass Jack Ziegler sie alle kennt. Wenn er mich dagegen, wie ich vermute, in den letzten Monaten hat überwachen lassen, dann muss ihm der Name das eine oder andere Mal untergekommen sein.

»Colin Scott«, wiederhole ich. »Vorher hieß er Villard. Jonathan Villard. Er war Privatdetektiv. Mein Vater beauftragte ihn, herauszufinden, wer in dem Auto saß, das Abby getötet hat. Deine Patentochter.«

Jetzt ist es Jack Ziegler, der zögert. Er versucht abzuschätzen, wie viel ich weiß, wie viel ich errate und wie viel er geheim halten kann. Es passt ihm nicht, vor mir die Deckung herunterlassen zu müssen, und dass er mir diese berechnende Seite zeigt, deutet darauf hin, dass er meiner Hilfe bedarf.

»Und?«, fragt er.

»Ich denke, du kanntest ihn, als er noch bei der CIA war.«

»Und?«

»Und du musst es gewesen sein, der meinen Vater mit ihm in Kontakt brachte.«

»Und?« Keine Bemerkung dazu, ob das heiß oder kalt ist. Jedes Wort ist von einem grässlichen Pfeifen begleitet. Er legt sich eine Hand flach auf die Brust, krümmt sich zusammen und fängt an, erbärmlich zu husten. Instinktiv fasse ich seinen Arm, der unter dem Bademantel nur noch Haut und Knochen ist. Im Nu steht Harrison neben uns. Er nimmt sachte meine Finger weg, führt Onkel Jack zum Sofa und reicht ihm ein Glas Wasser.

Jack Ziegler stürzt das Wasser hinunter, und der Hustenanfall hört auf.

»Bitte setzen Sie sich, Professor«, befiehlt der drahtige Harrison streng. Seine Stimme ist dünn und piepsig, und ich schaue zweimal hin, um sicher zu sein, dass er wirklich der harte Bursche ist, als der er offensichtlich erscheinen will. Seine breiten Schultern räumen jeden Zweifel aus.

Wie befohlen, setze ich mich auf einen zierlichen Stuhl gegenüber dem unheimlichsten Mann, den ich kenne. Harrison hält Onkel Jack eine Pille hin, doch der winkt gereizt ab. Harrisons ausgestreckte Hand könnte aus Stein gemeißelt sein. Onkel Jack guckt böse, doch schließlich gibt er nach, schluckt die Tablette, kippt Wasser hinterher.

Harrison zieht sich zurück.

Könnte auch er ein Krankenpfleger sein? Phantasiere ich? Ich beäuge den berüchtigten Jack Ziegler, zusammengesunken auf dem vornehmen Sofa, Speichel auf den trockenen Lippen, wie er schwach mit der Hand wedelt, allerdings nicht im Takt der Musik. Wieso hatte ich solche Angst vor ihm? Er ist krank, er stirbt, er fürchtet sich. Ich sehe mich im Raum um. Kein Museum, ein Mausoleum. Eine unerwartete Woge des Mitleids mit dem vor mir kauernden Mann erfasst mich. Ein paar Minuten lang sitzen wir in der Stille, oder vielmehr wir sitzen, ohne zu reden: Statt *Finlandia* läuft jetzt etwas, das sich nach Wagner anhört, aber ich kann nicht erkennen, was es ist.

Jack Ziegler lehnt sich auf dem Sofa zurück, schließt die Augen. »Bitte entschuldige, Talcott«, flüstert er, ohne sich zu bewegen. »Ich bin noch nicht wiederhergestellt.«

»Ich verstehe.« Ich zaudere, doch ich bin zu gut erzogen, um mir den nächsten Satz zu verkneifen: »Wenn es dir lieber ist, kann ich ein andermal wiederkommen.«

»Unsinn.« Erneutes Husten, nicht so laut, aber rasselnd und sichtlich qualvoll. Er öffnet die Augen. »Du bist hier, du hast die weite Reise gemacht, du hast Fragen. Du darfst sie stellen.« *Auch wenn ich sie vielleicht nicht beantworten werde*, heißt das.

»Colin Scott«, sage ich ein weiteres Mal.

Jack Ziegler kneift seine wässrigen alten Augen zusammen. Ich versuche mich an all die Verbrechen zu erinnern, die ihm zur Last gelegt werden, die Verbindungen zur Mafia, zu Waffenhändlern und Drogenbaronen und sonstigen Leuten, die mit dem Leid anderer Menschen Geld verdienen. Doch es fällt mir schwer, mir zu vergegenwärtigen, warum dieser tatterige alte Mann mir gerade eben noch solche Furcht eingejagt hat. Ich denke an die Männer, deren Hände nach dem Angriff auf mich verstümmelt wurden, aber die Vorstellung löst weniger Grauen aus als zuvor.

»Was ist mit ihm?«, fragt Onkel Jack schließlich und blinzelt heftig.

»Ich glaube nicht, dass mein Vater ihn bezahlt hat. Es scheint in den Unterlagen meines Vaters keine entsprechenden Schecks zu geben.« Schon bevor ich über die Schwelle dieses Hauses trat, hatte ich den Beschluss gefasst, Mariah aus der Sache herauszuhalten. Falls Abbys Pate es für nötig erachtet, die Familie weiter zu dezimieren, dann soll er lieber nur einen von uns umbringen.

»Wofür hat ihn dein Vater denn nicht bezahlt?«

»Für die Arbeit, die er geleistet hat. Er hat den Sportwagen ausfindig gemacht.« Ich schlucke unbehaglich, als wieder Leben in sein Gesicht kommt. Doch wenn ich mit der Sache hinterm Berg halten wollte, hätte ich mir das überlegen müssen, bevor ich Jack Ziegler anrief. »Mein Vater hat ihn für seine Arbeit nicht bezahlt.«

»Und?«

In dieser einen Silbe schwingt etwas mit, das vorher nicht vorhanden war: Ein schlafendes Tier scheint langsam zu erwachen, und Jack Ziegler kommt mir nicht mehr halb so tatterig vor.

»Ich nehme nicht an, dass er umsonst gearbeitet hat«, sage ich vorsichtig.

»Und?«

Wieder beschleicht mich Furcht, streicht mir mit eisigen Fingern über Rücken und Schenkel. Irgendwie hat Onkel Jack die Temperatur unseres Gesprächs verändert.

»Ich denke ... ich denke, du hast ihn bezahlt. Den Detektiv.«

»Ich habe ihn bezahlt?« Die kohlschwarzen Augen blicken jetzt wieder schärfer, und auf einmal habe ich dasselbe mulmige Gefühl im Magen, das ich einmal als Junge hatte, als mein Vater mir eine Fackel in die Hand drückte und mir befahl, ein Hornissennest zu verbrennen, das Mariah unter dem Dachvorsprung des Vinerd Howse entdeckt hatte. Ich wusste damals, dass ich sie alle kriegen musste, wenn ich nicht gestochen werden wollte. Heftig gestochen.

»Das nehme ich jedenfalls an.«

»Dass ich diesen Scott für etwas bezahlt habe, das er im Auftrag deines Vaters gemacht hat.« Jack Ziegler spricht die Worte langsam und deutlich aus, als wollte er mir die Gelegenheit bieten, meine Aussage zu widerrufen.

»Ja.« Kann sein, dass ich die Hornissen in Rage bringe, aber wenigstens bleibt meine Stimme ruhig.

»Warum sollte ich das tun?«

»Das weiß ich nicht. Vielleicht weil ihr alte Freunde wart, du und mein Vater. Vielleicht weil du der Taufpate seiner Tochter warst.« Ich muss mich zwingen, die nächsten Worte auszusprechen, und weiß doch genau, dass er mir niemals verraten wird, welche Version die Richtige ist. »Oder vielleicht hast du meinem Vater geholfen, weil du ... weil du einen Gefallen bei ihm guthaben wolltest. Einen Gefallen, den du später einfordern konntest.«

Jack Ziegler macht das Speigeräusch, an das ich mich noch vom Friedhof erinnere. Seine langen Finger reiben die welke Haut an seinem Kinn.

»Vielleicht gibt es deshalb keine Schecks an diesen Mr. Scott, weil dein Vater ihm nie etwas gezahlt hat. Und vielleicht hat er ihm deswegen nichts gezahlt, weil Mr. Scott gar nicht für ihn gearbeitet hat.«

»Ich glaube nicht, dass das zutrifft. Ich denke, es gibt Gründe dafür, dass mein Vater ihm keine Schecks ausstellen konnte. Ich denke, dass Mr. Scott ... nun, sagen wir, er kam nicht gerade aus dem Milieu, mit dem sich ein Richter in Verbindung bringen lassen durfte.«

»Und?«

»Und mein Vater musste jeden Anschein von Fehlverhalten vermeiden. Vielleicht dachte er ja damals schon an den Obersten Gerichtshof.« Als darauf keine Reaktion kommt, nur derselbe starre Blick, fahre ich fort. »Außerdem bin ich mir nicht einmal sicher, ob mein Vater ihn hätte bezahlen können. Nicht mit seinem Richtergehalt, schon gar nicht damals.«

Jack Ziegler wirkt völlig entspannt. »Was denkst du dir sonst noch so, Talcott? Das ist wirklich hochinteressant.«

Ich zögere, doch für einen Rückzieher ist es zu spät.

»Ich denke, Colin Scott verfasste einen Bericht über den Unfall. Ich denke, er fand heraus, wer es war. Und er gab den Bericht meinem Vater. Aber mein Vater ging damit niemals zur Polizei, oder? Ich denke, als er sah, was darin stand, bat er Mr. Scott, etwas für ihn zu tun, und als der nein sagte, legte mein Vater dir den Bericht vor und bat dich um Hilfe.«

Ich halte inne. Die nächsten Worte wollen mir einfach nicht über die Lippen kommen. Nicht, dass ich zu große Angst hätte, sie auszusprechen; ich bin nur nicht mehr so überzeugt wie noch vor zwei Stunden, dass ich die Antwort wissen will.

Aber Jack Ziegler denkt nicht daran, mir den Rest zu ersparen. »Du sagst, dein Vater bat mich um Hilfe? So, so. Und was ist deiner Meinung nach dann passiert?«

Tja, genau deswegen bin ich hergeflogen. Dies ist der Augenblick, auf den ich hingearbeitet habe mit all den Gesprächen, die ich mit Wallace Wainwright und Lanie Cross geführt habe, mit all den Erinnerungen, die ich aus Sally und Addison und selbst aus Mariah herausgekitzelt habe, mit all den Beweisen, die ich mit und ohne ihre Hilfe zusammengetragen habe, bis hin zu dem verschwundenen Album. Wenn ich es jetzt nicht sage, wird diese ganze monatelange Arbeit umsonst gewesen sein. Und der Flug nach Aspen genauso.

Wenn ich es sage, besteht allerdings die nicht zu unterschätzende Gefahr, dass ich meine Frau und meinen Sohn nie mehr wiedersehe. Doch ich nehme all meinen Mut zusammen.

»Ich denke, du hast Colin Scott irgendwie dazu gebracht, dass er ... die Sache für ihn bereinigte.«

So, jetzt ist es endlich heraus.

Jack Ziegler schüttelt langsam und ein bisschen traurig den Kopf, doch seine Augen blicken jetzt an mir vorbei, nach draußen. »Die Sache bereinigte?« Er kichert. Hustet. »Klingt wie ein schlechter Film. Was hätte es denn zu bereinigen gegeben?«

»Du weißt, was ich meine, Onkel Jack.«

»Ich weiß, was du meinst, Talcott, und ehrlich gesagt, es beleidigt mich.«

Seine Stimme ist leise, beinahe zärtlich. Mir läuft es kalt den Rücken hinunter. Wieder lädt eine unbestimmte Drohung die Atmosphäre zwischen uns auf.

»Ich bin nicht darauf aus –«

»Du beschuldigst deinen Vater eines Verbrechens, Talcott. Du redest um den heißen Brei herum, aber genau das ist es doch, oder? Du denkst, dein Vater hat diesen Scott dafür bezahlt, dass er einen Mord begeht.« Er wird mit jeder Sekunde unberechenbarer. »Das ist schlimm genug. Aber jetzt beschuldigst du mich, ich hätte ihm dabei geholfen.«

Wenn du einmal angefangen hast, erklärte mir der Richter, *darfst du die Fackel nicht mehr vom Nest zurückziehen, denn wenn die Hornissen rauskommen, sind sie auf jeden Fall schneller als du.*

»Hör zu, Onkel Jack, ich weiß, womit du dein Geld verdienst.«

»Nein, das weißt du nicht.« Sein Mund kräuselt sich, und er hebt die Hand. Mit einem welken Finger zielt er auf mein Gesicht. »Oh, du glaubst, du wüsstest Bescheid. Alle glauben, sie wüssten Bescheid. Sie lesen die Zeitung und diese schwachsinnigen Bücher und was nicht noch alles. Diese idiotischen Ausschussberichte. Aber tatsächlich hat niemand eine Ahnung. Niemand.« Er rappelt sich mühsam hoch. Diesmal bin ich so klug, ihm keine Hilfe anzubieten. »Komm mit, Talcott, ich möchte dir etwas zeigen.«

Er schlurft mir in seinen Pantoffeln voraus durch den langen Raum, an dem Fenster mit dem atemberaubenden Panoramablick vorbei und in die Edelstahlküche, wo eine stämmige Slawin das Mittagessen zubereitet. Mein Gastgeber knurrt sie in einer mir fremden Sprache an, und sie lächelt dünn und verschwindet. Die Küche verfügt ebenfalls über riesige Fenster, durch die man auf Aspen hinunterblickt. Ich folge Jack Ziegler durch den Raum, und wir gelangen in ein Gewächshaus, wo der Duft einer unglaublichen Pflanzenvielfalt die Luft erfüllt. Ich frage mich, wie die wilde Mischung von Aromen sich auf den Geschmack des Essens auswirkt.

»Schau«, sagt Onkel Jack und deutet auf irgendetwas jenseits der Glaswand. »Siehst du, was ich meine? Alle.«

Jetzt ist es an mir, verwirrt zu sein. »Alle was?«

»Alle meinen, sie wüssten Bescheid. Schau!«

Ich setze eine ernste Miene auf und hoffe, Onkel Jack hält meine Ratlosigkeit für Konzentration, denn ich habe nicht die leiseste Ahnung, wovon er spricht. Mein Blick folgt der Bahn seines zitternden Fingers. Ich sehe eine weitläufige Rasenfläche, auf der der frische Schnee in der Gebirgssonne glitzert, ich sehe hohe Hecken und die schmale Straße, die sich zu den prunkvollen Wohnsitzen von Filmproduzenten und Software-Unternehmern hinaufschlängelt, die noch reicher sind als der Pate meiner kleinen Schwester. Ein Minivan brummt vorbei: Kimmer hasst sie, findet sie zu matronenhaft und duldet nicht, dass wir uns einen anschaffen. Hundert Meter weiter oben parkt das Fahrzeug eines Stromunternehmens, dessen uniformierte Mitarbeiter, ein Mann und eine Frau, irgendwelche Arbeiten am Strommast verrichten. Nicht ganz so weit von uns entfernt führt eine muskulöse Frau in schwarzen Stiefeln und gelbem Spandex-Anzug, der die Kälte offenbar nichts ausmacht, einen Hund spazieren, in dem mein ungeschultes Auge einen Dobermann zu erkennen meint. Ein ramponierter roter Pick-up mit dem Logo einer Rasenpflegefirma zischt mit drei Schneefräsen auf der Ladefläche vorbei.

Jack Ziegler steht neben mir wie eine Statue, den Finger auf die Scheibe gepresst. Ich weiß nicht, worauf er deutet. Ich weiß nur, dass mir von dem üppigen Pflanzenduft allmählich übel wird.

»Okay«, sage ich unsicher. »Ich schaue.«

»Und, siehst du sie?« Er wirkt auf einmal wieder senil, aber ich frage mich, ob das vielleicht nur gespielt ist. »Siehst du, wie sie uns überwachen?«

»Wen soll ich sehen?«

Er packt mich an der Schulter. Seine fieberheißen Finger krallen sich in den Muskel. »Da! Den Laster!«

»Den Laster? Du meinst den da drüben am Strommast?«

»Ja, ja! Siehst du ihn?«

»Okay, ja. Ich sehe den Laster.«

»Na, dann verstehst du jetzt. Du machst dir keine Vorstellung, wie sie mich schikanieren –«

»Wer? Das Stromunternehmen?«

Onkel Jack sieht mich scharf an, und einen Moment lang scheint sich der Nebel vor seinen Augen zu lichten. »Nicht das Stromunternehmen«, sagt er in einem nüchternen Ton. »Das FBI.«

Ich schaue noch einmal hin. »Aber das ist ein Stromlaster –«

»Das ist bloß Tarnung. Die sind hier, um mich zu schikanieren.« Er lacht unerwartet, und sein Blick verdüstert sich. Das hämische Funkeln ist wieder da. »Der Strom fällt hier oben mindestens zweimal im Monat aus. Weißt du, warum?« Ich schüttele den Kopf. »Damit sie ihre Laster schicken und mein Telefon abhören können. Damit meine Alarmanlagen nicht funktionieren und sie ihre Wanzen pflanzen können.«

»Wanzen ...?«

»Hier, in meinem Haus, in meiner Küche, sind Wanzen!« Zu meinem Erstaunen hat er plötzlich eine Fliegenklatsche in der Hand und haut auf eine Stelle an der Wand. »Da, haha!«, gackert er mit solcher Schadenfreude, dass ich erst denke, ich hätte ihn vielleicht missverstanden und er hätte in Wirklichkeit von Insekten geredet. »Und da!«, ruft er und drischt jäh gegen den Kühlschrank, dann auf eine der dunkelgrünen Granitarbeitsflächen. »Da werden ihnen die Kopfhörer scheppern!«, jubelt er.

Er wirft die Fliegenklatsche achtlos gegen einen Schrank, legt einen Arm um meine Schultern und führt mich in den Saal zurück, wie er ihn nennt. »Die wollen auch wissen, womit ich mein Geld verdiene. Die halten mich für einen Kriminellen, Herrgott noch mal!« Er bleibt kurz an einem unbenutzt wirkenden Schreibtisch stehen und kritzelt etwas auf einen Notizblock. »Genau wie du«, murmelt er. »Genau wie du.« Dann hustet er, dass die Speicheltröpfchen fliegen, denkt aber gar nicht daran, sich die Hand vor den Mund zu halten.

Ich winde mich verlegen. »Onkel Jack, ich, also, ich wollte nicht –«

»Aber mit mir nicht«, kichert er, ohne mich zu beachten. »Und wenn der Strom ausgeht, weißt du, was ich dann mache?«

»Nein.«

»Ich werde dir sagen, was ich mache.« Mit listiger Miene legt er wieder den Arm um mich. »Ich gehe mit der Taschenlampe rum und mache ihre Wanzen kaputt!«

»Verstehe«, sage ich. Tja, vielleicht habe ich diese Reise umsonst gemacht.

»Nein, ich glaube nicht, dass du verstehst«, murmelt er, reißt dann unvermittelt den Kopf herum und bellt: »Harrison!«

Der hagere Leibwächter erscheint auf der Stelle. »Ja, Sir?«

Das war's. Jetzt werfen sie mich den Berg hinunter. Kimmer, ich vergebe dir. Pass gut auf unseren Jungen auf.

»Ist dieses Haus verwanzt, Harrison?«, fragt Abbys Pate.

»Bisweilen, Sir.«

»Und zerstören wir die Wanzen?«

»Wann immer wir können, Sir.«

»Danke, Mr. Harrison, das ist alles.« Onkel Jack reicht ihm den bekritzelten Zettel, und der Butler-Krankenpfleger-Leibwächter zieht sich zurück. Ich traue mich, wieder normal zu atmen. So also kommuniziert man in einem Haus, in dem möglicherweise jedes Wort mitgehört wird: Man schreibt sich Zettel. Jetzt verstehe ich, was Henderson meinte, als er von Onkel Jacks Popularität sprach und davon, dass alle von meinem Besuch wüssten. »Überall Wanzen«, sagt Jack Ziegler und schüttelt kummervoll den Kopf.

• III •

Jack Ziegler baut ab. Seine Lippen beben. Die Aufregung hat ihn sichtlich mitgenommen, seine Gesichtszüge sind erschlafft, alle Energie scheint aus ihm gewichen zu sein. »Sei so gut und stütz mich, Talcott«, murmelt er und hängt sich mit einem dünnen Arm an meine Schultern. Onkel Jack bekommt kaum mehr die Füße vom Boden. Dennoch fühlt er sich leicht an wie ein Kind.

»Hör gut zu, Talcott«, sagt er. »Hörst du?«

»Ich höre, Onkel Jack.«

»Ich bin kein Held, Talcott. Das weiß ich. Ich habe in meinem Leben Dinge getan, die ich bedaure. Ich habe Geschäftspartner, die ebenfalls manches bedauern. Verstehst du?«

»Nicht so richtig ...«

»Ich habe Entscheidungen getroffen, Talcott. Schwierige Entscheidungen. Und Entscheidungen haben Konsequenzen. Das ist, denke ich, das oberste Gebot jeder Lebensphilosophie. Entscheidungen haben Konsequenzen. Alle Entscheidungen. Das habe ich immer akzeptiert. Ich habe gute Entscheidungen getroffen und davon profitiert. Ich habe schlechte Entscheidungen getroffen und dafür gebüßt. Das geht uns allen so.« Er lässt mir Zeit, darüber nachzudenken. Ich merke, dass er unter der höflichen Oberfläche zutiefst verärgert ist. Die Hornissen sind in Rage.

»Ich verstehe, was du –«, fange ich an, doch er unterbricht mich sofort.

»Konsequenzen, Talcott. Ein viel zu selten gebrauchtes Wort. Wir leben heute in einer Welt, in der niemand mehr meint, Entscheidungen sollten Konsequenzen haben. Aber soll ich dir das große Geheimnis verraten, das unsere Kultur zu leugnen versucht? Man kann vor den Konsequenzen seiner Entscheidungen nicht fliehen. Die Zeit läuft nur in eine Richtung.«

»Ganz meine Meinung«, versichere ich ihm, auch wenn es nicht stimmt.

Jack Zieglers wässriger, müder Blick huscht über mein Gesicht, wandert weiter zur Wand – denkt er wieder an die Wanzen? – und verweilt dann auf der schwindelerregenden Aussicht. Er setzt zu einem neuen Vortrag an: »Wir, die wir Väter sind, sind für unsere Söhne alle nicht, was wir gern wären. Das wirst du vermutlich auch noch erfahren.« Ich erinnere mich, dass er einen Sohn hat, Jack junior, einen Devisenhändler, der am anderen Ende der Welt lebt, in Hongkong, um seinem Vater zu entkommen.

Ob das wohl weit genug ist?

Jack Ziegler fährt fort, Volksreden zu halten, als hätte ich meine Reise einzig und allein deswegen unternommen, um seine Lebensphilosophie zu verstehen. »Vater und Sohn, das ist ein heiliges Band. Die ganze Menschheitsgeschichte hindurch geht die Verantwortung für die Familie vom Vater auf den Sohn über, dann auf den Sohn des Sohnes und so weiter. Familienoberhaupt, Talcott! Das ist eine Aufgabe, verstehst du? Davor darf sich ein Mann nicht drücken, selbst wenn er es gern täte. Heutzutage, das weiß ich wohl, werden solche Ideen an den Universitäten belächelt. Sexistisch, heißt es. Du kennst die Begriffe besser als ich. Patriarchat. Männliches Dominanzstreben. Pah! Unsere Generation hatte es nicht so gut wie ihr. Wir hatten keine Zeit, uns mit solchen Diskussionen abzugeben. Wir mussten leben, Talcott. Wir mussten handeln. Mochten andere sich den Kopf darüber zerbrechen, warum Gott zu Mose aus einem brennenden Dornbusch sprach und nicht aus einer Platane oder einem Wal-Mart oder einem Fernseher. Wer hatte Zeit, sich um so was zu kümmern? Ihr heute seid die Generation der Schwätzer, und ich wünsche euch alles Gute. Wir waren die Generation der Macher, Talcott, die letzte, die dieses Land gesehen hat. Macher! Du verstehst das nicht, das weiß ich. Du hast nie erlebt, dass keine Zeit war, zu diskutieren, zu debattieren, zu prozessieren, *die Handlungsoptionen zu prüfen* – so sagt man das doch heute, oder? Wir haben nicht im Radio öffentlich über unsere Probleme gejammert. Wir haben unsere Selbstachtung nicht aus der Behauptung bezogen, wie schlecht uns andere behandeln. Wir haben nicht geklagt. Wir hatten gar nicht die Zeit dazu. In meiner Generation gab es tatsächlich Dinge, die getan werden mussten, Talcott. Entscheidungen, die getroffen werden mussten. Begreifst du das?« Es ist ihm egal, ob ich das begreife. Es ist ihm egal, ob ich seiner Meinung bin. Er will seinen Standpunkt klar machen – und hört sich dabei genau wie der Richter an. »Das war die Generation, aus der dein Vater hervorgegangen ist, Talcott. Wir beide, dein Vater und ich. Wir waren uns da ähnlich. Wir waren Familienoberhäupter, Talcott. Männer. Von der altmodischen Art, würdest du sagen. Wir wussten, wo unsere Verantwortung lag. Für die Familie sorgen, durchaus. Sie ernähren, gewiss. Sie führen. Aber vor allen Dingen, sie beschützen.«

Die Sonne geht hinter den Bergen unter, und der Schnee nimmt eine prachtvolle orangerote Farbe an. Unten im Tal werden die Skifahrer in Kürze zum Nachtleben übergehen.

»Ich weiß, du bist wütend, Talcott. Ich weiß, du bist von deinem Vater enttäuscht.« Er wirft mir einen Blick zu und wendet sich dann wieder ab. »Du meinst, du hättest ihn bei etwas Schrecklichem ertappt. Na, dann sag mir doch, was du getan hättest? Deine Tochter ist tot, die Polizei unternimmt nichts – und du glaubst, du weißt, wer sie getötet hat. Was hättest du getan?«

Jetzt wartet er. Genau diese Frage habe ich mir immer und immer wieder gestellt, seit Mariahs Besuch mich auf diese Fährte gebracht hat. Wenn jemand Bentley etwas antun würde, und die Polizei würde nicht einschreiten, würde ich hingehen und einen Killer engagieren? Oder die Sache selbst in die Hand nehmen? Vielleicht. Vielleicht auch nicht. Wahrscheinlich kann das niemand mit hundertprozentiger Sicherheit sagen, solange es eine rein hypothetische Frage ist. Erst wenn es wirklich ernst wird, erweist sich, was die Grundsätze wert sind, mit denen wir uns so gerne schmücken.

»Ich weiß, was *er* getan hat«, sage ich schließlich.

Jack Ziegler schüttelt den Kopf. »Du glaubst, es zu wissen. Aber was weißt du im Grunde schon? Sag mir, Talcott, was *weißt* du wirklich, ohne jeden Zweifel?«

Er hat mich mit seiner plötzlichen Direktheit überrumpelt. Seine Augen bohren sich jetzt förmlich in meine. Ich schaue weg. Es wundert mich, dass Onkel Jack sich nicht mehr wegen der Wanzen sorgt, doch als ich unser Gespräch im Kopf noch einmal Revue passieren lasse, wird mir klar, dass die einzigen belastenden Äußerungen von mir gekommen sind, alle den Richter betreffend, der bereits tot ist ... und dass Onkel Jack mich dazu gebracht hat, vor den mithörenden FBI-Leuten das Andenken meines Vaters in den Schmutz zu ziehen.

Sei's drum.

»Er hat einen Killer beauftragt«, sage ich zu guter Letzt, weil ich mich Onkel Jacks Direktheit wenigstens ein bisschen gewachsen zeigen will.

»Pah! Einen Killer! Der Mann, der deine Schwester auf dem Gewissen hat, war ein Killer, Talcott. Und dennoch durfte er frei herumlaufen.«

»Der Mann, den mein Vater im Verdacht hatte. Er wurde nie überführt.«

»Überführt? Pah! Er wurde nie festgenommen, nie angeklagt, es wurde nie wirklich nach ihm gefahndet.« Seine eisigen Augen sind starr auf mich gerichtet.

»Wie konnte mein Vater dann sicher sein, dass er den richtigen Mann hatte?«

»Es ist ein Irrtum, Talcott, diese Sache wie eine Hypothese zu behandeln, die richtig oder falsch sein kann.« Ein schleimiges, raues Husten. »Ein Mann sein heißt handeln. Manchmal muss man handeln, auch wenn man nur über begrenzte Informationen verfügt. Vielleicht treffen sie zu. Vielleicht auch nicht. Dennoch muss man handeln.«

»Ich kann dir nicht ganz folgen.«

»Und ich kann es für dich leider nicht deutlicher machen.«

Wobei er natürlich überhaupt nichts deutlich gemacht hat. Ich bin kurz davor, ihm das zu sagen, doch da schlägt er wieder diesen oberlehrerhaften Ton an. »Auf einige deiner Fragen gibt es keine Antwort, Talcott, und auf einige gibt es Antworten, die du nie erfahren wirst. Das ist der Lauf der Welt, und unsere Unfähigkeit, alles zu ergründen, was wir gern wissen würden, macht uns erst zu sterblichen Menschen.« Die orakelhafte Seite an Jack Ziegler geht mir gegen den Strich, wohl aus ethischen Gründen: Welches Recht hat ein Mörder, über den Sinn des Lebens zu predigen? Weiß er etwa Dinge, die uns schwächeren Sterblichen verschlossen sind? Oder dient diese ganze Rhetorik schlicht der Irreführung, damit die Wanzen, sofern es welche gibt, von ihm auf keinen Fall ein Schuldeingeständnis zu hören bekommen? »Und auf einige deiner Fragen gibt es Antworten, die dir zustehen. Ich glaube, dein Vater wollte, dass du – mehr als deine Geschwister – diese Antworten erhältst. Weil er immer Hochachtung vor dir hatte, Talcott. Er empfand Hochachtung, aber auch einen gewissen Neid. Und ihm war an deiner Anerkennung gelegen. Mehr als an Addisons oder an Mariahs.« Ich bin nicht sicher, ob ich ihm das glauben soll. Ich bin allerdings ganz sicher, dass ich es nicht hören will. »Und deshalb hat dein Vater dafür gesorgt, dass du einige der Antworten bekommst. Du musst sie aber selbst finden.«

»Und was bedeutet das?«

»Die Vorkehrungen, Talcott. Du musst herausfinden, welche Vorkehrungen es gibt.« Er runzelt die Stirn. »Ich weiß nicht, wo dein Vater die Antworten vergraben hat, aber anscheinend hat er sie so tief vergraben, dass nur du wissen kannst, wo sie zu suchen sind. Das ist der Grund, weshalb so viele Leute dich belästigt haben. Aber vergiss nie, dass keiner von ihnen dir etwas tun kann.« Ein kurzes Nicken. »Und dass du die Suche nicht aufgeben darfst, Talcott. Auf gar keinen Fall.«

»Aber warum ist das so wichtig?« Die Frage, die ich eigentlich Maxine stellen wollte, deren richtiger Name mit großer Wahrscheinlichkeit nicht Maxine ist.

»Sagen wir ... für deinen Seelenfrieden.«

Ich lasse mir das durch den Kopf gehen. Das kann nicht alles sein. Onkel Jack hat ein Interesse daran, dass ich finde, was es zu finden gibt. Seiner Hartnäckigkeit nach zu urteilen, und Maxines, könnte es sogar sein, dass seine ... seine Fähigkeit, mich zu beschützen, irgendwie ... auf dem Versprechen basiert, dass die Suche Erfolg haben wird. Von dem Wunsch erfüllt, diesem grauenhaften Raum so schnell wie möglich zu entkommen, feuere ich meine letzte Salve ab.

»Und wenn ich die Vorkehrungen tatsächlich finde? Was dann?«

»Na, dann sind alle zufrieden.« Er verstummt, doch ich spüre, dass er nur eine Pause macht: Ich weiß sogar, was als Nächstes kommen wird. Und ich habe Recht. »Und du solltest das, was dein Vater hinterlassen hat, vielleicht nicht selbst untersuchen, wenn du es findest. Das wäre ein Fehler. Ich denke, es wäre das Beste ... ja, ich erwarte von dir, dass du dann zuerst mich benachrichtigst. Versteht sich.«

»Versteht sich«, murmele ich, aber so leise, dass er es nicht hört. Mallory Corcoran, die nachnamenlose Maxine, jetzt Onkel Jack: *Wenn du es findest, gib es mir!* Im Unterschied zu den anderen jedoch suggeriert Jack Ziegler mit der Art, wie er seine Forderung stellt, dass er einen legitimen Anspruch darauf hat. Dass ich ihm schlichtweg zurückgeben soll, was ohnehin ihm gehört.

»Das ist ein fairer Tausch, denke ich.« Als Gegenleistung, für sein Versprechen, mich und meine Familie zu beschützen, will ich damit sagen.

»Gewiss. Ja.« Aus seinem Ton schließe ich, dass mein Besuch seinem Ende entgegengeht. Ich habe das ungute Gefühl, etwas Wichtiges vergessen zu haben. Und dann höre ich mich plötzlich genau das Thema ansprechen, das ich tief in meinem Innern vergraben und mit der schweren Erde anderer Rätsel zugeschüttet hatte, das Thema, das strikt zu meiden ich mir gelobt hatte. »Onkel Jack, mein Vater hat ... er hat jemandem erzählt ... er hätte in der Woche vor seinem Tod noch mal mit dir geredet.«

»Und?«

»Ich wüsste gern, ob das stimmt.«

Ich halte den Atem an, warte auf den Angriff der Hornissen, aber die Antwort kommt so unbefangen, dass er sie sich wahrscheinlich schon vor Monaten zurechtgelegt hat. »Ja, ich habe Oliver getroffen. Warum fragst du?«

»Hat er dich angerufen oder du ihn?«

»Du hörst dich an wie ein Staatsanwalt, Talcott.« Er lächelt sanft, und daran merke ich, dass er verstimmt ist. »Aber wenn du es unbedingt wissen willst: Dein Vater rief mich ein paar Wochen vorher an und meinte, er würde sich gern mit mir treffen. Ich sagte ihm, ich sei Mitte September in Virginia, da könnten wir uns sehen. Wir haben nett zusammen zu Abend gegessen, rein freundschaftlich.«

»Aha.« Ich habe keinen Zweifel, dass seine Auskunft sich genau mit dem Inhalt des Bandes deckt, das das FBI von diesem Telefongespräch meines Vaters hat. Aber von dem Gespräch beim Essen gibt es keinen Mitschnitt: Dafür wird Onkel Jack gesorgt haben. Ich spüre eine zunehmende Unruhe; ich bin dem Punkt nahe gekommen, den Abbys Pate am dringendsten vor mir geheim halten will. Bei diesem Abendessen hat sich irgendetwas zugetragen. Etwas, das meinen Vater veranlasst hat, seine Schießübungen wieder aufzunehmen? Ich weiß, dass Jack Ziegler mir das niemals sagen wird. »Aha«, wiederhole ich ratlos.

»Und jetzt ist unsere Zeit um, Talcott.« Er hustet.

»Wenn ich dir nur noch eine Frage –«

Mit erhobener Hand gebietet er mir Einhalt und bellt nach Henderson. Ich frage mich, wie er entscheidet, welchen Leibwächter er jeweils ruft?

»Warte, Onkel Jack! Warte noch kurz!«

Jack Zieglers Kopf dreht sich langsam wieder zu mir herum, und ich kann es beinahe knirschen hören. Seine farblosen Brauen sind hochgezogen, die dunklen Augen wachsam. Er ist es nicht gewöhnt, dass ihn jemand auffordert zu warten.

»Ja, Talcott?«, sagt er leise, während Henderson im Hintergrund auftaucht.

Ich werfe einen Blick auf den Leibwächter, dann beuge ich mich vor und senke die Stimme. »Du weißt, dass der Mann, der gegen meine Frau für das Richteramt kandidiert hat ... dass, nun ja, ein Skandal seine Chancen zunichte gemacht hat.«

Diese Schadenfreude in seinem Blick. »Ich sagte dir ja, dass er eine Leiche im Keller hat.«

»Ja. Stimmt. Aber mir ist nicht ganz klar ... woher du das wusstest.« Das ist durchaus nicht die Frage, die ich eigentlich stellen wollte, aber bei Hendersons Nahen schrumpft irgendwie der

Raum zusammen, der Blick aus dem Fenster macht mich wieder schwindlig, und auf einmal weiß ich genau, dass ich nicht weiterbohren darf. »Das mit der Leiche, meine ich.«

»Das ist belanglos«, flüstert Jack Ziegler nach kurzem Schweigen. »Du musst dich auf die Zukunft konzentrieren, Talcott, nicht auf die Vergangenheit.«

»Aber woher wusstest du das? Es war nur zwei Leuten bekannt. Und keiner von beiden hätte es jemals ...« *Einem wie dir gesagt*, bringe ich nicht mehr über die Lippen.

Jack Ziegler weiß genau, was ich denke. Das lese ich in seinem müden Gesicht, als er mir eine runzlige Hand auf die Schulter legt. »Es gibt nichts, was nur zwei Leuten bekannt ist, Talcott. Niemals.«

»Willst du damit sagen, dass noch jemand davon wusste? Dass jemand anders es dir gesagt hat?«

Er hat das Interesse verloren. »Mr. Garland verlässt uns jetzt, Henderson. Fahren Sie ihn zu der Ferienwohnung, in der er übernachten wird. Eins von den älteren Häusern unten bei der Bücherei, mit den blauen Türen. Ich habe die Nummer vergessen, aber Mr. Garland wird Ihnen zeigen, welches es ist.«

»Ich habe dir doch gar nicht gesagt, wo ich übernachte.« Der Einwand kommt langsam über meine Lippen, denn einen Augenblick lang bin ich vor Schreck wie gelähmt.

»Nein, hast du nicht«, bestätigt Abbys Pate. Er lächelt nicht, seine schwache Stimme und sein trüber Blick verraten nichts, und doch ist deutlich, dass er beschlossen hat, mir ganz kurz einmal einen winzigen Zipfel seiner Macht zu zeigen. Vielleicht will er mich dadurch überzeugen, ihm zu vertrauen, ihm zu glauben, dass er mich beschützt, und an ihn weiterzugeben, was ich in Erfahrung bringe. Falls er es hingegen darauf anlegt, mir Angst einzujagen ... nun, das ist ihm gelungen.

Henderson steht auf der Treppe nach oben, meinen Mantel über dem Arm. Ich bedanke mich bei Onkel Jack dafür, dass er mich empfangen hat. Er streckt mir die Hand entgegen, und ich ergreife sie. Er lässt nicht los.

»Talcott, hör mir zu. Hör mir gut zu! Es geht mir nicht besonders gut. Und doch gibt es viele, die sich für meinen Gesundheitszustand interessieren. Ich treffe meine Maßnahmen, aber sie schicken ihre Laster und installieren ihre Wanzen. Ich glaube nicht, dass du noch einmal mit mir Kontakt aufnehmen solltest. Nicht bevor du über die Vorkehrungen deines Vaters Bescheid weißt.«

»Warum nicht? Warte! Warum nicht?«

Jack Ziegler lächelt beinahe. Es fehlt nicht viel. Ich glaube nicht, dass er den Impuls unterdrückt; er hat einfach nicht mehr die Kraft. Stattdessen winkt er mir wortlos zu und krümmt sich dann in einem neuerlichen Hustenanfall. Mr. Harrison, der augenblicklich an seiner Seite ist, nimmt ihn am Arm und führt ihn weg.

Auf dem Weg den Berg hinunter bemerke ich im Außenspiegel Scheinwerfer, doch das muss nichts zu bedeuten haben: In Aspen hat jeder ein Auto. Ich frage mich, ob Jack Ziegler mit dem Stromlaster Recht hatte. Ich frage mich, wie lange es dauern wird, bis Agent Nunzio von meinem Besuch erfährt, oder ob er vielleicht die ganze Zeit mitgehört hat. Ich blicke wieder in den Spiegel, nachdem wir eine scharfe Kurve genommen haben, doch die Lichter sind fort.

Henderson erkundigt sich, ob ich mit dem Besuch zufrieden bin ... und urplötzlich weiß ich, wann ich diese samtige Stimme schon einmal gehört habe. Ich könnte mir in den Hintern treten, dass ich nicht eher darauf gekommen bin. Mr. Henderson war es, der um zwei Uhr einundfünfzig am Telefon mit mir sprach, in der Nacht, als ich Prügel bezog, und der mir mit stoischer Ruhe versicherte, dass man meine Familie und mich nicht noch einmal behelligen würde. Da es sein Job ist, Onkel Jack zu beschützen, rief er mich höchstwahrscheinlich von Aspen aus an. Aber um nach Elm Harbor zu gelangen, muss man nur kurz ins Flugzeug steigen, und das Werkzeug, das man braucht, um zwei Männern die Finger abzuschneiden, findet sich bestimmt in jeder x-beliebigen Eisenwarenhandlung.

Kapitel 45

ALARM

• I •

Durch das Wohnzimmerfenster von John und Janice Browns kleiner Timesharing-Wohnung beobachte ich, wie der Range Rover zügig den Parkplatz verlässt. Dann gehe ich einmal durch alle Räume, schalte jede Menge Lichter ein und erinnere mich an meinen letzten Besuch hier vor vielen Jahren, als meine Ehe noch einigermaßen glücklich war. Ich frage mich, ob die geringste Hoffnung besteht, dass sie wieder glücklich sein wird, ob beispielsweise der Mann, der an dem regnerischen Morgen anrief und meine Frau *Baby* nannte, unser Leben ruinieren oder ob er einfach verschwinden wird, wie Kimmers Männer das in der Vergangenheit immer getan haben.

Oder ob diesmal ich derjenige bin, der aus ihrem Leben verschwindet.

Die Wohnung erstreckt sich über zwei Etagen: Unten ist ein schmales Wohn- und Esszimmer mit angeschlossener Küche, oben sind zwei Schlafzimmer mit jeweils eigenem Bad. Ich gucke in den Kühlschrank, finde aber nur Mineralwasser, und beschließe, dass mir schon niemand übel nehmen wird, wenn ich mich einfach bediene. Ich habe noch nichts gegessen, deshalb schaue ich im Telefonbuch nach, rufe einen Pizza Service an und bekomme die interessante Auskunft, dass die Wartezeit an diesem Aspener Winterabend mindestens neunzig Minuten beträgt.

Das gehe in Ordnung, sage ich.

Dann kehre ich zum Wohnzimmerfenster zurück, und wie schon vorhin, bei der Fahrt den Berg hinunter, überlege ich, ob das Kribbeln im Nacken Einbildung war oder ob mich wirklich jemand beschattet. Auf dem Red Mountain mit seinen wenigen Straßen ist das schwer zu sagen. Ein Auto kann einem den ganzen Weg nach oben oder nach unten hinterherfahren, und man hat kaum eine Chance, einen Verfolger, der einem Böses will, von einem Anwohner zu unterscheiden, der einfach in dieselbe Richtung unterwegs ist wie man selbst.

Ich tröste mich damit, dass Henderson unbesorgt wirkte.

Ich schiebe den Spitzenvorhang ein wenig zur Seite und luge hinaus auf den Parkplatz. Ein paar Betrunkene stolpern durch die Gegend, hin und wieder kommt ein Wagen an oder fährt ab, doch ich kann nicht feststellen, ob ich beobachtet werde, und wenn ja, von wem. Ein trotziger, verworrener Teil meines Hirns hofft darauf, dass Maxine jetzt gleich forschen Schrittes auf die Tür zumarschiert kommt, doch mein Verstand hält dagegen, dass es mit viel größerer Wahrscheinlichkeit ein FBI-Agent sein wird, und sei es ein falscher wie Foreman, der, wie Maxine mir auf Martha's Vineyard ins Gedächtnis rief, durchaus noch am Leben ist.

Da ich nichts erkennen kann, beschließe ich, mich nicht weiter darum zu kümmern.

Stattdessen begebe ich mich in die Küche und rufe zu Hause an, um Kimmer zu sagen, dass alles gut gegangen ist.

Ich erreiche nur den Anrufbeantworter.

Ihre Abwesenheit kann tausend Gründe haben, sage ich mir. Es ist hier erst kurz nach sechs, also dort kurz nach acht, und meine Frau könnte noch einkaufen sein, natürlich zusammen mit Bentley. Klarer Fall. Einkaufen, etwas erledigen: Es hat noch nie zu Kimmers Gewohnheiten gehört, mich näher in ihren Terminkalender einzuweihen.

Also setze ich mich an meinen Laptop und spiele ungefähr eine halbe Stunde Online-Schach, dann rufe ich meine E-Mails ab, finde aber wie üblich nichts von Bedeutung. Die Voicemail in meinem Büro teilt mir mit, dass man sich jetzt auch bei Visa dafür interessiert, wann genau die nächste Zahlung eingehen wird, und ich frage mich, wie lange es mir wohl noch gelingt, diese ganzen

Fahrten zu finanzieren, obwohl unsere Konten ständig überzogen sind, weil wir in einem Haus wohnen, das wir uns im Grunde nicht leisten können.

Sieben Uhr, neun im Osten. Ich schalte den Laptop aus und rufe erneut zu Hause an, und wieder begrüßt mich nur der Anrufbeantworter. Komisch, denn es ist Bentleys Schlafenszeit. Vielleicht ist er im Bad, und Kimmer hört das Telefon nicht oder will ihn nicht allein lassen. Andererseits nimmt sie das schnurlose Telefon immer mit ins Bad.

Die Erledigungen haben länger gedauert, beschließe ich.

Als eine halbe Stunde später immer noch niemand drangeht, kann ich die Befürchtungen, die schon die ganze Zeit nach oben drängen, nicht mehr unterdrücken.

Beispielsweise die Tatsache, dass zwar Colin Scott tot ist, aber Foreman noch lebt.

Meiner Familie drohe keine Gefahr, hat mir Onkel Jack soeben noch einmal versichert, und ich bin überzeugt, dass er das glaubt, aber mir droht angeblich auch keine Gefahr, und doch haben mich zwei Männer mitten auf dem Campus überfallen. Jemand, der wie Henderson klang, hat sich zwar hinterher telefonisch bei mir entschuldigt, aber eben erst hinterher.

Acht Uhr, zehn im Osten. Ich probiere es auf Kimmers Handy. Ich probiere es bei ihr im Büro. Dann wähle ich wieder unsere Nummer zu Hause. Als immer noch niemand abnimmt, mache ich etwas, das ich so gut wie nie mache, ich rufe bei der liebsten Dana Worth an, die ebenfalls in der Hobby Road wohnt. Vermutlich rufe ich so ungern bei ihr an, weil Alison mich verunsichert, oder vielleicht verunsichere ich ja auch sie. So oder so, wir mögen uns nicht. Prompt ist es natürlich Alison, die sich meldet.

Als ich mich für den späten Anruf entschuldige, antwortet sie mit dem uralten Witz, sie habe ohnehin aufstehen müssen, das Telefon habe geklingelt. Ihr Ton verrät, dass sie sich über meinen Anruf ärgert, anscheinend ist es ein ungünstiger Zeitpunkt, aber damit kann ich mich jetzt nicht aufhalten.

Als ich Dana verlange, fragt Alison, warum.

»Weil ich mit ihr sprechen muss.«

»Worüber?«

»Das ... das ist privat.«

Ein kurzes wütendes Schweigen in der Leitung. »Sie ist gerade nicht da.«

»Kommt sie bald nach Hause?«

»Ich hab keine Ahnung«, grummelt Alison, woraus ich schließe, dass die beiden sich wieder einmal gestritten haben.

Ich kann Alison, die keinen Grund hat, mir einen Gefallen zu tun, schwerlich um das bitten, worum ich Dana bitten wollte – nämlich bei mir zu Hause vorbeizugehen und nachzusehen, ob mit Kimmer und Bentley alles in Ordnung ist –, also entschuldige ich mich für die Störung und lege auf.

Der nächste Versuch zu Hause. Immer noch der Anrufbeantworter.

Ich trotte wieder ins Wohnzimmer, das spärlich möbliert ist: ein Glastisch mit sechs Kunstlederstühlen, ein großes und ein kleines Sofa, beide grün und beide hässlich, zwei Sitzsäcke, auf denen zur Not jemand schlafen könnte. Das Sofa, nehme ich an, lässt sich zum Bett ausziehen. Ich schiebe erneut den Vorhang zur Seite. Dunkelheit in Aspen. Dunkelheit in der Hobby Road. Mit wachsender Sorge gehe ich in die Küche zurück und probiere es bei Don und Nina Felsenfeld von nebenan.

Niemand meldet sich, auch kein Anrufbeantworter. Mir fällt ein, dass sie für ein paar Tage zu ihrer Tochter nach North Carolina gefahren sind. Und im Osten ist es jetzt schon fast halb elf.

Ich fange an zu zittern.

Wen könnte ich sonst noch in der Nachbarschaft anrufen? Peter Van Dyke von gegenüber weiß kaum, dass es mich gibt. Meine Kollegin Tish Kirschbaum hat ein Haus gleich um die Ecke, aber wir kennen uns nicht besonders gut. Theo Mountain, der in der Parallelstraße wohnt, schläft bestimmt schon. Im Umkreis von wenigen hundert Metern wohnen Ethan Brinkley und Arnie Rosen und noch ein paar Kollegen, doch mit Ausnahme der liebsten Dana, meiner Mitverfemten, gibt es auf dem ganzen Hobby Hill niemanden, den ich gerne wecken würde, damit er mir hilft, den bösen Mann zu verscheuchen. Falls es überhaupt einen bösen Mann gibt.

Es ist nichts, sage ich mir. Alles in Ordnung. Kimmer schläft. Doch der Anrufbeantworter steht direkt neben dem Bett. Also ist sie unten eingeschlafen, vielleicht im Familienzimmer, vor dem

Fernseher mit einem Glas Wein. Leider trinkt sich Kimmer nicht in den Schlaf: Der Richter hat das gemacht. Dann ist sie eben in der Kanzlei, weil sie dringend noch etwas fertig machen muss, und Bentley schläft auf dem Fußboden, während sie arbeitet, doch die Vorstellung ist absurd, außerdem habe ich es dort bereits probiert. Sie steckt irgendwo im Stau. Ist bei einem Verkehrsunfall umgekommen. Vielleicht sollte ich es in der Uniklinik versuchen? Sie wird draußen im Garten von Foreman gefoltert.

Der noch am Leben ist.

Schluss!

Ich tue, was ich gleich hätte tun sollen: Ich rufe die Polizei von Elm Harbor an. Als ich fünf Minuten später das Gespräch mit dem höchst skeptischen Sergeant beende, klingelt es an der Tür, und ich springe auf, doch es ist nur der Bote mit der bestellten Pizza.

• II •

Missmutig mümmele ich die schnell kalt werdende Pizza, schlürfe die schnell warm werdende Diätcola und grüble darüber nach, wann ich wieder anrufen sollte. Der Polizist hat mir versprochen, einen Wagen bei unserem Haus vorbeizuschicken, sobald einer frei ist. Er war durch nichts zu bewegen, die Sache bevorzugt zu behandeln. Vielleicht gehen ja ständig solche Anrufe bei ihm ein. Ich sitze in Aspen in der kleinen Ferienwohnung, den Kopf in die Hände gestützt, und warte auf eine Nachricht. Gibt es feste Regeln? Vorgeschriebene Fristen, die man einhalten muss, bevor man ein zweites Mal bei der Polizei anrufen darf? Ich kann mich nicht erinnern, mich jemals so machtlos gefühlt zu haben, nicht einmal bei meiner Beinahefestnahme an dem Abend, als ich zusammengeschlagen wurde: Da wusste ich wenigstens, dass sich am Ende alles aufklären würde. Aber jetzt, zweitausend Meilen von zu Hause entfernt, bin ich vollkommen außerstande, das zu tun, was Jack Ziegler mir eben erst als meine Pflicht ans Herz gelegt hat, nämlich meine Familie zu beschützen.

Jack Ziegler?

Soll ich?

Nichts zu verlieren, nicht in meiner Situation. Ich greife zum Hörer und rufe auf dem Red Mountain an. Das Telefon hat kaum geklingelt, da höre ich schon Hendersons sinnliche Stimme.

»Ja, Professor?«, säuselt er, bevor ich etwas sagen kann. Ich bin sprachlos, bis mir klar wird, dass Onkel Jack natürlich Anruferkennung hat.

»Ich ... ich bräuchte Hilfe«, stoße ich hervor, ohne mich mit Förmlichkeiten aufzuhalten.

»Welcher Art, Professor?« Geduldig, ruhig, aber nicht besonders entgegenkommend.

»Ist Mr. Ziegler zu sprechen?«

»Leider schläft er bereits und darf nicht gestört werden. Kann ich Ihnen weiterhelfen?«

»Ich ... ich kann meine Frau nicht erreichen«, platze ich heraus.

»Ja?« Derselbe gleichmütige Ton, in dem die Bereitschaft mitschwingt, ohne den Hauch einer Widerrede zu töten oder sich töten zu lassen.

»Sie ist zu Hause in ... Elm Harbor. Es ist sehr spät, und sie geht nicht ans Telefon, und falls ... falls irgendwas ...«

»Ich rufe Sie zurück«, sagt er und legt auf.

Wieder muss ich warten. Jetzt male ich mir ein anderes Szenario aus. Kimmer ist nicht tot, und sie macht auch weder Besorgungen, noch ist sie im Büro. Sie ist bei einem anderen Mann, liegt mit einem anderen Mann im Bett, ungeachtet ihrer Liebesbeteuerungen von neulich. Sie schläft irgendwo in Elm Harbor, nicht mit meinem Sparringspartner Gerald Nathanson, sondern mit einem Schwarzen, der sie *Baby* nennt. Wo jedoch unser eigenes Baby währenddessen ist, darüber gibt mir meine überhitzte Phantasie keine Auskunft.

Endlich klingelt das Telefon.

»Kimmer?«

»Professor Garland«, sagt Henderson, »tut mir Leid, Ihnen mitteilen zu müssen, dass wir derzeit über keine Erkenntnisse verfügen.«

»Wie bitte?«

»Ich habe im Augenblick keine Möglichkeit, Ihre Frau zu überprüfen. Ich bedaure sehr. Wenn Sie sich Sorgen machen, schlage ich vor, dass Sie die Polizei benachrichtigen.«

»Hab ich schon«, knurre ich und lege konsterniert auf, zutiefst erschüttert über die Entdeckung, dass Onkel Jack trotz seiner angeblichen Macht nicht imstande ist, mit einem Wort den richtigen Draht in Elm Harbor zu ziehen, einen in der Hobby Road postierten Spion zu kontaktieren und herauszufinden, ob meine Frau tot oder lebendig ist oder ob sie mit einem anderen Mann im Bett liegt.

Ich setze mich kerzengerade hin, und langsam überkommt mich Panik: Wenn Jack Ziegler momentan über keine ... Erkenntnisse verfügt ... wer setzt dann eigentlich das Edikt in die Tat um, das da besagt, meiner Frau und meinem Kind dürfe nichts geschehen?

Ich schnappe mir das Telefon und rufe erneut die Polizei in Elm Harbor an. Der Sergeant von vorhin teilt mir mit, dass er die Anfrage an den Einsatzleiter weitergegeben hat und sich bei mir meldet, sobald er etwas weiß.

»Es war keine *Anfrage!*«, schreie ich beinahe in die Leitung, denn langsam platzt mir der Kragen. »Haben Sie mich nicht verstanden? Ich sagte, meine Frau ist in Gefahr!«

»Nein, Sir, Sie sagten, sie *könnte* in Gefahr sein.«

»Ich glaube aber, dass sie in Gefahr *ist!* Ich glaube ... Bitte schicken Sie jemanden hin, jetzt gleich, ja?«

»Können Sie präzisieren, welcher Art die Gefahr ist?« Er klingt nur geringfügig interessierter.

Ich versuche mir etwas einfallen zu lassen, was ihn vielleicht aufrüttelt. »Es könnte ... es könnte ein Eindringling im Haus sein.«

»Wissen Sie mit Sicherheit, dass ein Eindringling im Haus ist, oder sagen Sie das nur, damit wir alle anderen Anfragen zurückstellen?«

»Sergeant –«

»Hören Sie, Mr. Garland. Wir haben nur sechs Streifenwagen im Nachteinsatz. Und das in einer Stadt mit über neunzigtausend Einwohnern. Da kommt ein Wagen auf fünfzehntausend Leute.« Ich stöhne auf bei der Vorstellung, welch verheerende Auswirkungen Einkommensunterschiede auf das Leben von Menschen haben können: Ich würde jede Wette eingehen, dass allein auf dem Red Mountain sechs Streifenwagen im Einsatz sind, allesamt privat. »Also, wir befassen uns mit Ihrem Anruf, so schnell es geht.«

Er legt auf.

Im Osten ist es weit nach elf. Ich rufe zu Hause an, und wieder geht niemand dran. Inzwischen zittere ich am ganzen Körper.

Eine letzte Idee.

Ich hole Fred Nunzios Karte aus meiner Brieftasche und wähle seine Piepsernummer. Am Ende füge ich die zwei Ziffern hinzu, die er mir für den Fall genannt hat, dass die Sache dringend ist.

Drei Minuten später ruft er zurück.

Er klingt besorgt oder zumindest willens mitzuspielen. »Ich bin sicher, dass alles in Ordnung ist, aber wenn es Sie beruhigt, rufe ich diesen Sergeant persönlich an, okay?«

»Danke, Agent Nunzio.«

»Fred. Wie schon gesagt, nennen Sie mich doch einfach Fred.«

»Fred. Danke. Und Sie rufen mich gleich zurück?«

»Natürlich.«

Ich muss nicht länger als zehn Minuten warten. Die ganze Zeit über tigere ich im Erdgeschoss hin und her und wünsche mir, ich hätte einen Sandsack. »Okay, Professor, ein Wagen ist in diesem Moment unterwegs zu Ihrem Haus. Ich mache die Leitung frei, damit sich die Kollegen bei Ihnen melden können. Bestimmt ist alles in Ordnung, aber melden Sie sich trotzdem noch mal bei mir.«

»Mach ich.«

Wieder heißt es warten. Zehn Minuten. Fünfzehn. Zu Hause ist es gleich Mitternacht, und ich bin mit meinem Latein am Ende. Ich weiß schlicht nicht mehr, was ich noch tun soll. Ist alles so schwarz, wie ich es sehe? Bestimmt gibt es eine logische Erklärung: eine Telefonstörung in der Hobby Road. Ich hätte die Störungsstelle anrufen sollen. Quatsch, wenn das Telefon nicht funktioniert, wie hätte sich dann der Anrufbeantworter einschalten können? Mitternacht in Elm Harbor. Kein Rückruf. Am liebsten würde ich etwas aus dem Fenster schmeißen, ich möchte mir eine Pistole schnappen und losrasen, um meine Familie zu retten. Ich möchte den Richter aus dem Grab zerren und ihn so lange schütteln, bis er mir erklärt, warum er uns etwas so Furchtbares angetan hat.

Ich will meine Familie wiederhaben, gesund und wohlbehalten.

Schließlich tue ich das Einzige, was mir noch zu tun bleibt. Ich knie mich vor das große Sofa und bete, dass Kimmer und Bentley in Sicherheit sind, und wenn das nicht, dann geborgen in Gottes Schoß.

Als ich mich wieder erhebe, klingelt das Telefon.

Ich wappne mich.

• III •

»Was in aller Welt ist bloß in dich gefahren?«, herrscht Kimmer mich wutentbrannt an. »Wir schlafen tief und fest, und auf einmal hämmert jemand wie wild an die Tür, und ich fahre wie von der Tarantel gestochen hoch und bin halb tot vor Angst, sonst klopft doch kein Mensch um Mitternacht an die Tür, und ich zieh meinen Morgenmantel an und geh runter, und ich denk, mich tritt ein Pferd, da draußen wimmelt's nur so von Polizisten, und sie sagen, du hättest sie angerufen, und das FBI hätte sie angerufen, und –«

»Ich hab mir Sorgen gemacht«, werfe ich ein und sinke auf einen Stuhl.

»Sorgen! Und da dachtest du, du weckst einfach mal die ganze Nachbarschaft auf!«

»Du bist nicht ans Telefon gegangen, als ich angerufen hab, und ich dachte –«

»Weil ich's nicht gehört hab! Ich sag doch, wir haben geschlafen!«

Ich reibe mir die Schläfen. Ja, das hat sie jetzt schon zweimal gesagt. »Wer ist *wir?*«

»Na, wer schon? Bentley und ich. Er hat geweint, weil er dich vermisst, also hab ich mich zu ihm ins Bett gelegt, und dann sind wir eingeschlafen. Bei ihm im Zimmer ist kein Telefon, Misha«, fügt sie hinzu, falls ich es vergessen haben sollte.

»Woher sollte ich wissen –«

»Keine Ahnung, Misha, aber das musste ja nun echt nicht sein! Dieser Irrsinn die ganze Zeit, ich halt das nicht mehr aus! Du haust einfach ab und sagst mir nicht, wo du hingehst, du prügelst dich vor deinem Büro, du wirst um ein Haar festgenommen –« Plötzlich fängt meine Frau an zu weinen. »Mir wird das zu viel, Misha, es wird mir zu viel, ich halt das nicht mehr aus!«

»Kimmer, es tut mir Leid ... ich wollte nicht –«

»Leid! Was hab ich davon, dass es dir Leid tut? Ich will, dass du aufhörst, dich wie ein Irrer aufzuführen!«

»Ich hab mir Sorgen gemacht –«

»Nein, Misha, nein! Ich will's nicht hören, okay? Ich hab's so satt, diese ständigen Geschichten, diese ständigen Ausreden, diese ständigen Erklärungen. Du sagst, du liebst uns, aber du denkst immer nur an dich. An dich, dich, dich! Du musst mit diesem Irrsinn aufhören. Du musst aufhören, dir diese kranken Theorien auszudenken und von Colorado aus die Polizei anzurufen und um zwei Uhr nachts absurde Telefonate zu führen« – aha, in der Nacht, als ich vor der Bibliothek zusammengeschlagen wurde, hat Kimmer also doch mitgehört – »und dir laufend irgendwelchen Ärger einzuhandeln. Das muss aufhören, Misha! Ich halt das alles nicht mehr aus! Es ist unfair. Du musst wieder so werden wie früher. Wenn nicht, Misha, das kann ich dir versprechen, dann kommst du eines Tages von einem deiner verrückten Ausflüge nach Hause, und wir sind nicht mehr da!«

Damit legt sie auf.

Sechs Minuten später ruft sie noch einmal an, um sich zu entschuldigen, aber ich fürchte, diesmal könnte der Schaden irreparabel sein.

• IV •

Während ich am Morgen auf das Taxi warte, das mich zum Flugplatz bringen soll, kommen mir meine Ängste der vergangenen Nacht idiotisch vor. Im Licht eines frischen, klaren Wintertages habe ich viel mehr die Befürchtung, ich könnte durch eigenes Verschulden meine Familie verlieren. Nachdem ich ein paar Stunden geschlafen habe, sehe ich ein, dass Kimmer Recht hat. Ich benehme mich wie ein Irrer, und das muss ein Ende haben. Der Haken ist nur, dass ich noch nicht aufhören kann, trotz der Drohung meiner Frau. Wir sind noch nicht frei: Das ist die Botschaft, die

Jack Ziegler mir gestern Abend übermittelt hat. Er wird uns weiter beschützen, weil er es meinem Vater versprochen hat, aber er kann sein Versprechen nur halten, wenn ich meine Suche fortsetze. Vermutlich war das seine Abmachung mit ... nun, mit wem auch immer ein Mann wie Jack Ziegler Abmachungen trifft. *Lasst ihn in Ruhe, und er wird die Vorkehrungen finden. Dafür stehe ich gerade.* Eine Hand wäscht die andere. Wenn ich meiner aufgebrachten Frau zuliebe die Suche nach den *Vorkehrungen* aufgebe, ist Onkel Jack vielleicht nicht mehr in der Lage, meine Familie zu beschützen.

Ich befinde mich nach wie vor in einer Zwickmühle.

Und schuld daran ist allein der Richter.

Ein Hupen verkündet, dass mein Taxi da ist. Ich luge aus dem Fenster und sehe einen weißen Van mit laufendem Motor warten. Ich gehe in die Diele, schalte die Alarmanlage aus, greife mir Reisetasche und Mantel und werfe einen letzten Blick ins Wohnzimmer. Hinterlasse ich alles so ordentlich, wie ich es vorgefunden habe? Hoffentlich.

Es gibt einen Ausweg aus der Situation. Morris Young würde wahrscheinlich sagen, dass Gott ihn mir zu gegebener Zeit offenbaren wird, und vielleicht hat er das bereits getan. Eine Möglichkeit, meine Frau zu behalten und für die Sicherheit meiner Familie zu sorgen. Ich glaube, ich kann es schaffen, aber es wird nicht ohne Hilfe gehen, dabei gibt es nicht mehr sehr viele Menschen, die bereit wären ... nun, aus Freundschaft ein Risiko für mich einzugehen. Eigentlich gibt es nur noch einen. Ich sollte also zusehen, dass ich schleunigst nach Elm Harbor zurückkomme und ihn frage.

Achselzuckend stelle ich mit dem entsprechenden Code die Alarmanlage neu ein, so dass sie sich neunzig Sekunden, nachdem ich die Tür geschlossen habe, wieder einschaltet. Ein vager Verdacht, der schon eine Weile in mir schwelt, kommt an die Oberfläche. Stirnrunzelnd öffne ich die Tür. Und erstarre.

Mitten auf der Fußmatte liegt ein brauner Umschlag, auf den jemand mit schwarzem Filzstift in riesigen Druckbuchstaben meinen Namen geschrieben hat.

Ich winke dem Fahrer, bücke mich und hebe mit zitternden Fingern den Umschlag auf.

Er ist ein bisschen größer als der mit dem weißen Bauern, den ich in der Suppenküche bekam, und ich fühle darin etwas Hartes, Flaches. Es kann also nicht der fehlende schwarze Bauer sein, wie ich im ersten Augenblick dachte. Ich schließe die Augen und schwanke leicht. Einen Moment lang habe ich die alberne Vorstellung, dass sich die Vergangenheit laufend wiederholt und ich gezwungen bin, immer und immer wieder denselben Umschlag aufzumachen.

Doch dieser Umschlag enthält keinen Bauern.

Als ich ihn aufreiße, finde ich stattdessen eine Metallscheibe von knapp drei Zentimeter Durchmesser, messingfarben, aber mit einem hässlichen braunen Fleck. Ich reibe daran. Der Fleck geht ab. Ich drehe das Scheibchen um, doch noch ehe ich die auf der Rückseite eingravierten Lettern lese, ist mir klar, was ich da in der Hand halte: eine Hundemarke. Ich muss nicht erst nach dem Namen sehen, um zu wissen, dass sie Shirley Branchs Hund Cinque gehört beziehungsweise gehört hat.

Der braune Fleck ist getrocknetes Blut.

Ein Zettel, ein unpersönlicher Computerausdruck auf schlichtem weißen Papier, liefert die Pointe: NICHT AUFHÖREN ZU SUCHEN! Erklärung unnötig. Das Blut spricht eine deutliche Sprache.

Sie können mir nichts tun, hat mir der einflussreiche Jack Ziegler versichert, mir nicht und meiner Familie nicht. Onkel Jack hat es versprochen, und ich glaube ihm. Ich habe keine Sekunde an seiner Macht gezweifelt.

Aber von einem Verbot, mich halb zu Tode zu erschrecken, war nie die Rede.

Kapitel 46

RUHESTÄTTEN

· I ·

Das Gebäude der Juristischen Fakultät steht an der Ecke Town Street und Eastern Avenue. Wenn man die Town Street hinuntergeht, vorbei an dem betagten Sandsteinkasten, der die Fachbereiche für Musik und die schönen Künste beherbergt, sowie an dem niedrigen, unscheinbaren Bau, in dem kurioserweise die Verwaltung untergebracht ist, gelangt man zum östlichen Rand des Campus, deutlich erkennbar an einem notdürftig umzäunten, holperigen Parkplatz voller fröhlich rotweißer Universitätsbusse, allesamt gebraucht gekauft von Schulbezirken, die sich etwas Besseres leisten konnten. Hier überquert man den Monitor Boulevard (benannt nicht nach dem Panzerschiff aus dem Bürgerkrieg, sondern nach einem jungen Mitbürger, der in den sechziger Jahren eine kurze, wenig aufregende Karriere als Footballprofi gemacht hatte), und plötzlich befindet man sich nicht mehr auf Universitätsgelände.

Der Unterschied fällt sofort ins Auge.

Auf der anderen Seite des Monitor Boulevard, gegenüber dem Parkplatz, erstreckt sich ein heruntergekommener Park mit einer völlig blank gespielten Rasenfläche – einem ehemaligen Softballfeld – und einem Spielplatz, den allerdings nur Eltern als solchen betrachten, die sich nicht groß stören an Glasscherben, gesplitterten Holzschaukeln und Wippen, bei denen die eine oder andere wichtige Schraube fehlt. Meistens hängen ein paar Jugendliche auf den Überbleibseln der Bänke herum und lächeln in ihren geheimen Crackträumen selig vor sich hin. Heute ist der Park menschenleer. Nur wenige Studenten oder Professoren wagen sich allzu weit nach Osten vor, wegen der Verbrechensrate beziehungsweise – wie Arnie Rosen zu sagen pflegt – der mutmaßlichen Verbrechensrate. Ein Stück weiter in dieser Richtung finden sich die Reste einer Sozialbausiedlung, vergammelnde graue Hochhäuser mit den unvermeidlichen cremefarbenen Springrollos. Für die meisten Menschen sind Sozialbausiedlungen gleichbedeutend mit Gefahr.

An einem Winternachmittag vor vier oder fünf Jahren stand ich mit dem Richter, der für seinen Ehemaligenverband in der Stadt war, am Rand dieses Parks, und er schüttelte nur wortlos den Kopf. Tränen traten ihm in die Augen, ob wegen seiner verflossenen Jugend (als dieser Park, falls es ihn überhaupt schon gab, sicher noch besser in Schuss war) oder wegen der hier dahinvegetierenden Angehörigen der dunkelhäutigeren Nation oder wegen einer flüchtigen Erinnerung an seine Claire oder an Abby oder an sein berufliches Scheitern, wagte ich nicht zu fragen. »Weißt du, Talcott«, verkündete er mit seiner Predigerstimme, »jeder Mensch ist zu so viel Freude fähig. Aber er erzeugt sich selbst das Unheil ...«

»... wie Funken hoch emporfliegen«, ergänzte ich für ihn aus dem Buch Hiob.

Er lächelte, dachte vielleicht einen Moment daran, mich zu umarmen, vergrub dann jedoch die Hände tiefer in den Taschen seines Kamelhaarmantels und ging weiter – denn der Park war an diesem Schneetag nicht unser Ziel, sondern nur eine Zwischenstation, die zufällig auf unserem Weg lag. So wie jetzt, wo ich den Gang, den ich damals mit meinem Vater machte, wiederhole: vorbei am Park, vorbei an der Grundschule, die aussieht, als hätte sie im Balkankrieg einen Bombentreffer abbekommen, die aber durchaus noch in Benutzung ist. Graffiti zieren die Außenwände, außerdem schwarze Brandspuren, wie von einer Explosion. Ein bewaffneter Polizist steht am Eingang, scharrt mit der Stiefelspitze über den Boden und raucht verstohlen eine Zigarette. Triste graubraune Gesichter starren mich durch die vergitterten Fenster an. Sind die Gitter dazu da, dass sie drinnen bleiben oder dass ich draußen bleibe? Kopfschüttelnd frage ich mich, wie viele meiner Professorenkollegen bei ihrer kompromisslosen Ablehnung staatlicher Bildungsprogramme bleiben würden, wenn ihre Kinder eine Schule wie diese besuchen müssten. Leider Gottes ist die Bildung der dunkelhäutigeren Nation für den modernen Liberalismus, der sich auf attraktivere Schlüsselthemen verlegt hat, zu einem bloßen Randproblem geworden.

Bevor ich weitergehe, drehe ich mich langsam im Kreis und suche nach Anzeichen, dass ich verfolgt werde. Ich bemerke nichts, doch im Unterschied zu Maxine bin ich auch nicht darin geschult, verdächtige Hinweise zu erkennen. Da ist jemand. Jemand ist die ganze Zeit über da. Da wird immer jemand sein, schärfe ich mir ein und setze mich wieder in Bewegung. Das hat Jack Ziegler hinreichend deutlich gemacht: Es wird immer jemand da sein, bis ich ausbuddele, was mein Vater vergraben hat.

Nette Metapher. Passend.

Kurz darauf bin ich am Ziel, dem Old Town Cemetery. Im Laufe der Jahre hat der Name Anlass zu verschiedenen albernen Campusgerüchten gegeben, etwa zu der Geschichte, der Friedhof sei einst von einem historischen Ortskern umgeben gewesen, der »Old Town«, von der er seinen Namen habe, und diesen habe die Universität in ihrem zügellosen Ausdehnungsdrang niedergewalzt. In Wirklichkeit hieß der Friedhof früher Town Street Burial Ground, und als auf der anderen Seite des Campus ein neuer Friedhof entstand, wurde er in Old Town Street Burial Ground umbenannt. Dieser Name wurde, wie es so geht, mit der Zeit immer mehr verkürzt, ein Schrumpfungsprozess, dessen verschiedene Phasen die allmähliche Verschüttung der historischen Tatsachen bezeugen. Gerüchte sind selten interessanter als die Wahrheit, wir sind nur schneller damit bei der Hand.

Ich trete durch das Eingangstor in der hohen Mauer und winke dem Friedhofswächter zu, einem treuherzigen alten Mann namens Samuel, dessen Hauptaufgabe anscheinend darin besteht, auf einer schmiedeeisernen Bank vor dem gepflegten kleinen Steinhaus am Portal zu sitzen und jeden, der das Gelände betritt, geistesabwesend anzugrinsen. Das Häuschen umfasst nur einen einzigen Raum, in dem sämtliche Friedhofsakten verwahrt werden, mit einer altertümlichen Toilette daneben. Ab und zu verschwindet Samuel nach drinnen. Das ganze Jahr über schließt er an sechs von sieben Abenden der Woche pünktlich um halb sechs das schwere Eisentor zu und geht nach Hause. (Mittwochs ist der Friedhof aus unerfindlichen Gründen länger geöffnet.) In meiner Studentenzeit, als Samuel schon genauso zerknittert aussah wie heute, gab es Spötter, die behaupteten, er schließe das Tor *von innen* zu, löse sich in weißen Dunst auf und verziehe sich in das nächstbeste offene Grab. Ich wusste, dass das nicht stimmte, weil ich als Jurastudent einmal versehentlich eingeschlossen worden war, als ich mit meiner zukünftigen Frau auf dem Friedhof spazieren ging, eine Ehre, die mir deswegen zuteil wurde, weil sie sich gerade zwischen zwei Männern entscheiden musste – von denen ich allerdings keiner war. Sie hatte mich um meinen Rat gebeten, ohne einen Gedanken daran zu verschwenden, ob es mir vielleicht wehtun könnte, mir ihre Sorgen anzuhören. Es war Mai, ein paar Wochen vor dem Examen, lauschiges Wetter, und Kimmer sah ganz besonders hinreißend aus, wie immer im Frühling. Wir sprachen sehr lange miteinander, unterließen es aber, uns zu küssen oder Händchen zu halten oder sonstige Dinge zu tun, die uns während der zehn knisternden Monate im zweiten Jahr unseres Jurastudiums so selbstverständlich gewesen waren wie das Atmen. Als wir schließlich zum Tor zurückkamen, hatte Kimmer beschlossen, beiden Männern den Laufpass zu geben und sich was Besseres zu suchen, womit ich gemeint zu sein hoffte – fälschlicherweise, wie sich herausstellte –, und sie war blendender Laune. Bis wir feststellten, dass das Tor abgeschlossen war und kein Gespenst mit einem Schlüssel erschien. Die Sandsteinmauern des Friedhofs sind zwei Meter fünfzig hoch, das Portal ist noch höher. Kimmer kicherte und schmollte abwechselnd, und ich spähte durch die Gitterstäbe in der Hoffnung, einen Passanten auf mich aufmerksam machen zu können. Niemand kam vorbei. Ich hämmerte an die Tür des Häuschens. Vergebens. Schließlich erklärte ich Kimmer, wir hätten nur eine Wahl. Sie stemmte mit funkelnden Augen die Hände in die Hüften und herrschte mich an, sie habe nicht vor, die Nacht mit mir auf dem Friedhof zu verbringen. Ich hielt mich ein paar Sekunden mit der Überlegung auf, ob sie das wohl konjunktiv meinte oder disjunktiv – mit mir, nur nicht auf dem Friedhof?, auf dem Friedhof, nur nicht mit mir? –, und erzählte ihr dann kopfschüttelnd, ein paar von uns Studenten seien früher öfter durch einen Dränagetunnel heimlich auf den Friedhof gelangt. *Hast du Dränage gesagt?*, fragte sie entsetzt. *Wo Wasser und so vom Friedhof abfließt?* Ich versicherte ihr, die Sache sei völlig ungefährlich, und bat sie, mir zu vertrauen.

Kimmer zögerte, vielleicht weil sie überlegte, ob nicht jemand anders da war, dem sie stattdessen vertrauen konnte, dann willigte sie ein.

Also machten wir kehrt. Ich wählte den Hauptweg, der zum vier- oder fünfhundert Meter entfernten hinteren Teil der Mauer führt, wo das Gelände zum Highway und dem Fluss dahinter abfällt. Wir kamen an hochragenden Obelisken, Marmorengeln und finsteren Mausoleen vorbei. Ein kleines Tier, wahrscheinlich ein Rothörnchen, flitzte über den Kiesweg. Kimmers Hand stahl sich zuletzt doch noch in meine. Wir trugen beide nur Shorts, und allmählich wurde es kälter, so dass mir Zweifel kamen, ob es nicht doch besser gewesen wäre, am Eingangstor auszuharren. Ich führte sie den Hang hinunter und zwischen den Grabsteinen hindurch, von denen viele im Lauf der Jahre infolge der Bodensenkung umgekippt waren, denn dieser Teil des Friedhofs war der älteste. Schließlich erblickten wir vor uns den alten Dränagetunnel, mit einem Maschendrahtgitter davor, an das ich mich erinnerte. Es war nicht richtig befestigt, sondern nur angelehnt. Ich trat es beiseite. Kimmer ließ meine Hand los. Sie fragte, ob ich im Ernst glaubte, auf diesem Weg den Friedhof verlassen zu können. Ich sagte ja. Sie wies mich darauf hin, dass der so genannte Tunnel höchstens neunzig Zentimeter Durchmesser hatte. Ich erklärte ihr, wir würden kriechen müssen. Sie verschränkte die Arme und trat einen Schritt zurück. *Ich denk nicht dran, da durchzukriechen, Mister. Wir haben doch keine Ahnung, was aus den Gräbern alles abfließt. Auf keinen Fall.* Ich breitete die Arme aus und sagte, wir hätten keine andere Wahl, außerdem sei der Tunnel immer trocken, es sei einfach eine Metallröhre, die unter dem Highway herauskomme. Sie sei nur sechs Meter lang, in ein paar Minuten könnten wir durch sein. Ich hätte das bestimmt schon fünfmal gemacht. Sie warf mir einen typischen Kimmer-Blick zu. *Und mit dir hab ich fast ein Jahr lang geschlafen?* Aber wenigstens lachte sie.

Schließlich gab sie nach, und wir krochen durch die Röhre. Ich wollte, dass Kimmer vorausging, doch sie weigerte sich, weil sie mich im Verdacht hatte, nur ihren Hintern anschauen zu wollen, was gar nicht stimmte, nicht weil ich das nicht gern getan hätte, sondern weil es unmöglich war. Denn etwas hatte ich unterschlagen: Die Röhre war zwar höchstens sechs Meter lang, im Innern aber konnte man schon nach kurzer Zeit nicht mehr die Hand vor Augen sehen. Zunächst machte Kimmer Witze darüber, dann wurde sie böse, und irgendwann fiel mir auf, dass sie nicht mehr hinter mir war. Umdrehen konnte ich nicht. Ich rief ihren Namen und hörte sie fluchen. Ich kroch rückwärts, bis mein Fuß an ihre Hand stieß, und sagte, es sei vollkommen ungefährlich, wir seien so gut wie durch, nicht weit vor uns sei schon Licht zu sehen. Jetzt schluchzte sie nur noch. Ich wusste, bis zum Ausgang würden wir vielleicht noch neunzig Sekunden brauchen, aber wie jeder bestätigen kann, der schon einmal in einer dieser Achterbahnen im Dunkeln gefahren ist, sind neunzig Sekunden eine Ewigkeit, wenn man Angst hat – und meine holde Kimmer stand Todesängste aus. Sie bewegte sich nicht vom Fleck. Alles gute Zureden nützte nichts. Allmählich wurde mir in der heißen, staubigen Finsternis selbst ein bisschen mulmig zumute. Zum Umdrehen war es zu eng, und so wälzte ich mich auf den Rücken, um in ihre Richtung blicken zu können, dann schob ich mich mit Armen und Beinen näher an sie heran. Immer noch auf dem Rücken liegend, streckte ich eine Hand aus und fasste ihr Handgelenk. Ich sagte ihren Namen. Sie erwiderte nichts. Ich zog. Kimmer sträubte sich. Ich zog fester, und mit einem Mal fiel sie nach vorn, gegen mich, und schon rutschten wir beide schreiend über das abschüssige Metall, ich suchte vergeblich nach einem Halt, meine Finger taten höllisch weh, und dann flutschte ich am anderen Ende ins Freie, stieß dabei das Drahtgitter weg und schlug hart auf dem steinigen Hang auf, hinter mir am Hügel die Friedhofsmauer, über mir der Highway auf seinen Betonpfeilern und weiter unten die Docks und Lagerhäuser und Öltanks des Industriegebiets von Elm Harbor. Ich sah das alles, während ich flach auf dem Rücken lag, mit den Füßen zum Tunnel, das Kinn himmelwärts gereckt, die Haare voller Dreck.

Kimmer landete auf den Füßen, was erstaunlich war, für sie aber nicht untypisch. Ihre Tränen waren wie weggeblasen, ihre

Kleidung schmutzig, aber nicht zerrissen und ihr Gesichtsausdruck, als sie sich neben mich hockte, eher belustigt als besorgt.

Lebst du noch?, fragte sie freundlich.

Ich beteuerte, dass mir nichts fehlte, obwohl es in Wirklichkeit keinen Körperteil gab, der mir nicht wehtat. An Aufstehen war nicht zu denken. Kimmer küsste mich auf die Stirn, klopfte ihre Sachen ab und ging den Hügel hinunter zu einem Eckladen, von wo aus sie einen Freund anrief, damit er uns abholen kam – einen der beiden Männer übrigens, denen sie gerade noch den Laufpass geben wollte. Ihr Galan half mir den Hügel hinunter. Die beiden fuhren mich zum Ärztezentrum der Universität, wo ich die Auskunft erhielt, dass ich es geschafft hatte, mir zwei Finger zu brechen, den Knöchel zu verrenken und mir eine hässliche lange Fleischwunde am Bein zuzuziehen. Für mein Gefühl war das ein billiges Opfer für Kimmer, die unversehrt davongekommen war. In ihren Augen war ich jedoch ein Idiot, der nicht genug gesunden Menschenverstand besaß, um am Eingangstor zu warten, und der sich für ein einfaches Problem unbedingt eine sagenhaft dämliche Lösung ausdenken musste. *Wir hätten in das Häuschen einbrechen sollen*, meinte Kimmer, während eine Schwester meinen Blutdruck maß. *Da drin gibt es bestimmt ein Telefon.* Sie verzog sich mit ihrem Freund, als meine Wunde genäht werden sollte, und versprach, in einer halben Stunde mit dem eigenen Wagen wieder da zu sein und mich nach Hause zu fahren. Die beiden machten auf einmal einen ausgesprochen verliebten Eindruck. Jedenfalls brauchte sie über zwei Stunden, derweil ich im Foyer saß und vor mich hin litt, weil ich mich weder traute, sie anzurufen und sie vielleicht bei weiß Gott was zu stören, noch einfach wegzugehen und sie vielleicht zu verärgern, falls es doch einen harmlosen Grund für ihr Zuspätkommen gab. Zu guter Letzt tauchte eine strahlende Kimmer auf, frisch geduscht und umgezogen, und brachte mir eine Sonnenbrille mit, wegen des blauen Auges, von dem ich nicht wusste, wie ich dazu gekommen war. Sie bugsierte mich auf den Rücksitz ihres Wagens, weil ich, wie sie meinte, mein verletztes Bein ausstrecken müsse. Meine Krücken nahm sie nach vorne. Auf der Fahrt zu meiner unordentlichen Wohnung am anderen Ende des Campus plauderte sie fröhlich über alles Mögliche, nur nicht darüber, wo sie in den vergangenen zwei

Stunden gewesen war oder wo wir in den zwei Stunden davor gewesen waren. Als sie mich vor meiner Haustür absetzte, dankte sie mir für die Rettung vom Friedhof, strich mir mit weichen Lippen über die Wange und entschwand in die Nacht.

Manche Metaphern bedürfen keiner Interpretation.

Ich habe meinem Vater die Geschichte von der Rutschpartie durch die Röhre mit Kimmer erzählt, sage ich mir seit meinem Gespräch mit Dekanin Lynda ständig vor. Ich muss mir das ganz fest einprägen. Ich habe meinem Vater die Geschichte erzählt, wiederhole ich mir, obwohl es gar nicht stimmt. Wieder und wieder sage ich mir das vor und hoffe, dass ich es nicht vergesse.

• II •

Ich erkläre Samuel, warum ich hergekommen bin, wobei ich mich ebenso um Deutlichkeit wie um Weitschweifigkeit bemühe. Er nickt lebhaft und versucht mehrmals, das Gespräch zu beenden, doch ich bin Juraprofessor und daher nicht so leicht zum Schweigen zu bringen. Irgendwann gibt Samuel auf und hört einfach zu, sehr zu meiner Zufriedenheit. Mein heutiger Besuch auf dem Old Town Cemetery ist der vierte innerhalb der letzten sieben Tage. Den ersten habe ich wenige Stunden nach Dekanin Lyndas Ultimatum unternommen: der »Spaziergang«, über den ich Kimmer keine Rechenschaft ablegen wollte. Zwei Tage später war ich in Aspen, am Abend darauf zu Hause. Seitdem bin ich zweimal hier gewesen. Alle meine Besuche verliefen nach demselben Muster: Zuerst sehe ich die Akten durch, dann mache ich einen vorsichtigen Sondierungsgang über den Friedhof. Und ich erkläre Samuel ein weiteres Mal den Grund meiner Anwesenheit. Ich will, dass er sich an unser Gespräch erinnert. Ich will, dass er sich merkt, was ich brauche. Ich will, dass es das Erste ist, was ihm einfällt, wenn er an mich denkt. Weil ich in den folgenden Tagen oder Wochen auf seine Hilfe angewiesen sein werde, um diese ganze verkorkste Geschichte zu einem Abschluss zu bringen. Seine Hilfe wird wertlos sein, wenn er vergisst, wonach ich suche.

Also macht Samuel sich am einen Ende des Raumes zu schaffen, während ich die staubigen alten Register aus den Regalen ziehe. Zum dritten Mal seit meiner Unterhaltung mit Onkel Jack sitze ich an dem Holztisch, der wahrscheinlich schon an dieser Stelle stand, als Lincoln ermordet wurde, und studiere die Listen der Toten. Ich blättere von zweihundert Jahre alten Aufzeichnungen bis zu Einträgen aus dem letzten Monat und ergänze meine umfangreichen (aber, wie ich hoffe, sehr übersichtlichen und leicht nachvollziehbaren) Notizen auf einem kleinen Block, der ansonsten in meinem Büro in der obersten Schublade des unverschlossenen Schreibtischs obenauf liegt. Schätzungsweise eine Dreiviertelstunde bleibe ich sitzen, und fast die ganze Zeit beobachtet Samuel mich mit stierem Blick. Genau das soll er auch tun: mich beobachten und sich alles merken, für den Fall, dass er jemals befragt wird. Als ich fertig bin, bedanke ich mich bei ihm, und er schüttelt mir strahlend mit beiden Händen die Rechte, als hätte ich gerade einen Preis gewonnen. Nachdem ich mich losgemacht habe, begebe ich mich zum vierten Mal auf das Friedhofsgelände und schlendere, dem frühlingshaften Nieselregen zum Trotz, die Pfade zwischen den Grabsteinen entlang, betrachte prüfend den Plan, den ich auf meinen Notizblock gezeichnet habe, und füge bei Bedarf etwas hinzu, um sicher zu sein, dass ich die richtige Strecke gewählt habe. Ich spaziere am Mausoleum der Familie Hadley vorbei, die seit weit über einem Jahrhundert in Elm Harbor und an der Universität vertreten ist; Marc ist hier bereits der vierte Professor aus seiner Familie. Dann kommt ein kleiner Platz mit alten Grabsteinen, der früher ein separater Bereich für Schwarze war. Die abolitionistischen Stadtväter hatten vor hundertfünfzig Jahren beschlossen, die Beisetzung freier Schwarzer zuzulassen – allerdings nicht unmittelbar neben ihresgleichen.

Von Zeit zu Zeit blicke ich über die Schulter, eine Angewohnheit, die ich vermutlich nicht so bald wieder ablegen werde. Mir fällt jedoch niemand auf, nur hin und wieder ein Trauernder, der allein im diesigen Regen steht. Ob sie tatsächlich alle trauern oder ob einer von ihnen mich vielleicht verfolgt – woran wollte ich das merken?

Wahrscheinlich trauert jeder um jemanden.

Mehrmals bleibe ich stehen, lese Grabinschriften und hake Punkte auf meinem Block ab, oder ich notiere mir, wo die Kieswege sich kreuzen. Ich schreibe die Namen der Toten und ihre Sterbedaten ab. Ich zeichne Felder in andere Felder.

Als ich mit meinen Aufzeichnungen endlich fertig bin, verlasse ich den Friedhof durch das Portal. Keiner der Trauernden rührt sich vom Fleck. Ich winke dem grinsenden Samuel auf seiner Bank zum Abschied zu, gehe über die Town Street zurück zum Campus und halte unterwegs Ausschau nach dem unsichtbaren Schatten, von dem ich weiß, dass er da ist.

Ich bin fast so weit.

Kapitel 47

DIE ENTSCHEIDUNG FÄLLT

• 1 •

»Dana?«

»Ja, mein Schatz?« Sagt sie und lächelt mich mädchenhaft kokett über den Tisch im Post hinweg an, obwohl ich nie im Leben ihr Schatz sein könnte, aus ungefähr sechshundert verschiedenen Gründen, die offensichtlichen gar nicht mitgezählt.

»Dana, hör zu. Ich möchte dich um einen Gefallen bitten.«

»Wie üblich.«

»Im Ernst. Es ist wichtig, und ... und ich wüsste nicht, wen ich sonst fragen sollte.«

»Hmmm.« Dana ist vorsichtig. Bestimmt denkt sie, ich will sie anpumpen.

Es ist Mittwoch, vier Tage nach meiner Rückkehr aus Aspen und zwölf Tage nach meinem Streit mit Jerry Nathanson im Flur, einem Vorfall, durch den mein ohnehin schon angeschlagener Ruf im Oldie noch mehr gelitten hat. Dana und ich gehen heute zusammen essen, weil wir keinen anderen freien Termin finden konnten. Und auch, weil ich keinen anderen Ausweg mehr sehe. Ursprünglich wollte ich sie nur im Notfall um Hilfe bitten. Jetzt bin ich auf sie angewiesen. Wenn die Liebste Dana ja sagt und alles gut geht, kann ich binnen einer Woche, höchstens zwei, die ganze Angelegenheit vom Hals haben und wieder ein normales Leben führen. Mein Plan birgt allerdings die Gefahr, Dekanin Lyndas Frist zu überziehen, aber nur so geringfügig, dass es sich hinbiegen lassen müsste. Wenn Dana nein sagt oder wenn es schief geht ... tja, dann ist das eben Schicksal.

Während ich meinen Cheeseburger vertilge, überlege ich mir, wie ich es ihr beibringen soll. Für Mariah in Darien steht derweil der Ablauf einer anderen Frist ins Haus, denn der errechnete Geburtstermin ist in weniger als einem Monat. Keine Fahrten in die Shepard Street mehr, aber es tut ihr gut, sich mit anderen Dingen zu beschäftigen. In Erwartung des großen Tages telefonieren wir fast jeden Abend miteinander, und selbst Kimmer nimmt gelegentlich daran Anteil.

Ich neide meiner Schwester ihr Glück.

Drei Tische weiter speist der Architekt Norm Wyatt, Dekanin Lyndas geschwätziger Mann, mit einem offenbar wohlhabenden, aber irgendwie heimlichtuerisch wirkenden Klienten. Das animiert wiederum mich zur Heimlichtuerei, und ich beuge mich vor, näher zur Liebsten Dana. Sie deutet das richtig und beugt sich ebenfalls leicht vor. Wie üblich frage ich mich, was die Klatschmäuler denken werden. Wieso musste ich mir ausgerechnet das Post aussuchen, um mein Anliegen vorzubringen? Danas Büro wäre sicherer gewesen. Vielleicht habe ich mich für das Restaurant entschieden, weil sie in der Regel nach dem Essen großmütiger gestimmt ist. Oder vielleicht, weil mich auf einmal die Angst vor Wanzen gepackt hat.

»Dana, pass auf. Worum ich dich bitten möchte ... Also, wenn du nein sagen willst ...«

»Wenn ich nein sagen will, Misha, werde ich nein sagen. Das fällt mir nicht schwer.« Kurze Pause. »Wobei, wenn ich's mir recht überlege, fällt es mir bei dir sehr wohl schwer, nein zu sagen. Du bittest mich ständig um irgendeinen Gefallen, und ich sage immer ja.« Sie lächelt nervös, dann wirft sie einen kritischen Blick auf Norms breiten Rücken. Sie scheint zu spüren, dass etwas nicht in Ordnung ist, und fühlt sich genauso unwohl wie ich. »Ich weiß nicht, wie du das machst. Du bist weder besonders charmant noch sonst was ...«

»Reizend, wirklich.«

»Ehrlich, Misha. Wenn ich drüber nachdenke, finde ich es richtig seltsam. Ich weiß nicht, warum, aber ich bringe es nie fertig, nein zu sagen. Weißt du was? Es ist gut, dass ich nicht auf Männer stehe, sonst hätten wir wahrscheinlich mittlerweile eine Affäre.«

»Wenn ich nicht verheiratet wäre.« Ein Lächeln. »Und wenn ich auf weiße Frauen stehen würde.«

»Touché.« Sie lächelt zurück. »Also, was ist dieser große Gefallen? Soll ich Jerry Nathanson die Kniescheiben zertrümmern? Bedaure, aus der Branche bin ich ausgestiegen.«

»Nein, aber ... na ja, krieg keinen Schreck, wenn ich es dir sage. Oder Angst. Nicht, dass ein echtes Risiko dabei wäre, es wird nur nicht ganz einfach sein. Aber es ... na ja, es muss getan werden, und allein schaffe ich's nicht. Und wenn es klappt, dann kann ich vielleicht dafür sorgen, dass ... dass diese ganze Geschichte aufhört.«

»Na, vielen Dank, mein Schatz, damit wären dann zum Glück sämtliche Unklarheiten beseitigt.«

»Und hinzu kommt, dass ich ... also, ich kann dir nicht sagen, warum du es tun musst. Später kann ich es dir natürlich erklären, aber jetzt nicht.«

Das Lächeln vergeht ihr. »Allmählich frage ich mich, ob ich nicht doch Angst haben sollte.«

»Nein, nein, natürlich nicht. Es gibt keinen Grund, Angst zu haben.«

»Wie Anthony Perkins zu Janet Leigh sagte.«

»Ich glaube nicht, dass so ein Satz in dem Film vorkommt.«

»Okay, Misha, okay.« Lachend hebt sie die Hände. »Also jetzt sag endlich, was du von mir willst.«

»Eins noch, Dana: Ich würde dich nicht bitten, wenn ich –«

»Wenn du sonst jemanden wüsstest, den du fragen könntest, wenn ich nicht deine allerbeste Freundin wäre und so weiter und so fort. Schieß los! Wie gesagt, es fällt mir nicht schwer, nein zu sagen.«

Während ich tief Luft hole, wird mir klar, dass ich noch nie einem befreundeten Menschen so viel zugemutet habe. Aber ich habe buchstäblich keine andere Wahl mehr. Also teile ich Dana Worth mit, was sie für mich tun soll. Das dauert fünf Minuten.

Sie bekommt in der Tat einen Schreck. Das muss sie mir gar nicht sagen, denn sie reißt ihre kohlschwarzen Augen auf und stößt zischend die Luft aus. Sie überlegt. Sie lehnt sich auf ihrem

Stuhl zurück. Norm Wyatt und sein Klient gehen. Norm winkt uns aus sicherer Entfernung zu, und wir winken beide zurück. Ein Knäuel Studenten schiebt sich an unserem Tisch vorbei; sie tratschen über Lemaster Carlyle: wen er wohl zu seinen ersten Assistenten machen wird, wie lange es dauern mag, bis er den Sprung in den Obersten Gerichtshof schafft.

Die Liebste Dana wendet sich wieder mir zu. Und dann erklärt sie, ich sei verrückt, komplett verrückt. Ich würde sowohl meine Stelle als auch meine Frau verlieren. Außerdem würde ich im Gefängnis landen. Und sie ebenfalls.

Dann verkündet sie, dass sie es tun wird.

• II •

Draußen auf dem Bürgersteig beginnt Dana mir von der Predigt letzten Sonntag zu erzählen, irgendwas über das Gleichnis vom klugen Haushälter. Ich höre nur mit halbem Ohr zu. »Du begreifst, was das bedeuten soll, nicht wahr, Misha? Es geht nicht darum, ob die Dinge so laufen, wie du es willst, sondern nur darum, wie du die Aufgaben erfüllst, die Gott dir –«

Ich packe sie am Arm. Sie reißt sich los, denn sie kann es nicht ausstehen, wenn man sie anfasst.

»Misha, was ist los mit dir?«

»Dana, guck mal!« Ich drehe sie fast gewaltsam um. Wieder schüttelt sie mich ab. Vielleicht befürchtet sie, die Dekanin könnte im Hinblick auf meinen Geisteszustand Recht haben. »Siehst du das Auto da?«

»Welches Auto?«

»Das da hinten! Genau das!« Denn da steht es tatsächlich an einer Parkuhr auf der anderen Straßenseite, nicht weit von der Juristischen Fakultät entfernt. »Der blaue Porsche!«

Meine alte Freundin schmunzelt. »Ja, Misha, natürlich sehe ich es. Und jetzt hör mir mal zu. Das ist wichtig. Sag bitte nicht Porsche dazu. Dieses Auto ist kein Porsche.«

»Nicht?«

»Nein, mein Lieber. Es handelt sich um einen taubenblauen Porsche Carrera Cabriolet, das brandneue Modell von diesem

Jahr, und es sieht aus wie eine Spezialanfertigung mit allen Extras zum Preis von über hunderttausend Dollar, und zwar die ganze Summe auf einen Schlag. Nichts für abgewrackte Juraprofs, die für so was einen Kredit aufnehmen müssten.« Dana wartet einen Moment. Normalerweise reagiere ich auf die Worth'schen Witzeleien mit lautem Gelächter. Heute nicht. »Misha, ich habe wirklich den Eindruck, dass mit dir was nicht stimmt.«

»Dana ... Dana, dieses Auto ... es stand vor zwei Wochen vor meinem Haus. Und im Dezember schon mal. Ich glaube, dass der Fahrer ... nun ja, dass er uns nachspioniert. Meiner Familie.« Ich erinnere mich, wie ich mit John Brown durch den Wald gerannt bin. »Dana, ich glaube, es ist der zweite Mann, der sich in unserem Haus in Washington als FBI-Agent ausgab. Der Schwarze. Foreman. Du weißt schon, unmittelbar nach der Beerdigung.«

Sie fängt laut an zu lachen, wirkt beinahe hysterisch, wie sie vornübergebeugt dasteht, die Hände auf die Knie gestützt. Schließlich richtet sie sich an einem Laternenpfahl wieder auf. »O Misha, Misha!«

Ich verstehe nicht, was daran lustig sein soll. Vielleicht bin ich auch endgültig durchgedreht, und die ganze Szene geschieht nur in meiner Einbildung.

»Was ist denn los mit dir?«, frage ich gereizt.

»Ach, Misha, du bist wirklich zu komisch.«

»Wieso komisch?«

»Ein Spion? Ein Geheimagent? Weißt du wirklich nicht, wem das Auto gehört?«

Langsam werde ich wütend. Garland-Männer können alles ertragen, nur nicht etwas nicht zu wissen. »Nein, Dana, das weiß ich nicht.«

»Ich gebe dir einen Tipp.« Jetzt wischt sie sich tatsächlich Tränen aus den Augen. »Er ist berühmter als dein Vater.«

»Okay, das engt die Auswahl auf ein paar Millionen Leute ein.«

»Ach, komm, sei doch nicht so! Hör zu. Er wohnt draußen in Tyler's Landing, in einem großen Haus direkt am Wasser, für das er wahrscheinlich vier Millionen hingeblättert hat, und zwar vermutlich alles auf einmal, genau wie bei dem Auto. Er studiert Jura, und du hast Recht damit, dass er schwarz ist, aber das ist auch das Einzige, womit du Recht hast.«

Ich starre den Wagen an. »Soll das ... soll das etwa heißen, dass der Porsche Lionel Eldridge gehört? Dem Basketballspieler?«

»Dem Ex-Basketballspieler. Er ist jetzt ein ganz normaler Student.« Ihr Ton ist spielerisch, beinahe spöttisch. »Er will ein ganz normaler Rechtsanwalt werden, so wie sein Held Johnnie Cochran. Ich habe gehört, wie er das bei Oprah gesagt hat. Und in *48 Hours*. Und bei Leno. Und ...«

Fassungslos starre ich die immer noch grinsende Dana an. Lionel Eldridge. Sweet Nellie, wie sie ihn früher nannten, als er siebenmal dem All-Star-Team der National Basketball Association angehörte. Um die eins fünfundneunzig und damit auf jeden Fall groß genug für den großen schwarzen Mann, den John Brown im Wald hinter meinem Haus erspähte. Ein strebsamer Student, aber kein besonders guter, jedenfalls nicht hier bei uns; während des Grundstudiums an der Duke University soll er besser gewesen sein. Sweet Nellie, der mit seinem berühmten Lächeln immer noch mehrere Millionen Dollar Werbeeinnahmen im Jahr erzielt. Sweet Nellie, der mir seit letztem Frühjahr eine Hausarbeit schuldig ist. Seit letztem Frühjahr, als er sich durch mein schwieriges Seminar kämpfte. Seit letztem Frühjahr, als ich ihm zu einem Job in Kimmers Kanzlei verhalf. Seit letztem Frühjahr, als ich die Damen in der Suppenküche eines Tages damit überraschte, dass ich ihn als Servierhilfe mitbrachte.

Ich habe meinen Feind gefunden.

• III •

Als ich wenige Minuten später zu meinem Büro komme, finde ich noch etwas: einen an der Tür lehnenden Briefumschlag mit meinem Namen und meinem vollständigen Titel darauf. Er gleicht haargenau dem, den ich vor Urzeiten, besser gesagt im Oktober, in der Suppenküche erhielt. Als ich ihn aufreiße, kommt zum Vorschein, was ich erwartet habe: der fehlende schwarze Bauer aus dem Schachspiel meines Vaters. Ich stelle ihn ordentlich neben den weißen auf den Aktenschrank.

Ein weißer Bauer, ein schwarzer. Die einzigen Figuren auf dem Schachbrett, die beim doppelten Excelsior gezogen werden. Erst kam der weiße Bauer, zum Zeichen, dass Weiß zuerst zieht, und wenn Weiß bei einer Hilfsmattaufgabe zuerst zieht, gewinnt Schwarz. *Es fängt an!*, schrieb mein Vater in seinem Brief an mich. Wenn es dir nichts ausmacht, Papa, würde ich es lieber bald zu Ende bringen.

Mit Danas Hilfe könnte mir das gelingen. Wenn alles nach Plan läuft, werde ich mich der Last entledigen, die mein Vater mir aufgebürdet hat.

Jedenfalls bin ich naiv genug, das zu glauben. Doch die nächste Katastrophe ist schon im Anzug.

Kapitel 48

ZWISCHENZUG

• I •

Ich hatte nicht damit gerechnet, so bald wieder in Washington zu sein. Die Unglücksnachricht wurde mir diesmal von Mariah übermittelt, nicht von Mallory Corcoran, doch ich würde mich nicht wundern, Onkel Mal bei meiner Ankunft im George Washington University Hospital anzutreffen, obwohl er meines Wissens in seinem ganzen Leben höchstens fünf Sätze mit Sally Stillman gewechselt hat. In dem farbenfrohen Wartezimmer, das man direkt vom Aufzug aus betritt, erwarten mich stattdessen meine im neunten Monat schwangere Schwester sowie Sallys Lebensgefährte Bud, der wie viele starke Männer in einer verzweifelten Lage griesgrämig und hilflos wirkt; die Fremden, die mit im Zimmer sitzen, warten vermutlich ebenfalls auf Neuigkeiten über ihnen nahe stehende Menschen, die einen Selbstmordversuch unternommen haben. Da kommt eine hochgewachsene, nervöse, furchtbar magere Frau, eine Angehörige der hellhäutigeren Nation, auf mich zu und stellt sich als Paula vor, Sallys Sponsorin bei den Anonymen Alkoholikern. Ich wusste nicht einmal, dass meine Cousine zu denen geht.

»Sie wird durchkommen«, versichert Paula mir mit einem missglückten Lächeln.

Ich nicke und drücke ihr den Arm, dann lege ich Bud kurz eine Hand auf die Schulter und gehe eilig weiter, um mich neben Mariah zu setzen, die sich auf dem mittleren von drei Stühlen niedergelassen hat, elegant in einem ihrer maßgeschneiderten Hosenanzüge und wie von einer unsichtbaren Glocke umgeben, in die niemand einzudringen wagt, außer mir Trampel. »Geht's dir gut, Schwesterherz?«, frage ich und nehme ihre Hand.

»Ich versteh das nicht. Ich begreife nicht, warum sie das getan hat.« Mariah schüttelt den Kopf und reibt sich mit einer sanften, liebevollen Kreisbewegung den Bauch, als wollte sie ihrem ungeborenen Kind versichern, dass die Welt trotz allem ein sicherer Ort ist. Meine Schwester schaut mich nicht an. Auf dem Schoß hat sie eine ihrer braunen Aktenmappen, aus der ein Foto hervorlugt. Mir schießt die Frage durch den Kopf, ob das wieder ein Bild von der Autopsie ist oder ob Mariah hinter einer neuen Sache her ist. »Sie hat sich so gut gehalten. So gut.«

»Wobei?«

»Sie hat dagegen angekämpft, Tal. Sie ist jetzt seit ... na, fast zwei Monaten trocken. Seit kurz vor Weihnachten. Als Geschenk für ihre Kinder, hat sie gesagt. Sie ist zu sämtlichen AA-Treffen gegangen, in die Kirche, hat alles getan, um nüchtern zu bleiben.«

»Was genau ist passiert?«

»Ich weiß es nicht. Sie hat Paula angerufen« – Mariah deutet mit dem Kopf auf Sallys Sponsorin – »und gesagt, sie könnte nicht mehr, sie würde jetzt Tabletten schlucken. Paula hat genau das Richtige getan. Als sie merkte, dass sie Sally die Sache nicht ausreden konnte, hat sie den Notarzt gerufen und ist dann sofort zu ihr gefahren, wo sie gerade noch mitbekam, wie Sally weggebracht wurde. Dann hat sie mich angerufen und ich dich. Und jetzt sitzen wir hier.«

»Wo sind Sallys Kinder?«

»Sie waren bei Thera, als es passierte. Sally hat sie zu ihrer Mutter gebracht, dann ist sie nach Hause gefahren und hat Tabletten geschluckt. Ich nehme an, sie wollte nicht, dass die Kinder sie finden.«

Ich versuche, etwas Sinnvolles zu fragen. »Hast du Addison angerufen?«

Mariah wirft mir einen schrägen Blick zu. »Er kommt bestimmt mal vorbei, wenn er Zeit hat.« Dann sagt sie wieder: »Ich verstehe einfach nicht, warum sie das getan hat.«

»Hatte sie Depressionen?«

»Woher zum Teufel soll ich das wissen?« Unzufrieden mit ihrer Antwort, korrigiert Mariah sich: »Na ja, Tal, sie hat *immer* Depressionen.«

»Warst du bei ihr?«

»Sie lassen mich nicht. Sally ... der Arzt sagt, sie muss isoliert werden. Irgendeine Vorschrift, vermute ich. Wegen dem, was sie getan hat. Oder zumindest versucht hat. Keine Besuche in den nächsten paar Tagen.«

Ich stehe auf und spreche eine Krankenschwester an, erfahre aber nichts Neues: Ja, es sieht so aus, als würde Ms. Stillman durchkommen. Nein, Sie dürfen in den nächsten zwei, drei Tagen nicht zu ihr. Ich gestatte mir den Gedanken, dass Onkel Mal uns möglicherweise hineinbekommen könnte, doch selbst für Staranwälte gibt es Grenzen. Also sitzen Mariah und ich Hand in Hand nebeneinander, bestürzt und besorgt, und versuchen füreinander da zu sein, wie es sich für Geschwister gehört. Meine Schwester vergießt keine Tränen, obwohl sie ein paarmal kurz davor zu sein scheint. Ich mache mir Gedanken über den geheimnisvollen Ratschluss Gottes und staune, dass mir meine eigenen Probleme heute Morgen noch so riesig vorkamen.

Auf einmal steht Paula vor uns.

»Entschuldigen Sie.«

Wir blicken auf und sehen sie erwartungsvoll an.

»Sie sind Misha, nicht wahr?«, fragt Paula zögernd. Bevor ich antworten kann, wendet sie sich an Mariah: »Er ist doch Misha?«

Meine Schwester ringt sich ein Lächeln ab. »Das ist einer seiner Namen. Er hat einen ganzen Haufen.«

Paula runzelt irritiert die Stirn. Sie trägt einen Anzug, der beinahe so elegant ist wie Mariahs. Wahrscheinlich Anwältin, überlege ich, irgendeine Spezialistin: Für eine Lobbyistin wirkt sie zu nervös, und ich kann sie mir auch nicht so recht als Strafverteidigerin im Gerichtssaal vorstellen. Ich sehe sie vor mir, wie sie kettenrauchend komplizierte Steuerfinten für ausländische Mandanten austüftelt.

»Aber Sie sind Misha, nicht wahr?«

»Manche Leute nennen mich so«, bestätige ich. »Ich heiße Talcott Garland. Ich bin Sallys Cousin.«

»Kann ich Sie einen Moment sprechen? Unter vier Augen?«

Mariah will protestieren, aber ich fordere sie mit einem Blick auf, es gut sein zu lassen. Paula geht mit mir in eine andere Ecke und erklärt mir im Flüsterton, Sally habe am Telefon immerzu weinend wiederholt, sie ertrage es nicht zu wissen, was sie wisse. Als Paula fragte, was das heißen solle, habe Sally gemurmelt: *Der arme Misha, der arme, arme Misha.* Paula hält inne, vielleicht um mir Gelegenheit zu einem Geständnis zu geben, aber ich versichere ihr, dass ich nicht die leiseste Ahnung habe, was meine Cousine gemeint haben könnte. Paula nickt bedrückt, dann fügt sie hinzu, Sally habe noch etwas gesagt, bevor sie auflegte: *Ich weiß nicht, warum er unbedingt beide haben musste.*

Ich runzele die Stirn. »Wer musste was für beide haben?«

»Ich bin davon ausgegangen, dass Sie gemeint waren. Weil sie wieder anfing: *Der arme, arme Misha.*«

»Dass *ich* beide haben musste?«

Ein knappes Nicken, aber nicht unfreundlich. »Und sie wusste nicht, warum.«

• II •

Mariah und ich übernachten in der Shepard Street. Es erstaunt mich, dass sie diese Reise so kurz vor dem Geburtstermin noch auf sich genommen hat, doch dann stellt sich heraus, dass sie sich für die sechsstündige Fahrt einen Wagen mit Chauffeur gemietet hat. »Das ist gar nicht so viel teurer als ein Flug erster Klasse«, erklärt sie mir.

Am Morgen frühstücken wir rasch, denn ich muss dringend nach Hause. Mariah will wissen, warum ich es so eilig habe, was ich davon halte, dass Conan auf schuldig plädiert, ob es stimmt, dass ich den Liebhaber meiner Frau in der Juristischen Bibliothek k. o. geschlagen habe, was ich in der Sache zu unternehmen gedenke, die sie mir von Warner erzählt hat, und noch tausend andere Dinge. Ich sage nur, dass die ganze Geschichte bald vorbei ist und ich ihr dann alles erklären werde. Ich mache mich auf eine giftige Bemerkung gefasst, doch die bevorstehende Geburt ihres sechsten Kindes scheint meine Schwester friedfertig zu stimmen.

»Pass gut auf dich auf«, sagt sie, als das Taxi kommt, das mich zum Bahnhof bringen soll.

Ich verspreche es ihr: Ich muss in der Tat auf mich aufpassen. Trotz dieses Abstechers hat sich die Situation auf dem Brett, wie Schachlehrer sagen, nicht geändert. Wenn ich wieder in Elm Harbor bin, habe ich genau einen Versuch frei, die Sache zu beenden, meine Familie davon zu befreien.

»Die Zeit ist um«, flüstere ich, als das Taxi losfährt. Der Fahrer zieht die Augenbrauen hoch. Vielleicht denkt er, ich wollte ihn zur Eile antreiben. Ich drehe mich ständig um, während wir die Sixteenth Street hinunterfahren, und halte Ausschau nach meinem Schatten, der da irgendwo sein muss.

Kapitel 49

EIN PLAN WIRD AUSGEFÜHRT

• I •

»Ich glaube, mir ist jetzt alles klar«, erzähle ich einem demonstrativ gelangweilten Mallory Corcoran am Montag darauf am Telefon. »Die Vorkehrungen, und überhaupt. Morgen Abend habe ich die Antwort.« Er freut sich sehr über diese Nachricht und noch mehr, mir sagen zu können, dass er leider ein dringendes Telefonat führen muss. Die Einzelheiten könne ich ja Meadows mitteilen.

»Es ist alles vorbei«, versichere ich Lynda Wyatt, als ich ihr am selben Nachmittag mehr oder weniger geplant auf dem Mitarbeiterparkplatz über den Weg laufe. Sie versucht, mir auszuweichen, doch ich bin schneller als sie. »Am Mittwochmorgen habe ich alle Antworten.« Bis zum Ablauf ihrer Frist sind es noch zwei Tage, darum lächelt sie, tätschelt meinen Arm und hält Ausschau nach den Männern in den weißen Kitteln. Am Dienstag setze ich meine Kampagne fort. »Ich habe das Rätsel gelöst«, raune ich meinem gelangweilt wirkenden baldigen Exkollegen Lemaster Carlyle in der Bibliothek zu. Er ringt sich höflich ein Lächeln ab und klopft mir auf den Rücken. »Ich kenne jetzt die ganze Geschichte«, verkünde ich dem verdutzten Marc Hadley vor einem Seminarraum, wo er glücklich inmitten einer Schar von Jüngern steht, deren unerschütterliche Verehrung ihm geholfen hat, seine öffentliche Demütigung zu verwinden. »Ich glaube, ich kann es jetzt endlich hinter mich bringen«, verspreche ich Stuart Land, als wir im

Treppenhaus aneinander vorbeigehen. »Ich möchte mich noch für Ihre Hilfe bedanken«, lasse ich den kleinen Ethan Brinkley bei einer zufälligen Begegnung unten auf dem Hof wissen. Nur dass sie in Wirklichkeit gar nicht zufällig ist. »Ich stehe kurz davor, die ganze Sache aufzuklären.«

Dieselbe frohe Botschaft überbringe ich Rob Saltpeter und Theo Mountain und Ben Montoya und Shirley Branch und Arnie Rosen und allen anderen Lehrkräften der Juristischen Fakultät, die auch nur entfernt etwas zu tun haben könnten mit ... mit ...

... mit *den heimlichen Machenschaften* ...

Ich habe keine Ahnung, was dahinter steht, aber ich weiß, dass es diese Machenschaften gibt. Wenn die Liebste Dana ihren Teil tut, werde ich nicht einmal gelogen haben: Ich werde in der Tat alle Antworten kennen. Ich werde sogar wissen, wer mich verraten hat. Es sei denn, Dana ist die Verräterin. In dem Fall säße ich ziemlich in der Tinte.

Den Gedanken schüttele ich schnell ab. Irgendwem muss ich trauen.

Von meinem Büro aus, wo ich auf den richtigen Zeitpunkt für mein Vorhaben warte, rufe ich bei Mariah an, um mich nach Sally zu erkundigen, doch stattdessen erfahre ich von Howard, dass es bei meiner Schwester offenbar losgeht. Sie messen schon die Abstände zwischen den Wehen, sagt er. Eine Ultraschalluntersuchung vor ungefähr einem Monat hat bestätigt, dass das Baby ein Mädchen ist, und zu guter Letzt haben sie sich auf einen Namen geeinigt: Mary, nach der schwarzen Bürgerrechtlerin Mary McLeod Bethune – ein Name mit »Ma« am Anfang, genau wie die anderen fünf, und gerade noch rechtzeitig. Howard fügt ruhig hinzu, dass der Katholik in ihm den Namen ebenfalls gutheißt. Ich lache laut auf. Als Mariah drangeht, beglückwünsche ich sie fröhlich. Sie bedankt sich, stöhnt auf und erholt sich dann so weit, mir zu sagen, dass sie und Howard einen Platz für Sally in einer Reha-Klinik in Delaware reserviert haben, einer der besten des Landes. »Wir werden es nicht noch einmal so weit kommen lassen«, erklärt Mariah entschieden. Zum ersten Mal seit Jahren merke ich, wie sehr ich meine Schwester liebe.

Dann ist es an der Zeit aufzubrechen. Irgendwem muss ich trauen, sage ich mir immer wieder.

Aber meiner Frau kann ich nicht trauen.

Am Tag meiner Rückkehr aus Washington, zwei Tage nach meiner Entdeckung, dass der allgegenwärtige Porsche – entschuldige, Dana, der Porsche Carrera Cabriolet – Lionel Eldridge gehört, lauerte ich seinem Besitzer auf. Ich verschaffte mir in der Registratur Einblick in seinen Stundenplan, postierte mich dann auf dem Gang vor Joe Janowskys Seminar über Diskriminierung am Arbeitsplatz und wartete, bis Lionel herauskam. Die herkömmlicheren Methoden, einen Studenten zu sich zu bestellen, hatte ich bereits ausprobiert: Meine Sekretärin hatte ihm eine E-Mail geschickt, seinen Namen an das »Bestellbrett«, wie die Studenten es nennen, geheftet, bei ihm zu Hause angerufen und eine Nachricht bei seiner Frau hinterlassen, aber Lionel hatte einfach nicht reagiert. Also beschloss ich, ihn nach dem Seminar abzufangen.

Er war leicht auszumachen, weil er die anderen achtzig oder neunzig Studenten weit überragte, die um elf aus dem Saal geströmt kamen. Wie üblich umgab ihn ein halbes Dutzend von ihnen wie eine Leibwache, und alle lechzten nach der nächsten kostbaren Perle von seinen Lippen. Als Lionel mich sah, weiteten sich seine Augen – vor Schreck, wie ich wohl wusste. Ich machte, ganz Professor, eine gebieterische Geste. Er wich zurück, edel gekleidet in schwarzes, mit glänzendem Gold besticktes Leder. Bloß ein gewöhnlicher Jurastudent, natürlich. Bemüht, kein Aufsehen zu erregen, bahnte ich mir dezent einen Weg durch das Knäuel seiner Bewunderer, nahm ihn sachte beim Arm und flüsterte, ich hätte ihn gern einen Moment gesprochen. Auch wenn er Sweet Nellie ist, bin ich schließlich immer noch sein Professor, zudem schuldet er mir eine Seminararbeit, und so hatte er kaum eine Wahl. Wir verzogen uns in eine stille Nische nahe dem Büro der Dekanin. Die anderen Studenten machten einen großen Bogen um uns. Mir fiel auf, dass Lionel den Blick die meiste Zeit auf den Boden gerichtet hielt.

Zuerst fragte ich nach der Arbeit. Ein hoffnungsvolles Licht flackerte in seinen berühmten dunklen Augen auf. Er fing an, Entschuldigungen vorzubringen – Reisen, Probleme mit seiner Frau, der Kulturschock, an einer weißen Fakultät zu studieren, wie er es nannte, was Lem und Shirley und mich gewissermaßen zu weißen Professoren macht –, doch ich schnitt ihm das Wort ab. Kühl teilte ich ihm mit, einen Monat könne ich ihm noch zugestehen. Wenn ich die Arbeit bis dahin nicht hätte, müsse ich ihn durchfallen lassen. Lionel nickte und machte Anstalten, sich zu entfernen, zweifellos überzeugt, dass er, wie heute üblich, trotz der Drohung später noch nachverhandeln könne. Ich hielt ihn wie ein Polizist mit einer leichten Berührung zurück, und er wurde wieder nervös. Als ich finster zu ihm aufschaute, bemerkte ich die eingestickten Worte DUKE UNIVERSITY auf seiner schwarzen Lederjacke, und mir fiel ein, dass er seine Collegemannschaft vor ungefähr zehn Jahren zweimal unter die letzten vier gebracht hatte.

Dann tat ich es.

Ich erklärte Lionel, wir hätten noch etwas anderes zu besprechen, und fragte ihn rundheraus, warum er mich verfolge. Ich wartete auf das Geständnis, seine heimliche Geliebte Heather habe ihn darum gebeten, er habe es ihrem Vater zuliebe getan. Doch er reagierte verblüfft und versicherte mir, so etwas würde er niemals machen. Ich formulierte die Frage neu. Was er vergangene Woche vor meinem Haus gewollt habe. Und vor ein paar Wochen hinten im Wald.

Jetzt begegnete Lionel meinem Blick, und noch bevor er den Mund aufmachte, wusste ich, dass ich falsch geraten hatte, katastrophal falsch. Er war gar nicht mein Feind, wenigstens nicht in dem Sinne, wie ich gedacht hatte. Und offensichtlich erlebte er eine solche Situation nicht zum ersten Mal, denn er kannte seinen Text genau, die schlimmsten Worte, die ich mir vorstellen kann: *Es richtet sich nicht gegen Sie, Professor Garland. Ich mag Sie. Ich bewundere Sie*. Und dann fügte er hinzu: *Nur, Ihre Frau mag ich halt auch*. Und zuletzt das Millionen-Dollar-Lächeln.

Doch da war mir längst klar, dass Lionel nichts mit den Vorkehrungen oder der Überbringung des Bauern in die Suppenküche oder meiner Tracht Prügel auf dem Campus zu tun hatte. Ich erfuhr nur als Letzter, was allen anderen längst bekannt war. Ich wusste plötzlich, wessen Stimme meine Frau am Telefon *Baby* genannt hatte an dem Tag, als sie eigentlich zu Hause arbeiten wollte und ich im Büro. Ich wusste, dass er angerufen hatte, weil er den BMW nicht wie gewöhnlich in der Einfahrt gesehen hatte und fragen wollte, ob der Zeitpunkt für ihr Rendezvous günstig war. Ich wusste, warum die Studenten einen großen Bogen um uns machten und uns ungestört miteinander reden ließen. Ich wusste, was nach Ansicht von Dekanin Lynda die unausgesprochene und unaussprechliche Erklärung für mein irrationales Verhalten war und warum sie eine gewisse Milde walten ließ. Ich begriff, dass sogar die Liebste Dana Worth, vor der kein Klatsch verborgen bleibt, die Wahrheit gekannt haben musste. Kein Wunder, dass sie so verblüfft war, als ich sie nach Lionel und Heather fragte, und es als Witz abzutun versuchte, als wir vor dem Post den Porsche sahen. Ich begriff, dass sie mit ihrem kreischenden, leicht überdrehten Gelächter hatte überspielen wollen, wie betroffen sie über meine Ahnungslosigkeit war; aber auch sie dachte nicht daran, mich darüber aufzuklären, dass der weltberühmte Lionel Eldridge eine Affäre mit meiner Frau hatte und nicht Gerald Nathanson.

Kapitel 50
Wieder auf dem Friedhof

• I •

Ich schließe meinen Fall dort ab, wo er begonnen hat: auf einem Friedhof. Ist es wirklich schon vier Monate her, dass Jack Ziegler im Anschluss an die Beerdigung des Richters aus dem Schatten trat und mich in diesen Alptraum lockte? Oder war es erst vorige Woche? In meiner neuerlichen Verwirrung kommt es mir vor, als wären nicht nur Wahrheit und Gerechtigkeit vom geraden Pfad abgekommen, sondern als folgte auch die Zeit auf krummer Bahn gehorsam dem Sog der Schwerkraft, dem Sog, den meine Aufgabe, der unbedingte Wunsch nach Aufklärung, entwickelt.

Ich befinde mich wieder auf dem Old Town Cemetery, aber nicht um Samuel zu besuchen, denn es ist nach acht und schon dunkel, und Samuel ist längst gegangen. Ich bin nicht über die Mauer oder das Tor geklettert. Ich bin nicht durch die Röhre gekrochen. Ich bin einfach gegen fünf hereinspaziert, habe mich in eine entlegene Ecke zu einer der Marmorbänke begeben und gewartet. Ich habe meinen kleinen Rucksack geöffnet und Keegans Buch über die Kultur des Krieges herausgenommen, um etwas über die Schlachtordnung früher zu lesen, als die Soldaten in den vordersten Linien wussten, dass sie sterben würden, aber dennoch ins Gefecht marschierten. Bauern, austauschbare Bauern. Ich habe gelesen und gegrübelt und gewartet. Samuel hat das Tor abgeschlossen und ist verschwunden, und ich habe weiter gewartet. Von meiner Bank neben einem Mausoleum aus kann ich das

Portal nicht sehen, aber ich überblicke den einzigen Weg, der zu meiner Ecke des Friedhofs führt. Falls jemand nach mir hereingekommen ist, so ist er mir nicht hierher gefolgt. Dennoch bin ich sicher, dass ich nicht allein bin.

Während es um mich herum Nacht wird, grübele ich weiter.

Friedhöfe sind ein Affront gegen die Vernunft. Ein Grund dafür ist die makabre Platzverschwendung, diese Ehrung der Toten, die zwangsläufig in Ahnenkult ausartet, wenn an Geburts- oder Jahrestagen Menschen jeden und gar keinen Glaubens bei Wind und Wetter herkommen, um sich vor diesen stummen Gedenksteinen aufzustellen und natürlich zu beten und sich zu erinnern, sehr oft aber auch richtiggehend mit den Verstorbenen zu sprechen, unbekümmert darum, dass es ein höchst fragwürdiges heidnisches Ritual ist, diese verbreitete Vorspiegelung, die verwesten Leichen in ihren verzogenen Holzkisten könnten uns hören und verstehen, wenn wir vor ihren Gräbern stehen, während sie dieselben Beteuerungen (»Bald bin ich bei dir, Liebling«, oder »Ich mache alles, was du mir gesagt hast, Mama«) nicht hören, wenn wir uns lediglich, sagen wir, beim Autofahren die Zeit nähmen, unsere Gedanken ins Jenseits zu schicken. Solange wir uns nicht hierher begeben, vor den richtigen Grabstein, kommen die Beteuerungen nicht an – das signalisiert jedenfalls unser Verhalten.

Der andere Grund, weshalb Friedhöfe die irrationale Seite in uns ansprechen, ist die Penetranz, mit der sie am Lack der Zivilisation kratzen, den wir über die ungehobelten Bretter unserer kindlichen Ängste ziehen. Als Kinder wissen wir genau, dass das Geräusch an der Scheibe nicht bloß ein im Wind wehender Zweig ist, wie unsere Eltern uns weismachen wollen, sondern in Wirklichkeit die Kralle eines grauenhaften Ungeheuers, das draußen vor dem Fenster wartet und unablässig klopft, um uns daran zu erinnern, dass es – sobald unsere Eltern die Tür hinter sich zumachen und uns zum Alleinsein im Dunkeln verdammen, was ihrer Meinung nach charakterbildend ist – das Fenster hochschieben und hineingestürzt kommen wird ...

Und an dem Punkt setzt die Kinderphantasie meistens aus, denn sie kann den Ängsten, die uns wach halten und die schon ein paar Monate später wieder vergessen sein werden, keine rechte Gestalt geben. Aber nur, bis wir das nächste Mal einen Friedhof besuchen, wo nächtliche Ungeheuer bemerkenswert real erscheinen.

Heute Abend zum Beispiel. Heute Abend weiß ich, dass dort irgendwo ein schreckliches Ungeheuer lauert. Ich stutze, die Taschenlampe auf den Boden gerichtet, und hebe lauschend und witternd den Kopf. Das Ungeheuer ist in der Nähe. Ich kann es spüren. Wahrscheinlich ist es ein Mensch; möglicherweise hat es eine Gewalttat begangen; mit Sicherheit hat es mich verraten.

Wie meine Frau. Ich weiß nicht einmal, ob ich überhaupt noch verheiratet bin. Am Sonntag nach der Kirche, einen Tag, bevor ich anfing, bei den Juristen zu verbreiten, ich würde die Suche jetzt zum Abschluss bringen, stellte ich Kimmer wegen Lionel zur Rede; wir waren in der Küche, während Bentley im Nebenzimmer an seinem Computer spielte. Eine Weile saß sie einfach nur da in ihrem hellblauen Kleid, das einen wunderschönen Kontrast zu ihrer Haselnusshaut bildete, und dann sagte sie, was in so einer Situation immer gesagt wird: *Ich wollte dir nicht wehtun.* Wir waren sehr zivilisiert. Sie erzählte mir ein paar Einzelheiten – *ja, es fing letzten Sommer an, ja, ich hab versucht, Schluss zu machen, nein, er hat einfach nicht locker gelassen, und an dem Tag, als du ihn vor dem Haus gesehen hast, wollten wir eigentlich miteinander sprechen* –, doch mir ging bald auf, dass Kimmer um den Kern der Sache herumredete. Ich unterbrach sie, zwang sie, mich anzuschauen, und stellte ihr die erste der zwei entscheidenden Fragen. *Ist es aus zwischen euch?* Sie sagte, das wisse sie nicht. Daraufhin stellte ich die zweite. *Verlässt du mich?* Sie hielt meinem Blick stand und erwiderte, es sei wahrscheinlich das Beste, wenn wir uns für eine Weile trennten. Wir hätten, meinte sie, beide über vieles nachzudenken. Als ich meine Stimme wiedergefunden hatte, erwähnte ich Bentley und wie schlimm das für ihn sein würde. Sie nickte traurig und sagte: *Aber du kannst ihn jederzeit besuchen kommen.* Es dauerte einen Moment, bis ich begriff. Ich fragte sie, ob sie etwa unseren Sohn mitnehmen wolle. *Er braucht seine Mutter*, antwortete sie. *Und außerdem ist er an dieses Haus gewöhnt.* Mir verschlug es die Sprache, aber Kimmer schüttelte nur bedauernd den Kopf. Ich fragte sie, ob sie mich wirklich Lionels wegen verlasse. Sie erwiderte, nein, ich sähe das ganz falsch. Lionel sei nicht der Grund. Der Grund sei mein Verhalten. *Ich hab nicht gewollt, dass es so kommt, Misha, ich hab das nicht gewollt. Ich liebe dich wirklich. Aber du warst in letzter Zeit unerträglich, ich schaffe das einfach nicht mehr. Wir brauchen ein bisschen Zeit.* Getrennt voneinander, hieß das. Zeit, in der sie das Haus kriegt und ich ausziehe. *Das ist keine ideale Lösung, aber ein Sorgerechtsstreit kann für ein Kind enorm belastend sein.*

Sie gab mir eine Woche. Das war vor zwei Tagen.

Ich ging zu Morris Young und beklagte mich maßlos über sie. Er wartete, bis ich mich halbwegs beruhigt hatte, und erinnerte mich dann daran, dass es niemals um die Treue meiner Frau gegangen war. Was ich ihm versprochen hätte, betreffe allein meine Christenpflicht, ihr mit Liebe zu begegnen, solange wir verheiratet waren. Ich fragte, ob das Versprechen noch bindend sei. Er fragte, ob wir noch verheiratet seien.

Ich stehe auf und setze mich wieder in Bewegung.

Ich bin immer noch wütend, aber nicht auf Dr. Young, denn er ist nicht die Ursache meines Leids. Nein, ich bin wütend auf mich und nun endlich auch mehr als wütend auf meine Frau. Ich bin von der Frage *Wie konnte sie das nur tun?* übergegangen zu der Frage *Was erlaubt sie sich?* Meiner altmodischen Auffassung zufolge gelobt man mit dem Eheversprechen nicht, so lange beieinander zu bleiben, wie man Lust hat, sondern unter allen Umständen beieinander zu bleiben. Kimmer sieht das offensichtlich anders – und doch kann ich nicht aufhören, sie zu lieben. Darin liegt die wahre Absurdität: Wenn die Liebe eine Tätigkeit ist, dann bin ich nicht fähig oder nicht willens, diese Tätigkeit einzustellen.

Immer noch innerlich kochend, schüttele ich den Kopf. Ich darf mich jetzt nicht ablenken lassen, nicht einmal durch das Scheitern meiner Ehe. Möglicherweise wird Kimmer sich ja wieder anders besinnen, wenn das alles vorbei ist. Mir bleiben noch fünf Tage, um sie zu überzeugen, und vielleicht kann ich gleich heute Abend damit anfangen. Ich habe die Züge berechnet wie ein erfahrener Schachspieler. Ich bin einigermaßen zuversichtlich, den unbekannten, aber allgegenwärtigen Gegner, der wie ein Gespenst auf der anderen Seite des Brettes sitzt, mit meinem nächsten Zug zu übertölpeln. Wenn diese Partie gewonnen ist, werde ich in der Lage sein, mich auf die Rettung meiner Ehe zu konzentrieren. Natürlich ist mein Verhalten mit schuld daran, dass Kimmer sich von mir abgewandt hat. Ich werde sie um Verzeihung bitten, ihr Blumen schenken und vor allen Dingen sagen, dass die Suche endlich vorbei, der Irrsinn ausgestanden ist. Ich habe sie vor zehn Jahren überredet, mich zu heiraten, da kann ich sie jetzt bestimmt überreden, bei mir zu bleiben.

Bestimmt.

Oder auch nicht. Eine Welle des Fatalismus reißt mich mit sich, und ich frage mich, ob ich etwas hätte anders machen können oder ob zu dem Zeitpunkt, als mit dem Tod des Richters sein grauenhafter Plan anlief und Jack Ziegler auftauchte, schon alles feststand. Ob sogar meine Ehe vom Tag der Beerdigung an zum Scheitern verurteilt war.

Ich ermahne mich, bei der Sache zu bleiben.

In meinem Notizbuch finden sich mehrere Familienstammbäume und eine Hand voll sorgfältig gezeichneter Lagepläne. Jeder Plan stellt einen Teil des Friedhofs dar, jeder weist den Weg zu einer anderen Grabstelle. Ein oberflächlicher Leser, dem mein Notizbuch in die Hände fiele, würde wahrscheinlich denken, ich versuchte ein bestimmtes Grab zu finden. Das wäre einerseits richtig, andererseits aber vollkommen falsch. Bei meinen Besuchen habe ich mir die meisten Gräber auf dem Friedhof genau angeschaut – nicht vor Ort, sondern in den alten Büchern, die sich in Samuels Obhut befinden. Ich habe Theorien durchgespielt. Ich habe Möglichkeiten ausgeschlossen. Rob Saltpeter, der Verfassungsfuturist, nennt Entscheidungen des Obersten Gerichtshofs gern »denkbare Anstöße zu Dialogen und Entdeckungen«. Das ist der Sinn meines Plans: denkbare Anstöße zu geben. Dialoge habe ich reichlich geführt.

Das Entdecken ist dann nicht mehr meine Sache.

Der Friedhof ist von einer Reihe gerade verlaufender Fußwege durchzogen, die sich im rechten Winkel kreuzen, so dass ein Muster aus quadratischen Feldern entsteht, in dem jedes Feld eine Anzahl von Gräbern umfasst.

Ein bisschen wie ein Schachbrett.

Gemäß dem Plan in meinem Notizbuch, dem sorgfältig gezeichneten Raster, wähle ich den Hauptweg und gehe an düsteren Grabsteinen vorbei, manche schlicht, manche prunkvoll, manche mit Engeln oder Kreuzen und viele nicht mehr als kleine Tafeln am Boden. Ich richte den Strahl meiner Taschenlampe knapp vor mir auf den Kiesweg. So gehe ich bis zur hinteren Mauer des Friedhofs, nicht weit entfernt von der Röhre, durch die Kimmer und ich damals unsere idiotische Krabbeltour unternahmen, damals, als wir alles noch vor uns hatten. Ich warte und lausche auf die Geräusche der Nacht. Ein Knirschen im Kies: ein weit entfernter Mensch oder ein kleines Tier in meiner Nähe? Ich halte angestrengt nach anderen Taschenlampen Ausschau. Hier und da ein Schimmer: jemand, der mich sucht, oder der Scheinwerfer eines fernen Autos?

Unmöglich zu sagen.

Ich bin diesen Weg mittlerweile oft genug gegangen, dass ich den Plan nicht mehr brauche. Ich befinde mich in der südwestlichen Ecke, der rechten Ecke vom Eingangstor aus gesehen. Nun wende ich mich nach rechts, nach Osten – vom Tor aus links –, überquere einen Weg und biege dann in den zweiten Weg Richtung Norden ein. Die acht mal acht Felder eines Schachbretts sind von a 1 unten links auf der weißen Seite des Brettes bis h 8 oben rechts durchnummeriert. Wenn das Friedhofsraster ein Schachbrett wäre und das Tor auf der schwarzen Seite, dann wäre der Weg, auf dem ich gerade gehe, die b-Reihe. Ich passiere drei Querwege, die ich in meinen Aufzeichnungen mit b 1, b 2 und b 3 beziffert habe, obwohl sie in Wirklichkeit nach verschiedenen Gründervätern der Stadt benannt sind. Beim vierten Weg bleibe ich stehen.

b 4 nach meinen Aufzeichnungen.

b 4, wenn man den Friedhof als Schachbrett nimmt, obwohl er keine vierundsechzig Felder hat, und wenn man festlegt, dass die Torseite die schwarze ist.

Denkbar.

b 4, der erste Zug bei einem doppelten Excelsior mit Springerumwandlungen, wenn Schwarz gewinnt und Weiß verliert. Am Tag meines Streits mit Jerry rief ich Karl noch einmal an, weil ich vollkommen sicher sein wollte. Er sagte, ja, wenn der Komponist ein Künstler und Romantiker ist. Mein Vater sah sich als beides. *Excelsior! Es fängt an!* Wenn Weiß verliert, dann heißt *Es fängt an!*, dass der weiße Damenspringerbauer zwei Felder vorrückt. Aus diesem Grund ordnete mein Vater an, dass ich den weißen Bauern zuerst erhalten sollte. Lanie Cross hatte zweifellos Recht: Der Richter wollte unbedingt, dass Schwarz gewinnt. Der Zug heißt b 4, das Feld b 4, der Zug wird b 4 geschrieben, und ich stehe jetzt an b 4. Ein wenig konstruiert, aber denkbar, zumindest unter der Voraussetzung, dass ich meinem Vater die Geschichte meines Friedhofsabenteuers mit Kimmer vor vielen Jahren erzählt habe. Konstruiert, aber denkbar, und besser als denkbar muss es vielleicht gar nicht sein.

Ich verlasse den Weg und folge dem Lichtkegel der Taschenlampe, bis ich die gesuchte Stelle gefunden habe, ein Familiengrab. Ich leuchte die Grabsteine an. Große für Erwachsene, kleinere für die jung Verstorbenen. Ich überfliege die Namen und Daten: Die meisten Steine sind noch aus dem neunzehnten Jahrhundert, ein paar vom Anfang des zwanzigsten.

Da ist der Grabstein, den ich suche. Ich stehe jetzt zum vierten Mal hier, es ist aber das erste Mal, dass ich einen Spaten dabei habe. Ich hätte schon früher graben können. Doch ich hatte meine Gründe, noch zu warten.

Ich leuchte kurz höher, um den marmornen Grabstein zu inspizieren und mich zu vergewissern, dass hier die richtige Person ruht: ANGELA, GELIEBTE TOCHTER. 1906–1919. Sie ist allzu jung gestorben, doch auch das wusste ich bereits.

Ich begebe mich von diesem Familiengrab zu dem links daneben. Auch dieses ist von einem niedrigen Eisenzaun umgeben. Auch auf diesem befindet sich am hinteren Ende eine lange Granitmauer mit dem Namen der Familie. Und vor allen Dingen steht auch auf diesem weiter vorne ein kleinerer Stein. In der rechten Ecke, ganz nah bei dem von Angela.

Ideal platziert.

ALOYSIUS, GELIEBTER SOHN. Ich betrachte die Daten. 1904–1923.

Direkt neben Angela.

Ideal platziert.

Mit an Sicherheit grenzender Wahrscheinlichkeit nicht Angelas Geliebter. Nicht im wirklichen Leben. Aber als denkbarer Anstoß zu einer Entdeckung zeitlich nah genug. *Ein Mann sein heißt handeln.*

Ich überprüfe meinen Plan, überprüfe noch einmal den Namen, dann schaue ich mir den Boden an. Ich brauche ein paar Minuten, bevor ich finde, was ich suche. Im abgeschirmten Schein meiner Taschenlampe sieht ein Fleckchen Erde neben dem Grab frisch umgegraben aus. Es wächst nicht einmal Gras darauf. Ich bin überrascht, dass niemand es bemerkt hat, aber solche Dinge sind immer auffälliger, wenn man weiß, dass sie da sind.

Ideal platziert.

Ich bücke mich, um den Klappspaten aus meinem Rucksack zu ziehen, stocke kurz, richte mich wieder auf und spähe in die dunklen, fernen Nebelschwaden. Zu viele Geräusche in der Stille. Ein Fuß auf eisigem Kies oder ein Rothörnchen auf einem Baum? Ich bin mir sicher, dass dort hinten jemand ist. Irgendjemand muss da sein. Aber ich weiß nicht, auf welcher Seite der Friedhofsmauer er – oder sie – sich befindet oder auf welcher Seite des Grabes. Vielleicht sind es ja doch Gespenster. Aber ich darf mich von ihnen nicht aufhalten lassen.

Ich lege die Taschenlampe so auf den Boden, dass sie die erdige, grasfreie Stelle anstrahlt, und fange an zu graben. Die Arbeit geht erstaunlich zügig voran. Die Erde ist schwer, oben nass und darunter leicht gefroren, doch der Spaten lässt sich mühelos hineinstoßen. Schwerer ist es, die Erde herauszuschaufeln. Dennoch habe ich nach vier oder fünf Minuten einen flachen, etwa zwanzig Zentimeter breiten Graben ausgehoben. Mir wird bewusst, dass es einige Zeit gekostet haben muss, das ursprüngliche Loch zu graben, und ich finde es bemerkenswert, dass niemand etwas davon mitbekommen hat. Ich zucke die Achseln. Nicht mein Problem in diesem Moment. Ich arbeite weiter. Nach zwei Minuten stoße ich auf Metall.

Ein Knirschen.

Ich halte erneut inne, und diesmal leuchte ich ringsherum den Nebel ab. Irgendjemand ist da. Definitiv. Es hat keinen Zweck, die Taschenlampe noch länger abzuschirmen, denn über eines bin ich mir im Klaren: Der Jemand dort weiß auch so, wo er mich findet. Eine paar Sekunden überlege ich, ob ich die ausgehobene Erde zurückwerfen, das Spiel lieber doch nicht zu Ende führen soll. Aber dafür habe ich es zu weit getrieben. Ich hatte es schon zu weit getrieben, als ich den Streit mit Jerry Nathanson anfing, als ich Jack Ziegler besuchte und als ich Dana Worth um einen Gefallen bat.

Ich hatte es zu weit getrieben, als ich begann, ein Verhalten an den Tag zu legen, durch das ich möglicherweise meine Frau verloren habe.

Grab weiter!

Ich verbreitere das Loch, bis ich die Kanten des blauen Metallkastens erblicke, dann knie ich mich hin und versuche ihn herauszuziehen. Doch meine Finger rutschen in der nassen Erde ab. Mir war gar nicht in den Sinn gekommen, dass es schwieriger sein könnte, den Kasten herauszuholen, als das Loch zu graben. Vielleicht gibt es spezielles Werkzeug für derartige Arbeiten.

Ich beschließe, die Kanten großzügiger freizuschaufeln, stehe auf und greife zum Spaten, und in dem Moment taucht ein schmächtiges, bleiches Gespenst aus der Dunkelheit auf. Mit einem Aufschrei reiße ich das Werkzeug zum Schlag hoch.

»Ich will dir helfen, Misha«, flüstert das Gespenst, bei dem es sich in Wirklichkeit um die Liebste Dana Worth handelt.

• II •

Im ersten Moment bin ich sprachlos. Schüchtern lächelnd steht Dana vor mir, und auch ein wenig zitternd, denn im Dunkeln auf dem Friedhof herumzuschleichen ist für niemanden ein Vergnügen. Ich hätte wissen müssen, dass sie den Plan durchschaut. Sie trägt wetterfeste Kleidung, eine dunkle Skijacke und Jeans, und hat sogar einen eigenen Spaten mitgebracht.

»Was willst du denn hier?«, frage ich sie, immer noch bebend vor Schreck.

»Na, erlaube mal, Misha! Erst bittest du mich, so was zu machen, und dann glaubst du, ich lass mir das hier entgehen?«

Ich reagiere nicht darauf. »Wie bist du reingekommen?«

»Durch das Tor, genau wie du.«

»Aber ich war schon hier, bevor abgeschlossen wurde.«

»Das Tor ist nicht abgeschlossen.«

»Was? Unsinn! Samuel schließt doch immer ab.«

Dana zuckt die Achseln. »Tja, jetzt ist es jedenfalls nicht abgeschlossen. Ich bin einfach reinspaziert. Also, lässt du dir jetzt helfen oder nicht?«

Ich überlege. Das Tor ist nicht abgeschlossen. Jemand hat es aufgeschlossen. Warum aber wurde es offen gelassen? Weil es nicht mehr nur um die *Vorkehrungen* geht und auch nicht mehr nur darum, mich zu verfolgen, bis ich sie finde.

Wenn das Tor offen gelassen wurde, dann war das als Einladung gemeint. Was bedeutet, dass es jetzt auch um Dana geht.

Schlecht. Sehr schlecht. Wenn Dana sich damit begnügt hätte zu tun, worum ich sie gebeten habe, und heute Abend nicht hergekommen wäre, dann hätte meine Zusicherung im Post gegolten: Sie wäre nicht in Gefahr gewesen.

»Dana, du musst weg hier. Geh, schnell.«

»Ich lass dich nicht allein, Misha. Vergiss es.«

»Würdest du bitte aufhören, die heldenhafte Freundin zu spielen!«, herrsche ich sie an, ohne die Stimme über Flüsterlautstärke zu heben.

Trotz ihrer Angst versetzt sie bissig: »Ach, ist das derselbe Mann, der mir vor zwei Jahren Vorträge über Freundschaft gehalten hat?« Als sie sich von Eddie trennte, meint sie.

»Hör auf, Dana, mir ist es ernst. Du musst hier weg.« Ich deute mit der Hand über den Friedhof. »Es ist gefährlich.«

»Dann solltest du auch nicht hier sein.«

»Dana, komm –«

»Nein, komm du. Fang bloß nicht mit der Nummer an: So was ist nichts für Frauen, okay? Ich weiß, du bist primitiv, aber so primitiv nun auch wieder nicht. Jetzt mal im Ernst, Misha. Ich lass dich nicht im Stich. Auf keinen Fall. Wenn einer von uns geht, gehen beide. Aber wenn du bleibst, bleibe ich auch. Also, bitte, Misha, hör auf, Zeit zu vergeuden.«

Tatsache ist, dass es mich mit Dana weniger gruselt. Und ich könnte Hilfe gebrauchen.

»Okay. Dann an die Arbeit.«

Ich grabe. Dana zieht. Dana gräbt. Ich ziehe.

Schließlich graben wir beide, schaufeln den Kasten an allen vier Seiten frei. Dann ziehen wir beide gleichzeitig. Prompt kommt der Kasten heraus, und Erdklumpen lösen sich von den glänzenden blauen Flächen. Das Metall ist im ersten Moment so kalt, dass meine Finger daran kleben bleiben. Es ist einer der Kästen, in denen man Scheckbelege oder Pässe deponiert. Eine Stahlkassette, die normalerweise verschlossen wäre. Doch ich bin sicher, dass diese hier ...

Jawohl.

Während Dana strahlend neben mir steht, wische ich noch ein paar lose Brocken ab und hebe den Deckel an. Er lässt sich ohne weiteres zurückklappen. Nach ein paar Blicken in die Runde setze ich mich auf das niedrige Mäuerchen und stelle den Kasten neben mich. Ich lasse ihn offen, mache aber keine Anstalten, das in Wachstuch gewickelte Päckchen herauszunehmen, das drinnen liegt. Ein Grinsen umspielt meine Mundwinkel, während ich mir durch den Kopf gehen lasse, wie viele Leute hinter dem Ding her sind, das wir da ausgegraben haben.

»Was jetzt?«, fragt Dana und tritt nervös von einem Fuß auf den anderen. »War's das? Sind wir fertig?«

»Ich weiß nicht so recht.«

»Misha, hör zu, das hat Spaß gemacht, okay, aber jetzt will ich hier weg.«

Ratlos blicke ich mich erneut um. »Na schön. Du hast Recht. Gehen wir.«

Ich klappe den Kasten zu, ohne mir den Inhalt genauer angesehen zu haben. Dann packe ich meinen Spaten und mein Notizbuch wieder ein, nehme den Rucksack auf den Rücken und mache mich in Begleitung der liebsten Dana Worth auf den Weg zum Portal. Diesmal wähle ich eine direktere Route, doch die düsteren Grabsteine hier sehen aus wie alle anderen Grabsteine auch. Es fehlt nicht viel, und Dana würde hüpfen vor Begeisterung, dass wir auf dem Weg nach draußen sind, und auch ich bin alles andere als unglücklich darüber. Ich halte den Kasten fest an mich gedrückt, denn mich plagt nach wie vor die Sorge, es könnte außer uns noch jemand hier sein.

Im Gehen horche ich. War das ein Schritt? Das Schaben von Metall über Stein? Ich lasse mich zurückfallen und horche angespannt. Vollkommene Stille jetzt. Wir erreichen die zweite Kreuzung und biegen nach rechts auf den geraden Weg zum Tor ab. Danas Schritte werden schneller. Sie ist nicht zimperlich, der Schrecken der Juristischen Fakultät, aber dieser Aufenthalt bei den Überresten der Toten setzt ihr doch zu. Sie wird froh sein, wenn wir diesen Ort verlassen haben.

Ich auch.

Ich lasse sie vorgehen. Werde langsamer. Neige den Kopf zur Seite.

»Was ist denn jetzt schon wieder los?« Ungeduldig dreht sich Dana um, kommt auf mich zu und verschränkt die Arme. Was für Heimlichkeiten uns auch in diese Lage gebracht haben mögen, die einzigen Verschwörungen, die sie wirklich interessieren, sind die im Berufungsausschuss der Fakultät. Doch ich bemerke den hysterischen Unterton in ihrer Stimme; meine Mitverschwörerin fürchtet sich genauso wie ich.

»Still!«, raune ich.

»Misha, ich glaube wirklich, wir sollten –«

»Dana, sei jetzt bitte mal still!«

Im grellen Schein meiner Taschenlampe sieht die Liebste Dana beleidigt aus, wie ein kleines Mädchen. Sie hat ihre Kameradschaftstreue doch schon bewiesen, indem sie hierher gekommen ist, signalisiert ihre Miene. Sie muss sich nicht auch noch von mir anblaffen lassen.

»Entschuldige«, flüstere ich.

»Weißt du, Misha«, zischt sie, »manchmal frage ich mich wirklich, was ich an dir finde.«

»Kann ich verstehen. Aber sei trotzdem still.«

»Warum?«

»Weil ich horchen will.«

Zu meiner Erleichterung lässt Dana sich nicht länger bitten. Sie stellt sich an den Wegrand und schüttelt den Kopf über mein albernes Verhalten, aber immerhin ist sie still.

Ich gehe den Weg ein paar Schritte in die Richtung zurück, aus der wir gekommen sind.

Nichts.

»Ich mach jetzt mal kurz meine Lampe aus«, teile ich ihr mit. »Halt deine in die andere Richtung.«

Dana nickt beklommen. Ich warte, bis der Strahl ihrer Taschenlampe aus meinem Blickfeld verschwindet. Dann schleiche ich weiter den Pfad entlang und spähe in die dämmergraue Nacht. Nichts.

Doch.

Ein leises metallisches Klicken. Mehrmals, aber nicht so regelmäßig, dass es ein defektes Ventil in einem draußen vor der Mauer tuckernden Lkw-Motor sein könnte. Es stammt von einem Menschen. Von einem Menschen, der mit etwas hantiert, das klirrt und rasselt. Der versucht, das möglichst leise zu tun.

Wieder herrscht Stille, aber ich lasse mich nicht täuschen. Es war ein Klicken. Von einem Menschen. Mehr als nur ein Klicken. Vielleicht mehr als nur ein Mensch. Und nicht weit entfernt.

Den Kasten umklammernd, ziehe ich Dana zu mir heran.

»He, Misha«, sagt sie, »damit hätte ich jetzt nicht gerechnet.« Aber sie sagt es gereizt, denn wie ich sicher schon erwähnt habe, kann Dana es nicht leiden, wenn man sie anfasst.

Ich beuge mich vor und flüstere ihr ins Ohr: »Es ist noch jemand hier.«

Die Liebste Dana erschauert und macht sich von mir los. »Das ist doch lächerlich. Erstens hätten wir ihn gehört. Zweitens ist niemand so verrückt wie du –«

»Dana –«

»Drittens, grapsch mich bitte nicht an. *Nie wieder!* Okay?«

»Entschuldige, aber ich wollte nur –«

»Misha, hör zu. Wir sind Freunde und so weiter. Aber erstens ist es ein respektloser Übergriff, jemanden anzugrapschen. Zweitens ein aggressiver, männlicher –«

Diesmal muss Dana ihre Aufzählung vorzeitig beenden, weil wir nun beide ganz dicht hinter uns ein Knirschen hören, das nur von einem über Kies gehenden Menschen stammen kann, gefolgt von einem leisen Ausruf, als besagter Mensch stolpert.

Endgültig von Panik ergriffen, laufen wir los und erreichen in einer knappen Minute das Tor.

Es ist zu.

»Stoß es auf«, sage ich zu Dana.

Sie drückt, noch einmal, fester, dann dreht sie sich zu mir um und schüttelt den Kopf.

»Was ist los?«

»Guck mal«, sagt sie mit bebender Stimme. Die Kette mit dem Vorhängeschloss ist ordnungsgemäß vorgelegt. Jetzt weiß ich, was vorhin im Dunkeln geklirrt hat.

Wir sind auf dem Friedhof eingesperrt.

»Okay«, murmele ich und versuche, einen kühlen Kopf zu bewahren. Vielleicht hatte Samuel einfach vergessen abzuschließen und ist dann zurückgekommen, um wie gewohnt die Kette vorzulegen. Vielleicht. Andererseits hat er seit über einem Vierteljahrhundert nichts anderes getan, als morgens dieses Tor zu öffnen und es abends abzuschließen. Schon allein aus Gewohnheit hätte er die Kette bestimmt angebracht. Irgendwer hat das Schloss geknackt und das Tor aufgelassen, um zu sehen, ob noch jemand hereinkommt. Zum Beispiel jemand, der mir helfen will. Dann hat dieselbe Person die Kette wieder hingehängt.

Dana fasst geistesgegenwärtig an ihren Gürtel. »Ich ruf mit dem Handy an.«

»Wen denn?«

Sie runzelt die Stirn. »Ich weiß nicht. Die Polizei wahrscheinlich. Hast du eine bessere Idee?«

Bei dem Gedanken an meine letzte Begegnung mit der Polizei schüttele ich den Kopf. »Wir können den anderen Weg nehmen.«

»Welchen anderen Weg?«

Mit einem gequälten Grinsen drehe ich mich um und blicke zum hinteren Bereich des Friedhofs. Ich möchte zwar nicht in diese schaurige Dunkelheit zurück, wo wir eine leichte Beute sind für jeden, der hier im Schattenreich auf uns lauert, aber wir haben keine Wahl. »Das ist eine lange Geschichte, Dana. Glaub mir, es gibt einen anderen Weg. Einen Dränagetunnel in der Südmauer. Im Ernst. Ich zeig ihn dir.« Ich mache ein paar Schritte in die Richtung. »Komm mit!«

Sie antwortet nicht.

Ich drehe mich um. »Dana? Wir schaffen es, das verspreche ich dir.«

Sie steht wenige Schritte vor mir und starrt mit weit aufgerissenen Augen zum Tor. Ich folge ihrem Blick.

»Misha«, keucht sie, lässt ihren Spaten fallen und hebt langsam die Hände. Als ich an ihr vorbeischaue, stockt mir der Atem.

Er muss sich hinter einem der Mausoleen versteckt haben, denn er ist ganz plötzlich aufgetaucht. Es gelingt mir gerade noch einen Aufschrei zu unterdrücken, denn in Gedanken beglückwünsche ich mich zu meinem Scharfsinn. Denn der Mann, der da im hellen Schein meiner Taschenlampe am Wegrand steht, hat offensichtlich am Portal auf unsere Rückkehr gewartet. Der Revolver, den er lässig in der Rechten hält, ist unübersehbar auf uns gerichtet. Die Luft wird urplötzlich zäh und kalt, ein Hindernis, das ich überwinden muss, um mich überhaupt bewegen zu können. Dana hat bereits die Hände hochgestreckt wie im Film, und ich beschließe, ihrem Beispiel zu folgen, zumal der Mann eine Bewegung mit dem Lauf macht, die keinen Zweifel daran lässt, was er von uns erwartet. Langsam, um deutlich zu machen, dass ich keine Bedrohung darstelle, lege ich die Taschenlampe auf den Boden und richte mich wieder auf. Er gibt mir erneut ein Zeichen mit dem Revolver. Widerstrebend stelle ich auch die Stahlkassette ab.

»Sehr gut«, sagt der bärtige Mann mit einer erschreckend vertrauten Stimme. Seine Haare haben einen feurigen Rotton.

»Nein«, hauche ich. »Das kann nicht sein.«

Es ist aber so.

Weil meine Aufmerksamkeit verständlicherweise auf den blauschwarzen Revolver mit dem wulstigen Schalldämpfer gerichtet war, hat mein entsetztes Gehirn ein paar Sekunden gebraucht, um die unglaubliche Tatsache zu registrieren: Der Mann, der da vor uns steht, ist kein Fremder. Hinter dem rotbraunen Bart erkenne ich das gerötete, selbstzufriedene Gesicht von Colin Scott.

Kapitel 51

Ein alter Freund kehrt zurück

Wie so oft ergreife ich als Erster das Wort, und was ich sage, ist unglaublich dämlich: »Sie sind doch tot.«

Colin Scott scheint diese Möglichkeit ernsthaft in Erwägung zu ziehen, denn er streicht sich seinen buschigen neuen Bart. Draußen vor dem Tor fährt ein Auto vorbei, doch es könnte genauso gut am anderen Ende der Welt sein. Die Hand, die den Revolver hält, zielt unbeirrt auf einen Punkt zwischen Dana und mir.

»Er sieht mir nicht besonders tot aus, Misha«, flüstert Dana, bemüht so zu tun, als wäre sie nicht zu Tode erschrocken. Doch ich werde seltsamerweise mit jeder Sekunde ruhiger. Entweder wir sterben gleich, oder wir sterben nicht gleich. Der Richter betonte stets den freien Willen; ich suche nach einer Möglichkeit, ihn zum Einsatz zu bringen.

»Halten Sie die Hände ganz still!«, befiehlt Colin Scott schließlich. Meine Finger greifen bereits genau wie Danas nach der Stratosphäre. »Schieben Sie den Kasten mit dem Fuß zu mir her!«

Ich gehorche. Er hebt ihn nicht auf.

»Ich wusste doch, dass Sie einen Helfer haben mussten, Professor.« Er wendet sich Dana zu. »Wir sind uns noch nicht vorgestellt worden.«

Ich merke, dass er das ernst meint: »Dana, das ist, äh, Agent – will sagen, Colin Scott, auch Jonathan Villard genannt. Mr. Scott, das ist Professor Dana Worth.«

Er nickt beiläufig, dann neigt er den Kopf und lauscht mit gerunzelter Stirn. Er hat den Revolver, also warten wir, bis er etwas sagt.

»Ist sonst noch jemand bei Ihnen? Bitte vergeuden Sie meine Zeit nicht mit Lügen.«

»Nein, wir sind nur zu zweit«, versichere ich ihm.

»Wissen Sie, was in dem Kasten ist?«

»Ich habe ihn aufgemacht. Er ist nicht verschlossen. Ich habe ein Päckchen gesehen, mehr nicht.«

»Mehr nicht.« Er geht in die Hocke, den Revolver weiter auf uns gerichtet, und hebt vorsichtig den Deckel an. Im Film wäre dies jetzt der Augenblick, in dem ich herumwirbeln und ihm die Waffe aus der Hand treten würde.

Ich kann mich nicht länger beherrschen. »Es hieß, Sie wären ertrunken.«

»Das war nicht ich«, antwortet er ruhig. »Es ist zwar jemand ertrunken, aber das war nicht ich. Ich sagte Ihnen ja, ich müsste wegen des FBI was unternehmen. Tot zu sein ist ein hervorragendes Mittel, einer Untersuchung vorzubeugen.«

»Ich habe doch das Foto gesehen –«

»Ja, von meinem Ausweis. Klar, der auf dem Foto war ich. Aber eine Wasserleiche? Schon wenige Stunden bei den Fischen können die Gesichtszüge eines Menschen bis zur Unkenntlichkeit verändern.«

Eine kalte, bleierne Schwere legt sich auf mich. *Schon wenige Stunden bei den Fischen können die Gesichtszüge bis zur Unkenntlichkeit verändern.* Ist dies das Schicksal, das Dana und mich erwartet?

»Aber die Leiche wurde doch identifiziert«, wirft Dana ein.

»Nein. Nein, wurde sie nicht. Das ist ein verbreitetes Missverständnis.« Er legt den Kopf wieder schief und schürzt die Lippen, als wollte er abschätzen, welche Sarggröße wir brauchen. »In Wirklichkeit wird nie die *Leiche* identifiziert. Jedenfalls keine Leiche, bei der die Verwesung schon eingesetzt hat. Die Fingerabdrücke werden identifiziert. Das Gebiss. Wir nehmen an, wenn wir den Besitzer der Fingerabdrücke kennen, dann kennen wir auch die Identität der Leiche. Aber diese Annahme taugt nur so viel wie die ihr zugrunde gelegten Daten.«

Obwohl ich aller Wahrscheinlichkeit nach in ungefähr neunzig Sekunden tot sein werde, ist der Semiotiker in mir beeindruckt. Die gesamte Kriminaltechnik basiert nach dieser Auffassung auf einem klassischen erkenntnistheoretischen Irrtum: der Verwechslung von Signifikat und Signifikant. Fingerabdrücke sind Signifikate, Zahnarztkarteien sind Signifikate, also codierte Informationen, denen wir eine bestimmte Bedeutung zuordnen. Die Identität der Leiche, der Mensch, den wir für tot erklären, ist der Signifikant. Wir alle tun so, als implizierte die Kenntnis des ersten notwendigerweise die Kenntnis des zweiten. Doch diese Annahme ist nichts als eine Konvention. Sie hat einen anderen Status als die Himmelsmechanik oder die Heilung einer Krankheit. Sie geht auf, weil wir beschließen, dass sie aufgeht. Und wir beschließen das, indem wir fraglos von der Korrektheit der schriftlichen Unterlagen ausgehen.

»Sie haben die Unterlagen manipuliert«, haucht Dana, der es niemals schwer fällt, am Ball zu bleiben. »Oder jemand anderes.«

Colin Scott erwidert nichts. Es ist nicht der Augenblick für Lebensbeichten. Sein Schweigen allein ist schon eine Drohung ... und eine Chance. Er sieht nachdenklich aus. Anscheinend ist nicht alles nach Plan gelaufen, und er überlegt, was er tun soll.

»Gut, Sie haben den Kasten«, sage ich, um Zeit zu schinden. »Jetzt kann Ihnen nichts mehr passieren.«

»Der Kasten ist nicht für mich bestimmt, Professor. In dem Punkt habe ich Ihnen seinerzeit die Wahrheit gesagt. Ich bin beauftragt, ihn für jemand anders zu besorgen.«

»Für wen?«

Abermals ein langes, nachdenkliches Schweigen. Sein Gesicht wirkt abgespannt, und mir wird bewusst, dass er schon nicht mehr jung war, als er vor fast dreißig Jahren von der CIA gefeuert wurde. Schließlich sagt er: »Ich bin nicht hier, um Ihnen Erklärungen zu liefern, Professor. Aber glauben Sie ja nicht, ich wäre der Einzige, der gehofft hat, dass Sie diesen Kasten finden. Ich bin lediglich der Einzige, der dabei war, als Sie ihn gefunden haben.«

Wieder Dana: »Aber warum konnten Sie ihn denn nicht selbst finden?«

Colin Scott sieht Dana mit seinen gelben Augen verächtlich an und wendet sich dann wieder mir zu. Er spricht mit mir, beantwortet aber ihre Frage. »Ihr Vater war ein sehr kluger Mann. Er wollte, dass Sie den Kasten finden, doch er wusste auch, dass Ihnen dabei jemand in die Quere kommen würde. Ich oder jemand anderes aus meiner Branche. Er durfte kein Risiko eingehen.«

»Was?«

»Wir wussten, was es mit dem Excelsior auf sich hatte, das war ein Kinderspiel. Und wir wussten auch, dass wir den falschen Geliebten von Angela erwischt hatten, denn sonst hätte er uns gesagt, was wir wissen wollten. Aber der Friedhof ... das war schlau, Professor. Sehr schlau.«

Schweigen. Ich breche es. »Okay, und was machen wir jetzt?«

Seine dünnen Lippen mit der kleinen Narbe verziehen sich zu einem schwachen Lächeln, aber er antwortet nicht. Stattdessen bedeutet er uns mit dem Revolver, uns vom Tor zu entfernen und weiter ins Friedhofsinnere zu gehen. Wo er uns leichter umbringen kann. Er zeigt auf Danas Gürtel. Mit zitternden Fingern holt sie ihr Handy hervor und reicht es ihm. Er schaut es flüchtig an, dann lässt er es auf den Kies fallen und jagt zwei Kugeln hinein, anscheinend ohne zu zielen. Dana zuckt bei den gedämpften Schüssen zusammen. Ich auch.

»Sie brauchen keine Angst zu haben, Professor«, erklärt er. Es hat den Anschein, als behielte er uns, den Weg hinter uns und – ein Ding der Unmöglichkeit – die zu beiden Seiten abgehenden Wege im Auge, ohne den Kopf zu bewegen. »Ich habe bekommen, was ich wollte, und Sie sehen mich nie wieder. Deshalb werde ich Sie nicht töten.«

»Nicht?«, frage ich, scharfsinnig wie immer.

»Ich habe keine Bedenken, jemanden zu töten. Mord ist ein Mittel, dessen man sich in meinem Beruf gelegentlich bedienen muss.« Er lässt mir Zeit, das zu verdauen. »Aber es gibt schließlich Befehle, und es gibt, wie ich einmal Anlass hatte, Ihrem Vater zu erklären, Regeln für derlei Dinge.«

»Regeln? Was für Regeln?«

Colin Scott zuckt die Achseln, ohne dass sich der Revolver auch nur einen Millimeter bewegt. »Drücken wir es mal so aus: Ihr Freund Jack Ziegler ist zwar Abschaum, aber auch außerordentlich nachtragend.«

Doch er lässt die Waffe nicht sinken, und allmählich begreife ich, worin sein Problem liegt. Ihn behindert Jack Zieglers Versprechen – das Versprechen, von dem dieser mir am Tag der Beisetzung meines Vaters auf dem Friedhof erzählte, an das Maxine mich auf Martha's Vineyard erinnerte und von dem Onkel Jack mir in Aspen erklärte, er gedenke es zu halten. Das Versprechen, meine Familie zu beschützen. Unser kleines Drama hier ist die Folge davon: Onkel Jack hat seinen Befehl gegeben, und selbst dieser professionelle Killer, der allen Grund hat, Jack Ziegler zu hassen und zu fürchten, was ich der Polizei verraten könnte, wagt es nicht, sich zu widersetzen.

»Er kann uns nichts tun«, sagt Dana, und ihrer Stimme ist die Erleichterung anzuhören. Sie lässt die Hände sinken.

Colin Scotts boshafte Augen funkeln, und der Revolver ändert ganz, ganz leicht die Richtung.

»Der Befehl lautet, dass Professor Garland und seiner Familie nichts geschehen darf. Aber ich fürchte, Professor Worth, von seinen Freunden war nicht die Rede.«

Dana klingt auf einmal ganz kleinlaut. »Sie wollen *mich* töten?«

»Es muss sein«, seufzt er und zielt mit dem Revolver auf ihren Nasenrücken.

»Moment!«, rufen Dana und ich gleichzeitig, wobei unsere Gehirne auf Hochtouren arbeiten in dem verzweifelten Bemühen, etwas zu finden, womit wir ihn aufhalten können.

»Bitte treten Sie von Professor Garland weg«, sagt er mahnend, als müsste es in dieser Situation ihre größte Sorge sein, zufälligen Schaden von mir abzuwenden. Eine Friedhofsratte taucht aus dem Dunkel auf, weiß und groß und widerlich, und setzt sich auf die Hinterbeine, wohl weil sie wittert, dass es demnächst etwas zu fressen gibt. »Schließen Sie einfach die Augen, Professor Worth, dann werden Sie nicht einmal Zeit haben, einen Schmerz zu spüren. Sie, Professor Garland, stellen sich mit dem Gesicht zum Mausoleum.«

»Tun Sie das nicht!«, protestiere ich.

»Professor Garland, ich muss Sie bitten, sich umzudrehen. Sie haben genug gehört, um mich in die Todeszelle zu bringen. Aber Sie werden dieses Wissen nicht gegen mich verwenden, ganz egal, was ich heute Abend hier mache, denn wenn Sie das tun, bin ich nicht mehr an den Befehl gebunden, Ihnen und Ihrer Familie kein Haar zu krümmen. Sie mögen versucht sein, Ihr eigenes Leben zu riskieren, aber Sie haben eine Frau und einen Sohn, an die Sie denken müssen. Verstehen Sie mich?«

Ich dachte, ich wüsste mittlerweile, was Angst ist, doch jetzt erst wird sie richtig in mir lebendig und will mit wildem Flügelschlagen jede Gewissensregung vertreiben. »Ja, aber Sie können doch nicht –«

»Drehen Sie sich um, Professor!«

»Sie wollen mich töten«, wiederholt Dana mit bebender Stimme.

In diesem Moment begehe ich die kühnste und dümmste Tat, die ich mir in meinen vier Jahrzehnten auf dieser Erde erlaubt habe. Ich lasse die Hände sinken und stelle mich zwischen Dana Worth und Colin Scott.

»Nein, wird er nicht«, erkläre ich, wobei meine Stimme noch mehr zittert als die von Dana.

»Gehen Sie bitte aus dem Weg, Professor!«, sagt der Mann, der den Mann getötet hat, der Abby getötet hat.

»Nein.«

Mr. Scott zögert. Ich kann beinahe sehen, wie es in seinem Kopf arbeitet: Er will nicht, dass Dana davonkommt, und im Grunde will er auch nicht, dass ich davonkomme, so dass es vielleicht das Beste wäre, uns beide zu töten und darauf zu vertrauen, dass es ihm irgendwie gelingen wird, sich vor Jack Zieglers Zorn zu schützen. Oder er denkt, dass er den Mord an mir vielleicht jemand anderem in die Schuhe schieben kann. Oder er wägt ab, ob Onkel Jack schon so krank ist, dass sein Wort nicht mehr so viel zählt wie früher. Oder ob sein neuer Auftraggeber, wer es auch sein mag, möglicherweise noch mächtiger ist als der gefürchtete Jack Ziegler. Vielleicht brütet er aber auch etwas ganz anderes aus, etwas, das ich mir noch nicht einmal vorstellen kann, weil ich nicht in seiner Welt lebe. Im nächsten Moment wird mir klar, dass der frühere Geheimdienstoffizier sich entschieden hat. Er wird uns beide töten, hier auf dem Old Town Cemetery. In seiner ungerührten Miene lese ich das Todesurteil so deutlich, als wäre es in Granit gemeißelt.

Die Revolvermündung zuckt zwei, drei Zentimeter höher und sieht auf einmal sehr groß und dunkel aus, bereit, mich zu verschlingen, und schon während ich zum Sprung ansetze, weiß ich, dass ich nicht rechtzeitig bei ihm sein werde, um ihn am Schießen hindern zu können, und so nutze ich meine letzten Sekunden für ein Stoßgebet, und ich wünsche mir, ich könnte meinem Sohn noch Lebewohl sagen und sogar meiner Frau, die gar nicht mehr richtig meine Frau ist, und plötzlich merke ich, dass ich Danas kleine Hand halte, und ich höre den dreiundzwanzigsten Psalm von ihren Lippen, und ich frage mich, was aus ihren sagenumwobenen Kampfkünsten geworden ist, und meine Sinne sind extrem geschärft, ich kann fast jedes einzelne rot gefärbte Haar auf Colin Scotts Kopf erkennen, ich kann den wachsenden Druck seines Fingers am Abzug spüren, und da besiegt der starke, nicht auszurottende Lebenswille meine angeborene Schicksalsergebenheit. Ich reiße mich von Danas Hand los und werfe mich über den kurzen Abstand hinweg auf Colin Scott.

Dann geschieht alles auf einmal.

Colin Scott reagiert blitzschnell. In dem Sekundenbruchteil zwischen dem Moment, wo ich vom Boden abhebe, und dem Moment, wo ich ihn erreiche, drückt er ab, nicht einmal, sondern zweimal, und der ganze Friedhof erbebt vom Knall der Schüsse, während mein Körper urplötzlich eiskalt wird, dann taub, und ich zur Seite fliege und gegen einen Alabasterengel taumele, der auf einem Grabstein Wache hält. Ich staune über die Lautstärke – Scotts Revolver hat einen Schalldämpfer, er dürfte gar nicht so laut sein –, aber ich erkenne auch, dass er Recht hatte, denn ich spüre überhaupt nichts, und dann höre ich, dass Dana etwas brüllt, was ich nicht verstehe, und merke, dass ich nicht tot bin, die Kugeln müssen mich verfehlt haben, und Colin Scott kniet am Boden, die obere Hälfte seines Hemdes ist voller Blut, und mein erster Gedanke ist, der Revolver muss eine Fehlzündung gehabt haben, er ist ihm in der Hand explodiert, und ich bin immer noch auf den Beinen, wenn auch wacklig, und schiebe Dana in die Dunkelheit, in Richtung Dränageröhre. Sie hat ihren Spaten wieder gepackt, und ich denke, sie muss Colin Scott damit geschlagen haben, denn er hat eine klaffende Wunde auf der Stirn. Während ich versuche, Dana zum

Weglaufen zu bewegen, lasse ich Mr. Scott nicht aus den Augen, der herumfährt, eine Hand auf den Boden gestützt, und den Revolver auf etwas in der Dunkelheit richtet, und er schießt noch zweimal, sehr rasch, zwei blitzartige Feuerstöße, die den Friedhof kurz erhellen, und dann ist ein lauter Schrei zu hören, und Dana und ich kauern uns nieder, und schon ertönt ein weiterer Schuss, und Colin Scott liegt ganz am Boden, die Waffe rutscht ihm aus der zuckenden Hand, und sein Hals ist sehr blutig, und er versucht etwas zu sagen, während schon das Lebenslicht in seinen blicklosen Augen erlischt, und ich wage nicht, näher heranzugehen, weil ich nicht weiß, wer da hinten im Dunkel lauert, aber ich kann die einfachen Laute lesen, die seine Lippen formen, und ich weiß, dass sein letzter Gedanke in diesem Leben seiner Mutter gilt.

Dana und ich liegen flach am Boden.

Wir warten.

Lauschen.

Schritte knirschen auf dem Kies. Kommen langsam näher. Vorsichtig. Auf eine Falle gefasst.

Dana weint – ich weiß nicht, warum. Wir sind die Überlebenden. Ich halte sie auf dem Rasen am Wegrand an mich gedrückt. Trotz meines Parkas ist mir kalt. Dana zittert und fühlt sich in meinen Armen leicht wie eine Feder an. Mr. Scott ist ein unschöner Anblick.

Wir rühren uns nicht vor Angst.

Der Lichtstrahl einer Taschenlampe streicht über uns hinweg, fällt auf die sterblichen Überreste von Colin Scott, durchschneidet die Luft über unseren Köpfen, so dass tanzende Staubkörnchen meinen Blick trüben.

Wir bleiben still liegen. Ich habe das Gefühl, ich sollte etwas tun, bin aber völlig lethargisch. Mein Körper möchte sich nicht mehr bewegen. Vielleicht ist das die Nachwirkung der Todesangst.

Das Licht ist ganz nah, blendet mich fast. Ich sehe etwas – Turnschuhe? Jeans? Aber die Person, die Colin Scott erschossen hat, sagt kein Wort, und Dana und ich können nichts Genaues erkennen. Wir hören ein metallisches Scharren, dann macht es klick, und die Taschenlampe ist aus.

Die Schritte entfernen sich, und schon springt Dana mit einem zornigen Schrei auf. Schnappt sich Colin Scotts Revolver vom Boden. Läuft. Nicht zum Ausgang. In die Dunkelheit.

»Dana!«, schreie ich und stolpere hinter ihr her. Meine Stimme ist schwach, blechern, das Echo eines Echos. »Dana, warte!« Doch mein Schrei verröchelt. »Dana!«

Ich schwanke. Die Dunkelheit verschwimmt von Schwarzschwarz zu Schwarzgrau zu Graugrau, und der Boden schlägt mir entgegen. Mühsam rappele ich mich wieder auf. Ich will Dana sagen, dass es Quatsch ist, was sie da tut, dass wir den Kasten nehmen und zum Tor oder zur Röhre laufen müssen, doch ich habe nicht mehr die Kraft zu rufen. Ich sacke gegen den Grabstein. Ich sehe den hoch aufragenden Alabasterengel über mir. Dana ist fort. Aber das kommt mir alles ganz unwichtig vor. Meine Hände werden taub. An dem Stein zu lehnen fühlt sich an, als wollte ich mich an Wasser festhalten. Nein, an Eis. Ich gleite zu Boden. Einer meiner Füße zuckt heftig. Mein Bauch juckt, aber ich kann keinen Finger rühren, um mich zu kratzen. Im Schein meiner am Boden liegenden Taschenlampe sehe ich, warum Dana losgelaufen ist. Der Metallkasten ist fort; die Person, die Colin Scott erschossen hat, muss ihn an sich genommen haben, während wir von dem Lichtstrahl geblendet waren. Das war das metallische Scharren, das ich gehört habe.

Ich versuche zu beten. *Vater unser, der ... der Du bist ... der Du bist im ...*

Mit letzter Anstrengung versuche ich noch einmal aufzustehen, zu denken, mich zu konzentrieren.

Gott, bitte ... bitte ...

Aber das erfordert zu viel Kraft. Ich muss mich ausruhen. Das Gras unter meiner Wange ist feucht. Kurz bevor der Schattenvorhang fällt, wird mir klar, dass nicht alles Blut von Mr. Scott stammt.

Ich bin doch getroffen worden.

Kapitel 52
Besuch von alten Freunden

• I •

»Die Kinder würden dich schrecklich gern besuchen kommen«, sprudelt Mariah heraus. Sie sitzt neben meinem Krankenhausbett. »Du bist jetzt ein richtiger Held für sie.«

Ich stecke in einem wahren Kokon aus Verbänden und bin mittels Sensoren und Schläuchen an eine Unmenge medizinischer Apparate angeschlossen, dennoch gelingt es mir, ihr beruhigend zuzulächeln. Die Ärzte haben mir gut gelaunt verkündet, ich hätte auf dem Friedhof so viel Blut verloren, dass ich fast gestorben wäre. Meine Schmerzen sind so stark, dass ich mich schon gefragt habe, ob es nicht besser gewesen wäre, die Sanitäter hätten mich erst ein bisschen später gefunden. Wobei nicht alle Schmerzen körperlicher Natur sind. Als ich gestern Nachmittag die Augen aufschlug, saß Kimmer dösend im Sessel, einen dicken Kollegblock auf dem Schoß, doch als ich die Augen das nächste Mal aufschlug, war sie fort. Ich dachte, ich hätte ihre Anwesenheit vielleicht nur geträumt. Daher fragte ich die Schwester, die nach mir sehen kam, ob meine Frau da gewesen sei. Meine Stimme gehorchte mir nicht so recht, aber die Schwester erwies sich als sehr geduldig, und schließlich gelang uns die Verständigung. Ja, bekam ich zur Antwort, meine Frau sei in der Tat eine Weile da gewesen, doch dann habe sie zu einer Sitzung gemusst. Von dem Moment an verließen die Schmerzen mich keine Sekunde mehr. Kimmer wie immer. Pflichtbewusst genug, mich trotz unserer

Trennung zu besuchen, aber nicht um den Preis, kostbare Arbeitszeit zu verlieren.

Ich fragte die Schwester, ob ich etwas gegen die Schmerzen haben könne. Sie blätterte ruhig in meiner Akte, dann verstellte sie etwas an meinem Tropf, und als ich die Augen wieder aufschlug, war es Nacht und ich hatte Gesellschaft von zwei Polizisten.

Der Chirurg Dr. Serra kam herein und erklärte ihnen, ich sei zu schwach für ein Gespräch.

Reichlich Blumen, aber niemand von der Fakultät, weil ich außer meiner Frau am ersten Tag keinen Besuch empfangen durfte. Eine der Schwestern auf der Intensivstation, eine robuste Schwarze namens White, stellte den Fernseher an und zappte für mich durch die Kanäle, doch ich achtete kaum darauf, was lief. Schließlich entschied sie sich für einen Film mit Jean-Claude Van Damme, in dem pausenlos herumgeballert wurde. Ich wandte das Gesicht ab und blickte an die hellgrüne Decke, ließ mir die letzten Augenblicke auf dem Friedhof durch den Kopf gehen und fragte mich, wann ich wohl meinen Sohn zu sehen bekäme.

Ich schlief noch ein Weilchen.

Irgendwann fragte ich Dr. Serra, wie es kommt, dass ich in einem Privatzimmer liege, doch er zuckte nur mit leicht erhobenen Händen die Schultern, um mir mit dieser gezierten mediterranen Geste zu verstehen zu geben, dass er sich für meinen Gesundheitszustand interessiert, nicht für meinen Kontostand. Ich bat um ein Telefon, aber er verweigerte es mir. Ein Krankenhaus kann wie ein Gefängnis sein. Ich wollte gerade eine entsprechende Bemerkung machen, doch Dr. Serra stürzte schon weiter zu seinen anderen halb toten Patienten. Dann tauchte Schwester White wieder auf und erklärte mir, ich dürfe zu meiner eigenen Sicherheit nur wenige Besucher empfangen, die Namen der Gewünschten solle ich ihr auflisten. Als sie mir eröffnete, dass Kinder keinen Zugang zur Intensivstation haben, flaute mein Interesse erst einmal ab.

Fünf Personen, sagte sie, außer den Familienmitgliedern.

Rasch nannte ich Dana Worth und Rob Saltpeter. Dann John Brown. Nach kurzem angestrengten Nachdenken auch meinen Nachbarn Don Felsenfeld. Und ich bat Schwester White Reverend Morris Young für mich anzurufen, den fünften Namen auf meiner Liste. Sie lächelte beeindruckt. Als Schwester White ging, bemerkte ich einen Mann in dunkelblauem Serge-Anzug, der draußen vor der Tür saß, und so fragte ich mich, bevor ich wieder einschlief, ob ich unter Bewachung oder unter Arrest stand.

Als ich das nächste Mal aufwachte, lag eine Bibel auf dem Tisch neben meinem Bett, die King-James-Ausgabe in Großdruck, dazu eine Mitteilung von Dr. Young in zittriger Altmännerhandschrift. *Sie können mich jederzeit anrufen.* Eine andere Schwester kam herein, und ich bat sie, mir aus Genesis 9 vorzulesen.

Sie war zu beschäftigt.

Mit Dr. Serras widerwillig erteilter Erlaubnis besuchten mich die Polizisten noch einmal; einer von ihnen war mein alter Freund Chrebet. Ich erzählte ihnen, woran ich mich erinnern konnte, doch sie hatten schon mit dem FBI, mit Dana Worth, Onkel Mal und Sergeant Ames gesprochen und waren bestens informiert. Nur eine Frage von ihnen schien wirklich wichtig zu sein: Ob ich den Aggressor gesehen habe. Das war der Ausdruck, den sie benutzten: Aggressor. Ein ziemlich gekünsteltes Wort. Es gefiel mir irgendwie. Trotz meines angeschlagenen Zustands erwachte der Semiotiker in mir und begann zu spekulieren, wieso die Vertreter der Obrigkeit ausgerechnet eine so hochtrabend klingende Bezeichnung für einen Gewaltverbrecher wählten. Vielleicht weil es ihnen den Anstrich gab, gesellschaftlich höher zu rangieren, als es tatsächlich der Fall war. Sie fingen nicht miese Ganoven, den rohen und verzweifelten Bodensatz der Gesellschaft, den Marx und Engels in schöner Anschaulichkeit als die ins Lumpenproletariat »Hinabgeworfenen« bezeichnet hatten, nein, sie brachten Aggressoren zur Strecke. Nun ja, dass ich das Opfer einer Aggression geworden war, konnte man nicht bestreiten. Einer Aggression in Form von Revolverkugeln. Mit mühsam krächzender Stimme setzte ich den beiden geduldig lauschenden Polizisten auseinander, dass Colin Scott, der Urheber der Aggression, tot war. Sie sahen sich an, dann schüttelten beide den Kopf und teilten mir mit, die drei Kugeln, die mich im Unterleib, im Oberschenkel und am Hals erwischt haben, seien sichergestellt worden, und nur zwei von ihnen stammten aus der Waffe des verblichenen Mr. Scott. Was bedeutet, dass eine vierte Person an dem Abend auf dem Friedhof gewesen sein und ebenfalls auf mich geschossen haben muss.

Die Person, hinter der Dana hergerannt war. Jetzt wusste ich, warum. Denn es wäre ganz gewiss nicht nötig gewesen, dem gestohlenen Kasten nachzujagen.

»Wir wissen noch nicht, ob es ein Zufallstreffer war«, sagte einer der Polizisten. Von der dritten Kugel, fügten sie hinzu, die mich in den Bauch getroffen habe, rührten meine schlimmsten Verletzungen her. In Filmen, erzählten sie mir, zielten die Leute immer aufs Herz. Keine schlechte Idee, doch das Herz werde durch die Rippen geschützt; im wirklichen Leben richte man oft mehr aus, wenn man in den Bauch schieße, um vielleicht eine Niere oder besser noch die Leber zu zerfetzen. Und selbst wenn man diese Organe verfehle, fuhren sie fort, bestünden wegen des großen Blutverlusts gute Aussichten, dass das Opfer tot sei, bevor Hilfe eintreffe.

Das sollte mir Angst einjagen. Tat es auch.

Dann erzählten sie mir den Rest. Colin Scott wurde ebenfalls dreimal getroffen. Aber nur der letzte, der tödliche Schuss stammte aus derselben mysteriösen Waffe wie die Kugel, die sie in meinem Unterleib gefunden hatten. Die ersten beiden Kugeln, die ihn erwischten, wurden aus noch einer anderen Waffe abgefeuert. Desgleichen zwei Kugeln, die man aus Grabsteinen nahe dem Schauplatz der Schießerei herausgeholt hatte. Eine Möglichkeit, meinten die Polizisten, sei, dass der heimliche Schütze das Magazin leer geschossen hatte und daraufhin einen zweiten Revolver zog. Es sei aber auch möglich, dass sich an dem Abend nicht vier, sondern fünf Leute auf dem Friedhof befanden: Dana, ich, Scott und zwei Unbekannte.

Völlig verblüfft erzählte ich ihnen die Wahrheit, allerdings nicht die ganze: Außer dem Mündungsfeuer hätte ich nichts gesehen, ja ich hätte überhaupt erst, als ich zusammenbrach, bemerkt, dass ich getroffen worden war.

Achselzuckend verließen sie mich, ohne mir die richtige Frage gestellt zu haben. Beim Grübeln darüber, ob der Bauchschuss zufällig oder beabsichtigt gewesen war, nickte ich ein.

Als ich das nächste Mal wach wurde, saß Mariah an meinem Bett, und jetzt ruht mein Blick auf ihr. Sie sieht forsch und reif und unübersehbar reich aus in ihren Designer-Jeans und ihrem Skipullover, ein bisschen wie eine Fürstin auf Stippvisite beim gemeinen Volk. Die um mich weint und mir mitteilt, ihre Kinder hielten mich für einen Helden.

»Was machst du denn hier?«, bringe ich krächzend hervor.

»Deine Dekanin hat mich angerufen.«

»Nein, ich meine, wo ... wo du doch grade erst wieder Mutter geworden bist.«

»Dich kann man aber auch nicht eine Minute allein lassen«, sagt sie, halb lachend, halb weinend. »Kaum liege ich im Kreißsaal, ziehst du los und lässt dich erschießen.«

»Und das Kind?«

»Das Kind ist wunderschön.«

»Und wie alt jetzt? Zwei Tage?«

»Vier. Ihr geht's prächtig, Tal. Sie ist kerngesund. Sie ist unten im Van mit Szusza. Apropos, Mami muss sie in ein paar Minuten stillen gehen.« Mariah lächelt unter Tränen. »Aber du«, flüstert sie und ringt die Hände im Schoß. »Was machst du bloß für Sachen?«

»Mir geht's gut. Du hättest zu Hause bleiben sollen. Wirklich.« Ich unterdrücke ein Husten, denn husten tut weh. Sehr. »Klar, ich freue mich, dass du hier bist, Schwesterherz, aber ... na ja, du hättest deswegen wirklich nicht das Baby allein lassen müssen.« Ich will nicht, dass sie merkt, wie gerührt ich bin. Auch wenn ich auf der Intensivstation liege, bin ich doch immer noch ein Garland.

»Na, vielleicht nicht, wenn du nur eine Kugel abgekriegt hättest. Oder zwei. Da wäre ich wohl in Darien geblieben. Aber du hast ja schon immer alles übertreiben müssen, Tal. Du musst dir unbedingt *drei* Kugeln einfangen!«

Ich ringe mir ein Lächeln ab, Mariah zuliebe. Mir fällt ein, dass sie es anscheinend für ihre Pflicht hielt, jedem um Worte verlegenen Besucher, der ins Vinerd Howse kam, um meiner Mutter auf dem Sterbebett die vorletzte Ehre zu erweisen, eine tröstliche Bemerkung mit auf den Weg zu geben. Dann denke ich an meinen Bruder und frage mich, warum nur Mariah hier ist, doch er war seinerzeit ja auch nicht bei den Anhörungen des Richters: Addison mag nur Geschichten mit Happy End.

»Ich nehme an, du hast genug Ablenkung«, sagt Mariah und deutet auf mein Taschenschachspiel und meinen Laptop, die auf dem kleinen schwenkbaren Betttisch bereitstehen. Ich grinse wie ein Kind unterm Weihnachtsbaum. Um meine Stimme zu schonen, bewege ich die Hand. Meine Schwester klappt den Laptop auf und stellt ihn an.

Danke, forme ich stumm mit den Lippen, während die optimistische Windows-Fanfare ertönt.

Kimberly habe beides mitgebracht, sagt Mariah. »Sie meinte, du würdest dich vielleicht drüber freuen.«

Nett von ihr, aber es ärgert mich auch.

»Kimmer verlässt mich«, teile ich meiner Schwester stimmlos mit, doch ich muss es dreimal sagen, bevor sie mich versteht.

Mariah besitzt den Anstand, ein betretenes Gesicht zu machen. »Ich glaube, die ganze Ostküste weiß das«, erklärt sie sanft. Dann wird sie lebhaft. »Aber du kannst froh sein, dass du sie los bist. Weißt du noch, was Mama immer sagte, wenn mir mal wieder ein Junge das Herz gebrochen hatte? Es gibt viele Fische im Meer.«

Ich schließe die Augen. Wenn ein Krankenhaus ein Gefängnis ist, dann ist das meine Strafe: mir anhören zu müssen, dass ich froh sein kann, ohne die Mutter meines Kindes leben zu dürfen.

»Ich liebe sie«, sage ich, aber so leise, dass Mariah es schwerlich verstehen kann. »Es tut weh«, füge ich hinzu, doch weit unterhalb der Hörschwelle des menschlichen Ohrs.

»Ich hab sie nie leiden können«, fährt meine Schwester fort, zu sehr mit ihren eigenen Gedanken beschäftigt, um auf eine andere Stimme zu achten. »Sie hat dir nicht gut getan, Tal.«

Für einen Moment sind wir gemeinsam allein, denn in meiner Familie hat niemand das emotionale Rüstzeug, um einen Bedürftigen zu stützen, zumindest nicht, wenn es sich um einen Verwandten handelt. Dann öffne ich die Augen wieder und schaue zu meiner Schwester auf. Ihr Blick ist gesenkt, und sie spielt nervös mit den Fingern.

Ihr liegt noch etwas auf der Seele.

»Was ist los, Schwesterherz?«, flüstere ich.

»Vielleicht ist das jetzt nicht der richtige Zeitpunkt ...«

»Mariah, was ist denn?« Mit der jäh aufsteigenden Furcht kommt auch wieder etwas Kraft in meine Stimme. »Du kannst nicht einfach hier auftauchen und mir dann nichts sagen. Also, was ist los?«

»Addison ist weg.«

»Weg?« Panik. Die Erinnerung an Schüsse. Und zweifellos ein steiler Zacken auf dem blauen Apparat, der meinen Herzschlag überwacht. Ich würde mich wahrscheinlich aufsetzen, wenn ich nicht halb tot und überdies festgebunden wäre. »Was soll das heißen, weg? Doch nicht etwa ... er ist doch nicht ...«

»Nein, Tal, nein. Nichts dergleichen. Es heißt, er sei außer Landes geflohen. Er ist irgendwo in Lateinamerika. Sie wollten ihn verhaften, Tal.«

»Verhaften? Weswegen denn?« Meine Stimme ist wieder schwach, mein Hals trocken, und ich muss meine Frage mehrmals wiederholen, bevor Mariah sie versteht.

»Betrug. Steuern. Ich weiß nicht genau. Es geht um viel Geld. Die Einzelheiten kenne ich nicht. Aber Onkel Mal sagt, sie sind überhaupt nur durch den Background-Check dahinter gekommen.«

»Welchen Background-Check?«

»Du weißt schon, Tal. Den für Kimberly.«

Sie stößt den Namen bissig hervor, um deutlich zu machen, dass Addisons Finanzmauscheleien, welcher Art sie auch sein mögen, niemals ans Licht gekommen wären, wenn meine Frau nicht so erpicht darauf gewesen wäre, Richterin zu werden. Meine Frau hat Schuld an Addisons Unglück, genau wie Greg Haramoto Schuld am Unglück des Richters hatte. Keiner der beiden wurde von eigenen Dämonen zu Fall gebracht. Im heutigen Amerika, und ganz gewiss in der Familie Garland, hat niemals derjenige Schuld, der etwas anstellt. Schuld haben immer die Leute, die ihn anschwärzen.

»Oh, Addison«, hauche ich. Wenigstens weiß ich jetzt, warum er sich Grundstücke in Argentinien angeschaut hat. Und wovor er Angst hatte.

»Schlicht Alma meint, er hat da unten eine Geliebte. So wie sie das sagt, glaube ich allerdings, es könnte seine Frau sein.«

Vielleicht sind es die Medikamente, die ich bekomme, jedenfalls kichere ich plötzlich los. Arme Beth Olin! Arme Sally! Armes namenloses Ding von letzter Woche! Dann geht mir auf, dass ich meinen Bruder womöglich jahrelang nicht sehen werde, und mein Gesicht fällt ein. Ein einziger Trümmerhaufen, den der Richter da hinterlassen hat.

»Ist was mit dir, Tal? Soll ich die Schwester rufen?«

Ich schüttele den Kopf, bitte sie aber, mir einen Schluck Wasser zu geben. Dann: »Hat jemand was ... von ihm gehört? Von Addison?«

»Nein«, antwortet Mariah, doch die Art, wie sie den Blick abwendet, sagt etwas anderes.

Plötzlich wird sie munter und wechselt das Thema. »Ach, übrigens, weißt du was? Wir haben ein absolut unglaubliches Angebot für das Haus bekommen.«

»Das Haus?«

»In der Shepard Street.«

Mir schwinden langsam die Sinne. »Ich ... ich wusste gar nicht, dass es zum Verkauf steht.«

»Tut es eigentlich auch nicht, aber du weißt ja, wie diese Makler sind. Sie kriegen Wind davon, dass jemand gestorben ist, und bevor überhaupt das Testament verlesen ist, fahren sie schon potentielle Käufer auf.« Mariah versteht die Besorgnis falsch, die sie in meinem Gesicht entdeckt. »Keine Bange, Bruderherz, ich hab nein gesagt. Es gibt noch massenhaft Papiere, die ich durchgehen muss.«

Ich gebe ihr ein Zeichen, näher zu kommen. »Von ... von wem war das Angebot?«, bringe ich heraus.

»Ach, was weiß ich. So was sagen die Makler einem nie. Das kennt man ja.«

»Du musst es rauskriegen«, wispere ich, doch zu leise, um verstanden zu werden.

Mariah fängt von Sally an, die jetzt in der erstklassigen Reha-Klinik in Delaware sei, doch der Rest geht an mir vorbei. Mein Kopf braucht Ruhe. Die Schwester platzt herein, um ein Schmerzmittel in den Tropf zu geben. Daraufhin verschwimmt alles vor meinen Augen.

Als ich wieder aufwache, ist Mariah fort, dafür ist die Liebste Dana Worth da, unser erstes Wiedersehen seit – wann waren wir auf dem Friedhof? Vor drei Tagen? Vier? Genau wie Gefängnisse löschen Krankenhäuser das natürliche Zeitempfinden des Körpers aus. Dana trägt ein Kleid, was bei ihr selten vorkommt, und wirkt ziemlich schlecht gelaunt. Vielleicht ist Sonntag, und sie kommt gerade aus dieser konservativen Kirche, die sie so liebt. Jedenfalls trägt sie eine weiße Strickjacke über dem Kleid und weiße Schuhe und sieht entsetzlich nach einem Südstaatenheimchen aus. Den rechten Arm hat sie in einer Schlinge: Ein Knochen, erläutert sie mir, sei gesplittert, als sie einen Querschläger abbekommen habe. »Wie viele Unis können schon zwei Professoren vorweisen, die am selben Abend angeschossen wurden?«, witzelt sie.

Ich bemühe mich zurückzulächeln.

»Ich habe ihn nicht einholen können«, sagt die Liebste Dana und ballt ihre kleinen Fäuste. Da wird mir klar, dass sie auf sich selbst wütend ist. »Tut mir Leid, Misha.«

»Schon gut«, murmele ich, doch meine Stimme ist noch schwächer als vorher, und ich frage mich, ob Dana mich überhaupt hört.

»Dann bin ich zurückgelaufen, um nach dir zu sehen, und da war so furchtbar viel Blut ...«

Ich winke ab. Ich will nichts davon hören, wie sie heldenhaft durch die Dränageröhre kroch, die auch mein Ziel gewesen war, oder wie sie in einem Eckladen – vielleicht demselben wie damals Kimmer! – das Telefon an sich riss, dann auf die Sanitäter und die Polizei wartete, auf Samuel, der das Tor aufschließen musste, und wie sie den ganzen Tross über den dunklen Friedhof führte, oder wie sich alle verzweifelt um meine Rettung bemühten und mich mehr tot als lebendig abtransportierten. Ich will es zum Teil deswegen nicht hören, weil es mir in Ausschnitten bereits erzählt wurde – von Mariah, von Dr. Serra –, zum Teil aber auch deswegen, weil es angesichts von Danas Heldentum unerträglich für mich ist, ihr etwas verschweigen zu müssen.

Die einfühlsame Dana versteht mein Widerstreben sofort und schwenkt auf ein anderes Thema um. »Die ganze Fakultät drückt dir die Daumen«, beteuert sie und quetscht mir dabei die Finger, wie Leute es tun, die einen ihres aufrichtigen Mitleids versichern wollen. Vielleicht ist ja die Nachricht durchgesickert, dass Professor Garland nicht durchkommen wird. »Die Studenten fragen alle, ob sie was tun können. Blut spenden, irgendwas. Und die Dekanin will dich besuchen kommen.«

Das hat mir gerade noch gefehlt. Ich schüttele müde den Kopf. »Was ... was ist mit der Frist?«, röchele ich.

»Machst du Witze? Sie werden es nicht wagen, dich jetzt noch zu feuern. Wir sind berühmt, Misha, die Zeitungen sind voll von uns.« Sie lächelt, aber gezwungen. Ich deute auf ihren Arm, flüstere, dass es mir Leid tut.

»Schon gut.« Sie tätschelt meine Hand. »Mein Leben ist sonst nie so aufregend.«

»Du ... du hättest nicht ...«

»Lass gut sein, Misha.«

»Ich ... Haben sie ... haben sie ...«

Mehr bringe ich nicht heraus, aber Dana versteht schon. Sie wirft einen Blick zur Tür, bevor sie es wagt zu antworten. »Ja, Misha, es hat geklappt. Soweit ich sehen kann, haben sie uns die Geschichte abgekauft. Und das ist auch gut so.« Sie droht mir mit dem Zeigefinger. »Du bist mir ganz schön was schuldig, Mister. Wenn du erst mal hier raus bist ...« Sie denkt nach, schmunzelt. Tatsache ist, die Liebste Dana hat alles, was sie sich wünscht. Ihr fällt nichts ein, was sie von mir fordern könnte, nicht einmal im Spaß. Das bisschen, was ihr noch fehlt, findet sie in ihrer kleinen Methodistenkirche, wo Gott zuständig ist, nicht ich. Dana seufzt und zuckt die Achseln. »Jedenfalls, Misha, es hat geklappt.«

Meine Lippen formen das Wort *Danke*, und obwohl ich immer schwächer werde, versuche ich noch hinzuzufügen: *Ich hoffe, du hast Recht.*

Jetzt ist Dana verlegen, oder vielleicht ist sie es auch nur leid, mich aufzumuntern. Wie dem auch sei, sie steht energisch auf, haucht mir einen Kuss auf die Stirn, drückt mir die Hand und schlüpft in ihren Mantel. An der Tür schaut sie sich noch einmal um. »Tut mir Leid, dass ich ihn nicht eingeholt habe«, wiederholt sie, während mir das Bewusstsein schwindet.

Vergeblich – wahrscheinlich bewegen sich nicht einmal mehr meine Lippen – versuche ich Dana noch darüber aufzuklären, dass der Mann, der ihr zu ihrem großen Bedauern durch die Lappen gegangen ist und der mir die dritte Kugel verpasst hat, in Wirklichkeit wohl eine Frau war. Ich kenne ihren richtigen Namen nicht, aber bei unserer ersten Begegnung hatte sie Inlineskates an den Füßen.

»Du siehst heute schon viel besser aus, Schatz«, gurrt die Frau, mit der ich seit neun Jahren verheiratet bin, die mich jedoch nicht länger als ihren Ehemann betrachtet.

»Das machen die vielen Liegestütze«, hauche ich. Aber immerhin kann ich sitzen und sogar Flüssigkeiten durch einen Strohhalm saugen. Mein schmerzender Kiefer ist verklammert. Dr. Serra sagt, er ist gebrochen, aber ich kann mich nicht erinnern, wie das passiert sein soll.

Kimmer schenkt mir ihr herzerwärmendes, stilles Lächeln. Sie gießt mir aus einer Karaffe Wasser in die Tasse und drückt den Plastikdeckel darauf. Dann beugt sie sich vor und hält mir den Strohhalm an die aufgesprungenen Lippen. Zu beobachten, wie sie sich bewegt, tut weh. Der strenge Schnitt ihres schwarzen Kostüms und ihrer naturfarbenen Bluse kann ihre lässige Sinnlichkeit nicht kaschieren. Seit sie mich vor einer Woche aus ihrem Leben verbannt hat, scheint Kimmer aufgeblüht zu sein. Im Moment ist sie eine bemerkenswert glückliche Frau. Warum auch nicht? Sie ist frei.

»Genug?«, fragt meine Frau und setzt sich wieder. Ich nicke. Sie lächelt. »Der Arzt meint, du könntest bald schon wieder rumlaufen.«

»Toll.«

»Wenn du entlassen wirst, kannst du gern nach Hause kommen, wenn du möchtest«, teilt sie mir lächelnd mit, doch obwohl ich von den vielen Schmerzmitteln benommen bin, entdecke ich sofort die Falle. Kimmer schlägt nicht vor, wir sollten versuchen, unsere Ehe zu retten, sie bietet mir einfach einen Ort an, wo ich wieder zu Kräften kommen kann, *ihr* Haus, mit *ihrer* Einwilligung, womit ich dann in *ihrer* Schuld stünde. »Ich könnte dich wieder gesund pflegen, wie im Film.«

Sie gibt sich Mühe, das muss ich ihr lassen, aber so, wie das Angebot gemeint ist, kann ich es schwerlich annehmen, und das weiß sie genau. Also blicke ich sie lediglich an, und irgendwann hört meine Frau auf zu lächeln und schlägt die Augen nieder und sucht nach einem weniger konfliktträchtigen Gesprächsthema.

»Du wirst Bentley nicht wiedererkennen. Er ist so groß geworden. Und er redet so viel.« Als wäre ich Monate oder Jahre weggewesen, als läge ich nicht erst seit vier oder fünf Tagen im Krankenhaus.

»Mmmm«, erwidere ich.

»Nellie ist nicht mehr da gewesen«, fügt sie leise hinzu, denn ihr Instinkt sagt ihr, was meine eigentliche Befürchtung ist. »Das würde ich dir nicht antun, Misha. Oder unserem Sohn.«

Ich frage mich, ob auch nur ein Wort davon wahr ist. Kimmer ist eine gute Anwältin: Wie, um einmal spitzfindig zu sein, definiert sie zum Beispiel dieses *Da*?

»Es tut mir furchtbar Leid, dass alles so gekommen ist«, sagt sie etwas später mit Tränen in den Augen und hält dabei meine Rechte in beiden Händen. Ich tätschele ihre Finger.

»Mir auch«, versichere ich ihr.

»Du verstehst mich nicht.« Sie scheint den Streit wieder aufnehmen zu wollen, den sie bereits gewonnen hat, auch wenn ich mir nicht vorstellen kann, warum.

»Nicht jetzt«, bitte ich und schließe die Augen. Vor mir sehe ich Bentleys strahlendes Gesicht.

»Es ist nicht so, dass ich dich nicht liebe, Misha«, fährt sie traurig fort und stößt dabei mein Herz immer näher an den Abgrund. »Ich liebe dich. Ehrlich. Ich kann nur ... Ich weiß nicht.«

»Kimmer, bitte. Lass es, ja?«

Sie schüttelt den Kopf. »Es ist alles so kompliziert!«, bricht es aus ihr heraus, als hätte ich es leichter als sie. Aber vielleicht hat die arme Sally Recht gehabt. Vielleicht habe ich es wirklich leichter. »Du hast keine Ahnung, wie es sich anfühlt, in meiner Haut zu stecken!«

»Schon gut, Kimmer«, flüstere ich ohne Aussicht, Gehör zu finden. »Es ist gut.«

»Es ist *nicht* gut! Ich hab's versucht, Misha, ich hab's ehrlich versucht!« Sie deutet mit ihrem schlanken Zeigefinger auf mich. »Ich wollte es recht machen, Misha, wirklich. Dir, meinen Eltern, unserem Sohn – allen. Ich hab versucht, so zu sein, wie du mich haben wolltest, Misha, aber dann hast du's zu weit getrieben. Oder ich hab's zu weit getrieben. Egal, jedenfalls kann ich jetzt nicht mehr so sein. Es tut mir Leid.«

»Schon gut«, sage ich ihr zum dritten Mal, oder zum dreißigsten.

Sie nickt. Stille breitet sich aus.

Die Schwester kommt herein, um meine Wunden zu versorgen, und bittet meine Exfrau in spe, draußen zu warten. Kimmer trocknet ihre Tränen, steht auf und erklärt, sie müsse ohnehin gehen. Sie küsst mich zärtlich auf den Mundwinkel und schreitet stolz zur Tür, wo sie sich umdreht und mir noch ein halbes Lächeln und ein Viertel Winken schenkt, und bei alldem sieht sie groß und energiegeladen und unglaublich begehrenswert aus und ganz und gar nicht so, als würde sie mir gehören.

»Sie können sich glücklich schätzen«, sagt die Schwester.

Das Verrückte ist, dass ich ihr aus den Tiefen meiner diversen Leiden zustimme.

Kapitel 53

Noch ein alter Freund erscheint

• 1 •

Am fünften Tag nach meiner Operation bin ich in der Lage aufzustehen und ein paar Minuten herumzugehen. Drei Tage später tausche ich die Hilfe der Schwestern gegen zwei metallene Krücken ein. Dann sind die Drachen von der Physiotherapie an der Reihe, die sich neue medizinische Torturen für mich einfallen lassen. Nach neun Tagen ihrer unsanften Pflege und Anleitung räumen die Ärzte widerwillig ein, dass ich bald so weit bin, nach Hause zu gehen.

Vor diesem Augenblick habe ich mich gefürchtet. Wie soll ich meinen Ärzten erklären, dass ich kein Zuhause mehr habe, wo ich hinkann? Ich habe nämlich nicht die Absicht, in das Haus am Hobby Hill zurückzukehren und, wenn auch nur vorübergehend, mit einer Frau unter einem Dach zu leben, die mich nicht nur vor die Tür gesetzt hat, sondern überdies eine Affäre mit einem meiner Studenten hatte und möglicherweise immer noch hat. Dana bietet an, mich so lange wie nötig aufzunehmen, aber ich merke an der Art, wie sie das sagt, dass Allison dagegen ist. Rob Saltpeter lädt mich ein, bei ihm zu wohnen, und die Harmonie und Stabilität seiner Familie locken mich, doch ich möchte Rob und seiner außergewöhnlichen Frau Sara nicht zur Last fallen. Don und Nina Felsenfeld üben sich weiter im Liebesdienst des *Chessed* und bieten mir ihr Gästezimmer an, aber im Haus direkt neben der Frau zu wohnen, die mich nicht mehr haben will, wäre Folter.

Onkel Mal lässt mir ausrichten, ich könne sein Haus in Virginia benutzen, doch ich rufe ihn nicht zurück. Dekanin Lynda bietet mir keine Unterkunft an, unterbreitet mir jedoch telefonisch den Vorschlag, mir den Rest des Semesters freizunehmen. Und diesmal sagt sie es freundlich.

Mit Schwester Whites sporadischer Hilfe begebe ich mich schließlich zu den auf dem Fensterbrett aufgereihten Karten mit Genesungswünschen. Viele stammen von den üblichen Verdächtigen – Professoren, Studenten, Verwandten –, aber es sind auch ein paar Überraschungen darunter, zum Beispiel Grüße von Collegefreunden, die ich seit Jahren nicht mehr gesehen habe; sie müssen in den Nachrichten von dem Vorfall gehört haben. Es gibt Blumen von Mallory Corcoran und der Fakultät und Karten von Wallace Wainwright und sogar von Sergeant Bonnie Ames. Und dann ist da noch eine Karte, die mich stutzen lässt, aufgegeben am Miami International Airport, wahrscheinlich kurz vor dem Abflug ins Ausland. In energischer, aber deutlich weiblicher Handschrift steht darauf: *Tut mir Leid, Misha. Dienst ist Dienst. Freut mich, dass Sie okay sind. Alles Gute, M.* Irgendwie bezweifle ich, dass sie von Meadows ist. Ich blicke zum Fenster hinaus und versuche, zwei Bilder zusammenzubringen, einen stimmungsvollen Abendspaziergang auf Martha's Vineyard und eine Kugel, die mich auf dem Old Town Cemetery beinahe umgebracht hätte.

Morris Young schaut mehrmals vorbei und erzählt mir von der göttlichen Vorsehung und davon, was die Bibel über das Scheitern von Ehen zu sagen hat. Gott sieht es lieber, wenn eine Ehe bis zum Tode hält, sagt er, aber sofern wir reuig sind, vergibt er uns, wenn wir in dem Bestreben fehlen, seinen Willen zu tun.

Von seinen Ausführungen wird mein Leid nicht geringer.

Drei Tage vor meiner Entlassung kommt eine Frau von der Krankenhausverwaltung mit einem dicken Stoß Papiere an, die ich unterschreiben soll. Immerhin finde ich bei der Gelegenheit heraus, wem ich die Unterbringung in einem Privatzimmer zu verdanken habe. Die Frau zeigt mir das Aufnahmeformular: Howard und Mariah Denton kommen für die Kosten auf. Wahrscheinlich hätte ich mir das denken können. Ich bin kurz davor, Howard anzurufen und mich zähneknirschend zu bedanken, als Mariah hereinfegt, mich für transportfähig erklärt und mir mitteilt, der Navigator werde vor der Tür stehen, wenn der »große Tag« komme, und so geräumig, wie der sei, könne ich es mir darin auf der Fahrt nach Darien richtig gemütlich machen.

Ich überlege. Ein privates Gästehaus, Spaziergänge auf ihren drei Hektar Land, eine Haushälterin, die sich um mich kümmert, wahrscheinlich eine private Pflegekraft und eine Bewegungstherapeutin, die mich wieder auf die Beine bringt. Und Mariah, der ich den lieben langen Tag zuhören darf, und fünf, nein, inzwischen sechs ständig herumwuselnde Kinder. Und alles weit, weit weg von meinem Jungen.

»Danke«, sage ich zu meiner Schwester und kann es kaum fassen, wie rapide meine Optionen geschrumpft sind.

Am Tag darauf kommt Spezialagent Nunzio mich besuchen, und ich ahne, dass sie noch weiter schrumpfen werden.

• II •

»Ich kann Ihnen nicht alles sagen«, eröffnet er mir mit trauriger Miene, als bedauerte er das.

»Können Sie mir irgendwas sagen?«

»Kommt drauf an, was Sie wissen wollen.«

»Fangen Sie mit den ganzen Lügen an«, schlage ich vor.

Nunzio fährt sich mit einer rauen Hand durch das glänzende schwarze Haar. Beim Reden sieht er mir nicht ins Gesicht. Er ist nur ungern hergekommen. Mallory Corcoran muss Fäden gezogen haben wie ein Weltmeister, damit das FBI zu meiner Information einen Agenten aus Washington schickt. Andererseits ist Onkel Mal mir etwas schuldig. O ja, er ist mir eine Menge schuldig!

»Niemand hat Sie direkt belogen, Professor Garland«, beginnt Nunzio. Wir gehen wieder förmlich miteinander um.

»Ach, nein? *Sie* haben mich direkt belogen, um nur mal einen zu nennen.«

»Ich?«

Ich nicke. Ich sitze in einem Sessel am Fenster, die Sonne im Genick. »Es war kein Zufall, dass gerade Sie mich wegen der falschen FBI-Agenten befragten, die in der Shepard Street aufgetaucht waren. Wenn ich den Kopf nicht mit den ganzen anderen

Sachen voll gehabt hätte, wäre ich schon früher drauf gekommen. Das FBI war unglaublich schnell zur Stelle, aber nicht wegen der Amtsanmaßung, stimmt's? Der Grund war, dass sie bereits den Verdacht hatten, einer der falschen Agenten könnte Colin Scott gewesen sein. Sie hatten seine Spur verloren, nicht wahr? Und ich sollte Ihnen dabei helfen, ihn wiederzufinden.«

Nunzio betrachtet die diversen medizinischen Gerätschaften neben meinem Bett. »Vielleicht war es so ähnlich.«

»Nein, es ist genau so gewesen. Was war ich nur für ein Idiot, dass ich das nicht mitgekriegt habe. Sie haben mir nie widersprochen. Sie haben nie gesagt, ich sähe Gespenster. Sie haben mich niemals abgewimmelt. Ich konnte Ihnen mit den wildesten Theorien kommen, und Sie haben sie ernst genommen. Weil Sie wollten, dass ich weitersuche. Sie wollten, dass ich Scott finde.«

»Vielleicht.«

»Deshalb hat Bonnie Ames mir auch diese ganzen Fragen über die Vorkehrungen gestellt. Die Fragen kamen von Ihnen und Ihren Leuten, nicht von ihr, aber Sie wollten mich wegen der Vorkehrungen meines Vaters nicht offiziell verhören, weil ich sonst vielleicht Verdacht geschöpft hätte. Also hat Ames das für Sie erledigt.«

»Möglicherweise.«

»Möglicherweise. Genau. Und alles nur, weil Sie wollten, dass ich Colin Scott aus dem Versteck locke. Einen Mörder.«

»Sie waren niemals in Gefahr«, ächzt er, was einem Geständnis in der Hauptsache gleichkommt.

»Das höre ich nicht zum ersten Mal. Und was ist dann das hier?« Ich hebe mein Krankenhausnachthemd hoch und zeige ihm meinen verbundenen Unterleib. Er zuckt nicht mit der Wimper. Er hat schon Schlimmeres gesehen.

»Das tut mir sehr Leid, Professor. Ehrlich. Vielleicht hätten wir Ihnen verschärften Personenschutz geben sollen. Wir haben durchaus hin und wieder auf Sie aufgepasst. Sie haben nicht gemerkt, dass wir da waren, aber wir haben die Augen offen gehalten. Als Scott dann tot war – als alle meinten, er wäre tot –, dachten wir, Sie wären sicher. Da haben wir uns wohl verkalkuliert.«

»Den Eindruck habe ich auch.« Ich merke, wie meine Kräfte nachlassen. »Jetzt erzählen Sie mir von Ruthie Silverman.«

»Von Ms. Silverman? Was ist mit ihr?«

»Sie gehört zum Beraterstab des Präsidenten. Sie ist an der Auswahl der Richter beteiligt.«

»Das weiß ich. Aber mir ist nicht klar, warum Sie ihren Namen erwähnen.«

»Sie wissen genau, wovon ich rede. Meine Frau sollte niemals Richterin werden, stimmt's? Das war nur ein Vorwand. Ein Vorwand, unter dem Sie im Leben meiner Familie herumschnüffeln und so tun konnten, als würden Sie Material über Kimmer sammeln. Ein Vorwand, den Sie in dem Moment fallen ließen, als er zu einem Hinderungsgrund für mich wurde, Jack Ziegler zu besuchen.«

»Was genau sollen wir denn unter diesem angeblichen Vorwand getrieben haben?«

»Das würde ich gerne von Ihnen hören. Ich habe es nämlich satt herumzuraten.«

Spezialagent Fred Nunzio streckt seine kräftigen Arme vor, verschränkt die Finger, knackt mit den Knöcheln. Seine Schultern wirken zu breit für seinen dunklen Anzug. Ein anderer Agent in einem ähnlichen Anzug wartet draußen auf dem Gang – ich habe ihn gesehen –, und ich vermute, es widerspricht den Gepflogenheiten des FBI, dass Nunzio allein mit mir redet. Mit anderen Worten, Washington will sich die Möglichkeit offen halten, hinterher alles abzustreiten, was er mir sagt.

»Sie verstehen das falsch, Professor. Ms. Silverman hat Sie nicht belogen. Niemand vom Weißen Haus hat gelogen. Von dort war überhaupt niemand beteiligt, nicht so, wie Sie anscheinend meinen. Ihre Frau war wirklich eine Kandidatin für dieses Richteramt. Daran haben wir nichts gedreht. Ich bezweifle auch, dass wir das gekonnt hätten. Wir sind nämlich dem Weißen Haus unterstellt, nicht umgekehrt. Aber wir haben uns das zunutze gemacht, versteht sich. Wir konnten dadurch ... na ja, verschiedene Dinge sondieren, an die wir sonst nicht herangekommen wären.«

»Wie zum Beispiel die Finanzen meines Bruders.«

Er fühlt sich zusehends unwohl in seiner Haut. »Es ging in keiner Weise um Ihren Bruder, Professor. Ich würde das als ... Zufall bezeichnen.«

»Ach, wirklich? Das FBI führt einen Background-Check über eine gewisse Kimberly Madison durch und stößt dabei ganz zufällig auf die finanziellen Ungereimtheiten ihres Schwagers?«

»Wir müssen jeder Spur nachgehen«, erklärt er salbungsvoll.

»Nein. Da ist mehr dran. Und es ging bei der Sache auch nicht bloß um Colin Scott. Er war ... er war ...« Mir fällt das richtige Wort nicht ein. Dann habe ich es, dank meinem Vater. »Er war ein vorgeschobener Bauer, stimmt's? Genau wie ich. Ein schwarzer Bauer, ein weißer Bauer.«

Nunzio ignoriert den letzten Teil meiner Bemerkung. »Colin Scott war ein übles Subjekt, Mr. Garland. Das ist unsere Aufgabe beim FBI: üble Subjekt einzufangen.«

»Ach, ja? Dann hat also jemand vom FBI ihn auf dem Friedhof erschossen?«

»Nein, natürlich nicht«, entgegnet Nunzio etwas zu rasch. Ich glaube nicht, dass er lügt. Er sagt bloß nicht die ganze Wahrheit. Mag sein, dass das FBI Mr. Scott nicht getötet hat, aber sie wissen ziemlich genau, wer es war. Und werden es mir niemals verraten. Was ich verstehen kann: Auch ich habe Geheimnisse, die ich niemals preisgeben werde. Ich überlege nur, ob das FBI mir wohl sagen kann, wo sich die Frau aufhält.

Ich bin müde, und mein ganzer Körper tut mir weh. Außerdem jucken die Narben an meinem Bauch entsetzlich, doch ich darf nicht kratzen. Dr. Serra hat mir das streng verboten, weil er, wie er hinzufügte, nicht die Absicht habe, die ganze Arbeit noch einmal zu machen.

»Erzählen Sie mir von Foreman«, sage ich leise. »Er ist einer von Ihrer Truppe, stimmt's?«

Der Agent schließt kurz die Augen, seufzt. »Er war nicht vom FBI. Er war von ... einer mit uns kooperierenden Behörde.«

»War?«

»Er, oder was von ihm übrig war, wurde in einem Wald gefunden. Kein schöner Anblick. Sie haben die Bilder von Freeman Bishop gesehen, nicht wahr? Nun, das hier war tausendmal schlimmer.«

»Das tut mir Leid«, murmele ich, und alles in mir sträubt sich gegen die Vorstellung, etwas könnte tausendmal schlimmer sein als das, was Father Bishop widerfahren ist.

»Foreman war ein guter Mann. Er kam über ein Waffengeschäft mit Scott in Kontakt. Wo das war, spielt keine Rolle. Es gelang ihm, Scotts Vertrauen zu gewinnen. Jedenfalls dachten wir das. Als Scott aus dem Ausland zurückkehrte, um rauszukriegen, welche Vorkehrungen Ihr Vater getroffen hatte, brachte er Foreman als Helfer mit.«

»Beziehungsweise als Aufpasser.« Nunzios ausweichende Antwort vorhin lässt darauf schließen, dass Foreman der CIA angehörte, was passen würde, wenn die Operation gegen Scott im Ausland begann. »Scott könnte ihn von Anfang an verdächtigt haben ...«

»Ja. Das ist möglich.« Nunzio zuckt wieder die Achseln. »Auf jeden Fall hat er irgendwann Verdacht geschöpft.«

»Jetzt verstehe ich. Sie hatten nicht nur Scott aus den Augen verloren, sondern auch Foreman. Daher ... daher ...«

Daher die Panik, beschließe ich, mir zu verkneifen. *Deshalb haben Sie mich ständig ermuntert weiterzusuchen. Deshalb haben Sie mir ständig erzählt, ich sei nicht in Gefahr. Sie wussten, dass Foreman in Gefahr war, und spekulierten darauf, dass ich Sie zu Colin Scott führe.*

Ich schließe die Augen. Die Schmerzen sind jetzt fast unerträglich, und ich würde mich am liebsten sofort ins Bett legen. Aber eine Sache liegt mir noch auf der Seele. »Das war also das Ziel, nicht wahr? Scott in die Vereinigten Staaten zurückzuholen. Das war der Zweck der Operation.«

»Ich weiß nicht, was Sie damit meinen, Professor.«

»Doch, das wissen Sie. Der Richter ... mein Vater ... starb, und irgendjemand musste Scott davon überzeugen, dass nun möglicherweise etwas ans Licht kommen könnte, was nicht ans Licht kommen durfte.«

»Oh, ich verstehe. Ja, das ist richtig.« Er sagt das hastig, mit einem ausweichenden Unterton. Was hat das zu bedeuten?

Noch eine Frage, die ich später vielleicht nie mehr stellen kann. »Und mein Vater ... wurde er nun ermordet oder nicht?«

Die Art, wie Fred Nunzio überlegt, bevor er antwortet, wie er sich das Kinn reibt und die Augen zusammenkneift, ist kaum auszuhalten. »Nein, Professor«, sagt er schließlich. »Nein, der Meinung sind wir nicht.«

Wie ein Blitz zucken seine Worte durch mein sediertes Hirn. »Sie sind nicht ... der *Meinung*?«

»Keinerlei Indizien für einen Mord. Niemand, der dadurch etwas gewonnen hätte. Nein, wir sind uns ziemlich sicher, dass es ein Herzanfall war, genau wie die Autopsie ergeben hat.«

»Ziemlich sicher?«

Er hebt die Hände. »Im Leben regiert die Wahrscheinlichkeit, Professor, nicht die Gewissheit.«

Vielleicht. Vielleicht. Nichts scheint mehr hundertprozentig sicher zu sein. So viel Zeit, und immer noch kaue ich Watte.

»Agent Nunzio?«

»Ja, Professor?«

»Die zwei Männer, die mich auf dem Campus überfallen haben. Denen dann ... die Finger abgeschnitten wurden.«

»Was ist mit ihnen?«

»Sie glauben, das war Jack Ziegler, nicht wahr?«

»Wer sonst? Er beschützt doch Sie und Ihre Familie, oder? Dass er die Männer verstümmeln ließ, die Sie überfallen hatten, sollte wahrscheinlich eine Warnung sein.«

»Eine Warnung? Wen wollte er denn warnen?«

Wieder habe ich das Gefühl, an etwas zu rühren, das er mir lieber verschweigen würde. »Alle, die es anging«, sagt er schließlich.

»Aber wussten nicht bereits alle von seinem ... seinem Edikt?«

»Anscheinend nicht.« Erneut der ausweichende Ton.

»Wenn Sie ... wenn Sie wissen, dass es Jack Ziegler war, warum nehmen Sie ihn dann nicht fest?«

Fred Nunzios Blick verhärtet sich. »Ich *weiß* nicht, dass er es war, Professor Garland. Kein Mensch *weiß* je, dass Jack Ziegler irgendwas war. Nein, das ist nicht richtig. Alle wissen es, aber niemand kann sagen, woher er das weiß. Es gibt nie irgendwelche Beweise.«

Wahrscheinlich schnaube ich. Nunzio passt das nicht.

»Wie viel wissen Sie eigentlich über Ihren Onkel Jack?«

»Was in der Zeitung steht.«

»Na, dann will ich Ihnen mal was sagen. Ich will Ihnen sagen, warum sein Wort ausreicht, um Sie zu beschützen. Wissen Sie, womit Jack Ziegler tatsächlich sein Geld verdient?«

»Ich kann es mir denken.«

»Das können Sie nicht. Aber ich will es Ihnen erzählen. Er ist eine Art Makler, ein Mann, der zum Beispiel die freundliche Übernahme eines Unternehmens in der Türkei durch Interessenten in, na, Kolumbien arrangieren kann. Alle verlassen sich darauf, dass er die Wahrheit sagt, weil er eine Lüge mit Blut bezahlen würde. Sein Honorar beträgt ein Prozent dessen, was die Transaktion wert ist. Man könnte ihn vermutlich als einen Investmentbanker der Unterwelt bezeichnen. Wir schätzen sein Jahreseinkommen auf zwanzig bis fünfundzwanzig Millionen Dollar.«

»Und warum ist er dann nicht im Gefängnis?« Immer noch nicht zu müde, um Gegenschläge auszuteilen.

»Weil wir ihm nicht das Geringste nachweisen können.«

Ich versuche, diese Vorstellung zu verarbeiten: ein Mann, der in einer gefährlichen Welt von der Verlässlichkeit seines Wortes lebt, ein Mann, dessen Versprechen so viel gelten, dass er ... dass er ...

Oh!

Trotz allem zuckt ein Grinsen um meinen Mund.

»Was gibt's, Professor? Was ist daran so witzig?«

»Nichts, nichts. Ich ... Hören Sie, ich bin ziemlich erledigt. Ich muss mich hinlegen. Würden Sie mir bitte helfen?«

»Hä? Oh, natürlich.«

Nunzio gestattet mir, einen Arm um seine muskulöse Schulter zu legen, und schleift mich quer durchs Krankenzimmer zum Bett.

Auf dem Weg dorthin fällt mir noch eine Frage ein: »Warum war Colin Scott eigentlich so wichtig? Warum musste er unbedingt in die Staaten zurückgeholt werden?« Nunzio zögert. »Lassen Sie mich raten. Ich brauche auch das nicht zu wissen, stimmt's?«

»Tut mir Leid, Professor.«

»Keine Ursache.« Ich strecke mich auf dem Bett aus und klingele nach der Schwester, die prompt erscheint, um die Laken glatt zu streichen und mich wieder an meine Geräte anzuschließen.

»Der Kasten«, flüstere ich, während die Schwester ihre Arbeit verrichtet. »Haben Sie herausgefunden, wer ihn genommen hat?«

»Noch nicht.« Nunzio klingt grimmig und entschlossen. Offenbar ist es ihm peinlich, wie die ganze Sache gelaufen ist. »Aber das kriegen wir raus.«

»Hoffentlich.«

Er sieht mich an. Einen Moment lang fürchte ich, irgendetwas könnte mich verraten haben. »Wie sind Sie dahinter gekommen?«, fragt er. »Was der Brief Ihres Vaters zu bedeuten hatte, meine ich. Was hat Sie auf die Idee mit dem Friedhof gebracht?«

»Ich hatte ihm ... meinem Vater, meine ich ... einmal von einer Sache erzählt, die sich auf dem Friedhof abgespielt hat. Vor langer Zeit. Vielleicht dachte er, ich würde sofort merken, dass ... dass der Friedhof gemeint war. Ich weiß nicht. Ich ... na ja, ich hatte ewig nicht mehr daran gedacht.«

Der Ausdruck auf Agent Nunzios Gesicht gefällt mir gar nicht. Er denkt, ich verheimliche ihm etwas, und das stimmt ja auch. »Und wieso ist sie Ihnen auf einmal wieder eingefallen?«, fragt er scharf, und genau das ist der Punkt, wo meine Lüge leicht auffliegen könnte, wenn ich mir nicht vorher die Antwort zurechtgelegt hätte.

»Wegen der zwei Bauern«, sage ich müde. »Einen bekam ich innerhalb der Fakultät, den anderen außerhalb.«

»Und?«

»Ein weißer Bauer, ein schwarzer Bauer ... getrennt durch die Mauern der Juristischen Fakultät. Mein Vater sagte immer ...« Ich gähne. Meine Erschöpfung ist nicht gespielt. »Er sagte immer, die Mauer trenne uns ... sie trenne die zwei Nationen noch im Tode.«

»Das verstehe ich nicht.«

»Der Old Town Cemetery. Er hatte früher einen abgetrennten Bereich weiter hinten ... eine Art schwarzen Friedhof innerhalb des Friedhofs ... und der ... mein Vater ging dort gern spazieren.«

Nunzio wirft mir einen typischen Gesetzeshüterblick zu, skeptisch und irgendwie drohend. Doch ich habe nicht mehr die Kraft, mich einschüchtern zu lassen. Vor Schmerz und Mattheit wie benebelt schaue ich zu ihm auf. »Reife Leistung, Professor«, sagt er schließlich.

»Danke«, nuschele ich und entspanne mich wieder. »Und danke auch, dass Sie gekommen sind.«

»Hm? Ach, gern geschehen. War mir ein Vergnügen.« Und das stimmt wahrscheinlich, denn er freut sich, so billig davongekommen zu sein.

Ich blicke ihm nach und lächle still in mich hinein, während mein Körper langsam in den Schlaf sinkt. Er weiß es nicht, sage ich mir, stolz auf meine Schlauheit. Niemand weiß es, außer Dana. Wir haben Colin Scott reingelegt, wir haben Maxine reingelegt, und wir haben sogar das FBI reingelegt.

Der Kasten, wegen dem Colin Scott sterben musste und wegen dem die Liebste Dana und ich beinahe getötet worden wären, ist wertlos. Das Päckchen darin ist leer. Ich weiß das, weil so meine Anweisungen lauteten, als ich, ständig verfolgt und daher außerstande, es selbst zu tun, Dana vor einem Monat beim Mittagessen im Post fragte, ob sie einen Metallkasten kaufen und für mich vergraben würde.

Kapitel 54
Rückkehr ins Ungewisse

• I •

Man merkt erst so richtig, wie sehr einen die Familie auf Trab hält, wenn man sie nicht mehr hat. Am Tag meiner Entlassung besuche ich Bentley für ein paar Stunden. Ich spiele mit ihm im Garten hinter dem Haus am Hobby Hill, während Kimmer am Küchentisch arbeitet. Meine Sachen stehen ordentlich gepackt in der Diele: Kimmer und Mariah haben das zusammen gemacht, einträchtig wie nie zuvor, da beide es kaum erwarten können, endlich ans Ziel ihrer Wünsche zu gelangen. Die Felsenfelds schauen vorbei, um hallo zu sagen, aber bestimmt auch, um für eine entspannte Atmosphäre zu sorgen. Als unsere Nachbarn weg sind, haben meine Frau und ich eine letzte Auseinandersetzung, aus alter Gewohnheit. Wahrscheinlich fange ich damit an, aber auf jeden Fall hat Kimmer das letzte Wort.

Wir sind in der Küche und plaudern, als wäre dies ein ganz normaler Tag, und als uns der Gesprächsstoff ausgeht, spreche ich endlich aus, was wohl jeder Mann und jede Frau in meiner Situation irgendwann sagt: »Ich verstehe das einfach nicht, Kimmer. Ich verstehe es echt nicht.«

»Was verstehst du nicht?« Ich spüre die unterschwellige Feindseligkeit, die seit ihrem ersten Besuch im Krankenhaus ständig zugenommen hat, vielleicht weil mein näher rückender Auszug all unseren Entscheidungen plötzlich das Gewicht der Endgültigkeit verleiht.

»Was du in ihm siehst. In Lionel.«

»Zum einen«, antwortet sie ruhig, »bringt er mich dazu, Dinge zu tun, die dir überhaupt nie in den Sinn kommen würden.«

»Was zum Beispiel?«, frage ich idiotischerweise und verspiele damit meine letzte Chance, meine allerletzte Chance, sie zurückzugewinnen – aber wahrscheinlich ist es ohnehin zu spät. Außerdem ist bei meinem inneren Aufruhr an Vorsicht gar nicht zu denken. Ich stelle mir vor: bizarre Sexualpraktiken, Barfußspaziergänge im Schnee, Drogen.

»Lesen zum Beispiel!«, stößt sie zu meinem Erstaunen hervor. »Nellie ist nicht so wie du, Misha. Er hält sich nicht für doppelt so gescheit wie mich!«

Ich bin kurz davor – sehr kurz, kann mich aber gerade noch bremsen –, sie zu fragen, warum sie doppelt so viel verdient wie ich, wenn ich doppelt so gescheit bin. In Wahrheit habe ich mich niemals für gescheiter gehalten als Kimmer, aber sie hat mir das immer unterstellt. Als sie sich in mich verliebte (oder wie man ihr Gefühl für mich sonst bezeichnen will), erklärte sie mir, sie bewundere meine herausragende Intelligenz. Als ich erwiderte, ich fände mich nicht besonders intelligent, wurde sie ärgerlich und warf mir falsche Bescheidenheit vor.

Zudem war sie gescheit genug zu erkennen, dass sie ihre Affäre nicht vollständig vor mir verheimlichen konnte, und gescheit genug, deshalb den Verdacht in mir zu nähren, ihr Geliebter sei Jerry Nathanson.

»Und du hast wirklich das Gefühl, dass diese, Beziehung ... äh, was Ernstes ist?«

»Es ist keine *Beziehung*«, korrigiert Kimmer mich mit der Pedanterie der Expertin. »Es ist einfach etwas, das passiert ist. Wie es halt so geht. Er sagt, er liebt mich, aber ich glaube, es ist aus zwischen uns.« Ihre Stimme ist leise geworden, weich, und ich habe das Gefühl, dass sie ihn im Grunde nicht liebt, sondern eher als Eroberung betrachtet. Der große Lionel Eldridge, der die Hälfte der Frauen in der Stadt haben könnte, lässt sich mit einer Frau ein, die fast zehn Jahre älter ist als er. Doch ich weiß, dass auch das nicht ganz der Wahrheit entspricht. Ich stelle mir Lionel vor, wie er vor Wut kocht, weil ich ihn seiner Meinung nach voriges Jahr im Seminar ungerecht behandelt habe, und wie er Kimmer, in deren Firma er arbeitet, tagtäglich in todschicken Nadelstreifenkostümen selbstbewusst durch eine Welt stolzieren sieht, in der sie der Superstar und er der Grünschnabel ist, eine Welt, in der er es aller Wahrscheinlichkeit nach nie zu etwas bringen wird und die Kimmer und ich schon erobert haben. Wie könnte er der Versuchung widerstehen, es zu probieren? Auf der einen Seite Professor Garland, empörend streng, sichtlich unbeeindruckt von Sweet Nellies Berühmtheit, auf der anderen Seite Professor Garlands Frau Kimberly, groß und sexy und scheinbar unerreichbar. Ich sehe Lionel vor mir, wie er im stillen Kämmerlein darüber brütet, den Gedanken hin und her wälzt, spekuliert, Pläne schmiedet und sich fragt, ob meine Frau nicht vielleicht das passende Werkzeug ist, um sich an mir zu rächen. Ich stelle mir seine ersten Avancen vor, mit denen er wahrscheinlich abblitzte, oder vielleicht auch nicht, denn Kimmer hält, wie sie mir bereits klar machte, als wir frisch verliebt waren, immer die Augen nach Neuem offen.

Vielleicht ist meine Theorie ja zu selbstbezogen. Vielleicht hat meine Frau die Initiative ergriffen. Vielleicht gibt es auch gar nichts zu theoretisieren. Vielleicht war es, wie Kimmer sagt, einfach etwas, das passiert ist.

»Er ist verheiratet«, gebe ich zu bedenken.

»Er liebt sie nicht«, erklärt Kimmer naserümpfend und meint damit Lionels Frau Pony, früher einmal Model oder Schauspielerin oder so und die Mutter seiner zwei Kinder.

»Und, verlässt er sie auch?«

»Wer weiß? Das wird sich zeigen.«

Die Auseinandersetzung führt zu nichts, weil sie schlicht zu nichts führen kann. Ich gehe wieder in den Garten, um mit Bentley Fangen zu spielen, und meine Frau geht zurück an die Arbeit, die sie auf dem Küchentisch ausgebreitet hat. Am frühen Abend kommt meine Schwester mit ihrem Navigator, um mich abzuholen. Mich und meine Koffer. Ich verabschiede mich im Flur von Bentley. Zu meiner Überraschung weint er nicht, ein richtiger kleiner Garland-Mann, und ich frage mich, was genau seine Mutter ihm erzählt haben mag. Er spielt nicht den Tapferen: Er macht einen ehrlich unbekümmerten Eindruck.

Von Kimmer kein Kuss, keine Umarmung, kein Lächeln. In

Blue Jeans und dunklem Pullover steht sie am Eingang, nicht weit von der Schwelle entfernt, über die ich sie am Tag unseres Einzugs lachend getragen habe, und erklärt mir mit ruhiger Stimme noch einmal, dass ich meinen Sohn jederzeit besuchen könne, ich bräuchte nur anzurufen – was konkret heißt, dass sie bestimmt, wie mein Kontakt zu ihm aussieht. Sie hat mir noch nicht verziehen, allerdings weiß ich nicht, was genau sie mir verzeihen müsste. Kimmer ist seit einigen Wochen nicht beim Friseur gewesen, und ihr Afroschnitt hat sich ein bisschen ausgewachsen, so dass sie mich jetzt an eine der militanten Schwarzen aus der alten Zeit erinnert: Sie verteidigt den Eingang ihres Hauses gegen potentielle Eindringlinge, das dunkle, sinnliche Gesicht glühend vor Empörung. Sie sollte eine Faust in die Luft recken, ein Schild tragen und rufen: *Alle Macht den richtigen Leuten!* Nicht, dass die Demonstranten diesen Spruch je benutzt hätten, aber mit Sicherheit war es das, was die meisten von ihnen in Wirklichkeit dachten. Jedenfalls verkündete das der Richter immer, wenn er wutentbrannt über die volltönenden Phrasen der Radikalen aus meiner Jugendzeit herzog. *Sie wissen gar nicht, was sie wollen*, warf er ihnen vor. *Sie wissen nur, dass sie es sofort wollen, und sie sind bereit, »alle erforderlichen Mittel« anzuwenden, um es zu kriegen.*

Nun, Kimmer weiß ganz bestimmt, was sie will, und sie ist bereit, ihre Familie zu zerstören, um es zu kriegen. Wahrscheinlich würde sie entgegnen, dass es *sie* zerstört hätte, wenn sie noch länger in dieser Ehe ausgeharrt hätte, und angesichts meiner Eskapaden in den letzten Monaten könnte ich ihr das kaum verdenken. Vielleicht haben wir von Anfang an nicht zueinander gepasst, wie meine Familie stets argwöhnte. Die Heirat war ohnehin meine Idee: Nach der Mesalliance mit ihrem ersten Mann wollte Kimmer weniger, nicht mehr. Sie vertrat damals die Auffassung, wir führten eine »Übergangsbeziehung«, ein harter, aber treffender Ausdruck noch aus den freizügigen sechziger Jahren. Sie bestand darauf, dass wir nicht die Richtigen füreinander waren, dass wir beide irgendwann jemand Besseres kennen lernen würden. Selbst als ich sie schließlich überredet hatte, meine Frau zu werden, blieb sie pessimistisch. »Jetzt hast du mich am Hals«, flüsterte sie mir zu, als wir uns nach der Trauung zusammen in die weiße Luxuslimousine kuschelten. »Das war ein schwerer Fehler«, erklärte sie mir Dutzende Male im Laufe der Jahre – meistens wenn wir uns stritten –, womit sie unsere Entscheidung meinte, einander zu heiraten. Doch selbst wenn es Gründe geben mag, die anfänglich gegen eine Eheschließung sprechen, so ist damit doch nicht gesagt, dass diese Gründe auch noch zutreffen, wenn man zehn Jahre verheiratet ist und ein Kind zusammen hat.

Wir hätten uns mehr Mühe geben sollen, denke ich, und mir wird flau im Magen. Meine Versäumnisse sind sicher genauso groß wie Kimmers – aber dennoch, wir hätten uns mehr Mühe geben sollen. Ich überlege, ob ich ihr das sagen soll, vielleicht sogar den Vorschlag machen, dass wir es noch einmal miteinander versuchen, doch der harte Zug im Gesicht meiner schönen Frau sagt mir, dass sie diesen Antrag innerlich bereits abgelehnt hat.

Unsere Ehe ist unwiderruflich zu Ende.

»Lass uns fahren«, flüstert Mariah und zupft mich am Ärmel, als ich nur noch wie gebannt meine Frau anstarre, die ohne erkennbare Regung zurückschaut.

»Okay«, sage ich leise und reiße mich los, kämpfe gegen den heißen Druck in meinen Augen an und zwinge mich, so zu handeln, wie der Richter gehandelt hätte, wobei der Richter natürlich niemals in so eine verfahrene Situation geraten wäre.

Moment.

Da ist etwas, ganz dunkel: das Bild des Richters, der nie in einen solchen Schlamassel geraten wäre, und das Bild meiner Frau, wie sie da trotzig in der Diele steht, die beiden Bilder fließen ineinander, stellen die Verbindung her zu meinem letzten Gespräch mit Alma, und auf einmal habe ich es, das fehlende Teil des Puzzles.

Mariah und ich fahren die Hobby Road hinunter, fort von dem eleganten alten Haus, in dem ich bis zu dem Abend, an dem ich angeschossen wurde, mit meiner Familie gelebt habe. Ich schaue nicht in den Rückspiegel, weil mein Vater das nicht getan hätte. Ich versuche bereits, einen Schlussstrich zu ziehen, wie er es uns immer predigte. Das wird ungefähr so beglückend sein wie eine Amputation, aber man kann nicht früh genug damit anfangen. Dennoch, trotz alledem, brennt im hintersten Winkel meiner Seele ein winziges Freudenflämmchen.

Ich weiß jetzt, wer Angelas Geliebter ist.

• II •

Wir bringen die Fahrt nach Darien hinter uns, und ich ziehe in Mariahs Gästehaus ein. Vom nächsten Tag an bin ich ein Mitglied ihres Haushalts. Zwei Wochen lang verzehre ich die gesunden Gerichte ihrer Köchin, gehe auf dem gepflegten Anwesen spazieren und schwimme in dem beheizten und überdachten lagunenförmigen Pool, und dank der Ruhe, dem Essen und der Bewegung komme ich allmählich wieder zu Kräften. Ich bestaune gebührend den neuen Sprössling. Ich telefoniere jeden Morgen und jeden Abend mit Bentley. Ich spiele mit den chaotischen Kindern meiner Schwester und höre mir abends Mariahs chaotische Theorien an, während sie auf der Suche nach der nächsten Spielshow durch die Kanäle zappt. Howard ist so gut wie nie zu Hause, weil er entweder in New York übernachtet oder gerade unterwegs ist auf die andere Seite des Globus. Und so sitzen Mariah und ich zu zweit auf dem importierten Nubukledersofa in dem dreizehn Meter langen Familienzimmer des achthundertfünfzig Quadratmeter großen Herrenhauses. Die Inneneinrichtung ist so exklusiv, dass die Kinder den größten Teil des Erdgeschosses nicht betreten dürfen. Es sieht alles aus wie für einen Fototermin arrangiert, und tatsächlich erwähnt Mariah traurig, ihr Innenarchitekt habe Fotos beim *Architectural Digest* eingereicht, doch es sei nichts daraus geworden. Aus ihrem Ton schließe ich, dass das eine herbe Enttäuschung für sie war.

Ich sehe meiner Schwester dabei zu, wie sie, die Intelligenteste von uns allen, sich inmitten dieses geballten Wohlstands tapfer ihrer Einsamkeit erwehrt, während das Aupairmädchen sich um die Kinder kümmert, die Köchin die Mahlzeiten zubereitet und hinterher den Tisch abräumt und das Geschirr abwäscht, der Gärtner jeden zweiten Tag erscheint, um nach den Pflanzen zu sehen und den Rasen zu mähen, die Putzleute zweimal pro Woche vorbeikommen, damit alles funkelt und glänzt, und der Buchhalter alle paar Tage anruft, um wegen einer eben eingegangenen Rechnung nachzufragen – und ich begreife, dass Mariah im Grunde genommen nichts zu tun hat. Sie und Howard haben sich sämtliche Dienstleistungen gekauft, die Angehörige der Mittelschicht, wie zum Beispiel ich, als selbstverständliche Erwachsenenpflicht eigenhändig verrichten. Außer dass sie der kleinen Mary regelmäßig die Brust gibt, tut Mariah nichts anderes als einzukaufen, fernzusehen und ihr Heim zu verschönern. Also fange ich an, mit ihr auszugehen: ins Kino, ins Einkaufszentrum, in eine Kunstausstellung, wobei wir die kleine Mary im Kinderwagen herumschieben und zwei oder drei ihrer anderen Kinder hinter uns hertollen. Mariah ist zu unruhig, um viel Interesse aufzubringen. Ich versuche, mich mit ihr zu unterhalten: über den jüngsten Skandal in Washington oder das neue Buch von Toni Morrison, weil die seit *Sehr blaue Augen* ihre Lieblingsautorin ist. Ich erkundige mich nach ihren Kindern, und sie sagt achselzuckend, wenn ich wissen wolle, wie es ihnen gehe, sie seien da drüben. Ich frage sie, was ihre Golfstunden machen, und sie sagt achselzuckend, dazu sei es noch viel zu kalt. Mir fällt ein, dass Sally erzählt hat, wie gern sie und Mariah zusammen in Clubs gehen, und ich biete meiner Schwester an, sie in ein Jazzlokal auszuführen, doch sie sagt, sie sei nicht in der Stimmung. Sie kann sich für nichts begeistern. Sie wirkt zu unglücklich, um sich die Mühe zu machen, depressiv zu sein.

Eines Nachmittags kommen ein paar Freundinnen meiner Schwester zu Besuch, reiche weiße Vorzeigefrauen, die sie aus dem einen oder anderen Country Club kennt und die sich durch ihre mit Hilfe des Privattrainers erworbene Magerkeit und den geschwätzigen Ennui von Leuten auszeichnen, deren Leben so leer ist wie Mariahs. Während sie träge auf der mit glänzenden silbernen und weißen Fliesen versehenen Veranda sitzen und an ihrer Limonade nippen, betrachten sie mich mit unverhohlener Neugier, ja einem leichten Unbehagen – nicht etwa, wie ich schließlich begreife, weil ich angeschossen wurde, sondern weil ich ein Angehöriger der dunkelhäutigeren Nation bin. Es ist, als hätten sie sich angewöhnt, über Mariahs Hautfarbe hinwegzusehen, um sie in ihrem exklusiven Zirkel dulden zu können, und ich spiele bei dem eleganten Damenkränzchen jetzt das Gespenst, das sie heimsucht und an eine unangenehme Tatsache erinnert.

Ich frage mich, ob ihre Agnosie als Fortschritt in der Rassenfrage zu werten ist.

Manchmal sitzt Mariah spätabends in der Bibliothek und loggt sich bei AOL ein – die Übertragung ist sehr schnell, da sie und Howard eine T1-Leitung haben –, und dann plaudert sie mit Leuten auf der ganzen Welt. Wenigstens im Cyberspace scheint sie nicht einsam zu sein, und vielleicht macht ja gerade die Anonymität des Chatrooms einen Teil des Reizes für sie aus. Sie steht anscheinend mit ein paar Leuten in Verbindung, die Verschwörungstheorien verbreiten, und obwohl sie ihnen nie gesagt hat, wer sie ist, haben sie ihr alle möglichen »Informationen« darüber zukommen lassen, wie der Richter »wirklich« gestorben ist. Sie zeigt mir einen Chatroom, in dem es um nichts anderes geht. Ich bemühe mich, dem Gespräch zu folgen, das um Zeugen kreist, von denen ich weiß, dass sie nicht anwesend waren, und um Beweise, von denen ich weiß, dass sie nicht existieren. Ich nicke verständig und wünschte, ich könnte in Mariahs gequältes Hirn hineinschauen. Sie weigert sich hartnäckig, die Tatsachen zur Kenntnis zu nehmen. Immer wieder kommt sie auf die Autopsie zu sprechen, obwohl sie so gut wie ich weiß, dass zwei Pathologen und ein Fotochemiker im Auftrag von Corcoran & Klein zu demselben Ergebnis gekommen sind wie der Gerichtsmediziner, nämlich dass die Pünktchen nur Schmutzpartikel auf der Linse sind. Mariah erzählt mir, sie habe die Fotos an Cyberfreunde auf der ganzen Welt gemailt. Auf die Frage, ob einer dieser Freunde vielleicht in Argentinien untergetaucht ist, lächelt sie nur.

Howard kommt ein- oder zweimal pro Woche zum Essen nach Hause, und bei näherer Bekanntschaft wird er mir sympathischer. Er ist allem Anschein nach unfähig, mit seinen vielen Kindern umzugehen, doch die rückhaltlose Hingabe, mit der er meiner Schwester begegnet, beruhigt mich. Nach dem Essen trainiert Howard gewöhnlich in einem mit den neuesten Geräten ausgestatteten Fitnessraum, und er lädt mich ein mitzukommen. Während ich ihm beim Pumpen zusehe, wird mir klar, dass Howard Denton letztlich nichts weiter ist als ein großer Junge mit einer besonderen Begabung, Geld zu machen. Er redet über seine Arbeit, weil er keine Ahnung hat, worüber Menschen sonst reden. Mariah ist seiner Geschichten über Fusionskämpfe sichtlich überdrüssig; ich finde sie faszinierend. Beim Zuhören erinnere ich mich mit überraschender Nostalgie an meine Zeit als praktizierender Rechtsanwalt. Ob Kimmer und ich je geheiratet hätten, wenn ich in Washington geblieben und nicht nach Elm Harbor geflohen wäre?

In meiner reich bemessenen Freizeit durchstöbere ich die Kisten mit Aufzeichnungen und Dokumenten, die Mariah in einem der sechs Schlafzimmer des Haupthauses lagert, die Früchte ihrer vielen Fahrten in die Shepard Street. Das meiste ist wertloser Müll, doch ein paar Sachen erregen meine Aufmerksamkeit. In einem Ordner, den sie mit der Aufschrift UNERLEDIGTE KORRESPONDENZ? versehen hat, entdecke ich die handgeschriebenen Entwürfe zu mehreren Briefen, darunter vier Ansätze zu einer Mitteilung an Onkel Mal, in der der Richter sein Ausscheiden aus der Kanzlei erklärt, datiert um das letzte Thanksgiving seines Lebens, elf Monate vor seinem Tod, sowie das Fragment eines Entschuldigungsschreibens an »G«, ohne weitere Angaben: *Ich weiß nicht, ob Sie meiner Beteuerung Glauben schenken werden, dass ich es von Herzen bedaure, wie viel Leid Sie wegen Ihrer schlichten und geradlinigen Liebe zur –*. An diesem Punkt bricht der Brief ab. Ich zeige ihn meiner Schwester, die sich über mein Interesse freut und mir erklärt, er sei für Gigi Walker bestimmt gewesen, was ich keine Sekunde glaube. Ich nehme ihr auch nicht ab, dass sie es glaubt. Falls der Richter vorhatte, nach dem Wort *zur* mit *Wahrheit* oder *Gerechtigkeit* fortzufahren, könnte der Brief an Greg Haramoto gerichtet sein. Doch als ich die Importfirma seiner Familie in Los Angeles anrufe, sagt man mir, Greg befinde sich gerade auf einer längeren Auslandsreise und sei nicht zu erreichen. Ich frage nach seiner E-Mail-Adresse. Nach kurzer Rücksprache erklärt mir die Frau in der Telefonzentrale, sie dürfe sie mir nicht geben.

Als wir eines Abends noch spät beisammensitzen und die *Letterman*-Show gucken, erklärt Mariah sich widerwillig bereit, ihre Schlussfolgerungen mit mir zu teilen. Sie geht davon aus, dass Wallace Wainwright mit seiner unausgesprochenen Vermutung Recht haben könnte, unser Vater habe es darauf angelegt, erwischt zu werden. Sonst sei völlig unverständlich, warum er sich mit Jack Ziegler, dem ein Prozess wegen Mordes und Erpressung drohte, im Bundesgerichtshof verabredete, wo er zwangsläufig gesehen werden musste, selbst spät am Abend, und wo die Namen aller Besucher schriftlich festgehalten werden. Vielleicht habe er um jeden Preis aussteigen wollen. Vielleicht, meint Mariah, habe er gehofft, dass man ihn wegen des Treffens mit seinem alten Zimmergenossen drankriegte und dann bei den entscheidenden Dingen nicht mehr so genau hinsah. Falls dem so war, muss ihn die Einberufung der Anklagekammer nachhaltig erschüttert haben.

»Nehmen wir mal an, er hat Gefälligkeitsurteile gesprochen«, sagt Mariah bedrückt.

»Justice Wainwright meint, das sei nicht der Fall gewesen.« Mein letzter Hoffnungsschimmer.

»Justice Wainwright ist kein Hellseher. Nehmen wir mal an, Papa hat Gefälligkeitsurteile gesprochen und einen Weg gefunden, das vor seinem Freund geheim zu halten. Vielleicht hat er sich nach den Anhörungen an Jack Ziegler gewandt und ihm erklärt, er könne unter diesen Umständen nicht weitermachen ... womit auch immer ... und Jack hat mit seinen Partnern gesprochen, und sie haben seinen Rückzug akzeptiert. Oder vielleicht hat er auch einfach so aufgehört. Auf jeden Fall hat er zuletzt den Absprung geschafft.«

Ich denke darüber nach. »Wenn Gregs Aussage nicht überraschend kam, dann könnte das den Brief erklären.«

Meine Schwester nickt. »Wenn er für Greg bestimmt war, dann war Papa ein erstklassiger Schauspieler. Wenn er für Gigi bestimmt war, na ja, dann ist es wohl besser, wir wissen nichts Näheres.«

Wohl wahr. Doch wenn ich es mir genau überlege, muss Mariah in Bezug auf Greg Recht haben. Demnach hat mein Vater in den vielen Nächten, in denen er laut Lanie Cross von der Zerstörung seiner Karriere sprach und fragte, ob es denn heutzutage gar keine Loyalität mehr gebe, nicht mit Greg gehadert, sondern mit Jack. Er ließ es zu, dass Greg de facto den Kopf hinhielt, doch auch das war Teil der Täuschung. Wenn Mariah Recht hat und der Richter doch für Jack Ziegler und seine Freunde Gefälligkeitsurteile gesprochen hat, dann wäre sein Eingeständnis, dass Greg die Wahrheit sagte, sein Todesurteil gewesen oder gar das seiner Familie. Doch diese Antwort scheint mir der Komplexität der Angelegenheit nicht gerecht zu werden. Der Richter muss später viel darüber nachgegrübelt haben, ob es klug gewesen war, alles aufzugeben, ob er richtig gehandelt hatte, als er seine Berufung an den Obersten Gerichtshof selbst sabotierte. Sein Hass auf Greg Haramoto war wahrscheinlich zum Teil echt.

Dann fängt das an Baby zu weinen, und Mariah springt auf.

Am Morgen ist sie nicht mehr bereit, über den Richter zu reden. Sie will unbedingt aufdecken, wie er gestorben ist. Wie er gelebt hat, möchte sie lieber nicht wissen.

Am Freitag bringt meine Frau Bentley für das Wochenende vorbei und erläutert mir in aller Ausführlichkeit, was ich beachten muss; so ist das wohl bei getrennt lebenden Ehepartnern. Sie küsst mich flüchtig auf die Lippen und tätschelt mir den Rücken, sie bewundert die kleine Mary, umarmt meine sichtlich befremdete Schwester und fährt dann wieder nach Elm Harbor zurück, vielleicht um sich mit Lionel zu treffen, vielleicht einfach, um sich zu erholen. Schwer auf meinen Stock gestützt, humpele ich eilig ins Haus zurück, bevor sie die Auffahrt hinunterflitzt. Ich bin glücklich, endlich wieder meinen Sohn im Arm zu halten. Doch er fremdelt mir gegenüber ein wenig und gesellt sich schnell zu Mariahs Bande. Statt ihn stundenlang zu knuddeln, wie ich es am liebsten täte, beobachte ich ihn von fern, im Garten, im Pool, im Spielzimmer, und das Herz wird mir schwer.

Am Montag, als Bentley wieder in Elm Harbor und Mariah bei einer Wohltätigkeitsveranstaltung ist, leihe ich mir den Mercedes meines Schwagers, fahre zu Borders nach Stamford und kaufe jede Menge Bücher, um mich abzulenken. Lesen ist angenehmer, als den eigenen Gefühlen ausgesetzt zu sein. Aber ich mache auch Pläne. Ich überlege zum Beispiel, wie ich mit Angelas Geliebtem verfahren soll, denn ich weiß nicht nur, wo er sich befindet, sondern sehe auch die Notwendigkeit, außerordentlich vorsichtig vorzugehen. Zwar sind Colin Scott und Foreman tot und Maxine und ihr Auftraggeber getäuscht, aber es gibt noch einen anderen Feind: den Herrn und Meister der beiden Männer, die mich zusammengeschlagen haben.

Ich bitte meine Schwester, nachzuforschen, wer das Kaufangebot für das Haus in der Shepard Street gemacht hat, doch sie stößt auf eine Mauer des Schweigens. Ein Unternehmen, mehr will der Makler ihr nicht verraten.

An meinem neunten Tag in Darien unterbreitet mir Mariah beim Frühstück, dass nächste Woche noch ein zweiter Gast eintreffen wird, eine geschiedene Frau, die sie aus Stanford kennt, ebenfalls Journalistin und Mutter von zwei Kindern, die sie aber nicht mitbringt. »Sherry ist eine wunderbare Frau«, schwärmt

Mariah, »intelligent, erfolgreich und absolut liebenswert.« Als meine Schwester schüchtern hinzufügt, Sherry werde das zweite Zimmer im Gästehaus beziehen, wird mir klar, dass ihre alte Freundin meinetwegen, nicht Mariahs wegen kommt. Obwohl ich gerade erst einen knappen Monat von meiner Frau getrennt bin, ist meine Schwester schon kräftig dabei, mich mit jemand anders zu verkuppeln. Ich weiß nicht, ob ich wütend sein oder es rührend finden soll, ich weiß nur, dass es Zeit ist zu gehen.

Und das sage ich ihr.

Mariah bittet mich, doch noch länger zu bleiben, zweifellos weil ich mit meinen Verletzungen der lebende Beweis für ihre Verschwörungstheorien bin. Als ich aber erkläre, ich müsse zurück zu meiner Arbeit, besteht meine Schwester darauf, mir behilflich zu sein.

Drei Tage kurvt sie mit mir durch Elm Harbor, um Wohnungen anzuschauen, und kichert jedes Mal ostentativ, wenn irgendein dämlicher Immobilienmakler das Baby im Kinderwagen sieht, den nahe liegenden Schluss zieht und sie »Mrs. Garland« nennt. Die Makler kichern brav zurück, auch wenn sie nicht wissen, was daran so witzig ist. Keine der Wohnungen, die wir besichtigen, sagt mir zu. Eine ist zu klein, die andere hat keine Aussicht. Eine große am Hafen ist zu teuer, und Mariah, die sich ohnehin schon über die Maßen großzügig gezeigt hat, erweist sich als klug genug, mir keine finanzielle Unterstützung anzubieten. Einer der Makler meint, er habe etwas in Tyler's Landing, das mir gefallen könnte, aber Tyler's Landing ist das Territorium von Eldridge, so dass er, als er meinen Blick bemerkt, schnell einen anderen Stadtteil vorschlägt.

Lemaster Carlyle, der am dritten Nachmittag meiner erfolglosen Suche in mein Büro geschlendert kommt, hat schließlich eine Lösung für mein Problem. Er trägt einen seiner eleganten, maßgeschneiderten Anzüge, um die ihn jeder Wall-Street-Anwalt beneiden würde. Seine Anhörungen sind nächste Woche. Ich bin erst seit gut einer Stunde im Haus, um nach meiner Post zu sehen – später holt Mariah mich wieder ab –, er muss also auf der Lauer gelegen haben. Ich lächele, und wir geben uns die Hand. Lem erwähnt die Ereignisse auf dem Friedhof mit keinem Wort. Er kommt direkt zur Sache. Er habe von meiner Wohnungssuche gehört, und wir könnten einander aus der Patsche helfen. Wie sich herausstellt, besitzen er und Julia eine Eigentumswohnung am Wasser – ganz in der Nähe von Shirley Branch in der Harbor Road. Zwei Schlafzimmer, drei Toiletten, ausgebauter Keller, schöner Ausblick, wenn auch nicht so schön wie bei Shirley. Es war ihr erster Wohnsitz in Elm Harbor zu der Zeit, als Lem noch ein aufstrebender Jungprofessor und kein akademischer Superstar mittleren Alters war, und als sie nach Canner's Point umzogen, war die Lage auf dem Immobilienmarkt so schlecht, dass niemand ein halbwegs akzeptables Kaufangebot für die Wohnung machte, also vermieteten sie sie, und sind seither dabei geblieben. Ihr letzter Mieter, ein Gastprofessor für Moraltheologie aus Neuseeland, ist sechs Monate früher ausgezogen als vereinbart. Sie brauchen einen Mieter, ich brauche eine Bleibe.

»Ich weiß nicht, wie Sie es fänden, einen Kollegen als Vermieter zu haben«, sagt Lem und bringt es zum Glück fertig, keine Verlegenheit aufkommen zu lassen. »Aber vermutlich sind wir ohnehin nicht mehr lange Kollegen. Außerdem können wir Ihnen bei der Miete entgegenkommen.«

Ich bin mittlerweile schamlos geworden. Das wird man wohl, wenn ein Student einem die Frau ausspannt. »Wie weit entgegenkommen?« Er nennt eine Zahl, die erheblich unter dem normalen Preisniveau liegt. Ich will keine Almosen, aber ich habe auch nicht viel Geld. Die Hypothekenzahlungen für das Haus am Hobby Hill werden trotz Kimmers deutlich höherem Einkommen jeden Monat von meinem Konto abgebucht, weil wir mit dem Universitätsdarlehen »Wohneigentum in der Stadt« zweieinhalb Prozent Zinsen weniger zahlen mussten.

»Nun, was meinen Sie?«, fragt er.

Ich mache nur der Form halber ein niedrigeres Gegenangebot, und Lem schafft es tatsächlich, sich den Ärger, den er bestimmt empfindet, nicht anmerken zu lassen.

Wir treffen uns in der Mitte, dann händigt Lem mir den Schlüssel aus. Natürlich sind wir als Juristen, von denen einer sogar im Begriff steht, Richter zu werden, schon aus Standesgründen peinlich darauf bedacht, dass alles seine Richtigkeit hat, und deshalb lässt er mich auch gleich einen Mietvertrag unterschreiben. Während ich meinen Krakel mache, plaudert er munter weiter. Er und

Julia, sagt er, würden mich gern zum Essen einladen, sobald die Anhörungen vorbei seien. Ohnehin habe seine Frau vor, mich mit so vielen ofenfertigen Gerichten zu versorgen, dass ich bis weit in den Sommer genug zu essen haben werde.

Ich bedanke mich bei ihm.

Jetzt habe ich also eine Wohnung. Meine Schwester bricht pflichtschuldig in Jubel aus, vor allem über den Blick aufs Wasser, wenn er auch eher fern ist, obwohl sie sichtlich enttäuscht ist, dass ich ihr Gästehaus verlasse und die wunderbare, verzweifelte Sherry verpasse. Aber Mariah trägt es mit Fassung. Wir fahren mehrmals zum Hobby Hill und holen Sachen von mir ab, hauptsächlich Bücher und Kleidung, allerdings nur tagsüber, wenn Kimmer weg ist.

Don Felsenfeld und Rob Saltpeter helfen mir, alles ins Auto zu tragen.

»Jetzt haben Sie also eine Junggesellenbude«, sagt Don augenzwinkernd. Aber ich bin in Gedanken bei Angelas Geliebtem. Ich platze fast vor Ungeduld, muss jedoch notgedrungen den richtigen Augenblick abwarten, bevor ich ihn aufsuche.

Ich sehe Bentley, so oft es geht, sprich, so oft Kimmer es zulässt – was ziemlich oft ist, wie sich herausstellt. Sie redet dauernd davon, wie sehr sie unseren Sohn liebt, wie sehr er sie braucht, doch an ihrem Arbeitspensum ändert das wenig. Kimmer braucht kein Au-pair: Sie hat ja mich. Wenn es in der Kanzlei spät wird, ruft sie mich an und sagt, ich möge ihn doch bitte abholen, ohne auch nur zu fragen, ob mir das gelegen kommt. Wenn sie unerwartet die Stadt verlassen muss, ruft sie eine Stunde vorher an und fragt, ob ich ihn für ein paar Nächte nehmen könne. Schließlich habe ich den ganzen Tag über nichts anderes zu tun, als mich von drei Schusswunden, einer verletzten Niere, zwei lädierten Rippen und einem gebrochenen Unterkiefer zu erholen. Die Liebste Dana Worth knurrt eines Tages, als wir bei Cadaver's zu Mittag essen – zurzeit auf ihre Rechnung –, ich solle Kimmer das Sorgerecht streitig machen. Ich habe auch schon daran gedacht, doch es ist nach wie vor so, dass Sorgerechtsstreitigkeiten auf dem Rücken der Kinder ausgetragen werden, und ich liebe meinen Sohn zu sehr, um ihn in zwei Hälften zu reißen.

»Genau darauf spekuliert sie«, wendet Dana ein.

»Dann wird sie diese Runde vermutlich gewinnen«, versetze ich scharf, obwohl Dana nun wirklich keine Schuld an meinem Dilemma hat. Gestern war Bentleys Geburtstag, was bedeutete: Geschenke von Papa am Nachmittag, Geschenke von Mama am Abend. Er machte einen ruhigen, wenn auch ein bisschen verstörten Eindruck; geschwächt durch meine Verletzungen fuhr ich nach Hause und weinte.

Dana tröstet mich auf ihre Art: »Siehst du, Misha? Genau deswegen kann ich die Verfechter der Homosexuellen-Ehe nicht verstehen. Warum sollte sich jemand freiwillig so was antun?« Denn die Liebste Dana hat nun einmal nichts übrig für den heterosexistischen Lebensstil, wie sie ihn nennt.

Doch ich lasse mich von ihr nicht entmutigen. Mein vier Jahre alter Sohn und ich bummeln über den Strand, oder was in Elm Harbor als Strand durchgeht, und ich kann es kaum glauben, wie sehr er sich verändert hat. Er wirkt tatsächlich größer. Er geht auffallend gerade. Sein Blick ist offener. Und Kimmer hat Recht: Er hört gar nicht mehr auf zu reden. Na ja, viel geredet hat er schon immer, aber auf einmal ist er zu verstehen.

»Da, Papa, guck die Möwe! Guck die Möwe, Papa!«

Ich nicke, traue mich nicht, etwas zu sagen. Mein Herz ist furchtbar schwer, ein schmerzhafter Druck in meiner Brust. Vor ein paar Monaten war Bentley noch ein Kleinkind, dessen meistgebrauchte Worte *Los du* waren, so dass wir uns Sorgen machten, ob er vielleicht ein bisschen zurückgeblieben ist, und jetzt saugt er die Sprache förmlich in sich auf.

Ich gehe öfter als früher in die Suppenküche. Dee Dee und ich vergleichen unsere Stöcke: Am Geräusch, das meiner macht, hört sie, dass er zweite Wahl ist. Ich fange an, die Frauen, die ich bediene, zu mögen. Viele von ihnen haben wahrscheinlich keine zehn Jahre mehr zu leben und mussten bereits viele Schicksalsschläge einstecken, dennoch verlässt sie nicht der Lebensmut. Ich bewundere die Gewitztheit, mit der sie an den Rändern des Sozialsystems Vorteile für ihre Kinder herausschinden, und mich beeindruckt der unerschütterliche Glaube, an dem viele von ihnen festhalten. Die meisten dieser Frauen wollen ihre Kinder von Herzen lieben, wissen aber nicht, wie. Ich suche Dr. Young auf, um zu fragen, ob er einige von ihnen in seiner Betreuungsmaßnahme unterbringen kann. Er seufzt und sagt, er bekomme kaum noch Mittel, im Moment seien auch keine Plätze frei, aber er wolle versuchen zu helfen, ich solle ihm ein paar der Frauen vorbeischicken.

»Gott wird es geben«, erinnere ich ihn lächelnd.

»Wenn *er* es für richtig erachtet, nicht wir«, weist er mich zurecht.

Ich gehe jetzt regelmäßig in die Temple Baptist Church und höre mir mit heimlichem Schmunzeln an, wie der rundliche Morris Young, der so gern Sparerips und Bratfisch isst, über Selbstbeherrschung predigt. Ich begleite Rob Saltpeter in den YMCA. Zwar kann ich nicht mehr auf dem Spielfeld herumrennen, und dank etlicher gezerrter Muskeln in der Rippengegend kann ich nur gelegentlich einmal werfen, aber ihm Tipps geben und ihn anfeuern kann ich. Abends allein in meiner Wohnung gewöhne ich mir an, ein Feuer zu machen und mich mit einem Buch davor zu setzen.

Als ich eines Nachmittags von der Universitätsbuchhandlung zum Oldie zurückhumpele, fahre ich plötzlich herum, weil ich einen Blick im Rücken gespürt habe, aber ich sehe niemanden. Am Tag darauf gebe ich Romeo aus der Suppenküche zwanzig Dollar, damit er mir durch Elm Harbor hinterhergeht und aufpasst, ob mich jemand beschattet. Kann sein, erklärt er mir anschließend. Kann auch nicht sein.

Mir bleibt nichts anderes übrig, als weiterzumachen.

Der März verstreicht. Ich nehme den Unterricht wieder auf, ein bisschen behindert, weil ich nicht wie früher auf und ab wandern kann, aber die Studenten scheinen mich so besser leiden zu können. Anfangs bin ich nervös, jedoch ohne Grund, wie sich herausstellt. Die siebenundfünfzig Teilnehmer meiner Vorlesung über Verwaltungsrecht, die im letzten Monat von Arnie Rosen gehalten wurde, brechen in stürmischen Beifall aus, als ich zur Tür hereinkomme. Arnie ist vielleicht genial, aber ich bin angeschossen worden, was mir anscheinend eine besondere Autorität verleiht. Der Anblick eines Professors mit drei Einschusslöchern im Körper imponiert den Studenten dermaßen, dass sie keinen einzigen ihrer üblichen schlauen Versuche starten, mich herauszufordern. Wenn ich Fragen stelle, glotzen sie mich nur anbetend an, als empfänden sie viel zu viel Ehrfurcht vor mir, um sich auf unser Thema konzentrieren zu können.

Also nehme ich mir vor, ihnen die Anbetung auszutreiben, indem ich sie genauso streng und unnachgiebig behandle wie früher. Irgendwann geht ihnen auf, dass einer noch lange kein Heiliger ist, nur weil man auf ihn geschossen hat, und bald ist der alte Zustand wiederhergestellt: Sie mögen mich nicht besonders, ackern dafür aber wie verrückt. Dennoch habe ich ein bisschen was von meiner alten Durchsetzungskraft eingebüßt, und das scheinen sie zu spüren. *Wir wissen, dass Sie nicht mehr derselbe sind wie früher*, geben sie mir mit stiller Genugtuung wortlos zu verstehen.

Meine Kollegen verhalten sich diplomatischer. Es sei schön, mich zu sehen, teilen sie mir in dem lauten, beschwörenden Tonfall mit, in dem wir mit Schwerhörigen reden, um uns kraft unserer Lautstärke unserer physischen Überlegenheit zu versichern. In den Sitzungen hören meine Kollegen mir wohlwollend zu, loben meinen Scharfsinn und treffen dann umgehend ihre Entscheidung, als hätte ich nie den Mund aufgemacht.

Ich beschließe, nicht mehr hinzugehen.

Ein- oder zweimal sehe ich den großen Lionel Eldridge durch die Gänge des Oldie schlurfen, aber immer aus der Ferne. Er guckt nie in meine Richtung. Ich rufe nie seinen Namen. Meine langjährige Lehrtätigkeit hilft mir in keiner Weise, mit der Situation umzugehen. Was wird aus der Arbeit, die er mir noch schuldet? Gibt es eine Vorschrift, die greift, wenn man einen Studenten prüfen muss, der einem die Frau ausgespannt hat? Ich konsultiere Dana und Rob, und beide raten mir, Lionel an jemand anders abzugeben.

Eines Abends plagt mich wieder die Ungewissheit, und ich bitte Romeo, mir noch einmal aufmerksam zu folgen; diesmal macht er es spaßeshalber sogar umsonst. Ergebnis trotzdem gleich null.

Der April schleicht dahin. Kimmer teilt mir mit, dass sie eine Woche nach Jamaica will, um Verwandte zu besuchen. Ich melde wie üblich Sicherheitsbedenken an, aber im Gegensatz zu mir hat sie keine Angst vorm Fliegen. Sie erwähnt nicht, ob Lionel mitkommt, und ich frage nicht. Ich weiß nicht einmal, ob er sich von seiner Frau getrennt hat, traue mich aber auch nicht, Dana um

Aufklärung zu bitten. Wie dem auch sei, ich habe Bentley jetzt sieben Tage am Stück und bin ganz aufgeregt deswegen, aber mein Sohn erweist sich als schwierig; seine neue Lebenssituation scheint ihm arg zuzusetzen. Er legt einen Jähzorn an den Tag, den ich von ihm gar nicht kenne. Als ich am dritten Abend das Hühnchen anbrennen lasse, schmeißt er seinen Teller auf den Boden. Zur Strafe schicke ich ihn auf sein Zimmer, da wird er noch zorniger. »Ich hasse dich! Ich hasse Mami! Ich hasse mich!« Ich drücke ihn fest an mich und sage ihm, wie sehr ich ihn liebe, wie sehr Mami ihn liebt, aber er reißt sich los und wirft sich heulend aufs Bett. Ich bin verwirrt, besorgt und wütend auf meine Frau. Das ist der Augenblick, in dem gute Eltern ihre eigenen Eltern um Rat fragen, aber ich habe keine Eltern mehr, die ich fragen könnte, und eher würde ich bis in die Antarktis schwimmen, als mir bei meiner Schwester Ratschläge für die Kindererziehung einzuholen. Am Morgen kontaktiere ich Sara Jacobstein, Rob Saltpeters Frau, eine Kindertherapeutin mit einem Lehrauftrag an der Medizinischen Fakultät. Ich nehme mir das Freundschaftsrecht heraus, sie in der Frühe anzurufen, bevor sie zur Arbeit geht. Sie hört geduldig zu und erklärt mir, dass Bentleys Unsicherheit normal ist, dass ich ihm gegenüber bestimmt auftreten muss, aber auch liebevoll und unterstützend, und dass ich unter keinen Umständen seine Mutter vor ihm kritisieren sollte. Dann macht sie mir klar, dass Kimmer und ich uns entscheiden müssen, und zwar so schnell wie möglich, welche der beiden Wohnungen sein Zuhause sein soll und welche die Besuchsadresse. Er werde diese Struktur in den kommenden Monaten und Jahren brauchen, erläutert sie mir sanft. Mein Herz zieht sich zusammen, und ich schweige bedrückt, denn ich weiß jetzt schon, wie das Ergebnis aussehen wird. Sara ist eine sehr einfühlsame Frau. Sie deutet mein Schweigen richtig und bietet mir freundlicherweise an, ich könne am Nachmittag mit Bentley bei ihr vorbeikommen, falls es mir dringend erscheine.

Ich beschließe, damit noch zu warten.

Am nächsten Morgen teilt Meadows mir telefonisch mit, Sharik Deveaux, genannt Conan, der den Mord an Freeman Bishop gestanden hatte, aber noch nicht verurteilt war, sei bei einer Gefängnisschlägerei getötet worden. Das Bandenmitglied, das als

Hauptbelastungszeuge gegen ihn auftrat, sei verschwunden. Ich lege den Hörer auf, schlage die Hände vors Gesicht und wünsche, ich hätte mich mehr für Conans Freilassung eingesetzt, doch die Zeit war knapp, und ich musste mich um so viele andere Dinge kümmern. Ich bete für seine Seele, obwohl ich im Moment kaum Mitgefühl aufbringen kann, zumal für einen Drogendealer und vorbestraften Gewaltverbrecher. Dennoch hat er das Verbrechen nicht begangen, für das er auf schuldig plädierte, und ich bin mir sicher, dass er sterben musste, damit niemand die Wahrheit erfährt. Ich weiß sogar, wer der Drahtzieher dieses letzten Mordes ist.

Colin Scott, noch aus dem Grab heraus.

• III •

Mai. Juni. Abschlussexamen, Hüte und Talare. Zur Belohnung für meine Schusswunden oder vielleicht auch, weil meine Frau sich wegen unseres berühmtesten Studenten von mir getrennt hat, haben die Abgänger mich zum Redner auf der Abschlussfeier bestimmt. Ich lege den Weg durch die Festversammlung nach vorne mit Hilfe meines neuen Stocks zurück, einem Geschenk von Shirley Branch, die das schwere, dunkle, mit Schnitzereien versehene Stück von ihrem Südafrikaurlaub mit Kwame Kennerly mitgebracht hat. Zu meinem tristen Professorentalar sieht er sehr fesch aus. Vor ein paar Wochen hat Kwame seine Stelle beim Bürgermeister aus noblen Gewissensgründen gekündigt – ich habe vergessen, aus welchen –, und wie Shirley mir erzählte, hat er jetzt beschlossen, im nächsten Jahr gegen seinen früheren Boss anzutreten.

Bentley fehlt mir so sehr, dass ich einfach kein Ohr dafür habe.

In meinen Ausführungen halte ich die Studenten dazu an, ihre Fähigkeiten zum Guten einzusetzen, nicht zum Bösen, und sie werden unruhig, denn diese Rede hören sie jedes Jahr. Also schiebe ich mein Manuskript beiseite, lehne mich über das Pult und erkläre ihnen, dass Menschen sterben müssen, wenn Anwälte den Dienst am Klienten höher veranschlagen als die Moral. Sie applaudieren stürmisch. Ich sage ihnen, dass sie, wenn sie immer nur ihren Mandanten gehorchen, am Untergang einer großen Nation mitwirken, die ohnehin schon auf dem besten Weg ist, zugrunde zu gehen, weil der Sinn des Lebens für die meisten nur darin besteht, das zu bekommen, was sie haben wollen. Sie applaudieren verhalten. Ich spreche über die beängstigende Zunahme von Schusswaffen und den fehlenden Willen der Politiker, etwas dagegen zu tun. Sie applaudieren pflichtschuldig. Ich spreche über die beängstigende Zunahme der Abtreibungen und den fehlenden Willen der Politiker, etwas dagegen zu tun. Die Studenten applaudieren gar nicht, dafür viele ihrer Eltern. Ich stelle die These auf, beide Phänomene seien Ausdruck eines Hedonismus, der Kapitalismus und Demokratie als beherrschende Ideologien unseres Landes allmählich ablöse. Niemand applaudiert, weil alle denken, dass ich wirres Zeug rede. Ich erkläre ihnen, sie müssten eine politische Vision entwickeln und dann an deren Verwirklichung arbeiten, nicht nur im Beruf, sondern auch im Privatleben. Ich erkläre ihnen, die moderne Dichotomie von Öffentlich und Privat lasse leider die Tatsache außer Acht, dass wir gerade in unserem so genannten Privatleben unseren Kindern beibringen, was es heißt, ein anständiger Mensch zu sein – und dass es darum geht, selber ein anständiges Leben zu führen, statt andere per Gerichtsverfahren dazu zwingen zu wollen. Höfliches Hüsteln. Ich langweile sie. Ich stelle mir vor, zu Kimmer zu sprechen, in unserem unausgetragenen Streit meine Argumente vorzubringen. Ich paraphrasiere Emerson: Die Welt ist alles, was nicht *ich* bin – was nicht nur alles außerhalb von mir einschließt, sondern auch vieles in mir. Heutzutage sei es gang und gäbe, führe ich aus, dass die Menschen dem, was sie ohnehin schon sind, mehr Raum geben wollen. Doch Emerson, schärfe ich ihnen ein, wusste es besser. Manchmal ist sogar der Körper, wenn er sich mit seinen Wünschen und Bedürfnissen dem Willen entgegenstellt, das Andere.

Sie verstehen nicht, wovon ich rede. Sie wollen es nicht verstehen. Sie wollen für ihre Leistungen gelobt und in die Welt des Hedonismus entlassen werden. Ein Kichern läuft durch die Reihen der festlich gekleideten Studenten und Studentinnen und ihrer auf einmal befremdeten Eltern. Die Mitglieder des Abgängerjahrgangs erkennen jetzt, dass es ein Fehler war, mich die Rede halten zu lassen, dass die beinahe tödlichen Schüsse auf dem Friedhof mich nur verbissener gemacht haben, nicht weiser; ich enthalte ihnen die Streicheleinheiten vor, die sie bei ihrer Abschlussfeier erwarten.

Ich mache einen letzten Versuch. Dafür wähle ich eine Geschichte aus dem Buch Exodus. Als Gott sein Volk in der Wüste speiste, erzähle ich, gebot Mose ihnen, sich nur so viel zu nehmen, wie ein jeder brauchte. Es war leicht festzustellen, wer sich zu viel genommen hatte, erinnere ich sie, weil diejenigen, die einen Überschuss gesammelt hatten, ihn entgegen Gottes Verbot bis zum Morgen aufhoben, und der Überschuss verfaulte und war voller Würmer. Ich lasse meinen Blick über das Meer frischer, junger Gesichter schweifen, alle hervorragend ausgebildet und im Begriff, loszuziehen, um ihre Positionen in den juristischen Machtzentralen der großen Städte einzunehmen. Ein guter Prozentsatz von ihnen, rufe ich mir in Erinnerung, hat das Buch Exodus niemals gelesen und kennt Mose wahrscheinlich nur als Helden eines Zeichentrickfilms. Dennoch muss ich es versuchen. Nehmen Sie nur, was Sie brauchen, ermahne ich sie. Damit ist nicht nur Geld gemeint (den Teil von Gottes Gesetz kennen sie bereits, auch wenn neunzig Prozent von ihnen sich in Zukunft, wie die meisten von uns schon jetzt, nicht darum scheren werden), damit ist auch alles Übrige gemeint, was Sie sich von anderen geben lassen, emotionale Energie zum Beispiel. Nehmen Sie in der Liebe nur, was Sie wirklich brauchen. Im Familienleben. Im Umgang mit Ihren Kollegen.

Stille.

Und in den Forderungen, die Sie an sich selbst stellen, füge ich hinzu. Nehmen Sie auch von sich selbst nur, was Sie brauchen. Die Juristerei ist ein mörderisches Geschäft. Ich führe Statistiken an: die irrsinnig hohen Selbstmord- und Scheidungsraten in unserem Gewerbe, die zahllosen Fälle von Alkoholismus und Depression. Weil wir nicht auf die Weisheit der Bibel hören. Weil wir sogar von uns selber mehr verlangen, als wir wirklich brauchen. Wir betrachten unsere Körper und unsere Lebensenergien als unseren Besitz: Wir erkennen nicht mit Emerson, dass sie ein Teil der Welt sind, der uns gegeben wurde, damit wir ihn achten und sorgsam pflegen, nicht damit wir Raubbau an ihm treiben. Wir denken, sie gehörten uns und wir könnten damit schalten und walten, wie wir wollten. Und so führen wir in unserem Freiheitswahn unseren eigenen Untergang herbei.

Sie merken nicht, dass ich fertig bin. Ich auch erst, als ich zu meinem Platz zurückgehe. Die Studenten applaudieren, aber nur weil sich das so gehört. Ich tröste mich mit dem Gedanken, dass sie Aristoteles, von dem ich meine Kernidee entlehnt habe, wahrscheinlich ausgebuht hätten.

Rob Saltpeter meint später zu mir, ich sei brillant gewesen. Die Liebste Dana Worth küsst mich auf die Backe und sagt, meine Rede habe sie traurig gestimmt. Stuart Land erklärt, es sei auf jeden Fall mal was anderes gewesen. Lem Carlyle, der zum letzten Mal als Mitglied der Professorenschaft an einer Abschlussfeier teilnimmt, lässt mich wissen, er habe meine Rede kühn gefunden, was alles Mögliche bedeuten kann. Arnie Rosen meint, sie sei ein bisschen zu mystisch für seinen Geschmack gewesen. Betsy Gucciardini murmelt, sie habe sie faszinierend gefunden, Unijargon für: *Ich fand sie grässlich*. Dekanin Lynda drückt mir die Hand und bezeichnet meine Ausführungen als sehr bemerkenswert – ein anderer negativer Euphemismus –, fragt aber, ob ich sie nicht ein klitzekleines bisschen peppiger hätte machen können. Ben Montoya weist mich mit ernster Stimme darauf hin, dass biblische Analogien in unserer multikulturellen Gesellschaft als ausgrenzend, häufig auch als diffamierend empfunden werden. Tish Kirschbaum teilt mir im Vertrauen mit, sie wisse wohl, was ich mit der Abtreibung gemeint hätte, aber die Art, wie ich es ausgedrückt hätte, sei Wasser auf die Mühlen der Ultrarechten gewesen. Shirley Branch ist der Auffassung, ich hätte expliziter über meinen Subtext reden sollen, in dem es, wie sie sagt, um die rassische Ungleichheit gegangen sei. Ethan Brinkley bemerkt lächelnd, die Rede habe ihn an ein Gespräch erinnert, das er einmal mit dem Dalai Lama geführt habe.

Marc Hadley klärt mich auf, dass ich Emerson falsch interpretiert habe.

Kapitel 55

Der Mann in Elm Harbor

»Sie waren nicht auf der Abschlussfeier«, sage ich am nächsten Tag zu Theo Mountain. Wir befinden uns abermals in seinem Büro, und ich stehe an dem großen Erkerfenster.

»Nein.«

»Allen ist es aufgefallen. Wie lange ist es her, dass Sie einmal nicht dabei waren? Zwanzig Jahre?«

»Ich war verhindert«, murmelt er, doch es ist ein neuer, nervöserer Theo, mit dem ich es heute zu tun habe. Die ganze gönnerhafte Selbstherrlichkeit ist von ihm abgefallen. Er sitzt mit stumpfem Blick am Schreibtisch und wartet auf das Donnerwetter. Ich weiß genau, warum er nicht da war, und er weiß, dass ich es weiß. Jedes Mal, wenn wir uns in den vergangenen zwei Wochen über den Weg gelaufen sind, hat er den Zorn in meinem Gesicht sehen können. Das Letzte, was er gestern gewollt hätte, war, im Kreis der Professoren auf dem Podium zu sitzen und sich fragen zu müssen, wer schuld daran ist, dass ich angeschossen wurde.

»Wirklich, Theo, Sie haben einen ausgezeichneten Blick von hier oben.«

»Das höre ich öfter.«

»Sie können durch die Gasse schnurgerade fast bis zum Ende des Campus sehen.« Ich wende mich ihm wieder zu. Er ist ein gebeugter, geprügelter Schatten seiner selbst. Ich weiß jetzt, warum er mir erst so spät zum Ableben meines Vaters kondolierte. Er schämte sich für sein Handeln, und das wahrlich zu Recht. Aber Wut auf ihn hilft mir auch nicht weiter. Ich stütze mich schwer auf meinen Stock. Die Schmerzen sind schlimm heute. Dr. Serra meint, ich werde sie wohl den Rest meines Lebens immer mal wieder ertragen müssen.

Was allerdings, falls ich mich in den nächsten paar Wochen verkalkuliere, möglicherweise nicht mehr sehr lange ist.

»Warum haben Sie das getan, Theo?«

»Was?«, fragt er in einem Ton zurück, der ahnungslos klingen soll.

»Warum haben Sie mir die Bauern geschickt?«

Er sieht mich immer noch nicht an. Und sagt auch nichts. Stattdessen betrachtet er die Fotos auf seinem Schreibtisch: eines von seiner verstorbenen Frau, eines von seinem einzigen Kind, einer Tochter, die jetzt auch schon Anfang fünfzig und Seniorpartnerin einer Wall-Street-Sozietät, auf dem Foto jedoch noch eine schüchterne Studentin ist, und eines, auf dem die drei Mountain-Brüder voller Tatendrang irgendwelche Felsen besteigen, zu einer Zeit, als sie noch gemeinsam die Welt der akademischen Jurisprudenz beherrschten. Er schüttelt nur den Kopf.

»Kommen Sie, Theo, reden Sie mit mir. Das meiste weiß ich bereits. Das Übrige will ich auch noch erfahren.« Als er nicht antwortet, trete ich direkt vor seinen Schreibtisch. »Sie haben mich an dem bewussten Tag von Ihrem Fenster aus das Oldie verlassen sehen. Aus der Richtung, in die ich ging, konnten Sie ziemlich zuverlässig schließen, dass ich unterwegs zur Suppenküche war. Es war Mittag. Ich hatte es eilig. Und überhaupt waren Sie es, der mich damals an Dee Dee vermittelt hat. Also riefen Sie Frau Unbekannt an und beauftragten sie, die erste Sendung abzuliefern. Wer war das übrigens? Diese Frau?«

»Meine Enkelin«, sagt er schließlich, immer noch mit hängenden Schultern. »Ich konnte schlecht jemand anders damit betrauen.« So einfach. Seine Enkelin, eine Collegestudentin. Da hätte ich eigentlich selbst drauf kommen können. »Ich habe ihr gesagt, sie soll auf keinen Fall hineingehen und verschwunden sein, bevor Sie herauskommen«, fügt er hinzu und streicht sich nachdenklich den Bart. »Ich habe ihr gesagt, sie soll den Umschlag Romeo geben und ihm erklären, sie werde dafür bezahlt. Damit Sie sie nicht identifizieren können.«

Oder dich, denke ich.

Ich humpele zu einem Stuhl, schiebe den gewohnten Papierstapel beiseite und setze mich auf die frei gewordene Ecke. Die Wut verschlimmert meine Schmerzen erheblich. »Und der andere Bauer? Der Schwarze?«

»Das war einfacher. Ich sah Sie und Dana zum Essen gehen.« Sein Blick huscht durch den Raum, streift kurz über mein Gesicht und bleibt schließlich an dem Aktenschrank hängen, wo er zwanzig Jahre lang den Beweis für Marcs Plagiat versteckt hielt. Vielleicht wäre er besser dort geblieben. »Es spielte keine Rolle, ob Sie die Bauern hier im Haus oder außerhalb erhielten, also habe ich beides gemacht. Sie sollten eigentlich kurz hintereinander kommen, aber ... na ja, eine Zeit lang habe ich gekniffen.«

»Anweisung von meinem Vater«, mutmaße ich. Zur Erinnerung daran, dass ein doppelter Excelsior ein Schachproblem ist, bei dem es um zwei Bauern geht, und als Hinweis darauf, dass Weiß zuerst zieht ... und als Lockmittel, damit ich die Suche fortsetze.

»Ja«, knurrt er widerwillig. »Er bat mich, das für ihn zu tun ... na ja, falls ihm je etwas zustoßen sollte. Wir waren zusammen in einer Fernsehsendung vor, hm, zwei Jahren etwa.« Er wendet mir wieder das Gesicht zu. »Und dort im Aufenthaltsraum bat er mich, ihm diesen Gefallen zu tun.«

»Aber zu dem Zeitpunkt hat er Ihnen die Bauern noch nicht gegeben.«

»Nein. Er meinte, die würden schon kommen, wenn es so weit sei. Und dann kamen sie auch, ungefähr eine Woche nach ... seinem Tod.« Er seufzt. »Und bevor Sie mich fragen, Talcott, auf dem Umschlag stand leider kein Absender.«

»War er zufällig in Philadelphia abgestempelt?«

Theo Mountains traurige Augen leuchten kurz auf. »Es könnte Delaware gewesen sein.«

Jetzt bin ich mit Seufzen dran. Gute alte Alma, so in Eile wegzukommen am Morgen nach der Beerdigung. Wahrscheinlich hatte sie die Bauern in der Handtasche versteckt und hielt auf dem Heimweg irgendwo an, um sie Theo zu schicken. Kein Wunder, dass sie in die Karibik verreist ist. Ich frage mich nur, wie viele Leute der Richter in seine kranke Verschwörung noch hineinzog.

»Das heißt, als Sie mir erzählten, Sie hätten sich mit meinem Vater zuletzt nicht mehr verstanden, er sei mit Stuart enger verbunden gewesen, da haben Sie mich belogen. Um mich auf eine falsche Fährte zu locken.«

»Ich wollte Sie auf eine falsche Fährte locken, aber ich habe nicht gelogen.« Im Ton eines gewählten Volksvertreters, dem Meineid vorgeworfen wird. »Ihr Vater und ich haben uns nicht mehr verstanden. Das stimmte. Er und Stuart waren enger verbunden. Das stimmte ebenfalls. Als Ihr Vater damit ankam, habe ich ihn gefragt, warum er sich nicht an Stuart wendet. Er wurde ärgerlich und meinte, so weit vertraue er Stuart nicht.« Theo schüttelt den Kopf und gewinnt für einen Moment seine alte Jovialität zurück. »Kann man ihm das verdenken? Für ein dickes Beraterhonorar würde Stuart seine eigene Enkelin verkaufen.«

Doch mir wird klar, dass Theophilus Mountain nicht bis zum Kern der Wahrheit vorgedrungen ist. Stuart ist ungeachtet seiner politischen Einstellung ein besserer Mensch als Theo. Direkter, weniger hinterlistig. Entweder Stuart schlug die Bitte rundheraus ab, oder der Richter rechnete schon im Voraus damit und fragte ihn erst gar nicht. Er wandte sich ebendeshalb an Theo, weil er die Vorliebe seines alten Lehrers für geheime Schliche kannte.

»Und Marc Hadley?«, frage ich.

»Marc Hadley?«, kommt schwach das Echo von Theo, der zu erschöpft ist, um weiter den starken Mann zu spielen.

»Sie sagten mir, Sie hätten dem Weißen Haus nichts von seinem Plagiat verraten ...«

»Habe ich auch nicht, Talcott! Das war die Wahrheit!«

»Mag sein. Aber irgendjemand hat dem Weißen Haus Mitschriften von Marcs Tischreden zugespielt, in denen er seine ganzen verrückten Ideen zum Besten gab. Und das waren Sie, Theo. Sie hatten nun mal nicht die richtigen politischen Ansichten, um auf die jetzige Regierung Einfluss nehmen zu können. Aber Ruthie Silverman hat auch bei Ihnen studiert, genau wie bei Marc. Die wird ein Ohr für Sie gehabt haben.«

Er zuckt die Achseln.

Mein Zorn kocht über. »Und haben Sie je daran gedacht, Theo, haben Sie auch nur einen Moment daran gedacht, dass die Sache auf meine Frau zurückfallen könnte? Dass Sie mit dem Abschuss von Marc Hadley gleichzeitig auch ihre Chancen zunichte machen? Dass Sie überdies meiner Ehe den Todesstoß versetzen?«

Theo sagt nichts. Er wirkt ehrlich betroffen. Wegen der Konsequenzen? Weil ich ihn entlarvt habe? Es interessiert mich nicht mehr. Plötzlich halte ich die Gegenwart dieses Mannes, den ich einmal so bewundert habe, nicht mehr aus. Ich ramme meinen Stock in den Perserteppich und stemme mich hoch.

»Leben Sie wohl, Theo«, brumme ich und humple zur Tür.

»Ich hätte das niemals getan«, beteuert Theo mit beinahe schriller Stimme, »wenn ich gewusst hätte, was es für Folgen hat.«

Von der Tür aus werfe ich ihm noch einen Blick zu. »Doch, das hätten Sie.«

Kapitel 56

Ein Sommerspaziergang

• I •

Drei Tage später erklärt Sally sich endlich bereit, mich zu sehen. Sie ist jetzt schon länger als die erforderlichen zwei Monate in der Rehaklinik und darf Besuch empfangen. Der alte Ziegelbau steht an einem Steilufer hoch über dem Delaware River: Wenn man von New Jersey aus über die Brücke fährt, sieht man ihn wahrscheinlich in seiner ganzen baufälligen Herrschaftlichkeit. Eine hohe Mauer umgibt das Anwesen an drei Seiten, die vierte Grenze bildet der Fluss.

Sally und ich spazieren über das großzügige Gelände, im Abstand von zehn, fünfzehn Metern gefolgt von einem Pfleger und der Kaplanin der Klinik, Reverend Doris Kwan, um deren Anwesenheit Sally gebeten hat. Bevor ich meine Cousine sehen durfte, hatte ich eine Unterredung mit Reverend Kwan in ihrem sonnigen Büro. Sie ist eine stämmige, muskulöse, herrische Frau um die fünfzig mit nachlässig zurückgebundenen dunklen Haaren. Die Luft um sie herum knistert; sollte sich herausstellen, dass sie in ihrer Freizeit Marathon läuft, würde mich das nicht überraschen. Außer ihrem Doktor in Theologie hat sie noch einen Doktor in Sozialpädagogik. Die Diplome hängen an den Wänden, dazu eine schlechte Reproduktion des *Letzten Abendmahls.* Während unseres kurzen Gesprächs wich ihr skeptischer Blick keine Sekunde von meinem Gesicht. *Ich war gegen dieses Treffen,* teilte sie mir mit, *aber Sarah bestand darauf.* Anschließend erläuterte sie mir das Therapieprogramm: zwei Gruppensitzungen am Tag, vier Einzelgespräche die Woche, obligatorischer Kirchgang jeden Morgen, eine Stunde Fitnesstraining jeden Nachmittag. *Wir bemühen uns, sie an Leib, Seele und Geist zu heilen. Wir legen hier sehr großen Wert auf den Glauben. Sarah wird es schaffen, aber sie hat noch einen langen Weg vor sich.*

Ich versicherte Reverend Kwan, das Programm in keiner Weise zu stören. Sie versuchte nicht erst so zu tun, als würde sie mir das abnehmen. Ich fragte mich, was Sally wohl in der Therapie gebeichtet hatte.

Während ich jetzt mit meiner Cousine dahinschlendere, staune ich über den Wandel, der sich in den Wochen der Nüchternheit mit ihr vollzogen hat. Sie ist ein bisschen schlanker und wesentlich ansehnlicher geworden. Sie erzählt, sie habe ihre Mutter ein paar Mal gesehen, aber sie vermisse ihre Kinder, die noch nicht alt genug sind, um sie besuchen zu dürfen. Ihre Stimme ist leiser, ihre Bemerkungen sind besonnener. Sie hat ein wenig von ihrer Spritzigkeit verloren, was mich bekümmert, auch wenn es wohl unvermeidlich ist. Die dunklen Ringe unter ihren Augen verraten mir, wie schwer das alles für sie ist.

»Ich hab mir solche Sorgen um dich gemacht«, sagt Sally. Sie klingt müde, jedoch gefasst. »Ich wäre dich besuchen gekommen, im Krankenhaus, meine ich, aber ...« Eine kurzer Wink zur Klinik, zum Gelände, zur Mauer.

»Es geht mir gut.«

»Du hinkst. Früher hast du nicht gehinkt.«

Ich zucke die Achseln und setze den schweren Stock vor wie ein drittes Bein. »Ich kann von Glück sagen, dass ich lebe«. Dann bin ich an der Reihe, sie zu fragen, wie es ihr geht.

Sally erklärt mir, sie habe in den letzten Monaten viel über sich erfahren, und das wenigste davon gefalle ihr. Ich murmele etwas, das beschwichtigend gemeint ist, aber Sally will nicht beschwichtigt werden. Sie will die ungeschminkte Wahrheit erfahren über das, was sie mit sich gemacht hat, damit sie es auf keinen Fall noch einmal macht. Und sie will die Kränkungen, die sie anderen zugefügt hat, wieder gutmachen, soweit es nur irgend geht. »Was ich im Lauf der Jahre alles zu dir gesagt habe, Tal, tut mir Leid. Vor allem das über deine Frau. Deine Exfrau.«

Ich verziehe das Gesicht. »Noch nicht ganz ex.«

»Gib's auf, Tal! Du bist jetzt Single. Gewöhn dich dran.«

»Ich will mich nicht daran gewöhnen.«

»Brauchst du auch nicht.« Sally kichert und knufft mir sanft gegen die Schulter. Ihr Lachen klingt hohl und gekünstelt, ein schwaches Echo ihrer früheren übersprudelnden Art. »Die Schwestern werden alle Jagd auf dich machen, wart's nur ab.«

»Das bezweifle ich.«

»Red keinen Quatsch! Ein allein stehender schwarzer Mann, der keine Drogen nimmt, nicht trinkt und Kinder mag? Der nett ist, zur Kirche geht und nicht jähzornig ist? Du wirst sie dir mit dem Stock vom Leib halten müssen.«

Ich schüttele den Kopf, weil mich solche Spekulationen tatsächlich weniger interessieren, als Sally und meine wenigen Freunde offenbar meinen. Doch ich spiele mit.

»Gut aussehend hast du vergessen.«

»Das hab ich nicht *vergessen.* Ich wollte bloß nicht, dass du zu eingebildet wirst.« Erneut ein leichtes Knuffen.

Wir bummeln schweigend weiter durch die Allee ehrwürdiger alter Ahornbäume, im Rücken Doris Kwan, beschützend wie einer von Jack Zieglers Leibwächtern. Sallys Lächeln wirkt zusehends bemüht, und ich merke, dass mein Besuch sie anstrengt. Welche Dämonen sie auch getrieben haben mögen, die Familie, die Seite meines Vaters, hat jedenfalls tatkräftig daran mitgewirkt, dass sie jeden Halt verloren hat. Je weniger sie uns derzeit zu Gesicht bekommt, desto besser. Wir treten auf eine Lichtung mit Blick über den Fluss, setzen uns Seite an Seite auf eine weiß gestrichene hölzerne Schaukelbank und schauen gemeinsam über den Fluss nach New Jersey hinüber. Ein Maschendrahtzaun verdirbt die Aussicht, aber die Klinik darf selbstverständlich kein Risiko eingehen.

»Du bist nicht nur hergekommen, um zu sehen, wie es mir geht«, sagt Sally schließlich, klingt aber weniger tadelnd als bedauernd. Sie sehnt sich danach, geliebt zu werden. Ob sie über Addison Bescheid weiß?

»Das war der Hauptgrund.«

»Es ist vielleicht einer der Gründe, aber es ist nicht der Hauptgrund.«

Ich kann ihr nicht in die Augen sehen. Weiter hinten am Zaun hält eine ältere Frau eine jüngere im Arm, die schluchzt. Sie könnten Mutter und Tochter sein, aber ich kann nicht erkennen, welche von beiden die Patientin ist. Ihre Umarmung wird von zwei Krankenpflegerinnen mit besorgten Mienen beobachtet.

»Es gibt noch einen anderen Grund«, sage ich schließlich.

»Okay.« Ich beäuge sie kurz von der Seite, doch sie hält den Blick fest auf das Gras gerichtet und scharrt mit der Spitze ihrer Sandale über den Boden.

»Ich muss dich was fragen.«

»Okay.«

»Warum hast du das Album genommen?«

Sally hebt langsam den Kopf. Das bemühte Lächeln ist immer noch da. Ihre Augen blicken mild, aber wachsam. »Was für ein Album?«, fragt sie nicht sehr überzeugend.

»Aus der Shepard Street. Am Tag nach der Beerdigung. Das Album mit den Zeitungsausschnitten über all die Unfälle mit Fahrerflucht. Du hattest es bei dir, als du gegangen bist.« Ich sehe das Bild wieder vor mir, wie Sally während meines Gesprächs mit den falschen FBI-Männern den Weg vor dem Haus hinunterstolziert, über der Schulter die fröhlich baumelnde Einkaufstasche. »Warum hast du es genommen, Sally?«

Zuerst denke ich, dass meine Cousine bei ihrem Leugnen bleiben wird. Doch dann flüstert sie ein einziges Wort, einen zärtlichen Fluch: »Addison.«

»Addison? Was ist mit Addison?«

»Er hat mich gebeten, es zu nehmen.«

»Aber warum? Wenn er es haben wollte, warum hat er es dann nicht selbst genommen?«

»Das ging nicht. Er hatte diese blöde Dichterin dabei.« Sie lacht unglücklich. »Er ... er rief mich am Tag, nachdem euer Vater gestorben war, an. Bei euch im Haus. Weißt du noch? Ich sollte das Album aus dem Arbeitszimmer holen, aber als ich hereinkam, warst du da drin, und na ja, da hab ich mich nicht getraut. Aber nach der Beerdigung hat er mich gefragt, ob ich das Buch schon habe, und da hab ich nein gesagt, und er meinte, ich soll es bitte aus dem Haus schaffen, es wäre wichtig. Also hab ich's am Tag drauf gemacht.«

Ich denke einen Augenblick nach. »Es muss etwas drin gewesen sein, das niemand sehen sollte.«

Sie nickt und scharrt dabei weiter mit der Fußspitze. »Das habe ich mir auch gedacht.«

Die große Preisfrage: »Und, was war es?«

Sally holt tief Luft. Reverend Kwan, die sich gegen dieses Treffen ausgesprochen hat, taucht in meinem Augenwinkel auf. »Addison meinte ... Mariah wäre dabei, in ... der Vergangenheit des Richters rumzustöbern. Er wollte das Album haben, damit sie es nicht findet. Dann hat er mich gebeten, mich mit Mariah zusammenzutun, sie ... im Auge zu behalten. Und ihn über alles zu informieren, was sie entdeckt.«

Ich kann mir gut vorstellen, wie mein Bruder die arme Sally herumgekriegt hat, denn wie jeder in der Familie weiß, ist ihre Schwäche für ihn nie ganz verflogen. Während meine Cousine still vor sich hin leidet, geht mir die Frage durch den Kopf, ob die erotische Seite ihrer Beziehung wirklich schon so lange nicht mehr besteht, wie alle meinen, doch ich schiebe den unwürdigen Gedanken beiseite, denn es wäre zu billig, jetzt Hassgefühle auf Addison zu entwickeln. Er weiß wahrscheinlich mehr über die Hintergründe des Ganzen als wir anderen zusammen, aber leider hat er dieses Wissen mit nach Südamerika genommen.

Ich muss jetzt vorsichtig vorgehen, meine Fragen in der richtigen Reihenfolge stellen. »Er hat dir also nie erzählt, was in dem Album war?«

»Er hat es überhaupt nie wieder erwähnt. Am Gängelband hat er mich gehabt.« Das Lächeln ist fort.

Sachte, sachte: »Und er hat dich vermutlich auch gebeten, Mariahs Kladde zu nehmen. Das Buch, in das sie ihre Notizen schrieb, als ihr beiden auf dem Dachboden wart. Weil er sie lesen wollte.«

»Die hab ich von mir aus mitgehen lassen. Ich wollte ihn beeindrucken, ob du's glaubst oder nicht. Ich hatte Angst, Mariah könnte sich denken, wo es abgeblieben ist, aber sie hat nie Verdacht geschöpft.«

»Und hat es ihn beeindruckt?«

Sie schüttelt den Kopf. »Ich hab ihn ganz aufgeregt angerufen, aber er wollte es nicht haben. Das Einzige, woran ihm lag, war das Album.«

»Aber warum war es Addison so wichtig, Sally? Hat er je was über seine Befürchtungen gesagt?«

Sie zögert lange mit ihrer Antwort, als müsste sie sogar jetzt noch abwägen, wie viel sie mir erzählen darf. Da Doris Kwan das Gespräch jeden Moment abbrechen kann, muss ich mich beherrschen, dass ich Sally nicht dränge. »Er sagte ... er sagte, euer Vater hätte irgendwas Schreckliches getan, vor Jahren schon. Und er sagte ... er sagte, wenn die Leute je dahinterkommen, könnte er Schwierigkeiten kriegen.«

»Wer könnte Schwierigkeiten kriegen? Der Richter?«

»Addison.«

»*Addison* könnte Schwierigkeiten kriegen?«

»Wer denn sonst?« Auf einmal klingt sie heiser.

»Ich dachte bloß –«

»Um wen sonst würde der sich denn Sorgen machen?« Ein ersticktes Schluchzen. »So ein Dreckskerl! Ich hab für ihn lügen müssen, ich hab für ihn stehlen müssen, ich hab für ihn die Spionin machen müssen! Und behandelt hat er mich wie eine Hure! Schon immer! Der Dreckskerl! Ich hasse ihn!«

»Sally –«

Sie schubst mich. »Ihr Garlands, ihr seid *alle* Dreckskerle! Ihr habt mich nie geliebt! Ihr habt euch gegenseitig geliebt, und jeder sich selbst, aber meinen Vater habt ihr nie geliebt, und mich habt ihr auch nie geliebt!«

Reverend Kwan steht neben uns. »Ich denke, wir beenden das jetzt«, erklärt sie nachdrücklich und zieht Sally, die keinerlei Widerstand leistet, auf die Füße.

»Warten Sie!«, protestiere ich und will das ganze Missverständnis ausräumen, ihr versichern, dass ich zu den Guten gehöre.

»Bitte gehen Sie, Professor. Ihre Cousine hat schon genug durchgemacht.«

»Aber ich muss ihr begreiflich machen –«

Sie schüttelt den Kopf und schiebt sich energisch zwischen uns. Sie hat Sally bereits an eine Pflegerin weitergereicht, die aus dem Nichts aufgetaucht ist. Der Pfleger von vorhin steht neben der Kaplanin und bildet mit ihr ein unüberwindliches Bollwerk. Mariah und Howard haben Spitzenqualität eingekauft. »Ich weiß wohl, dass Sie in Not sind, Professor, dass auch Sie leiden. Aber Sie können nicht Ihre Cousine zum Instrument Ihrer eigenen Erlösung machen. Sarah ist ein Mensch, kein Werkzeug. Sie ist schon von zu vielen Leuten benutzt worden. Das hat jetzt ein Ende.«

• II •

Bei dem, was ich als Nächstes tun muss, fühle ich mich ausgesprochen mies, aber wenigstens sitze ich nicht untätig herum. Von einer Telefonzelle aus rufe ich Mariah in Darien an und bitte sie um Thera Garlands Adresse und Telefonnummer, die ich mir, nach Art der Männer der Familie, anscheinend nie notiert habe. Meine Schwester ist neugierig, stößt aber auf die Mauer, die um mich zu errichten ich von unserem Vater gelernt habe, und schließlich gibt sie nach und sagt mir, was ich wissen will, allerdings nicht, ohne mir das Versprechen abzunehmen, dass ich ihr später »die ganzen spannenden Einzelheiten« verrate. Mariah glaubt immer noch an die Verschwörung und wird alles, wonach ich gerade suche, mit Freuden in ihre Theorie einbauen.

Thera lebt in Olney, Maryland, ungefähr fünfzehn Meilen nördlich von Washington. Die Fahrt von der Klinik dorthin dauert keine zwei Stunden. Mein schlimmes Bein verursacht mir den ganzen Weg über Beschwerden. Ich lege zwei Pausen ein, rufe Thera aber erst an, als ich schon in der Nähe bin, weil ich ihr nicht die Möglichkeit geben will, nein zu sagen. Sally ist Theras einziges Kind, entsprechend fürsorglich wurde sie von ihrer Mutter stets behandelt, vielleicht zu fürsorglich, denn wenn Sally etwas ausgefressen hatte, bewahrte Thera sie häufig vor den Folgen ihrer Dummheiten. Der Familienfama zufolge hat Thera sogar ein paar Mal die Polizei belogen und einmal einen Versicherungsbetrug begangen, um die wahre Verursacherin eines Pkw-Totalschadens zu decken.

Theras gedämpfte Stimme verrät mir, wie wenig erbaut sie ist. Ich behaupte, ich würde gern Sallys Kinder sehen, was zwar stimmt, aber nicht die ganze Wahrheit ist. Obwohl sie keinen Hehl daraus macht, dass ihr das nicht recht ist, schickt sie sich schließlich ins Unvermeidliche und beschreibt mir den Weg zu ihrem Haus nahe dem Stadtzentrum.

Ich bedanke mich und eile zurück zu meinem Wagen.

Mit dem Besuch bei Thera verfolge ich das Ziel, in Sallys Wohnung hineinzukommen, denn ich habe eine einfache Theorie. Addison hat Sally gebeten, das Album zu holen. Dann hat er es ihr gegenüber nie wieder erwähnt, weil er sie, wie sie es ausdrückte, am Gängelband hatte. Am Gängelband kann nur bedeuten, dass er wusste, sie würde alles tun, worum er sie bat. Wenn er es nie wieder erwähnte, heißt das, dass er nicht einmal nachfragte, ob sie das Album tatsächlich an sich genommen hatte.

Was bedeutet, dass sie es ihm nicht gegeben hat.

Als ich die weitläufige Siedlung erreiche, wo Thera wohnt, halte ich am Straßenrand an und lasse den nachfolgenden Verkehr an mir vorbeirauschen, denn ich habe wieder dieses beunruhigende Gefühl, beobachtet zu werden. Aber keines der Autos hinter mir verlangsamt auch nur die Fahrt, also ist es wahrscheinlich Einbildung.

Ich klingele an der Tür, und Thera macht auf, eine massige und dunkle Erscheinung, die Verkörperung des Schutzwalls, den sie immer um Sally herum errichten wollte. Sie hat Sallys Feuer, nutzt aber die entstehende Energie, um einzuschüchtern, nicht um zu kokettieren. Sie wirkt alles andere als erfreut, mich zu sehen, und das kann ich ihr kaum verübeln: Die Garlands, zumindest die Männer, haben ihre Tochter nicht eben gut behandelt. Thera trägt Jeans und eine weiße Bluse, und Sallys schüchterne Kinder, sieben und acht Jahre alt, lugen unsicher hinter der kräftigen Gestalt ihrer Großmutter hervor.

»Hallo, Thera.«

Sie nickt unwirsch, dann tritt sie zur Seite und winkt mich mit großer Geste in die Diele. An den Wänden hängen Bilder: ein schwarzer Jesus, ein weißer Jesus, Fotos von Derek, Malcolm X, Martin Luther King. Das von Derek ist das größte. Ich beuge mich vor und gebe Sallys Kindern, die mich mit großen Augen ansehen, die Hand. Als sie sicher sind, dass ich ihnen nichts mitgebracht habe – ein empörendes Versäumnis bei einem Verwandten, den sie so selten zu Gesicht bekommen –, rennen sie los, um irgendwo im Haus zu spielen.

»Wie lange ist es her, Talcott? Vier Jahre? Fünf?«

»So ungefähr. Tut mir Leid, Thera.«

Sie brummt etwas, das versöhnlich gemeint sein könnte. Dann führt sie mich in die Küche, wo wir uns an den Tresen setzen und Tee trinken. Eine Bibel liegt aufgeschlagen auf der Resopalplatte. Daneben ein Erbauungstraktat von Oswald Chambers. Am Fenster hängt eine Stickerei: MEIN HAUS UND ICH, WIR DIENEN DEM HERRN. Thera sitzt mir gegenüber, krank vor Sorge um ihre Tochter, vielleicht von der Frage geplagt, warum Sally nichts von ihrer eigenen Standfestigkeit zu haben scheint. Allerdings war Thera, wenn man Schlicht Alma Glauben schenkt, zu ihrer Zeit auch nicht ohne.

»Was willst du, Talcott?« Diesen Charakterzug, diese absolute Ehrlichkeit, hat sie nun doch an ihre Tochter vererbt. Beide sind unfähig, etwas vorzuspiegeln, was sie nicht empfinden, oder mit dem hinterm Berg zu halten, was sie denken. »Du bist nicht den ganzen Weg hierher gekommen, bloß um Rachel und Josh zu sehen, die Lüge kannst du dir sparen.«

»Ich bin heute Nachmittag bei Sally gewesen.«

Etwas regt sich in ihrem Gesicht, und ihre Stimme klingt weniger schroff. »Wie war sie?«

»Sie hat es immer noch schwer.«

»Das weiß ich selber. Ich meine, wie hat sie dich behandelt?«

Die Frage, scharfsinnig und boshaft zugleich, überrascht mich. Ich schlage einen diplomatischen Ton an. »Wir haben uns gegenseitig entschuldigt.«

Thera hat keinen Sinn für beschönigende Redensarten. »Ach, ja? Wieso das? Hast du sie auch gebumst?«

Ein absurdes Aufflackern von Panik. »Nein, nein, denk bitte nicht so was! Nein, natürlich nicht.«

»Deine Familie ist nicht gut zu ihr gewesen, Talcott.« *Deine* Familie. Thera hat nur eingeheiratet. Und Sally hatte sie da bereits.

»Ich weiß.«

»Du hättest sie nicht besuchen sollen.« Pause. Vielleicht beschließt sie, mir zu vergeben. »Also gut, warum bist du hingefahren?«

Ich hatte Zeit, mir die Antwort darauf zurechtzulegen. »Thera, ich kann dir nicht alles sagen. Ich würde ja gern, aber es geht nicht. Sally hat ... sie und meine Schwester haben Nachforschungen darüber angestellt, was mit meinem Vater passiert ist. Ich wollte sie nicht verschrecken, aber ich hatte eine Frage, die nur sie beantworten konnte. Ich bin hingefahren, um sie ihr zu stellen.«

Thera wirkt belustigt. Sie nippt an ihrem Tee. Die Tasse verschwindet beinahe in ihrer klobigen Hand. Ich kann nicht erkennen, ob sie mir glaubt. »Und hast du die Antwort bekommen?«

»Ja. Ja, habe ich.« Sie wartet. Ich höre die Kinder im Nebenzimmer juchzen. Es hilft nichts, ich muss jetzt damit herausrücken. »Thera, du musst mich in Sallys Wohnung lassen.«

»Was, meinst du etwa, ich gebe dir einfach den Schlüssel?«

»Es ist wichtig. Ich hätte sonst nicht die weite Fahrt auf mich genommen.«

»Was ist wichtig? Was suchst du, Talcott?«

»Etwas ... das Sally vermutlich in der Wohnung versteckt hat. Etwas, das aus dem Haus meines Vaters stammt. Ich muss es finden.«

»Willst du behaupten, sie hat was gestohlen?«

Ich schüttele nachdrücklich den Kopf. »Ich glaube, sie wollte behilflich sein. Ich glaube, sie ... dachte, sie tut das Richtige, wenn sie es versteckt.«

Theras Augen verengen sich. »Behilflich sein? Wem? Deinem Bruder, stimmt's?«

»Wie kommst du darauf?«, weiche ich aus.

»Weil, als sie tagelang geweint hat, bevor sie ... bevor sie versucht hat, sich was anzutun, da hat sie ständig von deinem Bruder geredet, wie schlecht er sie behandelt hat und so.« Wir blicken beide eine Weile nachdenklich vor uns hin. Ihre nächste Frage überrascht mich, doch es ist die Frage einer Mutter: »Ist das, was du suchst, schuld daran, dass sie diesen Zusammenbruch hatte?«

»Ich weiß nicht. Ich denke, es könnte ... mit schuld sein.«

»Wenn du es findest, wirst du es dann mitnehmen?«

»Ja, ich glaube schon.«

»Und deshalb willst du den Schlüssel haben? Damit du diese Sache finden und mitnehmen kannst?«

»Ja.«

»Warte hier.«

Thera schlurft den Flur hinunter. Ich höre, wie sie die Kinder ermahnt, leiser zu sein. Gleich darauf ist sie mit einem Einkaufsbeutel wieder da. »Ich nehme an, du suchst das hier, Talcott.«

Sie reicht mir den Beutel. Ich schaue hinein und entdecke meinen alten Regenmantel, den ich Sally an dem Morgen geliehen habe, als sie sich aus dem Hilton stehlen musste. Ich will gerade ansetzen, Thera begreiflich zu machen, dass ich daran nicht im Geringsten gedacht habe, dass ich doch noch Sallys Schlüssel brauche, als ich merke, dass der Beutel schwerer ist, als er sein sollte. Ich greife hinein und finde ganz unten Mariahs abhanden gekommene Kladde. Wieder will ich erklären, dass auch das nicht das Richtige ist. Da schlage ich den Mantel auseinander und finde darin eingewickelt das blaue Album.

»Schaff dieses vermaledeite Ding hier weg!«, befiehlt Thera mir. »Ich wusste sofort, als Sally damit ankam, dass es vom Satan ist. Spürst du das nicht?« Sie erschauert und schlingt die Arme um ihren Körper. »Ich hätte es verbrennen sollen. Es hat schon zu viele Leben ruiniert.«

⬩ III ⬩

Nachdem ich so weit gekommen bin, will ich jetzt nicht ungeduldig werden. Wie meinem Bruder ist mir die Kladde relativ gleichgültig, denn sie birgt keine Geheimnisse mehr. Ich bin allein auf das blaue Album gespannt. Doch noch schaue ich es mir nicht an. Während der einstündigen Fahrt nach Norden behalte ich den Rückspiegel im Auge und wünschte, Maxine wäre hier, um mir zu raten. Aber vielleicht ist sie das ja. Schließlich steige ich für die Nacht in einem Allerweltsmotel in Elkton ab, das gerade noch in Maryland liegt. Zum Abendessen gibt es ein Chicken Sandwich von McDonald's, danach setze ich mich an den Tisch aus Fournier in dem spartanischen Zimmer und bemühe mich, dem scharfen Desinfektionsgeruch zu trotzen und mich zu konzentrieren. Aus dem Einkaufsbeutel hole ich meinen alten grünen Mantel hervor, der dermaßen zerknautscht ist, dass ihn womöglich nicht einmal mehr die chemische Reinigung retten kann.

Dann nehme ich das Album mit dem blauen Ledereinband heraus und platziere es mitten auf dem Tisch.

Ein Werk des Teufels.

Der Tag, an dem ich es zum ersten Mal in Händen hielt, fällt mir ein, der Freitag nach dem Tod meines Vaters, und meine Panik bei dem Gedanken, die arme Sally könnte es sehen. Selbst da schon sagte mir mein Instinkt, dass es besser verborgen blieb.

Gut, jetzt ist es Nacht, und ich kann das Album aufschlagen und versuchen herauszufinden, was Sally einen solchen Schock versetzt hat, dass sie sich das Leben nehmen wollte, als er zu dem sonstigen schamlosen Druck von Seiten meiner Familie noch hinzukam. Also blättere ich ein weiteres Mal die scheußlichen Seiten durch, den Katalog tödlicher Unfälle ähnlich dem meiner kleinen Schwester, jeder einzelne mit Fahrerflucht, jeder einzelne eine Tragödie für eine Familie irgendwo.

Abscheulich, ja. Aber wie waren Sallys Worte noch mal?

Ich weiß nicht, warum er unbedingt beide haben musste. Das sagte Sally, kurz bevor sie die Tabletten nahm. Paula, ihre Sponsorin bei den Anonymen Alkoholikern, nahm an, Sally habe von mir gesprochen, weil sie überdies immer wieder *der arme Misha* sagte. Aber vielleicht war ich gar nicht gemeint. Vielleicht war es jemand anders, der *unbedingt beide haben musste*.

Ich blättere das Album ganz durch. Die letzten Seiten sind leer, weil der Richter aufhörte, Zeitungsausschnitte zu sammeln, als es ihm wieder besser ging. Aber wieso ging es ihm auf einmal besser? Was führte zu dieser plötzlichen Veränderung seines Befindens, die meinen Geschwistern und mir so deutlich in Erinnerung geblieben ist?

Ich öffne das Album auf der Seite mit dem Ausschnitt, den mein Vater als letzten einklebte. Wie alle anderen berichtet er von einem Unfall mit Fahrerflucht: Phil McMichael, Danas früherer Freund und Sohn von Senator Oz McMichael, einem alten Freund des Richters, in seinem Camaro überfahren von einem Sattelschlepper.

Na und? Ein interessanter Zufall, aber sonst?

Mein Vater hat eine Bemerkung an den Rand hingekritzelt. Ich brauche einen Moment, um sie zu entziffern. Dann habe ich es: *Excelsior*.

Excelsior?

Kein Schachproblem, sondern eine Seite in einem Album? Oder beides?

Moment mal. *Warum er unbedingt beide haben musste.*

Ich fange an, den Artikel sorgfältig zu lesen, um vielleicht einen Hinweis zu finden. Die erste Zeile des dritten Absatzes ist unterstrichen. *Durch eine grausame Ironie des Schicksals kam Mr. McMichaels Verlobte Michelle Hoffer vor drei Monaten bei einem ähnlichen Unfall ums Leben ...*

Mit schwitzenden Fingern blättere ich hastig zurück zu einer früheren Seite und finde in der Tat ein Bild von Michelle Hoffer, Tochter aus einem anderen reichen Haus, umgekommen bei einem Unfall mit Fahrerflucht. Und am Rand daneben dasselbe Wort: *Excelsior*.

Der doppelte Excelsior.

Die Leute im Wagen.

Die Leute. Ein Fahrer und eine Beifahrerin.

Ich sehe Sally vor mir, wie sie Abend für Abend in ihrer Wohnung sitzt und das Album studiert, um herauszufinden, warum Addison wollte, dass sie es verschwinden lässt, wie sie auf Addisons Anruf wartet, der nie kommt. Eines Tages enträtselt sie die schwer leserliche Handschrift des Richters, und bald durchschaut sie die ganze grausige Geschichte. Und wünscht sich, es wäre ihr erspart geblieben. Was also tut sie? Sie gibt das Album ihrer Mutter, denn sie will die Garlands ein für alle Mal aus ihrem Leben verbannen, doch das reicht nicht aus. Sie weiß, was mein Bruder verheimlicht und was der Richter verheimlicht hat, und in ihrer ohnehin angeschlagenen seelischen Verfassung verliert sie völlig den Halt.

Kein Wunder, dass die Polizei nichts unternahm, um Abbys Tod aufzuklären. Kein Mensch hätte sich damals einfallen lassen, gegen den Sohn des mächtigsten Senators auf dem Kapitolshügel zu ermitteln. Schon gar nicht auf den Verdacht hin, er habe den Tod eines schwarzen Mädchens verursacht, das Gras geraucht hatte und ohne Führerschein bei Gewitter in einem Auto herumkurvte, das ihr gar nicht gehörte. Kein Mensch wollte sich mit so einem Fall befassen.

Kein Mensch außer Oliver Garland.

Kein Mensch außer Colin Scott.

Und es reichte auch nicht aus, Vergeltung zu üben, Auge um Auge, Zahn um Zahn. In dem Auto, das Abby tötete, saßen zwei Leute, und der Richter in seinem Wahnsinn beschloss, dass er unbedingt beide haben musste.

Kapitel 57
Allerlei Informationen

• I •

Das Studienjahr ist zu Ende und unsere kleine Stadt Elm Harbor wie üblich um diese Zeit wie ausgestorben. Jedenfalls macht es den Anschein. Im Sommer verschwinden nicht nur die Studenten und die Lehrkräfte, sogar die normalen Einwohner scheinen sich in irgendein Versteck zurückzuziehen, als müssten sie nicht mehr zur Arbeit gehen, mit dem Bus fahren, sich an Supermarktschlangen anstellen. Ich halte mich von der Juristischen Fakultät fern und versuche, mein Heim wohnlich zu machen. Ich spiele ein bisschen Online-Schach, höre ein bisschen Musik, komme einigen meiner Schreibverpflichtungen nach. Ich überwinde meine Flugangst und besuche John und Janice Brown in Ohio, aber diese Familie ist zu glücklich, als dass ich es länger bei ihnen aushielte. Ich telefoniere immer zwei- oder dreimal die Woche mit Mariah, doch es gibt nur wenig, worüber wir reden können. Ich glaube, sie hat Kontakt zu Addison, aber sie würde mir nie verraten, ob meine Vermutung stimmt.

Ich warte. Erst unter ganz bestimmten Voraussetzungen kann ich tätig werden, und da diese noch nicht gegeben sind, zwinge ich mich zu einer Geduld, die meinem Naturell widerspricht. Aufmerksam verfolge ich den Wetterbericht in der Hoffnung auf einen Hurrikan, denn den brauche ich, um handeln zu können.

Ich sammele weiter Informationen. Eines Morgens spaziere ich zur Juristischen Bibliothek hinüber, um im Martindale-Hubbell, dem landesweiten Anwaltsverzeichnis, einen Namen nachzuschlagen. Am selben Tag esse ich mit Arnie Rosen zu Mittag, um ihm eine knifflige Frage über Standesethik zu stellen. Am nächsten Tag folge ich einer Einladung zum Abendessen im Hause von Lem und Julia Carlyle – demnächst Bundesrichter nebst Gattin – draußen vor der Stadt, doch als ich merke, dass die einzige andere Einzelperson außer mir eine intelligente, gut aussehende schwarze Frau ist, zehn Jahre jünger als ich und Sprecherin beim örtlichen Nachrichtensender, und dass meine wohlmeinenden Gastgeber uns nebeneinander gesetzt haben, entschuldige ich mich und verlasse die Gesellschaft vorzeitig. Sie ist wahrscheinlich ganz fabelhaft, aber ich bin noch längst nicht so weit.

Zwei Tage später lanciert eine Gruppe konservativer Aktivisten eine öffentliche Kampagne zur Aufklärung der »ungelösten Fragen« im Zusammenhang mit dem »tragischen« Tod des Richters Oliver Garland. Mit den schlimmsten Befürchtungen verfolge ich die Pressekonferenz auf CNN, aber nur so lange, bis ich mir sicher bin, dass kein Mitglied der Familie daran beteiligt ist; es schmerzt mich allerdings, inmitten der sensationslüsternen Meute das düstere Gesicht von Eddie Dozier zu sehen, Danas früherem Mann. Als einstiger Assistent des Richters und obendrein noch Angehöriger der dunkelhäutigeren Nation ist er ein ausgesprochener Glücksfall für die Gruppe, und natürlich hat man ihn in die erste Reihe gesetzt. Ich mache mich auf eine Flut von Presseanfragen gefasst, doch nur wenige Reporter rufen an. Mein vor acht Monaten verstorbener Vater ist Schnee von gestern, und nicht einmal mein alter Freund Eddie, der ihn verehrt hat, kann ihn wieder zu einem tagespolitischen Thema machen.

Ende Juni fahre ich nach Woods Hole und von dort mit der Fähre nach Martha's Vineyard hinüber, mein erster Besuch seit Januar. Ich habe ein paar Tage damit zu tun, das Haus nach dem Winterschlaf herzurichten – kein Vandalismus diesmal –, dann kehre ich nach Elm Harbor zurück, um, wie mit Kimmer verabredet, meinen Sohn zu holen. Es folgen drei herrliche Wochen mit Bentley in Oak Bluffs, in denen ich absolut alles mit ihm unternehme, was man nur unternehmen kann. Wir fahren am Vormittag stundenlang mit dem Flying Horses und spielen am Nachmittag stundenlang am Strand. Wir probieren sämtliche Fondantsorten durch. Wir gehen jeden Tag zum Spielplatz. Wir spazieren am Gay Head über die Steilfelsen und in Chappaquiddick durch den Sumpf. Wir gehen zur Märchenstunde in die Stadtbücherei. Wir bauen am Inkwell-Strand eine riesige Sandburg. Wir warten vor Linda Jean's Restaurant in der Schlange. Wir mieten Fahrräder, und ich mache den Versuch, meinem Sohn das Fahren ohne Stützräder beizubringen, doch er ist erst vier, und schließlich kommen die Stützräder wieder dran. Wir essen Eis in solchen Mengen, dass wir eine Armee damit mästen könnten. Ich kaufe ihm Sweatshirts, Mützen und Spielsachen und sein erstes Paar Segelschuhe, das er überallhin anzieht. Das ist nicht die übliche Kinderverwöhnpolitik, die getrennt lebende wohlhabende Eltern gern praktizieren; im Augenblick konkurriere ich nicht mit Kimmer um die Liebe unseres eigenwilligen, prachtvollen Sohnes. Es ist nur so, dass meine letzte Aufgabe immer noch unerledigt ist, und früher oder später werde ich sie erledigen müssen, wobei es sein kann, dass sie stattdessen mich erledigt.

Kurzum, ich habe die Befürchtung, dass ich ihn nie wiedersehe.

Kimmer ruft an, um zu hören, wie es unserem Sohn geht, und auch um mir zu erzählen, wie glücklich sie ist. Sie scheint der Meinung zu sein, dass ich diese Mitteilung freudig aufnehmen sollte. Mariah ruft mit der Meldung an, dass Howard zu einer anderen Investmentbank wechselt, bei der er stellvertretender Vorstandsvorsitzender und designierte Nummer eins sein wird. Allein für den Wechsel, vertraut sie mir an, bekommt er eine Prämie im mittleren achtstelligen Bereich, allerdings unter der Voraussetzung, dass er einen Großteil davon ins Firmenkapital reinvestiert. Um die von mir erwartete Reaktion verlegen, sage ich Mariah, dass ich mich für sie beide freue. Während ich dem Glück meiner Schwester lausche, versuche ich mir diesen »mittleren Bereich« vorzustellen. Ein Wortwechsel aus der Kindersendung *Arthur* fällt mir ein: »Wie fühlt man sich, wenn man so viel Geld hat?« »Toll.« So ungefähr. Auf jeden Fall *klingt* Mariah toll, und diesmal kommt sie auch nicht auf Fotos der Autopsie zu sprechen.

Morris Young ruft an und gibt mir eine Liste mit Bibelstellen durch, die ich mir anschauen soll.

Ich verzichte bewusst darauf, Zeitungen vom Festland zu lesen. Ich gucke keine Nachrichten und höre nur selten Radio. Ich möchte in einer kleinen Welt fernab der Realität leben, einer Welt, in der es nur meinen Sohn und mich gibt – und meine Frau, wenn sie doch bloß zu mir zurückkommen wollte.

Gefühlsduselei.

Lynda Wyatt meldet sich und überschlägt sich fast am Telefon. »Ich weiß nicht, was Sie zu Cameron Knowland gesagt haben, Tal, aber jetzt will er uns nicht mehr drei Millionen für die Bibliothek geben. Er gibt uns sechs! Er hat den Betrag verdoppelt! Und wissen Sie, was Cameron noch gesagt hat? Er hat gesagt, sein Sohn sei ein verwöhnter Schnösel, und es sei höchste Zeit gewesen, dass einer seiner Lehrer ihm mal den Kopf wäscht! Er hat mich gebeten, Ihnen seinen Dank auszurichten. Also, Tal, ein Dankeschön von Cameron und auch von mir. Wie immer bin ich Ihnen sehr dankbar für alles, was Sie für die Fakultät tun, und herzlichen Glückwunsch auch. Sie haben das Zeug zum Dekan, Tal.«

Phantastisch. Mein akademischer Kurs ist anscheinend wieder im Steigen begriffen, aber nicht weil ich eine aufsehenerregende neue Theorie in meinem Fach aufgestellt hätte, sondern weil die Dekanin meint, ich hätte einem Gönner Geld aus der Tasche gezogen, viel Geld. Ich mache Lynda nicht auf den Schwachpunkt in ihrer generösen Analyse aufmerksam: Tatsächlich bin ich nie dazu gekommen, Cameron Knowland noch einmal anzurufen. Das zu wissen würde sie nur verstören. Ich werde niemals sicher sein können, aber immer den Verdacht hegen, dass für den verdoppelten Betrag, eventuell sogar geldgebenderweise, die diskrete, heimtückische Hand von Jack Ziegler verantwortlich ist, der die Familie auch jetzt noch beschützt. Ich hoffe, das bedeutet nicht, dass ich ihm einen Gefallen schulde.

Die Liebste Dana Worth ruft mit der Neuigkeit an, dass Theo Mountain, ihr Oldie-Nachbar, beschlossen hat, in den Ruhestand zu gehen. Ohne Umschweife fügt sie hinzu, es sei höchste Zeit gewesen. Ich schließe mich ihrer Meinung an, verrate ihr jedoch nicht, wie sehr mich das freut und warum. Stattdessen äußere ich die Hoffnung, dass er jetzt mehr Zeit mit seiner Enkelin verbringen kann. Aber Dana hat mir noch mehr zu berichten. Sie weiß anscheinend, wie die Plagiatsgeschichte herausgekommen ist. Mit viel Geduld hat sie Theo die Information aus der Nase gezogen, dass noch einer der Professoren im Haus über Marcs Fehltritt Bescheid wusste. Ich ahne, was kommen wird, bevor sie es ausspricht.

»Stuart?«

»Bingo.«

Natürlich. Stuart Land war Dekan, als Marc sein Buch veröffentlichte. Vielleicht wandte Marc sich an Stuart, nachdem Theo zu ihm gekommen war, vielleicht war es aber auch Theo, der Stuart einweihte. So oder so muss Stuart bei der Abmachung, die Theo im Interesse der Fakultät zum Stillschweigen verpflichtete, den Vermittler gespielt haben. Möglicherweise war es sogar Stuart, der Marc als Gegenleistung für Theos Schweigen das Versprechen abnahm, nie wieder etwas von Belang zu schreiben. Kein Wunder, dass Stuart mich bewegen wollte, Kimmer zum Rückzug zu überreden. Er wollte, dass Marc diesen Richterstuhl bekommt, weil er nicht länger durch dessen Anwesenheit daran erinnert werden wollte, was er getan hatte. Und kein Wunder, dass Marc in das Intrigenspiel, durch das er zu Fall kam, verwickelt war. Oh, was für ein Netz von Machenschaften ...!

»Man kann niemandem in dem Laden trauen«, gluckst Dana fröhlich.

»Außer dir.«

»Vielleicht. Vielleicht auch nicht. Diese Fakultät ist das reinste Sündenbabel.« Erneutes Kichern. »Bist du sicher, dass du wiederkommen willst?«

»Nein«, antworte ich ehrlich, doch die andere Seite der Medaille ist, dass ich sonst nirgends hinkann.

Als ich eine halbe Stunde später mit Bentley über den Strand schlendere und dem finanziell besser gestellten Teil der dunkelhäutigeren Nation bei ihren Vergnügungen zusehe, reime ich mir den Rest der Geschichte zusammen. Theo meinte, der Richter müsse Lynda Wyatt von seiner Arbeit in diversen Ehemaligenausschüssen her gekannt haben. Doch diese Arbeit fand zum größten Teil zur Zeit von Stuarts Dekanat statt, vor dem Sturz meines Vaters. Stuart war der Freund des Richters, nicht Lynda. Er könnte ihm irgendwann die Geschichte von Marcs Plagiat verraten, ja ihn vielleicht sogar von vornherein um Rat gefragt haben. Die Abmachung zwischen Theo und Marc könnte also durchaus die

Idee meines Vaters gewesen sein. Auf jeden Fall könnte der Richter die Sache bei irgendeiner Gelegenheit gegenüber Jack Ziegler erwähnt haben, vielleicht nur en passant, ohne daran zu denken, dass Onkel Jack sich jede Verfehlung einflussreicher Personen, die er eventuell irgendwann unter Druck setzen kann, gewissenhaft merkt. Was erklären würde, woher Onkel Jack Bescheid wusste.

Bentley jagt mit ausgestreckten Armen den Möwen nach, als ob er selber fliegen könnte. Ich schiebe weiter die Fakten in meinem Kopf hin und her, suche die nächste Verbindung. Jack Ziegler, rufe ich mir in Erinnerung, ist ein Mann, der zu seinem Wort steht. Nachdem er gesagt hat, er werde sich in die Nominierung meiner Frau nicht einschalten, glaube ich – *muss* ich glauben –, dass Stuart, nicht Jack, dem Weißen Haus den Hinweis auf Marcs Plagiat gegeben hat. Weil es gar zu grässlich wäre, sich die Alternative auszumalen. Ich will nicht daran denken, was möglicherweise geschehen wäre, wenn Kimmer ihr Ziel erreicht hätte: wie Jack Ziegler oder einer seiner Handlanger eines Tages bei ihr angeklopft hätte, um ihr zu erzählen, wer ihr die Stelle verschafft und überdies ihre Familie in einer gefährlichen Zeit beschützt hat und worin ihre neuen Verpflichtungen bestehen und was die Welt erfahren wird, falls sie nicht mitspielt. Sie hätte die Nachfolge des Richters antreten müssen.

Ich zittere um die Frau, die ich immer noch abgöttisch liebe, und bin auf einmal sehr dankbar, dass Kimmer es nicht geschafft hat.

• II •

Warum lässt das Telefon mich nicht endlich in Frieden? Ich bringe zwei Anrufe aus der Anwaltskanzlei hinter mich, für die ich beratend tätig bin, und einen von Cassie Meadows, die mir mitteilt, dass das FBI noch keinerlei Hinweise auf den zweiten Schützen hat, dabei brauche ich das FBI gar nicht, um zu wissen, wer es war. Dann flüstert Cassie, Mr. Corcoran sei ganz krank vor Sorge um mich.

»Gut«, erwidere ich.

»Versuchen Sie die Sache doch mal von seinem Standpunkt aus zu sehen ...«

»Nein, danke.«

»Aber, Misha ...«

»Ich weiß, er ist Ihr Boss, Cassie, und Sie müssen tun, was er sagt. Doch in meinen Augen ist er ein Lügner und ein Betrüger.« Überrascht fragt sie, wie ich das meine, ich bin jedoch zu aufgebracht, um es ihr zu erklären.

Anrufe aus dem Studentensekretariat, das mich ermahnt, die restlichen Examensarbeiten in Verwaltungsrecht zu korrigieren, und Anrufe von zwei Literaturagenten, die anfragen, ob ich vielleicht ein Buch schreiben möchte.

Shirley Branch meldet sich, doch sie hat nichts Neues mitzuteilen. In erster Linie, meint sie, wollte sie einfach mal hören, wie es mir geht. Und mir sagen, wie sehr sie immer noch Cinque vermisst, ihren verschwundenen Terrier. Ich erkundige mich nach Kwame. Sie singt eine Weile sein Lob, behauptet im Brustton der Überzeugung, kein anderer Bürgermeisterkandidat könne die Stadt retten, ohne jedoch zu konkretisieren, wovor die Stadt zu retten wäre. Dann seufzt sie tief und gesteht, dass Kwame so eifrig damit beschäftigt ist, sich als künftiger Retter der Stadt zu profilieren, dass sie sich nicht mehr sehr häufig sehen. Irgendwie unheimlich, was hauchzarte Andeutungen, die vielleicht gar keine sind, für eine Bedeutung bekommen, wenn man einsam ist.

Doch ansonsten habe ich weiterhin fast nur Augen und Ohren für Bentley. Ich bringe ihm Schwimmen bei und wie man einen Drachen steigen lässt, das erste leidlich, das zweite mehr schlecht als recht. Wir leihen uns aus der Bücherei am oberen Ende der Circuit Avenue einen Stapel Bücher für Leseanfänger aus und könnten jetzt eigentlich auch gleich mit dem Lesenlernen anfangen. Auf dem Rückweg zum Ocean Park, auf dem Bentley als der große Junge, der er mit einem Mal ist, die meisten Bücher selbst trägt, wirbele ich plötzlich herum, weil ich mich irgendwie beobachtet fühle, doch die verschlafene Nebenstraße mit den heruntergekommenen viktorianischen Häusern sieht an diesem sonnigen Julinachmittag nicht anders aus als sonst, und falls es jemanden geben sollte, der mich beschattet, kann ich ihn nicht entdecken.

Bentley fragt mich mit großen Augen, ob irgendetwas mit mir los ist.

Ich zause ihm die Haare.

In der Mitte unserer zweiten Woche auf Martha's Vineyard fegt ein Nordoststurm über die Insel, so dass wir fast zwei Tage lang keinen Strom haben. Bentley ist vergnügt und stört sich überhaupt nicht daran, dass wir in der Dämmerung bei Kerzenlicht zu Abend essen. Für meinen Sohn ist das alles ein Abenteuer. Jetzt, wo er eine gewisse Sprachfertigkeit entwickelt hat, prägt er sich rasch alles Mögliche ein und redet sogar von Begebenheiten, die sich zugetragen haben müssen, bevor er sprechen konnte. Ich erlaube ihm, in meinem Bett zu schlafen – nein, ich *nötige* ihn dazu –, und während ich das friedlich schlummernde braune Gesicht meines Sohnes betrachte, bevor ich die alte Sturmlampe ausblase, die ich auf dem Dachboden gefunden habe, staune ich darüber, wie ein paar kurze Monate alles verändern können. Denn wenn jetzt Januar wäre und nicht Juli, wäre ich eher von der Insel geflohen, als eine Nacht ohne elektrisches Licht zu riskieren – und ohne eine Alarmanlage, die mir verrät, ob die im Dunkeln lauernden Schatten dem Haus zu nahe kommen. Doch diese Ängste sind auf dem Old Town Cemetery zusammen mit Mr. Scott gestorben, wenn auch nicht die Rätsel, die ihr Auslöser waren. Ich liege wach, denke an Freeman Bishop und Agent Foreman – der tatsächlich ein Agent war, wenn auch kein Foreman – und sinniere über Gottes Vorsehung. *An deiner Väter Statt treten einst deine Söhne*, heißt es im fünfundvierzigsten Psalm. Der Gedanke an Bentley als meinem Nachfolger auf Erden erfüllt mich mit Ehrfurcht und Hoffnung.

Beschütze deine Familie, hat mich Jack Ziegler ermahnt. Tja, ich tue mein Bestes. Allerdings gibt es noch mehr zu tun.

An Bentleys letztem Tag auf der Insel picknicken wir kühn am Menemsha Beach, und auf unserer Decke sitzend beobachten wir, wie die Sonne hinter dem schönsten Horizont an der ganzen Ostküste versinkt. An dem nämlichen Strand, vor dem Mr. Scott irgendeine arme Seele ertränkte, damit wir ihn für tot hielten. Sollen sich die Geister der letzten neun Monate doch zeigen, wenn sie sich trauen! Ich drücke meinen Jungen so fest an mich, dass er zu zappeln beginnt. Ich kann ihn einfach nicht loslassen. Meine

Augen werden feucht. Ich entsinne mich der Nacht, in der er auf die Welt kam, wie er und Kimmer beinahe gestorben wären. Meine Todesangst, nachdem die Ärztin mich aus dem Kreißsaal gewiesen hatte. Wie wir uns freuten, als es überstanden war, und wie wir beide, Mutter und Vater, auf den Knien für unseren Sohn beteten und Gott all die Versprechen machten, die wir Menschen oft so schnell wieder vergessen, wenn unsere Wünsche in Erfüllung gegangen sind. Ich ertappe mich, wie ich damit hadere, dass das alles zerrinnen musste, und an dem Punkt merke ich, dass es Zeit ist, nach Hause zu fahren.

Am nächsten Morgen lade ich die Sachen in den Wagen, und kurz darauf stehen Bentley und ich in der kurzen Warteschlange für die erste Fähre. Es wird Zeit, dass Bentley wieder zu seiner Mutter kommt, in sein Zuhause. Und Zeit für mich, dass ich mich endlich meinen Dämonen stelle.

Kapitel 58

EINE DENKBARE DARSTELLUNG

Mallory Corcorans Sommersitz ist eine ehemalige Farm mit über achtzig Hektar Land in der Nähe von Middlebury in Vermont: ein renoviertes Holzhaus aus dem achtzehnten Jahrhundert, dazu ein halbes Dutzend Nebengebäude, reichlich Wiesen, die als Viehweiden an Einheimische verpachtet werden, und dichte Wälder, Onkel Mals Jagdrevier. Die Farm erstreckt sich zu beiden Seiten der Straße, so dass man sie gar nicht verfehlen kann, wenn man auf der Route 30 Richtung Cornwall fährt. Das letzte Mal bin ich in meinem zweiten Jahr als Jurastudent am Memorial Day hier gewesen, zu einem Wochenende, an dem auch der Außenminister und ein paar Senatoren eingeladen waren. Ich vermute, er wollte mich rekrutieren – *Dies alles könnte eines Tages dir gehören!* –, und es wäre ihm möglicherweise sogar gelungen, wenn seine Freundschaft mit meinem Vater mir nicht damals schon ungeheuer gewesen wäre, auch wenn ich das wahre Ausmaß noch nicht ahnte.

Wir sitzen in alten Formholz-Schaukelstühlen auf der Veranda, Anwalt und Mandant, und trinken Limonade, während Edie mit ein paar Enkeln und einer Meute von Hunden und Katzen auf dem Vorplatz spielt. Onkel Mal trägt schmutzige Jeans, Arbeitsstiefel und ein kariertes Hemd: ein zünftiger Gutsbesitzer oder wie sich ein Washingtoner Anwalt, der gern einer wäre, einen vorstellt. Ich habe meine übliche Sommerkluft an, Khakihose und

Windjacke. Mein Stock liegt neben mir auf dem Boden, bewacht von einem weiteren der vielen großen Hunde, die die Familie hält; ich möchte, dass Mallory Corcoran sich seines Vorhandenseins bewusst ist.

»Was hast du herausbekommen?«, fragt er, als sich der Smalltalk erschöpft hat.

»Ich weiß, dass du den Brief im Vinerd Howse deponiert hast.«

»Nicht ich. Meadows.« Sein Lächeln verrät kein Bedauern.

»Deshalb sollte sie damals auch beim ersten Gespräch dabei sein. Sie war bereits im Bilde.«

»Sie war bereits im Bilde«, bestätigt er. »Aber wir konnten damals nicht anders handeln. Wir mussten den letzten Wunsch unseres Mandanten ausführen – deines Vaters. Er hatte einen Brief bei uns deponiert, den wir zu öffnen hatten, falls ihm irgendetwas zustößt.«

Ich erinnere mich an den Morgen meiner Abreise aus Aspen. »Und er hat dir die Kombination gegeben, mit der du den Alarm im Vinerd Howse ausschalten konntest. Damit niemand etwas mitkriegt.«

Onkel Mal nickt. »Warum hat er dich dann nicht einfach gebeten, mir auszurichten, was ich wissen sollte? Warum dieses ganze Affentheater?«

Mallory Corcoran schlürft seine Limonade und krault einen anderen großen Hund, der knurrend neben ihm liegt, zwischen den Ohren. Ich verunsichere ihn nicht. Er hatte keine Bedenken, mich zu empfangen. Für seine Begriffe hat er ehrenhaft gehandelt und nichts zu verbergen. »Ich glaube, dein Vater wollte dir ein paar Dinge mitteilen, aber wie es aussieht, wollte er das nicht in allgemein verständlicher Sprache tun. Wahrscheinlich fürchtete er, jemand anders könnte den Brief in die Hände bekommen. Also traf er seine Vorkehrungen und versteckte sie dann so, dass nur du sie finden konntest.«

»Vor einem Jahr«, denke ich laut.

»Eher vor zweien, würde ich sagen.«

Ich nicke. »Im Oktober werden es zwei Jahre, dass er dir den Brief gab.«

Onkel Mal ist ein viel zu erfahrener Anwalt, um mich direkt zu fragen, wie ich das herausgekriegt habe. Aber er kennt die Geschichte nicht, die ich von Miles Madison, meinem Schwiegervater, gehört habe.

»Könnte hinkommen«, sagt Mallory Corcoran und tätschelt weiter den Hund.

Wieder nicke ich. Anfang des Sommers habe ich meinen Kollegen Arnie Rosen konsultiert, Experte für das anwaltliche Standes- und Berufsrecht, der mir beim Mittagessen erläuterte, dass die Obliegenheiten eines Rechtsvertreters über den Tod des Mandanten hinaus fortbestehen. Der Anwalt darf natürlich nicht mehr im Namen des Mandanten handeln, sollte etwaige letztwillige Verfügungen aber ausführen, solange nichts von ihm verlangt wird, was gesetzwidrig ist oder außerhalb seiner Befugnisse liegt, und solange der Mandant zum Zeitpunkt der Verfügung im Vollbesitz seiner geistigen Kräfte ist. Wenn dem Anwalt eine Verfügung nicht rechtens zu sein scheint, kann er versuchen, den Mandanten davon abzubringen, oder sich sogar weigern, ihr nachzukommen, doch sobald er sich dazu bereit erklärt hat, besteht die Verpflichtung. Mit anderen Worten, als Mallory Corcoran den Brief des Richters in Oak Bluffs deponieren ließ, handelte er damit im Rahmen seiner Verpflichtungen gegenüber meinem Vater, aller moralischen Fragwürdigkeit zum Trotz.

Wieso es nötig gewesen sei, das Erdgeschoss des Vinerd Howse zu verwüsten, frage ich. Und die Scheiben einzuschlagen.

Er zuckt die Achseln. »Um sicherzugehen, dass du dich als Einziger in den ersten Stock wagst und die Mitteilung findest. Die Idee deines Vaters.«

»Das hat auch Meadows erledigt?«

»Nach den Einzelheiten habe ich nicht gefragt.«

»Und wenn ich nun nicht nach oben gegangen wäre, sondern auf die Polizei gewartet hätte?«

»Ich weiß es nicht. Vermutlich hätten sie den Brief gefunden und ihn dir gegeben. Der Hausverwalter – ich habe seinen Namen vergessen – wohl genauso. Allerdings bin ich nicht sicher, ob dein Vater die Möglichkeit in Betracht zog, dass Kimberly ihn vor dir zu Gesicht bekommt. Da hätte die Sache schief gehen können. Wahrscheinlich ging er aber davon aus, dass du zu sehr Gentleman bist, um deine Frau nach einem Einbruch in den ersten Stock vorauszuschicken.«

Ich kann nicht sagen, ob das als Kompliment oder spöttisch gemeint ist, daher gehe ich nicht darauf ein und stelle stattdessen die Erste von zwei Fragen, die mich auf Mallory Corcorans Veranda geführt haben. »Wusstest du, was mein Vater wollte? Warum er dir den Brief hinterließ?«

»Lass mich die Sache abkürzen. Du willst wissen, ob ich weiß, was es mit seinen Vorkehrungen auf sich hat und warum er dich auf diese merkwürdige Suche geschickt hat. Die Antwort, Talcott, lautet nein. Ich wusste es nicht und weiß es immer noch nicht.«

»Weißt du, warum er mich ausgesucht hat und nicht Addison?«

Diesmal dauert es länger mit der Antwort. »Ich hatte den Eindruck, dass dein Bruder ... na ja, in Ungnade gefallen war.«

»In Ungnade?«

»Dein Vater schien der Meinung zu sein, dein Bruder habe ihn verraten.«

Wie befremdlich. Aber ein Blick in Mallory Corcorans Staranwaltgesicht sagt mir, dass ich nicht mehr erfahren werde. Also stelle ich die zweite Frage: »Wusstest du, worum es wirklich ging? Zwischen meinem Vater und Jack Ziegler.«

Er hat die Antwort parat, wahrscheinlich schon seit dem Tag, als die Haushälterin in der Kanzlei anrief und ihm mitteilte, dass der Richter verstorben war: »Dein Vater war mein Partner und mein Freund, Talcott, aber er war auch mein Mandant. Du weißt, dass ich auf gar keinen Fall preisgeben darf, was er mir vertraulich mitteilte.«

»Ich fasse das als ein Ja auf.«

»Du solltest es weder so noch so auffassen. Du solltest gar nichts unterstellen.«

»Na schön, ich bin ebenfalls dein Mandant. Das heißt, du musst auch über meine Geheimnisse Stillschweigen bewahren.«

»Richtig.«

»Gut. Lass mich ein wenig spekulieren.« Onkel Mal sitzt da wie eine Statue. »Ich weiß nicht genau, was zwischen meinem Vater und Onkel Jack lief, aber dass da etwas lief, weiß ich sicher. Ich weiß nicht, wie viel du dir denken konntest, aber ich vermute, dass er dir nicht viel verraten hat, weil ... na ja, weil deine Wertschätzung ihm viel bedeutete.« *Und weil er dir nicht ganz über den Weg traute,* denke ich, spreche es jedoch nicht aus, weil ich Mallory noch brauche. *Der Richter hat dir nicht voll vertraut, und das ist der eigentliche Grund dafür, dass er dir nur diese kryptische Mitteilung gab und seine Vorkehrungen woanders versteckte.* »Aber ich würde dir gern erklären, was meiner Meinung nach geschah.«

»Das interessiert mich sehr, Talcott.«

Also erzähle ich es ihm. Ich sage, dass es vermutlich recht harmlos anfing. Wahrscheinlich wandte sich der Richter an Jack Ziegler, weil er einen Privatdetektiv suchte, und Jack Ziegler empfahl Colin Scott, weil der sein Kollege bei der CIA gewesen war und Arbeit suchte. Ich bezweifle, dass mein Vater gleich einen Killer engagieren wollte. Vielleicht wollte Jack Ziegler ihn absichtlich in Versuchung führen. Vielleicht ergab es sich einfach so. Wie auch immer, als mein Vater von Scott den Bericht bekam, beschloss er, ihn nicht an die Polizei weiterzuleiten.

»Warum nicht?«

»Wegen des Namens, der darin genannt wurde.« Onkel Mals undurchdringlicher Miene ist nicht anzusehen, ob der Richter ihn in diesem Punkt aufgeklärt hat. Ich meinerseits habe die Liebste Dana nicht aufgeklärt – und werde das auch niemals tun.

Statt wieder zur Polizei zu gehen, fahre ich fort, habe der Richter Scott gebeten, den Fahrer des Wagens umzubringen. Scott weigerte sich. Das war der Wortwechsel, den Sally und Addison mithörten: *Keine Regeln, wenn es um eine Tochter geht*, erklärte mein Vater zornig – oder flehend.

»Also wandte er sich noch einmal an Jack Ziegler«, erzähle ich weiter. »Er traf sich mit Onkel Jack und bat ihn, seinen Einfluss bei Scott geltend zu machen oder ihm jemand anders dafür zu besorgen. Vielleicht war Jack Ziegler überrascht, vielleicht auch nicht. Nach allem, was ich gelesen habe, hat er von jeher eine bemerkenswerte Begabung besessen, andere zu Fehltritten zu verleiten. Ich vermute, er brachte anfangs Einwände vor und warnte meinen Vater, weil er ihn gut genug kannte, um zu wissen, dass dieser, wenn er einmal die Schwelle zur anderen Welt überschritten hatte, schwerlich wieder umkehren würde, bloß weil diese andere Welt tatsächlich genauso mörderisch war, wie er erwartet hatte. Im Gegenteil, derartige Einwände mussten ihn eher noch bestärken. Mein Vater ließ vermutlich nicht locker und beharrte darauf, er wolle den Tod des Mannes, der den Wagen gefahren hatte, um jeden Preis, egal, was für Verpflichtungen er damit eingehe, er wolle, dass seiner Tochter Gerechtigkeit widerfahre. Vielleicht war das der Moment, in dem er Jack Ziegler um das Versprechen bat: Falls ihm, meinem Vater, in Folge dieser ganzen Geschichte etwas zustoße, solle er, Jack, dafür sorgen, dass seiner Familie kein Leid geschehe. Und er verließ sich auf Onkel Jacks Wort, weil dieser, wie mir im Gespräch mit Agent Nunzio klar geworden ist, von der Verlässlichkeit seines Wortes lebt.

»Das sind alles nur Vermutungen«, sagt Mallory Corcoran, dem langsam etwas mulmig wird, denn ich spekuliere jetzt offen über die Verbrechen von zweien seiner ehemaligen Mandanten, nicht mehr nur einem.

»Ich weiß. Aber sie sind schlüssig.« Er widerspricht nicht, also fahre ich fort. Irgendwann erklärte Jack Ziegler sich jedenfalls bereit zu vermitteln und bat die Instanz, die in seiner Welt solche Entscheidungen fällt, um Erlaubnis. Eine Abmachung wurde getroffen. Scott sollte den Mord ausführen. Es sollte nichts kosten, genau wie seine Detektivarbeit nichts gekostet hatte. Stattdessen werde man den Richter von Zeit zu Zeit um kleine Gefälligkeiten bitten. Nichts Auffälliges: kein Votum, das die Verurteilung eines Mafiabosses oder Drogenbarons aufhob. Nein, man werde ihn lediglich ersuchen, Unternehmen, in die illegale Gelder investiert wurden, in unangenehmen Situationen zu helfen, indem er etwa beschwerliche oder kostspielige Auflagen aus dem Weg räumte oder ein Kartellverbot widerrief.

»Deswegen wurden die Stimmabgaben meines Vaters nach Abbys Tod immer konservativer«, erläutere ich, obwohl es mir wehtut. »Deswegen hob er so viele Verbote und Beschränkungen auf. Und er kaschierte seine Gefälligkeiten mit einem vorgeschobenen ideologischen Purismus.«

»Auch das sind nur Vermutungen, Talcott.«

»Stimmt. Aber ich kann schwerlich Jack Ziegler bitten, meine Hypothesen zu bestätigen.« Insgeheim hoffe ich, dass er seine Vermittlungsdienste anbietet, denn Onkel Jack hat sich seit dem

Vorfall auf dem Friedhof auf keinen meiner Anrufe gemeldet, doch der große Mallory Corcoran zeigt sich weiterhin vollkommen unbeeindruckt. Er bleibt vollkommen unbewegt. Ich weiß, dass er mir meine Enttäuschung ansieht, doch sie rührt ihn in keiner Weise.

Ich überlege. Aus dem, was Wainwright mir erzählt hat, ging deutlich hervor, dass der Richter unter seinem perfiden Tun litt. Er hatte den Richterstuhl bestiegen, um Recht zu sprechen, er wollte nicht für alle Zeiten der Befehlsempfänger von Kriminellen sein. Zweifellos nahmen die Gefälligkeiten kein Ende. Vielleicht wurden es auch mehr, weil zunehmend illegales Geld in legale Unternehmen floss. Wer weiß, wo die Mafia überall die Finger drin hat? Als er plötzlich für den Obersten Gerichtshof nominiert wurde, waren Jack Zieglers Partner bestimmt begeistert. Und mein Vater verzweifelt. Denn wenn die Wahrheit herauskam, war er ruiniert. Doch da hatte er möglicherweise eine Idee. Vielleicht *sollte* die Wahrheit ans Licht kommen, damit er der Hölle entrinnen konnte, an die er sich verkauft hatte.

»Und an dem Punkt kommt Greg Haramoto ins Spiel«, sage ich, doch auch dieser Name zeitigt keine Reaktion. »Ich habe versucht, mit Greg zu reden, aber er wollte nicht.«

Onkel Mal, die Andeutung eines Lächelns auf den Lippen, sagt schließlich von selbst einen Satz: »Das wundert mich nicht, so wie deine Schwester damals während der Anhörungen im Fernsehen über ihn herzog. Was hat sie ihm vorgeworfen?«

»In den Richter verschossen zu sein.«

»Genau. Tja, so etwas vergisst man nicht so leicht, Talcott.«

»Es geht mir nicht darum, Greg zu kritisieren. Ich wollte schlicht darauf hinweisen, dass ich immer noch reine Vermutungen anstelle.«

»Daran habe ich keinen Moment gezweifelt.« Mallory Corcoran erhebt sich; das Gespräch ist beendet. »Alles, was du gesagt hast, sind Vermutungen. Du kannst nicht mit Sicherheit sagen, ob etwas davon stimmt.«

»Das ist mir klar.« Wir gehen zusammen zu meinem Wagen. Ich hatte gedacht, er würde mich einladen, zum Mittagessen zu bleiben, aber Onkel Mal hat seine Eigenarten, und seine Urlaubszeit ist ihm heilig.

Er hält mir die Autotür auf. »Weißt du, Talcott, Vermutungen anzustellen ist manchmal gar nicht so verwerflich. Hin und wieder stelle ich selber ein paar an.«

Ich bleibe ganz still stehen und wage nicht, ihn anzuschauen. Neben dem Haus singen Edie und die Kinder ein Lied. Die Katzen und Hunde, die meisten von ihnen abscheulich fett, dösen jetzt in der Mittagssonne.

»Ich würde vermuten, dass manches von dem, was du sagst, zutreffen könnte.« Seine Stimme ist leise und klingt ein wenig bekümmert. »Könnte, Talcott, könnte. Und ich würde auch vermuten, dass dein Vater, als er diesen Brief hinterlegte und mir von den Vorkehrungen erzählte, mir zu verstehen gab, dass er daran dachte, aus der Kanzlei auszuscheiden. Wenn ich spekulativ veranlagt wäre, würde ich vermuten, dass er Angst hatte. Dass etwas aus seiner Vergangenheit ihn eingeholt hatte. Er hatte keine Angst vor dem Tod – nein, das glaube ich nicht. Wenn ich raten müsste, würde ich sagen, er hatte Angst vor einer Enthüllung. Weil etwas ans Licht zu kommen drohte.«

Ich drehe mich zu ihm um. »Aber die Vorkehrungen ... das ganze Theater ... sollte damit nicht gerade etwas enthüllt werden?«

»Aber von ihm selbst, und nur so viel, wie er enthüllen wollte.«

»Was willst du damit sagen?«

Das wetterfeste Lächeln. »Ich will gar nichts sagen, Talcott. Du weißt, dass ich vertrauliche Mitteilungen niemals ausplaudern würde. Ich spekuliere nur.«

»Okay ... und was spekulierst du?«

»Ich spekuliere, dass dein Vater die Informationen, die er dir zukommen lassen wollte, sorgfältig versteckte, und dass er dann Selbstmord beging.«

Kapitel 59

ANDERERSEITS …

»So was Schwachsinniges hab ich im Leben noch nicht gehört«, sagt die Liebste Dana Worth.

»Wie was?«

»Dass dein Vater Selbstmord begangen haben soll.«

Ich zucke die Achseln. »Das hat er jedenfalls gesagt.«

Dana kocht. Sie ist noch nicht bereit, meine Spekulationen über den Mann, den sie einst so verehrt hat, für bare Münze zu nehmen, von Mallory Corcorans Überlegungen ganz zu schweigen. Wir schlendern zusammen die blauen Steinwege des alten Platzes in der Mitte des Campus entlang, der im Sommer, wenn kaum mehr Studenten da sind, geradezu anheimelnd sein kann. In letzter Zeit sind wir öfter zusammen, wenn auch natürlich auf rein freundschaftlicher Basis. Wir haben beide »häusliche Probleme«, wie meine Eltern das zu nennen pflegten. Meine Frau hat mich vor die Tür gesetzt, wobei sie beteuerte, wie sehr sie mich liebe, und Alison ist sauer auf Dana, weil diese sich momentan so viel den Kopf darüber zerbricht, ob es richtig ist, wie sie leben. Alison möchte, dass Dana aufhört, in ihre kleine Methodistenkirche zu gehen, zu den rechten Homophoben, wie sie sagt, und Dana weigert sich mit der Begründung, das seien gute Christen, für deren Standpunkt sie ein offenes Ohr haben wolle. Alison fragt, ob Schwarze verpflichtet seien, am Gottesdienst weißer Rassisten teilzunehmen, um deren Standpunkt zu verstehen. Dana erwidert, das könne man überhaupt nicht vergleichen. Ich habe nicht vor, mich da einzumischen. Dana ist stoisch genug, um zu einer Garland ehrenhalber ernannt zu werden, doch wenn bei ihr oder mir der Kummer hinter der Fassade durchscheint, tun wir unser Bestes, um uns gegenseitig zu trösten.

»Selbstmord«, schnaubt Dana noch einmal.

»So was kommt vor, Dana. Menschen machen manchmal Dummheiten.« Ein weiteres Leid, das wir teilen, ist die Tatsache, dass Theo Mountain vor zwei Tagen einen schweren Schlaganfall erlitten hat, von dem er sich wahrscheinlich nicht mehr erholen wird. Ich möchte dem Richter die Schuld geben, ich möchte Theo selbst die Schuld geben, aber ich kann nicht umhin, mich zu fragen, ob ich mit dem alten Mann vielleicht zu rau umgesprungen bin.

»Demnach wäre es so gewesen, dass dein Vater sich umbringen wollte, weil er Angst vor einer Enthüllung hatte? Und dann solltest du seine Vorkehrungen finden, damit er gerächt wird?«

»So ungefähr.«

»Tut mir Leid, Misha, das ist doch krauses Zeug. Ganz egal, was für ein Mensch dein Vater wirklich war. Wenn ein Reporter oder sonst jemand etwas über ihn enthüllen wollte, wieso sollte ihn die Tatsache, dass er tot ist, davon abhalten? Ein Toter kann einen nicht mal wegen übler Nachrede anzeigen.«

»Um so eine Enthüllung ging es, glaube ich, nicht. Keine öffentliche Bloßstellung.«

»Um was für eine dann?«

»Vielleicht drohte jemand damit, seiner Familie zu sagen, was er getan hatte.«

»Aber welchen Grund sollte dieser Jemand gehabt haben? Und warum hätte er davon absehen sollen, bloß weil der Richter tot war?«

Ich schüttele ratlos den Kopf, denn ich kaue immer noch Watte, komme nicht weiter mit meiner Theorie, dass eine weitere Person in die Sache verwickelt ist, ein Unbekannter, der sich nicht hat täuschen lassen. Und das Einzige, wonach dieser Unbekannte so hartnäckig trachten kann, dass er deswegen meinen Vater bedrohte, ist just das, was ich bis jetzt nicht gefunden habe: die *Vorkehrungen.* »Ich weiß es nicht«, gestehe ich.

Dana stöhnt entnervt. Wir wandern weiter über den leeren Platz, auf dem ich als Student öfter mit dem Richter spazieren gegangen bin. Mein Vater schwelgte dann eine Weile in Erinnerungen und schleifte mich anschließend zu einem seiner alten Professoren, oder einem ehemaligen Kommilitonen, der inzwischen selber Professor war. Nonchalant stellte er mich meinen eigenen Lehrern vor, als hätten sie mich noch nie zuvor gesehen, als hätten sie mich noch nie im Unterricht in Verlegenheit gebracht oder mir aufgebrummt, eine Fünfzig-Seiten-Arbeit innerhalb von drei Tagen neu zu schreiben, und sie lobten mich, um ihm zu schmeicheln, denn schon damals hatte mein Vater eine geradezu magische Ausstrahlung und ein achtunggebietendes Auftreten, und außerdem war ihnen allen klar, dass unter Reagan der Ehrenwerte Richter Oliver Garland den nächsten freien Sitz am Obersten Gerichtshof der Vereinigten Staaten bekommen würde. Zum Abschluss seines Besuchs fuhr ich meinen Vater immer in meinem klapprigen, aber stilvollen Dodge Dart zum Miniaturflugplatz von Elm Harbor, und dort setzten wir uns in die Cafeteria und warteten bei trockenem Plundergebäck auf die Ankunft der regelmäßig verspäteten kleinen Pendlermaschine, die ihn zurück nach Washington bringen sollte, und zum Zeitvertreib bombardierte er mich mit den ewig gleichen Fragen: wie meine Noten waren, wann ich von der Juristenzeitschrift hören würde, mit welchem Mädchen ich gerade ging, und wie immer war ich versucht, auf die ersten beiden zu lügen und auf die dritte die Wahrheit zu sagen, und sei es nur, um seinen Gesichtsausdruck zu sehen und in Ruhe gelassen zu werden.

Zu dem Zeitpunkt war er natürlich bereits Jack Zieglers Marionettenrichter, wodurch die großen Hoffnungen, die er zu meinem Verdruss in mich setzte, im Nachhinein mitleiderregend und doch irgendwie liebevoll ehrgeizig wirken: Er wollte, dass sein Anwaltsohn es einmal besser machte als er.

»Misha?« Dana unterbricht meine Gedanken. »Misha, wieso hat Jack Ziegler das getan?«

»Was? Ihn aus seinen Klauen gelassen?«

»Nein, nein. Wieso ist er zum Gericht gekommen? Er muss doch gewusst haben, dass ihn zwangsläufig jemand erkennen würde und dass damit die Richterkarriere deines Vaters ruiniert ist.«

»Wahrscheinlich«, erwidere ich, denn diese Frage habe ich mir auch schon gestellt. »Aber vielleicht war der Ruin seiner Richterkarriere Jack Zieglers letztes Geschenk an meinen Vater.«

Dana nickt. »Und als dein Vater schließlich draußen war, ließ er verlauten, er habe alles schriftlich festgehalten. Falls ihm etwas zustoße, werde die Geschichte auffliegen.« Sie ist plötzlich ganz aufgeregt. »Das muss es sein, was in den Papieren steht, Misha! Die Gefälligkeiten, die er ihnen erwiesen hat, die Unternehmen, ihre Eigentümer – alles!«

»Das vermute ich auch.« Mir fällt wieder ein, dass der Richter von den Scheinunternehmen, die als Prozessparteien vor ihm auftraten, stets die Namen der Hauptverantwortlichen wissen wollte und dass sich nur wenige dagegen zu sperren wagten. Justice Wainwright bezeichnete das Insistieren meines Vaters als Indiz für seine geradezu manische Gründlichkeit. Doch es gab noch einen anderen Grund: Der Richter wollte sich schützen, indem er Informationen bunkerte.

Was auch erklären würde, wer Colin Scott beauftragt hat, mich zu beschatten. Dass er in den Papieren womöglich namentlich auftauchte, bedeutete vielleicht einen zusätzlichen Ansporn, aber dass Scott lediglich aus Furcht um seine Person hinter mir her gewesen sein soll, ist nach wie vor das schwache Glied in der Kette von Schlüssen, die das FBI gezogen hat. Ich habe keine Ahnung, ob sie Scott als Mörder von Phil McMichael, dem Sohn des Senators, in Verdacht hatten, aber sie gingen jedenfalls davon aus, dass er zurückgekehrt war, weil er sich Sorgen wegen der *Vorkehrungen* machte. Und genau das ergibt keinen Sinn. Wenn er unter falschem Namen im Ausland lebte, warum hätte er dann in die USA zurückkommen und sich einer Anklage wegen Mordes aussetzen sollen? Nein, er hat mich im Auftrag von jemand anders verfolgt, der ihn gut dafür bezahlte, und vermutlich werde ich nie erfahren, wer dahinter steckt, wenn es mir nicht gelingt, die *Vorkehrungen* zu finden, denn Scotts Auftraggeber müssen diejenigen gewesen sein, die von dem korrupten Handeln meines Vaters profitierten.

»Weißt du, Misha, ich habe deinen Vater sehr bewundert. Wirklich.« Tief empfundener Schmerz spiegelt sich in ihren schwarzen Augen. Wenn sie wüsste, was ich ihr verschweigen habe, nämlich wer der Fahrer des roten Wagens war, der von Colin Scott umgebracht wurde, würde sie wahrscheinlich noch viel mehr leiden. »Aber diese ganze Geschichte ... Was soll ich jetzt tun? Ihm verzeihen? Ihn hassen? Was?«

Ich muss schmunzeln. Die Liebste Dana Worth, egozentrisch bis zum Letzten. Ihr kommt überhaupt nicht in den Sinn, dass ich mich mit genau denselben Fragen herumschlage. Ich erwarte nicht, dass das Leben anders als rätselhaft und uneindeutig ist, daher wäre es wohl zu viel verlangt, wenn ich plötzlich eine kristallklare Haltung zu meinem Vater einnehmen sollte. Dana braucht dagegen eindeutige Antworten, genau wie Mariah. Um überhaupt etwas zu sagen, greife ich auf eine der vielen Plattitüden meines Vaters zurück: »Du musst einen Schlussstrich ziehen, Dana. Du musst die Vergangenheit ruhen lassen.«

»Mir kommt es vor, als hätte ich ihn überhaupt nicht gekannt. Als wäre er in Wirklichkeit ein ... Monster gewesen. Er hatte so viele Seiten. So viele Gesichter.«

Ich erinnere mich an Jack Zieglers Monolog. »Er hat versucht, seine Familie zu schützen. Es ... es ist ihm einfach über den Kopf gewachsen.«

»Das ist eine ziemlich billige Ausrede.«

»So habe ich das nicht gemeint. Ich will nicht rechtfertigen, was er getan hat. Ich glaube nur nicht, dass er es von Anfang an so geplant hatte. Wahrscheinlich ist er allmählich immer tiefer hineingerutscht.«

Dana schüttelt den Kopf. Sie fällt, ohne mit der Wimper zu zucken, Urteile über andere, und am gnadenlosesten über sich selbst. »Tut mir Leid, Misha, aber das genügt mir nicht. Dein Vater war kein ahnungsloser, unschuldiger Trottel. Er war ein intelligenter Mensch. Er kannte Jack Ziegler, er wusste, mit wem er es zu tun hatte. Wenn es wirklich stimmt, dass dein Vater ihn bat, einen Mord zu begehen, meinst du dann im Ernst, er hätte nicht begriffen, dass er sich damit für den Rest seines Lebens von dem Mann abhängig machte? So naiv war er nicht, Misha.« Sie schaudert, was bei ihr selten vorkommt, dann fasst sie sich an den verletzten Ellbogen, der offenbar immer noch wehtut. »Ich weiß nicht, was ich von ihm halten soll, Misha. Ich will nicht behaupten, dass er böse war ... aber er war auch nicht einfach nur ein armer Verblendeter. Er traf die *Entscheidung*, den Fahrer des Wagens töten zu lassen. Er traf die *Entscheidung*, ein korrupter Richter zu werden.« Sie schüttelt erneut den Kopf. »Ich kann es nicht fassen, dass ich keine Ahnung hatte, was wirklich in ihm vorging. Ich finde es unheimlich, Misha. Und es tut weh.«

»Versetz dich mal in seinen Sohn.«

»Ach, Misha, so habe ich das nicht gemeint.« Sie drückt meine Hand. »Entschuldige.«

»Ich weiß, Dana, aber für mich ist es wirklich nicht leicht.« Ich seufze. »Na, jedenfalls musst du dir deswegen nicht mehr den Kopf zerbrechen.«

Dana blickt mich scharf an, weil sie anscheinend in meinem Ton etwas gehört hat, das ihr nicht gefällt. Sie lässt meine Hand wieder los und deutet mit dem Finger auf mich. »Du glaubst nicht, dass es vorbei ist«, sagt sie verwundert. »Da ist doch etwas, was du mir verheimlichst, Misha.«

»Lass die Sache ruhen, Dana. Bitte.«

»Hast *du* das etwa vor? Die Sache ruhen zu lassen? Irgendwie bezweifle ich das.« Mitten auf dem Platz stemmt sie die Fäuste in die Hüften. Dann wird ihr Ton milder. »Meinst du wirklich, dass sie auf den Kasten reingefallen sind, Misha?«

»Ich hoffe es. Ich hoffe, sie denken, dass der Richter bloß geblufft hat.«

»Und was, wenn man irgendwie feststellen kann, wie lange der Kasten in der Erde gelegen hat?«

»Das kann man bestimmt, aber woher sollen sie wissen, wann der Richter ihn vergraben hat? Er könnte das am Tag vor seinem Tod getan haben. Du hast ihn ein halbes Jahr danach vergraben. Ich weiß nicht, ob man das so genau feststellen kann.«

»Ich hoffe nicht.« Ein schwaches Grinsen. »Sonst kriegen wir ziemlichen Ärger.«

Wir lassen das beide kurz wirken. Heute sehen wir uns zum letzten Mal, bevor Dana sich für den Rest des Sommers – ob mit oder ohne Alison – an den Cayuga Lake im Bundesstaat New York zurückzieht, wo sie ein Stück nördlich von Ithaca ihre »kleine Schriftstellerklause« hat, ein altes, kühles Steinhaus am Wasser. Ich dachte, wir würden uns zum Abschied sentimental umarmen. Falsch gedacht.

»Wenn wir wüssten, wo die Papiere sind«, sagt Dana nachdenklich, »könnten wir sie zu unserem Schutz verwenden.«

»Leider wissen wir das aber nicht.«

Besorgt mustert sie mein Gesicht. »Tust du mir einen Gefallen, Mishaschatz? Wenn sie kommen und dich in die Mangel nehmen, weil der Kasten leer war, und du beschließt zu lügen, um mich zu decken, dann lüg bitte ein bisschen besser als gerade eben.«

»Es wird niemand kommen«, beruhige ich sie. »Wir haben sie reingelegt, Dana.«

Doch dem Gesichtsausdruck meiner besten Freundin kann ich entnehmen, dass sie das bezweifelt. Um die Wahrheit zu sagen, ich auch.

Kapitel 60
Die letzte Runde

• I •

Ich halte weiter die Augen offen und warte darauf, dass sie kommen, wobei ich gleichzeitig versuche, ein halbwegs normales Leben zu führen. Wie die meisten Professoren nutze ich den Sommer im Allgemeinen zum Schreiben. In diesem Jahr jedoch verbringe ich möglichst viel Zeit mit Bentley. Kimmer hat anscheinend nichts dagegen, und hin und wieder unternehmen wir sogar etwas zu dritt. Sara Jacobstein schärft mir ein, Bentley müsse erleben, dass seine Eltern sich gegenseitig mit Respekt begegnen. Morris Young erklärt mir, Gott erwarte dasselbe. Wir werden nicht wieder zusammenkommen, das hat meine baldige Exfrau hinreichend deutlich gemacht, dennoch sind diese Unternehmungen – ein Spaziergang im Park, der Besuch einer Broadway-Aufführung – für uns nicht übermäßig belastend, ganz so, als würden Kimmer und ich, während wir uns auseinander leben, auch ein bisschen erwachsen. Einmal, als wir nach der Rückkehr von einem Abendessen zu dritt besonders gut gelaunt im Eingang des Hauses in der Hobby Road stehen, fragt Kimmer mich sogar, ob ich über Nacht bleiben möchte, und mir stockt das Herz, bis mir klar wird, dass dieser Impuls nicht den Neuanfang unserer Ehe verheißt, sondern sich wohl nur aus Lionels vorübergehender Abwesenheit erklärt. Als meine höfliche Ablehnung mit einem Achselzucken quittiert wird, weiß ich, dass ich richtig vermutet habe.

Wenn ich nicht mit Bentley zusammen bin, fahre ich viel mit

meinem guten alten Camry durch die Gegend und behalte dabei den Rückspiegel im Auge, weil ich seit kurzem neue Schatten wittere, einen ganz leisen Hauch. Irgendjemand ist wieder da, davon bin ich überzeugt. Vielleicht Nunzios Leute, vielleicht die von Jack Ziegler oder einem seiner Partner. Aber im Grunde habe ich das Gefühl, dass der Atem in meinem Nacken von jemand anders stammt, von jemandem, der eine Weile auf Tauchstation war. Mit dessen Rückkehr ich allerdings gerechnet habe.

Mir läuft die Zeit davon, aber das weiß außer mir keiner.

In der Juristischen Fakultät ist Shirley Branch eines schönen Hochsommertages vor Glück ganz aus dem Häuschen: Wie ein Schulmädchen läuft sie die Flure auf und ab und umarmt jeden, der ihr begegnet. »Er ist wieder da!«, ruft sie freudig schluchzend. Als ich an der Reihe bin, wirft sie mich mitsamt meinem Stock fast um, und noch ehe ich fragen kann, wer denn wieder da sei, schreit sie schon: »Cinque! Er ist wieder da!« Gestern Abend sei sie nach Hause gekommen, und da habe er auf der Schwelle gesessen und fröhlich mit dem Schwanz gewedelt. Ich bin verwundert und erleichtert und mehr denn je von einer kleinen Theorie überzeugt, die ich mir zurechtgelegt habe. Merkwürdig sei bloß, fügt Shirley hinzu, dass er ein brandneues Halsband ohne Namen umhatte. Doch sie ist einfallsreich genug, um sogleich eine Erklärung parat zu haben: »Er muss beim Herumstreunen sein Halsband verloren haben, und irgendwelche Leute haben ihn gefunden, und weil sie nicht wussten, wo er wohnt, haben sie ihm ein neues Halsband umgelegt, aber dann hat er mich vermisst und ist ihnen weggelaufen und wieder nach Hause gekommen!«

Eine gute Geschichte, auch wenn sie nicht der Wahrheit entspricht. Mir fällt dagegen eine gewisse Tierfreundin ein, die mit fünf Hunden und zehn Katzen groß geworden ist. Sie hat es fertig gebracht, auf dem Friedhof auf mich zu schießen und das als »Dienst« zu bezeichnen, konnte sich aber nicht überwinden, Shirleys schwarzem Terrier etwas zuleide zu tun. Wo Maxine wohl das Blut herhatte, das sie auf die Hundemarke schmierte, als sie mir nach Aspen folgte? Und warum kam sie nicht vorbei und sagte hallo, als sie einen Abstecher nach Elm Harbor machte, um Cinque vor Shirleys Haustür abzusetzen?

An dem Abend rufe ich Thera an, um mich nach Sallys Befinden zu erkundigen, erreiche aber nur ihren Anrufbeantworter, und sie ruft nicht zurück. Ein paar Tage später klingelt um zwei Uhr nachts das Telefon: Es ist Kimmer, die weinend meinen Namen flüstert, ohne dass ich einen Anlass für die Tränen erkennen könnte. Ich frage sie, ob ich vorbeikommen soll; sie zögert und sagt dann nein. Als ich mich am nächsten Tag erkundige, was los war, entschuldigt sie sich für die Störung und mag sich ansonsten nicht dazu äußern. Vielleicht gibt es in jeder zerrütteten Ehe solche Momente.

Am Tag darauf lädt mich Peter Van Dyke ein, mit ihm und Tish Kirschbaum beim Mittagessen über die vielen Prozesse gegen die Boy Scouts zu plaudern; Peter meint, er kenne niemanden, der in der Sache unparteiischer sei. Wir drei frotzeln und diskutieren fast so, als wäre ich wieder ein angesehenes Mitglied des Lehrkörpers. Und vielleicht auch ein angesehenes Mitglied der Gemeinde, denn meine drei Schusswunden haben mir in Elm Harbor eine gewisse Berühmtheit eingetragen: Mehrere Pfarrer bitten mich, in ihren Kirchen zu sprechen, und die Rotarier wie auch der Ortsverband der schwarzen Bürgerrechtsorganisation NAACP teilen mir mit, ihre Mitglieder würden liebend gern hören, was ich zu sagen habe. Noch bemerkenswerter ist, dass Kwame Kennerly mich zum Kaffee einlädt, um mich um Unterstützung für seine Wahlkampagne zu bitten. Er hat die Kente-Mütze und den marineblauen Blazer gegen einen beigefarbenen Dreiteiler getauscht und versichert mir, in unserer Stadt eröffneten sich großartige Möglichkeiten.

Ich erkläre ihm, dass ich mich für Politik nicht interessiere.

In der ersten Augustwoche wird mein Vermieter Lemaster Carlyle als Richter am Bundesberufungsgericht der Vereinigten Staaten vereidigt. Seine strahlende Frau Julia hält die Bibel. Die Hälfte der Juraprofessoren findet sich in dem brandneuen Gerichtsgebäude der Stadt ein, die andere Hälfte ist in Urlaub. Alle führenden Vertreter der hiesigen Anwaltschaft sind zugegen. Richter Carlyle hält eine kurze Rede, in der er feierlich verspricht, nach Kräften die Traditionen des Richteramtes fortzuführen – die besseren Traditionen, möchte man hoffen. Er bekommt lebhaften Beifall, denn alle haben beschlossen, ihn zu mögen. Lemaster wusste wahrscheinlich gar nicht, dass er so viele Freunde hat, wie ihm jetzt auf die Schulter klopfen. Ich stehe ein Stück abseits vom Helden des Tages, und es wurmt mich immer noch, dass er uns nichts von seiner Kandidatur gesagt hat. Trotz allem, was geschehen ist, und obwohl ich mir meines Masochismus bewusst bin, verspüre ich weiterhin ein gewisses Maß an Loyalität gegenüber meiner untreuen Frau, deren richterliche Ambitionen Lem fürs Erste durchkreuzt hat. Ich kann nicht vergessen, dass Lemaster Carlyle mit seinen zahllosen Washingtoner Verbindungen hinter unserem Rücken operiert hat – mit Erfolg, gewiss, aber dennoch hinter unserem Rücken.

Trotzdem drücke ich ihm die Hand und finde die richtigen Worte. Auch Kimmer ist gekommen; sie gehört zu den vielen Schulterklopfern. Dahlia Hadley hatte Recht, und meine Frau weiß das: Für sie wird es noch öfter eine Chance geben, wenn sie nur weiter hart arbeitet und sich bei all jenen beliebt macht, bei denen man sich beliebt machen muss. Und wenn sie diese unerfreuliche Geschichte mit ihrem Mann in Ordnung bringt und mit Lionel auf dem Teppich bleibt. Ich ertappe mich sogar bei der Frage, ob sie bei ihrem Entschluss, sich von mir zu trennen, einkalkuliert hat, dass ihre Chancen, Richterin zu werden, ohne mich besser sind als mit mir. Aber das ist ein unwürdiger Gedanke, und mit einer stummen Verneigung vor dem Richter schiebe ich ihn beiseite. Wir beide wechseln ein paar belanglose Worte, und ich beschließe, meine Frau nicht mit dem Ergebnis meiner Nachforschungen zu belasten: dass sie als diejenige, die nach dem Einbruch auf Martha's Vineyard die Reklamation beim Hersteller der Alarmanlage vornahm, damals erfahren haben muss, dass die Vandalen die Kombination kannten, mit der man den Alarm aus- und wieder einschaltete. Sie hat diesen wichtigen Hinweis nie an mich weitergegeben, wahrscheinlich weil sie ihre Nominierung nicht durch den Beweis dafür gefährden wollte, dass ich die ganze Zeit über Recht gehabt hatte. Mit einem Blick in ihr angespanntes Gesicht vergebe ich ihr. Lems Feier findet an meinem zweiundvierzigsten Geburtstag statt, doch Kimmer erwähnt das zufällige Zusammentreffen mit keinem Wort, und ich werde sie keinesfalls daran erinnern. Mein einziger Gratulant ist daher spätabends meine Schwester Mariah, die sich am Telefon wortreich über die inzwischen sechs Monate alte Mary auslässt, mir aber auch im Vertrauen mitteilt, dass sie vorhat, bald wieder in die Shepard Street zu fahren: Es gebe schließlich Papiere, die sie noch nicht durchgesehen habe.

Ich wünsche ihr alles Gute.

Zwei Tage nach Lems Vereidigung stirbt Theo Mountain. Seine Tochter Jo, die New Yorker Rechtsanwältin, bittet mich in dem Irrglauben, Theo sei bis zuletzt mein Mentor gewesen, bei der großen katholischen Trauerfeier ein paar Abschiedsworte zu sprechen. Mir fällt nichts ein, womit ich ihr diese Bitte abschlagen könnte, ohne ihr noch mehr Schmerz zuzufügen. Also versuche ich mich daran zu erinnern, wie ich Theo früher gesehen habe, und schreibe ein paar Zeilen nieder, aber dann bringe ich meinen Vortrag nicht zu Ende, weil ich zu sehr weinen muss. Während die Trauergäste peinlich berührte Blicke wechseln, kommt Lynda Wyatt nach vorne, legt mir sanft den Arm um die Taille und führt mich an meinen Platz zurück.

Wahrscheinlich denken die Leute, dass ich wegen Theo geweint habe. Vielleicht stimmt das ja auch zum Teil. Vor allem aber habe ich geweint, weil so viel Gutes unwiederbringlich verloren ist und weil Gott einen zwingt, erwachsen zu werden, wenn man am wenigsten damit rechnet.

• II •

Zwei Tage nach der Trauerfeier taucht Mr. Henderson vor meiner Wohnungstür auf. Er sei gerade in der Gegend gewesen, sagt er für den Fall, dass irgendwelche Nachbarn mithören, und da habe er gedacht, er schaue mal auf einen Sprung vorbei. Er trägt ein Sportsakko, das seine Waffe verbirgt, und weist keine erkennbare Verletzung auf, woraus ich schließe, dass die fünfte Person, die an dem Abend, als ich angeschossen wurde, auf dem Friedhof war, sein Alter Ego Harrison gewesen sein muss. Dana und ich waren da, Colin Scott war da, und Maxine war da – sie schnappte sich den ausgegrabenen Kasten. Das macht vier. Aber ich weiß, dass es noch einen Fünften gab, nicht nur weil die Polizei das meint, sondern auch weil ich einen Mann – keine Frau – aufschreien hörte, nachdem der sterbende Colin Scott seinen Verzweiflungsschuss abgegeben hatte. Die Polizei fand keinerlei Spur von ihm, das heißt, er war offenbar nah genug am Geschehen, um eine Kugel abzubekommen, und robust genug, um sich trotzdem aus dem Staub zu machen.

Ich lasse Mr. Henderson ein, weil ich gar keine Wahl habe. In der Erwartung, dass jeden Augenblick das Beil der Guillotine fällt, führe ich ihn an den kleinen Küchentisch, ein oft überstrichenes Relikt aus meiner Kindheit, das ich im Keller des Hauses in der Hobby Road gefunden habe. Ich biete ihm Wasser und Saft an. Henderson lehnt ab. Wie Spieler, die sich gegenseitig misstrauen, halten wir unsere Hände so, dass der andere sie sehen kann. Wir gehen sehr höflich miteinander um, allerdings stellt Henderson vorsichtshalber ein kleines elektronisches Gerät auf, das es, wie er mir versichert, fast unmöglich macht, uns zu belauschen. Ich merke nur, dass ich plötzlich einen stechenden Kopfschmerz bekomme, obwohl das Gerät keinerlei Geräusch von sich zu geben scheint.

»Ihr Freund versteht, warum Sie so gehandelt haben«, teilt mir Henderson mit seiner weichen, perlenden Stimme mit. »Er macht Ihnen keinen Vorwurf daraus, dass der Inhalt des Kastens ... enttäuschend war. Im Gegenteil. Er ist zufrieden.«

Das überrascht mich. »Tatsächlich?«

»Ihr Freund ist der Ansicht, alle Betroffenen sind mit diesem Ergebnis zufrieden.«

Ich reibe meine schmerzende Schläfe und lasse mir das durch den Kopf gehen. Was Dana und ich befürchtet haben, ist anscheinend eingetreten: Jack Ziegler ist zu gewieft, um sich so leicht hereinlegen zu lassen. Ich vermute, dass die anderen *Betroffenen* ebenfalls gewieft sind. Dennoch sind sie zufrieden. Und Henderson ist hier. Mit anderen Worten ...

»Den Kasten hat jemand anders bekommen«, murmele ich. Die Guten, denke ich. Nicht die Tollen, sondern die Guten. »Mein ... Freund hat ihn nicht. Habe ich Recht?«

Henderson äußert sich nicht dazu. Sein energisches Gesicht bleibt ausdruckslos. »Ihr Freund ist der Ansicht, wenn nichts gefunden wurde, gab es vielleicht nichts zu finden. Manche Drohungen sind nur Bluffs.«

»Ich verstehe.«

»Vielleicht stimmen Sie mir zu.«

Endlich begreife ich, woraus man mir keinen Vorwurf macht und was ich sagen muss, um die Absolution zu verdienen. »Unbedingt. Manche Drohungen sind nur Bluffs.«

»Vielleicht gab es in Wirklichkeit niemals irgendwelche Vorkehrungen.«

»Das ist durchaus möglich.«

»Sogar wahrscheinlich.«

»Sogar wahrscheinlich«, spreche ich ihm nach, um den Handel zu beschließen.

Henderson steht auf und dehnt mit katzenartigen Bewegungen seine breiten Schultern unter dem lockeren Sakko. Ich frage mich, wie viele Sekunden er bräuchte, um mich mit bloßen Händen umzubringen, falls es sich als nötig erweisen sollte. »Danke für Ihre Gastfreundschaft, Professor.«

»Danke, dass Sie vorbeigekommen sind.«

Bevor er sein elektronisches Störgerät wieder zusammenklappt, stellt Henderson noch eine letzte Sache klar: »Ihr Freund möchte, dass Sie sich eines merken: Sollten Sie in der Zukunft Dinge entdecken, die ... weniger enttäuschend sind, dann erwartet er, dass Sie sich bei ihm melden. Bis dahin versichert er Ihnen, dass Sie nicht weiter belästigt werden.«

Ich lasse mir auch das durch den Kopf gehen. *Manche Drohungen sind nur Bluffs.* Er deutet mehr an, als er ausspricht. »Und meine Familie und ich ...«

»Sind vollkommen sicher. Selbstverständlich.« Aber kein Lächeln. »Sie haben das Versprechen Ihres Freundes.«

Solange ich mich an meinen Teil der Abmachung halte, heißt das. Vorher war Onkel Jacks Fähigkeit, mich zu beschützen, getragen von seiner Garantie gegenüber anderen *Betroffenen*, dass ich die *Vorkehrungen* ausfindig machen würde. Unter den jetzigen veränderten Umständen beruht seine Fähigkeit, mich zu beschützen, auf seiner Garantie, dass ich das nicht tun werde. Sie können nicht wissen, ob ich die Informationen in Wirklichkeit irgendwo anders gefunden habe, ob ich sie wie mein Vater versteckt und nun meinerseits Vorkehrungen getroffen habe, die im Falle meines unerwarteten Ablebens wirksam werden. Die *Be-*

troffenen und ich werden von nun an in einem Gleichgewicht der Angst leben.

»In Ordnung«, sage ich.

Wir geben uns nicht die Hand.

• III •

Allabendlich gucke ich den Wetterbericht. Gegen Ende der dritten Woche des Monats, als ich gerade Bentley für ein paar Tage bei mir habe, schalte ich den Fernseher ein und vernehme mit Genugtuung, dass ein Hurrikan die Küste heraufzieht. Wenn er seinen gegenwärtigen Kurs beibehält, wird er in vier Tagen Martha's Vineyard erreichen. Perfekt.

Am nächsten Morgen, einem Samstag, liefere ich Bentley wieder bei seiner Mutter ab. Mein Sohn und ich stehen zusammen auf dem Rasen vorm Haus, und Don Felsenfeld, der gerade in seinen Blumenbeeten buddelt, hebt zum Gruß ein Erdschäufelchen. Ich schlage mir die Frage aus dem Kopf, ob Don, dem nichts entgeht, schon vor mir von Lionel wusste.

»Wann kommst du wieder?«

»Nächstes Wochenende, mein Schatz.«

»Ehrenwort?«

»Ehrenwort, Bentley. So Gott will.«

Seine wachen Augen durchforschen mein Gesicht. »Los du?«, erkundigt er sich mit einem Rückfall in die Geheimsprache, die wir sonst kaum mehr zu hören bekommen.

»Ja, mein Schatz. Versprochen.«

Ich gehe mit meinem Sohn über den holperigen Ziegelpfad zur Tür des Hauses Hobby Road 41. Holperig, weil Kimmer und ich kurz nach dem Einzug die Ziegel selber verlegt haben. Eine Arbeit für zwei Tage, für die wir viel beschäftigten, verliebten Anfänger ungefähr einen Monat brauchten.

Meine Hand am Stock zittert.

Das Haus ist leer. Der Gedanke kommt ungebeten, aber mit der ganzen moralischen Wucht absoluter Wahrheit. Es ist ein leeres Haus ... nein, ein leeres Heim. Kimmer ist bestimmt irgendwo da drin und wartet auf ihren Sohn. Ihr BMW parkt wie üblich in der Einfahrt, entgegen meinem Rat. Und falls meine Frau in ihrer leichtfertigen Art ihr feierliches Versprechen gebrochen hat – wäre ja nicht das erste Mal! –, dann hockt Lionel Eldridge möglicherweise in einem der Zimmer, und sein taubenblauer Porsche steht gut versteckt in der Garage. Und dennoch herrscht Leere in dem viktorianischen Haus, denn ein Heim, das einmal eine Familie beherbergt hat und jetzt nur noch deren Scherben enthält, ist wie ein Strand, an dem der Sand bis auf den nackten Fels weggeschwemmt wurde: Der Name ist noch geblieben, aber nichts mehr, was ihn rechtfertigen könnte.

An der Haustür teile ich Kimmer mit, dass ich noch einmal für ein paar Tage auf die Insel fahre. Sie nickt gleichgültig, doch dann stutzt sie. Die Entschlossenheit in meiner Stimme scheint sie zu erschrecken.

»Was hast du vor, Misha?«

»Ich werde die Sache zu Ende bringen, Kimmer. Ich muss es tun.«

»Nein, musst du nicht. Da gibt's nichts mehr zu Ende zu bringen. Es ist vorbei, aus und vorbei.« Sie drückt unseren Sohn an sich, will nicht wahrhaben, was sie da hört.

»Pass gut auf ihn auf, Kimmer. Ich meine, falls mir was passiert.«

»Sag doch nicht so was! Du darfst so was nicht sagen!«

»Ich muss los.« Ich löse ihre Hand von meinem Ärmel. Da bemerke ich die Panik in ihrem Gesicht und begreife, dass sie mich völlig falsch versteht. Sie glaubt, ich fahre nach Oak Bluffs, um mich umzubringen. Ihretwegen! Ich liebe sie, durchaus, ich leide, gewiss, aber Selbstmord! Also lächele ich sie an, nehme ihre Hand und gehe mit ihr die Stufen hinunter auf den Rasen. Sie hat genug Gespür, um Bentley ins Haus zu schicken.

»Sag bitte nicht solche Sachen«, seufzt Kimmer und sträubt sich nicht, als ich den Arm um sie lege.

»Kimmer, hör zu. Hör mir bitte gut zu. Ich werde keine Dummheiten machen. Es gibt einen Teil des Rätsels, der noch nicht aufgeklärt ist. Alle haben ihn vergessen, nur ich nicht. Und ich muss mich einfach selber vergewissern.«

»Wovon?«

Ich denke an die Schatten, die ich gespürt habe, überlege, wie ich es ausdrücken soll. Ich denke an den immer noch nicht geklärten Überfall auf mich auf dem Universitätsgelände. An meine Schusswunden. An meine kurze Unterhaltung mit Mr. Henderson. Und dann ziehe ich den Schlussstrich des Richters: »Wie es früher war, Liebling. Ich muss wissen, wie es früher war.«

Sie leckt sich die Lippen. In ihrer Jeans und dem Polohemd sieht sie bezaubernd aus wie immer. Ihre Haare sind unordentlich, und ich frage mich voller Pein, ob sie gerade aus dem Bett kommt. Sie schiebt ihre Brille hoch und stellt nur eine Frage: »Wird es gefährlich, Misha? Für dich, meine ich.«

»Ja.«

Kapitel 61
Angelas Geliebter

• 1 •

Der Hurrikan schlägt an meinem zweiten Tag in Oak Bluffs zu, und es ist ein gigantischer Sturm, einer der ganz großen, ein Sturm, über den man noch in vielen Jahren reden wird, genau wie ich es mir erhofft hatte. Den ganzen Vormittag fährt die Polizei mit Lautsprecherwagen durch die Straßen und ermahnt alle, die nahe am Wasser wohnen, sich in Sicherheit zu bringen. Die Rundfunksender auf der Insel wie auch auf Cape Cod sagen grauenhafte Verwüstungen voraus. Ich halte mich im Haus oder auf der Veranda auf und beobachte das Herannahen des Sturms. Bis zum frühen Nachmittag hat der Wind auf der ganzen Insel Äste abgebrochen und Leitungen heruntergerissen, so dass ich keinen Strom mehr habe. Ich höre es oben auf dem Dach knirschen, als würde der Schornstein sich überlegen, ob er herunterkommen soll. Wie damals vor zwanzig Jahren, als er bei einem weniger heftigen Sturm auf das Hausdach kippte. Ich öffne die Haustür. Der Regen bildet unmittelbar vor mir einen nassen, schimmernden Vorhang, so dass man meinen könnte, wenn man hindurchginge, käme man in eine magische Welt, in der Blätter herumwirbeln, Gartenmöbel ziellos durch die Straßen geweht werden und Bäume krachend entzweibrechen.

Ich warte. Keine Autos mehr auf der Ocean und der Seaview Avenue, kein Mensch mehr im Park. Wie immer gehen ein paar Verrückte an der Strandmauer spazieren, als wollten sie sehen, ob die Sturmflut hoch genug kommt, um sie mitzureißen. Allerdings sind sie nicht verrückter als Talcott Garland, von seinen Freunden Misha genannt, der trotz der polizeilichen Aufforderung, die strandnahen Gebäude zu verlassen, am unverbretterten Fenster seines Hauses sitzt. Natürlich kann ich nicht weg. Auf diesen Moment warte ich, hoffe ich, bereite ich mich vor seit dem Tag, als ich aus dem Krankenhaus kam, Kimmer streitbar in der Diele der Hobby Road 41 stehen sah und auf einmal die Lösung des Rätsels wusste. Ich habe mich nicht getraut, es zu verraten, und nur Dana hat Verdacht geschöpft, ich könnte dahinter gekommen sein. Ich kann das Haus nicht verlassen. Ich warte, warte auf den Höhepunkt des Sturms, warte auf den einzigen Augenblick seit meinem Zusammentreffen mit Jack Ziegler auf dem Friedhof, an dem ich absolut sicher sein kann, dass ich allein bin. Niemand kann bei so einem Hurrikan eine Überwachung aufrechterhalten.

Um zwanzig nach drei bricht die Sturmflut herein. Wasser schwappt über die Strandmauer und schwemmt Sand, Seetang und sogar Fische auf die Seaview Avenue. Ein Baum stürzt um. Ich sehe ein einsames kleines Auto die Straße hinunterschlingern, doch der Wind reißt es einmal ganz herum, und der Fahrer springt heraus und flieht. Ich schaue ihm nach, um mich zu vergewissern, dass er nicht umkehrt. Ich höre ein furchtbares Krachen, als ein Fenster im Nachbarhaus von einem Ast zerschmettert wird.

Ich warte weiter.

Das Vinerd Howse ist düster und knarrt. Kein Strom in der ganzen Gegend. Kein Mensch auf der Straße. Kein Pkw, kein Laster, kein Geländewagen. Kein Fahrrad. Ich sehe buchstäblich keine Menschenseele, und als ich in den Sturm hinaustrete und das endlose Grau mit dem Strahl des starken Scheinwerfers durchbohre, den ich auf dem Festland gekauft habe, leuchte ich die teilweise verbretterten Fassaden der Häuser am Ocean Park ab. Ich lasse den Lichtkegel über Fenster und Veranden wandern, über die Bäume und den Musikpavillon, um sicherzugehen, dass sich nirgendwo eine menschliche Gestalt versteckt.

Nichts.

Ich wiederhole den Vorgang auf beiden Seiten des Hauses und auf der Rückseite. Mein Regenmantel schützt mich so gut wie gar nicht, als ich unseren schmalen Garten durchquere und in die Fenster der Nachbarn hineinleuchte.

Ich bin allein. Alle anderen auf der Welt sind vernünftig. Dieser Augenblick gehört den Verrückten.

Mein Augenblick.

Wieder im Haus, stelle ich meinen tragbaren Suchscheinwerfer ab und greife mir eine normale Taschenlampe. Beim Gang durchs Esszimmer fällt mein Blick einmal mehr auf das alberne *Newsweek*-Titelblatt: DIE STUNDE DER KONSERVATIVEN. Wohl doch nicht so albern. Vielleicht bewahrte der Richter es zur Erinnerung an jemanden auf, dem er gewissermaßen eine Entschuldigung schuldete. Die ganz anderen Bilder, die in Theras Diele an der Wand hängen, fallen mir ein. *So wie es früher war.*

Ich haste ins Obergeschoss, dann ziehe ich die Leiter herunter, die auf den Dachboden führt.

• II •

Der niedrige Dachboden des Vinerd Howse ist kein Ort, wo man sich mitten im Sommer länger als zwanzig oder dreißig Sekunden aufhalten möchte. Dort oben wird es dermaßen stickig, dass man kaum atmen kann, auch dann, wenn das übrige Haus sich am Abend abgekühlt hat. Jetzt beim Hurrikan ist die Luft noch schlechter, und mir bricht bei jedem Schritt der Schweiß aus. Außerdem droht mich der Mut zu verlassen, denn ich kann das Dach buchstäblich zittern sehen. Doch dann gewinnt der Forscher in mir die Oberhand, und ich beobachte fasziniert die regellosen Bewegungen. Noch nie habe ich gesehen, dass ein Dach Wellen wirft, und selbst die Balken wackeln wie sonst höchstens bei einem Erdbeben.

Ich fühle mich bemerkenswert sicher.

Schließlich beginne ich, in der Enge herumzustöbern. Ich weiß, dass er hier oben irgendwo ist. Im Lauf der Jahre unter Bergen von Gerümpel begraben, aber er ist hier. Er muss hier sein.

Onkel Derek, denke ich. Wie konnte ich Onkel Derek vergessen? Wie Sally sagte, hat er mir meinen Spitznamen verpasst.

Ich stolpere über Truhen und altes Geschirr und Laternen, ich durchwühle Haufen von alten Kleidungsstücken und noch älteren Büchern, ohne dass ich ihn finde. Regen und Wind dreschen gegen das winzige Fenster, als forderten sie Einlass. Ich höre es an ein oder zwei Stellen tröpfeln und erkenne, dass das Dach mittlerweile leckt. Der Raum ist nicht dermaßen voll gestopft wie der Dachboden in der Shepard Street, den Mariah immer wieder durchforstet: Eigentlich sollte es nicht so schwer sein zu finden, was ich suche. Ich schürfe mir an einem zerschlissenen Sofa das Schienbein auf und muss über die wild entschlossene Verbohrtheit staunen, die nötig war, um so ein großes Möbelstück hier hochzuschaffen. Unter einem Mantel finde ich meinen alten Baseballhandschuh, den ich für immer verloren geglaubt hatte. Ich finde ein Malheft mit krakeligen Bildern von Leuchttürmen. Auch meines? Abbys? Ich kann mich nicht erinnern. Der Schornstein knirscht. Ich finde einen Strandschirm, der seit zwanzig Jahren nicht mehr aufgespannt worden ist, und ein paar Strandtücher, die ungefähr genauso lange nicht mehr gewaschen worden sind. Fast will ich aufgeben. Vielleicht ist meine Theorie falsch, vielleicht liege ich völlig daneben ...

Aber ich weiß, dass ich Recht habe.

So wie es früher war.

In der Zeit, heißt das, bevor alles bergab ging.

Doch es ging nicht erst bergab, als mein Vater sein Richteramt niederlegte. Es ging schon viel früher bergab. Es ging bergab – wie er Alma zufolge immer wieder sagte –, als er sich um seiner Karriere willen mit seinem Bruder zerstritt. Onkel Derek, sein jüngerer Bruder, von dem ich meinen Spitznamen habe. Onkel Derek, der überzeugte Kommunist, der spät im Leben ein großer Anhänger des schwarzen Nationalismus wurde. Der nichts von friedlichen Protesten hielt – *Beten, während die Bullen dir den Schädel einschlagen*, wie er es nannte –, dafür umso mehr vom Zurückschlagen. Vom bewaffneten Kampf. Wenn der Richter nicht da war, saßen wir gebannt zu Onkel Dereks Füßen, vor allem Abigail. Und dann predigte er Kampf, Kampf, Kampf. Aber nur mit der richtigen Ideologie. Er mochte die Black Panther, auch wenn er sie ideologisch ein bisschen dürftig fand. Er mochte die gewaltfreie Studentenbewegung SNCC. Am meisten jedoch bewunderte Derek die aktiven Kämpfer.

Und wer war von allen schwarzen Kommunisten am berühmtesten?

Angela. Angela Davis.

Ich schiebe einen zusammengerollten Teppich beiseite, und da liegt er.

Ich richte mich auf.

Ich blicke auf das Stofftier, das Abby vor so vielen Jahren auf dem Jahrmarkt gewann: den ramponierten Panda, den meine tote Schwester nach George Jackson benannte, der bei einem Ausbruchsversuch aus dem Gefängnis San Quentin erschossen wurde. Zu der Zeit waren wohl alle schwarzen Frauen in Amerika ab einem bestimmten Alter in ihn verliebt, und auch etliche, die viel zu jung waren, Abby zum Beispiel. George Jackson, der gut aussehende, dynamische Revolutionär. George Jackson, der angebliche Liebhaber von Angela Davis.

Angelas Geliebter.

• III •

Ich sitze unten in der Küche und denke nach. Der Sturm hört nicht auf, am Haus zu rütteln. Vor ein paar Minuten bin ich wieder mit meinem Suchscheinwerfer nach draußen gegangen und habe Wind und Regen und Blitz getrotzt, der ganzen sommerlichen Wut der Natur, um mich zu vergewissern, dass ich nicht beobachtet werde. Als ich mit dem Strahl den regengepeitschten Musikpavillon ableuchtete, witterte ich einen Moment lang beinahe wieder den Hauch eines Schattens, also rannte ich über die Ocean Avenue und suchte alles ab.

Nichts. Niemand. Dafür bin ich jetzt klatschnass, und mein Scheinwerfer lässt eindeutige Zeichen von Erschöpfung erkennen. Zu spät, um neue Batterien kaufen zu gehen.

Ich habe noch eine Gaslampe im Haus, mit der ich jetzt George anleuchte.

Der Bär liegt schlaff auf dem Schneidebrett, als erwartete er, seziert zu werden. Ich taste ihn sachte ab, Zentimeter für Zentimeter, teile vorsichtig das Fell auf der Suche nach den Spuren eines Risses oder Schnittes, der von Hand wieder zugenäht wurde.

Ich finde nichts. Dann hebe ich das Tier hoch und schüttele es, damit eine etwaige Geheimbotschaft herausfällt, aber nichts tut sich. Ich kratze mit den Fingernägeln über die Plastikaugen, aber die Farbe geht nicht ab. Ich wende das kleine blaue T-Shirt des Pandas, das ganz früher Abby gepasst hat, finde jedoch kein verstecktes Schriftstück. Also sehe ich mir die Stelle genauer an, die mir gleich auffiel, als ich den Teppich wegschob und den Bären entdeckte: die Naht, wo das rechte Bein am Rumpf ansetzt und aus der schon vor dreißig Jahren eine hässliche rosa Füllung quoll. Ich schiebe einen Finger in den Spalt, dann zwei, spüre aber nichts als noch mehr Füllung. Langsam, vorsichtig, um nur ja nicht zu beschädigen, was ich zu finden hoffe, zupfe ich die Kunstwolle heraus und breite sie auf dem Küchentresen aus.

Und ohne viel tiefer zu gehen, ertasten meine Finger plötzlich etwas. Es fühlt sich flach und hart an, acht, zehn Zentimeter breit.

Zupfen, ziehen, sachte, nicht kaputtmachen, denn ...

... fühlt sich beinahe an wie ... wie ...

... wie eine Diskette für einen Computer.

Und genau das ist es.

• IV •

Ich halte die Diskette mit zwei Fingern ins Licht und sehe nach, ob sie beschädigt ist. Ich bin mehr als wütend auf den Richter. Die endlose Sucherei, die vielen Fährten, die Toten und Verletzten – dafür! Eine Diskette! Fast zwei Jahre lang in der Hitze dieses Dachbodens! Was hat er sich bloß dabei gedacht? Vielleicht ist ihm gar nicht in den Sinn gekommen, dass hohe Temperaturen Schaden anrichten können. Er hat sich nie für Technik interessiert; die digitale Revolution war, seinem oft wiederholten Urteil zufolge, ein gigantischer Fehler. Ich lege die Diskette auf den Küchentresen, versuche mich zu beruhigen. Sie ist ein wenig verbogen, und ich traue mich nicht, sie mit Gewalt in den Schlitz an der rechten Seite meines Laptops zu schieben.

Unglaublich. Alles für nichts und wieder nichts.

Aber vielleicht ist ja doch noch etwas drauf. Wen kenne ich, der Daten von einer beschädigten Diskette retten könnte? Nur ein

Name kommt mir in den Sinn: mein alter Collegefreund John Brown, Professor für Elektrotechnik an der Ohio State University. Bei unserem letzten Zusammensein hat John im Wald hinter meinem Haus Lionel Eldridge erspäht – wobei natürlich keiner von uns zu dem Zeitpunkt wusste, dass es Lionel war. An demselben harmlos geselligen Nachmittag erzählte mir Mariah, dass der Bericht des Privatdetektivs verschwunden war, und die *Vorkehrungen* meines Vaters schienen unauffindbar zu sein. Jetzt endlich halte ich die *Vorkehrungen* in der Hand, und damit ich an sie herankomme, brauche ich wieder Johns Hilfe.

Worauf warten? Am besten, ich rufe ihn sofort an, es sei denn, der Sturm hätte auch die Telefonverbindung gekappt.

Zuerst schiebe ich die Diskette vorsichtshalber in den Stoffbären meiner kleinen Schwester zurück. So wie der Sturm auf die Scheiben einpeitscht, ist das vielleicht der sicherste Platz. Ich habe mich gerade umgedreht, um im Familienzimmer nach meinem Adressbuch zu schauen, als krachend die Küchentür auffliegt.

Ich wirbele herum in der Annahme, dass es der Wind war.

Irrtum.

Auf der Schwelle, über die der Regen ins Haus hineinplatscht, steht Wallace Warrenton Wainwright, Richter am Obersten Gerichtshof der Vereinigten Staaten, und in der Hand hat er eine kleine glitzernde Pistole.

Kapitel 62

DER KAMPF UM GEORGE

• 1 •

»Hallo, Mr. Justice«, sage ich, so ruhig ich kann.

»Sie scheinen nicht sonderlich überrascht zu sein.«

»Bin ich auch nicht.« Bin ich aber doch. Ich schaue auf die Waffe in seiner Hand. Ich habe es satt, in Pistolenmündungen zu blicken.

Er drückt die Tür hinter sich zu und spitzt die dünnen Lippen. »Ist es das?« Er deutet mit der Pistole. Ich hatte den Bären in beiden Händen, als er hereinplatzte, und halte ihn immer noch umklammert. Da ich schweige, seufzt Wainwright. »Machen Sie keine Schwierigkeiten, Misha. Dafür ist es zu spät. Ihr Vater hat offensichtlich etwas in dem Teddybären versteckt. Was ist es?«

»Eine Diskette.«

Er reibt sich mit der freien Hand den Nacken. Von seinem dunkelblauen Regenmantel, draußen im Sturm eine gute Tarnung, trieft Wasser auf den Fußboden. »Er hat mir gesagt, dass da etwas ist. Aber er hat nicht gesagt, was oder wo.« Seine Stimme klingt matt, abwesend, träumerisch. Der Richter ist offenbar genauso erschöpft wie ich, körperlich wie seelisch. »Alle wussten, dass es ... etwas gab. Aber mit einem Bären hat niemand gerechnet. Und niemand hätte gedacht, dass es eine Diskette sein könnte. Nicht bei Ihrem technikfeindlichen Vater. Alle haben nach *Papieren* gesucht. Wie schlau. Eine Diskette.« Ein langes Ausatmen, um sich wieder zu fassen. »Und seit wann haben Sie mich schon in Verdacht?«

»Seit ich eins und eins zusammengezählt habe. Mein Vater konnte diese ganzen Fälle nicht allein umdrehen. Beim Berufungsgericht fällt immer ein Gremium von drei Richtern die Entscheidungen. Das heißt, für ein Gefälligkeitsurteil waren zwei Stimmen nötig, nicht eine.«

Wainwright kommt näher und stellt sich in den Durchgang zum Flur. Jetzt hat er mich wie auch die Hintertür in der Schusslinie. Was die Waffe angeht, scheint er zu wissen, was er tut, deshalb bin ich entschlossen, keine abrupten Bewegungen zu machen. Mein Plan ist geglückt, gleichzeitig aber auch gescheitert. Ich war mir sicher, dass sich in diesem Sturm niemand draußen aufhalten würde, deshalb kann ich auch nicht auf Rettung hoffen.

»Na und? Es gab ein Dutzend Richter, die dafür in Frage gekommen wären.« Er klingt besorgt, wahrscheinlich fragt er sich, ob er seine Spuren gut genug verwischt hat. Wenn ich ihn in Verdacht hatte, wer möglicherweise noch?

»Stimmt. Aber Sie haben es mir praktisch selbst gesagt. Als ich bei Ihnen war. Sie meinten, wenn mein Vater korrupt gewesen wäre, dann könnte man das mit gleicher Wahrscheinlichkeit auch von Ihnen annehmen.«

Er bedenkt mich mit seinem berühmten schiefen Lächeln, das eher höhnisch als amüsiert ist, wie ich jetzt sehe. Haben wir alle uns die ganzen Jahre so gründlich täuschen lassen? Haben wir seinen moralischen Dünkel wirklich für Mitgefühl gehalten? Wahrscheinlich hat es ihm Spaß gemacht, mich anzulügen und mir im selben Atemzug die nackte Wahrheit zu sagen. Genau wie der Richter hat Wallace Wainwright immer gewusst, dass er den meisten anderen geistig überlegen ist. Er ist es nicht gewöhnt, dass jemand ihm intellektuell gewachsen ist. »Da war ich vermutlich etwas zu schlau«, sagt er.

»Scheint mir auch so.« Warum ihm nicht auch den Rest erzählen? Solange wir reden, schießt er nicht, und ich habe es schätzen gelernt, wenn man nicht auf mich schießt. »Des Weiteren vermute ich, dass Cassie Meadows Sie über die Vorgänge auf dem Laufenden hielt.«

Vielleicht ist es Einbildung, aber die Pistole scheint ein ganz klein wenig zu wackeln. »Wie kommen Sie darauf?«

»Das hätte ich eigentlich gleich merken müssen. Mallory Corcoran hat mich an Cassie weitergereicht, weil er für meine Probleme keine Zeit hatte. Er wollte mich damit beeindrucken, dass sie früher Assistentin beim Obersten Gerichtshof war. Mir war klar, dass Cassie alles, was sie erfuhr, an jemand anders weitergab. Zunächst dachte ich natürlich, an Mallory Corcoran. Aber dann kam mir der Gedanke, dass sie möglicherweise den Kontakt zu ihrem früheren Vorgesetzten aufrechterhielt. Zu dem Richter, dessen Assistentin sie einmal war. Also schlug ich Cassie im Martindale-Hubbell nach, und siehe da, sie war früher Assistentin von Justice Wallace Wainwright. Wahrscheinlich reiner Zufall, dass gerade sie mit der Sache betraut wurde, aber dennoch zogen Sie Ihren Nutzen daraus.« Er hat mir nicht gesagt, dass ich die Hände hochnehmen soll. Ich habe immer noch George Jackson in der Hand. Ich würde das Gespräch gern im Fluss halten. »Und, war sie nur ein Plappermaul, das mit Ihnen getratscht hat, oder steckt sie mit drin?«

»Ich habe nicht die Absicht, Ihre Fragen zu beantworten.« Draußen peitscht nach wie vor der Wind, und wir hören ein scharfes Krachen, als von einem Baum in der Nähe des Hauses ein Ast abbricht. Der Regen drischt weiter unablässig auf die Fenster ein. Im Durchgang zum Flur runzelt Justice Wainwright die Stirn und tritt ein kleines Stück zur Seite, als könnte er nicht mehr still stehen. Ihm lässt die Frage keine Ruhe, ob er sich irgendeine Blöße gegeben hat. Dann schüttelt er den Kopf. »Nein. Nein, das kann nicht alles gewesen sein. Sie hätten nicht diesen Schluss gezogen, bloß weil Cassie einmal meine Assistentin war.« Er richtet die Pistole auf meine Brust. Ich weiche zum Spülbecken zurück. Er folgt mir, knapp außer Reichweite eines Trittes oder Schlages, den ich ihm verpassen könnte, wenn ich wüsste, wie. Den Bären hat Wainwright noch nicht verlangt, ich habe also keine Veranlassung, ihn auszuhändigen. »Warum waren Sie von meinem Erscheinen nicht überrascht? Woher wussten Sie überhaupt, dass noch jemand im Spiel war? Dass Ihr Onkel Jack Sie im Auge behält, war Ihnen sicher klar. Vielleicht auch seine Partner. Aber wieso sollte es noch jemand Drittes geben?«

»Sie haben Recht. Die Sache mit Meadows war nicht alles.« Meine Handflächen und mein Kreuz sind schweißnass. Ich hege immer noch die schwache Hoffnung, fliehen zu können. Der

Sturm kann meine Rettung sein, wenn ich es nur schaffe, Wainwright lange genug hinzuhalten. »Ich wusste, dass es ... wie Sie sagten, jemand Drittes geben musste ... Weil ich wusste, dass irgendjemand nicht über Jack Zieglers Edikt informiert war.«

Aufrichtige Verblüffung. »Was für ein Edikt?«

»Dass ich nicht angerührt werden durfte. Die anderen, die hinter mir her waren, kannten alle die Spielregeln. Mir durfte nichts geschehen, und keinem aus meiner Familie durfte etwas geschehen. Jack Ziegler hatte eine Abmachung mit ... tja, mit der Person getroffen, mit der solche Abmachungen getroffen werden. Die Nachricht machte die Runde. Man durfte mir nichts tun, und im Gegenzug sollte ich finden, was mein Vater versteckt hatte. Also behielten mich alle einfach im Auge und warteten ab. Als ich dann überfallen wurde, war klar, dass sich entweder die Regeln geändert hatten oder dass noch jemand Drittes mitspielte. Ich bekam die erneute Zusicherung, dass die Regeln unverändert galten. Also musste es jemand von außen sein. Jemand ohne Kontakt zu Jack Zieglers Kreisen.«

»Sie würden staunen, zu wem ich alles Kontakt habe, Misha.«

Ich weiß, was er meint, doch ich schüttele den Kopf. »Es genügt nicht, dass Jack Ziegler Sie erreichen kann. Sie müssen ihn erreichen können.«

Wainwright passt das gar nicht, das sehe ich ihm an, denn sein Gesicht ist jetzt wutverzerrt. Vielleicht gefällt es ihm nicht, daran erinnert zu werden, dass er Jack Ziegler nie so nahe war wie mein Vater. Eine neue Abart des Stockholm-Syndroms: Der Bestochene will der Favorit des Bestechers sein. Ich ermahne mich zur Vorsicht: Einem bewaffneten Mann eine lange Nase zu zeigen kann gefährlich werden.

»Also Jack Ziegler erließ ein Edikt«, sagt er schließlich und stößt die Luft betont langsam aus. »Es besagte, dass Ihnen niemand etwas tun darf.«

»Ja. Da Sie aber nichts davon wussten, schickten Sie mir zwei Ganoven auf den Hals. Und da war noch etwas.« Ich bin mittlerweile hinter den Küchentisch zurückgewichen. Jetzt steht Wainwright vor dem Spülbecken. George Jackson mit seinem halb abgerissenen Bein halte ich wie einen Schild vor mich.

»Nämlich was?«

»Meadows. Sie fing an, mich Misha zu nennen. Von wem konnte sie das haben? Nicht von Onkel Mal, der nennt mich Talcott. Von Kimmer vielleicht, aber ich bezweifle, dass sie so dreist gewesen wäre, mich mit einem Spitznamen anzureden, den womöglich nur meine Frau gebraucht. Mir ist lediglich ein Mensch in Washington eingefallen, den Meadows kennt und der mich ebenfalls Misha nennt. Sie.«

Justice Wainwright lächelt geistesabwesend. »Das ist sehr gut. Ja. Ich werde in Zukunft besser aufpassen müssen.« Er seufzt. »Gut, es ist aus, Misha. Geben Sie mir die Diskette, und dann verschwinde ich wieder.« Ich luge an ihm vorbei zur Küchentür. Das entgeht ihm nicht. »Ich fürchte, es ist sonst niemand da. Niemand wird Ihnen zu Hilfe kommen. Wir zwei sind allein. Also geben Sie mir die Diskette. Ich möchte das nicht noch einmal sagen müssen.«

Doch ich spiele weiter auf Zeit. »Wieso ist die Diskette so wichtig? Was ist drauf?«

»Was drauf ist? Das will ich Ihnen sagen. Schutz.«

»Was für ein Schutz?«

»Ach, kommen Sie, Misha, das können Sie sich denken. Sie sind doch sonst so clever. Namen. Die Namen der Leute, die an den begünstigten Unternehmen beteiligt waren. Minister, jawohl. Senatoren. Ein oder zwei Gouverneure. Firmenchefs und prominente Rechtsanwälte. Wer eine solche Diskette besitzt, kann dafür eine Menge Schutz bekommen.«

Und da begreife ich. »Ach so! Sie meinen, Schutz vor Jack Ziegler. Er hat Sie immer noch am Haken, stimmt's? Oder seine Partner? Und die lassen nicht zu, dass Sie aufhören, richtig?«

»Sie lassen mich nicht in den Ruhestand gehen. Sie stellen immer weiter ihre Forderungen.« Ich höre schweigend zu. Obwohl ich die Sache fast durchschaut hatte, trifft mich das indirekte Geständnis sehr. »Aber Ihr Vater war nicht besser. Als ich ihn bat, seine geheimen Informationen mit mir zu teilen, erklärte er mir einfach, ich sei Teil seiner Vorkehrungen. Und falls ich ihm nicht vom Leib bliebe, käme die Wahrheit ans Licht.«

»Ein Jahr vor seinem Tod«, flüstere ich. Endlich sehe ich klar.

»Wie bitte?«

»Ich habe nur laut darüber nachgedacht, unter welchem Vorwand Sie jetzt auf der Insel sind.« Eine Lüge, aber ich vermute, dass jeder Appell an seine Eitelkeit eine längere Ausführung zur Folge haben wird. Er muss mir beweisen, wie schlau er ist. Bevor er mich umbringt, heißt das.

»Also wirklich, Misha. Alle Welt hat mich gern zu Gast. Ja. Sie haben Ihrerseits auch ein paar Fehler gemacht. Ihr Vorgehen war zu durchsichtig, Misha; mir war klar, dass Sie etwas im Schilde führen. Ich hörte, dass ein Hurrikan im Anzug war und Sie dennoch herfahren wollten. Also nahm ich eine seit langem bestehende Einladung an. Heute Nachmittag, als der Sturm kam, bin ich zu einem Spaziergang aufgebrochen.« Wieder das schiefe Lächeln. »Ich habe meinen Gastgebern erzählt, dass ich Stürme liebe. Im Augenblick gehe ich gerade draußen spazieren.« Der Wind bläst die Hintertür auf, dann knallt sie wieder zu. Wainwright will sich nicht länger mit Erinnerungen aufhalten. »Gut, Misha, genug geredet. Geben Sie mir jetzt die Diskette.«

»Nein.«

»Machen Sie keinen Quatsch, Misha.«

Ich lege eine erstaunliche Sturheit an den Tag. »Mein Vater hat sie nicht Ihnen hinterlassen, sondern mir.«

Justice Wainwright gibt einen Schuss ab. Ohne Vorwarnung, kaum dass seine Hand zuckt. Die Kugel zischt an meinem Kopf vorbei und bohrt sich in die Küchenwand.

»Ich war bei den Marines, Misha. Ich kann mit dieser Pistole umgehen. Also, geben Sie mir die Diskette.«

»Sie wird Ihnen nichts nützen. Sie ist wertlos. Sie hat zu lange in der Hitze gelegen. Sie ist verbogen.«

»Ein Grund mehr, sie mir zu geben.« Ich schüttele den Kopf. Der Richter seufzt. »Misha, versetzen Sie sich einmal in meine Lage. Ich kann so nicht weitermachen. Ich kungele schon zu lange mit diesen Leuten herum. Ich muss da raus. Ich brauche die Diskette.« Sein Blick wird hart. »Ihr Vater hat sich geweigert, mir zu sagen, wo er die Unterlagen versteckt hatte, aber Sie werden mir die Diskette geben!«

»Mein Vater hat sich geweigert«, wiederhole ich. »Im Oktober vor zwei Jahren, richtig? Genau da haben Sie ihn gebeten, Ihnen das Versteck zu verraten.«

»Kann sein. Und? Habe ich noch einen Fehler gemacht?«

»Nein, aber ...« Das war es also, was den Richter plötzlich auf Trab brachte. Nicht Jack Ziegler, wie ich angenommen habe, sondern Wallace Wainwright jagte ihm einen solchen Schreck ein, dass er den Colonel aufsuchte, um sich einen Revolver zu leihen. Und einem Schießclub beitrat, um mit ihm umgehen zu lernen. Wainwright, der erschöpft und reif für den Ruhestand war, tauchte ein Jahr vor dem Tod meines Vaters bei ihm auf und versuchte, die geheimen Informationen aus ihm herauszuholen, um sich vor Jack Ziegler und seinen Partnern zu schützen. Der Richter weigerte sich, und Wainwright drohte ihm mit Enthüllung, woraufhin mein Vater sogleich zu Miles Madison eilte. Ein paar Monate vergingen, nichts geschah, und mein Vater legte die Waffe wieder weg. Im vorigen September dann erschien Wainwright in seiner Not ein weiteres Mal auf der Bildfläche, und mein verzweifelter Vater nahm seine Schießübungen wieder auf. Ich versuche, mir diese beiden Richterkoryphäen vorzustellen, einer politisch rechts, der andere links, wie sie sich um das Material zankten, das jetzt in diesem Bären steckt, weil beide sich unbedingt davor drücken wollten, den Preis für ihre Korruptheit zu zahlen.

»Der Revolver«, flüstere ich. »Jetzt verstehe ich.«

»Was für ein Revolver?«

»Mein Vater beschaffte sich einen Revolver. Er hatte ...« Ich dachte, Überraschungen könnte es jetzt keine mehr geben. Doch es ist die einzig mögliche Erklärung. Onkel Mals Spekulation war falsch; das genaue Gegenteil trifft zu. Was mein Vater dem Colonel sagte, entsprach der Wahrheit: Er war um seine Sicherheit besorgt. Aber er wollte sich nicht vor jemand mit Mordabsichten schützen, wie Mariah annimmt, sondern vor einem Erpresser. Vor meinem inneren Auge läuft der letzte Monat im Leben des Richters wie ein Film ab. Als Wainwright wieder auftauchte, rief mein Vater Jack Ziegler an, und die beiden trafen sich zu ihrem geheimen Abendessen. Auf einmal ist mir sonnenklar, um welchen Gefallen der Richter seinen alten Freund und schlimmsten Versucher gebeten haben muss, einen Gefallen, den dieser ihm zu guter Letzt abschlug. Als mir die Ironie in unserer Kette von Irrtümern aufgeht, muss ich tatsächlich lachen.

»Was ist so komisch, Misha?«

»Ich weiß, Sie werden das kaum glauben können, Mr. Justice, aber ich vermute, mein Vater hatte vor, Sie zu töten. Im Ernst. Für den Fall, dass Sie ihn nicht in Ruhe ließen, dass Sie ihm weiter mit Enthüllung drohten. Er besorgte sich einen Revolver, und ich glaube, er hatte vor, Sie damit zu erschießen.«

• II •

Wainwrights Miene verdüstert sich. »Dann wissen Sie ja jetzt, was für ein Mensch Ihr Vater wirklich war. Der große Richter Oliver Garland. Er war also bereit, mich zu ermorden. Na, ich kann nicht behaupten, dass mich das wundert. Er war ein Ungeheuer, Misha, ein seelenloses, egoistisches, arrogantes Ungeheuer.« Draußen zersplittert ein weiterer Baum mit einem jähen, lauten Krachen. Wainwright fährt herum; die Pistole wackelt. Dann richten sich seine zornigen Augen wieder auf mich.

Ich verstehe jetzt, warum er mich noch nicht umgebracht hat. Er will zuerst den Sohn für die Sünden des Vaters leiden lassen. Und die Rechnung scheint aufzugehen. »Ihr Vater hat mich überhaupt erst in diese ganze verfluchte Geschichte hineingezogen, Misha. Er war es, der mich dazu angestiftet hat. Nun, was halten Sie davon?«

Ich sage nichts. Was den Richter betrifft, kann mich nichts mehr überraschen. Doch es ist unschwer vorstellbar, wie der Richter ihn geködert haben könnte. Der arme Junge aus Tennessee, Abkömmling von Wohnwagengesindel, kam zu Geld. Eine reiche Frau? Oder vielleicht die Früchte von zwei Jahrzehnten satter Bestechungen, gewaschen über die Familie seiner Frau? Irgend so etwas. Bestimmt zu raffiniert für meinen schwachen Verstand, aber am Ergebnis ändert das nichts: Wallace Wainwright, der große Liberale, der Mann des Volkes, wurde durch Gefälligkeitsurteile reich.

Mein Vater tat es wenigstens, falls das Motiv zählt, aus Liebe.

»Er war ein Teufel, Ihr Vater. Sie haben ja keine Ahnung, über was für Überredungskünste er verfügte. Und durch und durch korrupt war er. Ist Ihnen das deutlich genug? Einer, der von Jack Ziegler Befehle empfing. Der so abstimmte, wie man es von ihm verlangte. Denken Sie mal darüber nach, Misha. Aber er war clever genug, dass niemand etwas merkte. Und als er an mich herantrat, stellte er es sehr geschickt an, redete lange um den heißen Brei herum, bevor er endlich zur Sache kam ... Na, egal. Geldgier ist die Wurzel aller Übel, nicht wahr? Ich wollte Gutes tun und anständig handeln, und Ihr Vater ... hat das ausgenutzt.«

Ich will einwenden, dass mein Vater niemals Geld genommen hat, zügele aber noch rechtzeitig meine Zunge, denn auf einmal wird mir klar, dass er diese Tatsache vor Wallace Wainwright geheim gehalten hat. Ich werde niemals erfahren, womit genau mein Vater den zukünftigen Richter am Obersten Gerichtshof verführte, aber mir fällt auf, dass Wainwright mit seiner vor Selbstmitleid triefenden Tirade genau den in Washington herrschenden Tonfall trifft: Er hat sich bestechen lassen, aber schuld war allein der Bestecher.

Wallace Wainwright scheint zu merken, wie er sich anhört. »Wir haben schon zu viel Zeit mit alten Erinnerungen vergeudet, Misha. Also, die Diskette, wenn ich bitten darf. Legen Sie sie auf den Tisch!«

»Nein.«

»Nein?«

»Ich habe keine Angst vor Ihnen. Sie werden es nicht wagen, mir etwas zu tun.« Mut der Verzweiflung. »Sie haben ja gesehen, was Jack Ziegler mit Ihren Marionetten gemacht hat.«

»Ach, ja, meine Marionetten. Sehr treffend, Marionetten. Ja.« Ein Anflug von Stolz. Wenn ich es schaffe, ihn bei seiner Eitelkeit zu packen, wird er vielleicht weiterreden. »Das ist gar nicht so einfach, wissen Sie. Marionetten zu finden meine ich.« Das schiefe Lächeln. »Ich bin schließlich Richter am Obersten Gerichtshof der Vereinigten Staaten. Sie haben keine Ahnung, welches Risiko ich eingegangen bin. Ich musste auf meine Kontakte aus alten Zeiten zurückgreifen, bei den Marines ... Lassen wir das. Es war riskant, aber diese Kette ist bereits zerrissen. Jawohl. Die Marionetten wussten nicht, wer die Fäden zog, und kein Mensch kann die Sache bis zu mir zurückverfolgen.«

Diese Kette ist bereits zerrissen. Vielleicht hat Wainwright selbst das entscheidende Glied der Kette beseitigt. Zum Beispiel mit der Waffe, die er jetzt auf mich gerichtet hält.

»Ich verstehe.« Eine Floskel. Das beiläufige Eingeständnis, dass er kürzlich jemanden ermordet hat, lässt mir wenig Zweifel an meinem eigenen Schicksal.

»Nein, Sie verstehen nicht.« Wobei er mit der Waffe über den Tisch stößt und sie dann zurückzieht, bevor ich mir darüber klar werden kann, ob ich versuchen soll, seine Hand zu packen. Aus irgendeinem unerfindlichen Grund ist er wütend. Der Wind rüttelt an der Veranda. »Sie pflichten mir nicht bei. Sie denken, wenn Sie in meiner Position gewesen wären, hätten Sie sich anders entschieden.«

»Ich weiß nur, wie Sie sich entschieden haben.«

Urplötzlich explodiert Wainwright. »Sie verurteilen mich! Ist das zu glauben? *Sie* verurteilen *mich!* Wie können Sie es wagen? Sie sind ja noch schlimmer als Ihr Vater!« Er fuchtelt hektisch mit der Pistole herum, was meinen Adrenalinpegel weiter in die Höhe treibt. »Sie meinen wahrscheinlich, ich hätte etwas Edles tun sollen, Selbstanzeige erstatten zum Beispiel. Sie wissen nicht, was Sie da reden. Haben Sie überhaupt eine Ahnung, mit wem Sie es zu tun haben? In den letzten zehn Jahren bin ich die einzige Hoffnung gewesen, ist Ihnen das klar? Die Verfassung liegt im Sterben, falls Sie das noch nicht mitgekriegt haben. Nein, ermordet wird sie. Sie können getrost mit Steinen werfen, Sie sitzen gemütlich in Ihrem Büro und schreiben Artikel, die kein Mensch liest. Ich bin es, der in dieser reaktionären Zeit an vorderster Front für Freiheit und Gleichheit kämpft! Ich führe einen ganzen Flügel des Obersten Gerichtshofs an!« Seine Stimme wird leiser. »Und die Leute dort haben mich gebraucht, Misha. Weiß Gott. Die Arbeit, die wir dort oben im Dienste der Gerechtigkeit geleistet haben, ist zu wichtig, als dass ... so etwas sie vereiteln dürfte. Ich durfte nicht abtreten, Misha. Selbst wenn Jack Ziegler mich hätte gehen lassen, hatte ich nicht das Recht dazu. Der Gerichtshof brauchte mich. Die Nation brauchte mich. Ja, gewiss, ich bin kein Heiliger, ich habe vor langer Zeit ein paar Kompromisse gemacht, das weiß ich. Aber im Mittelpunkt steht die Sache! Wenn ich aus dem Gericht ausgeschieden wäre, wenn mein Flügel seinen Führer verloren hätte, hätten Recht und Gesetz unsäglich gelitten. Verstehen Sie das denn nicht?«

Doch, ich verstehe es. Mir ist ganz schwindlig angesichts seiner

Scheinheiligkeit, aber ich verstehe es. Versuchung, Versuchung: Der Satan ändert sich nie.

»Deshalb ... konnten Sie Ihr Amt nicht niederlegen.«

»Genau. Es ging nicht um mich, mein Schicksal spielte keine Rolle. Es ging um die Sache. Es war eine Berufung, Misha, der Kampf für die Gerechtigkeit, und ich hatte keine andere Wahl, als ihr zu folgen. Der Gerichtshof brauchte mich. Damit dort oben wenigstens ein kleiner Rest von Anstand und Ehrlichkeit erhalten blieb. Die Menschen glauben an den Gerichtshof. Wenn ich zugelassen hätte, dass ein Skandal sein Ansehen beschädigt, wären richtige Menschen die Leidtragenden gewesen.« Er ist wieder am Anfang angekommen und anscheinend von seinem eigenen Redeschwall erschöpft. »Richtige Menschen«, sagt er noch einmal.

»Ich verstehe.«

»Tatsächlich, Misha?« Erneutes Fuchteln mit der Pistole. »Ich wünschte, ich könnte weiterkämpfen, ganz aufrichtig. Aber ich bin müde, Misha. Ich bin so müde.« Er seufzt. »Und jetzt, Misha, geben Sie mir bitte, weswegen ich gekommen bin.«

Immer noch ganz wirr im Kopf von seinem Ausbruch, nehme ich mein letztes bisschen Mumm zusammen: »Und was dann?« Als er nicht antwortet, spreche ich meine Befürchtung aus: »Sie sind nicht nur wegen der Diskette hier. Sie sind hier, um mich zu töten.«

»Das stimmt. Ich will Ihnen nichts vormachen. Ich wünschte, es gäbe eine andere Möglichkeit. Aber, Misha, Sie können immer noch wählen. Ich will nicht, dass Sie unnötig leiden. Ihr Tod kann rasch und schmerzlos sein, eine Kugel in den Hinterkopf, oder er kann sich hinziehen – wenn ich Ihnen, sagen wir, erst in die Knie schieße, dann in die Ellbogen, dann vielleicht zwischen die Beine. Tut höllisch weh, aber bringt Sie eine ganze Weile nicht um.« Er gestikuliert mit der Pistole. »Geben Sie mir jetzt die Diskette!«

»Nein.«

»Ich habe Leute in Vietnam getötet. Ich kann mit einer Waffe umgehen, und ich schrecke nicht davor zurück.« Das Foto in seinem Büro kommt mir in den Sinn, ein viel jüngerer Wainwright in der Paradeuniform der Marines.

»Sie haben vielleicht keine Bedenken, mich zu erschießen«, taktiere ich, »aber Sie werden es nicht hier im Haus tun, weil die

Wahrscheinlichkeit zu groß ist, dass Sie belastende Spuren hinterlassen.«

Unterdessen kracht und splittert es draußen unaufhörlich. Der Hurrikan scheint unglaublicherweise noch schlimmer zu werden. Aber vielleicht ist das Auge schon über uns hinweggegangen, und wir bekommen nur noch die Rückseite ab.

»Ich habe keine Bedenken, Sie hier im Haus zu erschießen«, erklärt Wainwright seelenruhig.

»Warum haben Sie es dann nicht längst getan?«

»Weil dieser kleine Bär ein Bluff sein könnte. Ich werde nicht den Fehler begehen, Sie zu unterschätzen. Sie haben auf dem Friedhof einen Experten geblufft. Aber genug des Geredes. In dreißig Sekunden zertrümmere ich Ihnen die Kniescheibe, wenn Sie mir nicht –«

Ein ungeheures Getöse lässt das Haus erbeben. Wir fahren beide zusammen. Bilder fallen von den Wänden, Geschirr zerbirst in den Schränken. Justice Wainwright, der nicht aus Neuengland stammt, ist entsetzt. Er weiß nicht, was ich weiß: Der markerschütternde Schlag stammte vom Schornstein, der offenbar wieder einmal umgeweht wurde und der Länge nach aufs Dach gestürzt ist. Reflexartig blickt Wainwright nach oben, als befürchtete er, das ganze Haus könnte zusammenkrachen.

In dieser Sekunde der Ablenkung hechte ich mit George Jackson im Arm durch die Hintertür in den Sturm hinaus.

Kapitel 63
Das Wasserbaby

Durch die Hintertür gelangt man auf eine hölzerne Stiege, die in den Garten hinunterführt, sprich, auf einen schmalen braunen Grasstreifen. Ich springe die Stufen hinunter und lande mit beiden Füßen in dem Sumpf, in den sich der Garten verwandelt hat. Platschend renne ich um die Ecke auf den Pfad, der seitlich an unserem Haus vorbei zur Ocean Avenue führt. Ich weiß, dass Wainwright mir folgen wird, weil ihm gar nichts anderes übrig bleibt, und ich weiß auch, dass mein Plan, den Hurrikan auszunutzen, auf übelste Weise nach hinten losgegangen ist: Ich kann rennen und schreien, so viel ich will, doch selbst wenn ich über den Sturm hinweg zu hören wäre, ist niemand da, der mir helfen könnte, nicht einmal ein Polizist.

Im ersten Moment bin ich wie gebannt von dem gewaltigen Anblick der tief über den Himmel wirbelnden Gewitterwolken. Dann schlägt ein Schuss im Nachbarhaus ein, und ich spurte los. Wallace Wainwright mag aufs Geratewohl schießen, doch das wird sich ändern, und ich kenne mich mit Waffen zu wenig aus, um zu wissen, wie viele Kugeln er hat.

Nichts wie weg!

Mein Camry mit seiner funkelnagelneuen Heckstoßstange steht auf dem Randstreifen, kann mir aber nichts nützen, weil die Schlüssel im Haus sind, in meiner Jacketttasche. Während ich über die Straße flitze, höre ich Wainwright hinter mir brüllen und fluchen, wage jedoch nicht, zurückzublicken. Er hat fast alle Vorteile auf seiner Seite: Er hat einen Regenmantel und einen Hut, ich dagegen nur leichte Trainingssachen, die mir jetzt schon an der Haut kleben. Er trägt Stiefel und ich Turnschuhe, die sich längst mit Wasser voll gesogen haben. Er hat eine Pistole. Ich habe einen Bären.

Wie um das Machtverhältnis klar zu unterstreichen, zischt hinter mir eine Kugel übers Pflaster. Er schießt sich langsam ein.

Ich meinerseits habe zwei Vorteile, sage ich mir, während ich durch den Park sprinte, wo das Wasser schon auf dem Rasen steht. Zum einen habe ich es von klein auf geliebt, im Gewitter draußen herumzutoben, wenigstens hier auf der Insel; meine Mutter nannte mich immer ihr Wasserbaby. Und zum anderen bin ich dreißig Jahre jünger als Wainwright. Andererseits habe ich in letzter Zeit bestimmt mehr Kugeln abbekommen als er, und ich habe meinen Stock nicht dabei.

In der Mitte des Ocean Park wirft mich ein Windstoß gegen den weißen Musikpavillon, und als ich mich von der Wand abstoße und weiterlaufe, schaue ich mich um. Wainwright ist ein Schatten im Gewitterregen. Er klettert gerade erst über den Zaun an der Straße, wird aber bald aufholen, denn ich habe kaum Fluchtmöglichkeiten. Der kurze Lauf hat mich erschöpft, die Beine tun mir weh. Selbst in meiner miserablen Form müsste ich eigentlich imstande sein, den greisen Richter abzuhängen. Doch leider hat sich mein Bein noch nicht von Colin Scotts Kugel erholt, und ich werde unerbittlich langsamer, weil das schmerzhafte Zittern von dem verwundeten Schenkel auf den restlichen Körper übergreift.

Wieder ein Schuss, kaum zu hören bei dem Getose. Das Wetter ist mir doch wieder wohlgesinnt: Der Wind erschwert Wainwright das sichere Zielen.

Ich bin in die falsche Richtung gerannt, wird mir plötzlich klar. Ich hätte nicht den Weg durch den Ocean Park nehmen sollen, wo ich leichte Beute für ihn bin. Ich hätte die Straße hinunter zu den Geschäften laufen sollen oder zur Polizeiwache – ein einsamer Beamter könnte noch Dienst haben! Aber Wainwright, der alte Vietnamkämpfer, sieht die Taktik voraus und schneidet mir den Weg dorthin ab, also bleibt mir nichts anderes übrig, als zum Strand zu fliehen.

Ich werde meine Beine zum Laufen zwingen müssen, wenn ich meinen Sohn wiedersehen will.

Und so schleppe ich mich auf den Ozean zu, immer stärker humpelnd, weil mir ein sengender Schmerz auch noch durch den Unterleib schneidet. Als ich die Seaview Avenue überquere, trifft ein Schuss das Metallgeländer auf der Strandmauer. Wallace Wainwright ist einundsiebzig Jahre alt und im Begriff, mich einzuholen.

Vor der klapprigen Holztreppe, die zum Inkwell-Strand hinunterführt, verharre ich einen Moment. Unter mir stürzen wilde Wogen auf den Sand, tragen ihn unwiederbringlich fort. Die Mole, sonst die Trennlinie zwischen dem überwachten und dem nicht überwachten Teil des Strandes, ist verschwunden. Die meisten Wellen branden fast bis zur Mauer, bevor sie zurückfluten.

Ich will da nicht hinunter.

Aber Wainwright ist hinter mir, und ich habe keine Wahl.

Ohne meinen Stock ist mein unbeholfener Abstieg ein Kampf mit den Stufen und gegen den Schmerz.

Wainwright brüllt etwas.

Trotz meiner Furcht vor der tobenden See hangle ich mich hinab bis zur untersten Stufe.

Das Gewitter hat ihr offenbar den Rest gegeben, denn sie bricht unter meinem Gewicht entzwei. Ich stürze der Länge nach in die Gischt, George Jackson rutscht mir aus der Hand und fliegt ein paar Meter weiter in die Wellen, wo er wie zum Hohn auf und nieder wippt.

Mein ganzer Körper schreit vor Schmerz. Ich möchte am liebsten im kalten Wasser liegen bleiben, mich wegschwemmen lassen.

Wainwright kommt vorsichtig die Stufen herunter.

Ich rappele mich schwerfällig auf und humple auf Abbys Bären zu, doch die nächste Woge reißt mir die Beine weg.

Wieder stemme ich mich hoch, beuge mich vor und strecke die Hand aus, und dann habe ich George Jackson wieder im Arm. Doch das kalte, brodelnde Wasser geht mir jetzt fast bis zur Taille, die Wellen schleudern mich willkürlich herum, und meine Kraftreserven sind erschöpft. Den Horizont verhüllen wütende grauschwarze Wolken.

»Gut, Misha, das war nicht übel.« Wainwright, wenige Meter

entfernt, in seichterem Wasser. Seine Stimme klingt rau. »Und jetzt her damit!«

Ich sehe ihn in dem blauen Regenmantel und den Stiefeln dastehen, ein praktisch denkender Mensch, bestens vorbereitet, keinen Moment von mir getäuscht, keinen Moment auf den vergrabenen Kasten hereingefallen. Er wusste, dass ich wieder auf Martha's Vineyard war, wusste, warum ich auf einen Hurrikan wartete. Er wusste alles. Mir ist schwindlig vor Kälte und Schmerz, und mein Wille ist einfach zu schwach. Mit seiner Intelligenz, seiner Geduld, seiner Planung hat er mich geschlagen. Immer noch Abbys Bären an mich gepresst, blicke ich auf die kleine glitzernde Pistole, sehe das kühle Selbstvertrauen in Wainwrights weißem Gesicht, und auf einmal bin ich schlicht am Ende. Ich habe alles gegeben. Jetzt kann ich nicht mehr. Seelisch wie körperlich. Vielleicht wird er mich gleich erschießen. So müde, durchgefroren, elend, wie ich bin, ist es mir egal. Tut mir Leid, Vater.

Die abenteuerliche Jagd nach den Vorkehrungen ist endlich vorbei. Ich werde ihm den Bären geben müssen.

Taumelnd mache ich einen Schritt auf den Strand zu, George Jackson ausgestreckt vor mich haltend, da sehe ich, wie Wainwrights Augen weit werden, wie er zurückweicht, als stünde hinter mir jemand aus dem Ozean auf, um in letzter Sekunde noch einzugreifen, Maxine oder Henderson oder Nunzio oder irgendein anderer bewaffneter Rächer, doch als ich mich umdrehe, erblicke ich stattdessen eine zwei Meter hohe Wand aus schwarzem Wasser, die auf uns zurollt.

Wainwright rennt bereits zur Treppe. Ich stürze hinter ihm her, da donnert mir die Woge in den Rücken und streckt mich nieder. Sekundenlang ist mein Gesicht im Sand vergraben, und über mir ist Wasser. Ich habe keinen Gedanken mehr an den Bären, an Wainwright, an irgendwas, und wenn ich mich nicht beeile, Schmerz hin oder her, werde ich ertrinken.

Mit dem bisschen Energie, das mir noch bleibt, strampele ich an die Oberfläche, nur um sofort in den Sog der riesigen Welle zu stürzen, der mich wie einen Strohhalm mitreißt, und da ich nicht mehr dagegen ankämpfen kann, lasse ich mich davontragen und warte darauf, dass ich untergehe, bis plötzlich die nächste Welle kommt und mich an den Strand befördert.

Ich höre Wallace Wainwright schreien.

Ich setze mich auf und schüttele mir Wasser und Sand aus den Haaren.

Wainwright ist in den Wellen. Er versucht, Abbys Bären zu erreichen, der von der Strömung immer weiter hinausgetragen wird. Ich sehe zu. Ich kann nichts tun, sei es helfend oder hindernd, denn meine Kraft reicht gerade noch aus, um hier klatschnass im Sand zu sitzen und darauf zu warten, dass die nächste Welle kommt und mich ertränkt. Wainwright ist beweglich für sein Alter und kräftig, ein Jogger, doch ich kann auch aus dieser Entfernung erkennen, dass er keine Chance hat. Jedes Mal, wenn er nach dem Panda greifen will, trägt eine neue Welle die beiden weiter hinaus. Er scheint die Pistole nicht mehr zu haben; er streckt beide Hände nach George Jackson aus. Einen Moment lang schmunzele ich innerlich bei dem Anblick, wie der große weiße Liberale verzweifelt den großen schwarzen Märtyrer der militanten Ära zurückzuholen versucht. Dann runzele ich die Stirn, denn es sieht so aus, als hätte ich mich geirrt. Wainwright hat den Bären erwischt. Mit George an der Brust macht er kehrt. Und er hat die Pistole in der Hand. Er muss sie in der Tasche gehabt haben. Entschlossen strebt er auf mich zu, kämpft mit verzerrtem Gesicht gegen den Sog an und kommt dem Strand Zentimeter für Zentimeter näher.

Ich halte es sogar für möglich, dass er es schafft.

Da überschlägt sich die nächste Zweimeterwoge unmittelbar hinter ihm, und er wird hinabgezogen. Seine Hand fuchtelt, sein Kopf taucht noch einmal, zweimal auf, er schnappt nach Luft, dann ist er fort, hinausgetragen ins wütende Herz des Sturms.

Ich lasse mich auf den Sand zurückfallen, und für eine Weile sterbe auch ich.

Kapitel 64
Der doppelte Excelsior

· I ·

Unter den Opfern des Hurrikans, sagt die professionell betroffene Ansagerstimme, *war auch Justice Wallace Warrenton Wainwright vom Obersten Gerichtshof der Vereinigten Staaten. Er ertrank vor der Insel Martha's Vineyard, offenbar weil er bei einem Spaziergang aus nächster Nähe einen Blick auf die stürmische See werfen wollte und von einer Welle erfasst wurde. Obwohl der Hurrikan schon vor drei Tagen abflaute, wurde seine Leiche erst heute Morgen an den Strand gespült. Der einundsiebzigjährige Wainwright hielt sich anlässlich eines Besuches bei Bekannten auf der Insel auf. Als Letzter aus der Generation der großen liberalen Richter machte Wainwright sich vor allem einen Namen durch seine leidenschaftliche Verteidigung der ...*

Kimmer greift zur Fernbedienung und stellt den 53-Zoll-Fernseher aus, der absurderweise zu einem Streitpunkt zwischen uns geworden ist. Sie wendet sich mir zu und lächelt. »Weißt du eigentlich, was du für ein Glück hast, Misha? Das hättest du sein können.«

»Vermutlich.«

»Was hast du überhaupt da am Strand gemacht?« Vielleicht denkt sie immer noch, ich hätte versucht, mich umzubringen.

»Ich bin vor Justice Wainwright davongelaufen. Er wollte mich erschießen.«

»Ach, Misha, lass die makabren Sprüche. Das ist absolut nicht komisch.« Kimmer springt auf, um die Pappteller abzuräumen, von denen wir gerade Pizza gegessen haben. Sie ist barfüßig, hat aber immer noch ihre Arbeitsgarderobe an, ein strenges cremefarbenes Kostüm und eine hellblaue Rüschenbluse. Sie scheint ein bisschen abgenommen zu haben, vielleicht diät-, vielleicht stressbedingt. Sie sieht traumhafter aus denn je und unerreichbarer denn je. Ich schließe die Augen. Hinten in einer Ecke des Familienzimmers spielt Bentley an seinem Computer. Als ich vor einer Stunde kam, um ihn zum Wochenende abzuholen, war gerade die Pizza geliefert worden, und meine in Trennung von mir lebende Frau lud mich ein, mit ihnen zu essen.

»Ja! Bumm!«, ruft unser Sohn glücklich. »Drei und sechs ist neun!«

»Bumm!«, pflichte ich ihm bei, ohne die Augen zu öffnen. Auf der Leinwand meiner Phantasie läuft die Szene am Strand in hundert verschiedenen Variationen ab. Vielleicht hätte ich doch noch die Energie aufbringen können, mich in die Fluten zu stürzen und Wallace Wainwright zu retten. Vielleicht waren meine Reserven auch zu erschöpft, oder er war zu weit draußen. Manchmal sehe ich mich ihn aus dem Ozean ziehen. Manchmal sehe ich mich bei dem Versuch umkommen. Manchmal denke ich daran, für seine Seele zu beten. Manchmal bin ich bloß froh, dass er tot ist.

»Ist unser Junge nicht phantastisch?«, flüstert Kimmer gut hörbar.

»Ja, das ist er.«

»Du hast doch die Augen zu, du Schwindler.«

»Weißt du was? Er ist auf jeden Fall phantastisch, ob ich die Augen nun zu habe oder nicht.«

Ich öffne sie, und einen goldenen Moment lang sind Kimmer und ich in liebevoller Bewunderung für das Einzige auf der Welt vereint, das uns beiden am Herzen liegt. Dann entsinne ich mich der teuren Lederjacke mit den aufgestickten Worten DUKE UNIVERSITY, die mir ins Auge fiel, als ich meine Windjacke an die Garderobe hängte, und das Gold wird zu Schlacke.

»Ach, Misha, übrigens. Rate mal, wer hier für dich angerufen hat.«

»Wer?«

»John Brown. Er sagte, du hättest versucht, ihn zu erreichen. Ich nehme an, du hast vergessen, ihm deine neue Nummer zu geben, hm?« Die Arme vor den Brüsten verschränkt, steht sie in der Tür. Sie hat ihren Blazer ausgezogen und lächelt immer noch. Hat ja auch reichlich Grund zu lächeln. »Oder sollte das vielleicht ein Wink mit dem Zaunpfahl sein?«

»Ich habe ihn von der Insel aus angerufen.« Ich lehne mich auf dem Ledersofa zurück und lege die Beine auf den Polsterhocker wie früher, als ich noch hier gewohnt habe. »Vermutlich habe ich ihm die Nummer von da gegeben.«

»Du solltest deine neue Nummer eintragen lassen.«

»Ich bin gern ungestört.«

»Ich verstehe nicht, warum du so stur sein musst«, sagt Kimmer, die keine fünf Minuten ohne Telefon leben könnte. Plötzlich kommt ihr ein Gedanke, und sie hält sich kichernd den Mund zu. »Es sei denn ... es sei denn, du möchtest nicht gestört werden, weil ... He, du versteckst doch nicht etwa eine Frau in deiner Wohnung? Shirley Branch oder so?«

»Keine Frau, Kimmer.« Außer dir.

»Oder vielleicht Pony Eldridge? Wie wäre das, wenn sich die beiden betrogenen Partner zusammentun würden?«

»Ich muss dich leider enttäuschen. Ich bin immer noch ein verheirateter Mann.«

Kimmer ist so klug, den Hieb zu ignorieren. »Es ist doch nicht etwa Dana, oder? Wie ich höre, hat sie Ärger mit Alison. Oder umgekehrt. Aber davon abgesehen: Wollt ihr euch nach all den Jahren nicht mal ein bisschen näher kommen?«

Ich spule den alten Witz ab: »Sie steht nicht auf Männer und ich nicht auf weiße Frauen.«

Kimmer wischt das mit einer Handbewegung beiseite. Sie beugt sich vor – atemberaubend ihre Nähe –, langt um mich herum, nimmt sich ihr Weinglas und trinkt einen Schluck. »Ach was, heutzutage steht jeder auf jeden«, versichert sie mir mit der Autorität der Expertin, bevor sie in die Küche tappt. »Es gibt Eis«, ruft sie. »Butter Pecan. Willst du was?«

»Klingt verlockend.«

»Schokoladensoße?«

»Ja, bitte.«

Ja, ich hätte ihn retten können. Nein, ich hatte nicht mehr die Kraft. Ja, ich hätte es versuchen sollen. Nein, ich hätte es nicht geschafft.

Der nächste Ruf aus der Küche: »Hast du übrigens gefunden, was du gesucht hast? Auf Martha's Vineyard, meine ich?«

Gute Frage.

»Misha? Schatz?« Ich darf dem *Schatz* keine Bedeutung beimessen, sage ich mir: reine Gewohnheit, sonst nichts. Kimmer hat wahrscheinlich gar nicht gemerkt, dass sie es gesagt hat.

»Eigentlich nicht«, rufe ich zurück. »Nein.«

»Tut mir Leid.«

»Mir auch.« Pause. Es fühlt sich komisch an, aber es schadet nichts, wenn ich höflich frage. »Darf ich mal telefonieren?«

»Nur zu.« Ihr grinsendes Gesicht lugt um die Ecke. »Dein Name steht immer noch auf der Rechnung.« Und verschwindet wieder.

Ich gehe in mein altes Arbeitszimmer, das Kimmer bisher keinem anderen Zweck zugeführt hat. Ein paar Regale stehen noch, die anderen verstopfen zusammen mit dem Schreibtisch, dem Buffet und den Stühlen den Keller meines neuen Domizils. Ein paar Zeitschriften liegen herum, ein oder zwei Bücher, aber im Prinzip ist das gemütliche Zimmer, von dem aus ich während so vieler qualvoller Stunden die Hobby Road nach Überwachern abgesucht habe, leer. Das schnurlose Telefon steht auf dem Boden.

Der Raum fühlt sich tot an. Ich frage mich, wie Kimmer das aushält. Vielleicht lässt sie einfach die Tür zu.

Ich nehme den Hörer ab, drücke aus dem Gedächtnis die Tasten und warte, dass John Brown drangeht.

• II •

Die Polizei von Oak Bluffs fand mich bewusstlos am Strand. Sie fuhren selbst im Sturm in regelmäßigen Abständen die Uferstraßen ab. Ich musste nichts tun als warten. Ich hätte auch gleich zur Polizeiwache fliehen können. Reine Panik, dass ich mir eingebildet hatte, sie würden sie dichtmachen.

Als der Krankenwagen eintraf, war ich bereits wieder hellwach und konnte aufrecht sitzen – glücklicherweise, denn als die Sanitäter mich auf die Rolltrage hoben und Anstalten machten, mir eine Infusion zu legen, kam einer der Polizisten vorbei und sagte zu seinem Kollegen: *Ein Kind hat seinen Teddy verloren.* Ich drehte den Kopf zur Seite und sah, dass der völlig durchweichte George Jackson unter seinem Arm klemmte. Der Sturm hatte den Bären auf seinem Weg nach Cape Cod wie eine lästige Bürde zurückgelassen. Ich versicherte dem verdutzten Polizisten, der Teddy gehöre mir. Sie fragten, mehr aus Neugier als dienstlich, was ich mit einem ausgestopften Pandabär mitten in einem Hurrikan am Strand gemacht hätte. *Gute Frage*, erwidere ich, was ihnen nicht gerade vertrauenerweckend vorkam.

Aber sie ließen es durchgehen.

Jetzt bin ich also endlich wieder zu Hause in meiner Wohnung und bereite mich auf den Semesterbeginn in zwei Wochen vor. Wieder einmal werde ich über fünfzig junge Studenten in Deliktsrecht unterrichten und mir dabei alle Mühe geben, keinen von ihnen zu schikanieren. Bentley spielt in meinen relativ beengten Räumlichkeiten Verstecken mit Miguel Hadley, der von seinem Vater vor zwei Stunden vorbeigebracht wurde. Marc kam auf ein paar Minuten unter Ausstoß dicker Himbeertabakwolken herein, wir versicherten uns unser Bedauern über den Tod von Justice Wainwright und taten nach alter akademischer Manier so, als hätten wir nicht den geringsten Verdacht, wen der Präsident zu seinem Nachfolger bestimmen wird. Ich bin Marc dankbar, dass er gegen Ende dieses traurigen Sommers den Versuch macht, den Bruch zwischen uns zu kitten, aber Freundschaften lassen sich – genau wie Ehen – häufig nicht mehr reparieren, wenn sie einmal angeschlagen sind.

Obwohl der August noch nicht zu Ende ist, hat sich die Luft abgekühlt, denn eine Sturmfront ist aufgezogen, und es gewittert. Ich habe kein richtiges Arbeitszimmer in meiner Wohnung, deshalb nehme ich den Laptop meistens mit in die Küche und gehe bei Bedarf an meine Bücherregale im Untergeschoss. Auch jetzt sitze ich am Laptop und versuche einen Artikel über die Auswirkungen individueller Vermögensverhältnisse auf den Ausgang von Strafprozessen zu schreiben – meine Art, mich bei Avery Knowland zu entschuldigen, denn ich will mir die Zeit nehmen, nachzuprüfen, ob er Recht haben könnte.

Ich stehe auf und trete ans Küchenfenster, blicke auf meinen Handtuchgarten, auf den gepflasterten Gemeinschaftsbereich dahinter und dann auf die Promenade und den Strand. Gestern bin ich dort in der strahlenden Nachmittagssonne spazieren gegangen, bevor ich in die Hobby Road fuhr, um Bentley abzuholen, weil ich mir darüber klar werden wollte, was ich mit der Diskette anstellen soll, die immer noch in George Jacksons Bauch steckt. Ich bin weiterhin unentschieden.

John Brown hat mir erklärt, dass trotz der Hitze, trotz der Verformung, sogar trotz des Salzwassers, in dem die Diskette zu allem Überfluss auch noch baden musste, wahrscheinlich ein Teil der Daten zu retten ist. Allerdings sei Eile geboten, denn Hitze könne Datenblöcke von einer Diskette »herunterschmelzen«. Die größere Gefahr gehe jedoch vom Meerwasser aus: Wenn das Salz oxidiere, könne es immensen Schaden anrichten. Er riet mir, die Oberfläche mit destilliertem Wasser abzuspülen, was ich getan habe. Magnetische Medien, versicherte er mir, seien robuster, als die meisten Leute denken. Die einzige Möglichkeit, wie man gespeicherte Informationen hundertprozentig loswerde, sei, sie zu überschreiben, etwa indem man die Diskette neu formatiere. Und um ganz sicherzugehen, sagte er, müsse man mit einem starken Magneten über die Diskette streichen und sie dann noch einmal neu formatieren. *Wenn man schlau ist*, meinte er lachend, *wird man nachher die Diskette trotzdem noch völlig zerstören.* Zum Beispiel, indem man sie in die Mikrowelle legt. Oder in eine Verbrennungsanlage wirft. Bei allen weniger extremen Maßnahmen, meinte er, sei die Möglichkeit gegeben, dass die Daten die Prozedur überstehen. Es gebe Experten, die gegen ein entsprechendes Entgelt alles wiederherstellen, was auf einer Diskette drauf ist.

Ich weiß längst, was drauf ist. Wainwright sagte, es seien Namen: Namen von prominenten Persönlichkeiten, für die er und mein Vater Gefälligkeitsurteile sprachen.

Ich könnte eine Menge Staub aufwirbeln.

Ich könnte Einzelheiten über die vielen Verbrechen meines Vaters erfahren, ich könnte korrupte Senatoren erpressen oder sie vor Gericht bringen, ich könnte die Diskette der Presse übergeben und eine Medienhatz entfesseln. Die Anschuldigungen könnten ein großes Stück Geschichte der siebziger und achtziger Jahre auf den Kopf stellen. Natürlich sind sie unbewiesen, möglicherweise die letzten, verzweifelten Hirngespinste eines gefallenen Richters – aber so etwas hat Journalisten noch nie davon abgehalten, so viel Schaden wie möglich anzurichten, mit einem Minimum an Entschuldigungen hinterher, denn das Recht der Bürger auf Information entspricht bis auf die letzte Dezimalstelle, der Fähigkeit der Medien, von Skandalen zu profitieren.

Ich stelle mir vor, wie mein Vater wieder auf den Titelblättern erscheint, nur dass diesmal alle auf seiner Seite sein werden. Ich zittere. Senatoren, sagte Wainwright. Gouverneure. Minister. Ja, ich könnte eine Menge Schaden anrichten.

Und vielleicht erhoffte mein Vater sich genau das: eine Menge Schaden, einen Akt der Rache an der Welt, die ihn verstoßen hatte. Vielleicht war das der Grund für seinen Brief und die Bauern und überhaupt die ganze gefährliche, verworrene Fährte, die mich schließlich zurück auf den Dachboden des Vinerd Howse führte. Die Durchtriebenheit meines Vaters macht mir auf einmal Angst. Die Welt hatte ihn vernichtet, und dann erwählte er mich zu seinem Werkzeug, um ihr alles heimzuzahlen.

Ein kurzes, heftiges Gefühl der Macht ergreift mich, sofort gefolgt von heftigem Abscheu. Sinnlos zu fragen: *Warum ich?* Sinnlos, mit dem Schicksal zu hadern. Oder mit Gott. Oder mit meinem Vater. Wir Garland-Männer machen so etwas nicht. Wir Garland-Männer tragen Schicksalsschläge mit einem Gleichmut, der an Selbstverachtung grenzt, und treiben unsere Frauen mit unserer inneren Distanz fast zum Wahnsinn. Wir Garland-Männer treffen unsere Entscheidungen wohl überlegt und bleiben dann dabei, nachdem wir alle anderen Möglichkeiten ausgeschlossen haben, selbst wenn diese Entscheidungen entsetzlich sind. Aber der Richter wollte möglicherweise gar nicht, dass ich eine Entscheidung fälle; vielleicht starb er in der Annahme, die Entscheidung sei bereits gefallen, ich würde tun, was Addison, der selbst Probleme mit dem Gesetz hatte, nicht tun konnte. Vielleicht glaubte der Richter, ich würde die Namen lesen und mit dem Vernichtungswerk beginnen, und ich würde es nicht aus Wut oder Rachedurst tun, nicht einmal um der kalten intellektuellen Befriedigung willen, die Schuldigen bestraft zu sehen, sondern allein, weil mein Vater es von mir verlangt hatte.

Die Schuldigen sollten eigentlich bestraft werden, keine Frage. Aber Schuld hat viele Gesichter. Und Strafe desgleichen.

Addison. Der Gedanke wirft eine Frage auf, die noch niemand gestellt hat, auch wenn Nunzio vage Andeutungen machte. Alma meinte, Addison könne nicht das Oberhaupt der Familie sein. Sally meinte, Addison habe ihr aufgetragen, das Album zu besorgen. Mallory Corcoran meinte, mein Vater sei der Ansicht gewesen, Addison habe ihn verraten. Und die Vorkehrungen meines Vaters zielten auf den jüngeren Sohn, nicht den älteren, den er zudem von seinen Kindern am meisten liebte. Könnte das daran liegen, dass Addison bereits alles wusste? Mein Bruder meinte, der Richter sei ein Jahr vor seinem Tod zu ihm nach Chicago gekommen und habe ihn dazu gebracht, Villards Bericht zu lesen. Dies geschah bestimmt nach Wainwrights Besuch. Der ursprüngliche Gedanke meines Vaters war vermutlich, seinem Erstgeborenen alles zu offenbaren, damit er abgesichert war, falls etwas schief ging.

Nur dass Addison nicht mitspielen wollte. Er hatte den Bericht gelesen, er wusste, dass in dem Wagen, der Abby tötete, zwei Personen gesessen hatten, nicht eine. Vielleicht erzählte der Richter meinem Bruder, was im Anschluss daran geschehen war. Oder Addison kam von alleine darauf. So oder so setzte ihm das dermaßen zu, dass er sich weigerte, sich die Geschichte zu Ende anzuhören. Er wollte nicht wissen, was der Richter als Gegenleistung für die Morde an Phil McMichael und Michelle Hoffer für Jack Ziegler tat. Und mein Vater fasste dies, wie er Onkel Mal gegenüber andeutete und wie Schlicht Alma wusste oder ahnte, als Verrat auf.

Deswegen musste sein zweiter Sohn einspringen. Nur ging mein Vater diesmal vorsichtiger zu Werke. Vielleicht weil er befürchtete, ich könne ihn genauso zurückweisen wie Addison, beschloss er, mir keine Wahl zu lassen und seine Vorkehrungen wie eines seiner Schachprobleme anzulegen, so dass sein Tod eine Kette von Ereignissen auslösen würde und ich nur eine einzige Bahn einschlagen könnte. Die Bahn, die mich auf den Dachboden des Vinerd Howse und zu George Jackson geführt hat.

Wahrscheinlich hoffte er, ich würde den Brief gleich beim ersten Lesen verstehen.

Vielleicht aber war Addisons Verstrickung doch nicht damit zu Ende, dass er dem Richter klar machte, er wolle sich nicht verstricken lassen. Schließlich muss jemand die Aufzeichnungen des Richters auf die Diskette gebracht haben; mein Vater wäre allein nicht dazu in der Lage gewesen. Vielleicht gab Addison ihm Instruktionen, vielleicht erledigte er die Sache auch für ihn. In beiden Fällen hätte mein Bruder wenigstens eine ungefähre Vorstellung davon gewonnen, worum es ging. Aber weshalb weigerte er sich dann, Mariah bei ihrer oder mir bei meiner Suche zu helfen? Warum versuchte er, mir weitere Schritte auszureden, als ich ihn endlich einmal erreicht hatte?

Aus demselben Grund, aus dem er Sally dazu anstiftete, das Album verschwinden zu lassen. Weil er an dem Abend, als der Richter erstmals seinen Pakt mit dem Teufel schließen wollte, in der Küche unseres Hauses in der Shepard Street saß und lauschte. Weil er dieses Geheimnis über zwanzig Jahre lang in sich begraben hatte. Und weil er nicht wollte, dass jemand es ans Licht zerrt.

Kein Wunder, dass er keine Zeit hatte, bei den Anhörungen zu erscheinen.

Addison fehlt mir. Nicht Addison, wie er heute ist, sondern wie er einmal war. *So wie er früher war*, um es mit den Worten des Richters zu sagen. Ich habe den Eindruck, dass mir überall, wo ich hinschaue, dasselbe fehlt: wie es früher war. Mein Privatleben ist eine ununterbrochene Kette von Verlusten. Mein Bruder, meine kleine Schwester, meine Frau, meine Mutter, mein Vater, alle sind von mir gegangen, alle außer Mariah. Morris Young predigt, genau wie der Richter in seinen besten Zeiten, dass wir immer nach vorn schauen sollen, nicht zurück, und ich bemühe mich darum. Wirklich!

Ich habe meine Frau verloren. Mein Vater hat trotz seines ganzen Irrsinns niemals seine Claire verloren, bis zum Tag ihres Todes nicht. In den letzten Jahren war ich dermaßen von meinem Vater besessen – erst davon, seinen Ansprüchen zu genügen, und zuletzt davon, das schreckliche Geheimnis aufzuklären, das er mir aufgebürdet hat –, dass ich kaum einmal an meine Mutter gedacht habe. Es ist an der Zeit, dieses Ungleichgewicht zu korrigieren. Es ist an der Zeit, Claire Garland neu zu entdecken, ihr Leben genauso gründlich zu erforschen, wie ich das ihres Mannes erforscht habe. Ich habe versucht, in meinen Erinnerungen einen Platz für meinen Vater zu finden. Das Gleiche muss ich für seine Frau tun. Und ich muss mir die Zeit nehmen, mich an meine Mutter zu erinnern, damit auch sie endlich den ihr gebührenden Platz in meinem Gedächtnis bekommt. Wenn das, woran wir uns erinnern, unser Beitrag zur Geschichte ist, dann ist die Geschichte die Summe unserer Erinnerungen. Wie alle Familien hat auch meine eine Geschichte. Ich möchte mich ihrer erinnern.

• III •

Bentley und Miguel sind jetzt im Keller und tuscheln miteinander, wie beste Freunde in dem Alter es tun. Ich schaue nach dem kleinen Feuer, das ich wegen der kühlen Witterung angemacht habe, und gehe dann die Treppe hoch, trete in mein kleines Schlafzimmer und schließe die Tür. Ich setze mich auf die billige Sprungfederliege und starre auf die Kommode, das einzige andere Möbelstück im Raum. George Jackson, der auf der Kommode sitzt, scheint mir mit seinen dunklen Plastikaugen zuzuzwinkern. Die Diskette steckt nach wie vor unangetastet in seinem Bauch, auch wenn zusehends mehr Daten verloren gehen. Das teuflische Album habe ich in einer Schublade unter meinen viel zu selten getragenen Sportsachen verstaut.

Ich schließe die Augen und erinnere mich an Wainwrights fuchtelnde Hand. Ich öffne sie wieder und erinnere mich an seine verzweifelte Schilderung, wie er sich zurückziehen wollte, Jack Ziegler und seine Partner ihn aber nicht abtreten ließen. Wahrscheinlich war Wainwright der anonyme Interessent, der das Haus in der Shepard Street kaufen wollte, damit er es von oben bis unten durchsuchen konnte. Danach hätte er irgendwann auch ein Gebot für das Vinerd Howse abgegeben. Mit sämtlichem Inventar, versteht sich.

Ein Blitz von draußen spiegelt sich in George Jacksons Plastikaugen, lässt ihn wieder zwinkern. Ein magisches Ding, dieses uralte Spielzeug mit seiner herausquellenden Füllung. Mich wundert, dass er den Sturm überstanden hat, aber solche Stürme sind unberechenbar: Manchmal steigt das, was die rücklaufende Brandung mitreißt, gleich wieder an die Oberfläche und wird mit der nächsten Woge zurück an Land gespült, ein andermal wird es hinabgezogen und verschwindet. Die ins Meer ragenden Molen halfen wahrscheinlich bei seiner Rückkehr, weil sie manche Wellen gleich wieder in Richtung Land kehren. Aber letzten Endes habe ich einfach Glück gehabt.

Oder auch nicht. Wenn George nicht wieder ans Ufer geschwemmt worden wäre, wenn der Polizist ihn nicht gefunden hätte, wenn ich länger ohnmächtig geblieben wäre, wenn ein Dutzend Kleinigkeiten anders verlaufen wären, stünde ich jetzt nicht vor diesem Dilemma. Wenn die Wellen den Bären davongetragen hätten, müsste ich mir nicht den Kopf darüber zerbrechen, was ich tun soll. Es gäbe nichts zu tun, weil es keine Diskette gäbe.

Keinerlei *Vorkehrungen.*

Jack Ziegler und seine Freunde – oder Feinde oder was sie sonst sind – kamen nach dem Vorfall auf dem Friedhof zu dem Schluss, dass ich die von meinem Vater versteckten Informationen wahrscheinlich bereits gefunden hatte, und Henderson hat mir das indirekte Versprechen abgenommen, dass ich geheim halten werde, was ich weiß. Jetzt ist es endlich so weit: Ich habe die *Vorkehrungen* gefunden, und ich verspüre den erregenden Kitzel der Versuchung, den die Macht ausübt.

Ich nehme den Bären, schüttele die Diskette heraus und setze George zurück an seinen Platz. Mit der Diskette in der Hand gehe ich wieder nach unten. Draußen vor dem Fenster ist der Sturm noch nicht abgeklungen. Sicher, er kann sich nicht mit dem messen, der neulich über Martha's Vineyard hinwegbrauste, doch ein Sturm ist ein Sturm, und trotz des Feuers wird es kälter in der Wohnung.

Oder vielleicht kommt mir das nur so vor.

Der Traum meines Vaters fällt mir ein, durch den ersten gelungenen doppelten Excelsior mit der Umwandlung der Bauern in Springer einen bescheidenen Ruhm zu erlangen, ein Unterfangen, das der verrückte alte Karl als unmöglich bezeichnete. Ein doppelter Excelsior, aber mit Schwarz als Sieger: Zwei einsame Bauern, ein weißer und ein schwarzer, erbärmlich in ihrer Machtlosigkeit, rücken von ihren Ausgangsfeldern abwechselnd Zug um

Zug vor, bis beim fünften Zug beide das andere Ende des Brettes erreichen und zum Springer werden, wobei mit dem letzten Zug der weiße König schachmatt ist. Und es darf keine andere Möglichkeit geben: Nur eine einzige Zugfolge ist erlaubt. Wenn der schwarze König eher matt gesetzt werden kann, oder wenn ein Bauer an irgendeinem Punkt einen anderen Zug machen und dennoch dasselbe Ergebnis erzielen kann, ist die Aufgabe »gekocht«, wie es im Fachjargon heißt, sprich: Sie ist wertlos.

Mein Vater hinterließ seinen doppelten Excelsior, nicht auf dem Brett, sondern im Leben, indem er zwei Bauern in Bewegung setzte, einen schwarzen, einen weißen, gleiche Züge im steten Wechsel, beide immer nur ein mickriges Feld weiter, bis sie an einem sturmgepeitschten Strand in Oak Bluffs das andere Ende ihres Brettes erreichten und sich dort zum letzten Mal gegenüberstanden.

Ein Springer starb. Der andere kann jetzt Schach bieten. Genau wie mein rachsüchtiger Vater es geplant hatte. Ich habe das Werkzeug dazu in der Hand. Ich muss nur den Hörer abnehmen und Agent Nunzio anrufen oder die *New York Times* oder die *Washington Post*, und der doppelte Excelsior des Richters ist vollendet.

Wobei jedoch die Aufgabe »gekocht«ist, falls irgendeine andere Möglichkeit offen steht. Und das Heikle an Springern ist, dass sie häufig ... unberechenbar ziehen.

Unmöglich, meinte Karl.

Die beiden Jungs rennen wieder durch die Wohnung. In ein paar Minuten werde ich ihnen eine Kleinigkeit zu essen vorsetzen; wahrscheinlich schiebe ich eines der zahllosen vorgekochten Gerichte in den Ofen, mit denen Nina Felsenfeld und Julia Carlyle mich versorgt haben. Anschließend werden wir uns zu dritt in den Camry quetschen und das kurze Stück zu dem schönen Haus der Hadleys auf dem Harbor Peak fahren. Ich glaube, ich habe erwähnt, dass Marc aus einer reichen Familie stammt. Sein Onkel Edmund hat vor Jahren eine kleine Firma namens Elm Harbor Partners mitgegründet. Für Kimmer bestand nie ein Interessenkonflikt, weil das Hadley'sche Geld längst aus der Firma abgezogen wurde, aber ich weiß von Dana, die mir das nie hätte verraten dürfen, dass Marc telefonisch bei dem alten Familienfaktotum vorsprach, der damals noch Chefberater von EHP war, und ihn bat, Kimberly Madison namentlich als Anwältin zu verlangen, sobald sie in die Stadt zog. Die Bitte gehörte zu der Strategie, mit der Stuart Land, damals noch Dekan, mich vom Weggang abhalten wollte, denn in meinem ersten Jahr in Elm Harbor war ich ebenso unglücklich, wie ich es in meinem letzten Jahr in Washington gewesen war. Hätte Marc den Anruf nicht getätigt, wäre Kimmer vielleicht nicht hier geblieben; wäre sie nicht hier geblieben, hätten wir niemals geheiratet; was mit erklärt, warum ich gegenüber Marc keine solche Abneigung entwickeln konnte wie meine Frau.

Marc ist Manns genug gewesen, diesen Gefallen mir gegenüber nie zu erwähnen. Kimmer selbst weiß vermutlich überhaupt nichts davon. Und ich habe nicht vor, sie aufzuklären. Aber auch wenn EHP anfangs Marc zuliebe nach Kimmer verlangt haben mag, bleibt die Tatsache bestehen, dass es ihre herausragenden Fähigkeiten als Anwältin waren, mit denen sie sich das dauerhafte Vertrauen der Firma – und das von Jerry Nathanson – erwarb.

Ich schaue auf die Uhr und gehe in die kleine Küche, um den Jungs das Essen aufzuwärmen. Es gibt so viel zu tun, so furchtbar viel. Ich möchte ein besserer Christ sein, mehr Zeit mit Morris Young verbringen und den tieferen Sinn des Glaubens ergründen, zu dem ich mich bekenne. Ich möchte öfter mit Sally spazieren gehen, wieder gutmachen, was die Familie ihr angetan hat, und ihr, wenn möglich, helfen, wieder gesund zu werden. Ich möchte Schlicht Alma besuchen, zu ihren Füßen sitzen und den Geschichten aus der alten Zeit lauschen, als die Familie noch glücklich war. Dann möchte ich Thera besuchen und die Geschichten vergleichen. Ich möchte meiner Schwester aus ihrem stumpfsinnigen Dasein heraushelfen. Ich möchte an die Juristische Fakultät glauben, wie Stuart Land daran glaubt. Ich möchte an Recht und Gesetz glauben, so wie früher, bevor der Richter und sein Kumpan Wainwright meinen Glauben zunichte machten.

Und da ist noch etwas. Ich möchte wissen, was aus Maxine geworden ist. Ich möchte wissen, warum sie auf mich geschossen hat, ob es ein Unfall war, und wenn nicht, auf wessen Befehl sie das tat. Ich möchte, dass sie mir in die Augen schaut und mir sagt, dass sie weder für Jack Ziegler gearbeitet hat noch für die unbekannten Partner, mit denen er übereinkam, Phil McMichael und dessen Verlobte zu ermorden und das Bundesberufungsgericht zu korrumpieren. Vielleicht schafft sie es sogar, dass ich ihr glaube. Was bedeuten würde, dass Maxine tatsächlich für die Guten gearbeitet hat – nicht für die Tollen, bloß für die Guten, die gelobt hatten, die Hinterlassenschaft meines Vaters zu zerstören, statt sie zu benutzen. Eine andere politische Fraktion? Eine andere Gangsterbande? Eine andere Bundesbehörde?

Ich will wissen, warum ich sie trotz meiner inbrünstigen Gebete letzte Woche, als ich am Strand lag und zu sterben glaubte, nicht wiedergesehen habe.

Onkel Jack meinte, auf manche Fragen gebe es keine Antwort. Vielleicht werde ich demnächst ein zweites Mal nach Aspen fliegen, an seine Tür klopfen und ihm trotzdem noch ein paar stellen. Und falls ich das tue, muss ich ihm vermutlich auch dafür danken, dass er mich und meine Familie die ganzen Monate über beschützt hat, denn es hätte durchaus sein können, dass wir gekidnappt, gefoltert und ermordet worden wären. Andererseits, wenn er nicht der wäre, der er ist, und nicht die Dinge getan hätte, die er getan hat, hätten wir niemals Schutz nötig gehabt.

Das Klingeln des Telefons reißt mich aus meinen Grübeleien. Ich nehme ab, weil mir scheint, dass nun keine schlechten Nachrichten mehr kommen können. Wie ich mir hätte denken können, ist es meine Schwester, die anruft, um mir von den neuen Beweisen zu erzählen, die sie in der Shepard Street, im Internet oder in einer herumschwimmenden Flaschenpost gefunden hat: Mein stures Hirn weigert sich, auf ihren Redeschwall zu achten, der zu einer Geräuschkulisse ohne jeden Bezug zu meinem wirklichen Leben wird. Ich überrasche uns beide, indem ich sie unterbreche.

»Ich liebe dich, Schwesterherz.«

Pause. Mariah wartet auf den Knalleffekt. Dann ihre vorsichtige, aber fröhliche Erwiderung: »Na, das trifft sich gut, denn ich liebe dich auch.«

Wieder eine Pause, erfüllt von der beiderseitigen Befürchtung, der andere könnte jetzt rührselig werden. Aber wir sind immer noch Garlands, wir haben unser emotionales Limit erreicht, und so wendet sich das Gespräch rasch ihrer Familie zu. Sie verspricht, auf Verkupplungsversuche zu verzichten, wenn ich zu ihrer alljährlichen Grillparty am Labor Day komme. Ich sage zu. Fünf Minuten später legt meine Schwester auf – aber natürlich wird sie weiterforschen. Soll sie. Soll Mariah doch weiter versuchen zu beweisen, dass der Richter ermordet wurde; das ist ihre Art, mit den Dingen fertig zu werden, und vielleicht deckt sie ja noch irgendeine traurige Wahrheit auf. Ich bewundere ihre journalistische Hartnäckigkeit, aber beteiligen möchte ich mich nicht daran. Ich gebe mich schon seit langem damit zufrieden, ohne vollkommene Erkenntnis zu leben. Die Semiotik hat mich gelehrt, mit Zweideutigkeiten im Beruf zu leben, Kimmer hat mich gelehrt, mit Zweideutigkeiten in der Ehe zu leben, und Morris Young lehrt mich gerade, mit Zweideutigkeiten im Glauben zu leben. An der Existenz der Wahrheit, sogar der moralischen Wahrheit, hege ich keinen Zweifel, denn ich bin kein Relativist; aber wir schwachen, gefallenen Menschen werden sie immer nur unvollkommen erfassen, als ein vages Licht, auf das wir durch die Nebelschleier des Verstandes, der Tradition und des Glaubens zukriechen.

So viel zu lernen, so wenig Zeit. Während ich ins Wohnzimmer zurückgehe, blicke ich auf die gesprungene, verformte Diskette in meiner Hand und wünschte, ich könnte ihre Geheimnisse mit schierer Willenskraft entschlüsseln, denn wenn ich genau wüsste, was mein Vater darauf gespeichert hat, ob Tatsachen oder Hirngespinste, könnte mir das eine Hilfe bei der Entscheidung sein, was ich tun soll. Doch ich habe weder die Zeit noch das Vertrauen, John Browns Empfehlung zu folgen und jemanden mit der Rettung der Daten zu beauftragen. Ich muss meine Entscheidung auf der Grundlage des wenigen treffen, das ich bereits weiß. *Ein Mann sein heißt handeln.*

Mir fällt auf, dass das Feuer kurz davor ist auszugehen. Nein, an so einem kalten Nachmittag darf das nicht passieren. Als Kimmer und ich noch mehr oder weniger glücklich miteinander waren, haben wir am Feierabend immer mit Vorliebe am Kamin gekuschelt. Wenn es heute Abend in der Hobby Road ähnlich unwirtlich ist wie hier unten am Strand, wird sie bestimmt auch kuscheln. Nur nicht mit mir.

Mir fehlt, was ich einmal hatte. Mir fehlt, wie es früher war.

Aber an einem Feuer kann ich mich trotzdem erfreuen.

Ich lege noch ein Scheit auf und beobachte die auffliegenden Funken. Es sind zu wenig: Das Feuer muss neu geschürt werden. Da ich nirgends Anmachholz entdecke, nehme ich die Diskette, die mein Vater in Abbys Bären versteckt hat, und um einen Schlussstrich zu ziehen und die Vergangenheit ruhen zu lassen, werfe ich sie in die Flammen.

Nachwort

Dieses Buch ist ein Roman, der ausschließlich meiner Phantasie entsprungen ist. Es ist kein Schlüsselroman über die Jurisprudenz oder über die aberwitzige Prozedur, mit der wir in den USA Richter am Obersten Bundesgericht bestätigen (oder es nicht tun), oder über die Leiden der schwarzen Mittelschicht in unserem Land oder über sonst etwas. Es ist ganz gewiss nicht die Geschichte meiner eigenen Familie, ob Kern- oder Großfamilie. Die Geschichte ist nichts weiter als eine Geschichte, und die Charaktere sind von mir erfunden, mit Ausnahme einer Hand voll echter Juristen, Parlamentarier und Journalisten, die in untergeordneten und gänzlich fiktiven Rollen vorkommen.

Meine imaginäre Juristische Fakultät ist nicht Yale nachempfunden, wo ich seit zwanzig Jahren gerne unterrichte, und meine imaginäre Stadt Elm Harbor ist kein notdürftig kaschiertes New Haven, auch wenn aufmerksame Leser feststellen werden, dass beide von ähnlichen Gespenstern heimgesucht werden. Misha Garlands missmutige Klagen über seine Kollegen und Studenten geben in keiner Weise meine persönliche Meinung über meine Kollegen und Studenten wieder, die ich schätze und achte.

Meine Figur Oliver Garland, Mishas Vater und ehemaliger Richter am Berufungsgericht der Vereinigten Staaten für den District of Columbia, steht in keinerlei Beziehung zu Merrick Garland, einem tatsächlichen Richter an ebendiesem Gerichtshof, der lange nach der Erfindung meiner fiktiven Familie Garland berufen wurde. Zu dem Zeitpunkt war es zu spät, den Familiennamen zu ändern: Die Personen lebten für mich bereits.

Ich habe mir gewisse Freiheiten mit der Topographie von Martha's Vineyard genommen, vor allem mit dem wunderbaren Dorf Menemsha: Am Ufer hinter den Restaurants und Geschäften befinden sich keineswegs die Fischerbuden, die Misha inspiziert, und ich bin dort auch noch nie einem derart egoistischen und unangenehmen Zeitgenossen begegnet wie dem Fischer, mit dem Misha verhandelt. Der Blick auf den Hafen von Oak Bluffs von dem Park aus, wo Misha und Maxine ihre intime Aussprache haben, wird heute in Wirklichkeit von einer grässlichen öffentlichen Badeanstalt verstellt, doch ich erinnere mich lieber an die Schönheit der Aussicht vor dem Bau dieses Monstrums, und deshalb kommt es in meinem Roman nicht vor. Die Edgartown Road ist in der Nähe des Flughafens tatsächlich viel flacher als in meiner Geschichte. Ich kann mich nur damit entschuldigen, dass steile Hügel besser zur Handlung passen. Die morsche Holztreppe von der Seaview Avenue hinunter zum Strand liegt nicht auf Höhe eines Hauses am Südrand des Ocean Park, aber da ich sie dort brauchte, verschob ich sie von ihrem wirklichen Standort ein paar hundert Meter nach Westen.

Im Jahre 1997 wurde die Ortschaft Gay Head offiziell in Aquinnah umbenannt, doch wie Misha Garland und vielen, die die Insel lieben, fällt es mir schwer, eine drei Jahrzehnte alte Gewohnheit abzulegen. Ich bin sicher, der neue Name wird sich mit der Zeit auch bei mir durchsetzen. In Oak Bluffs hätten höchstwahrscheinlich weder Murdick's Fudge, wo es das Fondant gibt, noch der Eckladen in der Woche nach Thanksgiving geöffnet, in der Misha und Bentley einkaufen, doch ich habe mir die dichterische Freiheit genommen, den Spätherbst auf der Circuit Avenue in meiner Geschichte ein bisschen fröhlicher darzustellen, als er im wirklichen Leben sein dürfte. Misha hätte sein Auto schwerlich so oft auf die Insel und wieder zurückbringen können wie im Buch, weil auf der Autofähre nur wenige Plätze reserviert werden können und die Möglichkeit, auf Anhieb einen Platz zu bekommen, kaum mehr besteht. Aber Träumen ist erlaubt.

Das Washington in meinem Roman ist ebenfalls nicht genauso

wie auf dem Stadtplan. Insbesondere ist die Innenstadtfiliale von Brooks Brothers vor ein paar Jahren von ihrer ruhigen Lage in der L Street zu einer etwas feineren Adresse auf der belebten Connecticut Avenue umgezogen. Doch der neue Standort ist für den Gang der Handlung zu nah am Dupont Circle, deshalb habe ich das Geschäft dort gelassen, wo es so viele Jahre war.

Die amerikanische Geschichte der letzten zwanzig Jahre habe ich geringfügig, aber merklich abgewandelt, und ich hoffe, keines der lebenden Vorbilder meiner Figuren, die ich im Interesse des Romans so grob herumgeschubst habe, wird mir das übel nehmen. Einige Dinge dagegen, in denen die Leser Erfindungen vermuten könnten, sind keine. Die Pro-Life Alliance of Gays and Lesbians (»Schwulen- und Lesbenallianz gegen die Abtreibung«), um nur ein Beispiel zu nennen, ist eine real existierende Organisation, und eine ihrer führenden Persönlichkeiten sagte in der Tat mehr oder weniger wörtlich zu mir: »Uns hassen alle.«

David Brown, einem Kolumnisten der Zeitschrift *Chess Life*, habe ich dafür zu danken, dass er mich ein wenig über die Feinheiten des Schachproblems aufgeklärt hat, das ein wesentliches Element der Handlung bildet. Zu danken habe ich ferner Herrn Rechtsanwalt George Jones, Teilhaber der Anwaltssozietät Sidley Austin Brown & Wood, L. L. P., ehemaliges Mitglied des ständigen Ausschusses für Berufsethik der amerikanischen Anwaltskammer und Präsident der Anwaltschaft des District of Columbia (2002/03), der mir bei vielen kniffligen Fragen betreffend die Vorschriften für das Verhältnis zwischen Anwalt und Mandant geholfen hat, wie auch der Gynäkologin Dr. Natalie Roche, damals Mitarbeiterin am Beth Israel Medical Center in New York City, für hilfreiche Gespräche über medizinische Probleme, die bei einer Geburt auftreten können. Für Irrtümer, die sich dennoch eingeschlichen haben, sei es in diesen Bereichen oder irgendwelchen anderen, trage ich die Verantwortung – oder vielleicht meine Figuren.

Denn tatsächlich passieren manchen Figuren höchst peinliche Irrtümer. Misha Garland gibt in seiner Auseinandersetzung mit den Agenten Foreman und McDermott das Gesetz, das die Auskunftspflicht gegenüber der Bundespolizei regelt, falsch wieder, aber die Leser seien daran erinnert, dass Strafrecht nicht sein Metier ist. Marc Hadley stellt vor Begeisterung für seine eigenen Ideen sowohl den Gegenstand des Streites *Griswold gegen Connecticut*, der nichts mit Ärzten oder unverheirateten Frauen zu tun hatte, als auch die Entscheidung des Obersten Gerichtshofes unrichtig dar. (Mag sein, dass er an *Eisenstadt gegen Baird* denkt oder dass einfach, wie so oft, seine Phantasie beim Reden mit ihm durchgeht.) Lionel »Sweet Nellie« Eldridge gibt seinen Gesamtpunktedurchschnitt als Spieler in der National Basketball Association immer höher an – statt mit 18,6 mit 19 –, weil er seine Punkte pro Spiel aufrundet. Aber das ist, wie seine Frau, die Statistikerin Pony Eldridge gern betont, durchaus zulässig, weil sein Gesamtpunktedurchschnitt bei 19,5 gelegen hätte, wenn er nicht nach seiner Verletzung tapfer noch die letzte verheerende Saison gespielt hätte – so Pony –, um vor seinem Abtritt die Zehntausend-Punkte-Marke zu erreichen.

Die meisten Schachautoren schreiben das als Motto dieses Buches benutzte Zitat Siegbert Tarrasch zu, einige jedoch behaupten, es stamme von dem früheren Weltmeister Alexander Aljechin. Die Äußerung von Felix Frankfurter, die Theo Mountain zitiert, wird in den Quellen mit unterschiedlichem Wortlaut wiedergegeben. Ich habe mich für die mir am glaubwürdigsten erscheinende Quelle entschieden, das einflussreiche Buch von Bernard Schwartz *Decision: How the Supreme Court Decides Cases* aus dem Jahre 1996. Professor Schwartz klärte seinerzeit das Zitat mit einem Assistenten ab, der dabei war, als die Äußerung fiel.

Des Weiteren muss ich gestehen, dass nicht restlos alles in diesem Buch meine eigene Schöpfung ist. Der genaue Wortlaut von Bentleys stolzer Meldung, er sei auf einem Schiff, stammt in Wirklichkeit nicht von Misha Garlands Sohn, sondern von meinem eigenen. Rob Saltpeters Bonmot über die USA als christliche Nation habe ich ursprünglich aus dem Munde des tiefsinnigen David Bleich vernommen, der sowohl Rabbiner als auch Juraprofessor ist. Die Regeln der Gerichtssaalpolka sind nicht meine Erfindung und auch nicht die von Misha Garland; sie beruhen auf einer düsteren Kindheitserinnerung, einem Witz darüber, wie Präsident Lyndon B. Johnson die »Pressekonferenzpolka« tanzt. (Falls ein Leser mir die Originalquelle nennen könnte, wäre ich sehr dankbar.) Und Dana Worths Spitze gegen Bonnie Ziffren wurde tatsächlich in einem ähnlichen Kontext von Leon Lipson geprägt, meinem mittlerweile verstorbenen Kollegen in Yale, dessen Scharfsinn und Freude an der Erkenntnis mir immer eine unersetzliche Inspiration bleiben werden.

Zu Dank verpflichtet bin ich ferner meiner Literaturagentin Lynn Nesbit, die jahrelang geduldig auf das Manuskript wartete, dessen Fertigstellung ich ihr ein ums andere Mal für den nächsten Monat versprach. Lynn hielt während meiner häufigen Schreibblockaden zu mir und versuchte nie, mich zur Eile anzutreiben. Unendlich zugute gekommen sind dem Roman das einfühlsame Lektorat von Robin Desser im Verlag Alfred A. Knopf und die profunden Kommentare des kleinen Kreises von guten Freunden, die das Manuskript vor der Veröffentlichung gelesen haben.

Schließlich und endlich fehlen mir wie immer die Worte, um die Dankbarkeit auszudrücken, die ich meiner Familie gegenüber empfinde: meinen Kindern Leah und Andrew, mit denen mir so mancher lustige Samstagnachmittag entging, weil es hieß: »Papa muss schreiben«; ihrer Großtante Maria Reid, die es ertrug, stundenlang von mir ignoriert zu werden, wenn ich an den Computer gefesselt im Arbeitszimmer saß; und vor allen Dingen meiner Frau Enola Aird, ohne deren unerschütterliche Liebe, unbestechliche Lektüre, zärtliches Zureden und spirituelle Inspiration dieser Roman niemals vollendet worden wäre. Gott segne euch alle!

Stephen L. Carter, Mai 2001

»Ein großes Buch, eine großartige Liebeserklärung an die Macht der Literatur.« Buchjournal

Ein alter Papyrus, auf dem ein Kriminalfall im antiken Griechenland beschrieben ist. Ein rätsellösender Detektiv, der nicht nur zwei grausamen Morden, sondern auch einem platonischen Denkproblem auf die Schliche kommt. Ein entführter Übersetzer und ein triumphierender Philosoph – José Carlos Somoza hat ein brillantes Werk verfasst, in dem die bildreiche Sprache und die gewitzte Handlung den Leser gleichermaßen in Atem halten.

»Ein intelligenter und spannender Krimi, der an Ecos *Der Name der Rose* erinnert.«
Süddeutsche Zeitung

José Carlos Somoza
Das Rätsel des Philosophen
Roman

List Taschenbuch

L108